普通話・粵音

商務新字典

黃港生 編

商務印書館

商務新字典

編　　者 …… 黃港生

編輯顧問 …… 曹乃木　許振生

編輯助理 …… 李震東

出　　版 …… 商務印書館（香港）有限公司

香港筲箕灣耀興道 3 號東滙廣場 8 樓

http://www.commercialpress.com.hk

發　　行 …… 香港聯合書刊物流有限公司

香港新界荃灣德士古道 220-248 號荃灣工業中心 16 樓

印　　刷 …… 美雅印刷製本有限公司

九龍官塘榮業街 6 號海濱工業大廈 4 樓 A

版　　次 …… 2021 年 6 月第 34 次印刷

© 1991商務印書館（香港）有限公司

ISBN 978 962 07 0140 5

Printed in Hong Kong

目　錄

凡 例

一、本字典按部首檢字法查字。部首以傳統的《康熙字典》214部為基礎，酌情將其中匸、攵兩部刪去，分別併入匚、夂部，共立212部。另附"難檢字表"。

二、本字典共收單字(包括異體字、簡化字)11000左右。收帶注解的複音詞、詞組約4000。附錄10種。插圖241幅。

三、本字典的字頭用大字排印。除繁體字外，簡化字(以中國文字改革委員會編發的《簡化字總表》為準)也作為字頭收列，並在相應的繁體字後面用( )號標出。有些( )號內的簡化字的左上方帶個小三角(△)，表示本身另有意義，也作為字頭收列；如左上方帶的是數碼(㊀、㊁……)，則表示該簡化字只適用於某數碼內的義項。

四、本字典用雙色印刷，字頭套紅色的表示是常用字，共4761個。常用字的標準是依據香港教育署語文教育學院中文系編的《常用字廣州話讀音表》。

五、本字典有兩種注音：

1. 普通話(國語)注音：每個字頭之後，依據普通話語音系統，用漢語拼音字母標音，並附注音字母，外加( )號。

2. 粵語注音：在普通話注音後，用國際音標注粵音。"粵"代表"粵音"。在國際音標右上方，標注阿拉伯數目字"1、2、3、4、5、6、7、8、9"，分別代表粵音的九個聲調"高平(1)、高上(2)、高去(3)、低平(4)、低上(5)、低去(6)、高入(7)、中入(8)、低入(9)"。國際音標之後是漢字直音，外加〔 〕號。有些字頭沒有適當的同音字可借以注音的，則注以同聲韻不同調的字，讀者可按標出的調來讀。如"天"字，因沒有適當的同音字可注，所以用和它同聲韻的"田"字注音，並在"田"字的右下方注明"高平"調，讀者可據此得出"天"字的正確粵讀。有些字頭連同聲韻的字也不好找的，則用切音法。有少數字頭就是切音法也難用上的，則僅注國際音標。

六、一個字頭因意義不同而有幾個音的，則分別用㊀㊁㊂等分項，另行起排。

七、有些字頭連注兩個音，普通話方面在第二個注音的前面注明又讀，粵音方面則在第二個注音後面附注"(又)"，表示又讀。

八、有些字頭注有"舊讀"，表示舊來讀法不同。有些注音字後面注有"(語)"，表示語音。有些注音字後面注有"(俗)"，表示是由於誤讀而有積非成是趨勢的讀音。

九、字頭的意義不止一項的，分條注解，用❶❷❸等表示義項。一個義項下如再分條，用1、2、3等表示。〔　〕號中的複音詞或詞組，如分條注解，也用1、2、3等表示。

十、字頭下所收的帶注解的複音詞和詞組，外加〔　〕號。在意義上與本字有關，列在本條之內；在意義上與本字無關或者關係不很顯著，附於本條之末，另行起排。

十一、注解中㊞、㊨、㊧的用法如下：

　㊞　表示由原義引伸出來的意義。如"急"字條❶義下，"㊞氣惱，發怒"是由"焦躁"引伸出來的。

　㊨　表示由比喻形成的意義。如"心"字條〔心胸〕下注"㊨氣量"。

　㊧　表示由原義、故事、成語等轉化而成的意義。如"簡"字條❶義下注"㊧書信"；"推"字條❶義下〔推敲〕條注"㊧斟酌文章字句"。

十二、注解中的(一子)、(一兒)、(一頭)表示本字可以加上這類詞尾，構成大致同義的詞，不另加注解。

十三、注解中的(疊)表示本字可以重疊起來構成大致同義的詞，不另加注解。如"哥"字條下"(疊)"表示"哥"可以重疊，即"哥哥"；"謝"字條下"(疊)"表示"謝"可以重疊，即"謝謝"。

　　十四、注解中的⑩表示本字可以跟一個意義相同或相近的字並列起來構成大致同義的詞，不另加注解。

　　十五、注解中的〈方〉表示本字是方言地區用的字或者本義項所注的是方言地區的用法，廣東方言和香港方言則特別用〈粵方言〉、〈港方言〉標明。〈古〉表示本字是古代用的字或者本義項所注的是古代的用法。

　　十六、從少數民族語言中來的詞，加注民族簡稱。如"哈"字條〔哈達〕是從藏語來的，注"(藏)"；"淖"字條〔淖爾〕是從蒙古語來的，注"(蒙)"。

　　十七、有些詞的後面注"(外)"字，表示是近代的外來語。歷史上相沿已久的外來語，一般不注來源。

　　十八、在注解後舉例中，用"～"號代替本字。一個"～"號只代替一個字。

　　十九、"－"(短橫)的用法如下：

　　1. 在複音詞的異體字中，"－"代表形體不變的字。如〔逶迤〕(－迆、－迻)表示"逶迤"也作"逶迆、逶迻"。

　　2. 在"－子、－兒、－頭"中，在⑩字後，"－"代替本字。

　　3. 在拼音字母標音中，"－"代替省略的音節。

難　檢　字　表

　　在本字典收錄的字中，有部分難於分辨是屬於哪個部首的，這些字叫做難檢字，可運用本字表查找。

　　本字表按筆畫多少排列，同筆畫的字，則按字的起筆(筆順的第一筆)，以橫(一 ⺄)、豎(∣)、撇(丿)、點(丶)、折(乛 ㄱ 乙 乚丿〈乚)的筆形爲序。右邊的數字表示頁碼。

一　畫		匕	71	干	196	〔∣〕		广	199	幺	198
		九	9	于	12			亡	13		
一	1	乃	7	亍	12	上	2	門	742	四　畫	
乙	9	几	54	亐	12	小	175	丫	5		
		儿	43	士	126	山	181			〔一〕	
二　畫		刁	55	士	143	巾	192	〔丿〕			
		了	11	工	189					王	423
二	12	刀	55	才	239	〔丿〕		尸	177	井	13
十	74	力	65	寸	173			己	191	亓	13
丁	1	又	82	下	2	千	74	已	191	开	743
厂	79	厶	81	丌	3	乞	10	巳	191	天	146
七	1	乜	9	大	146	川	189	弓	206	夫	147
卜	76	三　畫		丈	1	彳	211	子	162	无	287
人	17			万	1	夕	144	孑	163	韦	768
入	46	〔一〕		尢	176	夂	7	孒	163	亏	3
八	47			兀	43	及	83	也	10	廿	205
乂	7	三	1	与	3			飞	777	木	301
				弋	206	〔丶〕		马	784	不	302

市	192	丹	49	欠	339	毌	348	右	89	冊	50
支	274	爿	408	风	776	母	348	布	192	皿	455
丙	3	水	354	丹	6	幻	198	戊	234	凹	55
卅	74			卬	77			龙	832	四	123
不	3	〔丿〕		殳	346	**五　畫**		平	197	氺	354
冇	49			及	83						
犬	414	丰	5			〔一〕		〔丨〕		〔丿〕	
五	12	牛	411	〔丶〕							
歹	344	手	239			玉	423	卡	76	生	436
友	83	毛	349	文	280	未	302	北	71	牜	126
反	83	气	352	亢	13	末	302	占	76	失	147
尤	176	壬	143	方	284	示	478	凸	55	乍	8
匹	72	升	74	火	392	戈	234	以	20	禾	482
牙	410	夭	147	斗	281	巧	190	业	4	丘	4
屯	181	长	742	户	237	正	342	目	458	白	453
戈	234	片	409	尤	51	去	81	且	3	斥	282
旡	287	斤	282	心	217	甘	435	旦	287	卮	77
比	349	爪	406			世	4	甲	438	瓜	433
互	12	兮	48	〔乛〕		本	302	申	438	乏	8
切	56	介	18			术	302	甲	438	乎	8
		爻	408	尹	177	巨	190	田	438	令	19
〔丨〕		父	407	尺	177	可	88	由	438	用	437
		今	18	夬	147	丙	4	甶	438	甩	437
止	342	凶	54	丑	3	左	190	电	760	氏	351
少	175	月	299	巴	191	瓦	434	冉	50	卝	6
日	287	氏	351	出	181	丕	4	央	147	氽	176
曰	297	勿	70	予	12	石	467	史	89	匀	70

册	50	母	348	戍	235	竹	497	交	14	赤	671
卯	77			死	344	印	77	亥	14	孝	163
鸟	808	**六　畫**		成	235	乒	8	充	44	巫	190
包	70			夹	148	乓	7	羊	537	求	354
孕	163	〔ㄧ〕		夷	147	自	564	并	197	车	684
				尧	136	曰	565	关	748	甫	437
〔、〕		丢	4	互	13	血	624	米	509	更	297
		舌	567			向	91	州	189	束	304
立	493	考	542	〔丨〕		凶	124	兴	566	吾	94
玄	423	老	542			后	91			豆	658
兰	606	耳	545	此	343	角	437	〔丿〕		酉	709
半	74	共	48	光	44	舟	568			辰	691
写	172	亘	13	吅	288	兆	44	聿	548	否	92
必	217	再	50	曳	297	企	21	艮	570	来	27
永	354	臣	563	虫	608	肋	548	瓯	82	豕	660
		吏	91	曲	297	朵	303	艸	570	尬	177
〔乛〕		两	4	收	274	凤	145	丞	4	
		西	635	肉	548	危	77	羽	539	〔丨〕
司	89	在	127			旮	288	牟	411	
民	351	有	299	〔丿〕		各	90			半	537
弗	207	百	453			多	145	**七　畫**		步	343
疋	443	存	163	年	197	色	570			凼	820
出	55	而	543	耒	543			〔ㄧ〕		卣	77
加	65	页	770	朱	303					肖	549
皮	455	夸	148	缶	354	〔、〕		麦	822	里	714
发	452	灰	392	先	44			吞	92	贝	662
矛	465	戌	235	舌	567	亦	14	走	672	见	637
						齐	830			

男	439	卵	78	表	627	〔l〕		非	763	羌	537
串	6	角	639	胁	60			井	198	券	59
吳	93	灸	392	忝	218	叔	84	乖	9	卷	78
岡	50	系	513	長	742	肯	550	刮	58	並	5
				势	68	齿	831	秉	483	炑	393
〔丿〕		〔、〕		刼	60	些	13	臾	565		
				亞	13	卓	75	佳	756	〔フ〕
我	235	亨	14	其	48	尚	176	卑	74	
每	348	庖	199	取	84	具	48	阜	749	肅	548
兵	48	兑	45	直	75	果	307	卹	78	隶	755
卑	454	弟	207	直	459	昌	289	欣	340	承	242
身	683	良	570	杳	305	門	742	爬	406	卺	78
皂	453			來	27	冑	50	爭	406	虱	608
囱	124	〔フ〕		東	305	暢	295	舍	567	兔	45
厄	191			或	235	易	289	金	716	叁	82
辵	691	君	92	事	12	界	439	看	550	馳	348
余	25	努	66	兩	46	典	48	朋	300		
余	25	兔	45	枣	320	黽	827	周	96	九　畫
希	193	甬	437	雨	759	弗	6	鱼	797	
采	714			協	75	兒	45	兔	45	〔一〕
谷	658	八　畫		奔	149	凱	54			奏	149
豸	661			奄	148	沓	357	〔、〕		春	290
妥	153	〔一〕		妻	153	岡	182			契	149
龟	833	奉	149	函	55	罔	535	充	45	毒	348
免	45	武	343					於	285	面	565
劬	66	青	763			〔丿〕		育	550	哉	102
								氓	352	耇	542

甚	436	省	459	負	663	举	566	栽	314	乘	9
革	765	是	291	奐	149	冠	51	馬	784	候	33
巷	192	冒	50	胬	437	昶	291	哲	104	島	184
胡	552	禺	482	恒	642			恐	221	烏	395
剋	61	曷	297	怨	220	〔㇄〕		恭	222	鬼	795
南	75	昱	291	急	220			或	211	師	194
奈	311	胄	50	胤	552	既	287	哥	103	虒	607
巫	13		551			韋	768	禺	795	釜	717
柬	311	界	439	〔丶〕		屍	179	辱	691	爹	407
威	101	罘	535			昢	100	夏	144	邕	795
威	156			亭	15	飛	777	原	79	倉	32
歪	343	〔丿〕		亮	15	勇	67	套	150	朕	300
甬	437			彦	211	癸	452	匲	660	娀	607
頁	770	拜	248	竞	45	矜	466	晋	292	眞	460
厚	79	看	460	姿	156	象	210			卿	78
面	765	剄	466	紗	423			〔丨〕		鉓	573
奎	149	垂	131	养	779	十　畫					
胤	608	重	715	美	537			鬥	794	〔丶〕	
癸	833	叟	84	羑	537	〔一〕		党	45		
毖	349	卽	78	叛	84			晏	292	歃	440
致	565	禹	482	瓶	61	泰	362	骨	790	亳	15
		盾	459	前	61	秦	484	罜	535	准	52
〔丨〕		俞	31	酋	709	艳	660	罟	535	斋	831
		兪	47	首	783	班	427	蚩	610	脊	554
韭	769	俎	30	兹	198	素	516			恣	222
背	551	爰	407	為	394	冓	50	〔丿〕		旁	285
貞	663	食	778	染	310	恚	222			畜	440
临	564	風	776								

差	190	春	566	雀	756	龛	833	畫	293	辜	690
羔	538	彗	210	堂	134	覔	637	斛	570	棼	322
恙	221	焉	397	常	195	翎	540	蛋	611	惠	226
拶	62	赦	671	畢	440	脜	556	參	82	甦	437
桊	316	報	671	匙	72	魚	797	巢	189	覃	636
兼	49	執	133	野	715	凰	54			棘	321
朔	300	董	134	敗	277	馗	783	**十二畫**		棗	320
冡	51	黄	824	勖	68	祭	480			畍	150
冢	51	帶	194	婁	157			〔一〕		麗	454
冥	51	乾	11	曼	298	〔丶〕				敧	274
冤	51	梵	319	冕	51			琵	429		
		麥	822	異	440	執	165	琴	429	〔丨〕	
〔乛〕		救	276	罣	535	庶	201	琶	429		
		專	174	眾	461	產	436	替	298	离	482
畫	298	曹	298			庸	201	黿	827	虛	607
弱	208	堅	134	〔丿〕		章	494	敢	277	凿	742
萱	443	敔	659			竟	494	博	76	湍	827
崇	480	票	480	短	467	望	300	葴	554	敝	277
恕	221	戚	236	犄	413	率	423	壺	543	棠	321
哿	104	匏	71	條	318	牽	412	裁	629	掌	255
奮	440	爽	408	脩	555	羞	538	報	136	最	298
能	554			臭	564	羡	538	壺	143	量	715
函	125	〔丨〕		梟	318	眷	461	斯	283	景	293
				鳥	808	密	186	黃	824	貴	664
十一畫		鹵	820	既	287	啓	107	賁	664	單	111
		彪	211	兜	45			朝	300	斝	282
〔一〕		處	607	斜	287	〔乛〕		喪	111	嵌	186

凱 54	然 398	疎 443	酋 113	〔丿〕	羨 538
胃 535		疏 443	賴 669	舅 566	羹 660
黑 825	〔丶〕	賀 666	賈 666	鼠 829	慈 228
	就 177	甃 191	感 228	雋 757	煩 400
〔丿〕	高 16	登 452	虜 177	粵 511	熒 399
甥 437	斌 281	發 452	匯 73	奧 150	準 379
無 398	童 494	喬 466			
智 294	棄 320	堯 210	〔丨〕	觚 206	〔乛〕
秸 486	着 462	鄉 707	歲 344	僉 39	肅 548
黍 824	翔 540	幾 199	業 326	會 298	肅 548
犂 413	普 293		當 441	爺 408	彗 538
喬 111	奠 150	十三畫	尟 176	禽 482	辟 690
鳥 566	曾 298		賊 667	愛 227	彙 210
烏 566	淵 372	〔一〕	鼎 828	亂 11	鄉 707
皓 454	情 225	瑟 430	電 827	腳 558	
粵 511	甯 437	勠 63	量 294	詹 647	十四畫
舒 567	啓 557	肆 548	號 607	肆 548	
翕 540	崔 757	載 686	農 691	解 640	〔一〕
番 441	幂 51	鼓 828	嗣 114		碧 473
傘 37		勢 68	署 536	〔丶〕	蒼 160
舜 567	〔乛〕	壺 143	置 536	詡 646	魂 796
爲 407	畫 441	觳 209	罨 535	亶 16	嬡 763
象 660	弼 208	聖 546	罩 535	廉 820	臺 565
卿 78	粥 511	勘 176	罪 536	鹿 820	赫 671
猶 419	巽 192	幹 198	蜀 613	新 283	截 236
殖 778		楚 325	嵩 187	義 538	

殼	327	閘	536	戩	455	暫	295	鼆	833	〔一〕	
壽	144	罰	536	肇	548	豎	659	樂	330	靜	763
楬	299					賢	668	舖	567	靛	763
聚	546	〔丿〕		〔フ〕		屬	80	號	608	隸	755
榦	329	舞	567	盡	457	憂	230	膝	560	楨	671
幹	282	熏	401	暨	295	鷹	810	魯	798	穀	528
競	46	毓	348	顏	771	奭	151	穎	383	燕	403
煆	116	與	566	翠	540			皺	455	翰	541
寬	443	鼻	830	癹	54	〔丨〕				霈	828
匱	73	睪	463	維	523	齒	831	〔丶〕		整	279
爂	40	衞	724			膚	561	稟	488	賴	669
緊	524	鳳	808	十五畫		輝	687	廙	831	橐	333
厭	80	夐	144			弊	205	慶	230	壐	119
奞	151	疑	443	〔一〕		幣	196	養	779	臻	565
爾	408	孵	165	慧	230	弊	209	翦	540		
臧	563	僉	145	漦	382	賞	667	瑩	430	〔丨〕	
甊	191			犪	762	暴	295	庸	828	冀	49
		〔丶〕		賣	668	罷	536			覺	435
〔丨〕		裹	632	赭	671	嶔	187	〔フ〕		瞥	464
蒙	592	棗	329	鞏	766			甬	828	嶽	455
睿	463	廓	202	葵	420	〔丿〕		勰	69	盧	458
嘗	116	韶	769	穀	488	靠	764	甌	541	縣	528
夥	146	齊	830	樊	330	黎	825	畿	442	嶨	296
暢	295	鄰	511	麪	822	鴕	455			罹	536
聞	546	漁	380	寬	344	縣	527	十六畫			
奬	151										

羹	801	覺	639	穌	833	蠱	76	蠻	625
羮	539	矗	297	龕	833	畫	624	欖	563
類	775	譽	657	羅	513	鹽	820		
疆	442	鐵	739	臟	563	釁	762	**二十六畫以上**	
		鏺	778	龔	833	醫	624		
二十畫		豐	16	鼚	795	關	795	壓	827
		潀	691	響	769	艷	570	豔	659
馨	784	齡	671	彎	209	爘	776	蠻	741
警	656	龐	831			鸝	537	囗	795
耀	541	贏	563	**二十三畫**		縕	830	豔	660
黨	826	孌	144			衢	626	鑿	742
孿	465	類	533	臁	765	讖	658	戀	406
嚴	122	屬	539	屦	783	贛	671	鬱	795
竈	828	響	769	蠱	623	鼚	795	髖	830
篡	532	纈	533	鷸	825				
譽	122			讎	657	**二十五畫**			
朧	301	**二十二畫**		徵	827				
鼙	122			齋	831	蠢	533		
辮	691	懿	234	贏	789	鑿	829		
競	495	聽	547	蠋	623	髮	763		
孀	833	囊	123	欒	339	觀	639		
贏	670	鑒	740	攣	273	鼉	828		
		臟	671	變	657	鼉	828		
二十一畫		贖	671			覺	65		
		疊	442	**二十四畫**		贛	824		
聲	829	騹	122			鱸	830		
毃	816	羁	537	籠	827	羅	513		

一 部

0 **一**（yī ㄧ）粵 jet⁷〔壹〕❶數目字(1); 最小的正整數。❷相同: ～樣。大小不～。❸純, 專: ～心一～意。❹滿, 全: ～屋子人。～身汗。～生。❺另外, 又: 番茄～名西紅柿。❻放在重疊的動詞中間, 表示動作是一次, 或動作是短暫的, 或動作是試試的: 看～看。歇～歇。讓我聽～聽。❼與'就'呼應: 1.表示兩事時間緊接: 天～亮他就起來。2.表示每逢: ～想起學術發展的突飛猛進, 就覺着自己的努力太不夠了。❽乃, 竟: ～至於此。❾〈古〉放在'何'字前, 表示程度深: ～何怒～何悲。❿舊時樂譜記音符號的一個, 相當於簡譜的低音'7'。

1 **丁** ㊀（dīng ㄉㄧㄥ）粵 diŋ¹〔叮〕❶天干的第四位, 常用作順序的第四。❷成年男人: 壯～。㊁1.舊指人口: 人～。一～口（男女的合稱）。2.指從事某種勞動的人: 園～。❸當, 遭逢: 玆盛世。～憂（舊指遭父母喪）。❹（～兒）小方塊: 醬爆肉～。鹹菜～兒。

〔丁點兒〕少得很的, 極小的: 一～～～毛病都沒有。❺〔丁當〕（叮璫、叮噹）象聲詞, 多指金屬撞擊的聲音。
㊁（zhēng ㄓㄥ）粵 dzeŋ¹〔僧〕〔丁丁〕形容伐木、彈琴等聲音。

1 **七**（qī ㄑㄧ）粵 tset⁷〔漆〕❶數目字(7); 六之後的整數(6+1)。❷人死後每隔七天祭一次, 直到第四十九天為止, 共分七個'七'。俗稱'做七'。

2 **丈**（zhàng ㄓㄤ）粵 dzœŋ⁶〔象〕❶長度單位, 十尺。❷測量長度面積: 清～。～地。❸對老年男子的尊稱: 老～。〔丈人〕1.舊稱老年男子。2.稱妻子的父親。❹丈夫（用於對親戚的稱呼）: 姑～（姑夫）。〔丈夫〕1.成年男子的通稱: 大～～。2.婦女的配偶, 跟'妻'相對。

2 **万** ㊀（mò ㄇㄛˋ）粵 mek⁹〔墨〕〔万俟〕複姓（原為鮮卑族的部落名）。
㊁'萬'的簡化字, 見 589 頁。

2 **三** ㊀（sān ㄙㄢ）粵 sam¹〔衫〕❶數目字(3); 二之後的整數(2+1)。❷代表多次或多數: 一令五申。～番五次。
㊁（sān ㄙㄢ, 舊讀 sàn ㄙㄢˋ）粵 sam³〔衫高去〕再三: ～思（再三考慮）。

2 上 ㊀(shàng ㄕㄤˋ)粵 sœŋ⁶
〔尚〕❶位置在高處的，跟‘下’相反：山～。～面。㊁1.次序在前的：～篇。～卷。～星期。2.等級高的：～等、～級。3.質量高的，好的：～策。～等貨。❷向上面：～繳。～升。❸放在名詞後：1.表示在中間：半路～。心～。2.表示方面：事實～。理論～。3.表示在某一物體的表面：車～。牆～。桌子～。4.表示在某一事物的範圍內：會～。書～。❹舊時指皇帝：～諭。

㊁(shàng ㄕㄤˋ)粵 sœŋ⁵〔尚低上〕
❶由低處到高處：～山。～樓。㊁1.去，到：～京赴考。你～哪兒？～街去。2.向前進：見困難就～。3.進呈：～書謹～。❷增加：～添補：～水。～貨。2.安裝：～刺刀。～螺絲。3.塗上：～顏色。～藥。4.登載，記上：～報。～賬。❸按規定時間進行某種活動：～課。～班。❹擰緊發條：～弦。錶該～了。❺在動詞後，表示完成：選～代表。排～隊。❻在動詞後：1.跟‘來’、‘去’連用，表示趨向：騎～去。爬～來。2.表示要求達到的目標或已達到目標：鎖～鎖。沏～茶。考～大學。❼達到一定程度或數

量：成千～萬。❽出現：～電視。❾照出相來能顯出美態：～鏡。❿舊時樂譜記音符號的一個，相當於簡譜的‘1’。

㊁(shǎng ㄕㄤˇ，又讀 shàng ㄕㄤˋ)
㊀同㊁上聲，漢語聲調之一：平～去入。

2 下 ㊀(xià ㄒㄧㄚˋ)粵 ha⁶〔夏〕
❶位置在低處的，跟‘上’相反：樓～。山～。～面。～部。㊁1.次序靠後的：～篇。～卷。～月。2.級別低的：～級。謙辭：～情。正中～懷。3.質量低的：～品。～策。❷由高處到低處：～山。～樓。㊁1.進去：～獄。～水。2.離開：～班。～課。3.往…去：～鄉。～江南。4.投送，頒佈：～書。～令。5.向下面：～達。6.降落：～雨。～雪。❸方面，方位：兩～裏都同意。向四～一看。❹減除：1.卸掉：～貨。2.除去：～火。～泥。❺放入：～種。～網捕魚。❻做出：～結論。～定義。❼用：～工夫。❽攻克，攻陷：連～數城。攻～。❾退讓：各不相～。❿在名詞後：1.表示在裏面：言～意。都～(京城之內)。2.表示當某個時間：年～。❶在動詞後：1.表示關係：培養(之)～。教導(之)～。鼓舞

～。2.表示完成或結果: 打～
基礎。3.跟‘來’、‘去’連用表示
趨向或繼續: 滑～去。慢慢停
～來。唸～去。⑫(動物)生
產: 貓～小貓了。雞～蛋。⑬
少於某數: 不～三百人。

㈡(xià TーY)粵ha⁵〔夏 低上〕(一
子，一兒)量詞，指動作的次
數: 打十～手掌。把輪子轉兩
～子。

2 **开** (jǐ ㄐㄧ)粵gei¹〔基〕器物的
座墊。

2 **与** ‘與’的簡化字，見566頁。

2 **卫** ‘衞’的簡化字，見626頁。

2 **兀** 見儿部，43頁。

2 **才** 見手部，239頁。

3 **不** (bù ㄅㄨ)粵bet⁷〔畢〕否定
詞: 1.表示否定的意義:
他～來。～好。～錯。～簡單。
2.表示否定對方的話: 他剛來
香港吧? ～，他到香港很久了。
3.表示否定效果，跟‘得’相反:
拿～動。說～明白。跑～很遠。
4.跟‘就’搭用，表示選擇: 他在
休息的時候，～是看書，就是
看報。5.〈方〉用在肯定句末，
構成問句: 他來～? 你知道
～? 〔不過〕1.不超過: 一共～

～五六個人。2.但是，可是:
困難雖然很多，～～我們能克
服它。

3 **丐** (gài ㄍㄞ)粵kɔi³〔概〕❶乞
求: ～助。❷乞丐，討錢、
要飯的人。❸給與: 沾～後人。

3 **丏** (miǎn ㄇㄧㄢ)粵min⁵〔免〕
遮蔽，看不見。

3 **丑** (chǒu ㄔㄡ)粵tsɐu²〔醜〕❶
地支的第二位。❷丑時，
指夜裏一點到三點。❸(一兒)
戲劇裏的滑稽腳色。❹‘醜’的
簡化字，見712頁。

3 **开** ‘開’的簡化字，見743頁。

3 **丹** 見丶部，6頁。

3 **五** 見二部，12頁。

3 **互** 見二部，12頁。

3 **尹** 見尸部，177頁。

3 **廿** 見廾部，205頁。

4 **且** ㈠(qiě ㄑㄧㄝ)粵tsɛ²〔扯〕
❶又(有時有進一層的意
味): 既高～大。❷表示暫時:
～慢。～住。❸尚，還: 死～
不避，困難何足懼! ❹將: 年
～九十。❺且…且，表示一面
這樣，一面那樣: ～～走

～說。～行～想。**❻**且…
呢，表示經久：這雙鞋～穿
呢。

㊀(jū ㄐㄩ)粵dzœy¹〔追〕〈古〉**❶**
文言助詞，相當於'啊'：狂童
之狂也～。**❷**用於人名。

4 **丕** (pī ㄆ丨)粵pei¹〔披〕大：～
業。～變。

4 **世** (shì ㄕ)粵sɐi³〔細〕**❶**一個
時代：近～。**❷**人的一
生：一～爲人。**❸**一輩一輩相
傳的：～襲。～醫。**❹**指從先
輩起就有交往、友誼：～伯。
～兄。**❺**世界，宇宙，全球：
～上。～人。

4 **丘** (qiū ㄑ丨ㄡ)粵jɐu¹〔休〕**❶**
小土山：土～。～陵地
帶。**❷**墳墓(㊅一墓)。**❸**〈方〉
量詞(指用田埂隔開的水田)：
一～五畝大的稻田。**❹**用磚石
封閉有屍體的棺材，浮厝：先
把棺材～起來。

4 **丙** (bǐng ㄅ丨ㄥ)粵biŋ²〔炳〕
❶天干的第三位，用作
順序的第三：～等。**❷**指火：
付～(燒掉)。

4 **东** '東'的簡化字，見 305 頁。

丝 '絲'的簡化字，見 520 頁。

业 '業'的簡化字，見 326 頁。

4 **兰** '蘭'的簡化字，見 606 頁。

4 **丛** '叢'的簡化字，見 85 頁。

4 **冊** 見冂部，50 頁。

4 **册** 見冂部，50 頁。

5 **丞** (chéng ㄔㄥ)粵siŋ⁴〔成〕**❶**
幫助，輔佐。〔丞相〕古
代幫助皇帝進行統治的最高
一級官吏。**❷**封建時代幫助
主要官員做事的官吏：
縣～。府～。

5 **丢** (diū ㄉ丨ㄡ)粵diu¹〔刁〕**❶**
失去，遺落：～了一枝
鋼筆。～臉(失面子)。～三
落四。**❷**扔：～果皮。**❸**放
下，拋開：這件事可以～開不
管。

5 **両** 同'兩㊀'，見 46 頁。

5 **冉** 見冂部，50 頁。

5 **两** '兩'的簡化字，見 46 頁。

6 **丽** '麗'的簡化字，見 821 頁。

6 **严** '嚴'的簡化字，見 122 頁。

6 **来** '來'的簡化字，見 27 頁。

7 並（△并）(bìng ㄅㄧㄥˋ) 〔粵〕bing⁶〔兵低上〕❶一齊，平排着：～蒂蓮。～駕齊驅。～排坐着。❷放在否定詞前面，表示不像預料那樣：～不太冷。～非不知道。❸連詞，並且：我完全同意～支持大會的決議。

7 並 同'並'，見本頁。

7 画 '畫'的簡化字，見441頁。

7 事 見'亅'部，12頁。

7 亞 見二部，13頁。

7 兩 見入部，46頁。

9 冓 見冂部，50頁。

12 亶 見亠部，16頁。

18 夒 見夊部，144頁。

｜ 部

2 丫 (yā ㄧㄚ) 〔粵〕a¹〔鴉〕❶分杈的：～杈。樹～。巴。❷〔丫頭〕〔粵〕1.女孩子。2.受雇用役使的女孩子。

2 个 '個'的簡化字，見32頁。

3 中 ㊀(zhōng ㄓㄨㄥ) 〔粵〕dzung¹〔鍾〕❶和四方，上下或兩端距離同等的地位：～央。～心。路～。〔中人〕為雙方介紹買賣、調解糾紛等並做見證的人。❷在一定的範圍內，裏面：空～。房～。水～。❸性質、等級在兩端之間的：～等。～學。～流貨。〔中子〕構成原子核的一種不帶電荷的微粒。❹恰好，不偏不倚：～庸之道。地點適～。❺表示動作正在進行：在研究～。在印刷～。❻中國的簡稱：古今～外。～文。❼適於，合於：～看。～聽。〔中用〕有用，有能力。❽〔方〕成，行，好：～不～？～。㊁(zhòng ㄓㄨㄥˋ) 〔粵〕dzung³〔眾〕❶正對上，恰好合上：～的。～肯。～要害。❷感受，受到：～毒。～暑。～彈。❸科舉時代考試被取錄：～舉。

3 丰 (fēng ㄈㄥ) 〔粵〕fung¹〔風〕❶容貌姿態美好。❷'豐'的簡化字，見659頁。〔丰采〕〔丰姿〕見776頁'風'字條'風采'、'風姿'。

3 书 '書'的簡化字，見298頁。

3 引　見弓部，207頁。

3 弔　見弓部，206頁。

4 丱　(guàn 《ㄨㄢˋ)⑧gwan³〔慣〕舊時兒童把頭髮束成兩角的樣子。

6 串　(chuàn ㄔㄨㄢˋ)⑧tsyn³〔寸〕❶量詞，用於連貫起來的東西：一~珍珠。一~鑰匙。❷連貫：貫~。❸串通，互相勾結、勾通：~供。~騙。❹由這裏到那裏走動：~親戚。~聯。~門。❺擔任戲劇、雜耍角色：客~。反~。❻親戚：親~。

7 弗　(chǎn ㄔㄢˇ)⑧tsan²〔產〕把肉串起來燒烤的籤子。

7 暢　'暢'的簡化字，見295頁。

7 乖　見丿部，9頁。

8 临　'臨'的簡化字，見564頁。

、部

2 丸　(wán ㄨㄢˊ)⑧jyn⁴〔元〕jyn²〔苑〕(語)❶(一子、一兒)球形的小東西：彈~。藥~。肉~。❷專指丸藥：~散膏丹。

2 丸　同'丸'，見本頁。

2 丫　見丨部，5頁。

2 义　'義'的簡化字，見538頁。

2 凡　見几部，54頁。

2 刃　見刀部，56頁。

2 叉　見又部，83頁。

3 丹　(dān ㄉㄢ)⑧dan¹〔單〕❶紅色：~心。~砂(硃砂)。~青(紅色和青色，借指繪畫)。❷一種依成方配製成的中藥，通常是顆粒狀或粉末狀的：九散膏~。

3 为　'為'的簡化字，見394頁。

3 之　見丿部，8頁。

3 卞　見卜部，76頁。

3 太　見大部，146頁。

4 主　(zhǔ ㄓㄨˇ)⑧dzy²〔煮〕❶主人：1.權力或財物的所有者：一家~。屋~。物~。2.接待客人的人，跟'賓、客'相對：賓~。東道~。3.事件中的當事人：事~。失~。〔主觀〕1.屬於自我意識方面的，跟‘客觀’相反：人類意識屬於～～，物質世界屬於客觀。2.不依據客觀事物，單憑自己的偏見的：他的意見太～～了。3.屬於自身方面的：～～努力。❷佔有奴隸或雇傭僕役的人：奴隸～。～僕。❸主張，決定：～戰。婚姻自～。❹最重要的，最基本的：～力。預防為～。〔主顧〕商店稱買貨的人。❺主持，負主要責任：～辦。～講。❻預示：早霞～雨，晚霞～晴。❼對事情的定見：六神無～。心裏沒～。❽基督教徒對上帝、伊斯蘭教徒對眞主的稱呼。

4 **永** 見水部，354頁。

5 **乒** （pāng ㄆ尢）粵bem¹〔泵〕
poŋ¹〔旁高平〕（又）象聲詞：～的一聲。

6 **卵** 見卩部，78頁。

6 **良** 見艮部，570頁。

8 **舉** ‘舉’的簡化字，見566頁。

丿 部

1 **乂** （yì ㄧˋ）粵ŋai⁶〔艾〕❶治理，安定：～安。❷古時稱有才德的人：俊～。

乃 （一）（nǎi ㄋㄞˇ）粵nai⁵〔奶〕❶你，你的：～父。～兄。❷才：吾求之久矣，今～得之。❸竟：～至如此。❹是，為：失敗～成功之母。❺就，於是：老師走進教室，同學起立致敬後就～就坐。❻見·340頁‘欸’字條‘欸乃’。
（二）（ǎi ㄞˇ）粵ic²〔藹〕（一）❻的又讀。

1 **九** 見乙部，9頁。

2 **久** （jiǔ ㄐㄧㄡˇ）粵geu²〔狗〕❶時間長：年深日～。很～沒有見面了。❷時間的長短：你來了多～？

2 **么** ‘麼’的簡化字，見823頁。

2 **义** ‘義’的簡化字，見538頁。

2 **乡** ‘鄉’的簡化字，見707頁。

2 **几** 見几部，54頁。

2 九　見乙部，6頁。

2 千　見十部，74頁。

3 之　(zhī ㄓ)粵dzi¹〔支〕❶用法
跟‘的’(de)相當(例子中
加括號的表示有時候可省略不
用)：1.表示形容性，在形容詞
或名詞後：百萬～師。三分～
一。百萬年(～)前。三天(～)
後。淮水～南。2.表示領有，
連屬等關係，在名詞或代詞
後：以子～矛，攻子～盾。❷
代詞，代替人或事物，限於作
賓語：愛～重～。取～不盡。
偶一為～。❸代詞，虛指：久
而久～。❹置於主謂結構之間，
使其變成偏正結構：大道～行
也，天下為公。❺古時當作
‘這個’用：～子于歸。❻往，
到：由穗～港。爾將何～？

3 乌　‘烏’的簡化字，見395頁。

3 长　‘長’的簡化字，見742頁。

3 丰　見丨部，5頁。

3 升　見十部，74頁。

3 午　見十部，74頁。

3 及　見又部，83頁。

3 尹　見尸部，177頁。

4 乍　(zhà ㄓㄚ)粵dza³〔炸〕❶忽
然：～冷～熱。❷剛，
起初：新來～到。～暖還寒。

4 乎　(hū ㄏㄨ)粵fu⁴〔扶〕❶文言
助詞，表示疑問：1.同白
話的‘嗎’：天雨～？2.同白
話的‘呢’，表選擇答覆的疑問：然
～？否～？3.同白話的‘吧’，
表推測和疑問：日食飲得無衰
～？❷文言歎詞，同白話的
‘啊’：嗟～！惜～！天～！❸於
(放在動詞或形容詞後)：異～
尋常。合～情理。在～此心～
～彼。

4 乏　(fá ㄈㄚˊ)粵fet⁹〔伐〕❶缺少
(粵缺－)：～味。不～
其人。❷疲倦(粵疲－)：人困
馬～。跑了一天，身上有點～。

4 乐　‘樂’的簡化字，見330頁。

4 卅　見丨部，6頁。

4 丘　見一部，4頁。

5 乒　(pīng ㄆㄧㄥ)粵biŋ¹〔兵〕
　　piŋ¹〔娉〕(又)❶象聲詞。
　　❷指乒乓球：～隊。～壇。〔乒
乓〕1.象聲詞。2.指乒乓球。

5 **丟** 同‘丟’，見 4 頁。

5 **甪** 同‘角’，見 437 頁。

5 **乔** ‘喬’的簡化字，見 111 頁。

5 **乒** 見丶部，7 頁。

6 **兎** 見儿部，45 頁。

6 **兵** 見八部，48 頁。

7 **乖** (guāi ㄍㄨㄞ)粵gwai¹〔怪高平〕❶不順，不和諧(粵一僻)。❷機靈，伶俐：～巧。❸小孩子聽話，不淘氣：這孩子眞～。

8 **垂** 見土部，131 頁。

8 **重** 見里部，715 頁。

9 **乘** ㈠(chéng ㄔㄥˊ)粵sịng⁴〔成〕❶騎，坐：～馬。～車。～飛機。❷趁，就着：～機。～勢。❸算術中指一個數使另一個數變成若干倍：五～二等於十。❹佛教的教理和教派：大～。小～。

㈡(shèng ㄕㄥˋ)粵sịng⁶〔盛〕❶量詞(指古代四匹馬拉的兵車)：千～之國。❷春秋時晉國的史書叫乘，後因稱一般的史書為

乘：史～。

乙(一フL)部

0 **乙** (yǐ ㄧˇ)粵jyt⁹〔月中入〕(又)jyt⁸〔月入〕❶天干的第二位，用作順序的第二：～等。❷舊時樂譜記音符號的一個，相當於簡譜的‘7’。❸畫乙字形的符號，作用有二：1.古時沒有標點符號，遇有暫時停頓的地方用乚符號，形似乙字；2.遇有顛倒、遺漏的文字用乚符號改正過來或把遺漏的字勾進去。❹一。如：招請清潔女工～名。

1 **乜** ㈠(niè ㄋㄧㄝˋ)粵nɛ⁶〔呢低去〕姓。

㈡(miē ㄇㄧㄝ)粵mɛ¹〔咩〕〔乜斜〕1.眼睛因困倦而眯成一條縫：～～睡眼。2.眼睛略眯而斜着看，多指不滿意或看不起的神情。

㈢(miē ㄇㄧㄝ)粵mɐt⁷〔勿高入〕〔粵方言〕什麼：～嘢(什麼東西)。

1 **九** (jiǔ ㄐㄧㄡˇ)粵geu²〔狗〕❶數目字(9)；八之後的整數(8+1)。〔數九〕從冬至日起始的八十一天，每九天作一單位，從‘一九’數到‘九九’：～～寒冬。❷表示多次或多數：～

死一生。～霄。

1 了 見 亅部, 11頁。

2 乞 (qǐ ㄑㄧˇ)粤het⁷〔核高入〕乞求, 向人討、要、求: ～憐。～恕。～食。-丐。

2 也 (yě ㄧㄝˇ)粤ja⁵〔以雅切〕❶副詞, 同'亦', 表示同樣、並行等意義: 你去, 我一去。～好, ～不好。～不知道是誰拿走了。❷跟'再''一點''連'等連用表示語氣的加強(多用在否定句裏): 再～不敢開口了。這話一說一不錯。連一個人影～沒找到。❸(跟前文的'雖然、即使'連用)表示轉折或讓步: 我雖然沒仔細讀過這本書, ～略知這本書的內容梗概。即使天下雨, 我一要出門。❹文言助詞: 1.用在句末, 表示判斷的語氣: 是不能～, 非不為～。2.表示疑問或感歎: 何～? 何為不去～? 是何言～? 3.用在句中, 表示停頓: 向～不怒而今～怒, 何也?

2 飞 '飛'的簡化字, 見 777頁。

2 卫 '衛'的簡化字, 見 626頁。

2 丸 見 丶部, 6頁。

3 书 '書'的簡化字, 見 298頁。

3 予 見 亅部, 12頁。

3 孔 見子部, 163頁。

4 氹 (dàng ㄉㄤˋ)粤tem⁵〔提凜切〕塘, 水坑: 水～。～肥。

4 电 '電'的簡化字, 見 760頁。

5 乩 (jī ㄐㄧ)粤gei¹〔基〕扶乩, 一種占卜問疑的方法。用盤盛沙, 由兩個人扶着一個'丁'字形的木筆, 在沙盤上畫出字句來, 說是神的指示。又叫'扶箕'或'扶鸞'。

5 买 '買'的簡化字, 見 665頁。

5 丞 見一部, 4頁。

5 丟 見厶部, 82頁。

5 空 見穴部, 489頁。

6 乱 '亂'的簡化字, 見11頁。

7 乳 (rǔ ㄖㄨˇ)粤jy⁵〔雨〕❶乳房, 分泌奶汁的器官。❷乳房中分泌出來的白色奶汁。❸像乳汁的東西: 豆～。❹生, 生殖: 孳～。❺初生的, 幼小的: ～燕。～鴨。

¹⁰乾(△○干) ⊖（qián
ㄑㄧㄢˊ）

kin⁴〔虔〕❶八卦之一，符號是 ☰，代表天。參見 47 頁‘八’字條‘八卦’。❷指男方的：～宅。❸乾縣，在陝西省。

⊖（gān ㄍㄢ）粵gon¹〔干〕❶沒有水分或水分少的，跟‘濕’相反（粵一燥）：～柴。～糧。〔乾脆〕粵爽快，簡捷：說話～，做事也～。❷(一兒)乾的食品或其他東西：餅～。豆腐～。❸枯竭，盡凈，空虛：大河沒水小河～。～杯。外強中～。❹空，徒：～着急。～等。～看着。❺拜認的親屬關係：～娘。❻形容說話太直太粗(不委婉)：你說的話真～。❼說怨恨、氣忿的話使對方難堪：今天，我又～了他一頓。❽慢待，不理睬：沒想到，他把咱們～起來了。

¹²亂(乱)（luàn ㄌㄨㄢˋ）粵lyn⁶〔聯低去〕❶沒有秩序(粵紛一)：不要～說。這篇稿子寫得太～。❷戰爭，武裝騷擾：叛～。兵～。避～。❸混淆：以假～真。❹任意，隨便：～吃。～跑。❺男女關係不正當：淫～。

亅 部

1 了 ⊖(liǎo ㄌㄧㄠˇ)粵liu⁵〔料低上〕❶完了，結束：事情已經～了。話猶未～。不～～之。說起話來沒完沒～。敷衍～事。〔了當〕爽快：直捷～～。❷完全(不)，一點(也不)：～無懼色。～不可見。❸在動詞後，跟‘不’、‘得’連用，表示可能：這本書我看不～。這事你辦得～。〔了不得〕表示不平常，嚴重：他的本事真～～～。～～了，着了火了! 疼得～～。〔了得〕1.有‘能辦、可以’的意思，多用於反詰語句中，表示不平常，嚴重：這還～! 2.能幹，厲害：真～～。❹‘瞭’⊖⊜的簡化字，見465頁。

⊜(le·ㄌㄜ)粵同⊖❶放在動詞或形容詞後，表示動作或變化已經完成：買～一本書。水位低～兩尺。❷助詞，用在句子末尾或句中停頓的地方，表示變化，表示出現新的情況。1.指明已經出現或將要出現某種情況：下雨～。明天就是星期日～。2.認識、想法、主張、行動等有變化：我現在明白他的意思～。他今年暑假不回家

~。我本來沒打算去，後來還是去～。3.隨假設的條件轉移：你早來一天就見着他～。4.催促或勸止：走～，走～，不能再等～！算～，不要老說這些事～!

1 丁 見一部，1頁。

2 于 見二部，本頁。

2 亏 見二部，本頁。

3 予 ㊀(yú ㄩˊ)⑱jy⁴〔余〕我。㊁(yǔ ㄩˇ)⑱jy⁵〔雨〕給與：授～獎狀。～以協助。～以處分。

4 乎 見丿部，8頁。

7 事 (shì ㄕˋ)⑱si⁶〔是〕❶(一兒)事情，自然界和社會中的一切現象和活動。〔事態〕形勢或局面。──嚴重。〔事變〕突然發生的重大政治、軍事性事件：七七盧溝橋～～。❷職業：謀～(找職業)。他現在做什麼～？❸關係或責任：你回去吧，沒有你的～了。這件案子裏還有他的～呢。❹變故：出～。平安無～。〔事故〕出於某種原因而發生的不幸事情，如工作中的死傷等。❺做(⑱從一)：不～生產。❻舊指

侍奉：善～父母。

7 爭 見爪部，406頁。

二 部

0 一 二 (èr ㄦˋ)⑱ji⁶〔義〕❶數目字(2)；一之後的整數(1+1)：十一個。兩元～角(‘二’與‘兩’用法不同，參看‘兩’字注)。❷第二，次的：～貨。～把刀(指技術不高)。❸兩樣：不要三心～意。

1 亍 (chù ㄔㄨˋ)⑱tsuk⁷〔促〕見211頁‘彳’字條‘彳亍’。

1 于 (yú ㄩˊ)⑱jy¹〔迂〕❶同‘於㊀’，見285頁。❷姓。

1 亏 ‘虧’的簡化字，見608頁。

1 云 (yún ㄩㄣˊ)⑱wen⁴〔勻〕❶說：詩～。人～亦～。❷文言助詞，句首句中句末都用：～誰之思？歲～暮矣。蓋記時也。❸‘雲’的簡化字，見760頁。

2 互 (hù ㄏㄨˋ)⑱wu⁶〔戶〕彼此：～助。〔互生〕植物的枝、莖每節長出一個葉子，相間地各生在一邊，叫‘互生’。

2 五 (wǔ ㄨˇ)⑱ŋ⁵〔午〕❶數目字(5)；四之後的整數(4

+1)。❷舊時樂譜記音符號的一個，相當於簡譜的'6'。

2 **元** (qí ㄑㄧˊ)粵kei⁴[其]姓。

2 **井** (jǐng ㄐㄧㄥˇ)粵dzing²[整] dzeng²[鄭高上][文]❶人工挖成能取出水的深洞，洞壁多砌上磚石。❷形式跟井相像的：天～。鹽～。礦～。❸整齊，有秩序(疊)：～～有條。秩序～然。❹星名，二十八宿之一。

2 **专** '專'的簡化字，見 174 頁。

2 **元** 見儿部，43 頁。

4 **亘** (gèn ㄍㄣˋ)粵geng²[耿]空間或時間上延續不斷：綿～數十里。～古及今。

4 **亙** 同'亘'，見本頁。

4 **亚** '亞'的簡化字，見本頁。

6 **些** (xiē ㄒㄧㄝ)粵se¹[賒]❶量詞，表示不定的數量：有～工人。前一日子。看～書。長～見識。❷跟'好'、'這麼'連用表示很多：好～人。這麼～天。製造出這麼～個機器。❸用在形容詞後表示比較的程度：病輕～了。學習認真～，瞭解就深刻～。[些微]

略微。

6 **亞**（亚）(yà ㄧㄚˋ)粵a³[阿]❶次，次一等的：～軍。～熱帶。❷較差：他的球技不～於你。❷原子價較低的；酸根或化合物中少一個氫原子或氧原子的：硫酸～鐵(FeSO₄)。～氨基(=NH)。❸(外)指亞洲，世界七大洲之一。

7 **亟** ㊀(jí ㄐㄧˊ)粵gik⁷[擊]急切：～待解決。㊁(qì ㄑㄧˋ)粵kei³[冀]屢次：～來問訊。

12 **㬥** '囊'的簡化字，見 763 頁。

13 **㒩** '囊'的簡化字，見 762 頁。

亠 部

1 **亡** ㊀(wáng ㄨㄤˊ)粵mong⁴[忙]❶逃(疊逃-)：～命。流～。❷失去：～羊補牢(喻事後補救)。❸死(疊死-)：傷～很少。❹死去的：～弟。❸滅(疊滅-)：～國。唇～齒寒(喻利害相關)。㊁(古)同'無'，見 398 頁。

2 **亢** ㊀(kàng ㄎㄤˋ)粵kong³[抗]❶高。❷高傲：不卑不

~。❷過甚，極：~旱。❸星名，二十八宿之一。

㊂(gāng 《ㄤ)粵gong¹〔江〕人頸的前部，喉嚨。㊅要害：批~搗虛(抓住要害乘虛而入)。

2 **六** 見八部，48頁。

3 **市** 見巾部，192頁。

4 **交** (jiāo ㄐㄧㄠ)粵gau¹〔郊〕❶付託，付給：這事~給我辦。貨已經~齊了。❷相錯，接合：~界。目不~睫。~叉。㊄相交處：春夏之~。❸互相來往聯繫：~流經驗。~換意見。公平~易。打~道。〔交涉〕互相商量解決彼此間相關的問題：我去跟他~~一下。〔交際〕人事往來接觸。❹一齊，同時：風雨~加。飢寒~迫。❺結交：~朋友。❻交情，交誼：我和他沒有深~。❼同'跤'，見676頁。

4 **亥** (hài ㄏㄞ)粵hoi⁶〔害〕❶地支的末一位。❷亥時，指晚九點到十一點。

4 **亦** (yì ㄧˋ)粵jik⁹〔譯〕也(表示同樣)，也是：反之~然。~步~趨(喻自己沒有主張，跟着別人走)。

4 **充** 見儿部，44頁。

4 **妄** 見女部，152頁。

4 **衣** 見衣部，626頁。

5 **亨** ㊀(hēng ㄏㄥ)粵heng¹〔鏗〕❶通達，順利(粵一通)：萬事~通。❷電感單位名稱亨利的簡稱，符號H。
㊁〈古〉同'烹'，見396頁。

5 **弃** 同'棄'，見320頁。

5 **忘** 見心部，217頁。

5 **肓** 見肉部，549頁。

5 **言** 見言部，641頁。

5 **辛** 見辛部，690頁。

6 **享** (xiǎng ㄒㄧㄤ)粵hœng²〔響〕享受，受用：~福。坐~其成。

6 **京** (jīng ㄐㄧㄥ)粵ging¹〔經〕❶國家的首都：~城。❷北京的簡稱：~廣鐵路。~劇。❸大：莫之與~。❹數目，古代指一千萬。
〔京族〕中國少數民族名，參看附錄六。

6 **变** '變'的簡化字，見657頁。

6 **㐫** 見儿部，45 頁。

6 **卒** 見十部，75 頁。

6 **夜** 見夕部，145 頁。

6 **妾** 見女部，154 頁。

6 **氓** 見氏部，352 頁。

6 **盲** 見目部，458 頁。

7 **亭**（tíng ㄊㄧㄥˊ）⟨粵⟩tiŋ⁴〔庭〕❶（—子）有頂無牆，供休息用的建築物，多建築在路旁或花園裏。⟨引⟩建築得比較簡單的小房子：書～。電話～。❷適中，均勻：調配得很～勻。〔亭午〕正午，中午。〔亭當〕妥貼。也作'停當'。

7 **亮**（liàng ㄌㄧㄤˋ）⟨粵⟩lœŋ⁶〔諒〕❶明，有光：天～了。敞～。刀磨得真～。❷明擺出來：～相。❸明朗，清楚：你這一說，我心裏頭就～了。打開窗子說～話。❹聲音響：洪～。❺（—兒）光綫：屋裏一點～兒也沒有。⟨引⟩燈燭等照明物：拿個～兒來。

7 **亯** 同'享'，見14頁。

7 **㐖** 同'夜'，見 145 頁。

7 **弯** '彎'的簡化字，見209頁。

7 **㐞** 見儿部，45 頁。

7 **哀** 見口部，101 頁。

7 **奕** 見大部，149 頁。

7 **弈** 見廾部，205 頁。

7 **帝** 見巾部，193 頁。

7 **音** 見音部，769 頁。

8 **亳**（bó ㄅㄛˊ）⟨粵⟩bɔk⁸〔博〕亳縣，在安徽省。

8 **恋** '戀'的簡化字，見234頁。

8 **挛** '攣'的簡化字，見273頁。

8 **峦** '巒'的簡化字，見329頁。

8 **栾** '欒'的簡化字，見329頁。

8 **离** '離'的簡化字，見759頁。

8 **旁** 見方部，285 頁。

8 **衰** 見衣部，627 頁。

8 **衮** 見衣部，627 頁。

8 衰　見衣部，　628頁。

8 高　見高部，　792頁。

9 商　見口部，　106頁。

9 孰　見子部，　165頁。

9 毫　見毛部，　350頁。

9 烹　見火部，　396頁。

9 率　見玄部，　423頁。

9 裒　見衣部，　629頁。

9 袤　見衣部，　628頁。

10 高　同'頎'，見 202 頁。

10 就　見尢部，　177頁。

10 裛　見衣部，　630頁。

11 亶　(dǎn ㄉㄢˇ) 圖 tan² [坦] 實在，誠然: ～其然乎。

11 稟　見禾部，　486頁。

11 裏　見衣部，　630頁。

11 裒　見衣部，　630頁。

11 雍　見隹部，　757頁。

12 豪　見豕部，　660頁。

12 齊　見齊部，　830頁。

13 褒　見衣部，　632頁。

14 齳　'齳'的简化字,見 122 頁。

14 壅　見土部，　141頁。

14 嬴　見女部，　161頁。

15 襃　見衣部，　633頁。

15 襄　見衣部，　633頁。

15 襃　見衣部，　634頁。

15 齋　見齊部，　831頁。

17 羸　見羊部，　539頁。

18 齳　見口部，　122頁。

18 贏　見貝部，　670頁。

19 亹　㊀(mén ㄇㄣˊ) 圖 mun⁴ [門] ❶峽中兩岸對峙如門的地方。如錢塘江有鼈子亹，潮水由此出入。❷〔亹源〕回族自治縣, 在青海省. 今作'門源'.
㊁(wěi ㄨㄟˇ)⑨mei⁵〔尾〕勤勉不
倦的樣子(疊).

19 **贏** 見肉部, 563頁.

21 **贏** 見馬部, 789頁.

人(亻)部

0 **人** (rén ㄖㄣˊ)⑨jen⁴〔仁〕❶能
製造並能使用生產工具
的高等動物. 人是由類人猿
進化而成的.〔人口〕人的數目.
〔人事〕1.人情世故. 2.關於工
作人員的錄用、培養、調配、
獎懲等工作. ❷別人: 助~為
樂. ❸每人, 一般人: ~手一
册. ~所共知. ❹人氏(指籍
貫): 他是廣東~, 我是上海
~. ❺指人的品質、性情: 這
位先生~不錯. ㊡人格或面
子: 丟~. ❻指人的身體: 我
今天~不大舒服.
〔人工〕〈粵方言〉工資.

1 **个** '個'的簡化字, 見32頁.

1 **亿** '億'的簡化字, 見41頁.

2 **什** ㊀(shí ㄕˊ)⑨sep⁹〔拾〕同
'十❶'(多用於分數或倍

數): ~一(十分之一). ~百.
㊁(shí ㄕˊ)⑨dzap⁹〔雜〕各種的,
雜樣的: ~物. 家~(家用雜
物).〔什錦〕各種各樣東西湊
成的(多指食品): ～～糖. 素
～～.
㊂(shén ㄕㄣˊ)⑨sem⁶〔甚〕同
'甚'.〔什麼〕1.代詞, 表示疑
問: 想～～? ～～人? 2.代詞,
指不確定的事物: 沒有～～困
難. ～～事都難不住他.

2 **仁** (rén ㄖㄣˊ)⑨jen⁴〔人〕❶仁
愛, 同情: ~政. ~心.
~至義盡. ❷果核裏或某些甲
殼動物殼裏可吃的部分: 杏
~. 蝦~.

2 **仂** (lè ㄌㄜˋ)⑨lek⁹〔離麥切〕
〈古〉零數, 餘數.
〔仂語〕詞組, 不成句的短語.

2 **仃** (dīng ㄉㄧㄥ)⑨diŋ¹〔丁〕
〔伶仃〕孤獨: 孤苦～～.

2 **仄** (zè ㄗㄜˋ)⑨dzek⁷〔則〕❶傾
斜.〔仄聲〕古漢語四聲
中上聲、去聲、入聲的總稱.
❷狹窄: 逼～. ❸心裏不安:
歉～.

2 **仆** ㊀(pū ㄆㄨ)⑨fu⁶〔父〕puk⁷
〔鋪屋切〕(俗)向前跌倒:
前～後繼.
㊁'僕'的簡化字, 見39頁.

2 **仇** ㊀(chóu ㄔㄡˊ)⑨seu⁴〔愁〕
tseu⁴〔酬〕(又)深切的怨

恨：～人。報～。恩將～報。

㊁(qiú ㄑㄧㄡˊ)粵keu⁴〔求〕tseu⁴〔酬〕(俗)姓。

仉 (zhǎng ㄓㄤˇ)粵dzœŋ²〔掌〕姓。

2 **今** (jīn ㄐㄧㄣ)粵gem¹〔金〕現在：～天。～年。～昔。從～以後。

2 **介** (jiè ㄐㄧㄝ)粵gai³〔界〕❶在兩者中間：～紹。～乎兩者之間。〔介詞〕表示地點、時間、方向、方式等等關係的詞，如'從、向、在、以、對於'等。❷放在心裏：不必一意。❸正直：耿~。❹甲：1.古代軍人穿的護身衣服：～胄在身。2.動物身上的甲殼：～蟲。❺個(用於人)：一～書生。❻舊戲曲腳本裏表示情態動作的詞：打～。飲酒～。

2 **仍** (réng ㄖㄥˊ)粵jiŋ⁴〔形〕❶仍然，依然，還，照舊：～須努力。他雖然有病，～不肯放下工作。❷頻繁：頻～。

2 **仅** '僅'的簡化字，見39頁。

2 **从** '從'的簡化字，見214頁。

2 **仓** '倉'的簡化字，見32頁。

2 **仑** '侖'的簡化字，見28頁。

2 **化** 見匕部，71頁。

3 **仔** ㊀(zǐ ㄗˇ)粵dzi²〔紙〕幼小的(多指家畜)：～雞。～豬。〔仔細〕1.周密，細緻：～～研究。～～考慮。2.儉省：日子過得～～。3.當心，注意：路很滑，～～點兒。〔仔〕衣物等質地緊密：襪子織得十分～～。

㊁(zǐ ㄗˇ)粵同㊀〔仔肩〕所擔負的職務，責任。

㊂(zǎi ㄗㄞˇ)粵dzɐi²〔濟高上〕❶〈粵方言〉小孩子。特指男孩子。❷〈粵方言〉名詞詞尾，表示細小或愛稱：狗～。歌～。

3 **仕** (shì ㄕˋ)粵si⁶〔是〕❶舊稱做官：出～。～途。❷象棋棋子之一，擺在'將帥'的兩旁，用作護衛。〔仕女〕1.宮女。2.以美女為題材的中國畫：簪花～～圖。

3 **他** (tā ㄊㄚ)粵ta¹〔它〕❶稱你、我以外的第三人，一般指男性，有時泛指，不分性別。❷別的：～人。～鄉。❸虛指：睡～一覺。唱～幾句。❹指另外的地方：久已～往。

3 **仗** ㊀(zhàng ㄓㄤˋ)粵dzœŋ⁶〔丈〕❶兵器，儀～。明火執～。❷憑藉，依靠(粵倚一、一恃)：～勢欺人。～着大家的力量。❸拿着(兵器)：～劍。
㈡(zhàng ㄓㄤˋ)粵dzœŋ³〔漲〕戰
爭：打～。勝～。

3 **付** (fù ㄈㄨˋ)粵fu⁶〔父〕❶交、
給：～款。～印。～表決。
～諸實施。〔付梓〕古時用木板
印刷，在木板上刻字叫梓，因
此把稿件交付刊印叫付梓。❷
量詞，指中藥：吃一～藥就好了。

3 **仙** (xiān ㄒㄧㄢ)粵sin¹〔先〕❶
神話中稱有特殊能力，
可以長生不死的人。❷指某種
成就特異的人：詩～。❸人死
的諱稱：～遊。❹英語cent的
音譯，港幣單位一元等於一百
個仙。

3 **仝** (tóng ㄊㄨㄥˊ)粵tuŋ⁴〔同〕❶
同'同㈠'，見90頁。❷
姓。

3 **仞** (rèn ㄖㄣˋ)粵jɐn⁶〔刃〕古時
以八尺或七尺為一仞：
萬～高山。

3 **仟** (qiān ㄑㄧㄢ)粵tsin¹〔千〕
'千'字的大寫。

3 **仡** ㈠(gē ㄍㄜ)粵go¹〔哥〕〔仡
佬〕仡佬族，中國少數民
族名，參看附錄六。
㈡(yì ì)粵ŋɐt⁹〔兀〕勇武壯健的
樣子。

3 **代** (dài ㄉㄞˋ)粵doi⁶〔待〕❶替
(粵一替、替一)：～理。
～辦。～勞。〔代表〕1.受委託

或被選舉出來替別人或大家辦
事：被選派的～。他～～～公司。
2.。被選派的人：學生～～。
全權～～。〔代詞〕代替名詞、
形容詞、數詞或量詞的詞，如
'我、你、他、誰、什麼、這、
那'等。〔代價〕獲得某種東西
所付出的價錢。❹為達到某種
目的所花費的精力和物質。❷
代理：～總統。❸歷史上劃分
的時期，世(粵世一、時一)：
古～。近～。現～。清～。〔年
代〕1.泛指時間：～～久遠。2.
十年的時期(前面須有確定的
世紀)：二十世紀九十一～一
(1990－1999)。❹世系的輩
分：第二～。下一～。❺地質
年代分期的第一級，根據動植
物進化的順序分地質年代為太
古代、元古代、古生代、中生
代和新生代，代以下為紀。

3 **令** ㈠(lìng ㄌㄧㄥˋ)粵liŋ⁶〔另〕
❶命令，上級對下級的
指示：明～規定。遵守法～。
❷上級指示下級：校長～全校
師生一體遵行。❸古代官名：
縣～。❹使，使令：～人感動。
～人興奮。❺時令，時節：月
～。夏～。❻美好，善：～名。
敬稱：～兄。～尊(稱人的父
親)。❼詞之短小者叫令：調
笑～。十六字～。❽酒令：猜

拳行～。

㈡(líng ㄌㄧㄥ)粤lim¹〔廉高平〕英語ream的音譯。原張的紙五百張為一令。

㈢(líng ㄌㄧㄥ)粤liŋ⁴〔零〕〔令狐〕1.古地名, 在今山西臨猗縣一帶。2.複姓。

3 **以**(yǐ ㄧˇ)粤ji⁵〔耳〕❶用, 拿, 把, 將: ～少勝多。曉之～利害。～身作則。〔以為〕心裏想, 認為: 意～～未足。我～～應該這樣做。❷依, 順, 按照: 衆人～次就坐。～時啓閉。❸因, 因為: 不～失敗自餒, 不～成功自滿。❹在, 於(指時日): 余～下月中旬返。❺目的在於: 遵守交通規則, ～免發生危險。❻文言連詞, 跟'而'用法相同: 其責己也重～周, 其待人也輕～約。❼放在位置詞前表明時間、地位、方向或數量的界限: 水平～上。五嶺～南, 古稱百粤。十天～後交貨。

3 **仨**(sā ㄙㄚ)粤sam¹〔衫〕三個(本字後面不能再用'個'字或其他量詞): 他們哥兒～。

3 **仫**(mù ㄇㄨˋ)粤muk⁹〔木〕仫佬[仫佬族], 中國少數民族名, 參看附錄六。

3 **㠯** 同'以', 見本頁。

3 **们** '們'的簡化字, 見33頁。

3 **仪** '儀'的簡化字, 見41頁。

3 **丛** '叢'的簡化字, 見85頁。

3 **囚** 見口部, 123頁。

4 **仰**(yǎng ㄧㄤˇ)粤jœŋ⁵〔養〕❶臉向上, 跟'俯'相反: ～起頭來。～天大笑。人～馬翻。❷敬慕: 久～。信～。敬～。❸依賴(儱～賴): ～人鼻息(喻依賴人, 看人的臉色行事)。❹舊日公文用語, 用於上行文中與'懇、祈、請'等連用, 表示尊敬; 下行文中, 表命令, 如'仰即遵照'(指示下屬機關遵照公文內容辦事)。

4 **仲**(zhòng ㄓㄨㄥˋ)粤dzuŋ⁶〔頌〕❶兄弟排行常用伯、仲、叔、季為次序, 仲是老二: ～兄。❷在當中的: ～冬(冬季第二月)。～裁(居間調停, 裁判)。

4 **仳**(pǐ ㄆㄧˇ)粤pei²〔鄙〕〔仳離〕夫妻離散, 特指妻子被遺棄。

4 **仵**(wǔ ㄨˇ)粤ŋ⁵〔午〕相匹敵。〔仵作〕舊時指官署檢驗死傷的人員。現指從事斂葬的人。

4 **件** (jiàn ㄐㄧㄢˋ)粵gin6〔健〕❶
量詞: 一~事。兩~衣
服。~數。❷(一兒)指可以一一
計算的事物: ❶.配搭的東西:
零~。2.指文書等: 文~。來~。
(粵口語讀作'健'的高上聲)

4 **价** (㊀)(jiè ㄐㄧㄝˋ)粵gai3〔戒〕舊
時稱派遣傳送東西或傳
達事情的人: ~人。恕乏~催。
(㊁)'價'的簡化字，見41頁。

4 **任** (㊀)(rèn ㄖㄣˋ)粵jem6〔賃〕❶
相信，依賴(粵信一)。
❷任命，使用，給予職務: ~
用。委~。❸負擔或擔當(粵
擔一): ~課。連選連~。❹接受
~務。一身而二~。❺量詞，
用於擔任職務的次數: 第一
~總統。❻由着，聽憑: ~意。
~性。放~。不能~其自然發
展。❼隨便，不論: ~何困難
也不怕。~什麼都不懂。❽任
何，無論什麼: ~人皆知。
(㊁)(rén ㄖㄣˊ)粵jem4〔吟〕jem6
〔賃〕(俗)❶姓。❷任縣，在河
北省。〔任丘〕縣名，在河北省。

4 **份** (㊀)(fèn ㄈㄣˋ)粵fen6〔分低
去〕❶整體分成幾部分，
每一部分叫一份: 分成三~。
每人一~。❷量詞，指成組成
件的: 一~報。❸用在'省、縣、
年、月'後面，表示劃分的單

位: 省~。年~。
(㊁)〈古〉同'彬'，見211頁。

4 **仿** (fǎng ㄈㄤˇ)粵fong2〔紡〕❶
效法，照樣做(粵一效): ❶
~造。~製。❷依照範本寫的
字: 寫了一張。❸〔仿佛〕
(彷彿、髣髴)1.好像: 這個字
我~~在哪裏見過。2.類似:
弟兄倆長得相~~。

4 **伉** (kàng ㄎㄤˋ)粵kong3〔抗〕❶
對等，相稱。〔伉儷〕配偶，
夫婦。❷正直。

4 **企** (qǐ ㄑㄧˇ)粵kei5〔其低上〕❶
踮着腳看，希望，盼望:
~望。~待。~盼。❷〈粵方言〉
站，直立: 在電梯上，請靠右
樓價高~(高漲)。
〔企業〕從事生產、運輸、貿易
等經濟活動的部門，如工廠、
礦山、鐵路、貿易公司等。企
業的規模一般都比較大。

4 **伊** (yī ㄧ)粵ji1〔衣〕❶彼，他，
她。〔伊人〕那個人(多指
女性)。❷文言助詞: 下車~
始。

4 **伋** (jí ㄐㄧˊ)粵kep7〔吸〕用於人
名。

4 **伍** (wǔ ㄨˇ)粵ng5〔五〕❶古代
軍隊的編制，五個人為
一伍。⑨軍隊: 入~。❷~夥:
相與為~。❸'五'字的大寫。

伎（jì ㄐㄧˋ）⑧gei⁶〔技巧〕❶技巧，才能。〔伎倆〕手段，花招。❷古代稱以歌舞為業的女子。

伏（fú ㄈㄨˊ）⑧fuk⁹〔服〕❶趴，臉向下，體前屈：～在地上。～案讀書。❷屈服，承認錯誤或受到懲罰：～罪。～法。❸使屈服：降龍～虎。❹低下去：此起彼～。時起時～。❺隱藏：～兵。～擊。潛～期。❻伏日，夏至後第三個庚日叫初伏，第四個庚日叫中伏，立秋後第一個庚日叫末伏，統稱三伏。初伏到中伏相隔十天，中伏到末伏相隔十天或二十天。通常也指夏至後第三個庚日起到立秋後第二個庚日前一天的一段時間。❼電位、電壓、電動勢單位伏特的簡稱，符號V。

伐（fá ㄈㄚˊ）⑧fet⁹〔乏〕❶砍：～樹。採～木材。❷征討，攻打（⑩討－）：北～。❸自誇：～善。

休（xiū ㄒㄧㄡ）⑧jeu¹〔憂〕❶歇息：～假。～養。❷停止：～學。～會。爭論不一。⑰完結（多指失敗或死亡）。❸舊時丈夫把妻子趕回母家，斷絕夫妻關係：～書。～妻。❹不要，別：～想。～要這樣性急。❺吉慶，美善：～咎（吉凶）。～戚（喜和憂）相關。

伙（huǒ ㄏㄨㄛˇ）⑧fo²〔火〕❶（－兒）伙計，同伴，一同做事的人：同～。〔伙伴〕〔火伴〕同伴，伴侶。❷舊指店員：店～。❸合伙，結伴，聯合起來：～辦。～同。❹伙食：起～。包～。❺〈粵方言〉戶：這所房子住兩～人家。

伕（fū ㄈㄨ）⑧fu¹〔呼〕服勞役的人，特指被迫去做苦工的人：～役。拉～。也寫作'夫'。

伢（yá ㄧㄚˊ）⑧ŋa⁴〔牙〕〈方〉（－兒、－子）小孩子。

仱　同'竛'，見24頁。

伟　'偉'的簡化字，見35頁。

传　'傳'的簡化字，見38頁。

伤　'傷'的簡化字，見38頁。

优　'優'的簡化字，見42頁。

伦　'倫'的簡化字，見34頁。

伪　'偽'的簡化字，見36頁。

4 **伧** ‘傖’的簡化字,見37頁。

4 **伛** ‘傴’的簡化字,見38頁。

4 **伥** ‘倀’的簡化字,見32頁。

4 **会** ‘會’的簡化字,見298頁。

4 **众** ‘眾’的簡化字,見461頁。

4 **伞** ‘傘’的簡化字,見37頁。

4 **合** 見口部, 90頁。

4 **氽** 見水部, 354頁。

5 **佤** (wǎ ㄨㄚˇ)粵ŋa⁵〔瓦〕〔佤族〕中國少數民族名,參看附錄六。

5 **伯** ㊀(bó ㄅㄛˊ)粵bak⁸〔百〕❶兄弟排行常用‘伯’、‘仲’、‘叔’、‘季’做次序,伯是老大。〔伯仲〕粵不相上下, 好壞差不多。❷伯父, 父親的哥哥, 大爺。又對年齡大輩分高的人的尊稱:老～。❸君主時代五等爵位的第三等。
㊁(bǎi ㄅㄞˇ)同㊀〔大伯子〕丈夫的哥哥。

5 **估** ㊀(gū ㄍㄨ)粵gu²〔古〕揣測, 大致地推算:～計。～量。～價。低～。你～一

他能來不?
㊁(gù ㄍㄨˋ)粵gu³〔故〕〔估衣〕指出售的舊衣服。

5 **你** (nǐ ㄋㄧˇ)粵nei⁵〔尼低上〕稱談話的對方。

5 **伴** (bàn ㄅㄢˋ)粵bun⁶〔叛〕❶(一兒)同在一起而能互助的人(粵一侶):找個～學習。(粵口語讀作‘判’的高上聲)❷陪着, 伴隨:～遊。～奏。～娘。

5 **伶** (líng ㄌㄧㄥˊ)粵liŋ⁴〔玲〕伶人, 舊時稱以唱戲為職業的人(粵優一):坤(女的)～。名～。
〔伶仃〕孤獨:孤苦～～。
〔伶俐〕聰明, 靈活:很～～的孩子。～牙～齒(能說會道)。
〔伶俜〕形容孤獨。

5 **伸** (shēn ㄕㄣ)粵sɐn¹〔身〕❶舒展開:～手。～縮。❷表白:～冤。

5 **伺** ㊀(sì ㄙˋ)粵dzi⁶〔自〕偵候, 觀察:～敵。～隙進擊。
㊁(cì ㄘˋ)粵si⁶〔侍〕用於‘伺候’。
〔伺候〕1.窺伺, 守候。2.服侍, 照料。

5 **伻** (bēng ㄅㄥ)粵piŋ¹〔平高平〕〈古〉使, 使者。

5 **似** ㊀(sì ㄙˋ)粵tsi⁵〔此低上〕❶像, 相類(粵類一):相～。～是而非。❷似乎, 好像,

表示不確定: ～應再行研究。這個建議～乎有理。❸表示比較, 有超過的意思: 一個高一個。生活一天強～一天。

㊁(shì ㄕ)粵同〔似的〕跟某種事物或情況相似: 雪～～那麼白。瓢潑～～大雨。

5 **伽** ㊀(qié ㄑㄧㄝ´)粵ke⁴〔騎〕〔伽藍〕梵語'僧伽藍摩'的省稱, 指僧衆所住的園林, 後指佛寺。〔伽南香〕沉香。

㊁(jiā ㄐㄧㄚ)粵ga¹〔加〕譯音字。〔伽倻〕朝鮮樂器名。〔伽利略〕意大利天文學、物理學家。

5 **伾** (pī ㄆㄧ)粵pei¹〔披〕〔伾伾〕有力的樣子。

5 **佃** ㊀(diàn ㄉㄧㄢˋ)粵din⁶〔電〕農民租地耕種: ～戶。～農。

㊁(tián ㄊㄧㄢˊ)粵tin⁴〔田〕佃作, 耕種田地。

5 **但** (dàn ㄉㄢˋ)粵dan⁶〔憚〕❶只, 僅, 只要: 不～。～願如此。〔但凡〕只要: 我有工夫, 我就去看他。❷但是, 不過, 可是: 工作雖然忙, ～一點也沒放鬆學習。❸儘管: ～說無妨。

5 **佇** (zhù ㄓㄨˋ)粵tsy⁵〔柱〕長時間站着: ～候。

5 **佈** (bù ㄅㄨ)粵bou³〔報〕同'布'。❶宣佈, 宣告, 對公衆陳述: 發～。開誠～公。〔佈告〕張貼出來通知公衆的文件。❷散佈, 分佈: 陰雲密～。臉上滿～笑容。❸佈置: ～防。～局。〔佈置〕1.在一個地方安排和陳列各種物件使這個地方適合某種需要: ～～會場。2.對一些活動做出安排: ～～工作。

5 **位** (wèi ㄨㄟˋ)粵wei⁶〔胃〕❶位置, 所在的地方: 座～。部～。❷職位, 地位: ～高權重。❸特指皇位: 即～。在～。篡～。❹一個數中, 每個數碼所佔的位置: 個～。十～。❺量詞, 表人數: 三～客人。(❶❹❺粵口語讀如'委')

5 **低** (dī ㄉㄧ)粵dei¹〔底高平〕❶跟'高'相反: 1.矮: 這房子太～。弟弟比哥哥～一頭。2.地勢窪下: ～地。3.聲音細小: ～聲講話。4.程度差: 眼高手～。水平～。5.等級在下的: ～年級學生。6.價錢小: 最～的價錢。❷俯, 頭向下垂: ～頭。

5 **住** (zhù ㄓㄨˋ)粵dzy⁶〔主低去〕❶長期居留或暫時歇息: ～了一夜。他家在這裏～了好幾代。我家～在屯門。❷停,止，歇下：～手。雨～了。❸用做動詞的補語1.表示穩當或牢固：站～。把～方向盤。2.表示停頓或靜止：把我問～了。3.表示力量夠得上（跟'得'或'不'連用）：禁得～。支持不～。

5 **佐**（zuǒ ㄗㄨㄛˇ 舊讀zuò ㄗㄨㄛˋ）⑧dzɔ³〔左高去〕❶輔助，幫助：～理。❷輔助別人的人：僚～。

5 **佑**（yòu ㄧㄡˋ）⑧jeu⁶〔右〕幫助。

5 **佔**（zhàn ㄓㄢˋ）⑧dzim³〔尖高去〕❶據有，用強力取得（⑧一據）：～領。攻～。❷處於某種地位或情勢：～上風。～優勢。～多數。

5 **何**（㊀hé ㄏㄜˊ）⑧hɔ⁴〔河〕疑問詞1.什麼：～人？～事？為～？有～困難？2.為什麼：～必如此。3.哪樣，怎樣：～不？～如？如～？4.怎麼：他學習了好久，～至於一點進步沒有？5.哪裏：欲～往？

（㊁〈古〉同'荷'，見582頁。

5 **佗**（tuó ㄊㄨㄛˊ）⑧tɔ⁴〔駝〕❶同'馱'。用背負載。❷用於人名。三國時有名醫叫華佗。

5 **佘**（shé ㄕㄜˊ）⑧sɛ⁴〔蛇〕姓。

5 **余**（yú ㄩˊ）⑧jy⁴〔如〕❶我：～生也晚。❷'餘'的簡化字，見780頁。

5 **佚**（yì ㄧˋ）⑧jet⁹〔日〕❶放蕩：淫～。❷同'逸'❷❸'，見697頁。

5 **佛**（㊀fó ㄈㄛˊ）⑧fet⁹〔伐〕梵語'佛陀'的省稱，是佛教徒對'得道者'的稱呼。特指佛教的創始人釋迦牟尼。〔佛教〕釋迦牟尼創立的宗教。

（㊁fú ㄈㄨˊ）⑧fet⁷〔忽〕見21頁'仿'字條'仿佛'。

5 **作**（㊀zuò ㄗㄨㄛˋ）⑧dzɔk⁸〔昨中入〕❶起，興起：振～精神。鑼鼓大～。日出而～。一鼓～氣。〔作用〕功能，使事物發生變化的力量：起～。積極～～。❷做成，製造：～文。～畫。深耕細～。裝腔～勢。⑧作品，指文學、藝術方面的創作：佳～。傑～。❸寫作：～詩。～畫。～曲。吟詩～賦。❹舉行，進行：～報告。❺當成：過期～廢。認賊～父。❻發生：～嘔。❼做：～事～法。

㊁zuō ㄗㄨㄛ）⑧同㊀作坊，舊時手工業製造或加工的地方：油漆～。洗衣～。

5 **佞**（nìng ㄋㄧㄥˋ）⑧niŋ⁶〔擰〕❶有才智：不～（舊日謙

稱）。❷善辯，巧言諂媚：～口。～人（有口才而不正派的人）。

5 **佟** (tóng ㄊㄨㄥˊ)⑧tuŋ⁴〔同〕姓。

5 **佝** (gōu ㄍㄡ)⑧geu¹〔鳩〕〔佝僂〕佝僂病，俗稱小兒軟骨病。由於食物中缺少鈣、磷和維他命D，並缺乏日光照射而引起的骨骼發育不良。症狀有方頭、雞胸、兩腿彎曲等。

5 **佣** ㊀(yòng ㄩㄥˋ)⑧juŋ²〔湧〕佣金，佣錢，買賣東西時，給介紹人的錢：回～。
㊁'傭'的簡化字，見38頁。

5 **佧** (kǎ ㄎㄚˇ)⑧ka¹〔卡〕〔佧佤〕佧族的舊稱。

5 **佢** (qú ㄑㄩˊ)⑧kœy⁵〔拒〕〈粵方言〉他：～知道。

5 **体** '體'的簡化字，見791頁。

5 **佇** '儜'的簡化字，見38頁。

5 **佥** '僉'的簡化字，見39頁。

5 **金** 見口部，92頁。

5 **坐** 見土部，128頁。

5 **夾** 見大部，148頁。

5 **巫** 見工部，190頁。

攸 見攴部，275頁。

6 **佩** (pèi ㄆㄟˋ)⑧pui³〔沛〕❶佩帶，掛：腰間～着一支手槍。～帶勳章。❷佩服，心悅誠服：欽～。這種精神十分可～。❸同'珮'，見427頁。

6 **佯** (yáng ㄧㄤˊ)⑧jœŋ⁴〔羊〕假裝：～攻。～作不知。

6 **佬** (lǎo ㄌㄠˇ)⑧lou²〔老高上〕成年的人（含輕視意）：闊～。

6 **佰** (bǎi ㄅㄞˇ)⑧bak⁸〔百〕'百'字的大寫。

6 **佳** (jiā ㄐㄧㄚ)⑧gai¹〔街〕美好的：～音（好消息）。～句。～作。

6 **佴** ㊀(èr ㄦˋ)⑧ji⁶〔義〕置，停留。
㊁(nài ㄋㄞˋ)⑧nɔi⁶〔耐〕姓。

6 **佶** (jí ㄐㄧˊ)⑧get⁷〔吉〕健壯。
〔佶屈〕曲折：～～聱牙（文句拗口）。

6 **佺** (quán ㄑㄩㄢˊ)⑧tsyn⁴〔全〕用於人名。

6 **佻** (tiāo ㄊㄧㄠ)⑧tiu¹〔挑〕輕薄，不莊重。〔佻㒓〕輕佻，輕薄。又作'佻達'。

6 **佼** (jiāo ㄐㄧㄠ)⑧gau²〔狡〕美好。
〔佼佼〕勝過一般水平的：庸中

~~。

6 **伙** (cì ㄘ)粵tsi³〔次〕幫助: ~助。

6 **佾** (yì ㄧˋ)粵jet⁹〔日〕古時樂舞的行列。

6 **使** (一)(shǐ ㄕˇ)粵si²〔史〕sɐi²〔洗〕(語)❶用: ~勁。這支筆很好~。❷派, 差遣: 支~。~人前往。❸讓, 令, 叫: ~人高興。迫夕徒放下武器。❹假若, 假使。

(二)(shǐ ㄕˇ)粵si³〔試〕駐外國的外交長官: 大~。公~。〔使命〕奉命去完成的某種任務。泛指重大的任務: 歷史~~。

6 **侂** (tuō ㄊㄨㄛ)粵tok⁸〔託〕寄託, 依託。

6 **侃** (kǎn ㄎㄢˇ)粵hɔn²〔罕〕剛直。〔侃侃〕理直氣壯, 從容不迫的樣子: ~~而談。

6 **來(来)** (lái ㄌㄞˊ)粵lɔi⁴〔萊〕❶由另一方面到這一方面, 跟'去'、'往'相反: 我~香港三年了。~信。~源。〔來往〕交際。❷表示時間的經過: 某一個時間以後: 自古以~。從~。向~。這一年~他的進步很大。2.現在以後: 未~。~年(明年)。❸做某一動作(代替前面的動詞): 再~一個! 這樣可~不得! 我辦不了, 你~吧! 我們打球,

你~不~? ❹在動詞前, 表示要做某事: 我~問你。大家~想想辦法。我一唸一遍吧! ❺在動詞後, 表示曾經做過: 昨天開會你跟誰辯論~? 這話我哪兒說~?〔來着〕用於句尾, 表示曾經發生過什麼事情: 剛才我們在這兒開會~~。我昨天上廣州去~~。❻在動詞後, 表示動作的趨向: 一隻燕子飛過~。大哥託人捎~了一封信。拿~。進~。上~。❼表示發生, 來到: 房屋失修, 夏天一下暴雨, 麻煩就~了。問題~了。困難~了。❽表示約略估計的數目, 將近或略超過某一數目: 十~個。三米~長。五十~歲。❾在數詞'一'、'二'、'三'後, 表示列舉: 我還沒有望他, 一~路遠, 二~沒工夫。❿詩歌中間用作襯字: 正月裏~是新春。

6 **侈** (chǐ ㄔˇ)粵tsi²〔始〕❶浪費, 用財物過度(粵奢一): 生活奢~。❷誇大: ~談。

6 **佪** (huái ㄏㄨㄞˊ)粵wui⁴〔回〕見32頁'俳(二)'。

6 **侉** (一)(kuǎ ㄎㄨㄚˇ)粵kwa²〔誇高上〕❶口音與本地語音不合: 他說話有點~。❷粗大, 粗笨: 他長成個~大個兒。

(二)(kuā ㄎㄨㄚ)粵kwa¹〔誇〕同

'誇'。誇大，誇張。

例 (lì ㄌㄧˋ)〔麗〕❶（一子）可以做依據的事物：舉一個～子。史無前～。❷規定，體例：條～。發凡起～。〔例外〕不按規定的，和一般情況不同的：全體參加，沒有一個～～。遇到～～的事就得靈活處理。❸合於某種條件的事例：病～。❹按條例規定的，照成規進行的：～會。～行公事。

侍 (shì ㄕˋ)〔是〕服侍，伺候，在旁邊陪着：～立。服～病人。

侏 (zhū ㄓㄨ)〔朱〕矮小。〔侏儒〕身量特別矮小的人。

侑 (yòu ㄧㄡˋ)〔又〕在筵席旁助興，勸人吃喝：～食。

侔 (móu ㄇㄡˊ)〔謀〕相等，齊：相～。

侖（**仑**）(lún ㄌㄨㄣˊ)〔輪〕❶'倫'、'論'的古體。❷同'崙'，見185頁。

侗 ㊀ (dòng ㄉㄨㄥˋ)〔洞〕〔侗族〕中國少數民族名，參看附錄六。
㊁ (tóng ㄊㄨㄥˊ)〔同〕舊指童蒙無知。
㊂ (tǒng ㄊㄨㄥˇ)〔統〕〔儱侗〕見42頁'儱'字條。

侘 (chà ㄔㄚˋ)〔詫〕〔侘傺〕形容失意。

供 ㊀ (gōng ㄍㄨㄥ)〔工〕供給，準備着東西給需要的人應用：～養。提～。～銷。～求相應。～參考。
㊁ (gòng ㄍㄨㄥˋ)〔貢〕❶向神佛或死者奉獻祭品：～佛。❷指奉獻的祭品：上～。❸擺設着供賞玩的東西：文房清～。
㊂ (gòng ㄍㄨㄥˋ)〔貢〕同❷被審問時在法庭上述說事實：招～。口～。～狀。～認。

依 (yī ㄧ)〔衣〕❶靠，仗賴（連一靠）：相～為命。～賴。❷按照（連一照）：～次前進。～樣畫葫蘆。❸順從，答應：不～不饒。
〔依依〕1.留戀，不忍分離：～～不捨。2.形容柔軟的東西搖動的樣子：楊柳～～。

併（**并**）(bìng ㄅㄧㄥˋ)〔兵高去〕píng³〔聘〕(又)❶合在一起（連合一）：～吞。歸～。～案辦理。❷一齊，一同：～發症。

侄 同'姪'，見155頁。

側 '側'的簡化字，見36頁。

侨 6 '僑'的簡化字，見40頁。

俠 6 '俠'的簡化字，見31頁。

侦 6 '偵'的簡化字，見36頁。

侥 6 '僥'的簡化字，見40頁。

侪 6 '儕'的簡化字，見42頁。

侬 6 '儂'的簡化字，見41頁。

侻 6 '儻'的簡化字，見41頁。

侩 6 '儈'的簡化字，見41頁。

贪 6 '貪'的簡化字，見664頁。

命 6 見口部，97頁。

臥 6 見臣部，563頁。

舍 6 見舌部，567頁。

侮 7 (wǔ ㄨˇ)粵mou⁵〔武〕欺負，輕慢(粵 一 辱、欺 一)：~蔑。抵禦外~。

侯 7 ㊀(hóu ㄏㄡˊ)粵heu⁴〔猴〕❶君主時代五等爵位的第二等：封~。❷泛指達官貴人：~門。❸姓。
㊁(hòu ㄏㄡˋ)粵heu⁶〔後〕〔閩侯〕縣名，在福建省。

侵 7 (qīn ㄑㄧㄣ)粵tsɐm¹〔尋高平〕❶侵犯，奪取別人的權利：~害。~吞。~略。❷漸近：~晨。~曉。

侣 7 (lǚ ㄌㄩˇ)粵lœy⁵〔呂〕同伴(粵伴一)：情~。

侹 7 (tǐng ㄊㄧㄥˇ)粵tiŋ⁵〔挺〕平直。

便 7 ㊀(biàn ㄅㄧㄢˋ)粵bin⁶〔辨〕❶方便，順利，沒有困難或阻礙(粵一利)：行人稱~。~於攜帶。❷簡單的，非正式的：家常~飯。~衣。~條。〔便宜〕適當地，看事實需要而主動地：~~行事。(另piányi，見㊁)❸便利的時候：~中請來信。得~就送去。❹連詞，和'就'相同：吃過早點~上學去。❺屎尿或排泄屎尿：黃~。小~。
㊁(pián ㄆㄧㄢˊ)粵pin⁴〔片低平〕〔便宜〕物價較低：這些花布都很~~。㊀小利，私利：不要佔~~。(另biànyi，見㊀)〔便便〕肚子脹大的樣子：大腹~~。

俣 7 (yǔ ㄩˇ)粵jy⁵〔羽〕〔俣俣〕大而美。

係(△系) 7 (xì ㄒㄧˋ)粵hei⁶〔繫〕❶關聯：關~。❷是：確~實情。

7 **促**（cù ㄘㄨˋ）働tsuk⁷〔速〕❶急，時間短：急～。短～。匆～。❷催，推動：督～。～進。❸靠近：～膝談心。

7 **俄**（é ㄜˊ）働ŋo⁴〔鵝〕❶不久，旋即。❷'俄羅斯聯邦'的簡稱。〔俄羅斯〕1.俄羅斯族，中國少數民族名，參看附錄六。2.俄羅斯聯邦的主要民族。

7 **俅**（qiú ㄑㄧㄡˊ）働keu⁴〔求〕❶恭順的樣子（疊）。❷俅人，中國少數民族'獨龍族'的舊稱。

7 **俊**（jùn ㄐㄩㄣˋ）働dzœn³〔進〕❶才智過人的：～傑。～士。❷容貌美麗：～秀。那個小姑娘眞～。

7 **俎**（zǔ ㄗㄨˇ）働dzo²〔阻〕❶古代祭祀時放祭品的器物。（參見附圖）❷切肉或菜時墊在下面的砧板：刀～。

俎

7 **俏**（qiào ㄑㄧㄠˋ）働tsiu³〔峭〕❶漂亮，相貌美好：俊～。❷活潑有趣：～皮。❸貨物的銷路好：～貨。❹〔方〕烹調時為增加滋味、色澤，加上少量的青蒜、香菜、木耳之類。

7 **俐**（lì ㄌㄧˋ）働lei⁶〔利〕見23頁'伶'字條'伶俐'。

7 **俑**（yǒng ㄩㄥˇ）働juŋ²〔湧〕古時殉葬用的木製的或陶製的偶人。

7 **俗**（sú ㄙㄨˊ）働dzuk⁹〔濁〕❶風俗：入境問～。移風易～。❷大衆化的，最通行的，習見的：～語。通～讀物。❸趣味不高的，令人討厭的：這張畫畫得太～。〔庸俗〕膚淺的，鄙俗的。❹指沒出家的人：～念。僧～。

7 **俘**（fú ㄈㄨˊ）働fu¹〔呼〕❶打仗時被擒的敵人（働—虜）：戰～。遣～。❷打仗時擒住敵人（働—虜）：被～。～獲。

7 **俚**（lǐ ㄌㄧˇ）働lei⁵〔里〕民間的，通俗的：～歌。～語。

7 **俛**（㊀miǎn ㄇㄧㄢˇ）働min⁵〔免〕同'勉'，勤勞的樣子。㊁同'俯'，見31頁。

7 **俜**（pīng ㄆㄧㄥ）働piŋ¹〔瓶高平〕〔伶俜〕形容孤獨。

7 **保**（bǎo ㄅㄠˇ）働bou²〔寶〕❶看守住，護著不讓受損害或喪失（働—衛、—護）：～駕。～鏢。～障。～險。～健。❷保持：～溫。❸負責，保證：

～薦。～人。我敢～他一定做得好。❹保證人：作～。❺舊時戶口的一種編制，若干戶為一甲，若干甲為一保。❻被雇傭的人：酒～。

〔保安〕保安族，中國少數民族名，參看附錄六。

7 俟 ㊀(sì ㄙˋ)㊊dzi⁶〔字〕等待：～機。～該書出版後即寄去。

㊁(qí ㄑㄧˊ)㊊kei⁴〔其〕見1頁'万'字條'万俟'。

7 俠(侠)(xiá ㄒㄧㄚˊ)㊊hɐp⁹〔合〕hap⁹〔峽〕(又)舊時稱仗着自己的力量幫助被欺侮者的人或行為：武～。～客。～義。～骨。

7 信 ㊀(xìn ㄒㄧㄣˋ)㊊sœn³〔訊〕❶誠實，不欺騙：～用。失～。❷信任，不懷疑，認為可靠：～賴。這話我不～。㊕信仰，崇奉：～徒。❸(一兒)消息：報～。喜～。〔信號〕傳達消息、命令、報告等的記號：放～～槍。❹函件(㊅書一)：給他寫封～。❺憑據：～物。印～。❻隨便：～步。～口開河(隨便亂說)。❼信石，砒霜：紅～。白～。❽同'芯㊁'，見572頁。

㊁〈古〉同'伸'，見23頁。

7 俞 ㊀(yú ㄩˊ)㊊jy⁴〔余〕❶文言歎詞，表示允許：～允。❷姓。

㊁(shù ㄕㄨˋ)㊊sy³〔恕〕同'腧'。人體上的穴道：肺～。胃～。

7 侷 同'局⓫'，見178頁。

7 侻 同'脫❸'，見555頁。

7 俩 '倆'的簡化字，見32頁。

7 俭 '儉'的簡化字，見41頁。

7 俪 '儷'的簡化字，見43頁。

7 俨 '儼'的簡化字，見43頁。

7 俦 '儔'的簡化字，見42頁。

7 弇 見廾部，205頁。

8 修 (xiū ㄒㄧㄡ)㊊sɐu¹〔收〕❶使完美或恢復完美：～飾。～理。～辭。～車。❷建造：～鐵道。～橋。❸著作，撰寫：～書。～史。❹鑽研學習，研究：～業。自～。❺剪，削：～指甲。～鉛筆。❻長，高：～長。茂林～竹。

8 俯 (fǔ ㄈㄨˇ)㊊fu²〔苦〕❶向下，低頭，跟'仰'相反：～視山下。～仰之間(很短的時間)。❷敬辭，公文書信中用來稱對方的動作：～允。～念。

8 俱 ⊖(jù ㄐㄩ，舊讀jū ㄐㄩ)(粵)kœy¹(驅)❶全，都：父母～存。面面～到。❷偕同。〔俱樂部〕進行社會、政治、文藝、娛樂等活動的團體或場所。

8 俳 ⊖(pái ㄆㄞˊ)(粵)pai⁴(排)古代指雜戲、滑稽戲，也指演這種戲的人：～優。(貶)詼諧，玩笑。
⊜(pái ㄆㄞˊ)(粵)pui⁴(培)〔俳個〕同'徘徊'，見214頁。

8 俵 (biào ㄅㄧㄠˋ)(粵)biu²(表)〈方〉俵分，把東西分給人。

8 俶 ⊖(chù ㄔㄨˋ)(粵)tsuk⁷(促)〈古〉開始。
⊜同'倜'，見33頁。

8 俸 (fèng ㄈㄥˋ)(粵)fuŋ⁶(奉)fuŋ²〔豐高上〕(語)公務人員所得的薪金：～祿。薪～。

8 俺 (ǎn ㄢˇ)(粵)an²〔晏高上〕〈方〉我，我們：～村。～們。

8 俾 (bǐ ㄅㄧˇ)(粵)bei²(比)❶使：～便考查。～眾週知。❷〈粵方言〉給：～錢。

8 倀 (倀) (chāng ㄔㄤ)(粵)tsœŋ¹(昌)古時傳說被老虎咬死的人變成鬼又助虎傷人：為虎作～(喻幫惡人作惡)。
⊖(chéng 彳ㄥˊ)(粵)tsaŋ⁴(橙低平)獨立的樣子。

8 倆 (倆) ⊖(liǎ ㄌㄧㄚˇ)(粵)lœŋ⁵(兩)兩個(本字後面不能再用'個'字或其他量詞)：夫婦～。買～饅頭。
⊜(liǎng ㄌㄧㄤˇ)(粵)同⊖〔伎倆〕手段，花招。

8 倉 (倉) ⊖(cāng ㄘㄤ)(粵)tsɔŋ¹(蒼)收藏東西的房子：米～。穀～。貨～。
〔倉卒〕〔倉猝〕匆忙。

8 個 (个) ⊖(gè ㄍㄜˋ)(粵)gɔ³〔哥高去〕❶量詞：洗～澡。一分鐘打～百兒八十下。一～人。一～不留神。打他～落花流水。❷單獨的：～人。～體。❸(一子、一兒)身材或物體的大小：高～子。小～兒。饅頭～兒不小。
〔個案〕(港方言)可作為某項調查或研究的典型事例的事件。
⊜(gě ㄍㄜˇ)(粵)同⊖〔自個兒〕同'各自兒'。自己。

8 倌 (guān ㄍㄨㄢ)(粵)gun¹(官)❶農村中專管飼養某些家畜的人：牛～。❷舊時稱雜役的人：堂～(茶、酒、飯館的服務人)。❸〈粵方言〉指享有盛名的粵劇演員：大老～。

8 **倍**（bèi ㄅㄟˋ）粵pui⁵〔培低上〕
❶跟原數相同的數，某數的幾倍就是用幾乘某數：二的五～是十。精神百～（精神旺盛）。❷加一倍：事半功～。

8 **們（们）** ㊀（men·ㄇㄣ）粵mun⁴〔門〕詞尾，表人的複數：你～。咱～。他～的。學生～。師徒～。
㊁（mén ㄇㄣˊ）粵同㊀用於'圖們江'。

8 **倒** ㊀（dǎo ㄉㄠˇ）粵dou²〔島〕❶豎立的東西躺下來：牆～了。摔～。㊟工商業因虧累而關門：～閉。〔倒霉〕〔倒楣〕事情不順利，受挫折。❷對調，轉移，更換，改換：～手。～車。～換。
㊁（dào ㄉㄠˋ）粵dou³〔到〕❶上下或前後顛倒：這面鏡子掛～了。把那幾本書～過來。～數第一。❷反而，卻，相反：這～好了。跑了一天，～不覺得累。❸向後，往回退：～退。～車（車向後退）。
㊂（dào ㄉㄠˋ）粵同㊁把容器反轉或傾斜使裏面的東西出來：～茶。～水。～垃圾。

8 **倔** ㊀（jué ㄐㄩㄝˊ）粵gwet⁹〔掘〕倔強，固執，頑強：人很直爽，就是性情～強。
㊁（juè ㄐㄩㄝˋ）粵同㊀言語粗直，態度不好：那老頭子眞～。

8 **倖**（xìng ㄒㄧㄥˋ）粵heŋ⁶〔杏〕❶寵愛：寵～。得～。❷〔僥倖〕同'僥幸'，見40頁'僥'字條。

8 **倘** ㊀（tǎng ㄊㄤˇ）粵toŋ²〔躺〕假使，如果：～若努力，定能成功。
㊁（cháng ㄔㄤˊ）粵sœŋ⁴〔常〕〔倘佯〕同'徜徉'，見214頁'徜'字條。

8 **候**（hòu ㄏㄡˋ）粵heu⁶〔後〕❶等待（粵等一）：～診室。你先在這兒一一～，他就來。❷看望（粵問候，問好）：敬～近安。❸時節：時～。氣～。季～風。〔候鳥〕候變化而遷移的鳥，像大雁、小燕都是。❹事物在變化中間的情狀：症～。火～。

8 **倚**（yǐ ㄧˇ）粵ji²〔椅〕❶靠着：～門。❷仗恃：～勢欺人。❸偏：不偏不～。

8 **倜**（tì ㄊㄧˋ）粵tik⁷〔剔〕〔倜儻〕（儻一）灑脫，不拘束。

8 **借**（jiè ㄐㄧㄝˋ）粵dze³〔蔗〕❶暫時使用別人的財物等：～錢。～車。～用。〔借光〕請人讓路或問事的客氣話。❷暫時把財物等給別人使用：～給他幾塊錢。❸假託：～端～故。～題發揮。❹憑藉，依靠。

8 **倡** （chàng ㄔㄤˋ）⑨tsœŋ³〔唱〕
tsœŋ¹〔昌〕（又）發動，首
先提出：～議。～導。

8 **值** （zhí ㄓˊ）⑨dzik⁹〔直〕❶價
格，價錢：兩物之～相
等。❷物和價相當：～一百元。
㋒值得，有意義或有價值：不
～一提。❸數學上指依照數學
式演算所得結果。❹遇到：相
～。㋒當，輪到：～日。～班。

8 **倥** （kǒng ㄎㄨㄥˇ）⑨huŋ²〔孔〕
〔倥傯〕（一傯）1.事情迫
促：戎馬～～。2.窮困。

8 **倦** （juàn ㄐㄩㄢˋ）⑨gyn⁶〔捐低
去〕疲乏，懈怠（⑧疲一）：
誨人不～。厭～。

8 **倨** （jù ㄐㄩˋ）⑨gœy³〔句〕傲慢
前～後恭。

8 **倩** ㊀（qiàn ㄑㄧㄢˋ）⑨sin⁶〔善〕
美好，俏麗：～影。～
女。
㊁（qìng ㄑㄧㄥˋ）⑨同㊀❶請，央
求：～人代筆。❷舊稱女婿。

8 **倪** （ní ㄋㄧˊ）⑨ŋei⁴〔危〕端
邊際。〔端倪〕頭緒：已
略有～～。

8 **倫（伦）** （lún ㄌㄨㄣˊ）⑨lœn⁴
〔侖〕❶輩，類：
無與～比。不～不類。❷人倫，
人與人之間的關係，特指長幼
尊卑之間的關係：～常。❸條
理，次序：語無～次。

8 **倬** （zhuō ㄓㄨㄛ）⑨tsœk⁸〔卓〕
❶顯著。❷大。

8 **倭** ㊀（wǒ ㄨㄛˇ）⑨wo¹〔窩〕古
代稱日本。
㊁（wǒ ㄨㄛˇ）⑨wo²〔窩高上〕〔倭
墮〕髮髻歪在一側的髮式。
㊂（wēi ㄨㄟ）⑨wei¹〔威〕〔倭遲〕
同'逶迤'。道路、河道等彎曲
而長。

8 **俸** （bèn ㄅㄣˋ）⑨ben³〔殯〕〔俸
城〕地名，在河北省灤南
縣。

8 **喪** 同'喪'，見 111 頁。

8 **倮** 同'裸'，見 632 頁。

8 **併** 同'併'，見 28 頁。

8 **倣** 同'仿❶❷'，見 21 頁。

8 **倸** 同'睬'，見 463 頁。

8 **倢** 同'婕'，見 158 頁。

8 **倄** 同'備'，見 37 頁。

8 **傾** '傾'的簡化字，見 39 頁。

8 **债** '債'的簡化字，見 38 頁。

8 **拿** 見手部，249 頁。

8 **衮** 見衣部，628頁。

9 **偃** (yǎn lㄢˇ)(粵)jin²〔演〕❶仰面倒下，放倒：～臥。～旗息鼓。❷停止：～武修文。

9 **假** (一)(jiǎ ㄐㄧㄚˇ)(粵)ga²〔架高上〕❶不真實的，不是本來的，跟‘真’相反：～頭髮。～話。〔假如〕〔假使〕如果。❷借用，利用(働一借)：～手於人。～公濟私。❸據理推斷，有待驗證的：～設。～說。
(二)(jià ㄐㄧㄚˋ)(粵)ga³〔嫁〕照規定或經請求暫時離開工作、學習場所：例～。寒～。～期。請～。

9 **偈** (一)(jì ㄐㄧˋ)(粵)gɐi⁶〔計低去〕gɐi²〔計高上〕(又)和尚唱的詞句。
(二)(jié ㄐㄧㄝˊ)(粵)git⁹〔傑〕❶勇武。❷跑得快。

9 **偉(伟)** (wěi ㄨㄟˇ)(粵)wɐi⁵〔葦〕大（働一大）：身體魁～。～人。豐功～績。

9 **偌** (ruò ㄖㄨㄛˋ)(粵)je⁶〔夜〕這麼，那麼：～大年紀。

9 **偎** (wēi ㄨㄟ)(粵)wui¹〔煨〕緊挨著，親密地靠著：小孩兒～在母親的懷裏。

9 **偏** (piān ㄆㄧㄢ)(粵)pin¹〔篇〕❶歪，不在中間：鏡子掛～了。太陽～西了。㉛不全面，不正確：～於一端。❷跟願望、預料或一般情況不相同的(疊)：～～不湊巧。

9 **偓** (wò ㄨㄛˋ)(粵)ɐk⁷　ak⁷〔握〕(又)用於人名。

9 **偕** (xié ㄒㄧㄝˊ，舊讀jiē ㄐㄧㄝ)(粵)gai¹〔佳〕共同，在一塊：～老。～行。～同貴賓參觀。

9 **做** (zuò ㄗㄨㄛˋ)(粵)dzou⁶〔造〕❶幹，進行工作或活動：～活。～工。❷製造：～制服。甘蔗能～糖。❸當，為：～父母的。❹裝，扮：～好～歹。❺舉行：～生日。❻用為：蘆葦可以～造紙原料。❼寫作：～詩。～文章。❽結成：～親。～朋友。

9 **停** (tíng ㄊㄧㄥˊ)(粵)tiŋ⁴〔庭〕❶止住，中止不動(働一頓，一止)：一輛汽車～在門口。鐘～了。❷停留：我去法國，在德國～了兩天。❸妥當：～妥。❹(一兒)總數分成幾份，其中一份叫一停兒：三～兒的兩～兒。十～兒有九～兒是好的。

9 **健** (jiàn ㄐㄧㄢˋ)(粵)gin⁶〔件〕❶強壯，身體好(働一康，強一)：～兒。保～。身體～康。

〔健全〕1.既無疾病又不殘廢。2.完備無缺欠或使完備：制度很～～。❷善於，對於某種事情精力旺盛：～步。～談。～飯。

〔健忘〕容易忘，記憶力不強。

9 傯 (zǒng ㄗㄨㄥˇ)粵dzuŋ²〔總〕見34頁'倥'字條'倥傯'。

9 偲 ⊖(cāi ㄘㄞ)粵tsɔi¹〔彩高平〕有才能。
⊜(sī ㄙ)粵si¹〔思〕〔偲偲〕互相督促。

9 側(侧) ⊖(cè ㄘㄜˋ)粵dzek⁷〔則〕❶旁：樓～。～面。❷斜着(不敢或不便正面，表示憤怒或暗地裏)：～目。～耳細聽。～身而入。〔側重〕偏重。
⊜(zhāi ㄓㄞ)粵同⊖〔側歪〕傾斜：車在山坡上～～着走。〔側棱〕向一邊傾斜：～～着身子睡覺。
⊜(zè ㄗㄜˋ)粵同⊖同'仄'。'平仄'也作'平側'。

9 偵(侦) (zhēn ㄓㄣ，又讀 zhēng ㄓㄥ)粵dziŋ¹〔貞〕探聽，暗中察看：～探。～查案件。～察機。

9 偶 (ǒu ㄡˇ)粵ŋeu⁵〔藕〕❶偶像，用木頭或泥土等製成的人形。❷雙，對，成雙或成對，跟'奇'相反：～數。無獨有～。〔對偶〕文學作品中音調諧和，意義相對，字數相等的語句，駢體文的基本方式。❸配偶：佳～天成。❹偶然：～發事件。〔偶然〕不經常，不是必然的：～～去一次。這些成就的取得絕不是～～的。

9 偷 (tōu ㄊㄡ)粵teu¹〔頭高平〕❶竊取，趁人不知道拿人東西。〔小偷(兒)〕偷東西的人。❷行動瞞着人(疊)：～看。～～地走了。～懶(趁人不知道少做事)。❸抽出時間：～空。～閒。❹苟且：～安。～生。

9 倏 (shū ㄕㄨ)粵suk⁷〔叔〕極快地，忽然：～忽。～爾而逝。

9 㖞 (yē ㄧㄝ)粵je⁴〔椰〕〔伽㖞琴〕朝鮮樂器名。

9 偽(伪) (wěi ㄨㄟˇ)粵ŋei⁶〔藝〕❶假，不眞實：去～存眞。～造。～鈔。❷不合法的：～政府。

9 倐 同'倏'，見本頁。

9 俸 同'侔'，見34頁。

9 偺 同'咱'，見100頁。

9 偰 同'契❹'，見149頁。

9 **俑** 同'稱'㈠❹'，見 487 頁。

9 **偪** 同'逼'，見 698 頁。

9 **偿** '償'的簡化字，見42 頁。

9 **偻** '僂'的簡化字，見 39 頁。

9 **债** '債'的簡化字，見40 頁。

9 **龛** '龕'的簡化字，見 833 頁。

9 **條** 見木部，318 頁。

9 **盒** 見皿部，456 頁。

9 **脩** 見肉部，555 頁。

9 **貪** 見貝部，664 頁。

10 **傀** ㈠(kuǐ ㄎㄨㄟˇ)⑭fai³〔快〕〔傀儡〕木偶戲裏的木頭人。喻徒有虛名，甘心受人操縱的人或組織：～～政府。
㈡(guī ㄍㄨㄟ)⑭gwei¹〔歸〕❶偉大：～偉。❷怪異：～奇。

10 **傅** ㈠(fù ㄈㄨˋ)⑭fu⁶〔父〕❶輔助，教導。❷師傅，教導人的人。❸附着。
㈡(fū ㄈㄨ)⑭fu¹〔呼〕同'敷'。搽，抹：～粉。

10 **傑** (jié ㄐㄧㄝˊ)⑭git⁹〔桀〕❶才能出衆的人(⑭豪－)：英雄豪～。❷特異的，超過一般的：～作。～出的人材。

10 **偨** (xī ㄒㄧ)⑭hei⁴〔兮〕〔偨倖〕煩惱，焦躁。

10 **催** (jué ㄐㄩㄝˊ)⑭gok⁸〔角〕用於人名。

10 **傖(伧)** ㈠(cāng ㄘㄤ)⑭tsɔŋ¹〔倉〕古代譏人粗俗，鄙賤：～俗。
㈡(chen ‧ㄔㄣ)⑭tsɐm²〔寢〕〔寒傖〕同'寒磣'，見 476 頁'磣'字條。

10 **傘(伞)** (sǎn ㄙㄢˇ)⑭san³〔汕〕❶擋雨或遮太陽的用具，可張可收：雨～。❷像傘的東西：降落～。

10 **備(备)** (bèi ㄅㄟˋ)⑭bei⁶〔避〕❶應有的都有了：求全責～。愛護～至。德才兼～。❷預備，防備：～課。有備無患。～取。～忘錄。〔備案〕向主管機關做書面報告，以備查考。❸設備：裝～。軍～。

10 **傢** (jiā ㄐㄧㄚ)⑭ga¹〔家〕'家'字的異體。用於'傢具'、'傢私'、'傢伙'等。

10 **傍** ㈠(bàng ㄅㄤˋ)⑭bɔŋ⁶〔磅〕❶靠：依山～水。❷臨近(多指時間)：～亮。～晚。

㈡（páng ㄆㄤˊ）⑧poŋ⁴〔旁〕同
‘旁’。側，旁邊。

10 **儵**（**偨**）（zhòu ㄓㄡˋ）⑧
dzœu³〔奏〕乖巧，
伶俐，漂亮（元曲中常用）。

10 **傈**（lì ㄌㄧˋ）⑧lœt⁹〔栗〕〔傈傈
族〕傈傈族，中國少數民族
名，參看附錄六。

10 **傣**（dǎi ㄉㄞˇ）⑧tai³〔泰〕〔傣
族〕中國少數民族名，參
看附錄六。

10 **傚** 同‘效❶’，見 276 頁。

10 **傜** 同‘徭’，見 215 頁。

10 **儻** ‘儻’的簡字，見43頁。

10 **儲** ‘儲’的簡字，見42頁。

10 **儐** ‘儐’的簡字，見42頁。

10 **傩** ‘儺’的簡字，見43頁。

10 **翁** 見羽部，540頁。

11 **催**（cuī ㄘㄨㄟ）⑧tsœy¹〔吹〕❶
催促，使趕快行動：～
辦。～他早點動身。❷使事物
的產生、發展變化加快：～生。
～化劑。

11 **傭**（△**佣**）（yōng ㄩㄥ）⑧
juŋ⁴〔庸〕❶被
人雇用：～工。❷受雇用的人：
女～。

11 **傲**（ào ㄠˋ）⑧ŋou⁶〔敖低去〕❶
自高自大（⑩驕一）：～
慢無禮。❷藐視，不屈：紅梅
～霜雪。

11 **傳**（**传**）㈠（chuán ㄔㄨㄢˊ）
⑧tsyn⁴〔全〕❶
遞，轉授（⑩一遞）：～令。言
～身敎。〔傳統〕世代相傳，具
有特點的風俗道德、思想作風
等：優良～～。❷推廣，散佈：
～單。宣～。〔傳染〕因接觸或
由其他媒介而感染疾病。❸叫
來：～人。～訊。❹傳導：～電。
～熱。❺表達：～神。
㈡（zhuàn ㄓㄨㄢˋ）⑧dzyn⁶〔專低
去〕❶解說儒家經書的文字：春
秋公羊～。❷記載。特指記載
某人一生事迹的文字：小～。
別～。外～。❸敍述歷史故事
的作品：《水滸～》。（❷❸粵
口語讀高上聲）

11 **傴**（**伛**）（yǔ ㄩˇ）⑧jy²〔瘀〕
傴。
駝背：～人。～
傴。

11 **債**（**债**）（zhài ㄓㄞˋ）⑧dzai³
〔齋高去〕欠別人
的錢財：還～。～臺高築。

11 **傷**（**伤**）（shāng ㄕㄤ）⑧
sœŋ¹〔雙〕❶身體
受損壞的地方：內～。輕～。

腿上有一塊槍~。❷損害:
了筋骨~。一腦筋(費思索)
❸因某種致病因素而得病:~
風。~寒。❹因過度而感到厭
煩:~食。吃糖吃~了。❺妨
礙:無~大體。❻悲哀(疊
悲~):~感。~心。❼得罪:
~衆。開口~人。

11 **傺**(chì ㄔˋ) tsɐi³〔砌〕〔佗
傺〕形容失意.

11 **傻**(shǎ ㄕㄚˇ)粵sɔ⁴〔所低平〕❶
愚蠢:說~話。嚇~了。
❷死心眼:這樣好的事你都不
幹,眞有點犯~。

11 **傾**(傾)(qīng ㄑㄧㄥ)粵
kiŋ¹〔頃高平〕❶
歪,斜(疊~斜):身體稍向前
~。❷傾向,趨向:~心(一
心嚮往,愛慕)。❸倒塌:~頹。
大廈將~。〔傾軋〕互相排擠。
❹使器物反轉或歪斜,倒出裏
面的東西:~盆大雨。~箱倒
篋。❺盡數拿出,毫無保留:
~吐。~力。〔傾銷〕指把商品
減價大量出售:~銷。❺〈粵方言〉
談:~生意。

11 **僂**(僂)㊀(lǚ ㄌㄩˇ)粵
lœy⁵〔呂〕❶脊背
彎曲。❷屈曲:不能~指(不
能逐一屈指數出來)。
㊂(lóu ㄌㄡˊ)粵leu⁴〔留〕❶〔僂
儸〕義同嘍囉,見115頁'嘍㊂'。

❷見26頁'佝'字條'佝僂'.

11 **僅**(仅)㊀(jǐn ㄐㄧㄣˇ)粵
gen²〔緊〕只
(疊):他不~識字,還能寫文
章了。這些意見~供參考。
㊂(jìn ㄐㄧㄣˋ)粵gen⁶〔近〕將近,
幾乎(多見於唐人詩文):山城
~百層。士卒~萬人。

11 **僇**(lù ㄌㄨˋ)粵luk⁹〔陸〕❶侮
辱。❷同'戮',見237頁。

11 **僉**(佥)(qiān ㄑㄧㄢ)粵
tsim¹〔簽〕〈古〉
全,都。

11 **働**(dòng ㄉㄨㄥˋ)粵duŋ⁶〔洞〕
用於'勞働',同'勞動'.

11 **傯**同'傯',見36頁。

11 **愈**見心部,227頁。

11 **會**見曰部,298頁。

11 **禽**見内部,482頁。

11 **絛**見糸部,522頁。

11 **翛**見羽部,540頁。

12 **僕**(△仆)(pú ㄆㄨˊ)粵
buk⁹〔瀑〕❶被
雇到家裏做雜事,供役使的
人:~人。女~。〔僕從〕跟隨
在身邊的僕人。㊀受人控制並

追隨別人的：～～國。❷舊謙稱'我'。

12 **像**（xiàng ㄒㄧㄤ）粵dzœŋ⁶〔象〕❶比照人物做成的圖形：畫。～塑。❷相似：他很～他母親。❸似乎，仿佛：～要下雨了。❹比如，比方：～這樣的事是值得注意的。

12 **僑**（侨）（qiáo ㄑㄧㄠ）粵kiu⁴〔喬〕❶寄居在國外（從前也指寄居在外鄉）：～居。❷寄居在祖國以外的人：華～。

12 **僖**（xī ㄒㄧ）粵hei¹〔希〕快樂。古代常用來做諡號。

12 **僝**（chán ㄔㄢˊ）粵san⁴〔潺〕〔僝僽〕1.憔悴，煩惱。2.折磨，摧殘。

12 **僚**（liáo ㄌㄧㄠ）粵liu⁴〔遼〕❶官：官～。❷在一塊做官的人：同～。

12 **僥**（侥）㊀（jiāo ㄐㄧㄠ）粵hiu¹〔囂〕〔僥倖〕（儌倖、徼倖）1.希望得到不應該得的：存着～～心理。2.獲得意外的利益或意外地免去不幸的事。
㊁（yáo ㄧㄠ）粵jiu⁴〔搖〕見本頁'僬'字條'僬僥'。

12 **僦**（jiù ㄐㄧㄡ）粵dzɐu⁶〔就〕租賃：～屋。

12 **僧**（sēng ㄙㄥ）粵dzɐŋ¹〔增〕梵語'僧伽'的省稱，佛教指出家修行的男人。

12 **僬**（jiāo ㄐㄧㄠ）粵dziu¹〔焦〕〔僬僥〕古代傳說中的矮人。

12 **僭**（jiàn ㄐㄧㄢˋ）粵tsim³〔塹〕超越本分，古時指地位在下的冒用在上的名義或器物等：～越。

12 **僮**㊀（zhuàng ㄓㄨㄤ）粵dzœŋ⁶〔撞〕中國少數民族壯族的舊稱。
㊁（tóng ㄊㄨㄥ）粵tuŋ⁴〔同〕❶封建時代受役使的未成年的人：書～。❷〈古〉同'童❶'，見494頁。

12 **僰**（bó ㄅㄛˊ）粵bak⁹〔白〕中國古代西南的少數民族。

12 **僳**（sù ㄙㄨ）粵suk⁷〔叔〕見38頁'傈'字條'傈僳'。

12 **僜**（dèng ㄉㄥ）粵dɐŋ⁶〔鄧〕僜人，住在西藏自治區察隅縣。

12 **僨**（偾）（fèn ㄈㄣˋ）粵fɐn⁵〔奮〕敗壞，破壞：～事。～軍之將。

12 **僱**同'雇'，見757頁。

12 **僲**同'仙'，見19頁。

12 **偽** 同'偽'，見36頁。

12 **僡** 同'惠'，見226頁。

12 **倐** '條'的簡化字，見800頁。

13 **僵** （jiāng ㄐㄧㄤ）粵gœŋ¹〔姜〕❶直挺挺，不靈活：～屍。～蠶。手凍～了。❷雙方相持不下，兩種意見不能調和：鬧～了。～局。❸〈方〉收斂笑容，使表情嚴肅：他～着臉。

13 **價（△价）** ㊀（jià ㄐㄧㄚˋ）粵ga³〔嫁〕❶價錢，商品所值的錢數：～目。物～穩定。減～。〔價格〕用貨幣表現出來的商品的價值。❷化學上稱能跟某元素一個原子相化合的氫原子數為這個元素的原子價，也省稱'價'。
㊁（jie ㄐㄧㄝ）粵同＜詞尾：震天～響。成天～鬧。

13 **僻** （pì ㄆㄧˋ）粵pik⁷〔闢〕❶偏僻，距離中心地區遠的：～靜。窮鄉～壤。❷不常見的：冷～。～字。❸性情古怪，不合羣（●乖－）：孤～。

13 **儈（侩）** （kuài ㄎㄨㄞˋ）粵kui²〔潰〕舊時稱以介紹買賣從中取利為職業的人，即今之經紀：牙～。市～。

13 **僽** （zhòu ㄓㄡˋ）粵dzeu³〔晝〕dzeu⁶〔就〕（又）〔僝僽〕見40頁'僝'字條。

13 **儀（仪）** （yí ㄧˊ）粵ji⁴〔而〕❶人的容貌、舉止：～表。～容。威～。❷儀式，按程序進行的禮節：司～。❸禮物：賀～。謝～。❹儀器，供測量、繪圖、實驗等用的有一定準則的器具：渾天～。地動～。❺嚮往：心～。

13 **儂（侬）** （nóng ㄋㄨㄥˊ）粵nuŋ⁴〔農〕❶〈方〉你。❷我（多見於舊詩文）。

13 **億（亿）** （yì ㄧˋ）粵jik⁷〔益〕數目，一萬萬。古代指十萬。

13 **儆** （jǐng ㄐㄧㄥˇ）粵giŋ²〔警〕使人警醒，不犯過錯：～戒。懲一～百。

13 **儇** （xuān ㄒㄩㄢ）粵hyn¹〔圈〕輕薄而有點小聰明。

13 **儉（俭）** （jiǎn ㄐㄧㄢˇ）粵gim⁶〔兼 低去〕❶節省，不浪費：～樸。省吃～用。❷不豐富的：～腹（指人沒有學問）。

13 **儋** （dān ㄉㄢ）粵dam¹〔耽〕❶'擔'的古體字。肩挑。❷儋縣，在海南省。

13 **㒓（㕥）** （tà ㄊㄚˋ）粵tat⁸〔撻〕見26頁'佻'

字條'佻健'。

13 **儎**（zài ㄗㄞˋ）粵dzɔi³〔再〕同
'載'。指車船可載運之
量：過～。

13 **諰**（shì ㄕˋ）粵si³〔試〕不誠懇。

13 **儍** 同'傻'，見39頁。

13 **儌** 同'傲⊖'，見40頁。

14 **儐**（傧）（bīn ㄅㄧㄣ）ben³
〔殯〕舊指為主人
接引賓客的人。

14 **儒**（rú ㄖㄨˊ）粵jy⁴〔如〕❶舊時
指讀書的人：～生。腐
～。❷儒家，春秋戰國時代以
孔子、孟子為代表的一個學派。
提倡以仁為中心的道德觀念，
主張德治。

14 **儔**（俦）（chóu ㄔㄡˊ）粵
tseu⁴〔酬〕同伴，
伴侶：～侶。

14 **儕**（侪）（chái ㄔㄞˊ）粵tsai⁴
〔柴〕同輩，同類
的人們：吾～（我們）。

14 **儘**（尽）（jǐn ㄐㄧㄣˇ）.
dzœn²〔准〕❶極、
最：～底下。～裏頭。～先錄
用。❷任憑，不限制：～管。
～你吩咐。❸放在最先：座位
先～着請來的客人坐。先～着
舊衣服穿。❹老是，只管：這

幾天～下雨。

14 **儛** 同'舞'，見567頁。

14 **盦** 見皿部，458頁。

15 **償**（偿）（cháng ㄔㄤˊ）粵
sœŋ⁴〔常〕❶歸
還，償還：～債。❷抵補，賠
償：～罪。殺人～命。得不
失。❸實現，滿足：如願以～。
得～夙願。

15 **儡**（lěi ㄌㄟˇ）粵lœy⁵〔呂〕見37
頁'傀字條'傀儡'。

15 **優**（优）（yōu ㄧㄡ）粵jeu¹
〔休〕❶美好的：
～等。品質～良。生活～裕。
❷古代指演劇的人（運俳一、
一伶）：名～。
〔優柔〕1.從容。2.猶豫不決：
～～寡斷。

15 **儲**（储）（chǔ ㄔㄨˇ，舊讀
chú ㄔㄨˊ）粵tsy⁵
〔柱〕儲蓄，積蓄：～存。～藏。
～備。

15 **鵂** 見鳥部，812頁。

16 **儱**（优）（lǒng ㄌㄨㄥˇ）粵
luŋ⁵〔壟〕〔儱侗〕
同'籠統'，見508頁'籠⊖❷'。

16 **鯈** 見魚部，800頁。

17 **儵** 同'倏',見 36 頁。

19 **儷**(儷) (lì ㄌㄧˋ) 粵 lei⁶
〔麗〕相並，對
偶：～詞。～句(對偶的文詞)。
㊀指屬於夫婦的：～影(夫妻
的合影)。

19 **儸**(㑩) (luo・ㄌㄨㄛ) 粵 lɔ⁴
〔羅〕見 39 頁'僂'
字條'僂儸'。

19 **儹**(儹) (zǎn ㄗㄢˇ) 粵 dzyn²
〔儹〕積聚。

19 **儺**(傩) (nuó ㄋㄨㄛˊ) 粵 nɔ⁴
〔挪〕古代臘月驅
逐疫鬼的儀式，是原始巫舞之
一。漢代以後，逐漸向娛樂方
面演變，加強了娛樂成分，成
為一種舞蹈形式。

20 **儻**(傥) (tǎng ㄊㄤˇ) 粵 tɔŋ²
〔躺〕❶同'倘㊀',
見 33 頁。❷〔倜儻〕見 33 頁'倜'
字條。

20 **儼**(俨) (yǎn ㄧㄢˇ) 粵 jim⁵
〔染〕恭敬，莊嚴。
㊁很像眞的，活像：～如白晝。
〔儼然〕1.莊嚴：望之～～。2.
整齊：屋舍～～。3.很像眞的：
～～是個大人。

22 **儽** 同'儡',見 830 頁。

儿 部

0 **儿** ㊀'兒'的簡化字，見 45 頁。
㊁(rén ㄖㄣˊ) 粵 jen⁴〔仁〕'人'
的古文。

1 **兀** (wù ㄨˋ) 粵 ŋet⁹〔迄〕❶高而
上平：蜀山～。❷高聳
特出：突～。❸元曲中用為發
語詞：～那(那)。

1 **允** (yǔn ㄩㄣˇ) 粵 wen⁵〔尹〕❶
答應，認可(疊 一許)：
應～。不～。❷公平得當：公
～。

2 **元** (yuán ㄩㄢˊ) 粵 jyn⁴〔完〕❶
開始，第一(疊 一始)：
～旦。～月。～年。〔元素〕在
化學上，具有相同核電荷數的
同一類原子的總稱。現在已知
的元素有 108 種。❷為首的：
～首。～帥。～勛。❸構成一
個整體的：單～。～件。❹朝
代名(公元 1279—1368年)。
公元 1206年，蒙古李兒只斤·
鐵木眞稱成吉思汗。1271年，
國號改為元。1279年滅南宋。
定都大都(今北京)。❺同'圓'。
一種貨幣或貨幣單位的名稱：
銀～。銅～。十～。

3 **兄** (xiōng ㄒㄩㄥ) 粵 hiŋ¹〔卿〕
❶哥哥：～嫂。❷親戚

中同輩而年紀比自己大的男子: 表~。❷仁~。❸對男性的尊稱: 老~。仁~。某某~。

3 **宂** 見宀部， 165頁。

4 **充** (chōng ㄔㄨㄥ)粵tsuŋ¹〔沖〕❶滿，足 (粵一足): ~其量。理由~分。內容~實。❷填滿，裝滿: ~滿愉快的心情。~耳不聞。❸當，擔任: ~當。~任。❹假裝: ~行家。打腫臉~胖子。

4 **兆** (zhào ㄓㄠ)粵siu⁶〔紹〕❶古代占驗吉凶時灼龜甲所成的裂紋。❷預兆: 徵~。佳~。❸預先顯示: 瑞雪~豐年。❹數目: 1.百萬。2 古代指萬億。

4 **先** (xiān ㄒㄧㄢ)粵sin¹〔仙〕❶時間在前的，次序在前的: 佔~。首~。搶~一步。爭~恐後。〔先天〕人或某些動物的胚胎時期: ~~不足。〔先生〕1.老師。2.對一般人的敬稱。3.稱醫生。〔先進〕水平高，成績好，走在前頭，值得推廣和學習。❷祖先，上代: ~人。❸對死去的人的尊稱: ~烈。~哲。

4 **光** (guāng ㄍㄨㄤ)粵gwoŋ¹〔胱〕❶照耀在物體上能使視覺看見物體的那種物質，

如燈光、陽光等。〔光明〕亮。⑩襟懷坦白，沒有私心: 心地~~。❷光榮，榮譽: 增~不少。敬辭: ~臨。~顧。❸景物: 春~。風~。觀~。〔光景〕1.同'光❸'。2.生活的情況: ~~一年好過一年。❹光滑，平滑: 磨~。~溜。❺完了，一點不剩: 把錢用~。❻露着: ~頭。~膀子。❼單，只: 大家都走了，~剩下他一個人了。〔光管〕〈粵方言〉日光燈。

4 **兇** 同'凶❸❹❺'，見54頁。

4 **尧** '堯'的簡化字，見136頁。

5 **克** (kè ㄎㄜ)粵hɐk⁷〔黑〕❶能: ~不~分身。未~出席。❷勝: ~敵。⑩戰勝而取得據點: 攻無不~。連~數城。〔克復〕戰勝而收回失地。❸克服，制伏: ~己奉公。以柔~剛。❹嚴格限定: ~期。~日完成。〔克扣〕私行扣減。~~工資。❺消化: ~食。❻公制重量單位，一克等於一公斤的千分之一，舊稱公分。❼〈藏〉容量單位，一克青稞約二十五市斤。也是地積單位，播種一克種子的土地稱為一克地，一克約合一市畝。

5 **兑** (duì ㄉㄨㄟ)粵dœy³〔對〕❶交換(粵—換)：～款。匯～。～現。❷八卦之一，符號為 ☱，代表沼澤。參見47頁'八'字條'八卦'。

5 **免** (miǎn ㄇㄧㄢˇ)粵min⁵〔勉〕❶去掉，除掉：～冠。～職。～費。～稅。❷不被某種事物所涉及；避免：～疫。事前做好準備，以～臨時忙亂。❸勿，不可：閒人～進。

5 **兎** 同'兔'，見本頁。

5 **兔** 同'兔'，見本頁。

5 **皃** 見白部，454頁。

5 **秃** 見禾部，482頁。

6 **兒(儿)** (ér ㄦˊ)粵ji⁴〔而〕❶小孩子(粵—童)：幼～。小～科。別把這件事當做～戲。❷年輕的人(多指青年男子)：健～。❸兒子，男孩子：愛～。④雄性的：～馬。❺父母對兒女的統稱，兒女對父母的自稱。❻普通話詞尾，同前一字連成一個捲舌音：1.表示小：小孩～。乒乓球～。小狗～。2.使動詞形容詞等名詞化：沒救～。拐彎～。擋着亮～。叫好～。

6 **兔** (tù ㄊㄨˋ)粵tou³〔吐〕(一子、一兒)哺乳動物，耳長，尾短，上脣中間裂開，後腿較長，跑得快。

兔

6 **兕** (sì ㄙˋ)粵dzi⁶〔自〕古書上指雌的犀牛。

6 **兖** (yǎn ㄧㄢˇ)粵jin²〔演〕〔兖州〕縣名，在山東省。

6 **兎** 同'兔'，見本頁。

6 **虎** 見虍部，606頁。

7 **兗** 同'兖'，見本頁。

7 **亮** 見亠部，15頁。

8 **党** (dǎng ㄉㄤˇ)粵doŋ²〔擋〕❶姓。❷'黨'的簡化字，見826頁。

9 **兜** (dōu ㄉㄡ)粵dɐu¹〔斗高平〕❶(一子、一兒)作用和口袋相同的東西。❷做成兜形把東西攬住：用手巾～着。船帆～風。④兜攬，招攬：～售。～生意。❸環繞，圍繞：～抄。

~圈子。

9 **冕** 見门部，51頁。

10 **堯** 見土部，136頁。

11 **髟** 見髟部，793頁。

12 **兢** 〔jīng ㄐㄧㄥ〕(粤)ging¹〔京〕〔兢兢〕小心，謹慎：戰戰~~。~~業業(做事謹慎、勤懇)。

18 **競** 見立部，495頁。

入 部

0 **入** 〔rù ㄖㄨˋ〕(粤)jep⁹〔泣低入〕❶跟'出'相反：1.從外面進到裏面：~場。~夜。~會。納~軌道。2.收進，進款：量~為出。~不敷出。❷參加：~學。~會。❸合乎，合於：~情~理。~時。❹入聲。漢語聲調之一。普通話沒有入聲。粤方言入聲有高、中、低之分。發音一般比較短促。

〔入伙〕〈粤方言〉遷入新居：~~酒。

〔入息〕〈粤方言〉收入。

〔入圍〕〈粤方言〉入選，達到標準，被認為合格：這位歌星有

兩首歌~~。

1 **亾** 同'亡'，見13頁。

2 **內** 〔一〕〔nèi ㄋㄟˋ〕(粤)nɔi⁶〔耐〕❶裏面，跟'外'相反：~室。~衣。~科。~情。國~。〔內行〕對於某種事情有經驗。〔內務〕1.集體生活中室內的日常事務：整理~~。2.指國內事務(多指民政)：~~部。❷稱妻子家的親屬：~兄。~姪。〔二〕〈古〉同'納'，見515頁。

4 **全** 〔quán ㄑㄩㄢˊ〕(粤)tsyn⁴〔存〕❶完備，齊備，完整，不缺少(粤齊一)：百貨公司的貨很~。這部書不~了。❷整個，遍：~國。~校。〔全面〕顧到各方面的，不片面：看問題要~~。❸都：代表們~來了。❹保全，成全，使不受損傷：兩~其美。

4 **永** 見水部，354頁。

6 **兩(两)** 〔一〕〔liǎng ㄌㄧㄤˇ〕(粤)lœŋ⁵〔倆〕❶數目，一般用於量詞和半、千、萬、億前：~本書。~匹馬。~個月。~半。~萬。〔'兩'和'二'用法不全同。讀數目字只用'二'不用'兩'，如'一、二、三、四；二、四、六、八'。小數和分數只用'二'不用'兩'，如'零點二(0.2)，三分之

二，二分之一'。序數也只用'二'，如'第二、二哥'。在一般量詞前，用'兩'字不用'二'。如：'兩個人用兩種方法。''兩條路通兩個地方。'在傳統的度量衡單位前，'兩'和'二'一般都可用，用'二'為多（'二兩'不能說'兩兩'）。新的度量衡單位前一般用'兩'，如'兩噸、兩公里'。在多位數中，百、十、個位用'二'不用'兩'，如'二百二十二'。'千、萬、億'的前面，'兩'和'二'一般都可用，但如'三萬二千'、'兩億二千萬'，'千'在'萬、億'後，以用'二'為常。❷雙方：～便。～可。～全。～相情願。❸表示不定的數目（十以內的）：過～天再說吧。他真有一下子。

㊁（liǎng ㄌㄧㄤˇ）粵lœŋ²〔良 高上〕重量單位，市制一斤是十兩，舊制一斤十六兩。

6 籴 '糴'的簡化字，見 513 頁。

7 俞 同'俞'，見31頁。

八（八）部

0 八 （bā ㄅㄚ）粵bat⁸〔波壓 切〕數目字；七之後的整數（7＋1）。
〔八卦〕《周易》中的八種基本圖形，用'——'和'－－'符號組成；以'——'為陽，'－－'為陰。名稱是：乾（☰）坤（☷）震（☳）巽（☴）坎（☵）離（☲）艮（☶）兌（☱），依次象徵天、地、雷、風、水、火、山、澤八種自然現象。

2 公 （gōng ㄍㄨㄥ）粵guŋ¹〔工〕❶跟'私'相對：～物。～款。❷公平，公道：買賣～平。辦事～道。❸讓大家知道：～開。～告。～佈。❹共同的，大家承認的，大多數適用的：～海。～約。幾何～理。〔公司〕合股（或單股）經營的一種大型的工商業組織，經營產品的生產、商品的流轉或某些建設事業：百貨～～。運輸～～。煤氣～～。❺指公制的計量單位：～里。～尺。～斤。❻屬於國家的或集體的事：～文。辦～。因～出差。❼對祖輩和年老男人的稱呼（疊）：外～。老～～。❽丈夫的父親（疊）：～婆。❾雄性的：～雞。～羊。❿君主時代五等爵位（公、侯、伯、子、男）的第一等。
〔公關〕〔港方言〕公共關係，交際聯絡：這位朋友是一位～～奇才。

2 **六** ㊀(liù ㄌㄧㄡˋ)粵luk⁹〔陸〕 **❶**數目字(6); 五之後的整數(5+1)。**❷**舊時樂譜記音符號的一個, 相當於簡譜的'5'. ㊁(lù ㄌㄨˋ)同㊀〔六合〕縣名, 在江蘇省。〔六安〕縣名, 在安徽省。〔六安茶〕指六安產的茶葉。

2 **兮** (xī ㄒㄧ)粵hei⁴〔奚〕古漢語助詞, 相當於現代的'啊'或'呀': 大風起～雲飛揚。

2 **分** 見刀部, 56 頁。

3 **只** 見口部, 87 頁。

4 **共** ㊀(gòng ㄍㄨㄥˋ)粵guŋ⁶〔公低去〕**❶**同, 一齊(疊一同): 同甘～苦。同舟～濟。**❷**總, 合計(疊總一): 一～二十人。～計。**❸**共產黨的簡稱。㊁〔古〕**❶**同'恭', 見 222 頁。**❷**同'供', 見 28 頁。

4 **兴** '興'的簡化字, 見 566 頁。

5 **兵** (bīng ㄅㄧㄥ)粵biŋ¹〔冰〕 **❶**武器: ～器。短～相接。**❷**戰士, 軍隊: 官～。步～。**❸**與軍事或戰爭有關的: ～法。紙上談～。

5 **坒** 見土部, 128 頁。

5 **岔** 見山部, 181 頁。

6 **其** ㊀(qí ㄑㄧˊ)粵kei⁴〔奇〕 **❶**代詞: 1.他, 他們: 不能任～自流。勸～努力學習。2.他的, 他們的: 各得～所。人盡～才, 物盡～用。**❷**那, 那個, 那些: ～他。～次。本無～事。～中有個原因。〔其實〕實在的, 事實上: 他故意說不懂, ～～他懂得。**❸**文言助詞: 1.表示揣測、反詰: 豈～然乎? ～奈我何? 2.表示命令、勸勉: 子～勉之! **❹**詞尾, 在副詞後: 極～快樂。尤～重要。㊁(jī ㄐㄧ)粵gei¹〔基〕文言助詞, 表示疑問: 夜如何～?

6 **具** (jù ㄐㄩˋ)粵gœy⁶〔巨〕**❶**器具, 器物: 工～。家～。文～。農～。**❷**量詞, 用於棺材、屍體和某些器物: 一～男屍。座鐘一～。**❸**具有: ～備。略～規模。**❸**1.明確, 不抽象, 不籠統: 這個計劃訂得很～。2.特定的: ～～的人。～～的工作。**❹**備, 辦: ～呈。敬～薄酌。

6 **典** (diǎn ㄉㄧㄢˇ)粵din²〔電高上〕**❶**可以作為標準、典範的書籍: ～籍。詞～。字～。引經據～。㋐標準, 法則: ～

範。～章。據為～要。❷儀
式: 盛～。開國大～。〔典禮〕
鄭重舉行的儀式: 開學～～。
開幕～～。❸典故, 詩文裏引
用的古書中的故事或詞句: 用
～。❹舊指主持, 主管: ～試。
～獄。❺活買活賣, 到期可以
贖: ～押。

6 忿 見心部, 218 頁。

8 兼 （jiān ㄐㄧㄢ）⑧gim¹〔檢高
平〕❶加倍, 把兩份併在
一起: ～旬（二十天）。～程
（加倍速度趕路）。〔兼并〕并吞。
❷所涉及的或所具有的不只一
方面: ～任。德才～備。

8 真 （zhēn ㄓㄣ）⑧dzen¹〔珍〕❶
眞實, 跟客觀事物相符
合, 跟'假'相反: ～相大白。
千～萬確。傳～。〔眞理〕正確
反映客觀世界發展規律的思
想。❷確實, 的確: ～好。～
高興。❸清楚, 顯明: 字太小,
看不～。聽得很～。　❹眞書
（楷書）: ～草隸篆。

8 稴 同'兼', 見本頁。

8 冥 見冖部, 51 頁。

8 翁 見羽部, 539 頁。

9 異 見田部, 440 頁。

9 貧 見貝部, 663 頁。

10 巽 見己部, 192 頁。

10 黃 見黃部, 824 頁。

12 与 '與'的簡化字, 見 689頁。

12 與 見臼部, 566 頁。

14 冀 （jì ㄐㄧ）⑧kei³〔暨〕❶希
望: 希～。❷河北省的
別稱。

14 黉 '黌'的簡化字, 見 824 頁。

14 舆 見臼部, 566 頁。

15 翼 見羽部, 541 頁。

23 黌 見黃部, 824 頁。

冂 部

2 冇 （mǎo ㄇㄠˇ）⑧mou⁵〔母〕
〈粵方言〉沒有: ～錢。

2 冄 同'冉', 見 50頁。

2 **冈** '岡'的簡化字，見182頁。

2 **內** 見入部，46頁。

3 **冉** (rǎn ㅁㄢˇ)粵jim⁵〔染〕姓。

〔冉冉〕慢慢地: 氣球～～上升。

3 **冊** (cè ㄘㄜˋ)粵tsak⁸〔拆〕❶古時稱串好的許多竹簡，現在指裝訂好的紙本子: 第三～。～畫。～紀念。❷量詞，指書籍，本子等。

3 **册** 同'冊'，見本頁。

4 **再** (zài ㄗㄞˋ)粵dzoi³〔載〕❶表示又一次(有時專指第二次): 一而～，～而三。一～表示。～版。〔再三〕不止一次地，一次又一次地: ～～考慮。❷表示事情或行為重複，繼續，多指未然(與'又'不同): 明天～來。雨要～下，就太多了。❸連接兩個動詞，表示先後的關係: 吃完飯～去學習。把材料整理好了～動筆寫。❹更，更加: ～好沒有了。～大一點就好了。❺表示另外有所補充: ～則。盤裏放着葡萄、鴨梨，～就是蘋果。

4 **同** 見口部，·90頁。

5 **冏** (jiǒng ㄐㄩㄥˇ)粵gwiŋ²〔炯〕❶光。❷明亮。

6 **冐** 同'冒'，見本頁。

6 **岡** 見山部，182頁。

6 **罔** 見网部，535頁。

7 **冑** (zhòu ㄓㄡˋ)粵dzeu⁶〔就〕古代作戰時戴的帽子，即頭盔。按此字下從'冂(冒)'，本與下從'月(肉)'的'胄'字不同，今兩者字形已無區別，並被混為一字。參見551頁'肉'部'胄'字條。

7 **冒** (㊀)(mào ㄇㄠˋ)粵mou⁶〔務〕❶向外透，往上升: ～泡。～煙。～火。❷不顧(惡劣的環境或危險等): ～雨。～險。❸不加小心，魯莽，衝撞: ～昧。～犯。〔冒失〕魯莽，輕率。〔冒進〕不顧具體條件，急躁進行。❹用假的充當真的，假託: ～牌。～名。

(㊁)(mò ㄇㄛˋ)粵mek⁹〔墨〕〔冒頓〕(－dú)漢初匈奴族的一個君主名。

8 **冓** (㊀)(gòu ㄍㄡˋ)粵geu³〔夠〕'構'的本字。〔中冓〕房屋深處。

(㊁)(gōu ㄍㄡ)粵geu¹〔溝〕同'溝'。古代數詞。

9 冕 (miǎn ㄇㄧㄢˇ)(粵)min⁵〔免〕
古代地位在大夫以上的官戴的禮帽。後代專指帝王的禮帽: 加~。

9 �冕 同'冕', 見本頁。

冖 部

2 冘 ㊀(yín ㄧㄣˊ)(粵)jem⁴〔吟〕行進。
㊁(yóu ㄧㄡˊ)(粵)jeu⁴〔由〕〔冘豫〕同'猶豫'. 遲疑不決。

冗 同'宂', 見 165 頁。

3 写 '寫'的簡化字, 見 172 頁。

4 农 '農'的簡化字, 見 691 頁。

4 肎 見肉部, 549 頁。

5 罕 見网部, 535 頁。

6 冞 (mí ㄇㄧˊ)(粵)mei⁴〔眉〕深入:~入其阻。

7 冠 ㊀(guān ㄍㄨㄢ)(粵)gun¹
〔官〕❶帽子: 衣~整齊。
❷(-子)鳥類頭上的肉瘤或高出的羽毛: 雞~子。
㊁(guàn ㄍㄨㄢˋ)(粵)gun³〔貫〕❶把帽子戴在頭上。❷超出衆人,

居第一位: 勇~三軍。〔冠軍〕(粵)比賽的第一名。❸在前面加上某種名號: ~以詩人的桂冠。

7 軍 見車部, 684 頁。

8 冢 (zhǒng ㄓㄨㄥˇ)(粵)tsuŋ²〔寵〕墳墓: 古~。衣冠~。

8 冤 (yuān ㄩㄢ)(粵)jyn¹〔淵〕❶冤枉, 屈枉: 鳴~。伸~。
❷仇恨, 冤仇: ~家。~孽。
❸欺騙: 不許~人。❹上當, 不合算: 白跑一趟, 眞~。

8 冥 (míng ㄇㄧㄥˊ)(粵)miŋ⁴〔名〕
❶昏暗: 幽~。晦~。
㊀愚昧: ~頑不靈。❷深奧, 深沉: ~思苦想。❸陰間, 人死以後進入的世界: ~府。

8 冣 ㊀(jù ㄐㄩˋ)(粵)dzœy⁶〔罪〕'聚'的古體字。積聚。
㊁同'最', 見 298 頁。

8 㝠冤 同'冤', 見本頁。

10 幂 同'冪', 見本頁。

13 鼏 見鼎部, 828 頁。

14 冪 (mì ㄇㄧˋ)(粵)mik⁹〔覓〕❶覆蓋東西的巾。❷覆蓋, 遮蓋。❸表示一個數自乘若干次的形式叫冪。如t自乘n次的冪為tⁿ。〔乘冪〕一個數自乘若

干次的積數。也叫'乘方'。如5
的4乘方又叫5的4乘冪或5的4
次冪。

冫 部

3 **冬** (dōng ㄉㄨㄥ)⑧duŋ¹〔東〕
❶四季中的第四季，氣
候最冷：過～。隆～。❷'鼕'
的簡化字，見829頁。
〔冬烘〕頭腦迂腐，知識淺陋。

3 **冯** '馮'的簡化字，見784頁。

4 **冰** ㊀(bīng ㄅㄧㄥ)⑧biŋ¹〔兵〕
❶水因冷凝結成的固體。
❷使人感到寒冷：河裏的水有
點～手。❸用冰貼近東西使變
涼：把汽水～上。
㊁(níng ㄋㄧㄥ)⑧jiŋ⁴〔仍〕'凝'的
本字。凝結。

4 **冱** 同'沍'，見357頁。

4 **冲** ㊀同'沖'，見356頁。
㊁'衝'的簡化字，見626
頁。

4 **决** 同'決'，見356頁。

4 **沧** '滄'的簡化字，見53頁。

4 **次** 見欠部，340頁。

5 **冶** (yě ㄧㄝ)⑧je⁵〔野〕❶熔煉
金屬：～煉。～金。❷
好裝飾，打扮得過分豔麗：～
容。妖～。

5 **冷** (lěng ㄌㄥˇ)⑧laŋ⁵〔離孟切〕
❶溫度低，跟'熱'相反
(④寒一)：昨天下了雪，今天
真～。❷寂靜，不熱鬧：～清
清。～落。❸生僻，少見的
(④一僻)：～字。～貨（不流
行或不暢銷的貨物）。❹不熱
情，不溫和：～臉子。～言～
語。～酷無情〔冷笑〕含有輕
蔑、譏諷的笑。〔冷靜〕不感情
用事：頭腦應該～～。❺突然，
意料以外的：～不防。～槍。

5 **况** 同'況'，見360頁。

5 **冻** '凍'的簡化字，見53頁。

5 **泽** '澤'的簡化字，見53頁。

6 **冽** (liè ㄌㄧㄝ)⑧lit⁹〔列〕寒冷
(④凜一)：北風凜～。

6 **冼** (xiǎn ㄒㄧㄢˇ)⑧sin²〔癬〕
姓。

8 **准** (zhǔn ㄓㄨㄣˇ)⑧dzœn²〔儘〕
❶允許，許可：批～。
不～他來。❷依照，依據：～
此。❸'準'的簡化字，見379頁。

8 **凇** (sōng ㄙㄨㄥ)⑧suŋ¹〔嵩〕
〔霧凇〕水氣在樹枝上結

成的冰花。

8 **清** （jìng ㄐㄧㄥˋ）粵dziŋ⁶〔靜〕
涼。

8 **凋** （diāo ㄉㄧㄠ）粵diu¹〔丢〕衰
落（粵－謝、一零）：松
柏後～。

8 **凌** （líng ㄌㄧㄥˊ）粵liŋ⁴〔鈴〕❶
冰：河裏的～都化了。
滴水成～。❷欺凌，侵犯，欺
壓：～辱。盛氣～人。❸升，
高出：～雲。～空而過。❹迫
近：～晨。

8 **凍（冻）** （dòng ㄉㄨㄥˋ）粵
duŋ³〔東高去〕❶
感到寒冷或受到寒冷：外面很
冷，真～得慌。小心別～着。
❷液體或含水分的東西遇冷凝
結：河裏～冰了。天寒地～。
❸（－子、一兒）凝結了的湯
汁：肉～兒。魚～兒。果子～
兒。❹用冷藏法使東西受冷：
急～。～肉。

8 **凄** 同‘淒’，見369頁。

8 **凉** 同‘涼’，見372頁。

8 **凈** 同‘淨’，見370頁。

9 **湊** 同‘湊’，見374頁。

9 **減** 同‘減’，見373頁。

9 **飡** 見食部，778頁。

10 **滄（沧）** （cāng ㄘㄤ）粵
tsoŋ¹〔倉〕寒冷。

10 **凓** （lì ㄌㄧˋ）粵lœt⁹〔栗〕同‘慄’。
寒冷。

10 **馮** 見馬部，784頁。

12 **凘** （sī ㄙ）粵si¹〔斯〕正在解凍
時隨水流動的冰。

12 **凴** 見几部，54頁。

13 **澤（泽）** （duó ㄉㄨㄛˊ）粵
dɔk⁹〔鐸〕冰，屋
檐下垂的冰。

13 **凜** （lǐn ㄌㄧㄣˇ）粵lɐm⁵〔廪〕❶
寒冷（粵－冽）：北風～
冽。❷嚴肅，嚴厲（疊）：威風
～～。大義～然。❸同‘懍’，
見233頁。

13 **凛** 同‘凜’，見本頁。

14 **凝** （níng ㄋㄧㄥˊ）粵jiŋ⁴〔迎〕❶
凝結，液體遇冷變成固
體，氣體因溫度降低或壓力增
加變成液體：油還沒有～住。
❷聚集，集中：～神。～視。
獨坐～思。

15 **瀆** 同‘瀆❷’，見390頁。

几 部

0 几
〔一〕(jī ㄐㄧ)粵gei¹〔基〕
〔一兒〕小或矮的桌子:
茶~。
〔二〕'幾'的簡化字,見 199 頁。

1 凡
(fán ㄈㄢ)粵fan⁴〔煩〕❶平
常的,不出奇的: ~庸。
平~。❷指人世間: ~心。仙
女下~。❸凡是,所有的: ~
事都要小心謹慎。❹大概,要
略: 大~。〔凡例〕書前面說明
內容和體例的文字。❺總共:
全書~十卷。❻舊時樂譜記音
符號的一個,相當於簡譜的'4'。

1 九
同'凡',見本頁。

2 凤
'鳳'的簡化字,見808頁。

2 亢
見一部,13頁。

2 冗
見冖部,51頁。

3 処
同'處',見607頁。

4 凫
'鳬'的簡化字,見808頁。

6 凭
(píng ㄆㄧㄥ)粵peng⁴〔朋〕古
為'憑'的異體字,今為'憑'
的簡化字,見232頁。

6 凯
'凱'的簡化字,見本頁。

6 咒
見口部,96頁。

7 凫
同'鳬',見 808 頁。

9 凰
(huáng ㄏㄨㄤ)粵wong⁴〔王〕
❶〔鳳凰〕見 808 頁'鳳'字
條。❷傳說中指雌鳳。

10 凱(凱)
(kǎi ㄎㄞ)粵hoi²
〔海〕凱歌, 軍隊
得勝回來奏的樂曲: 奏~。~
旋(得勝回還)。

10 髟
見髟部, 793 頁。

11 凫
見鳥部, 808 頁。

12 凳
(dèng ㄉㄥ)粵deng³〔等高去〕
(一子、一兒)有腿沒有
靠背的坐具: 板~。小~。

12 凭
同'憑', 見 232 頁。

凵 部

2 凶
(xiōng ㄒㄩㄥ)粵hung¹〔空〕
❶不幸的, 與'吉'相對:
~事(喪事)。吉~。❷莊稼收
成不好: ~年。❸惡, 暴(粵
一惡、一暴): ~狠。窮~極惡。
❹關於殺傷的: 行~。~手。

❺厲害, 過甚: 你鬧得太～了。
雨來得很～。

3 **凸** (tū ㄊㄨ)⑧det⁹〔突〕高出,
跟'凹'相反: ～出。～透
鏡。

3 **凹** ㊀(āo ㄠ)⑧au³〔拗〕nep⁷
〔粒〕（又）窪下, 跟'凸'相
反: ～透鏡。～凸不平。
㊁(wā ㄨㄚ)⑧wa¹〔蛙〕凹入處,
常用於地名: 核桃～(在山西
省)。

3 **出** (chū ㄔㄨ)⑧tsœt⁷〔齣〕❶
跟'入'、'進'相反: 1.從裏
面到外面: ～門。從屋裏～來。
～汗。2.支付, 往外拿: ～
一把力。～主意。量入爲～。❷
來到: ～席。～場。❸離開:
～軌。～界。❹產, 生長: ～
品。～米。❺發生: ～事。～
問題了。❻顯露: ～名。～頭。
❼超過: ～衆。〔出色〕特別好,
超出一般的: 表現～～。❽放
在動詞後, 表示趨向或效果:
拿～一張紙。提～問題。❾顯
得量多: 這米很～飯。❿'齣'
的簡化字, 見 832 頁。

3 **凷** 同'塊', 見 137 頁。

3 **击** '擊'的簡化字, 見 269 頁。

4 **凼** 同'氹', 見 10 頁。

6 **函** (hán ㄏㄢ)⑧ham⁴〔咸〕❶
匣, 套子: 石～。鏡～。
全書共四～。❸信件(古代寄
信用木函): ～件。來～。公～。
～授。❷包容, 包含。

6 **画** '畫'的簡化字, 見 441 頁。

10 **凿** '鑿'的簡化字, 見 742 頁。

刀(刂)部

0 **刀** (dāo ㄉㄠ)⑧dou¹〔都〕❶
(一子、一兒)用來切、割、
斬、削、刺的工具: 鐮～。菜
～。刺～。鍘～。鉛筆～兒。
❷量詞, 紙張單位, 通常為一
百張。❸古代的一種錢幣。
(參見附圖)

刀　幣

0 **刁** (diāo ㄉㄧㄠ)⑧diu¹〔丟〕狡
猾, 無賴: ～棍(惡人)。
這個人眞～。

〔刁難〕故意難為人。

〔刁蠻〕〈粵方言〉蠻橫，不講理。

1 **刃** （rèn ㄖㄣˋ）⑨jen⁶〔孕〕❶（一兒）刀槍等鋒利的部分：這刀~兒有缺口了。❷刀：手持利~。白~戰。❸用刀殺：若遇此賊，必手~之。

1 **刄** 同‘刃’，見本頁。

2 **分** ㊀（fēn ㄈㄣ）⑨fen¹〔昏〕❶分開，區劃開，跟‘合’相反：~工合作。~類。~別處理。⑪1.由整體中取一部分：他~到了一千元。2.由機構分出的部分：~會。~店。~局。~社。❷辨別（⑧一辨）：不~青紅皂白。❸單位名：1.長度，十分是一寸。2.地積，十分是一畝。3.重量，十分是一錢。4.幣制，十分是一角。5.時間，六十分是一小時。6.圓周或角，六十分是一度。7.(一兒)表示成績：賽籃球贏了三~。8.利率，月利一分按百分之一計算，年利一分按十分之一計算。〔分寸〕說話或辦事的適當標準或限度：說話要有~~。

㊁（fèn ㄈㄣˋ）⑨fen⁶〔份〕區劃而成的部分：二~之一。

㊂（fèn ㄈㄣˋ）⑨同㊁❶名位、職責、權利的限度：~所當然。身~。本~。❷成分：水~。

糖~。❸同‘份㊀’，見 21 頁。

2 **切** ㊀（qiè ㄑㄧㄝˋ）⑨tsit⁸〔徹〕❶用刀從上往下割：~成片。把瓜~開。〔切磋〕⑧互相吸取長處，糾正缺點。❷幾何學上直綫與弧綫或兩個弧綫相接於一點：兩圓相~。~綫。

㊁（qiè ㄑㄧㄝˋ）⑨同㊀❶密合，貼近：~身利害。不~實際。〔切齒〕咬牙表示痛恨。❷緊急：迫~需要。回家心~。急~不能等待。❸切實，實在，着實：言辭懇~。~記。~忌。❹漢語標音的一種方法，取上一字的聲母與下一字的韻母，拼成一個音，也叫‘反切’。如‘同’字是徒紅切。

㊂（qiè ㄑㄧㄝˋ）⑨tsei³〔砌〕〔一切〕所有的，全部。

2 **刈** （yì ㄧˋ）⑨gai⁶〔艾〕割（草或穀類）：~除雜草。

3 **刊** （kān ㄎㄢ）⑨hon²〔罕〕hon¹〔看高平〕(又)❶刻：~石。~印。⑧排版印刷：~行。停~。〔刊物〕報紙、雜誌等出版物。也省稱‘刊’：週~。月~。❷削除，修改：不~之論（喻至理名言）。~誤表。

3 **叨** 見口部，87 頁。

3 **召** 見口部，·88 頁。

4 **刎**（wěn ㄨㄣˇ）粵men⁵〔吻〕割頸：自～。

4 **划**（一）（huá ㄏㄨㄚˊ）粵wa⁴〔華〕wa¹〔娃〕（又）❶用槳撥水使船行動：～船。〔划子〕用槳撥水行的小船。❷合算，比較利益的有無和多少：～不來。（二）'劃'的簡化字，見63頁。

4 **刓**（wán ㄨㄢˊ）粵jyn⁴〔元〕削。

4 **刖**（yuè ㄩㄝˋ）粵jyt⁹〔月〕古代的一種酷刑，把腳砍掉。也作'跀'。

4 **列**（liè ㄌㄧㄝˋ）粵lit⁹〔烈〕❶行列，排成的行：站在前～。❷陳列，排列，擺出：姓名～後。～隊。開～賬目。❸1.歸類：～入甲等。2.類：不在討論之～。〔列席〕參加會議，而沒有表決權。❸眾多，各：～國。～位。❹量詞，用於成行列的事物：一～火車。

4 **刑**（xíng ㄒㄧㄥˊ）粵jiŋ⁴〔形〕❶刑罰，對犯人各種處罰的總稱：死～。徒～。緩～。❷特指對犯人的體罰，如拷打、折磨等：受～。動～。

4 **则** '則'的簡化字，見60頁。

4 **刚** '剛'的簡化字，見61頁。

4 **创** '創'的簡化字，見63頁。

4 **刘** '劉'的簡化字，見64頁。

5 **初**（chū ㄔㄨ）粵tso¹〔磋〕開始，表示時間、等級、次序等都在前的：～一。～伏。～稿。～學。～等教育。紅日～升。❸原來的，原來的情況：～衷。和好如～。

5 **删**（shān ㄕㄢ）粵san¹〔山〕除去，去掉文字中不妥當的部分去：～改。這個字應～去。

5 **判**（pàn ㄆㄢˋ）粵pun³〔潘高去〕❶分辨，斷定（粵一斷）：～別是非。❷分開。粵截然不同：～若兩人。❸判決，司法機關對案件的決定：～案。～處徒刑。

5 **别**（一）（bié ㄅㄧㄝˊ）粵bit⁹〔必低入〕❶分離（粵分一、離一）：告～。臨～贈言。❷分辨，區分（粵辨一）：分門～類。分～清楚。天淵之～。❸類別，分類：性～。職～。❸另外的：～人。～名。開生面。〔別字〕寫錯了的或念錯了的字。也叫'白字'。〔別致〕跟尋常不同的，新奇的：花樣～～。❺不要（禁止或勸阻的語氣）：～動手！～開玩笑！❻纏住或卡住：用大頭針把兩張表格～在一起。～針。胸前～着一朵紅花。❼轉動: 她把頭～了過去。❽表示揣測, 常跟‘是’字合用: 約定的時間都過了, ～是他不來了吧?

㈡(biè ㄅㄧㄝ)⑧同㈠‘別扭’同‘彆扭’, 見 209 頁‘彆’字條。

5 **刨** ㈠(páo ㄆㄠ)⑧pau⁴[咆] ❶挖掘(像用鎬的動作): ～花生。～坑。❷減, 除去: ～去他還有倆人。十五天～去五天, 只剩下十天了。

㈡(bào ㄅㄠ)⑧同㈠‘鉋’。❶(～子)推刮木料等使平滑的工具。〔刨牀〕推刮金屬製品使平滑的機器。❷用刨子或刨牀推刮: ～得不光。～平。

5 **利** (lì ㄌㄧ)⑧lei⁶[吏] ❶好處, 跟‘害’、‘弊’相反(⑧一益): 有～無弊。❷使得到好處: ～己～人。〔利用〕發揮人或事物的作用, 使其對自己方面有利: 廢物～～。～～他的長處。～～這個機會。❸順利, 與主觀的願望相合: 屢戰不～。❹利息, 貸款或儲蓄所得的子金: 本～兩清。放高～貸是違法的行為。❺利潤: 紅～。❻刀口快, 針尖銳: ～刃。～劍。～口(喻善辯)。〔利索〕〔利落〕1.爽快: 他做事很～～。2.整齊: 東西收拾～～了。〔利

害〕1.利益和損害: 不計～～。2.同‘厲害’。

5 **删** 同‘刪’, 見 57 頁。

5 **刦** 同‘劫’, 見 66 頁。

5 **刬** ‘剗’的簡化字, 見 61 頁。

5 **到** ‘到’的簡化字, 見 60 頁。

5 **免** 見儿部, 45 頁。

6 **刮** (guā ㄍㄨㄚ)⑧gwat⁸[颳] ❶用刀子去掉物體表面的東西: ～臉。⑱搜刮民財: 貪官污吏只會～地皮。❷‘颳’的簡化字, 見 777 頁。

6 **到** (dào ㄉㄠ)⑧dou³[妒] ❶達到, 到達: ～香港。～十二點。不～兩萬人。堅持～底。〔到處〕處處, 不論哪裏。❷往: ～海洋公園去。❸周到, 全顧得着: 有不～的地方請見諒。❹表示動作的效果: 辦得～。做不～。達～先進水平。❺〈粵方言〉助詞, 義同‘得’: 紅～發紫。

6 **刲** (kuī ㄎㄨㄟ)⑧gwei¹[歸] 割。

6 **剁** (duò ㄉㄨㄛˋ)⑧dɔ²[躲] dœk⁸[啄](又)用刀向下砍: ～碎。～餃子餡。

刳 (kū ㄎㄨ)粵fu¹〔枯〕從中間破開再挖空: ～木為舟。

刵 (èr ㄦˋ)粵ji⁶〔二〕古代割去耳朵的刑罰。

制 (zhì ㄓˋ)粵dzei³〔濟〕❶規定，訂立: ～定計劃。❷限定，約束，管束: ～止。～裁。限～。❸制度，法度，法則: 兵～。稅～。分封～。〔制服〕依照規定樣式做的衣服。❹'製'的簡化字，見 632 頁。

刷 〔擦〕❶(一子、一兒)用成束的毛棷等製成的清除東西或塗抹東西的用具。❷用刷子或類似刷子的用具來清除或塗抹: ～牙。～鞋。～鍋。用石灰～牆。❸淘汰: 在第一輪比賽就被～掉了。〔刷新〕突破舊的而創出新的記錄、內容等: ～～世界記錄。❸象聲詞，同'唰'，見 108 頁。
㊀(shuā ㄕㄨㄚ)粵tsat⁸〔㊀〕〔刷白〕色白而略微發青。

刺 ㊀(cì ㄘˋ)粵tsi³〔次〕❶用有尖的東西穿進或殺傷: ～繡。～殺。〔刺激〕1.光、聲、熱等引起生物體活動或變化的作用。㊀一切使事物起變化的作用。2.精神上受到挫折、打擊: 這件事對他～～很大。❷刺激: ～耳。～眼。❸刺探，

偵探。❹用尖刻的話指摘、嘲笑別人的缺點、錯誤: 諷～。❺尖銳像針的東西: 魚～。～蝟。～槐。❻名刺，名片。〔刺刺〕說話沒完沒了: ～～不休。
㊀(cì ㄘˋ)粵tsik⁸〔戚中入〕tsi³〔次〕(又)暗殺: 行～。被～。
㊁(cī ㄘ)粵同㊀象聲詞: ～棱。～溜。～～地冒火星兒。

券 ㊀(quàn ㄑㄩㄢˋ, 俗讀 juàn ㄐㄩㄢˋ)粵hyn³〔勸〕gyn³〔眷〕(俗)票據或作憑證的紙片: 債～。入場～。
㊀(xuàn ㄒㄩㄢˋ, 又讀 quàn ㄑㄩㄢˋ)粵同㊀拱券，門窗、橋梁等建築成弧形的部分。

刻 (kè ㄎㄜˋ)粵hek⁷〔克〕❶雕，用刀子挖(働雕一): ～圖章。❷十五分鐘為一刻。❸時間: 即～。頃～(時間短)。❹不厚道(働一薄): 苛～。待人太～。〔刻苦〕不怕難，肯吃苦: ～～用功。生活很～～。❺同'克❹'，見 44 頁。

刵 (bāi ㄅㄞ)粵bak⁸〔百〕〔刵劃〕1.處置，安排。2.修理，整治。

剎 同'剎'，見 58 頁。

剎 同'剗'，見 60 頁。

劫 6 同'劫'，見 66 頁。

刑 6 同'刑'，見 57 頁。

刱 6 同'創'，見 63 頁。

剤 6 '劑'的簡化字，見 64 頁。

会 6 '創'的簡化字，見 64 頁。

剀 6 '剴'的簡化字，見 63 頁。

刬 6 '劃'的簡化字，見 64 頁。

侧 6 '側'的簡化字，見 36 頁。

例 6 見人部，28 頁。

兔 6 見儿部，45 頁。

冽 6 見冫部，52 頁。

刹 7 ㊀(chà ㄔㄚˋ)⑧tsat⁸〔擦〕sat⁸〔殺〕(又)梵語，原義土或田，轉為佛寺：古～。〔刹那〕梵語，極短的時間。

㊁(shā ㄕㄚ)⑧sat⁸〔殺〕止住(車、機器等)：～車。

剃 7 (tì ㄊㄧˋ)⑧tei³〔替〕用刀刮去毛髮：～頭。～光。

刭 7 (剄)(jǐng ㄐㄧㄥˇ)⑧gin²〔景〕用刀割頸。

则 7 (則)(zé ㄗㄜˊ)⑧dzek⁷〔仄〕❶模範，榜樣：以身作～。❷規則，制度，規程：辦事細～。〔四則〕算術裏指加、減、乘、除四種方法。〔法則〕事物之間內在的必然的聯繫。也叫'規律'。❸效法：～先烈之言行。❹表示因果關係的詞，就，便：兼聽～明，偏信～暗。❺表示轉折的詞，卻：今～不然。❻表示肯定判斷的詞，乃是：此～余之罪也。❼表示兩件事在時間上前後相承：每預備鈴一響，～學生陸續走進教室。❽用在一、二、三…等數字後，列舉原因或理由：一～房子太小，二～參加的人太多，以致室內擁擠不堪，空氣污濁。❾跟'作'義相近，宋、元、明小說戲劇裏常用：～甚(做甚麼)。不～一聲。❿量詞，指成文的條數：試題三～。新聞兩～。隨筆一～。

剉 7 (cuò ㄘㄨㄛˋ)⑧tso³〔錯〕❶折傷。❷同'銼'，見726頁。

削 7 ㊀(xiāo ㄒㄧㄠ)⑧soek⁸〔樂〕用刀平着或斜着切去外面的一層：～鉛筆。把梨皮～掉。

㊁(xuē ㄒㄩㄝ)⑧同㊀　義同

㊀，用於一些複合詞：～除。～減。～弱。剝～。

7 **剋** ㊀(kēi ㄎㄟ)⓿hek⁷[黑]❶打(人)。〔剋架〕〈方〉打架。❷申斥。
㊁同'克❹'，見 44 頁。

7 **剌** ㊀(là ㄌㄚˋ)⓿lat⁹[辣]〈古〉違背常情、事理：乖～。～謬。
㊁(lá ㄌㄚˊ)⓿lai¹[拉]同'拉'。割開，劃破：手～破了。

7 **前** (qián ㄑㄧㄢˊ)⓿tsin⁴[錢]❶跟'後'相反：1.指空間，人臉所向的一面，房屋等正門所向的一面，家具等靠外的一面：～門。大樓～面。林～。在～面。向～走。2.指時間，往日的，過去的：～天。史無～例。3.指次序：～五名。❷向前行進：勇往直～。畏縮不～。❸前任的：～總統。～校長。❹未來的：～途。～景。

7 **剅** ㊀(lóu ㄌㄡˊ)⓿leu⁴[留]〈方〉水口，水道：～口。～嘴。
㊁(dōu ㄉㄡ)⓿deu¹[兜]堤壩下排水灌水的小孔。

叛 同'創'，見 63 頁。

7 **剆** 同'剌'，見 59 頁。

剑 '劍'的簡化字，見 64 頁。

7 **剐** '剮'的簡化字，見 62 頁。

8 **剒** (cuò ㄘㄨㄛˋ)⓿tsok⁸[恥惡切]同'錯'。銼磨。

8 **剔** (tī ㄊㄧ)⓿tik⁷[惕]❶把肉從骨頭上刮下來：～骨肉。把肉～得乾乾淨淨。㋑從縫隙或孔洞裏往外挑撥東西：～牙。～指甲。❷把不好的挑出來(⟹一除)：把有傷的果子～出去。～莊(挑出有缺點的貨品廉價出賣)。❸漢字的筆畫，即挑。

8 **剕** (fèi ㄈㄟˋ)⓿fei³[廢]古代把腳砍掉的酷刑。

8 **剖** (pōu ㄆㄡ)⓿feu²[否]peu²[鋪嘔切]〈又〉❶破開(⟹解一)：把瓜～開。〔剖面〕東西切開後現出的平面：橫～。縱～。❷分析，分辨：～析。～明事理。

8 **剗(划)** ㊀(chàn ㄔㄢ)⓿tsan²[產]〈方〉〔一剗〕全部，一律：～～新。～～都是平川。
㊁同'鏟❷'，見 736 頁。

8 **剚** (zì ㄗˋ)⓿dzi³[志]刺入，插入。

8 **剛(刚)** (gāng ㄍㄤ)⓿gong¹[岡]❶堅強，跟'柔'相反(⟹一強)：性情～正。❷(又讀jiāng ㄐㄧㄤ)正

好, 恰巧(疊): ～合適。～好
一林。❸才, 剛才: ～來就走。
～說了一句話。

8 **剜** (wān ㄨㄢ)粵wun¹〔碗高平〕
wun²〔碗〕(又) 用刀挖,
挖去: ～肉補瘡(喻只顧眼前,
用有害的方法來救急)。

8 **剝** ㊀(bō ㄅㄛ)粵mok⁷〔莫高
入〕同'剝㊀', 用於複合
詞: ～奪。～削。
㊁(bāo ㄅㄠ)粵同㊀去掉外面的
皮殼或其他東西 (多用於口
語): ～花生。～皮。

8 **剞** (jī ㄐㄧ)粵gei¹〔基〕〔剞劂〕
1.雕刻用的曲刀。2.雕版,
刻書。

8 **剟** (duō ㄉㄨㄛ)粵dzyt⁸〔苗〕❶
刺, 擊。❷削, 刪除。

8 **剡** ㊀(yǎn ㄧㄢˇ)粵jim⁵〔染〕
〈古〉❶尖, 銳利。❷削,
刮。
㊁(shàn ㄕㄢˋ)粵sim⁶〔蟬低去〕剡
溪, 河流名, 在浙江省。

8 **剠** ㊀同'黥', 見 826 頁。
㊁同'掠', 見 256 頁。

8 **刱** 同'創', 見 63 頁。

8 **剝** 同'剝', 見本頁。

8 **剧** '劇'的簡化字, 見 64 頁。

8 **荆** 見艸部, 580 頁。

8 **釗** 見金部, 716 頁。

9 **刮** (剐) (guǎ ㄍㄨㄚˇ)
gwa²〔寡〕❶封建
時代一種殘酷的死刑, 把人的
身體割成許多塊。❷被尖銳的
東西劃破: 把手～破了。褲子
上～了個口子。

9 **副** (fù ㄈㄨˋ)粵fu³〔富〕❶居第
二位的, 輔助的(區別於
'正'或'主'): ～主席。～經理。
❷附帶的或次要的: ～業。～
作用。～產品。～食。〔副本〕
1.書籍原稿以外的謄錄本。2.
重要文件正式的、標準的一份
以外的若干份。〔副詞〕修飾動
詞或形容詞的詞, 如很、太等。
❸相稱, 相配: 名不～實。名
實相～。❹量詞: 1.實物的一
組一套: 一～對聯。一～眼鏡。
2.指行動態度的情況: 一～笑
容。一～莊嚴而和藹的面孔。

9 **剪** (jiǎn ㄐㄧㄢˇ)粵dzin²〔展〕
(－子)剪刀, 一種鉸東
西的用具。❷像剪子的: 火～。
夾～。❸用剪子鉸: ～斷。～
開。〔剪影〕按人影的輪廓剪成
的人像。❸事物的一部分或概
況。❹除掉: ～滅。～除。

劃 (huō ㄏㄨㄛ)(粵)wak⁹(或)劃然，破裂聲。

側 見人部，36頁。

硐 見石部，470頁。

剩 (shèng ㄕㄥ)(粵)sing⁶(盛)多餘，餘留下來(粵一餘)：～飯。～貨。

割 (gē ㄍㄜ)(粵)got⁸(葛)❶切斷，截下：～麥。～草。～闌尾。⑦捨去：～捨。～愛。❷分割，劃分：～讓領土。～地求和。〔割據〕一國之內有武力的人佔據部分地區，形成分裂對抗的局面。

剀(剴) (kǎi ㄎㄞ)(粵)hoi²(海)〔剴切〕1.符合事理：～～中理。2.切實：～～教導。

創(创) (一)(chuàng ㄔㄨㄤ)(粵)tsong³(廠高去)開始，開始做：～舉。～造。～刊。首～。
(二)(chuāng ㄔㄨㄤ)(粵)tsong¹(瘡)傷(粵一傷)：刀～。予以重～。

剂 同'劑'，見503頁。

惻 見心部，227頁。

劦 (lí ㄌㄧˊ)(粵)lei⁴(離)劃開，劃破。

剽 (piāo ㄆㄧㄠ)(粵)piu³(票)piu⁵(票低上)(又)❶搶劫，掠奪(粵一掠)。〔剽竊〕(粵)抄襲他人著作。❷輕捷：性情～悍。

勦 (一)(jiǎo ㄐㄧㄠˇ)(粵)dziu²(沼)討伐，消滅：～匪。圍～。
(二)(chāo ㄔㄠ)(粵)tsau¹(抄)因襲套用別人的語言文句作為自己的：～說。

剷 同'鏟'，見736頁。

劃 同'劀(一)'，見 61頁。

勦 同'剿'，見本頁。

劂 (jué ㄐㄩㄝˊ)(粵)kyt⁸(決)見62頁'剞'字條'剞劂'。

劃(△划) (一)(huà ㄏㄨㄚˋ)(粵)wak⁹(或)❶分開：～分。～清界限。〔劃時代〕由於出現了具有偉大意義的新事物，在歷史上開闢一個新的時代。❷設計，計劃(粵計一、籌一)：工作計～。你去籌～這件事。〔劃一〕使一致：～～體例。❸劃撥：～款。～賬。
(二)(huá ㄏㄨㄚˊ)(粵)同(一)用刀或其他東西把別的東西分開或在上面擦過：把這個瓜用刀～開。～了一道口子。～火柴。
(三)(huai・ㄏㄨㄞ)(粵)同(一)見 59

頁'刓'字條'刓劂'。

12 **劁** (qiāo ㄑㄧㄠ)㊁tsiu⁴〔潮〕騸，割去牲畜的睪丸或卵巢：～豬。～羊。

12 **箚** 見竹部, 503 頁。

12 **蒯** 見艸部, 593 頁。

13 **劇**(剧) (jù ㄐㄩ)㊁kɛk⁹〔屐〕❶厲害，很，極：～痛。病～。爭論得很～烈。❷戲劇，文藝的一種形式，作家把一定的主題編寫出來，利用舞臺由演員化裝演出。〔劇集〕〈港方言〉電視連續劇。

13 **劈** ㊀(pī ㄆㄧ)㊁pɛk⁸〔皮吃切〕❶用刀斧等破開：～木頭。❷衝着，正對着：～臉。大雨～頭澆下來。❸雷電毀壞或擊斃：大樹讓雷～了。❹尖劈，物理學上兩斜面合成的助力器械，刀、斧等都屬於這一類。

㊁(pǐ ㄆㄧ)㊁同㊀ 分開：～柴。～成兩份兒。～一半給你。

13 **劉**(刘) (liú ㄌㄧㄡ)㊁leu⁴〔流〕姓。

13 **劌**(刿) (guì ㄍㄨㄟ)㊁gwei³〔貴〕刺傷。

13 **劍**(剑) (jiàn ㄐㄧㄢ)㊁gim³〔兼高去〕古代的一種兵器，兩面有刃。

13 **劊**(刽) (guì ㄍㄨㄟ)㊁kui²〔繪〕砍斷。〔劊子手〕舊日稱處決死刑罪犯的人。

14 **劑**(剂) (jì ㄐㄧ)㊁dzei¹〔擠〕❶配合而成的藥：藥～。清涼～。❷量詞：一～藥。

14 **劓** (yì ㄧ)㊁ji⁶〔義〕古代的一種割掉鼻子的酷刑。

14 **劃** ㊀(huà ㄏㄨㄚ)㊁fɔk⁸〔霍〕❶分開，裂口。❷用耕具劃開土壤或用剪刀等劃開東西：鏵是～地用的。用剪刀～開。

㊁(huò ㄏㄨㄛ)㊁wɔk⁹〔獲〕同'穫'。收割穀物。

㊂同'粃', 見 544 頁。

14 **劎** 同'劍', 見本頁。

16 **劌** '劊'的簡化字,見 65 頁。

16 **瀏** 見水部, 390 頁。

17 **劖** (chán ㄔㄢ)㊁tsam⁴〔慚〕❶砍斷。❷用銳利的器具鑿或鏟。❸古代一種鏟、砍工具。

19 **劘** (mó ㄇㄛ)㊁mɔ⁴〔磨〕❶切削。❷磨，磨礪。❸迫近。❹規勸，直言勸諫。

19 **劗**（**劗**）（ㄐㄧㄢ ㄐㄧㄢˇ）粵 dzin² 〔展〕古 翦 字。割斷。

21 **劙**（ㄌㄧ ㄌㄧˊ）粵 lei⁴〔離〕lei⁵ 〔禮〕（又）割開。

21 **劚** 同‘斸’，見 284 頁。

23 **釁** 見酉部，714 頁。

力 部

0 **力**（ㄌㄧˋ）粵 lik⁹〔歷〕❶力量，力氣，動物筋肉的效能: 身強～壯。㉑1.身體器官的效能: 目～。腦～。2.一切事物的效能: 電～。藥～。浮～。說服～。生產～。❷用極大的力量，盡力: ～戰。據理～爭。～爭上游。❸改變物體運動狀態的作用叫做力。力有三個要素，即力的大小，方向和作用點。

2 **劝** ‘勸’的簡化字，見 69 頁。

历 ㊀‘歷’的簡化字，見 344 頁。㊁‘曆’的簡化字，見 295 頁。

3 **功**（ㄍㄨㄥ ㄍㄨㄥ）粵 gun¹〔工〕❶功勞，貢獻較大的成績: 記大～一次。立～。❷功

夫: 用～。下苦～。❸成就，成效: 成～。徒勞無～。❹(一兒)技術和技術修養: 唱～。～架。❺物理學上指度量能量轉換的量。在外力作用下使物體順力的方向移動，機械功的大小就等於這個力和物體移動距離的乘積。

3 **加**（ㄐㄧㄚ ㄐㄧㄚ）粵 ga¹〔家〕❶增多，幾種事物併起來(粵增一): ～價。三個數相～。增～工資。❷施以某種動作: 特～注意。不～思索。～以保護。❸把本來沒有的添上去: ～括號。～注解。

3 **务** ‘務’的簡化字，見 68 頁。

3 **劢** ‘勱’的簡化字，見 69 頁。

3 **另** 見口部，87 頁。

3 **叻** 見口部，89 頁。

3 **夯** 見大部，147 頁。

3 **幼** 見幺部，198 頁。

4 **劣**（ㄌㄧㄝˋ ㄌㄧㄝ）粵 lyt⁸〔捋〕lyt⁹ 〔捋低入〕(又) ❶惡，不好，跟‘優’相反(粵惡一): ～等。低～。不分優～。品質惡～。❷僅僅

4 动 '動'的簡化字，見 67 頁。

5 助 (zhù ㄓㄨˋ)⑧dzɔ⁶〔座〕幫 (⑧幫一)，協助：互～。～理。請你多幫～我。〔助詞〕不能獨立使用，只能依附在別的詞、詞組或句子上表示一定語法意義的詞，如'的'、'了'、'嗎'等。

5 努 (nǔ ㄋㄨˇ)⑧nou⁵〔腦〕❶盡量地使出(力量)：～力。❷突出：～嘴。❸因用力太過，身體內部受傷：箱子太重，你別扛，看～着。❹古時書法稱直筆為'努'。

5 劫 (jié ㄐㄧㄝˊ)⑧gip⁸〔記協切〕❶強取，掠奪(⑧搶一)：趁火打～。❷威逼，脅制：～持(要挾)。❸災難：遭～。浩～。

5 劬 (qú ㄑㄩˊ)⑧kœy⁴〔渠〕勞累(⑧一勞)。

5 劭 (shào ㄕㄠˋ)⑧siu⁶〔紹〕❶勸勉。❷美好：年高德～。

5 劳 '勞'的簡化字，見 68 頁。

5 劲 '勁'的簡化字，見本頁。

5 励 '勵'的簡化字，見 69 頁。

5 穷 '窮'的簡化字，見 492 頁。

6 劻 (kuāng ㄎㄨㄤ)⑧hɔŋ¹〔康〕〔劻勷〕急促不安的樣子。

6 劼 (jié ㄐㄧㄝˊ)⑧kit⁸〔揭〕❶堅固。❷謹慎。❸勤勉。

6 劾 (hé ㄏㄜˊ)⑧het⁹〔瞎〕揭發罪狀(⑧彈一)。

6 効 同'效❸'，見 276 頁。

6 势 '勢'的簡化字，見 68 頁。

6 協 見十部，75 頁。

6 坳 見土部，130 頁。

7 劲 (勁) ㊀(jìn ㄐㄧㄣˋ)⑧giŋ³〔敬〕(一兒) 力氣，力量：有多大～使多大～。㊑1.精神、情緒、興趣等：起～。一股子～頭。一個一地(一直地)做。2.指屬性的程度：你瞧這塊布這個白～兒。鹹～兒。香～兒。
㊁(jìng ㄐㄧㄥˋ)⑧giŋ⁶〔競〕堅強有力：～旅。～敵。疾風知～草。

7 勃 (bó ㄅㄛˊ)⑧but⁹〔撥〕旺盛 (⑧蓬)：蓬～。～起。生氣～～。〔勃然〕1.興起旺盛的樣子：～～而興。2.變臉色的樣子：～～大怒。

7 **勇**（yǒng ㄩㄥˇ）粵jun⁵〔容低上〕❶有膽量，敢幹：～敢。英～。～氣。奮～。㉑不畏避，不推委：～於承認錯誤。❷清朝稱戰爭時期臨時招募，不在平時編制之內的兵：兵～。

7 **勉**（miǎn ㄇㄧㄢˇ）粵min⁵〔免〕❶勉力，力量不夠還盡力做：～為其難。〔勉強〕1.盡力：～～支持下去。2.剛剛地夠，不充足：這種說法很～～（理由不充足）。3.不是心甘情願的：～～答應。4.強人去做不願做的事：不要～～他。❷勉勵，使人努力：互～。有則改之，無則加～。

7 **勑** 同'敕'，見 277 頁。

7 **勌** '勧'的簡化字，見 68 頁。

7 **觔** 見角部，640 頁。

8 **勍**（qíng ㄑㄧㄥˊ）粵kiŋ⁴〔擎〕強：～敵。

8 **勐**（měng ㄇㄥˇ）粵maŋ⁵〔猛〕❶勇敢。❷傣族語言稱小塊的平地，多用做地名。

8 **勑**（㊀）（lài ㄌㄞˋ）粵lɔi⁶〔耒〕慰勞、勉勵來者。古書多寫作'來'。
（㊁）同'敕'，見 277 頁。

8 **勒** 同'倦'，見 34 頁。

8 **脅** 見肉部，544 頁。

9 **勒**（㊀）（lè ㄌㄜˋ）lek⁹〔離麥切〕lak⁹〔離額切〕（又）❶套在牲畜頭上帶嘴子的籠頭。❷收住繮繩不使前進：懸崖～馬。❸強制：～令。～索。❹刻：～石。～碑。❺古時書法橫畫叫'勒'。
（㊁）（lēi ㄌㄟ）粵同㊀　用繩子等捆住或套住，再用力拉緊：～緊點，免得散了。

9 **動（动）**（dòng ㄉㄨㄥˋ）粵duŋ⁶〔洞〕❶從原來位置上離開，改變原來的位置或姿態，跟'靜'相反：站住別～! 風吹草～。㉑1.能動的：～物。2.可以變動的：～產。❷行動，動作，行為：一舉一～。〔動詞〕表示動作、行為、變化的詞，如走、來、去、打、吃、愛等。❸使用，運用：～手。～腦筋。❹感動，情感起反應：～心。～人。❺開始做：～工。～身（起行）。❻往往：觀眾一以萬計。〔動不動〕表示很容易發生，常跟'就'連用：～～就引古書。～～就爭吵。❼放在動詞後，表示效果：拿得～。搬不～。

9 **勔** (miǎn ㄇㄧㄢˇ)粵 min⁵〔免〕
勉力。

9 **勖** (xù ㄒㄩˋ)粵 juk⁷〔沃〕勉勵
(勔一勉)。

9 **勘** ⊖(kān ㄎㄢ)粵 hem¹〔堪〕
校對，覆看核定(勔校一)：~誤。~正。

⊜(kàn ㄎㄢ，舊讀 kàn ㄎㄢˋ)
hem³〔瞰〕細查，審查：~探。~驗。~測。推~。實地~查。

9 **務** (务) (wù ㄨˋ)粵 mou⁶
〔冒〕❶事情，工作(勔事一)：任~。公~。總~。❷從事，致力~：~農~。追求：不要好高~遠。❹務必，必須，一定：~請準時出席。你~必去一趟。

9 **勗** 同'勖'，見本頁。

9 **勛** '勛'的簡化字，見 69 頁。

10 **勝** (△胜) ⊖(shèng ㄕㄥˋ)
粵 sing³〔性〕❶
贏，勝利，跟'敗'相反：打~仗。得~。❷打敗(對方)：以少~多。❸超過，勝過：今~於昔。一年一似一年。事實~於雄辯。❹優美的：~地。~景。❺古時婦女的首飾：花~。方~。

⊜(shèng ㄕㄥˋ，舊讀 shēng ㄕㄥ)
粵 sing¹〔升〕❶能擔任，能承受：~任。不~其煩。❷盡：不~

感激。不~枚舉。

10 **勞** (劳) ⊖(láo ㄌㄠˊ)粵 lou⁴
〔盧〕❶勞動，人類創造物質或精神財富的活動：按~分配。體力~動。腦力~動。❷疲勞，辛苦，辛勤：任~任怨。❸煩勞：~神。〔勞駕〕請人幫助的客氣話：~~開門。❹功績：汗馬之~。❺勞動者的簡稱：~資關係。❻中醫病名。虛勞。後多指肺結核。也作'癆'：童子~。

⊜(láo ㄌㄠˊ，舊讀 lào ㄌㄠˋ)粵 lou⁶
〔路〕慰勞，用言語或實物慰問：~軍。

10 **勛** (勋) 同'勳'，見69頁。

11 **募** (mù ㄇㄨˋ)粵 mou⁶〔務〕廣
泛徵求，徵召：~捐。~了一筆款。~兵。

11 **勢** (势) (shì ㄕˋ)粵 sei³
〔世〕❶勢力，權力，威力：權~。人多~衆。倚~欺人。❷表現出來的情況，樣子：1.屬於自然界的：地~。山~險峻。水~洶湧。2.屬於動作的：姿~。手~。3.屬於政治、軍事或其他方面的：時~。局~。大~所趨。❸雄性生殖器：去~。

11 **勤** (qín ㄑㄧㄣˊ)粵 ken⁴〔芹〕
做事盡力，不偷懶：~

勞。～快。～學。❺經常，次
數多：房子要～打掃。～洗澡。
夏天雨～。❷按規定時間上班
的工作：執～。出～。缺～。
❸勤務：內～。外～。❹見 346
頁'殷'字條'殷勤'。
〔勤力〕〈粵方言〉勤奮，勤勞。

11 **勥**　㊀(qiǎng ㄑㄧㄤ)〔粵〕kœŋ⁵
〔襁〕強迫。'勉強'的'強'
的本字。

㊁(jiàng ㄐㄧㄤ)〔粵〕kœŋ⁶〔強低去〕
同'強'、'犟'。強硬不屈，固
執：你別～嘴。～脾氣。

11 **勩**　同'績❷'，見 529 頁。

11 **勦**　同'剿'，見 63 頁。

11 **勠**　同'戮'，見 237 頁。

11 **僗**　見人部，39 頁。

11 **耢**　見耒部，544 頁。

11 **舅**　見臼部，566 頁。

12 **勯(勚)**　(yì ㄧ)〔粵〕ji⁶〔義〕
❶勞苦。❷器物
逐漸磨損，失去棱角、鋒芒
等：螺絲扣～了。

12 **勥**　同'勥'，見本頁。

12 **嘞**　見口部，116 頁。

12 **墈**　見土部，139 頁。

12 **憷**　見心部，229 頁。

13 **勰**　(xié ㄒㄧㄝ)〔粵〕hip⁸〔愜〕同
'協'，多用於人名。

13 **勱(劢)**　(mài ㄇㄞ)〔粵〕mai⁶
〔賣〕努力。

14 **勲(勛)**　(xūn ㄒㄩㄣ)〔粵〕
fen¹〔芬〕特殊功
勞(運功一)：～章。屢建奇～。

14 **磟**　見石部，476 頁。

15 **勵(励)**　(lì ㄌㄧ)〔粵〕lei⁶
〔麗〕勸勉，奮
勉：鼓～。～志。獎～。

17 **勷**　㊀(ráng ㄖㄤ)〔粵〕jœŋ⁴〔羊〕
見 66 頁。'勸'字條'勸勷'。

㊁(xiāng ㄒㄧㄤ)〔粵〕sœŋ¹〔商〕同
'襄'。幫助：共～善舉。

18 **勸(劝)**　(quàn ㄑㄩㄢ)〔粵〕
hyn³〔券〕❶勸
解，勸告，講明事理使人聽
從：規～。～他不要喝酒。❷
勉勵(運一勉)：～勉一番。

勹 部

1 勺 (sháo ㄕㄠˊ)⑧dzœk⁸〔雀〕tsœk⁸〔卓〕(又)❶(一子、一兒)一種有柄的可以舀取東西的器具: 飯~。鐵~。❷容量單位,一升的百分之一。

2 勻 (yún ㄩㄣˊ)⑧wen⁴〔云〕❶平均,使平均(⑧均一):顏色塗得不~。這兩份兒多少不均,~一~吧。❷從中抽出一部分給別人: 把你買的紙~給我一些。先~出兩間房來給新來的客人。

2 勾 ⊖(gōu ㄍㄡ)⑧ŋeu¹〔鈎〕❶用筆畫出符號,表示刪除或截取: ~了這筆賬。一筆~銷。把精彩的文句~出來。❷描畫,用綫條畫出形象的邊緣: ~圖樣。⑧用灰塗抹建築物上磚、瓦或石塊之間的縫: ~牆縫。用灰~抹房頂。❸招引,引(⑧一引): ~結。~通。~搭。這一問~起他的話來了。❹中國古代稱不等腰直角三角形中構成直角的較短的邊。
〔勾留〕停留: 在那裏~~幾天。
⊜(gòu ㄍㄡˋ)⑧同⊖ ❶勾當,事情(多指壞事)。❷姓。

2 勿 (wù ㄨˋ)⑧met⁹〔物〕別,不要: 請~動手! 聞聲~驚。

2 勼 (jiū ㄐㄧㄡ)⑧geu¹〔鳩〕同'鳩'。聚集。

3 包 (bāo ㄅㄠ)⑧bau¹〔胞〕❶用紙、布等把東西裹起來: 把書~起來。❷(一兒)包好了的東西: 茶葉~。行李~。〔包裹〕1.纏裹: 把傷口~~起來。2.指郵寄的包。❸裝東西的袋: 書~。皮~。❹(一兒)一種帶餡蒸熟的食物: 糖~子。菜肉~。❺腫起的疙瘩: 腿上起個大~。❻容納在內,總括在一起(⑧一含、一括): 無所不~。這幾條都~括在第一項裏。〔包涵〕寬容,原諒。❼總攬,負全責: ~銷。~教。~辦。❽保證: ~在我身上。❾約定的,專用的: ~飯。~場。

3 匆 (cōng ㄘㄨㄥ)⑧tsuŋ¹〔充〕急促(⑧疊): ~忙。來去~~。

3 匂 同'丐',見 3 頁。

3 句 見口部,87 頁。

4 匈 (xiōng ㄒㄩㄥ)⑧huŋ¹〔凶〕〈古〉同'胸',見 554 頁。
〔匈奴〕中國古代北方的民族。

4 旬 見日部，288 頁。

5 甸 見田部，439 頁。

6 匋 (táo ㄊㄠˊ)粵tou⁴〔逃〕‘陶器’的‘陶’的古體字。

7 匍 (pú ㄆㄨˊ)粵pou⁴〔蒲〕〔匍匐〕爬，手足並行，也作‘匍伏’：～～而行。

7 訇 見言部，642 頁。

8 芻 見艸部，573 頁。

9 匏 (páo ㄆㄠˊ)粵pau⁴〔刨〕匏瓜，俗叫‘瓢葫蘆’，葫蘆的一種，果實比葫蘆大，對半剖開可以做水瓢。

9 匐 (fú ㄈㄨˊ)粵fuk⁹〔伏〕見本頁‘匍’字條〔匍匐〕。

9 夠 見夕部，145 頁。

9 够 見夕部，145 頁。

14 艠 見臼部，299 頁。

匕 部

0 匕 (bǐ ㄅㄧˇ)粵bei²〔比〕bei⁴〔秘〕(文)古人取食的器具，後代的羹匙由它演變而來。

〔匕首〕短劍。

匕首

2 化 (一)(huà ㄏㄨㄚˋ)粵fa³〔花高去〕❶性質或形態改變：～整爲零。變～。感～。開～。冰都～了。〔化石〕埋藏在地下的古代生物的遺骸變成的石塊，或帶着古代生物遺迹的石塊。❷消化，消除：～食消積。～痰止咳。食古不～。❸佛敎道敎徒募集財物：～緣。～齋(乞食)。❹僧道死：坐～。羽～登仙。❺化學的簡稱：～肥。～工原料。❻放在名詞或形容詞後，表示轉變成某種性質或狀態：美～。惡～。綠～。電氣～。電腦～。現代～。
(二)同‘花❼’，見 573 頁。

2 比 見比部，349 頁。

3 北 (běi ㄅㄟˇ)粵bek⁷〔巴克切〕❶方向，早晨面對太陽左手的一邊，跟‘南’相對：由南往～。～門。❷打了敗仗往回跑：三戰三～。追奔逐～(追擊敗走的敵人)。

4 **旨** 見日部，288 頁。

此 見止部，343 頁。

6 **顷** '頃'的簡化字，見 770 頁。

6 **些** 見二部，13 頁。

8 **眞** 見目部，460 頁。

9 **匙** ⊖(chí ㄔ)粵tsi⁴〔池〕舀取
流質、粉末狀物體等的
小勺：湯～。茶～。
⊜(shi・ㄕ)粵si⁴〔時〕〔鑰匙〕開
鎖的東西。

9 **頃** 見頁部，770 頁。

匚 (匸) 部

2 **匹** (pǐ ㄆ丨)粵pet⁷〔鋪乞切〕❶
量詞：1.指騾、馬等：三
～馬。2.指布或綢緞等：一～
布。❷相當，相敵，比得上。
〔匹配〕配合(指婚姻)。〔匹敵〕
彼此相等。❸單獨：～夫。

2 **区** '區'的簡化字，見 73 頁。

2 **巨** 見工部，見 190 頁。

3 **匝** (zā ㄗㄚ)粵dzap⁸〔砸〕❶
周：繞樹三～。❷滿，
環繞：柳蔭～地。

3 **匜** (yí 丨)粵jy⁴〔移〕〈古〉❶
一種洗手用的器具。❷
一種盛酒的器具。

3 **叵** 見口部，89 頁。

4 **匠** (jiàng ㄐ丨ㄤ)粵dzœŋ⁶〔丈〕
❶有手藝的人：木～。
瓦～。鐵～。能工巧～。❷靈
巧，巧妙：～心獨運。❸具有
某一方面熟練技能，但缺乏獨
到之處：～氣。

4 **匡** (kuāng ㄎㄨㄤ)粵hoŋ¹〔康〕
❶糾正：～謬。～正。
❷救，幫助：～救。～助。❸
〈方〉粗略計算，估算：～算～
算。

4 **匼** 同'炕⊖'，見 393 頁。

5 **匣** (xiá ㄒ丨ㄚ)粵hap⁹〔峽〕(一
子、一兒)收藏東西的器
具，通常指小型的，有蓋可以
開合：木～。〔匣子〕1.留聲
機的俗稱。2.指話多的人(含
諷刺義)。

5 **医** ⊖(yì 丨)粵ei³〔翳〕古時
盛箭的器具。
⊜'醫'的簡化字，見 713 頁。

6 **匼** (kē ㄎㄜ)粵hɐp⁹〔合〕〔匼
河〕地名，在山西省芮城

縣。

7 匽 (yǎn ㄧㄢˇ)粵jin²〔演〕❶同 '偃'。停息。❷隱藏。❸ 儲污水的坑池。

8 匪 (fěi ㄈㄟˇ)粵fei²〔誹〕❶強 盜，搶劫財物的壞人： 慣～。土～。❷不，不是：獲 益～淺。～夷所思(不是常人 的想法)。

8 匦 '匭'的簡化字，見本頁。

9 匭
甌 (匦) (guǐ ㄍㄨㄟˇ)粵 gwei²〔鬼〕箱子。 匣子：票～。

9 匾 (biǎn ㄅㄧㄢˇ)粵bin²〔貶〕❶ 匾額，題字的橫牌，掛 在門、牆的上部：金字紅～。 ❷用竹篾編成的器具，圓形平 底，邊框很淺，用來養蠶或盛 糧食。

9 匿 (nì ㄋㄧˋ)粵nik⁷〔呢益切〕隱 藏，躲避(⿰隱一、藏 一)：～名信。

9 區 (区) ㊀(qū ㄑㄩ)粵 kœy¹〔驅〕❶分 別(⿰一別、一分)。❷地域： 工業～。住宅～。❸中國行政 區域，有跟省平行的自治區和 比市低一級的市轄區等。 〔區區〕小，細微。 ㊁(ōu ㄡ)粵eu¹〔歐〕❶古代容量 單位。四升爲豆，四豆爲區。

❷姓。

9 匮 '匱'的簡化字，見本頁。

11 滙 (汇) (huì ㄏㄨㄟˋ)粵 wui⁶〔會低去〕❶ 河流會合在一起：百川所～。 ❷由甲地把款項寄到乙地：～ 款。～兌。❸同'彙一'，見210 頁。

12 匰 (匰) (dān ㄉㄢ)粵dan¹ 〔丹〕古代宗廟中 安放木主的器具。

12 匱 (匮) ㊀(kuì ㄎㄨㄟˋ)粵 gwei⁶〔跪〕缺乏 (匱一乏)。 ㊁〈古〉同'櫃'，見337頁。

13 匲 同'奩'，見151頁。

14 匴 (suǎn ㄙㄨㄢˇ)粵syn³〔算〕 古代裝帽子的竹器。

匴

15 匵 同'櫝'，見337頁。

18 匶 同'柩'，見311頁。

十 部

0 十 (shí ㄕˊ)粵sɐp⁹〔拾〕❶數目字(10); 九之後的整數(9＋1)。❷表示達到頂點: ～全～美。～分好看。～尼。

1 千 (qiān ㄑㄧㄢ)粵tsin¹〔遷〕❶數目, 十個一百。❷表示極多, 常跟‘萬’、‘百’連用: ～言萬語。～軍萬馬。～錘百煉。〔千萬〕務必: ～～不可大意。❸〈粵方言〉耍手段騙人: 出～。❹‘韆’的簡化字, 見767頁。

1 卄 同‘廿’, 見205頁。

2 卅 (sà ㄙㄚˋ)粵sa¹〔沙〕三十: ～歲。

2 升 (shēng ㄕㄥ)粵siŋ¹〔星〕❶容量單位, 市用制跟公制相同, 容積等於一立方分米。❷量糧食的器具, 容量為斗的十分之一。❸向上移動: ～旗。旭日東～。❹提高: ～級。～官。❺登上: ～堂入室。❻成熟: 五穀不～。

2 午 (wǔ ㄨˇ)粵ŋ⁵〔五〕❶地支的第七位。❷午時, 稱白天十一點到一點: ～飯。特指白天十二點: ～前。下～。〔午夜〕半夜。❸〈古〉縱橫相交: 交～。

3 卉 (huì ㄏㄨㄟˋ)粵wɐi²〔委〕草的總稱: 花～。

3 半 (bàn ㄅㄢˋ)粵bun³〔本高去〕❶二分之一: 十個的一～是五個。～米布。一噸～。分給他一～。❷在中間: ～夜。～路上。～途而廢。❸不完全的: ～透明。～退休。

3 叶 見口部, 89頁。

3 古 見口部, 87頁。

4 卉 同‘卉’, 見本頁。

4 卋 同‘世’, 見4頁。

4 华 ‘華’的簡化字, 見586頁。

4 协 ‘協’的簡化字, 見75頁。

4 毕 ‘畢’的簡化字, 見440頁。

4 早 見日部, 288頁。

5 克 見儿部, 44頁。

5 孛 見子部, 163頁。

6 卑 (bēi ㄅㄟ)粵bei¹〔悲〕❶低下: 地勢～濕。自～感。

⑤低劣，下流（連一鄙）：～鄙
無恥。❷謙恭：～辭厚禮。

6 **卒** (一)(zú ㄗㄨˊ)(粵)dzœt⁷[知恤
切]❶古時指兵：小～。
士～。❷差役：走～。❸死亡：
生～年月。❹完畢，終了：～
業。⑤究竟，終於：～底於成。
〔卒之〕(粵方言)終於：～～成
功。
(二)同'猝'，見418頁。

6 **卓** (zhuō ㄓㄨㄛ)(粵)tsœk⁸[綽]
❶高而直：～立。❷高
明，高超，傑出，不平凡：～
見。～越的成績。〔卓絕〕超過
尋常，沒有能比的：堅苦～～。

6 **協(协)** (xié ㄒㄧㄝˊ)(粵)hip⁸
[脅]共同合作，
和洽：～商。～辦。〔協會〕為
促進某種共同事業的發展而組
成的團體：作家～～。

6 **直** (zhí ㄓˊ)(粵)dzik⁹[席]❶不
彎曲：～綫。～立。❷1.
公正合理：是非曲～。理～氣
壯。2.徑：～通火車。〔直接〕
事物的關係不必要經過第三者
而發生，跟'間接'相反。❷使直，
把彎曲的伸開：～起腰來。❸
爽快，坦率(連一爽)：～言。
心～口快。❹一直，一個勁兒
地，連續不斷：～哭。❺豎，
跟'橫'相反：～行的文字。❻
漢字自上往下寫的筆形（丨）。

6 **卖** '賣'的簡化字，見 668頁。

6 **丧** '喪'的簡化字，見 111頁。

6 **单** '單'的簡化字，見 111頁。

7 **南** (一)(nán ㄋㄢˊ)(粵)nam⁴[男]
方向，早晨面對太陽右手
的一邊，跟'北'相對：～方。～風。
指～針。〔南面〕面朝南。古代
以面朝南為尊位，君主臨朝南
面而坐，因此把為君叫做'南面
為王'，'南面稱孤'等。
(二)(nā ㄋㄚ)(粵)na⁴[拿]〔南無〕(一
mó)梵文 Namas的音譯。又作
'南謨'。'歸敬'、'歸命'的意思。
佛教徒常用來加在佛、菩薩名
或經典題名之前，表示對佛、
法的尊敬：～～阿彌陀佛。～～
觀世音菩薩。

8 **贲** '賁'的簡化字，見 666頁。

8 **真** 見八部，49頁。

8 **索** 見糸部，516 頁。

8 **隼** 見隹部，756 頁。

9 **啬** '嗇'的簡化字，見 113頁。

9 **乾** 見乙部，11頁。

9 **率** 見玄部，423 頁。

10 **博** (bó ㄅㄛˊ) ⑧bɔk⁸〔搏〕❶
多，廣（⑲〔廣一〕）：地大
物～。～學。～覽。〔博士〕1.
學位的最高一級。2.古代掌管
學術的官名。〔博物〕動物、植
物、礦物、生理等學科的總稱。
❷知道得多：～古通今。❸用
自己的行動換得：～得同情。
❹大：寬衣～帶。❺古代的一
種棋戲，後泛指賭博。

11 **準** 見水部，379 頁。

12 **兢** 見儿部，46 頁。

19 **韢** '韢'的簡化字，見 776 頁。

22 **矗** (chù ㄔㄨˋ) ⑧tsuk⁷〔促〕直
立，高聳：～立。高～。

22 **顰** 見頁部，776 頁。

卜（卜）部

0 **卜** ㊀(bǔ ㄅㄨˇ) ⑧buk⁷〔波屋
切〕占卜，古代社會用來
決定生活行動的一種舉動：～
卦。求神問～。⑧料定，猜想，
先知道：預～。吉凶未～。〔卜
辭〕商代刻在龜板獸骨上記錄
占卜事情的文字。
㊁'蔔'的簡化字，見596頁。

2 **卞** (biàn ㄅㄧㄢˋ) ⑧bin⁶〔辨〕急
躁（⑲一急）。

3 **占** ㊀(zhān ㄓㄢ) ⑧dzim¹〔尖〕
用銅錢或牙牌等判斷吉
凶：～卦。～課。
㊁同'佔'，見 25 頁。

3 **卡** ㊀(qiǎ ㄑㄧㄚˇ) ⑧ka²〔崎啞
切〕ka¹〔崎鴉 切〕(又) ❶
(一子)在交通要道設置的檢查
或收稅的地方：關～。❷(一
子)夾東西的器具：頭髮～子。
❸夾在中間，堵塞：魚刺～在
嗓子裏。～在裏邊拿不出來了。
㊁(kǎ ㄎㄚˇ) ⑧ka¹〔崎鴉切〕(外) ❶
卡車，載重的大汽車：十輪～。
❷(外)卡路里，熱量單位，就
是使一克純水的溫度升高攝氏
表一度所需的熱量。
㊂(kǎ ㄎㄚˇ) ⑧kat⁷〔其壓切加入〕卡
片，小的紙片(一般是比較硬
的紙)：資料～。圖書～片。

3 **卢** '盧'的簡化字，見458頁。

3 **卟** 見口部，89頁。

3 **外** 見夕部，145 頁。

4 **贞** '貞'的簡化字，見 663頁。

贞

4 **乩** 見乙部，10 頁。

5 **卣** (yǒu ㄧㄡˇ)(粵)jeu^{5}〔友〕古代一種盛酒的器皿。

卣

6 **卦** (guà ㄍㄨㄚˋ)(粵)gwa^{3}〔掛〕八卦，中國古代用來占卜的象徵各種自然現象的八種符號，相傳是伏羲氏所創。參見 47 頁 '八'字條'八卦'。〔變卦〕(喻)已定的事情又改變（含貶義）。

6 **卧** 見臣部，563 頁。

7 **畆** 同'畝'，見 440 頁。

卩(㔾)部

2 **卬** ㊀(áng ㄤˊ)(粵)ŋɔŋ^{4}〔昂〕❶代詞，表示第一人稱。我。❷同'昂'。1.激厲，情緒高。2.價格高：～貴。

㊁(yǎng ㄧㄤˇ)(粵)jœŋ^{5}〔養〕同'仰'。❶舉首向上。❷仰望，希望。

2 **厄** 見厂部，79 頁。

3 **卮** (zhī ㄓ)(粵)dzi^{1}〔支〕古代盛酒的器皿。

3 **卯** (mǎo ㄇㄠˇ)(粵)mau^{5}〔牡〕❶地支的第四位。❷卯時，稱早晨五點到七點。❸（一子、一兒）器物接榫的地方凹入的部分：對～眼。鑿個～兒。

3 **叩** 見口部，87 頁。

4 **印** (yìn ㄧㄣˋ)(粵)jen^{3}〔因高去〕❶圖章，戳記：蓋～。鈐～。～信。～把子（也比喻政權）。❷（一子、一兒）痕迹：腳～。烙～。❸留下痕迹。特指把文字或圖畫等留在紙上或器物上：～書。翻～。排～。〔印象〕外界事物反映在腦中所留下的形象。❹相合：～證。心心相～。〔印證〕互相證明。

4 **危** (wēi ㄨㄟ)(粵)ŋei^{4}〔霓〕❶不安全（(連)一險）：轉～為安。〔危言〕使人驚奇的話：～～聳聽。❷指人快要死：臨～。病～。❸損害（(連)一害）：～及家國。❹高的，陡的：百尺～樓。❺端正：正襟～坐。❻星名，二十八宿之一。

5 卵 (luǎn ㄌㄨㄢˇ)粵lœn²[論高上]動植物的雌性生殖細胞,特指動物的蛋: 鳥～。雞～。～生。

5 即 (jí ㄐㄧˊ)粵dzik⁷[積]❶就是: 非此～彼。❷當時或當地: ～日。～刻。～席發表談話。～景生情。❸便,就,立刻: 黎明～起。用畢～行奉還。[即使]連詞,常和'也'字連用表示假定或就算不～考試名列前茅,也不能驕傲自滿。❹靠近: 若～若離。可望而不可～。[即位]指登基做君主。

5 卲 同'劭❷',見 66 頁。

5 却 同'卻',見本頁。

6 卷 (一)(juàn ㄐㄩㄢˋ)粵gyn²[捲]❶(～兒)可以舒捲的書畫: 手～。長～。❷書籍的册本或篇章: 第一～。上～。～二。❸(～子、～兒)考試用的紙: 試～。交～。歷史～。❹案卷,機關裏分類彙存的檔案、文件: ～宗。查一查底～。(一)'捲'的簡化字,見 254 頁。(三)(quán ㄑㄩㄢˊ)粵kyn⁴[拳]彎曲。

6 卸 (xiè ㄒㄧㄝˋ)粵sɛ³[瀉]❶把東西去掉或拿下來: ～貨。～車。大拆大～。❷解除: ～責。～任。推～。

6 卺 (jǐn ㄐㄧㄣˇ)粵gen²[緊]瓢,古代結婚時用做酒器。[合卺]舊時夫婦成婚的一種儀式。

6 卹 同'恤',見 222 頁。

6 卻 同'卻',見本頁。

7 卻 (què ㄑㄩㄝˋ)粵kœk⁸[其約切]❶退(連退一): ～敵。望而～步。❷拒絕,退還,不受: 盛情難～。～之不恭。❸表示轉折、對立和違反常情的副詞: 這個道理大家都明白,他～不知道。❹和'去'、'掉'用法相近: 忘～。了～一件心事。失～力量。

7 卽 同'即',見本頁。

8 卿 (qīng ㄑㄧㄥ)粵hiŋ¹[兄]❶古時高級官名: 上～。三公九～。❷古代用做稱呼,君稱臣,夫稱妻或夫妻對稱。

9 卿 同'卿',見本頁。

9 御 見彳部,214 頁。

9 脚 見肉部,556 頁。

11 **㗊** 同'膝'，見 560 頁。

11 **腳** 見肉部，558 頁。

厂 部

0 **厂** ㊀(ān ㄢ)㊂em¹〔庵〕同
'庵'。多用於人名。
㊁(àn ㄢ)㊂ŋon⁶〔岸〕山邊可供
居住的巖洞。
㊂'廠'的簡化字，見 203 頁。

2 **厄** (è ㄜ)㊂ɐk¹ ak¹〔握〕(乂)❶
困苦，災難：～運。❷
受困：海船～於風浪。❸同
'阨'，見 749 頁。

2 **历** ㊀'歷'的簡化字，見 344
頁。
㊀'曆'的簡化字，見 295 頁。

2 **厅** '廳'的簡化字，見 204 頁。

2 **仄** 見人部，17 頁。

3 **厉** '厲'的簡化字，見 80 頁。

4 **压** '壓'的簡化字，見 141 頁。

4 **厌** '厭'的簡化字，見 80 頁。

4 **库** '庫'的簡化字，見本頁。

6 **厓** (yá ㄧㄚˊ，舊讀 yái ㄧㄞˊ)㊂
ŋai⁴〔捱〕❶同'崖'。山邊。
❷同'涯'。水邊。

6 **厔** (zhì ㄓˋ)㊂dzɐt⁹〔姪〕見458
頁'盩'字條'盩厔'。

7 **厐** ㊀(páng ㄆㄤˊ)㊂poŋ⁴〔旁〕
大。
㊁(máng ㄇㄤˊ)㊂moŋ⁴〔亡〕雜，
亂。

7 **厚** (hòu ㄏㄡˋ)㊂hɐu⁵〔喉低上〕
❶扁平物體上下兩個面
的距離：長寬。～五厘米～的
木板。下了三厘米～的雪。❷
扁平物體上下兩個面的距離較
大的，跟'薄'相反：～紙。～
棉襖。❸深，重，濃，大：～
望。～禮。～情。～味。深
的友誼。❹不刻薄，待人好：
～道。❺重視，注重：～今薄
古。～此薄彼。

7 **厙(库)** (shè ㄕㄜˋ)㊂sɛ³
〔舍〕〈方〉村莊
(多用於村莊名)。

7 **厘** (lí ㄌㄧˊ)㊂lei⁴〔離〕❶公制
計量單位。如厘米、厘升、
厘克等。❷同'釐'㊀'，見 716 頁。

8 **厝** (cuò ㄘㄨㄛˋ)㊂tsou³〔措〕❶
安置：～火積薪（喻隱
患）。❷停柩，把棺材停放待葬，
或淺埋以待改葬：浮～。

8 **原** (yuán ㄩㄢˊ)㊂jyn⁴〔元〕❶
最初的，開始的(@一

始)：～稿。❹沒有經過加工的：～油。～煤。〔原子〕構成元素的最小粒子。❷原來，本來：～作者。這話～不錯。～打算去請他。放還～處。❸諒解，寬容(通一諒)：情有可～。不可～諒的錯誤。❹寬廣平坦的地方：～野。平～。高～。大草～。❺同'塬'，見 138 頁。

9　厠　同'廁'，見 201 頁。

9　厢　同'廂'，見 201 頁。

9　厩　同'廄'，見 202 頁。

9　厣　'靨'的簡化字，見 81 頁。

10　厥　(jué ㄐㄩㄝˊ) 粵kyt⁸〔決〕❶氣閉，昏倒：暈～。痰～。❷其，他的，那個的：～父。～後。大放～詞(大發議論)。

10　厦　同'廈'，見 202 頁。

10　厤　同'曆'，見 295 頁。

10　厨　同'廚'，見 203 頁。

10　雁　見隹部，756 頁。

11　厰　同'廠'，見 202 頁。

11　厗　同'廑'，見 202 頁。

12　厭(厌)　㊀(yàn ㄧㄢˋ) 粵jim³〔掩 高去〕❶嫌惡，憎惡(通一惡)：討～棄。❷滿足：貪得無～。㊁(yān ㄧㄢ) 粵jim¹〔淹〕同'懕'。安靜，安閒。

12　厮　同'廝'，見 203 頁。

12　厰　同'廠'，見 203 頁。

12　厨　同'廚'，見 203 頁。

12　愿　見心部，229 頁。

13　厲(厉)　㊀(lì ㄌㄧˋ) 粵lei⁶〔麗〕❶嚴格，切實：～行節約。～禁走私。❷嚴厲，嚴肅：正言～色。雷～風行。❸凶猛：〔厲害〕1.凶猛：老虎很～～。2.過甚，很：疼得～～。鬧得～～。❹古通'礪':秣馬～兵。㊁〈古〉同'癩'，見 452 頁。

13　厯　同'歷'，見 344 頁。

13　魇　'魘'的簡化字，見 783 頁。

13　鴈　見鳥部，810 頁。

14 曆 見日部, 295 頁。

14 歷 見止部, 344 頁。

15 壓 見土部, 141 頁。

16 龐 同'龐', 見 204 頁。

16 懕 見心部, 233 頁。

16 擪 見手部, 270 頁。

17 靨（厴）(yǎn ㄧㄢˇ)粵jim²
〔掩〕螺類介殼口
圓片狀的蓋。蟹腹下面的薄殼
也稱'厴'。

17 賾 見貝部, 670 頁。

19 厰 同'廳', 見 204 頁。

21 靨 見面部, 765 頁。

21 饜 見食部, 783 頁。

22 魘 見鬼部, 797 頁。

24 黶 見黑部, 827 頁。

厶 部

0 厶 ㊀(sī ㄙ)粵si¹〔司〕'私'的
古字。
㊁(mǒu ㄇㄡˇ)粵meu⁵〔畝〕'某'的
俗字。

2 云 見二部, 12 頁。

2 允 見儿部, 43 頁。

2 公 見八部, 47 頁。

2 勾 見勹部, 70 頁。

3 去 (qù ㄑㄩˋ)粵hœy³〔許高去〕
❶離開所在的地方到別
處，由自己一方到另一方，跟
'來'相反：我要～香港。馬上
就～。給他一封信。已經～了
一個電報。❷離開：～世。～
職。❸距離，差別：相～不遠。
❹已過的。特指剛過去的一
年：～年。❺除掉，減掉：～皮。
～病。太長了，～一段。❻失
去，失掉：大勢已～。❼扮演
（戲曲裏角色）。❽在動詞後，
表示趨向：上～。進～。❾在
動詞後，表示持續：信步走～。
讓他說～。❿去聲，漢語四聲
之一。

3 **厺** 同'去'，見 81 頁。

3 **台** 見口部，88 頁。

3 **弁** 見廾部，205 頁。

3 **弘** 見弓部，207 頁。

4 **厾** (dū ㄉㄨ)㊢duk⁷〔督〕用指頭、棍棒等輕擊輕點：～一個點兒。點～(畫家隨意點染)。

4 **丟** 見一部，4 頁。

4 **牟** 見牛部，411 頁。

5 **县** '縣'的簡化字，見 528 頁。

5 **矣** 見矢部，466 頁。

5 **私** 見禾部，483 頁。

6 **叁** (sān ㄙㄢ)㊢sam¹〔衫〕'三'字的大寫。

6 **参** '參'的簡化字，見本頁。

7 **尝** '嘗'的簡化字，見 116 頁。

7 **垒** '壘'的簡化字，見 142 頁。

9 **參(参)** ㊀(cān ㄘㄢ)㊢tsam¹〔驂〕❶參加，加入：～軍。～戰。〔參天〕高入雲霄：古木～～。〔參半〕佔半數：疑信～～。❷參考：～看。～閱。❸舊指進見：～謁。～見。❹封建時代指向皇帝告狀：～他一本('本'指奏章)。

㊁(shēn ㄕㄣ)㊢sɐm¹〔深〕❶星名，二十八宿之一。〔參商〕㊗1.分離不得相見。2.不和睦。❷人參，多年生草本植物。根肥大，略像人形，可入藥。

㊂(cēn ㄘㄣ)㊢tsɐm¹〔侵〕tsam¹〔驂〕(又)〔參差〕長短不齊：～～不齊。

㊃同'叁'，見本頁。

9 **叅** 同'參'，見本頁。

又 部

0 **又** (yòu ㄧㄡˋ)㊢jɐu⁶〔右〕❶重複，連續，指相同的：他～遲到了。今天～下雨了。❷表示加重語氣、更進一層：他～不傻。你～不是不會。❸幾項平列的連詞：～高～大。我～高興，～着急。❹再加上，還有：十～五年。一～二分之一。❺表示某種範圍之外另有補充：穿上了棉襖～加了一件皮背心。❻表示轉折: 剛還想說什麼, 可一把它忘了。

1 又

㊀(chā ㄔㄚ)（粵）tsa¹〔差〕❶(一子)一頭分歧便於扎取的器具: 鋼~。魚~。❷×形的符號的名稱, 一般用來標誌錯誤或作廢。❸交錯: ~手。❹用叉子取東西: ~魚。

㊁(chá ㄔㄚ)（粵）同㊀擋住, 堵塞住, 互相卡住: 車把路口一住了。

㊂(chǎ ㄔㄚ)（粵）tsa⁵〔茶低上〕分開, 張開: ~腿。

2 及

(jí ㄐㄧ)（粵）kep⁹〔給低入〕gep⁹〔急低入〕(又)❶到: 1. 從後頭趕上: 來得~。趕不~。㊀比得上: 我不~他。2.達到: 由表~裏。將~十載。~格。❷趁着, 乘: ~時。~早。❸連詞, 和, 跟(通常主要成分在前): 煙、酒~其他有刺激性的東西對於人的健康都是有害的。〔以及〕連接並列的詞、詞組, 意義和'及❸'相同: 花園裏種着狀元紅、矢車菊、夾竹桃~~各色的花木。

2 友

(yǒu ㄧㄡ)（粵）jeu⁵〔有〕❶朋友的: ~人。~邦。❷相好, 互相親愛: ~愛。~好。

2 反

㊀(fǎn ㄈㄢ)（粵）fan²〔返〕❶翻轉, 顛倒: ~敗為勝。

~守為攻。易如~掌。㊀翻轉的, 顛倒的, 跟正的相對: 這紙看不出一面正面。~穿皮襖。放~了。圖章上刻的字是~的。❷和原來的不同, 和預想的不同: ~常。畫虎不成~類犬。我一勸, 他~而更生氣了。〔反倒〕正相反, 常指和預期相反: 希望他走, 他~~坐下了。❸反對, 反抗: ~浪費。~吸煙運動。~侵略。❹回, 還: ~問。~攻。~求諸己。〔反省〕對自己的思想行為加以檢查。❺背叛: ~叛。~徒。❻違背: ~常理。~潮流。❼造成: 你們是~了嗎? 這樣無法無天地搗亂。❽類推: 舉一~三。

㊁(fān ㄈㄢ, 舊讀 fàn ㄈㄢ)（粵）fan¹〔翻〕用在反切後頭, 表示前兩字是注音用的反切。如'塑, 桑故反'。〔反切〕中國傳統的一種注音方法, 用兩個字來注另一個字的音, 被注音的字的聲母跟反切上字相同, 韻母和字調跟反切下字相同。如'工'是'姑翁切'。

2 收 同'收', 見 274 頁。

2 雙 '雙'的簡化字, 見 758 頁。

2 凤 '鳳'的簡化字, 見 808 頁。

2　劝　'勸'的簡化字，見 69 頁。

3　发　㊀'發'的簡化字，見 452 頁。
　　㊁'髮'的簡化字，見 793 頁。

3　圣　'聖'的簡化字，見 546 頁。

3　叹　'嘆'的簡化字，見 117 頁。

3　对　'對'的簡化字，見 174 頁。

3　奴　見女部，151 頁。

4　叟　(shǐ ㄕˇ)粵si² 〔屎〕'史'的古體字，見 89 頁。

4　观　'觀'的簡化字，見 639 頁。

4　戏　'戲'的簡化字，見 237 頁。

4　欢　'歡'的簡化字，見 342 頁。

5　鸡　'鷄'的簡化字，見 817 頁。

6　叔　(shū ㄕㄨ)粵suk⁷〔宿〕❶兄弟排行，常用伯、仲、叔、季為次序，叔是老三。❷叔父，父親的弟弟。又稱跟父親同輩而年較小的男子(疊)：大～。

6　取　(qǔ ㄑㄩˇ)粵tsœy² 〔娶〕❶拿，取得：～書。到銀行～款。〔取消〕廢除，撤銷。

❷從中拿出合乎需要的：1.挑選：錄～。～道香港。2.尋求：～暖。～笑(開玩笑)。3.接受，採用：聽～意見。吸～經驗。❸依照一定的根據或條件做：～決。～齊。

6　受　(shòu ㄕㄡ)粵sɐu⁶〔壽〕❶接納別人給的東西：～信人。～賄。接～別人的意見。❷忍耐某種遭遇(粵忍一)：忍～痛苦。～不了。～罪。❸遭到：～批評。～害。～風。～暑。❹中，適合：他這話倒是很～聽。

6　叕　(zhuó ㄓㄨㄛ)粵dzyt⁸〔茁〕❶同'綴'。聯綴。❷短，不足。

6　变　'變'的簡化字，見 657 頁。

6　艰　'艱'的簡化字，見 570 頁。

7　叛　(pàn ㄆㄢˋ)粵bun⁶〔伴〕背叛：～變。～徒。眾親離。

7　叟　(sǒu ㄙㄡ)粵sɐu²〔手〕老人：童～無欺。

7　叚　同'假'，見 ·35 頁。

7　叙　同'敍'，見 276 頁。

7　叜　同'叟'，見 84 頁。

7 亟 見二部，13 頁。

8 难 '難'的簡化字，見 759 頁。

8 剡 見刀部，62 頁。

8 隻 見隹部，756 頁。

9 娞 見女部，157 頁。

9 曼 見曰部，298 頁。

10 雈 同'雙'，見 758 頁。

11 叠 同'疊'，見 442 頁。

11 戵 同'搉'，見 261 頁。

14 叡 同'睿'，見 463 頁。

15 爕 見火部，405 頁。

16 叢(丛)（cóng ㄘㄨㄥˊ）（粵）tsuŋ⁴〔蟲〕❶聚集，許多事物湊在一起：草木～生。百事～集。〔叢書〕也叫'叢刊'。根據一定目的和使用對象，選擇若干種書編為一套，在一個總名稱下出版。❷密集生長的草木：草～。樹～。花～。❸聚集在一起的人、動物或其他東西：人～。論～。❹

〈古〉量詞。簇，束：一～牡丹花。

16 雙 見隹部，758 頁。

18 矍 見目部，465 頁。

口部

0 **口** (kǒu ㄎㄡ)（粵）heu²〔侯高上〕
❶嘴，人和動物吃東西的器官。有的也是發聲器官的一部分。〔口舌〕1.因談話引起的糾紛。2.勸說、交涉或搬弄是非時說的話。〔口吻〕從語氣間表現出來的意思。〔口齒〕1.說話的發音，說話的本領：～伶俐。2.〈粵方言〉信用：講～～。❷容器通外面的部分：缸～。碗～。瓶～。❸（一兒）出入通過的地方：門～。胡同～。河～。海～。關～。特指長城的某些關口：古北～。～馬。❹（一子、一兒）破裂的地方：衣服撕了個～兒。傷～。決～。❺鋒刃：刀還沒有開～。❻騾馬等的年齡（騾馬等的年齡可以由牙齒的多少和磨損的程度看出來）：這匹馬～還輕。六歲～。❼量詞：1.指人：一家五～。2.指牲畜：一～豬。3.指器物：一～鍋。一～鐘。

1 **中** 見丨部，5頁。

2 **古** (gǔ ㄍㄨˇ)（粵）gu²〔鼓〕❶時代久遠的，過去的，跟'今'相反（龜一老）：遠～。～書。～板（守舊固執）。～為今用。〔古怪〕奇怪，罕見，不合常情。❷古體詩的簡稱：五～。七～。〔古董〕〔骨董〕古代留傳下來的器物。龜頑固守舊的人。

2 **句** (一) (jù ㄐㄩ)（粵）gœy³〔據〕(一子) 由詞組成的能表示出一個完全意思的話。
(二) (gōu ㄍㄡ)（粵）ɡeu¹〔鈎〕❶同'勾'，見70頁。❷姓：〔句踐〕春秋時越王名。❸〔高句驪〕古國名。

2 **另** (lìng ㄌㄧㄥˋ)（粵）liŋ⁶〔令〕另外，別的，以外：～買一個。那是～一件事。

2 **叨** (一) (tāo ㄊㄠ)（粵）tou¹〔滔〕承受（謙辭）：～光。～教。〔叨擾〕謝人款待的話。
(二) (dāo ㄉㄠ)（粵）dou¹〔刀〕〔叨叨〕話太多。〔叨嘮〕翻來覆去地說。

2 **叩** (kòu ㄎㄡ)（粵）keu³〔扣〕❶敲打：～門。❷叩頭（首），磕頭，一種舊時代的禮節：～謝。❸詢問，打聽：～聽。

2 **只** (zhǐ ㄓˇ)（粵）dzi²〔止〕同'祇(二)'。僅僅，惟一地：～有他一人能夠爬上山頂。〔只是〕1.但是：我很想看戲，～～沒時間。2.就是：人家問他，他～～不開口。3.僅僅是：他來電話～～想借幾本書，沒有什麼要緊的事。

㊂'隻'的簡化字，見 756 頁。

2 **叫** (jiào ㄐㄧㄠˋ)粵giu³〔嬌高去〕
❶呼喊：大～一聲。❷動物發出聲音：雞～。❸稱呼，稱爲：他～什麼名字? 這～圖文傳真機。❹招呼：～他明天來。請你把他～來。❺使，令：這件事應該～他知道。～人難以理解。❻雇車; 在酒樓飯館叫飯時點菜; 買東西並請售貨人送來：～車。～一碟醬爆雞丁。～石油氣。❼被，讓：他～雨淋了。～人家笑話。

2 **召** ㊀(zhào ㄓㄠˋ, 俗讀 zhāo ㄓㄠ)粵dziu⁶〔趙〕❶呼喚，招呼：號～。～見。～喚。～集。～開會議。❷招致，導致：感～。～禍。
㊁(shào ㄕㄠˋ)粵siu⁶〔紹〕姓。

2 **叭** (bā ㄅㄚ)粵ba¹〔巴〕象聲詞：～的一聲，弦斷了。

2 **叮** (dīng ㄉㄧㄥ)粵diŋ¹〔丁〕deŋ¹〔釘〕(語)❶叮囑，再三囑咐。[叮嚀]也作'丁寧'。反覆地囑咐。❷蚊子等用針形口器吸食：被蚊子～了一口。❸追問：～問。❹象聲詞：～～噹噹。

2 **可** ㊀(kě ㄎㄜˇ)粵ho²〔何高上〕❶是，對，表示准許:

許～。認～。不加～否。〔可以〕1.表示允許：～～, 你去吧! 2.適宜，能：現在～～穿棉衣了。馬鈴薯～～當飯吃。3.過甚，夠程度：這幾天冷得眞～～。4.還好，差不多：這篇文章還～～。❷能夠：牢不～破。大～小。〔可能〕能夠，有實現的條件：這個計劃～～提前實現。❸值得，夠得上(用在動詞前)：～憐。～愛。這齣戲～看。❹適合：～心。～人意。這碗茶正～口(冷熱適中)。㊁盡，就某種範圍不加增減：～着錢花。～着腦袋做帽子。❺可是，但，卻：大家很累，～都很愉快。❻加強語氣的說法：這工具使着～得勁。他寫字～快了。這篇文章～寫完了。❼疑問詞：你～知道? 這話～是眞的? ❽和'豈'字義近：不是嗎! ～不就糟了嗎! ❾大約：年～三十。長～六米。❿義同'可以2, 4'：根～食。尙～。
㊁(kè ㄎㄜˋ)粵hek⁷〔克〕〔可汗〕古代鮮卑、突厥、回紇、蒙古等族君主的稱號。

2 **台** ㊀(tái ㄊㄞˊ)粵toi⁴〔苔〕❶敬辭，用於稱呼對方或跟對方有關的動作：～端。兄～。～鑒。❷'臺、檯、颱'的簡化字，分見 565 、337 、776

頁。

㈡(tāi ㄊㄞ)⑧同〔天台〕山名，又縣名，都在浙江省。

2 叱 (chì ㄔ)⑧tsik⁷〔斥〕呼呵，大聲斥罵: 怒～。〔叱咤〕發怒的聲音。

2 史 (shǐ ㄕ)⑧si²〔屎〕❶歷史，自然或社會以往發展的進程。也指記載歷史的文字和研究歷史的學科。❷古代掌管記載史事的官。

2 右 (yòu ㄧㄡ)⑧jeu⁶〔又〕❶跟‘左’相對，面向南時靠西的一邊: ～手。～邊。❷西方(以面向南爲準): 江～。山～。❸政治思想上屬於保守的:～傾。❸古以右爲上，品質等級高的稱右: 無出其～。❹崇尚，重視: ～文。❺古通‘佑’。幫助。

2 叵 (pǒ ㄆㄛ)⑧po²〔頗〕不可:～耐。居心～測。

2 叶 ㈠(xié ㄒㄧㄝ)⑧hip˺〔協〕和洽，合:～韻。
㈡‘葉’的簡化字，見 590 頁。

2 司 (sī ㄙ)⑧si¹〔師〕❶主管:～賬。～令。～法。各～其事。❷中央政府各部中所設立的分工辦事的部門: 外交部禮賓～。～長。

2 叻 ㈠(lè ㄌㄜ)⑧lek⁹ lak⁹〔肋〕(又) 石叻，華僑稱新加坡。也叫‘叻埠’。

㈡(lié ㄌㄧㄝ)⑧lek⁷〔拉隻切高入〕〈粵方言〉能幹: 精～。

2 叼 (diāo ㄉㄧㄠ)⑧diu¹〔刁〕用嘴銜住: 貓～着老鼠。

2 卟 (bǔ ㄅㄨ)⑧buk⁷〔卜〕〔卟吩〕有機化合物，結構式爲

是葉綠素、血紅蛋白等的重要組成部分。

2 㠯 同‘以’，見 20 頁。

2 叹 ‘嘆’的簡化字，見 117 頁。

2 叽 ‘譏’的簡化字，見 117 頁。

2 兄 見儿部，43 頁。

2 加 見力部，65 頁。

2 占 見卜部，76 頁。

3 吁 ㈠(xū ㄒㄩ)⑧hœy¹〔虛〕❶歎息: 長～短歎。❷歎詞，表示驚疑: ～，是何言歟!

㈡額的簡化字，見509頁。

3　吃　㈠(chī ㄔ)⑧hek⁸〔喜隻切〕❶把食物等放到嘴裏經過咀嚼嚥下去(包括吸、喝)：～飯。～藥。❷吸：～墨紙。～煙。❸感受：～驚。～緊。❹耗費：～力。～勁。❺承受，支持：這個任務很～重。～不住太大的分量。❻消滅：～掉敵軍一個團。用馬～炮。❼被(宋元小說戲曲裏常用)：～那斯騙了。

〔吃水〕船身入水的深度。根據吃水的深淺可以計算全船載貨的重量。

㈡(chī ㄔ，舊讀jí ㄐㄧ)⑧get⁷〔吉〕hek⁸〔喜隻切〕(俗)〔口吃〕結巴，說話不流暢。

3　各　㈠(gè ㄍㄜ)⑧gɔk⁸〔角〕每個，彼此不同的：～種職業。～處都有。～不相同。

㈡(gě ㄍㄜ)⑧同㈠(方)特別，與衆不同：這人很～。

3　合　㈠(hé ㄏㄜ)⑧hɐp⁶〔盒〕❶閉，對攏：～眼。～抱。～圍(四面包圍)。〔合龍〕修築堤壩或橋梁時從兩端施工，最後在中間接合。❷聚，集：～力。～辦。～唱。〔合同〕兩方或多方為經營事業或在特定的工作中規定彼此職責所訂的共同遵守的條文：訂～～。❸總

共，全：～計。～村。❹不違背，一事物與另一事物相應或相符：～格。～法。～理。㈐應該：理～聲明。❺計，折算：這件衣服做成了～多少錢？一米～多少尺？❻量詞，舊小說或武俠小說中指交戰的回合：大戰三十餘～。

㈡(hé ㄏㄜ)⑧hɔ⁴〔河〕舊時樂譜記音符號的一個，相當於簡譜的低音的'5'。

㈢(gě ㄍㄜ)⑧gɐp⁸〔鴿〕❶中國容量單位，一升的十分之一。❷量糧食的器具，方形或圓筒形，多用木頭或竹筒製成。

3　吉　(jí ㄐㄧ)⑧get⁷〔桔〕❶幸福的，吉利的(⑧一祥、一慶)：～日。～期。萬事大～。❷朔日，陰曆每月的初一。

3　吋　(cùn ㄘㄨㄣ，又讀yīngcùn ㄧㄥ ㄘㄨㄣ)⑧tsyn³〔寸〕jin¹ tsyn³〔英寸〕(又)英美制長度單位，一呎的十二分之一。

3　同　㈠(tóng ㄊㄨㄥ)⑧tuŋ⁴〔銅〕❶一樣，沒有差異：～等。～歲。～感。大～小異。〔同化〕1.生物體將從食物中攝取的養料轉化成自身細胞的成分並儲存能量。2.使與本身不同的事物變成跟本身相同的事物。❷如同：他的相貌～他哥哥一樣。❸相同：～上。～前。

仝'～'同'。❹共，在一起：～學。～事。❺和，跟：我～你一路去。

㈢(tòng ㄊㄨㄥˊ)粵同㈠〔胡同〕(衚衕)巷。

3 **名** (míng ㄇㄧㄥˊ)粵miŋ⁴〔明〕❶(～兒)名字，人或事物的稱謂：書～命～。〔名詞〕表示人、地、事、物的名稱的詞，如學生、香港、戲劇、桌子等。❷叫出，說出：無以～之。莫～其妙。❸名舉，聲譽：有～也。～利。㉑有聲譽的，大家都知道的：～醫。～將。～勝。～言。～產。❹量詞，指人：學生四～。

3 **后** (hòu ㄏㄡˋ)粵heu⁶〔候〕❶上古稱君王：商之先～(先王)。❷皇后，帝王的妻子：～妃。❸'後'的簡化字，見213頁。

3 **吏** (lì ㄌㄧˋ)粵lei⁶〔利〕舊時代的官員：貪官污～。

3 **吐** (㈠tǔ ㄊㄨˇ)粵tou³〔兔〕使東西從嘴裏出來：不要隨地～痰。㉑1.說出：～露實情。堅不～實。2.露出，放出：高粱～穗之。蠶～絲。

㈢(tù ㄊㄨˋ)粵同㈠消化道或呼吸道裏的東西從嘴裏湧出(通嘔ㄧ)：上～下瀉。～血。粵被迫退還侵佔的財物。

㈢(tǔ ㄊㄨˇ)粵det⁹〔突〕〔吐谷渾〕(～yù hún)中國古代居住在西北部的少數民族，是鮮卑族的一支。

3 **向** (xiàng ㄒㄧㄤˋ)粵hœŋ³〔香去〕❶對着，朝着，表示動作的方向：這間房子～東。～前看。他要～你徵求意見。❷方向，目標：風～。我轉～(認錯了方向)了。方～錯了。㉑意志所趨：志～。意～。❸近，臨：～晚。～曉雨停。❹偏袒，袒護：偏～。❺從前：～日。～者。㉑從開始到現在：本處～無此人。〔向來〕〔一向〕從來，從很早到現在：他～～不喝酒。❻'嚮'的簡化字，見121頁。

3 **吒** (㈠zhā ㄓㄚ)粵dza¹〔渣〕見105頁'哪'字條'哪吒'。
㈢同'咤'，見100頁。

3 **吆** (yāo ㄧㄠ)粵jiu¹〔腰〕〔吆喝〕喊叫，指叫賣東西、趕牲口、大聲斥責人。

3 **吖** (ā ㄚ)粵a¹〔丫〕〔吖啶硫〕一種注射劑。

3 **吊** 同'弔'，見206頁。

3 **呃** 同'嗯㈢'，見114頁。

3 **吗** '嗎'的簡化字，見114頁。

3 **吓** '嚇'的簡化字,見 121 頁。

3 **乩** 見乙部, 10 頁。

3 **回** 見口部, 123 頁。

3 **如** 見女部, 152 頁。

3 **层** 見尸部, 178 頁。

3 **扣** 見手部, 240 頁。

4 **君** (jūn ㄐㄩㄣ)⑧gwen¹〔軍〕❶封建時代指帝王、諸侯等: 國~。❷對人的尊稱: 張~。〔君子〕古指有地位的人, 後又指品行好的人。

4 **吝** (lìn ㄌㄧㄣ)⑧lœn⁶〔論〕當用的財物捨不得用, 過分的愛惜(㊟一嗇): ~惜。不~賜教。

4 **吞** (tūn ㄊㄨㄣ)⑧ten¹〔梯恩切〕不經咀嚼, 整個咽到肚子裏去: 囫圇~棗。狼~虎咽。㊟1.忍受不發作出而聲: 忍氣~聲(不敢作聲)。2.兼并, 侵佔: ~沒。侵~。~并。

4 **吟** (yín ㄧㄣ)⑧jem⁴〔淫〕❶唱, 聲調抑揚地唸: ~詩。抱膝長~。❷中國古典詩歌的一種: 梁甫~。水龍~。

4 **吠** (fèi ㄈㄟˋ)⑧fei⁶〔廢低去〕狗叫: 狂~。蜀犬~日(喻少見多怪)。

4 **否** ㊀(fǒu ㄈㄡˇ)⑧feu²〔剖〕❶不: 1.用在表示疑問的詞句裏: 是~? 可~? 能~? 2.用在答話裏, 表示不同意對方的意思: ~, 此非吾意。〔否決〕對問題作不承認、不同意的決定。〔否定〕1.反面的。2.不承認, 作出相反的判斷。❷用在問句尾表示詢問: 知其事~? ❸不如此, 不然: 必須繼續努力學習, ~則成績會退步。
㊁(pǐ ㄆㄧˇ)⑧pei²〔鄙〕惡, 壞: 臧~人物(評論人的好壞)。~極泰來(壞的到了盡頭, 好的就來了)。

4 **吩** (fēn ㄈㄣ)⑧fen¹〔芬〕〔吩咐〕口頭指派或命令, 也作'分付': 母親~~他早去早回。

4 **吪** (é ㄜˊ)⑧ŋɔ⁴〔鵝〕❶行動。❷感化, 教化。❸同'訛', 錯誤。

4 **含** (hán ㄏㄢˊ)⑧hem⁴〔酣〕❶嘴裏放着東西, 不吐出來也不吞下去: 嘴裏~着塊糖。㊟藏在眼眶裏: ~着淚。❷帶有某種意思、感情等, 不完全表露出來: ~怒。~羞。~笑。❸裏面存在着: ~水分。

～養分。〔含糊〕〔含胡〕1.不明確，不清晰。2.怯懦，畏縮，常跟'不'連用：眞不～～。

4 吭 ㊀(háng ㄏㄤˊ)㊰hɔŋ^{4}〔杭〕喉嚨，嗓子：引～(拉長了嗓音)高歌。

㊁(kēng ㄎㄥ)㊰hɐŋ^{1}〔亨〕出聲，發言：問他什麼他也不～聲。一聲也不～。

4 吮 (shǔn ㄕㄨㄣˇ)㊰syn^{5}〔船低上〕聚攏嘴脣來吸：～乳。

4 吰 (hóng ㄏㄨㄥˊ)㊰wɐŋ^{4}〔宏〕見118頁'噌'字條'噌吰'。

4 呈 (chéng ㄔㄥˊ)㊰tsiŋ^{4}〔程〕❶顯出，露出：～現一片新氣象。❷恭敬地送上去：送～。謹～。～報。～獻。❸舊時稱下級報告上級的文件：～文。

4 吳 (wú ㄨˊ)㊰ŋ^{4}〔吾〕❶古國名：1.周代諸侯國名，在今江蘇省南部和浙江省北部，後來擴展到淮河下游一帶。2.三國之一，孫權所建立(公元222—280年)，在今長江中下游和東南沿海一帶。❷指江蘇南部和浙江北部一帶。❸姓。

4 吵 ㊀(chǎo ㄔㄠˇ)㊰tsau^{2}〔炒〕❶聲音雜亂擾攘人：～得慌。把他～醒了。❷打嘴架，口角：～架。爭～。

㊁(chāo ㄔㄠ)㊰同㊀〔吵吵〕吵鬧。

4 吶 ㊀(nà ㄋㄚˋ)㊰nap^{9}〔納〕〔吶喊〕大聲叫喊。

㊁同'訥'，見644頁。

4 吸 (xī ㄒㄧ)㊰kɐp^{7}〔級〕❶從口或鼻把氣體引入體內，跟'呼'相反：～氣。～煙。❷引取：藥棉花能～水。～墨紙。～鐵石。〔吸收〕攝取，採納：植物由根～～養分。～～經驗。

4 吹 ㊀(chuī ㄔㄨㄟ)㊰tsœy^{1}〔催〕❶合攏嘴脣用力出氣：～燈。～笛。❷誇口：瞎～。〔吹牛〕說大話，自誇。〔吹噓〕自誇或替人誇張。❸類似吹的動作：～風機。氫氧～管。不怕風～日曬。❹(事情)失敗，(感情)破裂：事情～了。他們倆～了。

㊁(chuī ㄔㄨㄟ，舊讀chuì ㄔㄨㄟˋ)㊰tsœy^{1}〔催〕tsœy^{3}〔脆〕(又)竽笙等樂器的吹奏：鼓～。也指樂曲：歌～。

4 吻 (wěn ㄨㄣˇ)㊰mɐn^{5}〔敏〕❶嘴脣：接～。〔吻合〕相合。❷用嘴脣接觸人或物以表示愛的感情。

4 吼 (hǒu ㄏㄡˇ)㊰hɐu^{3}〔口高去〕hau^{1}〔敲〕(又)獸大聲叫：牛～。獅子～。也指人因憤怒而呼喊：怒～。也泛指如吼的發聲：狂風怒～。汽笛長～了一聲。

4 吽 ㊀（hōng ㄏㄨㄥ）粵hung¹〔空〕佛敎咒語用字。梵文Hum的音譯。
㊁（hǒu ㄏㄡˇ）粵heu²〔口〕牛叫。
㊂（óu ㄡˊ）粵ngeu⁴〔牛〕狗爭鬥聲。

4 吾（wú ㄨˊ）粵ng⁴〔吳〕我，我的。

4 告 ㊀（gào ㄍㄠˋ去）粵gou³〔高高去〕❶說給別人，通知（粵一訴）：報～。你～訴我。〔告白〕1.對公衆的通告。2.〈粵方言〉廣告。❷提起訴訟（粵控一）：～發。原～。被～。❸請求：～假。～貸。～饒。❹表明：～辭。自～奮勇。❺宣佈或表示某種情況的出現：～成。～急。～一段落。❻古時官吏休假叫告：賜～。
㊁（jū ㄐㄩ）粵guk⁷〔谷〕忠告誠懇的規勸。

4 呀 ㊀（yā ㄧㄚ）粵a¹〔丫〕❶歎詞，表示驚疑：～，這怎麼辦！❷象聲詞：門～的一聲開了。
㊁（ya ·ㄧㄚ）粵句末助詞：大家快來～! 你怎麼不學一學～? 這個瓜～，甜得很!

4 呂（lǚ ㄌㄩˇ）粵ley⁵〔旅〕❶中國音樂十二律中的陰律，有六種，總稱'六呂'。❷姓。

4 呃 ㊀（è ㄜˋ）粵ek⁷ ak⁷〔握〕㊁呃逆，因橫膈膜拘攣引起的打嗝兒：打～。

4 呆 ㊀（dāi ㄉㄞ）粵ngoi⁴〔外低平〕臉上表情死板，發愣：兩眼發～。他～～地站在那裏。
㊁（ái ㄞˊ）粵同㊀死板，不靈活，不自然：這篇文章寫得太～板。
㊂（dāi ㄉㄞ）粵dai¹〔歹高平〕❶傻，愚蠢：書～子。❷停留，逗留，遲延：你～一會兒再走。

4 吋（chǐ ㄔˇ，又讀yìngchǐ ㄧㄥˋㄔˇ）粵tsɛk⁸〔尺〕粵〔英尺〕㊁英美制長度單位，一吋是十二吋，約合0.3048米。

4 吧 ㊀（bā ㄅㄚ）粵ba¹〔爸〕象聲詞：～嗒。～唧。的一聲。
㊁（ba ·ㄅㄚ）粵ba⁶〔罷〕助詞，用在句末，也作'罷'：1.表示可以，允許：好～，就這麼辦～。2.表示推測，估量：今天不會下雨～。3.表示命令，請求：快出去～! 還是你去～! 4.用於停頓處：說～，不好意思；不說～，問題又不能解決。

4 呁（qìn ㄑㄧㄣˋ）粵tsɛm³〔譖〕貓狗嘔吐。

4 吥（bù ㄅㄨˋ）粵bɛt⁷〔不〕見113頁'嘀'字條'嘀吥'。

4 吱 (zhī ㄓ，又讀 zī ㄗ) ⓖdzi¹ [支] ❶象聲詞：老鼠～的一聲跑了。小鳥～～叫。❷ 發出(聲音)：他一聲不～地站着。

4 呔 (dāi ㄉㄞ) ⓖtai¹ [太高平] 歎詞，突然大喝一聲，使人注意。

4 吡 (bǐ ㄅ一ˇ) ⓖpei² [鄙] 斥責。詆譭。

4 吷 (xuè ㄒㄩㄝˋ) ⓖhyt⁸ [血] 以口吹物發出的小聲。

4 呋 (fū ㄈㄨ) ⓖfu¹ [夫] [呋喃] 有機化合物，分子式 C_4H_4O，無色液體。供製藥用，也是重要的化工原料。

4 吲 (yǐn 一ㄣˇ) ⓖjen⁵ [引] [吲哚] 有機化合物，分子式 C_8H_7N，無色或淡黃色，片狀結晶，溶於熱水、醇、醚。供製香料和化學試劑。

4 吞 同'吞'，見92頁。

4 吳 同'吳'，見93頁。

4 叫 同'叫'，見88頁。

4 呫 同'呫'，見94頁。

4 唔 同'嗯㊂'，見114頁。

4 咿 同'咿'，見101頁。

4 呐 同'訥'，見644頁。

4 呛 '嗆'的簡化字，見113頁。

4 员 '員'的簡化字，見103頁。

4 吨 '噸'的簡化字，見120頁。

4 吃 '嚖'的簡化字，見123頁。

4 呕 '嘔'的簡化字，見116頁。

4 呜 '嗚'的簡化字，見113頁。

4 呖 '嚦'的簡化字，見122頁。

4 呗 '唄'的簡化字，見104頁。

4 听 '聽'的簡化字，見547頁。

4 呒 '嘸'的簡化字，見118頁。

4 串 見丨部，6頁。

4 亨 見亠部，14頁。

4 冏 見冂部，50頁。

4 局 見尸部，178頁。

4 **杏** 見木部，304頁。

4 **言** 見言部，641頁。

4 **足** 見足部，674頁。

4 **邑** 見邑部，703頁。

5 **呢** ㊀(ní ㄋㄧˊ)粵nei⁴〔泥〕nei⁴〔尼〕(又)(一子)一種毛織物。
〔呢喃〕象聲詞，常指燕子的叫聲。
㊁(ne・ㄋㄜ)粵ne¹〔尼耶切高平〕助詞：1.表示疑問(句中含有疑問詞)：你到哪兒去~？怎麼辦~？2.表示確定的語氣：早着~。還沒有來~。3.表示動作正在進行：他睡覺~。4.用在句中表示略停一下：喜歡~，就買下；不喜歡~，就不買。

5 **呦** (yōu ㄧㄡ)粵jeu¹〔休〕歎詞，表示驚異：~，你怎麼也來了？~，碗怎麼破了！
〔呦呦〕鹿叫聲：~~鹿鳴。

5 **周** (zhōu ㄓㄡ)粵dzeu¹〔州〕❶完備：~到。計劃很~密。❷給，接濟：~濟。~急。❸周圍，圈子：圓~。環繞地球一~。學校四~都種着樹。❹環繞，繞一圈：~而復始。
〔周旋〕1.打交道。2.交際，應酬：與客人~~。❺普遍，全面：衆所~知。~身溫暖。❻時期的一輪。特指一個星期：~末。~刊。(❸—❻又作'週')❼朝代名：1.姬發(武王)所建立(約公元前1066—公元前256年)。2.北周，宇文覺代西魏稱帝，國號周，建都長安(公元557—581年)。3.後周，五代之一，郭威所建立(公元951—960年)。

5 **呪** (zhòu ㄓㄡˋ)粵dzeu³〔奏〕❶某些宗教或巫術中的密語：~語。❷說希望人不順利的話：~罵。

5 **呫** ㊀(tiè ㄊㄧㄝˋ)粵tip⁸〔貼〕嘗，輕舔。
㊁(chè ㄔㄜˋ)粵tsip⁸〔妾〕〔呫嗶〕低聲細語。

5 **呬** (xì ㄒㄧˋ)粵hei³〔氣〕氣息，噓氣。

5 **呱** ㊀(guā ㄍㄨㄚ)粵gwa¹〔瓜〕〔呱呱〕象聲詞。形容鴨子、青蛙等的響亮叫聲。粵形容好：~~叫。頂~~。〔呱嗒〕象聲詞。〔呱嗒板兒〕1.唱蓮花落等打拍子的器具。2.木拖鞋。
㊁(gū ㄍㄨ)粵gu¹〔姑〕〔呱呱〕古書上指小兒哭聲：~~墮地。
㊂(guǎ ㄍㄨㄚˇ)粵同㊀〔拉呱兒〕

〈方〉聊天。

味 (wèi ㄨㄟˋ)粵mei⁶〔未〕❶ (一兒)味道，滋味，舌頭嘗東西所得到的感覺：五~。帶甜~。❷ (一兒)氣味，鼻子聞東西所得到的感覺：香~。臭~。❸ (一兒)意味，情趣：趣~。意~深長。❹體會，研究：細~其言。必須細細體~，才能懂得其中的道理。❺量詞，指藥的種類：這個方子一共七~藥。

呴 ⊖(xǔ ㄒㄩˇ)粵hœy³〔去〕hœy²〔許〕(又)❶張口吹氣。❷吐口水，吐沫：~濡(喻同處困境，互相救助)。

⊜(hōu ㄏㄡ)粵hɐu¹〔口高平〕喉中喘氣聲。

⊜(hòu ㄏㄡˋ)粵hɐu³〔口高去〕同'吼'。吼叫。

呵 ⊖(hē ㄏㄜ)粵ho¹〔苛〕❶怒責(粵一斥)：~禁。❷呼氣：~凍。~欠。〔呵呵〕象聲詞，形容笑：笑~~。❸同'嗬'，見 117 頁。

⊜同'啊'，見 107 頁。

呶 (náo ㄋㄠˊ)粵nau⁴〔撓〕喧譁(疊)：~~不休。

呷 (xiā ㄒㄧㄚ)粵hap⁸〔峽中入〕小口兒地喝：~茶。~一口酒。

呻 (shēn ㄕㄣ)粵sɐn¹〔申〕〔呻吟〕哼哼，病痛時發出聲音：無病~~。

呼 (hū ㄏㄨ)粵fu¹〔夫〕❶往外出氣，跟'吸'相反。❷喊：大聲疾~。歡~。❸喚，叫：~之即來。~應(彼此聲氣相通，互相照應)。〔呼籲〕大聲疾呼地提出要求。❹見113 頁'嗚'字條'嗚呼'。

命 (mìng ㄇㄧㄥˋ)粵min⁶〔明低去〕min⁶〔魔鏡切低去〕(語)❶生命，動物、植物的生活能力，也就是跟礦物、水等所以有區別的地方：救~。謀財害~。❷相信宿命論的人認為生來就注定的貧富、壽數等：算~。❸上級對下級的指示(粵一令)：奉~。遵~。❹給與(名稱等)：~名。~題。❺指派，使用：~駕。~筆。

咀 ⊖(jǔ ㄐㄩˇ)粵dzœy²〔嘴〕含在嘴裏細細玩味：含英~華(喻讀書吸取精華)。〔咀嚼〕❶體味。

⊜(zuǐ ㄗㄨㄟˇ)粵同⊖'嘴'俗作'咀'。

呿 (qū ㄑㄩ)粵kœy¹〔驅〕張口的樣子。

咄 (duō ㄉㄨㄛ)粵dœt⁷〔多恤切〕dzyt⁸〔啜〕(俗)表示呵叱。〔咄咄〕表示驚怪：~~怪事。〔咄嗟〕吆喝: ～～立辦 (馬上就辦到)。

5 **咆** (páo ㄆㄠˊ)粵pau⁴〔刨〕〔咆哮〕猛獸怒吼。粵江河奔騰轟轟或人暴怒叫喊: 黃河～～。～～如雷

5 **咋** ㊀(zé ㄗㄜˊ)粵dzak⁸〔責〕❶大聲喧呼。❷咬,啃。〔咋舌〕咬住舌頭, 形容因驚訝、害怕而說不出話來的樣子: 聞者～～。

㊁(zhà ㄓㄚˋ)粵dza³〔炸〕❶同'乍'。突然。❷'咋舌'的'咋'的又讀。

㊂(zǎ ㄗㄚˇ)粵dza²〔渣高上〕〈方〉怎, 怎麼: ～好。～辦。

㊃(zhā ㄓㄚ)粵dza¹〔渣〕〔咋呼〕〈方〉1.吆喝。2.炫耀。

5 **和** ㊀(hé ㄏㄜˊ)粵wo⁴〔禾〕❶相安, 和諧, 協調: ～睦。～衷共濟。㊄平靜, 不猛烈, 溫和: 心平氣～。風～日暖。～風細雨。～顏悅色。〔和平〕1.沒有戰爭的狀態: ～～環境。2.溫和, 不猛烈: 藥性～～。〔和氣〕態度溫和: 他說話很～～。❷平息爭端: 講～。～解。❸連帶: ～盤托出(完全說出來)。～衣而臥。❹連詞, 跟, 同: 我～他意見相同。❺對, 向: 你～孩子講話要講得通俗些。❻數學上指兩個以上的數

加起來的總數: 二跟三的～是五。

〔和尚〕佛教男性僧侶的通稱。

㊁(hè ㄏㄜˋ)粵wo⁶〔禍〕❶聲音相應, 和諧地跟着唱或伴奏: 隨聲附～。曲高～寡。一唱百～。❷依照別人所作詩詞的題材或體裁而寫作: ～詩。

㊂(huó ㄏㄨㄛˊ)粵同㊀在粉狀物中加水攪拌或揉弄使黏在一起: ～麵。～泥。

㊃(huò ㄏㄨㄛˋ)粵同㊀❶粉狀物或粒狀物摻和在一起, 或加水攪拌: ～藥。❷洗衣物換水的次數: 衣裳已經洗了兩～。❸煎藥加水的次數: 頭～藥。二～藥。

㊄(hú ㄏㄨˊ)粵wu²〔滸〕打牌將用語, 表示贏了。

5 **咍** (hāi ㄏㄞ)粵hoi¹〔開〕❶譏笑, 嘲笑。❷快樂, 歡笑。❸招呼聲。

5 **咎** (jiù ㄐㄧㄡˋ)粵geu³〔救〕❶過失, 罪過: ～由自取。❷怪罪, 處分: 既往不～。❸凶, 災禍: 休～(吉凶)。

5 **咖** ㊀(gā ㄍㄚ)粵ga³〔架〕〔咖喱〕(外)用胡椒、薑黃等做的調味品。

㊁(kā ㄎㄚ)粵同㊀〔咖啡〕(外)常綠灌木或小喬木, 產在熱帶, 花白色, 果實紅色, 種子可製

飲料。也指這種飲料。

5 **咐** (fu ˙ㄈㄨ)粵fu³〔富〕見92頁咐'字條'吩咐'。

5 **咕** (gū ㄍㄨ)粵gu¹〔姑〕象聲詞：布穀鳥～～地叫。〔咕咚〕象聲詞，重東西落下聲。〔咕唧〕小聲說話。〔咕嘟〕1.象聲詞，形容水響。2.大煮，煮得滾滾的：東西～～爛了吃，容易消化。3.鼓起：他氣得把嘴～～起來。〔咕噥〕小聲說話。〔咕嚕〕象聲詞，形容反覆作響。

5 **呸** (pēi ㄆㄟ)粵pei¹〔披〕歎詞，表示斥責或唾棄：～！胡說八道。

5 **咔** (kǎ ㄎㄚˇ)粵ka¹〔卡〕〔咔嘰〕（外）一種很厚的斜紋布。

5 **咂** (zā ㄗㄚ)粵dzap⁸〔眨〕❶舌頭與腭接觸發聲：～嘴。❷吸，呷：～一口酒。❸仔細辨別：～滋味。

5 **咉** (㊀mㄇ)粵m²〔吾高上〕〔單純的雙脣鼻音〕歎詞，表示疑問：～，什麼？
(㊁mㄇ)粵m⁶〔唔低去〕歎詞，表示答應：～，我知道了。

5 **咁** (gěm ㄍㄜˇㄇ)粵gem²〔感〕〈粵方言〉如此，這樣：～多。～好。

5 **呤** (líng ㄌ|ㄥ)粵lin⁴〔零〕❶小聲說話。❷見 115 頁

'嘌'字條'嘌呤'。

5 **咚** (dōng ㄉㄨㄥ)粵dun¹〔冬〕象聲詞，重東西落下聲。

5 **哒** (dā ㄉㄚ)粵da¹〔打 高平〕（發音短促）吆喝牲口前進的聲音。

5 **呪** 同'咒'，見 96 頁。

5 **咏** 同'詠'，見 646 頁。

5 **咊** 同'和'，見 98 頁。

5 **呝** 同'呃'，見 94 頁。

5 **靣** 同'面'，見 765 頁。

5 **鸣** '鳴'的簡化字，見 808 頁。

5 **黾** '黽'的簡化字，見 827 頁。

5 **咝** '噝'的簡化字，見 118 頁。

5 **咙** '嚨'的簡化字，見 121 頁。

5 **咛** '嚀'的簡化字，見120頁。

5 **京** 見亠部，14頁。

5 **奇** 見大部，148 頁。

5 **尚** 見小部，176 頁。

5 **知** 見矢部，466頁。

6 **咤** (zhà ㄓㄚˋ)⑧dza³〔炸〕生氣時對人大聲嚷。

6 **哂** ㊀(xī ㄒㄧ)⑧hei³〔氣〕大笑。
㊁(dié ㄉㄧㄝˊ)⑧dit⁹〔秩〕咬。

6 **咦** (yí ㄧˊ)⑧ji⁴〔移〕歎詞，表示驚訝：～! 這是怎麼回事?

6 **咨** (zī ㄗ)⑧dzi¹〔之〕❶咨文，舊時用於同級機關的一種公文。❷同'諮'，見652頁。

6 **咪** (mī ㄇㄧ)⑧mei¹〔米高平〕❶貓叫聲。又呼貓聲。❷微笑的樣子(疊)：笑～～。

6 **咫** (zhǐ ㄓˇ)⑧dzi²〔止〕周代指八寸。〔咫尺〕⑧距離很近：遠在天邊，近在～～。

6 **咬** ㊀(yǎo ㄧㄠˇ)⑧ŋau⁵〔看低上〕❶上下牙對住，壓碎或夾住東西：～了一口饅頭。～緊牙關。❷鉗子等夾住或螺絲齒輪等卡住：螺絲勱了，～不住扣。❸罪犯拉扯上不相關的人：不許亂～好人。❹狗叫：雞叫狗～。❺讀字音：這個字我～不準。❻過分地計較(字句的意義)：～文嚼字。
㊁(jiāo ㄐㄧㄠ)⑧gau¹〔交〕鳥聲(疊)。

6 **咮** (zhòu ㄓㄡˋ)⑧dzeu³〔晝〕鳥嘴。

6 **咯** ㊀(kǎ ㄎㄚˇ)kak⁸〔卡客切〕用力使東西從食道或氣管裏面出來：把魚刺～出來。～血。～痰。
㊁(lo ‧ㄌㄛ)⑧lo¹〔囉〕助詞：那倒好～!
㊂(gē ㄍㄜ)⑧gok⁷〔各入平〕〔咯吱〕象聲詞(疊)：～～～～響。〔咯噔〕象聲詞(疊)：～～～～的皮鞋聲。

6 **哎** (āi ㄞ)⑧ai¹〔唉〕歎詞，表示不滿或提醒：～，你怎麼能這麼說呢! ～，你們看，誰來了! 〔哎呀〕歎詞，表示驚訝。〔哎喲〕歎詞，表示驚訝、痛苦。

6 **咱** (zán ㄗㄢˊ)⑧dza¹〔渣〕❶我：～不懂他的話。❷咱們：～商量一下。〔咱們〕'我'的多數，跟'我們'不同，包括聽話的人在內：你別客氣，～～是老朋友嘛!

6 **咳** ㊀(ké ㄎㄜˊ)⑧ket⁷〔卡乞切〕咳嗽，呼吸器官受刺激而起一種反射作用，把吸入的氣急急呼出，聲帶振動發聲。
㊁(hāi ㄏㄞ)⑧hai¹〔揩〕歎詞，表示傷感、後悔或驚異：～! 我怎麼這麼糊塗。～! 眞有這種怪事兒!

㊂(kài ㄎㄞˋ)粵koi³〔概〕〔咳唾〕
談吐，議論：～～成珠。

6 咸 (xián ㄒㄧㄢˊ)粵ham⁴〔函〕
❶全，都：少長～集。
～知其不可。❷'鹹'的簡化字，
見820頁。

6 咻 ㊀(xiū ㄒㄧㄡ)粵jeu¹〔休〕
吵擾，亂說話。
㊁(xǔ ㄒㄩˇ)粵hœy²〔許〕見119
頁「噢」字條「噢咻」。

6 咽 ㊀(yān ㄧㄢ)粵jin¹〔煙〕咽
頭，食物和氣體的共同
通道，位於鼻腔、口腔和喉腔
的後方，通常混稱咽喉。
㊁(yè ㄧㄝˋ)粵jit⁸〔噎〕❶嗚咽，
哽咽，悲哀得說不出話來。❷
阻塞。
㊂同'嚥'，見122頁。

6 呷 ㊀(yī ㄧ)粵ji¹〔衣〕〔呷唔〕象
聲詞，形容讀書的聲音。
〔呷啞〕（呷啞）象聲詞，小孩子
學話的聲音，搖槳的聲音。

6 哀 (āi ㄞ)粵oi¹〔埃〕❶悲痛
（⓵悲－）：喜怒～樂。～
鴻。～兵必勝。❷悼念：默～。

6 品 (pǐn ㄆㄧㄣˇ)粵ben²〔稟〕❶
物品，物件：～名。商～。
非賣～。贈～。❷等級，種
類：上～。下～。❸性質：人～。
～質。❹體察出來好壞、優劣
等：～茶。我～出他的爲人來
了。❺吹（管樂器，多指簫）：

～簫。～竹彈絲。

6 哂 (shěn ㄕㄣˇ)粵tsen²〔診〕微
笑：～存。～納。聊博
一～。

6 哄 ㊀(hōng ㄏㄨㄥ)粵hun¹
〔空〕好多人同時發聲：
～傳。亂～～。～堂大笑。
㊁(hǒng ㄏㄨㄥˇ)粵hun³〔控〕❶說
假話騙人（⓵－騙）：你不要～
我。❷用語言或行動使人歡
喜：他很會～小孩。
㊂同'閧'，見794頁。

6 哆 ㊀(duō ㄉㄨㄛ)粵dɔ¹〔多〕
〔哆嗦〕發抖，戰慄：冷
得打～～。
㊁(chǐ ㄔˇ)粵tsi²〔始〕張口的樣
子。

6 哇 ㊀(wā ㄨㄚ)粵wa¹〔蛙〕象
聲詞：哭得～～的。～
地一聲吐了一地。
㊁(wa・ㄨㄚ)粵同㊀助詞（在普
通話裏，'啊'受到前一字收音
u或ao的影響而發生的變音）：
你別哭～。快走～。

6 哈 ㊀(hā ㄏㄚ)粵ha¹〔蝦〕❶
張口呼氣：～一口氣。
〔哈哈〕笑聲。❷哈腰，稍微彎
腰，表示禮貌。
〔哈尼〕哈尼族，中國少數民族
名，參看附錄六。
〔哈薩克〕1.中國少數民族名，
參看附錄六。2.蘇聯民族之一。

〇(hā ㄏㄚ)働同〇姓。

〔哈達〕(藏)一種薄絹, 藏族、蒙古族用以表示敬意或祝賀。

〇(hà ㄏㄚ)〔哈什螞〕也叫'哈士螞'。中國林蛙, 雌的腹內有脂肪狀物質, 叫'哈什螞油', 中醫用做補品。

6　**哉**　(zāi ㄗㄞ)働dzoi¹〔災〕文言助詞: 1.表疑問, 反問: 有何難~? 豈有他~? 2.表感歎: 嗚呼哀~! 誠~斯言!

6　**哐**　(kuāng ㄎㄨㄤ)働hoŋ¹〔康〕象聲詞, 撞擊聲: ~啷。~的一聲臉盆掉在地上了。

6　**咩**　(miē ㄇㄧㄝ)働mɛ¹〔魔些切〕羊叫的聲音。

6　**咧**　〇(liě ㄌㄧㄝˇ)働lɛ²〔拉寫切〕嘴向旁邊斜着張開: ~嘴。~着嘴笑。

〇(liè ㄌㄧㄝ)働lɛ⁴〔羅爺切〕〔咧咧〕〈方〉亂說, 亂講: 瞎~~。

〇(lie ·ㄌㄧㄝ)働lɛ¹〔拉咩切〕〈方〉助詞, 意思相當於'了'、'啦': 好~。他來~。

6　**哞**　(mōu ㄇㄡ)働meu¹〔謀高平〕牛叫的聲音。

6　**哏**　(gén ㄍㄣˊ)働gen¹〔斤〕〈方〉❶滑稽, 可笑, 有趣: 這話眞~。❷滑稽的話或表情: 捧~。逗~。

6　**咭**　〇(jī ㄐㄧ)働get⁷〔吉〕象聲詞: ~~喳喳。

〇(kǎ ㄎㄚˇ)働kat⁷〔卡壓切高入〕〈粵方言〉卡片英語card的音譯: 病歷~。聖誕~。

6　**哌**　(pài ㄆㄞˋ)働pai³〔派〕〔哌嗪〕有機化合物, 分子式 $NHCH_2CH_2NHCH_2CH_2$, 白色結晶, 易溶於水。有溶解尿鹽酸、驅除蛔蟲等藥理作用。

6　**咴**　(huī ㄏㄨㄟ)働fui¹〔灰〕〔咴兒咴兒〕象聲詞, 形容馬叫聲。

6　**哚**　(duǒ ㄉㄨㄛˇ)働dɔ²〔朵〕見95頁'吲'字條'吲哚'。

6　**呲**　同'齜', 見832頁。

6　**咷**　同'啕', 見108頁。

6　**咵**　同'侉〇❶', 見27頁。

6　**咲**　同'笑', 見497頁。

6　**哟**　'喲'的簡化字, 見112頁。

6　**哗**　'嘩'的簡化字, 見118頁。

6　**哙**　'噲'的簡化字, 見120頁。

6　**哔**　'嗶'的簡化字, 見115頁。

6　**哒**　'噠'的簡化字, 見120頁。

6　**响**　'響'的簡化字，見769頁。

6　**哑**　'啞'的簡化字，見 107 頁。

6　**哝**　'噥'的簡化字，見 119 頁。

6　**哗**　'嘩'的簡化字，見118頁。

6　**哓**　'嘵'的簡化字，見117頁。

6　**哕**　'噦'的簡化字，見119頁。

6　**虽**　'雖'的簡化字，見758頁。

6　**骂**　'罵'的簡化字，見 120 頁。

6　**亭**　見一部，　15頁。

6　**客**　見宀部，　168頁。

7　**員 (员)** ㊀(yuán ㄩㄢˊ) ⓹jyn⁴〔元〕❶指工作或學習的人: 職～。演～。❷指團體組織中的成員: 隊～。會～。❸量詞，指武將: 一～大將。❹周圍: 幅～(指疆域)。

㊁(yún ㄩㄣˊ) ⓹wen⁴〔云〕古人名用字。

㊂(yùn ㄩㄣˋ) ⓹wen⁶〔運〕姓。

7　**哥** (gē ㄍㄜ) ⓹go¹〔歌〕❶兄，同父母或親屬中同輩而年齡比自己大的男子(疊): 大～。表～。❷稱呼年齡跟自己差不多的男子: 張大～。

7　**哦** ㊀(ó ㄛˊ) ⓹o⁴〔柯 低平〕歎詞，表示疑問、驚奇等: ～，是這樣的嗎? ～，是那麼一回事。

㊁(ò ㄛˋ) ⓹o⁶〔柯 低去〕歎詞，表示領會、醒悟: ～，我明白了。

㊂(é ㄜˊ) ⓹ngo⁴〔俄〕吟哦，低聲地唱。

7　**哨** (shào ㄕㄠˋ) ⓹sau³〔梢 高去〕❶巡邏，警戒防守的崗位: 放～。～兵。前～。❷(一子、一兒)一種用金屬或塑料等製成的能吹響的器物: 吹～集合。❸鳥叫。

7　**哩** ㊀(li・ㄌ一) ⓹le¹〔拉咩切〕助詞，同'呢㊀'，見96頁。

㊁(lǐ ㄌ一ˇ，又讀yīnglǐ 一ㄥ ㄌ一ˇ) ⓹lei⁵〔里〕jing¹ lei⁵〔英里〕(又) 英美制長度單位，一哩等於5,280呎，合1,609米。

㊂(liㄌ一) ⓹li¹〔拉衣切〕〔哩哩啦啦〕形容零零散散或斷斷續續地下去: 雨～～～～下了一天。

7　**哭** (kū ㄎㄨ) ⓹huk⁷〔酷 高入〕因痛苦悲哀而流淚發聲: 痛～流涕。～～啼啼。

7　**哮** (xiào ㄒ一ㄠˋ) ⓹hau¹〔敲〕吼叫: 咆～。~ 。〔哮喘〕呼吸

急促困難的症狀。

7 **哲**（zhé ㄓㄜˊ）粵dzit⁸〔節〕❶有智慧：～人。〔哲學〕社會意識形態之一，它研究自然界、社會和思維的普遍的規律，是關於自然知識和社會知識的概括和總結，是關於世界觀的理論。❷聰明智慧的人：先～。

7 **唶**（zhā ㄓㄚ）粵dzat⁸〔札〕〔喳唶〕〔嘈唶〕形容聲音雜亂細碎。

7 **哺**（bǔ ㄅㄨˇ）粵bou⁶〔步〕❶餵不會取食的幼兒：～養。～育。～乳。❷嘴裏含着的食物：吐～。

7 **哼**㊀（hēng ㄏㄥ）粵heŋ¹〔亨〕❶表示痛苦的聲音：他病很重，卻從不～一聲。❷輕聲隨口地唱：他一面走一面～着歌。
㊁（hng ㄏㄫ）粵hŋ⁶〔賀誤切〕〔h跟單純的舌根鼻音拼合的音〕表示不滿意或不信任的聲音：～，你信他的!

7 **哽**（gěng ㄍㄥˇ）粵geŋ²〔耿〕聲氣阻塞：～咽(yè)。

7 **哿**（gě ㄍㄜˇ，又讀kě ㄎㄜˇ）粵go²〔歌高上〕ho²〔可〕(又)表示稱許之詞。可，嘉。

7 **唁**（yàn ㄧㄢˋ）粵jin⁶〔現〕弔喪，對遭遇喪事的表示慰問(粵弔一)：～電(弔喪的電報)。

7 **唄**（**唄**）㊀（bei ·ㄅㄟ）粵bɛ⁶〔啤低去〕〈方〉助詞：1.表示事實或道理明顯，很容易瞭解：不懂，就好好學～。2.表示勉強同意或勉強讓步的語氣：既如此，就算了～!
㊁（bài ㄅㄞ）粵bai⁶〔敗〕〔梵唄〕佛教徒唸誦經的聲音。

7 **唆**（suō ㄙㄨㄛ）粵sɔ¹〔梳〕調唆，挑動別人去做壞事：～使。～訟。受人調～。

7 **唉**㊀（āi ㄞ）粵ai¹〔挨〕❶歎詞，表示失望或無可奈何：～聲歎氣。❷應人聲。
㊁（ài ㄞˋ）粵ai³〔挨高去〕歎詞，表示傷感或惋惜：～，好好的一套書弄丟了兩本。

7 **唏**（xī ㄒㄧ）粵hei¹〔希〕歎息聲。〔唏噓〕同'欷歔'，見340頁'欷'字條。

7 **唣**（zào ㄗㄠˋ）粵dzou⁶〔造〕〔囉唣〕吵鬧。

7 **唐**（táng ㄊㄤˊ）粵tɔŋ⁴〔堂〕❶誇大，虛誇：荒～之言。～大無稽。❷空，徒然：～捐(白費)。❸朝代名：1.李淵所建立(公元618－907年)。2.五代之一，李存勗所建立(公元923－936年)。

〔唐突〕衝撞，冒犯。

7 **哪** ㊀(nǎ ㄋㄚˇ)㊈na⁵〔那〕❶
疑問詞，後面跟量詞或
數量詞，表示要求在所問範圍
中有所確定：你喜歡讀～種
書？〔哪兒〕〔哪裏〕什麼地方：
你在～～住？❷用於反問句：
我～～知道？(我不知道)他～
～笨啊！(他不笨)❷表示反
問：沒有耕耘，～有收穫。
㊁(něi ㄋㄟˇ)㊈同㊀'哪'(nǎ)和
'一'的合音，但指數量時不限
於一：～個。～些。～年。～
幾年。
㊂(na·ㄋㄚ)㊈na¹〔那高平〕語氣
詞，'啊'的變體，表示驚歎、
警戒或停頓：山～，樹～，水
～。當心～。
㊃(né ㄋㄜˊ)㊈na⁴〔拿〕〔哪吒〕神
話裏的神名。

7 **哦** (dōu ㄉㄡ)㊈deu¹〔兜〕斥
責聲，多見於舊小說或
戲曲中。

7 **唑** (zuò ㄗㄨㄛˋ)㊈dzɔ⁶〔座〕見
120頁'噻'字條'噻唑'。

7 **唔** ㊀(wú ㄨˊ)㊈ŋ⁴〔吳〕象聲
詞：咿～(讀書聲)。
㊁(ḿ)㊈m⁴〈粵方言〉不：～要
(不要)。
㊂同'嗯㊀'，見114頁。

7 **哧** (chī ㄔ)㊈tsi¹〔雌〕象聲詞：
～的一聲撕下一塊布來。

7 **唧** ㊀(jī ㄐㄧ)㊈dzik⁷〔即〕象
聲詞，蟲叫聲(蠻)。〔唧
咕〕小聲說話。
㊁(jī ㄐㄧ)㊈dzit⁷〔節高入〕用水射
擊：～筒。～他一身水。

7 **哢** (lòng ㄌㄨㄥ)㊈luŋ⁶〔弄〕鳥
叫。

7 **唇** 同'脣'，見555頁。

7 **咩** 同'咩'，見102頁。

7 **哗** 同'咩'，見102頁。

7 **啤** 同'唛'，見104頁。

7 **嗫** 同'啻'，見94頁。

7 **啾** 同'嘀'，見116頁。

7 **唢** '嗩'的簡化字，見114頁。

7 **唠** '嗠'的簡化字，見117頁。

7 **唡** '啊'的簡化字，見108頁。

7 **唣** '嗝'的簡化字，見110頁。

7 **唢** '嗊'的簡化字，見113頁。

7 **唛** '嘜'的簡化字，見116頁。

7 **宮** 見宀部, 168頁。

7 **容** 見宀部, 169頁。

7 **害** 見宀部, 168頁。

7 **袁** 見衣部, 628頁。

7 **高** 見高部, 792頁。

8 **唪** (fěng ㄈㄥˇ)粵fuŋ²〔俸〕佛教徒、道教徒高聲唸經。

8 **售** (shòu ㄕㄡˋ)粵seu⁶〔受〕賣: ～票。零～。銷～。⑨達到, 實現: 以～其奸。其計不～。

8 **唯** ㊀(wéi ㄨㄟˊ)粵wei⁴〔違〕同'惟❶', 見225頁。
㊁(wěi ㄨㄟˇ)粵wei²〔委〕應答聲(疊): ～～諾諾。～～否否。

8 **唱** (chàng ㄔㄤˋ)粵tsœŋ³〔暢〕❶歌唱, 依照音律發聲: ～歌。～戲。～曲。⑨高呼: ～名。❷(一兒)歌曲: 小～。唱個～兒。

8 **唳** (lì ㄌㄧˋ)粵lœy⁶〔類〕鳥類高聲地叫: 鶴～。

8 **唵** (ǎn ㄢˇ)粵em²〔黯〕梵文 Oṃ的音譯。佛教咒語的發聲詞。

8 **唸** (niàn ㄋㄧㄢˋ)粵nim⁶〔念〕同'念'。誦讀: ～書。～詩。

8 **唼** (shà ㄕㄚˋ, 又讀 zā ㄗㄚ)粵sap⁸〔霎〕dzap⁸〔眨〕(又)〔唼喋〕(一zhá)形容魚、鳥等吃東西的聲音。

8 **唿** (hū ㄏㄨ)粵fet⁷〔忽〕〔唿哨〕用手指放在嘴裏吹出的高尖音: 打～～。

8 **啁** ㊀(zhōu ㄓㄡ)粵dzeu¹〔周〕〔啁啾〕形容鳥叫的聲音。
㊁(zhāo ㄓㄠ)粵dzau¹〔嘲〕〔啁哳〕形容聲音雜亂細碎。

8 **啄** (zhuó ㄓㄨㄛˊ)粵dœk⁸〔琢〕鳥類用嘴叩擊並夾住東西: 雞～米。～木鳥。

8 **商** (shāng ㄕㄤ)粵sœŋ¹〔傷〕❶商量, 兩個以上的人在一起計劃, 討論: 有要事相～。面～。❷生意, 買賣: ～業。通～。經～。〔商品〕為出賣而生產的產品。❸指做買賣的人: ～人。布～。富～。❹除法中的得數: 八被二除～數是四。❺用某數做商: 二除八～四。❻商朝, 成湯所建立(約公元前16世紀—約公元前1066年), 從盤庚起, 又稱殷朝(約公元前1324—約公元前1066年)。❼古代五音'宮、商、角、徵(zhǐ)、羽'之一。❽星名, 二十八宿之一, 就是'心'宿。

8 **問(问)** (wèn ㄨㄣˋ)粵men⁶〔紊〕❶有不知道

或不明白的請人解答：到詢～
處去～一一。〔問題〕1.要求回
答或解釋的題目。2.尚待解決
或弄不明白的事。❷慰問：～
候。❸審訊，追究：～口供。
❹問罪，懲辦：脅從不～。❹
管，干預：概不過～。❺書信，
音信：音～。
〔問卷〕向民眾進行調查的一系
列題目：抽樣調查～。

8 **啐**（cuì ㄘㄨㄟˋ）粵tsœy³〔翠〕用
力從嘴裏吐出來：一
口痰。❷表示憤怒或鄙棄。

8 **啓（启）**（qǐ ㄑㄧˇ）粵kɐi²
〔溪高上〕❶打開：
～封。～門。❹開導：～蒙。
〔啟示〕對人加以指點使認識到
某些事物。〔啟發〕闡明事例，
使對方因聯想而領悟。❷開
始：～用。～程。❸陳述：敬
～者。某某～（書信用語）。〔啟
事〕向公眾說明事件的文字，
多登在報紙上或貼在牆壁上。
❹較簡短的書信：書～。小～。
謝～。

8 **啖**（dàn ㄉㄢˋ）粵dam⁶〔氮〕❶
吃或給人吃。❷拿利益
引誘人：～之以利。

8 **啜**㊀（chuò ㄔㄨㄛˋ）粵dzyt⁸
〔茁〕❶飲，吃：～茗（喝
茶）。～粥。❷哭泣的時候抽
噎的樣子：～泣。

㊁（chuài ㄔㄨㄞˋ）粵同㊀姓。

8 **啞（哑）**㊀（yǎ ㄧㄚˇ）粵a²
〔鴉高上〕❶不能
說話：聾～。～口無言（喻無
話可說）。❷嗓子乾澀發音困
難或不清楚：嗓子喊～了。〔啞
巴〕1.同㊀❶。2.不能說話的
人。❸無聲的：～劇。～鈴
（一種運動器械）。

㊁（yā ㄧㄚ）粵a¹〔鴉〕見 101 頁
'呀'字條'呀啞'。

㊂（yuè ㄩㄝˋ）粵ek⁷〔厄〕
笑聲：～然失笑（不由自主地
笑出聲來）。

8 **啤**（pí ㄆㄧˊ）粵bɛ¹〔波些切〕
〔啤酒〕用大麥作主要原
料製成的酒。

8 **啊**㊀（ā ㄚ）粵a¹〔丫〕歎詞，
表示讚歎或驚異：～，
這花多好哇！～，下雪了！

㊁（á ㄚˊ）粵a²〔啞〕歎詞，表示疑
問或反問：～，你說什麼？～，
你再說！

㊂（ǎ ㄚˇ）粵同㊁歎詞，表示疑
惑：～，這是怎麼回事啊？

㊃（à ㄚˋ）粵a³〔亞〕歎詞，表示應
諾或醒悟：～，好吧。～，原
來是你呀！

㊄（a·ㄚ）粵同㊃助詞。1.用在
句末表示讚歎、疑問的語氣：
多好的天氣～！你吃不吃～？
2.用在句末表示肯定、辯解、

催促、囑咐等語氣: 說得是
~! 我沒去是我有事~! 快去
~! 要小心~! 3 用在句中稍
作停頓, 讓人注意下面的話:
自從這孩子出世~, 咱們的家
可熱鬧啦。4.用在列舉的事項
之後: 書~, 雜誌~, 擺滿了
一書架子。

8 **啉** (lín ㄌㄧㄣˊ)働lɐm⁴〔林〕見
112頁'嗞'字條'嗞啉'。

8 **啡** (fēi ㄈㄟ)働fei¹〔科些切〕見
114頁'嗎'字條'嗎啡'、
98頁'咖'字條'咖啡'。

8 **啵** (bo ·ㄅㄛ)働bɔ³〔播〕助
詞, 同吧。

8 **唰** (shuā ㄕㄨㄚ)働tsat⁸〔刷〕
象聲詞, 形容迅速擦過
去的聲音: 小雨~~地下起來
了。

8 **啪** (pā ㄆㄚ)働pak⁷〔柏高入〕
象聲詞, 形容放槍、拍
掌或東西撞擊等聲音。

8 **啃** (kěn ㄎㄣˇ)働hɐŋ²〔肯〕用
力從較硬的東西上一點
一點地咬下來: ~老玉米。老
鼠把抽屜~壞了。

8 **唷** (yō ㄧㄛ)働jɔ¹〔衣柯切〕歎
詞, 表示驚訝或疑問:
~, 這是怎麼了?

8 **啦** (一)(la ·ㄌㄚ)働la¹〔罅高平〕
助詞, '了'和'啊'的合音,
作用大致和'了(一)❷'一樣: 他

已經來~。他早就走~。

(二)(lā ㄌㄚ)働同(一)象聲詞: 水嘩
~~地響。

(三)同'拉⓵', 見247頁。

8 **啥** (shà ㄕㄚˋ)働sa²〔灑〕〔方〕
什麼: 你姓~? 他是~
地方人?

8 **啕** (táo ㄊㄠˊ)働tou⁴〔陶〕見
121頁'嚎'字條'嚎啕'。

8 **唬** (hǔ ㄏㄨˇ)働fu²〔虎〕威嚇或
蒙混: 你別~人了。嚇
~。

8 **啶** (dìng ㄉㄧㄥˋ)働diŋ⁶〔定〕見
116頁'嘧'字條'嘧啶'。

8 **啢(唡)** (liǎng ㄌㄧㄤˇ, 又
讀yīng liǎng ㄧㄥ
ㄌㄧㄤˇ)働lœŋ²〔兩高上〕jiŋ¹ lœŋ²
〔英兩高上〕(又)英美制重量單
位, 常衡一啢是一磅的十六分
之一。也作'英兩'、'盎司'(英
語 ounce 的音譯)。現只用
'盎司'。

8 **哼** (hēng ㄏㄥ)働hɐŋ¹〔亨〕歎
詞, 表示禁止的意思。

8 **唶** (jiè ㄐㄧㄝˋ)働dzɛ³〔借〕讚
歎。

8 **啟** 同'啓', 見107頁。

8 **啓** 同'啓', 見107頁。

8 **唅** 同'唅', 見107頁。

8 唫　同'吟'，見 92 頁。

8 喎　同'喎❷'，見 724 頁。

8 嘯　'嘯'的簡化字，見 120 頁。

8 啰　'囉'的簡化字，見 122 頁。

8 喷　'噴'的簡化字，見 116 頁。

8 啭　'囀'的簡化字，見 122 頁。

8 喎　'喎'的簡化字，見 116 頁。

8 啬　'嗇'的簡化字，見 113 頁。

8 兽　'獸'的簡化字，見 421 頁。

8 區　見匚部，73 頁。

8 夠　見夕部，145 頁。

8 够　見夕部，145 頁。

9 唾　⊖(tuò ㄊㄨㄛˋ)粵tɔ³〔妥 高去〕tœ³〔拖靴切高去〕(又)❶唾沫，唾液，口腔裏的消化液，無色、無臭。❷啐，從嘴裏吐出來：～手可得(喻容易得)。～棄(輕視、鄙棄)。

9 啻　(chì ㄔˋ)粵tsi³〔次〕但，只。〔不啻〕1.不只，不止：～如此。2.不異於：～～兄弟。

9 啼　(tí ㄊㄧˊ)粵tei⁴〔題〕❶哭，出聲地哭(④一哭)：悲～。用不着哭哭～～。❷某些鳥獸叫：雞～。猿～。

9 啾　(jiū ㄐㄧㄡ)粵dzeu¹〔周〕〔啾啾〕象聲詞，常指動物的細小的叫聲。

9 喀　⊖(kā ㄎㄚ)粵ka¹〔卡〕譯音字。〔喀斯特〕可溶性巖石(石灰石、石膏等)受水侵蝕而形成的地貌，形狀奇特，有洞穴，也有峭壁。
⊜(kè ㄎㄜˋ)粵kak⁸〔卡客切〕嘔吐聲。

9 喁　⊖(yóng ㄩㄥˊ)粵juŋ⁴〔容〕魚口向上，露出水面。〔喁喁〕衆人景仰歸向。
⊜(yú ㄩˊ)粵jy⁴〔如〕應和聲。〔喁喁〕形容低聲：～～私語。

9 喂　(wèi ㄨㄟˋ)粵wei³〔慰〕❶歎詞，打招呼時用：～，是誰？～，快來呀。❷同'餵'，見 781 頁。

9 喃　(nán ㄋㄢˊ)粵nam⁴〔南〕〔喃喃〕低聲說話：～～自語。

9 善　(shàn ㄕㄢˋ)粵sin⁶〔羨〕❶善良，品質或言行好：～舉。～事。❷好的行為、品質：行～。勸～規過。❸交好，友好：友～。相～。④熟習：

面～。❹高明的，良好的：～策。〔善後〕妥善地料理和解決某些事故、事件發生以後的問題。❺長於，能做好：勇敢～戰。～辭令（長於講話）。❺⃝好好地：～為說辭。❻愛，容易：～變。～疑。

9 **喆**（zhé ㄓㄜˊ）⑧dzit⁸〔折〕同'哲'，多用於人名。

9 **喇** ㊀（lā ㄌㄚ）⑧la³〔嘞〕〔喇叭〕1.一種管樂器。2.像喇叭的東西：汽車～～。擴音～～。
㊁（lǎ ㄌㄚˇ）⑧la¹〔啦〕〔喇嘛〕蒙、藏佛教的僧侶，原義為'上人'。

9 **喈**（jiē ㄐㄧㄝ）⑧gai¹〔皆〕〔疊〕❶聲音和諧：鼓鐘～～。❷鳥聲：雞鳴～～。

9 **喉**（hóu ㄏㄡˊ）⑧heu⁴〔侯〕喉頭，頸的前部和氣管相通的部分，通常把咽喉混稱'嗓子'或'喉嚨'。〔喉舌〕代言人。

9 **喊**（hǎn ㄏㄢˇ）⑧ham³〔咸高去〕❶大聲叫，呼：～口號。～他一聲。❷〈粵方言〉哭：大～一場。

9 **喋** ㊀（dié ㄉㄧㄝˊ）⑧dip⁹〔蝶〕〔喋血〕流血滿地。〔喋喋〕說話多，語言煩瑣：～～不休。
㊁（zhá ㄓㄚˊ）⑧dzap⁸〔匝〕見106頁'啑'字條'啑喋'。

9 **喎（喎）**（wāi ㄨㄞ）⑧wa¹〔娃〕嘴歪：口眼～斜。

9 **喏** ㊀（rě ㄖㄜˇ）⑧je⁵〔野〕古代表示敬意的呼喊：唱～（舊小說中常用，對人作揖，同時出聲致敬）。
㊁（nuò ㄋㄨㄛˋ）⑧nok⁹〔諾〕❶歎詞，表示讓人注意自己所指示的事物：～，這不就是你的那把傘？❷同'諾'，見653頁。

9 **喵**（miāo ㄇㄧㄠ）⑧miu¹〔苗高平〕貓叫聲。

9 **喑** ㊀（yīn ㄧㄣ）⑧jem¹〔陰〕❶啞，不能說話。❷緘默，不說話。
㊁（yìn ㄧㄣˋ）⑧jem³〔蔭〕〔喑噁〕（～wù）發怒聲。

9 **喔** ㊀（wō ㄨㄛ）⑧ɐk⁷ ak⁷〔握〕〔又〕雞啼聲。
㊁（ō ㄛ）⑧o¹〔柯〕歎詞，表示瞭解：～，原來是他！

9 **喘**（chuǎn ㄔㄨㄢˇ）⑧tsyn²〔忖〕❶急促地呼吸：～息。累得直～。苟延殘～。❷氣喘的簡稱。

9 **喙**（huì ㄏㄨㄟˋ）⑧fui³〔悔〕鳥獸的嘴，借指人的嘴：無庸置～（不要插嘴）。

9 **喚**（huàn ㄏㄨㄢˋ）⑧wun⁶〔換〕呼叫，喊：～雞。呼～。～醒。

9 **喜** (xǐ ㄒㄧˇ) 粵hei² 〔起〕❶高興，快樂（～一歡、歡一）：～出望外。❷可慶賀的，特指關於結婚的：辦～事。〔喜酒〕結婚時招待親友的酒或酒席。❸婦女懷孕：她有～了。❹愛好：～聞樂見。❺適於：海帶一葷。植物一般都～光。

9 **喝** (㊀ hē ㄏㄜ) 粵hot⁸〔渴〕吸食液體飲料或流質食物，飲：～水。～酒。～粥。
(㊁hè ㄏㄜˋ) 粵同㊀大聲喊叫：呼～。大一聲。〔喝采〕〔喝彩〕大聲叫好。

9 **喟** (kuì ㄎㄨㄟˋ) 粵wei²〔委〕歎氣的樣子：～然長歎。

9 **喤** (huáng ㄏㄨㄤˊ) 粵wɔŋ⁴〔皇〕象聲詞（疊）。1.和諧的鐘鼓聲。2.小兒大聲啼哭。

9 **喧** (xuān ㄒㄩㄢ) 粵hyn¹〔圈〕大聲說話，聲音雜亂（～一嘩）。

9 **喨** (liàng ㄌㄧㄤˋ) 粵lœŋ⁶〔亮〕〔嘹喨〕同'嘹亮'，見118頁'嘹'字條。

9 **喻** (yù ㄩˋ) 粵jy⁶〔預〕❶比方（～比一）：我給你打個比～。❷明白，瞭解：不言而～。家～戶曉。❸說明，開導：～之以理。～以利害。

9 **喪** (丧) (㊀ sāng ㄙㄤ) 粵sɔŋ¹〔桑〕跟死了人有關的事：～事。弔～。
(㊁sàng ㄙㄤˋ) 粵sɔŋ³〔爽 高去〕丟掉，失去（～一失）：～命。～盡天良。〔喪氣〕1.因事情不順利而情緒低落：灰心～～。2.不吉利，倒霉。

9 **喬** (乔) (qiáo ㄑㄧㄠˊ) 粵kiu⁴〔橋〕❶高。〔喬木〕樹幹和樹枝有明顯區別的大樹，如松、柏、楊、柳等。〔喬遷〕舊日稱人遷居的客氣話。❷做假，裝。〔喬妝〕〔喬裝〕改變服裝面貌，掩蔽身分。

9 **單** (单) (㊀ dān ㄉㄢ) 粵dan¹〔丹〕❶不複雜，跟'複'相反：簡～。～純。～式簿記。㊞只，僅：做事靠熱情不夠。不提別的，～說這件事。❷獨，一：～身。打一。～槍匹馬。～數（跟複數相對）。❸奇數的：～日。～號。～數（一、三、五、七等，跟雙數相對）。〔單薄〕1.薄，少：穿得很～～。2.弱：他身子骨太～～。人力～～。❹(一子、一兒)記載事物用的紙片：～據。傳～。賬～。清～。藥～。❺衣服被褥等只有一層的：～衣。～褲。❻覆蓋用的布：被～。牀～。褥～。
(㊁shàn ㄕㄢˋ) 粵sin⁶〔善〕❶姓。❷單縣，在山東省。

㊂(chán ㄔㄢˊ)粵sim⁴〔蟬〕〔單于〕古代匈奴的君主。

9 喱 (lí ㄌㄧˊ)粵lei¹〔里高平〕見98頁'咖'字條'咖喱'。

9 喲(哟) ㊀(yo・ㄧㄛ)粵jo¹〔衣柯切〕助詞：1.用在句末或句中停頓處：大家齊用力～! 話劇～，京戲～，他都很喜歡。2.歌詞中作襯字：呼兒嗨～!
㊁同'唷'，見108頁。

9 嗞 (zī ㄗ)粵dzi¹〔知〕❶同'吱'。象聲詞〔疊〕：老鼠～的一聲跑了。小鳥～～地叫。❷嗞歎聲。❸露牙：～牙咧嘴。

9 喹 (kuí ㄎㄨㄟˊ)粵kwei⁴〔葵〕〔喹啉〕有機化合物，分子式C₆H₄(CH)₃N，無色液體，有特殊臭味。醫藥上做防腐劑，工業上供製染料。

9 喳 ㊀(zhā ㄓㄚ)粵dza¹〔渣〕❶舊時僕役對主人的應諾聲。❷〔喳喳〕象聲詞：喜鵲～～地叫。
㊁(chā ㄔㄚ)粵tsa¹〔叉〕〔喳喳〕低聲說話的聲音：嘁嘁～～。打～～。

9 唪 (bai・ㄅㄞ)粵bai⁶〔敗〕助詞，用法同'唄㊀'，見104頁。

9 喔 (wà ㄨㄚˋ)粵wet⁷〔屈〕〔喔喽〕大笑不止。

9 嗖 (sōu ㄙㄡ)粵seu¹〔收〕象聲詞，形容迅速通過的聲音：汽車～的一聲過去了。子彈～～地飛過。

9 唧 同'唧'，見105頁。

9 嘟 同'嘟'，見113頁。

9 喒 同'咱'，見100頁。

9 喫 同'吃㊀'，見90頁。

9 咋 同'咋㊁'，見98頁。

9 嘅 同'慨❷'，見228頁。

9 喥 同'哎'，見100頁。

9 喉 同'喉'，見110頁。

9 喷 '噴'的簡化字，見118頁。

9 喽 '嘍'的簡化字，見115頁。

9 誉 '譽'的簡化字，見122頁。

9 喬 見丿部，16頁。

9 斝 見斗部，282頁。

9 晷 見日部，294頁。

嘟 (lāng ㄌㄤ) 粤 lɔŋ¹〔狼 高平〕
見 120 頁'嘟'字條'嘟嘟'。

嗄 (shà ㄕㄚˋ) 粤 sa⁴〔沙 高去〕
聲音嘶啞。

㊁(áᾱˊ) 粤 a²〔啞〕同'啊㊁'。歎詞，表示疑問：～? 你說什麼?

嗅 (xiù ㄒㄧㄡˋ) 粤 tsɐu³〔臭〕
聞，用鼻子辨別氣味。

嗆(嗆) ㊀(qiāng ㄑㄧㄤ) 粤 tsœŋ¹〔昌〕
水或食物進入氣管而引起不適或咳嗽：喝水～着了。吃飯吃～了。❷〔方〕咳嗽。

㊁(qiàng ㄑㄧㄤˋ) 粤 tsœŋ³〔唱〕有刺激性的氣體使鼻子、嗓子等器官感到不舒服：煙～嗓子。辣椒味～得難過。

嗇(嗇) (sè ㄙㄜˋ) 粤 sik⁷〔色〕小氣，當用的財物捨不得用 (粤 吝一)：不浪費也不嗇～。

嗉 (sù ㄙㄨˋ) 粤 sou³〔素〕❶(一子)嗉囊，鳥類喉嚨下裝食物的地方：雞～子。❷(一子)裝酒的小壺。

嗊(嗊) ㊀(hǒng ㄏㄨㄥˇ) 粤 fuŋ²〔捧 高上〕〔羅嗊曲〕詞牌名。

㊁(gòng ㄍㄨㄥˋ) 粤 guŋ³〔貢〕〔嗊吥〕地名，在柬埔寨。

嗌 ㊀(ài ㄞˋ) 粤 ai³〔隘〕噎，食物塞住咽喉。

㊁(yì ㄧˋ) 粤 jik⁷〔益〕咽喉。

嗑 ㊀(kè ㄎㄜˋ) 粤 hap⁸〔呷〕上下門牙對咬有殼的或硬的東西：～瓜子。

㊁(hé ㄏㄜˊ) 粤 hep⁹〔合〕〔嗑嗑〕《周易》六十四卦之一。

嗒 (tà ㄊㄚˋ) 粤 tap⁸〔塔〕嗒然，失意的樣子：～喪。～然若失。

嗒 (dā ㄉㄚ) 粤 dat⁹〔達〕象聲詞，馬蹄聲、機關槍聲等(疊)。

嗓 (sǎng ㄙㄤˇ) 粤 sɔŋ²〔爽〕❶(一子)喉嚨。❷(一兒)發音器官的聲帶及發出的聲音：啞～。

嗔 (chēn ㄔㄣ) 粤 tsɐn¹〔親〕生氣(粤 一怒)。〔嗔着〕對人不滿，嫌：別～～他多事。

嗚(嗚) (wū ㄨ) 粤 wu¹〔污〕❶象聲詞(疊)：汽笛～～地叫。❷〔嗚呼〕(烏一、於一、於戲)1.文言歎詞。2.舊時祭文常用'嗚呼'表示歎息，後借指死亡：一命～～。

嗛 (qiǎn ㄑㄧㄢˇ) 粤 him²〔險〕就是頰囊，猴嘴裏兩腮上暫時貯存食物的地方。

㊁〈古〉同'謙'，見 654 頁。

㊂〈古〉同'歉'，見 341 頁。

㈣〈古〉同'懆'㈠，見 229 頁。

10 **嗜** (shì ㄕˋ) ⓟsi³〔試〕喜愛，愛好: ~學。〔嗜好〕對於某種東西特別愛好，愛好成癖。

10 **嗝** (gé ㄍㄜˊ) ⓟgak⁸〔革〕(一兒)打嗝，胃裏的氣體從嘴裏出來而發出聲音，或橫膈膜拘攣，氣體衝過關閉的聲帶而發出聲音。

10 **嗟** (jiē ㄐㄧㄝ，又讀 juē ㄐㄩㄝ) ⓟdzɛ¹〔遮〕文言歎詞: ~乎。

10 **嗡** (wēng ㄨㄥ) ⓟjuŋ¹〔翁〕象聲詞(疊): 飛機~~響。蜜蜂~~地飛。

10 **嗣** (sì ㄙˋ) ⓟdzi⁶〔字〕❶接續，繼承: ~響。❷子孫: 後~。

10 **嗤** (chī ㄔ) ⓟtsi¹〔雌〕譏笑: ~之以鼻。

10 **嗩**(唢) (suǒ ㄙㄨㄛˇ) ⓟsɔ²〔鎖〕〔嗩吶〕管樂器名，形狀像喇叭。

嗩吶

10 **嗙** (pǎng ㄆㄤˇ) ⓟpoŋ⁵〔蚌〕〈方〉誇大，吹牛，信口

開河: 你別聽他瞎~。他一向是好胡吹亂~的。

10 **嗐** (hài ㄏㄞˋ) ⓟhai⁶〔械〕歎詞，表示傷感或惋惜: ~! 想不到他病得這樣重。

10 **嗨** ㈠(hāi ㄏㄞ) ⓟhai¹〔揩〕❶歎詞，表示驚異或惋惜: ~! 下雪了。~! 可惜，可惜。❷象聲詞。
㈡同'嘿'㈠'，見 118 頁。

10 **嗲** (diǎ ㄉㄧㄚˇ) ⓟdɛ²〔多上〕〈方〉形容撒嬌的聲音或態度: ~聲~氣。~得很。

10 **嗦** (suo ㄙㄨㄛ) ⓟsɔ¹〔梳〕見 101 頁'哆㈠'、122 頁'囉㈡'。

10 **嗯** ㈠(ń ㄣˊ，又讀 ńg ㄫˊ) ⓟŋ²〔誤高上〕歎詞，表示疑問: ~? 你說什麼?
㈡(ň ㄣˇ，又讀 ňg ㄫˇ) 同㈠歎詞，表示出乎意外或不以為然: ~! 你怎麼還沒去? ~! 我看不一定是那麼回事。
㈢(ǹ ㄣˋ，又讀 ǹg ㄫˋ) ⓟŋ⁶〔誤〕歎詞，表示答應: ~! 就這麼辦吧。

10 **嗎**(吗) ㈠(ma ·ㄇㄚ) ⓟma¹〔媽〕ma³〔罵〕(又)助詞: 1.表疑問，用在一般直陳句子末了: 你聽明白了~? 2.表有含蓄的語氣，用在前半句末了: 天要下雨~，我就坐車去。

㊁(má ㄇㄚˊ)粵ma¹〔媽〕〈方〉什麼: 你幹～?

㊂(mā ㄇㄚ)粵同㊀〔嗎啡〕〈外〉用鴉片製成的有機化合物，白色粉末，味很苦。醫藥上用做鎮痛劑。

10 嗥 (háo ㄏㄠˊ)粵hou⁴〔豪〕野獸吼叫: 狼～。

10 嗍 (suō ㄙㄨㄛ)粵sok⁸〔朔〕用脣舌裹食物，吮吸: ～奶。

10 嗪 (qín ㄑㄧㄣˊ)粵tsœn⁴〔秦〕見102頁〈哌〉字條〈哌嗪〉。

10 嗔 同'嗔'，見113頁。

10 嗢 同'嗢'，見112頁。

10 嗁 同'啼'，見109頁。

10 嗫 '囁'的簡化字，見122頁。

10 嗋 '彎'的簡化字，見690頁。

10 嗳 '噯'的簡化字，見120頁。

11 嗶 (哔) (bì ㄅㄧˋ)粵bet⁷〔畢〕〔嗶嘰〕〈外〉一種斜紋的紡織品。

11 嗷 (áo ㄠˊ)粵ŋou⁴〔傲低平〕象聲詞，嘈雜聲，愁歎聲(疊)。

11 嗽 (sòu ㄙㄡˋ)粵seu³〔秀〕咳嗽。參看100頁'咳㊀'。

11 嗾 (sǒu ㄙㄡˇ)粵seu²〔手〕❶指使狗的聲音。❷嗾使，教唆指使。

11 嘈 (cáo ㄘㄠˊ)粵tsou⁴〔曹〕雜亂(多指聲音): 人聲～雜。

11 嘉 (jiā ㄐㄧㄚ)粵ga¹〔加〕❶美好: ～賓。❷讚美: ～許。精神可～。

11 嘌 ㊀(piào ㄆㄧㄠˋ)粵piu¹〔飄〕〔嘌呤〕有機化合物，分子式C₅H₄N₄，無色結晶，易溶於水，在人體內嘌呤氧化而變成尿酸。

㊁(piāo ㄆㄧㄠ)粵同㊀疾速的樣子。

11 嘍 (喽) ㊀(lou ㄌㄡ)粵leu¹〔留高平〕助詞，意思相當於'啦': 夠～，別說～!

㊁(lóu ㄌㄡˊ)粵leu⁴〔留〕〔嘍囉〕舊時稱盜賊的部下，現在多比喻壞人的追隨者。

11 嘎 ㊀(gā ㄍㄚ)粵gat⁸〔加壓切〕象聲詞。〔嘎叭〕〔嘎吧〕象聲詞。〔嘎吱〕象聲詞。〔嘎巴〕1.黏東西凝結在器物上。2.(～兒)凝結在器物上的東西: 衣裳上有好多～～。〔嘎渣〕1.瘡傷結的痂。2.(～兒)

食物烤黃的焦皮: 飯～～。餅子～～兒。

㊁同'鐼', 見 176 頁。

㊂同'粠', 見 126 頁。

11 **碬(䐑)**（gǔ ㄍㄨˇ, 又讀 jiǎ ㄐㄧㄚˇ）⑧ gu² 〔古〕ga² 〔假〕（又）福: 賜～。

11 **嘓(㘞)**（guō ㄍㄨㄛ）⑧ gwok⁸ 〔國〕象聲詞(疊)。形容湯水下嚥聲、蛙鳴聲等。

11 **嘔(呕)** ㊀（ǒu ㄡˇ）⑧ eu² 〔歐高上〕吐(⑪—吐): ～血。

㊁同'慪', 見'231 頁。

11 **嘖(啧)**（zé ㄗㄜˊ）⑧ dzak⁸ 〔責〕爭辯: ～有煩言(很多人說不滿意的話)。〔嘖嘖〕1.形容咂嘴或說話聲: ～～稱羨。人言～～。2.鳥鳴聲。

11 **嘗(尝)**（cháng ㄔㄤˊ）⑧ sœng⁴ 〔常〕❶辨別滋味: ～鹹淡。⑯經歷: 備～艱苦。〔嘗試〕試: ～～一下。❷曾經: 未～。

11 **嘛** ㊀（ma · ㄇㄚ）⑧ ma³ 〔媽高去〕助詞, 表示很明顯, 事理就是如此(有時有提示意): 有意見就提～。不會不要緊, 邊做邊學～, 一定可以學會。

㊁（ma · ㄇㄚ）⑧ ma⁴ 〔麻〕〔喇嘛〕見 110 頁'喇㊁'.

11 **嘜(唛)**（mà ㄇㄚˋ）⑧ mek⁹ 〔麥高入〕英文 mark 的音譯。也譯作'嘜頭'、'嘿'。即商標。貨物包裝上所做的標記。

11 **嘀**（dí ㄉㄧˊ）⑧ dik⁹ 〔敵〕〔嘀咕〕1.小聲說私話: 他們倆～～什麼呢? 2.心中不安猶疑不定: 拿定主意別犯～～。

11 **嘞**（lei · ㄌㄟ）⑧ la³ 〔鱳〕助詞, 跟'嘍'相似: 雨下不了了, 走～!

11 **嫑**（jiào ㄐㄧㄠˋ）⑧ dziu³ 〔照〕〔方〕只要。

11 **嘛**（zhè ㄓㄜˋ）⑧ dze¹ 〔遮〕答應的聲音, 表示'是'的意思。

11 **嘣**（bēng ㄅㄥ）⑧ beng¹ 〔崩〕象聲詞, 東西跳動或爆裂聲: 心～～直跳。

11 **嘁**（qī ㄑㄧ）⑧ tsi¹ 〔雌〕〔嘁嘁〕象聲詞: ～～喳喳地說話。

11 **嘧**（mì ㄇㄧˋ）⑧ met⁹ 〔勿〕〔嘧啶〕有機化合物, 分子式 $C_4H_4N_2$, 無色結晶, 有刺激性氣味, 溶於水、乙醇和乙醚, 供製化學藥品。

11 **嘡**（tāng ㄊㄤ）⑧ tong¹ 〔湯〕象聲詞: ～的一聲, 鑼響了。

11 嘟 (dū ㄉㄨ)粵dou¹〔都〕象聲詞：喇叭～～響。〔嘟嚕〕1.嘟囔。2.量詞，用於連成一簇的東西：一～～鑰匙。一～～葡萄。3.(～兒)舌或小舌連續顫動而發出的聲音：打～～。〔嘟囔〕連續地自言自語，常帶有抱怨的意思：別瞎～～啦！

11 嗬 (hē ㄏㄜ)粵ho¹〔苛〕同'呵'。歎詞，表示驚訝：～，眞不得了！

11 嘅 同'嘅'，見 112 頁。

11 嘆(叹) 同'歎'，見 342 頁。

嘑 同'呼'，見 97 頁。

11 槑 同'梅'，見 317 頁。

11 嘱 '囑'的簡化字，見 123 頁。

11 嘤 '嚶'的簡化字，見 122 頁。

11 鳴 見鳥部，808 頁。

12 噓 ㊀(xū ㄒㄩ)粵hœy¹〔虛〕❶從嘴裏慢慢地吐氣，呵氣。❷歎氣：仰天而～。〔噓唏〕同'歔欷'。❸火或汽的熱力熏炙：小心別～着手。把乾糧放在鍋裏～一～。

㊁(shī ㄕ)粵hœ¹〔靴〕歎詞，表示反對、制止等。

12 嘬 ㊀(zuō ㄗㄨㄛ)粵dzyt⁸〔啜〕聚縮嘴唇而吸取：小孩～奶。
㊁(chuài ㄔㄨㄞ)粵tsai³〔猜高去〕咬，吃。

12 嘮(唠) (lào ㄌㄠ)粵lou⁴〔勞〕〔方〕說話，閒談：來，咱們～一～。

12 嘰(叽) (jī ㄐㄧ)粵gei¹〔機〕象聲詞(疊)：小鳥～～地叫。〔嘰咕〕小聲說話。

12 噆 (zǎn ㄗㄢˇ)粵tsɐm²〔寢〕❶叮，銜。❷叮，咬。

12 嘲 ㊀(cháo ㄔㄠˊ，舊讀zhāo ㄓㄠ)粵dzau¹〔爪高平〕譏笑，取笑(疊一笑)：冷～熱諷。
㊁(zhāo ㄓㄠ)粵同㊀〔嘲哳〕同'啁哳'。形容聲音雜亂細碎。

12 嘵(哓) (xiāo ㄒㄧㄠ)粵hiu¹〔囂〕〔嘵嘵〕1.因為害怕而亂嚷亂叫的聲音。2.爭辯的聲音：～～不休。

12 嘻 (xī ㄒㄧ)粵hei¹〔希〕❶喜笑的樣子或聲音(疊)：笑～～。～皮笑臉。❷歎詞，表示驚歎。

12 嘶 (sī ㄙ)粵sei¹〔西〕❶馬叫：人喊馬～。❷聲音啞：聲～力竭。

12 嘸(呒) ⊖(ḿ ㄇ)働m⁴
〔唔〕〔方〕沒有。

⊜(fǔ ㄈㄨ)働fu²〔斧〕憮然，不明白。

12 嘹 (liáo ㄌㄧㄠ)働liu⁴〔遼〕〔嘹亮〕聲音響亮。

12 嘿 ⊖(hēi ㄏㄟ)働hei¹〔稀〕歎詞：1.表示驚異或讚歎：～，這個真好! ～，你倒有理啦! 〔嘿嘿〕象聲詞，多指冷笑。2.表示招呼或提起注意：～，老張，快走吧! ～，你小心點，別滑倒!

⊜同'默'，見825頁。

12 噀 (xùn ㄒㄩㄣ)働sœn³〔信〕噴水。

12 噌 ⊖(cēng ㄘㄥ)働tseŋ¹〔層高平〕❶象聲詞：～的一聲，火柴劃着了。❷〈方〉叱責：挨～。

⊜(chēng ㄔㄥ)働dzeŋ¹〔僧〕〔噌吰〕形容鐘鼓的聲音。

12 噍 (jiào ㄐㄧㄠ)働dziu⁶〔趙〕嚼，吃東西。〔噍類〕尚生存的人。

12 噎 (yē ㄧㄝ)働jit⁸〔熱中入〕食物塞住食道：吃得太快～住了。因～廢食(喻因為偶然出毛病而停止正常的活動)。

12 噇 (chuáng ㄔㄨㄤ)働tsɔŋ⁴〔牀〕毫無節制地大吃大喝。

12 嘶(咝) (sī ㄙ)働si¹〔絲〕象聲詞，形容槍彈等很快地在空中飛過的聲音：子彈～～地從身旁飛過。

12 噚(㖊) (xún ㄒㄩㄣ)働tsem⁴〔尋〕英美制計量水深的單位，一噚是六呎，合1.828米。

12 噔 (dēng ㄉㄥ)働deŋ¹〔登〕象聲詞，重東西落地或撞擊物體的響聲。

12 嘩(哗) ⊖(huā ㄏㄨㄚ)働wa¹〔蛙〕象聲詞：水～～地流。

⊜同'譁'，見655頁。

12 噗 (pū ㄆㄨ)働pok⁸〔撲〕象聲詞。〔噗嗤〕也作'撲嗤'，形容笑聲或水、氣擠出來的聲音。

12 噁(恶) ⊖(ě ㄜˇ)働ɔk⁸〔惡〕〔噁心〕又作'惡心'。1.想嘔吐的感覺。2.厭惡(wù)。

⊜(wù ㄨˋ)働wu⁻³〔烏高去〕〔嗯噁〕(yìn—)發怒聲。

12 噴(喷) ⊖(pēn ㄆㄣ)働pen³〔貧高去〕散着射出：～壺。～泉。～氣式飛機。火山～火。〔噴飯〕吃飯時聽到可笑的事情，笑得噴出飯來。形容事情可笑之至：令人～～。

㊂(pèn ㄆㄣˋ)粵同㊀●香氣撲鼻:
～鼻口香。❷(一兒)蔬菜、魚
蝦、瓜果等上市正盛的時期:
西瓜～兒。對蝦正在～兒上。
❸(一兒)開花結實的次數或成
熟收割的次數:麥子開頭～花
兒了。綠豆結二～角了。頭～
棉花。二～棉花。

12 噏
同'吸',見 93 頁。

12 嗷
同'咳',見 107 頁。

12 喤
同'嗥',見 115 頁。

12 嚚
同'器',見本頁。

12 噘
同'撅●',見 266 頁。

12 噜
'嚕'的簡化字,見 121 頁。

13 噙
(qín ㄑㄧㄣˊ)粵kem⁴〔琴〕含
在裏面:嘴裏～了一口
水。眼裏～着眼淚。

13 嘴
(zuǐ ㄗㄨㄟˇ)粵dzœy²〔咀〕
●口,動物吃東西、發
聲音的器官。❷(一子、一兒)
形狀或作用像嘴的東西:山
～。壺～。❸指說話:別多～。
貧～薄舌。

13 噢
㊀(yǔ ㄩˇ)粵jy²〔瑜〕〔噢
咻〕撫慰病痛的聲音。
㊁(ō ㄛ)粵o¹〔苛〕歎詞。表示省

悟。

13 噤
(jìn ㄐㄧㄣˋ)粵gem³〔禁〕●
閉口,不作聲:～若寒
蟬。❷因寒冷而發生的哆嗦:
寒～。

13 噥(哝)
(nóng ㄋㄨㄥˊ)粵
nung⁴〔農〕〔噥噥〕
小聲說話:唧唧～～。

13 噦(哕)
(yuě ㄩㄝˇ)粵jyt⁹
〔月〕嘔吐:剛吃
完藥,都～出來了。

13 器
(qì ㄑㄧˋ)粵hei³〔氣〕●用
具的總稱:武～。容～。
〔器官〕生物體中具有某種獨立
生理機能的部分,如耳、眼、
花、葉等。也省稱'器':消化～。
生殖～。❷人的度量、才幹:
～量。成～。❸器重,看重,
看得起。

13 噩
(è ㄜˋ)粵ngok⁹〔岳〕驚恐,
驚愕:～夢。～耗(指親
近或敬愛的人的死亡消息)。

13 噪
(zào ㄗㄠˋ)粵tsou³〔措〕●
許多鳥或蟲子亂叫:鵲
～。蟬～。㊁聲音雜亂:～音。
❷許多人大聲吵嚷:聒～。鼓
～而進。

13 噫
(yī ㄧ)粵ji¹〔衣〕文言歎
詞。〔噫嘻〕文言歎詞。

13 噬
(shì ㄕˋ)粵sei⁶〔誓〕咬:吞
～。～臍莫及(喻後悔無
及)。

13 嚕（哙）（kuài ㄎㄨㄞˋ）粵 fai³〔快〕❶吞咽。
❷鳥獸的嘴。

13 噸（吨）（dūn ㄉㄨㄣ）粵 dœn¹〔敦〕〔外〕❶ 重量單位，公制一噸等於1000公斤。英制一噸（長噸）等於2240磅，合1016.05公斤；美制一噸（短噸）等於2000磅，合907.18公斤。❷指登記噸，計算船隻容積的單位，一噸等於2.83立方米（合100立方英尺）。

13 嗳（嗳）㊀（ài ㄞˋ）粵 ɔi² 〔藹〕歎詞，表示悔恨、懊惱：～，早知如此，我就不去了。
㊁（ǎi ㄞˇ）粵同㊀❶嗳氣，打嗝兒。❷歎詞，表示不同意或否定：～，別這麼說了。
㊂同'哎'，見 100 頁。

13 噶 ㊀（gá ㄍㄚˊ）粵 ga¹〔加〕〔噶倫〕原西藏地方政府的主要官員。
㊁（gé ㄍㄜˊ）粵 gɔt⁸〔割〕象聲詞。

13 噱 ㊀（jué ㄐㄩㄝˊ）粵 kœk⁹〔卻低入〕大笑。
㊁（xué ㄒㄩㄝˊ）粵同㊀笑：發～。〔噱頭〕〈方〉逗笑的話或舉動。

13 噻（sāi ㄙㄞ）粵 sek⁷〔塞〕〔噻唑〕一種有機化合物，無色液體，容易揮發。供製藥物和染料用。

13 噹（当）（dāng ㄉㄤ）粵 dɔŋ¹〔當〕象聲詞，撞擊金屬器物的聲音：叮～。～～～。〔噹啷〕象聲詞，搖鈴或其他金屬器物撞擊的聲音。

13 噷（噷）（hm ㄏㄇ）粵 hm¹〔哈唔切高率〕〔h跟單純的雙唇鼻音拼合的音〕對人申斥或禁止的聲音：～，你還鬧哇！～，你騙得了我！

13 噼（噼）（pī ㄆㄧ）粵 pik⁷〔闢〕〔噼啪〕象聲詞，形容拍打或爆裂的聲音。

13 嘯（啸）（xiào ㄒㄧㄠˋ）粵 siu³〔笑〕❶撮口作聲，打口哨：長～一聲，山鳴谷應。❷動物拉長聲音叫：虎～。猿～。❸自然界發出的或飛機、子彈飛掠而過的聲音：海～。子彈尖～着掠過頭上。飛機尖～着飛向高空。

13 嘨 同'嘯'，見本頁。

13 駡（骂）同'罵'，見 536 頁。

13 噠（哒）同'嗒㊀'，見 113 頁。

14 嚀（咛）（níng ㄋㄧㄥˊ）粵 niŋ⁴〔寧〕見88頁'叮'字條'叮嚀'。

¹⁴嚄 ㊀(huō ㄏㄨㄛ)㊂wok⁹〔獲〕歎詞，表示驚訝：～，好大的魚！

㊁(ŏ ˙ㄛ)ɔ²〔柯高上〕歎詞，表示驚訝：～，你來了！

¹⁴嚏 (tì ㄊㄧˋ)㊂tei³〔替〕〔嚏噴〕鼻黏膜受到刺激而起的一種猛烈帶聲的噴氣現象。也叫'噴嚏'。

¹⁴嚅 (rú ㄖㄨˊ)㊂jy⁴〔如〕見 122 頁'嚅'字條：嚅嚅。

¹⁴嚆 (hāo ㄏㄠ)㊂hou¹〔蒿〕呼叫。〔嚆矢〕帶響聲的箭。㊄發生在先的事物，事物的開端。

¹⁴嚇(吓) ㊀(xià ㄒㄧㄚˋ)㊂hak⁸〔客〕使害怕：～了一跳。〔嚇唬〕使人害怕，威脅：你別～～人。

㊁(hè ㄏㄜˋ)㊂同㊀❶恫嚇，恐嚇。❷歎詞，表示不滿：～，怎麼能這樣呢！

¹⁴嚎 (háo ㄏㄠˊ)㊂hou⁴〔豪〕大聲哭喊。〔嚎啕〕〔嚎咷〕大聲哭。也作'號咷'。

¹⁴嚓 ㊀(cā ㄘㄚ)㊂tsat⁸〔察〕象聲詞，汽車～的一聲站住了。

㊁(chā ㄔㄚ)㊂同㊀〔咯嚓〕象聲詞，折斷的聲音。

¹⁴嚐 同'嘗❶'，見 116 頁。

¹⁴嚭 同'噽'，見本頁。

¹⁴襄 見衣部，633 頁。

¹⁵嚕(噜) (lū ㄌㄨ)㊂lou¹〔老高平〕〔嚕嗦〕義同'囉唆'，見 122 頁'囉㊁'。

¹⁵囂 (yín ㄧㄣˊ)㊂ŋen⁴〔銀〕❶愚蠢而頑固。❷奸詐。

¹⁵嚙(啮) (niè ㄋㄧㄝˋ)㊂ŋit⁹〔吳熱切〕ŋat⁹〔吳壓切低入〕㊂咬：蟲咬鼠～。

¹⁵嚜 ㊀(me ˙ㄇㄜ)㊂ma¹〔媽〕助詞，跟'嘛'的用法相同。

㊁同'嚜'，見 116 頁。

¹⁵嚮(△向) (xiàng ㄒㄧㄤˋ)㊂hœŋ³〔向〕❶對着，朝着：相～而行。❷將近，接近：～晚。～曉雨止。～邇。❸從前：～者。～日。〔嚮往〕熱愛、羨慕（並希望得到或達到）某種事物或境界。〔嚮導〕引路的人。

¹⁵嚦 同'嚦'，見本頁。

¹⁵嚚 '囂'的簡化字，見 122 頁。

¹⁶嚨(咙) (lóng ㄌㄨㄥˊ)㊂luŋ⁴〔龍〕喉嚨，咽喉，參看 110 頁'喉'字條。

¹⁶噽 (pǐ ㄆㄧˇ)㊂pei²〔鄙〕大。多用於人名。

16 燕 (yàn ㄧㄢˋ)粵jin³[燕] 使嘴裏的食物等通過咽喉到食道裏去: 細嚼慢~。狼吞虎~。[嚥氣] 人死時斷氣。

16 噤 (呖) (lì ㄌㄧˋ)粵lik⁷
[礫][噤嚦] 象聲詞: ~~鶯聲。

16 嚮 同'嚮', 見 121 頁。

17 嚲 (亸) (duǒ ㄉㄨㄛˇ)粵dɔ²
[朵] 下垂。

17 嚳 (喾) (kù ㄎㄨˋ)粵guk⁷
[谷] 傳說中上古帝王名, 即五帝之一的高辛氏。

17 嚴 (严) (yán ㄧㄢˊ)粵jim⁴
[炎] ❶緊密, 沒有空隙: 把瓶口封~。房上的草都長~了。❷認眞, 不放鬆: 規矩~。~厲。~格。~辦。❸指父親: 家~。[嚴肅] 鄭重, 莊重: 態度很~~。❸厲害的, 高度的: ~冬。~寒。[嚴重] 緊急, 極其重大: 事態~~。~~的錯誤。

17 嚶 (嘤) (yīng ㄧㄥ)粵jiŋ¹
[英] 鳥叫的聲音
(嚳)

17 嚷 (嚷) ㊀(rǎng ㄖㄤˇ)粵jœŋ⁵[養]
jœŋ⁶[讓] (ㄤ) ❶大聲喊叫: 大~大叫。你別~了, 大家都睡覺了。❷吵鬧: 剛才你跟誰~着來。

㊁(rāng ㄖㄤ)粵同㊀[嚷嚷] 1.吵鬧: 鬧~~的許多人。大家亂~~。2.聲張: 別~~出去。

17 嚼 ㊀(jiáo ㄐㄧㄠˊ)粵dzœk⁸
[雀] 用牙齒磨碎食物。[嚼舌] 信口胡說, 搬弄是非。
㊁(jué ㄐㄩㄝˊ)粵同㊀義同'嚼㊀', 用於書面語複合詞: 咀~。
㊂(jiào ㄐㄧㄠˋ)粵dziu⁶[趙][倒嚼] 反芻。牛、羊、駱駝等把粗粗吃下去的食物再回到嘴裏細嚼。

18 囂 (嚣) (xiāo ㄒㄧㄠ)粵hiu¹[梟] 喧譁, 叫~。[囂張] 放肆, 亂說亂動: 氣燄~~。

18 囀 (啭) (zhuàn ㄓㄨㄢˋ)粵dzyn²[轉] 鳥宛轉地叫: 鶯啼鳥~。

18 囁 (嗫) (niè ㄋㄧㄝˋ)粵dzip⁸[接][囁嚅] ❶口動, 吞吞吐吐, 想說又停止。❷低聲私語。

18 嚼 同'嚼', 見本頁。

19 囅 (冁) (chǎn ㄔㄢˇ)粵tsin²[淺] 囅然, 笑的樣子。

19 囉 (啰) ㊀(luó ㄌㄨㄛˊ)粵lɔ⁴[羅][囉唆] 吵鬧。
㊁(luo ·ㄌㄨㄛ)粵lɔ³[羅高去] 助

詞，作用大致和'了㊂❷'一樣：
你去就成~。

㊂(luō ㄌㄨㄛ)❺lo¹〔羅 高平〕〔囉
唆〕(囉嗦)1.說話絮絮叨叨。2.
辦事使人感覺麻煩。

㊃(luo ・ㄌㄨㄛ)❺同㊀見 115 頁
'嘍㊀'。

19 **囊** ㊀(náng ㄋㄤ)❺noŋ⁴〔瓢〕
❶口袋：探~取物(喻極
容易)。〔囊括〕全體包羅：~
~四海。❷像袋子的東西：膽
~。

㊁(nāng ㄋㄤ)❺同㊀〔囊膪〕豬
的乳部肥而鬆軟的肉。

19 **囈(呓)** (yì ㄧˋ)❺ŋei⁶
〔藝〕夢 話：夢
~。~語。

19 **轡** 見車部，690 頁。

20 **囑(喊)** (hǎn ㄏㄢˇ)❺ham³
〔喊〕同'閾㊁'。
虎怒吼。

20 **囌(△苏)** (sū ㄙㄨ)❺sou¹
〔蘇〕見 121 頁
'嚕'字條'嚕囌'。

21 **囑(嘱)** (zhǔ ㄓㄨˇ)❺dzuk⁷
〔足〕託付：以事
相~。千叮萬~。遺~。〔囑咐〕
告誡：母親~~他好好學習。

21 **齧** 同'嚙'，見 121 頁。

22 **曩** (nāng ㄋㄤ)❺noŋ⁴〔囊〕
〔曩嘖〕小聲說話。

口 部

0 **口** (wéi ㄨㄟˊ)❺wei⁴〔違〕'圍'
的古字。

2 **囚** (qiú ㄑㄧㄡˊ)❺tseu⁴〔酬〕❶
拘禁：被~。❷被拘禁
的人：死~。

2 **四** (sì ㄙˋ)❺sei³〔死 高去〕si³
〔試〕(又)❶數 目字(4)；
三之後的整數(3+1)。❷舊時
樂譜記音符號的一個，相當於
簡譜的低音的'6'。

3 **囝** ㊀(jiǎn ㄐㄧㄢˇ)❺dzei²〔仔〕
〈方〉兒子。
㊁同'囡'，見 124 頁。

3 **回** (huí ㄏㄨㄟˊ)❺wui⁴〔蛔〕❶
還，走向原來的地方：
~家。~國。❷掉轉：~過身
來。~顧。〔回頭〕1.等一會：
~~再說吧。2.改邪歸正：現
在~~還不晚。❸答覆，答
報：~信。~話。~敬。❹量
詞，指事件的次數：兩~。他
來過一~。❺中國長篇小說分
的章節：紅樓夢一共一百二十
~。❺同'迴'，見 693 頁。
〔回族〕中國少數民族名，參看
附錄六。

〔回紇〕唐代西北的民族，後改稱'回鶻'.

3 **因** (yīn l ㄣ)粵jen¹〔恩〕❶原因，緣故，事物發生前已具備的條件：事出有～。前～後果。❷由於某種緣故：會議～故改期。生活～而改善。〔因為〕連詞，表示理由或緣故：～～今天下雨，我沒有出門。❸依，順着，沿襲(粵一襲)：～勢利導。～襲成規。～陋就簡。〔因循〕1.守舊，不改變。2.拖沓，不振作，得過且過。

3 **囡** (nān ㄋㄢ)粵nam⁴〔南〕〈方〉小孩.

3 **囟** (xìn ㄒ l ㄣ)粵seŋ³〔信〕seŋ²〔筍〕(又)又作'顖'.囟門，囟腦門，又叫'頂門'，嬰兒頭頂骨未合縫的地方.

3 **团** '團'的簡化字，見 126 頁.

4 **囤** ㊀(dùn ㄉㄨㄣ)粵dœn⁶〔頓〕用竹蔑、荊條等編成的或用席箔等圍成的盛糧食等的器物：大～滿，小～流.

㊁(tún ㄊㄨㄣ)粵tyn⁴〔團〕囤積，積存，存儲貨物、糧食：～貨.

4 **囱** ㊀(cōng ㄘㄨㄥ)粵tsuŋ¹〔沖〕煙囪，爐灶出煙的通路.

㊁(chuāng ㄔㄨㄤ)粵tsœŋ¹〔昌〕

'窗'的本字，見 491 頁.

4 **囫** (hú ㄏㄨ)粵fet⁷〔忽〕〔囫圇〕整個的，完全不缺：～～吞棗(喻不加分析地籠統接受).

4 **囮** ㊀(yóu l ㄡ)粵jeu⁴〔由〕(一子)捕鳥時用來引誘同類鳥的鳥。也叫囮子.

㊁(é ㄜˊ)粵ŋɔ⁴〔訛〕同'訛'.詐人財物.

4 **困** (kùn ㄎㄨㄣ)粵kwen³〔窘〕❶陷在艱難痛苦裏面：為病所～。㊝包圍住：把賊人～在屋裏。❷窮苦，艱難：～難。～境。❸疲乏：～乏。～頓。❹同'睏'，見 462 頁.

4 **国** (gúo ㄍㄨㄛˊ)粵gwɔk⁸〔郭〕同'國'.太平天國專用字.

4 **囬** 同'回'，見 123 頁.

4 **园** '園'的簡化字，見 125 頁.

4 **围** '圍'的簡化字，見 125 頁.

4 **囵** '圇'的簡化字，見 125 頁.

5 **囷** (qūn ㄑㄩㄣ)粵kwen¹〔坤〕古代一種圓形的穀倉.

5 **囹** (líng ㄌ l ㄥˊ)粵liŋ⁴〔玲〕〔囹圄〕(一圄)古代稱監獄.

5 **固** (gù ㄍㄨ)粵gu³〔故〕❶實，牢靠(粵堅一)：穩

～。本～枝榮。❷堅定, 不變
動: ～守陣地。～辭。❸使堅
固: ～本。～防。❹本, 原來:
～有。❺堅硬: ～體。凝～。

5　国　'國'的簡化字, 見本頁。

5　图　'圖'的簡化字, 見 126 頁。

6　囿　(yòu ㄧㄡˋ)粵jeu6〔右〕❶養
動物的園子: 鹿～。園
～。❷局限, 被限制: ～於成
見。

7　圃　(pǔ ㄆㄨˇ)粵pou²〔普〕種植
菜蔬, 花草, 瓜果的園
子: 花～。

7　圄　(yǔ ㄩˇ)粵jy⁵〔語〕〔囹圄〕
古代稱監獄。

7　圂　同'溷'❷❸', 見 377 頁。

7　圅　同'函', 見 55 頁。

7　圆　'圓'的簡化字, 見 126 頁。

8　圇（囵）(lún ㄌㄨㄣ)粵lœn⁴
〔倫〕見 124 頁
'囫'字條'囫圇'。

8　圈　㊀(quān ㄑㄩㄢ)粵hyn¹
〔喧〕❶(-子、-兒)環
形, 環形的東西: 畫一個～。
鐵～。❷1.周, 周遭: 跑了一～。
兜了個大～。2.範圍: 這話說
得出～兒了。❷畫環形: ～個

紅～作記號。❸包圍: 用籬笆
把這塊菜地～起來。
㊁(juàn ㄐㄩㄢˋ)粵gyn6〔倦〕養家
畜等的柵欄: 豬～。羊～。
㊂(juān ㄐㄩㄢ)粵同㊀關閉: 把
小雞～起來。

8　圉　(yǔ ㄩˇ)粵jy⁵〔語〕養馬,
也指養馬的人或地方。

8　圊　(qīng ㄑㄧㄥ)粵tsiŋ¹〔青〕廁
所: ～土。～肥。

8　國（国）(guó ㄍㄨㄛˊ)粵
gwɔkⁿ〔郭〕❶國
家: ～內。祖～。❷屬於本國
的: ～貨。～歌。

9　圍（围）(wéi ㄨㄟˊ)粵wei⁴
〔維〕❶環繞, 四
周攔擋起來: ～巾。～牆。包
～。❷四周: 四～都是山。這
塊地方周～有多大? ❸(-子)
圈起來作攔阻或遮擋的東西:
土～子。柵～子。❹兩隻手的
拇指和食指合攏起來的長度:
腰大十～。又指兩臂脅膊合攏
起來的長度: 樹大十～。

9　圐　(kū ㄎㄨ)粵ku¹〔箍〕〔圐圙
圙〕地名, 在山西省山陰
縣。

10　園（园）(yuán ㄩㄢˊ)粵jyn⁴
〔原〕❶(-子、
-兒)種植菜蔬花果的地方。
〔園地〕1.菜園、花園、果園等
的統稱。2.比喻活動的範圍:

藝術～～。❷(一兒)供人遊玩或娛樂的地方：公～。動物～。

10 **圓**(圆) (yuán ㄩㄢˊ)⑧jyn⁴
〔元〕❶圓形，從它的中心點到周邊任何一點的距離都相等。❷完備，周全：結果很～滿。㉑使之周全(多指掩飾矛盾)：自～其說。～謊。❸貨幣的單位。也作'元'。❹圓形的貨幣：銀～。銅～。也作'元'。

11 **圖**(图) (tú ㄊㄨˊ)⑧tou⁴
〔桃〕❶用繪畫表現出來的形象：～畫。地～。藍～。插～。〔圖解〕畫圖或列表解釋事物。❷畫：畫影～形。❸計謀，計劃：良～。鴻～。❹謀取，希望得到(圖－謀)：唯利是～。
〔圖騰〕(外)原始社會的人用動物、植物或其它自然物作為其氏族血統的標誌，並把它當做祖先來崇拜，這種被崇拜的對象或符號叫'圖騰'。

11 **團**(团) (tuán ㄊㄨㄢˊ)⑧
tyn⁴〔屯〕❶圓形(暈)：～扇。雌蟹是～臍的。❷(一子、一兒)結成球形的東西：綫～。紙～。㉑堆(專指抽象的事物)：一～和氣。一～糟。❸把東西揉弄成圓球形：～泥球。❹會合在一起：

～聚。～圓。～結。❺工作或活動的集體：話劇～。代表～。❻軍隊的編制單位，是營的上一級。❼量詞，用於成團的東西：一～毛綫。一～碎紙。

13 **圜** ㊀ (huán ㄏㄨㄢˊ)⑧wan⁴
〔環〕圍繞。
㊁同'圓'，見本頁。

17 **圝** (yóu ㄧㄡˊ)⑧jeu⁴〔由〕(一子)捕鳥時用來引誘同類鳥的鳥，也作'游'：鳥～子。

土部

0 **土** (tǔ ㄊㄨˇ)⑧tou²〔討〕❶地面上的沙、泥等混合物(土一壤)：沙～。黏～。～山。❷土地：國～。領～。❸本地的：～產。～話。❹指民間生產的，出自民間的：～酒。～布。❺不開通，不時興：～裹～氣。～頭～腦。❻未熬製的鴉片：煙～。
〔土家〕土家族，中國少數民族名，參看附錄六。
〔土族〕中國少數民族名，參看附錄六。

2 **生** (gǎ ㄍㄚˇ)⑧ga²〔假 高上〕
〈方〉❶乖僻。❷調皮。

2 **圣** '聖'的簡化字，見 546 頁。

2 **凷** 見凵部，55頁。

3 **在** (zài ㄗㄞˋ)⟮粵⟯dzoi⁶〔再低去〕
❶存在：健～。青春常～。❷存在於某地點：書～桌子上呢。我今天晚上～家。⟮引⟯留在，處在：～職。～位。❸在於，關係於某方面，指出着重點：事～人為。學習進步，主要～自己努力。❹正在，表示動作的進行：他～做功課。我正～看報。❺介詞，表示事情的時間、地點、情形、範圍等：～晚上讀書。～禮堂開會。～這種條件之下。❻在和所連用，表示強調：～所不辭。～所不計。～所難免。

3 **圩** ㊀(wéi ㄨㄟˊ)⟮粵⟯wei⁴〔唯〕jy⁴〔余〕(又)❶江淮低窪地區周圍防水的堤。❷有圩圍住的地區：～田。鹽～。❸(―子)圍繞村落四週的障礙物，也作'圍子'：土～子。樹～子。
㊁(xū ㄒㄩ)⟮粵⟯hœy¹〔虛〕同'墟'。閩粵等地區稱集市：趁～。古書裏作'虛'。

3 **圬** (wū ㄨ)⟮粵⟯wu¹〔污〕❶泥瓦工人用的抹子。❷抹牆。

3 **圭** (guī ㄍㄨㄟ)⟮粵⟯gwai⁶〔歸〕❶古代帝王、諸侯在舉行典禮時拿的一種玉器，上圓(或劍頭形)下方。❷古代測日影的器具。〔圭臬〕標準，法度：奉為～～。❸古代量名，一升的十萬分之一。

圭

3 **圮** (pǐ ㄆㄧˇ)⟮粵⟯pei²〔鄙〕塌壞，倒塌。

3 **圯** (yí ㄧˊ)⟮粵⟯ji⁴〔而〕橋。

3 **地** ㊀(dì ㄉㄧˋ)⟮粵⟯dei⁶〔杜利切〕❶地球，太陽系九大行星的一個，人類生長活動的所在：天～。～心。～層。⟮引⟯1.指土地、地面：～大物博。草～。兩畝～。2.指某一地區：此～。華南各～。3.指路程，用在里數後：三十里～。里把～。4.地點：目的～。所在～。〔地道〕1.地下挖成的隧道。2.有名產地出產的，也說'道地'：～～藥材。⟮喻⟯眞正的，純粹：一口～～廣府話。❷表示思想行動的情況，常作為達到某種階段的意思：見～。境～。心～。❸底子(⟮連⟯質―)：藍～白花布。
㊁(de・ㄉㄜ)⟮粵⟯同㊀用在詞或詞

組後表明副詞性: 順利～當選
會長。

3 **圪** (gē ㄍㄜ)粵nget⁹〔疙〕〔圪
墶〕1.同'疙瘩2',見444
頁'疙'字條。2.小土丘,多用
於地名。

3 **圳** (zhèn ㄓㄣ)粵dzen³〔振〕
〈方〉田邊水溝。多用於
地名,如深圳、圳口,都在廣
東省。

3 **圹** '壙'的簡化字,見142頁。

3 **尘** '塵'的簡化字,見138頁。

3 **场** '場'的簡化字,見136頁。

3 **吐** 見口部, 91頁。

3 **寺** 見寸部, 173頁。

3 **至** 見至部, 565頁。

4 **圻** ㊀(qí ㄑㄧˊ)粵kei⁴〔其〕方
千里之地。
㊁〈古〉同'垠',見131頁。

4 **圾** (jī ㄐㄧ)粵sap⁸〔霎〕見
130頁'垃'字條'垃圾'。

4 **址** (zhǐ ㄓˇ)粵dzi²〔止〕地址,
地基,地點:舊～。住～。

4 **均** ㊀(jūn ㄐㄩㄣ)粵gwen¹
〔軍〕❶平, 勻(連一勻)
平一):～分。平~數。勢~

力敵。❷都, 皆: 老小～安。
～已佈置就緒。
㊁同〔韻〕,見769頁。

4 **坊** ㊀(fāng ㄈㄤ)粵fong¹〔方〕
❶里巷,多用於街巷的
名稱:蘭桂～。㊄街市, 市中
店鋪: ～間。〔坊衆〕〈粵方言〉
居住於同一街巷的民衆。❷牌
坊,舊時為旌表功德、宣揚禮
教而建造的建築物:忠孝牌
～。
㊁(fáng ㄈㄤ)粵同㊀作坊, 某
些小手工業的工作場所:染
～。油～。粉~。磨～。
㊂(fáng ㄈㄤ)粵fong⁴〔房〕堤防。

4 **坌** (bèn ㄅㄣ)粵ben⁶〔笨〕❶
灰塵。❷聚集。❸〈方〉翻,
刨:～地。

4 **坍** (tān ㄊㄢ)粵tan¹〔攤〕崖
岸、建築物或堆起的東
西倒塌,從基部崩壞:牆～了。

4 **坎** (kǎn ㄎㄢ)粵hem²〔砍〕❶
低陷不平的地方, 坑穴。
❷(一兒)田野中自然形成的或
人工修築的像臺階形狀的東
西: 土～。像~。❸八卦之一,
符號是'☵',代表水。❹同
'檻'。門檻。
〔坎坷〕1.道路不平的樣子: ～
～不平。2.不得志: 半世～～。

4 **坐** (zuò ㄗㄨㄛˋ)粵dzo⁶〔座〕❶
坐立的'坐': ～在凳子

上。⑨1.乘，搭：～車。～船。（粵口語讀 tso⁵）2.坐落，在那裏：～北朝南。❷物體向後施壓力：房子往後～了。這槍～力很小。❸把鍋、壺等放在爐火上：火旺了，快把鍋～上。❹因：～此解職。❺舊指定罪：連～。反～。❻植物結實：～果。～瓜。❼自然而然：孤蓬自振，驚沙～飛。❽同「座」❶，見 200 頁。

4 **坑**（kēng ㄎㄥ）粵haŋ¹〔哈罌切〕❶（－子、－兒）窪下去的地方：水～。泥～。❷把人活埋：～殺。焚書～儒。❸坑害，設計使人受到損失：～人。❹地洞，地道：～道。礦～。

4 **圴** 同「坳」，見 130 頁。

4 **坂** 同「阪」❶，見 749 頁。

4 **坏** ㊀同「坯」，見 130 頁。㊁「壞」的簡化字，見 142 頁。

4 **坚** 「堅」的簡化字，見 134 頁。

4 **块** 「塊」的簡化字，見 137 頁。

4 **坞** 「塢」的簡化字，見 138 頁。

4 **坝** 「壩」的簡化字，見 142 頁。

4 **坛** ㊀「壇」的簡化字，見 141 頁。㊁「罎」的簡化字，見 142 頁。

4 **坜** 「壢」的簡化字，見 142 頁。

4 **坟** 「墳」的簡化字，見 140 頁。

4 **坉** 「墩」的簡化字，見 138 頁。

4 **杜** 見木部，304 頁。

4 **牡** 見牛部，411 頁。

4 **社** 見示部，478 頁。

5 **坡**（pō ㄆㄛ）粵po¹〔婆高下〕bo¹〔波〕(又)（－子、－兒）傾斜的地方：山～。高～。上～。下～。〔坡度〕斜面與水平面所成的角度。

5 **坤**（kūn ㄎㄨㄣ）粵kwen¹〔昆〕❶八卦之一，符號是「☷」，代表地。❷稱女性或女方的：～鞋。～宅。

5 **坦**（tǎn ㄊㄢˇ）粵tan²〔袒〕❶平坦，寬而平：～途。❷心地平靜：～然。〔坦白〕1.直爽，沒有私隱：襟懷～～。2.如實地說出（自己的錯誤或罪行）。

5 坨 (tuó ㄊㄨㄛˊ)粵to⁴〔佗〕❶
(一子、一兒)成塊或成
堆的: 泥~子。❷露天鹽堆。
❸地名用字: 黃沙~(在遼寧
省)。

5 坩 (gān ㄍㄢ)粵hem¹〔堪〕陶
器。
〔坩堝〕用來熔化金屬或其他物
質的器皿，多用陶土或白金製
成，能耐高熱。

5 坪 (píng ㄆㄧㄥˊ)粵piŋ⁴〔平〕平
坦的場地: 草~。

5 坫 (diàn ㄉㄧㄢˋ)粵dim³〔店〕❶
古時室內放置食物、酒
器的土臺子。❷屏障。

5 坯 (pī ㄆㄧ)粵pui¹〔胚〕❶沒
有燒過的磚瓦、陶器等。
特指砌牆用的土坯: 打~。土
~牆。❷(一子、一兒)半製成
品: 醬~。麵~。

5 坰 (jiōng ㄐㄩㄥ)粵gwiŋ¹〔炯高
平〕離城市很遠的郊野。

5 坳 (ào ㄠˋ，又讀āo ㄠ)粵au³
〔拗〕au¹〔拗高平〕(又)低凹
的地方。

5 坷 ㊀(kē ㄎㄜ)粵ho¹〔呵〕〔坷
垃〕(ㄧ·la)土塊。
㊁(kě ㄎㄜˇ)粵ho²〔可〕見 128 頁
'坎'字條'坎坷'。

5 坻 ㊀(dǐ ㄉㄧˇ)粵dei²〔底〕〔寶
坻〕縣名，在天津市。
㊁(chí ㄔˊ)粵tsi⁴〔池〕水中的小

塊陸地或高地。

5 坼 (chè ㄔㄜˋ)粵tsak⁸〔册〕裂
開: 天寒地~。

5 垃 ㊀(lā ㄌㄚ)粵lap⁹〔臘〕〔垃
圾〕髒土或扔掉的破爛東
西。〔垃圾蟲〕〈粵方言〉不顧公
德，隨處扔掉垃圾的人。
㊁(la ·ㄌㄚ)粵lai¹〔拉〕見本頁
'坷'字條'坷垃'。

5 坳 (ào ㄠˋ)粵au³〔坳〕同'坳'。
今多用作地名: 黃~。

5 坭 (ní ㄋㄧˊ)粵nei⁴〔泥〕❶同
'泥'。〔紅毛坭〕〈粵方言〉
水泥。❷地名用字，如'白坭'，
在廣東省。

5 坲 (bù ㄅㄨˋ)粵bou³〔布〕〔茶
坲〕地名，在福建省建陽
縣。

5 坿 同'附'，見 750 頁。

5 坵 同'丘❸'，見 4 頁。

5 坣 同'堂'，見 134 頁。

5 坠 '墜'的簡化字，見 139 頁。

5 垄 '塋'的簡化字，見 137 頁。

5 垆 '壚'的簡化字，見 142 頁。

5 垅 '壟'的簡化字，見 142 頁。

5 **垄** '壟'的簡化字，見 142 頁。

5 **堂** '堂'的簡化字，見 141 頁。

5 **卦** 見卜部，77 頁。

5 **幸** 見干部，197 頁。

6 **垂** （chuí ㄔㄨㄟˊ）粵 sœy⁴〔誰〕
❶東西一頭掛下來：～楊柳。～釣。～涎〔喻羨慕〕。敬辭：～詢。～念。〔垂直〕幾何學上指兩根直線、兩個平面或一根直線和一個平面相交成九十度角。❷傳下去，傳留後世：永～不朽。名～千古。❸接近，快要：～老。功敗～成。

6 **垓** （gāi ㄍㄞ）粵 goi¹〔該〕
❶〈古〉數目，是京的一萬倍。❷〔垓下〕古地名，今安徽省靈璧縣東南，是漢劉邦圍困項羽的地方。

6 **垛** ㊀（duǒ ㄉㄨㄛˇ）粵 dɔ²〔躲〕
（一子）用泥土、磚石等建築成的掩蔽物：門～子。城牆～口。
㊁（duò ㄉㄨㄛˋ）粵同㊀ ❶莊稼、磚、瓦等堆積成的堆：麥～。一～磚。❷整齊地堆積起來：柴火～得比房還高。

6 **垝** （guǐ ㄍㄨㄟˇ）粵 gwɐi²〔鬼〕毀壞，倒塌。

6 **垠** （yín ㄧㄣˊ）粵 ŋɐn⁴〔銀〕邊際，界限：一望無～的麥田。

6 **垡** （fá ㄈㄚˊ）粵 fɐt⁹〔乏〕❶耕地，把土翻起來：秋～地（秋耕）。也指翻起來的土塊：曬～。❷量詞，相當於次、番。❸地名用字：落～（在天津市）。

6 **垢** （gòu ㄍㄡˋ）粵 gɐu³〔救〕
❶污穢，髒東西：油～。牙～。藏污納～。❷恥辱，也作'詬'。

6 **垣** （yuán ㄩㄢˊ）粵 wun⁴〔桓〕牆，矮牆：斷瓦頹～。

6 **垤** （dié ㄉㄧㄝˊ）粵 dit⁹〔秩〕小土堆（蟻丘一）：蟻～。

6 **峒** ㊀（dòng ㄉㄨㄥˋ）粵 duŋ⁶〔洞〕❶田地：田～。❷廣東廣西地名用字，如㠀峒、中峒等。
㊁（tóng ㄊㄨㄥˊ）粵 tuŋ⁴〔同〕〔峒塚〕地名，在湖北省漢川縣。

6 **垞** （chá ㄔㄚˊ）粵 tsa⁴〔茶〕小丘，多用於人名。

6 **垮** （kuǎ ㄎㄨㄚˇ）粵 kwa¹〔誇〕倒塌，坍塌：房子～了。⟨喻⟩事物敗壞：這件事讓他搞～了。

6 **垟** （yáng ㄧㄤˊ）粵 jœŋ⁴〔羊〕〈方〉田地，多用於地名：翁～。上家～（都在浙江省）。

6 屋 ㊀(hòu ㄏㄡˋ)⑧heu⁶〔後〕
〔神屋〕地名, 在河南省
禹縣。
㊁同'厚', 見 79 頁。

6 圭 (yáo ㄧㄠˊ)⑧jiu⁴〔堯〕同
'堯'。高。多用於人名。

6 垍 (jì ㄐㄧˋ)⑧gei⁶〔技〕堅土。

6 城 (chéng ㄔㄥˊ)⑧siŋ⁴〔成〕❶
城牆: 萬里長～。❷城
市, 都市: 省～。

6 型 (xíng ㄒㄧㄥˊ)⑧jiŋ⁴〔形〕❶
鑄造器物用的模子: 砂
～。❷樣式, 類型: 小～汽車。
新～。血～。

6 垧 (shǎng ㄕㄤˇ)⑧hœŋ²〔響〕
量詞, 計算地畝的單位,
各地不同。在東北一般合十五
畝。

6 垵 同'垵', 見 135 頁。

6 垛 同'垛', 見 131 頁。

6 垱 '壋'的簡化字, 見 141 頁。

6 垫 '墊'的簡化字, 見 138 頁。

6 垩 '堊'的簡化字, 見 135 頁。

6 垲 '塏'的簡化字, 見 137 頁。

6 垭 '埡'的簡化字, 見 135 頁。

6 垯 '墶'的簡化字, 見 141 頁。

6 垴 '堖'的簡化字, 見 136 頁。

6 垦 '墾'的簡化字, 見 140 頁。

6 垒 '壘'的簡化字, 見 142 頁。

6 室 見宀部, 168 頁。

6 封 見寸部, 173 頁。

7 埂 (gěng ㄍㄥˇ)⑧geŋ²〔梗〕❶
(一子, 一兒)田間稍higher
高起的小路: 田～。地～。❷
地勢高起的地方。

7 埃 (āi ㄞ)⑧oi¹〔哀〕❶灰塵
(塵埃一)。❷長度單位,
一萬萬分之一厘米, 主要用於
計算光波及其他很短的電磁波
的波長。

7 埆 (què ㄑㄩㄝˋ)⑧kɔk⁸〔確〕土
地不肥沃。

7 埋 ㊀(mái ㄇㄞˊ)⑧mai⁴〔買低
平〕❶把東西放在坑裏用
土蓋上: ～葬。㋐隱藏, 使不
顯露: 隱姓～名。〔埋沒〕使人
才、功績、作用等顯露不出
來: 不要～～人才。〔埋頭〕⑧
專心, 下功夫: ～～苦幹。❷

〈粵方言〉閉合: 拉～天窗(結婚)。❸〈粵方言〉靠近: 電車～站。❹〈粵方言〉用在動詞後, 表示趨向: 推～去。行～一面。

㈡(mán ㄇㄢˊ)粵同㈠〔埋怨〕因為事情不如意而對人或事物表示不滿, 責怪: 他自己不小心, 還～～別人。

7 **埌** (làng ㄌㄤˋ)粵loŋ⁶〔浪〕見142頁'壙'字條'壙埌'。

7 **埒** (liè ㄌㄧㄝˋ)粵lyt⁸〔劣〕❶矮牆。❷相等: 相～。

7 **埔** ㈠(pǔ ㄆㄨˇ)粵bou³〔布〕〔黃埔〕地名, 在廣東省廣州市。

㈡(bù ㄆㄨ)粵同㈠〔大埔〕縣名, 在廣東省。又地區名, 在香港新界。

㈢(pǔ ㄆㄨˇ)粵pou²〔普〕〔掃桿埔〕地名, 在香港島東部。

7 **埕** (chéng ㄔㄥˊ)粵tsiŋ⁴〔呈〕❶鱘埕, 福建、廣東沿海一帶飼養鱘類的田。❷〈方〉盛酒、醋的甕: 酒～。醋～。❸量詞, 酒、醋一罎叫一埕。

7 **垸** (yuàn ㄩㄢˋ)粵jyn⁶〔願〕❶〈方〉(～子)湖南省、湖北省在湖泊地帶擋水用的堤圩(wéi)。

堝 '堝'的簡化字, 見135頁。

7 **埘** '塒'的簡化字, 見137頁。

7 **袁** 見衣部, 628頁。

8 **埝** (niàn ㄋㄧㄢˋ)粵nim⁶〔念〕用土築成的小堤或副堤。

8 **域** (yù ㄩˋ)粵wik⁹〔華亦切〕區域, 在一定疆界內的地方: 領～。～外。

8 **埠** ㈠(bù ㄆㄨˋ)粵bou⁶〔步〕埠頭, 停船的碼頭, 靠近水的地方。古也作'步'。

㈡(bù ㄆㄨˋ)粵feu⁴〔浮低去〕大城市, 通商口岸: 外～。商～。

8 **埤** ㈠(pí ㄆㄧˊ)粵pei⁴〔皮〕增加: ～益。

㈡(pì ㄆㄧˋ)粵pei⁶〔批低去〕〔埤堄〕城上呈凹凸形有孔的矮牆。

8 **埭** (dài ㄉㄞˋ)粵dɐi⁶〔弟〕土壩。

8 **埴** (zhí ㄓˊ)粵dzik⁹〔直〕黏土。

8 **執(执)** (zhí ㄓˊ)粵dzɐp⁷〔汁〕❶拿著, 掌握: ～筆。～政。❹固執, 堅持(意見): ～意要去。～迷不悟。❷行, 實行: ～禮甚恭。〔執行〕依據規定的原則、辦法辦事。❸憑單: 回～。收～。〔執照〕由政府部門發給的准許做某項事情的憑證: 駕駛～～。❹捕捉, 逮捕: 被～。❺

〈粤方言〉揀，拾：～到一支鋼筆。❻〈粤方言〉收拾：～行李。

8 **場** (yī l)⑭jik⁹〔亦〕❶田界。❷邊境：疆～。

8 **培** (péi ㄆㄟˊ)⑭pui⁴〔陪〕❶為保護植物或牆堤等，在根基部分加土：將堤壩加高～厚。❷培養(人)：～訓。～育。

8 **基** (jī ㄐㄧ)⑭gei¹〔機〕❶建築物的根腳：地～。牆～。⑭根本的：～數。～層。❷根據：～於上述理由。❸化學上，化合物的分子中所含的一部分原子被看做是一個單位時，叫做'基'：氫～。氨～。

〔基督〕〈外〉基督教徒稱耶穌，意為'救世主'。

〔基諾〕基諾族，中國少數民族名，參看附錄六。

8 **埽** (sào ㄙㄠˋ)⑭sou³〔掃〕❶河工上用的材料，竹木為框架，用樹枝、石子、土填實其中。做成柱形，用以堵水。❷用埽修成的堤壩或護堤。

8 **堂** (táng ㄊㄤˊ)⑭tɔŋ⁴〔唐〕❶正房，高大的屋子：～屋。❷專供某種用途的房屋：禮～。課～。❸用於中藥店牌號：同仁～。❹過去官吏審案辦事的地方：大～。過～。❺表示同祖父的親屬關係：～兄弟。～姐妹。❻量詞：一～家

具。兩～課。

〔堂皇〕盛大，大方：冠冕～～。富麗～～。

〔堂堂〕儀容端正，有威嚴：相貌～～。

8 **堄** (nì ㄋㄧˋ)⑭ŋei⁶〔偽〕見133頁'埤'字條'埤堄'。

8 **堅(坚)** (jiān ㄐㄧㄢ)⑭gin¹〔肩〕❶結實，硬，不容易破壞(⑭～固)：～冰。～不可破。～壁清野。❷堅固的東西(多指陣地)：攻～。無～不摧。❸不動搖：～強。～決。～持。～守。

8 **堆** (duī ㄉㄨㄟ)⑭dœy¹〔對⑭卒〕❶(一子、一兒)累積在一起的東西：土～。草～。柴火～。❷累積，聚集在一塊(⑭～積)：糧食～滿倉。〔堆肥〕聚集雜草、泥土等，腐爛發酵而成的肥料。〔堆砌〕⑭寫文章用大量華麗而無用的詞語。❸量詞，用於成堆的物或成羣的人：一～黃土。一～人。❹小山(多用於地名)：瀟涌～(在四川省長江中)。

8 **堇** (一)(jǐn ㄐㄧㄣˇ)⑭gɐn²〔緊〕❶堇菜，今多指紫花地丁，犁頭草。多年生草本植物，春夏開紫花，果實橢圓形，全草可入藥。❷紫堇，草本植物，

夏天開淡紫紅色花。全草味苦，可入藥。❸莖名，一名菫葵，可食。❹同「僅」。少。

㊁(jìn ㄐㄧㄣˋ)⑨gen³〔緊高去〕即烏頭，一種有毒植物，可入藥。

8 **埻**(zhǔn ㄓㄨㄣˇ)⑨dzœn²〔准〕箭靶上的中心。

8 **堊**(垩)(è ㄜˋ)⑨ok⁸〔惡〕❶白土。泛指可用來塗飾的土。❷塗，用白色的土粉飾。

8 **堋**(péng ㄆㄥˊ)⑨peŋ⁴〔朋〕❶中國戰國時代科學家李冰在修建都江堰時所創造的一種分水堤，用以減殺水勢。❷作射靶的矮牆，用來分隔射道。

8 **堌**(gù ㄍㄨˋ)⑨gu³〔固〕堤。多用於地名，如河南省有牛王堌，山東省有青堌集。

8 **塊**(tù ㄊㄨˋ)⑨tou³〔吐〕橋兩頭靠近平地的地方：橋～。

8 **埡**(垭)(yà ㄧㄚˋ)⑨a³〔亞〕〈方〉兩山之間的狹窄地方：黃桷～(地名，在重慶市)。

8 **坤**(kūn ㄎㄨㄣ)⑨kwen¹〔昆〕同「坤」，多用於人名。

8 **埼**(qí ㄑㄧˊ)⑨kei⁴〔奇〕彎曲的岸。

8 **堵**(dǔ ㄉㄨˇ)⑨dou²〔賭〕❶阻塞，擋：水溝～住了。

～老鼠洞。別～着門站着！❷心中不暢快：心裏～得慌。❸量詞，用於牆：一～牆。

8 **埯**(ǎn ㄢˇ)⑨em²〔黯〕❶點播種子挖的小坑。❷挖小坑點種：～瓜。～豆。❸(～兒)量詞，點種的植物：一～兒花生。

8 **塄**(lèng ㄌㄥˋ)⑨liŋ⁶〔另〕〔長塄〕地名，在江西省新建縣。

8 **埜**同「野」，見 715 頁。

8 **埰**同「采㊁」，見 714 頁。

8 **堑**「塹」的簡化字，見 138 頁。

8 **埠**「埠」的簡化字，見 140 頁。

9 **埵**(duǒ ㄉㄨㄛˇ)⑨do²〔躲〕堅硬的土。

9 **堙**(yīn ㄧㄣ)⑨jen¹〔因〕❶堵塞。❷土山。❸埋沒：～沒。～滅。

9 **堝**(埚)(guō ㄍㄨㄛ)⑨wo¹〔窩〕見 130 頁「坩」字條「坩堝」。

9 **堞**(dié ㄉㄧㄝˊ)⑨dip⁹〔蝶〕城上如齒狀的矮牆。

9 **堠**(hòu ㄏㄡˋ)⑨heu⁶〔後〕古代瞭望敵情的土堡。

9 **堡** ㊀(bǎo ㄅㄠˇ)㊁bou²〔保〕
❶軍事上的防禦建築，
堡壘：碉～。❷小城。

㊁(bǔ ㄅㄨˇ)㊁同㊀堡子，有城
牆的村鎮。又多用於地名，
如：吳堡縣(在陝西省)，柴溝
堡(在河北省)。

㊂(pù ㄆㄨˋ)㊁pou³〔舖〕地名用
字：十里～。

9 **堤** (dī ㄉㄧ)㊁tei⁴〔提〕用土、
石等材料修築的擋水的
高岸：河～。修～。〔堤防〕堤。

9 **堪** (kān ㄎㄢ)㊁hem¹〔泔〕❶
可以，能，足以：～以
告慰。～不設想。❷忍受，能
支持：難～。狼狽不～。
〔堪輿〕風水。一種以選擇墓地、
家宅的方位來趨吉避凶的方
法。

9 **堯(尧)** (yáo ㄧㄠˊ)㊁jiu⁴
〔搖〕❶高。❷傳
說中上古帝王名。

9 **堰** (yàn ㄧㄢˋ)㊁jin²〔演〕擋水
的堤壩。

9 **報(报)** (bào ㄅㄠˋ)㊁bou³
〔布〕❶傳達，告
知：～捷。～信。～幕。～曉。
❷傳達消息和言論的文件或信
號：電～。情～。警～。❸報
紙，也指刊物：紐約時～。畫
～。學～。❹指用文字報道消
息或發表意見的某些東西：海

～。黑板～。❺指電報：發～
機。❻回答：～恩。～仇。～
答。～復。❼報應：現世～。

9 **場(场)** (cháng ㄔㄤˊ)
㊁tsœng⁴〔詳〕❶平
坦的空地，多半用來打莊稼：
打～。一～院裏堆滿了玉米。❷
〈方〉集，市集：趕～。❸量詞，
常指一件事情的經過：一～
戰。一～大雨。

㊁(chǎng ㄔㄤˇ)㊁同㊀❶(一子、
一兒)處所，許多人聚集的地
方：會～。市～。廣～。〔場合〕
某時某地或某種情況。❷舞
臺：上～。下～。❸戲劇的一
節：三幕五一。❹量詞，用於
文娛體育活動：一～球賽。❺
物質存在的一種基本形式，具
有能量、動量和質量，能傳遞
實物間的相互作用，如電場、
磁場、引力場等。

9 **塄** (léng ㄌㄥˊ)㊁ling⁴〔陵〕田地
邊上的坡子。也叫‘地塄’。

9 **塅** (duàn ㄉㄨㄢˋ)㊁dün⁶〔段〕
〈方〉指面積較大的平坦
地區，常用作地名：田心～
(在湖南省株洲市北)。

塯(塯) (nǎo ㄋㄠˇ)㊁nou⁵
〔努〕地名用字：
南～(在山西省)。

9 **堦** 同‘階’，見 754 頁。

9 **墄** 同'鹻', 見 474 頁。

9 **墮** '隳'的簡字, 見 140 頁。

9 **塿** '壘'的簡字, 見 139 頁。

9 **壻** 見土部, 143 頁。

10 **塊(块)** (kuài ㄎㄨㄞˋ)粵fai³〔快〕① (一兒)成疙瘩成團的東西: 糖～。土～。一根～。一莖～。②量詞: 一～地。一～布。一～肥皂。〔塊壘〕鬱積在心中的氣憤或愁悶。

10 **塋(茔)** (yíng ㄧㄥˊ)粵jin⁴〔形〕墳墓, 墳地。～地。

10 **塌** (tā ㄊㄚ)粵tap⁸〔塔〕①倒, 下陷(粵坍一): 房頂子～了。牆～了。人瘦了兩腮都～下去了。②下垂: 這棵花曬得～秧了。③安定, 鎮定: ～下心來。

10 **塍** (chéng ㄔㄥˊ)粵sin⁴〔成〕田間的界路。

10 **塏(垲)** (kǎi ㄎㄞˇ)粵hoi²〔海〕地勢高而乾燥: 爽～。

10 **塑** (sù ㄙㄨˋ)粵sou³〔掃〕用泥土等做成人物的形象: ～像。泥～木雕。〔塑料〕具有

可塑性的高分子化合物的統稱, 種類很多, 用途很廣。〔塑膠〕〈粵方言〉塑料: ～～拖鞋('塑'字粵俗讀音如'朔')。

10 **堎(坿)** (shí ㄕˊ)粵si⁴〔時〕古代稱在牆壁上挖洞做的雞窩。

10 **塔** (tǎ ㄊㄚˇ)粵tap⁸〔楊〕①佛教特有的建築物: 六和～。②像塔形的建築物: 水～。燈～。金字～。〔塔吉克〕1.中國少數民族名, 參看附錄六。2.蘇聯的民族之一。〔塔塔爾〕塔塔爾族, 中國少數民族名, 參看附錄六。

10 **塗(涂)** (tú ㄊㄨˊ)粵tou⁴〔途〕①使顏色、油漆等附着在上面: ～上一層油。②亂寫: ～鴉(謙辭, 形容字寫得很壞)。③抹去: 寫錯了可以～掉。～改。④泥濘。〔塗炭〕粵1.困苦。2.污濁。⑤同'途'。道路。

10 **塘** (táng ㄊㄤˊ)粵tɔŋ⁴〔唐〕①堤岸, 堤防: 河～。海～。②水池(粵池一): 荷～。魚～。③浴池: 洗澡～。

10 **塞** ㊀ (sāi ㄙㄞ)粵sek⁷〔沙克切〕①堵, 填滿空隙: 把窟窿～住。堵～漏洞。②(一子、一兒)堵住器物口的東西: 瓶

~。木~。

㈡(sè ㄙㄜˋ)働同㈠同'塞㈠❶',
用於若干書面語詞，如閉塞、
阻塞、塞責等。

㈢(sài ㄙㄞˋ)働tsoi³〔菜〕邊界上
的險要地方：要~。~外。

10 **填**(tián ㄊㄧㄢˊ)働tin⁴〔田〕❶
把凹陷的地方墊平或塞
滿：~平窪地。❷填寫，在空
白表格上按照項目寫：~表。
❸補充：~補。

10 **塢(坞)**㈠(wù ㄨˋ)働wu²
〔滸〕❶小障蔽
物，防衛用的小堡。❷四面高
中間凹下的地方：山~。花~。
㈡(wù ㄨˋ)働ou³〔澳〕〔船塢〕在
水邊建築的停船或修造船隻的
地方。

10 **堽**(gāng ㄍㄤ)働goŋ¹〔剛〕❶
同'岡'。山岡。❷〔堽城屯〕
地名，在山東省寧陽縣。

10 **塬**(yuán ㄩㄢˊ)働jyn⁴〔原〕中
國西北部黃土高原地區
因流水沖刷而形成的高地，四
邊陡，頂上平。

10 **埭**(gōng ㄍㄨㄥ)働guŋ¹〔工〕
用於人名。

10 **塃**(huāng ㄏㄨㄤ)働foŋ¹〔荒〕
〔方〕開採出來的礦石。

10 **塚** 同'冢'，見 51 頁。

10 **塡(填)**同'燻'，見141頁。

10 **塙** 同'確'，見 474 頁。

10 **塡** 同'填'，見本頁。

10 **塑** 同'塑'，見 139 頁。

10 **塒** 同'塒'，見 139 頁。

11 **塵(尘)**(chén ㄔㄣˊ)
働tsen⁴〔陳〕❶塵
土，飛揚的灰土。❷塵世(佛
家道家指人間)：紅~。~俗。
❸蹤迹：步人後~。

11 **塹(堑)**(qiàn ㄑㄧㄢˋ)
働tsim³〔簽 高去〕
防禦用的壕溝：長江天~(喻
險要)。働挫折：吃一~，長
一智。

11 **嵕(𡌫)**(zōng ㄗㄨㄥ)働
dzuŋ¹〔中〕〔雞
嵕〕傘菌科植物，可食用。

11 **墊(垫)**㈠(diàn ㄉㄧㄢˋ)
働din³〔電 高去〕❶
襯托，放在底下或鋪在上面：
~桌子。~個褥子。路面~
上點土。
㈡(diàn ㄉㄧㄢˋ)働din²〔典〕(一
子，一兒)襯托的東西：草~。
鞋~。椅~。
㈢(diàn ㄉㄧㄢˋ)働din⁶〔電〕替人

暫付款項：～款。～錢。

11 壊(楼)（lǒu ㄌㄡ）粵leu⁵〔柳〕
❶小土丘。❷小墳。

11 墁（màn ㄇㄢˋ）粵man⁶〔慢〕❶
用磚或石塊鋪地面：花
磚～地。❷塗牆的工具。

11 境（jìng ㄐㄧㄥˋ）粵ɡiŋ²〔景〕❶
疆界（粵邊一）：國～。
入～。❷地方，處所：如入無
人之～。❺⑴.品行學業的程度：
學有進～。⑵.境況，遭遇到
的情況：順～。處～不同。

11 墅（shù ㄕㄨˋ）粵sœy⁶〔睡〕別
墅，住宅以外供渡假休
養的房屋。

11 塱（lǎng ㄌㄤˇ）粵lɔŋ⁵〔朗〕用
於地名。〔元塱〕地名，
在廣東省。

11 墈（kàn ㄎㄢˋ）粵hem³〔勘〕
〈方〉高的堤岸。多用於
地名。〔墈上〕地名，在江西省。

11 塘（yōng ㄩㄥ）粵juŋ⁴〔容〕❶
城牆。❷高牆。

11 塾（shú ㄕㄨˊ）粵suk⁹〔屬〕舊時
私人設立的教學的地方：
私～。村～。

11 墓（mù ㄇㄨˋ）粵mou⁶〔務〕❶
埋死人的地方（粵墳一）：
掃～。❷與墓相關的：～碑。
～地。～道。

11 墒（shāng ㄕㄤ）粵sœŋ¹〔雙〕
田地裏土壤的濕度：夠

11 塽（shuǎng ㄕㄨㄤˇ）粵sɔŋ²〔爽〕
同'爽'。指高燥、爽朗的
地方。

11 塼同'磚'，見 475 頁。

11 塐同'塑'，見本頁。

11 塲同'場'，見 136 頁。

11 墖同'塔'，見 137 頁。

11 墙'牆'的簡化字，見 141 頁。

12 墜(坠)（zhuì ㄓㄨㄟˋ）粵
dzœy⁶〔罪〕❶落
下，掉下：～馬。搖搖欲～。
❷往下沉：船錨往下～。❸
（～兒）繫在器物上垂着的東
西：扇～。錶～。〔墜子〕1.耳
朵上的一種裝飾。也叫'耳墜
子'、'耳墜兒'。2.流行於河南、
山東的一種曲藝。

12 墀（chí ㄔˊ）粵tsi⁴〔池〕臺階上
面的空地。又指臺階。

12 增（zēng ㄗㄥ）粵dzeŋ¹〔僧〕加
多，添（粵一加）：～光。
～強。〔增殖〕繁殖：～～耕牛。
❺大量地增添：～～財富。

12 墟（xū ㄒㄩ）粵hœy¹〔虛〕❶有
人住過而現在已經荒廢
的地方：廢～。殷～。〔墟里〕

〔墟落〕村落。❷〈方〉集市,同'圩〈○〉':趁～。一期。

^{12} **墠(墠)** (shàn ㄕㄢˋ)(粵)sin⁶〔善〕古代祭祀用的平地。

^{12} **墡** (shàn ㄕㄢˋ)(粵)sin⁶〔善〕白色黏土。

^{12} **墦** (fán ㄈㄢˊ)(粵)fan⁴〔凡〕墳墓。

^{12} **墨** (mò ㄇㄛˋ)(粵)mek⁹〔脈〕❶寫字繪畫用的黑色顏料:一錠～。一汁。紙筆～硯。❷寫字畫畫用的各色顏料:紅～。藍～。❸名家寫的字或畫的畫:～寶。❹黑色或近於黑色的:～晶(黑色的水晶)。～菊。❺貪墨,貪污:～吏。❻古代的一種刑罰,在臉上刺刻塗墨。❼木工用以取直的墨綫。㋐準則,法度:繩～。矩～。

^{12} **墩** ㊀(dūn ㄉㄨㄣ)(粵)dœn¹〔敦〕土堆:土～。❷量詞,用於叢生的或幾棵合在一起的植物:栽稻秧二萬～,每～五株。
㊁(dūn ㄉㄨㄣ)(粵)dœn²〔躉〕(一子、一兒)厚而粗的木頭、石頭等,座兒:門～。橋～。

^{12} **墮(墮)** (duò ㄉㄨㄛˋ)(粵)do⁶〔惰〕掉下來,墜落:～地。〔墮落〕思想行為向壞的方向發展:腐化～～。

^{12} **墱** (dèng ㄉㄥˋ)(粵)dɐŋ³〔凳〕❶同'磴'。石級,臺階。❷棧道。

^{12} **墝** (qiāo ㄑㄧㄠ)(粵)hau¹〔敲〕同'磽'。土地堅硬不肥沃。

^{12} **墬** (dì ㄉㄧˋ)(粵)dei⁶〔地〕'地'古體字。

^{12} **墳(坟)** (fén ㄈㄣˊ)(粵)fen⁴〔焚〕埋葬死人築起的土堆,也有用磚石砌的(粵一墓)。

^{12} **墪** 同'墩',見本頁。

^{12} **墾** 同'垠',見131頁。

^{12} **墥** 同'壋',見142頁。

^{12} **壄** 同'野',見715頁。

^{12} **墻** '墻'的簡化字,見142頁。

^{13} **墼** (jī ㄐㄧ)(粵)gik⁷〔擊〕土墼,未燒的磚坯。〔炭墼〕用炭末做成的塊狀物。

^{13} **墾(垦)** (kěn ㄎㄣˇ)(粵)hen²〔狠〕❶用力翻土。❷開墾,開闢荒地:～荒。～殖。～區。

^{13} **壁** (bì ㄅㄧˋ)(粵)bik⁷〔碧〕❶牆(粵牆一):四～。～報。銅牆鐵～。〔壁虎〕爬行動物,身體扁平,尾巴圓錐形,四肢

短，趾上有吸盤，捕食蚊、蠅等。❷某些物體上作用像圍牆的部分：鍋爐~。❸陡削的山石：絕~。峭~。❹壁壘，軍營的圍牆：堅~清野。作~上觀（坐觀雙方勝敗，不幫助任何一方）。❺星名，二十八宿之一。

13 **壅**（yōng ㄩㄥ，舊讀yǒng ㄩㄥˇ）⑧jun¹〔雍〕jun²〔擁〕（又）❶堵塞（~~塞）：水道~塞。❷把土或肥料培在植物根上：~土。~肥。

13 **墢**（坒）（bó ㄅㄛˊ）⑧bok⁸〔博〕〈粵方言〉墢：石~。

13 **壇**（坛）（tán ㄊㄢˊ）⑧tan⁴〔檀〕❶古代舉行祭祀、誓師等大典用的土、石等築的高臺：天~。先農~。❷指文藝界、體育界：文~。乒~。❸輿論陣地：論~。❹用土堆成的平臺，多在上面種花：花~。❺某些會道門設立的拜神集會的組織。

13 **壈**（lǎn ㄌㄢˇ）⑧lem⁵〔凜〕坎~困頓，不得志。

13 **塅**（ào ㄠˋ）⑧ou³〔澳〕可以定居的地方。

13 **達**（垯）（da·ㄉㄚ）⑧dat⁸〔笪〕〔圪達〕見128頁'圪'字條。

13 **壋**（垱）（dàng ㄉㄤˋ）⑧dong³〔檔〕橫築在河中或低窪田地中以擋水的小堤。

13 **壊**同'壞'，見本頁。

13 **墻**（墙）同'牆'，見409頁。

13 **壄**同'野'，見715頁。

13 **壪**同'坎'，見128頁。

13 **壅**同'壅'，見本頁。

14 **壎**（埙）（xūn ㄒㄩㄣ）⑧hyn¹〔圈〕古代用陶土燒製的一種吹奏樂器。

14 **壑**（hè ㄏㄜˋ）⑧kok⁸〔確〕山溝：溝~。

14 **壓**（压）（yā ㄧㄚ）〔押〕❶從上面加重力：~住。~碎。⑰擱置，按住不發：積~資金。❷用威力制服，鎮服：鎮~。~服。〔壓倒〕絕對超過。❸制止：~咳嗽。~住氣。~住火。❹逼近：~境。太陽~樹梢。❺賭博時在某一門上下注。

14 **壔**（dǎo ㄉㄠˇ）⑧dou²〔島〕土堡。

14 **壕**（háo ㄏㄠˊ）⑧hou⁴〔豪〕❶溝：戰~。❷護城河：城

~。

14 璽 同'璽',見432頁。

15 壘(垒) ㈠(lěi ㄌㄟˇ)粵 lœy⁵[呂] ❶古代軍中作防守用的牆壁:兩軍對~。深溝高~。❷把磚、石等重疊砌起來: ~牆。把井口~高一些。

㈡(léi ㄌㄟˊ)粵 lœy⁴[雷]一堆一堆地叢列着(疊)。 壘墓墳墓衆多: 荒墳~~。

㈢(lù ㄌㄩˋ)粵 lœt⁹[律]見479頁'神㈡'。

15 壙(圹) (kuàng ㄎㄨㄤˋ)粵 kwɔŋ³[廓]kɔŋ³[抗](俗) ❶墓穴。❷曠野。〔壙埌〕形容原野一望無際的樣子。

16 壚(垆) (lú ㄌㄨˊ)粵 lou⁴[盧] ❶黑色堅硬的土。❷舊時酒店裏安放酒甕的土臺子。也指酒店。

16 壜(坛) (tán ㄊㄢˊ)粵 tam⁴[談]〔(─子)一種口小肚大的陶器: 酒~。

16 壞(△坏) (huài ㄏㄨㄞˋ)粵 wai⁶[懷 低去] ❶跟'好'相反: ~人。工作做得不~。❷東西受了損傷,被毀(壞破─):汽車~了。❸壞主意:使~。❹放在動詞後,表示程度深:眞把我忙~了。

氣~了。

16 壝(壝) (wéi ㄨㄟˊ,又讀 wěi ㄨㄟˇ)粵 wɐi⁴[圍]wɐi⁵[偉](又)古代圍繞祭壇四週的矮土牆。

16 壟(垄) (lǒng ㄌㄨㄥˇ)粵 luŋ⁵[隴] ❶田地分界的埂子。〔壟斷〕操縱市場,把持權柄,獨佔利益。❷農作物的行(háng)或行與行間的空地: 寬~密植。❸像壟的東西:瓦~。❹墳墓。

16 壢(坜) (lì ㄌㄧˋ)粵 lik⁹[力]坑。多用於地名: 中~(在臺灣)。

16 壠 同'壟',見本頁。

17 壤 (rǎng ㄖㄤˇ)粵 jœŋ⁶[讓] ❶鬆軟的土: 沃~。❷地:天~之別。❸地區: 接~(交界)。窮鄉僻~。

21 壩(坝) (bà ㄅㄚˋ)粵 ba³[霸] ❶截住河流的建築物: 攔河~。❷河工險要處鞏固堤防的建築物。❸(─子)平地。常用於西南各省地名: 川西~。

21 壪 同'翹㈠',見541頁。

士部

士 0 (shì ㄕˋ)粵si⁶〔是〕❶古代介於卿大夫和庶民之間的一個階層。❷指讀書人：學～。～農工商。❸未婚的男子，泛指男子：～女。❹對人的美稱：志～。壯～。女～。❺軍人的一級，在尉以下：上～。中～。❻軍人：～兵。～氣。❼稱某些專業人員：護～。助產～。

壬 1 (rén ㄖㄣˊ)粵jem⁴〔吟〕天干的第九位，用作順序的第九。

壮 3 '壯'的簡化字，見本頁。

吉 3 見口部，90頁。

壯（壯） 4 (zhuàng ㄓㄨㄤˋ)粵dzɔŋ³〔葬〕❶健壯，有力(疊強—)：～士。年輕力～。莊稼長得很～。〔壯年〕習慣指人三四十歲的時期。❷雄偉，有氣魄：～觀。～志凌雲。❸增加勇氣或力量：以～聲威。～～膽子。❹中醫艾灸，一灼稱一壯。

〔壯族〕中國少數民族名，參看附錄六。

売 4 '殼'的簡化字，見347頁。

志 4 見心部，217頁。

毒 4 見毋部，348頁。

壶 7 '壺'的簡化字，見本頁。

奘 7 見大部，150頁。

壸 8 '壼'的簡化字，見本頁。

壹 9 (yī ㄧ)粵jet⁷〔一〕'一'字的大寫。

壺（壶） 9 (hú ㄏㄨˊ)粵wu⁴〔胡〕❶一種有把有嘴的容器，通常用來盛茶、酒等液體：酒～。茶～。❷某些盛固體的容器：鼻煙～。冰～。❸古代宴會時賓主相與娛樂的用具。玩時以箭投在壺中，憑箭投中的多少決定勝負。

壻 9 同'婿'，見159頁。

喜 9 見口部，111頁。

喆 9 見口部，110頁。

壼（壶） 10 (kǔn ㄎㄨㄣˇ)粵kwen²〔菌〕古時宮裏面的路。⑤內宮。

11 **壽(寿)** (shòu ㄕㄡˋ)⑧seu⁶
〔受〕❶活的歲數
大: 人～年豐。❷年歲，生命:
～命。人～幾何?❸壽辰，生
日: 做～。❹裝殮死人的: ～
木。～衣。

11 **嘉** 見口部，115 頁。

11 **橐** 見木部，329 頁。

11 **臺** 見至部，565 頁。

12 **賣** 見貝部，668 頁。

14 **嚭** 見口部，121 頁。

16 **嚞** 見口部，121 頁。

夂部

2 **处** '處'的簡化字，見 607頁。

2 **务** '務'的簡化字，見 68頁。

2 **冬** 見冫部，52頁。

2 **処** 見几部，54頁。

5 **备** '備'的簡化字，見 37頁。

6 **复** ㊀'復'的簡化字，見 214
頁。
㊁'複'的簡化字，見 632頁。

7 **夏** (xià ㄒㄧㄚˋ)⑧ha⁶〔下〕❶四
季中的第二季，氣候最
熱: 炎～。❷華夏，中國的古
名。❸夏朝，傳說是禹建立的
(約公元前21世紀~約公元前
16世紀)。〔夏曆〕即陰曆、農曆、
舊曆，這種曆法的基本部分是
夏朝創始的。

10 **愛** 見心部，227 頁。

11 **夐** (xiòng ㄒㄩㄥˋ)⑧hiŋ³〔慶〕
遠，遼闊: ～古。

12 **憂** 見心部，230 頁。

16 **夒** (náo ㄋㄠˊ)⑧nou⁴〔奴〕猴
的一種。又作'猱'。

18 **夔** (kuí ㄎㄨㄟˊ)⑧kwei⁴〔葵〕❶
古代傳說中一種奇異的
動物，似龍，一足。❷夔州，
古地名，今四川省奉節縣。❸
古人名，堯、舜時樂官。

夕部

0 **夕** (xī ㄒㄧ)⑧dzik⁹〔直〕❶日
落的時候: ～陽。～照。
❷夜: 前～。除～。

2 **外** (wài ㄨㄞˋ)㊁ŋɔi⁶〔礙〕❶跟‘內’、‘裏’相反: 室～。～傷。課～活動。〔外行〕對某種業務不通曉，缺乏經驗。❷不是自己這方面的: ～國。～鄉。～人。❸指外國: 對～貿易。古今中～。❹關係疏遠的: 這裏沒～人。不要見～。❺稱母親、姐妹或女兒方面的親戚: ～祖母。～甥。～孫。❻另外: ～加。～帶。❼以外: 此～。除～。❽非正式的，非正規的: ～號。～傳。《儒林～史》。❾舊時戲曲腳色名，多演老年男子。

3 **多** (duō ㄉㄨㄛ)㊁dɔ¹〔躲高平〕❶跟‘少’相反: 1.數量大的: 人很～。～才～藝。2.有餘，比一定的數目大(連一餘): 十～個。一年～。只預備五份，沒有～的。3.過分，不必要的: ～嘴。～心。〔多虧〕幸虧: ～你來幫忙做成。❷數目在二以上的: ～年生草。❸表示相差的程度大: 好得～。厚～了。❹多麼，表示驚異、讚歎: ～好! ～大! ～香! ❺表疑問: 有～大?

3 **夙** (sù ㄙㄨˋ)㊁suk⁷〔宿〕❶早: ～興夜寐(早起晚睡)。❷素有的，平素: ～願。～志。

3 **名** 見口部，91 頁。

3 **舛** 見舛部，567 頁。

5 **夜** (yè ㄧㄝˋ)㊁je⁶〔野低去〕從天黑到天亮的一段時間，跟‘日’‘晝’相對: 日日～～。白天黑。晝～不停。

5 **姓** (qíng ㄑㄧㄥˊ)㊁tsiŋ⁴〔情〕‘晴’的古體字。

5 **穼** 見穴部，489 頁。

6 **參** 見大部，149 頁。

8 **夠** (gòu ㄍㄡˋ)㊁geu³〔救〕❶足，滿足一定的限度: ～數。～用。～多。～好。⑱膩，厭煩: 這個話我真聽～了。❷達到，及: ～得着。～格。

8 **够** 同‘夠’，見本頁。

8 **梦** ‘夢’的簡化字，見本頁。

11 **夢(梦)** (mèng ㄇㄥˋ)㊁muŋ⁶〔蒙低去〕❶睡眠時體內外各種刺激或殘留在大腦裏的外界刺激引起的影像活動。❷做夢: ～遊。～見。❸比喻虛幻: ～想。

11 **夤** (yín ㄧㄣˊ)㊁jen⁴〔仁〕❶深: ～夜。❷恭敬。〔夤緣〕攀緣上升。⑱拉攏關係，

向上巴結。

11 **夥**（huǒ ㄏㄨㄛˇ）⑲fo²〔火〕❶多：獲益甚～。❷同'伙❶－❸'，見 22 頁。

11 **夢** 同'夢'，見 145 頁。

11 **舞** 見舛部，567 頁。

大部

0 **大** ㊀（dà ㄉㄚˋ）⑲dai⁶〔帶低去〕❶跟'小'相反：1.佔的空間較多，面積較廣，容量較多：～山。～樹。這間房比那間～。2.數量較多：～眾。～量。3.程度深，範圍廣：～病一場。～快人心。4.聲音較響：～聲說話。5.年長，排行第一：～哥。～媽。老～。6.敬辭：～作。尊姓～名。❷時間更遠：～前年。～後天。❸不很詳細，不很準確：～略。～概。～約。❹方言稱父親或伯父。❺用在時令或節日前，表示強調：～熱天。～年初一。

〔大牙〕〈粵方言〉臼齒，槽牙。

〔大堂〕〈粵方言〉大廳。坐在～～的摺椅上。

㊁（dài ㄉㄞˋ）⑲同㊀〔大王〕舊戲曲中對國王或大幫強盜首領的稱呼。〔大夫〕醫生。〔大城〕縣名，在河北省。〔大黃〕也叫'川軍'，夏季多數開黃白色小花，根及根狀莖粗壯，黃色，可入藥。

㊂（tài ㄊㄞˋ）⑲tai³〔太〕〈古〉同'太'泰'，如'大子'大山'等。

1 **天**（tiān ㄊㄧㄢ）⑲tin¹〔田高平〕❶在地面以上的高空：碧海藍～。⑳1.在上的：～窗。～頭（書頁上部空白部分）。～橋（架在空中的高橋）。2.最，極：～好，也只能是這樣。〔天文〕日月星辰等天體在宇宙間分佈、運行等現象。❷日，一晝夜，或專指晝間：今～。一整～。白～黑夜工作忙。㉑一日之內的某一段時間：～不早了。❸氣候：～冷。～熱。〔天氣〕1.冷、熱、陰、晴等現象：～～好。～～要變。2.時間：～～不早了。❹季節，時節：春～。熱～。❺自然的，生成的：～生。～然。❻自然界的主宰者：～意。❼指神佛仙人所住的地方：～堂。歸～。〔天子〕封建時代指皇帝。

1 **太**（tài ㄊㄞˋ）⑲tai³〔態〕❶過於：～長。～熱。❷極端，最：～好。～古（最古的時代）。〔太平〕平安無事。❸對大兩輩的尊長的稱呼所加的字：～老伯。❹高，大：～空。～學（中國古代設立在京城的最高學府）。

〔太歲〕1.木星的別稱，古代用它圍繞太陽公轉的週期紀年，十二年是一週。2.傳說中神名。古人認為太歲之神在地，與天上歲星（即木星）相應而行，掘土（興建工程）要躲避太歲的方位，否則就要遭受禍害。3.舊時對土豪的憎稱：鎮山～～。

1 **夫** ㊀(fū ㄈㄨ)⊛fu¹〔呼〕❶古時成年男子的通稱：匹～。❷對從事體力勞動的人的稱呼：農～。漁～。❸舊時稱服勞役的人，也作'伕'：民～。～役。❹丈夫，跟'妻'、'婦'相對：～妻。姐～。姑～。新～婦。

〔夫人〕對別人妻子的敬稱。

〔夫子〕1.舊時稱老師。2.舊時妻稱丈夫。

㊁(fú ㄈㄨˊ)⊛fu⁴〔乎〕❶文言發語詞：～天地者。❷文言助詞：逝者如斯～。❸文言指示代詞，相當於'那'：葉公非好龍也，好～似龍而非龍者也。

1 **夬** (guài ㄍㄨㄞˋ)⊛gwai³〔怪〕《周易》六十四卦之一。

1 **夭** ㊀(yāo ㄧㄠ)⊛jiu¹〔腰〕茂盛（疊）：桃之～～。

㊁(yāo ㄧㄠ，又讀yāo ㄧㄠˇ)⊛jiu²〔妖〕❶短命，早死：～亡。～折。❷砍伐，摧折。

2 **央** (yāng ㄧㄤ)⊛jœŋ¹〔秧〕❶中央，中心：水中～。❷懇求（疊～求）：只好～人去找。～告了半天，他還是不去。❸盡，完了：夜未～。

2 **夯** ㊀(hāng ㄏㄤ)⊛haŋ¹〔坑〕❶砸地基的工具。❷用夯砸：～地。

㊁(bèn ㄅㄣˋ)⊛ben⁶〔笨〕同'笨'（見於《西遊記》、《紅樓夢》等書）。

2 **失** (shī ㄕ)⊛set⁷〔室〕❶丟，跟'得'相對（⊛遺一）：～物招領。機不可～。㊦1.違背：～信。～約。2.找不着：～羣之雁。迷～。❷沒有掌握住：～足。～言。～火。❸沒有達到目的：～意。～望。～着。〔失敗〕計劃或希望沒能達到。❹錯誤，疏忽：千慮一～。❺改變常態：～色。～聲痛哭。

2 **头** '頭'的簡化字，見772頁。

2 **矢** 見矢部，466頁。

3 **夷** (yí ㄧˊ)⊛ji⁴〔兒〕❶中國古代稱東部的民族。後來對四方的少數民族統稱為'四夷'。❷舊指外國或外國的。

❸平: 1.平安: 化險為～。2.平坦。❹弄平: ～為平地。㉑消滅: ～滅。

3 **夸**（kuā ㄎㄨㄚ）⑧kwa¹〔誇〕❶奢侈。❷驕傲自大。❸美好。❹'誇'的簡化字, 見647頁。

3 **夼**（kuǎng ㄎㄨㄤ）⑧kwɔŋ³〔壙〕〈方〉窪地。多用於地名。大夼, 劉家夼, 馬草夼, 都在山東省。

3 **夺**'奪'的簡化字, 見151頁。

3 **夹**'夾'的簡化字, 見本頁。

3 **关**'關'的簡化字, 見748頁。

3 **买**'買'的簡化字, 見665頁。

3 **因**見口部, 124頁。

3 **尖**見小部, 176頁。

4 **夾**（夹）㊀（jiā ㄐㄧㄚ）⑧gap⁸〔甲〕❶從東西的兩旁鉗住: 書裏～着一張紙。㉑1.兩旁有東西限制住: ～道。兩山一水。2.從兩面來的: ～攻。❷夾在胳膊底下或手指等中間: ～着書包。手指間～着一枝雪茄煙。❸攙雜（⑧～雜）: ～七雜八。～生。

❹（一子、一兒）夾東西的器具: 皮～。
〔夾萬〕〈粵方言〉保險箱。
㊁（jiá ㄐㄧㄚˊ）⑧同㊀兩層的衣物: ～褲。～被。
㊂（gā ㄍㄚ）⑧同㊀〔夾肢窩〕肢下。

4 **㛱**（ēn ㄣ）⑧ŋen¹〔銀高平〕〈粵方言〉瘦小: ～細。

4 **奁**'奩'的簡化字, 見151頁。

5 **奄**㊀（yǎn ㄧㄢˇ）⑧jim²〔掩〕❶覆蓋。❷忽然, 突然: ～忽。
㊁（yān ㄧㄢ）⑧jim¹〔淹〕❶〔奄奄〕氣息微弱: ～～一息（快斷氣）。❷〈古〉同〔閹〕, 見746頁。

5 **奅**（pào ㄆㄠ）⑧pau³〔豹〕❶虛大。❷〈粵方言〉謊話: 車大～（說謊話）。

5 **奇**㊀（qí ㄑㄧˊ）⑧kei⁴〔其〕❶特殊的, 稀罕, 不常見的: ～事。～聞。㉑出人意料的, 令人不測的: ～兵。～計。～襲。出～制勝。❷驚異, 引以為奇: 世人～之。不足為～。
㊁（jī ㄐㄧ）⑧gei¹〔基〕❶數目不成雙的, 跟'偶'相反: 一、三、五、七、九是～數。❷零數: 五十有～。

5 **奈**（nài ㄋㄞˋ）⑧noi⁶〔耐〕奈何, 怎樣, 如何: 無～。

怎～。無～何(無可如何)。

5 **奉** (fèng ㄈㄥˋ)粵fuŋ⁶[鳳] ❶ 恭敬地用手捧着。❷尊重，遵守：～公守法。～行。敬語：～陪。～勸。～送。還。〔奉承〕恭維，諂媚。❷獻給：雙手～上。❸接受：～命。昨～手書。❹信奉，信仰。❺供養，伺候(粵一養、供一、侍一)。❻遼寧省舊省名奉天省，簡稱奉：～系軍閥。

5 **奔** ㊀(bēn ㄅㄣ)粵ben¹[賓] 急走，跑(粵一跑)：狂～。～馳。東～西跑。〔奔波〕勞苦奔走。❷逃亡：出～。❸女子私自和所愛的人出走：私～。
㊁(bèn ㄅㄣˋ)粵ben¹[賓] ben³[殯](又)❶直往，投向：投～。各～前程。❷為某種目的而盡力去做：～材料。～命。

5 **奋** '奮'的簡化字，見 151 頁。

6 **奎** (kuí ㄎㄨㄟˊ)粵fui¹[灰] kwei¹[規](又)奎星，二十八宿之一。

6 **奏** (zòu ㄗㄡˋ)粵dzeu³[咒] ❶ 作樂，依照曲調吹彈樂器：～樂。提琴獨～。伴～。❷封建時代臣子對皇帝說話：上～。啟～。❸呈現，做出：～效。～功。

6 **奂** (huàn ㄏㄨㄢˋ)粵wun⁶[換] ❶盛，多。❷文彩鮮明。

6 **契** ㊀(qì ㄑㄧˋ)粵kɐi³[溪高去] ❶契約，證明買賣、抵押、租賃等關係的合同、文書、字據：地～。房～。賣身～。❷相合，情意相投：默～。相～。～友。❸用刀雕刻。❹刻的文字：書～。
㊁(qiè ㄑㄧㄝˋ)粵kit⁸[揭] ❶〔契闊〕久別的情愫。❷'❸❹'義項的或讀。
㊂(qì ㄑㄧˋ)粵kit⁸[揭]〔契丹〕中國古代民族，是東胡的一支，很早就住在今遼河上游西剌木倫河一帶，過着遊牧生活。公元907年耶律阿保機統一各族，建立契丹國，938年(一說947年)改稱遼。
㊃(xiè ㄒㄧㄝˋ)粵sit⁸[屑]商朝的祖先，傳說是舜的臣。

6 **奕** (yì ㄧˋ)粵jik⁹[亦] ❶大。❷美麗。〔奕奕〕精神煥發的樣子：神采～～。

6 **奓** ㊀(zhà ㄓㄚˋ)粵dza³[炸]張開：頭髮～着。這件衣服下面太～了。
㊁(zhā ㄓㄚ)粵dza¹[渣]奓山，地名，在湖北省漢陽縣。

6 **奖** '獎'的簡化字，見 151 頁。

6 牵 '牽'的簡化字，見 412 頁。

6 类 '類'的簡化字，見 775 頁。

6 美 見羊部，537 頁。

6 耷 見耳部，545 頁。

7 套 （tào ㄊㄠ）⑧tou³〔吐〕❶
（一子、一兒）罩在外面
的東西：褥～。外～。手～。
書～。❷加罩：～上一件毛背
心。～鞋。❸（一子、一兒）裝
在衣物裏的棉絮：被～。襖～。
棉花～子。❹同類事物合成的
一組：～制服。一～茶具。
全～新機器。他說了一大～。
他總是那一～。❺模擬，照
做：這是從那篇文章上～下來
的。〔套語〕1.客套話，如'勞駕、
借光、慢走、留步'等。2.行文、
說話中的一些不解決實際問題
的俗套子。❻（一兒）用繩子等
做成的環：雙～結。用繩子做
個活～兒。牲口～。大車～。
❼用套拴繫：～車（把車上的
套拴在牲口身上）。❼①用計騙
取：用話～他。～出他的話來。
❽互相銜接或重量：～耕。～
種。～色。❾拉攏，親近：～
交情。❿河流或山勢彎曲的地
方（多用於地名）：河～。葫蘆
～。

7 奘 ㊀（zhuǎng ㄓㄨㄤˇ）⑧dzɔŋ⁵
〔狀低上〕〈方〉粗大：這棵
樹很～。
㊁（zàng ㄗㄤˋ）⑧dzɔŋ⁶〔狀〕❶壯
大，多用於人名。玄奘，唐代
一個和尚的名字。（粵俗讀如
'莊'）❷〈方〉說話粗魯，態度生
硬。

7 奚 （xī ㄒㄧ）⑧hei⁴〔兮〕❶古
代指被役使的人。❷古
疑問詞：1.為什麼：～不去也?
2.什麼：子將～先? 3.何處：水
～自至?
〔奚落〕譏誚，嘲笑。

8 奢 （shē ㄕㄜ）⑧tsɛ¹〔車〕❶揮
霍財物，過分享受（⑭奢
一侈）：～華。～侈品。❷過分
的：～望。

8 匏 見勹部，71 頁。

9 奠 （diàn ㄉㄧㄢˋ）⑧din⁶〔電〕❶
對死者陳設祭品致敬（⑭
祭一）：～酒。～儀。❷奠定，
穩穩地安置：～基。～都。

9 敖 （ào ㄠˋ）⑧ŋou⁶〔傲〕❶同
'傲'，傲慢。❷矯健：排
～（文章有力）。❸上古人名。

10 奧 （ào ㄠˋ）⑧ou³〔澳〕❶含義
深，不容易懂：深～。
～妙。❷古時指房屋的西南角，
也泛指房屋的深處：堂～。

¹¹ **奩（奁）**〔lián ㄌㄧㄢˊ〕粵 lim⁴〔廉〕女子梳妝用的鏡匣：妝～(嫁妝)。

¹¹ **奪（夺）**〔duó ㄉㄨㄛˊ〕粵 dyt⁹〔杜月切〕❶搶，強取(粵搶－)：～取。掠～。〔奪目〕耀眼：光彩～～。❷爭取得到：～豐收。❸流出：淚水～～眶而出。❹使失去：剝～。褫～。❺失去：勿～農時。❻決定如何處理：定～。裁～。❼漏掉(文字)：訛～。～一字。

¹¹ **獎（奖）**〔jiǎng ㄐㄧㄤˇ〕粵 dzœŋ²〔掌〕❶勸勉，勉勵：～勵。❷稱讚，表揚(粵誇－、褒－)：有功者～。❸為了鼓勵或表揚而給予的榮譽或財物等：～狀。發～。❹指彩金：～券。中～。

¹² **奭**〔shì ㄕˋ〕粵 sik⁷〔色〕❶盛大。❷惱怒。

¹² **獘** 同'弊'，見 205 頁。

¹² **樊** 見木部，330 頁。

¹³ **奮（奋）**〔fèn ㄈㄣˋ〕粵 fɐn⁵〔憤〕❶振作，鼓勁：～翅。～鬥。興～。～不顧身。～發圖強。❷搖動，舉起：～臂高呼。～筆疾書。

女部

⁰ **女**〔㊀(nǔ ㄋㄩˇ)粵 nœy⁵〔餒〕❶女子，女人，婦女：～士。～工。男～平等。❷女兒：一兒一～。❸星名，二十八宿之一。

㊁(nù ㄋㄩˋ)粵 nœy⁶〔餒低去〕把女兒嫁給人。

㊂〔古〕同'汝'，見 355 頁。

² **奴**〔nú ㄋㄨˊ〕粵 nou⁴〔駑〕❶受役使的沒有自由的人：農～。家～。❷像對待奴隸一樣地使用：～役。❸舊時青年女子自稱。

² **奶**〔nǎi ㄋㄞˇ〕粵 nai⁵〔乃〕❶乳房，哺乳的器官。❷乳汁：牛～。～油。～粉。❸用自己的乳汁餵孩子：～孩子。〔奶奶〕1.祖母。2.對老年婦人的尊稱：老～～。

³ **奸**〔jiān ㄐㄧㄢ〕粵 gan¹〔艱〕❶虛偽，狡詐：～雄。～笑。❷叛國的人，和敵人勾結的人：漢～。內～。鋤～。〔奸細〕替敵人刺探消息的人。❸同'姦'，見 156 頁。

³ **好**〔㊀(hǎo ㄏㄠˇ)粵 hou²〔號高上〕❶優點多的或使人滿意的，跟'壞'相反：～人。～漢。

~馬。~東西。~事。⑨指生活幸福、身體健康或疾病消失：你～哇！他的病完全～了。[好手]技術高的。❷友愛，和睦：相～。我跟他～友～。❸易於，便於：這件事情～辦。請你閃慢點，我～過去。❹完，完成：我們的計劃已經訂～了。我穿～衣服就去。預備～了沒有？❺很，甚：～冷。快。～大的風。[好不]很：～高興。❻表示讚許、應允或結束等口氣的詞：～，你真不愧是好漢！～，就照你的意見做吧！～，不要再討論了！

㊁(hào ㄏㄠˋ)粵hou³[耗]愛，喜歡(粵愛—)：～學。～勝。嗜～。這孩子不～哭。

3 **妁** (shuò ㄕㄨㄛˋ)粵dzœk⁸[雀]媒人：媒～之言。

3 **如** (rú ㄖㄨˊ)粵jy⁴[余]❶依照：～願。～法炮製。~期完成。❷像，相似，同什麼一樣：～此。堅硬～鋼。～臨大敵。[如今]現在，現代。❸及，比得上：我不~他。自以為不~。與其這樣，不~那樣。❹到，往：～廁。縱(聽任)舟之所～。❺如果，假若，假使：～不同意，可提意見。❻詞尾，表示情況：突～其來。❼表示舉例：唐朝有很多大詩人，～李白、杜甫、白居易等。

3 **妃** (fēi ㄈㄟ)粵fei¹[非]❶古代皇帝的妾，位次於后。❷太子、王、侯的妻：王～。

3 **妄** (wàng ㄨㄤˋ)粵mɔŋ⁵[網]胡亂，荒誕不合理：～動。癡心～想。勿～言。

3 **她** (tā ㄊㄚ)粵ta¹[他]稱你、我以外的女性第三人。

3 **媽** '媽'的簡化字，見159頁。

3 **婦** '婦'的簡化字，見158頁。

3 **因** 見口部，124頁。

3 **安** 見宀部，166頁。

4 **妊** (rèn ㄖㄣˋ)粵jɐm⁶[任]妊娠，懷孕：～婦。

4 **妎** (hài ㄏㄞˋ)粵hɔi⁶[害]妒忌。

4 **妒** (dù ㄉㄨˋ)粵dou³[到]因為別人好而忌恨：嫉～。

4 **妓** (jì ㄐㄧˋ)粵gei⁶[技]❶古代歌舞的女子。❷妓女，以賣淫為生的女人。

4 **妖** (yāo ㄧㄠ)粵jiu²[繞]jiu¹[腰](又)❶迷信的人稱異於常類而害人的東西：～魔鬼怪。❷邪惡而迷惑人的：～言。～術。❸裝束、神態不正派：～裏～氣。❹媚，豔麗：～嬈。

4 **姈** (jìn ㄐㄧㄣˋ)㊂kem⁵〔琴低上〕❶舅母。❷(-子)妻兄、妻弟的妻子: 大～子。小～子。

4 **妘** (yún ㄩㄣˊ)㊂wen⁴〔雲〕姓。

4 **妙** (miào ㄇㄧㄠˋ)㊂miu⁶〔廟〕❶美, 好: ～品。～不可言。❷奇巧, 神奇(㊂巧一): ～計。～訣。～用。

4 **妝(妆)** (zhuāng ㄓㄨㄤ)㊂dzɔŋ¹〔莊〕❶修飾, 打扮: 濃～豔抹。特指婦女的裝飾: 紅～。上～。又指演員的衣裝服飾: 卸～。❷妝飾的式樣: 時～。古～。❸出嫁女子的陪送衣物: 送～。嫁～。

4 **妣** (bǐ ㄅㄧˇ)㊂bei²〔比〕原指母親, 後稱已經死去的母親: 如喪考～。先～。

4 **妥** (tuǒ ㄊㄨㄛˇ)㊂to⁵〔橢〕❶適當, 合適(㊂-當): 已經商量～了。～為保存。這樣做不～當。〔妥協〕用讓步的方法避免爭執或衝突。❷齊備, 辦妥: 事已辦～。

4 **妨** (fáng ㄈㄤˊ)㊂fɔŋ⁴〔房〕妨害, 阻礙(㊂-礙): 不～。何～。這樣做倒無～。

4 **妞** 〈方〉(-兒)女孩子: 大～。小～。二～。

4 **妤** (yú ㄩˊ)㊂jy⁴〔如〕見 158 頁'婕'字條'婕妤'。

4 **妍** (yán ㄧㄢˊ)㊂jin⁴〔言〕美麗: 百花爭～。

4 **妠** (nà ㄋㄚˋ)㊂nap⁹〔納〕娶。

4 **姊** 同'姊', 見 154 頁。

4 **姆** 同'姆', 見 154 頁。

4 **妩** '嫵'的簡化字, 見 161 頁。

4 **妪** '嫗'的簡化字, 見 160 頁。

4 **妫** '媯'的簡化字, 見 159 頁。

5 **妮** (nī ㄋㄧ)㊂nei⁴〔尼〕(-子, -兒)女孩子。

5 **妯** (zhóu ㄓㄡˊ)㊂dzuk⁹〔逐〕〔妯娌〕兄和弟的妻子的合稱: 她們倆是～～。

5 **妲** (dá ㄉㄚˊ)㊂dat⁸〔笪〕tan²〔坦〕(又)用於人名。

5 **妹** (mèi ㄇㄟˋ)㊂mui⁶〔昧〕❶(-子)稱同父母比自己年紀小的女子(疊)。❷對比自己年紀小的同輩女性的稱呼: 表～。

5 **妺** (mò ㄇㄛˋ)㊂mut⁹〔末〕古人名用字。

5 **妻** ㊀(qī ㄑㄧ)㊂tsɐi¹〔悽〕(-子)男子的配偶, 跟'夫'

相對。

㊁(qì くì)粵tsɐi³〔砌〕〈古〉以女嫁人。

妾 5 (qiè くìㄝ̀)粵tsip⁸〔池脅切〕❶男子在妻子以外娶的女子。❷謙辭，舊日女人自稱。

姁 5 (xǔ ㄒㄩ̀)粵hœy²〔許〕hœy³〔去〕(又)安樂，和悅(疊)。

姆 5 (mǔ ㄇㄨ̀)粵mou⁵〔母〕保姆，負責照管兒童或料理家務的女工。

姊 5 (zǐ ㄗ̀)粵dzi²〔止〕姐姐。〔姊妹〕1.姐姐和妹妹：她們一共～～三個。2.同輩女朋友親熱的稱呼。

始 5 (shǐ ㄕ̀)粵tsi²〔齒〕❶開始，起頭，最初：周而復～。自～至終。～祖。原～社會。❷才：不斷學習～能進步。

姍 5 (shān ㄕㄢ)粵san¹〔山〕形容走路緩慢從容(疊)：～～來遲。

姐 5 (jiě ㄐìㄝ̀)粵dze²〔者〕❶稱同父母比自己年紀大的女子(疊)。❷對比自己年紀大的同輩女性的稱呼：表～。

姌 5 (rǎn ㄖㄢ̀)粵jim⁵〔染〕〔姌裊〕〔姌嫋〕纖細柔弱的樣子。

姑 5 (gū ㄍㄨ)粵gu¹〔孤〕❶父親的姊妹(疊)。❷丈夫的姊妹：～嫂。大～子。❸妻稱夫的母親：翁～(公婆)。❹姑且，暫且：～妄言之。～置勿論。～且試一試。〔姑息〕暫求苟安。㊧無原則地寬容：對自己的錯誤不應該有一點兒～～。

姒 5 (sì ㄙ̀)粵tsi⁵〔似〕古代稱丈夫的嫂子：娣～(妯娌)。

姓 5 (xìng ㄒìㄥ̀)粵siŋ³〔性〕表明家族系統的字：～名。貴～。

委 5 ㊀(wěi ㄨㄟ̀)粵wei²〔毀〕❶派，託付，把事交給人辦(粵一任)：～以重任。❷拋棄，捨棄(粵一棄)：～之於地。❸推托，卸：～過於人。推～。❹曲折，彎轉：話說得很～婉。〔委屈〕含冤受屈或心裏苦悶：心裏有～～，又不肯說。❺末，尾：原～。❻確實：係實情。～實不錯。〔委靡〕〔萎靡〕頹喪，不振作：精神～～。
㊁(wēi ㄨㄟ)粵wei¹〔威〕〔委蛇〕(－yí)1.敷衍，應付：虛與～～。2.同‘透迤’，見 697 頁‘透’字條。

姅 5 (bàn ㄅㄢ̀)粵bun³〔半〕pun³〔判〕(又)女子月經。因分

娩或小產出血也叫姅。

5 **妳** ㊀(nǐ ㄋㄧˇ)㊂nei⁵〔你〕同‘你’。專用於女性。
㊁同‘奶’，見 151 頁。

5 **妷** ㊀(yì ㄧˋ)㊂jet⁹〔日〕放蕩。
㊁同‘姪’，見本頁。

5 **妬** 同‘妒’，見 152 頁。

5 **姍** 同‘姍’，見 154 頁。

5 **姉** 同‘姊’，見 154 頁。

5 **娅** ‘婭’的簡化字，見 157 頁。

5 **孥** 見子部，164 頁。

5 **帑** 見巾部，193 頁。

5 **弩** 見弓部，207 頁。

6 **姚** (yáo ㄧㄠˊ)㊂jiu⁴〔搖〕❶〔姚冶〕女子姿態妖豔。❷姓。

6 **姝** (shū ㄕㄨ)㊂sy¹〔書〕dzy¹〔朱〕(又)❶美麗，美好。❷美女。

6 **姜** (jiāng ㄐㄧㄤ)㊂gœŋ¹〔疆〕❶姓。❷‘薑’的簡化字，見 601 頁。

6 **姣** ㊀(jiāo ㄐㄧㄠ，舊讀 jiáo ㄐㄧㄠˊ)㊂gau²〔絞〕形容相貌美好。
㊁(xiáo ㄒㄧㄠˊ)㊂hau⁴〔孝低平〕淫亂。

6 **姤** (gòu ㄍㄡˋ)㊂geu³〔夠〕《周易》六十四卦之一。

6 **姥** ㊀(mǔ ㄇㄨˇ)㊂mou⁵〔母〕年老的婦人。
㊁(lǎo ㄌㄠˇ)㊂lou⁵〔老〕〔姥姥〕〔老老〕1.外祖母。㊉對老婦人的尊稱。2.舊時接生的婦人。

6 **姨** ㊀(yí ㄧˊ)㊂ji⁴〔而〕母親的姊妹：～媽。
㊁(yí ㄧˊ)㊂ji¹〔衣〕❶母親的妹妹。❷小孩對成年婦女的一般稱呼。❸妻子的姊妹。

6 **姪** (zhí ㄓˊ)㊂dzet⁹〔窒〕弟兄的兒子，同輩親友的兒子。

6 **姮** (héng ㄏㄥˊ)㊂heŋ⁴〔衡〕〔姮娥〕嫦娥。神話中月宮裏的仙女。

6 **姹** (chà ㄔㄚˋ)㊂tsa³〔詫〕美麗：～紫嫣紅（形容百花豔麗）。

6 **姺** ㊀(shēn ㄕㄣ，又讀 xiān ㄒㄧㄢ)㊂sen¹〔身〕sin²〔冼〕古國名，古籍相傳即今山東曹縣北的莘冢集。
㊁(xiān ㄒㄧㄢ)㊂sin¹〔先〕見 159 頁〔嫣〕字條〔嫣姺〕。

6 **姻** (yīn ㄧㄣ)㊂jen¹〔因〕姻親，由婚姻關係而結成的親戚：～兄。古代專指婿家。

6 **娒** (kuā ㄎㄨㄚ)⑧kwa¹〔誇〕美好。

6 **媯** (guī ㄍㄨㄟ)⑧gwei²〔鬼〕〔媯嬯〕舊時形容女子嫺靜美好。

6 **絜** (jié ㄐㄧㄝ)⑧git⁸〔結〕同'潔'。多用於人名。

6 **姿** (zī ㄗ)⑧dzi¹〔知〕❶容貌: ~容。丰~。❷形態,樣子(⑲一態、一勢): 雄~。舞~。

6 **威** (wēi ㄨㄟ)⑧wei¹〔委高平〕❶使人敬畏的氣魄: 示~遊行。~力。~望。權~。❷憑藉力量或勢力: ~脅。~逼。

6 **娃** (wá ㄨㄚˊ)⑧wa¹〔蛙〕❶(一子、一兒)小孩子: 女~兒。胖~~。❷舊稱美女: 女嬌~。❸〔方〕某些幼小的動物: 豬~。雞~。

6 **姦** (jiān ㄐㄧㄢ)⑧gan¹〔艱〕❶男女發生不正當的性行為: 通~。~污。❷同'奸',見 151 頁。

6 **姘** (pīn ㄆㄧㄣ)⑧piŋ¹〔乒〕非夫妻而同居的不正當的男女關係: ~居。

6 **姃** 同'妊',見 152 頁。

6 **妍** 同'妍',見 153 頁。

6 **娈** '孌'的簡化字,見 162 頁。

6 **娇** '嬌'的簡化字,見 161 頁。

6 **娆** '嬈'的簡化字,見 161 頁。

6 **娅** '婭'的簡化字,見 158 頁。

6 **娄** '婁'的簡化字,見 157 頁。

6 **耎** 見而部,543 頁。

6 **要** 見西部,635 頁。

7 **娓** (wěi ㄨㄟˇ)⑧mei⁵〔美〕〔娓娓〕談論不倦: ~~動聽。

7 **娉** (pīng ㄆㄧㄥ)⑧piŋ¹〔乒〕〔娉婷〕形容女子姿態美好。

7 **娌** (lǐ ㄌㄧˇ)⑧lei⁵〔理〕見 153 頁'妯'字條'妯娌'。

7 **娑** (suō ㄙㄨㄛ)⑧so¹〔梳〕見 157 頁'婆'字條'婆娑'。

7 **娖** (chuò ㄔㄨㄛˋ)⑧tsɔk⁸〔次惡切〕矜持拘謹(疊)。

7 **娘** (niáng ㄋㄧㄤˊ)⑧nœŋ⁴〔挪羊切〕❶對年輕女子的呼: 姑~。新~。〔娘子〕1.舊日對少女的通稱。2.舊稱妻。❷母親。❸稱長一輩或年長的已婚婦女: 大~。嬸~。

7 娙(婞)（xíng ㄒㄧㄥ）粵 jiŋ⁴〔形〕女子身材細長好看。

7 娛（yú ㄩˊ）粵 jy⁴〔余〕快樂或使人快樂（運－樂）：文～活動。自～。

7 娜 ㊀（nà ㄋㄚˋ）粵 na⁴〔拿〕用於人名。
㊁（nuó ㄋㄨㄛˊ）粵 nɔ⁵〔挪低上〕〔嫋娜〕草木柔軟細長。

7 娠（shēn ㄕㄣ）粵 sɐn¹〔身〕胎兒在母體中微動。泛指懷孕。

7 娟（juān ㄐㄩㄢ）粵 gyn¹〔捐〕秀麗，美好：～秀。

7 娣（dì ㄉㄧˋ）粵 tɐi⁶〔弟〕（又）tɐi⁶〔第〕❶古代稱丈夫的弟婦：～姒（妯娌）。❷古時姐姐稱妹妹為娣。

7 娥（é ㄜˊ）粵 ŋɔ⁴〔鵝〕❶美好（指女性姿態）。❷指美女。〔娥眉〕指美女的眉毛，也指美女，或作'蛾眉'。

7 娭 ㊀（āi ㄞ）粵 ɔi¹〔哀〕〔娭毑〕1.稱祖母。2.尊稱年老的婦人。
㊁（xī ㄒㄧ）粵 hei¹〔希〕遊戲，玩樂。

7 姬（jī ㄐㄧ）粵 gei¹〔基〕❶古代對婦女的美稱。❷舊時稱妾。❸舊時稱以歌舞為業的女子：歌～。

8 娩 ㊀（miǎn ㄇㄧㄢˇ）粵 min⁵〔免〕分娩，婦女生孩子。
㊁（wǎn ㄨㄢˇ）粵 man⁵〔晚〕柔順。

7 媧 '媧'的簡化字，見 159 頁。

7 孬 見子部，164 頁。

7 宴 見宀部，169 頁。

8 娵（jū ㄐㄩ）粵 dzy¹〔朱〕〔娵隅〕古代南方少數民族稱魚為'娵隅'。

8 娶（qǔ ㄑㄩˇ）粵 tsœy² 〔取〕把女子接過來成親：～妻。

8 婁（娄）（lóu ㄌㄡˊ）粵 lɐu¹〔流〕❶星名，二十八宿之一。❷姓。

8 婆（pó ㄆㄛˊ）粵 pɔ⁴〔破低平〕❶年老的婦人（疊）：老太～。苦口～心。㉑1.丈夫的母親（疊）。2.外祖母（疊）。❷舊時指某些職業婦女：媒～。收生～。
〔婆娑〕盤旋舞蹈的樣子：～～起舞。

8 婉（wǎn ㄨㄢˇ）粵 jyn²〔阮〕❶和順，溫和：～言。委～。〔婉轉〕〔宛轉〕說話溫和而曲折，但不失本意：措辭～～。❷美好：～麗。

8 婊（biǎo ㄅㄧㄠˇ）粵 biu²〔表〕〔婊子〕舊指妓女。

8 婕 (jié ㄐㄧㄝˊ)粵dzit⁸〔折〕〔婕妤〕漢代宮中女官名。

8 婚 (hūn ㄏㄨㄣ)粵fen¹〔昏〕結婚，男女結為夫婦：已～。未～。〔婚姻〕嫁娶，結婚的事：～～自主。

8 婞 (xìng ㄒㄧㄥˋ)粵heŋ⁶〔幸〕倔強固執。

8 婢 (bì ㄅㄧˋ)粵pei⁵〔皮低上〕舊時供主人役使的女孩子：奴～。

8 婦 (婦) (fù ㄈㄨˋ)粵fu⁵〔扶低上〕❶已經結婚的女子：少～。孀～。❷女性的通稱：～科。～孺。❷妻，跟'夫'相對：夫～。❸兒媳：長～。媳～。

8 婪 (lán ㄌㄢˊ)粵lam⁴〔藍〕貪愛財物(通貪一)：貪～成性。

8 婭 (婭) (yà ㄧㄚˋ)粵a³〔亞〕連襟，姊妹的丈夫的互稱。

8 婥 (chuò ㄔㄨㄛˋ)粵tsœk⁸〔卓〕〔婥約〕姿態柔美。

8 婀 (ē ㄜ)粵ɔ²〔柯高上〕〔婀娜〕輕盈柔美的樣子。

8 娼 (chāng ㄔㄤ)粵tsœŋ¹〔昌〕妓女，賣淫的女子。

8 姘 同'姘'，見 156 頁。

8 娬 同'嫵'，見 161 頁。

8 婬 同'淫❷'，見 370 頁。

8 嬰 '嬰'的簡化字，見 162 頁。

8 嬋 '嬋'的簡化字，見 161 頁。

8 嬏 '嬏'的簡化字，見 162 頁。

8 嫿 '嫿'的簡化字，見 161 頁。

9 婷 (tíng ㄊㄧㄥˊ)粵tiŋ⁴〔停〕(疊)美好。

9 婺 (wù ㄨˋ)粵mou⁶〔務〕❶婺水，河流名，在江西省。❷古星名，二十八宿之一。

9 婼 ㊀(ruò ㄖㄨㄛˋ)粵jœk⁹〔若〕〔婼羌〕舊縣名，在新疆維吾爾自治區。今作'若羌'。
㊁(chuò ㄔㄨㄛˋ)粵tsœk⁸〔卓〕人名用字。

9 媒 (méi ㄇㄟˊ)粵mui⁴〔煤〕撮合男女婚事的人(通一妁)。〔媒介〕使雙方發生關係的人或物：蚊子是傳染瘧疾的～～。

9 媚 (mèi ㄇㄟˋ)粵mei⁶〔味〕❶諂媚，逢迎：～世。～骨。❷美好，可愛：春光明～。

9 媞 (tí ㄊㄧˊ)粵tei⁴〔提〕(疊)❶安詳。❷美好。

9 媟 (xiè ㄒㄧㄝˋ)粵sit⁸〔屑〕因太親近而態度不恭敬。

9 媥（piān ㄆㄧㄢ）粵pin¹〔編〕〔媥姺〕（—xiān）輕盈飄舞的樣子。

9 媲（pián ㄆㄧㄢ）粵pin⁴〔骿〕〔媲娟〕1.美麗。2.迴環曲折的樣子。

9 媛 ㊀（yuàn ㄩㄢˋ）粵jyn⁶〔願〕美女。
㊁（yuán ㄩㄢˊ）粵jyn⁴〔員〕wun⁴〔桓〕（又）〔嬋媛〕1.（姿態）美好。2.牽連，相連。

9 媧（娲）（wā ㄨㄚ）粵wɔ¹〔窩〕〔女媧〕神話中的女神，傳說她曾經煉五色石補天。

9 婿（xù ㄒㄩˋ）粵sei³〔細〕❶夫婿，丈夫。❷女婿，女兒的丈夫。

9 媔 ㊀（mián ㄇㄧㄢˊ）粵min⁴〔棉〕眼睛美好。
㊁（miǎn ㄇㄧㄢˇ）粵min⁵〔免〕妒忌。

9 媼（ǎo ㄠˇ）粵ou²〔襖〕❶年老的婦人。❷婦女的通稱。

9 嫂（sǎo ㄙㄠˇ）粵sou²〔數高上〕❶（—子）哥哥的妻子（壘）。❷同輩朋友的妻子。❸泛稱年紀不大的已婚女人。

9 嬀（娲）（guī ㄍㄨㄟ）粵gwei¹〔歸〕嬀河，河流名，一在河北省，一在山西省。

9 嫏 同'嫏'，見160頁。

9 媢 同'姻'，見155頁。

9 媮 ㊀同'偷❹'，見36頁。
㊁同'愉'，見227頁。

9 媍 同'婦'，見158頁。

9 嫂 同'嫂'，見本頁。

9 媱 同'婚'，見158頁。

9 娑 '婆'的簡化字，見161頁。

10 媲（pì ㄆㄧˋ）粵pei³〔屁〕bei²〔比〕（又）並，比得上：～美。

10 媳（xí ㄒㄧˊ）粵sik⁷〔色〕媳婦，兒子的妻子：婆～。

10 媵（yìng ㄧㄥˋ）粵jin⁶〔認〕〈古〉❶陪送出嫁。❷隨嫁的人。❸妾。

10 嫧（chī ㄔ）粵tsi¹〔雌〕面貌醜陋。

10 媽（妈）（mā ㄇㄚ）粵ma¹〔媽〕❶稱呼母親（壘）。❷對女性長輩的稱呼：大～。姑～。

10 媾（gòu ㄍㄡˋ）粵gɐu³〔救〕kɐu³〔扣〕（又）連合，結合：婚～（親上做親）。交～（雌雄配合）。～和（講和）。

10 嫁 (jià ㄐㄧㄚˋ)粵ga³〔架〕❶女子結婚：出~。~娶。〔嫁接〕把不同品種的兩種植物用芽或用枝接在一起，達到提早結果、增強抗性、提高品種質量等目的。❷把禍害、怨恨推到別人身上：~怨。~禍於人。

10 嫄 (yuán ㄩㄢˊ)粵jyn⁴〔元〕用於人名。

10 嫉 (jí ㄐㄧˊ)粵dzet⁹〔疾〕❶因別人比自己好而妒忌(疊－妒、妒－)：~才。他很羨慕你，但並不~妒你。❷憎恨：~惡如仇。

10 嫌 (xián ㄒㄧㄢˊ)粵jim⁴〔嚴〕❶嫌疑，可疑之點：避~。❷厭惡，不滿意：討人~。內容不錯，文字略~囉唆。❸怨：夙無仇~。冰釋前~。

10 嫏 (láng ㄌㄤˊ)粵loŋ⁴〔郎〕〔嫏嬛〕神話中天帝藏書的地方。

10 媼 同'媼'，見 159 頁。

10 媿 同'愧'，見 228 頁。

10 嫋 同'裊'，見 630 頁。

10 嬪 '嬪'的簡化字，見 162 頁。

10 媛 '嬡'的簡化字，見 161 頁。

11 嫖 (piáo ㄆㄧㄠˊ)粵piu⁴〔瓢〕指男子玩弄妓女的行為。

11 嫗(妪) ㊀(yù ㄩˋ)粵jy³〔瘀高去〕年老的女人：老~。
㊁(yǔ ㄩˇ)粵jy²〔瘀〕養育，撫育。

11 嫘 (léi ㄌㄟˊ)粵lœy⁴〔雷〕〔嫘祖〕人名，傳說是黃帝的妃，發明養蠶治絲。

11 嫚 (màn ㄇㄢˋ)粵man⁶〔慢〕侮辱，怠慢。

11 嫜 (zhāng ㄓㄤ)粵dzœŋ¹〔章〕古時女子稱丈夫的父親：姑~(丈夫的母親和父親)。

11 嫟 (nì ㄋㄧˋ)粵nik⁷〔匿〕同'昵'。親近。

11 嫠 (lí ㄌㄧˊ)粵lei⁴〔離〕〔嫠婦〕寡婦。

11 嫡 (dí ㄉㄧˊ)粵dik⁷〔的〕❶封建宗法制度中稱正妻。㊀1.正妻所生的：~子。~嗣。2.正宗的：~傳。❷親的，血統最近的：~親哥哥。~堂兄弟。㊁系統最近的：~系。

11 嫣 (yān ㄧㄢ)粵jin¹〔煙〕笑得好看：~然一笑。

11 嫦 (cháng ㄔㄤˊ)粵sœŋ⁴〔常〕〔嫦娥〕神話中月宮裏的仙女。

11 嫩 (nèn ㄋㄣˋ)粵nyn⁶〔暖低去〕❶初生而柔弱，嬌嫩，跟'老'相反：~芽。肉皮~。

⑤經火力燒製的時間短: 雞蛋煮得得～。❷淡，淺: ～黃。～綠。

11 嫪 (lào ㄌㄠ)粵lou⁶〔路〕❶愛惜，留戀。❷姓。

11 嫫 (mó ㄇㄛ)粵mou⁴〔無〕〔嫫母〕傳說中黃帝之妻，貌極醜。後為醜女的代稱。

11 嫭 (hù ㄏㄨ)粵wu⁶〔戶〕❶美好。❷美女。

11 嫕 (yì ㄧ)粵ei³〔翳〕和藹可親。

11 嬙 '嬙'的簡化字，見本頁。

12 嫵 (嫵) (wǔ ㄨˇ)粵mou⁵〔武〕〔嫵媚〕姿態美好。

12 嫻 (嫻) (xián ㄒㄧㄢ)粵han⁴〔閒〕❶熟練(⤳一熟): 技術～熟。～於辭令。❷文雅: ～雅。

12 嫿 (嫿) (huà ㄏㄨㄚˋ)粵wak⁹〔或〕見156頁'姽'字條'姽嫿'。

12 嬃 (嬃) (xū ㄒㄩ)粵sœy¹〔雖〕古代楚國人對姐姐的稱呼。

12 嬈 (嬈) ㊀(ráo ㄖㄠˊ)粵jiu⁴〔搖〕〔妖嬈〕〔嬌嬈〕嬌豔，美好。
㊁(rǎo ㄖㄠˇ)粵jiu²〔妖〕煩擾，擾亂。

12 嬉 (xī ㄒㄧ)粵hei¹〔希〕遊戲，玩耍。

12 嬋 (嬋) (chán ㄔㄢˊ)粵sim⁴〔蟬〕〔嬋娟〕1.(姿態)美好。2.舊時指美人。

12 嬌 (嬌) (jiāo ㄐㄧㄠ)粵giu¹〔驕〕❶美好可愛: ～嬈。～媚。❷愛憐過甚，過分珍惜: ～生慣養。小孩子別太～了。❸嬌氣: 才走幾步路，就說腿酸，未免太～了。

12 嬀 同'媯'，見159頁。

12 嫺 同'嫻'，見本頁。

13 嬖 (bì ㄅㄧˋ)粵pei³〔屁〕寵幸: ～愛。～人(舊指被帝王寵幸的人)。

13 嬗 (shàn ㄕㄢˋ)粵sin⁶〔善〕更替，演變: ～變。

13 嬙 (嬙) (qiáng ㄑㄧㄤˊ)粵tsœŋ⁴〔祥〕古時宮廷裏的女官名: 妃～。

13 嬛 ㊀(huán ㄏㄨㄢˊ)粵wan⁴〔環〕見160頁'嫏'字條'嫏嬛'。
㊁(yuān ㄩㄢ)粵hyn¹〔圈〕輕柔美麗的樣子(疊)。

13 嬴 (yíng ㄧㄥˊ)粵jiŋ⁴〔形〕姓。

13 嬡 (嬡) (ài ㄞˋ)粵oi³〔愛〕愛女。〔令嬡〕〔令

愛]對別人女兒的尊稱。

13 嬢 同'襄'，見 630 頁。

13 姫 同'孕'，見 163 頁。

14 孃 (mā ㄇㄚ)粵ma¹〔媽〕〔嬢嬢〕1.母親的俗稱。2.舊時稱奶媽為嬢嬢。3.〈方〉稱呼老年婦女。

14 嬪(嬪)(pín ㄆㄧㄣ)粵pen⁴〔貧〕ben³〔殯〕〈又〉古代皇宮裏的女官。

14 嬰(嬰)(yīng ㄧㄥ)粵jing¹〔英〕❶嬰兒，才生下來的小孩兒：育～。❷觸，纏繞：～疾(得病)。

14 嬲 ㊀(niǎo ㄋㄧㄠˇ)粵niu⁵〔鳥〕戲弄，糾纏。
㊁(nōu ㄋㄡ)粵neu¹〔紐高平〕〈粵方言〕惱怒：發～。

14 嬭 同'奶'，見 151 頁。

15 嬸(嬸)(shěn ㄕㄣˇ)粵sem²〔審〕❶(－子，－兒)叔叔的妻子(疊)。❷稱呼與母親輩分相同而年輕的已婚婦女：張大～。

16 嬾 同'懶'，見 233 頁。

17 孀 (shuāng ㄕㄨㄤ)粵sœng¹〔商〕寡婦，死了丈夫的婦人。

17 孃 同'娘'，見 156 頁。

19 孌(娈)(luán ㄌㄨㄢˊ)粵lyn²〔戀〕相貌美好。

子 部

0 子 (zǐ ㄗˇ)粵dzi²〔止〕❶古代指兒女，現在專指兒子：獨生～。〔子弟〕後輩人，年輕人。❷對人的稱呼：1.普通一般的人：男～。女～。2.舊稱某種行業的人：士～。舟～。3.古代指著書立說，代表一個流派的人：孔～。莊～。諸～百家。4.古代圖書四部(經、史、子、集)分類法中的第三類：～部。～書。5.古代對對方的敬稱和現代漢語中代名詞你用法一樣：～試為之。以～之矛，攻～之盾。6.古代稱老師：～墨子。〔子虛〕粵虛無的，不實在的：事屬～～。❸(－兒)植物的種子：菜～。蓮～。瓜～。結～。❹(－兒)動物的卵：魚～。雞～。蠶～。下～。❺幼小的：～雞。～薑。❻跟'母❻'相對：～金。～母扣。❼地支的第一位。❽子時，稱夜裏十一時到一時。〔子夜〕深夜。❾

君主時代五等爵位的第四等。
⑩（zi）名詞後綴：1.加在名詞性詞素後：孩～。珠～。桌～。椅～。2.加在形容詞或動詞性詞素後：胖～。拐～。瞎～。亂～。墊～。**⑪**個別量詞後綴：一檔～事。打了兩下～門。

0　子（jié ㄐㄧㄝˊ）粵kit⁸〔揭〕單獨，孤單：～立。～然一身。
〔子孑〕蚊子的幼蟲。

0　孑（jué ㄐㄩㄝˊ）粵kyt⁸〔決〕〔孑子〕蚊子的幼蟲。

1　孔（kǒng ㄎㄨㄥˇ）粵hung²〔恐〕
❶小洞，窟窿：鼻針～。無～不入。**❷**很：需款～急。**❸**通達：交通～道。

2　孕（yùn ㄩㄣˋ）粵jen⁶〔刃〕胎，懷胎：有～。～婦。

3　孖（㊀）（zī ㄗ）粵dzi¹〔支〕雙生子。
（㊁）（mā ㄇㄚ）粵ma¹〔媽〕〈粵方言〉相連成對：～仔子。～塔。

3　字（zì ㄗˋ）粵dzi⁶〔治〕**❶**文字，用來記錄語言的符號：漢～。～眼。～體。常用～。〔字母〕表語音的符號：拼音～。拉丁～～。〔字典〕注明文字的音義，列舉詞語說明用法的工具書。**❷**字音：咬～清楚。～正腔圓。**❸**字體：篆～。柳～（唐代書法家柳公權的字

體）。**❹**書法作品：～畫。**❺**根據人名中的字義另取的別名叫'字'，也叫'表字'，現在多稱'號'：岳飛～鵬舉。**❻**字據，合同，契約：立～為憑。**❼**舊時稱女子許嫁：待～閨中。

3　存（cún ㄘㄨㄣˊ）粵tsyn⁴〔全〕**❶**在，活着：～在。～亡。父母俱～。**❷**保留，留下：去偽～真。～根。～而不論。**❸**心裏懷着（某種想法）：心～顧慮。〔存心〕居心，懷着一種想法。**❹**寄放：～車。把這幾本書～在你這裏吧！～款。**❺**停聚：小孩兒～食了。下水道修好，街上就不～水了。

3　孙'孫'的簡化字，見 164 頁。

3　囝見口部，123 頁。

3　好見女部，151 頁。

4　孚（fú ㄈㄨˊ）粵fu¹〔呼〕**❶**信任。**❷**為人所信服：深～眾望。

4　孛（bèi ㄅㄟˋ，又讀bó ㄅㄛˊ）粵bui⁶〔焙〕but⁹〔撥〕（又）古書上指彗星。

4　孜（zī ㄗ）粵dzi¹〔之〕〔孜孜〕努力不懈：～～不倦。

4　孝（xiào ㄒㄧㄠˋ）粵hau³〔效 高去〕**❶**指尊敬、奉養父母：

～子。盡。❷指居喪的事:
守～。❸喪服:戴～。

4　**学**　同'學',見 165 頁。

4　**李**　見木部,303 頁。

5　**孟**（mèng ㄇㄥˋ）働maŋ⁶〔猛低去〕❶舊時兄弟姊妹排行有時用孟、仲、叔、季做次序,孟是老大:～兄。～孫。❷四季中月份在開頭的:～春(春季第一月)。

〔孟浪〕魯莽,考慮不周到:此事不可～。

5　**季**（jì ㄐㄧˋ）働gwei³〔貴〕❶兄弟排行,有時用伯、仲、叔、季做次序,季是最小的:～弟。～父(小叔叔)。❷末了:～世。～春(春季末一月)。❷三個月為一季:一年分春、夏、秋、冬四～。❸(～子、～兒)一段時間:瓜～。這～子很忙。

5　**孤**（gū ㄍㄨ）働gu¹〔姑〕❶幼年失去父親或父母雙亡。❷單獨(働～獨):～雁。～掌難鳴(喻單獨不能有為)。～立。❸古代帝王的自稱:～家。～王。❹同'辜',辜負,背:～負。

5　**孢**（bāo ㄅㄠ）働bau¹〔包〕孢子,植物和某些低等動物在無性繁殖或有性生殖中所

產生的生殖細胞。

5　**孥**（nú ㄋㄨˊ）働nou⁴〔奴〕兒子,或指妻和子:妻～。

5　**学**　'學'的簡化字,見 165 頁。

5　**乳**　見乙部,10 頁。

5　**享**　見一部,14 頁。

6　**孩**（hái ㄏㄞˊ）働hai⁴〔鞋〕(～子、～兒)幼童。❸子女:他有兩個～子。〔孩提〕幼兒時期。

6　**孪**　'攣'的簡化字,見 165 頁。

6　**孫**　'孺'的簡化字,見 165 頁。

6　**籽**　見未部,543 頁。

7　**孫(孙)**（㊀ sūn ㄙㄨㄣ）syn¹〔酸〕❶(～子)兒子的兒子。❷孫子以後的各代:玄～。❸跟孫子同輩的親屬:外～。姪～。❹植物再生的:稻～。～竹。
㊁〔古〕同'遜',見 700 頁。

7　**孬**（nāo ㄋㄠ）働nau¹〔鬧高平〕〈方〉❶不好,壞:吃的～,穿的～。❷怯懦,沒有勇氣:這人太～。

7　**娩**　同'娩㊀',見 157 頁。

8 **孰**（shú ㄕㄨˊ）粵suk⁹〔熟〕❶誰：～謂不可？❷什麼是（這個）可忍，～不可忍？❸哪個：～勝～負。

9 **孱**㊀（chán ㄔㄢˊ）粵san⁴〔潺〕懦弱，弱小（粵～弱）。㊁（càn ㄘㄢˋ）粵tsan³〔燦〕義同㊀，只用於'孱頭'：〈方〉軟弱無能的人）。

9 **孳**（zī ㄗ）粵dzi¹〔之〕滋生，繁殖：～生得很快。〔孳孳〕同'孜孜'。努力不懈。

10 **孶** 同'孳'，見本頁。

11 **孵**（fū ㄈㄨ）粵fu¹〔呼〕鳥類伏在卵上（現多用人工的方法），使卵內的胚胎發育成雛鳥。

13 **學**（学）（xué ㄒㄩㄝˊ）粵hok⁹〔鶴〕❶學習：～唱歌。活到老，～到老。❷模仿：他～趙體字，～得很像。❸學問，學到的知識：飽～。博～多能。〔學士〕1.學位名。2.古代官名。〔學術〕一切學問的總稱。❹分門別類的有系統的知識：哲～。物理～。語言～。❺學校：中～。大～。上～。

13 **斈** '學'的簡化字，見122頁。

14 **孺**（rú ㄖㄨˊ）粵jy⁴〔余〕jy⁶〔遇〕（又）孺子，小孩子，幼兒：婦～。

14 **孻**（冧）（lái ㄌㄞˊ）粵lai¹〔拉〕〈方〉廣東、福建一帶稱最後生的孩子為孻仔。

16 **擘** 同'孼'，見本頁。

17 **孼**（niè ㄋㄧㄝˋ）粵jip⁹〔頁〕jit⁹〔熱〕（又）❶古時指庶子，妾媵所生之子。❷罪過，壞事：造～。罪～。

17 **嬰** 見口部，122頁。

19 **孿**（孪）（luán ㄌㄨㄢˊ）粵lyn⁴〔聯〕雙生，一胎兩個：～生子。

宀 部

2 **宂**（rǒng ㄖㄨㄥˇ）粵juŋ²〔擁〕❶閒散的，多餘無用的：文詞～長。～員。❷繁忙，繁忙的事：～務纏身。撥～。繁瑣：～雜。

2 **它**㊀（tā ㄊㄚ）粵ta¹〔他〕他，專指事物。〔其它〕同'其他'。㊁（tā ㄊㄚ，又讀tuō ㄊㄨㄛ）粵to¹〔拖〕ta¹〔他〕〔俗〕別的，其他：

~山之石，可以攻玉。

宄 2 (guǐ ㄍㄨㄟˇ)粵gwei²〔鬼〕從內部作亂。㋑犯法作亂的人：奸~。

宂 2 同'冗'，見 165 頁。

宁 2 '寧'的簡化字，見 171 頁。

宐 2 見穴部，489 頁。

宅 3 (zhái ㄓㄞˊ)粵dzak⁹〔澤〕住所，房子：住~。家~。深~大院。

宇 3 (yǔ ㄩˇ)粵jy⁵〔羽〕❶屋檐。㋑房屋：屋~。廟~。❷上下四方，所有的空間：~內。寰~。〔宇宙〕1.同'宇❷'。2.指所有的空間和時間。❸風度，儀表：器~。

守 3 (㊀)(shǒu ㄕㄡˇ)粵seu²〔手〕❶保持，衛護：~城。~衛。❷看守：~門。~着病人。❸遵守，依照：因循~舊。~時間。~紀律。奉公~法。❹靠近，依傍：~着水的地方，要多種稻子。
(㊁)(shòu ㄕㄡˋ)粵seu³〔秀〕〔太守〕中國古代一郡的最高官職。

安 3 (ān ㄢ)粵on¹〔鞍〕❶平靜，穩定：平~。~定。~心(心情安定)。~居樂業。❷使平靜，使安定(多指心情)：

~慰。~民。❸平安，安全(跟'危'相對)：治~。轉危為~。❹心安，習慣於：~於現狀。~之若素。❺安置，裝設(㊉—裝)：~排。~頓。~電燈。~裝機器。❻存着，懷着：你~的'什麼心？❼疑問詞，哪裏：而今~在？~能如此？❽電流強度單位名稱，安培的簡稱。

字 3 見子部，163 頁。

宋 4 (sòng ㄙㄨㄥˋ)粵suŋ³〔送〕❶周代諸侯國名，在今河南省商丘一帶。❷朝代名：1.南朝之一，劉裕所建立(公元420－479年)。2.趙匡胤所建立(公元960－1279年)。❸指宋刊本或宋體字：影~。仿~。

完 4 (wán ㄨㄢˊ)粵jyn⁴〔原〕❶齊全(㊉—整)：~善。~美無缺。❷盡，沒有了：事情做~了。❷做成，做了，了結：~工。~婚。❹交納：~糧。~稅。

宏 4 (hóng ㄏㄨㄥˊ)粵weŋ⁴〔弘〕廣大：~偉。寬~。取精用~。

災 4 見火部，393 頁。

牢 4 見牛部，411 頁。

5 **宓** ㊀(mì ㄇㄧˋ)㊇met⁹〔勿〕安靜。

㊁(fú ㄈㄨˊ)㊇fuk⁹〔伏〕姓。

5 **宕** (dàng ㄉㄤˋ)㊇doŋ⁶〔蕩〕拖延：延～。～欠。

5 **宗** (zōng ㄗㄨㄥ)㊇dzuŋ¹〔忠〕❶舊指宗廟，祖廟。❷家族。同一家族的：同～。～兄。〔宗法〕封建社會以家族為中心，按血統遠近區別親疏的制度：～觀念。❸宗旨：開～明義。萬變不離其～。❹宗派，派別：禪～。北～山水畫。〔宗旨〕主要的意旨，目的。❺尊奉，嚮往：～仰。❻師法，效法：他的唱工～的是梅派。❼為眾人所師法的人物：文～。❽量詞，指件或批：一～事。大～貨物。❾西藏地區舊行政區劃單位，大致相當於縣。

5 **官** (guān ㄍㄨㄢ)㊇gun¹〔觀〕❶政府機關或軍隊中經過任命的、一定級別以上的公職人員。❷舊時稱屬於國家的：～辦。～款。〔官話〕1.舊時指通行廣大區域的普通話，特指北京話。2.指推託不負責任的話：打～～。❸器官，生物體上有特定機能的部分：五～。感～。消化器～。

5 **宙** (zhòu ㄓㄡˋ)㊇dzeu⁶〔就〕古往今來，指所有的時間。

5 **定** (dìng ㄉㄧㄥˋ)㊇diŋ⁶〔訂〕❶安定，安靖，平靖(多指局勢)：大局已～。❷鎮靜，安穩(多指情緒)：心神不～。～～神再說。❸不可變更的，規定的，不動的：～律。～論。～量。～期。拿～主意。㊀必然地：～能成功。〔定義〕對事物本質或範圍的扼要說明。❹使確定，使不移動：～案。～勝負。否～。決～。～章程。～計劃。❺預先約妥：～貨。～報。～單(約購貨物的單子)。～做。

5 **宛** (wǎn ㄨㄢˇ)㊇jyn²〔院〕❶曲折。〔宛轉〕1.輾轉。2.同'婉轉'。❷宛然，好像：音容～在。

5 **宜** (yí ㄧˊ)㊇ji⁴〔而〕❶適合，適當(㊉適－)：你做這樣的工作很相～。❷應該，應當：不～如此。不～操之過急。❸當然，無怪：～其無往而不利也!

5 **宔** (zhǔ ㄓㄨˇ)㊇dzy²〔主〕古代宗廟中藏神主的石函。

5 **实** '實'的簡化字，見 171 頁。

5 **审** '審'的簡化字，見 172 頁。

5 **宠** '寵'的簡化字，見 172 頁。

5 **帚** 見巾部，193 頁。

6 **客** (kè ㄎㄜˋ)粵hak⁸〔嚇〕❶客人，跟'主'相對（粵賓一）：請～。會～。〔客家〕古代移住閩、粵等地的中原人的後裔。〔客觀〕1.離開意識獨立存在的，跟'主觀'相反：人類意識屬於主觀，物質界屬於～～。2.依據外界事物而作觀察的，沒有成見的：他看問題很～～。❷出門在外的：旅～。～居。～籍。～商。❸顧客：乘～。～滿。❹舊指奔走他方，從事某種活動的人：說～。俠～。❺量詞，用於論份出售的食品、飲料：一～客飯。三～冰淇淋。

〔客歲〕去年。

6 **宣** (xuān ㄒㄩㄢ)粵syn¹〔孫〕❶發表，公開說出：～傳。～佈。～誓。❷疏通：～泄。❸指繪中國畫用的宣紙：玉版～。虎皮～。

6 **室** (shì ㄕˋ)粵set⁷〔失〕❶屋子：～內。教～。❷較小的辦事部門：人事～。資料～。圖書～。❸妻子：妻～。❹星名，二十八宿之一。

6 **宥** (yòu ㄧㄡˋ)粵jeu⁶〔又〕❶寬容，饒恕，原諒：～我。請原～。❷幫助。

6 **宦** (huàn ㄏㄨㄢˋ)粵wan⁶〔幻〕做官，官（粵官－仕－、仕－）。〔宦官〕封建時代經過閹割在皇宮裏伺候皇帝及其家族的男人。也叫'太監'。

6 **宬** (chéng ㄔㄥˊ)粵sin⁴〔成〕皇帝的藏書室：皇史～（明清兩代保藏皇室史料的處所，在北京）。

6 **宋** 同'寂'，見 170 頁。

6 **宪** '憲'的簡化字，見 232 頁。

6 **窦** 見又部，85 頁。

7 **宮** (gōng ㄍㄨㄥ)粵gun¹〔工〕❶房屋，封建時代專指帝王的住所：～殿。故～。❷神話中神仙居住的房屋或廟宇的名稱：天～。天后～。洞霄～。❸一些文化娛樂場所的名稱：少年～。文化～。❹宮刑，古代閹割生殖器的殘酷肉刑。❺古代五音'宮、商、角、徵(zhǐ)、羽'之一。

7 **害** ㊀(hài ㄏㄞˋ)粵hoi⁶〔亥〕❶有損的：～蟲。～鳥。❷禍害，壞處：為民除～。❸酒過多對身體有的：災害，災患：蟲～。❹使受損傷：～人不淺。危～社會。❺殺害：遇～。❻發生疾病：～病。

眼。❼心理上發生不安的情緒:~羞。~臊。~怕。

㊁〔古〕同'曷',見297頁。

7 **宰** (zǎi ㄗㄞˇ)(粵)dzɔi²〔載高上〕
❶殺牲畜(粵一殺、屠一):~豬。❷主管,主持:主~。~制。❸古代官名:太~。〔宰相〕古代掌管國家大事的最高的官。

7 **宴** (yàn ㄧㄢˋ)(粵)jin³〔燕〕❶拿酒飯招待客人:~客。❷聚會在一起吃酒飯:~會。❸酒席:設~。❹安樂,安閒:~安鴆毒(貪圖享受等於喝毒酒自殺)。

7 **宵** (xiāo ㄒㄧㄠ)(粵)siu¹〔燒〕夜:通~。元~(陰曆正月十五日晚上)。

7 **家** (jiā ㄐㄧㄚ)(粵)ga¹〔加〕❶家庭,人家:勤儉持家~有五口人。謙辭,用於對別人稱自己家屬中比自己年紀大或輩分高的:~兄。~父。〔家常〕家庭日常生活:~~便飯。絮~~。❷家庭的住所:回~。這兒就是我的~。❸指經營某種行業或有某種身分的人家:農~。酒~。船~。❹掌握某種專門學識或有豐富實踐經驗以及從事某種專門活動的人:科學~。工業~。政治~。❺學術流派:儒~。墨~。

法~。一~之言。❻飼養的(跟'野'相對):~禽。~畜。❼(jia)詞尾,指一類的人(多按年齡或性別分):姑娘~。孩子~。❽量詞:一~人家。兩~商店。

㊁(jie·ㄐㄧㄝ)(粵)ga³〔價〕詞尾:整天~。成年~。

㊂(gū ㄍㄨ)(粵)gu¹〔姑〕同'姑'。古代女子的尊稱:大~。

7 **宸** (chén ㄔㄣˊ)(粵)sen⁴〔神〕❶屋宇,深邃的房屋。❷舊指帝王住的地方。㊀王位、帝王的代稱。

7 **容** (róng ㄖㄨㄥˊ)(粵)jun⁴〔溶〕❶容納,包含,盛:~器。~量。屋子小,~不下。❷對人度量大:~忍。不能寬~。❸讓,允許:不~人說話。決不能~他這樣做。❹相貌,儀表(粵一貌):芳~。笑~滿面。㊀樣子:陣~。市~。❺或許,也許(粵一或):~有之。~或有之。

7 **宧** (yí ㄧˊ)(粵)ji⁴〔宜〕古代稱屋子裏的東北角。

7 **宼** 同'寇',見170頁。

7 **寇** '寬'的簡化字,見172頁。

7 **寬**

7 **宾** '賓'的簡化字,見667頁。

7 **案** 見木部，315 頁。

8 **宿** ㊀(sù ㄙㄨˋ)粵suk⁷〔叔〕❶住，過夜，夜裏睡覺：住～。～舍。❷年老的，長久從事某種工作的：耆～。～將(經歷多，老練的指揮官)。❸平素，素有的：～願得償。❹隔夜，舊時：～雨。～諾。

㊁(xiǔ ㄒㄧㄡˇ)粵同㊀夜：住了一～。談了半～。

㊂(xiù ㄒㄧㄡˋ)粵seu³〔秀〕中國古代的天文學家把天上某些星的集體叫做宿：星～。二十八～。

8 **寂** (jì ㄐㄧˋ)粵dzik⁹〔直〕靜，沒有聲音(粵一靜)：～然無聲。〔寂寞〕清靜，孤獨。

8 **寄** (jì ㄐㄧˋ)粵gei³〔記〕❶託人傳送。特指由郵局傳遞：～信。～錢。～包裹。❷託付：～放。～存。❸依靠，依附：～居。～生。～宿。

8 **寅** (yín ㄧㄣˊ)粵jen⁴〔仁〕❶地支的第三位。❷寅時，夜裏三點到五點。

8 **密** (mì ㄇㄧˋ)粵met⁹〔勿〕❶事物和事物之間距離短，空隙小，跟'稀''疏'相反(粵稠一)：～林。人煙稠～。雨下得越來越～。❸精緻，細緻：精～。細～。❷關係近，感情好(粵親一)：～友。他們兩個人很親～。〔密切〕緊密，親切：～～地配合。❸不公開：～謀。～碼電報。㉒秘密事物：保～。

8 **寇** (kòu ㄎㄡˋ)粵keu³〔扣〕❶盜匪，侵略者：流～。倭～。❷略奪，侵犯：～邊。

8 **寀** 同'采'㊀'，見 714 頁。

8 **寃** 同'冤'，見 51 頁。

9 **富** (fù ㄈㄨˋ)粵fu³〔副〕❶富有，跟'貧'、'窮'相反：繁榮～強。國～民強。〔富麗〕華麗：～～堂皇。❷資源、財產：～源。財～。❸充裕，多，足(粵一足、一饒、豐一)：牛肉～於鐵質。

9 **寐** (mèi ㄇㄟˋ)粵mei⁶〔味〕睡，睡着：夜不能～。夙興夜～。夢～以求。

9 **寒** (hán ㄏㄢˊ)粵hon⁴〔韓〕❶冷(粵一冷)：禦～。天～。〔寒噤〕因受冷或受驚而發抖。❷害怕，畏懼：心～。膽～。❸窮困：家裏很貧～。舊時自謙之辭：～門。～舍。

9 **寓** (yù ㄩˋ)粵jy⁶〔預〕❶居住：～所。暫～友人家。❷住的地方：張～。公～。❸寄託，含蓄在內：～言。～意深刻。

〔寓目〕過眼，看。

9 **寔** (shí ㄕ)⤳set⁹〔實〕❶放
置。❷同'實'，見本頁。

9 **宾** '賓'的簡化字，見 668 頁。

9 **甯** 見用部，437 頁。

10 **寘** 同'置'，見 536 頁。

10 **實** 同'實'，見本頁。

10 **寖** 同'浸'，見 367 頁。

10 **骞** '騫'的簡化字，見 788 頁。

10 **寑** '寢'的簡化字，見本頁。

10 **塞** 見土部，137 頁。

10 **愻** 見心部，228 頁。

11 **寞** (mò ㄇㄛ)⤳mok⁹〔莫〕寂
靜，清靜 (⤳寂一)：~
~。~然。

11 **察** (chá ㄔㄚˊ)⤳tsat⁸〔刷〕仔細
看，調查研究：考~。
視~。~覺。~言觀色。

11 **寡** (guǎ ㄍㄨㄚˇ)⤳gwa²〔瓜高
上〕❶少，缺少：~言。
優柔~斷。多~不等。〔寡人〕
古代君主的自稱。❷婦女死了

丈夫：~婦。

11 **寢(寝)** (qǐn ㄑㄧㄣˇ)⤳
tsem²〔侵高上〕❶
睡覺：廢~忘食。❷睡覺的地
方：就~。壽終正~。❸停止
進行：事~。❹面貌難看：貌
~。

11 **寤** (wù ㄨˋ)⤳ŋ⁶〔誤〕睡醒。

11 **寥** (liáo ㄌㄧㄠˊ)⤳liu⁴〔遼〕空
虛，稀疏 (疊)：~若晨
星。~~無幾。

11 **實(实)** (shí ㄕ)⤳set⁹〔失
低入〕❶充滿：虛
~。~心的鐵球。~足年齡。
❷真，真誠：真心~意。~話
~說。~事求是。〔實在〕1.真，
的確：~~好。2.不虛：這車
貨裝得~~。他的學問很~~。
〔實詞〕能夠單獨用來回答問
題，有比較實在意義的詞，如
名詞、動詞等。❸實際，事
實：傳聞失~。名~相副。❹
種子，果子：開花結~。

11 **寧(宁)** (níng ㄋㄧㄥˊ)⤳
niŋ⁴〔檸〕❶安寧：
~靜。康~。❷舊時女子出嫁
後回娘家看望父母：歸~。❸
南京市的別稱。

㊀(nìng ㄋㄧㄥˋ)⤳niŋ⁴〔檸〕niŋ⁶
〔擰〕(又)❶寧可，表示選擇後
決定的語詞，情願：~死不屈。

～缺毋濫。❷豈，難道: 山之
陵峻，～有逾此? ❸古漢語語
助詞: 不～惟是。

11 寨(zhài ㄓㄞˋ)粵dzai⁶〔債低去〕
❶防守用的柵欄: 山～。
❷舊時軍營: 安營紮～。❸村
子: 村～。

11 賽 '賽'的簡化字，見 669 頁。

11 搴 見手部，263 頁。

11 賓 見貝部，667 頁。

12 審(审)(shěn ㄕㄣˇ)粵
sem²〔沈〕❶詳
細，周密: ～慎。精～。㊞仔
細思考，反覆分析、推究: ～
查。～核。這份稿子～完了。
〔審定〕對文字著作、藝術創造、
學術發明等詳細考究、評定。
❷審問，訊問案件: ～案。～
判。❸知道，也作'諗'、'讅':
不～近況何如? ❹一定地，果
然: ～如其言。

12 寬(宽)(kuān ㄎㄨㄢ)粵
fun¹〔歡〕❶闊
大，跟'窄'相反(㊀一廣、一
闊): 馬路很～。〔寬綽〕1.寬闊。
2.富裕。❷放寬，使鬆緩: ～心。
㊞1.解除，脫: 請～了大衣吧!
2.延展: ～限。3.寬大，不嚴:
～容。從～處理。❸物體橫的

方面的距離，長方形多指短的
一邊: 長方形的面積是長乘
～。

12 寫(写)(xiě ㄒㄧㄝˇ)粵sɛ²
〔捨〕❶用筆在紙
上或其他東西上做字: ～字。
～對聯。❷寫作: ～詩。～文
章。❸描摹，敍述: ～生。～
實。
〔寫字樓〕〈港方言〉辦公樓。

12 寮(liáo ㄌㄧㄠˊ)粵liu⁴〔遼〕小
屋: 茅～。茶～。

12 賓 見貝部，668 頁。

13 寰(huán ㄏㄨㄢˊ)粵wan⁴〔環〕
廣大的地域: 人～。〔寰
宇〕〔寰球〕全世界。也作'環宇'、
'環球'。

13 憲 見心部，232 頁。

13 褰 見衣部，633 頁。

14 謇 見言部，653 頁。

14 賽 見貝部，669 頁。

14 蹇 見足部，679 頁。

16 寵(宠)(chǒng ㄔㄨㄥˇ)
tsuŋ²〔冢〕❶偏
愛，過分的愛: 得～。受～若
驚。❷舊時作為妾的代稱: 納

~。

16 **寶** 同'寶'，見本頁。

17 **寶（宝）** (bǎo ㄅㄠ)⑧bou² 〔保〕❶珍貴的：~刀。~石。敬辭：~地。~號。❷珍貴的東西：珠~。國~。〔寶貝〕1.珍貴的東西。2.(一兒)對小孩子親愛的稱呼。

17 **驫** 見馬部，788 頁。

寸 部

0 **寸** (cùn ㄘㄨㄣ)⑧tsyn³〔串〕長度單位，一尺的十分之一。市制一寸等於0.033米。⑩短小：~陰。~步。手無~鐵。鼠目~光。

2 **对** '對'的簡化字，見174 頁。

3 **寺** (sì ㄙˋ)⑧dzi⁶〔治〕dzi²〔子〕（語）❶古代官署名：太常~。❷寺院，佛教出家人居住的地方：白馬~。護國~。❸伊斯蘭教徒做禮拜、講經的地方：清眞~。

3 **导** '導'的簡化字，見175 頁。

3 **夺** '奪'的簡化字，見151 頁。

3 **守** 見宀部，166 頁。

3 **忖** 見心部，217 頁。

4 **寿** '壽'的簡化字，見 144 頁。

4 **肘** 見肉部，549 頁。

6 **封** (fēng ㄈㄥ)⑧fuŋ¹〔風〕❶密閉：~瓶口。大雪~山。〔封鎖〕採取軍事、政治、經濟等措施使跟外界斷絕聯繫：~~港口。軍事~~綫。~~消息。❷帝王把土地或爵位給予親屬、臣屬：~侯。❸量詞，用於裝封套的東西：一~信。

6 **将** '將'的簡化字，見174 頁。

6 **耐** 見而部，543 頁。

7 **射** ㊀(shè ㄕㄜ)⑧sɛ⁶〔社射去〕❶放箭，用推力或彈力送出子彈等：~箭。掃~。高~炮。❷液體受到壓力迅速流出：噴~。注~。❸放出光、熱等：反~。光芒四~。❹有所指：暗~。影~。❺追求，追逐：~利。~虛名。㊁(yì ㄧˋ)⑧jik⁹〔亦〕〔無射〕中國古代十二音律之一。㊂(yè ㄧㄝ)⑧jɛ⁶〔夜〕〔姑射〕山名。在今山東省臨汾縣西。〔僕射〕古代官名。

7 **尅** 同'剋'，見61頁。

7 **辱** 見辰部，691 頁。

8 **將（将）** ㊀(jiāng ㄐㄧㄤ)⑲ dzœŋ¹〔張〕 ❶將要，快要：天～明。〔將來〕未來：美好的～～。 ❷把，拿：～這幅風景畫掛在牆上。～功贖罪。 ❸下象棋時攻擊對方的'將'或'帥'：～軍(也比喻使人為難)。 ❹用言語刺激：別把他～急了。 ❺帶領，扶助：～雛 扶～。 ❻調養：～養 ～息。 ❼又，且：～信～疑。 ❽打算，想：君～若之何? ❾將近：～半載。 ❿助詞，用在動詞和'出來'、'起來'、'上去'等的中間，表示動作的開始：走～出來。叫～起來。趕～上去。〔將軍〕對高級軍官的稱呼。〔將就〕遷就，湊合：～～着用。
㊁(jiàng ㄐㄧㄤ)⑲ dzœŋ³〔障〕 ❶軍銜名，在校級之上：上～。少～。〔將領〕較高級的軍官。 ❷統率指揮：～兵。
㊂(qiāng ㄑㄧㄤ)⑲ tsœŋ¹〔槍〕〈古〉願，請：～子無怒。

8 **專（专）** (zhuān ㄓㄨㄢ)⑲ dzyn¹〔尊〕 ❶單純，獨一，集中在一件事上：～心。～賣。～修科。〔專家〕學術技能有專長的人。 ❷獨自掌握或享有：～權。～政。～利。

8 **尉** ㊀(wèi ㄨㄟˋ)⑲wei³〔畏〕 ❶古官名：太～。 ❷軍銜名。低於校官。 ❸〔尉氏〕縣名，在河南省。
㊁(yù ㄩˋ)⑲wet⁷〔屈〕 ❶〔尉遲〕複姓。 ❷〔尉犁〕縣名，在新疆維吾爾自治區。

9 **尊** (zūn ㄗㄨㄣ)⑲ dzyn¹〔磚〕 ❶地位或輩分高：～卑。～長。舊時敬辭：～府。～駕。 ❷敬重：～師重道。 ❸量詞：一～大炮。
㊀〈古〉同'樽'，見332頁。

9 **尋（寻）** ㊀(xún ㄒㄩㄣ)⑲ tsem⁴〔沉〕 ❶找，搜求(叠—找、—覓)：～求。～人。〔尋死〕自殺或企圖自殺。〔尋思〕想，考慮。 ❷古代的長度單位，八尺為尋。〔尋常〕平常，素常：這不是～～的事情。
㊁(xín ㄒㄧㄣ)⑲同㊀用於口語，如尋思、尋死、尋開心。

11 **對（对）** (duì ㄉㄨㄟˋ)⑲ dœy³〔兌〕 ❶答，答話，回答：無言可～。～答如流。 ❷向着：面～太陽。

〔對象〕1.思考或行動(如研究、批評、攻擊、幫助等等)所及的事物或人。2.特指戀愛的對方。❸對面的: ～門。～岸。❹跟，和: 可以～他說明白。❺互相: ～調。～流。〔對比〕不同的事物放在一塊比較。〔對照〕不同的事物放在一塊，互相比較參照。❻對於，說明事物的關係: 我～這件事情還有意見。他～中國古代史很有研究。❼對待，看待，對付: 他～我很客氣。刀～刀，槍～槍。❽照着樣檢查比: 一筆迹。一號碼。校～。❾相合，適合: 一勁。～症下藥。〔對頭〕1.相合。2.互相對立，有仇恨的人，合不來的人。❿正確: 這話很～。⑪用作答語，表示同意: ～，你說得不錯! ⑪雙，成雙的: ～聯。配～。⑪1.(一子、一兒)聯語: 喜～。2.平分，一半: ～開。～成。⑫攙和(多指液體): ～水。

11 **奪** 見大部，151 頁。

11 **榭** 見木部，328 頁。

13 **導(导)** (dǎo ㄉㄠˇ)⑭dou⁶〔杜〕❶引導，領導: ～師。～言。前～。〔導演〕指導排演戲劇或指導拍攝電影，也指擔任這樣工作的人。❷傳導: ～熱。～電。～體。❸開導，啓發: 敎～。

14 **謝** 見言部，654 頁。

小 部

0 **小** (xiǎo ㄒㄧㄠˇ)⑭siu²〔筱〕❶跟'大'相反: 1.面積少的，體積佔空間少的，容量少的: ～山。地方～。2.數量少的: 數目～。一人～。3.程度淺的: 學問～。一學。4.聲音低: ～聲說話。5.年幼，排行最末的: 他比你～。他是我的～弟弟。6.年幼的人: 一家大～。7.自謙之辭: ～弟。〔小看〕輕視，看不起: 別～～人。〔小說〕描寫人物故事的一種文學作品。❷時間短: ～坐。～住。

1 **少** ㊀(shǎo ㄕㄠˇ)⑭siu²〔小〕❶跟'多'相反: 1.數量小的: ～數服從多數。2.缺(⑭缺一): 文娛活動～不了他。3.不夠: ～一半。4.不經常的: ～有。～見多怪。❷短時間: ～等。～待。❸丟，遺失: 屋裏～了東西。
㊁(shào ㄕㄠˋ)⑭siu³〔笑〕❶年紀輕，跟'老'相反: ～年人。～女。

男女老~。❷少爺: 闊~。惡
~。

2 孕 (gǎ ㄍㄚˇ)⑧ga²〔假 高上〕
〈方〉小: ~娃。~李。

2 尓 〔古〕同'爾', 今為'爾'的
簡化字, 見 408 頁。

3 尖 (jiān ㄐㄧㄢ)⑧dzim¹〔沾〕
❶(一兒)物體銳利的末
端或細小的部分: 筆~。刀~。
針~。塔~。〔尖銳〕1.鋒利:
錐子磨得很~~。2.刺耳的:
~~的聲音。3.敏銳: 眼光~
~。4.激烈: ~~的批評。❷
末端 極細小: 把鉛筆削~了。
❸感覺銳敏: 眼~。耳朵~。
❹聲音高而細: ~聲~氣。

3 茇 同'菝', 見 589 頁。

3 劣 見力部, 65 頁。

5 尚 (shàng ㄕㄤ)⑧sœŋ⁶〔上低
去〕❶還 (hái): 年紀~
小。~待研究。〔尚且〕連詞,
表示進一層的意思, 跟'何況'
連用: 你~~不行, 何況是我。
細心~~難免出錯, 何況粗枝
大葉。❷尊崇, 注重: 崇
~武。❸超過: 無以~之。

5 京 見亠部, 14 頁。

5 奈 見大部, 148 頁。

5 宗 見宀部, 167 頁。

6 尜 (gá ㄍㄚˊ)⑧gat⁸〔加壓切〕
〔尜尜〕1.一種兒童玩具,
兩頭尖中間大, 也叫'尜兒'。
2.像尜尜的: ~~棗。~~湯
(用玉米麵等做的食品)。

6 省 見目部, 459 頁。

8 雀 見隹部, 756 頁。

9 景 見日部, 293 頁。

10 尠 同'鮮㊀', 見 799 頁。

10 尟 同'鮮㊀', 見 799 頁。

尢 部

0 尢 ㊀同'尤', 見本頁。
㊁同'尪', 見 177 頁。

1 尤 (yóu ㄧㄡˊ)⑧jeu⁴〔由〕❶特
異的, 突出的: 拔其~
無恥之~。❷尤其, 更, 格
外: ~妙。~甚。❸過失: 勿
效~(不要學着做壞事)。❹怨
恨, 歸咎: 怨天~人。

3 尥 (liào ㄌㄧㄠˋ)⑧liu⁶〔料〕〔
尥蹶子〕騾馬等跳起來用後

腿向後踢。

4 **尨** ㊀（máng ㄇㄤˊ）粵 moŋ⁴
〔忙〕多毛的狗。

㊁（méng ㄇㄥˊ）粵 muŋ⁴〔蒙〕〔尨
茸〕蓬鬆散亂的樣子。

㊂（páng ㄆㄤˊ）粵 poŋ⁴〔旁〕同
'龐'。高大。

4 **尪**（wāng ㄨㄤ）粵 woŋ¹〔汪〕❶
跛。❷骨骼彎曲症。

4 **尬**（gà ㄍㄚˋ）粵 gai³〔介〕見本
頁'尷'字條'尷尬'。

4 **尷**同'尪'，見本頁。

9 **就**（jiù ㄐㄧㄡˋ）粵 dzeu⁶〔袖〕❶
湊近，靠近：遷～。～
着燈光看書。❷從事，開始進
入：～學。～業。❸依照現有
情況，順便：～近入學。～地
解決。～事論事。❹完成：功
成業～。❺隨同着吃下去：炒
雞子～飯。❻表示肯定語氣的
詞：1.加強：這麼一來～好辦
了。2.在選擇句中跟否定詞相
應：不是你去，～是我去。❼
立刻，不用經過很多時間：他
一來，我～走上學了。
❽就是，即使，即便，表示假
定：～是不增加人，也能完成
任務。你～是送來，我也不要。
❾單，只，偏偏：他～愛看書。
怎麼～我不能去？
〔就腳〕〈粵方言〉方便到達。

10 **爧**同'爐'，見本頁。

10 **爐** '爐'的簡化字，見本頁。

14 **爐（爐）**（gān ㄍㄢ）粵 gam¹
〔監 高 平〕gam³
〔鑒〕（又）〔爐尬〕處境窘困，不
易處理。

尸 部

0 **尸**（shī ㄕ）粵 si¹〔詩〕❶古代
祭祀時代表死者受祭的
人。❷不做事情，空佔職位：
～位。❸同'屍'，見 179 頁。

1 **尹**（yǐn ㄧㄣˇ）粵 wen⁵〔允〕舊
時官名：令～。府～。
道～。

1 **尺** ㊀（chǐ ㄔˇ）粵 tsɛk⁸〔赤〕❶
長度單位，十寸是一尺，
十尺是一丈。〔尺牘〕書信（因
古代的書簡約長一尺）。〔尺寸〕
1.衣物的大小長短：～～要量
得準確。2.分寸：他辦事很有
～～。❷中國過去長期使用的
一種量長短的器具：竹～。❸
畫圖的器具：放大～。丁字～。
❹像尺的東西：鐵～。仿～。

㊁（chě ㄔㄜˇ）粵 tsɛ²〔扯〕舊時樂
譜記音符號的一個，相當於簡
譜的'2'。

2 尻 (kāo ㄎㄠ)㊣hau¹〔敲〕屁股。

2 尼 (ní ㄋㄧˊ)㊣nei⁴〔妮〕梵語'比丘尼'的省稱，佛教指出家修行的女子，通常叫'尼姑'。

2 卢 '盧'的簡化字，見 458 頁。

3 启 同'㖇'，見 180 頁。

3 尽 ㊀'盡'的簡化字，見 457 頁。
㊁'儘'的簡化字，見 42 頁。

4 尾 ㊀(wěi ㄨㄟˇ)㊣mei⁵〔美〕❶(一巴)鳥、獸、蟲、魚等身體末端突出的部分: 豬～巴。❷末端: 排～。年～。❸尾隨，在後面跟着: ～其後。❹量詞，指魚。❺星名，二十八宿之一。
㊁(yǐ ㄧˇ)㊣同❹(一兒)❶馬尾(wěi)上的毛: 馬～羅。❷蟋蟀等尾部的針狀物: 三～兒(雌蟋蟀)。

4 尿 ㊀(niào ㄋㄧㄠˋ)㊣niu⁶〔鳥低去〕❶小便，從腎臟濾出由尿道排泄出來的液體。❷排泄小便。
㊁(suī ㄙㄨㄟ)㊣sœy¹〔需〕小便(限於名詞)。〔尿脬〕膀胱。

4 局 (jú ㄐㄩˊ)㊣guk⁹〔焗〕❶部分: 一部麻醉。❷政府

機關分工辦事的單位: 教育～。公安～。郵政～。❸商店的稱呼: 書～。❹棋盤。又指下一次棋: 棋～。一～棋。❺着棋的形勢。⑥事情的形勢、情況: 結～。大～。時～。❻人的器量: ～量。器～。❼圈套: 騙～。❽某些聚會: 飯～。賭～。❾彎曲。❿〔局蹐〕(跼一)1.謹慎恐懼的樣子。2.狹隘，不舒展。⓫〔局促〕(偏一)1.狹小。2.拘謹不自然: 他初到這裏，感到有些～～。

4 屁 (pì ㄆㄧˋ)㊣pei³〔譬〕從肛門排出的臭氣。

4 层 '層'的簡化字，見 180 頁。

4 屃 '屭'的簡化字，見 181 頁。

5 屄 (bī ㄅㄧ)㊣bei¹〔悲〕女子的外生殖器。

5 居 (jū ㄐㄩ)㊣gœy¹〔舉高平〕❶住: 分～。久～鄉間。❷住處: 新～。遷～。❸站在，處於: 以前輩自～。～中。～間。❹安放: 是何～心? ❺積蓄，儲存: 奇貨可～。囤積～奇。⑥停留: 歲月不～。〔居然〕竟，出乎意外地: 他～～來了。

5 届 (jiè ㄐㄧㄝˋ)㊣gai³〔介〕❶到: ～時。～期。❷次，

期：第一～。上～。

5 **屈** (qū ㄑㄩ)粵wet⁷〔鬱〕❶使彎曲，跟‘伸’相反：～膝。～指可數。〔屈戌〕門窗箱櫃等上面兩個腳的小環兒，多用來掛鎖、釘錨等。❷低頭，屈服：威武不能～。寧死不～。❸委屈，使人不痛快：受～。㉠冤枉(㊟冤一)：叫～。❹理虧：理～辭窮。

5 **屆** 同‘屆’，見 178 頁。

5 **屜** 同‘屜’，見本頁。

5 **鸤** ‘鳲’的簡化字，見 808 頁。

6 **屋** (wū ㄨ)粵uk⁷〔屋〕❶房子(㊟房一)：茅～。㉠〈方〉家。❷房間：他住在東房的北～。〔屋邨〕〈港方言〉構成一個小社區的居住樓宇建築羣，多指政府建設的公共房屋。

6 **屌** (diǎo ㄉㄧㄠˇ)粵diu²〔丁上〕男子的外生殖器。

6 **屍** (shī ㄕ)粵si¹〔詩〕死人的軀體。也稱屍首。

6 **屎** (shī ㄕˇ)粵si²〔史〕大便，糞。㉠眼、耳、鼻所分泌的東西：眼～。耳～。鼻～。

6 **屏** ㊀(píng ㄆㄧㄥˊ)粵ping⁴〔平〕❶遮擋，遮擋物：～藩。～蔽。～風(擋風用的家具)。

圍～。〔屏障〕像屏風那樣遮擋着的東西(多指山嶺、島嶼)。❷字畫的條幅，通常以四幅或八幅為一組：四扇～。
㊁(bǐng ㄅㄧㄥˇ)粵bing²〔丙〕❶除去，排除(㊟一除)：～棄不用。～退左右。❷抑止(呼吸)：～氣。～息。

7 **屐** (jī ㄐㄧ)粵kek⁹〔劇〕木頭鞋。泛指鞋。

7 **屑** (xiè ㄒㄧㄝˋ)粵sit⁸〔泄〕❶碎末：煤～。木～。㉠微細：瑣～(細小的事情)。❷認為值得(做)：不～。

7 **展** (zhǎn ㄓㄢˇ)粵dzin²〔剪〕❶張開，舒張開：伸～。～翅。～望未來。愁眉不～。❷施展：一籌莫～。❸放寬：～期。～限。❹展覽：～出。畫～。預～。

7 **屓** 同‘屭’，見 181 頁。

8 **屙** (ē ㄜ)粵o¹〔柯〕排泄大小便：～屎。

8 **屜** (tì ㄊㄧˋ)粵tei³〔替〕器物中可以隨意拿出的盛放東西的部分，常常是匣形或是分層的格架：抽～。籠～。

8 **屠** (tú ㄊㄨˊ)粵tou⁴〔陶〕宰殺牲畜(㊟一宰)：～狗。～戶。㉠屠殺，大量殘殺：～城(攻破城池後大量殘殺城中的居民）。

8 **尿**（dū ㄉㄨ）⑧duk⁷〔篤〕（－子、－兒）〔方〕❶屁股。❷蜂或蠍子等尾部的毒刺。

8 **屏** 同'屏'，見 178 頁。

8 **属** '屬'的簡化字，見本頁。

9 **屢** 同'屜'，見本頁。

9 **屡** '屢'的簡化字，見本頁。

9 **屝** '屬'的簡化字，見本頁。

9 **孱** 見子部，165 頁。

9 **犀** 見牛部，413 頁。

11 **屢**（屡）（lǚ ㄌㄩ）⑧lœy⁵〔呂〕屢次，接連着，不止一次：～見不鮮。～敗～戰。

11 **屣**（xǐ ㄒㄧ）⑧sai²〔徙〕鞋。

12 **層**（层）（céng ㄘㄥ）⑧tsɐŋ⁴〔曾〕❶重（chóng）：二～樓。三～院子。擦掉一～灰。還有一～意思。〔層次〕事物的次序：～～分明。❷重複地：～出不窮。❸地質學中自由使用的地層劃分單位：沉積巖～。玄武巖～。

12 **履**（lǚ ㄌㄩ）⑧lei⁵〔里〕❶鞋：革～。削足適～（喻遷就得極無道理）。❷踐，踩在上面，走過：如～薄冰。⑤履行，實行：～約。～行合同。〔履歷〕1.個人的經歷。2.記載履歷的文件。

12 **屧**（xiè ㄒㄧㄝ）⑧sit⁸〔屑〕鞋。

12 **屦** '履'的簡化字，見本頁。

14 **屨**（屦）（jù ㄐㄩ）⑧gœy³〔句〕古代的一種鞋。

15 **屩**（屩）（juē ㄐㄩㄝ）⑧gœk⁸〔腳〕草鞋。

18 **屬**（属）㊀（shǔ ㄕㄨ）⑧suk⁹〔熟〕❶同一家族的：家～。❷類別：金～。❸有管轄關係的（⑱隸－）：直～。寶安縣～廣東省。❹歸類：～於自然科學。❺為某人或某方所有：這本書～你。❻是：查明～實。❼用干支紀年，十二支配合十二種動物，人生在哪年，就屬哪種動物叫'屬相'：甲子、丙子等子年生的都～鼠。❽生物學中把同一科的生物羣按照彼此相似的程度再分為不同的羣，叫做羣，如貓科有貓屬、虎屬等，禾本科有稻屬、小麥屬、燕麥屬等。

㊀(zhǔ ㄓㄨˇ)粵dzuk⁷〔足〕❶接連，連綴: ～文。前後相～。
❷(意念)集中在一點: ～意。～望。

18 **屩** 見羊部，539 頁。

21 **屭**(屃) (xì ㄒㄧˋ)粵ei³〔翳〕見 671 頁'贔'字條'贔屭'。

中 部

1 **屯** ㊀(tún ㄊㄨㄣˊ)粵tyn⁴〔團〕❶聚集，儲存: ～糧。㊁駐軍防守: ～兵。❷(一子，一兒)村莊: 皇姑～。
㊁(zhūn ㄓㄨㄣ)粵dzœn¹〔津〕❶困難。〔屯邅〕同'迍邅'，見692頁'迍'字條。❷《周易》六十四卦之一。

1 **㞷** 同'之'，見8頁。

2 **出** 見凵部，55 頁。

7 **芻** 見艸部，573 頁。

山 部

0 **山** (shān ㄕㄢ)粵san¹〔珊〕❶地面上由土石構成高起的部分: 深～。～高水深。人～人海(喻人多)。❷像山的: 1.鬣族: 鬣上一了。2.山牆，房屋兩頭的牆。

3 **屹** (yì ㄧˋ)粵ŋet⁹〔迄〕山勢高聳。喻堅定不可動搖: ～立。～然不動。

3 **屺** (qǐ ㄑㄧˇ)粵hei²〔起〕沒有草木的山。

3 **岁** '歲'的簡化字，見·344 頁。

3 **屿** '嶼'的簡化字，見 188 頁。

3 **岂** '豈'的簡化字，見 659 頁。

4 **岌** (jí ㄐㄧˊ)粵kep⁷〔級〕〔岌岌〕山高。喻危險。

4 **岐** (qí ㄑㄧˊ)粵kei⁴〔其〕❶岐山，山名，在陝西省。❷同'歧'，見 343 頁。

4 **岑** (cén ㄘㄣˊ)粵sem⁴〔忱〕❶小而高的山。❷姓。

4 **岔** (chà ㄔㄚˋ)粵tsa³〔詫〕❶分歧的，由主幹分出的: ～道。三～路。❷(一子，一兒)亂子，事故。❸轉移話題: 拿

話～開。打～。❹互相讓開
(多指時間): 把這兩個會的時
間～開。

4 **岈** (yá lÝ)粵ŋa⁴[牙]見 186
頁'嵖'字條'嵖岈山'。

4 **岜** (bā ㄅㄚ)粵ba¹[巴][壯]石
山。〔岜關嶺〕地名, 在
廣西壯族自治區扶綏縣。

4 **岍** (qiān ㄑㄧㄢ)粵hin¹[牽]岍
山, 山名, 在陝西省。

4 **呑** 同'嵞', 見 188 頁。

4 **岅** 同'阪❶', 見 749 頁。

4 **岗** '崗'的簡化字, 見 185 頁。

4 **岖** '嶇'的簡化字, 見 187 頁。

4 **岽** '崬'的簡化字, 見 185 頁。

4 **岚** '嵐'的簡化字, 見 186 頁。

4 **岘** '峴'的簡化字, 見 184 頁。

4 **岙** '嶴'的簡化字, 見 188 頁。

4 **岛** '島'的簡化字, 見 184 頁。

4 **氙** 見气部, 352 頁。

5 **岡(冈)** (gāng ㄍㄤ)粵
goŋ¹[江]較低而

平的山脊: 山～。景陽～。

5 **岢** (kě ㄎㄜˇ)粵ho²[可]〔岢
嵐〕縣名, 在山西省。

5 **岣** (gǒu ㄍㄡˇ)粵geu²[狗]〔岣
嶁〕山名, 即衡山, 在湖
南省。

5 **岫** (xiù ㄒㄧㄡˋ)粵dzeu⁶[就]❶
山洞。❷峯巒。

5 **岬** (jiǎ ㄐㄧㄚˇ)粵gap⁸[甲]❶
岬角(突入海中的尖形陸
地, 多用於地名): 成山～(也
叫'成山角', 在山東省)。❷兩
山之間。

5 **岱** (dài ㄉㄞˋ)粵doi⁶[代]岱
宗, 岱嶽, 指泰山, 五
嶽中的東嶽, 在山東省。

5 **岳** (yuè ㄩㄝˋ)粵ŋok⁹[鄂]❶
稱妻的父母或妻的叔伯:
～父。叔～。❷同'嶽', 見 188
頁。

5 **岵** (hù ㄏㄨˋ)粵wu⁶[戶]有草
木的山。

5 **岷** (mín ㄇㄧㄣˊ)粵men⁴[文]岷
山, 在四川省北部, 綿
延於四川、甘肅兩省邊境。

5 **岸** (àn ㄢˋ)粵ŋon⁶[餓汗切]❶
江、河、湖、海等水邊
的地: 河～。❷高大: 傲～。
魁～。

5 **岭** ㊀(líng ㄌㄧㄥˊ)粵liŋ⁴[零]
〔岭嶙〕擊石聲。
㊁'嶺'的簡化字, 見 188 頁。

5 岧 (tiáo ㄊㄧㄠ)粵tiu⁴〔條〕〔岧嶢〕山高。

5 岞 (zuò ㄗㄨㄛˋ)粵dzɔk⁸〔作〕〔岞山〕地名，在山東省昌邑縣。

5 岨 (jū ㄐㄨ)粵dzœy¹〔追〕帶土的石山。

5 岹 (tiáo ㄊㄧㄠ)粵tiu⁴〔條〕同'岧'。〔岹嶢〕高遠的樣子。

5 峁 (mǎo ㄇㄠˇ)粵mau⁵〔牡〕中國西北地區稱頂部渾圓、斜坡較陡的黃土丘陵。

5 峂 (tóng ㄊㄨㄥˊ)粵tuŋ⁴〔同〕〔峂峪村〕地名，在北京市海淀區。

5 岩 同'巖'，見 189 頁。

5 峄 '嶧'的簡化字，見 188 頁。

5 峜 '崬'的簡化字，見 185 頁。

5 峔 '嶀'的簡化字，見 188 頁。

5 峃 '嶨'的簡化字，見 188 頁。

6 峋 (xún ㄒㄩㄣˊ)粵sœn¹〔荀〕見 187 頁'嶙'字條'嶙峋'。

6 峙 ㊀(zhì ㄓˋ)粵dzi⁶〔治〕tsi⁵〔似〕㊁直立，聳立：兩峯相～。
㊁(shì ㄕˋ)粵si⁶〔是〕〔繁峙〕縣名，在山西省。

6 峒 ㊀(dòng ㄉㄨㄥˋ)粵duŋ⁶〔棟〕山洞，石洞。
㊁(tóng ㄊㄨㄥˊ)粵tuŋ⁴〔同〕見 184 頁'崆'字條'崆峒'。

6 峧 (jiāo ㄐㄧㄠ)粵gau¹〔交〕地名用字。

6 岍 同'岎'，見 182 頁。

6 峝 同'峒'，見本頁。

6 峤 '嶠'的簡化字，見 187 頁。

6 峡 '峽'的簡化字，見 184 頁。

6 峣 '嶢'的簡化字，見 188 頁。

6 峦 '巒'的簡化字，見 189 頁。

6 幽 見幺部，見 198 頁。

6 炭 見火部，394 頁。

6 耑 見而部，543 頁。

7 峨 (é ㄜˊ)粵ŋɔ⁴〔鵝〕高〔疊〕：～冠博帶。
〔峨嵋〕山名，在四川省。也作'峨眉'。

7 峭 (qiào ㄑㄧㄠˋ)粵tsiu³〔俏〕山又高又陡：～壁。喩嚴峻：～直。

7 峪 (yù ㄩˋ)㊀juk⁹〔浴〕jy⁶〔裕〕
(又)山谷。

7 峯 (fēng ㄈㄥ)㊀fuŋ¹〔風〕高
而尖的山頭：山～。頂～。
～巒。

7 猺 (náo ㄋㄠˊ)㊀nau⁴〔撓〕古
山名，在今山東省臨淄
附近。

7 峴(峴) (xiàn ㄒㄧㄢˋ)㊀
jin⁶〔現〕峴山，
在湖北省。

7 島(岛) (dǎo ㄉㄠˇ)㊀dou²
〔搗〕海洋或湖泊
裏四面被水圍着的陸地叫島。
三面被水圍着的陸地叫半島。

7 峻 (jùn ㄐㄩㄣˋ)㊀dzœn³〔進〕
山高而陡：高山～嶺。
㊁嚴厲苛刻：嚴刑～法。

7 峽(峡) (xiá ㄒㄧㄚˊ)㊀hap⁹
〔狹〕兩山夾着的
水道：長江三～。〔地峽〕聯接
兩部分陸地的狹長地帶：馬來
半島有克拉～～。〔海峽〕兩旁
有陸地夾着的形狀狹長的海：
臺灣～～。

7 崀 (làng ㄌㄤˋ)㊀lɔŋ⁶〔浪〕〔崀
山〕地名，在湖南省新寧
縣。

7 峚 (lòng ㄌㄨㄥˋ)㊀luŋ⁶〔弄〕
(壯)石山間的平地。

7 崁 (kàn ㄎㄢˋ)㊀hem³〔勘〕〔赤
崁〕地名，在臺灣省。

7 峰 同'峯'，見本頁。

7 峩 同'峨'，見 183 頁。

7 峽 '峽'的簡化字，見本頁。

7 崄 '嶮'的簡化字，見 188 頁。

7 崂 '嶗'的簡化字，見 188 頁。

7 峯 '峯'的簡化字，見 686 頁。

7 豈 見豆部，659 頁。

8 崆 (kōng ㄎㄨㄥ)㊀huŋ¹〔空〕
〔崆峒〕1.山名，在甘肅
省。2.島名，在山東省煙臺市。

8 崇 (chóng ㄔㄨㄥˊ)㊀suŋ⁴〔宋低
平〕❶高：～山峻嶺。～
高的品質。❷尊重：推～。～
拜。尊～。

8 崌 (jū ㄐㄩ)㊀gœy¹〔居〕見
188 頁 '犤'字條'犤崌崌山'。

8 崍(崃) (lái ㄌㄞˊ)㊀lɔi⁴
〔來〕見 704 頁
'邛'字條'邛崍'。

8 崎 (qí ㄑㄧˊ)㊀kei¹〔歧〕〔崎
嶇〕形容山路不平。㊁處
境困難。

8 崔 (cuī ㄘㄨㄟ)㊀tsœy¹〔吹〕
姓。
〔崔嵬〕❶有石頭的土山。❷山

高。

8 **崖**（yá lㄚˊ,舊讀 yái lㄞˊ）粵 ŋai⁴〔捱〕高地的邊,山邊:山～。懸～勒馬(喻到了危險的地步趕緊回頭)。㈡邊際:～略。

8 **崗（岡）**㈠（gǎng ㄍㄤˇ）粵 goŋ¹〔剛〕❶（～子、～兒）高起的土坡:黃土～。❷（～子、～兒）平面上凸起的一長道:肉～子。❸守衛的位置:站～。門～。佈～。〔崗位〕守衛、值勤的地方。也泛指職位:工作～～。
㈡同'岡',見 182 頁。

崙（崘）（lún ㄌㄨㄣˊ）粵 lœn⁴〔倫〕見本頁'崑'字條'崑崙'。

8 **崚**（léng ㄌㄥˊ,又讀 líng ㄌㄧㄥˊ）粵 liŋ⁴〔玲〕〔崚嶒〕形容山的高峻突兀。

8 **崛**（jué ㄐㄩㄝˊ）粵 gwet⁹〔掘〕特出,突起:～起。

8 **崟**（yín ㄧㄣˊ）粵 jem⁴〔吟〕見 187 頁 '嶔'字條'嶔崟'。

8 **崞**（guō ㄍㄨㄛ）粵 gwok⁸〔國〕崞縣,在山西省,1958年改為原平縣。

8 **崦**（yān ㄧㄢ）粵 jim¹〔淹〕〔崦嵫〕1.山名,在甘肅省。2.古代指太陽落山的地方:日薄～～。

8 **崢**（zhēng ㄓㄥ）粵 dzeŋ¹〔增〕〔崢嶸〕1.高峻,突出:山勢～～。2.不平常:～～歲月。

8 **崤**（xiáo ㄒㄧㄠˊ）粵 ŋau⁴〔肴〕崤山,山名,又叫'崤陵',在河南省。

8 **崩**（bēng ㄅㄥ）粵 beŋ¹〔巴鶯切〕❶倒塌:山～地裂。〔崩潰〕垮臺,徹底失敗。❷封建時代稱皇帝死:駕～。❸破裂:把氣球吹～了。❹被彈射出來的東西突然打中:放爆竹～了手。❺崩症,一種婦女病。也叫'血崩'。

8 **崑**（kūn ㄎㄨㄣ）粵 kwen¹〔坤〕❶〔崑崙〕也作'昆侖'。中國最大的山脈,西從帕米爾高原起,分三支向東分佈。❷〔崑曲〕也作'昆曲'。一種流行於江蘇南部及北京、河北等地的地方戲曲劇種。

8 **崬（崠）**（dōng ㄉㄨㄥ）粵 duŋ¹〔東〕〔崬羅〕地名,在廣西壯族自治區扶綏縣。今作'東羅'。

8 **崒**（zú ㄗㄨˊ）粵 dzœt⁷〔卒〕山峯險峻。

8 **崍**（lù ㄌㄨˋ）粵 luk⁹〔錄〕(壯)土山間平地。

8 **崮**（gù ㄍㄨˋ）粵 gu³〔固〕四周陡削,上端較平的山。多用於地名,如山東省有孟良崗、抱犢崗。

8 崧 同'嵩'，見187頁。

8 崐 同'崑'，見185頁。

8 崘 同'崙'，見185頁。

8 崕 同'崖'，見185頁。

8 崒 同'崒'，見185頁。

8 崈 同'崇'，見184頁。

8 嵃 同'崟'，見185頁。

8 崭 '嶄'的簡化字，見187頁。

8 密 見宀部，170頁。

9 崽 (zǎi ㄗㄞˇ)働dzei²〔仔〕❶〈方〉小孩子。❷(一子、一兒)幼小的動物。

9 崛 (lǜ ㄌㄩˋ)働lœt⁹〔律〕山高。

9 嵎 (yú ㄩˊ)働jy⁴〔余〕〔昆嵛〕山名，在山東省東部。

9 嵇 (jī ㄐㄧ)働kei¹〔溪〕hei⁴〔兮〕(又)姓。

9 嵋 (méi ㄇㄟˊ)働mei⁴〔眉〕見183頁'峨'字條峨嵋。

9 嵌 (qiàn ㄑㄧㄢˋ)働hɐm³〔勘〕hɐm⁶〔憾〕(又)把東西卡在

空隙裏：鑲～。～入。匣子上～着象牙雕的花。

9 嵎 (yú ㄩˊ)働jy⁴〔余〕❶山彎曲的地方。❷同'隅'，見753頁。

9 嵐(岚) (lán ㄌㄢˊ)働lam⁴〔藍〕山林中的霧氣。

9 崴 ㊀(wǎi ㄨㄞˇ)働wai²〔歪上〕❶〈方〉(一子)山、水彎曲處。多用於地名，如吉林有三道崴子。❷山路不平。❸(脚)扭傷。
㊁(wēi ㄨㄟ)働wei¹〔威〕〔崴嵬〕山高的樣子。

9 嵖 (chá ㄔㄚˊ)働tsa⁴〔查〕〔嵖岈山〕在河南省遂平縣。

9 崿 (è ㄜˋ)働ŋok⁹〔岳〕山崖。

9 嵫 (zī ㄗ)働dzi¹〔之〕見185頁'崦'字條'崦嵫'。

9 嵒 同'巖❶'，見189頁。

9 嵗 同'歲'，見344頁。

9 嵘 '嶸'的簡化字，見188頁。

9 嵝 '嶁'的簡化字，見187頁。

9 嵕 '嶂'的簡化字，見187頁。

10 嵩 （sōng ㄙㄨㄥ）粵suŋ¹〔鬆〕
❶嵩山，又叫'嵩高'，五嶽中的中嶽，在河南省登封縣北。❷高。

10 嵬 （wéi ㄨㄟˊ）粵ŋei⁴〔危〕高大。

10 嵊 （shèng ㄕㄥˋ）粵siŋ⁶〔剩〕嵊縣，在浙江省。

10 嵯 （cuó ㄘㄨㄛˊ）粵tsʰɔ¹〔初〕嵯峨］山勢高峻。

10 嵲 （niè ㄋㄧㄝˋ）粵ŋit⁹〔熱〕見本頁'嵽'字條'嵽嵲'。

10 嵴 （jí ㄐㄧˊ）粵dzɛk⁸〔隻〕山脊。

10 嵫 同'嶒'，見186頁。

10 嵗 同'歲'，見344頁。

10 輋 見車部，686頁。

11 嶁 （嵝）（lǒu ㄌㄡˇ）粵leu⁵〔柳〕見182頁'岣'字條'岣嶁'。

11 嶂 （zhàng ㄓㄤˋ）粵dzœŋ³〔漲〕形勢高險像屏障｜峯巒疊嶂。

11 嶄 （崭）（zhǎn ㄓㄢˇ）粵dzam²〔斬〕高峻，突出：～然露頭角。～新（簇新）。

11 嶇 （岖）（qū ㄑㄩ）粵kœy¹〔驅〕見184頁'崎'字條'崎嶇'。

11 嵽 （嵽）㊀（dié ㄉㄧㄝˊ）粵dit⁹〔秩〕〔嵽嵲〕形容山高。
㊁（dì ㄉㄧˋ）粵dei⁶〔弟〕見183頁'岮'字條'岮嵽'。

11 嶍 （xí ㄒㄧˊ）粵dzap⁹〔習〕〔嶍峨〕山名，在雲南省。

11 嶅 （áo ㄠˊ）粵ŋou⁴〔熬〕〔嶅陽〕鎮］地名，在山東省新泰縣。

11 嶌 同'島'，見184頁。

12 嶒 （céng ㄘㄥˊ）粵tsʰaŋ⁴〔層〕〔嶒嶸〕形容山高。

12 嶓 （bō ㄅㄛ）粵bɔ¹〔波〕〔嶓冢］古山名：1.在陝西省寧強北。2.在甘肅省天水市與禮縣之間。

12 嶔 （嵚）（qīn ㄑㄧㄣ）粵jɐm¹〔欽〕〔嶔崟］（－嶔）山高的樣子。

12 嶙 （嶙）（lín ㄌㄧㄣˊ）粵lɐn⁴〔鄰〕〔嶙峋］1.山石一層層的重疊不平：怪石～～。2.形容人消瘦露骨：瘦骨～～。

12 嶝 （dèng ㄉㄥˋ）粵dɐŋ³〔凳〕山上可攀援登的小路。

12 嶠 （峤）㊀（jiào ㄐㄧㄠˋ）粵giu⁶〔撬〕山道。
㊁（qiáo ㄑㄧㄠˊ）粵kiu⁴〔橋〕山尖而高。

12 嶢（峣）（yáo ㄧㄠˊ）粵 jiu⁴
〔搖〕〔岩 嶢〕山高。

12 嶗（崂）（láo ㄌㄠˊ）粵 lou⁴
〔勞〕嶗山，在山東省。也寫作'勞山'。

13 嶧（峄）（yì ㄧˋ）粵 jik⁹〔亦〕
嶧縣，舊縣名，在山東省。1960年撤銷，劃歸棗莊市。

13 嶮（崄）（xiǎn ㄒㄧㄢˇ）粵 him²〔險〕〔嶮巇〕也作'險巇'。形容山險。⑪道路艱難。

13 嶴（（ào ㄠˋ）粵ou³〔澳〕山深奧處。也指山間平地。常用作地名。

13 嶨（峃）（xué ㄒㄩㄝˊ）粵 hok⁹〔學〕❶ 多大石的山。❷〔嶨口〕地名，在浙江省文成縣。

13 嶩 同'猱'，見184頁。

13 嶦 '巘'的簡化字，見189頁。

13 嶲 見隹部，758 頁。

14 嶷（（yí ㄧˊ）粵ji⁴〔而〕〔九嶷〕山名，在湖南省。

14 嶺（岭）（lǐng ㄌㄧㄥˇ）粵lin⁵
〔領〕leŋ⁵〔靚 低上〕（又）山脈：五～。秦～。翻山越～。

14 嶸（嵘）（róng ㄖㄨㄥˊ）粵win⁴〔榮〕見 185頁'崢'字條'崢嶸'。

14 嶼（屿）㊀（yǔ ㄩˇ，舊讀xù ㄒㄩˋ）粵 dzœy⁶〔罪〕小島（粵島ㄧ）。
㊁（yǔ ㄩˇ）粵jy⁴〔如〕〔大嶼山〕小島名。在香港境內。

14 嶽 （yuè ㄩㄝˋ）粵ŋok⁹〔膊〕高大的山。〔五嶽〕中國五個名山。即東嶽泰山，西嶽華山，南嶽衡山，北嶽恒山，中嶽嵩山。

15 嶺 見隹部，758 頁。

16 嶧（峍）（lì ㄌㄧˋ）粵 lik⁹
〔力〕〔嶧崺山〕山名，在江西省樂平縣。

17 巇（（xī ㄒㄧ）粵hei¹〔希〕險巇，形容山險。⑪道路艱難。

17 巉（（chán ㄔㄢˊ）粵tsam⁴〔慚〕〔巉巖〕山勢險峻。

18 巋（岿）（kuī ㄎㄨㄟ）粵kwei¹〔虧〕高峻獨立的樣子：～然不動。

18 巍 （wēi ㄨㄟ）粵ŋei⁴〔危〕高大的：～峨。

19 巔（巅）（diān ㄉㄧㄢ）粵din¹〔顛〕山頂。也作'顚'。

19 巎（（náo ㄋㄠˊ）粵nau⁴〔撓〕同'猱'。用於人名。

19 巒（峦）（luán ㄌㄨㄢˊ）粵 lyn⁴〔聯〕❶小而尖的山。❷連着的山: 山～起伏。

20 巖（yán ㄧㄢˊ）粵 ŋam⁴〔癌〕❶高峻的山崖。❷巖石, 構成地殼的石頭: 水成～。火成～。

20 巘（巘）（yǎn ㄧㄢˇ）粵 jin²〔演〕大小成兩截的山。

20 巗 同'巖', 見本頁。

巛 部

0 川（chuān ㄔㄨㄢ）粵 tsyn¹〔村〕❶河流: 高山大～。～流不息。❷平地, 平原: 平～。米糧～。❸指四川: ～芎。～貝。
〔川資〕旅費。

3 州（zhōu ㄓㄡ）粵 dzeu¹〔周〕❶舊時的一種行政區劃。多用於地名, 如杭州、柳州。❷一種民族自治行政區劃, 如新疆伊犁哈薩克族自治州。

4 巡（xún ㄒㄨㄣˊ）粵 tsœn⁴〔旬〕❶往來查看: ～夜。～哨。〔巡迴〕按一定路綫到各處: ～～展覽。❷遍(用於給

全座斟酒): 酒過三～。

4 災 見火部, 392 頁。

5 甾 見田部, 439 頁。

7 邕 見邑部, 703 頁。

8 巢（cháo ㄔㄠˊ）粵 tsau⁴〔抄低乎〕鳥搭的窩, 也指蜂蟻等動物的窩。粵盜賊藏身的地方: 賊～。

工 部

0 工（gōng ㄍㄨㄥ）粵 guŋ¹〔弓〕❶工人: 礦～。技雜～。❷工業: 化～。～商界。❸工作, 工程: 做～。～具手～。興～。〔工程〕關於製造、建築、開礦等, 有一定計劃進行的工作: 土木～～。水利～～。❹一個工人一天的工作: 這件工程需要二十個～才能完成。❺精細: ～筆畫。❻善於, 長於: ～書善畫。❼舊時樂譜記音符號的一個, 相當於簡譜的'3'。〔工尺〕(—chě)中國舊有的音樂記譜符號, 計有合、四、一、上、尺、工、凡、六、五、乙, 相當於簡譜的5、6、7、1、2、3、4、5、6、7。'工尺'是這些符號的總稱。

〔工夫〕〔功夫〕1.時間（多用‘工夫’）：有～～來一趟。2.長期努力實踐或長期努力實踐的成果（多用‘功夫’）：下～～。～深。

左 (zuǒ ㄗㄨㄛˇ)⑨dzɔ²〔阻〕❶ 面向南時靠東的一邊，跟‘右’相對：～手。⑯東方（以面向南為準）：山～。江～。〔左右〕1.上下：三十歲～～。2.橫豎，反正：～～是要去的，你還是早點去吧。3.身邊跟隨的人。4.支配，操縱：～～大局。5.敬辭，用於書信中，如某某先生左右。〔左證〕證據。也作‘佐證’。❷政治思想上屬於較激進的：～派。～翼。❸斜，偏，差錯：越說越～。你想～了。～道旁門。❹相反：彼此意見相～。

巧 (qiǎo ㄑㄧㄠˇ)⑨hau²〔考〕❶ 技巧，技術。❷靈巧，靈敏，手的技能好：心靈手～。他很～。～匠。❸恰好，正遇在某種機會上：湊～。碰～。❹虛浮不實（指話）：花言～語。❺美好，美妙：～笑倩兮。

巨 (jù ㄐㄩˋ)⑨gœy⁶〔具〕又作‘鉅’。大：～人。～型飛機。～款。

全 見人部，19 頁。

功 見力部，65 頁。

巩 ‘鞏’的簡化字，見 766 頁。

式 見弋部，206 頁。

邛 見邑部，704 頁。

巫 (wū ㄨ)⑨mou⁴〔無〕專以替人祈禱求神為職業的人。

贡 ‘貢’的簡化字，見 663 頁。

攻 見攴部，275 頁。

汞 見水部，355 頁。

空 見穴部，490 頁。

项 ‘項’的簡化字，見 770 頁。

缸 見缶部，534 頁。

差 ㊀(chà ㄔㄚˋ)⑨tsa¹〔叉〕❶ 錯（⑲一錯）：說～了。❷不相當，不相合：～得遠。～不多。❸缺欠：～一道手續。還一個人。❹不好，不夠標準：成績～。

㊁(chā ㄔㄚ)⑨同㊀❶不同，不同之點（⑲一別，一異）：相～甚遠。❷大致還可以：～強人

意。❸錯誤：～錯。❹差數，
兩數相減的餘數。

㊂(chāi ㄔㄞ)粵tsai¹〔猜〕❶派遣
去作事(遣—遣)。❷舊時稱被
派遣的人。❸公務，職務，被
派遣去做的事：兼～。出～。
❹〈粵方言〉警察：～人。

㊃(cī ㄘ)粵tsi¹〔雌〕見 82 頁
'參㊂'。

7 **貢** 見貝部，663 頁。

9 **巰** '號'的簡化字，見本頁。

9 **項** 見頁部，770 頁。

11 **巰(巰)**(qiú ㄑㄧㄡˊ)粵keu⁴
〔求〕有機化合物
中含硫和氫的基，通式為
－SH。

己(巳)部

0 **己** (jǐ ㄐㄧˇ)粵gei²〔紀〕❶自
己，對人稱本身：堅持
～見。反求諸～。❷天干的第
六位，用作順序的第六。

0 **已** (yǐ ㄧˇ)粵ji⁵〔以〕❶止，罷
了：爭論不～。如此而
～。❷已經，已然，表示過
去：時間～過。❸後來，過了
一些時，不多時：～忽不見。

❹太，過：不為～甚。❺〈古〉
同'以'：～上。～下。自漢～後。

0 **巳** (sì ㄙˋ)粵dzi⁶〔治〕❶地支
的第六位。❷巳時，指
上午九點到十一點。

1 **巴** (bā ㄅㄚ)粵ba¹〔爸〕❶黏
結着的東西：鍋～。❷
〈方〉黏貼，依附在別的東西
上：飯～鍋了。常春藤～在牆
上。❸貼近：前不～村，後不
～店。〔巴結〕奉承，諂媚。❹
巴望，盼，期望：～不得馬上
回家。❺古代國名，在四川東
部。因此四川東部別稱'巴'。
❻(ba)詞綴：1.在名詞後：尾
～。2.在動詞後：眨～眼。3.
在形容詞後(疊)：乾～～。❼
量詞，舊壓強(單位面積上所
受的壓力)單位。今作'帕'。
〔巴士〕〈港方言〉公共汽車。英
語bus的音譯。

3 **妃** 見女部，152 頁。

3 **异** 見廾部，205 頁。

4 **卮** 同'后'，見 77 頁。

4 **忌** 見心部，217 頁。

4 **改** 見攴部，275 頁。

6 巷 ㊀(xiàng ㄒㄧㄤˋ)⑨hɔŋ⁶
〔項〕hɔŋ²〔康高上〕(語)胡
同，里弄：大街小~。
㊁(hàng ㄏㄤˋ)⑨同㊀同'巷㊀'.
〔巷道〕採礦或探礦時挖的坑
道。

9 巽 (xùn ㄒㄩㄣˋ)⑨sœn³〔信〕八
卦之一，符號是 ☴，
代表風。

巾 部

0 巾 (jīn ㄐㄧㄣ)⑨gen¹〔斤〕擦
東西或包裹、覆蓋東西
用的紡織品：手~。頭~。

1 帀 同'匝'，見 72 頁。

1 帀 同'軼'，見 768 頁。

1 币 '幣'的簡化字，見 196 頁。

2 市 (shì ㄕˋ)⑨si⁵〔時低上〕❶做
買賣或做買賣的地方：
開~。菜~。~場。❷買：沽
恩。沽酒~脯。❸賣。❹人口
密集的行政中心或工商業、文
化發達的地方：城~。都~。
❺一種行政區劃，有直轄市和
省（或自治區）轄市等：上海
~。廣州~。❻屬於中國度量
衡市用制的：~尺。~升。~

斤。

2 布 (bù ㄅㄨˋ)⑨bou³〔報〕❶用
棉紗、麻紗等織成的，
可以做衣服或其它物件的材
料。〔布匹〕布的總稱。❷宣布，
宣告，對衆陳述：發~。開誠
~公。〔布告〕張貼出來通知公
衆的文件。❸散布，分布：陰
雲密~。星羅棋~。❹布置：
~防。~局。〔布置〕安排。❺
古代的一種錢幣。（❷-❹又作
'佈'）
〔布丁〕又作'布甸'。英語pud-
ding的音譯。一種西式點心，
用麵粉、牛奶、雞蛋、水果、
糖等製成，味甜。
〔布依〕布依族，中國少數民族
名，參看附錄六。
〔布朗〕布朗族，中國少數民族
名，參看附錄六。

2 帅 '帥'的簡化字，見 193 頁。

2 匝 見匚部，72 頁。

3 帆 (fān ㄈㄢ)⑨fan⁴〔凡〕利用
風力使船前進的布蓬：
一~風順。

3 舤 同'帆'，見本頁。

3 师 '師'的簡化字，見 194 頁。

3 吊 見口部，91頁。

4 希 （xī ㄒㄧ）粵hei¹〔欺〕❶同
‘稀’。少（粵―罕）：物以
～為貴。❷盼望（粵―望）：～
準時出席。～望你快點回來。

4 帊 （pà ㄆㄚˋ）粵pa³〔怕〕手巾。

4 帋 同‘紙’，見516頁。

4 帳 ㈠‘帳’的簡化字，見194
頁。
㈡‘賬’的簡化字，見669頁。

4 帏 ‘幃’的簡化字，見195頁。

5 帑 ㈠（tǎng ㄊㄤˇ）粵tong²〔躺〕
古時指收藏錢財的府庫
和府庫裏的錢財：國～。公～。
㈡〈古〉同‘孥’，見164頁。

5 帔 （pèi ㄆㄟˋ）粵pei³〔屁〕pei¹
〔披〕〈又〉古代披在肩背上
的服飾：鳳冠霞～。

5 帕 （pà ㄆㄚˋ）粵pak⁸〔拍〕❶
（―子）包頭或擦手臉用
的布或綢：首～。❷量
詞，壓強（單位面積上所受的
壓力）單位。從前作‘巴’。

5 帖 ㈠（tiē ㄊㄧㄝ）粵tip⁸〔貼〕學
習寫字時摹仿的樣本：
碑～。字～。
㈡（tiè ㄊㄧㄝˋ）粵同㈠❶（―兒）便
條：字～兒。❷（―子）邀請客

人的紙片：請～。喜～。❸舊
時寫着生辰八字等的紙片：庚
～。換～。❹量詞，用於配合
起來的若干味湯藥：一～藥。
㈢（tiē ㄊㄧㄝ）粵同㈠❶妥適：安
～。安～。❷順從，馴服：～
伏。俯首～耳（含貶義）。

5 帘 （lián ㄌㄧㄢˊ）粵lim⁴〔廉〕❶
舊時商店做標誌的旗幟。
❷同‘簾’，見507頁。

5 帙 （zhì ㄓˋ）粵dit⁶〔秩〕❶包書
的套子。❷量詞，用於
裝套的線裝書。

5 帚 （zhǒu ㄓㄡˇ）粵dzau²〔爪〕
dzeu²〔走〕〈又〉掃除塵土、
垃圾的用具。

5 帛 （bó ㄅㄛˊ）粵bak⁸〔白〕絲織
品的總稱。〔帛書〕古代
寫在絲織品上的書。

5 帜 ‘幟’的簡化字，見196頁。

6 帝 （dì ㄉㄧˋ）粵dei³〔締〕❶宗
教徒或神話中稱宇宙的
創造者和主宰者：上～。玉皇
大～。❷君主，皇帝：稱～。
三皇五～。

6 帥（帅） （shuài ㄕㄨㄞˋ）粵
sœy³〔稅〕❶軍隊
中最高級的指揮官：元～。統
～。❷英俊，瀟灑，漂亮：他
長得真～。這幾個字寫得真～。

6 **帡**（píng ㄆㄧㄥˊ）働 pin⁴〔平〕
〔帡幪〕古代稱覆蓋用的
東西，指帳幕等。

6 **带** '帶'的簡化字，見本頁。

6 **帧** '幀'的簡化字，見 195 頁。

7 **帨**（shuì ㄕㄨㄟˋ）働 sœy³〔稅〕
古代的佩巾，像現在的
毛巾。

7 **師**（师）（shī ㄕ）働 si¹〔思〕
❶老師，導師。
⑦榜樣：前事不忘，後事之～。
❷由師徒關係而產生的：～
兄。❸對擅長某種技術的人的
稱呼：工程～。醫～。理髮
～。❹效法：～法。❺軍隊：誓
出～。❻對和尚的尊稱：法
～。禪～。❼軍隊的編制單位，是
團的上一級。

7 **席**（xí ㄒㄧˊ）働 dzik⁹〔直〕❶
（一子、一兒）用竹、草或
葦子等編成的東西，通常用來
鋪牀或炕。（粤口語讀如'隻'的
低入聲）❷座位：出～（到場）。
缺～（不到場）。來賓～。❸特
指議會中的席位，表示當選的
人數：三～。❹酒席，成桌的飯菜：
擺了兩桌～。❺量詞：一～話。
一～酒。

7 **帬** 同'裙'，見 630 頁。

7 **帮** '幫'的簡化字，見 196 頁。

7 **帱** '幬'的簡化字，見 196 頁。

8 **帳**（帐）（zhàng ㄓㄤˋ）働
dzœŋ³〔漲〕❶（一
子）用布或其他材料做成的帷
幕（多指張在牀上的）：蚊～。
圓頂～子。❷同'賬'，見 669 頁。

8 **帵**（wān ㄨㄢ）働 wun¹〔剜〕
（一子）裁衣服剩下的大片
材料。

8 **帶**（带）（dài ㄉㄞˋ）働 dai³
〔戴〕❶（一子、
一兒）用皮、布或紗綫等物做
成的長條：皮～。腰～。鞋～。
（粤口語讀高上聲）⑦輪胎：車
～。裏～。❷地帶，區域：溫
～。寒～。沿海一～。❸攜
帶：～雨傘。～着行李。❹捎，
順便做，連着一起做：你給他
～個口信去。把門一～上。連說
～笑。❺連着：～葉的橘子。
❻呈現，含有：面～笑容。～
色的。❼領，率領（働一領）：
～路。～兵。～頭。❽白帶，
女子陰道流出的白色黏液，如
量過多是陰道或子宮發炎的一
種症狀，白帶有血的叫'赤
帶'。〔帶下〕中醫指女子赤、
白帶症。

8 **帷**（wéi ㄨㄟˊ）粵wɐi⁴〔維〕（一子）圍在四周的帳幕: 車~子。運籌~幄。

8 **常**（cháng ㄔㄤˊ）粵sœŋ⁴〔償〕❶長久: ~綠樹。冬夏~青。❷經常，時時（疊）: ~來~往。~見面。❸平常，普通的，一般的: ~識。~態。習以為~。反~。❹古代長度單位。八尺為尋，兩尋為常。

8 **帡**同'帲'，見194頁。

8 **帼** '幗'的簡化字，見本頁。

8 **帻** '幘'的簡化字，見196頁。

9 **帽**（mào ㄇㄠˋ）粵mou⁶〔冒〕mou²〔冒高上〕(語)❶帽子: 草~。❷(一兒)作用或形狀像帽子的東西: 螺絲~。~釘。筆~。

9 **帧（幀）**（zhēn ㄓㄣ，舊讀zhèng ㄓㄥˋ）粵dziŋ³〔證〕dziŋ¹〔貞〕(俗)❶畫幅: 裝~（書畫等的裝潢設計）。❷圖畫的一幅: 一~彩畫。

9 **幃（帏）**（wéi ㄨㄟˊ）粵wɐi⁴〔圍〕帳子，幔幕。

9 **幄**（wò ㄨㄛˋ）粵ɐk⁷ ak⁷〔握〕(又)帳幕: 運籌帷~。

9 **幅**（fú ㄈㄨˊ）粵fuk⁷〔福〕❶幅面，布匹、呢絨等的寬度: 這塊布的一面寬。這種布是雙~的。〔幅員〕寬窄叫幅，周圍叫員。（轉）疆域: ~~廣大。❷邊緣。❸量詞: 一~畫。

9 **幈**同'屏㊀'，見179頁。

9 **黎**同'綵'，見532頁。

9 **冪**見冖部，51頁。

10 **幌**（huǎng ㄏㄨㄤˇ）粵fɔŋ²〔訪〕帳幔，簾帷。〔幌子〕商店門外的招牌或標誌物。(喻)為了進行某種活動所假借的名義。

11 **幔**（màn ㄇㄢˋ）粵man⁶〔慢〕（一子）掛在屋內的帳幕。

11 **幕** ㊀（mù ㄇㄨˋ）粵mɔk⁹〔莫〕❶帳: 1.覆蓋在上面的（疊帳一）。2.垂掛着的: 銀~。開~。〔內幕〕內部的實際情形（多指隱秘的事）。〔黑幕〕暗中作弊搗鬼的事情。❷古代將帥辦公的地方: ~府。❸話劇或歌劇的較完整的段落: 獨~劇。
㊁（mò ㄇㄛˋ）粵同㊀〈古〉同沙漠的'漠'。

11 **幗（帼）**（guó ㄍㄨㄛˊ）粵gwɔk⁸〔國〕古代婦女包頭的巾、帕: 巾~英雄（女英雄）。

11 幘(帻)〔zé ㄗㄜˊ〕粵 dzik⁷〔積〕古代的一種頭巾。

11 幛〔zhàng ㄓㄤˋ〕粵 dzœŋ³〔障〕(子)上面題有詞句的整幅綢布，用做慶賀或弔唁的禮物：喜~。壽~。

11 幙 同'幕'，見195頁。

11 幯 同'幭'，見195頁。

12 幞〔fú ㄈㄨˊ〕粵 fuk⁹〔服〕〔幞頭〕古代男子用的一種頭巾。

12 幟(帜)〔zhì ㄓˋ〕粵 tsi³〔次〕❶旗子(@旗-)：獨樹一~。❷標記。

12 幢㊀〔chuáng ㄔㄨㄤˊ〕粵 tsœŋ⁴〔牀〕古代原指支撐帳幕、傘蓋、旌旗的木竿，後借指帳幕、傘蓋、旌旗。
㊁〔chuáng ㄔㄨㄤˊ〕粵 toŋ⁴〔唐〕刻着佛號或經咒的石柱子：經~。石~。
㊂〔zhuàng ㄓㄨㄤˋ〕粵同㊀ 量詞，指房子：一~樓。
㊃〔zhuàng ㄓㄨㄤˋ〕粵 dzɔŋ⁶〔撞〕車簾。

12 幣(币)〔bì ㄅㄧˋ〕粵 bei⁶〔弊〕錢幣，交換各種商品的媒介：銀~。紙~。港~。

12 幡 同'旛'，見286頁。

13 幨〔chān ㄔㄢ〕粵 tsim¹〔簽〕車帷。

13 幎 見一部，51頁。

14 幪〔méng ㄇㄥˊ〕粵 muŋ⁴〔蒙〕見194頁'幪'字條'幪幪'。

14 幫(帮)〔bāng ㄅㄤ〕粵 bɔŋ¹〔邦〕❶輔助(@-助)：~忙。~你做。〔幫凶〕幫助壞人行凶作惡的人。〔幫手〕1.助理人。2.〈粵方言〉幫忙。❷羣，伙：大~人馬。❸集團，幫會：匪~。青紅~。❹(-子，-兒)旁邊的部分：鞋~。白菜~兒。

14 幬(帱)㊀〔chóu ㄔㄡˊ〕粵 tsɐu⁴〔酬〕❶帳子。❷車帷。
㊁〔dào ㄉㄠˋ〕粵 dou⁶〔道〕覆蓋。

干部

0 干㊀〔gān ㄍㄢ〕粵 gɔn¹〔肝〕❶關連，涉及：不相~。這事與你何~？❷冒犯，觸犯：~犯。有~禁例。〔干涉〕1.過問或制止，常指不應管硬管：橫加~~。2.關涉，關係：二者了無~~。❸追求，舊指追求職位俸祿：～祿。❹盾：動～戈〔喻戰亂〕。〔干城〕⑲捍衛者。❺天干，曆法中用的'甲、乙、丙、丁、戊、己、庚、辛、壬、癸'十個字，也作編排次序用。〔干支〕天干和地支，曆法上把這兩組字結合起來，表示日子或年份。❻水邊：江～。河～。❼'乾'的簡化字，見11頁。

㈡'幹'的簡化字，見198頁。

2 **平** (píng ㄆㄧㄥˊ)⑲pin⁴〔評〕❶不傾斜，無凹凸，像靜止的水面那樣：～地。像水面一樣～。把紙鋪～了。㈠均等：～分。公～合理。〔平行〕1.兩個平面或在一個平面內的兩條直綫永遠不相交：～～綫。～～面。2.地位相等，互不隸屬：～～機關。❷安定，安靜：～心靜氣。風～浪靜。❸使平：～亂。把地～一～。❹經常的，一般的：～日。～淡無奇。❺平聲，漢語四聲之一。普通話的平聲分陰平和陽平兩類。廣州話的平聲分高平和低平兩類。

2 **刊** 見刀部，56頁。

3 **年** (nián ㄋㄧㄢˊ)⑲nin⁴〔尼然切〕❶地球繞太陽一週的時間。現行曆法規定平年三百六十五日，閏年三百六十六日。㈠1.年節，一年的開始：過～。～畫。2.時期：光緒～間。民國初～。〔年頭兒〕1.一個全年的時間：看看已是三個～～～。2.時代：這～～兒童可眞幸福啊。3.莊稼的收成：今年～～～眞好，比去年多收一倍。❷年紀，歲數（⑲一齡、一歲）：～老。～輕。㈠人一生所經年歲的分期：青～。壯～。❸年景，年成，收成：豐～。❹科舉時代同年考中者的互稱：～兄。

3 **并** ㈠(bīng ㄅㄧㄥ)⑲bin¹〔兵〕山西省太原市的別稱。㈡(bìng ㄅㄧㄥˋ)⑲bin³〔併〕又作'併'。合在一起（⑲合一）：吞～。～案辦理。㈢同'並'，見5頁。

3 **妍** 見女部，151頁。

3 **邢** 見邑部，704頁。

4 **旱** 見日部，288頁。

4 **罕** 見网部，535頁。

5 **幸** (xìng ㄒㄧㄥˋ)⑲heng⁶〔杏〕❶意外地得到成功或免去災害：～免於難。〔幸而〕〔幸虧〕多虧：～～你來了。❷幸運，幸福：榮～。❸高興：慶～。欣～。❹希望：～勿推辭。❺舊指寵愛：寵～。得～。又作'倖'。❻〈古〉指封建帝王到達某地：巡～。

5 **幷** 同'并'，見 197 頁。

6 **頊** '頊'的簡化字，見 770 頁。

9 **頊** 見頁部，770 頁。

10 **幹**（△干）（gàn 《ㄢˋ）粵gon³〔肝 高去〕
❶事物的主體，重要的部分：樹～。軀～。～綫。❷做，搞：埋頭苦～。這件事我可以～。你在～什麼？❸有才能的，善於辦事的：～才。～事。〔幹練〕對辦事很有經驗。❸〈方〉壞，糟：事情要～了。

幺 部

0 **幺**（yāo |ㄠ）粵jiu¹〔腰〕
❶〈方〉小，排行最末的：～叔。～妹。～兒。❷數目'一'的另一個說法（用於電話號碼等）。❸骰子上或骨牌中的一點。

1 **幻**（huàn ㄏㄨㄢˋ）粵wan⁶〔患〕
❶空虛的，不真實的：

～境。～想。夢～。〔幻滅〕幻想或不真實的事受到現實的打擊而消滅。〔幻燈〕一種娛樂和教育用的器具。利用凸透鏡和燈光把圖片放大，映射在白布上。❷變化（粵變一）：～術。～化。

2 **幼**（yòu |ㄡˋ）粵jeu³〔丘高去〕
❶年紀小，初出生的：～兒。～蟲。～苗。〔幼稚〕年紀小的。粵知識見解淺薄、缺乏經驗的：思想～～。❷小孩兒：扶老攜～。有所養。❸〈粵方言〉細：～沙。～繩。

6 **幽**（yōu |ㄡ）粵jeu¹〔休〕❶形容地方很僻靜、光綫暗：～谷。～林。～室。引隱藏，不公開的：～居。～會。❷使人感覺沉靜、安閒的：～香。～美。～雅。❸幽禁，把人關起來不讓跟外人接觸：～囚。❹陰間：九～。～靈。❺古地區名，相當於今河北省北部和遼寧省南部：～燕（yān）。〔幽默〕英語humour的音譯。有趣或可笑而意味深長的。

6 **兹** ㊀（zī ㄗ）粵dzi¹〔支〕❶這，這個：～一日。～理易明。❷現在：數月於～。～訂於明日開全體會員大會。❸〈古〉年：今～。來～。
㊁（cí ㄘˊ）粵tsi⁴〔池〕見 833 頁

'龜㊂'。

9 **幾**(△几) ㊀(ㄐㄧˇ)⑧gei²〔己〕❶詢
問數量多少的疑問詞：～個
人？來～天了？〔幾何〕1.多少？
2.幾何學，研究點、綫、面、
體的性質、關係和計算方法的
學科。❷表示不定的數目：他
才十一～歲。所剩無～。❸〈粵
方言〉相當，還算：工作～順
利。

㊁(ㄐㄧ)⑧gei¹〔機〕❶幾乎，
差一點：～為所害。我～乎忘
了。❷苗頭：知～其神乎。

11 **麼** 見麻部，823 頁。

12 **樂** 見木部，330 頁。

12 **畿** 見田部，442 頁。

广　部

0 **广** ㊀(yǎnㄧㄢˇ)⑧jim⁵〔染〕依
山崖建造的房屋。
㊁(ānㄢ)⑧em¹〔庵〕同'庵'（多
用於人名）。
㊂'廣'的簡化字，見 203 頁。

2 **庀** (pǐㄆㄧˇ)⑧pei²〔鄙〕具備，
治理。

3 **庄** '莊'的簡化字，見 582 頁。

3 **庆** '慶'的簡化字，見 230 頁。

4 **庇** (bìㄅㄧˋ)⑧bei³〔祕〕遮蔽，
掩護（⓪－護）：包～。
～佑。

4 **庋** (guǐㄍㄨㄟˇ)⑧gwei²〔鬼〕
gei²〔己〕（又）❶放東西的
架子。❷擱置，收藏：～藏。

4 **序** (xùㄒㄩˋ)⑧dzœy⁶〔罪〕❶
次第（⓪次－）：順～。
工～。井然有～。❷排列次
第：～齒（按年齡排次序）。❸
在正式內容之前的：～文。～
曲。～幕。特指序文：寫一篇
～。❹〔庠序〕見 200 頁'庠'字條。

4 **床** 同'牀'，見 408 頁。

4 **应** '應'的簡化字，見 232 頁。

4 **库** '庫'的簡化字，見 201 頁。

4 **庐** '廬'的簡化字，見 204 頁。

4 **庑** '廡'的簡化字，見 203 頁。

5 **底** ㊀(dǐㄉㄧˇ)⑧dei²〔抵〕❶
（－子、－兒）最下面的
部分：鍋～。鞋～。海～。㊁
末了：月～。年～。❷（－子、
－兒）留作根據的：～稿。～

賬。那文件要留個～兒。❸(一子、一兒)事情的根源或內情：尋根究～。摸～。〔底細〕內情，詳情，事件的根柢。❹(一兒)圖案的底子：白～紅花。❺達到：終～於成。❻何，什麼：～事。～處。

㊁(de・ㄉㄜ)働同㊀同'的'的㊂❸'，見454頁。

5　庖 (páo ㄆㄠˊ)働pau⁴〔刨〕庖廚，廚房：～人(古代稱廚師)。〔庖丁〕廚師。〔庖代〕〔代庖〕働替人處理事情或代做別人的工作。

5　店 (diàn ㄉㄧㄢˋ)働 dim³〔惦〕❶商店，鋪子：書～。零售～。～員。❷舊式的旅館：住～。客～。❸站。常用作集鎮的名稱：長辛～。周口～。

5　庚 (gēng ㄍㄥ)働gen¹〔羹〕❶天干的第七位，用作順序的第七。❷年齡：同～。

5　府 (fǔ ㄈㄨˇ)働fu²〔苦〕❶儲藏文書或財物的地方(働一庫)：～庫充實。天～(喻物產富饒的地方)。❷舊時稱官吏辦理公事的地方：官～。現在稱國家政權機關：政～。❸舊時貴族或高級官員辦公或居住的地方：王～。相～。〔府上〕對別人的住宅的敬稱。❹舊時

行政區域名，等級在縣和省之間：開封～。濟南～。❺〈古〉同'腑'，見557頁。

5　庙 '廟'的簡化字，見203頁。

5　废 '廢'的簡化字，見203頁。

5　庞 '龐'的簡化字，見204頁。

6　庠 (xiáng ㄒㄧㄤˊ)働tsœŋ⁴〔祥〕〔庠序〕古代由地方舉辦的鄉學。後泛指學校。

6　庥 (xiū ㄒㄧㄨ)働jɐu¹〔休〕庇蔭，保護。

6　度 ㊀(dù ㄉㄨˋ)働dou⁶〔杜〕❶計算長短的器具或單位：～量衡。❷依照計算的標準劃分的單位：溫～。濕～。經～。用了二十～電。❸程序，事物所達到的境界：極～。高～的責任感。❹法則，應遵行的標準(働制一、法一)。❺度量，能容受的量：氣～。適～。過～。～量大。置之～外(不放在心上)。❻過，渡過，由此到彼：～日。❼次：一年一～。再～。前～。❽僧尼勸人出家：剃～。

㊁(duó ㄉㄨㄛˊ)働dok⁹〔鐸〕忖度，揣度，計算，推測：～德量力。

7　座 (zuò ㄗㄨㄛˋ)働dzo⁶〔助〕❶(一兒)坐位：入～。～

位已滿。～右銘。❷(一子、一兒)托着器物的東西: 鐘～。❸星座: 天琴～。❹量詞: 一～山。三～樓。

7 **庫(库)**〔kù ㄎㄨˋ〕粵fu³〔富〕❶貯存東西的房屋或地方(粵倉一): 入～。水～。❷電荷量單位庫倫的簡稱, 符號C。

7 **庭**〔tíng ㄊㄧㄥˊ〕粵tiŋ⁴〔停〕❶院子: 前～。❷廳堂: 大～廣衆。❸法庭, 審判案件的處所: 開～(審理案件)。～長。

7 **唐** 見口部, 104 頁。

7 **席** 見巾部, 194 頁。

8 **庳**〔bēi ㄅㄟ, 又讀bì ㄅㄧˋ〕粵bei¹〔卑〕pei⁵〔婢〕(又)低下: 墮高堙～(削平高丘, 填塞窪地)。❷矮。

8 **庵**〔ān ㄢ〕粵em¹〔暗高平〕❶圓形草屋。❷小廟(多指尼姑居住的): ～堂。

8 **庶**〔shù ㄕㄨˋ〕粵sy³〔恕〕❶衆多: ～民(舊指老百姓)。～務。富。❷庶幾, 將近, 差不多: ～免誤會。～乎可行。❸家庭的旁支, 跟'嫡'相對: ～出(妾所生)。

8 **康**〔kāng ㄎㄤ〕粵hoŋ¹〔腔〕❶安寧: 身體健～。～樂。

❷空, 空虛: 蘿蔔～了。〔康莊〕平坦通達的: ～～大道。

8 **庸**〔yōng ㄩㄥ〕粵juŋ⁴〔容〕❶平常, 不高明的(粵平一): ～言。～俗。～醫。❷用: 無～細述。毋～諱言。❸豈, 怎麼: ～可棄乎?

8 **庹**〔tuǒ ㄊㄨㄛˇ〕粵tok⁸〔托〕成人兩臂左右伸直的長度(約五尺)。

8 **庾**〔yǔ ㄩˇ〕粵jy⁵〔羽〕❶露天的穀倉。〔大庾嶺〕山名, 在江西、廣東兩省交界的地方。❷姓。

8 **鹿** 見鹿部, 820 頁。

8 **麻** 見麻部, 823 頁。

9 **廁(厕)**〔cè ㄘㄜˋ〕粵tsi³〔次〕❶廁所, 大小便的地方: 公～。❷參與, 混雜在裏面: ～之賓客之中。

9 **廂**〔xiāng ㄒㄧㄤ〕粵sœŋ¹〔商〕❶廂房, 在正房前面兩旁的房屋: 東～房。西～。㊉邊, 方面: 這～。兩～。❷靠近城的地區: 城～。關～。❸包廂, 戲院裏特設單間座位。❹車廂, 車裏容納人或東西的地方。

9 **廋** (sōu ㄙㄡ)粵 seu¹〔收〕隱藏，藏匿。

9 **廄** (jiù ㄐㄧㄡ)粵 geu³〔究〕馬棚，泛指牲口棚：～肥。

9 **廊** 同'廊'，見本頁。

9 **寓** 同'寓'，見 170 頁。

9 **廟** 同'廟'，見 203 頁。

9 **賡** '賡'的簡化字，見 668 頁。

10 **廌** (zhì ㄓ)粵 dzi⁶〔自〕dzai⁶〔寨〕(又)〔解廌〕(xiè一)同'獬豸'。傳說中一種能判斷疑難案件的神獸名。

10 **廈** ㊀(shà ㄕㄚˋ)粵 ha⁶〔夏〕❶ 大屋子：廣～千萬間。高樓大～。❷房子後面突出的部分：前廊後～。
㊁(xià ㄒㄧㄚˋ)粵同㊀〔廈門〕市名，在福建省。

10 **廉** (lián ㄌㄧㄢˊ)粵 lim⁴〔簾〕❶ 不貪污：～潔。清～。❷便宜，價錢低(粵低一)：～價。❸察考，訪查：～訪。～得其情。

10 **廊** (láng ㄌㄤˊ)粵 loŋ⁴〔郎〕❶ (一子)走廊，有頂的過道：長～。❷(一子)廊檐，房屋前檐伸出的部分，可避風雨，遮太陽。

11 **廎** (廎) (qǐng ㄑㄧㄥˇ)粵 kiŋ²〔頃〕小廳堂。

11 **廑** ㊀(qín ㄑㄧㄣˊ)粵 ken⁴〔勤〕同'勤'。勤勞，殷勤。〔廑注〕殷切的關心和掛念。舊時書信常用語。
㊁(jǐn ㄐㄧㄣˇ)粵 gen²〔僅〕同'僅'。才，只。

11 **廒** (áo ㄠˊ)粵 ŋou⁴〔熬〕收藏糧食的倉房。

11 **廓** (kuò ㄎㄨㄛˋ)粵 gwok⁸〔國〕kwɔk⁸〔誇惡切〕(又)❶物體的周圍：輪～。耳～。❷空闊：寥～。❸擴大。〔廓清〕肅清，把有害的事物排除淨盡。

11 **廖** (liào ㄌㄧㄠˋ)粵 liu⁶〔料〕姓。

11 **廙** (yì ㄧˋ)粵 ji⁶〔義〕恭敬。

11 **廝** 同'廝'，見本頁。

11 **廈** 同'廈'，見本頁。

11 **廔** 同'樓'，見 330 頁。

11 **蔭** 同'蔭㊀❷❸'，見 597 頁。

11 **塵** 見土部，138 頁。

11 **腐** 見肉部，557 頁。

11 **麽** 見黹部，823 頁。

12 **廚**（chú ㄔㄨˊ）粵 tsy⁴〔躇〕
tsœy⁴〔除〕（ㄨˊ）廚房，做
飯做菜的地方。

12 **廛**（chán ㄔㄢˊ）粵 tsin⁴〔前〕古
代指一戶人家所住的房
屋。〔市廛〕集市。

12 **廝**（sī ㄙ）粵 si¹〔斯〕❶古代對
服雜役的人的蔑稱：小
～。～養。粵對人輕蔑的稱呼
（宋以來的小說中常用）：這
～。那～。❷互相：～守。～
打。

12 **廟**（庙）（miào ㄇㄧㄠˋ）粵
miu⁶〔妙〕miu²
〔妙高上〕〔語〕❶舊時供祖宗神位
的地方：家～。宗～。❷供神
佛或歷史上有名人物的地方：
龍王～。孔～。❸廟會，設在
寺廟裏或附近的集市：趕～。

12 **廠**（△厂）（chǎng ㄔㄤˇ）粵
tsɔŋ²〔敞〕❶工
廠：機械～。造紙～。紗～。
❷有空地可以存貨或進行加工
的場所：木～。煤～。❸跟棚
子類似的房屋。❹明朝政府為
加強專制統治而設的特務機
關，分東廠、西廠。

12 **廡**（庑）（wǔ ㄨˇ）粵 mou⁵
〔舞〕古代堂下周
圍的屋子。

12 **廢**（废）（fèi ㄈㄟˋ）粵 fei³
〔肺〕❶停止，放
棄：～除。半途而～。～寢忘
食。㉑失去效用的，沒有用
的：～紙。～話。～物利用。
❷廢棄物：修舊利～。❸傷殘，
痼疾：～疾。❹荒廢，荒蕪：
～墟。

12 **廣**（△广）（guǎng ㄍㄨㄤˇ）粵 gwɔŋ²〔光高
上〕❶寬度：長五十米，～三十
米。〔廣袤〕東西叫廣，南北叫
袤，指土地的面積。❷寬，
大：～場。地～人稀。〔廣泛〕
範圍大，普遍：意義～～。❸
多：大庭～衆。❹擴大，擴充：
～播。推～。以～流傳。❺寬
慰：為賦以自～。❻廣東、廣
西和古廣州的省稱。

12 **廎** 同'廬'，見 202 頁。

12 **廞** 見心部，230 頁。

12 **摩** 見手部，265 頁。

12 **賡** 見貝部，668 頁。

12 **黀** 見黹部，824 頁。

13 廨 (xiè Ｔ丨ㄝˋ，又讀jiè 丨ㄝˋ)粵gai³〔介〕hai⁶〔械〕（又）官署，古代官吏辦公處的通稱：公～。

13 廩 (lǐn ㄌ丨ㄣˇ)粵lem⁵〔凜〕米倉(通倉一)。

13 廪 同'廩'，見本頁。

13 磨 見石部，475 頁。

14 應 見心部，232 頁。

14 膺 見肉部，561 頁。

14 蠱 見虫部，619 頁。

15 鷹 '鷹'的簡化字，見818頁。

16 廬 (庐) (lú ㄌㄨˊ)粵lou⁴〔勞〕房舍：茅～。

16 龐 (庞) (páng ㄆㄤˊ)粵pɔŋ⁴〔旁〕❶大(指形體或數量)：數字～大。～然大物。❷雜亂(通一雜)。❸面龐，臉盤。

16 靡 見非部，764 頁。

18 廱 (yōng ㄩㄥ)粵juŋ¹〔翁〕和睦，和諧。

18 魘 見鬼部，797 頁。

21 鷹 見鳥部，818 頁。

22 廳 (厅) (tīng ㄊ丨ㄥ)粵tiŋ¹〔庭高平〕teŋ¹〔艇高平〕(語)❶聚會或招待客人用的大房間：客～。飯～。❷營業、辦事的處所：餐～。辦公～。❸舊時某些省屬機關的辦事部門：教育～。財政～。

又 部

3 巡 同'巡'，見 189頁。

4 延 (yán 丨ㄢˊ)粵jin⁴〔言〕❶引長：～長。～年。蔓～。❷展緩，推遲：～期。遇雨順～。遲～。❸引進，聘請：～師。～聘。～醫診治。

4 廷 (tíng ㄊ丨ㄥˊ)粵tiŋ⁴〔停〕朝廷，封建時代君主受朝問政的地方：宮～。

5 廸 同'迪'，見 693頁。

5 廻 同'迴'，見 693頁。

5 廹 同'迫'，見 693頁。

6 建 (jiàn 丨丨ㄢˋ)粵gin³〔見〕❶立，設立，成立 (通一立)：～國。～都。～築鐵路。

❷建築: 擴～. 新～. ❸提出, 首倡: ～議. ❹福建省的簡稱: ～蘭. ～漆.

6 **廼** 同'乃', 見 7 頁。

6 **廻** 同'迴', 見 693 頁。

10 **頮** '頮'的簡化字, 見 773 頁。

廾 部

1 **廿** (niàn ㄋㄧㄢˋ)粵nim⁶〔念〕ja⁶〔也 低去〕(又)je⁶〔夜〕(又)二十:～四史。

1 **开** '開'的簡化字, 見 743 頁。

2 **弁** (biàn ㄅㄧㄢˋ)粵bin⁶〔辨〕❶古代貴族的一種帽子。❷舊日稱武官: 武～. 又指一般士兵及差役: ～目. 馬～。❸快, 急。
〔弁言〕書籍或長篇文章的序文, 引言。

2 **卉** 見十部, 74 頁。

3 **异** 同'異', 見 440 頁。

4 **弄** ㊀(nòng ㄋㄨㄥˋ, 舊讀lòng ㄌㄨㄥˋ)粵lung⁶〔龍 低去〕❶拿着玩, 戲要(粵玩一、戲一):

不要～火。❷搞, 做: ～好。～點水喝。～飯。❸攪擾: 這消息～得人心不安。❹耍, 炫耀: ～手段。舞文～墨。❺作弄, 欺侮: 天意～人。愚～。
㊁(lòng ㄌㄨㄥˋ)粵同㊀〔方〕弄堂, 小巷, 小胡同。

4 **弅** 同'棄', 見 320 頁。

5 **弆** (jǔ ㄐㄩˇ)粵gœy²〔舉〕收藏。

6 **弇** (yǎn ㄧㄢˇ)粵jim²〔掩〕覆蓋, 遮蔽。

6 **弈** (yì ㄧˋ)粵jik⁹〔亦〕❶古代稱圍棋。❷下棋: 對～。

6 **昇** 見日部, 291 頁。

6 **羿** 見羽部, 539 頁。

6 **舁** 見臼部, 565 頁。

11 **算** 見竹部, 502 頁。

12 **弊** (bì ㄅㄧˋ)粵bei⁶〔幣〕❶欺蒙人的壞事: 作～. 營私舞～。❷弊病, 害處, 跟'利'相反: 興利除～. 流～。❸敗壞, 疲困。

13 **彝** 見彐部, 210 頁。

15 **彞** 見彐部, 210 頁。

弋 部

0 弋 (yì ㄧˋ)粵jik⁹〔亦〕❶用帶着繩子的箭來射鳥：～鳧與雁。❷取：～取。

1 弌 (yī ㄧ)粵jet⁷〔壹〕'一'的古體字。

1 戈 見戈部，234 頁。

2 弍 (èr ㄦˋ)粵ji⁶〔二〕'二'的古體字。

3 式 (shì ㄕˋ)粵sik⁷〔色〕❶物體外形的樣子：新～。❷特定的規格：格～。程～。❸儀式，典禮，有特定程序的開會：開幕～。閱兵～。❹自然科學中表明某些規律的一組符號：方程～。分子～。❺一種詞法範疇，表示說話者對所說事情的主觀態度。如敍述式、命令式、條件式。❻語助詞：～微（衰落）。

3 弎 (sān ㄙㄢ)粵sam¹〔三〕'三'的古體字。

4 忒 見心部，217 頁。

5 甙 (dài ㄉㄞ)粵dɔi⁶〔代〕有機化合物的一類，多存在於植物體中，中藥車前、甘草、陳皮等都是含甙的藥物，又稱'苷'。

5 鸢 '鳶'的簡化字，見 809 頁。

5 武 見止部，343 頁。

7 貳 見貝部，663 頁。

9 貮 見貝部，664 頁。

10 弒 (shì ㄕˋ)粵si³〔試〕古時候稱臣殺君、子殺父母等行為：～君。～父。

11 鳶 見鳥部，809 頁。

弓 部

0 弓 (gōng ㄍㄨㄥ)粵guŋ¹〔工〕❶射箭或發彈丸的器具：彈～。～箭。（參見附圖）❷(～子)像弓的用具：胡琴～子。❸彎曲：～腰。❹舊時丈量地畝的器具和計算單位。一弓約等於市制五尺。二百四十弓(平方弓)為一畝。

弓

1 弔 (diào ㄉㄧㄠ)粵diu³〔釣〕❶祭奠死者或對遭到喪事

的人家、團體給予慰問：～喪。～唁。❷懸掛：天花板上～着四盞光彩奪目的水晶燈。❸提取，收回：～卷（提取存檔的文件）。～銷執照。❹把毛皮綴在衣面上：～皮襖。❺量詞，舊時一千個制錢或值一千個制錢的銅幣數量叫'一弔'。

1 **引**（yǐn ㄧㄣˇ）粵 jen⁵〔癮〕❶領，招來（粵ㄧ－導）：～路。～火。拋磚～玉。❷古時文體名，跟'序'差不多。〔引子〕1.樂曲、戲劇開始的一段。2.中醫稱主藥以外的副藥：這劑藥用薑做～～。❷拉，伸：～弓。～領（伸脖子）。〔引申〕也作'引伸'。字、詞由原義產生他義。❸用來做證據、憑藉或理由：～書。～證。～以為榮。❹誘發，惹：一句俏皮話～得大家哄堂大笑。❺退卻，退：～避。❻舊長度單位，一引等於十丈。❼古代柩車的繩索：發～（出殯）。❽古代紙幣名：鈔～為～。

2 **弗**（fú ㄈㄨˊ）粵 fet⁷〔忽〕不：～去。～許。

2 **弘**（hóng ㄏㄨㄥˊ）粵 weŋ⁴〔宏〕大：～願。

3 **弛**（chí ㄔˊ，舊讀 shī ㄕ）粵 tsi⁴〔池〕放鬆，鬆懈，解除：一張一～。廢～。～禁。

3 **矿**'礦'的簡化字，見 209 頁。

4 **弟**（㊀ dì ㄉㄧˋ）粵 dei⁶〔隸〕❶同父母的比自己年紀小的男子（疊）。❷稱同輩比自己年紀小的男性：小～～。師～。〔弟子〕舊時學生對師自稱或別人指稱。❸朋友相間的謙稱（多用於書信）。❹〈古〉同'第❶❷❹'，見 498 頁。
㊁〈古〉同'悌'，見 223 頁。

4 **张**'張'的簡化字，見 208 頁。

4 **弪**'彊'的簡化字，見 209 頁。

5 **弧**（hú ㄏㄨˊ）粵 wu⁴〔胡〕❶木弓。❷圓周的一段：～形。～綫。

5 **弨**（chāo ㄔㄠ）粵 tsiu¹〔超〕❶鬆解弓弦。❷弓。

5 **弩**（nǔ ㄋㄨˇ）粵 nou⁵〔腦〕一種利用機械力量射箭的弓：萬～齊發。

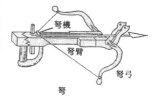

弩機
弩臂
弩弓
弩

5 **弦** (xián ㄒㄧㄢˊ) 粵 jin⁴〔言〕❶ 弓上發箭的繩狀物。❷ (一兒) 樂器上發聲的綫。❸ 鐘錶等的發條: 錶～斷了。❹ 月亮半圓: 上～。下～。❺ 數學名詞: 1.直綫與圓相交夾在圓周之內的部分。2.直角三角形中對着直角的邊。

5 **弢** 同'韜', 見 768 頁。

5 **弥** '彌'的簡化字, 見 209 頁。

5 **穹** 見穴部, 490 頁。

6 **弭** (mǐ ㄇㄧˇ) 粵 mei⁵〔米〕mei⁵ 〔美〕(又) 停止, 消除: ～兵(停止戰爭)。水患消～。

6 **弯** '彎'的簡化字, 見 209 頁。

6 **弴** '弾'的簡化字, 見 209 頁。

7 **弱** (ruò ㄖㄨㄛˋ) 粵 jœk⁹〔若〕❶ 力氣小, 勢力差, 跟'強'相反: 身體～。～小。㉠不夠, 差一點: 三分之二～。❷〈古〉年紀小: 老～。❸ 喪失, 減少(指人死): 又～一個。

7 **弰** (shāo ㄕㄠ) 粵 sau¹〔梢〕弓的末梢。

7 **躬** 見身部, 683 頁。

8 **張** (张) (zhāng ㄓㄤ) 粵 dzœŋ¹〔章〕❶ 展開, 開: ～嘴。～牙舞爪。1.擴大, 誇大: 虛～聲勢。～大其辭。2.放縱, 無拘束: 乖～。鴦～。〔張皇〕1.擴大。2.慌忙失措。〔張羅〕各方面照料, 四處想辦法: ～～事。❷ 鋪排陳設: ～燈結彩。❸ 看, 望: 東～西望。❹ 量詞: 一弓。兩～紙。❺ 星名, 二十八宿之一。

8 **強** ㊀ (qiáng ㄑㄧㄤˊ) 粵 kœŋ⁴ 〔其羊切〕❶ 健壯, 有力, 跟'弱'相反(連一壯、一健): 身～力壯。～大。㉠有餘: 四分之一～。〔強梁〕強橫不講理。❷ 程度高: 責任心很～。❸ 好: 要～。他寫的字比你的～。
㊁ (qiǎng ㄑㄧㄤˇ) 粵 kœŋ⁵〔其養切〕硬要, 迫使: ～詞奪理。不能～人所難。
㊂ (jiàng ㄐㄧㄤˋ) 粵 gœŋ⁶〔技讓切〕強硬不屈, 固執: 別扭～嘴。～脾氣。

8 **弶** (jiàng ㄐㄧㄤˋ) 粵 kœŋ⁶〔強去〕❶ 捕捉老鼠鳥雀等的工具。❷ 用弶捕捉。

8 **弹** '彈'的簡化字, 見 209 頁。

9 **弼** (bì ㄅㄧˋ) 粵 bet⁹〔拔〕輔助。

9 **强** 同'強',見 208 頁。

9 **粥** 見米部,511 頁。

10 **彀** (gòu 《ㄡ)粵geu³〔究〕❶使勁張弓。〔彀中〕箭能射及的範圍。❷牢籠,圈套。〔入彀〕⑩受牢籠,入圈套, ❷同'夠',見 145 頁。

11 **彈(弹)** (bì ㄅㄧ)粵bet⁷〔不〕射。

11 **彄(彄)** (kōu ㄎㄡ)粵keu¹〔溝〕❶環類:~環。❷弓弩兩端繫弦的地方。

12 **彈(弹)** ㊀(dàn ㄉㄢ)粵dan⁶〔但〕dan²〔蛋高上〕(語)❶可以用彈(tán)力發射出去的小丸:~丸。❷裝有爆炸物可以擊毀人、物的東西:炮~。炸~。手榴~。 ㊁(tán ㄊㄢ)粵tan⁴〔壇〕❶使弦振動:~弦子。~琵琶。~棉花。〔彈詞〕民間文藝的一種,配着弦樂唱的曲詞。❷指檢舉違法失職的官吏(粵一劾)。 ㊂(tán ㄊㄢ)粵dan⁶〔但〕❶被其他手指壓住的手指用力伸開的動作:用手指~他一下。把帽子上的土~下去。❷利用一個物體的彈性把另一個物體放射出去:~射。〔彈性〕物體因受外力暫變形狀,外力一去即恢

復原狀的性質。㋺事物的伸縮性。

12 **彆(△別)** (biè ㄅㄧㄝ)粵bit⁸〔鼈〕〔彆扭〕不順,不相適合:心裏~~。鬧~~。

13 **彊** 同'強',見 208 頁。

14 **彌(弥)** (mí ㄇㄧ)粵nei⁴〔尼〕❶滿,遍:~月(小孩兒滿月)。~天大罪。❷補,合(粵一補):~縫。❸更加:~堅。欲蓋~彰。❹〔彌漫〕1.水滿。2.到處都是,充滿:硝煙~~。

15 **彍(弘)** (guō 《ㄨㄛ)粵kwɔk⁸〔誇惡切〕拉滿弩弓。

19 **彎(弯)** (wān ㄨㄢ)粵wan¹〔鷃〕❶屈曲不直(粵一曲):~路。❷使屈曲:~腰。~身。❸(一子、一兒)曲折的部分:轉~抹角。這根竹竿有個~。❹拉弓:~弓。

19 **鬻** 見鬲部,795 頁。

彐(彑夊)部

1 **尹** 見尸部,177 頁。

2 归 '歸'的簡化字,見 344 頁。

3 当 '當'的簡化字,見 441 頁。

4 灵 '靈'的簡化字,見 762 頁。

5 肃 '肅'的簡化字,見 548 頁。

5 事 見亅部, 12 頁。

5 帚 見巾部, 193 頁。

6 彖 (tuàn ㄊㄨㄢˋ)粵tœn³〔盾 高 去〕象辭,《易經》中總括 一卦含義的言辭。

8 彗 (huì ㄏㄨㄟˋ, 舊讀suì ㄙㄨㄟˋ) 粵sœy⁶〔遂〕wei⁶〔惠〕(又) 掃帚。〔彗星〕俗叫'掃帚星', 拖有長光像掃帚, 是繞着太陽 運行的一種星體。

9 彘 (zhì ㄓˋ)粵dzi⁶〔治〕〈古〉 豬。

9 尋 見寸部, 174 頁。

10 彙 ㊀(huì ㄏㄨㄟˋ)粵wui⁶〔匯〕 wei⁶〔胃〕(又)❶會聚在一 起的東西: 總~。字~。❷聚 合: ~集。~報。
㊁(wei ㄨㄟ)粵wei⁶〔胃〕同'蝟', 見 617 頁。

13 彜

15 彝 (yí ㄧˊ)粵ji⁴〔而〕❶古代盛 酒的器具。又古代宗廟 常用的祭器的總稱: ~器。鼎 ~。❷常, 常道, 法度: ~訓。 ~憲。
〔彝族〕中國少數民族名, 參看 附錄六。

16 彟 '彠'的簡化字,見本頁。

23 彠 (彟) (yuē ㄩㄝ)粵wɔk⁹ 〔獲〕尺度, 標準。

彡 部

4 彤 (tóng ㄊㄨㄥˊ)粵tuŋ⁴〔同〕紅 色: ~雲。~弓。

4 形 (xíng ㄒㄧㄥˊ)粵jiŋ⁴〔仍〕❶ 樣子: 三角~。地~。 ~式。~象。〔形勢〕1.地理上 指地勢的高低, 山、水的樣子。 2.事物發展的狀況: 國際~~。 ❷體, 實體: 無~。~影不離。 ❸顯露, 表現: 喜怒不~於色。 〔形容〕1.面容: ~~枯槁。 2. 對事物的樣子、性質加以描述。 ❹對照, 比較: 相~之下。相 ~見絀。

4 尨 見尢部, 177 頁。

6 彥 (yàn ㄧㄢˋ)（粵）jin⁶〔現〕古指有才學、德行的人。

6 形 同'形'，見 210 頁。

6 须 ㊀'須'的簡化字，見 771 頁。
㊁'鬚'的簡化字，見 794 頁。

7 彧 (yù ㄩˋ)（粵）juk⁷〔沃〕有文彩。

7 修 見人部，31 頁。

8 彩 (cǎi ㄘㄞˇ)（粵）tsɔi²〔採〕❶各種顏色：～雲。－色影片。～排(化裝競演)。❷同'綵'五色的綢子：張燈結～。❸指賭博或某種競賽中贏得的東西：得～。－金。❹稱讚，誇獎的歡呼聲：喝～。❺負傷流血：掛～。

8 彬 (bīn ㄅㄧㄣ)（粵）ben¹〔賓〕〔彬彬〕形容文雅：文質～～。

8 彪 (biāo ㄅㄧㄠ)（粵）biu¹〔標〕小虎。⑯軀幹魁梧：～形大漢。

8 彫 (diāo ㄉㄧㄠ)（粵）diu¹〔刁〕❶同'雕❷❸'，見 758 頁。❷同'凋'，見 53 頁。

8 參 見厶部，82 頁。

9 彭 (péng ㄆㄥˊ)（粵）paŋ⁴〔鵬〕姓。

9 須 見頁部，771 頁。

11 彰 (zhāng ㄓㄤ)（粵）dzœŋ¹〔章〕❶明顯，顯著：欲蓋彌～。相得益～。❷表彰：～善癉惡。

12 影 (yǐng ㄧㄥˇ)（粵）jiŋ²〔映〕❶(－子，－兒)物體擋住光綫時所形成的四周有光中間無光的形象：人～。倒～。⑯不真切的形象或印象：這件事在我腦子裏沒有一點～子了。〔影響〕一件事物對其他事物所發生的作用。❷描摹：～宋本。❸照片，圖象：小～。攝留～。剪～。❹指電影：～評。～院。

26 鬱 見鬯部，795 頁。

彳 部

0 彳 (chì ㄔˋ)（粵）tsik⁷〔斥〕〔彳亍〕小步走，走走停停。

3 行 見行部，625 頁。

4 彷 ㊀(páng ㄆㄤˊ)（粵）pɔŋ⁴〔旁〕〔彷徨〕游移不定，不知道往哪裏走好。也作'旁皇'。
㊁同'仿❸'，見 21 頁。

4 役 (yì ㄧˋ)粵jik⁹〔亦〕❶戰事: 戰～。❷指勞力的事, 需要出力氣的事: 服勞～。❸服兵役: 現～。預備～。❹使喚(疊一使): 奴～。❺被役使的人: 校～。雜～。

4 忪 (zhōng ㄓㄨㄥ)粵dzuŋ¹〔忠〕〔征忪〕驚惶失措的樣子。

4 彻 '徹'的簡化字, 見 215 頁。

5 彼 (bǐ ㄅㄧˇ)粵bei²〔比〕❶那, 那個: ～岸。～處。顧此失～。❷他, 對方: 知己知～。〔彼此〕那個和這個。特指人和我兩方面: ～～有深切的瞭解。～～互助。

5 往 ⊖(wǎng ㄨㄤˇ)粵woŋ⁵〔王低上〕❶去, 到: ～返。～東京開會。此車開～上海。❷過去(疊一昔): ～年。～事。❸以下, 以後: 自今以～。〔往往〕常常: 這些小事情～～被人忽略了。
⊜(wàng ㄨㄤˋ)粵同⊖朝, 向: ～東走。～前看。

5 征 (zhēng ㄓㄥ)粵dziŋ¹〔晶〕❶遠行: ～帆(遠行的船)。踏上～途。❷用武力制裁: 出～。～討。〔征服〕用力制服: ～～自然。❸'徵⊜'的簡化字, 見 215 頁。

5 徂 (cú ㄘㄨˊ)粵tsou⁴〔曹〕❶往: 自西～東。❷過去: 歲月其～。❸開始。

5 佛 同'佛⊜', 見 25 頁。

5 徃 同'往', 見本頁。

5 径 '徑'的簡化字, 見 213 頁。

6 待 ⊖(dài ㄉㄞˋ)粵doi⁶〔代〕❶等, 等候(疊等一): ～考。～命出發。尚～研究。❷對待, 招待: ～人接物。大家～我太好了。～客。〔待遇〕對待人的情形: 物質～～。特指工資, 食宿等: 調整～～。❸需要: 自不～言。❹將, 要(古典戲曲小說和現代某些方言的用法): 正～出門, 有人來了。
⊜(dāi ㄉㄞ)粵同⊖停留, 逗留: 你～一會兒再走。

6 徇 (xùn ㄒㄩㄣˋ)粵sœn¹〔荀〕❶從, 曲從: 絕不～私舞弊。❷同'殉❶', 見 345 頁。

6 很 (hěn ㄏㄣˇ)粵hen²〔狠〕非常, 表示程度加深: ～好。好得～。

6 徉 (yáng ㄧㄤˊ)粵jœŋ⁴〔陽〕見 214 頁'徜'字條'徜徉'。

6 徊 (huái ㄏㄨㄞˊ)粵wui⁴〔回〕見 214 頁'徘'字條'徘徊'。

6 **律**（lǜ ㄌㄩˋ）粵lœt⁹〔栗〕❶法
則，規章: 定～。規～。
紀～。〔律詩〕一種詩體，有一
定的格律和字數，分五言、七
言兩種。❷約束: ～己嚴。❸
中國古代審定樂音高低的標
準，把聲音分為六律（陽律）和
六呂（陰律），合稱十二律。

6 **後**（^后）（hòu ㄏㄡˋ）粵
heu⁶〔后〕❶
跟「前」相反: 1.指空間，在背面
的，在反面的: ～門。村～。
～臺。背～。2.指時間，晚，
未到的: ～期。日～。～半夜
先來～到。3.指次序，位置在
後的: ～排。～十名。〔後備〕
準備運用的: ～～軍。～～力
量。❷後代子孫: 名將之～。
無～。

6 **衍**　見行部，625 頁。

6 **衔**　見行部，625 頁。

7 **徐**（xú ㄒㄩˊ）粵tsœy⁴〔隨〕緩，
慢慢地（疊）: ～步。清
風～來。火車～～開動了。

7 **徑**（径）（jìng ㄐㄧㄥˋ）粵
giŋ³〔敬〕❶小路:
山～。粵達到目的的方法: 捷
～。門～。〔徑庭〕粵相差太
遠: 大相～～。〔徑賽〕各種長
短距離的賽跑。❷直截了當

～啓者。～向有關部門聯繫。
❸直徑，兩端以圓周為界，通
過圓心的直線或指直徑的長
度: 半～（圓心至圓周的直
線）。口～。

7 **徒**（tú ㄊㄨˊ）粵tou⁴〔圖〕❶步
行（不用車、馬）: ～步。
❷空: ～手。㊀徒然，白白地:
～自驚擾。～勞無益。❸只，
僅僅: ～託空言。不～無益，
反而有害。❹徒弟: 門～。學
～。❺同一派系或信仰同一宗
教的人: 教～。❻人（含貶義）:
匪～。不法之～。酒～。❼徒
刑，剝奪犯人自由的刑罰，分
有期徒刑和無期徒刑兩種。

7 **徕**　'徕'的簡化字，見 214 頁。

8 **得**（一）（dé ㄉㄜˊ）粵dɐk⁷〔德〕❶
得到（粵獲一）: 大～人
心。～獎。～勝。㊀遇到: ～
空～便。❷適合: ～當。～
法。～手（順利）。～勁。❸得
意，滿意: 揚揚自～。❹可以，
許可: 不～隨地吐痰。正式代
表均～參加表決。❺完成: 衣
服做～了。飯～了。㊀1.表示
禁止: ～了，別說了。2.表示
同意: ～，就這麼辦。
（二）（děi ㄉㄟˇ）粵同（一）❶必須，須
要: 你～用功。可～注意。❷
〈方〉滿意，高興，舒適: 挺～

㊂(de・ㄉㄜ)働同㊀❶在動詞後表可能:1.再接別的詞:衝～出去。拿～起來。2.不再接別的詞:要～。要不～。說不～。❷用在動詞或形容詞後連接表結果或程度的補語:跑～快。急～滿臉通紅。香～很。

8 **徘** (pái ㄆㄞ)働pui⁴〔培〕〔徘徊〕來回走:他在那裏～～了很久。働猶疑不決:左右～～。

8 **徙** (xǐ ㄒㄧˇ)働sai²〔璽〕遷移(働遷一):～居。～置。

8 **徛** (jì ㄐㄧˋ)働gei⁶〔技〕〈方〉站立。

8 **徜** (cháng ㄔㄤˊ)働sœŋ⁴〔常〕〔徜徉〕又作'倘佯'。自由自在地來回地走:～～湖畔。

8 **從(从)** ㊀(cóng ㄘㄨㄥˊ)働tsuŋ⁴〔蟲〕❶跟隨。願～其後。❷依順:言聽計～。服～。❸參與:～公。～事。～軍。❹自,由:～南到北。～古到今。❺採取某一種原則:～速解決。一切～簡。❻跟隨的人:僕～。隨～。❼指堂房親屬:～兄弟。～伯叔。❽次要的:主～。分別首～。❻❼❽三義普通話舊讀zòng ㄗㄨㄥˋ。
㊁(cōng ㄘㄨㄥ)働suŋ¹〔鬆〕〔從容〕不慌不忙:舉止～～。

～不迫。㊑充裕:手頭～～。時間～～。
㊁(zòng ㄗㄨㄥˋ,舊讀zōng ㄗㄨㄥ)働dzuŋ¹〔鐘〕〈古〉同縱橫的'縱'。

徠(徕) ㊀(lái ㄌㄞˊ)働loi⁴〔來〕〔招徠〕把人招來:以廣～～。
㊁(lài ㄌㄞˋ)働loi⁶〔誄〕慰勞:勞～。

8 **御** ㊀(yù ㄩˋ)働jy⁶〔預〕❶駕駛車馬:～車。～者(趕車的人)。❷稱與皇帝有關的:～用。～醫。～駕親征。❸封建社會指上級對下級的管理,使用:～下。❹'禦'的簡化字,見 481 頁。
㊁(yà ㄧㄚˋ)働ŋa⁶〔訝〕〈古〉迎迓:之子于歸,百兩～之。

8 **衒** 見行部,625 頁。

8 **術** 見行部,625 頁。

9 **徨** (huáng ㄏㄨㄤˊ)働wɔŋ⁴〔皇〕見 211 頁'彷'字條'彷徨'。

9 **復(复)** ㊀(fù ㄈㄨˋ)働fuk⁹〔服〕❶回去,返:循環往～。無往不～。❷還原,恢復:身體～原。～員軍人。光～。❸報復:~仇。❹又,再:死灰～燃。一去不～返。

㊀(fùㄈㄨˋ)粵fuk⁷〔福〕❶回答，回報：～命。函～。❷轉過去或轉回來：翻來～去。反～無常。❸重複，再來一次：～習。～診。
㊁(fùㄈㄨˋ)粵feu⁶〔埠〕㊀—❹的又讀。

9 循 (xúnㄒㄩㄣˊ)粵tsœn⁴〔巡〕遵守，依照：～規蹈矩。～序漸進。有所遵～。〔循環〕周而復始地運動：血液～～。～～演出。

9 徧 同'遍'，見 699 頁。

9 街 見行部，625 頁。

9 衕 見行部，625 頁。

9 衖 見行部，625 頁。

10 徭 (yáoㄧㄠˊ)粵jiu⁴〔搖〕徭役，古時國家規定人民承擔的無償勞動。

10 徯 (xīㄒㄧ)粵hei⁴〔兮〕❶等待。❷同'蹊㊀'，見 679 頁。

10 微 (wēiㄨㄟ)粵mei⁴〔眉〕❶小，細小(粵細—)(疊)：～雨。～生物。防～杜漸。❷少，稍(粵稍—)：～笑。～感不適。❸衰落，低下：衰～。❹精深，精妙：～妙。～言大

義。❺主單位的百萬分之一：～米。

10 徬 同'彷㊀'，見 211 頁。

10 荷 見行部，626 頁。

11 衛 見金部，724 頁。

12 徵 (征) ㊀△(zhēngㄓㄥ)粵dziŋ¹〔晶〕❶由國家召集或收用：應～入伍。～稅。❷尋求(粵—求)：～稿。～求意見。❸證明，證驗：有實物可～。信而有～。❹現象，迹象：特～。～兆。
㊁(zhǐㄓˇ)粵dzi²〔止〕古代五音'宮、商、角、徵、羽'之一。

12 德 (déㄉㄜˊ)粵dɐk⁷〔得〕❶好的品行：～才兼備。❷道德，人們共同生活及其行為的準則、規範：～育。❸信念：同心同～。❹恩惠：感恩戴～。〔德昂〕德昂族，中國少數民族名(原名崩龍族)，參看附錄六。

12 徹 (彻) (chèㄔㄜˋ)粵tsit⁸〔設〕通，透：冷風～骨。～頭～尾(自始至終，完完全全)。～夜(通宵)。〔徹底〕根本的，不是表面的：～～改正錯誤。

12 衝 見行部，626 頁。

12 衛 見行部，626 頁。

13 徼 ㊀(jiāo ㄐㄧㄠ)粵hiu¹〔囂〕同'僥幸'的'僥'。

㊁(jiào ㄐㄧㄠ)粵giu³〔叫〕❶邊界。❷巡察。

㊂(jiāo ㄐㄧㄠ)粵giu¹〔嬌〕竊取，抄襲。

㊃(yāo ㄧㄠ)粵jiu¹〔腰〕❶求取，謀求。❷阻擋，攔截。

13 衞 見行部，626 頁。

13 衡 見行部，626 頁。

13 衝 見行部，626 頁。

14 徽 (huī ㄏㄨㄟ)粵fɐi¹〔揮〕❶標誌：國～。校～。❷美好的：～音。～號。

17 襄 (xiāng ㄒㄧㄤ)粵sœŋ¹〔商〕〔儴佯〕徘徊。

20 黴 見黑部，827 頁。

21 衢 見行部，626 頁。

心(忄小)部

0 心 (xīn ㄒㄧㄣ)⑨sem¹〔深〕❶
心臟，人和高等動物體
內主管血液循環的器官。(圖
見 563 頁'臟')〔心胸〕⑩氣量：
～～寬大。〔心腹〕⑩1.最要緊
的：～～之患。2.親信的人。
❷習慣上把思想的器官和思想
情況、感情等都說做心：～思。
～得。～有。～。開～(快樂)。
傷～。談～。全～全意。〔心理〕
1.思想、感情、感覺等活動過
程的總稱。2.想法，思想情況：
這是一般人的～～。❸中央，
在中間的地位或部分：掌～。
江～。圓～。❹星名，二十八
宿之一，也叫'商'。

1 必 (bì ㄅㄧˋ)⑨bit⁷〔別高入〕一
定：～然。～能成功。
驕兵～敗。〔必須〕一定要：上
班～～穿著制服。〔必需〕不可
少的：～～品。

2 忉 (dāo ㄉㄠ)⑨dou¹〔刀〕〔忉
忉〕憂愁，焦慮。

3 忌 (jì ㄐㄧˋ)⑨gei⁶〔技〕❶嫉
妒，憎恨：猜～。～才。
❷怕，畏懼：顧～。肆無～憚。
❸禁戒：～酒。～口。～食生
冷。〔忌諱〕1.由於風俗、習慣

的顧忌，言談或動作有所隱避，
日久成為禁戒。2.對某些能產
生不利後果的事力求避免。

3 忍 (rěn ㄖㄣ)⑨jen²〔隱〕❶
耐，把感情按住不讓表
現(⑨一耐)：～痛。～受。實
在不能容～。〔忍俊不禁〕忍不
住笑。❷狠心，殘酷(⑨殘
一)：～心。

3 忐 (tǎn ㄊㄢˇ)⑨tan²〔坦〕〔忐
忑〕心神不定：～～不
安。

3 忑 (tè ㄊㄜˋ)⑨tik⁷〔剔〕見本頁
'忐'字條'忐忑'。

3 忒 (⊖tè ㄊㄜˋ)⑨tik⁷〔惕〕差
錯：差～。
⊜(tuī ㄊㄨㄟ)⑨同⊖〈方〉太：風
～大。路～滑。

3 忖 (cǔn ㄘㄨㄣˇ)⑨tsyn²〔喘〕揣
度，思量：～度。

3 志 (zhì ㄓˋ)⑨dzi³〔至〕❶意
向，要有所作為的決心：
立～。～同道合。有～者事竟
成。❷〈方〉稱輕重，量長短多
少：用秤～～。拿碗～～。❸
同'誌'，見 648 頁。

3 忘 (wàng ㄨㄤˋ)⑨mɔŋ⁴〔亡〕忘
記，不記得，遺漏：別
～了拿書。

3 忙 (máng ㄇㄤˊ)⑨mɔŋ⁴〔亡〕
❶事情多，沒空閒：這
幾天很～～。～碌碌。❷急迫，

急速地做: 不慌不～。他一個人～不過來。

3 忏 '懺'的簡化字, 見 234 頁。

3 㕥 見口部, 94 頁。

3 沁 見水部, 356 頁。

4 忝 (tiǎn ㄊㄧㄢˇ)粵tim²〔添高上〕辱, 有愧於。自謙之辭: ～屬知己。～列門牆。

4 忠 (zhōng ㄓㄨㄥ)粵dzuŋ¹〔宗〕赤誠無私, 誠心盡力: 盡～。～於職守。

4 忡 (chōng ㄔㄨㄥ)粵tsuŋ¹〔充〕憂慮不安(疊): 憂心～～。

4 忤 (wǔ ㄨˇ)粵ŋ⁵〔午〕違逆, 不順從: ～逆。與人無～。

4 快 (kuài ㄎㄨㄞˋ)粵fai³〔塊〕❶速度大, 跟'慢'相反: ～車。進步很～。❷趕緊, 從速: ～上學吧! ～回去吧! ❸將, 就要, 接近: 天～亮了。他～五十歲了。我～畢業了。❹銳利: 刀不～了, 該磨一磨。～刀斬亂麻(喻辦事爽利有決斷)。❺爽快, 直截了當: 一人～語。這人眞爽。❻高興, 舒服: ～樂。～活。～事。大～人心。身子不～。❼靈敏,

腦子～。眼明手～。

4 忭 (biàn ㄅㄧㄢˋ)粵bin⁶〔辯〕高興, 喜歡。

4 忮 (zhì ㄓˋ)粵dzi³〔至〕忌恨, 嫉妒: ～心。

4 忱 (chén ㄔㄣˊ)粵sem⁴〔岑〕❶眞實的心情: 熱～。謝～。❷誠懇: ～摯。

4 念 (niàn ㄋㄧㄢˋ)粵nim⁶〔黏低去〕❶惦記, 常常地想(疊恬－): 懷～。❷念頭, 想法: 雜～。一～之差。❸又作'唸'。誦讀: ～書。～詩。❹讀: 他～過中學。❺'廿'的大寫。

4 忸 (niǔ ㄋㄧㄡˇ)粵nuk⁹〔尼玉切〕neu²〔扭〕(又)〔忸怩〕不好意思, 不大方的樣子: ～～作態。

4 忽 (hū ㄏㄨ)粵fet⁷〔拂〕❶粗心, 不注意: ～略。～視。～疏。❷忽然, 突然地: 工作情緒不要～高～低。❸古代極小的長度和重量單位名, 十忽是一絲, 十絲是一毫, 一百毫為一分。

4 忿 (fèn ㄈㄣˋ)粵fen⁵〔憤〕生氣, 恨(疊－怒)(疊): ～～不平。

4 忪 ㊀(sōng ㄙㄨㄥ)粵suŋ¹〔鬆〕見 227 頁'惺'字條'惺忪'。

㊂(zhōng ㄓㄨㄥ)粵dzuŋ¹〔忠〕見本頁'怔'字條'怔忪'。

4 **忺** (xiān ㄒㄧㄢ)粵him¹〔謙〕高興，適意。

4 **忻** 同'欣'，見340頁。

4 **忼** 同'慷'，見230頁。

4 **忝** 同'忝'，見218頁。

4 **总** '總'的簡化字，見529頁。

4 **怀** '懷'的簡化字，見233頁。

4 **忧** '憂'的簡化字，見230頁。

4 **怅** '悵'的簡化字，見224頁。

4 **怆** '愴'的簡化字，見228頁。

4 **忾** '愾'的簡化字，見229頁。

4 **怃** '憮'的簡化字，見232頁。

4 **怄** '慪'的簡化字，見231頁。

4 **态** '態'的簡化字，見229頁。

4 **怂** '慫'的簡化字，見230頁。

5 **怍** (zuò ㄗㄨㄛˋ)粵dzok⁹〔鑿〕慚愧(粵愧一)。

5 **怎** (zěn ㄗㄣˇ)粵dzem²〔枕〕疑問詞，如何: ～樣? ～辦? 〔怎麼〕疑問詞，詢問性質、狀態、方式、原因等: 你～～也知道了? 這是～～回事? '難'字～～寫?

5 **怏** (yàng ㄧㄤˋ)粵jœŋ²〔央高上〕jœŋ³〔央高去〕(又) 不服氣，不滿意: ～～不樂。～然不悅。

5 **怒** (nù ㄋㄨˋ)粵nou⁶〔奴低去〕❶生氣，氣憤: 發～。～髮衝冠(形容盛怒)。～容滿面。❷氣勢盛: ～濤。～潮。百花～放。
〔怒族〕中國少數民族名，參看附錄六。

5 **怔** (zhēng ㄓㄥ)粵dziŋ¹〔征〕〔怔忡〕中醫所稱的一種虛弱病，患者感到心臟跳動得很利害。〔怔忪〕驚懼。

5 **怕** (pà ㄆㄚˋ)粵pa³〔爬高去〕❶害怕: 老鼠～貓。❷恐怕，或許，表示疑慮或猜想: 他～不來了。恐～他別有用意。

5 **怖** (bù ㄅㄨˋ)粵bou³〔布〕懼怕(粵恐一): 情景可～。

5 **怗** (tiē ㄊㄧㄝ)粵tip⁸〔貼〕❶平定，平服。❷平靜。

5 **怙** (hù ㄏㄨˋ)粵wu⁶〔戶〕依靠，仗恃: ～惡不悛(堅持作惡，不肯悔改)。

5 **怛** (dá ㄉㄚˊ)⑧dat⁸〔笪〕tan²〔坦〕(又)悲傷，痛苦。

5 **思** ㊀(sī ㄙ)⑧si¹〔司〕❶想，考慮，動腦筋：事要三～。不加～索。～前想後。〔思維〕在表象、概念的基礎上進行分析、綜合、判斷、推理等認識活動的過程。❷想念，掛念：～念老友。朝～暮想。

㊁(sì ㄙˋ，舊讀sì ㄙˋ)⑧si³〔試〕si¹〔詩〕(又)意思，思路，想法：文～。詩～。構～。

㊂(sāi ㄙㄞ)⑧si²〔腮〕〔于思〕多鬚的樣子。

5 **怠** (dài ㄉㄞˋ)⑧doi⁶〔代〕toi⁵〔殆〕(又)懶惰，鬆懈（⑳一惰，懶一、懈一）。

5 **怡** (yí ㄧˊ)⑧ji⁴〔而〕和悅，愉快：心曠神～。～然自得。

5 **急** (jí ㄐㄧˊ)⑧gep⁷〔基泣切〕❶焦躁（⑳焦一）：真～死人了。不要着～。㋑氣惱，發怒：沒想到他～了。❷匆促：～～忙忙。～就。㋑迅速，又快又猛：水流得～。～病。❸迫切，要緊：～事。不～之務。～件。㋑嚴重：情況緊～。告～。病～亂投醫（喻臨事慌亂）。❹對大家的事或別人的困難趕快幫助：～公好義。～難。

5 **怦** (pēng ㄆㄥ)⑧piŋ¹〔乒〕形容心跳。

5 **性** (xìng ㄒㄧㄥˋ)⑧siŋ³〔姓〕❶性質，人或事物的本身所具有的能力、作用等：酸～。彈～。向日～。藥～。紀律～。〔性命〕生命。❷男或雌雄的特質：～別。男～。女～。❸有關生物的生殖或性欲的：～器官。～行為。❹性情，脾氣：發～。使～。

5 **怨** (yuàn ㄩㄢˋ)⑧jyn³〔冤高去〕❶仇恨（⑳一恨）：恩～分明。❷不滿意，責備：各無～言。任勞任～。別～他，這是我的錯。〔怨不得〕怪不得。

5 **怩** (ní ㄋㄧˊ)⑧nei⁴〔尼〕218頁‘怩’字條‘忸怩’。

5 **怪** (guài ㄍㄨㄞˋ)⑧gwai³〔拐高去〕❶奇異，不平常（⑳奇一）：～事。～模～樣。㋑驚奇：大驚小～。❷怪物，神話傳說中的妖魔之類（⑳妖一）：鬼～。㋒性情乖僻或形狀異樣的人。❸很，非常：～好的天氣。這孩子～討人喜歡的。❹怨，責備：這不能～他。你沒有告訴他，難～他不知道。

5 **怫** (fú ㄈㄨˊ，又讀fèi ㄈㄟˋ)⑧fet⁹〔乏〕憂鬱或忿怒的樣子：～鬱。～然作色。

5 **怯** (qiè ㄑㄧㄝ)粵hip⁸〔協〕❶膽小，沒勇氣(粵一懦)：膽～。～場。❷俗氣，見識不廣，不合時宜：露～。衣服的顏色有點～。

5 **怵** (chù ㄔㄨ)粵dzœt⁷〔卒〕恐懼：～惕(恐懼警惕)。

5 **怊** (chāo ㄔㄠ)粵tsiu¹〔超〕悲傷失意。

5 **怹** (tān ㄊㄢ)粵ta¹〔他〕〈方〉'他'的敬稱。

5 **忽** 同'勿'，見70頁。

5 **悅** 同'恍'，見本頁。

5 **怆** '憯'的簡化字，見229頁。

5 **怜** '憐'的簡化字，見231頁。

5 **怿** '懌'的簡化字，見233頁。

5 **怼** '懟'的簡化字，見233頁。

6 **恁** (rèn ㄖㄣ)粵jem⁶〔任〕❶如此，這樣：～大。～高。要不了～些。❷那：～時。～時節。

6 **恂** (xún ㄒㄩㄣ)粵sœn¹〔旬〕❶誠信，相信。❷恐懼。

6 **恃** (shì ㄕ)粵tsi⁵〔似〕❶依靠，仗着：有～無恐。～勢欺人。❷母親的代稱：失

6 **恆** (héng ㄏㄥ)粵heŋ⁴〔衡〕❶持久，固定不變：～心。持之以～。❷經常的，普通的：～言。❸《周易》六十四卦之一。〔恆河沙數〕數量多到無法計算。

6 **恇** (kuāng ㄎㄨㄤ)粵hoŋ¹〔康〕害怕，驚慌。

6 **恍** (huǎng ㄏㄨㄤ)粵foŋ²〔訪〕❶領悟的樣子：～然大悟。❷彷彿，好像：～如隔世。～若置身其境。❸〔恍惚〕不清晰：1.神志不清，精神不集中：精神～～。2.看得、聽得、記得不真切：我～～看見他了。

6 **恐** (kǒng ㄎㄨㄥ)粵huŋ²〔孔〕❶害怕，心裏慌張不安(粵一懼、一怖)：唯～考試不及格。〔恐慌〕1.慌張害怕。2.危機，使人發生不安的現象：經濟～～。〔恐嚇〕嚇唬，威嚇。❷恐怕，表示疑慮不定，有'或者'、'大概'的意思：～不可信。

6 **恕** (shù ㄕㄨ)粵sy⁶〔庶〕寬恕，原諒：饒～。

6 **恓** (xī ㄒㄧ)粵sei¹〔西〕〔恓惶〕煩惱不安的樣子。

6 **恙** (yàng ㄧㄤ)粵jœŋ⁶〔讓〕疾病：無～。偶染微～。

6 恚 (huì ㄏㄨㄟˋ) 粵wɐi⁶〔位〕怨恨，憤怒：~恨。

6 怒 (jiá ㄐㄧㄚˊ) 粵gat⁸〔加壓切〕at⁸〔壓〕〔又〕無憂愁，淡然。〔怒置〕不在意，置之不理。

6 恢 (huī ㄏㄨㄟ) 粵fui¹〔灰〕❶大，寬廣(疊)(粵-弘)：~~有餘。❷擴大，發揚。〔恢復〕失而復得：~~健康。

6 恣 (zì ㄗˋ) 粵dzi³〔志〕tsi³〔次〕(又) 放縱，無拘束：~意。~情。

6 恤 (xù ㄒㄩˋ) 粵sœt⁷〔摔〕❶對別人表同情，憐憫：體~。❷救濟：~金。撫~。❸憂慮：不~。❹〈粵方言〉襯衫，英語 shirt 的音譯：~衫。

6 恥 (chǐ ㄔˇ) 粵tsi²〔始〕羞愧，羞辱(粵羞-)：雪~。可~。

6 恧 (nǔ ㄋㄩˋ) 粵nuk⁹〔挪玉切〕慚愧。

6 恨 (hèn ㄏㄣˋ) 粵hɐn⁶〔很低去〕❶怨，仇視(粵怨-)：憎~。~入骨髓。❷懊悔，令人懊悔或怨恨的事：遺~。

6 恩 (ēn ㄣ) 粵jɐn¹〔因〕❶好處(粵-惠)：~情。~將仇報。⑨感恩，感謝：千~萬謝。❷親愛，有情義：~愛夫妻。

6 恪 (kè ㄎㄜˋ) 粵kɔk⁸〔確〕恭敬，謹慎：~守。

6 恫 ㊀(dòng ㄉㄨㄥˋ) 粵duŋ⁶〔動〕恐懼：~恐。〔恫嚇〕威嚇。
㊁同'痌'，見446頁。

6 恬 (tián ㄊㄧㄢˊ) 粵tim⁴〔甜〕安靜(粵-靜)。⑨安然，坦然：~不知恥。~不為怪。

6 恭 (gōng ㄍㄨㄥ) 粵guŋ¹〔公〕肅敬，謙遜有禮貌(粵-敬)：~賀。〔出恭〕排泄大小便，也省稱'恭'：出~。

6 息 (xī ㄒㄧ) 粵sik⁷〔色〕❶呼吸時進出的氣：鼻~。喘~。❷停止，歇：~怒。經久不~。按時作~。❸音信，消息：信~。❹利錢，利息：年~。❺兒女：子~。❻繁殖，滋生：生~。災~禍生。

6 恰 (qià ㄑㄧㄚˋ) 粵hɐp⁷〔洽〕❶正巧，剛剛：~到好處。~巧。~好他來了。❷合適，適當：這裏有幾個字不~當。~如其分。

6 恉 同'旨'，見288頁。

6 恠 同'怪'，見220頁。

6 恪 同'客'，見92頁。

6 **恒** 同'恆'，見 221 頁。

6 **恼** '惱'的簡化字，見 227 頁。

6 **恋** '戀'的簡化字，見 234 頁。

6 **㤘** '慟'的簡化字，見 229 頁。

6 **恹** '懨'的簡化字，見 233 頁。

6 **恺** '愷'的簡化字，見 228 頁。

6 **㡾** '惲'的簡化字，見 226 頁。

6 **侬** '儂'的簡化字，見 233 頁。

6 **虑** '慮'的簡化字，見 230 頁。

6 **恶** '惡'的簡化字，見 226 頁。

7 **您** (nín ㄋㄧㄣˊ)粵nei⁵〔你〕'你'的敬稱。

7 **悁** ㊀(yuān ㄩㄢ)粵jyn¹〔冤〕❶憂愁。❷忿怒。
㊁(juàn ㄐㄩㄢˋ)粵gyn³〔眷〕〔悁急〕急躁。

7 **悃** (kǔn ㄎㄨㄣˇ)粵kwen²〔菌〕誠實，誠心：聊表謝～。

7 **悄** ㊀(qiāo ㄑㄧㄠ)粵tsiu²〔超高上〕❶憂愁。❷靜，沒有聲音或聲音很低：～然無聲。低聲～語。

㊁(qiāo ㄑㄧㄠ)粵tsiu²〔超高上〕tsiu¹〔超〕〔又〕義同㊀❷：靜～～。他～～地走了。

7 **悦** (yuè ㄩㄝˋ)粵jyt⁹〔月〕❶高興，愉快(粵喜一)：和顏～色。心～誠服。❷使愉快：～耳。賞心～目。

7 **悉** (xī ㄒㄧ)粵sik⁷〔色〕❶知道：獲～。熟～此事。❷盡，全：～心。～數捐獻。

7 **悌** (tì ㄊㄧˋ)粵dei⁶〔弟〕儒家的倫理道德之一，指弟弟順從哥哥：孝～。

7 **悍** (hàn ㄏㄢˋ)粵hon⁶〔汗〕❶勇敢：強～。短小精～。❷凶暴(粵凶一)：～然不顧。

7 **悒** (yì ㄧˋ)粵jep⁷〔泣〕愁悶，憂鬱(粵鬱)：～～不樂。

7 **悔** (huǐ ㄏㄨㄟˇ)粵fui³〔晦〕❶後悔，懊惱過去做得不對：～過。～之已晚。❷災咎：災～。罪～。

7 **悖** (bèi ㄅㄟˋ)粵bui⁶〔焙〕❶違背，違反：並行不～。❷荒謬，錯誤：～謬(荒謬，不合道理)。

7 **悚** (sǒng ㄙㄨㄥˇ)粵suŋ²〔聳〕害怕，恐懼：毛骨～然。

7 **悛** (quān ㄑㄩㄢ)粵syn¹〔酸〕改過，悔改：怙惡不～。

7 **悝** (kuī ㄎㄨㄟ)粵kwei¹〔規〕用於人名。〔李悝〕戰國時

政治家。

7 **悟** (wù ㄨˋ)粵ŋ⁶〔誤〕❶理解，明白：～出這個道理來。❷醒悟，覺悟：恍然大～。執迷不～。

7 **悠** (yōu ㄧㄡ)粵jeu⁴〔由〕❶長久，遙遠(疊—久)：歷史～久。❷閒適，閒散：～閒。～然。❸在空中擺動：站在鞦韆上來回～。❹〈方〉穩佳，控制：～着點勁。
〔悠悠〕1.閒適，自由自在：白雲～～。2.憂鬱：～～我思。

7 **患** (huàn ㄏㄨㄢˋ)粵wan⁶〔幻〕❶災禍(疊—難、災—、禍—)：有備無～。防～未然。免除水～。～難之交。❷憂慮：不要～得～失。❸害病：～病。～腳氣。

7 **悤** 同'悤'，見229頁。

7 **悮** 同'誤'，見649頁。

7 **忽** 同'勿'，見70頁。

7 **悭** '慳'的簡化字，見230頁。

7 **悫** '愨'的簡化字，見231頁。

7 **悬** '懸'的簡化字，見233頁。

7 **窓** 見穴部，491頁。

8 **悱** (fěi ㄈㄟˇ)粵fei²〔匪〕想說可是不能夠恰當地說出來。〔悱惻〕內心悲苦：纏綿～～。

8 **悲** (bēi ㄅㄟ)粵bei¹〔卑〕❶傷心，哀痛(疊—哀)：～喜交集。❷哀憐，憐憫。

8 **悴** (cuì ㄘㄨㄟˋ)粵sœy⁶〔瑞〕sœy⁵〔緒〕(又)見231頁'憔字條'憔悴'。

8 **悵(怅)** (chàng ㄔㄤˋ)粵tsœŋ³〔唱〕失意，不痛快(疊)：惆～。～然。～惘。

8 **悶(闷)** ㊀(mèn ㄇㄣˋ)粵mun⁶〔門低去〕❶心煩，不痛快：～得慌。～～不樂。❷密閉，不透氣：～子車(火車上裝貨的無窗車廂)。㊁(mēn ㄇㄣ)粵同㊀❶因空氣不流通而引起的不舒服的感覺：天氣～熱。這屋子矮，又沒有窗子，太～了。❷呆在家裏不出門：一個人總～在家裏，心胸就不開闊了。❸密閉：茶剛泡上，～一會兒再喝。❹〈方〉聲音不響亮或不出聲：這人說話一聲～氣。～聲不響。

8 **悸** (jì ㄐㄧˋ)粵gwei³〔貴〕因害怕而心跳：～慄(心驚肉

8 **悻** (xìng ㄒㄧㄥˋ)粵heŋ6〔幸〕怨恨, 惱怒(疊): ~~ 而去。

8 **悼** (dào ㄉㄠˋ)粵dou6〔杜〕悲傷, 哀念(連哀一): 追~(追念死者)。

8 **悽** (qī ㄑㄧ)粵tsɐi1〔妻〕悲傷(連一慘)。

8 **恝** (nì ㄋㄧˋ)粵nik9〔溺低入〕憂思, 傷痛。

8 **情** (qíng ㄑㄧㄥˊ)粵tsiŋ4〔晴〕❶感情, 情緒, 外界事物所引起的愛、憎、快、不愉快、懼怕等的心理狀態: 熱~。冷酷無~。❷愛情: 談~。❸情欲, 性欲: 春~。發~期。❹情面, 情分: 說~。求~。❺狀況: 實~。眞~。軍~。〔情報〕關於各種情況的報告。

8 **惆** (chóu ㄔㄡˊ)粵tsɐu4〔酬〕〔惆悵〕失意, 傷感。

8 **惇** (dūn ㄉㄨㄣ)粵dœn1〔敦〕敦厚。

8 **惋** (wǎn ㄨㄢˇ)粵wun2〔碗〕jyn2〔苑〕(又)恨恨, 歎息。

8 **忌** (jì ㄐㄧˋ)粵gei6〔技〕❶毒害。❷忌恨。

8 **惑** (huò ㄏㄨㄛˋ)粵wak9〔或〕❶疑惑, 不明白對與不對: 大~不解。我很疑~。❷蠱惑, 欺騙(連迷一): ~亂人心。謠言~衆。

8 **忝** (tiǎn ㄊㄧㄢˇ)粵tin2〔天高上〕慚愧。

8 **惓** (quán ㄑㄩㄢˊ)粵kyn4〔拳〕〔惓惓〕懇切, 也作'拳拳': ~~之忱。

8 **惕** (tì ㄊㄧˋ)粵tik7〔別〕小心謹愼: 警~。日夜~厲。

8 **惘** (wǎng ㄨㄤˇ)粵moŋ5〔妄〕失意(連悵一): ~然若失。

8 **惙** (chuò ㄔㄨㄛˋ)粵dzyt8〔茁〕❶憂愁(疊)。❷疲乏。

8 **惚** (hū ㄏㄨ)粵fet7〔忽〕見221頁'恍'字條'恍惚'。

8 **惛** (hūn ㄏㄨㄣ)粵fen1〔昏〕糊塗, 不明瞭。

8 **惜** (xī ㄒㄧ)粵sik7〔色〕❶愛惜, 重視, 不隨便丟棄: 珍~。~陰(愛惜時間)。愛~公物。❷捨不得, 吝(連吝一): ~別。不~工本。~指失掌(喻因小失大)。❸可惜, 感到遺憾: ~未成功。

8 **惝** (tǎng ㄊㄤˇ, 又讀chǎng ㄔㄤˇ)粵toŋ2〔倘〕失意。〔惝恍〕1.失意, 不高興。2.迷迷糊糊, 不清楚。

8 **惟** (wéi ㄨㄟˊ)粵wɐi4〔圍〕❶單, 只: ~有他因病不能去。~恐落後。❷只是, 但是: 他工作努力, ~注意身體不夠。雨雖止, ~路途仍甚泥濘。❸文言助詞，用在年、月、日之前：～二月既望。❹思惟，想。思惟也作‘思維’。

8 **惠** (huì ㄏㄨㄟˋ)⑧wei⁶〔胃〕❶恩惠，好處：小恩小～。互～。❷賜給，贈送：以茶葉見～。❸敬辭：～贈。～臨。～存。❹柔順，柔和：～風和暢。

8 **惡(恶)** ㊀(è ㄜˋ)⑧ok⁸〔噩〕❶壞，不好：～習。～感。❷凶狠（⑧凶－）：～狗。～戰。～霸。❸壞事，罪惡，與‘善’相對：無～不作。罪大～極。㋐惡人，壞人：元～大憝。
㊁(wù ㄨˋ)⑧wu³〔烏高去〕討厭，憎恨：可～。深～痛絕。
㊂(ě ㄜˇ)同㊀〔惡心〕又作‘噁心’。1.想嘔吐的感覺。2.厭惡(wù)。
㊃(wū ㄨ)⑧wu¹〔烏〕〈古〉❶代詞，表示疑問，相當於‘何’、‘怎麼’：汝～得避是名耶？❷歎詞：～，是何言也！

8 **惦** (diàn ㄉㄧㄢˋ)⑧dim³〔店〕惦記，記掛，不放心：請勿～念。

8 **惊** (cóng ㄘㄨㄥˊ)⑧tsuŋ⁴〔蟲〕❶快樂。❷心情：歡～。離～。

8 **惪** 同‘德’，見 215 頁。

8 **惫** ‘憊’的簡化字，見 231 頁。

8 **惨** ‘慘’的簡化字，見 229 頁。

8 **惯** ‘慣’的簡化字，見 230 頁。

8 **惭** ‘慚’的簡化字，見 230 頁。

8 **惬** ‘愜’的簡化字，見 227 頁。

8 **崽** 見山部，186頁。

9 **惲(恽)** (yùn ㄩㄣˋ)⑧wen⁶〔運〕姓。

9 **惰** (duò ㄉㄨㄛˋ)⑧do⁶〔墮〕懶，懈怠，跟‘勤’相反（⑧懶一、怠一）。

9 **想** (xiǎng ㄒㄧㄤˇ)⑧sœŋ²〔賞〕❶動腦筋，思索：我～出一個辦法來了。㋐1.推測，認為：～當然。我～他不來了。我～這麼做才好。2.希望，打算：夢～。他～去學繪畫。要～學習好，就得努力。❷懷念，惦記：～家。朝思暮～。

9 **惴** (zhuì ㄓㄨㄟˋ)⑧dzœy³〔最〕又憂愁，又恐懼：～～不安。

9 **惶** (huáng ㄏㄨㄤˊ)⑧woŋ⁴〔王〕恐懼（⑧－恐）：人心～～。～恐不安。

9 **惱（恼）** (nǎo ㄋㄠˇ)粵nou⁵
〔腦〕❶發怒，忿
恨：～羞成怒。你別～我。❷
煩悶，苦悶(粵煩一、苦一)：
懊～。

9 **惹** (rě ㄖㄜˇ)粵je⁵〔野〕招引，
挑逗：～事。～人注意。

9 **惺** (xing ㄒㄧㄥ)粵sing¹〔星〕醒
悟。〔惺惺〕1.聰明，機警。
2.聰明的人。
〔惺忪〕(一鬆)1.清醒。2.剛睡
醒尚未清醒：睡眼～～。

9 **惻（恻）** (cè ㄘㄜˋ)粵tsek⁷
〔測〕悲痛：淒
～。～然。〔惻隱〕指對遭難的
人表同情：～～之心，人皆有
之。

9 **愀** (qiǎo ㄑㄧㄠˇ)粵tsiu²〔悄〕臉
色改變：～然作色。

9 **愁** (chóu ㄔㄡˊ)粵seu⁴〔仇〕❶
憂慮(粵憂一)：不～吃，
不～穿。～緒。發～。❷景象
慘淡：～雲。

9 **愆** (qiān ㄑㄧㄢ)粵hin¹〔牽〕❶
罪過，過失：～尤。❷
錯過，耽誤過去：～期。

9 **愈** (yù ㄩˋ)粵jy⁶〔預〕❶更，
越：～來～好。～甚。
❷賢，好：孰～（哪個好）？❸
同'癒'，見449頁。

9 **愉** (yú ㄩˊ)粵jy⁴〔餘〕喜歡，
快樂(粵一快)：輕鬆～

快。面有不～之色。

9 **愍** (mǐn ㄇㄧㄣˇ)粵men⁵〔敏〕❶
憐恤，哀憐。❷憂愁。

9 **愎** (bì ㄅㄧˋ)粵bik⁷〔逼〕倔強，
固執：剛～自用(固執己
見)。

9 **意** (yì ㄧˋ)粵ji³〔懿〕❶意思，
心思：來～。詞不達～。
〔意見〕見解，對事物的看法。
❷心願，願望：中～。任～。
好～。❸料想：～外。出其不
～。

9 **愔** (yīn ㄧㄣ)粵jem¹〔音〕〔愔
愔〕1.形容安靜和悅。2.
寂靜無聲。

9 **愕** (è ㄜˋ)粵ngok⁹〔岳〕驚訝：
～然。駭～。

9 **愚** (yú ㄩˊ)粵jy⁴〔如〕❶傻，
笨(粵一蠢)：～人。～
昧無知。㊀使愚蠢：～民政策。
❷自謙之辭：～見。❸愚弄，
欺騙，耍：～弄人。為人所～。

9 **愛（爱）** (ài ㄞˋ)粵oi³〔哀高
去〕❶喜愛，對
人或事物有深摯的感情：～父
母。～國。～屋及烏。～莫能
助。❷喜好：～游泳。～乾淨。
❸容易：鐵～生鏽。❹愛惜，
愛護：～公物。❺男女間的感
情：～情。戀～。

9 **愜（惬）** (qiè ㄑㄧㄝˋ)粵hip⁸
〔協〕滿足，暢

快: ～意。～心。[愜當]恰當。

9 **感** (gǎn ㄍㄢˇ)粵gem² [錦] ❶ 感到，覺得: 深～內疚。頗～意外。略～疲倦。～到很溫暖。[感性]指感覺和印象，是認識的初級階段: ～～認識。[感覺]1.客觀事物的個別性質作用於人的感官(眼、耳、鼻、舌、身)所引起的直接反映。2.覺得: 我～～事情還順手。❷感動，使在意識、情緒上起反應: ～化。～人肺腑。❸情感，感覺: 美～。快～。責任～。自豪～。❹感謝，對人家的好意表示謝意: ～恩。深～厚誼。請寄來為～。❺感觸，感慨: 百～交集。❻感染，感受: 偶～風寒。[感冒]一種傳染病，病原體是一種濾過性病毒，症狀是鼻塞、喉痛、發燒、頭痛、咳嗽、打噴嚏等。

9 **慍** (yùn ㄩㄣˋ)粵wen³ [蘊]怒，怒恨: 面有～色。

9 **慈** (cí ㄘˊ)粵tsi⁴ [池] ❶慈愛，和善: ～母。敬老～幼。心～面善。❷指母親: 家～。

9 **慨** (kǎi ㄎㄞˇ)粵koi³ [丐] ❶慷激: 慷～激昂。❷慨歎，歎息，歎氣: 感～。❸慷慨，豪爽，不吝嗇: ～允。～然相贈。

9 **舂** 同'蠢'，見 623 頁。

9 **愙** 同'恪'，見 222 頁。

9 **愮** 同'慆'，見 225 頁。

9 **愌** 同'蕾'，見 399 頁。

9 **愣** 同'愣'，見 325 頁。

9 **愿** 同'愜'，見 227 頁。

9 **愤** '憤'的簡化字，見 232 頁。

9 **愦** '憒'的簡化字，見 231 頁。

10 **愧** (kuì ㄎㄨㄟˋ)粵kwei⁵ [葵低上]羞慚(粵慚－): 問心無～。～不敢當。

10 **慤(愨)** (què ㄑㄩㄝˋ)粵kɔk⁸ [確]誠實，忠厚。

10 **愫** (sù ㄙㄨˋ)粵sou³ [素]誠意，眞情。

10 **愴(怆)** (chuàng ㄔㄨㄤˋ)粵tsɔŋ³ [創]悲傷: 悽～。～然淚下。

10 **愷(恺)** (kǎi ㄎㄞˇ)粵hoi² [海]歡樂，和樂。

10 **愼** (shèn ㄕㄣˋ)粵sɐn⁶ [腎]小心(粵謹－): 不～。～重。謙虛謹～。

10 㤞（忾）（kài ㄎㄞˋ）粵koi³〔概〕憤怒，恨：同仇敵～（大家一致痛恨敵人）。

10 愿（yuàn ㄩㄢˋ）粵jyn⁶〔縣〕❶老實謹愼：謹～。誠～。❷'願'的簡化字，見774頁。

10 㦍（yǒng ㄩㄥˇ）粵jung²〔湧〕見230頁'慫'字條'慫㦍'。

10 慄（lì ㄌㄧˋ）粵lœt⁹〔律〕發抖，因害怕或寒冷而肢體顫動：不寒而～。

10 慇（yīn ㄧㄣ）粵jen¹〔因〕〔慇懃〕同'殷勤'。周到，盡心：做事很～～。招待。

10 慊 ㊀（qiàn ㄑㄧㄢˋ）粵him³〔欠〕不滿，恨〔罍〕。
㊁（qiè ㄑㄧㄝˋ）粵hip⁸〔怯〕滿足，滿意：不～（不滿）。

10 態（态）（tài ㄊㄞˋ）粵tai³〔太〕形狀，樣子（粵形一、狀一、姿一）：醜～。變～。㋑情況：事～擴大。〔態度〕1.指人的舉止動作：～～大方。2.對於事理採取的立場或看法：～～鮮明。表明～。

10 慌（huāng ㄏㄨㄤ）粵fong¹〔方〕❶慌張，急忙，忙亂（粵一忙）：他做事太～。不～不忙。❷恐懼，不安：心裏發～。驚～。❸表示難忍受：累得～。悶得～。

10 㤘（怐）（zhòu ㄓㄡˋ）粵dzeu³〔縐〕〈方〉性情固執，不易勸說。

10 慍 同'愠'，見228頁。

10 愼 同'慎'，見228頁。

10 慈 同'慈'，見228頁。

10 愬 同'訴'，見644頁。

10 懾 '懾'的簡化字，見234頁。

10 罳 見网部，536頁。

11 慕（mù ㄇㄨˋ）粵mou⁶〔務〕❶羨慕，仰慕，傾～。～名。❷思念。

11 慘（惨）（cǎn ㄘㄢˇ）粵tsam²〔蠶高上〕❶使人悲傷難受（粵凄一、悲一）：～不忍睹。〔慘淡（澹）〕1.暗淡無色。2.指辛苦：～～經營。❷凶惡，狠毒：～無人道。❸程度嚴重：～敗。

11 慝（tè ㄊㄜˋ）粵tik⁷〔剔〕邪惡。

11 慟（恸）（tòng ㄊㄨㄥˋ）粵dung⁶〔動〕極悲哀（指痛哭）：～哭。哀～。

11 慢（màn ㄇㄢˋ）粵man⁶〔萬〕❶遲緩，速度小，跟'快'相

反：～車。～～地走。我的錶～五分鐘。〔慢條斯理〕遲緩，不急忙。❷態度冷淡，不熱情：怠～。傲～。❸慢詞，長的，節奏緩慢的詞，如《木蘭花慢》

11 **慣**（惯）（guàn ㄍㄨㄢ）粵gwan³〔關高去〕❶習以為常的，積久成性的：～技。～例。穿～了短裝。〔慣性〕物體沒有受外力時長久地保持原有的狀態，這種性質叫'慣性'。也叫'惰性'。❷縱容，放任：～壞了脾氣。嬌生～養。

11 **慥** （zào ㄗㄠˋ）粵dzou⁶〔造〕tsou³〔醋〕（又）忠厚誠實的樣子（疊）。

11 **慧** （huì ㄏㄨㄟˋ）粵wei⁶〔胃〕聰明，有才智（龜智－）：～心。秀外～中。

11 **慫**（怂）（sǒng ㄙㄨㄥˇ）粵sung²〔聳〕驚恐。〔慫慂〕鼓動別人去做。

11 **慮**（虑）（lǜ ㄌㄩˋ）粵 lœy⁶〔類〕❶思考，尋思：深思遠～。❷擔憂。〔顧慮〕有些顧忌，擔心，不肯或不敢行動。

11 **慰** （wèi ㄨㄟˋ）粵wei³〔畏〕❶安慰，使別人心裏安適：～問。～勞。❷心安：欣～。甚～。

11 **慳**（悭）（qiān ㄑㄧㄢ）粵han¹〔開高平〕❶吝嗇（龜－吝）。❷欠缺：緣～一面（缺少一面之緣）。❸〈專方言〉節儉。

11 **慵** （yōng ㄩㄥ）粵jun²〔容〕困倦，懶：～困。

11 **慶**（庆）（qìng ㄑㄧㄥˋ）粵hiŋ³〔興高去〕❶祝賀（龜－賀）：～功。～祝元旦。❷可祝賀的事：國～。校～。

11 **慷** （kāng ㄎㄤ）粵hoŋ²〔康上〕koŋ²〔抗高上〕〔慷慨〕1.情緒激昂：～慨陳詞。2.大方，肯用財物幫助人：他待人很～～。

11 **慼** （qī ㄑㄧ）粵tsik⁷〔斥〕同'戚❷'。憂愁，悲哀：休～相關。

11 **慾** （yù ㄩˋ）粵juk⁹〔玉〕同'欲❹'。慾望，想得到某種東西或想達到某種目的的要求：食～。求知～。～情。

11 **憂**（忧）（yōu ㄧㄡ）粵jeu¹〔休〕❶發愁，憂慮（龜－愁）：杞人～天（喻過度疑慮）。❷可憂愁的事：～患。❸指父母的喪事：丁～。

11 **慚**（惭）（cán ㄘㄢˊ）粵tsam⁴〔讒〕羞愧（龜－愧）：自～。大言不～。

11 **慪（怄）**（òu ㄡˋ）粵eu⁴〔漚〕故意惹人惱怒，逗弄人：你別～人了。～得他直冒火。〔慪氣〕鬧彆扭，生悶氣：不要～～。

11 **慨** 同'慨'，見228頁。

11 **憇** 同'憩'，見232頁。

11 **慤（悫）** 同'愨'，見228頁。

11 **慙** 同'慚'，見230頁。

11 **慉** 同'懦'，見234頁。

11 **慓** 同'剽'❷，見63頁。

11 **慭** '憗'的簡化字，見231頁。

11 **勰** 見力部，69頁。

12 **憊（惫）**（bèi ㄅㄟˋ）粵bei⁶〔備〕bai⁶〔敗〕（又）疲憊，極度疲乏。

12 **憋**（biē ㄅㄧㄝ）粵bit⁸〔鱉〕❶氣不通：門窗全關着，眞～氣。❷悶在心裏：心裏～得慌。〔憋悶〕心裏不痛快：這事眞叫人～～。❸勉強忍住：把嘴一閉，～足了氣。心裏～了許多話要說。

12 **憎**（zēng ㄗㄥ）粵dzeŋ¹〔增〕厭惡，嫌，跟'愛'相反（憎一惡）：～恨。面目可～。

12 **憐（怜）**（lián ㄌㄧㄢˊ）粵lin⁴〔連〕❶可憐：～惜。同病相～。❷愛：～愛。

12 **憒（愦）**（kuì ㄎㄨㄟˋ）粵kui⁶〔潰〕昏亂，糊塗（憒昏一）：發聾振～。

12 **憓** （huì ㄏㄨㄟˋ）粵wei⁶〔惠〕順服。

12 **憔**（qiáo ㄑㄧㄠˊ）粵tsiu⁴〔潮〕〔憔悴〕〔顦顇〕黃瘦，臉色不好：面容～～。

12 **憖（慭）**（yìn ㄧㄣˋ）粵jen⁶〔刃〕〈古〉❶寧願。❷損傷。❸〔憖憖〕謹慎的樣子。

12 **憚（惮）**（dàn ㄉㄢˋ）粵dan⁶〔但〕怕，畏懼：不～煩。肆無忌～。

12 **憝** （duì ㄉㄨㄟˋ）粵dœy⁶〔隊〕❶怨恨。❷奸惡，凶惡：元惡大～。

12 **憧**（chōng ㄔㄨㄥ）粵tsuŋ¹〔充〕心意不定。〔憧憧〕往來不定，搖曳不定：人影～～。〔憧憬〕嚮往：心裏充滿着對未來的～～。

12 **憨**（hān ㄏㄢ）粵hem¹〔堪〕傻，癡呆：～笑。～態。〔憨厚〕樸實，厚道。

12 **憩** (qì ㄑㄧˋ)粵 hei³〔氣〕休息：
～少～。休一處。

12 **憫(悯)** (mǐn ㄇㄧㄣˇ)粵 men⁵〔敏〕也作
'愍'。❶哀憐，憐憫(憫憐一)：
其情可～。❷憂愁。

12 **憬** (jǐng ㄐㄧㄥˇ)粵 gin²〔景〕❶
覺悟：～然有悟。❷見
231頁'憧'字條'憧憬'。

12 **憮(怃)** (wǔ ㄨˇ)粵 mou⁵
〔舞〕❶驚愕。❷
憮然，失意的樣子。

12 **憲(宪)** (xiàn ㄒㄧㄢˋ)粵
hin³〔獻〕❶法令：
～章。❷指憲法：立～。〔憲法〕
國家的根本法，確定社會、經
濟制度，國家機關活動的原則，
公民的權利義務等。

12 **憑(凭)** (píng ㄆㄧㄥˊ)粵
peŋ⁴〔朋〕❶靠在
東西上：～欄。～几。❷依靠，
仗恃：～險據守。他～着一股
勇氣，赤手空拳地把持槍的匪
徒擒住。❸根據：～票入場。
～大家的意見作出決定。❹證
據(憑一證、一據)：真～實據。
❺任，隨：～你怎麼說，我也
不信。

12 **憤(愤)** (fèn ㄈㄣˋ)粵 fen⁵
〔奮〕因為不滿意
而感情激動(量)：氣～。～～
不平。～世嫉俗(對不合理的

社會和習俗表示憤恨憎惡)。

13 **憶(忆)** (yì ㄧˋ)粵 jik⁷〔益〕❶回憶，回想：
～昔。❷想念，思念：～故人。
❸記住，記得：記～力。

13 **憾** (hàn ㄏㄢˋ)粵 hem⁶〔撼低去〕
悔恨，心中感到不美滿：
～事。遺～。

13 **懂** (dǒng ㄉㄨㄥˇ)粵 duŋ²〔董〕
瞭解，明白：～事。一
看就～。～得一點醫學。

13 **懃** (qín ㄑㄧㄣˊ)粵 ken⁴〔勤〕〔慇
懃〕同'殷勤'。周到，盡
心：做事很～～。～～招待。

13 **懇(恳)** (kěn ㄎㄣˇ)粵 hen²
〔很〕誠懇，真
誠：～切。～求。～託。

13 **懈** (xiè ㄒㄧㄝˋ)粵 hai⁶〔械〕鬆
懈，不緊張(連一怠)：
始終不～。

13 **應(应)** (一) (yīng ㄧㄥ)粵
jiŋ¹〔英〕該，當
(連一當、一該)：～有盡有。
❷應承，允許：～允。～許。
❸姓。
(二) (yìng ㄧㄥˋ)粵 jiŋ³〔英高去〕❶回
答：～對。❷隨聲相和：呼～。
～聲蟲。山鳴谷～。❸應付，
對待：～戰。隨機～變。～接
不暇。❹適應，適合：～時。
～用。～景。得心～手。❺接
受：～邀。～聘。～徵。❻應

應: 有求必~。

13 **懊**（ào ㄠˋ）粵ou³〔澳〕煩惱，悔恨: ~悔。〔懊喪〕因失意而鬱悶不樂。

13 **懋**（mào ㄇㄠˋ）粵meu⁶〔茂〕盛大: ~典。~績。

13 **憹（恼）**（náo ㄋㄠˊ）粵nou⁴〔奴〕懊憹，痛悔。

13 **懌（怿）**（yì ㄧˋ）粵jik⁹〔亦〕喜悅。

13 **懍**（lǐn ㄌㄧㄣˇ）粵lem⁵〔凜〕危懼。

13 **憷** ㊀（chǔ ㄔㄨˇ）粵tso²〔楚〕痛楚。
㊁（chù ㄔㄨˋ）粵tso³〔錯〕〈方〉害怕，畏縮: 他遇到任何難事，也不發~。

13 **懔** 同'懍'，見本頁。

13 **懒** '懶'的簡化字，見本頁。

13 **懑** '懣'的簡化字，見本頁。

14 **懕（厭）**（yān ㄧㄢ）粵jim¹〔淹〕〔懕懕〕精神不振的樣子。

14 **懟（怼）**（duì ㄉㄨㄟˋ）粵dœy⁶〔隊〕怨恨。

14 **懣（懑）**（mèn ㄇㄣˋ）粵mun⁶〔悶〕❶煩悶。❷憤慨。

14 **懤**（chóu ㄔㄡˊ）粵tseu⁴〔酬〕憂愁的樣子(疊)。

14 **懦**（nuò ㄋㄨㄛˋ）粵nɔ⁶〔糯〕怯懦，軟弱無能(粵一弱): ~夫。

14 **懱（悏）** 同'懍'，見本頁。

15 **懲（惩）**（chéng ㄔㄥˊ）粵tsiŋ⁴〔情〕❶處罰: 嚴~。❷警戒，鑒戒: ~前毖後(把過去的錯誤作為教訓，使以後可以謹慎，不致重犯)。

16 **懵**（měng ㄇㄥˇ）粵muŋ⁵〔夢低上〕muŋ²〔夢高上〕(又)〔懵懂〕糊塗，不明白事理: 聰明一世，~一時。

16 **懶（懒）**（lǎn ㄌㄢˇ）粵lan⁵〔蘭低上〕怠惰，不喜歡工作(粵一惰): 好吃~做。~漢。〔懶得〕不願意，厭煩: 我都~~說了。

16 **懷（怀）**（huái ㄏㄨㄞˊ）粵wai⁴〔淮〕❶想念，思念(粵一念): ~友。~舊。❷包藏: ~胎。~疑。~恨。胸~壯志。❸胸前: 把小孩抱在~裏。❹心意: 無介於~。正中下~。

16 **懸（悬）**（xuán ㄒㄩㄢˊ）粵jyn⁴〔元〕❶掛，弔在空中: ~燈結彩。❷懸空，

無所依傍：～腕寫大字。❸牽掛：～念。❹憑空，無所依據：～擬、～揣。～想。❺遙遠：～隔。～殊。⑦久延不決，沒有着落：～案。那件事還～着呢。

17 **懺(忏)**（chàn ㄔㄢˋ）粵 tsam³〔杉〕❶懺悔。梵文ksama(懺摩)音譯的省稱。❷僧道人拜禱懺悔：拜～。也指拜懺時所唸的經文：玉皇～。
〔懺悔〕認識了過去的錯誤或罪行而感痛心。

18 **懼(惧)**（jù ㄐㄩˋ）粵 gœy6〔巨〕害怕（粵恐一）：臨危不～。

18 **懾(慑)**（shè ㄕㄜˋ）粵 sip8〔攝〕dzip8〔接〕(又)恐懼，害怕：～服。威～(用武力使對方感到恐懼)。

18 **懿**（yì ㄧˋ）粵 ji³〔意〕美，好(多指品德、行為)：～行。～德。

18 **憁** 同'忡'，見218頁。

18 **懽** 同'歡'，見342頁。

19 **戀(恋)**（liàn ㄌㄧㄢˋ）粵 lyn²〔聯高上〕❶想念不忘，不忍捨棄，不想分開：依～。留～。～～不捨。〔戀棧〕指馬捨不得離開馬棚。喻做官的人捨不得離開自己的職位。❷男女相愛：～人。熱～。～情。〔戀愛〕男女相愛。

21 **戅** 同'戀'，見本頁。

21 **戀** '戀'的簡化字，見本頁。

24 **戆(戆)**（gàng ㄍㄤˋ，又讀 zhuàng ㄓㄨㄤˋ）粵 dzœŋ³〔壯〕gɔŋ6〔昂低去〕(又)愚而剛直：性情～直。

戈部

0 **戈**（gē ㄍㄜ）粵 gwɔ¹〔果高平〕❶古代的一種兵器，橫刃長柄。❷吸收劑量單位戈瑞的簡稱，符號Gy。
〔戈壁〕(蒙)沙漠地區。

戈

1 **戊**（wù ㄨˋ）粵 mou6〔務〕天干的第五位，用做順序的第五。

1 **戋** '戔'的簡化字，見235頁。

2 **戌** （xū ㄒㄩ）粵sœt⁷〔恤〕❶地支的第十一位。❷戌時，指下午七點至九點。

2 **戍** （shù ㄕㄨ）粵sy³〔恕〕軍隊防守：衛～。～邊。

2 **戎** （róng ㄖㄨㄥ）粵juŋ⁴〔容〕❶軍隊，軍事：從～。～裝。❷中國古代稱西部的民族。

2 **成** （chéng ㄔㄥ）粵siŋ⁴〔城〕❶做好了，辦好了（通完一）：～事。大功告～。❷成全：～人之美。玉～其事。❸成果，成就：坐享其～。一事無～。❹事物生長發展到一定的形態或狀況：～蟲。～人。五穀～熟。❺成為，變為：玉不琢，不～器。雪化～水。❻可以，能行：這麼辦可不～。～，就那麼辦吧！❼稱讚人能力強：你們眞～。❽夠，達到一定的數量：～千上萬。～年累月。❾已定的，定形的：～規。～見。❿十分之一：八～。提出一～做公益金。

2 **戏** '戲'的簡化字，見237頁。

2 **划** 見刀部，57頁。

3 **戒** （jiè ㄐㄧㄝ）粵gai³〔介〕❶防備：～心。～備森嚴。〔戒嚴〕非常時期在全國或一地所採取的增設警戒、限制交通等措施。❷警惕着不要做或不要犯：～驕～躁。❸革除嗜好：～酒。～煙。❹佛教約束教徒的條規：五～。清規～律。❺戒指：鑽～。〔戒口〕〈粵方言〉忌口，有病時忌吃對病不相宜的食品。

3 **我** （wǒ ㄨㄛ）粵ŋɔ⁵〔卧低上〕自稱，自己：～校。自～反省。忘～精神。

3 **找** 見手部，242頁。

4 **戋（戈）** （jiān ㄐㄧㄢ）粵dzin¹〔煎〕小（疊）：～～之數。

4 **戕** （qiāng ㄑㄧㄤ，舊讀 qiáng ㄑㄧㄤ）粵tsœŋ⁴〔祥〕殺害：自～（自殺）。〔戕賊〕傷害，損害。

4 **或** （huò ㄏㄨㄛ）粵wak⁹〔惑〕❶或者，也許，表示不定的詞：～遠～近。～者你去，～者我去。❷某人，有人：～告之曰。

4 **戗** '戧'的簡化字，見236頁。

5 **战** '戰'的簡化字，見237頁。

5 **哉** 見口部，102頁。

5 **咸** 見口部，101頁。

5 **威** 見女部，156頁。

6 **載** '載'的簡化字，見686頁。

6 **劃** 見刀部，61頁。

6 **栽** 見木部，314頁。

7 **戚** (qī ㄑㄧ)粵tsik⁷〔斥〕❶親戚，因婚姻聯結成的關係。❷憂愁，悲哀：休～相關。又作'慼'。

7 **戛** (jiá ㄐㄧㄚˊ)粵gat⁸〔加壓切〕❶輕輕地敲打。❷〔戛然〕1.鳥鳴聲：～～長鳴。2.聲音突然中止：～～而止。〔戛戛〕困難：～～乎難哉。〔戛戛獨造〕形容文辭富有獨創性。

8 **戟** (jǐ ㄐㄧˇ)粵gik⁷〔激〕古兵器的一種，長杆頭上附有月牙狀的利刃。

8 **㦸** 同'戟'，見本頁。

8 **戞** 同'戛'，見本頁。

8 **幾** 見幺部，199頁。

8 **胾** 見肉部，554頁。

8 **裁** 見衣部，629頁。

9 **戡** (kān ㄎㄢ)粵hem¹〔堪〕平定叛亂：～亂。

9 **戢** (jí ㄐㄧˊ)粵tsep⁷〔緝〕❶收斂，收藏：～翼。載～干戈(把兵器收藏起來)。❷止，停止：～怒。

9 **戥** ㊀(děng ㄉㄥˇ)粵deŋ²〔等〕(一子)一種小型的秤，用來稱金、銀、藥品等分量小的東西。
㊁(děng ㄉㄥˇ)粵deŋ⁶〔鄧〕用戥子稱：把這包藥～一～。

9 **戤** (gài ㄍㄞˋ)粵koi³〔概〕舊指假冒商品牌號圖利：～牌。

9 **盏** 見皿部，457頁。

10 **戩** (jiǎn ㄐㄧㄢˇ)粵dzin²〔展〕❶剪除，消滅。❷盡：～穀(盡善)。❸福，吉祥。

10 **截** (jié ㄐㄧㄝˊ)粵dzit⁹〔捷〕❶割斷，弄斷：～開這根木頭。～長補短。〔截然〕分明地，顯然地：～～不同。❷(一子、一兒)段：上半～。一～木頭。一～路。❸阻攔：～住他。〔截止〕到期停止：～～報名。到月底～～。

10 **戧**(**戗**) ㊀(qiāng ㄑㄧㄤ)粵tsœŋ¹〔昌〕❶逆，反方向：～風。～水。❷(言語衝突)說～了。

㈠(qiàng ㄑㄧㄤˋ)㊂tsœŋˊ〔唱〕支
持，支撐：牆要倒，拿根木頭
～住。

10 戩 同'戩'，見 236 頁。

10 臧 見臣部，563 頁。

11 戮 (lù ㄌㄨˋ)㊂luk⁹〔綠〕殺(㊂
殺一)。
〔戮力〕合力，并力：～～同心。

11 戯 同'戲'，見本頁。

12 戰(战) (zhàn ㄓㄢˋ)㊂
dzin˧〔餞〕❶戰
爭，通常指打仗(㊂一鬥)：宣
～。～時。百～百勝。㊄爭
鬥：舌～。論～。❷發抖：～
慄(因害怕而發抖)。打冷～。
寒～。

13 戲(戏) ㈠(xì ㄒㄧˋ)㊂hei˧
〔氣〕❶玩耍：集
體遊～。嬉～。❷嘲弄，開玩
笑：～言。調～。❸戲劇，也
指雜技：看～。唱～。聽～。
馬～。皮影～。
㈡(hū ㄏㄨ)㊂fu¹〔呼〕於戲〕見
285頁'嗚'字條'嗚呼'。

13 戴 (dài ㄉㄞˋ)㊂dai˧〔帶〕❶加
在頭、面、頸、手等處：
～帽子。～眼鏡。～領巾。披
星～月(喻夜裏趕路，旅途勞
頓或早出晚歸，辛勤工作)。

不共～天之仇(天底下不能共
存的仇人)。❷尊奉，推崇：
推～。擁～。愛～。

14 戳 (chuō ㄔㄨㄛ)㊂tsœk˙〔綽〕
❶用物體尖端觸刺：～
破。用手指向～了一下。㊄刺
激，拆穿：說話～心。～穿內
幕。❷(一子、一兒)圖章：郵
～。蓋～。❸〈方〉因猛觸硬物
而受傷：打球～傷了手。❹
〈方〉豎立：把棍子～起來。

17 戳 見歹部，346 頁。

户　部

0 户 (hù ㄏㄨˋ)㊂wu⁶〔互〕單扇
的門。㊄門：門～。夜
不閉～。❷人家：千家萬～。
〔户口〕住户和人口。❸門第：
門當～對。❹賬册登記的户
頭：存～。賬～。

3 启 '啓'的簡化字，見 107 頁。

3 妒 見女部，152 頁。

4 戽 (hù ㄏㄨˋ)㊂fu³〔富〕❶戽
斗，灌田汲水用的舊式
農具。❷用戽斗汲水：～水。
㊄澆，潑：～一泥。把飯粒～了
一地。

4 **戾** (lì ㄌㄧˋ)⑧lœy⁶〔淚〕❶罪過。❷凶殘，乖張：暴～。

4 **房** (fáng ㄈㄤˊ)⑧foŋ⁴〔防〕❶(一子)住人或放東西的建築物(⚫—屋)：樓～。瓦～。(參見附圖)庫～。❷形狀像房間的：蜂～。蓮～。心～。❸稱家族的一支：遠～。長(zhǎng)～。❹妻室：正～。偏～。填～。❺指性行為：～事。行～。❻星名，二十八宿之一。

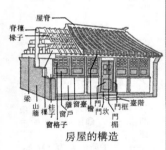

屋脊　脊樓　椽子　梁　山牆　椽子　柱子　窗戶　窗格子　腦窗臺　撬　門坎　門　門框　臺階　楣

房屋的構造

4 **所** (suǒ ㄙㄨㄛˇ)⑧sɔ²〔鎖〕❶處，地方：住～。各得其～。❷政府機關或其他辦事的地方：研究～。派出～。診療～。❸明代駐兵防邊的地點，因大小不同有千戶所、百戶所。現在多用於地名：海陽～。❹量詞，指房屋：兩～房子。❺放在動詞前，代表接受動作的事物：1.動詞後不再用表事物的詞：耳～聞，目～見。2.動詞後再用‘者’或‘的’字代表事物：吾家～寡有者。這是我們～反對的。3.動詞後再用表事物的詞：他～提的意見。❻放在動詞前，跟前面‘為’字相應，表示被動的意思：為人～笑。〔所以〕1.表因果關係，常跟‘因為’相應：他有要緊的事，～不能等你。他～進步得這樣快，是因為他肯努力學習的緣故。2.用來：～～自責者嚴，～～責人者寬。

4 **肩** 見肉部，550頁。

5 **扁** ㊀(biǎn ㄅㄧㄢˇ)⑧bin²〔貶〕❶物體平而薄：鴨子嘴～。壓～。❷姓。
㊁(piān ㄆㄧㄢ)⑧pin¹〔偏〕小。〔扁舟〕小船：一葉～～。

5 **扃** ㊀(jiōng ㄐㄩㄥ)⑧gwiŋ¹〔迥高平〕從外面關門的門、鈎等。⑧1.門。2.上門，關門。
㊁(jiǒng ㄐㄩㄥˇ)⑧gwiŋ²〔迥〕〔扃扃〕同‘炯炯’。明察。

6 **庨** (yí ㄧˊ)⑧ji⁴〔移〕見239頁‘庡’字條‘庡庨’。

6 **扆** (yǐ ㄧˇ)⑧ji²〔倚〕古代一種置於門窗之間的屏風。

6 **扇**
（一）(shàn ㄕㄢ)（粵）sin³〔線〕
❶(一子)搖動生風取涼
的用具：摺~。蒲~。電風
~。❷量詞，用於門、窗等扁形器
物：一~門。兩~窗子。
（二）(shān ㄕㄢ)（粵）同（一）❶搖動扇
子或其他東西，使空氣加速流
動生風：用扇子~爐子。❷同
'煽'。鼓動別人去做不應該做
的事：~動。~惑。

7 **扈**
(hù ㄏㄨ)（粵）wu⁶〔戶〕❶侍
從，隨行人員。〔扈從〕
帝王的隨從人員。❷養馬的僕
役。

8 **扉**
(fēi ㄈㄟ)（粵）fei¹〔非〕門：柴
~。~頁（書刊封面之內
印着書名、著者等項的一頁）。
~畫（書籍正文前的插畫）。

8 **㦿**
(yǎn ㄧㄢˇ)（粵）jim⁵〔染〕〔㦿
庰〕門庰。

8 **雇**
見隹部，757頁。

手（扌）部

0 **手**
(shǒu ㄕㄡˇ)（粵）seu²〔首〕❶
人體上肢前端拿東西的
部分。(圖見 791 頁〔體〕)〔手足〕
（粵）兄弟。❷拿着：人~一冊。
❸(一兒)技能，本領：他確有
兩~。❹親手：~書。~植。

❺做某種事情或擅長某種技能
的人：選~。長跑好~。水~。
神槍~。❻小巧易拿的：~冊。
〔手信〕〈粵方言〉隨身帶去送給
親友的禮物。
〔手段〕處理事情所用的方法。

0 **才**
(cái ㄘㄞˊ)（粵）tsoi⁴〔財〕❶能
力（⑯一能）：口~。~
華。~智。~略。這人很有
幹。❷指某類人：奴~。蠢
~。天~。鬼~。❸僅僅：~用了
兩元。來了~十天。❹方，始
（⑯剛一、方一）：昨天~來。
現在~懂得這個道理。❺強調
和肯定上下文所說的事實：吃
得飽足，~有力量。麥子長得
~好呢!

1 **扎**
（一）(zhā ㄓㄚ)（粵）dzat⁸〔札〕
❶刺：~針。~花（刺
繡）。❷鑽進，插（入）：~猛
子（游泳時頭朝下鑽入水中）。
〔扎煞〕同'挓挲'。張開：~~
着手。
（二）(zhá ㄓㄚˊ)（粵）同（一）〔扎挣〕〈方〉
勉強支持。
（三）同'紮'，見 517 頁。

2 **扒**
（一）(bā ㄅㄚ)（粵）pa⁴〔爬〕❶
抓住，把着：~着欄杆
~着樹枝。❷刨開，挖：城牆
~了個豁口。〔扒拉〕撥動：
~算盤。~~開眾人。❸剝，
脫：~皮。~下衣裳。

㈠(pá ㄆㄚˊ)⑧同㈠❶用耙摟,聚攏: ～草。～土。❷搔,抓: ～癢。❸燉爛,煨爛: ～豬頭。〔扒手〕從別人身上偷財物的小偷。

2 **打** ㈠(dǎ ㄉㄚˇ)⑧da²〔多啞切〕❶擊: ～鐵。～門。～鼓。～靶。～夯。～垮。㊦放射: ～槍。～閃。❷表示各種動作,代替許多有具體意義的動詞: 1.除去: ～蟲。～沫(把液體上面的沫去掉)。～食(服藥幫助消化)。2.毀壞,損傷: 衣服被蟲～了。3.取,收: ～魚。～糧食。～柴。～水。4.購買: ～車票。～酒。5.舉: ～傘。～燈籠。～旗子。6.揭開,破開: ～帳子。～西瓜。～雞蛋。7.建造: ～井。～牆。8.製,做: ～鐮刀。～桌椅。～毛衣。9.捆紮: ～鋪蓋捲。～裹腿。10.塗抹: ～蠟。～桐油。11.玩耍,玩弄: ～鞦韆。12.通,發: ～一個電報去。～電話。13.計算: 精～細算。設備費一二萬元。14.立,定: ～下基礎。～主意。～草稿。15.從事或擔任某些工作: ～雜。～前站。16.表示身體上的某些動作: ～手勢。～冷戰。～哈欠。～前失(馬前腿跌倒)。～滾。❸與某些動詞結合爲一個動詞: ～

扮。～掃。～攪。～擾。❹從,自: ～去年起。～哪裏來?〔打賞〕〈粵方言〉賞賜,給小費。
㈡(dá ㄉㄚˊ)⑧da¹〔多鴉切〕⑪十二個叫一「打」。

2 **扔** (rēng ㄖㄥ)⑧wiŋ¹〔永鬿下〕❶抛,投擲: ～球。～磚。❷丟棄,捨棄: 把這些破爛東西～了吧。

2 **扑** 「撲」的簡化字,見268頁。

3 **托** (tuō ㄊㄨㄛ)⑧tɔkⁿ〔託〕❶用手掌承着東西: ～着茶盤。❷陪襯: 烘雲～月。❸(～兒)承托器物的東西: 茶～。花～。❹舊壓強單位,今改用「帕」。❺同「託」,見643頁。

3 **扛** ㈠(káng ㄎㄤ)⑧kɔŋ¹〔抗高下〕用肩膀承擔: ～糧食。～着鋤頭。～活(舊時稱作長工)。
㈡(gāng ㄍㄤ)⑧gɔŋ¹〔江〕❶兩手舉東西: ～鼎。❷〈方〉抬東西。

3 **扞** ㈠(hàn ㄏㄢˋ)⑧hɔn⁶〔汗〕〔扞格〕互相抵觸: ～～不入。
㈡同「捍」,見253頁。
㈢同「擀」,見268頁。

3 **扣** (kòu ㄎㄡˋ)⑧keu³〔叩〕❶用圈、環等東西套住或攔住: 把門～上。把鈕子~好。

❷(一子、一兒)繩結: 活～兒。
❸把器物口朝下放或覆蓋東西: 把碗～在桌上。用盆把魚～上。⑰使相合: 這句話～在題上了。❹扣留, 強留: ～起來。❺從中減除: 九～(減到原數的百分之九十)。七折八～(喻一再減少)。❻螺紋的一圈叫一扣: 擰了三～。❼同'釦', 見717頁。

3 **扦**(qiān ⟨丨ㄢ⟩)粵tsin¹〔千〕❶(一子、一兒)用金屬或竹、木製成的像針的東西。❷〈方〉插, 插進去: ～花。用針～住。

3 **扠**(chā ㄔㄚ)粵tsa¹〔叉〕同'叉'。用叉子刺取: ～魚。

3 **扬** '揚'的簡化字, 見259頁。

3 **扩** '擴'的簡化字, 見271頁。

3 **执** '執'的簡化字, 見133頁。

3 **扫** '掃'的簡化字, 見255頁。

3 **扪** '捫'的簡化字, 見254頁。

4 **扭**(niǔ ㄋㄧㄡˇ)粵neu²〔紐〕❶轉動一部分: ～過臉來。～轉身子。⑰1.走路時身體搖擺轉動: 一一一～地走。2.擰傷筋骨: ～了筋。～了腰。3.

扳轉, 轉變情勢: ～轉局面。
4.擰: 把樹枝一斷。❷揪住: ～打。兩人～在一起。

4 **扮**(㊀)(bàn ㄅㄢˋ)粵ban⁶〔辦〕❶化裝成: 女～男裝。～老頭兒。～演(化裝成某種人物出場表演)。❷面部表情裝成: ～鬼臉。
(㊁)(bàn ㄅㄢˋ)粵ban³〔辦 高去〕打扮, 裝扮。

4 **扯**(chě ㄔㄜˇ)粵tsɛ²〔且〕❶拉: ～住他不放。❷漫無邊際的談話: 閒～。不要把問題～遠了。❸撕, 撕下: 把信～了。把牆上的海報～下來。❹〈粵方言〉掛起, 展開: ～旗。～開帳篷。

4 **抃**(biàn ㄅㄧㄢˋ)粵bin⁶〔辨〕鼓掌, 表示歡迎。

4 **扳**(bān ㄅㄢ)粵pan¹〔攀〕❶把一端固定的東西往下或往外拉, 使改變方向: ～槍機。～樹枝。❷扭轉: ～回一局。

4 **扶**(fú ㄈㄨˊ)粵fu⁴〔符〕❶攙, 用手支持人或物使不倒: ～老攜幼。❷用手幫助躺着或倒下的人坐或立: ～起傷者。❸用手按着或把持着: ～牆。～欄杆。〔扶手〕手扶着可以當倚靠的東西, 如拐杖、樓梯旁的欄杆等。❹幫助, 援助：救死～傷。～危濟困。

4　**批** (pī ㄆㄧ)〔粵〕pei¹〔披西切〕❶
用手掌打：～頰。❷寫
上字句，判定是非、優劣、可
否：～示。～准。～駁。～改
作文。❸(一兒)附注的意見或
注意之點：眉～(寫在書頭上
的批語)。在文後加了一條小
～。❹量詞：一～貨。一～人。
〔批發〕大宗發售貨物。

4　**抵** (zhǐ ㄓ)〔粵〕dzi²〔紙〕擊，拍。
〔抵掌〕擊掌(表示高興)：
～～而談。

4　**扼** (è ㄜˋ)〔粵〕ak⁷ ak⁷〔握〕(又)❶
用力掐着，抓住：力能
～虎。〔扼要〕抓住要點，簡要。
〔扼腕〕表示歎息、憤怒、振奮、
失意等情緒。❷把守，控制：
～守。～制。

4　**找** (zhǎo ㄓㄠˇ)〔粵〕dzau²〔爪〕❶
尋求，想要得到：～東
西。～事做。丟了不好～。～
麻煩。❷退回，補還：～錢。
〔找續〕〈粵方言〉'續'俗作'贖'。
即找錢。收到幣值較大的鈔票
或硬幣，超過應收的數目，把
超過的部分用幣值小的錢幣退
還。

4　**承** (chéng ㄔㄥˊ)〔粵〕siŋ⁴〔成〕❶
在下面承受，托着：～
塵(天花板)。❷承擔，擔當：
～印。這工程由建築公司～包。

責任由我～當。❸蒙，受到，
接受(別人的好意)：～情。～
教。～大家熱心招待。〔承包〕
接受工程或大宗訂貨等，負責
完成。〔承認〕表示肯定，同意，
認可：～～錯誤。他～～有這
麼回事。❸繼續，接聯着：
上啓下。繼～。～接。

4　**技** (jì ㄐㄧ)〔粵〕gei⁶〔忌〕才能，
本領，手藝(粵—藝、一
能)：～巧。口～。～師。
～之長。

4　**抄** (chāo ㄔㄠ)〔粵〕tsau¹〔鈔〕❶
謄寫，照原文寫：～書。
～稿子。〔抄襲〕把別人的文章
或作品抄來當自己的。❷搜查
而沒收：～家。❸走簡捷的路：
～小道走。❹抓取：～起一根
棍子。

4　**抆** (wěn ㄨㄣˇ)〔粵〕men⁵〔敏〕
men²〔蚊高上〕(語)擦：
淚。

4　**抉** (jué ㄐㄩㄝˊ)〔粵〕kyt⁸〔決〕剔
出。〔抉擇〕挑選。

4　**把** ㊀(bǎ ㄅㄚˇ)〔粵〕ba²〔靶〕❶
拿，抓住：～着不放。
❷控制，掌握：～舵。～犁。
〔把持〕專權，一手獨攬，不讓
他人參預。❸從後面用手托起
小孩的兩腿，讓他大小便：～
屎。～尿。❹把守，看守：～
門。～風(守候，防有人來)。

❺手推車、自行車等的柄: 車～。❻(一兒)可以用手拿的小捆: 草～兒。❼介詞，和‘將’相當: ～郵票貼在信封的右上角。❽量詞: 1.有柄的: 一～刀。一～扇子。2.可以一手抓的: 一～米。3.指某些抽象的事物: 一～年紀。❾放在量詞或‘百、千、萬’等數詞的後面，表示約略估計: 丈～高的樹。個～月上旬。有百～人。❿指拜把子(結為異姓兄弟)的關係: ～兄。

〔把戲〕1.魔術、雜耍一類的技藝。2.⑱手段，詭計: 你又想玩什麼～～?

㊁(bà ㄅㄚˋ)⑱同㊀(一兒)物體上便於手拿的部分，柄: 刀～。扇～。

4 抑 (yì ㄧˋ)⑱jik⁷〔億〕❶遏止，壓制: ～制。～揚。～強扶弱。〔抑鬱〕憂悶。❷文言連詞: 1.表選擇，還是: 行期定матся，本月～出月? 2.表轉折，可是，但是: 非惟天時，～亦人謀也。

4 抒 (shū ㄕㄨ)⑱sy¹〔書〕抒發，盡量表達: ～情詩。各～己見。

4 抓 (zhuā ㄓㄨㄚ)⑱dza¹〔渣〕dzau²〔爪〕(又)❶用指或爪撓: ～耳撓腮。❷用手或爪

拿取: 老鷹～小雞。～一把米。⑤1.捕捉: ～賊。2.把握住，不放過: ～工夫。～緊時間。❸對某方面特別著重: ～農業。～重點。❹惹人或引人注意: 這個演員一出場就～住了觀眾。

〔抓舉〕一種舉重法，兩手把槓鈴從地上舉過頭頂，一直到兩臂伸直為止，不在胸前停頓。

4 抔 (póu ㄆㄡˊ)⑱peu¹〔婆牛切〕❶用手捧東西: ～飲(兩手捧起而飲)。❷量詞: 一～土(即一捧土)。

4 投 (tóu ㄊㄡˊ)⑱teu⁴〔頭〕❶拋，擲，扔(多指有目標的): ～籃。～石。～入江中。⑤跳進去: ～河。～井。～火。〔投票〕選舉或表決的一種方法。把自己的意見寫在票上，投進票箱。〔投資〕把資金應用在企業上。❷投射: 影子～在窗戶上。❸走向，進入: ～宿。～奔。棄暗～明。～寄，遞送(⑱一遞): ～書寄信。～稿。❺合: 1.相合: 情～意合。2.迎合: ～其所好。〔投機〕1.意見相合: 他倆一見就很～～。2.利用時機，求取利益名位: ～取巧。～～分子。❻臨近，在…以前: ～明。～暮。

4 **抖** (dǒu ㄉㄡˇ)粵deu²〔陡〕❶ 使振動：～牀單。～空竹。～～身上的雪。〔抖擻〕1.同'抖❶'：～～衣服上的塵土。2.任意揮霍：別把錢～～光了。3.揭露。〔抖擻〕振作，振奮：～～精神。精神～～。❷哆嗦，戰慄：冷得發～。❸諷刺說人突然得勢或生活水平突然提高：～起來了。

4 **抗** (kàng ㄎㄤˋ)粵kɔŋ³〔亢〕❶ 抵禦(鐵抵－)：～敵。～旱。～澇。引1.不妥協：～爭。2.拒絕，不接受(鐵－拒)：～命。～稅。〔抗議〕聲明不同意，同時譴責對方的行動。〔抗生素〕動物、植物及微生物(細菌、黴菌等)所產生的對細菌等微生物具有抑制生長或殺滅作用的化學物質，如青黴素、鏈黴素等。又稱抗菌素。❷對，抵：～衡(不相上下，抵得過)。分庭～禮(行平等的禮節，喻勢均力敵)。

4 **折** ㊀(zhé ㄓㄜˊ)粵dzit⁸〔節〕❶斷，弄斷：骨－。禁止攀－花木。⑩幼年死亡：夭～。❷損失：損兵－將。❸彎轉，屈曲：～腰。轉－點。⑪返轉，回轉：走到半路又～回來了。〔折中〕〔折衷〕對不同意見取調和態度。❹雜劇一本分四折，一折相當於現代戲曲的一齣。❺心服：～服。心～。❻折扣，按成數減少：打一扣。九～。❼抵作，對換，以此代彼：～賬。～變。

㊁(shé ㄕㄜˊ)粵同㊀❶斷：繩子～子。棍子～了。❷虧損：～本。〔折耗〕虧耗，損失：青菜～～太大。❸姓。

㊂(zhē ㄓㄜ)粵同㊀翻轉，倒騰：～跟頭。用兩個碗把開水～一～就涼了。

㊃'摺'的簡化字，見 265 頁。

4 **扽** (dèn ㄉㄣˋ)粵den³〔蕈高去〕振動物件使其伸直或平整：把繩子～直。把衣服～平。

4 **抛** 同'拋'，見 245 頁。

4 **抝** 同'拗'，見 248 頁。

4 **扵** 同'於'，見 285 頁。

4 **抢** '搶'的簡化字，見 263 頁。

4 **抚** '撫'的簡化字，見 267 頁。

4 **拟** '擬'的簡化字，見 271 頁。

4 **抡** '掄'的簡化字，見 255 頁。

4 **扨** '搗'的簡化字，見 261 頁。

抟 4　'摶'的簡化字,見 265 頁。

抠 4　'摳'的簡化字,見 265 頁。

报 4　'報'的簡化字,見 136 頁。

㧜 4　'搁'的簡化字,見 258 頁。

扨 4　'攤'的簡化字,見 273 頁。

护 4　'護'的簡化字,見 656 頁。

扰 4　'擾'的簡化字,見 272 頁。

㧗 4　'搗'的簡化字,見 263 頁。

5 **抛** (pāo ㄆㄠ)⑱pau¹〔炮高平〕
❶扔,投:～球。〔拋錨〕把錨投入水底,使船停穩。⑱1.汽車等因發生毛病,中途停止。2.進行中的事情因故停止。〔拋售〕為爭奪市場牟取利潤,壓價出賣大批商品。❷捨棄(⑱～棄)。❸丟下:跑到最後一圈,他已經把別人遠遠地～在後面。

5 **抨** (pēng ㄆㄥ)⑱piŋ¹〔娉〕抨擊,攻擊對方的短處。

5 **披** (pī ㄆㄧ)⑱pei¹〔丕〕❶覆蓋在肩背上:～着大衣。～星戴月(喻晚上趕路或勞動)。❷打開:～襟。～卷。

～肝瀝膽(喻竭誠效忠)。〔披靡〕草木隨風散倒。⑱軍隊潰散:所向～～。〔披露〕發表。❸裂開:竹竿～了。指甲～了。❹劈開,劈去:～荊斬棘(喻開創事業的艱難)。

5 **抬** (tái ㄊㄞ)⑱tɔi⁴〔台〕本作'擡'。❶舉,提高:～起頭來。～手。～腳。⑪使上升:～價。❷共同用手或肩搬運東西:一個人搬不動兩個人～。把桌子～過來。〔抬槓〕⑳爭辯。

5 **抱** (㊀bào ㄅㄠ)⑱pou⁵〔普低上〕❶用手臂圍住(⑱擁一):～着孩子。～頭鼠竄。⑪圍繞:山環水～。〔抱負〕願望,志向。❷心裏存着:～不平。～歉。❸量詞,表示兩臂合圍的量:一～柴。
㊁同'苞',見 588 頁。

5 **抵** (dǐ ㄉㄧ)⑱dɐi²〔底〕❶擋,拒,用力對撐着(⑱～擋):～擋一陣。～住門別讓風吹進來。〔抵制〕抵抗,不讓侵入。❷牛、羊等有角的獸用角頂、觸。〔抵牾〕矛盾。〔抵觸〕發生衝突:他的話前後～～。❸頂,相當,代替:～債。～押。〔抵償〕用價值相等的事物作為賠償或補償。❹到達:～港。❺抵消:收支相～。

❻〈粵方言〉忍受：～冷。

抹 5 ㊀(mǒ ㄇㄛˇ)⑧mut⁸〔沫中入〕mat⁸〔馬抹切〕(語)❶塗(⑧塗-)：傷口上～上點藥。～上石灰。❷揩，擦：一～一手灰。～眼淚。❸除去：～零兒(不計算尾數)。〔抹煞〕一概不計，勾銷：一筆～～。

㊁(mò ㄇㄛˋ)⑧同㊀❶泥：他正在往牆上～石灰。❷緊挨着繞過：轉彎～角。

㊂(mā ㄇㄚ)⑧同㊀❶擦：～桌子。❷用手按着並向下移動：把帽子～下來。～不下臉來(礙於臉面或情面)。

押 5 (yā ㄧㄚ)⑧at⁸〔壓〕❶在文書契約上所簽的名字或所畫的符號：畫～。簽～。❷把財物交給人作擔保：～金。抵～。❸拘留：看～。～起來。❹跟隨看管：～車。～運貨物。〔押後〕〈粵方言〉推遲：把婚期～～。也作'壓後'。

抽 5 (chōu ㄔㄡ)⑧tseu¹〔秋〕❶從事物中提出一部分：～籤。～調人手。～空學英語。〔抽象〕1.從各種事物中抽取共同的本質特點成為概念。2.籠統，概括：問題這樣提太～～了，最好舉一個具體的例子來。❷把夾在中間的東西取出：從信封裏～出信紙。❸長出：穀

子～穗。❹吸：～水。～氣機。～煙。❺減縮：這布一洗～了一厘米。〔抽風〕手足痙攣，口眼歪斜的症狀。❻用細長的、軟的東西打：他不再用鞭子～牲口了。❼〈粵方言〉攙扶，抓起來：小弟弟跌倒了，快把他～起來。

抿 5 (mǐn ㄇㄧㄣˇ)⑧men⁵〔敏〕❶刷，抹：～頭髮。❷閉住，收斂：～着嘴笑。水鳥一～翅，往水裏一扎。㉠收斂嘴唇，少量沾取：他真不喝酒，連一～都不～。

拂 5 ㊀(fú ㄈㄨˊ)⑧ fet⁷〔忽〕❶輕掃：～塵。❷輕輕擦過：春風～面。〔拂曉〕天將明的時候。❸甩動，抖：～袖。❹違背，不順：～意(不如意)。

㊁〈古〉同'弼'，見 208 頁。

拃 5 (zhǎ ㄓㄚˇ)⑧dza³〔炸〕❶張開大拇指和中指量東西。❷張開大拇指和中指兩端的距離：兩～寬。

㊁同'搾'，見 264 頁。

拄 5 (zhǔ ㄓㄨˇ)⑧dzy²〔主〕用手扶着杖或棍支持身體的平衡：～杖。

拆 5 ㊀(chāi ㄔㄞ)⑧tsak⁸〔冊〕把合在一起的弄開，卸下來：～信。～卸機器。

㊁(cā ㄘㄚ)⑧同㊀〈方〉排泄(大

小便)：～爛污(喻不負責任)。

5 **拇** (mǔ ㄇㄨˇ)働mou⁵〔母〕拇指，手腳的大指。

5 **拈** (niān ㄋㄧㄢ)働nim¹〔念高平〕用手指搓捏或拿東西：～鬚。～花。～鬮(抓鬮兒)。

5 **拉** (一)(lā ㄌㄚ)働lai¹〔賴高平〕
❶牽，扯，拽：～車。～鋸。⑤1.使延長：～長聲兒。2.拉攏，聯絡：～關係。〔拉倒〕算了，不再管：他不來～。〔拉雜〕雜亂，沒條理。❷牽引樂器的某一部分使樂器發出聲音：～二胡。～小提琴。❸排泄糞便：～屎。～肚子。❹用車載運：～貨。～肥料。❺幫助：那年月不好，他有困難，應該～他一把。❻牽累：一人做事一人當，不要～上別人。❼帶領轉移：～隊離開球場。❽(la)放在某些動詞後，構成複音詞。如：扒拉、趿拉、撥拉等。
〔拉祜〕拉祜族，中國少數民族名，參看附錄六。
(二)(lá ㄌㄚˊ)働lat⁹〔辣〕割，用刀把東西切開一道縫或切斷：～下一塊肉。～了一個口子。
(三)(lá ㄌㄚˊ)働la¹〔啦〕閒談：～話。～家常。

5 **拊** (fǔ ㄈㄨˇ)働fu²〔苦〕拍，也作'撫'：～掌大笑。

5 **拌** (bàn ㄅㄢˋ)働bun⁶〔伴〕攪和：～麪。～草餵牛。〔拌嘴〕口頭爭執。

5 **拍** (pāi ㄆㄞ)働pak⁸〔帕〕❶用手掌輕輕地打：～球。～手。⑤(一子)樂曲的節奏(働節一)：這首歌每節有四～。❷(一子、一兒)拍打東西的用具：蠅～。球～。❸攝影：～照片。❹發：～電報。❺浪濤沖擊：驚濤～岸。

5 **拎** (līn ㄌㄧㄣ)働lin¹〔令高平〕
〈方〉提：～着一籃子荣。～水。

5 **拐** (guǎi ㄍㄨㄞˇ)働gwai²〔乖高上〕❶轉折：～過去就是大街。～彎抹角。～角。❷騙走人或財物：～帶。～騙。❸腿腳有毛病，失去平衡，走路不穩：他一～一～地走來。❹走路時幫助支持身體的棍子：～杖。～棍。架。

5 **拒** (jù ㄐㄩˋ)働kœy⁵〔距〕❶抵擋，抵抗(働抗一)：～敵。～捕。❷拒絕：來者不～。

5 **拓** (一)(tuò ㄊㄨㄛˋ)働tok⁸〔托〕❶開闢，擴充：開一～。～荒。❷見589頁'落'字條'落拓'.
(二)同'搨'，見262頁。

5 **拔** (bá ㄅㄚˊ)働bet⁹〔跋〕❶抽，拉出，連根拽出：～草。

～牙。一毛不～(喻吝嗇)。不能自～。⑦奪取軍事上的據點: 連～數城。⑧〔拔河〕一種集體遊戲, 人數相等的兩隊, 對拉一條大繩, 把對方拉過界綫(代替河), 就算勝利。❷吸出: ～毒。～火罐。❸挑選, 提升: 選～人才。❹超出: 出類～萃(人才出眾)。海～(地面超出海平面的高度)。

5 **拖** ㊀(tuō ㄊㄨㄛ)⊛tɔ¹〔妥高平〕❶牽引, 拉, 拽: 手～手。～車。～泥帶水(喻做事不爽利)。～拉機。❷拖延, 拉長時間: 這件事應趕快結束, 不能再～。

5 **拗** ㊀(ǎo ㄠ)⊛au²〔坳高上〕〈方〉彎曲使斷, 折: 竹竿～斷了。
㊁(ào ㄠ)⊛au³〔坳〕不順, 不順從。〔拗口〕說起來彆扭, 不順口。〔拗口令〕用聲、韻、調相近的字編成的話, 說快了容易錯, 也叫'繞口令'。
㊂(niù ㄋㄧㄡ)⊛同㊁固執, 不馴順: 執～。脾氣很～。

5 **拘** (jū ㄐㄩ)⊛kœy¹〔俱〕❶逮捕或扣押: ～捕。～留。～禁。❷限, 限制: ～束。不～多少。❸固執: ～謹。別太～。～泥成法。
〔拘攣〕1.痙攣。2.(——兒)蜷

曲: 手凍～～了。

5 **拙** (zhuō ㄓㄨㄛ)⊛dzyt⁸〔茁〕dzyt⁹〔絕〕(又)❶笨, 不靈巧(⊛一笨): ～嘴笨舌。手～。弄巧成～。勤能補～。❷自謙之辭: ～作。～見。

5 **拚** ㊀(pàn ㄆㄢ)⊛pun³〔判〕pun²〔潘高上〕(又)捨棄: ～命。～死。
㊁同'拼', 見251頁。

5 **招** (zhāo ㄓㄠ)⊛dziu¹〔焦〕❶打手勢叫人來: 用手一～他就來了。〔招待〕應接賓客。❷用公開的方式使人來: ～集。～收學生。～之即來。⑦1.惹起: ～事。～笑。～怨。2.引來: ～螞蟻。❸承認自己的罪狀: ～供。不打自～。❹拳術的動作: 使了一～太極拳的'打虎勢'。⑦(一兒)手段, 計策: 要花～。

5 **拜** (bài ㄅㄞ)⊛bai³〔敗高去〕❶過去表示敬意的禮節: 跪～。⊛恭敬地: ～托。～訪。～望。～請。〔禮拜〕宗教信者對神敬禮或禱告。⊛週、星期的別稱。❷稱行禮祝賀: 壽～。❸舊時用一定的禮節授與某種名義: ～將。～相。❹恭敬地與對方結成某種關係: ～師。～把子(朋友結爲異姓兄弟)。

5 **抻** (chēn ㄔㄣ) ⑲ tsɐn² 〔診〕扯，拉：～麪（抻麪條或抻的麪條）。把衣服～～。把袖子～出來。

5 **抴** 同'拽㊀'，見 250 頁。

5 **拐** 同'拐'，見 247 頁。

5 **拕** 同'拖'，見 248 頁。

5 **拑** 同'鉗❶'，見 722 頁。

5 **抝** 同'努❷'，見 66 頁。

5 **拏** 同'拿'，見本頁。

5 **扼** 同'扼'，見 242 頁。

5 **拨** '撥'的簡化字，見 267 頁。

5 **择** '擇'的簡化字，見 269 頁。

5 **拥** '擁'的簡化字，見 268 頁。

5 **拦** '攔'的簡化字，見 272 頁。

5 **拢** '攏'的簡化字，見 272 頁。

5 **拧** '擰'的簡化字，見 271 頁。

5 **拣** '揀'的簡化字，見 259 頁。

5 **拟** '擬'的簡化字，見 270 頁。

5 **担** '擔'的簡化字，見 269 頁。

6 **拿** (ná ㄋㄚˊ) ⑲ na⁴ 〔那低平〕❶用手取，握在手裏：～筆。～槍。～張紙來。❷掌握，把握：～主意。做好做不好，我可～不穩。〔拿手〕擅長，特長：～～好戲。❸拿捏，挾制：這樣的事～不住人。❹逮捕，捉(運捉一)：～獲。貓～老鼠。❺把：我～你當朋友看待。❻用：～這筆錢做套西服。❼侵蝕，侵害：這塊木頭讓藥水～白了。(粵口語讀高上聲)

6 **括** ㊀(kuò ㄎㄨㄛˋ) ⑲ kut⁸ 〔豁〕❶紮，束：～髮。～約肌(在肛門、尿道等靠近開口的地方，能收縮、擴張的肌肉)。❷包容(運包一)：總～。概～。㊁(guā ㄍㄨㄚ) ⑲ gwat⁸ 〔刮〕❶榨取：搜～(也寫作'搜刮')。❷〈方〉包容：一塌～子(一股腦兒，全部)。

6 **拭** (shì ㄕˋ) ⑲ sik⁷ 〔式〕擦：～淚。～目以待。

6 **拮** (jié ㄐㄧㄝˊ) ⑲ git⁸ 〔結〕〔拮据〕經濟境況不好，困窘。

6 **拯** (zhěng ㄓㄥˇ) ⑲ tsiŋ² 〔請〕援救，救助(運一救)：～溺。

6 拱 (gǒng ㄍㄨㄥˇ)粵gung²〔鞏〕
❶拱手，兩手向上相合表示敬意。❷兩手合圍：～抱。～木。㉑環繞：～衛。眾星～月。❸肩膀向上聳：～肩膀。❹建築物上呈弧形的結構，大多中間高兩側低：～門。橋。連～壩。❺頂動，向上或向前推：～芽。蟲子～土。豬用嘴～地。

6 拳 (quán ㄑㄩㄢˊ)粵kyn⁴〔權〕
❶(一頭)屈指捲握起來的手：雙手握～。❷拳術，一種徒手的武術：打～。太極～。❸肢體彎曲：～起腿來。

6 拴 (shuān ㄕㄨㄢ)粵san¹〔山〕
用繩子繫上：～馬。～車。

6 拶 ㊀(zā ㄗㄚ)粵dzat⁸〔札〕
壓，擠，逼。
㊁(zǎn ㄗㄢˇ)粵同㊀〔拶子〕舊時夾手指的刑具。〔拶指〕舊時用拶子夾手指的酷刑。

6 拷 (kǎo ㄎㄠˇ)粵hau²〔考〕打(粵一打)：～問。
〔拷貝〕英語 copy 的音譯。用拍攝成的電影底片洗印出來的膠片。

6 拽 ㊀(zhuài ㄓㄨㄞ)粵jit⁹〔熱〕拉，拖，牽引：～不動。把門一～上。生拉硬～。
㊁(zhuāi ㄓㄨㄞ)粵jei⁶〔義毅切〕

❶用力扔：～了吧，沒用了。把球一～過來。❷〈方〉胳膊有毛病，動轉不靈。
㊁同'曳'，見 297 頁。

6 拾 (shí ㄕˊ)粵sɐp⁹〔十〕❶撿取，從地下拿起來：～金不昧。～了一枝筆。❷'十'字的大寫。
〔拾掇〕1.整理：把屋子～～一下。把書架～～～～。2.修理：～～鐘錶。～～機器。～～房。

6 持 (chí ㄔˊ)粵tsi⁴〔池〕❶拿着，握住：～筆。～槍。❷遵守不變：堅～。～槍。❸治理，掌管：操～。這件事由你主～好了。❹對抗：相～不下。

6 指 (zhǐ ㄓˇ)粵dzi²〔紙〕❶手指頭。又'腳趾'也寫作'腳指'：食～。首屈一～。屈～可數。❷一個手指頭的寬度叫一指：下了四～雨。❸用尖端對着：用手一～。時針～着十二點。❹點明，告知：～導。～出他的錯誤。❺仰仗，倚靠：不應～着別人生活。單～着一個人是不能把事情做好的。❻直立起來：令人髮～。❼向，意向：他是一你說的。

6 挈 (qiè ㄑㄧㄝˋ)粵kit⁸〔揭〕❶用手提着：提綱～領。❷帶，領：～眷。

6 **按** (àn ㄢˋ)粵on³〔案〕❶用手或指頭壓：～脈。～電鈴。〔按摩〕一種醫術，按捺或撫摩病人身體的一定部位，幫助血液循環。也叫'推拿'。❷止住，壓住：～兵不動。～下此事先不表。❸抑制：～不住心頭怒火。❹依照：～理說你應該去。～人數分。～部就班（依照程序辦事）。～圖索驥（本喻拘泥，轉為照樣去做）。❺經過考校研究後下論斷，也作'案'：～語。編者～。

6 **挑** ㊀(tiāo ㄊㄧㄠ)粵tiu¹〔條¹〕❶用肩擔着：～水。別人～一擔，他～兩擔。❷（－子、－兒）挑、擔的東西：挑着空～子。❸（－兒）量詞，用於成挑兒的東西：一～兒白菜。❹選，揀（粵一選、一揀）：～好的送給他。～錯。～毛病。〔挑剔〕嚴格地揀選，把不合規格的除去。粵故意找錯。

㊁(tiǎo ㄊㄧㄠˇ)粵同㊀❶用竿子把東西舉起或支起：～起簾子來。把旗子～起來。❷用條狀物或有尖的東西撥開或弄出來：把火～一～。～了～燈心。～刺。❸撥弄，引動（粵一撥）：～釁。～撥是非。（粵又讀低上聲）❹一種刺繡的方法，

用針挑起經綫或緯綫，把針上的綫從底下穿過去：～花。❺漢字由下斜着向上的一種筆形（ノ）。

6 **挖** (wā ㄨㄚ)粵wat⁸〔華壓切〕掘，掏：～一個坑。～洞。〔挖苦〕用尖刻的話譏笑人：～～人。這話眞～～。

6 **挎** (kuà ㄎㄨㄚˋ)粵kwa³〔誇高去〕❶胳膊彎起來掛着東西：他胳膊上～着籃子。❷把東西掛在肩頭上或掛在腰裹：肩上～着文件包。

6 **拼** (pīn ㄆㄧㄣ)粵pin¹〔娉〕pin³〔聘〕（又）❶連合，湊合，（粵一湊）：東～西湊。把兩塊板子～起來。～音。❷不顧一切地幹，豁出去：～命。～到底。

6 **挓** (zhā ㄓㄚ)粵dza¹〔渣〕〔挓挲〕（－shā）張開：～～着手。

6 **挌** 同'格❹'，見314頁。

6 **挂** 同'掛'，見256頁。

6 **舁** 同'拿'，見249頁。

6 **挥** '揮'的簡化字，見260頁。

6 **挤** '擠'的簡化字，見270頁。

6 挡 '擋'的簡化字,見 269 頁。

6 挚 '摯'的簡化字,見 265 頁。

6 挠 '撓'的簡化字,見 266 頁。

6 挒 '搙'的簡化字,見 263 頁。

6 挟 '挾'的簡化字,見本頁。

6 挞 '撻'的簡化字,見 268 頁。

6 挢 '撟'的簡化字,見 267 頁。

6 挝 '撾'的簡化字,見 268 頁。

6 挦 '撏'的簡化字,見 266 頁。

6 挜 '掗'的簡化字,見 256 頁。

6 挛 '攣'的簡化字,見 273 頁。

7 挨 ㊀(āi ㄞ)⑧ai¹〔唉〕❶依次,順次:～家問。～次。❷靠近:你～着我坐吧。㊁同'捱',見 254 頁。

7 挪 (nuó ㄋㄨㄛˊ)⑧nɔ⁴〔糯低平〕移動:把桌子～一～。～用款項。

7 挫 (cuò ㄘㄨㄛˋ)⑧tsɔ³〔錯〕❶挫折,事情進行不順利,失敗:經過了許多～折。事遭

7 振 (zhèn ㄓㄣˋ)⑧dzen³〔震〕❶搖動,揮動:～筆直書。～鈴。～臂高呼。❷奮起,興起:～興。精神一～。❸救:～乏絕。

7 挹 (yì ㄧˋ)⑧jep⁷〔泣〕❶舀,把液體盛出來。〔挹注〕⑩從有餘的地方取出來,以補不足。❷拉,牽引。

7 挺 (tǐng ㄊㄧㄥˇ)⑧tiŋ⁵〔鋌〕❶筆直:筆～。～進(勇往直前)。直～～地躺着不動。〔挺拔〕1.直立而高聳。2.堅強有力:筆力～～。❷撐直:～起腰來。～身而出。⑩勉強支撐:他雖然受了傷,硬～着繼續比賽。❸很:～好。～和氣。～愛學習。這花～香。❹量詞,指機槍:一～機關槍。

7 挼 (ruó ㄖㄨㄛˊ)⑧nɔ⁴〔挪〕❶揉搓:把紙條～成團。❷皺縮:那張紙～了。

7 挽 (wǎn ㄨㄢˇ)⑧wan⁵〔輓〕❶拉:～弓。手～着手。❷設法使局勢好轉或恢復原狀:～救。力～狂瀾。❸同'輓',見 687 頁。❹同'綰',見 523 頁。

7 挾(挟) (xié ㄒㄧㄝˊ)⑧hip⁸〔協〕hap⁹〔峽〕(又)❶夾在胳臂底下:～泰山

以超北海(比喻做辦不到的事)。❷倚仗勢力或抓住人的弱點強迫人服從: 要~。~制。❸心裏懷着(怨恨等): ~嫌。~恨。

7 **捃**(jùn ㄐㄩㄣˋ)⑧kwen²〔菌〕
拾取: ~摭〔搜集〕。

7 **捆**(kǔn ㄎㄨㄣˇ)⑧kwen²〔菌〕
❶用繩等纏緊, 打結, 紮起來: 把行李~上。❷(一子、~兒)量詞, 指捆在一起的東西: 一~柴火。一~竹竿。一~報紙。

7 **捉**(zhuō ㄓㄨㄛ)⑧dzuk⁷〔足〕
❶抓, 捕捉: ~老鼠。~蝗蟲。捕風~影。〔捉弄〕玩弄, 戲弄。❷握: ~刀(代別人做文章)。~筆。

7 **捋**(㊀luō ㄌㄨㄛ)⑧lyt⁸〔劣〕
用手握着東西, 順着東西移動: ~榆錢。~虎鬚(喻冒險)。
(㊁lǚ ㄌㄩˇ)同㊀用手指順着抹過去, 整理: ~鬍子。

7 **捌**(bā ㄅㄚ)⑧bat⁸〔八〕'八'字的大寫。

7 **捍**(hàn ㄏㄢˋ)⑧hon⁶〔汗〕hon²〔刊〕(又)保衛, 抵禦: ~衛。~海堰(擋海潮的堤)。

7 **捎**(shāo ㄕㄠ)⑧sau¹〔梢〕捎帶, 順便給別人帶東西: ~封信去。

7 **捏**(niē ㄋㄧㄝ)⑧nip⁹〔聶〕❶用拇指和其他手指夾住: ~着一粒糖。❷用手指把軟的東西做成一定的形狀: ~餃子。~泥人。❸假造, 虛構: ~造。~報。

7 **捐**(juān ㄐㄩㄢ)⑧gyn¹〔娟〕❶捐助或獻出: ~錢。募~。~獻。❷捨棄: ~軀。~棄。❸賦稅的一種: 房~。車~。

7 **捅**(tǒng ㄊㄨㄥˇ)⑧tung²〔統〕❶戳, 刺: 把窗戶玻璃~破了。⑪揭露, 戳穿: 把問題全~出來了。❷碰, 觸動: 用胳膊~了他一下。~馬蜂窩(喻惹禍)。

7 **捕**(bǔ ㄅㄨˇ)⑧bou⁶〔步〕❶捉拿, 捕取: ~獲。~雀。~風捉影(喻毫無事實根據)。❷捕快的省稱, 舊時衙門擔任緝捕工作的差役。

7 **挲**(㊀suō ㄙㄨㄛ)⑧so¹〔梳〕〔摩挲〕(mó一)撫摸。
(㊁sā ㄙㄚ)⑧sat⁸〔殺〕〔摩挲〕(mā一)用手輕輕按着一下一下地移動。
(㊂shā ㄕㄚ)⑧sa¹〔沙〕〔挓挲〕張開: ~~着手。

7 **挱** 同'挲', 見本頁。

⁷ 捄 同'救'，見 276 頁。

⁷ 捂 同'搗'，見 263 頁。

⁷ 损 '損'的簡字，見 262 頁。

⁷ 捣 '搗'的簡字，見 262 頁。

⁷ 捡 '撿'的簡字，見 270 頁。

⁷ 捞 '撈'的簡字，見 266 頁。

⁸ 捧 (pěng ㄆㄥˇ) ⑧puŋ² 〔碰高上〕buŋ² 〔波擁切〕（語）❶兩手托着：～着一個罎子。〔捧腹〕指大笑：令人～～。❷奉承或代人吹嘘：用好話～他。～場。❸量詞（用於兩手能捧起的東西）：一～花生。

⁸ 捩 (liè ㄌㄧㄝˋ) ⑧lit⁹ 〔列〕扭轉：轉～點（轉折點）。

⁸ 捫 (扪) (mén ㄇㄣˊ) ⑧mun⁴ 〔門〕按，摸：～心自問（反省）。

⁸ 捭 (bǎi ㄅㄞˇ) ⑧bai² 〔擺〕分開：～闔（開合）。

⁸ 据 ㊀(jū ㄐㄩ) ⑧gœy¹ 〔居〕見 249 頁'拮'字條'拮据'。㊁'據'的簡字，見 270 頁。

⁸ 捱 (ái ㄞˊ) ⑧ŋai⁴ 〔涯〕❶遭受，親身受到：～餓。～打。～罵。❷困難地度過（歲月）：

~日子。❸拖延：～時間。

⁸ 捲 (△卷) (juǎn ㄐㄩㄢˇ) ⑧gyn² 〔卷〕❶把東西彎轉裹成圓筒形：～行李。～簾子。❷一種大的力量把東西撮起或裹住：風～着雨點劈面打來。～入旋渦（喻被牽涉到事件中）。❸(一兒) 彎轉裹成筒形的東西：煙～。行李～兒。紙～。

⁸ 捷 (jié ㄐㄧㄝˊ) ⑧dzit⁹ 〔截〕❶戰勝：大～。～報。❷快，速（⑧敏一）：動作敏～。～徑（近路）。～足先登（比喻動作敏捷，先達到目的）。

⁸ 捺 (nà ㄋㄚˋ) ⑧nat⁹ 〔拿達切〕❶按：～手印。～着小腿上的傷口。❷抑制：～着性子。❸(一兒) 漢字從上向右下斜拖的筆畫（ㄟ）：'人'字是一撇一～。

⁸ 捻 (niǎn ㄋㄧㄢˇ) ⑧nim² 〔黏高上〕❶用手指搓轉：～綫。～麻繩。❷(一子、一兒) 用紙、布條等搓成的綫像繩樣的東西：紙～兒。藥～兒。燈～兒。㊁(niè ㄋㄧㄝˋ) ⑧nip⁹ 〔聶〕捏，握持。

⁸ 捽 (zuó ㄗㄨㄛˊ) ⑧dzœt⁷ 〔卒〕tsyt⁸ 〔撮〕（又）揪：～他的頭髮。

8 **掀** (xiān ㄒㄧㄢ)粵hin¹〔牽〕❶揭起，打開：～鍋蓋。～簾子。❷翻動，翻騰：～起高潮。白浪～天。

8 **掂** 高平 (diān ㄉㄧㄢ)粵dim¹〔點〕用手托着東西估量輕重：～一～。～着不輕。〔掂掇〕1.斟酌。2.估量。
㊁(diàn ㄉㄧㄢ)粵dim⁶〔點低去〕〈粵方言〉妥善：搞～〈弄妥〉。

8 **掃(扫)** ㊀(sǎo ㄙㄠ)粵sou³〔素〕❶拿苕帚等除去塵土：～地。❷像掃一樣的動作或作用：1.消除：～興。～除文盲。2.動作達到各方面：～射。眼睛四下裏一～。
㊁(sào ㄙㄠ)粵sou²〔嫂〕全，所有的：～數歸還。
㊂(sào ㄙㄠ)粵同㊀掃帚，一種用竹枝等做的掃地用具。

8 **掄(抡)** ㊀(lūn ㄌㄨㄣ)粵lœn⁴〔倫〕手臂用力旋動：～刀。～拳。
㊁(lún ㄌㄨㄣ)粵同㊀選拔，挑選：～材。

8 **掇** (duō ㄉㄨㄛ)粵dzyt⁸〔啜〕❶拾取(疊一拾)。❷〈方〉用雙手拿(椅子、凳子等)，用手端。

8 **授** (shòu ㄕㄡ)粵seu⁶〔受〕❶給，與：～旗。～獎。

～意(把自己的意思告訴別人讓別人照着辦)。❷傳授：～課。函。

8 **掉** (diào ㄉㄧㄠ)粵diu⁶〔調〕❶落：～眼淚。～在水裏。❷落在後面：～隊。❸減損，消失：～色。❹遺失：東西～了。❺遺漏：這篇文章裏～了幾個字。❻回轉：～頭。～過來。❼搖擺：尾大不～(喻指揮不靈)。❽對換：～換。你們倆對～座位。❾在動詞後表示動作的完成：丟～。賣～。改～壞習慣。

8 **掊** ㊀(pǒu ㄆㄡ)粵peu²〔普嘔切〕擊，抨擊：～擊。
㊁(póu ㄆㄡ)粵peu⁴〔爬牛切〕❶聚斂。❷用手扒土。

8 **掌** (zhǎng ㄓㄤ)粵dzœŋ²〔蔣〕❶巴掌，手心，手的裏面：鼓～。易如反～。⑪腳的底面：腳～。熊～。❷用巴掌打：～嘴。❸把握，主持，主管：～印。～舵。～權。〔掌故〕關於古代人物、典章、制度等等的故事。❹(～兒)鞋底前後打的補釘：釘兩塊～兒。❺馬蹄鐵，釘在馬、驢、騾子等蹄子底下的鐵：馬～。

8 **掎** (jǐ ㄐㄧ)粵gei¹〔基〕gei²〔己〕(又)拖住，牽制。

8 **掏**（tāo ㄊㄠ）粵tou⁴〔陶〕❶挖：在牆上～一個洞。❷伸進去取：把口袋裏的錢～出來。～麻雀。

8 **排** ㊀（pái ㄆㄞ）粵pai⁴〔牌〕❶擺成行（háng）列（粵一列）：～隊。～字。〔排場〕鋪張的場面。❷排成的行列：我坐在前～。❸量詞，用於成行列的東西：一～子彈。一～椅子。❹軍隊的編制單位，是'班'的上一級。❺除去，推開：～水。～山倒海（喻力量大）。❻排演，練習演戲：～戲。彩～。❼同'簰'，見 507 頁。
㊁（pǎi ㄆㄞ）粵同㊀〔排子車〕〈方〉也叫大板車。一種用人力拉的搬運東西的車。

8 **掖** ㊀（yè ㄧㄝ）粵jik⁹〔亦〕❶用手扶着別人的胳膊，借助扶助或提拔：扶～。獎～。❷掖縣，在山東省。
㊁（yē ㄧㄝ）粵同㊀把東西塞在衣袋或夾縫裏：把錢～在兜裏。把書～在書包裏。

8 **掗**（挜）（yà ㄧㄚˋ）粵a³〔亞〕〈方〉硬把東西送給或賣給別人。

8 **掘**（jué ㄐㄩㄝˊ）粵gwet⁹〔倔〕挖，刨：～地。臨渴～井。

8 **撑** ㊀（zhèng ㄓㄥˋ）粵dzaŋ⁶〔坐硬切〕❶用力支撐或擺脫：～脫。～開。〔撑命〕為保全性命而掙扎。〔撑揣〕掙扎。❷出力量而取得報酬：～錢。
㊁（zhēng ㄓㄥ）粵dzeŋ¹〔僧〕dzaŋ¹〔左罌切〕（語）〔撑扎〕盡力支撐或擺脫：垂死～～。

8 **捨**（△舍）（shě ㄕㄜˇ）粵sɛ²〔寫〕❶放棄，不要了：～不得。～近求遠。四～五入。❷施捨。

8 **掛**（guà ㄍㄨㄚˋ）粵gwa³〔卦〕❶懸（粵懸一反）：～圖。把衣服～在衣架上。❷牽連着（粵牽一）：～念。～慮。記～。❸登記：～號。～失。❹把手機放回電話機上使電路斷開：電話先不要～，等我查一下。❺量詞，多指成串的東西：一～鞭。一～珠子。

8 **掞**（shàn ㄕㄢˋ）粵sim³〔閃高去〕發舒，鋪張。

8 **掠**（lüè ㄌㄩㄝˋ）粵lœk⁹〔略〕❶奪取，搶劫：～取。～人之美（把別人的好處說成是自己的）。❷輕輕擦過：燕子～檐而過。❸用棍子或鞭子打：拷～。❹書法把長撇叫'掠'。

8 **採**（cǎi ㄘㄞˇ）粵tsɐi²〔彩〕❶摘取：～蓮。～茶。❷選用，選取：～用。～礦。〔採納〕接受（意見、建議、要求):～～同事們的意見。〔採訪〕搜集尋訪,多指記者調查研究,搜集材料的活動。

8 **探** (一)(tàn ㄊㄢˋ)粵tam³〔貪高去〕❶尋求,探索:～源。❷探測:～礦。❸偵察,暗中考察:～案子。～聽消息。❹試探:先～一～口氣。❺做偵察工作的人:密～。❻探望,訪問:～親。好久沒來～望您了。❼伸或上體伸出:～出頭來。車行時不要～身車外。
(二)(tān ㄊㄢ)粵tam¹〔貪〕義同❹。〔探湯〕比喻小心戒懼。

8 **掣** (一)(chè ㄔㄜˋ)粵dzei³〔制〕❶拽,拉:～後腿。〔掣肘〕拉住胳膊。粵阻礙旁人做事或做事人牽制。❷迅疾:風馳電～。❸(粵方言)開關:電燈～。熱水爐～。
(二)(chè ㄔㄜˋ)粵tsit⁸〔設〕抽:～籤。～劍。

8 **接** (jiē ㄐㄧㄝ)粵dzip⁸〔摺〕❶連接(粵一連、連一):～電綫。～紗頭。❷繼續,連續:～着往下講。❸接替:～班。❹接觸,挨近:交頭～耳。❺收,取:～受。～到一封信。❻迎:～待賓客。～家眷。到車站～朋友。❼接住,承受:～球。

8 **控** (kòng ㄎㄨㄥˋ)粵huŋ³〔空高去〕❶告狀,告發罪惡(粵一告):～訴。指～。❷節制,駕馭:～制。遙～。❸倒懸瓶(罐)的口兒,使其中液體流淨:把瓶裏的水～乾淨。❹使身體或身體的一部分懸空或處於失去支撑的態度:枕頭掉了,～着腦袋睡着。

8 **推** (tuī ㄊㄨㄟ)粵tœy¹〔退高平〕❶抵住物體然後用力使物移動:～車。～他一把。～磨。⑨使工具向前進行工作:～草。用刨子～光。～頭(理髮)。〔推敲〕粵斟酌文章字句:仔細～～。一字費～～。❷使事情開展:～廣。～銷。～動。❸進一步想,由已知之點推斷其餘:～求。～測。～理。～算。類～。❹辭讓,脱卸 1.辭退,讓給:～辭。～讓。2.脱卸責任,託辭:～三阻四。～病不到。～委給別人。❺往後挪動(時間):再往後～幾天。❻舉薦,選舉:公～一個人做代表。❼指出某人某物的優點:～許(稱讚)。～重(重視,欽佩)。～崇。

8 **掩** (yǎn ㄧㄢˇ)粵jim²〔淹高上〕❶遮蔽,遮蓋(粵一蓋、遮一):～鼻。～飾。❷關,合:把門～上。～卷。❸門窗箱櫃等關閉時夾住東西: 關門～住手了。❹乘其不備(加以攻擊): ～殺。～取。大軍～至。

8 **措** (cuò ㄘㄨㄛˋ)粵tsou³〔醋〕❶安放, 安排: ～辭。～手不及(來不及應付)。❷籌劃辦理: ～借。籌～款項。～施(對事情採取的辦法)。

8 **掬** (jū ㄐㄩ)粵guk⁷〔菊〕用兩手捧(東西): 以手～水。笑容可～(形容笑得明顯)。

8 **掭** (tiàn ㄊㄧㄢˋ)粵tim⁵〔甜低上〕tim³〔添高去〕(又)用毛筆蘸墨汁在硯臺上弄均勻: ～筆。

8 **掮** (qián ㄑㄧㄢˊ)粵kin⁴〔虔〕用肩扛東西。〔掮客〕〈方〉舊時指替買賣貨物的雙方介紹交易, 從中取得佣錢的人。即今日的經紀。

8 **掐** (qiā ㄑㄧㄚ)粵hap⁸〔峽中入〕❶用手指用力夾, 用指甲按或截斷: 把豆芽菜的鬚子～一～。㉃割斷, 截去: ～電綫。❷用手的虎口及手指緊緊握住: 一把～住。❸用拇指點着別的指頭: ～指一算。❹(～子、～兒)量詞, 一隻手或兩隻手指尖相對握着的數量: 一小～韭菜。一大～青菜。

8 **捯** (dáo ㄉㄠˊ)粵dou³〔到〕兩手不住倒換着拉回綫、繩子等: 把風箏～下來。㉃追溯, 追究原因: 這件事到今天還沒～出頭來呢。

8 **掯** (kèn ㄎㄣˋ)粵kɐŋ³〔卡凳切〕壓迫, 強迫: 勒～。

8 **掰** (bāi ㄅㄞ)粵bai¹〔拜高平〕mak⁸〔麻嚇切〕(又)用手把東西分開或折斷: ～老玉米。把這個蛤蜊～開。

8 **掱** (pá ㄆㄚˊ)粵pa⁴〔爬〕〔掱手〕即'扒手'。從別人身上竊取財物的小偷。俗稱扒手為三隻手, 所以也寫作'掱手'。

8 **拼** 同'拼', 見251頁。

8 **掆(㧏)** 同'扛㊀', 見240頁。

8 **掽** 同'碰', 見472頁。

8 **捵** 同'抻', 見249頁。

8 **捦** 同'擒', 見269頁。

8 **掳** '擄'的簡化字, 見269頁。

8 **掺** '摻'的簡化字, 見266頁。

8 **掴** '摑'的簡化字, 見264頁。

8 **掼** '摜'的簡化字, 見264頁。

8 **揮** '撣'的簡化字，見 267 頁。

9 **捶**（chuí ㄔㄨㄟˊ）粵tsœy⁴〔徐〕
用拳頭或棒槌敲打：～
背。～衣裳。

9 **掾**（yuàn ㄩㄢˋ）粵jyn⁶〔願〕古
代官署屬員的通稱。

9 **揀（拣）**（jiǎn ㄐㄧㄢˇ）粵
gan²〔柬〕❶挑選
（粵挑－）：～選。❷同'撿'.
拾取：～柴。

9 **揆**（kuí ㄎㄨㄟˊ，又讀kuǐ ㄎㄨㄟˇ）粵kwei⁴〔葵〕kwei⁵〔愧〕
（又）❶揣度（duó），度量：～情
度理。❷道理，準則。❸事
務：百～（各樣政務）。❹舊稱
總攬政務的人，如宰相、內閣
總理等：閣～。

9 **揉**（róu ㄖㄡˊ）粵jeu⁴〔由〕❶迴
旋地按，撫摩：～一
腿。砂子到眼裏可別～。～面。
❷使木條彎曲：以為輪。

9 **揎**（xuān ㄒㄩㄢ）粵syn¹〔宣〕
捋起袖子露出胳膊：～
拳捋袖。

9 **描**（miáo ㄇㄧㄠˊ）粵miu⁴〔苗〕
依照原樣摹畫或重複地
畫（粵－畫）：～花。〔描寫〕依
照事物的情狀，用語文或綫條
顏色表現出來：他很會～～都
市人的心態。

9 **提**（一）（tí ㄊㄧˊ）粵tei⁴〔題〕❶垂
手拿着有環、柄或繩套
的東西：～着一壺水。～着一
個籃子。～心弔膽（喻害怕）。
～綱挈領（喻扼要）。❷由低往
高，由後往前：～升。～高。
～前。❸時間移前：～早。❹
引起，說起，舉出：經他一～，
大家都想起來了。～意見。～
供材料。〔提倡〕說明某種事物
的優點，鼓勵大家使用或實
行：要～～愛護公物。❺把犯
人從關押的地方帶出來：～
訊。～犯人。❻取出（粵－
取）：把款～出來。～單（提取
貨物的憑單）。❼舀取油、酒
等液體的工具：油～。醋～。
❽漢字的一種筆形（一），即
'挑'。

（二）（dī ㄉㄧ）粵同一〔提防〕小心防
備。〔提溜〕提：手裏～～着一
條魚。

9 **插**（chā ㄔㄚ）粵tsap⁸〔雌鴨切〕
刺入，插入：刀子～在
枱上。～秧。把花～在瓶子裏。
❹加入，參與：～班。～嘴。

9 **揖**（yī ㄧ）粵jep⁷〔泣〕拱手行
禮。

9 **揚（扬）**（yáng ㄧㄤˊ）粵
jœŋ⁴〔陽〕❶高
舉，向上：～帆。～手。趾高
氣～（驕傲的樣子）。〔揚棄〕抛

棄。〔揚揚〕同'洋洋'。得意的樣子：～～自得。〔揚湯止沸〕比喻辦法不徹底。❷向上播散：～場。把種子曬乾～淨。㉛1.傳佈（⑲宣－）：～名。2.宣說：讚～。頌～。❸同'颺'。在空中飄動：飄～。飛～。
〔揚長而去〕大模大樣地離去。

9 **換**（huàn ㄏㄨㄢˋ）⑧wun⁶〔喚〕❶給人東西同時從他那裏取得別的東西：互～。交～。❷變換，更改：～衣服。～湯不～藥。❸兌換：～錢。

9 **揠**（yà ㄧㄚˋ）⑧at⁸〔壓〕拔：～苗助長(zhǎng)(喻性急欲求速成反而做壞)。

9 **握**（wò ㄨㄛˋ）⑧ɐk⁷ ak⁷〔呃〕（又）手指彎曲合攏來拿：～手。～筆。

9 **搭**（ké ㄎㄜˊ）⑧kak⁸〔其客切〕〈方〉❶卡住：抽屜～住了，拉不開。鞋小了～腳。❷刁難：～人。你別拿這事來～我。

9 **揣**㊀（chuāi ㄔㄨㄞ）⑧tsœy²〔取〕tsyn²〔喘〕(俗)估量，忖度：我～測他不來。不～淺陋。〔揣摩〕1.研究，仔細琢磨：仔細～～寫作的方法。2.估量，推測：我～～你也能做。
㊁（chuāi ㄔㄨㄞ）⑧tsai¹〔猜〕藏在衣服裏：～手。～在懷裏。

㊂（chuài ㄔㄨㄞˋ）⑧同㊀〔揣揣〕掙扎。

9 **揩**（kāi ㄎㄞ）⑧hai¹〔鞋高平〕擦，抹：～鼻涕。～背。～油(佔便宜)。

9 **揪**（jiū ㄐㄧㄡ）⑧dzeu¹〔周〕用手抓住或拉住：趕快～住他。～斷了繩子。互相～打。
〔揪心〕心裏緊張，擔憂。

9 **揭**（jiē ㄐㄧㄝ）⑧kit⁸〔竭〕❶把蓋在上面的東西拿起或把黏合着的東西分開：～鍋蓋。把這張膏藥～下來。❷使隱瞞的事物顯露：～短。～發。～露。～穿。❸高舉：～竿而起(指民眾起義)。❹〔揭櫫〕(櫫zhū)標明，揭示。

9 **揮(挥)**（huī ㄏㄨㄟ）⑧fɐi¹〔輝〕❶舞動，搖擺：～刀。～手。大筆一～。❷散出，灑：～金如土。～汗如雨。〔揮發〕液體或某些固體在常溫中變為氣體而發散。〔揮霍〕用錢浪費，隨便花錢。❸指揮(軍隊)：～軍前進。

9 **援**（yuán ㄩㄢˊ）⑧wun⁴〔垣〕jyn⁴〔員〕(又)❶引，牽(⑲－引)：攀～。❷幫助，救助(⑲－助)：救～。支～。～軍。❸引用：～例。

9 **揶**（yé ㄧㄝˊ）⑧je⁴〔爺〕〔揶揄〕戲笑，嘲弄。

9 揸 (zhā ㄓㄚ)粵dza¹〔渣〕❶用手指撮東西。❷把手指伸張開。❸〈粵方言〉拿，掌握：～筷子。～車(駕駛車輛)。

9 揄 (yú ㄩˊ)粵jy⁴〔余〕拉，引。〔揄揚〕讚揚。

9 揞 (ǎn ㄢˇ)粵ɐm²〔庵高上〕用手指把藥粉等按在傷口上。

9 揍 (zòu ㄗㄡˋ)粵dzɐu³〔奏〕❶打人。❷〈方〉打碎：小心別把玻璃～了。

9 搜 ㊀(sōu ㄙㄡ)粵sɐu¹〔收〕sɐu²〔首〕(又)尋求，尋找：～集。～羅。
㊁(sōu ㄙㄡ)粵sɐu²〔首〕搜索檢查：～身。

9 摒 (bìng ㄅㄧㄥˋ)粵biŋ³〔並高去〕排除(連一除)：～絕邪念。

9 撝(㧑) (huī ㄏㄨㄟ)粵fɐi¹〔輝〕❶指揮。❷謙遜：～謙。

9 揳 (xiē ㄒㄧㄝ)粵sit⁸〔舌〕sip⁸〔涉〕(語)捶、打。特指把釘、橛等捶打到其他東西裏面去：在牆上～釘子。把桌子～一～。

9 揾 ㊀(wèn ㄨㄣˋ)粵wɐn³〔蘊〕❶按，用手指按住：～住。～倒。❷揩拭，擦。
㊁(wěn ㄨㄣˇ)粵wɐn²〔穩〕〈粵方言〉找尋：～書。

9 揵 同'捷'，見254頁。

9 揑 同'捏'，見253頁。

9 揜 同'掩'，見257頁。

9 揹 同'背㊁'，見551頁。

9 揈 同'轟❸'，見690頁。

9 揔 同'總'，見529頁。

9 揅 同'研'，見468頁。

9 揌 同'塞㊀'，見137頁。

9 揝 同'攥'，見270頁。

9 搁 '擱'的簡化字，見271頁。

9 搂 '摟'的簡化字，見264頁。

9 揽 '攬'的簡化字，見274頁。

9 掷 '擲'的簡化字，見271頁。

9 搅 '攪'的簡化字，見273頁。

9 搀 '攙'的簡化字，見272頁。

9 **撤** '撤'的簡化字，見 268 頁。

10 **榷** (què ㄑㄩㄝˋ)粵kok8〔確〕❶敲擊。❷同'榷'。商討：商～。

10 **損(损)** (sǔn ㄙㄨㄣˇ)粵syn2〔選〕❶減少：～益。增～。❷使蒙受害處：～人利己。❸損壞：破～。❹用刻薄話挖苦人：別～人啦！❺刻薄，毒辣：說話不要太～。這法子真～。❻〈粵方言〉皮膚遭受意外而破損，略見血：手～了，快擦點紅藥水。❼《周易》六十四卦之一。

10 **搏** (bó ㄅㄛˊ)粵bok8〔博〕❶對打：～鬥。肉～(打交手仗)。❷跳動：脈～。

10 **搐** (chù ㄔㄨˋ)粵tsuk7〔畜〕牽動：抽～(肌肉不自主地、劇烈地收縮)。

10 **搒** ⊖(bàng ㄅㄤˋ)粵poŋ3〔謗〕搖櫓使船前進，划船。⊜(péng ㄆㄥˊ)粵paŋ4〔彭〕用棍子或竹板子打。

10 **搓** (cuō ㄘㄨㄛ)粵tso1〔初〕兩個手掌相對或一個手掌放在別的東西上反覆揉擦：～繩。～手。

10 **搖** (yáo ㄧㄠˊ)粵jiu4〔姚〕擺動(粵－擺，－晃)：～頭。～船。〔搖曳〕搖擺動盪。

10 **搔** (sāo ㄙㄠ)粵sou1〔蘇〕撓，用手指甲輕刮：～癢。

10 **搗(捣)** (dǎo ㄉㄠˇ)粵dou2〔島〕❶砸，舂：～蒜。～米。⑤衝，攻打：直～賊巢。❷攪擾：～亂。～鬼。

10 **搢** (jìn ㄐㄧㄣˋ)粵dzœn3〔進〕插。〔搢紳〕舊指官僚，也作'縉紳'。

10 **搦** (nuò ㄋㄨㄛˋ)粵nik7〔匿〕握，持，拿着：～管(執筆)。

10 **搧** (shān ㄕㄢ)粵sin3〔扇〕❶同'扇⊖❶'。搧動扇子或其他東西，使空氣加速流動生風：用扇子～風爐。❷用手背或手背批擊。

10 **搨** (tà ㄊㄚˋ)粵tap8〔塔〕在刻鑄文字、圖像的器物上，蒙一層紙，捶打後使凹凸分明，塗上墨，顯出文字、圖像來：～碑。

10 **搪** (táng ㄊㄤˊ)粵toŋ4〔唐〕粵toŋ5〔唐低上〕(又)❶擋，抵拒：～飢。～風。❷支吾：～差事(敷衍了事)。〔搪塞〕敷衍塞責：做事情要認眞，不要～～。❸用泥土或塗料抹上或塗上：～爐子。〔搪瓷〕是用石英、長石等製成的一種像釉子的物質塗在金屬器物上，經過燒製而形成的薄層，既可防鏽又可作裝飾。❹加工切削機器零件的鑽孔：～牀。

10 **搬**（bān ㄅㄢ）粵bun¹〔般〕❶移動，遷移：～家。把這塊石頭～開。❷移用：生～硬套。

10 **搭**（dā ㄉㄚ）粵dap⁸〔答〕❶支起，架起：～棚。～架子。～橋。〔搭救〕幫助人脫離危難或災難。❷相交接：1.重疊，接觸：兩根電綫～上了。2.湊在一起：～伙。3.配合：兩種材料～着用。4.放在支撐物上：把衣服～在竹竿上。身上～一條毛毯。❸乘車船等：～載。～車。貨船不～客人。❹共同抬：把桌子～起來。

10 **搕**（kē ㄎㄜ）粵hep⁹〔合〕敲，碰：～煙袋鍋子。

10 **搴**（qiān ㄑㄧㄢ）粵hin¹〔牽〕❶拔取：斬將～旗。❷同'褰'。撩起，把衣服提起來：～裳。

10 **搶（抢）**㊀（qiǎng ㄑㄧㄤˇ）粵tsœŋ²〔槍高上〕❶奪，硬拿（粵一奪）：～球。～劫。他把我的信～去了。❷趕快，趕緊，爭先：～步上前。～修河堤。❸刮，擦（去掉表面的一層）：磨剪子～刀子。跌了一跤，把肉皮～去一大塊。㊁同'戧㊀❶'，見236頁。

10 **搰**（huá ㄏㄨㄚˊ）粵wak⁹〔或〕搰拳，也作'划拳'。即猜拳，酒令的一種。

10 **搋**（chuāi ㄔㄨㄞ）粵tsai¹〔猜〕用拳頭揉，使攙入的東西和勻：～麵。～米飯餅子。

10 **搛**（jiān ㄐㄧㄢ）粵gim¹〔兼〕夾：用筷子～菜。

10 **搽**（chá ㄔㄚˊ）粵tsa⁴〔茶〕塗抹：～藥。～粉。

10 **搞**（gǎo ㄍㄠˇ）粵gau²〔狡〕做，弄，幹，辦：～工作。～好關係。～清楚。

10 **搡**（sǎng ㄙㄤˇ）粵soŋ²〔爽〕用力推：用力一～，把他～一個跟頭。

10 **摁**（èn ㄣˋ）粵on³〔按〕用手按壓：～電鈴。

10 **搎（捪）**（sūn ㄙㄨㄣ）粵syn¹〔孫〕〔捫搎〕摸索。

10 **搠**（shuò ㄕㄨㄛˋ）粵sok⁸〔索〕扎，刺。

10 **搌**（zhǎn ㄓㄢˇ）粵dzin²〔展〕用鬆軟乾燥的東西輕輕地擦抹或按壓，把濕處的液體吸去：～布。用藥棉花～一～。

10 **搗（捣）**（wǔ ㄨˇ）粵ŋ⁶〔誤〕嚴密地遮蓋住或封閉起來：用手～着嘴。放在罐子裏～起來免得走了味。

¹⁰携 同'攜'，見 273 頁。

¹⁰搆 同'構❶❷'，見 328 頁。

¹⁰搯 同'掏'，見 256 頁。

¹⁰搕 同'扼'，見 242 頁。

¹⁰搾 同'榨❶'，見 328 頁。

¹⁰搢 同'搢'，見 262 頁。

¹⁰搵 同'搵'，見 261 頁。

¹⁰搥 同'搥'，見 259 頁。

¹⁰搋 同'攆'，見 268 頁。

¹⁰搯

¹⁰搰 同'晃㊀'，見 292 頁。

¹⁰摆 '擺'的簡化字，見 271 頁。

¹⁰摄 '攝'的簡化字，見 273 頁。

¹⁰摈 '擯'的簡化字，見 271 頁。

¹⁰摅 '攄'的簡化字，見 272 頁。

¹⁰摊 '攤'的簡化字，見 273 頁。

¹¹摑(掴) (guāi ㄍㄨㄞ，又讀 guó ㄍㄨㄛ) 粵 gwak⁸〔瓜客切〕打耳光：～臉。

¹¹摔 (shuāi ㄕㄨㄞ) 粵 sœt⁷〔恤〕❶用力往下扔：把帽子往牀上一～。❷很快地掉下：上樹要小心，別～下來。❸因掉下而破壞：把碗～了。❹跌跤：他～倒了。～了一跤。

¹¹摘 (zhāi ㄓㄞ) 粵 dzak⁹〔澤〕❶採取，拿下：～瓜。～梨～花。❷選取：～錄。～記。〔摘要〕1.摘錄要點：～～發表。2.摘錄下來的要點：會談～～。❸借：東～西借。

¹¹摜(掼) (guàn ㄍㄨㄢ) 粵 gwan³〔慣〕〈方〉❶擲，扔：～手榴彈。❷跌：往地下一～。

¹¹摟(搂) ㊀(lōu ㄌㄡ) 粵 leu²〔樓 高上〕❶兩臂合抱，用手臂攬着(運一抱)：把孩子～在懷裏。❷量詞：一～粗的大樹。
㊁(lōu ㄌㄡ) 粵 leu¹〔樓高平〕❶用手或工具把東西聚集起來：～柴火。搜刮：貪官污吏專會～錢。❷撩，以手撥着提起來：～起衣服。❸向自己的方向撥、扳：～槍機。

¹¹摧 (cuī ㄘㄨㄟ) 粵 tsœy¹〔吹〕毀壞，折斷：～殘。無堅不～。～枯拉朽(喻很容易地把敵人打垮)。

11 **摩** ㊀（mó ㄇㄛˊ）㊂mo¹〔魔〕❶
摩擦，接觸：～拳擦掌。
～肩接踵。一天大廈。〔摩娑〕
（－suō）撫摩。❷撫摩，摸：～
弄。❸研究切磋：揣～。〔觀摩〕
觀看彼此的成績，交流經驗，
互相學習：～～演出。
〔摩托〕英語motor的音譯。用
汽油、柴油等發動的機器：～
～車。～～船。
㊁（mā ㄇㄚ）㊂ma¹〔媽〕〔摩挲〕
（－sā）用手輕輕按着一下一下
地移動。

11 **摘**（zhāi ㄓ）㊂dzɛkᴺ〔隻〕摘
取，拾取：～拾。

11 **摯**（摰）（zhì ㄓˋ）㊂dziᶜ
〔至〕親密，誠懇
（通真－）：～友。

11 **摳**（抠）（kōu ㄎㄡ）㊂kɐu¹
〔溝〕❶用手指或
細小的東西挖：～了個小洞。
把掉在磚縫裏的豆粒～出來。
㊅向狹窄的方面深求：～字
眼。死～書本。❷雕刻（花
紋）：在鏡框邊上～出花兒來。
❸〔方〕吝嗇，小氣：這家伙～
得很。

11 **摸** ㊀（mō ㄇㄛ）㊂mo²〔魔高
上〕❶用手接觸或輕輕撫
摩：～小孩兒的頭。～～多光
滑。❷用手探取：由口袋裏～
出一張鈔票來。～魚。㊅1.揣

測，試探：～底。我～準了他
的脾氣了。～不清他是什麼意
思。2.暗中行進，在認不清的
道路上行走：～黑。～了半夜
才到家。〔摸索〕尋找（方向、
方法、經驗等）：在工作中～
～經驗。
㊁同'摹'，見本頁。

11 **摶**（抟）（tuán ㄊㄨㄢˊ）㊂
tyn⁴〔團〕❶把東
西揉弄成球形：～飯糰。～泥
球。❷盤旋。

11 **摹**（mó ㄇㄛˊ）㊂mou⁴〔無〕仿
效，照着樣子做：把這
個字～下來。臨～。

11 **摺**（折）（zhé ㄓㄜˊ）㊂
dzipᴺ〔接〕❶
疊（通－疊）：～衣服。～尺。
❷（－子，－兒）用紙等摺疊起
來的本子：存～。奏～。

11 **摽**（biào ㄅㄧㄠˋ）㊂piu⁵〔殍〕❶
落下。❷緊緊的捆在器
物上：把口袋～在車架上。
❸比着：～着勁幹活。❹由於
利害相關而互相接近，依附：
他們老～在一塊兒。

11 **撂**（liào ㄌㄧㄠˋ）㊂liu¹〔了高平〕
放下：把碗～在桌子上。

11 **摞**（luò ㄌㄨㄛˋ）㊂lo⁶〔羅低去〕
❶把東西重疊地往上放：
把書～起來。❷重疊着放起來
的東西：磚～。

11 撒(sà ㄙㄚˋ)⑧sat⁸〔殺〕側手擊打。

11 摒 同'摒',見 261 頁。

11 摻(掺) 同'攙❷',見 272 頁。

11 㧐 同'㧐',見 253 頁。

11 撦 同'扯',見 241 頁。

11 摣 同'揸',見 261 頁。

11 擄 同'據',見 270 頁。

11 攖 '攖'的簡化字,見 272 頁。

12 撅(jué ㄐㄩㄝˊ)⑧kyt⁸〔決〕❶翹起:～嘴。～着尾巴。小辮～着。❷折:把竿子～斷了。

12 撇 ㈠(piē ㄆㄧㄝ)⑧pit⁸〔瞥〕❶丟開,拋棄:～開。～棄。〔撇脫〕〈方〉1.簡便。2.爽快,灑脫。❷由液體表面舀取:～油。
㈡(piě ㄆㄧㄝˇ)⑧同㈠❶平着向前扔:～磚頭。～球。❷(一兒)漢字向左寫的一種筆形(丿):八字先寫一～。❸(一兒)像漢字的撇形的。

12 撈(捞) ㈠(lāo ㄌㄠ)⑧lau⁴〔羅看切〕從液體裏面取東西:打～。大海～針。
㈡(lāo ㄌㄠ)⑧lou¹〔勞高平〕用不正當的手段取得:趁機～一把。

12 撏(挦)(xián ㄒㄧㄢˊ,又讀xún ㄒㄩㄣˊ)⑧tsim⁴〔潛〕tsem⁴〔尋〕(又)扯,取:～雞毛。～扯。

12 撒 ㈠(sā ㄙㄚ)⑧sat⁸〔殺〕❶放,放開:～網。～手。～腿跑。❷儘量施展或表現出來:～嬌。～賴。〔撒拉〕撒拉族,中國少數民族名,參看附錄六。
㈡(sǎ ㄙㄚˇ)⑧同㈠❶散播,散佈:～種。❷散落,灑:小心點,別把湯～了。

12 撓(挠)(náo ㄋㄠˊ)⑧nau⁴〔鐃〕❶擾亂,攪;阻～。❷彎屈:不屈不～(喻不屈服)。百折不～(喻有毅力)。❸搔,抓:～癢癢。

12 撕(sī ㄙ)⑧si¹〔斯〕扯開,用手分裂:把布～成兩塊。

12 撙(zǔn ㄗㄨㄣˇ)⑧dzyn²〔轉〕撙節,從全部財物裏節省下一部分。

12 撚 ㈠(niǎn ㄋㄧㄢˇ)⑧nin²〔年高上〕彈琵琶的一種指法。
㈡(něn ㄋㄣˇ)⑧nen²〔匿狠切〕〈粵〉

方言〉作弄：～人。

㈢同「捻㈠」，見 254 頁。

12 **撞**（zhuàng ㄓㄨㄤˋ）粵dzong⁶〔狀〕❶擊打：～鐘。❷碰：別讓汽車～了。㊀無意中遇到：讓我～見了。❸莽撞地行動，闖：橫衝直～。

12 **撟**（挢）（jiǎo ㄐㄧㄠˇ）粵giu²〔繳〕❶舉，翹：舌～不下〔形容驚訝得說不出話來〕。❷同「矯」。糾正：～邪防非。

12 **撣**（掸）㈠（dǎn ㄉㄢˇ）粵dan⁵〔但低上〕拂，打去塵土：～桌子。～衣服。
㈡（shàn ㄕㄢˋ）粵sin⁶〔善〕❶中國史書上對傣族的一種稱呼。❷撣族，緬甸民族之一，大部分居住在撣邦。〔撣邦〕緬甸自治邦之一。

12 **撤**（chè ㄔㄜˋ）粵tsit⁸〔設〕❶除去，去掉：～職。～銷。❷退，向後轉移：～兵。～回。

12 **撥**（拨）（bō ㄅㄛ）粵but⁹〔脖〕❶用手指或棍棒等推動或挑動：～燈。把鐘～一下。〔撥冗〕推開雜事：務希～～出席。❷分給，調配：～款。❸治理，整頓：～亂反正。❹（～兒）量詞，用於成批的，分組的：一～兒人。分一～兒進入會場。

12 **撩**㈠（liāo ㄌㄧㄠ¹）粵liu¹〔聊高平〕❶提，掀起：跑的時候要把長衣服～起來。把簾子～起來。❷用手灑水：先～上點水再掃。
㈡（liáo ㄌㄧㄠˊ）粵liu⁴〔聊〕挑弄，引逗：春色～人。

12 **撫**（抚）（fǔ ㄈㄨˇ）粵fu²〔苦〕❶慰問：～恤。～慰。❷扶持，保護：～養成人。～育孤兒。❸輕輕地按着：～摩。❹同「拊」。拍：～掌。

12 **撬**（qiào ㄑㄧㄠˋ）粵giu⁶〔叫低去〕用棍、棒等撥、挑東西：把門～開。

12 **播**（bō ㄅㄛ）粵bo³〔波高去〕❶撒種：～種。條～。夏～。❷傳揚，傳佈：～音。廣～。❸遷移，流亡：～遷。

12 **撮**㈠（cuō ㄘㄨㄛ）粵tsyt⁸〔猝〕❶聚起，現多指把聚攏的東西用手簸箕等物鏟起：～成一堆。把土～起來。〔撮合〕給雙方拉關係。❷取，摘取：～要（摘取要點）。❸容量單位，一升的千分之一。❹（～兒）量詞：一～米。一～土。
㈡（zuǒ ㄗㄨㄛˇ）粵同㈠（一子、一兒）量詞，用於成叢的毛髮：剪下一～頭髮。

12撰（zhuàn ㄓㄨㄢˋ）粵 dzan⁶
〔賺〕寫文章，著述：～文。～稿。

12撲（扑）（pū ㄆㄨ）粵 pɔk⁸
〔樸〕❶拍，輕打：～粉。～蝴蝶。～打～打衣服上的土。❷用力向前衝，全身伏向：孩子高興得一下～到他懷裏來。❸直衝：香氣～鼻。寒風～面。

12撳（揿）（qìn ㄑㄧㄣˋ）粵 gem⁶〔禁 低去〕
〈方〉用手按：～電鈴。

12撐（chēng ㄔㄥ）粵 tsaŋ¹〔橙 高 年〕❶抵住，支持：～竿跳。～腰。❷用篙使船前進：～船。❸使張開：～傘。把口袋～開。❹充滿到容不下的程度：少吃些，別～着。口袋裝得太滿，都～圓了。

12撴（dūn ㄉㄨㄣ）粵 dœn¹〔敦〕
〈方〉揪住。

12撖（hàn ㄏㄢˋ）粵 ham⁵〔咸 低上〕
姓。

12撐　同'撐'，見本頁。

12搞　同'搞'，見 261 頁。

12撜　同'拯'，見 244 頁。

12擎　同'蹂❶'，見 681 頁。

12擷　'擷'的簡化字，見 271 頁。

12撺　'攛'的簡化字，見 272 頁。

12撺　'擴'的簡化字，見 273 頁。

13撻（挞）（tà ㄊㄚˋ）粵 tat⁸〔他 壓切〕打，用鞭、棍等打人：鞭～。

13撼（hàn ㄏㄢˋ）粵 hɐm⁶〔憾〕搖動：震～天地。蚍蜉～樹。

13撾（挝）㊀（zhuā ㄓㄨㄚ）粵 dza¹〔渣〕打，敲打：～鼓。
㊁（wō ㄨㄛ）粵 wo¹〔窩〕〔老撾〕國名，在印度支那半島。

13擀（gǎn ㄍㄢˇ）粵 gɔn²〔趕〕用棍棒碾軋：～麵條。～氈（製氈）。

13擁（拥）（yōng ㄩㄥ）粵 juŋ²〔湧〕❶抱（連～抱）。❷圍着：被而眠。前呼後～。❸擁護：～戴。❹聚到一塊：～擠。一～而入。❺持有：～有。

13擂　㊀（léi ㄌㄟˊ）粵 lœy⁴〔雷〕❶研磨，研碎：～鉢（研東西的鉢）。❷打：～他一拳。
㊁（lèi ㄌㄟˋ）粵同㊀❶擊，捶：～鼓。自吹自～（喻自我吹噓）。❷擂臺，比武的臺子：擺～。

打～。

13 **擄（掳）**（lǔ ㄌㄨˇ）粵 lou⁵〔老〕❶劫掠，搶取，也作'虜'（●一掠）：姦淫～掠。❷俘獲：被～。

13 **擅**（shàn ㄕㄢˋ）粵 sin⁶〔善〕❶超越職權，獨斷獨行：～自處理。～離職守。❷專長某種學術或技能：～長數學。

13 **擇（择）**㊀（zé ㄗㄜˊ）粵 dzak⁹〔澤〕挑揀，挑選（●選一）：不～手段。～善而從。～友。
㊁（zhái ㄓㄞˊ）粵同㊀，義同㊀，用於口語：～菜。～席（換個地方就睡不安穩）。

13 **擊（击）**（jī ㄐㄧ）粵 gik⁷〔激〕❶打，敲打：～鼓。～掌。❷攻打：迎頭痛～。襲～。❸碰：撞～。肩摩轂～（喻來往人多擁擠）。㊟接觸：目～（親眼看見）。

13 **擋（挡）**㊀（dǎng ㄉㄤˇ）粵 dɔŋ²〔黨〕❶阻攔，遮蔽（●阻一、攔一）：水來土～。把風～住。拿芭蕉扇～着太陽。❷（一子、一兒）用來遮蔽的東西：爐～。窗戶～兒。
㊁（dàng ㄉㄤˋ）粵 dɔŋ³〔檔〕〔摒擋〕收拾，料理。

13 **操**㊀（cāo ㄘㄠ）粵 tsou¹〔粗〕❶拿，抓在手裏：～刀。～戈。㊟掌握，控制：～必勝之券。～舟。❷拿出力量來做：～持家務。～勞。❸從事，做某種工作：重～舊業。❹用某種語言或方言說話：～英語。～南音。❺操練，體力的鍛煉，軍事的演習：體～。徒手～。
㊁（cāo ㄘㄠ，舊讀 cào ㄘㄠˋ）粵 tsou³〔躁〕tsou¹〔粗〕〔俗〕❶行為，品行：節～。～行。❷琴曲的一種：猗蘭～。

13 **擎**（qíng ㄑㄧㄥˊ）粵 kiŋ⁴〔瓊〕向上托，舉：衆～易舉。～天柱。

13 **擐**（huàn ㄏㄨㄢˋ）粵 gwan³〔慣〕gwan¹〔關〕（又）穿：～甲執兵。

13 **擒**（qín ㄑㄧㄣˊ）粵 kem⁴〔琴〕捕捉：～賊先～王。

13 **擔（担）**㊀（dān ㄉㄢ）粵 dam¹〔耽〕❶用肩膀挑：～水。～着兩筐青菜。〔擔心〕憂慮，顧慮：我～～他身體受不了。❷擔任，擔負，負責，承當：～當。～風險。
㊁（dàn ㄉㄢˋ）粵 dam³〔耽高去〕❶扁擔，挑東西的用具，多用竹、木做成。❷（一子）一挑東西：貨郎～。㊟擔負的責任：重～。

不怕～子重。❸量詞，多指一百斤。

13 **㨻** (kā ㄎㄚ)(粵)kat⁸〔卡壓切〕用刀子刮。

13 **擗** (pǐ ㄆㄧˇ)(粵)pik⁷〔辟〕❶捶胸。❷擗分，使從原物體上分開：～棒子(玉米)。

13 **擘** (bò ㄅㄛˋ)(粵)mak⁸〔脈客切〕❶大拇指。〔巨擘〕比喻傑出的人物。❷分開，剖裂：～開。～肌分理(比喻分析事理十分細密)。
〔擘劃〕計劃，安排：～～經營。

13 **據**(△**据**) (jù ㄐㄩˋ)(粵)gœy³〔句〕❶憑依，倚仗：～理力爭。～說是這樣。❷佔(粵佔一)：盤～。～為己有。❸可以用做證明的事物，憑證(粵憑一、證一)：收～。字～。票～。眞憑實～。無憑無～。

13 **擓**(**抁**) (kuǎi ㄎㄨㄞˇ)(粵)kwai⁵〔葵蟹切〕〈方〉❶搔，輕抓：～癢。❷用胳臂挎着：～着籃子。

13 **撿**(**捡**) (jiǎn ㄐㄧㄢˇ)(粵)gim²〔檢〕拾取：～柴。把筆～起來。～了一張畫片。

13 **攗** 同'塞㊀'，見137頁。

13 **挶** 同'拽㊀'，見250頁。

13 **攜**
13 **携** 同'攜'，見273頁。

13 **擧** 同'舉'，見566頁。

13 **擻** '擻'的簡化字，見271頁。

14 **擠**(**挤**) (jǐ ㄐㄧˇ)(粵)dzei〔劑〕❶用壓力使排出：～牛奶。～牙膏。❷互相推、擁：人多～不過去。～進會場。引排斥(粵排一)：互相排～。❸許多人、物很緊挨着，不容易動轉：一間屋子住十來個人，太～了。

14 **擢** (zhuó ㄓㄨㄛˊ)(粵)dzok⁹〔鑿〕❶拔：～髮難數(喻罪惡多得像頭髮那樣數不清)。❷選拔，提升：～用。

14 **擤** (xǐng ㄒㄧㄥˇ)(粵)seŋ³〔沙更切〕捏住鼻子，用氣排出鼻涕：～鼻涕。

14 **擦** (cā ㄘㄚ)(粵)tsat⁸〔察〕❶抹，揩拭：～桌子。～臉。❷摩，搓：摩拳～掌。❸貼近～黑(傍晚)。～着屋檐飛過。

14 **擩** (rǔ ㄖㄨˇ)(粵)jy⁵〔雨〕〈方〉插，塞：把棍子～在草堆裏。

14 **擪**(**擫**) (yè ㄧㄝˋ)(粵)jip〔葉中入〕用手指

按壓。

14 **擬(拟)** (nǐ ㄋㄧˇ) ⑧ji⁵〔耳〕❶打算：～往香港。❷起草，初步設計編制：～定計劃。～稿。這是一個～議。❸模仿，仿照：～作。模～。

14 **擯(摈)** (bìn ㄅㄧㄣˋ) ⑧ben³〔殯〕排除，遺棄：～斥異己。

14 **擰(拧)** ⊖(nǐng ㄋㄧㄥˇ) ⑧niŋ⁶〔寧 低去〕❶扭轉，控制住東西的一部分而絞轉：～螺絲釘。～墨水瓶蓋。❷〈方〉相反，不順：我弄～了。別讓他倆鬧～了。❸〈粵方言〉搖：～頭。
⊜(níng ㄋㄧㄥˊ) ⑧同⊖握住物體的兩端向相反的方向用力：～手巾。～繩子。
⊜(nìng ㄋㄧㄥˋ) ⑧同⊖倔強，彆扭，不馴服：～脾氣。

14 **擱(搁)** ⊖(gē ㄍㄜ) ⑧gok⁸〔各〕放，置：把書～下。～在水裏就化了。⑤耽擱，放在那裏不做：這事～了一個月。〔擱淺〕船停滯在淺處，不能進退。⑤事情停頓。
⊜(gé ㄍㄜˊ) ⑧同⊖禁受，承受：～不住這麼沉。～不住揉搓。

14 **擡** 同'抬'，見245頁。

14 **擣** 同'搗'，見262頁。

14 **擥** 同'攬'，見274頁。

14 **擧** 同'擧'，見270頁。

15 **擲(掷)** (zhì ㄓˋ) ⑧dzak⁹〔澤〕扔，投，拋：投～。～鐵餅。

15 **擴(扩)** (kuò ㄎㄨㄛˋ) ⑧kwok⁸〔廓〕kɔŋ³〔抗〕(俗)放大，張大：～充。～音機。～大範圍。

15 **擷(撷)** (xié ㄒㄧㄝˊ) ⑧kit⁸〔揭〕git⁸〔潔〕(又)❶摘下，取下：採～。❷用衣襟兜東西。

15 **擺(摆)** (bǎi ㄅㄞˇ) ⑧bai²〔敗高上〕❶陳列，安放：把東西～整齊。⑧故意顯示：～闊。～架子。〔擺佈〕任意支配：受人～～。❷陳述，列舉：～事實，講道理。❸來回地搖動：～手。搖頭～尾。大搖大～。〔擺渡〕1.用船渡人過河。2.過河用的船。❹搖動的東西：鐘～。❺同'罷'。衣裙的下邊：下～。

15 **擻(擞)** ⊖(sòu ㄙㄡˋ) ⑧sɐu³〔秀〕用通條

插到火爐裏，把灰搖掉或抖掉：把爐子～一～。

㊀(sǒu ㄙㄡˇ)粵seu²〔首〕〔抖擻〕振作，振奮：～～精神。精神～～。

15 **擾(扰)** (rǎo ㄖㄠˇ)粵jiu²〔妖〕擾亂，打擾(連擾一)：～亂。騷～。

15 **摘** ㊀(zhì ㄓˋ)粵dzak⁹〔擇〕❶搔，撓。❷簪股，即搔頭，古代婦女的一種首飾。❸同'擲'。投擲。
㊁(tì ㄊㄧˋ)粵tik⁷〔惕〕揭露，揭發。〔摘伏〕揭發隱祕的壞事。

15 **攀** (pān ㄆㄢ)粵pan¹〔扳〕❶抓住別的東西向上爬：～登。～樹。❷跟地位高的人結親戚或拉關係：高～。～親。❸設法接觸，拉扯：～談。❹牽涉：～連。誣～。❺摘取，拗折：～花。～折。

15 **攄(摅)** (shū ㄕㄨ)粵su¹〔書〕發表或表示出來：各～己見。

15 **攆(撵)** (niǎn ㄋㄧㄢˇ)粵lin⁵〔連低上〕❶驅逐，趕走：～出去。❷追趕：他～不上我。

16 **攏(扰)** (lǒng ㄌㄨㄥˇ)粵lung⁵〔壟〕❶湊起，總合：～共。～總。❷靠近，船隻靠岸(連靠一)：～岸。

拉～。他們倆總談不～。❸收束使不鬆散：～緊。用繩子把柴火～住。❹梳，用梳子整理頭髮：～一～頭髮。❺合上，聚集：笑得嘴巴合不～了。

16 **攉** (huō ㄏㄨㄛ)粵fok⁸〔霍〕❶反手。❷把堆在一起的東西鏟起掀到另一處去：～土。～煤機。

16 **攒** '攢'的簡化字，見 273 頁

16 **攬** '攬'的簡化字，見 273 頁

17 **攔(拦)** (lán ㄌㄢˊ)粵lan⁴〔蘭〕遮攔，阻擋，阻止(連一擋、阻一)：～住他不要讓他進來。

17 **攖(撄)** (yīng ㄧㄥ)粵jing¹〔英〕❶接觸，觸犯：～其鋒。～怒。❷擾亂，糾纏。

17 **攘** ㊀(rǎng ㄖㄤˇ)粵jœng⁶〔讓〕❶侵奪(連一奪)。❷排斥：～除。❸竊取。❹捋起(袖子)：～臂。
㊁(rǎng ㄖㄤˇ)粵jœng⁶〔讓〕jœng⁵〔養〕(又)擾亂：擾攘。

17 **攙(搀)** (chān ㄔㄢ)粵tsam¹〔參〕❶用手輕輕架住對方的手或胳膊：你～着那個老頭兒吧。❷混合(連一雜)：裏面～糖了。

18 **攛（撺）**（cuān ㄘㄨㄢ）粵tsyn²〔喘〕tsyn³〔寸〕(又)❶拋擲。❷匆忙地做，亂抓：事先沒準備，臨時現～。❸(～兒)發怒，發脾氣：他～兒了。

〔攛掇〕(儳)慫恿，勸誘別人做某種事情：你就是～～他，他也不去。你自己不幹，為什麼～～我呢?

18 **擷（擷）**（xié ㄒㄧㄝˊ）粵kwei⁴〔葵〕帶（～帶）：～手合作。～眷參加。~帶武器。

18 **攝（摄）**（shè ㄕㄜˋ）粵sip⁸〔涉〕❶拿，取：～影(照相)。～取養分。❷保養：珍～。❸舊指代理(多指統治權)：～政。～位。

18 **攦（扨）**（sǒng ㄙㄨㄥˇ）粵suŋ²〔筍〕❶挺立。❷〈方〉推。

19 **攢（攒）**（zǎn ㄗㄢˇ）粵dzan²〔盞〕積聚，積蓄(儳積一)：～糞。～錢。

㊀(cuán ㄘㄨㄢˊ)粵tsyn⁴〔全〕聚，湊集，拼湊：～湊。～錢。

19 **攣（挛）**（luán ㄌㄨㄢˊ）粵lyn⁴〔聯〕手腳蜷曲不能伸開：痙～。

19 **攤（摊）**（tān ㄊㄢ）粵tan¹〔灘〕❶擺開，展開：～場(把莊稼晾在場上)。把書～開。㊑烹飪法，把糊狀物放在鍋上使成薄片：～雞蛋。～煎餅。❷(～子、～兒)擺在地上或用席、板擺設的售貨處：～子。水果～兒。❸分擔財物：～派。每人～五元。❹遇到，碰上：他一向愛躲清靜，這件事偏偏讓他～上了。❺量詞，用於攤開的糊狀物或靜止在一處的液體：一～水。一～泥。

19 **攧（攧）**（diān ㄉㄧㄢ）粵din¹〔顛〕跌。

19 **攞（㨖）**㊀同'捋㊀'，見253頁。

㊁(luǒ ㄌㄨㄛˇ)粵lo²〔裸〕〈粵方言〉拿：～本書來。

19 **攟**　同'捃'，見253頁。

20 **攪（搅）**（jiǎo ㄐㄧㄠˇ）粵gau²〔搞〕❶攪亂(儳一擾)：～亂。他睡着了，不要～他。❷拌：把鍋～一～。～勻了。

20 **攫（攫）**（jué ㄐㄩㄝˊ）粵fɔk⁸〔霍〕用爪抓取。㊑奪取(儳一奪)：～取。

20 **攥（攥）**（zuàn ㄗㄨㄢˋ）粵dzan⁶〔賺〕用手握住：手裏～着一把斧子。

20 **攩**　同'擋㊀'，見269頁。

21 **攬(揽)** (lǎn ㄌㄢˇ) 粵 lam⁵
〔覽〕❶把持: 大權獨～。❷拉到自己這方面或自己身上來: 包～。推功～過。❸採摘。❹攞, 抱: 母親～着孩子睡覺。❺捆: 用繩子把稻草～上點兒。

22 **攘** (nǎng ㄋㄤˇ) 粵 nong⁵〔囊 低上〕用刀刺: 一刺刀～死了敵人。〔攘子〕短而尖的刀。

支部

0 **支** (zhī ㄓ) 粵 dzi¹〔支〕❶撐持, 支持: 力不能～。把帳篷～起來。㋃受得住: 樂不可～。〔支援〕支持, 援助。❷領款或付款: ～取。收～。～錢。❸把話敷衍, 使人離開: 把他們都～出去。〔支配〕指揮, 調度: 由你～。❹分支的, 附屬於總體的: ～流。～店。〔支離〕1.殘缺不完整: ～～破碎。2.散亂不集中: 言語～～。❺量詞: 1.部分的: 一～軍隊。2.桿形的東西: 一～筆。3.各種纖維紡成的紗(如棉紗)粗細程度的計算單位, 紗愈細, 支數愈多, 質量愈好。❻地支, 曆法中用的'子、丑、寅、卯、辰、巳、午、未、申、酉、戌、亥'十二個字。〔支吾〕用話搪塞、應付, 說話含混躲閃: ～～其詞。一味～。

3 **吱** 見口部, 95頁。

3 **妓** 見女部, 152頁。

3 **庋** 見广部, 199頁。

3 **忮** 見心部, 218頁。

4 **歧** 見止部, 343頁。

6 **翅** 見羽部, 540頁。

7 **豉** 見豆部, 659頁。

8 **攲** (qī ㄑㄧ) 粵 kei¹〔崎〕傾斜, 歪向一邊: ～側。～傾。

9 **鼓** 見鼓部, 828頁。

支(攵)部

2 **收** (shōu ㄕㄡ) 粵 seu¹〔修〕❶接到, 接受: ～發。～信。～到。～條。接～物資。招～新生。～賬(受款記賬)。❷藏或放置妥當: 這是重要東西, 要～好了。❸收拾, 收斂: ～

網。～篷。❹收穫，割取成熟
的農作物：秋～。～麥子。❺
聚集：～集。❻招回：～兵。
❼合攏：瘡一口了。❽結束，
停止：～尾。～工。～場。❾
約束，控制：心似平原野馬易
放難。❿逮捕，拘禁：～監。
～捕。

2 攷 同'考'❶－❸'，見 542 頁。

3 攸 (yōu ㄧㄡ)粵 jeu⁴〔由〕所：
責有～歸。性命～關。

3 改 (gǎi ㄍㄞˇ)粵 goi²〔該高上〕
❶變更，更換：～革一
、一變、更一）。～道。期。
～朝換代。❷修改：～文章
。～衣服。❸改正：知錯能～。

3 攻 (gōng ㄍㄨㄥ)粵 guŋ¹〔工〕
❶攻擊，打擊，進擊，
跟'守'相反：～守同進。～勢
。～城。㉧指摘別人的錯誤：～
人之短。羣起而～之。❷致力
研究：～讀。專～化學。

3 孜 見子部，163 頁。

4 放 (fàng ㄈㄤˋ)粵 foŋ³〔況〕❶
解除約束，得到自由：
釋～。～行。㉧1.趕牲畜、家
禽到野外去覓食：～牛。～羊
。～鴨子。2.散：～工。～學。〔放
晴〕陰雨後轉晴。❷任意，隨
便：～任。～縱。～肆。❸發

出：～槍。～光。～電。❹借
錢給人，收取利息：～款。❺
擴展：～大。～寬。把領子～
出半寸。㉧花開：蘆花～，稻
穀香。心花怒～。❺擱，置：
存～。手一下。〔放心〕安心，
解除掛慮：～～吧，一切都準
備好了！❻流放，舊時把人驅
逐到邊遠的地方去。❼發放：
～賑。～餉。

4 攽 (bān ㄅㄢ，又讀bīn ㄅㄧㄣ)
粵 ban¹〔班〕ben¹〔賓〕(又)
分給，發給。

牧 見牛部，411 頁。

5 政 (zhèng ㄓㄥˋ)粵 dziŋ³〔正〕
❶政治：～黨。～綱。
參～。〔政府〕國家權力機關的
執行機關，即國家行政機關。
〔政權〕1.指國家權力。2.指
權機關，即國家機關。是行使
國家權力，管理國家事務的機
關。包括國家權力機關、國家
行政機關、審判機關、檢察機
關和軍隊等。〔政體〕國家政權
的構成形式。❷國家某一部門
主管的業務：財～。民～。郵
～。❸指家庭及團體的事務：
家～。校～。❹同'正'。改正：
斧～。呈～。

5 战 (diān ㄉㄧㄢ)粵 dim¹〔店高
平〕〔战玻〕1.斟酌。2.估

量。又作'揞揝'。

5 故 (gù《ㄨ》)粵gu¹〔固〕❶意外的事情: 變～。事～。〔故障〕機器發生毛病。❷緣故, 原因: 不知何～。無緣無～。❸故意, 有心, 存心: 明知～犯。～意為難。❹老, 舊, 過去的: ～知。～人(老朋友)。～宮。～都。❺本來, 原來的: ～鄉(老家)。❻死(指人): ～去。病～。〔物故〕指人死。❼所以: 他有堅強的意志, ～能克服困難。

5 敂 同'叩❶', 見87頁。

5 敌 '戰'的簡化字, 見279頁。

5 畋 見田部, 439頁。

6 效 (xiào ㄒㄧㄠ)粵hau⁶〔校〕❶摹仿, 師法(⤳一法、仿一): ～顰。上行下～。❷效驗, 功用, 成果: 這藥吃了很見～。～果真好。無～。〔效率〕1.物理學上指作出來有用的功跟所加上的功相比。2.指單位時間內所完成的工作量的大小: 工作～～。❸盡力, 獻出: ～力。～勞。

6 敉 (mǐ ㄇㄧ)粵mei⁵〔美〕mei⁵〔米〕(又)安撫, 安定: ～平叛亂。

6 敌 '敵'的簡化字, 見278頁。

6 修 見人部, 31頁。

6 致 見至部, 565頁。

7 敘 (xù ㄒㄩ)粵dzœy⁶〔罪〕❶述說(⤳一述): 把事情經過～清楚。～家常。❷舊時按規定的等級次第授官職, 按功勳大小給予獎勵: 銓～。獎～。❸同'序❶-❸', 見199頁。

7 教 ㊀(jiào ㄐㄧㄠ)粵gau³〔較〕❶指導, 教誨(⤳一導): 施～。受～。指～。〔教育〕1.教導和培養: ～～子女。2.教育事業, 按一定要求培養人的事業, 主要指學校的工作。❷宗教: 佛～。道～。～會。㊁(jiāo ㄐㄧㄠ)粵同㊀傳授: ～書。我～歷史。我～給你做。㊂(jiāo ㄐㄧㄠ)粵gau¹〔膠〕使, 令: 不～胡馬度陰山。

7 敏 (mǐn ㄇㄧㄣ)粵men⁵〔吻〕❶有智慧, 反應迅速, 靈活(⤳一捷、靈一): ～感。～銳。感覺靈～。敬謝不～(婉轉表示不願意做)。❷努力, 奮勉。

7 救 (jiù ㄐㄧㄡ)粵geu³〔夠〕幫助, 使脫離困難或危險: ～濟。～援。～命。～火(幫助滅火。～生圈。求～。〔救星〕指幫助人脫離苦難的集體或個人。〔救藥〕療治，挽救。

7 **敔**（yǔ）粵jy⁵〔語〕古代一種打擊樂器，奏樂將結束時，擊之使演奏停止。

敔

7 **敕**（chì 彳）粵tsik⁷〔斥〕❶帝王的詔書、命令：奉～。❷告誡：申～。戒～。

7 **敖**（áo 幺）粵ŋou⁴〔熬〕姓。

7 **敗**（败）（bài ㄅㄞˋ）粵bai⁶〔拜低去〕❶輸，失利，跟‘勝’相反：反～為勝。一～塗地。❷打敗，使失敗：大～入侵者。❸失敗，不成功：勝不驕，～不餒。失～是成功之母。❹敗壞，毀壞：～血症。～壞名譽。❺解除，消散：～火。～毒。❻衰落：花

開～了。～興(情緒低落)。❼倒敗，破舊：頹垣～瓦。～絮。

7 **敍** 同‘敘’，見276頁。

7 **敓** 同‘奪’，見151頁。

7 **敛** ‘斂’的簡化字，見279頁。

7 **啟** 見口部，108頁。

7 **赦** 見赤部，671頁。

8 **敝**（bì ㄅㄧˋ）粵bei⁶〔幣〕❶破，壞：～衣。～帚自珍。❷自謙之辭：～姓。～處。

8 **敞**（chǎng 彳尢）粵tsɔŋ²〔廠〕❶寬闊，沒有遮蔽：～亮。這房子很寬～。❷露出，打開：～胸露懷。～開大門。

8 **敠**（duō ㄉㄨㄛ）粵dzyt⁸〔掇〕見275頁以‘敠’字條‘敠敠’。

8 **敢**（gǎn ㄍㄢˇ）粵gɐm²〔感〕❶有勇氣，有膽量：果～。～說～為。～負責任。❷謙辭：～問。～請。❸莫非，是哥哥回來了嗎?〔敢情〕1.原來：～～是你? 2.自然，當然：那～～好了。～你不冷了，穿上了新棉襖。

8 **散** ㊀（sàn ㄙㄢˋ）粵san³〔傘〕❶分開，由聚集而分離：～會。雲彩～了。❷撒，分佈，

分給: ～傳單。天女～花。❸
排遣: ～心。～悶。❹解雇:
法例規定不能隨便～工人。

㈠(sǎn ㄙㄢˇ)粵san²〔傘高上〕❶沒
有約束, 鬆開: 披頭～髮。繩
子～了。㊸分散(sàn): 一盤～
沙。隊伍走～了。〔散漫〕隨隨
便便, 不守紀律: 自由～～。
生活～～。〔散文〕文體的名稱,
對「韻文」而言, 不用韻, 字句
不求整齊。❷零碎的, 不集中
的: ～裝。❸閒散, 沒有一定
的職務: ～職。～位。～官。
❹藥末: 丸～膏丹。健胃～。
❺琴曲名: 廣陵～。

8 **敨** (tǒu ㄊㄡˇ)粵teu²〔偷高上〕
〈方〉把包着或捲着的東
西打開。

8 **敦** ㈠(dūn ㄉㄨㄣ)粵dœn¹〔噸〕
厚道, 誠懇: ～厚。～聘。
～請。
〔敦睦〕使和睦: ～～邦交。
㈡(duì ㄉㄨㄟˋ)粵dœy³〔對〕古時
盛黍稷的器具。
㈢(duì ㄉㄨㄟˋ)粵dœy¹〔堆〕逼迫:
～促。

敦

8 **敠** '毅'的簡化字, 見 280 頁。

8 **倣** 見人部, 38 頁。

9 **敬** (jìng ㄐㄧㄥˋ)粵gin³〔徑〕❶
尊重, 有禮貌地對待(跟
慢一): ～客。～之以禮。～贈。
～獻。❷以禮物表示敬意或謝
意: 喜～。賀～。奠～。❸有
禮貌地送上去: ～酒。～茶。

9 **敫** ㈠(jiǎo ㄐㄧㄠˇ)粵jœk⁹〔藥〕
❶光閃耀。❷姓。
㈡(jiào ㄐㄧㄠˋ)粵giu³〔叫〕人名
用字。

9 **敭** 同'揚', 見 259 頁。

9 **斁** 同'杜❷', 見 304 頁。

9 **数** '數'的簡化字, 見 279 頁。

9 **微** 見彳部, 215 頁。

10 **敲** (qiāo ㄑㄧㄠ)粵hau¹〔哮〕❶
叩, 擊: ～鑼。～邊鼓
(比喻從旁幫人說話)。❷敲
詐: ～他一筆錢。

10 **嫩** 見女部, 160 頁。

11 **敵(敌)** (dí ㄉㄧˊ)粵dik⁹
〔滴〕❶敵人, 仇
敵: 抗～。～我雙方。❷敵對
的: ～國。～意。❸同等, 相

當: 匹～。勢均力～。❹對抗,
抵擋: 所向無～。寡不～衆。

11 **敷** (fū ㄈㄨ)⑧fu¹〔呼〕❶ 塗
上, 搽上: ～粉。外～藥。
❷佈置, 鋪開: ～設路軌。❸
足夠: ～用。入不～出。❹傳
佈, 施行: ～政。❺鋪敍, 陳
述: ～陳其事。
〔敷衍〕作事不認眞或待人不眞
誠, 只是表面應酬: ～～了事。
這人不誠懇, 對人總是～～。

11 **數 (数)** ㈠ (shù ㄕㄨ)⑧
sou³〔訴〕❶ 數
目, 劃分或計算出來的量: 基
～。序～。歲～。次～。人~
太多, 坐不下。〔數詞〕表示數
目的詞, 如一、九、千、萬等。
❷幾, 幾個: ～次。～日。~
人。❸劫數: 在～難逃。❹氣
數, 命運: 定～。❺算術, 數
學: ～理化。❻表示事物的量
的基本數學概念: 虛～。變~
有理～。無理～。❼古代占卜
之術: 卜～。術~。
㈡ (shǔ ㄕㄨˇ)⑧sou²〔嫂〕❶ 一個
一個地計算: ㊀比較
起來最突出: 就～他有本領。
❷責備, 列舉過錯或罪狀: ~
落。～說。面~其罪。
㈢ (shuò ㄕㄨㄛˋ)⑧sck⁸〔朔〕❶ 屢
次 (粵頻一): ～見不鮮。❷中
醫脈象之一, 脈來急促, 常見

於熱症。

11 **嘔** 同'驅', 見 789 頁。

11 **僛** 見人部, **41 頁**。

11 **墩** 見土部, **140 頁**。

11 **徹** 見彳部, **215 頁**。

11 **徵** 見彳部, **215 頁**。

12 **整** (zhěng ㄓㄥˇ)⑧dziŋ²〔征高
上〕❶整齊, 有秩序, 不
亂: ～潔。書放得很～齊。儀
容不～。❷不殘缺, 完全的
(粵完一): 完～無缺。～套的
書。忙了一～天。〔整數〕算術
上指不帶分數、小數的數或不
是分數、小數的數。一般指沒
有零頭的數目。❸整理, 整
頓: ～裝待發。㊀治理, 搞,
弄: 桌子壞了～一～。㊁舊如
新。❹使吃苦頭: 不要隨便~
人。

12 **徼** 見彳部, **216 頁**。

13 **斁 (致)** ㈠ (yì ㄧˋ)⑧jik⁹
〔亦〕厭, 厭棄。
㈡ (dù ㄉㄨˋ)⑧dou⁶〔到〕敗壞。

13 **斂 (敛)** (liǎn ㄌㄧㄢˇ)⑧
lim⁵〔殮〕❶ 徵
收, 索取: 橫徵暴～。❷收集,

聚集: 聚～。～財。❸收縮:
~足(收住腳步, 不往前進)。
傷痕漸~。❹約束, 檢束: ～
迹(隱蔽起來, 不敢活動)。

13 **徽** 見彳部, 216頁。

14 **斃(毙)**（bì ㄅㄧˋ）⑧bei⁶
〔斃〕死, 滅亡:
~命。槍~。多行不義必自~。

16 **斆(斅)**（xiào ㄒㄧㄠˋ）⑧
hau⁶〔效〕教導,
使覺悟。

19 **徽** 見黑部, 827頁。

文部

0 **文**（一）(wén ㄨㄣˊ)⑧men⁴〔民〕
❶紋理, 花紋。❷刺畫
花紋: 斷髮～身。❸指自然界
或人類社會某些帶規律性的現
象: 天～。地～。人～。❹文
字, 記錄語言的符號: 甲骨～。
外～。～盲。〔文言〕舊時寫文
章常用的話, 跟'白話'相對,
也省稱'文': 半～半白。〔文章〕
把有組織的話用文字寫成的篇
章, 也省稱'文': 作～。古～。
❺舊時指禮節儀式: 虛～。繁
~縟節。〔文化〕1.人類在社會
歷史發展過程中所創造的物質

財富和精神財富的總和。2.考
古學用語, 指同一個歷史時期
的不依分佈地點為轉移的遺
迹、遺物的綜合體。同樣的工
具、用具, 同樣的製作技術等,
是同一種文化的特徵, 如仰韶
文化等。3.語文、科學等知識:
~~水平。學~~。〔文明〕社
會發展到較高階段和具有較高
文化的: 中國是世界~~發達
最早的國家之一。❻法令條
文: 舞~弄法。深~周納。❼
公務機關的書面材料: 公~。
換~。❽指社會科學, 與理、
工科相對: ~科。❾華麗、辭
采(與質相對): ~質彬彬(~
采與實質配合適當。⑭形容人
舉動斯文)。❿指關於知識分
子的, 非軍事的: ~人。~臣
武將。⑭柔和: ~雅。~縐縐。
〔文火〕不猛烈的火。⓫量詞,
指銅錢: 一~錢。一～不值。
（二）(wén ㄨㄣˊ, 舊讀 wèn ㄨㄣˋ)
⑧men⁶〔問〕文飾, 掩飾: ~過飾
非(掩飾過失、錯誤)。

2 **刘** 見刀部, 57頁。

3 **吝** 見口部, 92頁。

3 **孝** 見子部, 164頁。

4 旻 見日部，289頁。

6 斋 '齋'的簡化字，見831頁。

6 紊 見糸部，515頁。

6 虘 見虍部，607頁。

8 斌 (bīn ㄅㄧㄣ)粵ben¹[賓]〔斌斌〕同'彬彬'。形容文雅。

8 斑 (bān ㄅㄢ)粵ban¹[班]一種顏色中夾雜的別種顏色的點子或條紋(疊—駁)：～馬。～竹。～白(花白)。臉上有雀～。〔斑斕〕燦爛多彩。

8 斐 (fěi ㄈㄟˇ)粵fei²[匪]斐然，有文采的樣子：～然成章。成績～然。

8 閔 見門部，744頁。

12 斕 '斕'的簡化字，見本頁。

17 斕(斕) (lán ㄌㄢ)粵lan⁴[蘭]〔斑斕〕燦爛多彩：五色～～。

斗部

0 斗 (一)(dōu ㄉㄡ)粵deu²[抖]
❶中國容量單位，一斗是十升。❷量糧食的器具，容量是一斗，方形或鼓形，多用木頭或竹子製成。粵1.形容小東西的大：～膽。2.形容大東西的小：～室。～城。❸像斗的東西：漏～。熨～。〔斗拱〕(料栱)拱是建築上弧形承重結構，斗是墊拱的方木塊，合稱斗拱。❹旋轉成圓形的指紋。❺星名，二十八宿之一。通稱南斗。❻北斗星的簡稱：～柄。(二)'鬥'的簡化字，見794頁。

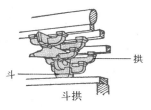

斗拱

4 戽 見戶部，237頁。

5 科 見禾部，483頁。

6 料 (liào ㄌㄧㄠ)粵liu⁶[廖]❶想，估計，猜想：預～。不出所～。他～事～得很準。❷(一子、一兒)材料，可供製造其他東西的物質：原～。木～。衣裳～子。肥～。燃～。這種丸藥是加～的。❸餵牲口用的穀物：～豆。草～。牲口得餵～才能肥。❹燒料，一種熔點較低的玻璃，用來製造器皿或手工藝品。❺量詞，藥物配方全份叫一料。（❷❸義項粵口語讀高上聲）

〔料理〕辦理，處理：～～家務。～～喪事。

7 斛（hú ㄏㄨˊ）粵huk⁹〔酷〕量器名，古時以十斗為斛，後來又以五斗為斛。

7 斜 ㊀（xié ㄒㄧㄝˊ，舊讀 xiá ㄒㄧㄚˊ）粵tse⁴〔邪〕不正，跟平面或直線既不平行也不垂直的：～坡。紙裁～了。

㊁（yé ㄧㄝˊ）粵je⁴〔爺〕陝西省襃城縣終南山山谷名。

8 斝（jiǎ ㄐㄧㄚˇ）粵ga²〔假〕古代一種盛酒的器皿。

斝

9 斟（zhēn ㄓㄣ）粵dzem¹〔針〕❶往杯子裏倒(酒或茶)：～酒。～茶。給我～上碗水。〔斟酌〕粵度（duó）考慮：請你～～辦理。❷〈粵方言〉商談：同你～一～。

10 斡（wò ㄨㄛˋ）粵wat⁸〔挖〕旋轉。〔斡旋〕粵居中調停，把弄僵了的局面扭轉過來：從中～～。

10 斠（jiào ㄐㄧㄠˋ）粵gau³〔教〕❶古代量穀物時刮平斗斛的用具。❷校正：～補。

10 魁 見鬼部，795 頁。

斤部

0 斤（jīn ㄐㄧㄣ）粵gen¹〔巾〕❶重量單位，市制一斤為十兩(舊制十六兩)，合公制二分之一公斤。❷古代砍伐樹木的工具，與斧頭相似。

〔斤斤〕注意小利害：～～計較。

1 斥（chì ㄔˋ）粵tsik⁷〔戚〕❶責備（粵－責）：駁～。痛～。❷使退去，使離開：排～。～退。❸多，廣〔充斥〕多得到處都是(含貶義)。❹〈古〉拓：～土。

〔斥候〕舊時軍隊稱偵察（敵情），也指偵察兵。

〔斥資〕〈粵方言〉拿出資本：計劃～～五億元重新發展。

2　匠　見匚部，72頁。

3　圻　見土部，128頁。

4　斧　(fǔ ㄈㄨˇ)粵fu²〔苦〕❶（－子、－頭）砍東西用的工具。❷一種舊式武器。

4　斨　(qiāng ㄑㄧㄤ)粵tsœŋ¹〔槍〕古代一種斧子。

4　所　見戶部，238頁。

4　欣　見欠部，340頁。

4　祈　見示部，478頁。

5　斫　(zhuó ㄓㄨㄛˊ)粵dzœk⁸〔雀〕❶大鋤。❷用刀斧等砍削。

6　顾　'顧'的簡化字，見本頁。

6　旂　見方部，285頁。

7　斬（斩）　(zhǎn ㄓㄢˇ)粵dzam²〔站 高上〕砍，砍斷：～首。～草除根。～釘截鐵。

7　断　'斷'的簡化字，見284頁。

8　斯　(sī ㄙ)粵si¹〔司〕❶這，這個，這裏：～人。～時。生於～，長於～。❷乃，就：有備～可以無患矣。

〔斯文〕❶指文化或文人：～～掃地（指文化或文人不受尊重或文人自甘墮落）。❷文雅：他說話挺～～的。

9　新　(xīn ㄒㄧㄣ)粵sen¹〔申〕❶跟'舊'相反：1.剛有的或剛經驗到的：～辦法。萬象更～。～事物。2.沒有用過的：～書。～房子。〔自新〕改掉以往的過錯，使思想行為向好的方面發展。❷新近，剛才：這枝鋼筆是我～買的。他是～來的。❸稱結婚時的人或物：～郎。～房。❹新疆維吾爾自治區的簡稱。❺朝代名。公元8年王莽代漢稱帝，國號新，建都長安（今陝西省西安）。公元23年為綠林軍所滅。

〔新潮〕〈粵方言〉指衣著、行為追求時髦。

9　鞂　見革部，766頁。

9　頎　見頁部，771頁。

10　斲　(zhuó ㄓㄨㄛˊ)粵dœk⁸〔琢〕砍，削：～輪老手（比喻對某種事富有經驗的人）。〔斲喪〕傷害，摧殘。特指因沉溺酒色以致傷害身體。

11 **斸** '斷'的簡化字，見本頁。

13 **斶** (chù ㄔㄨˋ) ⓐtsuk⁷〔畜〕人名用字。

13 **斲** 同'斵'，見 283 頁。

14 **斷(断)** (duàn ㄉㄨㄢˋ) ⓐdyn⁶〔段〕❶長形的東西從中間截開：棍子～了。風箏綫～了。把繩子剪～了。❷斷絕，不繼續：～奶。～了關係。㊀戒去：～酒。～煙。〔斷送〕喪失、毀棄、敗壞原來所有而無可挽回。(❶❷粵口語讀作'團'的低上聲)❸判斷，決定，判定：診～。～案。當機立～。下～語。❹一定，絕對：～無此理。～然做不得。(❸❹粵又讀高去聲)

21 **斸(斸)** (zhú ㄓㄨˊ) ⓐdzuk⁷〔足〕❶大鋤。❷掘，挖。

方部

0 **方** (fāng ㄈㄤ) ⓐfɔŋ¹〔芳〕❶四個角全是九十度的四邊形或六個面全是方形的六面體：正～。長～。見～(長寬或長寬厚相等)。平～米(長寬各一米)。立～米(長寬厚各一米)。㊀乘方，一個數目自乘若干次的積數：平～(自乘兩次，即本數×本數)。立～(自乘三次，即本數×本數×本數)。〔方寸〕㊁心：～～已亂。〔方圓〕周圍：這個城～～有四五十里。❷正直：～正。❸一邊或一面：對～。前～。四～。四面八～。㊀一個區域的，一個地帶的：～言。～誌。〔方向〕1.東、西、南、北的區分：航行的～～。2.目標：做事情要認清～～。❹方法，法子：教導有～。千～百計。㊀(一子、一兒)藥方，配藥的單子：偏～。祕～。開～子。〔方式〕說話、做事所採取的方法和形式。❺才：書到用時～恨少。❻正，正當：～興未艾。來日～長。❼塊，個：一～匾額。❽量詞：1.舊制：a.指平方丈(用於地皮、草皮)。b.指一丈見方一尺高的體積，即十分之一立方丈(用於土、沙、石、碎磚)。c.指一尺見方一丈長的體積，即百分之一立方丈(用於木材)。2.現一般用於：a.指平方米(用於牆、地板)。b.指立方米(用於土、沙、石、木材)。

3 **坊** 見土部，128 頁。

3 **邡** 見邑部，704 頁。

4 **於**
（一）（yú ㄩˊ）⑨jy¹〔于〕介詞：1.在：寫～香港。生～1960年。2.對於，對：～身體有益。勇～負責。3.到：勿委過～人。4.自，由，給：出自願。取之～民，用之～民。5.向：問道～盲。6.在形容詞後，表示比較，跟'過'的意思相同：霜葉紅～二月花。7.在動詞後，表示被動：見笑～大方。〔於是〕連詞，表示兩件事前後緊接：他聽完演唱會，～～就回家去了。
（二）（yū ㄩ）⑨同（一）姓。
（三）（wū ㄨ）⑨wu¹〔烏〕〈古〉歎詞。〔於戲〕同'嗚呼'，見 113 頁'嗚'字條。
〔於菟〕〈古〉老虎的別稱。

4 **房** 見戶部，238 頁。

4 **放** 見攴部，275 頁。

4 **昉** 見日部，289 頁。

4 **祊** 見示部，479 頁。

5 **施**
（shī ㄕ）⑨si¹〔詩〕❶實行：～工。無計可～。倒行逆～。〔施展〕發揮能力。❷用上，加上：～肥。～粉。❸給

予：～禮。～恩。❹施捨，指給與而不取代價：～與。❺散佈：雲行雨～。

5 **㸑** 同'施'，見 286 頁。

5 **㫍** '旗'的簡化字，見 287 頁。

6 **旁**
（一）（páng ㄆㄤˊ）⑨poŋ⁴〔龐〕❶旁邊，左右兩側：兩～都是大樓。站在兩～。～觀。～若無人。❷其他，另外：～的話。
（二）〈古〉同'傍'，見 37 頁。

6 **旂**
（qí ㄑㄧˊ）⑨kei⁴〔其〕❶古代指上畫龍形，竿頭繫鈴的旗。❷同'旗❶'。泛指各種旗幟。

6 **旃**
（zhān ㄓㄢ）⑨dzin¹〔煎〕〈古〉❶赤色曲柄的旗子。❷助詞，等於'之'或'之焉'兩字連用的意義：勉～。❸同'氈'。毛織物。

6 **旄**
（一）（máo ㄇㄠˊ）⑨mou⁴〔毛〕古代用犛牛尾裝飾的旗子。
（二）〈古〉同'耄'，見 542 頁。

6 **旅**
（lǚ ㄌㄩˇ）⑨lœy⁵〔呂〕❶出行的，在外作客的：～行。～館。～途。～居。～客。❷軍隊的一種編制單位，在師之下，團之上。❸軍隊：軍～。強兵勁～。❹共同：～進～退。

❺同‘穭’。穀物等不種而自生: ～生。～葵。

6 **枊**（pèi ㄆㄟˋ）粵pui³〔佩〕古代旗末狀如燕尾的垂旒。泛指旌旗。

7 **旋**（一）（xuán ㄒㄩㄢˊ）粵syn⁴〔船〕❶旋轉，轉動: 螺～。盤～。❷回，歸: ～里（返回故鄉）。凱～。❸不久: ～即離去。

（二）（xuàn ㄒㄩㄢˋ）粵同（一）❶旋轉的: ～風。❷臨時（做）: ～吃～做。

（三）‘鏇’的簡化字，見 735 頁。

7 **旌**（jīng ㄐㄧㄥ）粵dziŋ¹〔晶〕siŋ¹〔升〕（又）❶古代用羽毛裝飾的旗子。又指普通的旗子。❷表彰。〔旌表〕古代對忠孝節義的人，用立牌坊賜匾額等方式加以表揚。

7 **旎**（nǐ ㄋㄧˇ）粵nei⁵〔你〕〔旖旎〕柔和美麗。

7 **族**（zú ㄗㄨˊ）粵dzuk⁹〔俗〕❶民族: 漢～。回～。❷聚居而有血統關係的人羣的統稱: 宗～。家～。❸事物有共同屬性的一大類: 水～。芳香～。❹滅族，封建時代的一種殘酷刑法，一人有罪把全家或包括母家、妻家的人都殺死。

7 **斿** 同‘旌’，見本頁。

8 **旐**（zhào ㄓㄠˋ）粵siu⁶〔兆〕❶古代旗的一種，上畫龜蛇。❷魂幡。古代出喪時為棺柩引路的旗。

8 **旔** ‘旔’的簡化字，見 287 頁。

9 **旒**（liú ㄌㄧㄡˊ）粵leu⁴〔流〕❶旗子下邊懸垂的飾物。❷古代皇帝禮帽前後懸垂的玉串。

9 **旓**（shāo ㄕㄠ）粵sau¹〔梢〕古代旗幟下垂的裝飾物。

10 **旖**（yǐ ㄧˇ）粵ji²〔倚〕〔旖旎〕柔和美麗。

10 **旗**（qí ㄑㄧˊ）粵kei⁴〔其〕❶（一子、一兒）用布、紙、綢子或其他材料做成的標識，多半是長方形或方形: 國～。錦～。❷清代滿族的軍隊編制和戶口編制，共分八旗。後又建立蒙古八旗、漢軍八旗。㋐屬於八旗的，特指屬於滿族的: ～人。～袍。～裝。❸內蒙古自治區的行政區劃，相當於縣。〔旗鼓相當〕比喻雙方力量不相上下: 這兩個足球隊～～～，一定有一場精彩的比賽。

10 **髟** 見髟部，793 頁。

14 **旛**（fān ㄈㄢ）粵fan¹〔翻〕用竹竿等挑起來直着掛的長條形旗子。又為旌旗的總稱。

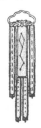

旛

15 檜（旝）（kuài ㄎㄨㄞˋ）粵 kui² 〔繪〕古代旗幟的一種。

15 櫨 同‘旃’，見 285 頁。

16 旟（旟）（yú ㄩˊ）粵 jy⁴〔如〕古代軍旗的一種，上畫振翅疾飛的鳥隼圖像。

无（无）部

0 无 ‘無’的簡化字，見 398 頁。

0 旡 （jì ㄐㄧˋ）粵 gei³〔寄〕飲食氣逆哽塞。

5 既 （jì ㄐㄧˋ）粵 gei³〔寄〕❶已經，已然：～成事實。～往不咎。霜露～降。～得利益者。❷既然，後面常與‘就’、‘則’相應：～說就做。～來之則安。❸常跟‘且’、‘又’連用，表示兩者並列：～高且大。～快又好。❹〈古〉後來，不久之後：～而悔之。❺〈古〉食盡，日全食或月全食：食～。㉑盡，完盡。

7 旤 同‘既’，見本頁。

10 曁 見日部，295 頁。

20 蠶 見虫部，624 頁。

日部

0 日 （rì ㄖˋ）粵 jet⁹〔逸〕❶太陽：～出東方。〔日食〕月亮運行到太陽和地球中間成直綫的時候，遮住射到地球上的太陽光，這種現象叫做日食。也作‘日蝕’。❷白天，跟‘夜’相反：～班。～場。夜以繼～。❸天，一晝夜：陽曆平年一年三百六十五～。㉑某一天：紀念～。生～。〔日子〕1.天：這些～～工作很忙。2.指某一天：今天是過節的～～。3.生活：美好的～～萬年長。❹時候：春～。往～。來～方長。❺〈外〉日本（亞洲國家名）的簡稱。

1 旦 ㊀（dàn ㄉㄢˋ）粵 dan³〔誕〕早晨：～暮。通宵達～。

枕戈待～。⑤天，日：元～。
〔旦夕〕1.早晨和晚上。2.在很
短的時間之內：危在～～。
㊁(dàn ㄉㄢˋ)粵dan²〔蛋高上〕傳
統戲曲裏扮演婦女的角色：花
～。

1 **旧** '舊'的簡化字，見 566 頁。

2 **旨** (zhǐ ㄓˇ)粵dzi²〔止〕❶意
義，目的(粵意ー)：要
～。～趣(目的和意義)。主～
明確。❷封建時代稱帝王的命
令：聖～。遵～。❸美味：～酒。

2 **早** (zǎo ㄗㄠˇ)粵dzou²〔祖〕❶
太陽出來的時候(連ー
晨)：清～。～飯。～操。⑤
初時：～春(初春)。❷時間靠
前，在一定時間以前：～熟。
～期。～起～睡身體好。那是
很～的事了。我～就預備好了。
開車還～着呢。

2 **旬** (xún ㄒㄩㄣˊ)粵tsœn⁴〔巡〕
❶十天叫一旬，一個月
有三旬，分稱上旬、中旬、下
旬。❷指十歲：三～上下年紀。
年過六～。

2 **旭** (xù ㄒㄩˋ)粵juk⁷〔沃〕光明，
早晨太陽剛出來的樣子。
〔旭日〕剛出來的太陽。

2 **旮** (gā ㄍㄚ)粵go¹〔哥〕gok⁸
〔角〕(語)〔旮旯〕(一子、
一兒)角落：牆～～。門～～。

㊀偏僻的地方：山～～。背～
～。

2 **旯** (lá ㄌㄚˊ)粵lo¹〔囉〕lok⁷〔拉
剝切〕(語)見本頁 '旮' 字
條'旮旯'。

2 **亘** 見二部，13 頁。

3 **旰** ㊀(gàn ㄍㄢˋ)粵gon⁻¹〔幹〕
天色晚，晚上。〔旰食〕
因心憂事繁而晚食。舊時用來
稱頌帝王勤於政事。
㊁(hàn ㄏㄢˋ)粵hɔn⁶〔汗〕〔旰旰〕
盛大。

3 **旱** (hàn ㄏㄢˋ)粵hɔn⁵〔寒低上〕
❶長時間不下雨，缺雨，
跟'澇'相反：防～。天～。❷
陸地，沒有水的：～路。～田。
～稻。

3 **旴** (xū ㄒㄩ)粵hœy¹〔虛〕太陽
剛出來的樣子。

3 **旳** 同'的'，見 454 頁。

3 **时** '時'的簡化字，見 292 頁。

3 **旷** '曠'的簡化字，見 296 頁。

3 **旸** '暘'的簡化字，見 294 頁。

4 **旺** (wàng ㄨㄤˋ)粵wɔŋ⁶〔王低
去〕盛，興盛(連ー盛，
興ー)：火很～。～季。

4 **旻** (mín ㄇㄧㄣˊ)粵men¹〔民〕❶天,天空:～天。蒼～。❷秋天。

4 **昂** (áng ㄤˊ)粵ŋoŋ⁴〔俄杭切〕❶仰,抬起:～首。❷高漲,上升:價～。❸振奮,情緒高(漲):慷慨激～。鬥志～揚。氣～～。

4 **昃** (zè ㄗㄜˋ)粵dzek⁷〔則〕太陽偏西。

4 **昆** (kūn ㄎㄨㄣ)粵kwen¹〔坤〕❶眾多。〔昆蟲〕節肢動物的一類,身體分頭、胸、腹三部,有三對腳。蜂、蝶、蠶、蝗等都屬昆蟲類。❷子孫,後嗣:後～。❸哥哥:～弟。～仲。❹同'崑',見185頁。

4 **昇** (shēng ㄕㄥ)粵siŋ¹〔星〕本作'升'。❶向上移動:～旗。旭日東～。❷提高:～級。～官。❸登上:～堂入室。

4 **昉** (fǎng ㄈㄤˇ)粵foŋ²〔訪〕❶明亮。❷開始。

4 **昊** (hào ㄏㄠˋ)粵hou⁶〔浩〕〔昊天〕1.廣大的天。2.夏天。

4 **昌** (chāng ㄔㄤ)粵tsœŋ¹〔搶〕興盛:～明。繁榮～盛。

4 **明** (míng ㄇㄧㄥˊ)粵miŋ⁴〔名〕❶亮:天～了。燈火通～。❷明白,清楚:說～。表～。黑白分～。情況不～。～是他做的。輾懂得,瞭解:深～大義。❸公開,不祕密,不隱蔽,跟'暗'相反:有話～說。～碼實價。～講。～槍易躲,暗箭難防。❹今之次(專指日或年):～日。～年。❺視覺,眼力:失～。❻眼力好,觀察事物能力強:眼～手快。英～。聰～。精～。❼神明,神靈。〔明器〕也作'冥器'。殉葬用的器物。❽朝代名,朱元璋所建立(公元1368－1644年)。

4 **昏** (hūn ㄏㄨㄣ)粵fen¹〔紛〕❶黃昏,天將黑的時候:晨～(早晚)。❷黑暗(連～暗):天～地暗。～暗不明。❸神志不清楚,認識糊塗:發～。病人整天～～沉沉的。輾失去知覺:～厥。他～過去了。❹〔古〕同'婚',見158頁。

4 **易** ㊀(yì ㄧˋ)粵ji⁶〔義〕❶容易,不費力:通俗～懂。輕而～舉。❷和悅,平和:平～近人。❸輕視,輕率。❹治理草木:～其田疇。
㊁(yì ㄧˋ)粵jik⁹〔亦〕❶改變:移風～俗。改弦～轍。❷交易,交換,貿～。以物～物。❸古代卜筮書,包括《連山》、《歸藏》、《周易》,合稱三《易》。❹《周易》的簡稱。❺姓。

昔 （xī Tㄧ）⑧sik⁷〔色〕從前:
~者。~日。今~對比。

昕 （xīn Tㄧㄣ）⑧jen¹〔因〕太
陽將要出來的時候。

吻 （hū ㄏㄨ）⑧fet⁷〔忽〕met⁹
〔勿〕（又）〔吻昕〕〔吻爽〕天
快亮的時候。

昀 （yún ㄩㄣˊ）⑧wen⁴〔雲〕日
光。多用於人名。

旹 同'時'，見 292 頁。

曶 同'吻'，見本頁。

旾 同'春'，見本頁。

昙 '曇'的簡化字，見 296 頁。

杲 見木部，305 頁。

炅 見火部，393 頁。

星 （xīng Tㄧㄥ）⑧sing¹〔升〕❶
天空中發光的或反射光
的天體，如太陽、地球、北斗
星等。通常指夜間天空中閃爍
發光的天體: ~羅棋布。月明
~稀。人造地球衛~。❷（一子、
一兒）細碎或細小的東西: ~
火燎原。一半點。~兒。
唾沫~子。❸秤杆上標記斤、
兩、錢的小點子: 定盤~。❹
古代以星象推算吉凶的方術:

醫卜~相。❺星名，二十八宿
之一。

映 （yìng ㄧㄥˋ）⑧jing²〔影〕因光
綫照射而顯出物體的形
象: 影子倒~在水裏。放~電
影。夕陽將湖水~得通紅。

春 （chūn ㄔㄨㄣ）⑧tsœn¹〔蠢高
平〕❶春季，四季的第一
季。〔春秋〕1.年月，年齡: 不
知多少~~。2.中國古代編
體的史書。3.泛指歷史。4.中
國歷史上的一個時代（公元前
722－公元前481年）。因魯國
編年體史書《春秋》包括這一段
時期而得名。現在一般把公元
前770年到公元前476年劃為春
秋時代。❷指男女情欲: ~情。
懷~。❸生氣，生機: 大地回
~。妙手回~。

昧 （mèi ㄇㄟˋ）⑧mui⁶〔妹〕❶
昏愚，糊塗，無知: 愚~。
蒙~。素~平生（一向不認識）。
❷隱藏，隱瞞: 拾金不~（拾
到錢財不藏起來據為己有）。
❸冒犯: 冒~。

昨 （zuó ㄗㄨㄛˊ）⑧dzok⁸〔作〕
dzok⁹〔鑿〕（又）❶昨天，
今天的前一天: ~夜。❷泛指
過去: 覺今是而~非。

昭 （zhāo ㄓㄠ）⑧tsiu¹〔超〕明
顯，顯著: 罪惡~彰。
~然若揭。〔昭昭〕1.光明，明

亮。2.明辨事理: 使人～～。

5 **是** (shì ㄕˋ)粵si⁶〔士〕❶表示解釋和分類: 他～學生。這朵花～紅的。❷表示存在: 滿身～汗。山上全～樹。❸表示肯定判斷: 一定～他。❹表示承認所說的, 再轉入正意: 東西舊～舊, 可是還能用。話～說得很對, 可是得認真去做。❺表示適合: 來的～時候。放的～地方。❻表示凡是, 任何: ～活兒他都肯幹。～書他都愛看。❼表示答應: ～, 我就去。❽加重語氣: ～誰告訴你的?天氣～冷。❾對, 合理, 跟'非'相反: 懂得～非。他說的～。❿認為對: ～其所以。〔是非〕口舌, 爭執: 挑撥～～。惹～。❿這, 此: 如～。～日天氣晴朗。⓫訂正: ～正。⓬語助詞, 用來確指行為的對象: 惟你～問。

5 **昳** ㈠(dié ㄉㄧㄝˊ)粵dit⁹〔秩〕〈古〉日過午偏斜。
㈡(yì ㄧˋ)粵jet⁹〔日〕〔昳麗〕美麗: 形貌～～。

5 **昴** (mǎo ㄇㄠˇ)粵mau⁵〔卯〕昴宿, 星名, 二十八宿之一。

5 **昵** (nì ㄋㄧˋ)粵nik⁷〔匿〕親近。

5 **昶** (chǎng ㄔㄤˇ)粵tsœŋ²〔廠〕❶白天時間長。❷舒暢。

暢通。

5 **昫** (xù ㄒㄩˋ)粵hœy³〔去〕hœy²〔許〕(又)溫暖。

5 **昱** (yù ㄩˋ)粵juk⁷〔郁〕❶日光。❷照耀。

5 **昲** (fèi ㄈㄟˋ)粵fɐi³〔廢〕曝曬, 曬乾。

5 **咎** (zǎn ㄗㄢˇ)粵dzan²〔盞〕姓。

5 **昪** (biàn ㄅㄧㄢˋ)粵bin⁶〔便〕❶日光明亮。❷歡樂。

5 **昺** (bǐng ㄅㄧㄥˇ)粵biŋ²〔丙〕光明。

5 **昰** ㈠同'是', 見本頁。
㈡(xià ㄒㄧㄚˋ)粵ha⁶〔夏〕'夏'的古體字。古代人名用字。

5 **昜** 同'陽', 見 753 頁。

5 **昹** 同'昴', 見本頁。

5 **昚** 同'慎', 見 228 頁。

5 **昼** '晝'的簡化字, 見 293 頁。

5 **显** '顯'的簡化字, 見 775 頁。

5 **晄** '曬'的簡化字, 見 297 頁。

5 **宦** 見宀部, 15 頁。

5 **音** 見音部, 769 頁。

6 晁（cháo ㄔㄠˊ）粵 tsiu⁴〔潮〕
姓。

6 時（时）（shí ㄕˊ）粵 si⁴〔匙〕
❶時間，一切物質不斷變化或發展所經歷的過程。❷時間的一段: 1.比較長期的(粵一代): 古～。唐～。2.一年中的一季: 四～。3.時辰，一晝夜的十二分之一: 子～。4.小時，一晝夜的二十四分之一。5.時候: 平～。盛極一～。6.點: 八～上班。❸時勢，時機: 待～而動。～不可再。❹時代，時世: 生不逢～。～移世易。❺規定的時間: 準～起飛。❻現在的，當時的: ～髦。～事。❼時常，常常(疊): 學而～習之。～～發生困難。❽有時候: 天氣～陰～晴。

6 晃 ㊀（huǎng ㄏㄨㄤˇ）粵 fon²
〔訪〕❶明亮(疊): 明～～的刺刀。❷照耀: ～眼(光綫強烈刺激眼睛)。❸很快地閃過: 一～十年。窗戶上有個人影，一～就不見了。
㊁（huàng ㄏㄨㄤˋ）同㊀搖動，擺動(粵搖一): 樹枝來回～。

6 晅 （xuān ㄒㄩㄢ，又讀 xuǎn ㄒㄩㄢˇ）粵 hyn¹〔圈〕syn²〔損〕(又)❶太陽四週的暈氣。❷光明。❸曬乾。

6 晉 （jìn ㄐㄧㄣˋ）粵 dzœn³〔進〕❶進: ～見。～謁。❷升: ～級。❸周代諸侯國名，在今山西省和河北省南部，河南省北部，陝西省東部。❹山西省的別稱。❺朝代名: 1.司馬炎所建立(公元265－420年)。2.五代之一，石敬瑭所建立(公元936－946年)。

6 晌 （shǎng ㄕㄤˇ）粵 hœŋ²〔享〕❶一天內的一段時間，一會兒: 工作了半～。停了一～。❷晌午，正午: 睡一覺。歇～。

6 晏 ㊀（yàn ㄧㄢˋ）粵 an³ 晚，遲: ～起。
㊁同'宴❹'，見 169 頁。

6 晟 （shèng ㄕㄥˋ，又讀 chéng ㄔㄥˊ）粵 siŋ⁶〔盛〕siŋ⁴〔成〕(又)❶光明。❷興盛，旺盛。

6 晉 同'晉'，見本頁。

6 晒 '曬'的簡化字，見 297 頁。

6 晓 '曉'的簡化字，見 296 頁。

6 晕 '暈'的簡化字，見 294 頁。

6 晖 '暉'的簡化字，見 294 頁。

6 晔 '曄'的簡化字，見 296 頁。

6 **耆** 見老部, 542 頁。

7 **晚** (wǎn ㄨㄢˇ)粵man⁵〔萬低上〕
❶太陽落了的時候：從早到～。吃～飯。⑦夜間：昨天～上沒睡好。❷一個時期的後段，在一定時間以後：來～了。時間～了。趕快努力還不～年(老年)。年近歲～。❸後來的：～輩。❹晚輩對長輩的自稱(用於書信)。

7 **晝(昼)** (zhòu ㄓㄡˋ)粵dzeu³〔奏〕白天：～夜不停。

7 **晞** (xī ㄒㄧ)粵hei¹〔希〕❶乾，乾燥：晨露未～。❷〈古〉曬：～髮。

7 **晡** (bū ㄅㄨ)粵bou¹〔褒〕〈古〉申時，即午後三時至五時。

7 **晤** (wù ㄨˋ)粵ŋ⁶〔悟〕遇，見面：～面。～談、會～。

7 **晦** (huì ㄏㄨㄟˋ)粵fui³〔悔〕❶昏暗不明：[晦氣]不順利，倒霉。❷夜晚：風雨如～。❸夏曆(陰曆)每月的末一天。

7 **晨** (chén ㄔㄣˊ)粵sen⁴〔神〕清早，太陽出來的時候：清～。～昏(早晚)。

7 **晗** (hán ㄏㄢˊ)粵hem⁴〔含〕天將明。

7 **奢** 見大部, 150 頁。

8 **晬** (zuì ㄗㄨㄟˋ)粵dzœy³〔醉〕嬰兒滿百日或滿一歲。

8 **普** (pǔ ㄆㄨˇ)粵pou²〔譜〕普遍，全，全面的：～天同慶。～查。[普及]傳佈和推廣到各方面：～～讀物。

8 **景** (一) (jǐng ㄐㄧㄥˇ)粵giŋ²〔境〕❶風景：雪～。良辰美～，～致真好。❷景象，情況：盛～。晚～。遠～。❸景仰，佩服，敬慕：～慕。❹戲劇、電影的佈景和攝影棚外的景物：外～。
[景頗]景頗族，中國少數民族名，參看附錄六。
(二)〈古〉同'影'，見 211 頁。

8 **晰** (xī ㄒㄧ)粵sik⁷〔色〕明白，清楚：看得清～。十分明～。

8 **晴** (qíng ㄑㄧㄥˊ)粵tsiŋ⁴〔情〕天空中沒有雲或雲量很少，跟'陰'相反：天～了。～天。

8 **晶** (jīng ㄐㄧㄥ)粵dziŋ¹〔貞〕❶形容光亮(疊)：～瑩。亮～～的。❷水晶的簡稱：墨～。茶～。
[晶體]原子、離子或分子按一定的空間次序排列而形成固

體，具有規則的外形。如食鹽、石英、雲母等。也叫‘結晶’。

晷 8 (guǐ ㄍㄨㄟˇ)（粵）gwei²〔鬼〕❶日影。（粵）時間：日無暇~。❷日晷，古代按照日影測定時刻的儀器。也叫‘日規’。

晾 8 (liàng ㄌㄧㄤˋ)（粵）lɔŋ⁶〔浪〕把衣物放在太陽下面曬或放在通風透氣的地方使乾：~衣服。

智 8 (zhì ㄓˋ)（粵）dzi³〔至〕聰明，智慧，見識：不經一事，不長(zhǎng)一~。〔智慧〕對事物能迅速地、靈活地、正確地理解和解決的能力。

暑 8 (shǔ ㄕㄨˇ)（粵）sy²〔鼠〕炎熱：中~。~天。寒來~往。

晳 8 ㊀同‘晰’，見 293 頁。
㊁同‘皙’，見 454 頁。

暫 8 ‘暫’的簡化字，見 295 頁。

間 8 見門部，744 頁。

暄 9 (xuān ㄒㄩㄢ)（粵）hyn¹〔圈〕❶溫暖。〔寒暄〕談家常。❷春末。❸〈方〉鬆軟，鬆散：~土。饅頭又大又~。

暇 9 (xiá ㄒㄧㄚˊ，舊讀xià ㄒㄧㄚˋ)（粵）ha⁶〔夏〕空閒，沒有事的時候：得~。無~。自顧不~(自己顧自己都顧不過來)。

暈(暈) 9 ㊀(yùn ㄩㄣˋ)（粵）wen⁶〔運〕日光或月光通過雲層時因折射作用而在太陽或月亮周圍形成的光圈：日~。月~而風。
㊁(yùn ㄩㄣˋ)（粵）wen⁴〔雲〕頭發昏：一坐船就~。
㊂(yūn ㄩㄣ)（粵）同㊁❶昏迷：~倒。~厥。❷同㊁，用於‘頭暈’、‘暈頭暈腦’、‘暈頭轉向’等。

暉(暉) 9 (huī ㄏㄨㄟ)（粵）fei¹〔揮〕❶陽光：春~。朝~。❷同‘輝’，見 687 頁。

暌 9 (kuí ㄎㄨㄟˊ)（粵）kwei⁴〔葵〕隔離（粵一違、一離）。

暍 9 (yē ㄧㄝ)（粵）hot⁸〔喝〕中暑，傷暑。

暖 9 (nuǎn ㄋㄨㄢˇ)（粵）nyn⁵〔嫩低上〕暖和，溫和，不冷（粵溫一）：風和日~。㊉使溫和：~一~手。

暗 9 (àn ㄢˋ)（粵）em³〔庵高去〕❶不亮，沒有光，跟‘明’相反：這間屋子太~。~中摸索。〔暗淡〕不光明。❷景象悲慘：前途~~。❷不公開的，隱藏不露的，跟‘明’相反：~號。~殺。~礁。心中~喜。❸愚昧，糊塗：兼信則明，偏信則~。明於知彼，~於知己。

暘(昜) 9 (yáng ㄧㄤˊ)（粵）jœŋ⁴〔羊〕❶太陽

出來。❷晴天。

9 **暎** 同'映'，見 290 頁。

9 **暖** 同'暖'，見 294 頁。

9 **趧** '韙'的簡化字，見 768 頁。

10 **暝** (míng ㄇㄧㄥˊ 又讀 mìng ㄇㄧㄥˋ)粵 miŋ⁴〔明〕miŋ⁶〔命〕(又)❶日落，天黑。❷黃昏。

10 **暢(畅)** (chàng ㄔㄤˋ)粵 tsœŋ³〔唱〕❶通達，沒有阻礙地：～達。～行。～銷。❷痛快，盡情地：～談。～飲。

10 **曁** (jì ㄐㄧˋ)粵 kei³〔冀〕與，及，和。

10 **暠** 同'皓'，見 454 頁。

10 **暖** '暖'的簡化字，見 296 頁。

10 **晥** '曬'的簡化字，見 297 頁。

10 **嘗** 見口部，116 頁。

11 **暫(暂)** (zàn ㄗㄢˋ)粵 dzam⁶〔站〕暫時，不久，短時間：～行條例。～停。此事～不處理。

11 **暮** (mù ㄇㄨˋ)粵 mou⁶〔務〕❶傍晚，太陽落的時候：朝～。〔暮氣〕粵精神衰頹，不

振作。❷晚，將盡：～春。～年。天寒歲～。

11 **暴** ㊀(bào ㄅㄠˋ)粵 bou⁶〔步〕❶強大而突然來的，又猛又急的：～風雨。～病。❷過分急躁的：～跳如雷。這人脾氣真～。❸凶惡殘酷的(連一虐，凶一－)：～行。～徒。～虐的行為。❹糟蹋，損害：自～自棄。〔暴露〕顯露：～～目標。㊁(pù ㄆㄨˋ)粵 buk⁹〔僕〕'曝'的古字。曬：一～十寒。

11 **暵** (hàn ㄏㄢˋ)粵 hon³〔漢〕❶乾枯。❷乾旱。

11 **暱** 同'昵'，見 291 頁。

11 **魯** 見魚部，798 頁。

12 **暹** (xiān ㄒㄧㄢ)粵 tsim³〔塹〕tsim¹〔簽〕(又)〔暹羅〕泰國的舊稱。

12 **暾** (tūn ㄊㄨㄣ)粵 ten¹〔吞〕剛出來的太陽：朝～。

12 **曀** (yì ㄧˋ)粵 ei³〔翳〕天色陰暗。

12 **曆(历)** (lì ㄌㄧˋ)粵 lik⁹〔力〕❶曆法，推算年、月、日和節氣的方法：陰～。陽～。❷記錄年、月、日節氣的書、表、冊頁：日～。～書。

12 曇（昙）（tán ㄊㄢˊ）粵 tam⁴〔談〕密佈的雲氣。〔曇花〕常綠灌木，葉退化呈針狀，花大，白色，開的時間很短。後常用'曇花一現'比喻事物一出現很快就消失。

12 曈（tóng ㄊㄨㄥˊ）粵 tuŋ⁴〔同〕〔曈曨〕太陽初升由暗而明的光景。

12 曉（晓）（xiǎo ㄒ丨ㄠˇ）粵 hiu²〔罾高上〕❶天明：～行夜宿。雞鳴報～。❷曉得，知道，懂得：家喻戶～。❸告知，使人知道清楚：～諭。～以利害。

12 曌（zhào ㄓㄠˋ）粵 dziu³〔照〕同'照'。唐朝女皇帝武則天為自己名字造的字。

12 曄（晔）同'燁'，見 404 頁。

12 曞 ❶同'爩'，見 121 頁。❷同'晌'，見 292 頁。

13 曖（暧）㊀（ài ㄞˋ）粵 oi³〔愛〕❶日光昏暗（疊）。❷隱蔽，掩蔽。㊁（ài ㄞˋ）粵 oi²〔藹〕用於'曖昧'。〔曖昧〕1.態度不明朗。2.行為不光明。特指男女間不正當的關係。

13 曙（shǔ ㄕㄨˇ）粵 tsy⁵〔柱〕破曉，天剛亮：～色。～光。

13 曏 同'曐'，見本頁。

14 曚（méng ㄇㄥˊ）粵 muŋ⁴〔蒙〕〔曚曨〕日光不明。

14 曛（xūn ㄒㄩㄣ）粵 fen¹〔芬〕❶日沒時的餘光：～黃（黃昏）。❷昏暗。

14 曜（yào 丨ㄠˋ）粵 jiu⁶〔耀〕❶照耀。❷光，明亮。❸日、月、星都稱'曜'，日、月和火、水、木、金、土五星合稱七曜，舊時分別用來稱一個星期的七天，日曜日是星期日，月曜日是星期一，其餘依次類推。

14 曝（qì ㄑ丨）粵 jep⁷〔泣〕〈方〉❶東西濕了之後要乾未乾：雨過了，太陽出來一曝，路上就漸漸～了。❷用沙土等吸收水分：地上有水，鋪上點兒沙子～一～。

14 疊 見畾部，827 頁。

15 曝 ㊀（pù ㄆㄨˋ）粵 buk⁹〔僕〕曬：一～十寒（喻沒有恆心）。㊁（bào ㄅㄠˋ）粵 bou⁶〔步〕〔曝光〕使感光紙或攝影膠片感光。

15 曠（旷）（kuàng ㄎㄨㄤˋ）粵 kwoŋ³〔礦〕kɔŋ³〔抗〕（俗）❶空闊（疊空－）：～野。地～人稀。〔曠世〕當代無能夠相比的：～～奇才。❷心境開闊：心～神怡。～達。

❸荒廢，耽擱：～工。～課。

15 **疊**　同'疊'，見 442 頁。

16 **曦**（xī ㄒㄧ）**粵**hei¹〔希〕早晨
的陽光：晨～。

16 **曨（昽）**（lóng ㄌㄨㄥˊ）**粵**
lung⁴〔龍〕參見
296 頁'曚'字條'曚曨'。

17 **曩**（nǎng ㄋㄤˇ）**粵**nong⁵〔囊低
上〕從前的，過去的：～
日。～者（從前）。

19 **曬（晒）**（shài ㄕㄞˋ）**粵**sai³
〔徙高去〕把東西
放在太陽光下使它乾燥；人或
物在陽光下吸收光和熱：～衣
服。～太陽。

20 **曭（曭）**（tǎng ㄊㄤˇ）**粵**tong²
〔倘〕日色暗淡。

曰部

0 **曰**（yuē ㄩㄝ）**粵**joek⁹〔若〕
〔月〕**（又）**jyt⁹
❶說：孟子～：
其誰～不然？**❷**叫做：名余～
正則兮，字余～靈均。

1 **由**　見田部，438 頁。

1 **甲**　見田部，438 頁。

2 **曲**（⊖ qū ㄑㄩ）**粵**kuk⁷〔卡屋
切〕**❶**彎，跟'直'相反（**通**

彎一）：～綫。山間小路～～
彎彎。**喻**不公正，不合理：～
解。是非～直。**❷**彎曲的地
方：河～。**❸**偏僻的地方：鄉
～。**❹**隱祕的地方：心～。**❺**
姓。**❻**'麯'的簡化字，見 823 頁。
⊜（qǔ ㄑㄩˇ）**粵**同⊖（一子、一兒）
❶歌，能唱的文詞（**通**歌一）：
唱～。戲～。小～。**❷**樂曲，
歌的樂調：這支歌是他作的
～。**❸**一種韻文形式，盛行於
元代，又稱元曲。

2 **曳**（yè ㄧㄝˋ）**粵**jei⁶〔異毅切〕**❶**
拖，牽引：棄甲～兵（喻
戰敗）。**❷**飄搖：搖～。

3 **更**（⊖ gēng ㄍㄥ）**粵**gang¹〔庚〕
❶改變，改換（**通**一改、
一換，變一）：～動。萬象～新。
～番（輪流調換）。～正錯誤。
❷經歷：少不～事（年輕閱歷
淺）。**❸**舊時一夜分五更：三
～半夜。打一（打梆敲鑼報時
巡夜）。（粵口語讀如'耕'）
⊜（gèng ㄍㄥˋ）**粵**gang³〔庚高去〕**❶**
再，又：～上一層樓。**❷**越發，
愈加：～好。～明顯了。

4 **曶**（hū ㄏㄨ）**粵**fet⁷〔忽〕古人
名：～鼎。

4 **曶**　同'智'，見本頁。

5 **曷**（hé ㄏㄜˊ）**粵**hot⁸〔喝〕古代
疑問詞：1.怎麼。2.何時。

5 **亯** 見亠部，15頁。

冒 見冂部，見 50頁。

6 **書(书)** （shū ㄕㄨ）粵sy¹
〔舒〕❶書籍，裝訂成冊的著作：購～。藏～。❷信（～一信）：家～。來～。已悉。上～。❸書寫，記載：振筆疾～。大～特～。❹文件：證明～。申請～。❺字體：楷～。隸～。❻寫字，書法：～畫俱佳。又指書法家所寫的字：王羲之～。❼《尚書》的簡稱。❽某些曲藝的通稱：說～。～場。

7 **曹** （cáo ㄘㄠ）粵tsou⁴〔嘈〕❶等，輩：爾～。吾～。❷古代分科辦事的官署：部～。功～。

7 **曼** （màn ㄇㄢ）粵man⁶〔慢〕❶延長：～聲而歌。❷柔美：輕歌～舞。

冕 見冂部，51頁。

8 **曾** ㊀（zēng ㄗㄥ）粵dzeŋ¹〔增〕❶重，用來指與自己中間隔着兩代的親屬：～祖。～孫。❷姓。

㊁（céng ㄘㄥ）粵tseŋ⁴〔層〕曾經，嘗，表示從前經歷過：未～。何～。他～去美國兩次。～幾何時（表示時間沒有過去多久）？

8 **替** （tì ㄊㄧ）粵tei³〔剃〕❶代，代理（粵一代、代一）：我～你洗衣服。～班。❷為，給：大家都～他高興。❸衰落，衰廢：興～。隆～。

8 **最** （zuì ㄗㄨㄟ）粵dzœy³〔醉〕極，無比的：～大。～好。～要緊。以此為～。

8 **量** 見里部，715 頁。

9 **會(会)** ㊀（huì ㄏㄨㄟ）粵wui⁶〔匯〕❶聚合，合攏，合在一起：在哪兒～合？就在這裏～齊吧。～審。～話（對面說話）。〔會師〕從不同地方前進的軍隊，在某一個地方聚合在一起。❷城市（通常指行政中心）：都～。省～。❸彼此見面：～客。～一～面。你～過他沒有？❹付錢：～賬。飯錢我～過了。❺理解，領悟，懂：誤～。～意。領～。❻機會，時機，事情變化的一個時間：適逢其～。趁着這個機～。❼（～兒）一小段時間：一～兒。這～兒。那～兒。多～兒。用不了多大～兒。❽民間朝山進香或酬神求年成時所組織的集體活動，如香會、迎神賽會等。

㊀(huì ㄏㄨㄟˋ)粵wui⁶〔匯〕wui²〔匯高上〕（語）❶多數人的集合：1.在一定時間內為一定目的的集會：紀念～。舞～。開個～。2.在長時間內為共同目的進行工作而組成的團體：工～。學生～。❷民間一種小規模經濟互助組織，入會成員按期平均交款，分期輪流使用。

㊁(huì ㄏㄨㄟˋ)粵wui⁵〔匯低上〕能：1.表示懂得怎樣做或有能力做：他～游泳。2.可能：我想他不～不懂。3.能夠：願望一定～實現。4.善於：能說～道。

㊃(kuài ㄎㄨㄞˋ)粵kui²〔繪〕wui⁶〔匯〕（俗）總計。〔會計〕1.管理和計算財務的工作。2.管理和計算財務的人。

10 **揭**(qiè ㄑㄧㄝˋ)粵kit⁸〔揭〕❶離去。❷勇武。

12 **勴**(fēn ㄈㄣ)粵fen¹〔拂僧切〕〔方〕不曾，沒。

12 **黿** 同'勴'，見本頁。

月部

0 **月** ㊀(yuè ㄩㄝˋ)粵jyt⁹〔越〕❶月亮，地球的衛星，本身不發光，它的光是反射太陽的光。〔月食〕〔月蝕〕地球在日、月中間成一條直線，遮住太陽照到月亮上的光。❷計時單位，一年分十二個月。❸婦人生產後一個月以內的時間：坐～子。❹形狀像月亮的，圓的：～餅。～琴。❺按月出現或完成的：～經。～刊。～票。報表。

㊁(ròu ㄖㄡˋ)粵juk⁹〔肉〕〔月氏〕(－zhī)中國古代西部民族名。

2 **有** ㊀(yǒu ㄧㄡˇ)粵jeu⁵〔友〕❶跟'無'相反：1.表所屬：他～一本書。我沒～時間。2.表存在：那裏～十來個人。～困難，～辦法。～意見。3.表示發生或出現：～病了。～進展。4.表示估量或比較：水～一丈多深。他～他哥哥那麼高了。5.表示大，多：～學問。～經驗。〔有的是〕很多，多得很：～～～時間。❷用在某些動詞前面表示客氣：～勞。～請。❸跟'某'相近：一天晚上。～人不讚成。❹用在'人、時候、地方'前面，表示一部分：～人性子急，～人性子慢。❺豐收：大～年。❻古漢語詞頭，沒有意義：～夏。～周。

㊁(yòu ㄧㄡˋ)粵jeu⁶〔又〕〈古〉同'又'：二十～五年。

2 **刖** 見刀部，57頁。

朋（péng ㄆㄥˊ）粵peŋ¹〔憑〕❶彼此友好的人（叠-友）：良～。～輩。❷結黨：～比為奸（互相勾結幹壞事）。❸比擬，比較：碩大無～（巨大無比）。

服 ㊀（fú ㄈㄨˊ）粵fuk⁹〔伏〕❶衣服，衣裳（叠-裝）：制～。～裝整齊。舊時特指喪服。❷穿著（衣裳）。❸作，擔任：～兵役。❹信服，順從（叠-從）：說～。心悅誠～。心裏不～。～軟（認錯）。❺習慣，適應：不～水土。❻吃（藥）：～藥。
㊁（fù ㄈㄨˋ）同㊀量詞，指中藥。吃～藥就好了。

肮 '航'的簡化字，見790頁。

明 見日部，289頁。

玥 見玉部，425頁。

朒（nǜ ㄋㄩˋ）粵nuk⁹〔挪玉切〕虧缺，不足。

朓（tiǎo ㄊㄧㄠˇ）粵tiu¹〔挑〕tiu⁵〔窕〕（又）古代稱陰曆月底月亮在西方出現。多用於人名。

朔（shuò ㄕㄨㄛˋ）粵sok⁸〔索〕❶陰曆每月初一日。❷北方：～風。～方。

朕（zhèn ㄓㄣˋ）粵dzem⁶〔浸低去〕❶我，我的，由秦始皇時起專用作皇帝自稱。❷預兆：～兆。

朗（lǎng ㄌㄤˇ）粵loŋ⁵〔狼低上〕❶明朗，明亮，光綫充足：晴～。豁然開～。天～氣清。❷聲音清楚，響亮：～誦。～讀。

望（wàng ㄨㄤˋ）粵moŋ⁶〔亡去〕❶看，往遠處看：登高遠～。一塵莫及。❷拜訪（叠看-）：探～。❸希圖，盼（叠盼-、希-）：喜出～外。豐收有～。❹怨恨，責怪：怨～。❺名望，聲譽：德高～重。威～。❻陰曆每月十五日：朔～（初一和十五）。❼向：～東走。～上瞧。

朝 見足部，675頁。

朝 ㊀（cháo ㄔㄠˊ）粵tsiu⁴〔潮〕❶向着，對着：～前。坐南～北。❷封建時代臣見君。㊀宗教徒參拜：～聖團。❸朝廷，皇帝接見官吏，發號施令的地方。〔在朝〕粵當政。❹朝代，稱一姓帝王世代繼續統治的時代：唐～。改～換代。〔朝鮮〕朝鮮族，中國少數民族名，參看附錄六。（'朝'粵音又讀如'招'）
㊁（zhāo ㄓㄠ）粵dziu¹〔招〕早晨：～夕。～思暮想。㊀日，天：

今～。〔朝氣〕⑱向上發展的氣
概：～～蓬勃。

8 **期** ㊀(qī ㄑㄧ)⑲kei⁴〔其〕❶
規定的時間或一段時間：
定～舉行。如～完成。分～付
款。❷量詞，用於分期的事
物：一年出版六～。辦了三～
講習班。❸約定時日：失～。
不～而遇。❹盼望，希望(⑲
一望)：決不辜負大家的一望。
～待。以～得到良好的效果。
㊁(jī ㄐㄧ)⑲gei¹〔基〕週期。指
一週年，一週月。

8 **朞** 同'期㊀'，見本頁。

8 **勝** 見力部，68 頁。

8 **間** 見門部，744 頁。

9 **腾** '騰'的簡化字，見 788頁。

9 **塍** 見土部，137 頁。

9 **媵** 見女部，159 頁。

11 **滕** 見水部，379 頁。

12 **膧** (tóng ㄊㄨㄥˊ)⑲tuŋ⁴〔童〕
〔膧朦〕朦朧不明的樣子。
〔膧朧〕月初出，將明。

12 **縢** 見糸部，528 頁。

12 **螣** 見虫部，618 頁。

13 **謄** 見言部，653 頁。

13 **賸** 見貝部，670 頁。

14 **朦** (méng ㄇㄥˊ)⑲muŋ⁴〔蒙〕
〔朦朧〕1.月光不明：月色
～～。2.不清楚，模糊：往事
～～。

14 **胧** '朧'的簡化字，見 804 頁。

16 **朧(胧)** (lóng ㄌㄨㄥˊ)⑲
luŋ⁴〔龍〕見本頁
'朦'字條'朦朧'。

16 **騰** 見馬部，788 頁。

17 **鰧** 見魚部，804 頁。

木部

0 **木** (mù ㄇㄨˋ)⑲muk⁹〔目〕❶
樹木，樹類植物的通稱。
〔木本植物〕具有木質莖的植
物，如松柏等。❷(一頭)供製
造器物或建築用的木料：～
材。棗～。杉～。❸用木料製
成的：～器。～箱。❹棺材：
棺～。行將就～。❺感覺不靈
敏，失去知覺(⑲麻一)：手腳

麻~。舌頭發~。❻質樸:~
訥。

0 **不** (dǔn ㄉㄨㄣˇ)粵den²〔躉〕
〔不子〕〈方〉❶墩子。❷
特指做成磚狀的瓷土塊,是製
造瓷器的原料。

1 **未** (wèi ㄨㄟˋ)粵mei⁶〔味〕❶
地支的第八位。❷未時,
稱午後一點到三點。❸否定
詞:1.不:~知可否。2.沒有,
不曾:~成年。此人~來。3.
放在句末,表示疑問:君知其
意~?

1 **末** (mò ㄇㄛˋ)粵mut⁹〔沒〕❶
杪,梢,尖端:秋毫之~。
❷不是根本的、重要的部分:
本~倒置。捨本逐~。❸最後,
終了,跟‘始’相反(粵~尾):
十二月三十一日是一年的最~
一天。❹(~子、~兒)碎屑
(粵粉~):粉筆~兒。茶葉
~兒。把藥材研成~兒。❺傳統
戲曲裏扮演中年男子的角色。

1 **本** (běn ㄅㄣˇ)粵bun²〔般高上〕
❶草木的根,跟‘末’相
反:無~之木。木~,水有
源。⑦事物的根源:做人莫忘
~。〔本來〕1.頭尾,始終,事
情整個的過程:不知~~,紀
事~~(史書的一種體裁)。2.
主次,先後:~~倒置。〔根本〕
1.事物的根源或主要的部分。

❸徹底:~~解決。2.本質上:
~~不同。〔基本〕主要的部
分:~~建設。~~上已經獲
得解決。❷草的莖或樹的幹:
草~植物。木~植物。❸中心
的,主要的:~科。~部。❹
本來,原來:~意。這本書~
來是我的,後來送給他了。❺
自己這方面的:~國。~校。
〔本位〕1.自己的責任範圍:做
好~~工作。2.計算貨幣用做
標準的單位:~~貨幣。❻現
今的:~年。~月。❼(~兒)
本錢,用來做生意、生利息的
資財:老~兒。夠~兒。❽證
據:有所~~。~着公平原則交
易。❾(~兒、~子)冊子:日
記~。筆記~。❿(~兒)版本
或底本:刻~。稿~。劇~。
⓫量詞:一~書。

1 **札** (zhá ㄓㄚˊ)粵dzat⁸〔扎〕❶
古代寫字用的小而薄的
木片。〔札記〕讀書時摘記的要
點和心得。❷信件(粵信一、
書一):手~。來~。❸(~子)
舊時的一種公文。

1 **朮** (zhú ㄓㄨˊ)粵sœt⁹〔述〕❶
物名:1.白朮,多年生草
本植物,秋天開紫花。根狀莖
有香氣,可入藥。2.蒼朮,多
年生草本植物,秋天開白花,
根狀莖有香氣,可入藥。

1 **术** ㊀同‘朮’，見 302 頁。
㊁‘術’的簡化字，見 625 頁。

2 **朱** (zhū ㄓㄨ)粵dzy¹〔豬〕❶大紅色。❷姓。❸‘硃’的簡化字，見 470 頁。

2 **朴** ㊀(pò ㄆㄛˋ)粵pok⁸〔撲〕朴樹，落葉喬木，花淡黃色，果實黑色。木材供製家具。〔厚朴〕落葉喬木，花大，白色，樹皮可入藥。
㊁(pō ㄆㄛ)粵同㊀〔朴刀〕舊式武器，一種窄長有短把的刀。
㊂(piáo ㄆㄧㄠˊ)粵piu⁴〔嫖〕姓。
㊃‘撲’的簡化字，見 332 頁。

2 **朵** (duǒ ㄉㄨㄛˇ)粵dœ²〔躲〕dœ²〔多靴切高上〕〔語〕❶花朵，植物的花或苞。❷量詞，指花或成團的東西：三~花。兩~雲彩。
〔朵頤〕鼓動腮頰吃東西：大快~~(吃得痛快)。

2 **机** (jī ㄐㄧ)粵gei¹〔基〕❶植物名，即榿木。❷‘機’的簡化字，見 333 頁。

2 **朽** (xiǔ ㄒㄧㄡˇ)粵neu²〔紐〕❶腐爛，多指木頭(粵腐-)：~木。❷衰老：老~。

2 **朳** (bā ㄅㄚ)粵bat⁸〔八〕無齒的耙子。

2 **杂** 同‘朵’，見本頁。

2 **权** ‘權’的簡化字，見 339 頁。

2 **杂** ‘雜’的簡化字，見 758 頁。

2 **杀** ‘殺’的簡化字，見 347 頁。

3 **杆** ㊀(gān ㄍㄢ)粵gon¹〔肝〕(一子、一兒)較長的木棍：旗~。欄~。
㊁同‘桿’，見 319 頁。

3 **杈** ㊀(chā ㄔㄚ)粵tsa¹〔叉〕❶樹幹的分枝或樹枝的分岔。❷叉取禾草的農具。❸魚叉。
㊁(chà ㄔㄚˋ)粵tsa³〔詫〕❶行馬，舊時官府門前攔阻人馬通行的障礙物。❷杈子：樹~。打棉花~。

3 **杉** ㊀(shān ㄕㄢ)粵tsam³〔懺〕sam³〔衫〕(又)常綠喬木，樹幹高而直，葉子細小，呈針狀，果實球形。木材供建築和器具用。
㊁(shā ㄕㄚ)粵同㊀ 義同㊀，用於杉木、杉篙等。

3 **杌** (wù ㄨˋ)粵ŋet⁹〔兀〕❶杌凳，小凳。❷〔杌陧〕(阢-)不安定。

3 **李** (lǐ ㄌㄧˇ)粵lei⁵〔里〕李(子)樹，落葉喬木，春天開花，花白色。果實叫李子，熟時黃色或紫紅色，可吃。

3 杏 (xìng ㄒㄧㄥˋ)粵heŋ⁶〔幸〕杏樹，落葉喬木，春天開花，白色或淡紅色。果實叫杏兒或杏子，酸甜，可吃。核中的仁叫杏仁，甜的可吃，苦的供藥用。

3 材 (cái ㄘㄞˊ)粵tsɔi⁴〔才〕❶木料：美木良～。㉑材料，原料或資料：器～。教～。❷資質，能力：～幹。～力。❸有才能的人：人～（也作人才）。❹棺木：壽～。

3 村 (cūn ㄘㄨㄣ)粵tsyn¹〔穿〕❶（－子、－兒）鄉村，村莊。❷粗俗：～野。～話。

3 杓 ㊀(biāo ㄅㄧㄠ)粵biu¹〔標〕古代指北斗第五、六、七顆星的名稱。又稱斗柄。
㊁同'勺❶'，見 70 頁。

3 杕 (dì ㄉㄧˋ)粵dɐi⁶〔弟〕樹木孤立的樣子。

3 杖 (zhàng ㄓㄤˋ)粵dzœŋ⁶〔丈〕❶拐杖，扶着走路的棍子：手～。㉑泛指棍棒：拿刀動～，明火執～。❷舊時用木棍打脊背、臀部或腿部的刑罰：～刑。

3 杙 (yì ㄧˋ)粵jik⁹〔亦〕小木樁。

3 杜 (dù ㄉㄨˋ)粵dou⁶〔渡〕❶杜樹，落葉喬木，果實圓而小，味澀可食，俗叫杜梨。

❷堵塞：～門謝客。以～流弊。
〔杜絕〕堵死了，徹底防止：～～漏洞。
〔杜撰〕憑自己的意思捏造。
〔杜鵑〕1.鳥名，一般多指大杜鵑（又名布穀、杜宇），上體黑灰色，胸腹常有橫斑點，吃害蟲，是益鳥。2.植物名，也叫'映山紅'。常綠或落葉灌木，春天開花，有紅、白、紫等色，供觀賞。

3 杞 (qǐ ㄑㄧˇ)粵gei²〔己〕❶植物名：1.就是'枸杞'。2.杞柳，落葉灌木，生在水邊，枝條可以編箱、籃、筐、籃等物。❷周代諸侯國名，在今河南杞縣：～人憂天。（喻不必要的憂慮）。

3 束 (shù ㄕㄨˋ)粵tsuk⁷〔促〕❶捆住：～縛。～手～腳。❷捆兒：一～鮮花。❸聚集成一條的東西：光～。❹加以限制或受到限制（粵約－）：～～。拘～。

3 杠 ㊀(gāng ㄍㄤ)粵gɔŋ¹〔江〕❶橋。❷旗桿。
㊁同'槓'，見 329 頁。

3 杧 (máng ㄇㄤ)粵mɔŋ¹〔亡本〕〔杧果〕也叫芒果。常綠喬木。果實呈腎形，熟時黃色，核大。果肉黃色，可食，味美多汁。產於亞熱帶地區。

杧 果

3 **杇** 同'圬'，見 127 頁。

3 **杨** '楊'的簡化字，見 324 頁。

3 **条** '條'的簡化字，見 318 頁。

3 **呆** 見口部，94 頁。

3 **困** 見口部，124 頁。

3 **宋** 見宀部，166 頁。

3 **床** 見广部，199 頁。

4 **杪** (miǎo ㄇㄧㄠˇ)粵miu⁵〔秒〕樹枝的細梢。別末尾：歲～。月～。

4 **杬** ⊖(yuán ㄩㄢˊ)粵jyn¹〔元〕植物名，生南方，皮厚，其皮煎汁可貯藏果品。

⊖〈粵方言〉'欖'的俗字，見 339 頁。

4 **杭** (háng ㄏㄤˊ)粵hong⁴〔航〕杭州市，在浙江省。

4 **杯** (bēi ㄅㄟ)粵bui¹〔貝高平〕(一子)盛酒、水、茶等的器皿：酒～。玻璃～。～水車薪(喻無濟於事)。

4 **東(东)** (dōng ㄉㄨㄥ)粵dung¹〔冬〕❶方向，太陽出來的那一邊，跟'西'相對：～風。華～。〔東西〕物件，有時也指人或動物。❷主人：房～。❸東道(請人吃飯，出錢的叫東道，也簡稱東)：作～。

〔東鄉〕東鄉族，中國少數民族名，參看附錄六。

4 **杲** (gǎo ㄍㄠˇ)粵gou²〔稿〕明亮：～～出日。

4 **杳** (yǎo ㄧㄠˇ)粵miu⁵〔秒〕無影無聲：～無音信。音容已～。

4 **杴** (xiān ㄒㄧㄢ)粵him¹〔謙〕農具名，形似鍬，但鏟端較寬闊，柄末端無短拐。今作'鍁'。

4 **杵** (chǔ ㄔㄨˇ)粵tsy⁵〔柱〕❶舂米或捶衣的木棒。❷用長形的東西戳或捅。

4 **杷** (pá ㄆㄚˊ)粵pa⁴〔爬〕見 306 頁'枇'字條'枇杷'。

4 **杼**（zhù ㄓㄨˋ）働tsy⁵〔柱〕織布機上的筘。古代也指梭。

4 **松** ㊀（sōng ㄙㄨㄥ）働tsuŋ⁴〔蟲〕常綠喬木，種類很多，葉子針形，木材用途很廣。㊁'鬆'的簡化字，見793頁。

松

4 **板**（bǎn ㄅㄢˇ）働ban²〔版〕❶（—子、—兒）成片的較硬的物體：鐵～。玻璃～。黑～。❷演奏中樂或戲曲時打節拍的樂器，又指歌唱的節奏：一～三眼。慢～。〔板眼〕中樂或戲曲中的節拍。喻做事的條理。❸不靈活，少變化：表情太～。～起面孔。❹'闆'的簡化字，見747頁。

4 **枇**（pí ㄆㄧˊ）働pei¹〔皮〕〔枇杷〕常綠喬木，葉大，長橢圓形，有鋸齒，開白花。果實也叫枇杷，圓球形，黃色，味甜。葉可入藥。

枇 杷

4 **枉**（wǎng ㄨㄤˇ）働woŋ²〔汪高上〕❶彎曲，不正直：矯～過正。❷使歪曲：貪贓～法。❸受屈，寃屈（逦寃—、屈—）：～死。❹徒然，空，白：～然。～費心機。❺屈就：～駕。～顧。

4 **枋**（fāng ㄈㄤ）働foŋ¹〔方〕方柱形木材。

4 **析**（xī ㄒㄧ）働sik⁷〔色〕分開：條分縷～（分析得細密而有條理）。分崩離～（形容集團或國家分裂瓦解）。㋑解釋：～疑。分～。

4 **梔**（hù ㄏㄨˋ）働wu⁶〔戶〕見318頁'椎'字條'椎梔'。

4 **枒**（yā ㄧㄚ）働a¹〔丫〕枒杈，樹枝分杈的地方。

4 **枓**（dǒu ㄉㄡˇ）粤deu²〔抖〕〔枓栱〕就是'斗栱'，見 281 頁'斗㊀③'。

4 **枕**（㊀zhěn ㄓㄣˇ）粤dzem²〔怎〕枕頭，躺着時墊在頭下的東西。〔枕木〕鐵路上承受鐵軌的橫木。
　（㊁zhèn ㄓㄣˋ，又讀zhěn ㄓㄣˇ）粤dzem³〔浸〕躺着的時候把頭放在枕頭或器物上：～着枕頭。～戈待旦。

4 **林**（lín ㄌㄧㄣˊ）粤lem⁴〔臨〕❶長在土地上的許多樹木或竹子：樹～。竹～。～立（像樹林一樣地排列）。喻聚集在一起同類的人或事物：儒～。書～。❷林業：農～牧副漁。
〔林檎〕落葉小喬木，花粉紅色，果實像蘋果而小，可以吃。也叫'花紅'。

4 **枘**（ruì ㄖㄨㄟˋ）粤jœy⁶〔銳〕〈古〉榫。〔枘鑿〕方枘圓鑿，比喻意見不合。

4 **枚**（méi ㄇㄟˊ）粤mui⁴〔梅〕❶樹幹：伐其條～。❷古代士兵銜於口中以禁喧聲的用具：銜～疾走。❸量詞，相當於'個'：三～勳章。〔枚舉〕一件一件地舉出來：不勝～～。

4 **果**（guǒ ㄍㄨㄛˇ）粤gwo²〔裹〕❶（－子）果實，某些植物花落後含有種子的部分：水～。乾～（如花生、栗子等）。❷結果，事情的結局或成效：成～。惡～。前因後～。結～圓滿。❸果斷，堅決（運－決）：～敢。他處理事情很～斷。❹果然，確實，真的：～不出所料。他～真去了嗎？

4 **枝**（zhī ㄓ）粤dzi¹〔之〕❶（－子、－兒）由植物的主幹上分出來的莖條：樹～。柳～。節外生～（喻多生事端）。〔枝節〕粤1.由一事件發生的其他問題：這事又有了～～了。2.細碎的，不重要的：～～問題。❷量詞，用於帶枝子的花朵：一～杏花。❸量詞（多指桿形的）：一～鉛筆。

4 **杰** 同'傑'，見 37 頁。

4 **枏** 同'楠'，見 326 頁。

4 **构** '構'的簡化字，見 328 頁。

4 **枪** '槍'的簡化字，見 329 頁。

4 **枫** '楓'的簡化字，見 325 頁。

4 **枢** '樞'的簡化字，見 331 頁。

4 **枥** '櫪'的簡化字，見 323 頁。

4 枧 '梘'的簡化字,見 319 頁。

4 枞 '樅'的簡化字,見 330 頁。

4 枥 '櫪'的簡化字,見 338 頁。

4 枨 '棖'的簡化字,見 320 頁。

4 枣 '棗'的簡化字,見 320 頁。

4 枭 '梟'的簡化字,見 318 頁。

4 來 見人部, 27 頁。

4 狀 見爿部, 408 頁。

4 采 見采部, 714 頁。

5 枯 (kū ㄎㄨ)粵fu¹〔呼〕水分全沒有了,乾(乾一乾、乾一):～樹。～草。～井。〔枯燥〕沒趣味:～～乏味。這種遊戲太～～。

5 枰 (píng ㄆㄧㄥ)粵pin⁴〔平〕棋盤。

5 枱 (△台) (tái ㄊㄞ)粵toi⁴〔苔〕toi²〔苔上〕(語)本作'檯'。桌子,案子:書～。寫字～。櫃～。

5 枲 (xǐ ㄒㄧˇ)粵sei²〔洗〕sai³〔徙〕(又)大麻的雄株,只開花,不結果實。

5 枳 (zhǐ ㄓˇ)粵dzi²〔指〕通稱枸橘,落葉灌木或小喬木,小枝多硬刺,葉為三小葉的複葉,果實球形,果實及葉可入藥。〔枳殼〕中藥上指枳、香櫞等成熟的果實。〔枳實〕中藥上指枳、香櫞等幼小的果實。

5 枵 (xiāo ㄒㄧㄠ)粵hiu¹〔囂〕❶空虛:～腹從公(餓着肚子辦理公務)。❷布的絲縷稀而薄:～薄。

5 架 ㊀(jià ㄐㄧㄚˋ)粵ga²〔假高上〕❶(～子、～兒)用做支承的東西:書～。葡萄～。筆～。衣～。❷在物體內部支着作骨幹的:骨～。屋～。
㊁(jià ㄐㄧㄚˋ)粵ga³〔嫁〕❶支承:1.支搭:～橋。2.攙扶:他受傷了,～着他走。❷互相毆打,爭吵:打了一～。吵～。勸～。❸抵擋,支撐:招～。～住。❹把人劫走:綁～。～走。❺量詞,多指有架的東西:五～飛機。一～機器。一～錄音機。〔架次〕一架飛機出動或出現一次叫一架次。如飛機出現三次,第一次五架,第二次十架,第三次十五架,共三十架次。❻捏造,虛構:～詞誣控。〔架構〕結構:政治～～。～～完整。

5 **枷** (jiā ㄐㄧㄚ)⑧ga¹〔加〕舊時一種套在脖子上的刑具。
〔枷鎖〕⑧束縛。

5 **枸** (一)(gōu ㄍㄡ)⑧geu²〔狗〕
〔枸橘〕就是'枳'。參看308頁。
(二)(gǒu ㄍㄡ)⑧同(一)〔枸杞〕落葉灌木，夏天開淡紫色花。果實紅色，叫枸杞子，可入藥。
(三)(jǔ ㄐㄩˇ)⑧gœy²〔舉〕〔枸櫞〕也叫'香櫞'，常綠喬木，初夏開花，白色。果實有香氣，味很酸。

5 **柿** (shì ㄕˋ)⑧tsi²〔始〕落葉喬木，開黃白色花。果實叫柿子，可以吃。木材可以製器具。

柿

5 **柁** (一)(tuó ㄊㄨㄛˊ)⑧tɔ⁴〔駝〕房柁，房架前後兩個柱子之間的大橫梁。
(二)同'舵'，見568頁。

5 **柄** (bǐng ㄅㄧㄥˇ)，又讀bìng ㄅㄧㄥˋ⑧beŋ³〔巴鏡切〕biŋ³〔並高去〕(又)❶器物的把兒：刀～。⑧在言行上被人抓住的材料：把～。話～。❷植物的花、葉或果實跟枝或莖連着的部分：花～。葉～。果～。❸執掌：～國。～政。❹權：國～。

5 **柈** (一)(bàn ㄅㄢˋ)⑧bun⁶〔伴〕(一子)〔方〕大塊的木柴。
(二)(pán ㄆㄢˊ)⑧pun⁴〔盆〕同'盤❷'。盛放物品的用具。

5 **柏** (一)(bǎi ㄅㄞˇ)⑧pak⁸〔拍〕常綠喬木，有側柏、圓柏、羅漢柏等多種。木質堅硬，紋理緻密，可供建築及製造器物之用。
(二)(bó ㄅㄛˊ)⑧同(一)〔柏林〕〔外〕地名，在德國境內。
(三)同'檗'，見335頁。

側柏

5 **某**（mǒu ㄇㄡˇ）粵meu⁵〔畝〕❶
代替不明確指出的人、
地、事、物等用的詞：～人。
～國。～天。張～。～～學校。
❷舊時在書信中常用來代替自
己的名字。

5 **柑**（gān ㄍㄢ）粵gɛm¹〔甘〕常
綠灌木或小喬木，初夏
開花，白色。果實圓形，比橘
子大，赤黃色，味甜。種類很
多。

5 **柒**（qī ㄑㄧ）粵tset⁷〔漆〕‘七’字
的大寫。

5 **染**（rǎn ㄖㄢˇ）粵jim⁵〔冉〕❶把
東西放在顏料裏使着色：
～布。❷感受疾病或沾上壞習
慣：傳～。～病。一塵不～。
〔染指〕粵從中分取非分的利
益。

5 **柔**（róu ㄖㄡˊ）粵jeu⁴〔由〕❶
軟，不硬（連一軟）：～
枝。～軟體操。❷柔和，跟‘剛’
相反：性情溫～。剛～相濟。

5 **柘**（zhè ㄓㄜˋ）粵dze³〔蔗〕柘
樹，落葉灌木或小喬木，
葉子卵形或橢圓形，前端有淺
裂，可以餵蠶。木可以提取黃
色染料，為‘柘黃’。

5 **柙**（xiá ㄒㄧㄚˊ）粵hap⁹〔峽〕關
猛獸的木籠。也指押解
犯人的囚籠或囚車。

5 **柚**（㊀）（yóu ㄧㄡˊ）粵jeu⁴〔由〕
jeu²〔有高上〕（又）〔柚木〕
落葉喬木，葉大，對生，花白
色或藍色。木材堅硬耐久，用
來造船、車等。
（㊁）（yòu ㄧㄡˋ）粵jeu²〔有高上〕常綠
喬木，種類很多。果實叫柚子，
也叫文旦，比橘子大，多汁，
味酸甜。

柚

5 **柜**（㊀）（jǔ ㄐㄩˇ）粵gœy²〔舉〕柜
柳，落葉喬木，羽狀複葉，
小葉長橢圓形，性耐濕、耐鹼，
可固沙，枝韌，可以編盛。
（㊁）‘櫃’的簡化字，見 337 頁。

5 **柝**（tuò ㄊㄨㄛˋ）粵tɔk⁸〔託〕
〔古〕打更用的梆子。

5 **柞**（㊀）（zuò ㄗㄨㄛˋ）粵dzɔk⁹〔鑿〕
柞樹，見 337 頁‘櫟’：
～蠶。～絲（柞蠶吐的絲）。

㈠（zhà ㄓㄚˋ）粵dza³〔炸〕〔柞水〕
縣名，在陝西省。

5 查 ㈠（chá ㄔㄚˊ）粵tsa⁴〔茶〕❶
翻檢着看：～字典。～
地圖。❷檢查：～賬。追～。
❸調查：～訪。～勘。
㈡（zhā ㄓㄚ）粵dza¹〔渣〕❶姓。
❷同'楂'，見 324 頁。

5 柩 （jiù ㄐㄧㄡˋ）粵geu³〔救〕裝
着屍體的棺材：靈～。

5 柬 （jiǎn ㄐㄧㄢˇ）粵gan²〔簡〕❶
信件、名片、帖子等的
泛稱：請～（請客的帖子）。❷
（外）柬埔寨（亞洲國家名）的簡
稱。

5 柮 （duò ㄉㄨㄛˋ）粵dut⁷〔特活切
高入〕見 328 頁'榾'字條
'榾柮'。

5 柯 （kē ㄎㄜ）粵ɔ¹〔苛〕❶斧子
的柄。❷草木的枝莖。
〔柯爾克孜〕柯爾克孜族，中國
少數民族名，參看附錄六。

5 柰 （nài ㄋㄞˋ）粵nɔi⁶〔耐〕（～
子）落葉小喬木，花白色，
果小，和蘋果同類。

5 柱 （zhù ㄓㄨˋ）粵tsy⁵〔儲〕
（～子）支撐屋頂的構件，
多用木、石等製成。❷像柱子
的東西：水～。花～。水銀～。

5 柳 （liǔ ㄌㄧㄡˇ）粵leu⁵〔摟低上〕
❶柳樹，落葉喬木，枝
細長下垂，葉狹長，春天開花，

黃綠色。種子上有白色毛狀物，
成熟後隨風飛散，叫柳絮。另
有一種河柳，枝不下垂。❷星
名，二十八宿之一。

柳

5 柵 ㈠（zhà ㄓㄚˋ）粵tsak⁸〔拆〕
san¹〔山〕（又）欄，用竹、
木、鐵條等做成的阻攔物：籬
笆～。鐵～。
㈡（shān ㄕㄢ）粵san¹〔山〕〔柵極〕
電子管靠陰極的一個電極。

5 柢 （dǐ ㄉㄧˇ）粵dei²〔底〕樹木
的根（連根一）：根深～
固（基礎牢固，不可動搖）。

5 栀 （zhī ㄓ）粵dzi¹〔支〕栀子
樹，常綠灌木，夏季開花，
白色，很香。果實叫栀子，可
入藥，又可作黃色染料。

5 枴 同'拐❹'，見 247 頁。

5 栅 同'柵'，見本頁。

5 **枹** 同'桴❷'，見 317 頁。

5 **柟** 同'楠'，見 326 頁。

5 **柤** 同'粗'，見 544 頁。

5 **栁** 同'柳'，見 311 頁。

5 **树** '樹'的簡化字，見 332 頁。

5 **标** '標'的簡化字，見 331 頁。

5 **栏** '欄'的簡化字，見 338 頁。

5 **栋** '棟'的簡化字，見 321 頁。

5 **栈** '棧'的簡化字，見 321 頁。

5 **栉** '櫛'的簡化字，見 336 頁。

5 **栎** '櫟'的簡化字，見 337 頁。

5 **柽** '檉'的簡化字，見 335 頁。

5 **桄** '櫳'的簡化字，見 338 頁。

5 **柠** '檸'的簡化字，見 337 頁。

5 **栌** '櫨'的簡化字，見 338 頁。

5 **荣** '榮'的簡化字，見 328 頁。

---

5 **相** 見目部，459 頁。

6 **栒** (xún ㄒㄩㄣ)粵tsœn⁴〔巡〕
〔栒邑〕縣名，在陝西省。
今作'旬邑'。

6 **栓** (shuān ㄕㄨㄢ)粵san¹〔山〕
❶器物上可以開關的機件：槍～。消火～。❷塞子或作用跟塞子相仿的東西：～塞。～劑。血～。

6 **柴** (chái ㄔㄞˊ)粵tsai⁴〔豺〕燒火用的木頭。

6 **栗** (lì ㄌㄧˋ)粵let⁹〔律〕❶栗（子）樹，落葉喬木。果實叫栗子，果仁味甜，可以吃。木材堅實，供建築和製器具用；樹皮可供鞣皮及染色用；葉子可餵柞蠶。❷同'慄'，見 229 頁。

6 **校** ㊀(xiào ㄒㄧㄠˋ)粵hau⁶〔效〕學校：～慶。
㊁(xiào ㄒㄧㄠˋ)粵gau³〔較〕軍銜名，在'尉'和'將'之間：上～。少～。
㊂(jiào ㄐㄧㄠˋ)同㊁❶比較：～場(舊日演習武術的地方)。❷訂正：～訂。～稿子。

6 **栝** ㊀(guā ㄍㄨㄚ)粵kut⁸〔括〕❶即檜樹。❷〔栝樓〕(苦蔞)多年生草本植物，爬蔓，開白花，果實卵圓形。塊根和果實都可入藥。

㈢(kuò ㄎㄨㄛˋ)⑧同㈠箭末扣弦的地方。

栝樓

6 栩 (xǔ ㄒㄩ)⑧hœy²〔許〕〔栩栩〕形容生動的樣子: ～～如生。

6 株 (zhū ㄓㄨ)⑧dzy¹〔朱〕❶露出地面的樹根: 守～待兔(比喻妄想不勞而得, 也比喻拘泥不知變通)。〔株連〕指一人犯罪牽連到許多人。❷棵兒, 植物體: 植～。病～。❸量詞, 指植物: 一～桃樹。

6 栱 (gǒng ㄍㄨㄥ)⑧guŋ²〔拱〕〔科栱〕就是‘斗拱’, 見281頁‘斗㈠③’。

6 栲 (kǎo ㄎㄠˇ)⑧hau²〔考〕栲樹, 常綠喬木, 木材堅硬, 可做船櫓、輪軸等。樹皮含鞣酸, 可製栲膠, 又可製染料。〔栲栳〕一種用竹子或柳條編的盛東西的器具。也叫笆斗。

6 栳 (lǎo ㄌㄠˇ)⑧lou⁵〔老〕見本頁‘栲’字條‘栲栳’。

6 核 ㈠(hé ㄏㄜˊ)⑧het⁹〔瞎〕❶果實中堅硬並包含果仁的部分。❷像核的東西: 細胞～。原子～。〔核心〕中心。㉑起主導作用的部分。❸同‘覈’. 仔細地對照、考察: ～算。～實。

㈡(hú ㄏㄨˊ)⑧wet⁹〔屈低入〕(一兒)同㈠❶, 用於某些口語詞, 如桃核、棗核等。

6 根 (gēn ㄍㄣ)⑧gen¹〔斤〕❶植物莖幹下部長在土裏的部分。它有吸收土壤裏的水分和容解在水中的無機鹽的作用, 還能把植物固定在地上。有的植物的根還有儲藏養料的作用(通▲柢): 樹～。草～。直～(如向日葵、甜菜的根)。鬚～(如小麥、稻的根)。塊～(如蘿蔔、胡蘿蔔等可以吃的部分)。㉑(一兒)1.比喻後輩兒孫: 他是劉家一條～。2.物體的基部和其他東西連着的部分(通▲基): 耳～。舌～。牆～。3.事物的本源: 禍～。斬斷窮～。4.徹底: ～絕。～治。〔根據〕憑依, 依據: ～～什麼? 有什麼～～?❷量詞, 指長條的東西: 一～頭髮。兩～麻繩。❸代數方程式內未知數的值。

❹化學上指帶電的基：氫～。硫酸～。

格 (gé 《さ´) ⑧gak⁸〔隔〕❶（一子、一兒）劃分成的空欄和框子：方～布。～子紙。打～子。架子上有四個～。❷規格，標準：～言。合～。❹人的品質（⑲品一）：人～。〔格外〕特別地：～～小心。～～幫忙。❸阻礙，隔閡：～於成例。～～不入。❹擊，打：～鬥。～殺。❺推究：～物。

栽 (zāi ㄗㄞ) ⑧dzoi¹〔災〕❶移植：～花。～樹。❹安上，插上：～牙刷。～絨。❺贓。❷（一子）秧子，可以移植的植物幼苗：桃～。樹～子。❸跌倒：～跟頭。～了一跤。

桀 (jié ㄐㄧㄝˊ) ⑧git⁹〔傑〕❶凶暴：～驚不馴（性情凶暴倔強不馴服）。❷〈古〉同'傑'，見 37 頁。❸古人名，夏朝末代的君主，相傳是暴君。

桁 (héng ㄏㄥˊ) ⑧heng⁴〔恆〕屋梁上或門、窗框上的橫木。今稱'檩子'。

桂 (guì 《ㄨㄟˋ) ⑧gwei³〔貴〕❶植物名：1.桂皮樹，常綠喬木，花黃色，果實黑色，樹皮可入藥，又可調味。2.肉桂，常綠喬木，花白色，樹皮有香氣，可入藥，又可做香料。3.月桂樹，常綠喬木，花黃色，葉可做香料。4.桂花樹，又叫'木犀'，常綠小喬木或灌木，花白色或黃色，有特殊香氣，供觀賞，又可做香料。❷廣西壯族自治區的別稱。

桃 (táo ㄊㄠˊ) ⑧tou⁴〔逃〕❶桃樹，落葉喬木，春天開花，白色或紅色。果實叫桃子或桃兒，可以吃。❷（一兒）形狀像桃子的其他果實：櫻～。❸核桃：～仁。～酥。

桃

桅 (wéi ㄨㄟˊ) ⑧wei⁴〔圍〕桅杆，船上掛帆的杆子。

桄 ㊀(guàng 《ㄨㄤˋ)〔光高去〕❶繞線的器具。❷量詞，用於線：一～線。㊁(guāng 《ㄨㄤ) ⑧gwong¹〔光〕gwong²〔廣〕(又)〔桄榔〕常綠喬木，大型羽狀葉，生於莖頂，果實倒圓錐形。多產在熱帶。

桄榔

6 框 ㈠(kuàng ㄎㄨㄤ)粵kwaŋ¹
〔誇嚣切〕hoŋ¹〔康〕㈡❶
門框,安門的架子。(圖見238
頁'房')　❷(-子、-兒)鑲在
器物外圍有撑架作用或保護作
用的東西:鏡~。眼鏡~。
㈡(kuāng ㄎㄨㄤ)粵同㈠❶周圍
的圈兒。㊀原有的範圍,固有
的格式:打破~~。❷加框:
把這幾個字~起來。❸限制,
約束:不要~得太嚴,要有靈
活性。

6 案 (àn ㄢ)粵ɔn³〔按〕❶長形
的桌子:書~。拍~而
起。❷分類保存以備查考的文
件:備~。有~可查。❸提出
計劃、辦法等的文件:提~。
議~。❹涉及法律問題的事
件:~情。犯~。破~。❺古
時候端飯用的木盤:舉~齊
眉。❻同'按❺',見251頁。

6 桉 ㈠(ān ㄢ)粵ɔn¹〔安〕桉樹,
常綠喬木,樹幹高而直,
木質堅韌,供建築用,樹皮和
葉都可入藥。也叫'有加利樹'。
㈡'案'的異體字,見本頁。

6 桌 (zhuō ㄓㄨㄛ)粵dzœk⁸〔雀〕
tsœk⁸〔綽〕㈡❶(-子、
-兒)一種日用家具,上面可
以放東西:書~。飯~。八仙
~。❷量詞:一~酒席。這些
人可以坐三~。

6 桎 (zhì ㄓ)粵dzɐt⁹〔窒〕古
代拘束犯人兩腳的刑具。
〔桎梏〕腳鐐和手銬,喻束縛人
或事物的東西。

6 桐 (tóng ㄊㄨㄥ)粵tuŋ⁴〔同〕植
物名:1.泡桐,落葉喬木,
開白色或紫色花,生長快,是
較好的固沙防風樹木。木材可
做琴、船、箱等物。2.油桐,
也叫'桐油樹',落葉喬木,花
白色,有紅色斑點,果實近球
形,頂端尖。種子榨的油叫桐
油,可做塗料。3.梧桐。

6 桓 (huán ㄏㄨㄢ)粵wun⁴〔援〕
姓。

6 桔 ㈠(jié ㄐㄧㄝ)粵get⁷〔吉〕
〔桔梗〕多年生草本植物,
花紫色,根可以入藥。
㈡(jié ㄐㄧㄝ)粵git⁸〔潔〕〔桔槔〕
一種汲取井水的設備。
㈢(jú ㄐㄩ)粵同㈠'橘'俗作'桔'。

粵方言'橘'、'桔'音義皆有分別。兩者雖為同一科屬植物，但具體品種名稱不相混清，如甘橘不能稱作甘桔，四季桔也不能叫作四季橘。參見 333 頁'橘'字條。

6 **桑** (sāng ㄙㄤ)粵soŋ¹〔喪高平〕落葉喬木，開黃綠色小花，葉子可以餵蠶; 果實叫桑葚，味甜可吃; 木材可以製器具; 皮可以造紙。〔桑梓〕故鄉。

桑

6 **棬** (juàn ㄐㄩㄢ)粵gyn³〔眷〕穿在牛鼻上的小鐵環或小木棍。

6 **栿** (fú ㄈㄨ)粵fuk⁹〔伏〕古書上指房梁。

6 **栟** ㊀(bēn ㄅㄣ)粵ben¹〔奔〕〔栟茶〕地名，在江蘇省如東縣。
㊁(bīng ㄅㄧㄥ)粵biŋ¹〔兵〕〔栟

欄]舊指椶欄。

6 **桕** (jiù ㄐㄧㄡ)粵keu³〔扣〕keu⁵〔求低上〕(又)烏桕樹，落葉喬木，夏日開花，黃色。種子外面包着一層白色脂肪叫桕脂，可以製造蠟燭和肥皂。種子可以榨油。

烏桕

6 **栰** 同'筏'，見 500 頁。

6 **栔** 同'契㊀❸'，見 149 頁。

6 **栢** 同'柏㊀'，見 568 頁。

6 **栖** 同'棲'，見 322 頁。

6 **样** '樣'的簡化字，見 331 頁。

6 **桥** '橋'的簡化字，見 333 頁。

6 档 ‘檔’的簡化字，見 335 頁。

6 桨 ‘槳’的簡化字，見 330 頁。

6 桩 ‘樁’的簡化字，見 330 頁。

6 桦 ‘樺’的簡化字，見 332 頁。

6 桢 ‘楨’的簡化字，見 325 頁。

6 桧 ‘檜’的簡化字，見 335 頁。

6 桡 ‘橈’的簡化字，見 333 頁。

6 桤 ‘檔’的簡化字，見 328 頁。

6 栾 ‘欒’的簡化字，見 339 頁。

6 臬 見自部，564 頁。

7 桫 （suō ㄙㄨㄛ）粵so¹〔梳〕〔桫欏〕蕨類植物，木本，莖高而直，葉片大，羽狀分裂，葉柄和葉軸密生小刺。

7 梓 （po・ㄆㄛ）粵but⁹〔勃〕見326 頁‘榁’字條‘榁梓’。

7 桴 （fú ㄈㄨˊ）粵fu¹〔呼〕❶小筏子。❷鼓槌。

7 桶 （tǒng ㄊㄨㄥˇ）粵tung²〔統〕盛水或其他東西的器具，深度較大：水～。飯～。

7 桷 （jué ㄐㄩㄝˊ）粵gok⁸〔角〕方形的椽子。

7 梁 （liáng ㄌㄧㄤˊ）粵loeng⁴〔良〕❶房梁，架在牆上或柱子上支撐房頂的橫木：上～。（圖見 238 頁‘房’）❷橋（粵橋一）：石～。津～。❸（一子、一兒）器物上面便於提攜的弓形物：茶壺～兒。籃子的提～壞了。❹（一子、一兒）中間高起的部分：山～。鼻～。❺戰國時魏國的別稱。公元前361年，魏惠王遷都大梁（今河南開封），從此魏也被稱為梁。❻朝代名：1.南朝之一，蕭衍所建立（公元502－557年）。2.五代之一，朱溫所建立（公元907－923年）。

7 梃 （㊀tǐng ㄊㄧㄥˇ）粵ting⁵〔挺〕❶棍棒。❷植物的梗子：竹～。
（㊁tìng ㄊㄧㄥˋ）粵同㊀❶挺豬，殺豬後，在豬腿上割一個口子，用鐵棍貼着腿皮往裏捅。❷挺豬時用的鐵棍。

7 梅 （méi ㄇㄟˊ）粵mui⁴〔煤〕❶落葉喬木，初春開花，有白、紅等顏色，分五瓣，香味很濃。果實味酸：～花。❸梅的果實。

7 梆 （bāng ㄅㄤ）粵bong¹〔邦〕❶象聲詞，敲打木頭的聲

音。❷打更用的梆子。〔梆子〕1.打更用的響器，用竹或木製成。2.戲曲裏表節奏的兩根短小的木棍，是梆子腔的主要樂器。〔梆子腔〕戲曲的一種，敲梆子表節奏。簡稱梆子。有陝西梆子（秦腔）、河南梆子（豫劇）、河北梆子等。

梏（gù《ㄨˋ）⑧guk⁷〔谷〕古代拘住罪人兩手的刑具。參見 315 頁'桎'字條'桎梏'。

桂（bì ㄅㄧˋ）⑧bei⁶〔弊〕〔桂梐〕古代官署前攔住行人的東西，用木條交叉製成。也叫行馬。

梓（zǐ ㄗˇ）⑧dzi²〔子〕❶梓樹，落葉喬木，開淺黃色花，木材可供建築及製造器物之用。〔梓里〕故鄉。❷雕版，把木頭刻成印書的版：付～。～行。

梗（gěng《ㄥˇ）⑧gɐŋ²〔耿〕❶（一子、一兒）植物的枝或莖：花～。荷～。高粱～。〔梗概〕大略的情節。❷直，挺立：～着脖子。〔梗直〕〔鯁直〕〔耿直〕直爽，正直。❸阻塞，妨礙（🀄一塞）：從中作～（從中阻撓）。

條（條）（tiáo ㄊㄧㄠˊ）⑧tiu⁴〔迢〕❶（一子、一兒）植物的細長枝：柳～。

荊～。❷（一子、一兒）狹長的東西：麵～。布～。紙～。❸細長的形狀：～紋。花～布。～呢。❹項目，分項目的：～目。～例。❺條理，秩序，層次：井井有～。有～不紊。❻量詞：1.稱長形的：一～河。兩～大街。三～繩。四～魚。一～腿。2.稱分項目的：這一版上有五～新聞。

梟（梟）（xiāo ㄒㄧㄠ）⑧hiu¹〔囂〕❶一種凶猛的鳥，羽毛棕褐色，有橫紋，常在夜間飛出，捕食小動物。❷豪雄，勇健（常有不馴順的意思）：～將。～雄。❸懸頭示眾：～首。

梢（shāo ㄕㄠ）⑧sau¹〔筲〕（一兒）樹尖或樹枝的末端：樹～。⑪事物的末層或時間的盡頭：眉～。春～。

梧（wú ㄨˊ）⑨g⁴〔吳〕梧桐，落葉喬木。樹幹很直，木質堅韌。

梧桐

7 梭 (suō ㄙㄨㄛ)⑧so¹〔梳〕(一子)織布時牽引緯綫(橫綫)的工具，兩頭尖，中間粗，像棗核形。

梭

7 梯 (tī ㄊㄧ)⑧tei¹〔銻〕❶(一子)登高用的器具或設備：樓～。軟～。❷像梯子的：～形。〔梯田〕在山坡上開闢的一層一層的田地，形狀跟梯子相似的：電～。

7 械 (xiè ㄒㄧㄝ)⑧hai⁶〔懈〕❶器物，家伙。❷武器：軍～。繳～。❸刑具，指枷和鐐銬等。

7 梲 (zhuō ㄓㄨㄛ)⑧dzyt⁸〔綴〕梁上的短柱。

7 梳 (shū ㄕㄨ)⑧so¹〔蔬〕❶(一子)整理頭髮的用具。也叫‘攏子’。❷用梳子整理頭髮：～頭。

7 梵 (fàn ㄈㄢˋ)⑧fan⁴〔凡〕fan⁶〔飯〕(又)梵語‘梵摩’的省稱，意思是清靜，常指關於佛教的：～宮。～利。〔梵語〕印度古代的一種語言。

7 桯 (tīng ㄊㄧㄥ)⑧tiŋ¹〔聽高平〕錐子等中間的桿子：錐～子。

7 桿 (gǎn ㄍㄢˇ)⑧gon²〔趕〕gon¹〔干〕(又)❶(一子、一兒)較小的圓木條或像木條的東西(多指作為器物的把兒的)：筆～。槍～子。❷量詞，用於有桿的器物：一～槍。一～筆。

7 梣 (qín ㄑㄧㄣˊ)⑧tsem²〔寢〕❶古書上指岑桂，參看314頁‘桂’字條。❷〔梣木〕常綠灌木或小喬木，葉有劇毒。

7 梨 (lí ㄌㄧˊ)⑧lei¹〔離〕梨樹，落葉喬木，花五瓣，白色。果實叫梨。

梨

7 梘(枧) (jiǎn ㄐㄧㄢˇ)⑧gan²〔簡〕〈粵方言〉肥皂：香～。

7 梽 (zhì ㄓˋ)⑧dzi³〔志〕〔梽木山〕地名，在湖南省邵陽縣。

7 **栀** 同'梔'，見 311 頁。

7 **梹** 同'檳'，見 336 頁。

7 **桮** 同'杯'，見 305 頁。

7 **桺** 同'柳'，見 311 頁。

7 **检** '檢'的簡化字，見 335 頁。

7 **柜** '櫃'的簡化字，見 339 頁。

7 **梼** '檮'的簡化字，見 336 頁。

7 **婪** 見女部，158 頁。

7 **彬** 見彡部，211 頁。

7 **郴** 見邑部，706 頁。

8 **棄** (qì ㄑㄧˋ)働hei³〔戲〕捨去，扔掉：抛～。遺～。～權。～置不顧。

8 **棉** (mián ㄇㄧㄢˊ)働min⁴〔眠〕❶草棉，一年生草本植物，葉掌狀分裂，果實像桃。種子外有白色的絮，就是供紡織及絮衣被用的棉花。種子可以榨油。❷木棉，落葉喬木，生在熱帶、亞熱帶，葉是掌狀複葉。花紅色，大而豔。種子上有白色軟毛，可以裝枕褥等。

又叫'紅棉'、'英雄樹'。❸棉花，草棉的棉絮：～衣。～綫。

8 **棋** (qí ㄑㄧˊ)働kei⁴〔其〕文娛用品名，有象棋、圍棋等。

8 **棍** (gùn ㄍㄨㄣˋ)働gwen³〔君高去〕❶(一子、一兒)棒：木～。❷稱壞人：賭～。惡～。

8 **棐** (fěi ㄈㄟˇ)働fei²〔匪〕❶輔助。❷〈古〉同'榧'，見 327 頁。❸〈古〉同'篚'，見 505 頁。

8 **棒** (bàng ㄅㄤˋ)働paŋ⁵〔彭低上〕❶(一兒)棍子：鐵～。〔棒子〕1.棍子。2.玉蜀黍的俗名。❷〔方〕體力強，能力高，成績好等：這小伙子真～。畫得～。

8 **棖(枨)** (chéng ㄔㄥˊ)働tsaŋ⁴〔橙低平〕用東西觸動：～觸〔感觸〕。

8 **棚** (péng ㄆㄥˊ)働paŋ⁴〔彭〕(一子、一兒)把席、布等搭架支張起來遮蔽風雨或日光的東西：天～。涼～。豆～。帳～。

8 **棗(枣)** (zǎo ㄗㄠˇ)働dzou²〔早〕棗樹，落葉亞喬木，枝有刺，開小黃花，果實叫棗子或棗兒，橢圓形，熟時紅色，味甜，可食。〔黑棗〕黑棗樹，落葉喬木，跟柿樹同屬一科，果實叫黑棗，可食。

棗

8 **棘** (jí ㄐㄧˊ)粵gik⁷[擊]❶酸棗樹，落葉灌木，開黃綠色小花，莖上多刺。果實小，味酸。❷針形的刺：～皮動物。〔棘手〕刺手，扎手。喻事情難辦。

酸棗

8 **棟(栋)** (dòng ㄉㄨㄥˋ)粵duŋ⁶[動]❶古代指房屋的脊檁。〔棟梁〕房屋的大梁。喻擔負國家重任的人。❷量詞：一～房子。

8 **棠** (táng ㄊㄤˊ)粵tɔŋ⁴[唐]植物名：1.棠梨樹，就是'杜樹'。2.海棠樹，落葉小喬木，春天開花。果實叫海棠，可以吃。

8 **棣** (dì ㄉㄧˋ)粵dei⁶[弟]❶植物名：1.唐棣，也作'棠棣'，古書上說的一種植物。2.棣棠，落葉灌木，花黃色，果實黑色。❷同'弟'，舊多用於書信：賢～。

8 **棧(栈)** (zhàn ㄓㄢˋ)粵dzan⁶[撰]dzan²[盞](語)❶儲存貨物或供旅客住宿的房屋：貨～。客～。❷養牲畜的竹木棚或柵欄：馬～。

〔棧道〕古代在懸崖陡壁上用木材架起來修成的道路。

8 **棨** (qǐ ㄑㄧˇ)粵kei²[啟]古時用木頭做的一種通行證，略如戟形。〔棨戟〕古時官吏出行的一種儀仗，用木頭做成，狀如戟。

8 **棫** (yù ㄩˋ)粵wik⁹[域]古書上說的一種樹。

8 **森** (sēn ㄙㄣ)粵sem¹[心]樹木眾多：～林〔大片生長的樹木〕。〔森森〕眾多，深密：林木～～。喻氣氛寂靜可怕：

陰~~的。
〔森嚴〕整齊嚴肅：戒備~~。

8 **棱** ㊀(léng ㄌㄥˊ)粵ling⁴〔玲〕
(-子、-兒)❶物體上不同方向的兩個平面接連的部分：~角、鋒。~。❷物體表面上的條狀突起：瓦~。
㊁(líng ㄌㄧㄥˊ)粵同㊀〔穆棱〕縣名，在黑龍江省。

8 **棲** ㊀(qī ㄑㄧ)粵tsei¹〔妻〕❶鳥類停留在樹上。㋑居住、停留：兩~。~身之處。❷〔棲霞〕1.縣名，在山東省。2.山名，在江蘇省南京市東北。3.山嶺名，在浙江省杭州市葛嶺西。
㊁(xī ㄒㄧ)粵tsei¹〔妻〕sei¹〔西〕(又)〔棲棲〕心不安定的樣子。

8 **棹** ㊀(zhào ㄓㄠˋ)粵dzau⁶〔驟〕又作'櫂'。划船的一種工具，形狀和槳差不多。㋑1.船。2.〈方〉划(船)。
㊁同'桌'，見315頁。

8 **棺** (guān ㄍㄨㄢ)粵gun¹〔官〕棺材，裝殮死人的器具。

8 **棻** (fēn ㄈㄣ)粵fen¹〔芬〕有香味的木頭。

棼 (fén ㄈㄣˊ)粵fen⁴〔墳〕紛亂：治絲益~(整理絲不找頭緒，理越亂。比喻做事沒有條理，越搞越亂)。

8 **椁** (guǒ ㄍㄨㄛˇ)粵gwɔk⁸〔國〕棺材外面套的大棺材。

8 **椅** ㊀(yǐ ㄧˇ)粵ji²〔倚〕(-子)有靠背的坐具。
㊁(yī ㄧ)粵ji¹〔衣〕又叫'山桐子'。落葉喬木，夏天開花，黃色，結小紅果。

8 **椇** (jǔ ㄐㄩˇ)粵gœy²〔舉〕即枳椇。落葉喬木。果實味甜可食，亦可釀酒。木材供建築及製精細家具。

8 **棵** (kē ㄎㄜ)粵pɔ¹〔頗高平〕fɔ²〔火〕❶量詞，指植物：一~樹。〔棵兒〕植物的大小：這棵樹~~很大。

8 **椋** (liáng ㄌㄧㄤˊ)粵lœng⁴〔涼〕椋子木，樹名，葉似柿葉，果實細圓形，生時青色，熟時黑色。木質堅硬。

8 **植** (zhí ㄓˊ)粵dzik⁹〔直〕❶栽種(運種一)：~樹。種~五穀。〔植物〕穀類、花草、樹木等的統稱。❷樹立：扶~。~黨營私。❸戳住，立住：其杖於門側。

8 **椎** ㊀(zhuī ㄓㄨㄟ)粵dzœy¹〔追〕椎骨，脊椎骨，構成高等動物背部中央骨柱的短骨：頸~。胸~。
㊁(chuí ㄔㄨㄟˊ)粵tsœy⁴〔徐〕❶敲打東西的器具：鐵~。❷敲打：~鼓。❸愚鈍：~魯。

8 椑

（一）（bēi ㄅㄟ）粵bei¹〔悲〕
〔椑柿〕古書上說的一種
柿子，即現在的油柿，也叫漆
柿。果實小，色青黑。
（二）（pí ㄆㄧˊ）粵pei⁴〔皮〕古代一種
橢圓形的盛酒器具。

8 椒

（jiāo ㄐㄧㄠ）粵dziu¹〔招〕植
物名。1.花椒，落葉灌木，
果實紅色，種子黑色，可供藥
用或調味。2.胡椒，常綠灌木，
莖蔓生。種子紅黑色，味辛香，
可供藥用或調味。3.辣椒，一
年生草本植物，開白花。果實
味辣，可做菜吃或供調味用。

8 椓

（zhuó ㄓㄨㄛˊ）粵dœk⁸〔啄〕
❶擊打。❷古代割去男
性生殖器的酷刑。

8 棡（枬）

（gāng ㄍㄤ）粵
goŋ¹〔剛〕青棡，
又叫「楓櫟」，落葉喬木，葉橢
圓形，木質堅實，供建築用。

8 椪

（pèng ㄆㄥˋ）粵puŋ³〔碰〕椪
柑，柑的一個品種。

8 椥

（zhī ㄓ）粵dzi¹〔支〕〔檳椥〕
越南地名。

8 楮

（chǔ ㄔㄨˇ）粵tsy⁵〔柱〕就是
「穀樹」，參看 327 頁「穀」字
條。粵紙。

8 棑

（pái ㄆㄞˊ）粵pai⁴〔排〕木
筏。

8 棊

同'棋'，見 320 頁。

8 椀

同'碗'，見 473 頁。

8 椏

同'枒'，見 306 頁。

8 椗

同'碇'，見 472 頁。

8 椶

同'樓'，見 324 頁。

8 栟

同'枰'，見 316 頁。

8 椷

同'㰌'，見 305 頁。

8 棃

同'梨'，見 319 頁。

8 槧

'槧'的簡化字，見 330 頁。

8 椟

'櫝'的簡化字，見 337 頁。

8 椤

'欏'的簡化字，見 339 頁。

8 渠

見水部，373 頁。

8 焚

見火部，397 頁。

8 閑

見門部，744 頁。

8 集

見隹部，757 頁。

9 棰

（chuí ㄔㄨㄟˊ）粵tsœy⁴〔徐〕
❶短棍子。❷用棍子打。
❸鞭子。❹鞭打。

9 椰（yē ㄧㄝ）粵je⁴〔爺〕椰子樹，常綠喬木，產在熱帶，樹幹很高。果實叫椰子，中有汁，可做飲料。果肉可以吃，也可榨油。

椰子樹

9 棕（zōng ㄗㄨㄥ）粵dzuŋ¹〔宗〕指棕櫚樹或棕毛。〔棕櫚〕常綠喬木，葉鞘上的毛，叫棕毛，可以打繩、製刷子等。葉子可以做扇子。

棕櫚

9 椴（duàn ㄉㄨㄢ）粵dyn⁶〔段〕椴樹，落葉喬木，像白楊，華北和東北出產。木材細緻，可以製造家具、鉛筆和火柴等。

9 橠（yí ㄧ）粵ji⁴〔移〕衣架。

9 椽（chuán ㄔㄨㄢˊ）粵tsyn⁴〔全〕（一子）放在檁上架着屋頂的木條。（圖見 238 頁‘房’）

9 椿（chūn ㄔㄨㄣ）粵tsœn¹〔春〕植物名：1.香椿，落葉喬木，葉初生時，有香氣，可作菜吃。2.臭椿，又叫‘樗’，落葉喬木，夏天開花，白色。葉子有臭味，木材不堅固。

9 楂 ㊀（zhā ㄓㄚ）粵dza¹〔渣〕〔山楂〕落葉喬木，開白花。果實也叫山楂，紅色有白點，味酸，可以吃，可入藥。也作‘山查’。
㊁（chá ㄔㄚˊ）粵tsa⁴〔茶〕❶木筏。❷同‘茬’，見 580 頁。

9 楊（楊）（yáng ㄧㄤˊ）粵jœŋ⁴〔羊〕楊樹，落葉喬木，有白楊、大葉楊、小葉楊等多種。

9 楔（xiē ㄒㄧㄝ）粵sit⁸〔屑〕（一兒）填充器物的空隙使其牢固的木橛、木片等：這個板凳腿活動了，加個～兒吧。〔楔子〕1.義同‘楔’。2.雜劇裏加在第一折前頭或插在兩折之間的小段，小說的引子。

9 **楓(枫)** 〔fēng ㄈㄥ〕粵fuŋ¹〔風〕也叫楓香，落葉喬木，春季開花。葉子掌狀三裂。秋季變紅色。

楓

9 **楗** 〔jiàn ㄐㄧㄢˋ〕粵gin²〔建高上〕豎插在門閂上使門撥不開的木棍。

9 **楚** 〔chǔ ㄔㄨˇ〕粵tso²〔礎〕❶牡荊，落葉灌木，開青色或紫色的穗狀小花，鮮嫩可入藥。❷痛苦〔通苦一〕。❸周代諸侯國名，它的疆域在今湖北省，後來擴展到湖南省北部，河南省南部及江西、安徽、江蘇、浙江等地。〔楚楚〕鮮明，整潔：衣冠～～。

9 **楝** 〔liàn ㄌㄧㄢˋ〕粵lin⁶〔練〕落葉喬木，花淡紫色，果實橢圓形，種子、樹皮都可入藥。

9 **楞** ㊀〔lèng ㄌㄥˋ〕粵liŋ⁶〔另〕❶呆，失神：兩眼發～。嚇得他一～。❷鹵莽，說話做事不考慮對不對：～頭～腦。他說做事太～。㊁蠻，硬，不管行得通行不通：～幹。明知不對，他一那麼說。
㊁同'棱'㊀，見 322 頁。

9 **榆** 〔yú ㄩˊ〕粵jy⁴〔餘〕榆樹，落葉喬木，三四月開小花。果實外面有膜質的翅，叫榆莢，也叫榆錢。

榆

9 **楣** 〔méi ㄇㄟˊ〕粵mei⁴〔眉〕門框上的橫木。（圖見 238 頁'房'）

9 **楨(桢)** 〔zhēn ㄓㄣ，舊讀 zhēng ㄓㄥ〕粵dziŋ¹〔貞〕❶堅硬的木頭。❷古代打土牆時所立的木柱。〔楨幹〕粵能勝重任的人才。也作'楨榦'、'貞幹'。

9 **椴** ㊀同'椴'，見本頁。

㊁(yuán ㄩㄢˊ)⑧jyn⁴〔元〕❶植物名，即楓楊或櫸柳。❷柵欄，籬笆。

9 **楫** (jí ㄐㄧˊ)⑧dzip⁸〔接〕划船用的槳。

9 **業(业)** (yè ㄧㄝˋ)⑧jip⁹〔葉〕❶事業，行業：農～。工～。漁～。運輸～。❷業務，工作：就～。轉～。務農為～。❸學習的內容或過程：畢～。受～。學～。❹從事某種工作：～商。～醫。❺產業，財產：～主。❻已經(～已)：～經公佈。❼梵語'羯磨'的義譯，有造作之義。佛教稱人的行為、言語、思念為業，分別叫做身業、口業、意業，合稱三業，有善惡之分，一般均指惡業。

9 **楯** ㊀(shǔn ㄕㄨㄣˇ)⑧sœn⁵〔純低上〕tsœn⁴〔巡〕(又)欄杆。

㊁同'盾'，見459頁。

9 **極(极)** (jí ㄐㄧˊ)⑧gik⁹〔擊低入〕❶頂端，最高點，盡頭處：登峯造～。❷地球的南北兩端，磁電流的兩端：南～。北～。❸電流的正負兩端：陽～。陰～。❹最，達到頂點：大～了。～好。窮奢～侈。窮凶～惡。❺竭盡：～力。～目千里。❻準則：立

～。❼帝王之位：登～。

9 **楷** ㊀(kǎi ㄎㄞˇ)⑧kai²〔卡徙切〕❶法式，模範(～一模)。❷楷書，現在通行的一種漢字字體，是由隸書演變而來的：小～。正～。

㊁(jiē ㄐㄧㄝ)⑧gai¹〔街〕楷樹，落葉喬木，果實長圓形，紅色。也叫'黃連木'。

9 **楸** (qiū ㄑㄧㄡ)⑧tseu¹〔秋〕落葉喬木，幹高葉大，夏天開花，木材質地緻密，耐濕，可造船，也可做器具。

9 **楹** (yíng ㄧㄥˊ)⑧jiŋ⁴〔形〕❶堂屋前部的柱子。❷量詞，過去房屋一列叫一楹。

9 **楠** (nán ㄋㄢˊ)⑧nam⁴〔南〕楠木，常綠喬木，木材堅固，是貴重的建築材料。

9 **楦** (xuàn ㄒㄩㄢˋ)⑧hyn³〔勸〕❶(～子、～頭)做鞋用的木製模型。❷拿東西把物體中空的部分塞滿使物體鼓起來：～鞋子。

9 **榅** (wēn ㄨㄣ)⑧wet⁷〔屈〕〔榅桲〕落葉灌木或小喬木，葉橢圓形，背面密生絨毛，花淡紅色或白色。果實也叫榅桲，有香氣，味酸，可製蜜餞。

9 **概** (gài ㄍㄞˋ)⑧koi³〔慨〕❶大略，總括：～論。大～。一～而論。〔概念〕人們在反覆

的實踐和認識過程中，將事物共同的本質特點抽出來，加以概括，就成為概念。❷概況，情況，景象: 勝～。❸氣度: 氣～。❹一律: 貨物出門，～不退換。❺古代量米麥時刮平斗、斛用的小木板。

9 **榀**（pǐn ㄆㄧㄣ）粵ben²〔品〕量詞，房架一個叫一榀。

9 **椹** ㊀同'砧'，見468頁。
　　㊁同'葚'，見590頁。

9 **楬** 同'揭'❹，見260頁。

9 **楳** 同'梅'，見371頁。

9 **楼** '樓'的簡化字，見330頁。

9 **榈** '櫚'的簡化字，見337頁。

9 **椭** '橢'的簡化字，見334頁。

9 **榄** '欖'的簡化字，見339頁。

9 **榇** '櫬'的簡化字，見338頁。

9 **桦** '樺'的簡化字，見338頁。

9 **畺** 見田部，442頁。

9 **禁** 見示部，480頁。

9 **蔂** 見艸部，591頁。

10 **榔**（láng ㄌㄤ）粵loŋ⁴〔郎〕〔榔頭〕錘子。
　　〔榔槺〕長大、笨重，用起來不方便。

10 **榕**（róng ㄖㄨㄥˊ）粵juŋ⁴〔容〕❶榕樹，常綠喬木，樹枝有氣根，生長在熱帶和亞熱帶。❷福州市的別稱。

10 **榖**（gǔ ㄍㄨˇ）粵guk⁷〔谷〕榖樹，落葉喬木，開淡綠色花。果實紅色。樹皮纖維可造紙。也叫'構'或'楮'。

10 **榛**（zhēn ㄓㄣ）粵dzœn¹〔津〕❶落葉灌木或小喬木，花黃褐色。果實叫榛子，果皮很堅硬，果仁可以吃。❷泛指叢生的荊棘: ～莽。❸草木叢雜(疊): 草木～～。

10 **榜**（bǎng ㄅㄤˇ）粵boŋ²〔綁〕❶張貼出來的名單: 放～。考生～。〔榜樣〕樣子，行動的模範。❷古代指官府的告示: ～文。
　　〔榜眼〕科舉制度中得到殿試的第二名。

10 **榧**（fěi ㄈㄟˇ）粵fei²〔匪〕常綠喬木，種子叫榧子，種仁可以吃，可以榨油，又可入藥。

10 **榨** (zhà ㄓㄚˋ)⑨dza³〔炸〕❶用力壓出：～油。壓～。❷壓出物體裏液汁的器具：油～。酒～。

10 **榫** (sǔn ㄙㄨㄣˇ)⑨sœn²〔筍〕(—子、—兒、—頭)器物兩部分利用凹凸相接的凸出的部分。

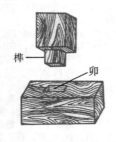

榫　卯

10 **榭** (xiè ㄒㄧㄝˋ)⑨dzɛ⁶〔謝〕建在高土臺上的屋子：水～。

10 **榮(荣)** (róng ㄖㄨㄥˊ)⑨wiŋ⁴〔永 低平〕❶草木茂盛：欣欣向～。㊉興盛：繁～。❷光榮，受人敬重：～譽。～歸。

10 **榱** (cuī ㄘㄨㄟ)⑨tsœy¹〔吹〕古代指椽子。

10 **榷** (què ㄑㄩㄝˋ)⑨kɔk⁸〔確〕❶專利，專賣：～茶。～稅。❷商討(⑨商—)。

10 **榻** (tà ㄊㄚˋ)⑨tap⁸〔塔〕狹長而較矮的牀：竹～。藤～。也即指一般的牀：同～。臥～。

10 **榼** (kē ㄎㄜ)⑨hep⁹〔合〕古時盛酒或貯水的器皿。

10 **榾** (gǔ ㄍㄨˇ)⑨gwet⁷〔骨〕〔榾柮〕截成一段一段的短木頭。

10 **榿(桤)** (qī ㄑㄧ)⑨kei¹〔崎〕榿木，落葉喬木。木材質較軟。嫩葉可作茶的代用品。

10 **槁** (gǎo ㄍㄠˇ)⑨gou²〔稿〕枯乾(⑨枯—)：～木。

10 **槊** (shuò ㄕㄨㄛˋ)⑨sɔk⁸〔朔〕長矛，古代的一種兵器。

10 **構(构)** (gòu ㄍㄡˋ)⑨gɐu³〔救〕kɐu³〔扣〕(又)❶結成，組合：～屋。～圖。～詞。〔構造〕各組成部分及其相互關係：人體～～。飛機的～～。句子的～～。❷結成(用於抽象事物)：～怨。虛～。〔構思〕做文章或藝術創作時運用心思。❸作品：佳～。傑～。❹構樹，就是穀樹。參見327頁'穀'字條。

10 **槌** (chuí ㄔㄨㄟˊ)⑨tsœy⁴〔徐〕(—子、—兒)敲打用具：棒～。鼓～。

10 **槍（枪）**（qiāng ㄑㄧㄤ）粵 tsœŋ¹〔昌〕 ❶ 一種尖頭有柄的舊式刺擊兵器：長～。❷ 發射子彈的武器：手～。機關～。❸ 性能或形狀像槍的器械：電子～。氣焊～。

10 **槎**（chá ㄔㄚˊ）粵 tsa⁴〔茶〕 ❶ 木筏：乘～。浮～。

10 **槐**（huái ㄏㄨㄞˊ）粵 wai⁴〔懷〕槐樹，落葉喬木，花黃白色。果實莢英形。木材可供建築和製家具之用。花和果實可入藥。

10 **槓**〔一（gàng ㄍㄤˋ）粵 goŋ³〔鋼〕❶ （一子）較粗的棍子：鐵～。木～。雙～（一種運動器具）。

〔二（gàng ㄍㄤˋ）粵 guŋ³〔貢〕〔槓杆〕一種助力機械，如剪刀、轆轤、秤，都是利用槓杆的原理造成的。

〔三（lǒng ㄌㄨㄥˇ）粵 luŋ⁵〔壟〕〈粵方言〉衣箱：樟木～。

10 **榴**（liú ㄌㄧㄡˊ）粵 leu⁴〔留〕石榴，也叫安石榴，落葉灌木，一般開紅花，果實球狀，內有很多種子，種子上的肉可吃。根、皮可入藥。

10 **槔**（gāo ㄍㄠ）粵 gou¹〔高〕見 315 頁〔桔〕字條〔桔槔〕。

10 **槃**同'盤❶❷❹'，見 457 頁。

10 **榲**同'榲'，見 326 頁。

10 **榘**同'矩'，見 466 頁。

10 **槀**同'槁'，見 328 頁。

10 **槙**同'桔一'，見 315 頁。

10 **槖**同'橐'，見 333 頁。

10 **槝**同'橋'，見 335 頁。

10 **槑**同'梅'，見 317 頁。

10 **樹**同'樹'，見 332 頁。

10 **榦**同'幹一❶'，見 198 頁。

10 **槕**同'桌'，見 315 頁。

10 **槛**'檻'的簡化字，見 337 頁。

10 **槟**'檳'的簡化字，見 336 頁。

10 **槚**'檟'的簡化字，見 335 頁。

10 **槠**'櫧'的簡化字，見 338 頁。

10 **寨**見宀部，172 頁。

11 **槥**（huì ㄏㄨㄟˋ）粵 wei⁶〔胃〕 sœy⁶〔睡〕（又）〈古〉一種小

棺材。

11 槧（椠）（qiàn ㄑㄧㄢˋ）粵 tism³〔塹〕❶ 古代記事用的木板。❷ 書的版本：古～。宋～。

11 槭（qì ㄑㄧˋ）粵 tsik⁷〔戚〕落葉小喬木，花黃綠色，葉子掌狀分裂，秋季變成紅色或黃色。

11 槲（hú ㄏㄨˊ）粵 huk⁹〔酷〕落葉喬木或灌木，花黃褐色，果實球形。葉子可以餵柞蠶，樹皮可做染料，果殼可入藥。木材堅實，可供建築或製器具用。

11 槳（桨）（jiǎng ㄐㄧㄤˇ）粵 dzœŋ²〔蔣〕划船的用具。常裝置在船的兩旁。

11 槽（cáo ㄘㄠˊ）粵 tsou⁴〔曹〕❶ 一種長方形或正方形較大的盛東西的器具：石～。水～。特指餵牲畜食料的器具：豬食～。馬～。❷（一兒）東西上凹下像槽的部分：挖個～兒。河～。

11 槿（jǐn ㄐㄧㄣˇ）粵 gen²〔謹〕木槿，落葉灌木，花有紅、白、紫等顏色，莖的纖維可造紙，樹皮和花可入藥。

11 椿（桩）（zhuāng ㄓㄨㄤ）粵 dzɔŋ¹〔莊〕❶（一子）一頭插入地裏的木棍或石

柱：打～。橋～。❷ 量詞，指事件：一～事。

11 樂（乐）〇（lè ㄌㄜˋ）粵 lɔk⁹〔落〕❶ 快樂，歡喜，快活：～趣。～事。～而忘返。❷ 樂於：～此不疲。〔樂得〕正好，正合心願：～～這樣做。❸（一子、一兒）使人快樂的事情：取～。逗～。❹ 笑：可～。把一屋子人都逗～了。你～什麼？

〇（yuè ㄩㄝˋ）粵 ŋɔk⁹〔岳〕❶ 音樂：奏～。〔樂府〕1.漢代專管音樂的官署。2.古代一種詩歌體裁。❷〔樂清〕縣名，在浙江省。❸ 姓。

〇（yào ㄧㄠˋ）粵 ŋau⁴〔看〕ŋau⁶（低去）〔又〕愛好：知者～水，仁者～山。

11 樅（枞）〇（cōng ㄘㄨㄥ）粵 tsuŋ¹〔匆〕又叫‘冷杉’，常綠喬木，果實橢圓形，暗紫色。木材供製器具，又可做建築材料。

〇（zōng ㄗㄨㄥ）粵 dzuŋ¹〔宗〕〔樅陽〕縣名，在安徽省。

11 樊（fán ㄈㄢˊ）粵 fan⁴〔凡〕芭。〔樊籬〕❷ 對事物的限制：衝破～。

11 樓（楼）（lóu ㄌㄡˊ）粵 leu⁴〔留〕❶ 兩層以上的房屋：～房。大～。❷ 樓房

的一層：一～。三～。（粵口
語讀高上聲）

樗（chū ㄔㄨ）〔書〕樗樹，
即臭椿樹。參見 324 頁
'椿'字條。

標（标）（biāo ㄅ丨ㄠ）粵
biu¹〔彪〕❶樹木
的末端。㋐表面的，非根本
的：治～不治本。❷記號：商
～。～點符號。〔標準〕衡量事
物的準則。〔標榜〕吹捧，誇
耀：互相～。～～民主。❸
用文字或其他事物表明：～
題。～價。～新立異。〔標本〕
保存原樣供學習研究參考的
動、植、礦物。❹標示競賽優
勝的旗幟：錦～。奪～。❺目
的物：目～。～的。❻對一項
工程或一批貨物，依照一定的
標準，提出價目，然後由業主
選擇，決定成交與否：投～。
招～。❼清代軍隊編制之一，
相當於一團。㋐計算軍隊的量
詞：一～人馬。
〔標致〕容貌美麗。

樞（枢）（shū ㄕㄨ）粵 sy¹
〔書〕❶門上的轉
軸：戶～不蠹。❷指事物的重
要部分或中心部分：中～。〔樞
紐〕重要的部分，起決定性作
用的部分：運輸的～～。

樟（zhāng ㄓㄤ）粵 dzœŋ¹〔章〕
樟樹，常綠喬木。木質
堅固細緻，有香氣，做成箱櫃，
可以防蠹蟲。〔樟腦〕把樟樹的
根、莖、枝、葉蒸餾，製成的
白色結晶體，可做防腐驅蟲劑。

模（㊀ mó ㄇㄛˊ）粵 mou⁴〔毛〕
❶法式，規範：楷～。〔模
型〕依照原物或計劃中的事物
（如建築）的形式做成的物品。
❷仿效（粵—仿）：兒童常～仿
成人的舉止動作。
〔模稜〕意見或語言含糊，不肯
定：～～兩可。
〔模糊〕不分明，不清楚。
　㊁（mú ㄇㄨˊ）同㊀（一兒）模子：
字～。銅～。（粵口語讀高上聲）
〔模子〕用壓製或澆灌的方法製
造物品的工具。〔模樣〕形狀，
容貌。

樣（样）（yàng 丨ㄤ）粵
jœŋ⁶〔讓〕❶（一
子、一兒）形狀：模～。不像
～。❷（一兒）種類：一～。兩～。
～～都行。❸（一子、一兒）做
標準的東西：～品。貨～。~
本。

槺（kāng ㄎㄤ）粵 hoŋ¹〔康〕見
327 頁'榔'字條'榔槺'。

樘（táng ㄊㄤ）粵 toŋ⁴〔唐〕❶
門框或窗框：門～。窗
～。❷量詞，指一套門（窗）框

和門(窗)扇：一～玻璃門。

11 欏（lǎng ㄌㄤˇ）粵loŋ⁵〔朗〕〔欏梨〕地名，在湖南省長沙縣。

11 樋（tōng ㄊㄨㄥ）粵tuŋ¹〔通〕樹名。

11 樝 同'楂㊀'，見 324 頁。

11 樑 同'梁❶'，見 317 頁。

11 槩 同'概'，見 326 頁。

11 槤 同'樽'，見 322 頁。

11 樢 同'櫱'，見 338 頁。

11 樐 同'櫓'，見 337 頁。

11 樱 '櫻'的簡化字，見 339 頁。

11 樯 '檣'的簡化字，見 336 頁。

11 裷 見辰部，691 頁。

12 樸（△朴）（pǔ ㄆㄨˇ）粵pok⁸〔撲〕沒有加細工的木料。❷樸實，樸素：儉～。

12 樵（qiáo ㄑㄧㄠˊ）粵tsiu⁴〔潮〕❶〈方〉柴。❷打柴：～夫。

12 樹（树）（shù ㄕㄨˋ）粵sy⁶〔豎〕❶木本植物的總稱。❷種植，栽培：十年～木，百年～人。❸立，建立（粵－立）：～碑。獨～一幟。❹計算樹木的量詞，義同棵：一～梅花。

12 樺（桦）（huà ㄏㄨㄚˋ）粵wa⁶〔話〕wa⁴〔華〕（又）白樺樹，落葉喬木，樹皮白色，容易剝離，木材緻密，可製器具。

樺

12 樽（zūn ㄗㄨㄣ）粵dzœn¹〔津〕❶古代盛酒用的杯子。❷〈粵方言〉瓶子：花～。

12 樾（yuè ㄩㄝˋ）粵jyt⁹〔月〕樹蔭。

12 橄（gǎn ㄍㄢˇ）粵gem³〔禁〕gam³〔鑒〕（又）〔橄欖〕1.橄欖樹，常綠喬木，花白色。果實綠色，長圓形，也叫青果，可以吃。種子可榨油，樹脂供藥用。2.油橄欖，也叫'齊墩果'，常綠小喬木，花白色，果實黑色。歐美用它的枝葉作為和平的象徵。

橄　欖

12 **橇**（qiāo ㄑㄧㄠ）粵hiu¹〔囂〕tsœy³〔趣〕（又）❶古代在泥濘上行走所乘的東西。❷在冰雪上滑行的工具：雪～。

12 **橈（桡）**㊀（ráo ㄖㄠ）粵jiu⁴〔搖〕船槳。㊂船～歸～。
㊁（ráo ㄖㄠ）粵nau⁴〔撓〕〔橈骨〕前臂大指一側的骨頭。（圖見790頁'骨'）

12 **橋（桥）**（qiáo ㄑㄧㄠ）kiu⁴〔僑〕架在水上或空中便於通行的建築物：鐵～。天～。獨木～。

12 **橐**（tuó ㄊㄨㄛˊ）粵tɔk⁸〔託〕一種口袋。
〔橐駝〕駱駝。

12 **橘**（jú ㄐㄩˊ）粵gwet⁷〔骨〕橘樹，常綠喬木，初夏開花，白色。果實叫橘子，味甜酸，可以吃，果皮可入藥。

12 **橛**（jué ㄐㄩㄝˊ）粵kyt⁸〔決〕gyt⁹〔巨月切〕（又）（～子、～兒）小木樁。

12 **機（机）**（jī ㄐㄧ）粵gei¹〔基〕❶事物發生的樞紐：生～。危～。轉～。㊟1.對事情成敗有重要關係的中心環節，有保密性質的事件：軍～。～密。～要。2.機會，合宜的時候：隨～應變。勿失良～。好時～。❷靈巧，能迅速適應事物的變化的：～巧。～智。～警。〔機動〕依照客觀情況隨時靈活行動：～～處理。〔機靈〕聰明，頭腦靈活。❸機器，由許多零件組成可以做功或有特殊作用的裝置或設備：織布～。發電～。電視～。打字～。〔機關〕控制整個機器的關鍵。㊟辦理事務的組織：行政～～。軍事～～。❹飛機的省稱：客～。戰鬥～。

12 **橡**（xiàng ㄒㄧㄤˋ）粵dzœŋ⁶〔丈〕❶橡樹，就是櫟樹。〔橡子〕橡樹的果實。❷橡膠樹，原產巴西，中國南方也有，樹的乳汁可製橡膠。

12 **橢(楕)**〔tuǒ ㄊㄨㄛˇ〕粵to⁵
〔妥〕橢圓，長圓
形。把一個圓柱形或正圓錐形
斜着用一個平面截開，所成的
截口就是橢圓形。

橙

12 **横** ㊀〔héng ㄏㄥˊ〕粵waŋ⁴〔華
盲切〕❶跟地面平行的，
跟'豎'、'直'相對：～額。～梁。
❷地理上指東西向的，跟'縱'
相對：～渡太平洋。❸從左到
右或從右到左的，跟'豎'、'直'、
'縱'相對：～寫。❹跟物體的
長的一邊垂直的，跟'豎'、'直'、
'縱'相對：～剖面。人行～道。
❺使物體成橫向：把扁擔～過
來。❻縱橫雜亂：蔓草～生。
❼不順情理的：～加阻攔。❽
漢字由左到右的筆形（一）：
'王'字是三～一豎。〔橫豎〕反
正，無論如何：～～我也要去。
㊁〔hèng ㄏㄥˋ〕粵同㊀waŋ⁶〔華孟
切〕㊁❶凶暴，不講理（粵蠻
一）：強～。這個人說話很～。
❷意外的：～事。～死。

12 **樨**〔xī ㄒㄧ〕粵sei¹〔西〕木樨，
同'木犀'，即'桂花'。

12 **橙**〔chéng ㄔㄥˊ〕粵tsaŋ⁴〔撑低
平〕tsaŋ²〔撑高上〕㊁❶常
綠喬木，果實叫橙子，品種很
多，可以吃，果皮可入藥。❷
紅和黃合成的顏色。

12 **樺** 同'桦'，見 329 頁。

12 **藂** 同'叢'，見 85 頁。

12 **橱** 同'櫥'，見 338 頁。

12 **橊** 同'榴'，見 329 頁。

12 **橰** '槔'的簡化字，見 337 頁。

12 **橼** '櫞'的簡化字，見 337 頁。

12 **燊** 見火部，404 頁。

13 **檀**〔tán ㄊㄢˊ〕粵tan⁴〔壇〕植物
名：1.檀樹，落葉喬木，
果實有翅，木質堅硬。2.檀香
常綠喬木，產在熱帶及亞熱帶
木材堅硬，有香氣，可製器物
及香料，又可入藥。3.紫檀，
豆科常綠喬木，產在熱帶及
熱帶。木質堅硬，可做器具。

13 檄（xí ㄒㄧˊ）⑧het⁹〔瞎〕檄文，古代用於徵召或聲討等的文書。

13 檇（zuì ㄗㄨㄟˋ）⑧dzœy³〔最〕〔檇李〕1.一種李子，果皮鮮紅，漿多味甜。2.古地名，在今浙江省嘉興縣一帶。

13 檉（柽）（chēng ㄔㄥ）⑧tsiŋ¹〔清〕檉柳，也叫'三春柳'或'紅柳'，落葉小喬木，老枝紅色，花淡紅色，性耐鹼抗旱，適於鹽鹼地區造林防沙。枝葉可入藥。

13 檎（qín ㄑㄧㄣˊ）⑧kem⁴〔琴〕見307頁'林'字條'林檎'。

13 檐（yán ㄧㄢˊ）⑧jim⁴〔嚴〕sim⁴〔蟬〕(文)❶(-兒)房頂伸出的邊沿：屋～。前～。❷(-兒)覆蓋物的邊沿或伸出部分：帽～。

13 檔（档）（dàng ㄉㄤˋ）⑧dɔŋ³〔黨高去〕❶存放案卷用的帶格子的檔架：歸～。❷檔案，分類保存的文件、材料等：查～。❸(-子、-兒)件，樁：一～子事。❹貨物的等級：高～貨。低～產品。

13 檗（bò ㄅㄛˋ）⑧bak⁸〔百〕pak⁸〔拍〕(文)黃檗，落葉喬木，羽狀複葉，開黃綠色小花，木材堅硬。莖可製黃色染料。樹皮入藥。

13 檜（桧）㈠（guì ㄍㄨㄟˋ）⑧kui²〔濃〕常綠喬木，葉子有兩種，一種針狀，一種鱗片狀，果實球形，木材桃紅色，有香氣，可供建築及製造鉛筆桿等。㈡（huì ㄏㄨㄟˋ）⑧同㈠人名用字。〔秦檜〕南宋奸臣。

檜

13 檟（槚）（jiǎ ㄐㄧㄚˇ）⑧ga²〔假高上〕❶楸樹的別名。❷茶樹的古名。

13 檠（qíng ㄑㄧㄥˊ）⑧kiŋ⁴〔擎〕❶燈架。也指燈。❷矯正弓弩的器具。

13 檢（检）（jiǎn ㄐㄧㄢˇ）⑧gim²〔兼高上〕❶查(遉-查)：～字。～驗。～閱。〔檢討〕嚴格地對自己的思想、工作、生活等深入檢查和總結。❷約束，制止：行為不～。失～。

[檢點]1.仔細檢查。2.注意約束(言行)：失行～～。

13 檣（墻）(qiáng ㄑㄧㄤˊ) 粵 tsœŋ⁴〔祥〕帆船上掛風帆的桅杆。❸帆或帆船。

13 檑 (léi ㄌㄟˊ) 粵 lœy⁴〔雷〕滾木，古代守城用的圓柱形的大木頭，從城上推下打擊攻城的人。

13 檁 (lǐn ㄌㄧㄣˇ) 粵 lem⁵〔凜〕屋上托住椽子的橫木。(圖見 238 頁'房')

13 櫛（栉）(zhì ㄓˋ) 粵 dzit⁸〔折〕❶梳子和篦子的總稱：～比(像梳子齒那樣密密地排列着)。❷梳頭：～風沐雨(喻辛苦勤勞)。

13 檞 (jiě ㄐㄧㄝˇ) 粵 gai²〔解〕樹名，木心像松。

13 楫 同'楫'，見 326 頁。

13 欀 同'纕'，見 569 頁。

13 櫖 同'櫓'，見 337 頁。

13 檄 同'檗'，見 335 頁。

13 檁 同'檁'，見本頁。

14 檬 (méng ㄇㄥˊ) 粵 muŋ¹〔蒙高平〕見 337 頁'檸'字條'檸檬'。

14 檮（梼）(táo ㄊㄠˊ) 粵 tou⁴〔徒〕[檮杌]1.古代傳說中的惡獸。❸惡人。2.春秋時楚國的史籍名。

14 檳（槟）(㊀bīn ㄅㄧㄣ) ben¹〔賓〕檳子，蘋果屬中的一種，比蘋果小，熟的時候紫紅色，味酸甜。(㊁bing ㄅㄧㄥ) 同㊀[檳榔]常綠喬木，生長在熱帶、亞熱帶。果實也叫檳榔，可入藥。

檳榔

14 檵 (jì ㄐㄧˋ) 粵 gei³〔計〕檵木，常綠灌木或小喬木，葉子橢圓形或卵圓形，花淡黃色，結蒴果，褐色。葉可入藥。

14 **檸(柠)** (níng ㄋㄧㄥˊ) 粵 niŋ¹〔寧〕〔檸檬〕常綠小喬木，產在熱帶、亞熱帶。果實也叫檸檬，橢圓形，兩端尖，淡黃色，味酸，可製飲料。

檸檬

14 **檻(槛)** ㊀(jiàn ㄐㄧㄢˋ) 粵 lam⁶〔艦〕❶欄杆，欄板。❷圈獸類的柵欄。〔檻車〕1.運獸用的有欄杆的車。2.古代押運囚犯的車。㊁(kǎn ㄎㄢˇ) 粵 ham⁵〔咸低上〕門檻，門限。也作「坎」。(圖見238頁'房')

14 **櫃(△柜)** (guì ㄍㄨㄟˋ) 粵 gwei⁶〔跪〕❶(一子)一種收藏東西用的家具，通常作長方形，有蓋或有門：衣～。❷商店中對外營業的櫃形枱子：～枱。也指管賬的枱子：賬～。掌～。

14 **檯** 同'枱'，見 308 頁。

14 **藱** 同'荷'，見 575 頁。

14 **櫂** 同'棹㊀'，見 322 頁。

14 **櫈** 同'凳'，見 54 頁。

14 **藁** 見艸部，603 頁。

15 **櫓(橹)** (lǔ ㄌㄨˇ) 粵 lou⁵〔魯〕撥水使船前進的器具：搖～。

15 **櫚(榈)** (lǘ ㄌㄩˊ) 粵 lœy⁴〔雷〕見 316 頁'栟'字條'栟櫚'、324頁'棕'字條'棕櫚'。

15 **櫜** (gāo ㄍㄠ) 粵 gou¹〔高〕古代盛放盔甲、弓箭的囊。

15 **櫝(椟)** (dú ㄉㄨˊ) 粵 duk⁹〔讀〕❶櫃子。❷匣子。

15 **櫞(橼)** (yuán ㄩㄢˊ) 粵 jyn⁴〔元〕見 309 頁'枸'字條'枸櫞'。

15 **櫟(栎)** ㊀(lì ㄌㄧˋ) 粵 lik⁷〔礫〕俗叫'柞樹'或'麻櫟'，落葉喬木，花黃褐色，果實叫橡子或橡斗。木材堅硬，可製家具。樹皮可鞣皮或做染料。葉子可餵柞蠶。另有一種栓皮櫟，樹皮質地輕軟，富有彈性，是製造軟木的主要原料。㊁(yuè ㄩㄝˋ)㊵jœk⁹〔櫟陽〕地名，在陝西省臨潼縣。

15 櫥 (chú ㄔㄨˊ)㊵tsy⁴〔池如切〕(一子、一兒)一種收藏東西的家具，前面有門：衣～。碗～。

15 櫧(楮) (zhū ㄓㄨ)㊵dzy¹〔朱〕常綠喬木，初夏開花，黃綠色。木材堅硬，可做器具。

15 橥 (zhū ㄓㄨ)㊵dzy¹〔朱〕拴牲口的小木樁。

15 櫛 同'櫛'，見 336 頁。

15 麓 見鹿部，821 頁。

16 櫨(栌) (lú ㄌㄨˊ)㊵lou⁴〔盧〕黃櫨，落葉灌木，花黃綠色，葉子秋天變成紅色。木材黃色，可製器具，也可做染料。

16 櫪(枥) (lì ㄌㄧˋ)㊵lik⁷〔礫〕馬槽。

16 櫬(榇) (chèn ㄔㄣˋ)㊵tsen³〔趁〕棺材。

16 櫳(栊) (lóng ㄌㄨㄥˊ)㊵lung⁴〔龍〕❶窗上格木，窗戶。❷養獸的柵欄。

16 櫶 (xiǎn ㄒㄧㄢˇ)㊵hin²〔顯〕常綠喬木，葉呈橢圓卵形，花白色，果實橢圓形。木材堅實細緻，可用於建築、造船等。是珍貴的樹種。又稱'蜆木'。

16 櫱 同'蘖'，見 339 頁。

16 櫺 同'柝'，見 310 頁。

16 蘂 見艸部，606 頁。

17 櫸(榉) (jǔ ㄐㄩˇ)㊵gœy²〔舉〕❶櫸，落葉喬木，和櫼相近，木材耐水，可造船。❷山毛櫸，落葉喬木，春天開花，淡黃綠色。樹皮有粗紋，像鱗片，木材很堅硬，可做枕木、家具等。

17 櫺 (líng ㄌㄧㄥˊ)㊵ling⁴〔靈〕窗子或欄杆上雕花的格子。

17 櫼 (jiān ㄐㄧㄢ)㊵dzim¹〔尖〕木楔子。

17 欄(栏) (lán ㄌㄢˊ)㊵lan⁴〔蘭〕❶遮攔的東西：木～。花～。〔欄杆〕用竹、木、金屬或石頭等製成的遮攔物，也作'闌干'：橋～～。❷家畜的圈：牛～。豬～。(粵口語讀高平聲)❸書刊報章在每版或每頁上用綫條或空白分成的各個部分：新聞～。廣告～。每頁分兩～。

17 櫻（樱）（yīng ㄧㄥ）粵jing¹
〔英〕❶櫻花，落葉喬木，開鮮豔的淡紅花。木材堅硬緻密，可做器具。〔桃櫻〕櫻桃樹，櫻的變種，開淡紅或白色的小花。果實也叫櫻桃，成熟時紅色，可以吃。❷櫻桃的簡稱：～脣（喻美人的嘴）。

櫻花

櫻桃

17 櫋 同'門'，見743頁。

17 蘗 見艸部，606頁。

18 權（权）（quán ㄑㄩㄢˊ）粵kyn⁴〔拳〕❶權力，權柄，職責範圍內支配和指揮的力量：政～。有～處理這件事。❷權利：選舉～。發言～。❸勢力，有利形勢：主動～。制海～。❹變通，不依常規：～且讓他住下。❺衡量，估計：～其輕重。❻〈古〉秤錘，也指秤。

19 欏（椤）（luó ㄌㄨㄛˊ）粵lo¹〔羅〕見317頁'桫'字條'桫欏'。

19 欒（栾）（luán ㄌㄨㄢˊ）粵lyn⁴〔聯〕欒樹，落葉喬木，夏天開花，黃色。葉可作青色染料。花可入藥，又可作黃色染料。

19 欑 同'攢㊀'，見273頁。

21 欖（榄）（lǎn ㄌㄢˇ）粵lam⁵〔覽〕lam²〔覽高上〕見332頁'橄'字條'橄欖'。

21 欛 同'把㊁'，見242頁。

24 欜 同'欚'，見338頁。

25 欝木 見鬯部，795頁。

欠部

0 欠（qiàn ㄑㄧㄢˋ）粵him³〔謙高去〕❶借別人的財物還沒

歸還: ～債。我～他十塊錢。❷短少，不夠: 文章～通。身體～安。❸身體稍稍向上移動: ～身。～腳。❹呵欠，疲倦時張口出氣: 打呵～。～伸。

次 2 (cì ㄘˋ)粵tsi³〔刺〕❶第二: ～日。～子。❷質量較差的: ～貨。～品。這東西太～。❸等第，順序(粵～序): 依～前進。❹回: ～數。第一～來香港。❺出外遠行所居止之處所: 舟～。旅～。❻中間: 胸～。言～。

欢 3 '歡'的簡化字，見 342 頁。

欸 3 '嘆'的簡化字，見 342 頁。

吹 3 見口部，93 頁。

坎 3 見土部，128 頁。

欣 4 (xīn ㄒㄧㄣ)粵jen¹〔因〕快樂，喜悅: 歡～鼓舞。～逢佳節。～然前往。〔欣欣〕1.高興的樣子: ～～然有喜色。2.草木生機旺盛的樣子: ～～向榮。〔欣賞〕用喜愛的心情來領會其中的意味。

欧 4 '歐'的簡化字，342 頁。

枕 4 見木部，305 頁。

欨 5 (xū ㄒㄩ)粵hœy¹〔虛〕hœy²〔許〕(又)吹氣使溫暖。

欬 6 同'咳'㊀㊂，見 100 頁。

欲 6 同'喝'㊀，見 111 頁。

欲 7 (yù ㄩˋ)粵juk⁹〔玉〕❶想要，希望: 暢所～言。～蓋彌彰(想要掩飾反而弄得更顯明了)。❷需要: 膽～大而心～細。❸將要，在動作前，表示動作就要開始: 搖搖～墜。山雨～來風滿樓。❹又作'慾'。欲望，想得到某種東西或想達到某種目的的要求: 食～。求知～。情～。

欷 7 (xī ㄒㄧ)粵hei¹〔希〕〔欷歔〕1.歎息。2.哭泣後不自主地急促呼吸。

欸 7 ㊀(āi ㄞ)粵ɔi¹〔哀〕❶歎息。❷應答聲。
㊁(ē ㄝ)粵ei¹歎詞，表示招呼: ～，你快來!
㊂(é ㄝˊ，又讀éi ㄟˊ)粵ei⁴歎詞，表示詫異: ～，他怎麼走了!
㊃(ě ㄝˇ，又讀ěi ㄟˇ)粵ei²歎詞，表示不以為然: ～，你這話可不對呀!
㊄(è ㄝˋ，又讀èi ㄟˋ)粵ei⁶歎詞，表示應允: ～，就這麼辦!
㊅(ǎi ㄞˇ，又讀ǎo ㄠˇ)粵ɔi²〔藹〕ou²〔襖〕(又)〔欸乃〕象聲詞，指

搖櫓聲：～～～一聲山水綠。又作'靄廼'、'暧廼'。（本詞讀音原作靄廼ǎi nǎi，後讀作ǎo ǎi，粵讀作'藹藹'或'襪藹'）

7 欵 同'款'，見本頁。

7 軟 見車部，685頁。

8 欺 (qī ㄑㄧ)粵hei¹〔希〕❶欺騙，蒙混：自～～人。❷欺負，壓迫，侮辱（連－侮）：仗勢～人。

8 欻 ㊀(chuā ㄔㄨㄚ)粵tsa¹〔叉〕象聲詞。急促的聲響：～的一聲。
㊁(xū ㄒㄩ)粵fet⁷〔忽〕忽然。

8 欽(钦) (qīn ㄑㄧㄣ)粵jem¹〔音〕❶恭敬：～佩。～仰。❷封建時代指有關皇帝的：～定。～賜。～差大臣。

8 款 (kuǎn ㄎㄨㄢˇ)粵fun²〔寬高上〕❶法令規定條文裏分的項目：第幾條第幾～。❷(－子)經費，錢財（連－項）：存～。撥～。❸器物上刻的字：鐘鼎～識(zhì)。㊣(－兒)書畫、信件頭尾上的名字：上～。下～。落～(簽名留名)。〔款式〕格式，樣子。❹誠懇：～待。～留。❺敲打，叩：～門。～關而入。❻緩，慢：～

步。點水蜻蜓～～飛。

8 坎 (kǎn ㄎㄢˇ)粵hem²〔坎〕❶自慚不足，不自滿足。❷憂愁的樣子。❸同'坎'。坎，地面低陷的地方。

9 歃 (shà ㄕㄚˋ)粵sap⁸〔霅〕用嘴吸取。〔歃血〕古人盟會時，嘴脣塗上牲畜的血，表示誠意。

9 歆 (xīn ㄒㄧㄣ)粵jem¹〔音〕❶欣羨：～羨。❷悅服，心服。

9 歇 (xiē ㄒㄧㄝ)粵hit⁸〔蠍〕❶休息：坐下一會兒。❷停止：～工。～業。〔歇枝〕果樹在一定年限內停止結果或結果很少。❸〈方〉時間短，一會兒：過了一～。
〔歇斯底里〕英語hysteria的音譯。即癔病。⑩情緒激動，舉止失常。

9 歈 (yú ㄩˊ)粵jy⁴〔如〕歌。

10 歉 ㊀(qiàn ㄑㄧㄢˋ)粵hip⁸〔怯〕覺得對不住人：抱～。道～。深致～意。
㊁(qiàn ㄑㄧㄢˋ)粵him³〔欠〕收成不好：～收。～年。

10 歌 (gē ㄍㄜ)粵go¹〔哥〕❶(－兒)能唱的文詞：詩～。山～。唱～。❷唱（連－唱、－詠）：高～一曲。〔歌頌〕頌揚。

¹¹歎(叹) (tàn ㄊㄢˋ)⑧tan³〔炭〕❶吟詠: 一唱三~。❷因憂悶悲痛而呼出長氣: ~了一口氣。嘆聲~氣。❸因高興而發出長聲: 歡喜讚~。〔歎詞〕表示喜、怒、哀、樂各種情感的詞, 如: 喔唷、嗳呀等。

¹¹歐(欧) (ōu ㄡ)⑧eu¹〔鷗〕❶姓。❷(外)指歐洲, 世界七大洲之一。

¹¹歙 同'飲', 見 779 頁。

¹²歔 (xū ㄒㄩ)⑧hœy¹〔虛〕〔歔欷〕同'欷歔'。1.歎息。2.哭泣後不自主地急促呼吸。

¹²歙 ㊀(xī ㄒㄧ)⑧kɐp⁷〔吸〕吸氣。
㊁(shè ㄕㄜˋ)⑧sip⁸〔攝〕歙縣, 在安徽省。

¹²燅 同'燄', 見 341 頁。

¹²歕 同'噴', 見 118 頁。

¹²噷 見口部, 120 頁。

¹³歛 同'斂', 見 279 頁。

¹³歗 同'嘯', 見 120 頁。

¹⁴歟(欤) (yú ㄩˊ)⑧jy⁴〔如〕文言助詞。1.表示疑問: 在齊~? 在魯~? 2.表示感歎: 無懷氏之民~! 葛天氏之民~! 3.表示反詰: 子非三閭大夫~? 4.語中助詞: 猗~盛哉。

¹⁵歠 (chuò ㄔㄨㄛˋ)⑧dzyt⁸〔綴〕❶飲, 喝。❷指羹湯之類。

¹⁷歙 見龠部, 833 頁。

¹⁸歡(欢) (huān ㄏㄨㄢ)⑧fun¹〔寬〕❶快樂, 高興(運一喜、喜一): ~慶。~呼聲。~天喜地。~度佳節。❷〈方〉活躍, 起勁: 孩子們真~。機器轉得很~。❸旺盛: 爐子裏的火很~。❸古時女子對所戀男子的愛稱, 今亦指心所愛的人: 新~。

止部

0 止 (zhǐ ㄓˇ)⑧dzi²〔紙〕❶停住不動(運停一): ~步。血流不~。學無~境。❷阻止, 使停住: 制一~。~血。~痛。❸截止: 報名日期自六月二十日起至七月一日~。❹僅, 只: ~有此數。不~一回。

1 正 ㊀(zhèng ㄓㄥˋ)⑧dziŋ³〔政〕❶不偏, 不斜: ~

午。～中。～南～北。㉑1.合於法則、規矩的：～派。～當。～楷。2.圖形的各個邊且各個角都相等的：～方形。〔正經〕1.端莊，正派：～～人。～～話。2.正當：～～事。❷恰：你來得～好。～中下懷(正好符合自己的心願)。❸表示動作在進行中：現在～開着會。我～出門，他來了。❹改去偏差或錯誤(⊜改一)：～誤。給他～音。❺純，不雜(指色、味)：～黃。～色。～味。❻表示相對的兩面的積極的一面：1.跟'反'相對：～面。～比。2.跟'負'相對：～電。～角。～項。～數。3.跟'副'相對：～本。～册。

㊀(zhēng ㄓㄥ)⑧dzing¹〔蒸〕正月，陰曆一年的第一個月：新～。

2 **此** (cǐ ㄘ)⑧tsi²〔始〕❶這，這個：彼～。～人。特～佈告。❷這兒，這裏：由～往西。到～為止。

3 **步** (bù ㄅㄨ)⑧bou⁶〔部〕❶腳步，行走時兩腳之間的距離：寸～難行。〔步伐〕隊伍行進時的腳步：～～整齊。❷行，走：～入會場。亦～亦趨(事事追隨和模仿他人)。❸跟着，踏着：～其後塵(追隨在人家後面)。❹事情進行的程序，～驟。❺地步，境地，表示程度：不幸墮落到這一～。❻用腳步量地面：～一～看這塊地有多長。❼舊制長度單位，一步等於五尺。❽命運，運行：國～。天～。❾〈古〉同'埠'。水邊停船的地方。

3 **址** 見土部，128 頁。

4 **武** (wǔ ㄨ)⑧mou⁵〔母〕❶關於軍事或技擊的：～裝。～器。～術。❷勇猛：英～。〔武斷〕只憑主觀判斷：你這種看法太～。❸半步，泛指腳步：踵～(喻繼承前人的事業)。步～(喻效法)。

4 **歧** (qí ㄑ一)⑧kei⁴〔其〕❶岔道，大路分出的小路：～路亡羊。〔歧途〕錯誤的道路：誤入～～。❷不相同，不一致：～視。～議。

4 **肯** 見肉部，550 頁。

5 **歪** (wāi ㄨㄞ)⑧wai¹〔懷高平〕❶不正，偏斜：～着頭。這張畫掛～了。〔歪曲〕有意顛倒是非：～～事實。❷不正當的，不正派的：～門邪道。～風。❸側臥休息：我也～着。

8 **歸** 同'歸'，見 344 頁。

9 歲（岁）（ㄙㄨㄟˋ）（粵）
sœy¹〔碎〕❶計算
年齡的單位，三
～的孩子。❷年：去～。新～
～月。❸年成：歉～。富～。

10 雌 見隹部，758 頁。

11 甗 同'甗'，見 443 頁。

11 齒 見齒部，831 頁。

12 歷（历）（ㄌㄧˋ）（粵）lik⁹
〔力〕❶經歷，經
過：～盡甘苦。～時十年。❷
經過了的：～年。～代。～史。
〔歷來〕從來，一向：～～如此。
〔歷歷〕一個一個很清楚的：～
～在目。❸遍，完全：～覽。

12 整 見攴部，279 頁。

14 歸（归）（ㄍㄨㄟ）（粵）
gwei¹〔龜〕❶返
回，回到本處：～家。～國。
㊀還給：物～原主。～本還原。
❷趨向：殊途同～。眾望所～。
❸歸并，合并：把書～在一起。
這兩個部門～并成一個。〔歸
納〕由許多的事例概括出一般
的原理。❹由，屬於：這事～
我辦。❺珠算中稱一位數的除
法：九～。

歹 部

0 歹 （ㄉㄞ ㄉㄞˇ）（粵）dai²〔帶高上〕
壞，惡：～人。～意。
～毒。為非作～。

2 死 （ㄙˇ）（粵）sei²〔四高上〕si²
〔史〕（又）❶生物失去生
命，跟'活'相反（粵～亡）。㊀
1.不顧性命，堅決：～守。～戰。
2.在形容詞後表示達到極點：
高興～了。❷不可調和的：～
敵。❸不活動，不靈活：～心
眼。～水。把門釘～了。㊁不
通達：～胡同。把洞堵～了。

2 列 見刀部，57 頁。

2 夙 見夕部，145 頁。

3 歼 '殲'的簡化字，見 346 頁。

4 歿 （ㄇㄛˋ）（粵）mut⁹〔末〕死。
也作'沒'。

4 殀 同'夭⊖'，見 147 頁。

5 殂 （ㄘㄨ ㄘㄨˊ）（粵）tsou¹〔曹〕死
亡。

5 殃 （ㄧㄤ）（粵）jœŋ¹〔央〕❶
禍害（粵災－）：遭～。
城門失火，～及池魚(喻牽連
受害)。❷損害：禍國～民。

5 殄 (tiǎn ㄊㄧㄢˇ)粵tin⁵[田低上] tim⁵[甜低上](又)盡,減絕:暴～天物(任意糟蹋東西)。

5 殆 (dài ㄉㄞˋ)粵doi⁶[代] toi⁵[怠](又)❶幾乎,近於:傷亡～盡。❷危險:危～。知彼知己,百戰不～。❸大概,恐怕:～不可得。

5 残 '殘'的簡化字,見本頁。

5 殇 '殤'的簡化字,見346頁。

6 殉 (xùn ㄒㄩㄣˋ)粵soen¹[荀] ❶為達到某種目的犧牲自己性命:～國(為國捐軀)。以身～職。❷古代逼迫活人陪着死人埋葬,也指用偶人或器物隨葬:～葬。

6 殊 (shū ㄕㄨ)粵sy¹[薯] ❶不同,特:～情況。～途同歸。❷極,很:～佳。～樂。～可欽佩。❸特別,特殊:～勳。～功。❹斷,絕:～死戰(拼命的戰鬥)。

7 殍 (piǎo ㄆㄧㄠˇ)粵piu⁵[漂低上]fu¹[呼](又)餓死的人。也作'莩'。

7 殓 '殮'的簡化字,見346頁。

7 殒 '殞'的簡化字,見本頁。

8 殖 ㊀(zhí ㄓˊ)粵dzik⁹[直]生息,孳生(連生一):繁～。〔殖民地〕被侵佔國剝奪了政治、經濟的獨立權力,並受它管轄的國家或地區。
㊁(shi·ㄕ)粵同㊀〔骨殖〕屍骨。

8 殘(残) (cán ㄘㄢˊ)粵tsan⁴[燦低平]❶毀壞,毀害(連一害):摧～。❷凶惡,凶暴(連一暴、一忍):凶～。～酷。❸不完整的,有毛病的(連一缺):～破不全。～疾。～品。❹餘下的(連一餘):～局。～羹剩飯。

8 殕 同'殖',見本頁。

8 殚 '殫'的簡化字,見346頁。

9 殛 (jí ㄐㄧˊ)粵gik⁷[擊]殺死:雷～。

9 殡 '殯'的簡化字,見346頁。

9 殤 見食部,778頁。

10 殞(殒) (yǔn ㄩㄣˇ)粵wen⁵[尤]死亡:～命。

10 殨 '殨'的簡化字,見346頁。

11 殣 (jìn ㄐㄧㄣˋ)粵gen²[緊]❶掩埋,埋葬。❷餓死。

¹¹殤（殇）（shāng ㄕㄤ）粵sœŋ¹〔雙〕❶還沒到成年就死了。❷死難者: 國～(為國作戰而死的人)。

¹¹殢（殢）（tì ㄊㄧˋ）粵tei³〔替〕❶滯留。❷困擾, 糾纏。❸困於, 沉溺於: ～酒。

¹¹殯（yín ㄧㄣˊ）粵jen⁴〔仁〕荒遠之地。

¹²殪（yì ㄧˋ）粵ji³〔意〕❶死。❷殺死。

¹²殫（殚）（dān ㄉㄢ）粵dan¹〔丹〕盡, 竭盡: ～力。～心。～思極慮。

¹²殨（殨）（huì ㄏㄨㄟˋ）粵kui²〔繪〕瘡潰爛: ～膿。

¹³殮（殓）（liàn ㄌㄧㄢˋ）粵lim⁵〔斂〕裝殮, 把死人裝入棺材裏: 入～。大～。

¹³殭 同'僵¹', 見41頁。

¹⁴殯（殡）（bìn ㄅㄧㄣˋ）粵ben³〔鬢〕停放靈柩或把靈柩送到墓地去: 出～。～儀館(代人辦理喪事的場所)。

¹⁷殲（歼）（jiān ㄐㄧㄢ）tsim¹〔簽〕消滅(運一滅): ～敵。

殳部

0 殳（shū ㄕㄨ）粵sy⁴〔殊〕古代的一種兵器, 用竹子做成, 有棱無刃。

4 殴 '毆'的簡化字, 見347頁。

5 段（duàn ㄉㄨㄢˋ）粵dyn⁶〔斷〕❶事物、時間的一節, 截: 一～話。一～時間。一～木頭。〔段落語言、文章、事情等根據內容劃分成的部分: 工作告一～～。這篇文章可以分兩個～～。❷圍棋棋手等級的名稱。根據棋手棋藝的不同程度, 紋定'段'的位次, 從初段遞進, 最高至九段。

6 殷（㊀yīn ㄧㄣ）粵jen¹〔因〕❶深厚, 豐盛: 情意甚～。～切的期望。〔殷實〕富足, 富裕: 家道～～。❷〔殷勤〕(慇懃)周到, 盡心: 做事很～～。～～招待。❸殷朝, 商朝的後期, 由盤庚起稱殷(約公元前1324～約公元前1066年)。
㊁（yān ㄧㄢ）粵jin¹〔煙〕黑紅色: ～紅。朱～。
㊂（yīn ㄧㄣ）粵jen²〔隱〕❶象聲詞, 多形容雷聲: 雷聲～～。❷震動: 哭聲～野。

6 㲉 同'殼'，見本頁。

6 殺 見羊部，538 頁。

7 殺（杀）(shā ㄕㄚ)㊀sat⁸ 〔煞〕❶使人或動物失去生命：～人犯。～蟲藥。～雞焉用牛刀。❷戰鬥：～出重圍。❸消滅：～風景。～暑氣。拿別人～氣。❹藥物等刺激身體感覺疼痛：這藥上在瘡口上一得慌。❺收束：～尾。～賬。❻勒緊，扣緊：～車（把車上裝載的東西用繩勒緊）。一～腰帶。❼在動詞後，表示程度深：氣～人。笑～人。

7 㲉 同'簋'，見 506 頁。

7 殷 同'簋'，見 506 頁。

8 殼（壳）㊀(qiào ㄑㄧㄠ)㊀hok⁸〔學中入〕堅硬的外皮：甲～。地～。金蟬脫～。
㊁(ké ㄎㄜˊ)㊀同㊀　義同㊀，用於口語：核桃～。雞蛋～。

8 毆 (dū ㄉㄨ)㊀duk⁷〔督〕同'篤'。用拳頭、棍棒等輕擊輕點：一個點兒。〔點毆〕畫家隨意點染。

8 殽 同'淆'，見 369 頁。

9 殿 (diàn ㄉㄧㄢˋ)㊀din⁶〔電〕❶高大的房屋，舊稱封建帝王受朝聽政的地方，或供奉神佛的地方：太和～。大雄寶～。❷在最後：～後。〔殿軍〕1.行軍時走在最後的部隊。2.體育、遊藝競賽中的最末一名，也指入選的最末一名（通常指第四名）。

9 毀 (huǐ ㄏㄨㄟˇ)㊀wei²〔委〕❶破壞，損害：銷～。這把椅子誰～的？〔毀滅〕徹底地消滅。❷誹謗，說別人的壞話（㊀詆、一謗）。❸〈方〉把成件的舊東西改造成別的東西：這兩個小凳是一張舊桌子～的。❹同'燬'，見 404 頁。

9 穀 '穀'的簡化字，見 689 頁。

9 彀 見弓部，見 209 頁。

10 穀 見木部，見 591 頁。

11 毅 (yì ㄧˋ)㊀ŋei⁶〔藝〕果決，志向堅定而不動搖：剛～。～力。～然決然。

11 毆（殴）(ōu ㄡ)㊀eu²〔嘔〕eu¹〔歐〕㊀打人（㊀一打）：～傷。

11 轂 '轂'的簡化字，見 816 頁。

11 穀 見禾部，見 488頁。

12 穀 見糸部，見 528頁。

13 轂 見角部，見 641頁。

13 轂 見車部，見 689頁。

14 醫 同'醫'，見 713頁。

17 鷇 見鳥部，816 頁。

母部

0 毋 (wú ㄨˊ)⑧mou⁴〔無〕❶不要，不可以：寧缺～濫。❷〈古〉同'無'。沒有：～益。

0 毌 同'貫'，見 664頁。

1 母 (mǔ ㄇㄨˇ)⑧mou⁵〔武〕❶母親，媽媽，娘：～系。～性。～愛。❷對女性長輩的稱呼：姑～。舅～。姨～。❸老婦的通稱。❹雌性的：～雞。這口豬是～的。❺能結子的植物：麻～。❻事物所產生出來的：～校。～株。失敗為成功之～。❼一套東西中間可以包含其他部分的：子～環。螺絲～。

3 每 (měi ㄇㄟˇ)⑧mui⁵〔梅低上〕❶指全體中的任何一個或一組：～人。～回。～次。西瓜～公斤五元。這本雜誌～十日出版一期。❷指反覆的動作中的任何一次或一組：～戰必勝。～逢十五日出版。〔每每〕常常。

3 毐 (ǎi ㄞˇ)⑧oi²〔藹〕品行不端正。多用於人名。

4 毑 (jiě ㄐㄧㄝˇ)⑧dze²〔姐〕見 157頁'娭'字條'娭毑'。

4 姆 (nǎ ㄋㄚˇ)⑧na²〔拿高上〕〈粵方言〉表示母的，雌的：雞～(母雞)。兩仔～(兩母子)。木瓜～(母木瓜)。

5 毒 ㊀(dú ㄉㄨˊ)⑧duk⁹〔讀〕❶凡對生物體有危害的性質，或有這種性質的東西：～氣。中～。消～。砒霜有～。㋑對思想意識有害的的東西：封建遺～。❷害，有毒的東西使人或物受到傷害：用藥物～殺害蟲。❸毒辣，凶狠，屬害：心～。～計。～手。❹毒品(鴉片、海洛英、大麻等)：吸～。販～。
㊁(dú ㄉㄨˊ)⑧duk⁷〔督〕見 683頁'身毒'。

10 毓 (yù ㄩˋ)⑧juk⁷〔沃〕生育，養育(多用於人名)。

比部

0 **比** ㊀(bǐ ㄅㄧˇ)㊁bei²〔彼〕❶比較，較量：～試。～武。～大小。〔賽〕用一定的方式比較誰勝誰負。❷表示比賽雙方勝負的對比：三～二。❸介詞，用來比較性狀和程度的差別：我～你高。他讀書～我用功。❹比方，做譬喻(⬚～喻)：～擬不倫。〔比畫〕用手做樣子：他一邊說一邊～～。❺仿照，摹擬：～着葫蘆畫瓢。〔比照〕大致依照：你～～着這個做一個。❻《詩》六義之一，是作詩的一種手法，即比喻。

㊁(bì ㄅㄧˋ，舊讀 bǐ ㄅㄧˇ)㊁bei⁶〔備〕bei²〔彼〕(又)❶並列，緊靠，挨着：～鄰。～肩。鱗次櫛～(形容房屋、船隻等整齊緊密地排列着)。〔比比〕一個挨一個：～～皆是。❷勾結：朋～為奸。❸近來：～來。～年。❹及，等到：～至。〔比及〕等到。❺《周易》六十四卦之一。

2 **毕** '畢'的簡化字，見 440頁。

4 **昆** 見日部，289頁。

5 **毖** (bì ㄅㄧˋ)㊁bei³〔祕〕謹慎：懲前～後(把過去的錯誤作為敎訓，使以後可以謹慎，不至重犯)。

5 **毗** (pí ㄆㄧˊ)㊁pei⁴〔皮〕❶輔佐。❷毗連，接連：～鄰。

5 **毘** 同'毗'，見 本頁。

5 **昆** 見白部，454頁。

6 **毙** '斃'的簡化字，見 280頁。

8 **琵** 見玉部，429頁。

13 **毚** (chán ㄔㄢˊ)㊁tsam⁴〔慚〕狡兔。

毛部

0 **毛** (máo ㄇㄠˊ)㊁mou⁴〔無〕❶動植物的皮上所生的絲狀物。❷像毛的東西：1.指穀物等：不～(未開墾不長莊稼)之地。2.東西上長的黴菌：饅頭放久了就要長～。❸粗糙，沒有加工的：～坯。❹行動慌忙：～～騰騰。～手～腳。❺不是純淨的：～重十噸。～利。❻驚慌失措，主意亂了：把他嚇～了。❼小：～孩子。～～雨。❽貨幣貶值。❾角，一圓錢的十分之一。

〔毛難〕(－nán)毛難族，中國少數民族名，參看附錄六。

3　尾 見尸部，178 頁。

4　牦 見牛部，411 頁。

5　毡 (zhān ㄓㄢ)粵dzin¹〔煎〕古為'氈'的俗字，今用為'氈'的簡化字。參見 351 頁'氈'字條。

5　毪 (mú ㄇㄨˊ)粵mou⁴〔毛〕毪子，西藏產的一種羊毛織品。

6　毧 同'絨'，見 520 頁。

6　旄 見方部，285 頁。

6　耄 見老部，542 頁。

6　耗 見耒部，543 頁。

7　毫 (háo ㄏㄠˊ)粵hou⁴〔豪〕❶長而尖銳的毛：狼～筆。❷秤或戥子上的提繩：頭～。二～。❸單位名，十絲是一毫，十毫是一釐。❹〈粵方言〉貨幣單位，角，毛。❺數量極少，一點：～無誠意。～不費力。

7　毬 (qiú ㄑㄧㄡˊ)粵keu⁴〔求〕❶即'鞠'。古代遊戲用品，圓球形，外層用皮製造，內裏以毛充填，足踢或杖擊。❷泛指球形的物體：綵～。

7　毨 同'氈'，見本頁。

8　毯 (tǎn ㄊㄢˇ)粵tam²〔貪高上〕(－子)厚實有毛絨的織品：地～。毛～。

8　毳 (cuì ㄘㄨㄟˋ)粵tsœy³〔脆〕鳥獸的細毛。〔毳毛〕就是'寒毛'，人體表面生的細毛。

8　毡 '氈'的簡化字，見本頁。

9　毹 (shū ㄕㄨ，又讀yú ㄩˊ)粵sy¹〔書〕jy⁴〔如〕(又)見 351 頁'氍'字條'氍毹'。

9　毽 (jiàn ㄐㄧㄢˋ)粵jin²〔演〕gin³〔見〕(又)(－子、－兒)一種用腳踢的玩具。

11　毿 (毵)(sān ㄙㄢ)粵sam¹〔三〕〔毿毿〕形容毛髮細長。

11　氂 (一)(máo ㄇㄠˊ)粵mou⁴〔毛〕牦牛尾。
(二)同'犛'，見 414 頁

11　麾 見麻部，824 頁。

12　氄 (rǒng ㄖㄨㄥˇ)粵jung²〔湧〕鳥獸細軟的毛。

12　氅 (chǎng ㄔㄤˇ)粵tsɔŋ²〔廠〕〔大氅〕大衣。

12　氆 (pǔ ㄆㄨˇ)粵pou²〔普〕〔氆氌〕(藏)藏族地區出產的

一種毛織品，可以做林毯、衣服等。

12 **毯** '毯'的簡化字，見本頁。

13 **氈(氈)** (ˈzhān ㄓㄢ) ⑧ dzin¹〔煎〕(一子) 用羊毛或其他獸毛經濕、熱、壓力等作用製成的片狀物，可做防寒用品和工業上的墊襯材料：羊毛～。～帽。

13 **氈** 同'氈'，見本頁。

15 **氌(氌)** (lu‧ㄌㄨ) ⑧ lou⁵〔老〕見 350 頁 '氌'字條'氆氌'。

18 **氍** (qú ㄑㄩˊ) ⑧ kœy⁴〔渠〕〔氍毹〕毛織的地毯。古代演劇多在地毯上，因以氍毹代表舞臺。

22 **氎** (dié ㄉㄧㄝˊ) ⑧ dip⁹〔碟〕細棉布。

氏部

0 **氏** ㊀(shì ㄕˋ) ⑧ si⁶〔是〕❶古代姓和氏有區別，氏從姓分出，後來姓和氏不分了，姓、氏可以混用。〔氏族〕原始社會中由血統關係聯繫起來的人的集體，集體共用生產資料，共同生產，共同消費。❷舊時習慣對已婚的婦女，書面上常在她娘家的姓後邊加'氏'字稱呼她：王～。張～。❸後世對有影響的人的稱呼：神農～。太史～。攝～表。

㊁(zhī ㄓ) ⑧ dzi¹〔支〕見 746 頁 '關'字條'關氏'。又見 299 頁 '月㊀'。

1 **氐** ㊀(dǐ ㄉㄧˇ) ⑧ dɐi²〔底〕根本。

㊁(dī ㄉㄧ) ⑧ dɐi¹〔低〕❶中國古代西部的少數民族名。❷星名，二十八宿之一。

1 **民** (mín ㄇㄧㄣˊ) ⑧ mɐn⁴〔文〕❶人民：為～除害。〔民主〕1.指人民有管理國家和自由發表意見的權利。2.根據大多數人的意見處理問題的工作方式：作風～～。〔公民〕在一國內有國籍，享受法律上規定的公民權利並執行公民的義務的人。〔國民〕指具有某國國籍的人。❷指人或人羣。〔民族〕歷史上形成的人的穩定的共同體，有共同語言、共同地域、共同經濟生活和表現於共同文化上的共同心理素質。❸勞動大眾的：～間文學。～歌。❹指從事不同職業的人：農～。牧～。漁～。❺非軍事的：～用。～航。❻同'苠'，見 577 頁。

4 呡 ㊀（méng ㄇㄥˊ）働 maŋ⁴〔盲〕meŋ⁴〔萌〕（又）〈古〉民（特指外來的）。也作'萌'。
㊁（máng ㄇㄤˊ）働 moŋ⁴〔亡〕men⁴〔民〕（俗）〔流氓〕原指無業遊民，後來指品質惡劣，不務正業，為非作歹的壞人。

4 昏 見日部，289頁。

气 部

0 气 '氣'的簡化字，見本頁。

1 氕 （piē ㄆㄧㄝ）働 pit˙〔撇〕氫的同位素之一，符號¹H，質量數1，是氫的主要成分。

2 氖 （nǎi ㄋㄞˇ）働 nai⁵〔奶〕一種化學元素，在通常條件下為氣體，符號Ne，無色無臭，不易與其他元素化合。真空管中放入少量的氖氣，通過電流，能發出紅色的光，可做霓虹燈。

2 氘 （dāo ㄉㄠ）働 dou¹〔刀〕氫的同位素之一，符號D，質量數2，用於熱核反應。

3 氚 （chuān ㄔㄨㄢ）働 tsyn¹〔川〕氫的同位素之一，符號T，質量數3，有放射性，應用於熱核反應。

3 氙 （xiān ㄒㄧㄢ）働 sin¹〔仙〕san³〔汕〕（又）一種化學元素，在通常條件下為氣體，符號Xe，無色無臭無味，不易跟其他元素化合。空氣中只含有極少量的氙。把氙氣裝入真空管中通電，能發藍色的光。

4 氛 （fēn ㄈㄣ）働 fen¹〔昏〕古代指預示吉凶的雲氣。也特指凶氣。㊀氣象，情勢：戰～。歡樂的氣～。

5 氟 （fú ㄈㄨˊ）働 fet²〔忽〕一種化學元素，在通常條件下為氣體，符號F，淡黃色，味臭，性毒。液態氟可作火箭燃料的氧化劑。

5 氡 （dōng ㄉㄨㄥ）働 duŋ¹〔冬〕一種放射性元素，符號Rn，無色無臭，不易跟其他元素化合，在真空玻璃管中能發螢光。地下水含氡量異常，是發生地震的一種徵兆。

5 氫 '氫'的簡化字，見353頁。

6 氣（气）（qì ㄑㄧˋ）働 hei³〔器〕❶沒有一定的形狀、體積，能自由散佈的物體：煤～。蒸～。特指空氣：～壓。～溫。給自行車打～。❷自然界寒、暖、陰、晴等等現象：天～。節～。❸（一兒）氣息，呼吸：沒～了。上～不接下～。❹(一兒)鼻子聞到的味：香～。臭～。煙～。❺人的精神狀態：勇～。朝～〔氣勢〕力量和形勢。❻怒或使人發怒：他生～了。不要～我了。❼欺壓：受～。❽習氣或氣質：官～。嬌～。孩子～。書生～。❾中醫指能使人體器官正常發揮機能的原動力：～血。～虛。元～。❿中醫指某種症象：濕～。腳～。痰～。

6 **氤** (yīn ㄧㄣ) 粵 jen¹〔因〕〔氤氲〕煙雲彌漫。

6 **氧** (yǎng ㄧㄤˇ) 粵 jœŋ⁵〔養〕一種化學元素，在通常條件下為氣體，符號O，無色、無味、無臭，比空氣重。能幫助燃燒，是動植物呼吸所必需的氣體。

6 **氙** (xī ㄒㄧ) 粵 sei¹〔西〕'氙'的舊稱。

6 **氦** (hài ㄏㄞˋ) 粵 hoi⁶〔亥〕一種化學元素，在通常條件下為氣體，符號He，無色無臭，不易跟其他元素化合。很輕，可用來充入氣球或電燈泡等。

6 **氨** (ān ㄢ) 粵 on¹〔安〕一種無機化合物，分子式NH₃，是無色而有劇臭的氣體。在高壓下能變成液體，除去壓力後吸收周圍的熱又變成氣體，人造冰就是利用這種性質製成

的。氨又可製硝酸、肥料和炸藥。

6 **氢** '氫'的簡化字，見本頁。

7 **氪** (kè ㄎㄜˋ) 粵 hek⁷〔克〕一種化學元素，在通常條件下為氣體，符號Kr，無色、無味、無臭，不易跟其他元素化合。

7 **氫(氢)** (qīng ㄑㄧㄥ) 粵 hiŋ¹〔兄〕一種化學元素，在通常條件下為氣體，符號H。是現在所知道的元素中最輕的，無色、無味、無臭，跟氧化合成水。工業上用途很廣。

8 **氬(氩)** (yà ㄧㄚˋ) 粵 a³〔亞〕一種化學元素，在通常條件下為氣體，符號Ar或A，無色無臭，不易跟其他元素化合。可用來放入電燈泡或眞空管中。

8 **氮** (dàn ㄉㄢˋ) 粵 dam⁶〔啖〕一種化學元素，在通常條件下為氣體，符號N，無色、無臭、無味，化學性質不活潑。可製氮肥。

8 **氯** (lǜ ㄌㄩˋ) 粵 luk⁹〔綠〕一種化學元素，在通常條件下為氣體，符號Cl。黃綠色，味臭有毒，能損傷呼吸器官。氯可用來漂白、消毒。

8 氰 (qíng ㄑㄧㄥˊ)粵tsiŋ¹〔青〕一種碳與氮的化合物，分子式(CN)₂，無色的氣體，有杏仁味。性很毒，燃燒時發紅紫色火燄。

9 氳 (yūn ㄩㄣ)粵wen¹〔溫〕見353頁'氳'字條'氤氳'。

10 氲 同'氳'，見本頁。

水(氵)部

0 水 (shuǐ ㄕㄨㄟˇ)粵sœy²〔雖高上〕❶一種無色無臭透明的液體，分子式是H_2O。❷河流：湘～。漢～。❸江、河、湖、海的通稱：～陸交通。跋山涉～。〔水平〕1.靜水的平面。2.達到的程度：文化～～。❹汁液：藥～。汽～。❺銀子的成色：銀～。❻貨幣兑換貼補的費用及匯費：貼～。匯～。❼衣服洗的次數：這衣服不禁穿，洗了兩～就破了。〔水族〕中國少數民族名，參看附錄六。

1 永 (yǒng ㄩㄥˇ)粵wiŋ⁵〔榮低上〕❶長：江之～矣。❷長久，久遠(粵－久，－遠)：～恆。～不氣餒。

1 氷 同'冰'，見52頁。

1 氹 見乙部，10頁。

2 汆 (tǔn ㄊㄨㄣˇ)粵ten²〔吞高上〕〈方〉❶漂浮：木頭在水上。❷用油炸：油～花生米。

2 氽 (cuān ㄘㄨㄢ)粵tsyn¹〔村〕❶把食物放到開水裏稍微一煮：～湯。～丸子。❷(一子、一兒)燒水用的金屬器具，能很快地把水者開。❸用氽子把水燒開：～了一氽子水。

2 氿 (guǐ ㄍㄨㄟˇ)粵gwei²〔鬼〕氿泉，從側面噴出的泉。

2 汀 (tīng ㄊㄧㄥ)粵tiŋ¹〔庭高平〕dīŋ〔丁〕(俗)水邊平地，小洲。〔汀綫〕海岸被海水侵蝕而成的綫狀的痕迹。

2 汁 (zhī ㄓ)粵dzep⁷〔執〕混有某種物質的水：墨～。橘子～。牛肉～。

2 求 (qiú ㄑㄧㄡˊ)粵keu⁴〔球〕❶設法得到：不～名。不～利。～學。～出百分比。❷需要：供過於～。❸懇請，乞助：～教。～救。～人不如～己。

2 汈 (diāo ㄉㄧㄠ)粵diu¹〔刁〕〔汈汊〕湖名，在湖北省。

2 氾 同'泛❸❹', 見 361頁。

2 汉 '漢'的簡化字, 見 381頁。

2 汇 '匯'的簡化字, 見 73頁。

2 冰 見冫部, 52頁。

2 凼 見凵部, 55頁。

3 汊 (chà ㄔㄚˋ)粵tsa³〔岔〕河流的分岔: 河～。港～。

3 汍 (wán ㄨㄢˊ)粵jyn⁴〔元〕〔汍瀾〕流淚的樣子。

3 汐 (xī ㄒㄧ)粵dzik⁹〔直〕夜間的海潮。

3 汔 (qì ㄑㄧˋ)粵ŋet⁹〔兀〕庶幾, 差不多。

3 汕 (shàn ㄕㄢˋ)粵san³〔傘〕〔汕頭〕市名, 在廣東省。

3 汗 (一)(hàn ㄏㄢˋ)粵hon⁶〔翰〕由身體的毛孔裏排泄出來的液體。
(二)(hán ㄏㄢˊ)粵hon⁴〔寒〕指可汗, 見 88頁 '可'字條'可汗'。

3 汛 (xùn ㄒㄩㄣˋ)粵sœn³〔信〕河流定期的漲水: 防～。秋～。桃花～。

3 汜 (sì ㄙˋ)粵tsi⁵〔似〕汜水, 河流名, 在河南省。

3 汝 (rǔ ㄖㄨˇ)粵jy⁵〔雨〕你: ～等。～將何往?

3 汞 (gǒng ㄍㄨㄥˇ)粵huŋ³〔控〕一種金屬元素, 符號Hg, 普通叫'水銀'。汞是銀白色的液體, 能溶解金、銀、錫、鉀、鈉等。汞可用來製鏡子、溫度表、氣壓計、水銀燈等。汞溴紅(俗叫'紅藥水')是敷傷口的殺菌劑。

3 江 (jiāng ㄐㄧㄤ)粵goŋ¹〔剛〕❶大河的通稱: 黑龍～。珠～。❷專指長江, 中國最大的河流, 發源青海省, 東流入海, 也叫'揚子江': ～漢。～右。～南。

3 池 (chí ㄔˊ)粵tsi⁴〔持〕❶(一子)水塘, 多指人工挖的(粵一沼): 游泳～。養魚～。❷旁邊高中間凹的地方: 樂～。舞～。花～。❸護城河: 城～。金城湯～(喻防守鞏固的城池)。

3 污 (wū ㄨ)粵wu¹〔烏〕❶骯髒(粵一穢): ～水。～泥。粵不廉潔: 貪～。〔污辱〕用無理的言行給人以難堪。❷弄髒: 玷～。

3 汎 同'泛❶❸', 見 361頁。

3 汙 同'污', 見本頁。

3 洿 同'污', 見本頁。

3　**汤**　'湯'的簡化字,見 375 頁。

3　**尿**　見尸部, 178 頁。

4　**汨**　(mì ㄇㄧˋ)⑧mik⁹〔覓〕〔汨羅江〕河流名,在湖南省。

4　**汩**　(gǔ ㄍㄨˇ)⑧gwet⁷〔骨〕水流的聲音或樣子(疊)。

4　**汪**　(wāng ㄨㄤ)⑧wɔŋ¹〔王高下〕❶深廣:～洋大海。❷液體聚集在一個地方:地上～着水。〔汪汪〕1.眼裏充滿眼淚的樣子:淚～～。2.狗叫聲。❸量詞:一～水。

4　**汭**　(ruì ㄖㄨㄟˋ)⑧jœy⁶〔銳〕河流會合的地方, 河流彎曲的地方。

4　**汰**　(tài ㄊㄞˋ)⑧tai³〔太〕淘汰,除去沒有用的成分:～弱留強。

4　**決**　(jué ㄐㄩㄝˊ)⑧kyt⁸〔缺〕❶原意為疏導水流, 後轉為堤岸被水沖開口子:堵塞～口。〔決裂〕破裂(指感情、關係、商談等):談判～～。❷決定,決斷,斷定,拿定主意:～心。表～。遲疑不～。㉠一定, 肯定的:～不屈服。〔決議〕經過會議討論決定的事項。❸決定最後勝敗:～戰。～賽。❹執行死刑:槍～。

4　**沖**　(chōng ㄔㄨㄥ)⑧tsuŋ¹〔充〕❶用液體澆, 水撞擊:～茶。用水一服。這道堤不怕水～。〔沖淡〕加多液體,降低濃度。㉠降低嚴肅性或嚴重性。❷互相抵銷:～賬。❸山區的平地:一田。韶山～。❹同'衝'。直上,升:一飛～天。～入雲霄。❺星相術士謂辰、五行、生肖等相抵觸者為沖,相克制者為克:子午相～。卯酉相～。又指破解不祥:～喜。

4　**汲**　(jí ㄐㄧˊ)⑧kep⁷〔級〕從井裏打水:～水。〔汲引〕引薦, 提拔人才。

4　**汴**　(biàn ㄅㄧㄢˋ)⑧bin⁶〔辨〕河南省開封市的別稱。

4　**汶**　(wèn ㄨㄣˋ)⑧men⁶〔問〕汶河, 河流名, 在山東省。

4　**汽**　(qì ㄑㄧˋ)⑧hei³〔氣〕蒸氣,液體或固體變成的氣體。特指水蒸氣:～船。

4　**汾**　(fén ㄈㄣˊ)⑧fen⁴〔墳〕汾河, 河流名, 在山西省。

4　**沁**　(qìn ㄑㄧㄣˋ)⑧sem³〔滲〕❶滲入, 浸潤:～人心脾。❷〈方〉納入水中。❸〈方〉頭向下垂:～着頭。❹沁水, 源出山西省沁源縣, 東南流至河南省注入黃河。

4　**沂**　(yí ㄧˊ)⑧ji⁴〔而〕沂河, 源出山東省, 至江蘇省入海。

沃 (wò ㄨㄛˋ) 粵 juk⁷ 〔旭〕❶
（土地）肥厚（逾肥－）：
～土。～野。❷灌溉，澆：～
田。

沅 (yuán ㄩㄢˊ) 粵 jyn⁴ 〔元〕沅
江，發源於貴州省，東
北流經湖南省注入洞庭湖。

沆 (hàng ㄏㄤˋ) 粵 hoŋ⁴ 〔杭〕
hoŋ⁵ 〔杭仁上〕（又）大水。
〔沆瀣〕夜間的水氣，露水。
〔沆瀣一氣〕臭味相投的人勾
結在一起。

沈 (shěn ㄕㄣˇ) 粵 sem² 〔審〕
❶姓。❷'瀋陽'的'瀋'的
簡化字。
㊀同'沉'，見 358 頁。

沌 (dùn ㄉㄨㄣˋ) 粵 dœn⁶ 〔鈍〕見
371 頁'混'字條'混沌'。

沍 (hù ㄏㄨˋ) 粵 wu⁶ 〔互〕又
作'冱'。寒冷凝結。

沐 (mù ㄇㄨˋ) 粵 muk⁹ 〔木〕洗
頭髮：櫛風～雨（喻奔波
辛苦）。〔沐浴〕洗澡。

沒 ㊀ (méi ㄇㄟˊ) 粵 mut⁹ 〔末〕
口1.沒有，無：～出息。
我～那本書。2.表示估量或比
較，不夠，不如：他～（不夠）
一米五高。汽車～（不如）飛機
快。❷沒有，不曾，未（在句
尾時用'沒有'）：他們～做完。
你去過上海～有?

㊁ (mò ㄇㄛˋ) 粵同'冇'❶隱在水中：
～入水中。❸隱藏：深山有猛
虎出～。〔沒落〕衰落。❷淹沒，
漫過，高過：～頂。水深～膝。
❸把財物扣下：～收贓款。❹
終，盡：～世。

沓 ㊀ (tà ㄊㄚˋ) 粵 dap⁹ 〔踏〕繁
多，重複：雜～。紛至
～來（紛紛到來）。
㊁ (dá ㄉㄚˊ) 粵同㊀（一子、一兒）
量詞，用於疊起來的紙張或其
他薄的東西：一～信紙。

沔 (miǎn ㄇㄧㄢˇ) 粵 min⁵ 〔免〕
沔水，在陝西省，是漢
水的上流。

沘 (bǐ ㄅㄧˇ) 粵 bei² 〔比〕洪源，
河南省唐河縣的舊稱。

沙 ㊀ (shā ㄕㄚ) 粵 sa¹ 〔砂〕❶
（一子）非常細碎的石粒：
～土。～灘。❷像沙子的：～
糖。豆～。～瓤西瓜。❸聲音
不清脆不響亮：～啞。～嗓子。
㊁ (shà ㄕㄚˋ) 粵同㊀〈方〉經過搖
動把東西裏的雜物集中，以便
清除：把小米裏的沙子～一
～。

沚 (zhǐ ㄓˇ) 粵 dzi² 〔止〕水中的
小塊陸地。

沛 (pèi ㄆㄟˋ) 粵 pui³ 〔配〕充
盛，旺盛：精力充～。

沏 (qī ㄑㄧ) 粵 tsei¹ 〔砌〕用開
水沖茶葉或其他東西：

~茶。

4 **沉** (chén ㄔㄣˊ)粵tsɐm¹〔尋〕❶沒入水中，跟‘浮’相反：船～了。石～大海。⑤落下，陷入：地基下～。〔沉澱〕1.液體中不溶解的物質往下沉。2.沉在液體底層的物質。❷重，分量大：～重。鐵比木頭～。❸使降落，向下放（多指抽象事物）：～住氣。把臉一～。〔沉着〕鎮靜，不慌張：～～應戰。❹深入，程度深：～思。～醉。天陰得很～。

4 **汧** (qiān ㄑㄧㄢ)粵hin¹〔軒〕〔汧陽〕縣名，在陝西省。今作‘千陽’。

4 **没** 同‘沒’，見 357 頁。

4 **洶** 同‘淘’，見 364 頁。

4 **沠** 同‘流’，見 366 頁。

4 **沿** 同‘沿’，見 360 頁。

4 **次** 同‘涎’，見 368 頁。

4 **沟** ‘溝’的簡化字，見 376 頁。

4 **沦** ‘淪’的簡化字，見 370 頁。

4 **沧** ‘滄’的簡化字，見 377 頁。

4 **沪** ‘滬’的簡化字，見 380 頁。

4 **沤** ‘漚’的簡化字，見 381 頁。

4 **沥** ‘瀝’的簡化字，見 390 頁。

4 **沩** ‘潙’的簡化字，見 376 頁。

4 **沨** ‘渢’的簡化字，見 373 頁。

4 **沋** ‘濡’的簡化字，見 384 頁。

4 **沣** ‘灃’的簡化字，見 391 頁。

5 **沫** (mò ㄇㄛˋ)粵mut⁹〔沒〕（～子、～兒）液體形成的許多細泡（連泡一）：肥皂～。唾～。

5 **沭** (shù ㄕㄨˋ)粵sœt⁹〔術〕沭河，發源於山東省，流經江蘇省入新沂河。

5 **沮** ⊖(jǔ ㄐㄩˇ)粵dzœy²〔嘴〕❶阻止：～其成行。❷壞，敗壞：色～。氣～。〔沮喪〕失意，懊喪。
⊜(jù ㄐㄩˋ)粵dzœy³〔醉〕〔沮洳〕低濕的地帶。

5 **沱** ⊖(tuó ㄊㄨㄛˊ)粵t⁴〔駝〕沱江，長江的支流，在四川省。
⊜同‘滂’，見 362 頁。

5 **河**（hé ㄏㄜˊ）㊀ho¹〔何〕❶水道的通稱：運～。尼羅～。〔河漢〕銀河，又叫'天河'，天空密佈如帶的星羣。❷常專指黃河，中國的第二大川，發源於青海省，流入渤海：～西。～套。江淮～漢。

5 **沸**（fèi ㄈㄟˋ）㊀fei³〔肺〕開，滾，液體受熱到一定溫度時，內部汽化形成氣泡，沖出液體表面的現象：在標準大氣壓下，水的～點是攝氏表一百度。熱血～騰。

5 **油**（yóu ㄧㄡˊ）㊀jeu⁴〔由〕❶動植物體內所含的脂肪物質：豬～。花生～。❷各種碳氫化合物的混合物，一般不溶於水，容易燃燒：石～。汽～。❸用油塗抹：～漆。～窗戶。❹被油弄髒：衣服～了一大片。❺狡猾（連一滑）：～腔滑調。這個人太～滑。〔油然〕1.充盛地：天～～作雲，沛然下雨。2.思想感情自然而然地產生：敬慕之心，～～而生。

5 **治**（㊀（zhì ㄓˋ）㊀dzi⁶〔自〕❶辦理，管理（連一理）：～喪。自～。統一～。❷整理，修水利：～山。～水。❸懲辦（連懲一）：～罪。處～。❹醫療：～病。不～之症。㊁消滅農作物的病蟲害：～蝗。～蚜蟲。❺從事研究：～學。❻社會治理有序，與'亂'相對：～世。天下～。〔治安〕社會的秩序。❼舊稱地方政府所在地：省～。縣～。
㊁（zhì ㄓˋ，舊讀chí ㄔˊ）㊀tsi¹〔池〕dzi⁶〔自〕㊁管理。用於'治國'、'治家'等。

5 **沼**（zhǎo ㄓㄠˇ）㊀dziu²〔剿〕池子（連池一）。〔沼氣〕植物在地下或水底受黴菌分解而產生的氣體，可以燃燒。多產生於池沼，也產生於煤礦井、石油井中。主要成分是'甲烷'。〔沼澤〕因湖泊淤淺等而形成的水草茂密的泥濘地帶。

5 **沽**（㊀（gū ㄍㄨ）㊀gu¹〔姑〕❶買：～酒。～名釣譽（有意使人讚揚的事，撈取個人聲譽）。❷賣：待價而～（比喻等候有了較高的待遇再貢獻自己的才智）。❸天津的別稱。
㊁（gǔ ㄍㄨˇ）㊀gu²〔古〕賣酒的人。

5 **沾**（zhān ㄓㄢ）㊀dzim¹〔尖〕❶浸濕：淚～襟。汗出～背。❷因接觸而附著上：～水。㊉1.染上：～染了壞習氣。2.憑藉某種關係而得到好處：～光。〔沾沾自喜〕形容自己覺得很好而得意的樣子。

5 **沿** ㊀(yán ㄧㄢˊ)⑧jyn⁴〔元〕❶順着，照着：～途。～着河邊走走。❷因襲相傳：積習相～。〔沿革〕事物發展和變化的歷程。❸(～兒)邊（⑧邊一）：缸～。盆～。炕～。前～。❹在衣服等物的邊上再加一條邊：～鞋口。～個邊。
㊁(yàn ㄧㄢˋ)⑧同㊀(～兒)水邊：河～。溝～。

5 **泂** (jiǒng ㄐㄩㄥˇ)⑧gwiŋ²〔炯〕遠。

5 **泃** (jū ㄐㄩ)⑧kœy¹〔拘〕泃河，河流名，在河北省。

5 **泄** (xiè ㄒㄧㄝˋ)⑧sit⁸〔屑〕❶液體、氣體排出：排～。❷漏，露：～氣。～漏祕密。～底（揭穿內幕）。❸發泄：～憤。～恨。

5 **泅** (qiú ㄑㄧㄡˊ)⑧tseu⁴〔囚〕游泳。

5 **泆** (yì ㄧˋ)⑧jet⁹〔日〕❶放蕩，荒淫。❷同‘溢’。水滿而流出來。

5 **泉** (quán ㄑㄩㄢˊ)⑧tsyn⁴〔全〕❶從地下流出的水，泉水：清～。甘～。❷水源（⑧一源）。❸泉下，人死後所在的地方：黃～。❹古代一種錢幣的名稱。

5 **泊** ㊀(bó ㄅㄛˊ)⑧bok⁹〔薄〕❶停船靠岸（⑧停一）：～船。❷安靜。也作‘澹泊’指不貪圖功名利祿。❸見589頁‘落’字條‘落泊’。
㊁(pō ㄆㄛ)⑧同㊀湖：湖～。血～（一大灘血）。〔泊兒〕地名，在山東省。〔梁山泊〕在今山東省。

5 **泌** ㊀(mì ㄇㄧˋ)⑧bei³〔祕〕分泌，從生物體裏產生出某種物質：～尿。
㊁(bì ㄅㄧˋ)⑧同㊀〔泌陽〕縣名，在河南省。

5 **泐** (lè ㄌㄜˋ)⑧lek⁹〔離麥切〕lak⁹〔勒〕(又)❶石頭因風化遇水而形成的裂紋，裂開。❷同‘勒’㊀❹：手～（親手寫，舊時書信用語）。

5 **泓** (hóng ㄏㄨㄥˊ)⑧weŋ⁴〔宏〕水深。

5 **泔** (gān ㄍㄢ)⑧gem¹〔甘〕泔水，洗過米的水。⑨油碗洗菜用過的髒水。

5 **況** (kuàng ㄎㄨㄤˋ)⑧foŋ³〔放〕❶情形：近～。狀～。❷比，譬：比～。以古～今。❸文言連詞，表示更進一層～倉卒吐言，安能皆是? 此事成人尚不能為，～幼童乎?〔況且〕連詞，有‘再說’的意思這本書內容很好，～～也很便宜，買一本吧。

5 **法** (fǎ ㄈㄚˇ)粵fat⁸〔發〕❶法律，由國家制定或認可，受國家強制力保證執行的行為規則的總稱，包括法律、法令、條例、命令、決定等：婚姻～。犯～。合～。〔法院〕行使審判權的國家機關。❷(-子、-兒)方法，處理事物的手段：寫～。辦～。❸仿效：效～。❹標準，模範，可仿效的：～書。～帖。❺佛教徒稱他們的教義，迷信傳說的超人力的本領：佛～。～術。❻(外)法國的簡稱。

5 **泖** (mǎo ㄇㄠˇ)粵mau⁵〔卯〕泖湖，古湖名，在今上海市松江縣西部。〔泖橋〕地名，屬上海市。

5 **泗** (sì ㄙˋ)粵si³〔試〕鼻涕：涕～(眼淚和鼻涕)。

5 **泛** (fàn ㄈㄢˋ)粵fan³〔反·高去〕fan⁶〔飯〕(又)❶漂浮：～舟。❷透出：臉上～了紅。❷浮淺，不切實(當)：空～。～之交(友誼不深)。這文章做得浮～不切實。❸廣泛，一般地：～覽。～問。～論。～稱。❹泛濫，水向四外漫流：黃～區(黃河泛濫過的地區)。

5 **泠** (líng ㄌㄧㄥˊ)粵lin¹〔零〕清涼：～風。〔泠泠〕1.形容清涼。2.聲音清越。

5 **泡** (一)(pào ㄆㄠˋ)粵pou⁵〔抱〕(一·兒)氣體在液體內使液體鼓起來的球狀體(●一沫)：冒～。

(二)(pào ㄆㄠˋ)粵pau¹〔拋〕(一·兒)像泡一樣的東西：腳上起了一個～。電燈～。

(三)(pào ㄆㄠˋ)粵pau⁴〔豹〕用液體浸物品：～茶。～飯。

(四)(pāo ㄆㄠ)粵同(二)❶(一·兒)鼓起而鬆軟的東西：豆腐～。❷虛而鬆軟，不堅硬：這塊木料發～，同‘脬’。❸量詞。用於屎尿：一～尿。

5 **波** (bō ㄅㄛ)粵bo¹〔玻〕❶江河、湖、海等因振蕩而一起一伏的水面(●一浪、一濤、一瀾)。⑩事情的意外變化：風～。一～未平，一～又起。〔波及〕⑩牽涉到，影響到。〔波動〕⑩事物起變化，不穩定。❷物理學上指振動在物質中的傳播，是能量傳遞的一種形式：光～。聲～。電～。

5 **泣** (qì ㄑㄧˋ)粵jep⁷〔邑〕❶小聲哭：～不成聲。❷眼淚：飲～。

5 **泥** (一)(ní ㄋㄧˊ)粵nei⁴〔坭〕❶土和水合成的東西。❷像泥的東西：印～(印色)。棗～。蒜～。
〔泥濘〕1.有爛泥難走：道路～

～。2.淤積的爛泥: 陷入～～。

㊁(nì ㄋㄧˋ)働nei⁶〔膩〕❶塗抹:
～牆。～爐子。❷固執, 死板
(働拘一): ～古。

5 **注**(zhù ㄓㄨˋ)働dzy³〔著〕❶灌
進去: ～入。～射。大
雨如～。❷集中在一點: ～視。
～意。引人～目。精神貫～。
❸賭博時所下的錢: 下～。孤
～一擲(喻拿出所有的力量希
望最後僥幸成功)。❹用文字
來解釋詞句: 批～。下邊～了
兩行注。～解一篇文章。❺解
釋詞、句所用的文字: 加～。
附～。❻記載, 登記: ～册。
～銷。(❹－❻又作'註')

5 **泫**(xuàn ㄒㄩㄢˋ)働jyn⁵〔遠〕
水珠下滴:～然流涕。

5 **泮**(pàn ㄆㄢˋ)働pun³〔判〕❶
散, 解。❷泮池, 古代
學校前的水池。

5 **泯**(mǐn ㄇㄧㄣˇ)働men⁵〔敏〕消
滅(働一滅)。

5 **泰**(tài ㄊㄞˋ)働tai³〔太〕❶康
寧, 安定: ～然處之。
國～民安。❷通達, 通暢: 通
～。三陽交～。❸佳, 美好:
～運。否極～來(壞的到了盡
頭, 好的就到來了)。❹奢侈:
奢～。❺過甚: 去～去甚。❻
極: ～西(舊指歐洲)。
〔泰山〕1.五嶽中的東嶽, 在山

東省。2.働舊時稱岳父。

5 **泱**(yāng ㄧㄤ)働jœŋ¹〔央〕深
廣, 弘大(疊): 河水～
～。～～大國。

5 **泳**(yǒng ㄩㄥˇ)働wiŋ⁶〔詠〕在
水裏游動(働游一): 仰
～。俯～。

5 **泵**(bèng ㄅㄥˋ)働bɐm¹〔巴庵
切〕英語pump的音譯。
把液體或氣體抽出或壓入用的
一種機械裝置。

5 **泹**(duò ㄉㄨㄛˋ)働tɔ⁵〔妥〕〔淡
泹〕蕩漾。

5 **沶** 同'溰', 見 377 頁。

5 **泪** 同'淚', 見 369 頁。

5 **沿** 同'沿', 見 360 頁。

5 **泣** 同'法', 見 361 頁。

5 **浅** '淺'的簡化字, 見 371 頁。

5 **泽** '澤'的簡化字, 見 387 頁。

5 **泻** '瀉'的簡化字, 見 390 頁。

5 **泼** '潑'的簡化字, 見 384 頁。

5 **泞** '濘'的簡化字, 見 388 頁。

5 泾 '涇'的簡化字,見 367 頁。

5 涤 '滌'的簡化字,見 389 頁。

5 泸 '瀘'的簡化字,見 390 頁。

5 泷 '瀧'的簡化字,見 390 頁。

5 荥 '滎'的簡化字,見 378 頁。

6 洄 (huí ㄏㄨㄟˊ)粵wui⁴[回] 水迴旋而流。

6 洋 (yáng ㄧㄤˊ)粵jœŋ⁴[羊] ❶ 比海更大的水域: 海~。太平~。❷廣大, 多(疊): ~溢。~~大觀(事物豐富多彩)。❸外國的: ~貨。~人。❹洋錢, 銀元, 舊時使用的錢幣: 大~。罰~一百元。

6 洌 (liè ㄌㄧㄝˋ)粵lit⁹[列] 清澈: 泉香而酒~。

6 洎 (jì ㄐㄧˋ)粵gei³[寄] gei⁶[技](又)到, 及: 自古~今。

6 洑 (㊀fú ㄈㄨˊ)粵fuk⁹[伏] ❶ 水在地底下流動。❷漩渦, 洄流。
㊁(fù ㄈㄨˋ)同「游泳」: ~水。

6 泚 (cǐ ㄘˇ)粵tsi²[此] ❶清, 鮮明。❷用筆蘸墨: ~筆作書。

6 洗 (㊀xǐ ㄒㄧˇ)粵sɐi²[駛] ❶ 用水去掉污垢(粵—滌): ~衣服。~臉。〔洗手〕比喻盜賊等不再偷搶。❷清除乾淨: 清~。❸洗雪: ~冤。❹如水洗一樣搶光, 殺光: ~城。~劫一空。❺沖洗, 照相的顯影定影: ~膠卷。~相片。❻玩牌時把牌攪和整理, 以便繼續玩: ~牌。❼洗禮: 受~。領~。〔洗禮〕1.基督教接受人入教時所舉行的一種儀式。2.指在一個時期內經受鍛煉: 戰火的~。
㊁同「冼」, 見 52 頁。

6 洙 (zhū ㄓㄨ)粵dzy¹[朱] 洙水, 泗水的支流, 在山東省。

6 洛 (luò ㄌㄨㄛˋ)粵lɔk⁸[烙]lɔk⁹〔落〕(又) ❶洛河, 河流名, 在陝西省。❷洛水, 發源於陝西省洛南縣, 東流經河南省入黃河。古作「雒」。

6 洞 (dòng ㄉㄨㄥˋ)粵duŋ⁶[動] ❶ 洞穴, 窟窿: 山~。老鼠~。衣服破了一個~。❷透徹地, 清楚地: ~察一切。~若觀火(對事物看得清楚明白)。❸說數字時用來代替零。

6 津 (jīn ㄐㄧㄣ)粵dzœn¹[樽] ❶ 渡水的地方: ~渡。問~(打聽渡口, 比喻探問)。〔津梁]橋。⑥作引導用的事物。❷口液，唾液：一液。生一止渴。〔津津〕形容有滋味，有趣味：～～有味。～～樂道。❸滋潤。〔津貼〕1.用財物補助人。2.正式工資以外的補助費。❹天津市的簡稱。

6 洧 （wěi ㄨㄟˇ）粵fui²〔灰高上〕〔洧川〕地名，在河南省尉氏縣。

6 洨 （xiáo ㄒㄧㄠˊ）粵ŋau⁴〔肴〕洨河，河流名，在河北省。

6 洪 （hóng ㄏㄨㄥˊ）粵huŋ⁴〔紅〕❶大：一水。一爐。一量。❷大水：山一。一峯。防一。

6 洫 （xù ㄒㄩˋ）粵gwik⁷〔隙〕田間的水道、溝渠。

6 洭 （kuāng ㄎㄨㄤ）粵hoŋ¹〔康〕洭水，河流名，在廣東省。

6 洮 （táo ㄊㄠˊ）粵tou⁴〔桃〕洮河，河流名，在甘肅省。

6 洱 （ěr ㄦˇ）粵ji⁵〔耳〕〔洱海〕湖名，在雲南省。

6 洲 （zhōu ㄓㄡ）粵dzeu¹〔周〕❶水中的陸地：沙一。❷大陸：亞一。七大一。

6 洳 （rù ㄖㄨˋ）粵jy⁶〔預〕〔沮洳〕低濕的地帶。

6 洵 （xún ㄒㄩㄣˊ）粵sœn¹〔詢〕誠然，實在：～屬可敬。

6 洶 （xiōng ㄒㄩㄥ）粵huŋ¹〔空〕〔洶洶〕1.象聲詞，水聲或爭吵聲。2.形容聲勢很大：來勢～～。〔洶湧〕水勢很大，向上湧：波濤～～。

6 洸 （guāng ㄍㄨㄤ）粵gwoŋ¹〔光〕見 368 頁‘洸’字條‘洸洸’。

6 洹 （huán ㄏㄨㄢˊ）粵wun⁴〔垣〕jyn⁴〔元〕（又）洹水，河流名，在河南省，又名‘安陽河’。

6 洺 （míng ㄇㄧㄥˊ）粵miŋ⁴〔明〕洺河，河流名，在河北省。

6 活 （huó ㄏㄨㄛˊ）粵wut⁹〔胡沒切〕❶生存，能生長，跟‘死’相反：魚在水裏才能一。新栽的這棵樹一了。❷救活：～人無數。❸不固定，可移動的：～期存款。～頁本。方法要～用。～塞。～扣。〔活潑〕不死板：孩子們很～～。❹非常，簡直：～像一隻老虎。神氣一現。～受罪。❺（一兒）工作或生產品：做～。這一兒得做得真好。

〔活該〕表示事實應該這樣。一點也不委屈：～～如此。

6 洽 （qià ㄑㄧㄚˋ）粵hɐp⁷〔恰〕❶交換意見，商量（事情）：～商。～購。接一事情。❷諧和：感情融～。

6 派 （pài ㄆㄞˋ）粵pai³〔排高去〕❶江河的支流。❷一個系統的分支（迆一系）：流一。～

生。**❸**派別。政黨和學術、宗教團體等內部主張不同而形成的分支。**❹**作風，風度：正～。～頭。氣～。**❺**分配，委派，派遣：分～。調～。～人去辦。**❻**指摘：～不是。**❼**量詞：一～胡言。一～新氣象。兩～學者爭論不休。**❽**〈粵方言〉分送：～報紙。

〔派對〕宴會，聚會，英語party 的音譯：生日～～。

6 洇 (yīn ㄧㄣ) 粵 jen¹〔因〕墨水着紙向周圍散開：這種紙寫起來有些～。

6 洴 (píng ㄆㄧㄥ) 粵 pin⁴〔平〕〔洴澼〕漂洗（絲綿）。

6 汧 同'洐'，見 358 頁。

6 洩 同'泄'，見 360 頁。

6 涓 同'涓'，見 368 頁。

6 洒 '灑'的簡化字，見 391 頁。

6 桨 '槳'的簡化字，見 383 頁。

6 浊 '濁'的簡化字，見 387 頁。

6 浓 '濃'的簡化字，見 388 頁。

6 洁 '潔'的簡化字，見 384 頁。

6 济 '濟'的簡化字，見 388 頁。

6 浑 '渾'的簡化字，見 374 頁。

6 浏 '瀏'的簡化字，見 390 頁。

6 测 '測'的簡化字，見 373 頁。

6 浒 '滸'的簡化字，見 380 頁。

6 浲 '逢'的簡化字，見 387 頁。

6 浍 '澮'的簡化字，見 387 頁。

6 浃 '浹'的簡化字，見 367 頁。

6 浇 '澆'的簡化字，見 385 頁。

6 浈 '湞'的簡化字，見 375 頁。

6 浔 '潯'的簡化字，見 385 頁。

6 浉 '溮'的簡化字，見 377 頁。

6 浐 '滻'的簡化字，見 380 頁。

6 泶 '澩'的簡化字，見 388 頁。

6 衍 見行部，625 頁。

7 浙 (zhè ㄓㄜ) 粵 dzit⁸〔折〕**❶** 浙江，古河流名，又叫

‘漸江’、‘之江’、‘曲江’，即今錢塘江，是浙江省第一大河流。❷浙江省的簡稱。

7 **浚** 〇(xùn ㄒㄩㄣˋ)粵seon³[信]
浚縣，在河南省。
〇同‘濬’，見389頁。

7 **流** (liú ㄌㄧㄡˊ)粵leu⁴[留]❶液體移動: 水往低處～。～水不腐。～汗。～血。〔流利〕靈活，順溜: 他的鋼筆字寫得很～～。他說一口～的普通話。〔流線型〕前端圓，後端尖，略似水滴的形狀，因空氣或水等對流線型的阻力小，所以常用作汽車、汽艇等交通工具的外形。❷像水那樣的流動: 貨幣～通。空氣的對～現象。⑪1.移動不定: ～星。2.運轉不停: ～光。～年。3.不知來路，意外地射來的: ～矢。～彈。4.傳播或相沿下來: ～行。～傳。❸江河的流水: 河～。洪～。支～。上～。❹流動的東西: 電～。寒～。氣～。❺趨向壞的方面: ～於形式。～為盜賊。❺品類: 1.派別: 三教九～(喻江湖上各種行業的人，含貶義)。2.等級: 第一～產品。❺舊時刑法的一種，把人送到荒遠的地方去; 充軍: ～放。

7 **浜** (bāng ㄅㄤ)粵bong¹[幫]
〔方〕小河溝。多用於地名: 張華～(在上海)。

7 **浞** (zhuó ㄓㄨㄛˊ)粵dzuk⁷[祝]❶沾濕，潤濕。❷人名用字。

7 **浣** (huàn ㄏㄨㄢˋ)粵wun⁵[換低上]wun²[碗](又)❶洗: ～衣。～紗。❷舊稱每月的上、中、下旬為上、中、下浣。

7 **浥** (yì ㄧˋ)粵jep⁷[邑]沾濕，濕潤。

7 **浦** (pǔ ㄆㄨˇ)粵pou²[普]水邊或河流入海的地區。

7 **浩** (hào ㄏㄠˋ)粵hou⁶[號]❶廣大(疊)(粵一大): 聲勢～大。～～蕩蕩。❷多: 博。～如煙海(形容文獻、資料等非常豐富)。

7 **浪** (làng ㄌㄤˋ)粵long⁶[晾]❶大波(粵波一): 風平～靜。海～打在巖石上。❷像波浪的: 聲～。麥～。❸放縱: ～遊。～費。

7 **浬** (lǐ ㄌㄧˇ，又讀hǎi ㄏㄞˇ海里)(又)粵lei⁵[里] hoi² lei⁵[里]海程長度單位，一浬合1,852米。符號nmile，只用於航程。

7 **浮** (fú ㄈㄨˊ)粵feu⁴[否低平]❶漂，跟‘沉’相反(粵漂一): ～力。～橋。～在水面上。❷表面的: ～面。～皮。～土。〔浮雕〕雕塑的一種，在平面上雕出凸起的形象。❸不沉靜，不沉着：心粗氣～。心～氣躁。❹空虛，不切實：～名。～華。～泛。❺超過，多餘：人～於事(人多事少或人員過多)。～額。❻暫時的：～記。～支。〔浮屠〕〔浮圖〕1.佛教徒稱釋迦牟尼。2.古時稱和尚。3.塔：七級～～。

7 **浯** (wú ㄨ) ⓔ n⁴〔吾〕浯水，河流名，在山東省。

7 **浴** (yù ㄩˋ) ⓔ juk⁹〔玉〕洗澡：～室。沐～。〔浴血〕渾身染血。ⓜ戰鬥激烈：～～沙場。

7 **海** (hǎi ㄏㄞˇ) ⓔ hoi²〔凱〕❶靠近大陸比洋小的水域：黃～。渤～。～岸。❷用於湖泊名稱：青～。洱～。❸容量大的器皿：墨～。❹比喻數量多的人或事物：人～。文～。菊～。❺巨大的：～碗。～量。誇下～口。ⓜ〔海報〕大幅的招貼。

7 **浸** (jìn ㄐㄧㄣˋ) ⓔ dzem³〔針高去〕❶泡，使滲透：～透。～入。把蔬菜放在水裏～一～。❷逐漸：～假(逐漸)。～漸。

7 **浹(浹)** (jiā ㄐㄧㄚ) ⓔ dzip⁸〔接〕❶濕透：汗流～背。❷周匝：～辰(古代以干支紀日，稱自子至亥一週

十二日為'浹辰')。

7 **浼** (měi ㄇㄟˇ) ⓔ mui⁵〔每〕❶污染。❷懇託。

7 **涅** (niè ㄋㄧㄝˋ) ⓔ nip⁹〔聶〕❶可做黑色染料的礬石。❷染黑：～齒。〔涅白〕不透明的白色。

7 **涇(泾)** (jīng ㄐㄧㄥ) ⓔ ging¹〔京〕涇水，發源甘肅省，流入陝西省，跟渭水合流。〔涇渭分明〕涇水清，渭水濁，兩水會流處清濁不混，比喻兩件事顯然不同。

7 **消** (xiāo ㄒㄧㄠ) ⓔ siu¹〔燒〕❶溶化，散失：冰～。煙～火滅。〔消化〕胃腸等器官把食物變成可以吸收的養料。ⓜ理解，吸收所學的知識。❷滅掉，除去(ⓔ一滅)：～毒。～炎。〔消費〕為了滿足生產、生活的需要而消耗物質財富。〔消極〕起反面作用的，不求進取的，跟'積極'相反：～～因素。～～態度。❸消遣，把時間度過去：～夜。～夏。❹需要：不～說。

7 **涉** (shè ㄕㄜˋ) ⓔ sip⁸〔攝〕❶渡，從水上經過：跋山～水。遠～重洋。❷經歷：～險。～世。❸牽連，關連：嫌。牽～。不要～及其他問題。

7 涌 ㊀（chōng ㄔㄨㄥ）粵 tsuŋ¹
〔沖〕小河。
㊁同‘湧’，見 374 頁。

7 涎 （xián ㄒㄧㄢ）粵 jin⁴〔言〕唾
沫，口水：流～。垂～
三尺（喻羨慕，想得到）。

7 涑 （sù ㄙㄨ）粵 tsuk⁷〔速〕涑
水，河流名，在山西省。

7 涓 （juān ㄐㄩㄢ）粵 gyn¹〔娟〕細
小的流水。〔涓滴〕極小
量的水。喻極少的，極微的：
～～歸公。

7 涔 （cén ㄘㄣˊ）粵 sem⁴〔岑〕連
續下雨，積水成潦。〔涔
涔〕1.形容汗、雨、淚水不斷
地流下。2.形容天色陰沉。

7 涕 （tì ㄊㄧˋ）粵 tei³〔替〕❶眼淚：
痛哭流～。❷鼻涕，鼻
子裏分泌的液體。

7 涘 （sì ㄙˋ）粵 dzi⁶〔自〕水邊。

7 浠 （xī ㄒㄧ）粵 hei¹〔希〕浠水，
河流名，在湖北省。

7 浛 （hán ㄏㄢˊ）粵 hem⁴〔含〕〔浛
洸〕地名，在廣東省英德
縣。

7 涖 同‘蒞’，見 595 頁。

7 涩 ‘澀’的簡化字，見 389 頁。

7 润 ‘潤’的簡化字，見 384 頁。

7 涧 ‘澗’的簡化字，見 384 頁。

7 涛 ‘濤’的簡化字，見 389 頁。

7 涨 ‘漲’的簡化字，見 382 頁。

7 涤 ‘滌’的簡化字，見 380 頁。

7 涡 ‘渦’的簡化字，見 373 頁。

7 涟 ‘漣’的簡化字，見 382 頁。

7 涝 ‘澇’的簡化字，見 385 頁。

7 涢 ‘溳’的簡化字，見 377 頁。

7 涞 ‘淶’的簡化字，見 371 頁。

7 润 ‘灈’的簡化字，見 386 頁。

7 酒 見酉部，709 頁。

8 涪 （fú ㄈㄨˊ）粵 feu⁴〔浮〕涪江，
河流名，在四川省。

8 涯 （yá ㄧㄚˊ）粵 ŋai⁴〔崖〕水邊。
㋺邊際，極限：天～海
角。一望無～。

8 液 （yè ㄧㄝˋ）粵 jik⁹〔亦〕液體，
能流動、有一定體積而
沒有一定形狀的物質：血～。
溶～。

8 涵 (hán ㄏㄢˊ)粵ham⁴〔咸〕包容，包含(粵包一)：海～。～義。～養。

8 淒 (qī ㄑㄧ)粵tsɐi¹〔妻〕❶寒涼：～風苦雨。❷冷落寂寞：～清。～涼。

8 涸 (hé ㄏㄜˊ)粵kɔk⁸〔確〕水乾：～轍(水乾了的車轍)。

8 涿 (zhuō ㄓㄨㄛ)粵dœk⁸〔啄〕涿縣，在河北省。

8 淀 (diàn ㄉㄧㄢˋ)粵din⁶〔電〕❶淺水的湖泊：白洋～。❷'澱'的簡化字，見387頁。

8 淄 (zī ㄗ)粵dzi¹〔支〕淄水，河流名，在山東省。

8 淅 (xī ㄒㄧ)粵sik⁷〔色〕淘米。
〔淅瀝〕象聲詞，雨雪聲或落葉聲。

8 淆 (xiáo ㄒㄧㄠˊ)粵ŋau⁴〔肴〕混亂，混雜：～亂。混～不清。

8 淇 (qí ㄑㄧˊ)粵kei⁴〔其〕淇水，源出河南省林縣，流入衛河。

8 淋 ㊀(lín ㄌㄧㄣˊ)粵lɐm⁴〔林〕澆：日曬雨～。花蔫了，～上點水吧。
〔淋巴〕(外)人身體裏的一種無色透明液體，起血液和細胞之間的物質交換作用。
〔淋漓〕沾濕：墨迹～～。大汗～～。㊧暢達：～～盡致。痛快。～～。

㊀(lìn ㄌㄧㄣˋ)粵同㊀淋病，一種性病，病原體是淋病球菌，病人尿道紅腫潰爛，重的尿裏夾帶膿血。也叫'白濁'。

㊁(lìn ㄌㄧㄣˋ)粵lɐm⁶〔林低去〕過濾：～鹽。～硝。

8 淌 (tǎng ㄊㄤˇ)粵tɔŋ²〔倘〕流出，流下：～眼淚。汗珠直往下～。

8 淑 (shū ㄕㄨ)粵suk⁹〔熟〕善，美，過去多指女人的品德好。

8 淖 (nào ㄋㄠˋ)粵nau⁶〔鬧〕爛泥，泥沼。
〔淖爾〕(蒙)湖泊：達里～～(就是達里泊，在內蒙古自治區)。庫庫～～(就是青海)。羅布～～(就是羅布泊，在新疆維吾爾自治區)。

8 淘 (táo ㄊㄠˊ)粵tou⁴〔陶〕❶洗去雜質：～米。～金。〔淘汰〕去壞的留好的，去不合適的留合適的：自然～～。❷消除泥沙、渣滓等，挖濬：～井。～缸。❸淘氣，頑皮：這孩子～真。

8 淙 (cóng ㄘㄨㄥˊ)粵tsuŋ⁴〔松〕流水聲(疊)。

8 淚 (lèi ㄌㄟˋ)粵lœy⁶〔類〕眼淚。

8 **淝** (féi ㄈㄟˊ)粵fei⁴〔肥〕淝水,河流名, 在安徽省。也作'肥水'。

8 **淞** (sōng ㄙㄨㄥ)粵suŋ¹〔鬆〕淞江, 又叫'吳淞江'、'蘇州河', 發源於太湖, 到上海市跟黃浦江合流入海。

8 **淠** (pì ㄆㄧˋ)粵pei³〔屁〕淠河, 河流名, 在安徽省。

8 **淡** (dàn ㄉㄢˋ)粵dam⁶〔啖〕 ❶含的鹽分少, 跟'鹹'相反: 菜太~。~水湖。 ❷含某種成分少, 稀薄, 跟'濃'相反: ~綠。~酒。雲~風輕。(❶ ❷粵口語讀如'談'的低上聲) ❸不熱心: 態度冷~。他~~地說了一句話。 ❹營業不旺盛: ~月。~季。 ❺沒有意味的, 無關緊要的: ~話。扯~。 ❻同'澹㊀', 見 387 頁。

8 **淤** ㊀(yū ㄩ)粵jy¹〔于〕 ❶水道被泥沙阻塞: ~了好些泥。 ❷河溝中沉積的泥沙: 河~。溝~。
㊁同'瘀', 見 448 頁。

8 **淥** (lù ㄌㄨˋ)粵luk⁹〔陸〕淥水, 河流名, 在湖南省。

8 **淦** (gàn ㄍㄢˋ)粵gem³〔禁〕淦水, 河流名, 在江西省。

8 **淨** (jìng ㄐㄧㄥˋ)粵dziŋ⁶〔靜〕 ❶乾淨, 清潔: ~水。臉要洗~。(粵口語讀如'鄭') ❷洗, 使乾淨: ~面。~手。 ❸什麼也沒有, 空, 光: 錢用~了。 ❹單純 1.純粹的: ~利。~重。 2.單只, 僅只: ~剩下菊花了。 3.全(沒有別的): 滿地~是樹葉。 ❺傳統戲曲裏種花臉。

8 **淪**(**沦**) (lún ㄌㄨㄣˊ)粵lœn⁴〔倫〕 ❶水上的波紋。 ❷沉沒, 沒落(連-陷, 沉-): ~亡。

8 **淫** (yín ㄧㄣˊ)粵jem⁴〔吟〕 ❶過多, 過甚: ~威。~雨。 ❷在男女關係上態度或行為不正當的: 姦~。~蕩。 ❸放縱, 驕奢(~逸)(驕橫奢侈, 荒淫無度)。 ❹迷惑: 富貴不能~。

8 **淬** (cuì ㄘㄨㄟˋ)粵tsœy³〔翠〕sœy⁶〔睡〕(又)淬火, 金屬和玻璃的一種熱處理工藝, 把合金製品或玻璃加熱到一定溫度, 隨即在水、油或空氣中急速冷卻, 一般用以提高合金的硬度和強度, 通稱'蘸火'。〔淬礪〕粵刻苦鍛煉, 努力提高。

8 **淮** (huái ㄏㄨㄞˊ)粵wai⁴〔懷〕淮河, 源出河南省, 流經安徽省, 至江蘇省注入洪澤湖。

8 **淯** (yù ㄩˋ)粵juk⁹〔育〕淯河, 河流名, 在河南省。又名'白河'。

8 **深** (shēn ㄕㄣ)粵sem¹〔心〕❶從表面到底或從外面到裏面距離大的，跟'淺'相反：～水。這條河很～。～山。這個院子很～。〔深淺〕1.深度。2.說話的分寸：他說話不知道～～。❷從表面到底的距離：這口井兩丈～。❸久，時間長：～夜。～更半夜。年～日久。❹深奧：～入淺出。這本書太～。❺深刻，深入：～談。影響～遠。～謀遠慮。❻(感情)厚，(關係)密切：～交。～情厚誼。關係很～。❼顏色重：～紅。顏色太～。❽很，十分：～信。～知。～表同情。

8 **淳** (chún ㄔㄨㄣ)粵sœn⁴〔純〕樸實，淳厚：～樸。

8 **淶(涞)** (lái ㄌㄞ)粵loi⁴〔來〕淶源縣，在河北省。

8 **混** ㊀(hùn ㄏㄨㄣ)粵wen⁶〔運〕❶攙雜在一起：～合物。～入。～為一談。❷蒙混：～充。魚目～珠。❸苟且度過：～日子。❹胡亂：～鬧。～出主意。〔混沌〕1.傳說中指世界開闢前的狀態。2.糊塗，不清楚。㊁同'渾❶❷'，見 374 頁。

8 **清** (qīng ㄑㄧㄥ)粵tsiŋ¹〔青〕❶純淨透明，沒有混雜的

東西，跟'濁'相反：～水。天朗氣～。㊁1.單純地：～茶。～唱。2.寂靜(粵一靜)：～夜。冷～。❷明白，不混亂：分～。～楚。說不～。❸一點不留，淨盡：～除。膽～。蕭～。❹(賬目)還清，結清：～欠。賬已經～了。❺查點(清楚)：～倉。～一～行李的件數。❻公正廉明：～廉。～官。❼朝代名(公元1644－1911年)。公元1616年，滿族愛新覺羅‧努爾哈赤建立後金。1636年國號改為清。1644年建都北京。

8 **淹** (yān ㄧㄢ)粵jim¹〔閹〕❶水浸，浸沒：被水～了。❷皮膚被汗液浸漬。❸深入，廣博：～博。❹滯留，遲延：～留。

8 **淺(浅)** ㊀(qiǎn ㄑㄧㄢ)粵tsin²〔錢高上〕❶從表面到底或從外面到裏面距離小的，跟'深'相反：這條河很～。這個院子太～。❷不久，時間短：年代～。相處的日子還～。❸簡明易懂：這篇文章很～。～近的理論。❹不深切，淺薄：～見。功夫～。交情～。❺顏色淡薄：～紅。～綠。㊁同'濺❸'，見 389 頁。

8 **添** (tiān ㄊㄧㄢ)粵tim¹〔甜高平〕增加(粵增一)：～衣

服。錦上～花。〔添丁〕生小孩。

8 **涴** （wò ㄨㄛˋ）粵wo³〔和高去〕被泥土弄髒。泛指弄髒。

8 **淝** （huī ㄏㄨㄟ）粵fet⁷〔忽〕〔濊浴〕〈方〉洗澡。

8 **淼** （miǎo ㄇㄧㄠˇ）粵miu⁵〔杪〕同'渺'。水勢遼遠: 煙波浩～。

8 **涮** （shuàn ㄕㄨㄢˋ）粵san³〔汕〕❶搖動着沖刷, 略微洗洗: ～～手。把衣服一一～。❷把水放在器物中搖動, 沖洗: ～瓶子。❸把肉片等在滾水裏放一下就取出來(蘸作料吃): ～鍋子。～羊肉。

8 **涼** ㊀（liáng ㄌㄧㄤˊ）粵lœŋ⁴〔良〕溫度低(若指天氣, 比'冷'的程度淺): 飯～了。立秋之後天氣～了。㊁灰心或失望: 聽到這消息, 我心裏就～了。〔涼快〕1.清涼爽快。2.乘涼: 到外頭～～～～去。
㊁（liàng ㄌㄧㄤˋ）粵lœŋ⁶〔亮〕把熱的東西放一會兒, 使溫度降低。

8 **渚** （zhǔ ㄓㄨˇ）粵dzy²〔主〕水中間的小塊陸地。

8 **淩** 同'凌❷❸', 見 53 頁。

8 **洴** 同'洴', 見 365 頁。

8 **淊** 同'淹❶', 見 371 頁。

8 **湔** 同'浙', 見 365 頁。

8 **渗** '滲'的簡化字, 見 380 頁。

8 **渊** '淵'的簡化字, 見本頁。

8 **渔** '漁'的簡化字, 見 380 頁。

8 **渍** '漬'的簡化字, 見 382 頁。

8 **渎** '瀆'的簡化字, 見 390 頁。

8 **浐** '滻❷'的簡化字, 見 390 頁。

8 **鸿** '鴻'的簡化字, 見 811 頁。

8 **渐** '漸'的簡化字, 見 383 頁。

8 **渑** '澠'的簡化字, 見 386 頁。

8 **润** '潤'的簡化字, 見 383 頁。

9 **淵**（渊）（yuān ㄩㄢ）粵jyn¹〔冤〕深水, 潭: 深～。魚躍於～。㊀深: ～博。

9 **渙** （huàn ㄏㄨㄢˋ）粵wun⁶〔換〕離散, 流散: 士氣～散。～然冰釋。〔渙渙〕水勢盛大。

9 **渟** （tíng ㄊㄧㄥˊ）粵tiŋ⁴〔停〕水積聚而不流通: 淵～。

9 **渝** （yú ㄩˊ）粵jy⁴〔余〕❶改變, 違背(多指感情或態度)

始終不~。❷重慶市的別稱: 成~鐵路。

9 **減**(jiǎn ㄐㄧㄢˇ)粵gam²〔監高上〕❶由全體中去掉一部分: 三~二是一。~價。❷減輕,減少,減弱: ~刑。~色。

9 **渠**(qú ㄑㄩˊ)粵køy⁴〔衢〕❶水道。特指人工開的河道,水溝: 靈~。水到~成。❷他: 不知~為何人。❸大: ~帥。~魁。

9 **渡**(dù ㄉㄨˋ)粵dou⁶〔杜〕❶橫過水面: ~河。~江。㋑過,由此到彼(粵過一): ~過難關。過~時期。❷渡口,渡頭,過河的地方。

9 **渢**(渢)(fēng ㄈㄥ,又讀féng ㄈㄥˊ)粵fuŋ¹〔風〕fuŋ⁴〔馮〕〈又〉❶形容樂聲婉轉抑揚(疊)。❷水聲(疊)。

9 **渣**(zhā ㄓㄚ)粵dza¹〔揸〕(~子、~兒)提出精華或汁液後剩的東西(粵一滓): 豆腐~。油~。〔渣滓〕麪包~。

9 **渤**(bó ㄅㄛˊ)粵but⁹〔撥〕渤海,由遼東半島和山東半島圍抱着的海。〔渤澥〕〈古〉海的別稱。也指渤海。

9 **渥**(wò ㄨㄛˋ)粵ɐk¹ ak¹〔握〕〈又〉❶沾濕,沾潤。❷厚,重: 優~(優厚)。

9 **渦**(渦)(㊀wō ㄨㄛ)粵wo¹〔窩〕旋渦,水流旋轉形成中間低窪的地方: 捲入旋~(喻被牽入糾紛裏)。
㊁(guō ㄍㄨㄛ)粵gwo¹〔戈〕渦河,河流名,發源於河南省,流至安徽省注入淮河。

9 **渫**(㊀xiè ㄒㄧㄝ)粵sit⁸〔屑〕❶淘井,淘去泥污。❷散發。❸污濁,卑污。
㊁(dié ㄉㄧㄝˊ)粵dip⁹〔碟〕水波相連的樣子(疊)。

9 **測**(測)(cè ㄘㄜˋ)粵tsɐk⁷〔惻〕❶測量,利用儀器來度量: ~角器。~繪。〔測驗〕用一定的標準檢定。❷推測,料想: 預~。變化莫~。

9 **渭**(wèi ㄨㄟˋ)粵wei⁶〔胃〕渭河,發源於甘肅省,流入陝西省,會涇水入黃河。

9 **菏**(hé ㄏㄜˊ,舊讀gē ㄍㄜ)粵go¹〔哥〕ho⁴〔何〕〈又〉〔菏澤〕縣名,在山東省。

9 **港**(gǎng ㄍㄤˇ)粵goŋ²〔講〕❶江河的支流,多用於河流名,如江山港、常山港(都在浙江省)。❷可以停泊大船的江海口岸: 軍~。~口。指香港: ~幣。

9 **渰**(㊀yǎn ㄧㄢˇ)粵jim²〔掩〕雲氣興起的樣子。
㊁同'淹❶',見 371 頁。

9 渲 (xuàn ㄒㄩㄢˋ)(粵)syn³〔算〕hyn¹〔圈〕(又)中國畫的一種畫法,把水墨淋在紙上再擦得濃淡適宜。〔渲染〕用水墨或淡的色彩塗抹畫面。(喻)誇大地形容。

9 渴 (kě ㄎㄜˇ)(粵)hot⁸〔喝〕口乾想喝水:我~了。(喻)急切:~望。

9 游 (yóu ㄧㄡˊ)(粵)jeu⁴〔由〕❶動物在水裏行動(連一泳):~水。~魚可數。❷流動,不固定:~資。~牧。~民。[游移]主意不定。❸交游,來往。❹河流的一段:上~。下~。❺同'遊❶'。閒逛,從容地行走:~歷。~玩。~覽。~人。

9 渺 (miǎo ㄇㄧㄠˇ)(粵)miu⁵〔秒〕❶微小:~小。❷水勢遼遠:浩~。❸邈遠:~無人迹。~若煙雲。~無聲息。〔渺茫〕離得太遠看不清楚。(喻)看不見前途的或沒有把握的:這件事~~得很。

9 渾 (渾) ㊀(hún ㄏㄨㄣˊ)(粵)wen⁴〔雲〕❶水不清,污濁:~水坑。❷罵人糊塗,不明事理:~人。~話。❸全,滿:~身是汗。
㊁(hùn ㄏㄨㄣˋ)(粵)wen⁶〔運〕〔渾沌〕同'混沌',見 371 頁'混'字條。

9 湄 (méi ㄇㄟˊ)(粵)mei⁴〔眉〕河岸,水濱。

9 湊 (còu ㄘㄡˋ)(粵)tseu³〔臭〕❶聚合:~在一起。~錢。[湊合]1.同'湊❶'。2.將就:~~着用吧。❷接近:~上去。往前~。❸碰,趕,趁:~巧。~熱鬧。

9 湍 (tuān ㄊㄨㄢ)(粵)tœn¹〔盾高平〕dzyn¹〔專〕(又)❶急流的水:飛流急~。❷水勢急:~流。水流~急。

9 湎 (miǎn ㄇㄧㄢˇ)(粵)min⁵〔免〕沉迷(多指喝酒):沉~。

9 湑 ㊀(xǔ ㄒㄩˇ,又讀xū ㄒㄩ)(粵)sœy²〔水〕sœy¹〔須〕(又)❶濾過的酒。㊁清。❷茂盛。
㊁(xū ㄒㄩ)(粵)sœy¹〔須〕〔湑水〕河流名,在陝西省。

9 湓 (pén ㄆㄣˊ)(粵)pun⁴〔盆〕湓水,河流名,在江西省。

9 湔 (jiān ㄐㄧㄢ)(粵)dzin¹〔煎〕洗:~雪前恥。

9 湧 (yǒng ㄩㄥˇ)(粵)jun²〔擁〕❶水由下向上冒出來:~泉。❷像水湧出一樣:許多人從裏面~出來。

9 湖 (hú ㄏㄨˊ)(粵)wu⁴〔胡〕陸地上聚積的大水:洞庭~。太~。〔湖色〕淡綠色。

9 湘 (xiāng ㄒㄧㄤ)(粵)sœŋ¹〔商〕❶湘江,源出廣西壯族

自治區，經過湖南省，流入洞庭湖。❷湖南省的別稱。

9 **湛**（zhàn ㄓㄢˋ）粵dzam³〔斬高上〕❶深：精～的演技。❷清澈。❸厚，濃重：～露。

9 **湜**（shí ㄕˊ）粵dzik⁹〔直〕形容水清見底（疊）。

9 **湞（浈）**（zhēn ㄓㄣ，舊讀 zhēng ㄓㄥ）粵dzing¹〔貞〕湞水，河流名，在廣東省。

9 **湟**（huáng ㄏㄨㄤˊ）粵wong⁴〔皇〕湟水，河流名，在青海省。

9 **潩**（jú ㄐㄩˊ）粵gwik⁷〔隙〕潩水，河流名，在河南省。

9 **湫**㊀（qiū ㄑㄧㄡ）粵dzeu¹〔周〕tseu¹〔秋〕（又）水潭。〔大龍湫〕瀑布名，在浙江省北雁蕩山。
㊁（jiǎo ㄐㄧㄠˇ）粵dziu²〔沼〕（地勢）低下，低濕。〔湫隘〕低下狹小。

9 **湮**㊀（yān ㄧㄢ）粵jin¹〔煙〕❶埋沒（運－沒）：～滅。有的古迹已經～沒了。❷淤塞，阻塞：～洪水。
㊁（yīn ㄧㄣ）粵jen¹〔因〕同'洇'。墨水着紙向周圍散開：這種紙寫起來有些～。

9 **湯（汤）**㊀（tāng ㄊㄤ）粵tong¹〔倘 高平〕❶熱水：赴～蹈火。揚～止沸

（喻辦法不徹底，不能從根本上解決問題）。❷煮東西的汁液：米～。參～。❸烹調後水多菜少的菜餚：白菜～。豆腐～。❹中藥的湯劑：～藥。二陳～。
㊁（shāng ㄕㄤ）粵sœng¹〔商〕水流大而急（疊）：河水～～。

9 **湲**（yuán ㄩㄢˊ）粵jyn⁴〔元〕wun⁴〔垣〕（又）〔潺湲〕水流的樣子。

9 **湃**（pài ㄆㄞˋ）粵pai³〔派〕bai³〔拜〕（又）〔澎湃〕大浪相激。

9 **湉**（tián ㄊㄧㄢˊ）粵tim⁴〔甜〕〔湉湉〕形容水流平緩。

9 **湣**（mǐn ㄇㄧㄣˇ）粵men⁵〔敏〕古謚號用字。

9 **溫**（wēn ㄨㄣ）粵wen¹〔瘟〕❶不冷不熱（運－暖）：～水。〔溫度〕冷熱的程度，也省稱'溫'：氣～。低～。體～。〔溫飽〕衣食充足。❷使東西暖：～酒。❸性情柔和（運－柔、－和）：～情。❹復習：～書。❺中醫指溫熱病：春～。冬～。❻同'瘟'，見448頁。

9 **溲**（sōu ㄙㄡ）粵seu¹〔收〕❶大小便。特指小便。❷浸，泡。

9 **滋**（zī ㄗ）粵dzi¹〔支〕❶生出，長：～芽。～事。～蔓。

❷增益，加多：～甚。～益。
❸潤澤。〔滋潤〕潤澤，濕潤，不乾枯。❹〈方〉噴射：水管往外～水。
〔滋味〕味道。
〔滋養〕補益身體。

9 溉 (gài ㄍㄞˋ)⑧koi³〔概〕澆灌（⑭灌－）。

9 潙（沩）(wéi ㄨㄟˊ)⑧wei⁴〔圍〕gwei¹〔歸〕
〔又〕潙水，河流名，在湖南省。

9 飡 同'餐'，見780頁。

9 湼 同'涅'，見367頁。

9 湔 同'菏'，見373頁。

9 湿 '濕'的簡化字，見388頁。

9 溅 '濺'的簡化字，見389頁。

9 滞 '滯'的簡化字，見380頁。

9 湾 '灣'的簡化字，見392頁。

9 溃 '潰'的簡化字，見385頁。

9 渍 '漬'的簡化字，見386頁。

9 溇 '㜽'的簡化字，見381頁。

9 潒 '潒'的簡化字，見389頁。

10 溏 (táng ㄊㄤˊ)⑧toŋ⁴〔唐〕泥漿。㑚不凝結的，半流動的：～便。～心雞蛋。

10 源 (yuán ㄩㄢˊ)⑧jyn⁴〔元〕❶水流所從出的地方：泉～。河～。〔源源〕繼續不斷：～～而來。❷事物的根由，來源：病～。貨～。資～。

10 溘 (kè ㄎㄜˋ)⑧hep⁹〔合〕忽然：～逝（稱人死亡）。

10 溝（沟）(gōu ㄍㄡ)⑧geu〔鳩〕keu¹〔扣高平〕〔又〕❶流水道：陰－。山－。〔溝通〕使兩方通達：～～東西文化。❷像溝的東西：車～。

10 溟 (míng ㄇㄧㄥˊ)⑧miŋ⁴〔明〕❶海：北～。東～。❷〔溟濛〕形容景色模糊不清。

10 溠 (zhà ㄓㄚˋ)⑧dza³〔炸〕溠水，河流名，在湖北省。

10 溢 (yì ㄧˋ)⑧jet⁹〔日〕❶水或其他液體滿而向外流出來：河水四～。～美（喻過分誇獎）。㑚超出：～出此數。❷〈古〉同'鎰'，見735頁。

10 溥 (pǔ ㄆㄨˇ)⑧pou²〔普〕❶廣大。❸普遍。

10 溧 (lì ㄌㄧˋ)⑧leot⁹〔栗〕〔溧水〕〔溧陽〕縣名，都有江蘇省。

10溪 (xī Tl，又讀qī くl)粵kɐi¹
〔稽〕山裏的小河溝：～
澗。

10澌(浉) (shī ㄕ)粵si¹〔師〕
浉河，河流名，
在河南省，入淮河。

10溯 (sù ㄙㄨ)粵sou³〔素〕逆着
水流的方向走：～河而
上。⑤追求根源或回想：推本
～源。不～既往。

10溱 ㊀(zhēn ㄓㄣ)粵dzɐn¹
〔津〕〔溱頭河〕河流名，
在河南省。
㊁(qín くlㄣ)粵tsœn⁴〔秦〕〔溱
潼〕地名，在江蘇省泰縣。

10溳(涢) (yún ㄩㄣ)粵wɐn⁴
〔雲〕溳水，河流
名，在湖北省。

10溴 (xiù Tlㄡ)粵tsɐu³〔臭〕一
種非金屬元素，符號Br，
深紅棕色的液體，性質很毒，
能侵蝕皮膚和黏膜。可製染料、
照相底版、鎮靜劑等。

10溵 (yīn lㄣ)粵jɐn¹〔因〕〔溵
溜〕地名，在天津市薊縣。

10溶 (róng ㄖㄨㄥ)粵juŋ⁴〔容〕在
水或其他液體中化開
(連一化)：～液。樟腦～於酒
精而不～於水。

10溷 (hùn ㄏㄨㄣ)粵wɐn⁶〔混〕❶
髒亂(連一濁)。❷廁所：
～廁。❸豬圈。

10溺 ㊀(nì ㄋ丨)粵nik⁷〔匿〕nik⁹
〔匿低入〕(又)❶淹沒：～
死。❷沉迷不悟，過分：～
信。～愛。
㊁(niào ㄋlㄠ)粵niu⁶〔尿〕同
'尿'。小便。

10溽 (rù ㄖㄨ)粵juk⁹〔肉〕濕，
盛夏潮濕而悶熱的氣候：
～暑。

10滁 (chú ㄔㄨ)粵tsœy⁴〔徐〕滁
縣，在安徽省。

10滂 (pāng ㄆㄤ)粵poŋ⁴〔旁〕水
湧出的樣子。〔滂沱〕雨
下得很大：大雨～～。⑪淚流
得很多：涕泗～～。〔滂湃〕水
勢盛大。

10滃 ㊀(wěng ㄨㄥˇ)粵juŋ²〔湧〕
❶形容水盛。❷形容雲
氣四起。
㊁(wēng ㄨㄥ)粵juŋ¹〔翁〕滃江，
河流名，在廣東省。

10滄(沧) (cāng ㄘㄤ)粵
tsoŋ¹〔蒼〕❶深綠
色(指水)：～海。〔滄海一粟〕
喻非常渺少。〔滄海桑田〕喻世
事變化很大。也簡作'滄桑'。
❷寒，冷。

10滅(灭) (miè ㄇlㄝ)粵
mit⁹〔篾〕❶完，
盡，使不存在(連消一)：磨～。
～蚊。長他人志氣，～自己威
風。❷火熄(連熄一)：～火器。

～燈。火～了。❸淹沒，被水漫過：～頂。

10 **滇**（diān ㄉㄧㄢ）粵 tin⁴〔田〕 din¹〔顛〕（又）❶滇池，湖名，在雲南省。也叫'昆明湖'。❷雲南省的別稱。

10 **滈**（hào ㄏㄠˋ）粵 hou⁶〔浩〕 ❶久雨，大雨。❷河流名，在陝西省。

10 **滉**（huàng ㄏㄨㄤˋ）粵 foŋ²〔訪〕〔滉瀁〕形容水勢廣大無邊。

10 **滍**（zhì ㄓˋ）粵 dzi⁶〔字〕〔滍陽〕地名，在河南省寶豐縣南。

10 **滎（荥）** ㊀（xíng ㄒㄧㄥˊ）粵 jiŋ⁴〔營〕〔滎陽〕縣名，在河南省。
㊁（yíng ㄧㄥˊ）粵同㊀〔滎經〕縣名，在四川省。

10 **滏**（fǔ ㄈㄨˇ）粵 fu²〔苦〕〔滏陽河〕河流名，在河北省。

10 **滑**（huá ㄏㄨㄚˊ）粵 wat⁹〔挖低入〕❶滑溜，光滑，不粗澀：下雨以後地很～。桌面很光～。❷在光溜的物體表面上溜動：～了一跤。～雪。～冰。〔滑翔〕航空上指藉着大氣浮力飄行：～～機。❸狡詐，不誠實：～頭。狡～。這人很～。〔滑稽〕詼諧，使人發笑：他說話很～～。（'滑'在古書中讀

gǔ《ㄨˇ粵gwet⁷〔骨〕）

10 **滓**（zǐ ㄗˇ）粵 dzi²〔子〕渣子，沉澱物。

10 **滔**（tāo ㄊㄠ）粵 tou¹〔韜〕彌漫，充滿：波浪～天。罪惡～天。〔滔滔〕1.水勢盛大：海水～～。2.連續不斷：～～不絕。議論～～。

10 **滘**（jiào ㄐㄧㄠˋ）粵 gau³〔教〕地名用字。雙滘，沙滘，都在廣東省。

10 **滆**（gé ㄍㄜˊ）粵 gak⁸〔隔〕〔滆湖〕湖名，在江蘇省。

10 **滀**（chù ㄔㄨˋ）粵 tsuk⁷〔畜〕水聚積。

10 **溜** ㊀（liū ㄌㄧㄡ）粵 liu¹〔料平〕❶溜走，趁人不見走開：一眼不見他就～了。❷同'熘'，見 401 頁。
㊁（liū ㄌㄧㄡ）粵 leu⁶〔漏〕滑行：～冰。從滑梯上～下來。引溜溜，平滑，無阻礙：這塊石頭很滑～。
㊂（liù ㄌㄧㄡˋ）粵同㊁❶急流：大～。今天河水～很大。❷順屋檐滴下來的水：檐～。❸屋檐上安的接雨水用的長水槽。❹（～兒）行列：一～三間房。

10 **溻**（tǎ ㄊㄚˇ）粵 tap⁸〔塔〕（外）通稱'焦油'，用煤或木材得的一種黏稠液體，顏色黑褐，是化學工業上的重要原料，通

常用作塗料，有煤溚和木溚兩種。

10 **準**（△准）（zhǔn ㄓㄨㄣˇ）粵 dzœn² 〔津高上〕
❶定平直的東西：水～。～繩。
❷標準，法則，可以作為依據的：～則。以此為～。❸正確（運一確）：瞄～。❹一定，確實：我～來。～能達到目標。
❺程度上雖不完全夠，但可以作為某類事物看待的：～平原。～決賽。❻鼻子：隆～（高鼻子）。❼同'埻'。箭靶上的中心。

10 **溚**（tā ㄊㄚ）粵tap⁸ 〔塔〕出汗把衣服，被褥等弄濕：天太熱，我的衣服都～了。

10 **滾**（gǔn ㄍㄨㄣˇ）粵gwen² 〔君高上〕❶水流翻騰（疊）：白浪翻～。大江～～東去。㊊水煮開：水～了。❷旋轉着移動：小球～來～去。～鐵環。打～。❸走，離開（含斥責意）：～出去! ❹極，特：～燙。～熟。

10 **滕**（téng ㄊㄥˊ）粵teŋ⁴ 〔騰〕周代諸侯國名，在今山東省滕縣。

10 **溦**（wēi ㄨㄟ）粵mei⁴ 〔微〕小雨。

10 **滇**同'滇'，見 378 頁。

10 **滋**同'滋'，見 375 頁。

10 **溫**同'溫'，見 375 頁。

10 **澀**同'灘'，見 391 頁。

10 **滙**同'匯'，見 73 頁。

10 **溼**同'濕'，見 388 頁。

10 **满** '滿'的簡化字，見 380 頁。

10 **滥** '濫'的簡化字，見 389 頁。

10 **滤** '濾'的簡化字，見 389 頁。

10 **滩** '灘'的簡化字，見 391 頁。

10 **滨** '濱'的簡化字，見 389 頁。

10 **滢** '瀅'的簡化字，見 390 頁。

10 **滦** '灤'的簡化字，見 392 頁。

10 **滠** '灄'的簡化字，見 391 頁。

10 **滟** '灔'的簡化字，見 392 頁。

10 **滗** '潷'的簡化字，見 386 頁。

10 **塗** 見土部，137 頁。

11 滌(涤) （dí ㄉㄧˊ）粵dik⁹
〔敵〕洗（〔連〕洗
一）：～除舊習。

11 漓(漓) （lí ㄌㄧˊ）粵lei⁴〔離〕❶見
369頁'淋'字條'淋漓'。
❷'灘'的簡化字，見391頁。

11 滬(沪) （hù ㄏㄨˋ）粵wu⁶
〔戶〕❶滬瀆，松
江的下流，在今上海。❷上海
市的別稱：～杭鐵路。

11 滯(滞) （zhì ㄓˋ）粵dzei⁶
〔濟低去〕凝積，
積留，不流通。停～。～銷
（銷路不暢）。沾～（拘泥）。

11 滲(渗) （shèn ㄕㄣˋ）粵
sɐm³〔沁〕液體慢
慢地透入或漏出：水～到土裏
去了。天很熱，汗～透了衣服。

11 滴(滴) （dī ㄉㄧ）粵dik⁹〔敵〕❶落
下的少量液體：汗～。
水～。❷液體一點一點地落下，
使液體一點一點地落下：汗水
直往下～。～眼藥。〔滴瀝〕象
聲詞，雨水下滴的聲音。❸量
詞，液體滴下的數量：一～油。
〔滴溜〕1.滾圓的樣子：～～圓。
2.形容很快地旋轉：～～轉。

11 滷(卤) （lǔ ㄌㄨˇ）粵lou⁵
〔老〕❶濃汁：茶
～。打～麵。❷用鹽水醬油等
濃汁製作食品：～雞。～豆腐。
❸製鹽時剩下的黑色汁液，是

氯化鎂、硫酸鎂、溴化鎂及氯
化鈉的混合物，味苦有毒，可
使豆漿凝結成豆腐。也叫'苦汁'
或'鹽滷'。

11 滸(浒) （一）（hǔ ㄏㄨˇ）粵wu²
〔烏高上〕水邊。
（二）（xǔ ㄒㄩˇ）粵hœy²〔許〕〔滸浦〕
〔滸墅關〕地名，都在江蘇省。

11 滹(滹) （hū ㄏㄨ）粵fu¹〔呼〕〔滹沱
河〕河流名，從山西省流
入河北省。

11 滻(浐) （chǎn ㄔㄢˇ）粵
tsan²〔產〕滻河，
河流名，在陝西省。

11 滿(满) （mǎn ㄇㄢˇ）粵
mun⁵〔門低上〕❶
全部充實，沒有餘地：會場裏
人都～了。～屋都是書。❷滿
足：～意。不～。❸驕傲：自～
～招損，謙受益。❹到了一定
的限度：假期已～。～了一年。
❺使滿，斟酒：～上一杯。❻
十分，全：～不在乎。～口答
應。
〔滿族〕中國少數民族名，參看
附錄六。

11 漁(渔) （yú ㄩˊ）粵jy⁴〔余〕
❶捕魚：～船。
～業。❷用不正當的手段去謀
取：～利。

11 漂(漂) （一）（piāo ㄆㄧㄠ）粵piu¹〔飄〕
浮在液體上面不沉下去：

樹葉在水上～着。〔漂泊〕喻為了生活職業而流浪奔走：～～在外。

㈡(piāo ㄆㄧㄠ)粵piu³〔票〕❶用水加藥品使東西退去顏色或變白：～白。❷用水沖洗：用水～一～。～硃砂。

㈢(piào ㄆㄧㄠ)粵同㈡〔漂亮〕1.美，好。2.出色。

11 漆 (qī ㄑㄧ)粵tset⁷〔七〕❶各種黏液狀塗料的統稱。可分為天然漆和人造漆兩大類。〔漆樹〕落葉喬木，用樹皮裏的黏汁製成的塗料就是漆。❷用漆塗：把大門～成白色。

11 漉 (lù ㄌㄨ)粵luk⁹〔鹿〕❶水慢慢地滲下。❷濾過。

11 漊(溇) (lóu ㄌㄡ)粵leu⁴〔流〕漊水，河流名，在湖南省。

11 漏 (lòu ㄌㄡ)粵leu⁶〔陋〕❶物體由孔縫透過或滴下：水壺～了。油箱～了。〔漏斗〕灌注液體到小口的器具裏的用具。〔漏洞〕做事的破綻，不周密的地方：堵塞～～。❷泄漏，泄露：～了風聲。走～消息。❸遺落：掛一～萬。這一項可千萬不能～掉。❹逃避：走私～稅。❺漏壺，古代計時的器具，用銅製成。壺上下分好幾層，上層底有小孔，可以滴水，

層層下注，以底層蓄水多少計算時間。❻中醫指血流不止的病：崩～。痔～。

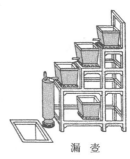

漏　壺

11 漕 (cáo ㄘㄠ)粵tsou⁴〔曹〕利用水道轉運食糧：～運。～河(運糧河)。

11 漚(沤) ㈠(òu ㄡ)粵eu³〔歐 高去〕長時間地浸泡：～麻。

㈡(ōu ㄡ)粵eu¹〔歐〕水泡：浮～。

11 漠 (mò ㄇㄛ)粵mɔk⁹〔莫〕❶沙漠，地面為沙石覆蓋，缺乏流水，氣候乾燥，植物稀少的地區：大～。❷冷淡無情，不經心地：～視。～不關心。

11 漢(汉) (hàn ㄏㄢ)粵hɔn³〔看 高去〕❶(～子)男人，男子：老～。英雄

好～。❷漢水，上流在陝西南部，下流到漢口入長江。❸朝代名：1.劉邦所建立（公元前206－公元220年）。2.五代之一，劉知遠所建立（公元947－950年）。❹漢族，中國人數最多的民族。❺漢語的簡稱：英～詞典。

11 **漣(漣)** (lián ㄌㄧㄢˊ)⑧lin⁴〔連〕❶水面被風吹起的波紋。❷淚流不止：泣涕～～。～洏。

11 **漦** (chí ㄔˊ，又讀 lí ㄌㄧˊ)⑧lei⁴〔離〕涎沫。

11 **漩** (xuán ㄒㄩㄢˊ)⑧syn⁴〔船〕(～兒)水流旋轉的圓窩。

11 **漪** (yī ㄧ)⑧ji¹〔衣〕水波紋：清～。漣～。

11 **漫** (màn ㄇㄢˋ)⑧man⁶〔慢〕❶水漲，水滿外溢：河水～出來了。⑧淹沒：水不深，只～到腳面。大水～過房子了。❷滿，遍：～山遍野。大霧～天。❸隨意，沒有約束：～談。～不經心。～無邊際。〔漫長〕時間長或路程遠：～～的歲月。～～的道路。〔漫畫〕簡單而誇大事物特徵的繪畫，多含有諷刺的意義。〔漫漶〕文字圖象等磨滅、模糊。

11 **漬(渍)** (zì ㄗˋ)⑧dzi³〔至〕dzik⁷〔積〕(又)❶浸，漚：～麻。❷地面的積水：～水。❸油、泥等積在上面難以除去：煙袋裏～了很多油子。手錶的輪子～住了。❹積在物體上面難以除去的油泥等：油～。茶～。污～。

11 **漯** ㊀(luò ㄌㄨㄛˋ)⑧lœy⁶〔類〕〔漯河〕市名，在河南省。㊁(tà ㄊㄚˋ)⑧tap⁸〔塔〕漯河，古河流名，在山東省。

11 **漱** (shù ㄕㄨˋ)⑧sɐu³〔秀〕含水盪洗口腔：～口。

11 **漲(涨)** ㊀(zhǎng ㄓㄤˇ)⑧dzœŋ²〔掌〕dzœŋ⁶〔帳〕(又)❶水量增加，水面高起來：水～船高。河裏～水了。❷價格提高：～錢。～價。㊁(zhàng ㄓㄤˋ)⑧dzœŋ³〔帳〕❶體積增大：熱～冷縮。豆子泡～了。❷充滿，彌漫：他氣得～紅了臉。煙塵～天。❸多出來：～出十塊錢。

11 **漳** (zhāng ㄓㄤ)⑧dzœŋ¹〔章〕漳河，發源於山西省，流至河北省入衛河。

11 **漵** (xù ㄒㄩˋ)⑧dzœŋ⁶〔罪〕〔漵浦〕縣名，在湖南省。

11 **漶** (huàn ㄏㄨㄢˋ)⑧wan⁶〔患〕〔漫漶〕文字圖象等磨滅、模糊。

11 **潮** (huǒ ㄏㄨㄛˇ)⑧kwɔk⁸〔廓〕〔潮縣〕地名，在北京市

通縣。

11 **漸(渐)** ㊀(jiàn ㄐㄧㄢˋ)粵 dzim⁶〔佔低去〕❶慢慢地,一點一點地(疊):逐~。~進。~入佳境。❷事物發展的開始:防微杜~(在錯誤或壞事還未顯著或剛剛發生的時候,就加以防止,不讓它發展)。❸《周易》六十四卦之一。

㊁(jiān ㄐㄧㄢ)粵 dzim¹〔尖〕❶沾濕:水珠~衣。❷浸:~染(接觸多了,影響逐漸加深)。❸流入:東~於海。

11 **漾** (yàng ㄧㄤˋ)粵 jœŋ⁶〔讓〕❶水面微微動盪:盪~。❷液體溢出來:~奶。~酸水。湯太滿都~出來了。

11 **漿(浆)** (jiāng ㄐㄧㄤ)粵 dzœŋ¹〔章〕❶比較濃的液體:紙~。豆~。泥~。血~。❷用米湯或粉漿等浸潤紗、布、衣服等物:~衣裳。

11 **潁(颖)** (yǐng ㄧㄥˇ)粵 wiŋ⁶〔泳〕潁河,發源於河南省登封縣,流至安徽省注入淮河。

11 **演** (yǎn ㄧㄢˇ)粵 jin²〔煙高上〕❶把技藝當眾表現出來:~劇。~奏。~唱。❷根據一件事理推廣、發揮:~說。

義。〔演繹〕1.由一般原理推斷特殊事實。2.(音樂、戲劇等表演)對作品的詮釋,發揮:將樂曲~~得淋漓盡致。❸演習,依照一定程式練習:~武。~算習題。❹不斷變化:~變。~進。~化。

11 **潐** (jiào ㄐㄧㄠˋ)粵 gau³〔教〕同'漖',東漖,在廣州市郊區。

11 **潨** (cóng ㄘㄨㄥˊ,又讀 zhōng ㄓㄨㄥ)粵 tsuŋ⁴〔松〕dzuŋ¹〔中〕(又)❶小水匯入大水,水流會合處。❷水聲。

11 **漍(涸)** (guó ㄍㄨㄛˊ)粵 gwok⁸〔國〕河流。

11 **滫** (xiǔ ㄒㄧㄡˇ)粵 seu²〔首〕酸臭的陳淘米水。

11 **漭** (mǎng ㄇㄤˇ)粵 mɔŋ⁵〔網〕〔漭漭〕形容水勢廣闊無邊。

11 **溉** 同'溉',見 376 頁。

11 **灒** 同'灒',見 392 頁。

11 **滾** 同'滾',見 379 頁。

11 **潴** 同'潴',見·390 頁。

11 **潀** 同'潀',見 382 頁。

11 漱 同'漱'，見 382 頁。

11 瀟 '瀟'的簡化字，見 391 頁。

11 潊 '潊'的簡化字，見 391 頁。

11 潋 '激'的簡化字，見 391 頁。

11 潍 '濰'的簡化字，見 389 頁。

11 憑 見心部，229 頁。

11 蕰 見艸部，595 頁。

12 潏 (yù ㄩ)粵wet⁹〔屈低入〕泉水湧出。

12 潑(泼) (pō ㄆㄛ)粵put⁸〔蒲抹切〕❶猛力倒水使散開：～水。～街。❷野蠻，不講理：撒～。〔潑辣〕凶悍而不講理。粵有魄力，不怕困難：他做事很～～。

12 潔(洁) (jié ㄐㄧㄝˊ)粵git⁸〔結〕乾淨(粵一淨)：街道清～。～白。❷不貪污：廉～。

12 潕(沅) (wǔ ㄨˇ)粵mou⁵〔武〕潕水，河流名，在湖南省。

12 潘 (pān ㄆㄢ)粵pun¹〔判高平〕❶淘米汁。❷姓。

12 潛(潜) (qián ㄑㄧㄢˊ)粵tsim⁴〔簽低平〕❶隱在水面下活動：～水艇。魚～鳥飛。❷隱藏的：～伏。～在力量。〔潛心〕心靜而專：～～研究。❸暗中，祕密地：～行。～逃。

12 潟 (xì ㄒㄧˋ)粵sik⁷〔色〕鹹水浸漬的土地：～鹵(鹽鹼地)。

12 潢 (huáng ㄏㄨㄤˊ)粵wɔŋ⁴〔黃〕❶積水池。❷染紙。〔裝潢〕〔裝璜〕裱褙字畫。⑤裝飾貨物的包裝。

12 澗(涧) (jiàn ㄐㄧㄢˋ)粵gan³〔諫〕夾在兩山間的水溝。

12 潤(润) (rùn ㄖㄨㄣˋ)粵jœn⁶〔閏〕❶不乾枯，濕燥適中：濕～。～澤。❷加油或水，使不乾枯：～腸。～～嗓子。❸細膩光滑：珠圓玉～。他臉上很光～。❹使有光彩，修飾(粵一飾)：～色。❺利益：分～。利～。

12 潦 ㊀(lǎo ㄌㄠˇ)粵lou⁵〔老〕❶雨水大：夏～已過。❷雨後地面積水：停～。積～。㊁(lào ㄌㄠˋ)粵lou⁶〔路〕同'澇'。雨水過多，淹沒莊稼：十年九～。㊂(liáo ㄌㄧㄠˊ)粵liu⁵〔了〕liu²〔了高上〕(語)〔潦倒〕頹喪，不得意。

〔潦草〕草率，不精細: 工作不能~~。字寫得太~~。

㈣(liáo ㄌㄧㄠˊ)粵liu⁴〔聊〕〔潦冽〕寒氣: 北風~~。

12 潭 (tán ㄊㄢˊ)粵tam⁴〔談〕❶深水池: 玉淵~。龍~虎穴。❷深水坑: 泥~。㊉深: ~淵。

12 潮 (cháo ㄔㄠˊ)粵tsiu⁴〔憔〕❶海水因為受了日月的引力而定時漲落的現象。❷像潮水那樣洶湧起伏的: 思~。風~。高~。❸濕(程度比較淺): ~氣。受~了。陰天返~。

12 潯(浔) (xún ㄒㄩㄣˊ)粵tsem⁴〔尋〕❶水邊: 江~。❷江西省九江市的別稱。❸即英尋，測量水深的單位，1潯=1.852米。

12 潰(溃) ㈠(kuì ㄎㄨㄟˋ)粵kui²〔繪〕❶潰決，大水沖破堤岸: ~堤。❷散亂，垮臺: ~散。~敗。不成軍。經濟崩~。〔潰圍〕突破包圍。❸身體的一部分因腐爛而破了口: ~爛。〔潰瘍〕黏膜或表皮壞死而形成的缺損。

㈡同'殨'，見346頁。

12 潸 (shān ㄕㄢ)粵san¹〔山〕流淚的樣子: ~然淚下。

12 潺 (chán ㄔㄢˊ)粵san⁴〔散低平〕〔潺湲〕水慢慢流動的樣子。〔潺潺〕溪水、泉水等流動的聲音: ~~流水。

12 潼 (tóng ㄊㄨㄥˊ)粵tuŋ²〔童〕〔潼關〕縣名，在陝西省。

12 澄 ㈠(chéng ㄔㄥˊ)粵tsiŋ⁴〔程〕水清。〔澄清〕清澈，清亮。㊉搞清楚，搞明白: 把問題~~一下。

㈡(dèng ㄉㄥˋ)粵deŋ⁶〔鄧〕讓液體裏的雜質沉下去: 水~清了再喝。

12 澆(浇) (jiāo ㄐㄧㄠ)粵hiu¹〔囂〕❶灌溉: ~地。❷淋: ~花。~了一身水。❸把液汁倒入模型: ~版。~鉛字。❹刻薄(連~薄)。

12 澇(涝) ㈠(lào ㄌㄠˋ)粵lou⁶〔路〕雨水過多，淹沒莊稼，跟'旱'相反: 防旱防~。

㈡(láo ㄌㄠˊ)粵lou⁴〔勞〕澇水，河流名，在陝西省。

12 澈 (chè ㄔㄜˋ)粵tsit⁸〔設〕❶水清: 清~可鑒。❷同'徹'，見215頁。

12 澉 (gǎn ㄍㄢˇ)粵gem²〔敢〕〔澉浦〕地名，在浙江省海鹽縣。

12 澌 (sī ㄙ)粵si¹〔斯〕盡: ~滅。

12 澍 (shù ㄕㄨˋ)粵sy⁶〔樹〕及時的雨。

12 澎（澎）㊀(pēng ㄆㄥ)⑧paŋ¹〔烹〕
paŋ⁴〔彭〕㪍: 〜了一
身水。〔澎湃〕大浪相激。⑪聲
勢浩大，氣勢雄偉。
㊁(péng ㄆㄥ)⑧paŋ⁴〔彭〕〔澎
湖〕中國島嶼，在臺灣海峽中，
附近共有六十四個島，稱為
‘澎湖列島’。

12 澒（澒）(hòng ㄏㄨㄥ)⑧
huŋ⁶〔哄〕〔澒洞〕
彌漫無際。

12 潲（潲）(shào ㄕㄠ)⑧sau³〔哨〕❶
雨點被風吹得斜灑: 雨
往南〜。⑤灑水: 馬路上一些
水。❷〈方〉用淘米水丶米糠或
吃剩的飯菜等製成的豬的飼
料: 豬〜。

12 潷（潷）(bì ㄅㄧ)⑧bei³
〔臂〕擋住渣滓或
泡着的東西，把液體倒出: 壺
裏的茶〜乾了。把湯一〜出去。

12 澈（澈）(sǎ ㄙㄚˇ)⑧sat⁸〔殺〕〔澈河
橋〕地名，在河北省遷西
縣。

12 潿（潿）(wéi ㄨㄟˊ)⑧wei⁴
〔圍〕〔潿洲〕島
名，在廣西壯族自治區北海市
南。

12 潏（潏）(jué ㄐㄩㄝˊ)⑧kyt⁸〔缺〕潏
水，河流名，在湖北省。

12 潝（潝）(xì ㄒㄧˋ)⑧jep⁷〔泣〕水急
流的聲音。

12 潖（潖）(pá ㄆㄚˊ)⑧pa⁴〔爬〕〔潖江
口〕地名，在廣東省清遠
縣。

12 濆（濆）(fén ㄈㄣˊ)⑧fen⁴
〔墳〕水邊，沿河
的高地。

12 潸 同‘清’，見 385 頁。

12 澂 同‘澄㊀’，見 385 頁。

12 潛 同‘潛’，見 384 頁。

12 潜 同‘潛’，見 384 頁。

12 潙 同‘潙’，見 376 頁。

12 潠 同‘喋’，見 118 頁。

12 澔 同‘浩’，見 366 頁。

12 澁 同‘澀’，見 389 頁。

12 澡 同‘潔’，見 383 頁。

12 潤 同‘潤’，見 384 頁。

12 澜 ‘瀾’的簡化字，見 391 頁。

13 澠（澠）㊀(miǎn ㄇㄧㄢˇ)⑧
men⁵〔敏〕〔澠
池〕縣名，在河南省。
㊁(shéng ㄕㄥˊ)⑧siŋ⁴〔成〕古河

流名，發源於今山東省淄博市東北。

13 **澡**（zǎo ㄗㄠˇ）粵dzou² 〔早〕tsou³ 〔燥〕（又）洗澡，沐浴，洗全身：～盆。～堂。

13 **潞**（lù ㄌㄨˋ）粵lou⁶ 〔路〕〔潞西〕縣名，在雲南省。

13 **澤（泽）**（zé ㄗㄜˊ）粵dzak⁹ 〔摘〕❶水積聚的地方：大～。水鄉～國。❷光澤，金屬或其他物體發出的光亮：色～俱佳。❸濕；潤：潤～。❹恩惠：恩～。～及後人。

13 **澥**（xiè ㄒㄧㄝˋ）粵hai⁵ 〔蟹〕❶糊狀物或膠狀物由稠變稀：糨糊～了。❷加水使糊狀物或膠狀物變稀：粥太稠，加點兒水～一～。❸〔渤澥〕〈古〉海的別稱。也指渤海。

13 **澦（滪）**（yù ㄩˋ）粵jy⁶ 〔預〕見 392 頁'灩'字條'灩澦堆'。

13 **澧**（lǐ ㄌㄧˇ）粵lei⁵ 〔禮〕澧水，在湖南省西北部，流入洞庭湖。

13 **澮（浍）**（kuài ㄎㄨㄞˋ）粵kui²〔繪〕田間水溝。

13 **澱（△淀）**（diàn ㄉㄧㄢˋ）粵din⁶〔電〕渣滓，液體裏沉下的東西。〔澱粉〕一種不溶於水、很微小的顆粒，

米、麥、甘薯、馬鈴薯等含量很多。

13 **澳**（ào ㄠˋ）粵ou³〔奧〕❶海邊彎曲可以停船的地方（多用於地名）：三都～（在福建省）。❷指澳門：港～（香港和澳門）。❸〔外〕指澳洲（大洋洲），世界七大洲之一。

13 **澶**（chán ㄔㄢˊ）粵sin⁴〔善低平〕〔澶淵〕古代地名，在今河南省濮陽縣西南。

13 **澹**（dàn ㄉㄢˋ）粵dam⁶〔氮〕㊀❶安靜；恬：～靜。㊁不熱心，不經意：～於名利。～忘。❷同'淡❶❷'，見 370 頁。
㊁（tán ㄊㄢˊ）粵tam⁴〔談〕〔澹臺〕複姓。

13 **澼**（pì ㄆㄧˋ）粵pik⁷〔闢〕見 365 頁'洴'字條'洴澼'。

13 **澾（达）**（tà ㄊㄚˋ）粵tat⁸〔撻〕滑。

13 **激**（jī ㄐㄧ）粵gik⁷〔擊〕❶水勢受阻而騰湧或飛濺：～起浪花。❷使動，使人的感情衝動：刺～。用話～他。㊀感情激動：感～。憤～。㊁（情緒、語調等）激動昂揚：慷慨～～。❸急劇的，猛烈的（粵一烈）：～變。～戰。

13 **濁（浊）**（zhuó ㄓㄨㄛˊ）粵dzuk⁹〔俗〕❶水不清，不乾淨，跟'清'相反（粵

渾一)。❷混亂:～世(舊時用以形容時代的混亂)。❸(聲音)低沉粗重:～音。～聲～氣。❹濁音(發音時聲帶顫動的音)。

13 濂(濂)(lián ㄌㄧㄢˊ)粵lim⁴〔廉〕濂江, 河流名, 在江西省南部。

13 濃(浓)(nóng ㄋㄨㄥˊ)粵nuŋ⁴〔農〕❶含某種成分多, 跟'淡'相反:～茶。～煙。❷深厚, 不淡薄:興趣正～。感情～厚。

13 濾(滤)(jù ㄐㄩˋ)粵gœy³〔句〕gœy⁶〔巨〕(又)濾水, 河流名, 在陝西省。

13 澴(澴)(huán ㄏㄨㄢˊ)粵wan⁴〔環〕澴水, 河流名, 在湖北省。

13 濉(濉)(suī ㄙㄨㄟ)粵sœy¹〔雖〕濉河, 河流名, 在安徽省。

13 澁 同'澀', 見 389 頁。

13 㵎 同'浣', 見 366 頁。

13 灉 同'灘', 見 391 頁。

13 濒 '瀕'的簡化字, 見 390 頁。

13 濑 '瀨'的簡化字, 見 391 頁。

14 濕(湿)(shī ㄕ)粵sɐp⁷〔拾高入〕❶沾了

水或是含的水分多, 跟'乾'相反:地很～。手～了。❷中醫學名詞, 造成人體疾病的一種因素:～溫。～熱。

14 濘(泞)(nìng ㄋㄧㄥˋ)粵niŋ⁶〔寧 低去〕爛泥。〔泥濘〕1.有爛泥難走:道路～～。2.淤積的爛泥:陷入～～。

14 濛(△蒙)(méng ㄇㄥˊ)粵muŋ⁴〔蒙〕形容雨點細小(疊):～～細雨。〔空濛〕形容景色迷茫:山色～～。

14 濜(浕)(jìn ㄐㄧㄣˋ)粵dzœn⁶〔盡〕濜水, 河流名, 在湖北省。

14 濟(济)㊀(jì ㄐㄧˋ)粵dzɐi³〔制〕❶對困苦的人加以幫助:救～金。～困扶危。❷有益, 補益:無～於事。❸渡, 過河:同舟共～。
㊁(jǐ ㄐㄧˇ)粵dzɐi²〔仔〕〔濟南〕〔濟寧〕市名, 都在山東省。〔濟濟〕眾多:人才～～。

14 濠(濠)(háo ㄏㄠˊ)粵hou⁴〔豪〕❶濠水, 河流名, 在安徽省。❷同'壕', 見 141 頁。

14 濡(濡)(rú ㄖㄨˊ)粵jy⁴〔如〕❶濕, 潤澤:～筆。㊉沾染:耳～目染(喻聽得多看得多, 無形中受到影響)。❷停留,遲滯: ～滯。❸含忍: ～忍。

14 **濤**（涛）（táo ㄊㄠ）粵tou⁴
〔桃〕❶大波浪（疊波一）: 驚～駭浪。❷像波濤的聲音: 松～。

14 **濫**（滥）（làn ㄌㄢ）粵lam⁶
〔纜〕❶泛濫, 流水漫溢: 黃河泛～。〔濫觴〕粵事情的開始。❷過度, 無節制: ～交。～用。寧缺毋～。❸浮泛不合實際: 陳腔～調。

14 **濬**（㊀）（jùn ㄐㄩㄣ）粵dzœn³〔進〕疏通, 挖深: ～井。～河。
㊁（xùn ㄒㄩㄣ）粵sœn³〔信〕濬縣, 在河南省。

14 **濮**（pú ㄆㄨ）粵buk⁹〔僕〕〔濮陽〕縣名, 在河南省。

14 **濯**（zhuó ㄓㄨㄛˊ）粵dzok⁹〔昨〕❶洗: ～足。❷形容山上光禿禿的, 沒有樹木（疊）: 童山～～。

14 **濰**（潍）（wéi ㄨㄟˊ）粵wei⁴〔維〕濰河, 河流名, 在山東省。

14 **濱**（滨）（bīn ㄅㄧㄣ）粵ben¹〔賓〕❶水邊: 湖～。海～。❷靠近: ～海。

14 **濞**（㊀）（bì ㄅㄧˋ）粵pei³〔批高去〕〔漾濞〕縣名, 在雲南省。
㊁（pì ㄆㄧˋ）粵pei³〔譬〕大水暴發的聲音。

14 **澀**（涩）（sè ㄙㄜˋ）粵sep⁷〔濕〕sik⁷〔色〕（ㄡ）gip⁸〔劫〕（語）❶不光滑, 不滑溜: 輪軸發～該上點油了。❷一種使舌頭感到不滑潤不好受的滋味: 這柿子很～。❸文章難讀難懂或語言遲鈍: 文字艱～。～訥。

14 **濚**（濚）（yíng ㄧㄥˊ）粵jin⁴〔營〕〔濚灣〕地名, 在湖南省長沙市。

14 **濰** 同'潕', 見 384 頁。

14 **潤** 同'闊', 見 747 頁。

14 **鴻** 見鳥部, 811 頁。

15 **濺**（溅）（㊀）（jiàn ㄐㄧㄢˋ）粵dzin³〔箭〕液體受衝激向四外飛射: ～了一臉水。水花四～。
㊁（jiān ㄐㄧㄢ）粵dzin¹〔煎〕〔濺濺〕流水聲。

15 **濼**（泺）（㊀）（luò ㄌㄨㄛˋ）粵lok⁹〔落〕濼水, 河流名, 在山東省。
㊁同'泊', 見 360 頁。

15 **濾**（滤）（lǜ ㄌㄩˋ）粵lœy⁶〔慮〕使液體、氣體經過紗、布、紙等物, 除去其中所含的泥沙、雜質、渣滓、毒氣而變清: 過～。

15 瀁（yǎng │ㄤˇ）粵jœŋ⁶〔樣〕見378頁'滉'字條'滉瀁'。

15 瀅（滢）（yíng │ㄥˊ）粵jiŋ⁴〔形〕jiŋ⁶〔認〕（又）清澈。

15 瀆（渎）（dú ㄉㄨˊ）粵duk⁹〔毒〕❶水溝，小渠（通溝一）。❷褻瀆，輕慢，對人不恭敬：～犯。〔瀆職〕不盡職，在執行任務時犯錯誤。

15 瀉（泻）（xiè ㄒ│ㄝˋ）粵sɛ³〔卸〕❶液體往下直流：一～千里。❷拉稀屎：～肚。

15 瀋（△沈、渖）（shěn ㄕㄣˇ）粵sem²〔審〕❶瀋陽市名，在遼寧省。❷汁：墨～未乾。

15 瀍（chán ㄔㄢˊ）粵tsin⁴〔前〕瀍河，河流名，在河南省。

15 瀏（浏）（liú ㄌ│ㄡˊ）粵leu⁴〔劉〕水深而清澈。〔瀏覽〕泛泛地閱覽。

15 瀑 ㊀（pù ㄆㄨˋ）粵buk⁹〔僕〕瀑布，水從高山陡直地流下來，遠看好像垂掛着的白布。
㊁（bào ㄅㄠˋ）粵bou⁶〔步〕❶急雨，暴雨。❷瀑河，河流名，在河北省。也作'鮑河'。

15 瀔（gǔ ㄍㄨˇ）粵guk⁷〔谷〕瀔水，河流名，在河南省。

今作'谷水'。

15 瀦（zhū ㄓㄨ）粵dzy¹〔朱〕❶水停聚的地方，蓄積。❷水停聚。

15 瀂 '鹵'的簡化字，見818頁。

16 瀕（濒）（bīn ㄅ│ㄣ）粵ben¹〔賓〕pen⁴〔頻〕（又）❶接近，將，臨：～危。～死。❷水邊。

16 瀘（泸）（lú ㄌㄨˊ）粵lou¹〔盧〕〔瀘州〕市名，在四川省。

16 瀚（hàn ㄏㄢˋ）粵hɔn⁶〔汗〕大：浩～（廣大眾多）。

16 瀛（yíng │ㄥˊ）粵jiŋ⁴〔迎〕海～寰（全世界）。

16 瀝（沥）（lì ㄌ│ˋ）粵lik⁷〔礫〕lik⁹〔力〕（又）❶液體一滴一滴地落下：～血。〔瀝青〕蒸餾煤焦油剩下的黑色物質，可用來鋪路。❷液體的點滴：餘～。

16 瀣（xiè ㄒ│ㄝˋ）粵hai⁶〔械〕〔沆瀣〕夜間的水氣，露水。

16 瀧（泷）㊀（lóng ㄌㄨㄥˊ）粵luŋ⁴〔龍〕❶急流的河流。❷七里瀧，地名，在浙江省。
㊁（shuāng ㄕㄨㄤ）粵sœŋ¹〔商〕〔瀧水〕地名，在廣東省新會縣。

16 瀨（濑）（lài ㄌㄞˋ）粵 lai⁶
〔賴〕從沙石上流得很急的水。

16 瀠（潆）（yíng ㄧㄥˊ）粵 jing⁴
〔仍〕〔瀠洄〕水流迴旋。

17 瀟（潇）（xiāo ㄒㄧㄠ）粵
siu¹〔消〕水清而深。〔瀟灑〕行動舉止自然大方，不拘束。

17 瀰（弥）（mǐ ㄇㄧˇ，又讀 mí ㄇㄧˊ）粵
mei⁴〔眉〕nei⁴〔尼〕〔又〕水滿。〔瀰漫〕〔瀰漫〕1.水滿。2.到處都是，充滿：硝煙～～。

17 瀹（瀹）（yuè ㄩㄝˋ）粵 jœk⁹〔若〕❶煮：～茗（烹茶）。❷疏導（河道）～濟潔。

17 瀾（澜）（lán ㄌㄢˊ）粵 lan⁴
〔蘭〕大波浪（推波一）。

17 瀲（潋）（liàn ㄌㄧㄢˋ）粵
lim⁶〔斂低去〕〔瀲灩〕❶形容水勢瀰滿。❷水波相連的樣子。

17 瀺（潺）（jiǎn ㄐㄧㄢˇ）粵 gin²〔堅高上〕dzin²〔展〕〔又〕潑（水），傾倒（液體）。

18 灃（沣）（fēng ㄈㄥ）粵 fung¹
〔風〕灃水，河流名，在陝西省。

18 灄（滠）（shè ㄕㄜˋ）粵 sip⁸
〔攝〕灄水，河流名，在湖北省。

18 灉（滽）（yōng ㄩㄥ）粵 jung¹〔翁〕灉水；古河流名，在山東省。

18 灌（灌）（guàn ㄍㄨㄢˋ）粵 gun³〔貫〕❶澆，注入：引水～田。～一瓶水。〔灌木〕主莖不發達，叢生而矮小的樹木，如茶樹、酸棗樹等。

18 灋 同'法'，見 361 頁。

18 灝 '灝'的簡化字，見本頁。

19 灑（洒）（sǎ ㄙㄚˇ）粵 sa²
〔耍〕❶把水散佈在地上：掃地先～些水。❷東西散落：～了一地花生。〔灑家〕指我（宋元時方言）。〔灑脫〕舉止自然，不拘束：這個人很～～。

19 灕（△漓）（lí ㄌㄧˊ）粵 lei⁴
〔離〕灕江，河流名，在廣西壯族自治區。

19 灘（滩）（tān ㄊㄢ）粵 tan¹
〔攤〕❶河海邊淤積成的平地或水中的沙洲：海～。❷水淺多石而水流很急的地方：險～。〔灘簧〕流行於江蘇南部、浙江北部的一種唱腔。

21 灝（灏）（hào ㄏㄠˋ）粵 hou⁶
〔浩〕水勢大。

21 灞 （bà ㄅㄚˋ）粵ba³〔霸〕灞水,
河流名,在陜西省。

21 灠 （lǎn ㄌㄢˇ）粵lam⁵〔覽〕❶把
柿子放在熱水或石灰水
裏泡幾天,去掉澀味。❷用鹽
醃(菜),除去生味。

21 鸂 見鳥部,818頁。

22 灣 （湾）（wān ㄨㄢ）粵wan¹
〔彎〕❶水流彎曲
的地方:汾河~。❷海灣,海
岸向陸地凹入的地方:膠州
~。港~。❸使船停住:把船
~在那邊。

23 灤 （滦）（luán ㄌㄨㄢˊ）粵
lyn⁴〔聯〕灤河,
河流名,在河北省。

24 灝 同'顥⊖',見671頁。

24 灩 同'灎',見本頁。

28 灧 （滟）（yàn ㄧㄢˋ）粵jim⁶
〔驗〕〔灧澦堆〕四
川省瞿塘峽口的巨石,為便利
長江航運,1958年將它炸除。

火(灬)部

0 火 （huǒ ㄏㄨㄛˇ）粵fo²〔夥〕❶物
體燃燒時所發的光和燄。

❷緊急:~速。~急。❷焚燒:
~其書。❸槍炮彈藥:軍~。
~器。開~。〔火藥〕炸藥之一
類,主要用作發射藥或發射藥
是中國古代四大發明之一。❹
紅色的:~狐。~腿。❺古代
軍隊的組織,十個人為一'火'。
❻中醫指引起發炎、紅腫、煩
躁等症狀的病因:上~。敗~。
❼(一兒)怒氣:好大的一兒!
❽(一兒)發怒:他~了。

1 灭 '滅'的簡化字,見377頁。

2 灰 （huī ㄏㄨㄟ）粵fui¹〔魁〕❶
物體燃燒後剩下的粉末
狀東西:爐~。煙~。~肥。
❷塵土:滿身是~。❸沮喪,
消沉:心~意冷。❹灰色,黑
白之間的顏色:~鶴。❺石灰
的省稱:油~。抹~。

2 灯 '燈'的簡化字,見'403頁。

3 灸 （jiǔ ㄐㄧㄡˇ）粵geu³〔救〕燒,
灼,多指中醫用艾葉等
燒灼或熏烤身體某一部分的治
療方法:針~。

3 灼 （zhuó ㄓㄨㄛˊ）粵dzœk⁸〔雀〕
tsœk⁸〔卓〕(又)❶燒,灸:
~熱。心如火~。❷明白:真
知~見(正確而透徹的見解)。

3 災 （zāi ㄗㄞ）粵dzoi¹〔栽〕❶
水、火、荒旱等所造成

的禍害：~害。旱~。救~。~區。❷個人的不幸遭遇：無~無難。招~惹禍。

3 **炧**（xiè ㄒㄧㄝˋ）⑧tseʔ⁵[邪上] 蠟燭燒剩下的部分。

3 **灶**（zào ㄗㄠˋ）⑧dzou³[早去] 同'竈'。用磚土等壘成的生火做飯的設備。今用為'竈'的簡化字。

3 **灾** 同'災'，見 392 頁。

3 **灵** '靈'的簡化字，見 762 頁。

3 **灿** '燦'的簡化字，見 404 頁。

3 **炀** '煬'的簡化字，見 400 頁。

3 **狄** 見犬部，415 頁。

4 **炁**（qì ㄑㄧˋ）⑧hei³[器]'氣'的古體。多見於道家的書。

4 **炊**（chuī ㄔㄨㄟ）⑧tsœy¹[吹] 燒火做飯：~煙。巧婦難為無米之~（喻缺少必要的條件，難以成事）。

4 **炎**（yán ㄧㄢˊ）⑧jim⁴[嚴] ❶熱：~夏。~暑。~涼。❷炎症，身體的某個部位發生紅、腫、熱、痛、癢的現象：發~。腦~。皮~。

4 **炒**（chǎo ㄔㄠˇ）⑧tsau²[吵] ❶把東西放在鍋裏攪拌着弄熟：~雞蛋。~菜。~栗子。❷〈粵方言〉倒買倒賣：~股票。

4 **炕**（㊀）（kàng ㄎㄤˋ）⑧koŋ³[抗] 北方用磚、坯等砌成的睡覺的臺，下面有洞，連通煙囪，可以燒火取暖。
（㊁）（kàng ㄎㄤˋ）⑧hoŋ³[康高去] 〈方〉烤：把濕衣服放在火邊~一~。

4 **炙**（zhì ㄓˋ）⑧dzikᵃ[即中入] dzekᵃ[隻]（又）❶烤。〔親炙〕直接得到某人的教誨或傳授。❷烤熟的肉：膾~人口（喻詩文等受人歡迎）。

4 **炔**（quē ㄑㄩㄝ）⑧kytᵃ[決] 有機化學中分子式可以用 C_nH_{2n-2} 表示的一系列化合物。乙炔是燒焊及製作有機玻璃、聚氯乙烯、合成橡膠、合成纖維的重要原料。

4 **炅**（㊀）（jiǒng ㄐㄩㄥˇ）⑧gwiŋ²[炯] ❶光明。❷熱。
（㊁）（guì ㄍㄨㄟˋ）⑧gwei³[桂] 姓。

4 **炆**（wén ㄨㄣˊ）⑧men¹[蚊] 〈方〉用微火燜食物。

4 **炖** 同'燉'，見 403 頁。

4 **杰** 同'傑'，見 37 頁。

4 **炉** '爐'的簡化字，見 405 頁。

4 炜 '煒'的簡化字, 見 399 頁。

4 炝 '熗'的簡化字, 見 401 頁。

5 炫 (xuàn ㄒㄩㄢˋ)粵jyn⁶〔願〕jyn⁴〔元〕(又)❶光明照耀: 光彩～目。❷誇耀: 自～其能。〔炫耀〕1.照耀。2.誇耀。

5 炬 (jù ㄐㄩˋ)粵gœʏ⁶〔巨〕❶火把。❷蠟燭: 蠟～。

5 炭 (tàn ㄊㄢˋ)粵tan³〔歎〕❶木炭, 把木材和空氣隔絕, 加高熱燒成的一種黑色燃料。大部分是碳素。❷像炭的東西: 陽炭。❸煤炭, 石炭, 煤: 陽炭大～。

5 炮 ㊀(páo ㄆㄠˊ)粵pau⁴〔刨〕❶焚燒。〔炮烙〕(－luò, 舊讀－gé)本作炮格。古代的一種酷刑。❷古代烹飪法的一種, 把帶毛的肉用泥裹住放在火上燒烤。❸中藥製法之一, 把藥物放在高溫鐵鍋裏急炒, 使其焦黃爆裂。
㊁(bāo ㄅㄠ)粵bau³〔爆〕❶把物品放在器物上烘烤或焙: 把濕衣服攤在熱炕上～乾。❷烹調法, 在旺火上急炒: ～羊肉。
㊂(pào ㄆㄠˋ)粵paau³〔豹〕❶重型武器的一類, 有迫擊炮、高射炮、火箭炮等。❷炮仗: 鞭～。

5 炯 (jiǒng ㄐㄩㄥˇ)粵gwiŋ²〔迥〕光明, 明亮(疊): 目光～～。

5 炱 (tái ㄊㄞˊ)粵tɔi⁴〔台〕煙氣凝積而成的黑灰, 俗叫'煙子'或'煤子': 煤～。松～(松煙)。

5 炳 (bǐng ㄅㄧㄥˇ)粵biŋ²〔丙〕❶光明, 顯著。❷點燃: ～燭。

5 炷 (zhù ㄓㄨˋ)粵dzy³〔注〕❶燈心。❷點燃。❸量詞, 指綫香: 一～香。

5 炸 ㊀(zhà ㄓㄚˋ)粵dza³〔詐〕❶突然破裂(疊: 爆～): ～彈。玻璃杯～了。❷用炸藥、炸彈爆破: 轟～～。～碉堡。❸發怒: 他一聽就～了。
㊁(zhá ㄓㄚˊ)粵同㊀把食物放在煮沸的油裏弄熟: ～糕。～魚。

5 烀 (hū ㄏㄨ)粵fu¹〔呼〕半蒸半煮, 把食物弄熟: ～白薯。

5 畑 (tián ㄊㄧㄢˊ)粵tin⁴〔田〕(外)日本人姓名用字。

5 為(为) ㊀(wéi ㄨㄟˊ)粵wei⁴〔圍〕❶做, 行: 事在人～。所作所～。〔作為〕作事的能力: 年青有～。❷做, 充當: 他被選～學生會會長。俯首甘～孺子牛。❸成為, 變成: 一分～二。高岸～谷，深谷～陵。❹是：十二個一～打。❺被：～人所笑。❻助詞，常跟「何」相應，表疑問：何以家～?❼附於單音形容詞後，表程度、範圍：大～增色。廣～傳播。❽附於表程度的單音副詞後，加強語氣：極～重要。

㊁(wèi ㄨㄟˋ)國wei⁶〔胃〕❶替，給：～顧客服務。❷表目的(可以和「了」連用)：～爭取民主自由而犧牲。❸對，向：不足～外人道。且～諸君言之。❹幫助，衛護：軍中皆左袒～劉氏。

炤 5 同「照❶」，見 400 頁。

炻 5 同「炧」，見 393 頁。

烋 5 同「秋」，見 483 頁。

点 5 「點」的簡化字，見 826 頁。

炭 5 「熒」的簡化字，見 401 頁。

烂 5 「爛」的簡化字，見 406 頁。

炽 5 「熾」的簡化字，見 403 頁。

烁 5 「爍」的簡化字，見 405 頁。

烃 5 「烴」的簡化字，見 397 頁。

炼 5 「煉」的簡化字，見 399 頁。

秋 5 見禾部，483 頁。

烈 6 (liè ㄌㄧㄝˋ)國lit⁹〔列〕❶猛烈，厲害：～火。～日。❷氣勢盛大(疊)：轟轟～～。❸剛直，有高貴品格的，為正義、人民、國家而死難的：～士。先～。❹功績，功業：功～。

烊 6 ㊀(yáng ㄧㄤˊ)國jœŋ⁴〔羊〕同「煬」。熔化金屬。⑨〈方〉溶化：糖～了。
㊁(yàng ㄧㄤˋ)國jœŋ²〔央 高上〕〔打烊〕〈方〉商店晚上關門停止營業。

烏(乌) 6 (wū ㄨ)國wu¹〔污〕❶烏鴉，鳥名，全身羽毛黑色。〔烏合〕國無組織地聚集：～～之眾。❷黑色：～雲。～木。❸古代神話傳說太陽中有一隻三隻腳的烏鳥，因以烏為太陽的代稱：兔走～飛(喻時間過得快)。❹〈古〉疑問詞，哪，何：～足道哉?
〔烏孜別克族〕烏孜別克族，中國少數民族名，參看附錄六。

6 烘（hōng ㄏㄨㄥ）粵hung³〔控〕
hung¹〔凶〕（又）❶用火烤乾
或向火取暖：衣裳濕了，～一
～。❷襯托，渲染：～雲托月。
〔烘托〕用某種顏色襯托另外的
顏色，或用某種事物襯托另外
的事物，使在對比下，表現得
更明顯。

6 烙（一）（lào ㄌㄠˋ）粵lɔk⁸〔絡〕❶
用器物燙、熨：～衣服。
〔烙印〕在器物上燒成的做標記
的印文。（喻）不易磨滅的痕迹。
❷放在器物上烤熟：～餅。
（二）（luò ㄌㄨㄛˋ）粵同
（一）見 394 頁〔炮〕字條'炮烙'。

6 烜（xuǎn ㄒㄩㄢˇ，又讀xuān
ㄒㄩㄢ）粵hyn¹〔圈〕hyn²
〔犬〕（又）❶火盛。❷盛大，顯
著：～赫（聲威昭著）。❸曬乾。

6 烝（zhēng ㄓㄥ）粵dziŋ¹〔晶〕
❶古代指冬天祭宗廟。
❷眾多：～民。～黎。❸以下
淫上，指和母輩通姦。❹同'蒸'，
見 593 頁。

6 烤（kǎo ㄎㄠˇ）粵hau¹〔敲〕hau²
〔考〕（又）❶把東西放在火
的周圍使乾或使熱：～煙葉
子。～白薯。❷向着火取暖：
～手。圍爐～火。

6 烔（tóng ㄊㄨㄥˊ）粵tuŋ⁴〔銅〕❶
熱（疊）：熱氣～～。❷
〔烔煬河〕地名，在安徽省巢縣。

6 烖 同'災'，見 392 頁。

6 烟 同'煙'，見 399 頁。

6 煩 '煩'的簡化字，見 400 頁。

6 烧 '燒'的簡化字，見 403 頁。

6 烛 '燭'的簡化字，見 405 頁。

6 烫 '燙'的簡化字，見 404 頁。

6 烬 '燼'的簡化字，見 405 頁。

6 烨 '燁'的簡化字，見 404 頁。

6 烩 '燴'的簡化字，見 405 頁。

6 热 '熱'的簡化字，見 402 頁。

6 剗 見刀部，62 頁。

6 羔 見羊部，538 頁。

6 耿 見耳部，545 頁。

7 烹（pēng ㄆㄥ）粵paŋ¹〔棚高平〕
❶煮：～調。～飪。❷
一種做菜的方法，用熱油略炒
之後，再加入液體調味品，迅
速攪拌：～對蝦。

7 **烽**（fēng ㄈㄥ）⑨fuŋ¹〔風〕烽火，古時邊防告警的煙火，有敵人來侵犯的時候，守衛的人就點火相告。

7 **焌**（一）（qū ㄑㄩ）⑨tsœt⁷〔出〕❶把燃燒着的東西弄滅。❷用不帶火苗的火燒燙。❸烹飪法，在熱鍋裏加油，油熱後先放作料，然後放菜：～鍋兒。
（二）（jùn ㄐㄩㄣ）⑨dzœn³〔俊〕點火。

7 **烷**（wán ㄨㄢˊ）⑨jyn⁴〔完〕有機化學中，分子式可以用C_nH_{2n+2}表示的一類化合物。烷系化合物是構成石油的主要成分。

7 **烯**（xī ㄒㄧ）⑨hei¹〔希〕有機化學中，分子式用C_nH_{2n}表示的一類化合物，如乙烯。

7 **焉**（一）（yān ㄧㄢ）⑨jin⁴〔言〕〈古〉❶跟介詞'於'加代詞'此'相當：心不在～。樂莫大～。❷乃，才：必知疾之所自起，～能攻之。❸助詞：因以為號～。有厚望～。
（二）（yān ㄧㄢ）⑨jin¹〔煙〕疑問詞，怎麼，哪兒：～能如此? 其子～往?

7 **煙（烃）**（tīng ㄊㄧㄥ）⑨tiŋ¹〔聽高平〕有機化學上碳氫化合物的總稱。

7 **焐**（wù ㄨˋ）⑨ŋ⁶〔悟〕用熱的東西接觸涼的東西，使它變暖：用熱水袋～～一手。

7 **焓**（hán ㄏㄢˊ）⑨hem⁴〔含〕單位質量的物質所含的全部熱能。

7 **烺**（lǎng ㄌㄤˇ）⑨loŋ⁵〔朗〕朗。

7 **焊**（hàn ㄏㄢˋ）⑨hon⁶〔汗〕將金屬或玻璃等局部加熱、熔化或用熔點較低的金屬、玻璃等填充接縫，使相互連接：電～。接～。

7 **焗** 同'焗'，見394頁。

7 **煮** '燾'的簡化字，見405頁。

7 **焖** '燜'的簡化字，見404頁。

7 **倏** 見人部，36頁。

8 **焙**（bèi ㄅㄟˋ）⑨bui⁶〔貝低去〕把東西放在器皿裏，用微火在下面烘烤：～乾研成細末。

8 **焚**（fén ㄈㄣˊ）⑨fen⁴〔墳〕燒：～毀。玩火自～。

8 **焜**（kūn ㄎㄨㄣ，又讀hùn ㄏㄨㄣˋ）⑨kwen¹〔坤〕wen⁶〔混〕（又）明亮。

8 **焠**（cuì ㄘㄨㄟˋ）⑨tsœy³〔翠〕sœy⁶〔睡〕（又）❶燒，灼。

❷同'淬'，見 370 頁。

8 **無(无)** ㊀(wú ㄨˊ)⑧mou⁴〔毛〕❶沒有，跟'有'相反：從～到有。有則改之，～則加勉。❷不：～須乎這樣。～妨試試。〔無非〕不過是，不外如此：他批評你，～～是想幫助你進步。〔無論〕不拘，不管，常跟'都'連用：～～是誰都要遵守紀律。
㊁(mó ㄇㄛˊ)⑧mo⁴〔磨〕〔南無〕參見 75 頁'南㊁'。

8 **焦** (jiāo ㄐㄧㄠ)〔招〕❶火候過大或火力過猛，使東西燒成炭樣：飯燒～了。衣服燒～了。～頭爛額〔喻十分狼狽〕。❷焦炭：煤～。煉～。❸酥，脆：麻花炸得真～。⑧極乾：柴火曬得～～乾了。❹着急，煩躁：心～。～急。萬分～灼。❺能量，功，熱量單位名稱焦耳的簡稱，符號J。

8 **焮** (xīn ㄒㄧㄣ，又讀xìn ㄒㄧㄣ)⑧jen¹〔因〕jen³〔印〕(又)燒，灼。

8 **焯** ㊀(zhuō ㄓㄨㄛ)⑧dzœk⁸〔雀〕tsœk⁸〔卓〕(又)同'灼'。❶顯明，明白。❷燒，炙。
㊁(chāo ㄔㄠ)⑧tsœk⁸〔卓〕把食物放在開水裏略微一煮就拿出來：～菠菜。

8 **然** (rán ㄖㄢˊ)⑧jin⁴〔言〕❶是，對：不以為～。❷這樣，如此：當～。所以～。快走吧，不～就遲到了。〔然後〕如此以後，這樣以後(表示承接)：先通知他，～～再去請他。〔然則〕這樣就(表示推進一層)：～～如之何而後可？❸不過，但是：此事雖小，亦不可忽視。❹詞尾，表示狀態：突～。忽～。顯～。欣～。❹〈古〉同'燃'，見 404 頁。

8 **焱** (yàn ㄧㄢˋ)⑧jim⁶〔驗〕火燄，火花。

8 **煮** (zhǔ ㄓㄨˇ)⑧dzy²〔主〕把東西放在水裏，用火把水燒開：～麵。～飯。

8 **焰** 同'燄'，見 403 頁。

8 **煑** 同'煮'，見本頁。

8 **勞** 見力部，68 頁。

8 **廄** 見戶部，239 頁。

8 **欻** 見欠部，341 頁。

9 **煅(煆)** (duàn ㄉㄨㄢˋ)⑧dyn³〔斷去〕❶放在火裏燒，減削藥石的烈性(中藥的一種製法)：～石膏。❷同'鍛'，見 732 頁。

9 **煇** (一)(yùn ㄩㄣˋ)(粵)wen⁶〔運〕同'暈'。太陽周圍的光氣圈。
(二)同'輝',見687頁。

9 **煉(炼)** (liàn ㄌㄧㄢˋ)(粵)lin⁶〔練〕❶用火燒製:~鋼。~鐵。❷烹熬炮製:~乳。❸用心琢磨使精練:~字。~句。

9 **煌** (huáng ㄏㄨㄤˊ)(粵)woŋ⁴〔黃〕火光,明亮(疊):星火~~。燈火輝~。

9 **煎** (一)(jiān ㄐㄧㄢ)(粵)dzin〔箋〕❶熬:~藥。❷把食物放在少量的熱油裏弄熟:~魚。~豆腐。
(二)(jiān ㄐㄧㄢ)(粵)dzin³〔箭〕中藥煎汁的次數:頭~。翻~。

9 **煒(炜)** (wěi ㄨㄟˇ)(粵)wei⁵〔偉〕鮮明光亮。

9 **煖** (xuān ㄒㄩㄢ)(粵)hyn¹〔圈〕同'煊'。溫暖。
(二)同'暖',見294頁。

9 **煙** (一)(yān ㄧㄢ)(粵)jin¹〔胭〕❶(一兒)物質燃燒時所生的氣體:冒~。~筒。〔煙火〕1.道教指熟食:不食人間~~(現喻脫離現實)。2.在火藥中攙上鎂、銅等金屬鹽類製成的一種東西,燃燒時發出燦爛的火花或成為種種景物,供人觀賞。粵方言叫'煙花'。〔煙幕彈〕放出大量煙霧的爆炸彈,供軍事上做掩護用。⑱掩飾自己或使人思想模糊的言論和行為。❷(一子)煙氣中間雜有碳素的微細顆粒,這些顆粒附着在其他物體上凝結成的黑灰:松~。鍋~子。❸像煙的:過眼雲~。~霞。❹煙氣刺激(眼睛):一屋子煙,~眼睛。❺煙草,一年生草本植物,葉大有茸毛,可以製香煙和農業上的殺蟲劑等。又作'菸'。❻煙草製成品:香~。旱~。請勿吸~。❼大煙,鴉片:~土。禁~。

9 **煜** (yù ㄩˋ)(粵)juk⁷〔郁〕照耀。

9 **煞** (一)(shà ㄕㄚˋ)(粵)sat⁸〔殺〕❶極,很:~費苦心。❷凶神:~氣。凶~。
(二)(shā ㄕㄚ)(粵)同(一)❶同'殺'❸❺❻❼',見347頁。❷同'剎(一)',見60頁。

9 **煢(茕)** (qióng ㄑㄩㄥˊ)(粵)kiŋ⁴〔瓊〕❶沒有弟兄,孤獨。❷憂愁。

9 **煣** (róu ㄖㄡˊ)(粵)jeu⁵〔友〕用火烤木材使彎曲。

9 **煤** (méi ㄇㄟˊ)(粵)mui⁴〔梅〕❶古代的植物壓埋在地底下,在缺氧高壓的條件下,年久變化成的黑色或黑褐色礦物，成分以碳為主，是很重要的燃料和化工原料。也叫'煤炭'或'石炭'。〔煤油〕從石油中分餾出來的一種產品。香港人叫'火水'。❷〈方〉(～子) 煙氣凝結的黑灰：鍋～子。

9 **煥** (huàn ㄏㄨㄢˋ)粵wun⁶〔換〕鮮明，光亮：～然一新。〔煥發〕光彩外現的樣子：精神～～。

9 **煦** (xù ㄒㄩˋ，又讀 xǔ ㄒㄩˇ)粵 hœy²〔許〕hœy³〔去〕(又) 溫暖：春風和～。

9 **照** (zhào ㄓㄠˋ)dziu³〔詔〕❶光綫射在物體上：拿燈～一～。陽光普～。㊃太陽光：夕～。晚～。❷對着鏡子或其他反光的東西看自己或其他人物的影像：～鏡子。❸照相，攝影：在故居前～張相。❹畫像或相片：小～。玉～。❺照管，看顧：～料。請你～應一下。❻按着，依着(㊃依一、按一)：～例。～樣。依～他的意思。❼憑證：護～。～牌。❽知曉(㊃知一)：心～不宣(彼此心裏都明白，不用明說)。〔照會〕外交上用以表明立場、達成協議或通知事項的公文。❾通告，通告：知～。關～。❿對着，向着：～匪徒開搶。～着這個方向走。⓫查對，察

9 **煨** (wēi ㄨㄟ)粵wui¹〔偎〕❶在帶火的灰裏把東西燒熟：～白薯。❷用微火慢慢地煮：～雞。～肉。

9 **煩(烦)** (fán ㄈㄢˊ)粵fan⁴〔凡〕❶苦悶，急躁：心～意亂。心裏有點～。❷又多又亂：要言不～。話多煩絮。〔煩瑣〕瑣碎，不扼要。❸敬辭，表示請、託：～你辦點事。

9 **煬(炀)** ㊀(yáng ㄧㄤˊ)粵jœŋ⁴〔羊〕❶熔化金屬。❷火旺。㊁(yàng ㄧㄤˋ)粵jœŋ⁶〔讓〕❶烘烤。❷焚燒。

9 **煲** (bāo ㄅㄠ)粵bou¹〔褒〕〈粵方言〉❶壁較陡直的鍋：沙～。瓦～。銅～。❷用煲煮或熬：～粥。～飯。

9 **煸** (biān ㄅㄧㄢ)粵bin¹〔邊〕將菜、肉等在熬、燉之前用少量的油稍炒一下。

9 **煳** (hú ㄏㄨˊ)粵wu⁴〔胡〕燒得焦黑：饅頭烤～了。

9 **煚** (jiǒng ㄐㄩㄥˇ)粵gwiŋ²〔炯〕❶火。❷日光。

9 **煊** (xuān ㄒㄩㄢ)粵hyn¹〔圈〕同'暄'，亦作'煖'。溫暖

9 **煠** 同'炸㊁'，見394頁。

9 煖 同'暖'，見 294 頁。

9 塋 見土部，137 頁。

10 熙 (xī Tㄧ) ⑧hei¹ 〔希〕❶ 光明。❷ 和樂(疊)。
〔熙攘〕(－rǎng) 形容人來人往，非常熱鬧：熙熙攘攘。

10 煽 (shān ㄕㄢ，又讀shàn ㄕㄢ) ⑧sin³ 〔扇〕鼓動別人去做不應該做的事：～動。～惑。

10 熄 (xī Tㄧ) ⑧sik⁷ 〔式〕火滅，滅火：～燈。爐火已～。

10 熇 (hè ㄏㄜˋ) ⑧huk⁹ 〔酷〕kok⁸〔確〕(又)〔熇熇〕火勢熾盛的樣子。

10 熊 (xióng Tㄩㄥ) ⑧hung⁴ 〔紅〕哺乳動物，種類很多，體大，尾短，能直立行走，也能攀登樹木。〔熊貓〕也叫'大熊貓'、'貓熊'。哺乳動物，體肥胖，形狀像熊而略小，尾短，眼周、耳、前後肢和肩部黑色，其餘均為白色。毛密而有光澤，耐寒。喜食竹葉、竹筍。生活在中國西南地區，是中國特有的珍貴動物。
〔熊熊〕火光旺盛。

10 熏 ㊀(xūn Tㄩㄣ) ⑧fen¹ 〔芬〕❶ 煙火向上冒：煙火～天。❷ 用煙火攻蟲鼠等：～鼠。用蚊香～蚊子。也指用煙火烤炙食物：～魚。～肉。❸ 煙火或氣味接觸物體，使變顏色或沾上氣味：把牆～黑了。用茉莉花～茶葉。❹ 同'薰❷❸'，見 602 頁。
㊁(xùn Tㄩㄣˋ) ⑧同㊀〈方〉(煤氣)使人窒息中毒：被煤氣～着了。

10 熔 (róng ㄖㄨㄥˊ) ⑧jung⁴ 〔容〕以高溫使固體物質轉變為液態：～鐵。～點。

10 熒 (荧) (yíng ㄧㄥˊ) ⑧jing⁴ 〔營〕❶ 微弱的光亮。〔熒光〕物理學上稱某些物質受光或其它射線照射時所發出的可見光。❷ 眼光迷亂。
〔熒惑〕迷惑。

10 熗 (炝) (qiàng ㄑㄧㄤˋ) ⑧tsœng³ 〔唱〕烹飪法的一種，將菜肴放在沸水或熱油中略煮後取出加作料攪拌。

10 熘 (liū ㄌㄧㄡ) ⑧liu¹ 〔聊高平〕一種烹調法，跟炒相似，作料裏要加澱粉汁：～肉片。也作'溜'。

10 熄 (tuì ㄊㄨㄟˋ) ⑧tœy³ 〔退〕已宰殺的豬、雞等用滾水燙後去掉毛。

10 熖 同'焰'，見本頁。

10 燋 同'炒'，見 393 頁。

10 羆 '羆'的簡化字，見 537 頁。

10 榮 見木部，328 頁。

10 滎 見水部，378 頁。

10 犖 見牛部，414 頁。

11 熟 (shú ㄕㄨˊ，又讀shóu ㄕㄡˊ)
⑧suk⁹〔波〕❶食物燒煮到可吃的程度：生米煮成～飯。～油。❷成熟，植物的果實或種子長成：麥子～了。瓜～蒂落。❸程度深：～讀。～睡。❹習慣，常見，知道清楚：～悉。～人。這條路我～。❺熟練，做某種工作時間久了，精通而有經驗：～手。～能生巧。❻經過加工煉製的：～鐵。～皮。❼仔細，精審：深思～慮（深入而反覆地考慮）。

11 熠 (yì ㄧˋ)⑧jep⁷〔邑〕光耀，鮮明：星光～～。

11 熨 ㊀(yùn ㄩㄣˋ)⑧wen⁶〔運〕
tɔŋ³〔燙〕(俗)用烙鐵、熨斗把衣布等燙平。〔熨斗〕燒熱後用來燙平衣服的金屬器具。
㊁(yù ㄩˋ)⑧wet⁷〔屈〕〔熨帖〕〔熨貼〕1.妥帖舒服。2.〈方〉(事情)完全辦妥。

㊂(wèi ㄨㄟˋ)⑧wei³〔畏〕中醫外治法之一。用藥物炒熱外敷。

11 熬 ㊀(áo ㄠˊ)⑧ŋou⁴〔遨〕ŋau
〔肴〕(語)❶用小火久煮或煎乾：～粥。～藥。～鹽。❷忍受，耐苦堅持：～夜。～飢。
㊁(áo ㄠˊ)⑧同㊀將菜放在水裏煮：～白菜。

11 熱 (热) (rè ㄖㄜˋ)⑧jit⁹〔移列切〕❶物理學上稱凡能使物體的溫度升高的那種'能'叫'熱'。❷溫度高，跟'冷'相反：天～。～飯。❸身體發燒：發～。退～。❹使熱使溫度升高：把菜～一～。❺情意濃烈：親～。～情。～心。❻衷心羨慕或急切想得到：～～。～中。❼受人歡迎：～門。～貨。❽中醫學指因外感而引起的熱性疾病：～病。溫～。

11 熵 (shāng ㄕㄤ)⑧sœŋ¹〔商〕為了衡量熱力體系中不能利用的熱能，用溫度除熱能所得的商。

11 熳 (màn ㄇㄢˋ)⑧man⁶〔慢〕〔爛熳〕同'爛漫'，見 406 頁'爛'字條。

11 熥 (tēng ㄊㄥ)⑧tuŋ¹〔通〕把熟的食物蒸熱：～饅頭。

11 熯 同'煤'，見 401 頁。

11 **瑩** 見玉部，430頁。

12 **熹** (xī ㄒ丨)〔粵〕hei¹〔希〕光明。
〔熹微〕天色微明。

12 **熾(炽)** (chì ㄔ)〔粵〕tsi³〔次〕火旺，旺盛：～熱。

12 **燄** (yàn 丨ㄢ)〔粵〕jim⁶〔驗〕❶火苗：火～。❷比喻威勢：氣～逼人。

12 **燈(灯)** (dēng ㄉㄥ)〔粵〕dɐŋ¹〔登〕照明或利用光綫達到某種目的的器具：電～。路～。探照～。

12 **燉(炖)** (dùn ㄉㄨㄣ)〔粵〕dɐn⁶〔第恨切〕❶煨煮食品使熟爛：清～雞。～肉。❷〈方〉把茶、酒等盛在碗裏，再把碗放在水裏加熱。

12 **燎** 〇(liáo ㄌ丨ㄠ，又讀 liáo ㄌ丨ㄠ)〔粵〕liu⁴〔聊〕放火焚燒，燃燒：星星之火，可以～原。
〇(liǎo ㄌ丨ㄠ)〔粵〕liu⁵〔了〕挨近了火而燒焦：把頭髮～了。
〇(liáo ㄌ丨ㄠ)〔粵〕同〇❶燙。❷火炬。
四(liào ㄌ丨ㄠ)〔粵〕liu⁶〔料〕照明。

12 **燒(烧)** (shāo ㄕㄠ)〔粵〕siu¹〔消〕❶使東西着火(粵燃～)。❷用火或發熱的東西使物品受熱起變化：～

水。～磚。～炭。❸烹飪法的一種，先用油炸，再加湯汁炒或燉；或先煮熟再用油炸：～茄子。紅～魚。粵方言指放在火上烤熟：～鵝。～肉。❹發燒，體溫增高：不～了。❺比正常體溫高的體溫：～退了。❻施肥過多，使植物枯萎、死亡。

12 **燔** (fán ㄈㄢ)〔粵〕fan⁴〔凡〕❶焚燒。❷烤，炙。

12 **燕** 〇(yàn 丨ㄢ)〔粵〕jin³〔宴〕❶(～子)候鳥名，翅膀很長，尾巴像張開的剪刀，背部黑色，肚皮白色，常在人家屋內或屋檐下用泥做巢居住，捕食昆蟲。❷〈古〉同'宴'。1.安閒：～居(閒居)。2.喜悅，歡樂：～樂。3.宴飲：～好(設宴招待並贈送禮物)。
〇(yān 丨ㄢ)〔粵〕jin¹〔煙〕❶周代諸候國名，在今河北省北部和遼寧省南部。❷舊時河北省的別稱。❸姓。

燕　子

12 燙（烫）（tàng ㄊㄤˋ）粵tœ̄ng³
〔趙〕❶溫度高，皮膚接觸溫度高的物體感覺疼痛：開水很～。～手。小心～着!❷用熱的物體使另外的物體溫度升高或發生其他變化：～酒（使熱）。～衣服（使平）。～髮。❸燙頭髮：電～。

12 燃（rán ㄖㄢˊ）粵jin⁴〔言〕❶燒起火燄（連一燒）：～料。自～。❷引火點着：～燈。～放花炮。

12 燁（烨）（yè ㄧㄝˋ）粵jip⁹〔頁〕❶火光很盛的樣子。❷明亮。

12 燜（焖）（mèn ㄇㄣˋ）粵mun⁶〔悶〕蓋緊鍋蓋，用微火把飯菜煮熟：～飯。

12 燊（shēn ㄕㄣ）粵sen¹〔申〕旺盛。

12 燏（yù ㄩˋ）粵wet⁹〔屈低入〕火光。多用於人名。

12 燡（yì ㄧˋ）粵jik⁹〔亦〕人名用字。

12 燐　同'磷'，見 476 頁。

12 燅

12 縈　見欠部，342 頁。

12 縶　見糸部，527 頁。

12 螢　見虫部，618 頁。

13 營（营）（yíng ㄧㄥˊ）粵jing
〔形〕❶軍隊駐紮的地方：軍～。安～紮寨。露～。❷軍隊的編制單位，是連的上一級。❸籌劃管理（連經一）：～業。～造。〔營養〕生物由食物內吸取養料或通過光合作用製造養料供養身體。2.養分，養料：番茄、豆腐富於～。❹謀求：～生。～救

13 燠（yù ㄩˋ，又讀ào ㄠˋ）粵juk
〔郁〕暖，熱：～熱（悶熱）。寒～失時。

13 燥（zào ㄗㄠˋ）粵tsou³〔醋〕❶乾，沒有水分或水分很少（連乾一）：～熱。天氣乾～。❷中醫病因'六淫'（風、寒、暑、濕、燥、火）之一。

13 燦（灿）（càn ㄘㄢˋ）粵tsan
〔粲〕〔燦爛〕鮮明，耀眼：陽光～～。

13 燧（suì ㄙㄨㄟˋ）粵sœy⁶〔睡〕❶上古取火的器具。❷古代邊防發現敵情告警的信號。白天放煙告警叫'烽'，夜間舉火告警叫'燧'。後也泛稱告警的烽火，不分晝夜。

13 燬（huǐ ㄏㄨㄟˇ）粵wei²〔委〕❶烈火。❷焚燒，燒掉：燒～。～於兵燹。

13畫

燭（烛）（zhú ㄓㄨˊ）粵dzuk⁷〔竹〕❶蠟燭，用線繩或蘆葦做中心，周圍包上蠟油，點着取亮的東西。〔燭光〕物理學上發光強度單位。也省稱‘燭’。通常說電燈泡的燭數，實際上指瓦特數，如60燭的燈泡就是60瓦特的燈泡。❷照亮，照見：火光～天。㊂洞悉，察見：洞～其姦。

13畫

燮（xiè ㄒㄧㄝˋ）粵sit⁸〔泄〕諧和，調和。

13畫

燴（烩）（huì ㄏㄨㄟˋ）粵wui⁶〔匯〕一種烹調方法，把食物放在鍋裏加濃汁燒煮或將多種食物混在一起煮：～豆腐。～飯。雜～。

13畫

燶 同‘爐’，見本頁。

14畫

燹（xiǎn ㄒㄧㄢˇ）粵sin²〔冼〕火，野火：兵～。

14畫

燼（烬）（jìn ㄐㄧㄣˋ）粵dzœn⁶〔盡〕物體燃燒後剩下的東西。（粵灰一）：化為灰～。燭～。

14畫

燾（焘）㊀（dào ㄉㄠˋ，又讀 tāo ㄊㄠ）粵dou⁶〔道〕tou⁴〔逃〕（又）覆蓋。㊁（tāo ㄊㄠ）粵tou⁴〔逃〕多用於人名。

14畫

燻 同‘熏㊀❶❷❸’，見 401頁。

14畫

燿 同‘耀’，見 541頁。

14畫

爈 見木部，337 頁。

14畫

鑾 見金部，734 頁。

15畫

爆（bào ㄅㄠˋ）粵bau³〔包高去〕❶猛然炸裂（粵一炸）：豆莢熟得都～了。〔爆竹〕紙捲火藥，燃點引綫爆裂發聲的東西。粵方言叫‘炮仗’。〔爆發〕突然發生：火山～～。❷一種烹調法，把魚、肉放在滾油裏炸再加作料：～雙脆。〔爆竊〕〈粵方言〉破壞門窗牆壁，然後入內盜竊：兩幢商業大廈遭匪徒連環～。

15畫

爇（ruò ㄖㄨㄛˋ）粵jyt⁸〔乙中入〕點燃，焚燒。

15畫

爊（āo ㄠ）粵ou¹〔澳高平〕把食物放在灰火裏煨烤。

15畫

爍（烁）（shuò ㄕㄨㄛˋ）粵sœk⁸〔削〕光亮的樣子：閃～。

15畫

罷 見网部，537 頁。

16畫

爐（炉）（lú ㄌㄨˊ）粵lou⁴〔勞〕（一子）供取暖、烹飪或冶煉等用的設備：電～。煤氣～。石油氣～。煉鋼～。

16 爔 同'曦'，見 297 頁。

16 爗 同'燁'，見 404 頁。

17 **爛（烂）**（làn ㄌㄢˋ）粵lan⁶〔蘭低去〕❶因過熱而變得鬆軟：稀粥～飯。豐豆煮得真～。㉑程度極深的：臺詞背得～熟。❷東西腐壞（粵腐一）：桃和葡萄容易～。❸破碎，敗壞（粵破一）：破銅～鐵。～紙。衣服穿～了。❹頭緒亂：～攤子。
〔爛漫〕〔爛熳〕〔爛縵〕1.色彩鮮明美麗：山花～～。2.坦率自然，毫無做作：天真～～。

17 **爚**（yuè ㄩㄝˋ）粵jœk⁹〔若〕火光。

17 **爝**（jué ㄐㄩㄝˊ，又讀jiào ㄐㄧㄠˋ）粵dzœk⁸〔雀〕dziu³〔照〕（又）❶古時將蘆葦捆紮成把，燒之以祓除不祥。❷爝火，小火把。

25 **爨**（cuàn ㄘㄨㄢˋ）粵tsyn³〔寸〕❶燒火做飯：分～（舊時指分家）。同居各～。❷灶。❸戲曲名詞。宋雜劇、金院本中某些簡短表演的名稱，如《講百花爨》。

爪（爫）部

0 **爪** ㊀（zhǎo ㄓㄠˇ）粵dzau²〔找〕❶指甲或趾甲：手～。❷鳥獸的腳指：鷹～。虎～。
〔爪牙〕⑩黨羽，狗腿子。
㊁（zhuǎ ㄓㄨㄚˇ）粵同㊀❶（一子、一兒）禽獸的腳（多指有尖甲的）：雞～。狗～。❷（一兒）像爪的東西：這個鍋有三個～兒。

3 **妥** 見女部，153 頁。

3 **孚** 見子部，163 頁。

4 **爬**（pá ㄆㄚˊ）粵pa⁴〔扒〕❶手和腳一齊着地走路，蟲類行走：小孩子學～。不要吃蒼蠅～過的東西。〔爬蟲〕爬行動物的舊稱，行走時多用腹面貼地，如龜、鱉、蛇等。❷抓着東西向上攀登：～山。～樹。猴子～竿。

4 **爭**（zhēng ㄓㄥ）粵dzeŋ¹〔僧〕dzaŋ¹〔支坑切〕（語）❶力求獲得，互不相讓：～奪。～先恐後。～論。❷爭執：意氣之～。❸怎麼，如何（多用在古詩詞曲中）：～不。～知。～奈。❹相差：年紀所～不過五…

歲。❺〈粵方言〉欠：還～五萬元。

4 **乳** 見乙部，10 頁。

4 **受** 見又部，84 頁。

4 **舀** 見臼部，297 頁。

4 **采** 見釆部，714 頁。

5 **爰**（yuán ㄩㄢˊ）粵jyn⁴〔元〕
wun⁴〔垣〕(又)於是：～書其事以告。

6 **爱** '愛'的簡化字，見 227 頁。

6 **奚** 見大部，150 頁。

6 **舀** 見臼部，565 頁。

7 **覓** 見見部，637 頁。

8 **為（为）** 同'為'，見 394 頁。

8 **舜** 見舛部，567 頁。

9 **亂** 見乙部，11 頁。

9 **愛** 見心部，227 頁。

13 **爵**（jué ㄐㄩㄝˊ）粵dzœk⁸〔雀〕
❶古代的盛酒器。❷爵位，君主國家封貴族的等級：

侯～。封～。

爵

父 部

0 **父** ㊀(fù ㄈㄨˋ)粵fu⁶〔付〕❶父親，爸爸。❷對男性長輩的稱呼：叔～。舅～。師～。～老。
㊁(fǔ ㄈㄨˇ)粵fu²〔苦〕❶老年人：田～。漁～。❷同'甫㊀❶'。古代在男子名字下加的美稱。

2 **爷** '爺'的簡化字，見 408 頁。

4 **爸**（bà ㄅㄚˋ）粵ba¹〔巴〕稱呼父親(粵)。

4 **斧** 見斤部，283 頁。

6 **爹**（diē ㄉㄧㄝ）粵dɛ¹〔低些切〕
❶父親(粵)。❷對老人

或長(zhǎng)者的尊稱: 老～。

6 **釜** 見金部, 717 頁。

9 **爺(爷)** (yé ㄧㄝˊ)粵 je⁴
〔耶〕❶父親: ～
娘。❷祖父(粵): ～～奶奶。
❸對長輩或年長男子的敬稱:
張大～。李～。❹舊時對官僚、
主人等的稱呼: 王～。老～。
少～。❺對神的稱呼: 土地～。
財神～。

爻(爻)部

0 **爻** (yáo ㄧㄠˊ)粵 ŋau⁴〔淆〕構
成《易》卦的長短橫畫。
‘——’是陽爻, ‘— —’是陰爻;
每三爻合成一卦, 可得八卦。
兩卦(六爻)相重可得六十四
卦。

7 **爽** (shuǎng ㄕㄨㄤˇ)粵 sɔŋ²〔嗓〕
❶明朗, 明亮: ～目。
❷開朗, 暢快: 人逢喜事精神
～。秋高氣～。❸痛快, 率
直: 豪～。直～。這人很～快。
〔爽性〕索性, 乾脆: 既然晚了,
～～不去吧。❹差錯, 違背:
毫釐不～。～約。

10 **爾(尔)** (ěr ㄦˇ)粵 ji⁵〔耳〕
❶你, 你的: ～
輩。～父。出～反～(喻無信

用)。〔爾汝〕你我相稱, 關係
親密: 相為～～。～～交。❷
如此(粵): 果～。偶～。不過
～～。❸那, 其(指時間): ～
時。～日。～後。❹同‘耳❸’,
表示‘罷了’的意思: 前言戲之
～。❺詞尾, 相當於‘地’字、
‘然’字: 卓～。率～。

爿(丬)部

0 **爿** ㊀(pán ㄆㄢˊ)粵 ban⁶〔辦〕
❶劈開的成片的木柴。
❷〔方〕量詞, 用於商店、工廠、
旅社等: 一～水果店。
㊁(qiáng ㄑㄧㄤˊ)粵 tsœŋ⁴〔場〕
〈古〉把木材劈成兩片, 左邊的
叫‘爿’, 右邊的叫‘片’。

3 **妆** ‘妝’的簡化字, 見 153 頁。

3 **壮** ‘壯’的簡化字, 見 143 頁。

3 **壯** 見士部, 143 頁。

3 **妝** 見女部, 153 頁。

4 **牀** (chuáng ㄔㄨㄤˊ)粵 tsɔŋ⁴
〔藏〕❶供人睡臥的用具:
～鋪。～位。木～。❷像牀的
東西: 車～。河～(河身)。❸
放置器物的架子: 筆～。琴～

4 **状** '狀'的簡化字，見 415 頁。

4 **斨** 見斤部，283 頁。

4 **戕** 見戈部，235 頁。

4 **狀** 見犬部，415 頁。

5 **牁** (gē ㄍㄜ)粵gɔ¹〔哥〕❶繫船的木樁。❷〔牂牁〕見本頁'牂'字條。

6 **牂** (zāng ㄗㄤ)粵dzɔŋ¹〔莊〕❶母羊。❷〔牂牁〕1.古河流名。2.古地名。

6 **奘** 見大部，150 頁。

7 **將** 見寸部，174 頁。

10 **獎** 見大部，151 頁。

10 **臧** 見臣部，563 頁。

13 **牆(墙)** (qiáng ㄑㄧㄤ)粵tsœŋ⁴〔詳〕用磚石等砌成承架房頂或隔開內外的建築物：磚～。城～。

片 部

0 **片** ⊖(piàn ㄆㄧㄢ)粵pin³〔騙〕❶(～子、～兒)扁而薄的物體：明信～。鐵～。(粵口語讀高上聲)❷切削成薄片：～肉片。把豆腐乾～～～。❸很少或很短：～言(幾句話)。～紙隻字。～刻(短時間)。〔片面〕不全面，一方面：不要～～看問題。❹指較大地區內劃分的較小地區：分～開會。❺量詞。1.指面積、範圍或成片的東西：一大～綠油油的稻田。一～草地。兩～藥。2.用於景色、氣象、聲音、語言、心意等：一～新氣象。一～眞心。❻詞學術語。詞的分段稱為分片，上段叫'上片'，下段叫'下片'。

⊜(piān ㄆㄧㄢ)粵pin²〔偏高上〕(～子、～兒)同 ⊖❶，用於相片、畫片、唱片、電影片等。

4 **版** (bǎn ㄅㄢ)粵ban²〔板〕❶上面有文字或圖形，用木板或金屬等製成供印刷用的東西：木～書。活字～。⑪底版，相片的底片：修～。❷印刷物排印的次數，版本：第一～。再～。中文～。英文～。〔版權〕著作者或出版者享有的出版的合法權利。❸報紙的一面或一版：頭～。❹築土牆用的夾板：～築。❺戶籍。〔版圖〕戶籍和地圖。⑱國家的疆域。❻〈粵方言〉書刊、簿子的一頁叫一版。

5 **牉**（pàn ㄆㄢˋ）粵pun³〔判〕一物中分為二。〔牉合〕男女結合成為夫妻。

8 **牌**（pái ㄆㄞˊ）粵pai⁴〔排〕❶（一子、一兒）用木板或其他材料做的標誌或憑信物：招～。指路～。門～。⑤商標：平治～汽車。〔牌樓〕裝點或慶賀用的建築物。〔牌價〕市場上用牌告方式公佈的標準價格。❷古代兵士戰爭時用來遮護身體的東西：擋箭～。藤～。❸娛樂或賭博用的東西：撲克～。骨～。④詞或曲的曲調的名稱：詞～。曲～。❺喪禮所設的木主，置於廳堂、寺廟、神龕中寫着祖先名字的木板：靈～。～位。

8 **牋** 同'箋❷'，見502頁。

8 **牍** '牘'的簡化字，見本頁。

9 **牐**（zhá ㄓㄚˊ）粵dzap⁹〔雜〕❶古時防守城門的用具。❷同'閘'，見745頁。

9 **牒**（dié ㄉㄧㄝˊ）粵dip⁹〔蝶〕❶公文，證件：通～（兩國交換意見用的文書）。❷古代書寫用的竹木片。

9 **牎** 同'窗'，見491頁。

11 **牖**（yǒu ㄧㄡˇ）粵jeu⁵〔友〕窗戶。

11 **牕** 同'窗'，見491頁。

15 **牘**（牍）（dú ㄉㄨˊ）粵duk〔毒〕古代寫字用的木片。也叫'木簡'。⑤1.政府機關裏的公文：文～。案～。2.書信：尺～。

牙 部

0 **牙**（yá ㄧㄚˊ）粵ŋa⁴〔衙〕❶牙齒。❷（一子）像牙齒形狀的東西：抽屜～子。❸舊指介紹買賣從中取利的人（⑲一儈）。

3 **呀** 見口部，94頁。

3 **邪** 見邑部，704頁。

4 **玡** 見玉部，425頁。

5 **穿** 見穴部，490頁。

8 **掌** 同'撐'，見268頁。

8 **雅** 見隹部，756頁。

11 **鴉** 見鳥部，809頁。

牛（牜）部

0 牛 (niú ㄋㄧㄡˊ)働ŋeu⁴〔偶低下〕
❶家畜名，有黃牛、水牛、牦牛等，力量很大，能耕田、拉車。肉和奶可吃。角、皮、骨可作器物。中國產的以黃牛、水牛為主。❷比喻固執或倔強：～脾氣。～性子。❸星名，二十八宿之一。

2 牝 (pìn ㄆㄧㄣˋ)働pen⁵〔貧低上〕
雌性的鳥獸，跟'牡'相對：～馬。～雞。

2 牟 ㊀(móu ㄇㄡˊ)働meu⁴〔謀〕
取：～利。
㊁(mù ㄇㄨˋ)働muk⁹〔木〕〔牟平〕
縣名，在山東省。

3 牡 (mǔ ㄇㄨˇ)働mau⁵〔卯〕雄性的鳥、獸，跟'牝'相對。又指植物的雄株：～麻。

3 牢 (láo ㄌㄠˊ)働lou⁴〔勞〕❶養牲畜的圈：亡羊補～(喻事後補救)。働古代稱作祭品的牲畜：太～(牛)。少～(羊)。❷監禁犯人的地方(働監一)：坐～。❸結實，堅固，固定：～記。～不可破。
〔牢騷〕抑鬱不平或煩悶不滿的情緒：滿腹～～。

3 牣 (rèn ㄖㄣˋ)働jen⁶〔刃〕充滿(働充一)。

3 牤 (māng ㄇㄤ)働mɔŋ¹〔牦〕〔牤牛〕〈方〉公牛。

3 牠 同'它'，見 165 頁。

3 告 見口部，94 頁。

3 吽 見口部，94 頁。

4 牦 (máo ㄇㄠˊ)働mou⁴〔毛〕牦牛，身體兩旁和四肢外側有長毛，尾毛很長。中國西藏出產，當地人用來拉犁和馱運貨物。肉和乳都可供食用。

牦牛

4 牧 (mù ㄇㄨˋ)働muk⁹〔木〕❶放養牲畜：～羊。～童。～場。畜～業。遊～。❷治理：～民。働古代一州的長官。❹春秋時代稱牧牛的奴隸。❺古指城邑外的遠郊。
〔牧師〕基督教的教士，管理教堂及禮拜等事務。

4 **物** （wù ㄨˋ）粵met⁹〔勿〕**①**東西：～價。萬～。新事～。㉮具體內容：言之有～。空洞無～。〔物色〕尋求合適的人選或東西。〔物質〕1.獨立存在於人們意識之外，能為人們的意識所反映的客觀世界：～～不滅。2.特指金錢和供吃、穿、用的東西等：～～獎勵。**②**'我'以外的人或環境，多指眾人：～望所歸。待人接～。恐遭～議。

〔物業〕〈粵方言〉樓房、廠房等房地產：兩幢～～。

5 **牮** （jiàn ㄐㄧㄢˋ）粵dzin³〔箭〕**①**斜着支撐：打～撥正（房屋傾斜，用柱子支起弄正）。**②**用土石擋水。

5 **牯** （gǔ ㄍㄨˇ）粵gu²〔古〕母牛。也指閹割後的公牛。

5 **牲** （shēng ㄕㄥ）粵sɐŋ¹〔生〕sɐŋ¹〔沙坑切〕（語）牲口，普通指牛、馬、驢、騾等家畜。古代特指供宴饗祭祀用的牛、羊、豬。

5 **牴** （dǐ ㄉㄧˇ）粵dɐi²〔底〕同'抵②'。牛、羊等有角的獸用角頂、觸。〔牴牾〕同'抵牾'。矛盾。〔牴觸〕同'抵觸'。發生衝突：他的話前後～～。

5 **牽** '牽'的簡化字，見本頁。

5 **荤** '葷'的簡化字，見414頁。

6 **牷** （quán ㄑㄩㄢˊ）粵tsyn⁴〔存〕古指供祭祀用的純色毛的牛。

6 **牸** （zì ㄗˋ）粵dzi⁶〔字〕雌性的牲畜：～牛。

6 **特** （tè ㄊㄜˋ）粵dɐk⁹〔得低入〕**①**特殊，不平常的，超出一般的：～色。～權。～效。～產。〔特別〕1.特殊。2.尤其（多用於'是'字前）。〔特赦〕國家對某些有悔改表現的犯人或特定犯人減輕或免除刑罰。**②**專，單一：～派。～設。我～意來看你。**③**只，但：不～此也。

6 **牺** '犧'的簡化字，見414頁。

7 **牽(牵)** （qiān ㄑㄧㄢ）粵hin¹〔軒〕**①**拉，引領向前：手～着手。～着一條牛。**②**連帶，帶累：～涉。不要～扯別的問題。受～累。〔牽強〕硬拉硬扯，勉強，理由不足：這話太～～。**③**纏連，惹惹情～。

7 **牾** （wǔ ㄨˇ）粵ŋ⁵〔五〕背逆，抵觸：抵～（矛盾）。

7 **牻** （máng ㄇㄤˊ）粵mɔŋ⁴〔忙〕黑白色雜毛的牛。

7 **牭** 同'粗',見 510 頁。

7 **犂** 同'犂',見本頁。

8 **犀** (xī Tㄧ)〔粵〕sei¹〔西〕❶犀牛,哺乳動物,形狀略似牛,全身幾乎沒有毛,皮粗厚多皺紋。角生在鼻子上,印度一帶產的只有一隻角,非洲產的有兩隻角,前後排列。角堅硬,可做器物,又可以入藥。❷堅固: ～利(銳利)。

犀 牛

8 **犂** (lí ㄌㄧˊ)〔粵〕lei⁴〔黎〕❶耕地的農具。❷用犂耕地: 用新式犂～地。

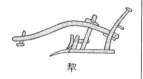

犂

8 **犋** (jù ㄐㄩˋ)〔粵〕gœy⁶〔巨〕牽引犂、耙等農具的畜力單位。能拉動一張犂或耙的畜力叫一犋。大的牲口一頭可以拉動一張,就是一犋;小的牲口要兩頭或兩頭以上才能拉動一張,也叫一犋。

8 **犄** (jī ㄐㄧ)〔粵〕gei¹〔基〕〔犄角〕1.(一兒)棱角:桌子～～。2.(一兒)角落:牆～～。3.獸角:牛～～。4.作戰時分出一小部兵力,以便牽制敵人或互相支援。

8 **犇** 同'奔㊀',見 149 頁。

8 **犢** '犢'的簡化字,見 414 頁。

9 **犍** ㊀(jiān ㄐㄧㄢ)〔粵〕gin¹〔堅〕閹去睾丸的公牛。
㊁(qián ㄑㄧㄢˊ)〔粵〕kin⁴〔虔〕〔犍為〕(一wéi)縣名,在四川省。

9 **犎** (fēng ㄈㄥ)〔粵〕fuŋ¹〔風〕一種野牛。

9 **犏** (piān ㄆㄧㄢ)〔粵〕pin¹〔偏〕犏牛,犛牛和黃牛雜交生的牛。

犏 牛

10 **犒** （kào ㄎㄠˋ）粵hou³〔耗〕指用酒食或財物慰勞：～勞。～賞。

10 **犖**（**荦**）（luò ㄌㄨㄛˋ）粵lɔk⁸〔絡〕〔犖犖〕明顯，分明：舉出的都是～～大端。

10 **犗**（jiè ㄐㄧㄝˋ）粵gai³〔介〕閹割過的牛。

10 **犙** 同'轄❶'，見 689 頁。

11 **犛** （máo ㄇㄠˊ，又讀 lí ㄌㄧˊ）粵mou⁴〔毛〕lei⁴〔離〕（又）犛牛，就是牦牛。參見 411 頁'牦'字條。

11 **犟** （jiàng ㄐㄧㄤˋ）粵gœng⁶〔強低去〕又作'強'。強硬不屈，固執：你別～嘴。～脾氣。

11 **犠** 同'牤'，見 411 頁。

12 **犨** 同'犝'，見本頁。

15 **犢**（**犊**）（dú ㄉㄨˊ）粵duk⁹〔讀〕（－子－兒）小牛：初生之～不怕虎。

16 **犧**（**牺**）（xī ㄒㄧ）粵hei¹〔希〕古代稱做祭品用的毛色純一的牲畜。〔犧牲〕古代為祭祀宰殺的牲畜。粵1.為了正義的目的而獻出自己的生命。2.泛指為某種目的的捨棄權利或利益等。

犬（犭）部

0 **犬** （quǎn ㄑㄩㄢˇ）粵hyn²〔勸高上〕狗：警～。獵～。牧～。〔犬齒〕指人的門齒兩旁的牙，上下各有兩枚。

2 **犯** ㊀（fàn ㄈㄢˋ）粵fan⁶〔飯〕❶抵觸，違反：～法。～規。❷侵犯，進攻：敵軍～境。❸觸發，發作：～病。～脾氣。〔犯不上〕〔犯不着〕不值得：～～～和他生氣。❹做出錯誤的事：不再～同樣的錯誤。
㊁（fàn ㄈㄢˋ）粵fan²〔反〕犯罪的人：戰～。要～。貪污～。

2 **犰** （qiú ㄑㄧㄡˊ）粵keu⁴〔求〕〔犰狳〕一種哺乳動物，頭尾及胸部都有鱗片，腹部有毛，穴居土中，吃雜食，產於南美洲，肉可吃，鱗甲可製提籃等。

2 **厌** '厭'的簡化字，見 80 頁。

3 **犴** ㊀（hān ㄏㄢ）粵hɔn⁶〔汗〕就是駝鹿，也叫'堪達罕'。
㊁（àn ㄢˋ）粵gɔn⁶〔岸〕見 417 頁'狴'字條'狴犴'。

3 **犷** '獷'的簡化字，見 421 頁。

3 **犸** '獁'的簡化字，見 419 頁。

3 狀 '狀'的簡化字,見本頁。

3 吠 見口部, 92頁。

4 狀（狀）(zhuàng ㄓㄨㄤˋ)粵dzɔŋ⁶〔撞〕❶ 形態（運形一、一態）: 猿的形～像狗。❷事情表現出來的情形（運一況）: 病～。生活～況。❸陳述或描摹: 寫情～物。風景奇麗,殆不可一。❹舊時敍述事件的文字: 行～（死者傳略）。訴～。❺襃獎、委任等證件: 獎～。委任～。

4 狁 (yún ㄩㄣˊ)粵wen⁵〔勻〕見421頁'玁'字條'玁狁'。

4 狂 (kuáng ㄎㄨㄤˊ)粵kwɔŋ⁴〔礦低平〕kɔŋ⁴〔抗低平〕(俗)❶瘋癲,精神失常（運瘋一、癲一）: ～人。發～。❷任情地做,不用理智克服感情: ～放不拘。～言。～歡。〔狂妄〕極端自高自大。❸猛烈的,聲勢大的: ～風暴雨。～瀾（大浪頭）。～飇（急驟的大風）。

4 狃 (niǔ ㄋㄧㄡˇ)粵neu²〔紐〕因襲,拘泥: ～於習俗。～於成見。

4 狄 (dí ㄉㄧˊ)粵dik⁹〔敵〕中國古代對北部少數民族的統稱。

4 狽 '狽'的簡化字,見417頁。

4 犹 '猶'的簡化字,見419頁。

4 戾 見戶部, 238頁。

5 狉 (pī ㄆㄧ)粵pei¹〔披〕野獸奔走的樣子（疊）: 鹿豕～～。

5 狎 (xiá ㄒㄧㄚˊ)粵hap⁹〔峽〕❶親近。❷輕忽,侮慢: ～侮。

5 狐 (hú ㄏㄨˊ)粵wu⁴〔胡〕狐狸,野獸名,性狡猾多疑,遇見敵人時肛門放出臭氣,乘機逃跑。皮可做衣服。〔狐肷〕毛皮業上指狐狸腋下和腹部的毛皮。〔狐媚〕用諂媚的手段迷惑人。〔狐疑〕多疑而無決斷。

狐　狸

5 狖 (yòu ㄧㄡˋ)粵jeu⁶〔又〕黑色的長尾猿。

5 狗 (gǒu ㄍㄡˇ)粵geu²〔九〕一種家畜,聽覺、嗅覺都很靈敏,善於看守門戶。〔狗腿子)⑩幫助作惡的人。

5 **狒** (fèi ㄈㄟˋ)⑧fɐi³〔廢〕〔狒狒〕猿一類的動物，面形似狗，面部肉色，光滑無毛，體毛褐色，食果實及鳥卵等。多產於非洲。

狒 狒

5 **狙** (jū ㄐㄩ)⑧dzœy¹〔追〕古書裏指一種猴子。〔狙擊〕乘人不備，突然襲擊。

5 **狍** 同'麅'，見 821 頁。

5 **狝** '獅'的簡化字，見 421 頁。

5 **狞** '獰'的簡化字，見 421 頁。

5 **畎** 見田部，439 頁。

5 **突** 見穴部，490 頁。

6 **狠** (hěn ㄏㄣˇ)⑧hɐn²〔很〕❶凶惡，殘忍：心～。～毒。

⑩勉強地抑制住難過的心情：～着心把淚止住。❷嚴厲地(罵)：～～地打擊毒犯。〔狠命〕拼命，用盡全力：～～地跑。❸全力，下決心：發～學科學。❹同'很'，見 212 頁。

6 **狡** (jiǎo ㄐㄧㄠˇ)⑧gau²〔搞〕狡猾，詭詐：～計。〔狡獪〕詭詐。

6 **狨** (róng ㄖㄨㄥˊ)⑧juŋ⁴〔容〕金絲猴。

6 **狩** (shòu ㄕㄡˋ)⑧sɐu³〔秀〕打獵。古代指君主冬天打獵。

6 **狋** (yì ㄧˋ)⑧jɐi⁶〔曳〕〔林狋〕就是猞猁。

6 **狗** 同'徇'，見 212 頁。

6 **独** '獨'的簡化字，見 420 頁。

6 **狭** '狹'的簡化字，見 417 頁。

6 **狱** '獄'的簡化字，見 420 頁。

6 **狮** '獅'的簡化字，見 420 頁。

6 **狲** '猻'的簡化字，見 419 頁。

6 **狯** '獪'的簡化字，見 420 頁。

6 **哭** 見口部，103 頁。

6 **臭** 見自部，564 頁。

7 **狳** 〔yú ㄩˊ〕粵jy⁴〔余〕見 414 頁'犰'字條'犰狳'。

7 **狴** 〔bì ㄅㄧˋ〕粵bei⁶〔幣〕〔狴 犴〕(—àn) 傳說中的獸名。古代牢獄門上繪其形狀，因此又用為牢獄的代稱。

7 **狷** 〔juàn ㄐㄩㄢˋ〕粵gyn³〔絹〕❶ 胸襟狹窄，急躁：~急。❷耿直。〔狷介〕性情正直，不肯同流合污。

7 **狹（狭）** 〔xiá ㄒㄧㄚˊ〕粵hap⁹ 〔峽〕hap⁸〔呷〕(又) 窄，不寬闊（㊀—窄、—隘）：地方太~。~路相逢（指仇敵相遇）。

7 **狺** 〔yín ㄧㄣˊ〕粵gen⁴〔銀〕〔狺狺〕狗叫的聲音。

7 **狻** 〔suān ㄙㄨㄢ〕粵syn¹〔酸〕〔狻猊〕獅子。

7 **狼** 〔láng ㄌㄤˊ〕粵lɔŋ⁴〔郎〕一種野獸，形狀很像狗，耳直立，尾下垂，頰有白斑。性狡猾凶狠，晝伏夜出，能傷害人畜。〔狼狽〕1. 倒霉或受窘的樣子：~~不堪。2. 聯合起來共同做壞事：~~為奸。〔狼煙〕古代告警的烽火，據說用狼糞燃燒。㊙戰亂。

〔狼藉〕(—jí) 亂七八糟，也作

'狼籍'：杯盤~~。聲名~~。

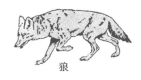

狼

7 **狽（狈）** 〔bèi ㄅㄟˋ〕粵bui³ 〔貝〕傳說中的一種獸：狼~。

7 **猁** 〔lì ㄌㄧˋ〕粵lei⁶〔利〕見 418 頁'猞'字條'猞猁'。

7 **狸** 同'貍'，見 662 頁。

7 **猂** 同'悍'，見 223 頁。

7 **狝** '獼'的簡化字，見 421 頁。

7 **猃** '獫'的簡化字，見 420 頁。

7 **猏** 見山部，184 頁。

8 **猇** 〔xiāo ㄒㄧㄠ〕粵hau¹〔敲〕虎叫聲。

8 **猊** 〔ní ㄋㄧˊ〕粵ŋei⁴〔危〕見本頁'狻'字條'狻猊'。

8 **猋** 〔biāo ㄅㄧㄠ〕粵biu¹〔標〕❶ 狗奔跑。❷同'飆'。暴風。

8 **猖** 〔chāng ㄔㄤ〕粵tsœŋ¹〔昌〕凶猛。〔猖狂〕狂妄而放肆：~~進攻。〔猖獗〕放肆地横行，鬧得很凶：～～一時。

8 **猗**（yī ㄧ）粵ji¹〔衣〕〈古〉助詞，用如'兮'：河水清且漣～。

8 **猘**（zhì ㄓˋ）粵dzɐi³〔制〕瘋狗。

8 **猙**（zhēng ㄓㄥ）粵dzɐŋ¹〔增〕dzaŋ¹〔支罌切〕〔語〕〔猙獰〕樣子凶惡：面目～～。

8 **猛**（měng ㄇㄥˇ）粵maŋ⁵〔蜢〕❶勇猛，猛烈：～將。～虎。用力過～。藥力～。火力～。❷忽然，突然：～然驚醒。

8 **猜**（cāi ㄘㄞ）粵tsai¹〔釵〕❶推測，推想：～謎。你～他來不來？❷疑心（連一疑）：～忌。～嫌。兩小無～。

8 **猞**（shē ㄕㄜ）粵sɛ¹〔舍〕〔猞猁〕又叫'林㹴'。哺乳動物，像狸貓，毛帶紅色或灰色，有黑斑，四肢粗長。皮毛珍貴。

猞 猁

8 **猝**（cù ㄘㄨˋ）粵tsyt⁸〔撮〕突然：倉～。～生變化。～不及防。

8 **猄**（jīng ㄐㄧㄥ）粵gɛŋ¹〔鏡高平〕〔黃猄〕鹿的一種，肉可食。

8 **猪** 同'豬'，見 660 頁。

8 **猎** '獵'的簡化字，見 421 頁。

8 **猕** '獼'的簡化字，見 421 頁。

8 **猡** '玀'的簡化字，見 421 頁。

9 **猢**（hú ㄏㄨˊ）粵wu⁴〔胡〕〔猢猻〕獼猴的一種，產在中國北部的山林中，能耐寒。也泛指猴。

9 **猥**（wěi ㄨㄟˇ）粵wɐi²〔委〕❶鄙賤，污穢，下流：～賤。〔猥褻〕指關於淫穢的：～～語。～～行為。❷瑣碎煩雜：～雜。

9 **猱**（náo ㄋㄠˊ）粵nou⁴〔奴〕❶古書上說的一種猴。❷古琴彈奏的一種指法。

9 **猴**（hóu ㄏㄡˊ）粵hɐu⁴〔侯〕（～子、～兒）哺乳動物，種類很多。毛灰色或褐色，顏面和耳朵無毛，有尾巴，兩頰有儲存食物的頰囊。

9 **猩**（xīng ㄒㄧㄥ）粵siŋ¹〔星〕猩猩，猿類，形狀略似人，毛赤褐色，前肢長，無尾。吃野果。產於蘇門答臘等地。〔猩紅熱〕一種急性傳染病，病原體是一種溶血性鏈球菌，症狀是頭痛、寒熱、發紅疹，口部周圍蒼白，舌如草莓。小兒容易感染。

猩　猩

9 **猶**（猶）（yóu ㄧㄡ）粵jeu⁴〔由〕❶如同：雖死～生。過～不及。❷還，仍：記憶～新。話～未了。〔猶豫〕遲疑不決：～～不定。

9 **猷**（yóu ㄧㄡ）粵jeu⁴〔由〕謀劃，打算：鴻～（宏偉的計劃）。

9 **猹**（chá ㄔㄚˊ）粵dza¹〔渣〕貛類野獸，喜歡吃瓜。

9 **猸**（méi ㄇㄟˊ）粵mei⁴〔眉〕（～子）又叫‘山貛’、‘白猸’。

體較貓小。毛棕灰色，兩眼間有一方形白斑，生活在樹林或巖石間。

9 **猬**　同‘蝟’，見 617 頁。

9 **猨**　同‘猿’，見本頁。

9 **猰**　同‘貎’，見 662 頁。

9 **献**　‘獻’的簡化字，見 421 頁。

10 **猻**（猻）（sūn ㄙㄨㄣ）粵syn¹〔孫〕見 418 頁‘獮’字條‘獮猻’。

10 **猾**（huá ㄏㄨㄚˊ）粵wat⁹〔滑〕狡猾，奸詐：～吏。

10 **猿**（yuán ㄩㄢˊ）粵jyn⁴〔元〕猴一類的動物，頰下沒有囊，沒有尾巴，猩猩、大猩猩、長臂猿等都是。

10 **獁**（犸）（mǎ ㄇㄚˇ）粵ma⁵〔馬〕〔猛獁〕一種古脊椎動物，像現代的象，全身有長毛，已絕種。也叫‘毛象’。

猛　獁

10 獄（狱）（yù ㄩˋ）粵 juk⁹〔玉〕❶監禁罪犯的地方（連監－）：下～。❷官司，罪案：冤～。文字～。

10 獅（狮）（shī ㄕ）粵 si¹〔師〕獅子，古書中也作‘師子’，一種凶猛的野獸，毛黃褐色，雄的脖子上有長鬣，生活在山林裏，捕食其他動物。多產於非洲及亞洲西部。

雄 獅

10 獉（zhēn ㄓㄣ）粵 dzœn¹〔津〕同‘榛❸’。草木叢雜：～狉（指草木叢雜，野獸出沒）。

10 獃 同‘呆’，見 94 頁。

11 獍（jìng ㄐㄧㄥˋ）粵 giŋ³〔敬〕古書上說的一種像虎豹的獸，生下來就吃生它的母獸。

11 獒（áo ㄠˊ）粵 ŋou⁴〔熬〕一種凶猛的狗，比平常的狗大，善鬥，能幫助人打獵。

11 獎 同‘獎’，見 151 頁。

11 獐 同‘麞’，見 822 頁。

12 獗（jué ㄐㄩㄝˊ）粵 kyt⁸〔決〕〔猖獗〕放肆地橫行，鬧得很凶：～～一時。

12 獠（liáo ㄌㄧㄠˊ）粵 liu⁴〔遼〕面貌凶惡：～面。〔獠牙〕露在嘴外面的長牙。

12 默 見黑部，825 頁。

13 獨（独）（dú ㄉㄨˊ）粵 duk⁹〔讀〕❶單一：～幕劇。～木橋。❷獨自，獨：～唱。～白。無～有偶（多指同樣的壞）。❸沒有依靠或幫助（連孤－）。〔獨立〕自立自主，不受人支配。❹只，單是，惟有：大家都到了，～有他沒來。
〔獨龍〕獨龍族，中國少數民族名，參看附錄六。

13 獪（狯）（kuài ㄎㄨㄞˋ）粵 kui²〔繪〕見 416 頁‘狡’字條‘狡獪’。

13 獬（xiè ㄒㄧㄝˋ）粵 hai⁵〔蟹〕獬豸，傳說中一種能判斷疑難案件的神獸名。

13 獧 同‘狷’，見 417 頁。

13 獫（猃）同‘玁’，見 421 頁。

13 獭　'獺'的簡化字，見本頁。

14 獮（狝）（一）(xiǎn ㄒㄧㄢ) 粵 sin² [冼] 古代指秋天打獵。
（二）同'獮'，見本頁。

14 獯（獯）(xūn ㄒㄩㄣ) 粵 fen¹ [芬] 〔獯鬻〕即'獫狁'。中國古代北方民族，戰國後稱匈奴。

14 獰（狞）(níng ㄋㄧㄥˊ) 粵 niŋ⁴ [寧] 見 418 頁'猙'字條'猙獰'。

14 獲（获）(huò ㄏㄨㄛˋ) 粵 wɔk⁹ [鑊] ❶ 捉住，擒住：俘～。捕～。❷ 得到，取得：～救。～勝。不勞而～。❸ 能夠，得以：不～一面辭。

14 獴（獴）(méng ㄇㄥˊ，又讀 měng ㄇㄥˇ) 粵 muŋ⁴ [蒙] 哺乳動物的一類，身體長，腳短，嘴尖，耳朵小。捕食蛇、蟹等，如蟹獴。

15 獵（猎）(liè ㄌㄧㄝˋ) 粵 lip⁹ [利 葉 切] ❶ 打獵，捕捉禽獸：～虎。漁～。❸ 追求：～奇（刻意搜尋新奇的事物）。❷ 打獵的：～人。～狗。❸ 經歷：涉～。

15 獷（犷）(guǎng ㄍㄨㄤˇ) 粵 gwɔŋ² [廣] 凶悍，粗野：粗～。～悍。

15 獸（兽）(shòu ㄕㄡˋ) 粵 seu³ [瘦] ❶ 有四條腿、全體生毛的哺乳動物。❷ 比喻野蠻，下流：～欲。～行。

16 獺（獭）(tǎ ㄊㄚˇ) 粵 tsat⁸ [察] 水獺，一種生活在水邊的野獸，能游泳，捕魚為食。皮毛棕色，很珍貴，可做衣領、帽子等。另有一種旱獺，生活在陸地上。

16 獻（献）(xiàn ㄒㄧㄢˋ) 粵 hin³ [憲] 恭敬莊嚴地送給：～花。～禮。④表現給人看：～技。～殷勤。

17 獼（猕）(mí ㄇㄧˊ) 粵 mei⁴ [眉] nei⁴ [尼] （又）獼猴，哺乳動物，面部紅色無毛，有頰囊，尾短，臀疣顯著。產於亞洲南部和中國西南等地。

18 玃　同'玃'，見 662 頁。

19 玀（猡）(luó ㄌㄨㄛˊ) 粵 lɔ⁴ [羅] 〔豬玀〕（方）豬。〔玀玀〕彝族的舊稱。

20 玁（狝）(xiǎn ㄒㄧㄢˇ) 粵 him² [險] 古指長嘴的狗。〔玁狁〕〔獫狁〕也叫'獯鬻'。中國古代北方的民族，戰國後稱匈奴。

玄 部

0 **玄**（xuán ㄒㄩㄢˊ）粵 jyn⁴〔元〕
❶深奧不容易理解的：
～理。～妙。❷虛偽，不眞實，
不可靠：邪話太～了，不能信。
〔玄虛〕1.不眞實。2.狡猾的手
段：故弄～～。❸黑色：～狐。
～青（深黑色）。

4 **玅** 同「妙」，見 153 頁。

5 **畜** 見田部，440 頁。

6 **率** ㊀（shuài ㄕㄨㄞˋ）粵 sœt⁷
〔恤〕❶帶領，統領（粵一
領）：～隊。～師。❷輕易地，
不細想、不愼重（粵輕一、草
一）：不要輕～地處理問題。
❸爽直坦白（粵直一）：坦～。
❹大率，大概，大略：～皆如
此。❺遵循：～由舊章。❻模
範：一方表～。
㊁（lǜ ㄌㄩˋ）粵 lœt⁹〔律〕指兩個相
關的數在一定條件下的比值：
速～。增長～。出勤～。
㊂同「蟀❷」，見 193 頁。

玉（王）部

0 **玉**（yù ㄩˋ）粵 juk⁹〔欲〕❶礦物
的一種，質細而堅硬，
有光澤，略透明，可雕琢成簪
環等裝飾品。❷喻潔白或美
麗：～顏。亭亭～立。❸敬辭：
～言。～體。敬候～音。

0 **王** ㊀（wáng ㄨㄤˊ）粵 wɔŋ⁴〔黃〕
❶一國的君主，最高的
爵位：國～。親～。❷一族或
一類中的首領或最特出的：獸
～。蜂～。花中之～。❸輩分
大：～父（祖父）。～母（祖母）。
❹姓。
㊁（wàng ㄨㄤˋ）粵 wɔŋ⁶〔旺〕❶統
一天下：以德行仁者～。❷統
治，君臨：～天下。

1 **主** 見丶部，6 頁。

2 **玎**（dīng ㄉㄧㄥ）粵 diŋ¹〔丁〕
〔玎玲〕〔玎璫〕象聲詞，
多指玉石、金屬等撞擊的聲音。

2 **玑** '璣'的簡化字，見 432 頁。

2 **玑** 見入部，46 頁。

2 **匡** 見匚部，72 頁。

3 **玕** (gān ㄍㄢ) 粵 gon¹〔干〕〔琅玕〕像珠子的美石。

3 **玖** (jiǔ ㄐㄧㄡˇ) 粵 geu²〔久〕❶像玉的淺黑色石頭。❷'九'字的大寫。

3 **玘** (qǐ ㄑㄧˇ) 粵 hei²〔起〕古代佩帶的玉。

3 **玙** '璵'的簡化字，見432頁。

3 **玚** '瑒'的簡化字，見430頁。

3 **玛** '瑪'的簡化字，見430頁。

3 **尫** 見尢部，177頁。

3 **弄** 見廾部，205頁。

4 **玠** (jiè ㄐㄧㄝˋ) 粵 gai³〔介〕古代的一種玉器，即'大圭'。

4 **玦** (jué ㄐㄩㄝˊ) 粵 kyt⁸〔決〕環形有缺口的佩玉。

玦

4 **玩** ㊀(wán ㄨㄢˊ) 粵 wan²〔挽高上〕❶遊戲，做某種遊戲: 出去～。～皮球。❷耍弄，使用: ～花招。～手腕。

㊁(wán ㄨㄢˊ，舊讀 wàn ㄨㄢˋ) 粵 wun⁶〔換〕❶欣賞，賞玩: 遊～。～物喪志。❷可供觀賞、把玩的東西: 古～。(粵口語讀如碗)❸輕視，拿着不嚴肅的態度來對待(連一忽): ～世不恭。❹戲弄，頑耍: ～弄於股掌之上。

㊂(wán ㄨㄢˊ) 粵 wan⁴〔還〕〔玩耍〕遊戲。〔玩笑〕戲弄，詼諧: 不要開～～。〔玩意兒〕1.玩具。2.〈方〉舊指雜技、曲藝，如魔術、大鼓等。3.指東西、事物。

4 **玫** (méi ㄇㄟˊ) 粵 mui⁴〔梅〕〔玫瑰〕落葉灌木，枝上有刺，花有紫紅色、白色等多種，是栽培較廣的觀賞植物。

4 **玢** ㊀(bīn ㄅㄧㄣ) 粵 ben¹〔賓〕❶玉的紋理。❷玢巖，一種巖石。

㊁(fēn ㄈㄣ) 粵 fen¹〔芬〕〔賽璐玢〕玻璃紙的一種。無色，透明有光澤，纖維素經氫氧化鈉和二硫化碳處理後所得的溶液通過窄縫製成，可以染成各種顏色，多用於包裝。

4 **玭** (pín ㄆㄧㄣˊ) 粵 pen⁴〔貧〕pin⁴〔骿〕〈又〉珍珠。

4 **玟** (mín ㄇㄧㄣˊ) 粵 men⁴〔文〕次於玉的美石。

4 玥 (yuè ㄩㄝˋ)粵jyt⁹〔月〕古代傳說中的一種神珠。

4 玡 (yá 丨ㄚˊ)粵je⁴〔爺〕〔琅玡〕山名，在山東省。

4 环 '環'的簡化字，見 432頁。

4 现 '現'的簡化字，見 427頁。

4 玮 '瑋'的簡化字，見 429頁。

4 玱 '瑲'的簡化字，見 431頁。

4 㧐 見手部，177頁。

4 旺 見日部，288頁。

5 玲 (líng ㄌ丨ㄥˊ)粵liŋ⁴〔零〕形容玉碰擊的聲音(疊)：～～盈耳。〔玲瓏〕1.金玉聲。2.器物細緻精巧。3.靈活敏捷：～～活潑。

5 玳 (dài ㄉㄞˋ)粵doi⁶〔代〕〔玳瑁〕一種爬行動物，跟龜相似。甲殼黃褐色，有黑斑，很光滑，可做裝飾品，也可入藥。

玳　瑁

5 玷 (diàn ㄉ丨ㄢˋ)粵dim³〔店〕玉上面的斑點。⑤缺點，污點。〔玷污〕使有污點。

5 玻 (bō ㄅㄛ)粵bo¹〔波〕〔玻璃〕(－璨)1.一種質地硬而脆的透明物體，是用細砂、石灰石、碳酸鈉等混合起來，加高熱熔解，冷卻後製成的。2.透明像玻璃的質料：～～牙刷。～～雨衣。

5 珀 (pò ㄆㄛˋ)粵pak⁸〔拍〕見428頁'琥'字條〔琥珀〕。

5 珂 (kē ㄎㄜ)粵o¹〔柯〕❶像玉的石頭。❷馬勒上的裝飾：玉～。
〔珂羅版〕〔珂玀版〕(外)印刷上用的一種照相版，把要複製的字、畫的底片，曬製在塗過感光膠層的玻璃片上而成。

5 珈 (jiā ㄐ丨ㄚ)粵ga¹〔加〕古代婦女的一種首飾。

5 珉 (mín ㄇ丨ㄣˊ)粵men⁴〔民〕像玉的美石。

5 珍 (zhēn ㄓㄣ)粵dzen¹〔真〕❶寶貝，寶貴的東西：奇～異寶。❷貴重的，寶貴的：～品。～禽異獸。❸重視，看重：世人～之。～惜。～視。

5 珊 (shān ㄕㄢ)粵san¹〔山〕〔珊瑚〕一種生長在熱帶海洋中的腔腸動物所分泌的石灰質的東西，形狀像樹枝，有紅、白各色，可以做裝飾品。這種腔腸動物叫'珊瑚蟲'。

珊　瑚

5 **珐** (fà ㄈㄚˋ)粵fat˩〔法〕〔法琅〕（琺瑯）用硼砂、玻璃粉、石英等加鉛、錫的氧化物燒製成像釉子的塗料。塗在金屬的表面作為裝飾，又可防鏽。著名的手工藝品景泰藍便是珐琅製品。

5 **珅** (shēn ㄕㄣ)粵sen˩〔申〕一種玉名。

5 **珏** (jué ㄐㄩㄝˊ)粵gok˩〔角〕合在一起的兩塊玉。

5 **珍** 同'珍'，見 425 頁。

5 **珊** 同'珊'，見 425 頁。

5 **珑** '瓏'的簡化字，見 433 頁。

5 **玺** '璽'的簡化字，見 432 頁。

5 **莹** '瑩'的簡化字，見 430 頁。

5 **皇** 見白部，454 頁。

6 **珓** (jiào ㄐㄧㄠˋ)粵gau³〔較〕又叫'杯珓'。占卜吉凶的器具。用蚌殼或形似蚌殼的竹、木片製成，兩片，可分合，擲在地上，視其是仰還是覆，以定吉凶。

6 **珙** (gǒng ㄍㄨㄥˇ)粵gung²〔鞏〕❶大璧。❷珙縣，在四川省。

6 **珞** (luò ㄌㄨㄛˋ)粵lok˩〔絡〕見 433 頁'瓔'字條'瓔珞'。〔珞巴〕珞巴族，中國少數民族名，參看附錄六。

6 **珠** (zhū ㄓㄨ)粵dzy˩〔朱〕❶（一子）珍珠，就是眞珠。淡水裏的三角帆蚌和海水裏的馬氏珍珠貝等因沙粒竄入體內，受到刺激而分泌眞珠質，逐層包起來形成的圓粒。有光澤，可入藥。又可做裝飾品。～寶。夜明～。❷（一兒）像珠子的東西：眼～。水～。〔珠算〕用算盤計算的方法。

6 **珣** (xún ㄒㄩㄣˊ)粵sœn˩〔詢〕一種玉名。

6 **珥** (ěr ㄦˇ)粵ji⁵〔耳〕用珠子或玉石做的耳環。

6 **珧** (yáo ㄧㄠˊ)粵jiu⁴〔搖〕江珧，又叫'玉珧'，一種生活在海裏的軟體動物，殼三角形，肉柱叫江珧柱，乾製後又稱‘乾貝’，是珍貴的海味品。

珩（héng ㄏㄥˊ）粵heng⁴〔恆〕組成玉佩的一種玉，在玉佩的頂端。

班（bān ㄅㄢ）粵ban¹〔頒〕❶一羣人按次序排成的行列：排～。❷工作或學習的組織：甲～。會考～。英語進修～。❸工作按時間分成的段落，也指工作或學習的場所：早～。晚～。上～。下～。❹定時開行的：～車。～機。❺軍隊編制中的基層單位，在‘排’以下。❻量詞：1.用於人羣：這～年輕人眞有力氣。2.用於定時開行的交通運輸工具：我搭下一～飛機走。❼調回或調動（軍隊）：～師。～兵。〔班房〕〈粵方言〉教室。

珮（pèi ㄆㄟˋ）粵pui³〔佩〕古代衣帶上佩帶的玉飾。

珪同‘圭❶’，見 127 頁。

琿‘琿’的簡化字，見 430 頁。

顼‘頊’的簡化字，見 771 頁。

珰‘璫’的簡化字，見 432 頁。

琹‘璗’的簡化字，見 431 頁。

珽（tǐng ㄊㄧㄥˇ）粵ting²〔挺高上〕古代天子所持的玉笏。

現（現）（xiàn ㄒㄧㄢˋ）粵jin⁶〔彥〕❶顯露，出現：～了原形。曇花一～。〔現象〕事物的表面狀態。❷現在，目前：～況。～代。㊞當時：～蔓～賣。～成的。❸實有的，當時有的：～金。錢買～貨。

球（qiú ㄑㄧㄡˊ）粵keu⁴〔求〕（一）❶圓形的立體物：眼～。❷指某些球形的體育用品：足～。乒乓～。❸指地球，也泛指星體：全～。北半～。星～。月～。

琅（láng ㄌㄤˊ）粵long⁴〔狼〕〔琅琅〕象聲詞，金石相擊的聲音或響亮的讀書聲音：書聲～～。〔琅玕〕像珠子的美石。〔琅玡〕山名，在山東省。

理（lǐ ㄌㄧˇ）粵lei⁵〔里〕❶物質組織的條紋：肌～。木～。❷道理，事物的規律：講～。合～。特指自然科學：～科。～學院。〔理性〕1.指屬於判斷、推理等活動的，跟感性相對：～～認識。2.從理智上控制行為的能力：喪失～～。❸管理，辦：處～。～家。管～工廠。㊞整理，使整齊：～

髮。把書～一～。❹對別人的言語行動表示態度：答～。～睬。置之不～。〔理會〕1.懂，瞭解：這篇文章的意思不難～～。2.注意：人家說了半天，他也沒有～～。3.理睬，過問：他在旁邊站了半天，誰也沒～～他。

7 **琇**（xiù ㄒㄧㄡˋ）粵seu³〔秀〕像玉的美石。

7 **琉**（liú ㄌㄧㄡˊ）粵leu⁴〔劉〕〔琉璃〕（－璨）一種用鋁和鈉的硅酸化合物燒製成的釉料：～～瓦。

7 **珺**（jùn ㄐㄩㄣˋ）粵gwen⁶〔郡〕一種美玉。

7 **瑯** 同‘玡’，見 425 頁。

7 **瑣** ‘瑣’的簡化字，見 430 頁。

7 **璉** ‘璉’的簡化字，見 431 頁。

7 **璡** ‘璡’的簡化字，見 432 頁。

8 **琚**（jū ㄐㄩ）粵gœy¹〔居〕古人佩帶的一種玉。

8 **琛**（chēn ㄔㄣ）粵sem¹〔深〕珍寶。

8 **琢**（zhuó ㄓㄨㄛˊ）粵dœk⁸〔啄〕雕刻玉石，使成器物：精雕細～。〔琢磨〕1.加工使精美（指文章等）。2.研究，思考。

8 **琤**（chēng ㄔㄥ）粵dzeŋ¹〔增〕象聲詞，玉石聲、琴聲或流水聲（鐺）。

8 **琥**（hǔ ㄏㄨˇ）粵fu²〔虎〕〔琥珀〕礦物名，黃褐色透明體，是古代松柏樹脂落入地下所成的化石。可做香料及裝飾品。

8 **琦**（qí ㄑㄧˊ）粵kei⁴〔其〕美玉。粵珍奇。

8 **琨**（kūn ㄎㄨㄣ）粵kwen¹〔昆〕一種美玉。

8 **琪**（qí ㄑㄧˊ）粵kei⁴〔其〕❶一種美玉。❷珍異：～花瑤草。

8 **琬**（wǎn ㄨㄢˇ）粵jyn²〔阮〕琬圭，上端渾圓而沒有棱角的圭。

8 **琮**（cóng ㄘㄨㄥˊ）粵tsuŋ⁴〔松〕古時的一種玉器，方形，也有作長筒形的，中有圓孔。

琮

8 **瑄**（guǎn ㄍㄨㄢˇ）粵gun²〔管〕玉管。1.古代管樂器。2.古代用來測定節氣。

8 **琰**（yǎn ㄧㄢˇ）粵jim⁵〔染〕美玉名。

8 **琳**（lín ㄌㄧㄣˊ）粵lem⁴〔林〕美玉。〔琳琅〕1.珠玉一類的東西：～～滿目（喻優美的東西很多）。2.玉的聲音。

8 **琴**（qín ㄑㄧㄣˊ）粵kem⁴〔禽〕❶古琴，一種弦樂器，用梧桐等木料做成，有五根弦，後來增加為七根。❷某些樂器的統稱，如風琴、鋼琴、胡琴等。

古 琴

8 **琵**（pí ㄆㄧˊ）粵pei⁴〔皮〕〔琵琶〕弦樂器，用木做成，下部長圓形，上有長柄，有四根弦。是民間流行的樂器。

琵 琶

8 **琶**（pá ㄆㄚˊ）粵pa⁴〔爬〕見本頁'琵'字條'琵琶'。

8 **琲**（bèi ㄅㄟˋ）粵pui³〔配〕成串的珠。

8 **琫**（běng ㄅㄥˇ）粵bung²〔保孔切〕古代刀鞘近口處的裝飾。

8 **琱**同'雕'❷❸'，見758頁。

8 **琺**同'珐'，見426頁。

8 **琼**'瓊'的簡化字，見432頁。

8 **斑**見文部，281頁。

9 **瑁**（mào ㄇㄠˋ）粵mou⁶〔冒〕見425頁'玳'字條'玳瑁'。

9 **瑋（玮）**（wěi ㄨㄟˇ）粵wei⁵〔偉〕❶美玉。❷珍奇。

9 **瑕**（xiá ㄒㄧㄚˊ）粵ha⁴〔霞〕玉上面的斑點。喻缺點（連一疵）：～瑜互見（有缺點也有優點）。

9 **瑗**（yuàn ㄩㄢˋ）粵jyn⁶〔願〕大孔的璧。

9 **瑙**（nǎo ㄋㄠˇ）粵nou⁵〔努〕見430頁'瑪'字條'瑪瑙'。

9 **瑚**（hú ㄏㄨˊ）粵wu⁴〔胡〕見425頁'珊'字條'珊瑚'。

9 **瑛**（ying ㄧㄥ）粵jing¹〔英〕❶似玉的美石。❷玉的光彩。

9 瑜 (yú ㄩˊ)團jy⁴〔如〕❶美玉。❷玉石的光彩。喻優點：瑕不掩～（缺點掩蓋不了優點）。

9 瑞 (ruì ㄖㄨㄟˋ)團sœy⁶〔睡〕吉祥，好預兆：祥～。～雪兆豐年。

9 瑟 (sè ㄙㄜˋ)團set⁷〔失〕一種弦樂器，形似古琴，通常有二十五弦。

瑟

9 琿 (珲) ㊀(hún ㄏㄨㄣˊ)團wen⁴〔雲〕❶美玉。❷〔琿春〕縣名，在吉林省。
㊁(huī ㄏㄨㄟ)團wen⁴〔雲〕fɐi¹〔輝〕(又)見 432 頁'瑗'字條'瑷琿'。

9 瑄 (xuān ㄒㄩㄢ)團syn¹〔宣〕古代祭天所用的大璧。

9 瑒 (玚) ㊀(yáng ㄧㄤˊ)團jœŋ⁴〔陽〕❶古書上指一種玉。❷人名用字。
㊁(chàng 彳ㄤˋ)團tsœŋ³〔暢〕古代祭祀用的一種圭。也叫瑒圭。

㊂同'瓚'，見 431 頁。

9 瑀 (yǔ ㄩˇ)團jy⁵〔雨〕像玉的石頭。

9 瑊 (jiān ㄐㄧㄢ)團dzɐm¹〔針〕gam¹〔緘〕(又)〔瑊石〕一種像玉的美石。

9 瑇 同'玳'，見 425 頁。

9 瑒 見頁部，771 頁。

10 瑣 (琐) (suǒ ㄙㄨㄛˇ)團sɔ²〔所〕❶玉聲。❷細小，零碎(疊一碎)：～事。繁～。這些事很～碎。❸舊式門窗上所雕刻或繪畫的連環形花紋。

10 瑤 (yáo ㄧㄠˊ)團jiu⁴〔搖〕美玉。喻美好：～函。〔瑤族〕中國少數民族名，參看附錄六。

10 瑩 (莹) (yíng ㄧㄥˊ)團jiŋ⁴〔形〕❶光潔像玉的石頭。❷光潔，明亮：晶～。

10 瑪 (玛) (mǎ ㄇㄚˇ)團ma⁵〔馬〕〔瑪瑙〕礦物名，主要成分是氧化硅，顏色美麗，質硬耐磨，可做軸承、研鉢、裝飾品等。

10 瑯 (láng ㄌㄤˊ)團lɔŋ⁴〔郎〕❶見 426 頁'琺'字條'琺琅'。❷同'琅'，見 427 頁。

10 瑰 ㊀(guī ㄍㄨㄟ)㊀gwei¹〔歸〕
珍貴, 珍奇: ～麗。～異。
～寶。

㊁(guī ㄍㄨㄟ)㊀gwei³〔貴〕見
424頁'玫'字條'玫瑰'。

10 瑱 ㊀(tiàn ㄊㄧㄢ)㊀tin³〔天高
去〕古時戴在耳垂上的
玉。

㊁(zhèn ㄓㄣ)㊀dzen³〔鎮〕〔瑱
圭〕古代帝王受諸侯朝見時所
執的圭。

10 瑲(玱) (qiāng ㄑㄧㄤ)㊀
tsœŋ¹〔槍〕玉相
擊聲。

10 瑭 (táng ㄊㄤ)㊀toŋ⁴〔唐〕古
書上指一種玉。

10 瑱 同'瑱', 見本頁。

10 瑠 同'琉', 見428頁。

10 瑣 同'瑣', 見430頁。

10 瑝 '璗'的簡化字, 見433頁。

10 瑗 '璦'的簡化字, 見432頁。

11 瑾 (jǐn ㄐㄧㄣ)㊀gen²〔緊〕美
玉。

11 璀 (cuǐ ㄘㄨㄟ)㊀tsœy¹〔吹〕
tsœy²〔取〕(又)〔璀璨〕光
亮, 色彩鮮明。

11 璃 ㊀(li ㄌㄧ)㊀lei¹〔喱〕見
425頁'玻'字條'玻璃'。

㊁(li ㄌㄧ)㊀lei⁴〔離〕見428頁
'琉'字條'琉璃'。

11 璆 (qiú ㄑㄧㄡ)㊀keu⁴〔求〕美
玉。

11 璇 (xuán ㄒㄩㄢ)㊀syn⁴〔船〕
美玉。〔璇璣〕古代天文
儀器。

11 璉(琏) (liǎn ㄌㄧㄢ)㊀lin⁵
〔連低上〕古代宗
廟盛黍稷的器皿。

11 璋 (zhāng ㄓㄤ)㊀dzœŋ¹〔章〕
一種玉器, 形狀像半個
圭。

11 璎 '瓔'的簡化字, 見433頁。

12 璗(𨱏) (dàng ㄉㄤ)㊀
doŋ⁶〔蕩〕黃金。

12 璜 (huáng ㄏㄨㄤ)㊀woŋ⁴〔黃〕
半璧形的玉。

璜

12 璞 (pú ㄆㄨ)㊀pok⁸〔撲〕含玉
的石頭或沒有雕琢過的
玉石: ～玉渾金(喻品質好)。

12 璟 (jǐng ㄐㄧㄥ)㊀giŋ²〔景〕玉
的光彩。

12 璠 (fán ㄈㄢ)粵 fan⁴〔凡〕寶玉。

12 璣(玑)(jī ㄐㄧ)粵 gei¹〔機〕❶不圓的珠子。❷古代觀測天文的儀器。

12 璘 (lín ㄌㄧㄣ)粵 lœn⁴〔倫〕玉的光彩。

12 璡(琎)(jīn ㄐㄧㄣ)粵 dzœn¹〔津〕dzœn³〔進〕(又)一種像玉的石頭。

13 璧 (bì ㄅㄧˋ)粵 bik⁷〔碧〕古代玉器,平圓形中間有孔。〔璧還〕粵 敬辭,用於歸還原物或辭謝贈品: 謹將原物～～。

璧

13 璨 (càn ㄘㄢˋ)粵 tsan³〔燦〕❶美玉。❷同'粲❶'。鮮明的樣子。

13 璪 (zǎo ㄗㄠˇ)粵 dzou²〔早〕❶古代刻在玉上或畫在衣裳上的水藻花紋。❷古代垂在冕上穿玉的五彩絲縷。

13 璫(珰)(dāng ㄉㄤ)粵 doŋ¹〔當〕❶婦女戴在耳垂上的裝飾品。❷漢代武職宦官帽子上的裝飾品。後來借指宦官。

13 璐 (lù ㄌㄨˋ)粵 lou⁶〔路〕美玉。

13 環(环)(huán ㄏㄨㄢˊ)粵 wan⁴〔還〕❶(一兒)圈形的東西: 連～。鐵～。花～。❷圍繞: ～球。～視。〔環境〕周圍的一切事物: 優美的～～。❸一串連環中的一節。粵事情的一個組成部分: 從事科學研究, 搜集資料是最基本的一～。

13 璦(瑷)(ài ㄞˋ)粵 ɔi³〔愛〕〔璦琿〕(－huī)縣名,在黑龍江省。今作'愛輝'。

13 璩 (qú ㄑㄩˊ)粵 kœy⁴〔渠〕古代耳環。

14 璵(玙)(yú ㄩˊ)粵 jy⁴〔如〕璵璠,寶玉, 也作'璠璵'。

14 璽(玺)(xǐ ㄒㄧˇ)粵 sai²〔徙〕印,自秦朝以後專指皇帝的印。

14 璺 (wèn ㄨㄣˋ)粵 mɐn⁶〔問〕陶瓷、玻璃等器物上的裂痕: 這個碗有一道～。打破沙鍋～到底。

14 瓊(琼)(qióng ㄑㄩㄥˊ)粵 kiŋ⁴〔鯨〕美玉。粵美好, 精美: ～漿(美酒)。

14 璿 同'璇'，見 431 頁。

15 瑩(瑻) (yíng ㄧㄥˊ)粵jiŋ⁴
〔瑩〕人名用字。

15 璱 同'璃'，見 431 頁。

16 瓏(珑) (lóng ㄌㄨㄥˊ)粵
luŋ⁴〔龍〕見 425
頁'玲'字條'玲瓏'。

16 瓌 (guī ㄍㄨㄟ)粵gwei¹〔歸〕❶
像玉的石頭。❷同'瑰㈠'，
見 431 頁。

16 瓒 '瓚'的簡化字，見本頁。

17 瓔(璎) (yīng ㄧㄥ)粵jiŋ¹
〔英〕〔瓔珞〕古代
一種用珠玉穿成串、戴在頸項
上的裝飾品。

17 瓖 同'鑲'，見 741 頁。

18 瓘 (guàn ㄍㄨㄢ)粵gun³〔貫〕
古玉器名。

19 瓚(瓒) (zàn ㄗㄢˋ)粵dzan³
〔贊〕❶質地不純
的玉。❷古代祭祀時用來灌酒
的玉勺。

19 瓛(㻞) (luó ㄌㄨㄛˊ)粵lɔ⁴
〔羅〕見 425 頁
'珂'字條'珂瓛版'。

瓜 部

0 瓜 (guā ㄍㄨㄚ)粵gwa¹〔卦高
本〕蔓生植物，葉掌狀，
花大半是黃色，果實可吃，種
類很多，有西瓜、南瓜、冬瓜、
黃瓜等。〔瓜分〕像切開瓜一樣地
分割或分配，特指若干強國分
割弱國的領土。〔瓜葛〕喻親友
關係或相牽連的關係。

3 呱 見口部，96 頁。

3 孤 見子部，164 頁。

3 弧 見弓部，207 頁。

5 瓞 (dié ㄉㄧㄝˊ)粵dit⁹〔秩〕小
瓜。

6 瓠 (hù ㄏㄨˋ)粵wu⁶〔戶〕wu⁴
〔胡〕(又)(一子)一年生草
本植物，爬蔓，夏開白花，果
實長圓形，嫩時可吃。

瓠

7 瓠（見角部，640 頁。

11 瓢（piáo ㄆㄧㄠ）粵piu⁴〔嫖〕
（-兒）舀水或取東西的
用具，多用瓢葫蘆或木頭製成。

14 瓣（bàn ㄅㄢ）粵fan⁶〔飯〕❶
（-兒）花瓣，組成花冠
的各片：梅花五～。❷（-兒）
植物的種子、果實或球莖可以
分開的片狀物：豆～。蒜～。
橘子～。

17 瓤（ráng ㄖㄤ）粵noŋ⁴〔囊〕❶
（-子、-兒）瓜、橘等
內部包着種子的肉、瓣：西瓜
～。橘子～。❸東西的內部：
桃稭～。信～。❷〈方〉身體軟
弱，技術差：病了一場，身子
骨～了。你騎馬的技術真不～。

瓦 部

0 瓦（㊀（wǎ ㄨㄚˇ）粵ŋa⁵〔雅〕❶
用陶土燒成的器物：
～盆。～器。❷用黏土燒成的覆
蓋房頂的東西：～房。〔瓦解〕
㊀潰散：土崩～。❸〈外〉瓦
特，電的功率單位。
㊁（wà ㄨㄚˋ）粵ŋa⁶〔訝〕蓋瓦：～
瓦（wǎ）。〔瓦刀〕瓦工用來砍
斷磚瓦並塗抹泥灰的工具。

3 瓩（qiānwǎ ㄑㄧㄢㄨㄚˇ）粵
tsin¹ŋa⁵〔千雅〕電的功率
單位，等於一千瓦特。現寫作
「千瓦」。

4 瓮（'甕'的簡化字，見 435 頁。

4 瓯（'甌'的簡化字，見 435 頁。

5 瓴（líng ㄌㄧㄥˊ）粵liŋ⁴〔零〕❶
古代一種盛水的瓶子：
高屋建～（從房頂上往下瀉水，
喻居高臨下的形勢）。❷房屋
上仰蓋的瓦，也叫瓦溝。

6 瓷（cí ㄘˊ）粵tsi⁴〔池〕用高嶺
土（景德鎮高嶺產的土）
土，現泛指做瓷器的土）燒成
的一種質料，所做器物比陶器
細緻而堅硬。

6 瓶（píng ㄆㄧㄥˊ）粵piŋ⁴〔平〕
（-子、-兒）口小頸長
腹大的器皿，多為瓷或玻璃做
成，通常用來盛液體：酒～。
花～。一～油。

7 瓻（chī ㄔ）粵tsi¹〔雌〕古代盛
酒的器具。

8 瓿（bù ㄅㄨˋ，舊讀pǒu ㄆㄡˇ）
粵peu²〔鋪嘔切〕小甕，圓
口，深腹。

8 瓶（同'瓶'，見本頁。

8 甌（同'缸'，見 534 頁。

9 甃 (zhòu ㄓㄡ)粵dzeu³〔咒〕❶井壁。❷用磚修井。

9 甄 (zhēn ㄓㄣ)粵jen¹〔因〕鑒別，選取：～別。～拔人才。

9 瓷 同'瓷'，見 434 頁。

10 鬲瓦 (lì ㄌㄧˋ)粵lik⁹〔力〕鼎一類的東西。

11 甌 (瓯) (ōu ㄡ)粵eu¹〔歐〕❶盆、盂一類的瓦器。❷杯：茶～。❸甌江，河流名，在浙江省。❹浙江溫州的別稱。

11 甍 (méng ㄇㄥˊ)粵meŋ⁴〔盟〕屋脊。

11 甎 同'磚'，見 475 頁。

12 甏 (bèng ㄅㄥˋ)粵paŋ⁶〔彭低去〕〈方〉甕一類的器皿。

12 甑 (zèng ㄗㄥˋ)粵dzeŋ⁶〔贈〕❶古代蒸飯的一種瓦器。現在稱蒸飯用的木製桶狀物。❷蒸餾或使物體分解用的器皿：曲頸～。

12 甒 (wǔ ㄨˇ)粵mou⁵〔武〕古代盛酒的瓦器。

13 甓 (pì ㄆㄧˋ)粵pik⁷〔關〕磚。

13 甕 (瓮) (wèng ㄨㄥˋ)粵uŋ³〔蕹〕一種盛水、酒等的陶器。〔甕城〕圍繞在城門外的小城。

14 甖 同'罌'，見 534 頁。

16 甗 (yǎn ㄧㄢˇ)粵jin²〔演〕古代蒸煮用的炊具，陶製或青銅製。

甗

甘 部

0 甘 (gān ㄍㄢ)粵gem¹〔金〕❶甜，味道好：～苦。～泉。苦盡～來。喻美好：～雨。❷甘心，自願，樂意：～心情願。不～損失。

3 坩 見土部，130 頁。

3 甙 見弋部，206 頁。

3 邯 見邑部，704 頁。

4 **甚** ㊀(shèn ㄕㄣ去)⑧sɐm⁶〔心低去〕❶很，極：進步～快。他說得未免過～。〔甚至〕〔甚至於〕連詞，表示更進一層：不努力學習就會落後，～～會失掉以前曾學過的。他近來發胖得很厲害，～～～樣子都變了。❷超過，勝過：更有～者。日～一日。❸同'什麼'：要它作～? 姓～名誰?

㊀(shén ㄕㄣ)同㊁〔甚麼〕又作'什麼'。1.代詞，表示疑問：'想～?～人? 2.代詞，指不確定的事物：沒有～～困難。～～事都難不住他。

4 **某** 見木部，310 頁。

6 **甜** (tián ㄊㄧㄢ)⑧tim⁴〔恬〕像糖或蜜的滋味，跟'苦'相反。⑯美好，舒適，幸福：～言蜜語。睡得眞～。生活越過越～。

8 **嘗** 同'嘗'，見 116 頁。

生 部

0 **生** (shēng ㄕㄥ)⑧sɐŋ¹〔笙〕saŋ¹〔沙坑切〕(語)❶出生，誕生，生育：～辰。～孩子。⑯產生，發生，造出：～效。

～病。～事。工業～產。❷生長：種子～芽。～根。❸生存，活(跟'死'相對)：起死回～。貪～怕死。❹活的：～擒。～龍活虎。⑤1.生計：謀～。營～。2.生命：殺～。喪～。3.生物，有生命的東西：衆～。4.整個生活階段：平～。一～。❺使柴、煤等燃燒起來：～火。～爐子。❻沒有經過燒煮的或燒煮沒有熟的：夾～飯。～肉。不可以喝～水。❼沒有經過煉製的：～鐵。～藥。❽植物果實沒有成長到熟的程度：～瓜。❾不常見的，不熟悉的(連一疏)：陌～。～人。～字。❿不熟練：～手。⓫勉強，硬來：～搬硬套。～不承認。⓬表示程度深：～疼。～怕。⓭詞尾：好～想一想。怎～是好? ⓮指正在學習的人：學～。練習～。舊時又指讀書的人：書～。⓯傳統戲曲裏扮演男子的一種角色：老～。小～。〔生果〕〈粵方言〉水果。

4 **星** 見日部，290 頁。

5 **甠** 見目部，460 頁。

6 **產(产)** (chǎn ㄔㄢ)⑧tsan²〔燦高上〕人或動物生子：～子。母雞～

卵。❷有關生孩子的：～科。
助～。❸製造、種植或自然生
長：沿海盛～魚蝦。中國～稻、
麥的地方很多。❹製造、種植
或自然生長的東西：增～。土
特～。礦～。❺財產：房～。
地～。遺～。〔產業〕1.家產。
2.生產事業，特指工業生產：
～～工人。

7 甥 （shēng ㄕㄥ）⑨seŋ¹〔笙〕
saŋ¹〔沙坑切〕〈語〉姊妹的
兒子：外～。

7 甦 同'蘇❷'，見 605 頁。

用 部

0 用 （yòng ㄩㄥ）⑨juŋ⁶〔容低去〕
❶使用，使人、物發揮
其功能：～電。～腦筋想一想。
～筆寫字。大材小～。❷吃、
喝的婉詞：～茶。～飯。❸費
用，花費的錢財：家～。零～。
❹用處，物質使用的效果（⑨
功一、效一）：有～之材。❺
需要（多為否定）：不～說。還
～你操心嗎？❻因：～此。
特函義。

0 甩 （shuǎi ㄕㄨㄞ）⑨let⁷〔拉吉
切〕❶揮動：～袖子。～
胳膊。❷扔：～手榴彈。❸抛

開，拋棄：～車（使部分或全
部車輛離開機車）。把朋友～
了。❹〈粵方言〉脫落，掉：～
皮。～牙。

1 角 （lù ㄌㄨ）⑨luk⁹〔鹿〕〔角
直〕地名，在江蘇省蘇州
市。〔角里堰〕地名，在浙江省
海鹽縣。

2 甫 （㊀fǔ ㄈㄨ）⑨fu²〔苦〕❶古
代在男子名字下加的美
稱，也作'父'。〔台甫〕舊時詢
問別人名號的用語。❷剛，
才：～入門。年～十歲。
㊁（pǔ ㄆㄨ）⑨pou²〔普〕廣州市
地名用字：十八～。
㊂（pù ㄆㄨ）⑨pou³〔舖〕〈粵方言〉
十里為一甫：四～路。

2 甬 （yǒng ㄩㄥ）⑨juŋ²〔擁〕寧
波市的別稱。
〔甬道〕1.院落中用磚石砌成的
路。也叫'甬路'。2.走廊，過道。

4 甮 （béng ㄅㄥˊ）⑨buŋ⁴〔不用切
高去〕〈方〉'不'、'用'兩字
急讀的合音。不用，不必：你
～說。～惦記他。

4 甶 （fèng ㄈㄥ）⑨muŋ⁶〔夢〕
〈方〉'勿'、'用'兩字急讀
的合音。不用。

7 甯 同'寧'，見 171 頁。

田部

0 **田** (tián ㄊㄧㄢˊ)⑭tin⁴〔填〕❶ 種植農作物的土地：水～。稻～。種～。⑪和農業有關的：～家。〔田地〕1.同'田'。2.地步，境遇(多指壞的)：怎麼弄到這步～～了？〔田賽〕田徑運動中各種跳躍、投擲項目比賽的總稱。❷同'畋'。打獵。

0 **由** (yóu ㄧㄡˊ)⑭jeu⁴〔尤〕❶ 自，從：～哪兒來？～上到下。⑪經過：必～之路。觀其所～。❷原因(⑭原一)：情～。理～。〔由於〕介詞，表示原因，在句子的前面或後面，一定要說出結果來：～～大家同心協力，這項任務很快就完成了。❸順隨，聽從：～着性子。～不得自己。⑪歸屬：此事應～你處辦理。❹憑藉：～此可知。

0 **甲** (jiǎ ㄐㄧㄚˇ)⑭gap⁸〔夾〕❶ 天干的第一位，用作順序的第一。⑪居首位的，超過所有其他的：桂林山水～天下。〔甲子〕中國傳統紀日、紀年或計算歲數的一種方法，以十干和十二支順序配合，六十組干支字輪一周叫一個甲子。

❷動物身上有保護功能的硬殼：龜～。～蟲。〔甲魚〕鼈。〔甲骨文〕商代刻在龜甲獸骨上的文字。❸手指或腳趾上的角質硬殼：指～。❹古代軍人作戰穿的護身衣服，是用皮革或金屬做成的：盔～。(參見附圖)❺現代用金屬做成有保護功用的裝備：裝～汽車。〔甲板〕輪船上分隔上下各層的板(多指最上面即船面的一層)。❻舊時戶口的一種編制(詳見30頁'保❺')。

甲

0 **申** (shēn ㄕㄣ)⑭sen¹〔新〕❶ 地支的第九位。❷申時，指下午三點到五點。❸陳述，說明：～請。～明理由。～辯。〔申斥〕斥責。❹上海市的別稱。

0 **甴** (gé ㄍㄜˊ)⑭gat⁹〔駕壓切低入〕〔甴甲〕〈粤方言〉蟑螂。

0 **甲** (zhà ㄓㄚˋ)⑭dzat⁹〔札低入〕見本頁'由'字條。

0 **电** '電'的簡化字，見760頁。

2 男 (nán ㄋㄢˊ)（粵）nam⁴〔南〕❶ 男子，男人：～女平等。～學生。❷兒子：長～。❸君主時代五等爵位的第五等。

2 甸 (diàn ㄉㄧㄢˋ)（粵）din⁶〔電〕古時稱郊外的地方。〔甸子〕〈方〉放牧的草地。

2 町 ㊀(tǐng ㄊㄧㄥˇ)（粵）tiŋ⁵〔挺〕〈古〉田界，田間小路。㊁(dīng ㄉㄧㄥ)（粵）diŋ¹〔丁〕見 442 頁'畹'字條'畹町'。

3 甿 (méng ㄇㄥˊ)（粵）meŋ⁴〔盟〕moŋ⁴〔亡〕(又)古指農村居民。

3 畀 (bì ㄅㄧˋ)（粵）bei²〔彼〕給予，付與。

3 甾 ㊀(zāi ㄗㄞ)（粵）dzɔi¹〔災〕有機化合物的一類，廣泛存在於動植物體內。膽固醇和許多種激素都屬於甾類化合物。在醫藥上應用很廣。㊁同'淄'，見 369 頁。

3 甽 ㊀同'圳'，見 128 頁。㊁同'畎'，見本頁。

3 奮 '奮'的簡化字，見 151 頁。

3 画 '畫'的簡化字，見 441 頁。

3 畅 '暢'的簡化字，見 295 頁。

4 畇 (yún ㄩㄣˊ)（粵）wen⁴〔雲〕田地平坦整齊的樣子（疊）。

4 畋 (tián ㄊㄧㄢˊ)（粵）tin⁴〔田〕打獵。

4 界 (jiè ㄐㄧㄝˋ)（粵）gai³〔介〕❶地域的界限：邊～。～碑。國～。省～。❷境域，範圍：眼～。管～。特指按職業、工作或性別等所劃的範圍：教育～。科學～。婦女～。❸指大自然中動物、植物、礦物等的最大的類別：無機～。有機～。

4 畎 (quǎn ㄑㄩㄢˇ)（粵）hyn²〔犬〕田地中間的小溝。〔畎畝〕田間。

4 畏 (wèi ㄨㄟˋ)（粵）wei³〔慰〕❶害怕（邐－懼）：不～難。～首～尾。❷敬服：後生可～。

4 畈 (fàn ㄈㄢˋ)（粵）fan³〔泛 高去〕〈方〉成片的田，多用於村鎮名。

4 畊 同'耕'，見 543 頁。

4 思 見心部，220 頁。

4 毗 見比部，349 頁。

4 毘 見比部，349 頁。

4 胃 見肉部，551 頁。

5 畔 (pàn ㄆㄢˋ)（粵）bun⁶〔叛〕❶田地的界限。㉑邊：河～。籬～。❷〈古〉同'叛'。背離，

違反。

5 **留** (liú ㄌㄧㄡˊ)粵leu⁴〔流〕❶停止在某一個地方(粵停一): 他~在廣州了。~學(住在外國求學)。〔留連〕〔流連〕在一個地方玩得很高興，不想走。❷注意力放在某方面: ~心。~神。❸阻止，挽留，不讓別人離開: 扣~。慰~。他一定要走，我~不住他。〔留難〕故意和人為難。❹接受，收容(粵收一): 把禮物~下。❺保留，保存: ~餘地。~鬍子。今天請給我~飯。❻遺留: 祖先給我們~下了豐富的文化遺產。❼耽擱，遲滯: 滯~。〔留堂〕〈粵方言〉處罰學生，放學後不許學生回家。〔留醫〕〈粵方言〉住院治療。

5 **畚** (běn ㄅㄣˇ)粵bun²〔本〕畚箕，用草繩或竹篾等做的盛土器具。

畚

5 **畛** (zhěn ㄓㄣˇ)粵tsen²〔疹〕田地間的小路。㉑界限: ~

不分~域。

5 **畜** ㊀(xù ㄒㄩˋ)粵tsuk⁷〔束〕養禽獸: ~產。~牧業。㊁(chù ㄔㄨˋ)同㊀禽獸，有時專指家養的禽獸: 家~。牲~。幼~。~力。〔畜生〕泛指禽獸。粵罵人的話。

5 **畝(畆)** (mǔ ㄇㄨˇ)粵meu⁵〔某〕中國的土地面積單位，一般以六十平方丈為一畝。

5 **畎** 同'疃'，見442頁。

6 **畢(毕)** (bì ㄅㄧˋ)粵bet⁷〔不〕❶結束，完結: 話猶未~。~業。〔畢竟〕究竟，到底: 他的話~~不錯。❷完全: ~生。眞相~露。❸星名，二十八宿之一。

6 **畤** (zhì ㄓˋ)粵dzi⁶〔自〕古時祭天、地、五帝的固定處所。

6 **略** (lüè ㄌㄩㄝˋ)粵lœk⁹〔掠〕❶大致，簡單，不詳細: ~圖。~表。~知一二。~大意。粗~地計算一下。絃~過。❷省去，簡化: ~去。忽~。❸簡要的絃述: 史~。要~。❹謀劃，計謀: 方~。策~。戰~。雄才大~。❺強搶，掠奪: 攻城~地。

6 **異** (yì ㄧˋ)粵ji⁶〔二〕❶不同，沒有~議。~口同聲。

❷分開: 離～。分居～爨。❸其他, 別的: ～日。～地。❹不平常的, 特別的: ～味。奇才～能。❺奇怪, 詫異: 驚～。深以為～。

6 畦 (qí ㄑㄧ, 舊讀 xí ㄒㄧ) ⑧ kwɐi⁴ 〔葵〕田園中劃分成的小區: 種一～菜。

6 畧 同'略', 見 440 頁。

6 絫 見糸部, 517 頁。

7 番 ㊀(fān ㄈㄢ) ⑧ fan¹ 〔翻〕❶次, 回: 三～五次。費了一～心思。解說一～。❷舊時對西方邊境各族和外國的稱呼: ～邦。西～。～茄。～薯。～椒。❸倍: 產量翻了一～。❹輪流更代: 輪～。更～。

㊁(pān ㄆㄢ) ⑧ pun¹ 〔潘〕〔番禺〕縣名, 在廣東省。

7 畫 (画) ㊀(huà ㄏㄨㄚˋ) ⑧ wa² 〔蛙 高上〕wa⁶ 〔話 低去〕(又) (一兒) 圖 ⑪圖一): 一張～。年～。油～。～報。

㊁(huà ㄏㄨㄚˋ) ⑧ wak⁹ 〔或〕❶繪圖或寫: ～畫。一個圈。十字。❷簽署: ～卯。～押。漢字的一筆叫一畫: '人'字是兩～。'天'字是四～。又指漢字的橫筆。

7 畬 ㊀(yú ㄩˊ) ⑧ jy⁴ 〔餘〕開墾過二、三年的熟田。

㊁(shē ㄕㄜ) ⑧ se¹ 〔些〕焚燒田地裏的草木, 用草木灰做肥料耕種。

㊂(shē ㄕㄜ) ⑧ se⁴ 〔蛇〕〔畬族〕今作'畬族'。參看本頁'畬'字條。又作'崋'。

7 畯 (jùn ㄐㄩㄣ) ⑧ dzœn³ 〔俊〕古代掌管農事的官。

7 畬 (shē ㄕㄜ) ⑧ se⁴ 〔蛇〕〔畬族〕本作'畬族'。中國少數民族名, 參看附錄六。

7 畱 同'留', 見 440 頁。

7 畮 同'畝', 見 440 頁。

7 畤 '疇'的簡化字, 見 442 頁。

8 當 (当) ㊀(dāng ㄉㄤ) ⑧ dɔŋ¹ 〔璫〕❶充, 擔任: 選他～代表。⑪承擔, 承受: 擔～。～之無愧。〔當選〕選舉時被選上: 他～～為會長。❷掌管, 主持: ～家。～權。～局。❸正在那個時候或那地方: ～學習的時候, 不要做別的事。～街。～院。～面(面對面)。～初。❹相當, 相稱, 相配: 旗鼓相～。❺應當, 應該: ～做就做。不～問的不問。❻頂端, 頭: 瓜～

(瓜蒂)。瓦～(屋檐頂端的蓋瓦頭，俗叫‘貓頭’)。❼同‘噹’，見120頁。

〔當心〕留心，加小心。

(三)(dàng ㄉㄤˋ)粵dɔ̂ŋ¹〔檔〕❶恰當，合宜：處理得～。這個字用得不恰～。妥～的辦法。適～的休息。❷抵得上，等於：一個人～兩個人用。❸作為：安步～車。㊁認為：你～我不知道嗎？❹表示在同一時間：他一天就走了。❺用實物作抵押向當鋪借錢：把手錶～了。❻押在當鋪裏的實物：贖～。

8 畸 (jī ㄐㄧ)粵gei¹〔機〕kei¹〔崎〕(又)❶不規則的，不完整，不正常的：～形。❷零星，殘餘：～零。～數。❸偏：～輕～重。

8 畹 (wǎn ㄨㄢˇ，舊讀yuān ㄩㄢ)粵jyn²〔院〕古代稱三十畝為一畹。

〔畹町〕(－dīng)鎮名，在雲南省。

8 替 (tán ㄊㄢˊ)粵tem⁴〔提林切〕〈方〉坑，水塘。多用做地名。

8 雷 見雨部，760頁。

9 畽 同‘疃’，見本頁。

10 畿 (jī ㄐㄧ)粵gei¹〔機〕古代稱靠近國都的地方：京～。

11 暘 同‘壃’，見139頁。

11 奮 見大部，151頁。

12 疃 (tuǎn ㄊㄨㄢˇ)粵tœn²〔盾高上〕❶禽獸踐踏的地方。❷村莊，屯，多用做地名。

13 壘 見土部，142頁。

14 疆 (jiāng ㄐㄧㄤ)粵gœŋ¹〔姜〕邊界，境界：～土。～域。邊～。㊁界限，止境：萬壽無～。〔疆場〕邊界。〔疆場〕戰場。

15 疇 (疇) (chóu ㄔㄡˊ)粵tseu⁴〔酬〕❶田地。❷種類，同類。

〔疇昔〕往昔，過去，以前。

16 纍 見糸部，533頁。

16 罍 見缶部，535頁。

17 疊 (dié ㄉㄧㄝˊ)粵dip⁹〔碟〕❶一層加上一層，累積(連重一)：～牀架屋(喻重複累贅)。～假山。～羅漢。❷重複：層見～出。❸摺：～衣服。鋪牀～被。

疋（疋）部

0 疋 （一）(pǐ ㄆㄧˇ) ⑧pet⁷〔匹〕同'匹'。❶量詞，用於布或綢緞等：一～布。❷泛指織物：布～。～頭。
（二）(shū ㄕㄨ) ⑧so¹〔梳〕〈古〉腳。

4 胥 見肉部，552 頁。

5 蛋 （dàn ㄉㄢˋ）⑧dan⁶〔但〕❶〔蛋民〕過去廣東、廣西、福建內河和沿海一帶的水上居民。多以船為家，從事漁業、運輸業。❷'蛋'的俗字。

6 蜑 見虫部，611 頁。

7 疏 （一）(shū ㄕㄨ) ⑧so¹〔梳〕❶去掉阻塞使暢通（⑱一通）：～導。❷分散：～散。❸事物間距離大，空隙大，跟'密'相反（⑱稀一）：～林。～密不均。稀～的狗吠聲。❹1.不親密，關係遠的：親～遠近。他們一向很～遠。2.不細密，粗心：～神。這人太～忽了。❺空虛：志大才～。❺粗：～食。❺不熟悉，不熟練：人地生～荒。
（二）(shū ㄕㄨ, 舊讀shù ㄕㄨˋ) ⑧so³〔梳高去〕❶分條陳述或記錄：

~記。❷奏章，封建時代臣下向皇帝陳述事情的文章：上～。《論貴粟疏》。❸為古書舊注所作的闡釋或進一步發揮的文字：義～。～證。《十三經注疏》。

7 疎 同'疏'，見 本頁。

8 楚 見木部，325 頁。

9 疑 （yí ㄧˊ）⑧ji⁴〔而〕❶不相信，因不信而猜度（⑱一惑）：可～。半信半～。~不能決。~你不必～心。❷不能解決的，難於確定的：～問。～案。～義。存～（懷疑的問題保留着）。❸疑忌，猜忌。

9 蹇 （zhì ㄓˋ）⑧dzi³〔置〕有所阻礙而不能順利行進，跌倒：跋前～後（比喻進退兩難）。

广 部

2 疔 （dīng ㄉㄧㄥ）⑧diŋ¹〔丁〕deŋ¹〔釘〕(語)疔毒，疔瘡，一種毒瘡。

2 疗 '療'的簡化字，見 450 頁。

2 疕 '癤'的簡化字，見 451 頁。

3 疙 (gē 《ㄜ)粵ŋet⁹ (迄) get⁷ (吉)(又)〔疙瘩〕1.皮膚上突起或肌肉上結成的病塊: 頭上起了個~~。2.小球形或塊狀的東西: 土~~。冰~~。3.鬱結在心裏的苦悶或想不通的問題: 心裏有~~。4. 不易解決的問題: 這件事有點兒~~。5.不通暢, 不爽利: 文字上有些~~。6.〈方〉量詞: 一~~石頭。一~~糕。

3 疚 (jiù ㄐㄧㄡ)粵ɡeu³(救)長期的生病。〔愧疚〕憂傷, 對於自己的錯誤感到心內痛苦: 負~。內~。

3 疝 (shàn ㄕㄢ)粵san³(傘)疝氣, 病名, 種類很多, 通常指陰囊脹大的病。 也叫'小腸氣'。

3 疠 '癘'的簡化字, 見 451頁。

3 疟 '瘧'的簡化字, 見448頁。

3 疡 '瘍'的簡化字, 見448頁。

4 疢 (chèn ㄔㄣ)粵tsɐn³(趁)熱病。㊀疾病。

4 疣 (yóu ㄧㄡ)粵jeu⁴(尤)一種皮膚病, 俗叫'瘊子', 中醫學上稱'千日瘡', 病原體是一種病毒, 症狀是皮膚上出現黃褐色的小疙瘩, 不痛也不癢。

常見的有扁平疣、尋常疣等。〔贅疣〕喻多餘而無用的東西。

4 疤 (bā ㄅㄚ)粵ba¹(巴)❶疤瘌, 傷口或瘡口長好後留下的痕迹: 瘡~。好了傷~忘了疼(喻不重視經驗教訓)。❷器物上像疤的痕迹。

4 疥 (jiè ㄐㄧㄝ)粵ɡai³(介)疥瘡, 因疥蟲寄生而引起的一種傳染性皮膚病, 非常刺癢。

4 疫 (yì ㄧ)粵jik⁹(亦)瘟疫, 流行性急性傳染病的總稱: 防~。鼠~。

4 疬 同'癧', 見 447頁。

4 疯 '瘋'的簡化字, 見448 頁。

4 疮 '瘡'的簡化字, 見449 頁。

4 疠 '癧'的簡化字, 見451 頁。

4 疭 '瘲'的簡化字, 見450 頁。

4 疟 '瘑'的簡化字, 見449 頁。

5 疲 (pí ㄆㄧ)粵pei⁴(皮)勞累, 疲倦(連一乏): 精~力盡。~於奔命。〔疲沓〕〔疲塌〕懈怠不起勁: 工作拖拉~~。〔疲癃〕衰老多病。

5 疳 （gān ㄍㄢ）粵gem¹〔金〕病名：1.疳積，中醫學病症名，為嬰幼兒的一種常見病，包括營養不良，腸寄生蟲等。2.馬牙疳，又叫'走馬疳'，牙牀和頰部急性潰瘍，流膿和血，小兒容易患這種病。3.下疳，性病的一種。

5 疴 （kē ㄎㄜ，舊讀ē ㄜ）粵o¹〔柯〕病：沉～（重病）。染～。

5 疸 （dǎn ㄉㄢˇ）粵tan²〔坦〕黃疸，病人的皮膚、黏膜和眼球的鞏膜等都呈黃色，是由膽紅素大量出現在血液中所引起的，是多種病（肝臟病、膽囊病、血液病等）的症狀。

5 疹 （zhěn ㄓㄣˇ）粵tsɛn²〔診〕病人皮膚上起的小顆粒，通常是紅色，小的像針尖，大的像豆粒，多由皮膚表層發炎浸潤而起：～子。〔疹子〕麻疹。

5 疼 （téng ㄊㄥˊ）粵ten⁴〔騰〕❶痛（連－痛）：肚子～。腿摔～了。❷喜愛，愛惜：他奶奶最～他。

5 疽 （jū ㄐㄩ）粵dzœy¹〔追〕中醫指一種毒瘡。

5 疾 （jí ㄐㄧˊ）粵dzet⁹〔姪〕❶病，身體不舒適（連－病）：目～。積勞成～。㉠一般的痛苦：～苦。❷憎恨，厭惡：

惡如仇。❸急速，猛烈：～走。～風知勁草。～言厲色（指發怒的樣子）。❹疼痛：痛心～首。

5 痁 （shān ㄕㄢ）粵dzim¹〔尖〕〈古〉瘧疾。

5 痂 （jiā ㄐㄧㄚ）粵ga¹〔加〕傷口或瘡口表面上凝結而成的塊狀物，傷口或瘡口痊癒後自行脫落。

5 痃 （xuán ㄒㄩㄢˊ）粵jin⁴〔言〕橫痃，由下疳引起的腹股溝淋巴結腫脹、發炎的症狀。

5 痄 （zhà ㄓㄚˋ）粵dza³〔炸〕〔痄腮〕一種傳染病，又叫'流行性腮腺炎'，耳朵下面腫脹疼痛，病原體是一種濾過性病毒。小兒患者較多。

5 病 （bìng ㄅㄧㄥˋ）粵bɛŋ⁶〔鼻鄭切〕biŋ⁶〔並〕（又）❶生物體發生不健康的現象（連疾－）：害了一場～。他～了。〔毛病〕1.疾病。2.缺點。3.指器物損壞或發生故障：機器出～～。❷弊端，缺點：語～。❸損害，禍害：禍國～民。

5 症 ㊀（zhèng ㄓㄥˋ）粵dziŋ³〔政〕病象，也泛指疾病：～候。急～。對～下藥。不治之～。霍亂～。
㊁'癥'的簡化字，見451頁。

5 痕 (zhī ㄓ)粵dzi²〔止〕毆傷。

5 疰 (zhù ㄓㄨˋ)粵dzy³〔注〕〔痁夏〕1.中醫指夏季長期發燒的病，患者多為小兒，多由排汗機能發生障礙引起。2.〈方〉苦夏。

5 疱 (pào ㄆㄠˋ)粵pau³〔炮〕皮膚上長的像水泡的小疙瘩。也作‘泡’。

5 痹 同‘痹’，見447頁。

5 痲 ‘癱’的簡化字，見452頁。

5 痉 ‘痙’的簡化字，見本頁。

6 痊 (quán ㄑㄩㄢˊ)粵tsyn⁴〔全〕病好了，恢復健康（連一癒）。

6 疵 (cī ㄘ)粵tsi¹〔雌〕毛病：吹毛求~（故意挑剔）。

6 痍 (yí ㄧˊ)粵ji⁴〔兒〕傷，創傷：瘡~滿目（喻到處是災禍景象）。

6 痎 (jiē ㄐㄧㄝ)粵gai¹〔皆〕兩日一發的瘧疾。也泛指瘧疾。

6 痏 (wěi ㄨㄟˇ)粵fui²〔灰高上〕瘢痕。

6 痔 (zhì ㄓˋ)粵dzi⁶〔自〕痔瘡，一種肛管疾病。因直腸靜脈曲張、瘀血而形成。

6 痕 (hén ㄏㄣˊ)粵hen⁴〔很低平〕瘡傷痊癒後留下的疤：傷~。瘡~。也泛指痕迹，事物留下的迹印：裂~。水~。淚~。

6 痌 (tōng ㄊㄨㄥ)粵tuŋ¹〔通〕同‘恫’。痛：~瘝在抱（喻關懷人的疾苦如同身受）。

6 痑 (tuó ㄊㄨㄛˊ，又讀duò ㄉㄨㄛˋ)粵to⁴〔駝〕do³〔多高去〕（又）馬疲勞。也泛指疲勞。

6 痐 同‘蛔’，見612頁。

6 痒 同‘癬’，見452頁。

6 痒 ‘癢’的簡化字，見451頁。

7 痘 (dòu ㄉㄡˋ)粵deu⁶〔豆〕病名：1.水痘，一種傳染病，小兒容易感染。2.痘瘡，天花，一種急性傳染病。〔牛痘〕牛身上的痘瘡，製成牛痘苗，接種在人身上，可以預防天花，也省稱‘痘’。

7 痙(痉) (jìng ㄐㄧㄥˋ)粵giŋ⁶〔競〕痙攣，俗叫‘抽筋’，肌肉收縮，手腳抽搐的現象，小孩子發高燒時常有這種症狀。

7 痛 (tòng ㄊㄨㄥˋ)粵tuŋ³〔通去〕❶因疾病或創傷而感覺苦楚（連疼一）：頭~。不~

不癢。～定思～。〔痛苦〕身體或精神感到非常難受。❷悲傷（働悲一、哀一）：～心。❸極，盡情地，深切地，徹底地：～恨。～飲。～惜。～改前非。〔痛快〕1.爽快，爽利：他是個～～人。2.盡情，舒暢，高興：這活幹得眞～～。看他的樣子好像有點～～的。

7 痞 (pǐ ㄆㄧˇ)働pei²〔鄙〕❶痞塊，痞積，肚子裏面可以摸得到的硬塊，這是因為脾臟腫大的緣故。傷寒病、敗血病、慢性瘧疾、黑熱病等都會發生這種症狀。❷流氓，壞人：地～。～棍。

7 痠 (suān ㄙㄨㄢ)働syn¹〔酸〕同'酸'。痠痛，微痛無力：腰～腿痛。

7 痢 (lì ㄌㄧˋ)働lei⁶〔利〕❶痢疾，傳染病名，按病原體的不同，主要分成桿菌痢疾和變形蟲痢疾。症狀是發燒、腹痛，糞便中有血液、膿或黏液。通常把糞便帶血的叫'赤痢'，帶膿或黏液的叫'白痢'。❷〔瘌痢〕（癩痢）〔方〕禿瘡，生在人頭上的皮膚病。（'痢'，粵口語讀作高平聲）

7 痣 (zhì ㄓˋ)働dzi³〔志〕皮膚上生的斑痕，有黑、棕、靑、紅等色，也有突起的。

7 痧 (shā ㄕㄚ)働sa¹〔沙〕中醫病名，指霍亂、中暑、腸炎等急性病。

7 痤 (cuó ㄘㄨㄛˊ)働tso⁴〔鋤〕痤瘡，一種皮膚病，多生在青年人的面部，通常是有黑頭的小紅疙瘩。俗稱粉刺，暗瘡。

7 痦 (wù ㄨˋ)働ŋ⁶〔誤〕〔痦子〕突起的痣。

7 瘩 '瘩'的簡字，見 450 頁。

7 癆 '癆'的簡字，見 450 頁

7 癇 '癇'的簡字，見 450 頁

8 痰 (tán ㄊㄢˊ)働tam⁴〔談〕氣管或支氣管黏膜分泌的黏液。

8 痱 (fèi ㄈㄟˋ)働fei²〔廢 高上〕（一子）由於暑天出汗過多，引起汗腺發炎，皮膚表面生出來的小紅疹，很刺癢。

8 痳 (má ㄇㄚˊ)働ma⁴〔麻〕同'麻'。'痳風'也作'麻風'。'麻痹'也作'痳痹'。

8 痹 (bì ㄅㄧˋ)働bei³〔祕〕中醫指由風、寒、濕等引起的肢體疼痛或麻木的病。

8 痼 (gù ㄍㄨˋ)働gu³〔固〕痼疾，積久不易治的病。働長期養成不易克服的：～習。～癖。

8 瘺 (wěi ㄨㄟˇ)粵wei²〔委〕身體某部分萎縮或喪失機能的病。

8 瘀 (yū ㄩ)粵jy²〔於高上〕血液凝滯: ～血。

8 瘁 (cuì ㄘㄨㄟˋ)粵sœy⁶〔睡〕sœy⁵〔緒〕(又)過度勞累: 鞠躬盡～。心力交～。

8 瘃 (zhú ㄓㄨˊ)粵dzuk⁷〔竹〕古書上指凍瘡。

8 瘐 (yǔ ㄩˇ)粵jy⁵〔雨〕瘐死,舊時稱囚犯因受刑、凍餓、生病而死在監獄裏。

8 痻 (pēi ㄆㄟ)粵pui¹〔胚〕❶瘡疤。❷弱。

8 痹 同'痺',見 447 頁。

8 痴 同'癡',見 451 頁。

8 瘂 同'啞㊀',見 107 頁。

8 痾 ㊀同'疴',見 445 頁。㊁同'屙',見 179 頁。

8 痳 ㊀同'淋㊁',見 369 頁。㊁同'蔴',見 447 頁。

8 瘅 '癉'的簡化字,見 450 頁。

8 瘆 '瘮'的簡化字,見 450 頁。

9 瘈 ㊀(zhì ㄓˋ)粵dzei³〔制〕瘋狂。特指狗發狂。㊁同'瘛',見 449 頁。

9 瘊 (hóu ㄏㄡˊ)粵heu⁴〔喉〕(～子)又叫'疣'。皮膚上長的無痛癢的小疙瘩。

9 瘋(疯) (fēng ㄈㄥ)粵fuŋ¹〔風〕一種精神病,患者精神錯亂,失常(疊一顛、一狂): ～子。(喻)1.指農作物生長旺盛而不結果實: 長～杈。棉花長～了。2.言行狂妄: ～言～語。～狂進攻。

9 瘌 (là ㄌㄚˋ)粵lat⁸〔辣中入〕〔瘌痢〕(鬎鬁)〈方〉禿瘡,生在人頭上的皮膚病。

9 瘍(疡) (yáng ㄧㄤˊ)粵jœŋ⁴〔羊〕❶瘡。❷潰爛: 胃潰～。

9 瘓 (huàn ㄏㄨㄢˋ)粵wun⁶〔換〕〔癱瘓〕見 452 頁'癱'字條。

9 瘕 (jiǎ ㄐㄧㄚˇ)粵ga²〔假〕肚子裏結塊的病。

9 瘧(疟) (nüè ㄋㄩㄝˋ)粵jœk⁹〔若〕瘧疾,又叫'瘧子',是一種按時發冷發燒的傳染病。病原體是瘧原蟲,由瘧蚊傳染到人體血液中。發瘧子,有的地區叫'打擺子'。㊁(yào ㄧㄠˋ)粵同㊀用於口語: 發～子。

9 瘟 (wēn ㄨㄣ)粵wen¹〔溫〕瘟疫,流行性急性傳染病病: 防止～疫。豬～。

9 瘦 (shòu ㄕㄡˋ)㈎seu³〔秀〕❶體內含脂肪少，肌肉不豐滿，跟'肥'相反：身體很～。❷衣服鞋襪等窄小：這件衣裳穿着～了。❸土地貧瘠，不肥沃：田～合歸耕。❹筆劃細：～硬。鍾書體～。

9 瘢(疥)(jì ㄐㄧˋ)㈎gei³〔計〕皮膚上生來就有的深色斑。

9 瘉(yù ㄩˋ)㈎jy⁶〔預〕病好了（働瘥—）：病～。

9 瘖同'喑❶'，見110頁。

9 瘻'瘻'的簡化字，見450頁。

9 瘂'瘂'的簡化字，見本頁。

10 瘛(chì ㄔˋ)㈎tsit⁸〔設〕kei³〔契〕(又)〔瘛瘲〕手腳痙攣、口眼歪斜的症狀，也叫'抽風'。

10 瘞(瘞)(yì ㄧˋ)㈎ji³〔意〕掩埋，埋葬。

10 瘠(jí ㄐㄧˊ)㈎dzik⁸〔即中入〕dzek⁸〔隻入〕❶瘦弱。❷土地不肥沃：～土。把貧～的土地變成良田。

10 瘡(疮)(chuāng ㄔㄨㄤ)㈎tsɔŋ¹〔倉〕皮膚上腫爛潰瘍的病。

10 瘢(bān ㄅㄢ)㈎ban¹〔班〕創傷或瘡癤等痊癒後留下的疤痕。

10 瘥(㊀)(chài ㄔㄞˋ)㈎tsai³〔猜高去〕病癒：久病初～。㈡(cuó ㄘㄨㄛˊ)㈎tsɔ²〔鋤〕病，疫病。

10 瘤(liú ㄌㄧㄡˊ)㈎leu⁴〔留〕(一子)生物體的組織增殖生成的腫塊。

10 瘩(㊀)(dá ㄉㄚˊ)㈎dap⁸〔搭〕〔瘩背〕中醫稱生在背部的癰。也叫'搭手'。㈡(da ·ㄉㄚ)㈎同〔疙瘩〕見444頁'疙'字條。

10 瘝(guān ㄍㄨㄢ)㈎gwan¹〔關〕病，疾苦。

10 瘙(sào ㄙㄠˋ)㈎sou³〔掃〕皮膚發癢的病。

10 瘟同瘟，見448頁。

10 瘚'癄'的簡化字，見451頁。

10 瘫'癱'的簡化字，見452頁。

11 瘭(biāo ㄅㄧㄠ)㈎biu¹〔標〕〔瘭疽〕手指頭急性化膿性炎症，症狀是局部紅腫，劇烈疼痛，發燒。

11 瘰(luǒ ㄌㄨㄛˇ)㈎lɔ²〔裸〕〔瘰癧〕結核菌侵入淋巴結，發生核塊的病，多在頸部。

11 瘲(疭) （zòng ㄗㄨㄥˋ）粵
dzung³〔眾〕見449
頁'瘲'字條'瘲瘲'。

11 瘳(瘳) （chōu ㄔㄡ）粵tseu¹〔抽〕❶
病癒。❷減損，損失。

11 瘴（zhàng ㄓㄤˋ）粵dzœng³〔帳〕
瘴氣，舊時指南方山林
間濕熱鬱蒸致人疾病的毒氣。

11 瘵（zhài ㄓㄞˋ）粵dzai³〔債〕❶
病。❷肺結核病：瘵～。

11 瘸（qué ㄑㄩㄝˊ）粵kɛ⁴〔騎〕腿
腳有毛病，走路時身體
不平衡：一～一拐。他是摔～
的。

11 瘻(瘘) （lòu ㄌㄡˋ）粵leu⁶
〔漏〕瘻管，身體
裏面因發生病變而向外潰破所
形成的管道，病灶裏的分泌物
可以由瘻管裏流出來。

11 瘼（mò ㄇㄛˋ）粵mɔk⁹〔莫〕病，
疾苦：民～（人民的疾
苦）。

11 瘮(瘆) （shèn ㄕㄣˋ）粵
sɐm³〔滲〕sɐm²
〔審〕（又）使人害怕：～人。～
得慌。

11 瘺 同'瘻'，見本頁。

11 癭 '癭'的簡化字，見452頁。

12 療(疗) （liáo ㄌㄧㄠˊ）粵liu⁴
〔聊〕醫治（粵醫

一，治一）：～病。診一。粵
解除痛苦或困難：～飢。～貧。

12 癃（lóng ㄌㄨㄥˊ）粵lung⁴〔隆〕❶
手足不靈活的疾病。❷
癃閉，中醫指小便不通的病。

12 癆(痨) （láo ㄌㄠˊ）粵lou⁴
〔勞〕癆病，中醫
指結核病，通常多指肺結核。

12 癇(痫) （xián ㄒㄧㄢˊ）粵
han⁴〔閒〕顛癇，
俗叫'羊癇風'或'羊角風'，是一
種時犯時癒的暫時性大腦機能
紊亂的病症。病發時突然昏倒，
口吐泡沫，手足痙攣。

12 癉(瘅) ㊀（dàn ㄉㄢˋ，又
讀dǎn ㄉㄢˇ）粵
dan³〔旦〕❶因勞累造成的病。
❷憎恨：彰善～惡。
㊁（dān ㄉㄢ）粵dan¹〔丹〕熱症。

12 癌（ái ㄞˊ，舊讀yán ㄧㄢˊ）粵
ngam⁴〔巖〕生物體細胞由
於某些致癌因素的作用而惡性
增生所形成的惡性腫瘤：胃
～。肝～。

12 癀（huáng ㄏㄨㄤˊ）粵wong⁴〔黃〕
癀病，牛馬等家畜的炭
疽病。

12 癍（bān ㄅㄢ）粵ban¹〔班〕皮
膚上生斑點的病。

12 癎 同'癇'，見本頁。

12 痼 同'癇',見 450 頁。

12 癈 同'廢',見 203 頁。

12 癮 '癮'的簡化字,見 452 頁。

13 癖 (pǐ ㄆㄧˇ)粵pik⁷〔闢〕對事物的偏愛成為習慣:煙~。酒~。

13 癘(疠)(lì ㄌㄧˋ)粵lɐi⁶〔麗〕❶瘟疫。❷癘病,即麻風。

13 癜 (diàn ㄉㄧㄢˋ)粵din⁶〔電〕皮膚病名,皮膚上出現白色或紫色的斑點。常見的是白癜,俗叫'白癜風'。

13 癔 (yì ㄧˋ)粵ji³〔意〕〔癔病〕一種神經官能症,患者發病時喜怒無常,感覺過敏,嚴重時手足或全身痙攣,說胡話,可出現以昏迷狀態。此病多由心理上劇烈的矛盾所引起。也叫'歇斯底里'。

13 癤(疖)(jiē ㄐㄧㄝ)粵dzit⁸〔折〕(一子)小瘡。

13 癒 (yù ㄩˋ)粵jy⁶〔預〕同'瘉'。病好了(逿痊一):病~。

13 癩 '癩'的簡化字,見 452 頁。

14 癟(瘪)(一)(biē ㄅㄧㄝ)粵bit⁹〔別〕不飽滿,凹下:~花生。乾~。車帶~了。
(二)(biě ㄅㄧㄝ)粵同(一)〔癟三〕〈方〉上海人稱城市中無正當職業而以乞討或偷竊為生的遊民為癟三,他們通常是極瘦的。

14 癡 (chī ㄔ)粵tsi¹〔雌〕❶傻,愚笨:~呆。~人說夢(喻說根本辦不到的荒唐話)。❷瘋癲,精神失常:狂~。發~。❸入迷,極度迷戀某人或某種事物:書~(書呆子)。如~如醉。

14 癬 '癬'的簡化字,見 452頁。

15 癢(痒)(yǎng ㄧㄤˇ)粵jœy⁵〔仰〕皮膚或黏膜受刺激需要抓撓的一種感覺(蟲):蚊子咬得身上直~~。痛~相關。〔技癢〕極想把自己的技能顯出來。

15 癥(△症)(zhēng ㄓㄥ)粵dziŋ¹〔征〕〔癥結〕腹內結塊的病。喻事情弄壞或難解決的關鍵所在。

15 癦 同'癩',見本頁。

16 癧(疬)(lì ㄌㄧˋ)粵lik⁹〔力〕lɛk⁹〔黎劇切〕〔語〕見 449 頁'瘰'字條'瘰癧'。

16 癩（癞）〔㊀(lài ㄌㄞˋ)粵lai³〔賴高去〕❶癩病，即‘麻風’。❷像生了癩的：1.因生瘡疥等皮膚病而毛髮脫落的：～狗。2.表皮凸凹不平或有斑點的：～蛤蟆。～瓜。〔㊁同‘瘌’，見448頁。

16 癫 ‘癲’的簡化字，見本頁。

17 癬（癣）(xuǎn ㄒㄩㄢˇ)粵sin²〔冼〕感染黴菌而引起的皮膚病，有頭癬、足癬、股癬、體癬多種，患處常發癢。

17 瘿（瘿）(yīng ㄧㄥ)粵jiŋ²〔映〕❶俗稱大脖子、大頸泡。生在脖子上的一種囊狀的瘤子。多指甲狀腺腫。❷樹木外部隆起如瘤之物：樹～。

17 癮（瘾）(yǐn ㄧㄣˇ)粵jen⁵〔引〕癖好，特別深的嗜好：煙～。看書看上～啦。

18 癯 (qú ㄑㄩˊ)粵kœy⁴〔渠〕瘦：清～。

18 癰（痈）(yōng ㄩㄥ)粵juŋ¹〔翁〕一種毒瘡，多生在脖子上或背部，多為金黃色葡萄球菌侵入皮膚和皮下組織所引起的化膿性炎症，表面瘡口很多，疼痛異常。

19 癱（瘫）(tān ㄊㄢ)粵tan¹〔灘〕　tan²〔坦〕（又）癱瘓，神經機能發生障礙，肢體不能活動。

19 癲（癫）(diān ㄉㄧㄢ)粵din¹〔顛〕精神錯亂，失常（癲一狂、瘋一）。

19 癫 同‘癲’，見本頁。

23 癵 同‘攣’，見451頁。

癶 部

4 癸 (guǐ ㄍㄨㄟˇ)粵gwɐi³〔貴〕天干的第十位，用作順序的第十。

7 登 (dēng ㄉㄥ)粵dɐŋ¹〔燈〕❶上，升：～山。～高。～峯造極。❷刊載，記載：～報。把這幾項～在簿子上。〔登記〕把有關事項寫在特備的表冊上以備查考：～～圖書。～～做選民。❸(穀物)成熟：五穀豐～。❹同‘蹬㊀’，見680頁。〔登時〕即時，立刻。

7 發（发）(fā ㄈㄚ)粵fat⁸〔法〕❶交付，送出，跟‘收’相反：～貨。信已經～了。〔發落〕舊指處理，處分：從輕～～。❷表達，說出：

~言。~問。~誓。〔發表〕用文字或語言表達意見。❸放射：~炮。~光。❹〔槍彈炮彈一枚稱一發〕：五十~子彈。❹散開，分散：~汗。~蒸。〔發揮〕把意思盡量地說出，把力量盡量地用出：大家對這個問題~~得很透徹。❺開展，擴大：~揚。~育。〔發達〕1.興旺，旺盛：工業~~。交通~~。2.〈粵方言〉發財。❻打開，揭露：~掘潛力。揭~罪行。〔發明〕創造出以前沒有的事物：印刷術是中國首先~~的。〔發現〕找出原先就存在而大家不知道的事物或道理：~~金礦。❼因得大量財富而興旺：~家。暴~戶。❽顯現：1.顯出，顯着：臉上~黃。2.出，生：~芽。~病。3.覺得：~麻。~燒。❾開始動作：~端。朝~夕至。~動機器。❿食物因發酵或水浸而膨脹：~海帶。麵~了。

9 **凳** 見几部，54頁。

白 部

0 **白** (bái ㄅㄞˊ)粵bak⁹[帛]❶像霜雪或乳汁那樣的顏色：~麵。他頭髮~了。(粵)有關喪事的：辦~事。❷清楚：(粵)明一)：真相大~。你聽明~了嗎？❸亮：東方發~。❹空空的，沒有加上其他東西的：~卷。~水。~地(沒有莊稼的地)。❺1.沒有成就的，沒有效果的：這話算~說。~忙。2.不付代價的：~給。~吃。❻陳述，說明：自~。表~。道~(戲曲中不用唱的語句)。〔白話〕口頭說的話，跟‘文言’相對，也省稱‘白’：文~夾雜。❻把字寫錯或說錯：寫~了。〔白字〕別字。〔白族〕中國少數民族名，參看附錄六。

1 **百** (bǎi ㄅㄞˇ 又讀 bó ㄅㄛˊ)粵bak⁸[伯]數目，十的十倍。❺眾多，所有的：~花齊放。~戰~勝。~姓。~貨。~葉窗。~衲衣。~科全書。〔百分率〕百分之幾，符號為‘%’，百分之七十五寫作75%。

2 **皂** (zào ㄗㄠˋ)粵dzou⁶[造]❶黑色：~鞋。不分~白(喻不問是非)。❷差役：~隸。❸〔皂角〕〔皂莢〕落葉喬木，枝上有刺，結的長莢，叫‘皂角’或‘皂莢’，可供洗衣去污用。〔肥皂〕胰子，用鹼和油脂等製成的洗濯用品。

2　皁

同'皂'，見 453 頁。

2　皃

同'貌'，見 661 頁。

3　的

㊀（dì ㄉㄧˋ）⑧dik⁷〔嫡〕箭靶的中心：中（zhòng）～。無～放矢。

〔的士〕〈港方言〉英語taxi的音譯。出租小汽車。

㊁（dí ㄉㄧˊ）⑧同㊀真實，實在：～當。～確如此。

㊂（de·ㄉㄜ）⑧同㊀❶1.在詞或語尾後表明形容詞性：幸福～生活。遼闊～草原。2.同'地㊁'，見 127 頁。❷代替所指的人或物：賣菜～。吃～。穿～。❸表示所屬的關係的詞，有時也寫作'底'：我～書。社會～性質。❹助詞，用在句末，表示肯定的語氣，常跟'是'相應：他是剛從美國來～。

3　帛

見巾部，193 頁。

4　皆

（jiē ㄐㄧㄝ）⑧gai¹〔佳〕全，都：～大歡喜。人人～知。

4　皇

（huáng ㄏㄨㄤˊ）⑧wong⁴〔黃〕❶君主（⊛～帝）。❷大（疊）：～～鉅著。❸〈古〉同'遑'，見 699 頁。❹〈古〉同'惶'，見 226 頁。

4　皈

（guī ㄍㄨㄟ）⑧gwai¹〔歸〕〔皈依〕原指佛教的入教儀式，後泛指信仰佛教或參加其它宗教組織。也作'歸依'。

4　泉

見水部，360 頁。

5　皋

（gāo ㄍㄠ）⑧gou¹〔高〕水邊的高地：漢～。江～。

6　皎

（jiǎo ㄐㄧㄠˇ）⑧gau²〔絞〕潔白，明亮（疊）：～～白駒。～潔的月亮。

6　皐

同'皋'，見本頁。

6　皑

'皚'的簡化字，見本頁。

6　兜

見儿部，45 頁。

6　習

見羽部，540 頁。

7　皓

（hào ㄏㄠˋ）⑧hou⁶〔浩〕潔白，明亮：～齒。～首（白髮，指老人）。～月當空。

7　皕

（bì ㄅㄧˋ）⑧bik⁷〔碧〕二百。

7　皖

（wǎn ㄨㄢˇ）⑧wun⁵〔浣〕wun²〔碗〕（又）安徽省的別稱。

8　皙

（xī ㄒㄧ）⑧sik⁷〔色〕人的皮膚白。

10　皚（皑）

（ái ㄞˊ）⑧ngoi⁴〔呆〕ji⁴〔夷〕（又）白（疊）：～～白雪。

10 皞（hào ㄏㄠˋ）粵hou⁶〔浩〕明亮。

10 鵍（huàng ㄏㄨㄤˋ）粵fɔŋ²〔訪〕用於人名。

10 皜 同'皓'，見 454 頁。

10 魄 見鬼部，796 頁。

11 皛 同'皠'，見 本頁。

12 皤（pó ㄆㄛˊ）粵pɔ⁴〔婆〕形容白色：白髮～然。

12 皠 同'皞'，見 本頁。

皮 部

0 皮（pí ㄆㄧˊ）粵pei⁴〔脾〕❶動植物體表面的一層組織：牛～。樹～。麥～。❷製過的獸皮：～箱。～鞋。❸表面。地～。❹表面的，膚淺的：～相（從表面上看）。❺包在外面的東西：包～。書～。封～。❻薄片狀的東西：鉛～。粉～。海蜇～。❼靭性大，不鬆脆：～糖。餅～了。❽頑皮，不老實，淘氣：這孩子眞～。❾指橡膠：橡～。～筋。

3 帔 見巾部，193 頁。

5 皰 同'疱'，見 446 頁。

5 皱 '皺'的簡化字，見 本頁。

6 皸 '皲'的簡化字，見 本頁。

7 皴（cūn ㄘㄨㄣ）粵sœn¹〔詢〕❶皮膚因受凍或受風吹而乾裂：手都～了。❷皮膚上積存的泥垢和脫落的表皮：一脖子～。❸中國畫的一種畫法，塗出物體的紋理或陰陽向背。

9 皲（皸）（jūn ㄐㄩㄣ）粵gwen¹〔軍〕皮膚因寒冷或乾燥而破裂。

9 皷 同'鼓'，見 828 頁。

10 皱（皺）（zhòu ㄓㄡˋ）粵dzeu³〔晝〕❶皮膚因鬆弛而起的紋路。⑤物體表面因受褶壓或揉弄而形成的紋路：～褶。❷緊蹙，使生褶紋：～眉頭。

11 皻 同'齇'，見 830 頁。

皿 部

0 皿（mǐn ㄇㄧㄣˇ，舊讀 mǐng ㄇㄧㄥˇ）粵min⁵〔茗〕器皿，碗、碟、杯、盤一類的東西。

3 盂 (yú ㄩˊ)粵jy⁴〔余〕❶一種盛飲食的器皿。❷一種盛液體的器皿：痰～。漱口～。

3 盉 見子部，164 頁。

4 盅 (zhōng ㄓㄨㄥ)粵dzuŋ¹〔中〕沒有把的小杯子：酒～。茶～～。

4 盆 (pén ㄆㄣˊ)粵pun⁴〔盤〕（～子、～兒）盛放東西或洗滌的用具，通常是圓形，口大，底小，不太深：花～。臉～。〔盆地〕被山或高地圍繞着的平地：四川～。塔里木～～。

4 盈 (yíng ㄧㄥˊ)粵jiŋ⁴〔仍〕❶充滿：惡貫滿～。熱淚盈眶。❷有餘，多出（盈一餘）：～利。

4 盃 同'杯'，見 305 頁。

4 盇 同'盍'，見本頁。

5 盉 (hé ㄏㄜˊ)粵wo⁴〔禾〕古代用來調和酒的器皿。

5 益 (yì ㄧˋ)粵jik⁷〔億〕❶增加，進：～延年～壽。❷利益，好處：收～。獲～。良多。⑨有益，有好處：～蟲。良師～友。❸更加：精～求精。如水～深，如火～熱。

5 盍 (hé ㄏㄜˊ)粵hep⁹〔合〕何不：～往觀之。

5 盎 (àng ㄤˋ)粵ɔŋ³　ɔŋ²(又)❶古代的一種盆，腹大口小。❷洋溢，充盈：興趣～然。

5 盌 同'碗'，見 473 頁。

5 盋 同'鉢'，見 722 頁。

5 盏 '盞'的簡化字，見 457 頁。

5 盐 '鹽'的簡化字，見 820 頁。

5 监 '監'的簡化字，見 457 頁。

6 盒 (hé ㄏㄜˊ)粵hep⁹〔合〕（～子、～兒）一種由底蓋相合的盛東西的器物：飯～。～～。

6 盔 (kuī ㄎㄨㄟ)粵kwei¹〔規〕❶將士、消防員、礦工等用來保護頭部的帽子：～甲。鋼～。❷盆子一類的器皿：瓦～。

6 盛 ㊀(shèng ㄕㄥˋ)粵siŋ⁶〔剩〕❶興旺，繁榮昌～。梅花～開。旺～。茂～。❷旺盛，熾烈：年少氣～。火勢很～。❸豐富，華美：～宴。～裝。❹熱烈，大規模的：～會～況。❺深厚：～意。～情。❻盛行，流行：～傳。風氣很～。❼姓。

㊁(chéng ㄔㄥˊ)粵siŋ⁴〔成〕❶把

東西放進去: ～飯。❷容納: 這禮堂能～幾千人。

6 **盜** 同‘盜’，見本頁。

6 **盖** ‘蓋’的簡化字，見 594 頁。

6 **盘** ‘盤’的簡化字，見本頁。

7 **盜** (dào ㄉㄠˋ)粵dou⁶〔杜〕❶偷(龍一竊): ～賣。～取。掩耳～鈴。⑪用不正當的方法謀得: 欺世～名。〔盜汗〕因病在睡眠時出汗: 患肺病的人夜間～～。❷偷竊或搶劫財物的人(龍一賊)。

8 **盝** (lù ㄌㄨˋ)粵luk⁹〔陸〕❶古代用的一種盒子。❷過濾。

8 **盞(盏)** (zhǎn ㄓㄢˇ)粵dzan²〔棧高上〕❶小杯子: 酒～。茶～。❷量詞，計量燈或酒的單位: 一～燈。一～酒。

8 **盟** ㊀(méng ㄇㄥˊ)粵meŋ⁴〔萌〕❶舊時指宣誓締約，現代指政治集團之間或國家之間的聯合: 聯～。同～。❷指結拜兄弟: ～兄。～弟。❸內蒙古自治區的行政單位。
㊁(míng ㄇㄧㄥˊ)粵同㊀發〔誓〕: ～個誓。

9 **盡(尽)** (jìn ㄐㄧㄣˋ)粵dzœn⁶〔進低去〕❶

完畢: 用～力氣。取之不～。說不～的好處。❷達到極限或使之達到極限: ～善～美。～頭。❸全部用出: ～心。～力。～其所有。⑪竭力做到: ～職。❹都，全部: ～數收回。應有～有。❺死: 同歸於～。自～。

9 **監(监)** ㊀(jiān ㄐㄧㄢ)粵gam¹〔減高平〕❶監視，督察: ～察。～管。❷牢，獄(龍一牢、一獄): 收～。坐～。〔監禁〕把犯罪的人收監，限制他的自由。
㊁(jiàn ㄐㄧㄢˋ)粵gam³〔鑒〕帝王時代的官名或官府名: 太～。國子～。欽天～(掌管天文曆法的官府)。

10 **盤(盘)** (pán ㄆㄢˊ)粵pun⁴〔盆〕❶古代盥洗用具的一種。❷(一子、一兒)盛放物品的扁而淺的用具，多為圓形: 托～。茶～。和～托出(喻全部說出)。❸(一兒)形狀像盤或有盤的功用的物品: 臉～。磨～。棋～。算～。字～。❹迴旋地繞: ～香。把繩子～起來。～山公路。～根錯節。〔盤旋〕繞着圈地走或飛。❺壘，砌(炕、灶): ～炕。～灶。❻盤查，仔細查究: ～賬。～貨。～問。～算(細心打算)。❼(一兒)指市場上成交的價格:開～。收～。平～。❽指工商企業轉讓:出～。招～。❾量詞:一～機器。一～磨。〔盤桓〕留戀在一個地方,逗留。〔盤費〕〔盤纏〕旅途上的費用。

11 盥 (guàn ㄍㄨㄢˋ) 粵 gun³〔貫〕洗手:～洗室。

11 盦 (ān ㄢ) 粵 em¹〔庵〕❶古代一種盛食物的器皿。❷同'庵'(多用於人名)。

11 盧 (卢) (lú ㄌㄨˊ) 粵 lou⁴〔勞〕姓。
〔盧比〕(外) 印度、巴基斯坦、尼泊爾、斯里蘭卡等國的貨幣名。
〔盧布〕(外) 聯的貨幣名。

11 盬 (gǔ ㄍㄨˇ) 粵 gu²〔古〕(～子)烹飪用具,周圍陡直的深鍋:瓷～子。沙～子。

12 盩 (zhōu ㄓㄡ) 粵 dzeu¹〔周〕〔盩厔〕縣名,在陝西省。今作'周至'。

12 盪 (荡) (dàng ㄉㄤˋ) 粵 dɔŋ⁶〔蕩〕又作'蕩'。❶清除,弄光:傾家～產。❷洗滌:滌～。❸搖動(粵搖一):～舟～。～秋千。❹動搖:世局動～。〔盪漾〕水波一起一伏地動。

18 蠱 見虫部, 623 頁。

19 鹽 見鹵部, 820 頁。

目 部

0 目 (mù ㄇㄨˋ) 粵 muk⁹〔木〕❶眼睛:～瞪口呆。～空一切(自高自大)。〔目下〕〔目前〕眼前,現在。❷看,視:一一瞭然。～為奇迹。❸條目,大項中再分的小項:大綱細一。❹目錄:書～。節～。❺標題:標～。題～。❻生物分類系統上所用的等級之一:食肉～。薔薇～。

2 盯 (dīng ㄉㄧㄥ) 粵 diŋ¹〔丁〕dɛŋ¹〔釘〕(又)注視,集中視力看,也作'釘':大家眼睛直～着他。

3 盱 (xū ㄒㄩ) 粵 hœy¹〔虛〕❶張大眼睛。〔盱衡〕喻觀察分析(政治形勢):～～大局。❷〔盱眙〕縣名,在江蘇省。

3 盲 (máng ㄇㄤˊ) 粵 maŋ⁴〔猛低平〕瞎,看不見東西:～瞎子:問道於一。粵對某種事物不能辨認的:文～。色～。〔盲目〕粵對事情認識不清楚:～～行動。〔盲從〕粵不辨是非,盲目地跟着别人瞎說、亂做。

3 **直** 同'直'，見 75 頁。

4 **盹** (dǔn ㄉㄨㄣˇ)粵dœn⁶〔頓〕(一兒)小睡，很短時間的睡眠：打～〔打瞌睡〕。

4 **盻** (xì ㄒ丨ˋ)粵hei⁶〔系〕怒視。

4 **相** ㈠(xiāng ㄒ丨ㄤ)粵sœŋ¹〔商〕交互，動作由雙方來(粵互一)：～助。～親～愛。言行～符。❷動作由一方來而有一定對象的，常加在動詞前面：～信。～煩〔相當〕1.對等，等於：年紀～～。2.大體上夠得上：這首詩寫得～～好。㈡(xiāng ㄒ丨ㄤ，又讀xiàng ㄒ丨ㄤ)粵sœŋ¹〔商 高去〕看：～中。左～右看。㈢(xiàng ㄒ丨ㄤ)粵同㈠❶(一兒)樣子，容貌(粵一貌)：凶～。照～。❷察看：～馬。機行事。人不可以貌～。❸輔助，也指輔佐的人，古代特指最高級的官。〔相聲〕曲藝的一種，盛行於華北地區。

4 **盼** (pàn ㄆㄢˋ)粵pan³〔攀 高去〕❶盼望，想望：切～。❷看(粵顧一)：左顧右～。

4 **盾** (dùn ㄉㄨㄣˋ)粵tœn⁵〔馳卵切低上〕❶古代打仗時防護身體，擋住敵人刀、箭等的

牌。〔後盾〕指後方護衛、支援的力量。❷盾形的東西：金～。銀～。❸荷蘭、越南、印度尼西亞等國的貨幣名。

4 **省** ㈠(shěng ㄕㄥˇ)粵saŋ²〔沙罌切高上〕❶中國第一級地方行政區域。❷節約，不費：～錢。～工夫。～事。❸簡略(粵一略)：～稱。～寫。㈡(xǐng ㄒ丨ㄥˇ)粵siŋ²〔醒〕❶檢查自己：反～。❷知覺：不～人事。❸省悟，覺悟：猛～前非。發人深～。❹探望，問候：～親。

4 **眄** (miàn ㄇ丨ㄢˋ)粵min⁵〔免〕斜着眼睛看：顧～。

4 **眇** (miǎo ㄇ丨ㄠˇ)粵miu⁵〔秒〕❶瞎了一隻眼睛。後也泛指一雙眼睛都瞎了。❷微小。

4 **眈** (dān ㄉㄢ)粵dam¹〔耽〕看，視。〔眈眈〕眼睛向下注視的樣子：虎視～～(凶狠貪婪地看着)。

4 **眉** (méi ㄇㄟˊ)粵mei⁴〔微〕❶眉毛，眼上額下的毛：～飛色舞。～開眼笑。(圖見772頁'頭')〔眉目〕容貌：～～清秀。㊀事情的頭緒或事物的條理：有點～～了。～～不清楚。❷書眉，書頁上端的空白：～批。

4 眊 (mào ㄇㄠˋ)粵mou⁶〔冒〕眼睛昏濁，看不清楚。

4 看 ㊀(kàn ㄎㄢˋ)粵hɔn³〔漢〕❶瞧，眼睛注視一定的對象或方向：～書。～電影。❷觀察(粵察一)：～脈。～透。～情況。㉑診治：～病。大夫把我的病～好了。❸訪問，拜望(粵一望)：～朋友。到醫院裏去～病人。❹對待：～重。～輕。❺想，以為：我～應該這麼辦。❻先試試以觀察它的結果：問一聲～。做做～。
㊁(kàn ㄎㄢˋ)粵hɔn¹〔漢高平〕❶義同㊀❹。對待：～待。另眼相～。❷照看，小心：～着孩子。別跑，～摔着。
㊂(kān ㄎㄢ)粵同㊀守護。～門。～家。～守。粵監視：～管。把他～起來。〔看護〕1.護理。2.護士。

4 盽 同'眹'，見 463 頁。

4 瓯 '膒'的簡化字，見 464 頁。

4 冐 見門部，50 頁。

5 眙 ㊀(yí ㄧˊ)粵ji⁴〔宜〕見 458 頁'盱'字條'盱眙'。
㊁(chì ㄔˋ)粵tsi³〔次〕瞪着眼，目不轉眼地看。

5 眚 (shěng ㄕㄥˇ)粵saŋ²〔省〕❶眼睛生翳。❷災禍。❸過錯。

5 眠 (mián ㄇㄧㄢˊ)粵min⁴〔棉〕❶睡覺(粵睡一)：安～。失～。長～(人死)。❷某些動物的一種生理狀態，在一段間內不食不動：蟄～。〔冬眠〕蝸牛、蛇、蛙、蝙蝠等動物到冬季不食不動。也叫'入蟄'。

5 眢 (yuān ㄩㄢ)粵jyn¹〔寃〕睛枯陷失明。㉑乾枯：～井。

5 眨 (zhǎ ㄓㄚˇ)粵dzap⁸〔劄〕(～巴)眼睛很快地一閉一開：眼睛直～巴。一～眼(時間極短)就看不見了。

5 眩 (xuàn ㄒㄩㄢˋ)粵jyn⁴〔元〕❶眼睛昏花看不清楚：頭暈目～。❷迷惑，迷亂：～於名利。

5 眞 同'真'，見 49 頁。

5 眎 同'視'，見 637 頁。

5 眬 '朧'的簡化字，見 465 頁。

5 窅 見穴部，491 頁。

6 眭 (suī ㄙㄨㄟ)粵sœy¹〔須〕姓。

6 眯 （一）(mī ㄇㄧ) 粵mei⁵〔米〕塵土入眼，不能睜開看東西。

（二）(mǐ ㄇㄧ) 粵mei⁴〔迷〕mei¹〔微高平〕(語)同'瞇'。❶眼皮微微合攏：在牀上～(合眼養神)一會兒。❷眯縫：他一起眼睛看了半天。～着眼笑。

6 眵 (chī ㄔ) 粵tsi¹〔雌〕眼眵，眼睛分泌出來的液體凝結成的淡黃色東西。俗稱眼屎。

6 眶 (kuàng ㄎㄨㄤ) 粵hoŋ¹〔康〕kwaŋ¹〔迋高平〕(又)(一子、一兒)眼圈：眼～子發青。眼淚奪～而出。

6 眷 (juàn ㄐㄩㄢˋ) 粵gyn³〔絹〕❶顧念，愛戀：一點也不～戀過去。❷親屬：親～。屬。家～。

6 眾(众) (zhòng ㄓㄨㄥˋ) 粵dzuŋ³〔種〕❶許多：～人。～志成城(喻團結力量大)。寡不敵～。❷多數的人：大～。聽～。

6 眸 (móu ㄇㄡˊ) 粵meu⁴〔謀〕(一子)眼珠，泛指眼睛：凝～遠望。

6 眺 (tiào ㄊㄧㄠˋ) 粵tiu³〔跳〕眺望，遠望：登高遠～。

6 眼 (yǎn ㄧㄢˇ) 粵ŋan⁵〔顔低上〕❶眼睛，視覺器官。〔眼光〕見識，對事物的看法：把～～放遠點。❷(一兒)孔洞，窟窿:.炮～。泉～。針～。❸(一兒)關節，要點：節骨～兒。字～。❹戲曲中的節拍：一板三～。

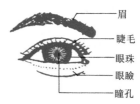

眼　睛

（眉、睫毛、眼珠、眼瞼、瞳孔）

6 眥 （一）(zì ㄗˋ) 粵dzi⁶〔字〕眼眶，上下眼瞼的接合處，靠近鼻子的叫內眥，靠近兩鬢的叫外眥。

（二）(zhài ㄓㄞˋ) 粵dzai⁶〔寨〕見462頁'眦'字條'眦眥'。

6 眦 同'眥'，見本頁。

6 眽 同'脈(一)'，見554頁。

7 睆 (huǎn ㄏㄨㄢˇ) 粵wun²〔碗〕❶星光明亮。❷美好。

7 睇 （一）(dì ㄉㄧˋ) 粵dɐi⁶〔弟〕斜着眼看。

（二）(tǐ ㄊㄧˇ) 粵tɐi²〔體〕〈粵方言〉看：～書。

7 **睒** (shǎn ㄕㄢˇ)粵sim²〔閃〕眨巴眼，眼睛很快地開閉：那飛機飛得很快，一～眼就不見了。

7 **睃** (suō ㄙㄨㄛ，舊讀jùn ㄐㄩㄣˋ)粵dzœn³〔俊〕so¹〔梭〕(又)看。

7 **睏** (kùn ㄎㄨㄣˋ)粵kwen³〔困〕❶疲倦想睡：孩子～了。❷〈方〉睡：～覺。

7 **着** (zháo ㄓㄠˊ)粵dzœk⁹〔雀低入〕❶接觸，挨上：上不～天，下不～地。❷感受，受到：～慌。～涼。～急。～迷。～騙。❸使，派，用：～個人來一趟。別～手摸。～盆裝上。❹燃燒，也指燈發光：～火。火～了。天黑了，路燈都～了。❺入睡，睡着：躺下就～了。❻用在動詞後表示達到目的或有結果：猜～了。打～了。拿得～。見不～。

㈡(zhāo ㄓㄠ)粵同㈠❶（一兒）下棋時下一子或走一步叫一着：只因一～錯，輸卻滿盤棋。㈣計策，手段，辦法：你出個高～兒。我沒～兒了。三十六～，走為上～。❷放，擱進去：～點兒鹽。❸〈方〉用於應答，表示同意：～，你說得真對。

㈢(zhe・ㄓㄜ)粵同㈠❶助詞，

在動詞後：1.表示動作正進行：走～。等～。開～會呢。2.表示存在的方式：桌上放～一本書。牆上掛～一幅畫。❷助詞，表示程度深，常跟'呢'連用：好～呢。這小孩兒精～呢！❸助詞，用在動詞或表示程度的形容詞後表示祈使：你聽～。步子大～點兒。❹助詞，加在某些動詞後，使變成介詞：順～。照～。

㈣同'著'㈢', 見 588 頁。

7 **睑** '瞼'的簡化字，見 465 頁。

7 **睐** '睞'的簡化字，見 463 頁。

7 **睊** '睏'的簡化字，見 464 頁。

8 **睒** (shǎn ㄕㄢˇ)粵sim²〔閃〕❶同'睒'。眨巴眼，眼睛很快地開閉：一～眼就不見了。❷閃爍。❸窺看。

8 **睚** (yá 丨ㄚˊ)粵ŋai⁴〔涯〕眼角：〔睚眥〕發怒瞪眼。㉑怨恨。

8 **睛** (jīng ㄐㄧㄥ)粵dziŋ¹〔晶〕眼球，眼珠：目不轉～。畫龍點～。

8 **睜** (zhēng ㄓㄥ)粵dzeŋ¹〔增〕dzaŋ¹〔支坑切〕(語)張開眼睛。

8 睞（睞）（lài ㄌㄞˋ）粵lɔi⁶〔来〕❶瞳人不正。❷看，向旁邊看：青～（指對人的喜歡或重視）。

8 睢（suī ㄙㄨㄟ）粵sœy¹〔雖〕睢縣，在河南省。

8 督（dū ㄉㄨ）粵duk⁷〔篤〕監督，監管，察看：～師。～戰。～促。

8 睦（mù ㄇㄨˋ）粵muk⁹〔木〕和好，親近（粵和一）：～鄰（同鄰家或鄰國和好相處）。

8 睨（nì ㄋㄧˋ）粵ŋɐi⁶〔偽〕見本頁'睥'字條'睥睨'。

8 睫（jié ㄐㄧㄝˊ）粵dzit⁹〔捷〕睫毛，眼瞼邊緣上生的細毛。它的功用是防止塵埃等東西侵入眼內，又能遮擋強烈的光綫：目不交～。（圖見461頁'眼'）

8 睬（cǎi ㄘㄞˇ）粵tsɔi²〔彩〕理會，管理：不理不～。～也不～。

8 睥（bì ㄅㄧˋ，又讀pì ㄆㄧˋ）粵pei⁶〔批低去〕pei⁵〔婢〕（又）〔睥睨〕眼睛斜着向旁邊看。引看不起：～～一切。

8 睖（lèng ㄌㄥˋ）粵liŋ⁶〔另〕〔睖睜〕〔睖瞪〕眼睛發直，發愣。

8 睹（dǔ ㄉㄨˇ）粵dou²〔島〕看見：耳聞目～。熟視無～。

8 睠 同'眷❶'，見461頁。

8 睼 晰 '晰'的簡化字，見464頁。

9 睡（shuì ㄕㄨㄟˋ）粵sœy⁶〔瑞〕睡覺，大腦皮質處於休息狀態（粵－眠）：～着了。～午覺。

9 睽（kuí ㄎㄨㄟˊ）粵kwei⁴〔葵〕❶違背，不合。❷〔睽睽〕張大眼睛注視：眾目～～。❸同'暌'。分離，隔離。

9 睾（gāo ㄍㄠ）粵gou¹〔高〕睾丸，雄性動物生殖器官的一部分，在陰囊內，能產生精子。也叫'精巢'或'外腎'。

9 睿（ruì ㄖㄨㄟˋ）粵jœy⁶〔銳〕通達，明智：聰明～智。

9 瞀（mào ㄇㄠˋ）粵mɐu⁶〔茂〕❶眼睛昏花。❷心緒紊亂。

9 瞄（miáo ㄇㄧㄠˊ）粵miu⁴〔苗〕把視力集中在一點上，注意看：槍～得準。〔瞄準〕對準目標，使射出或扔出的東西命中目標。

9 瞅（chǒu ㄔㄡˇ）粵tsɐu²〔丑〕看：我沒～見他。

9 瞍（sǒu ㄙㄡˇ）粵sɐu²〔首〕❶眼睛沒有瞳人。❷瞎子。

9 瞇 '瞇'的簡化字，見464頁。

10 瞋（chēn ィㄣ）粵tsɐn¹〔親〕睜
大眼睛瞪人：～叱之。

10 瞌（kē ㄎㄜ）粵hɐp⁸〔合〕〔瞌
睡〕困倦：打～～（坐着
打盹兒）。

10 瞎（xiā ㄒㄧㄚ）粵het⁹〔核〕❶
眼睛看不見東西。❷胡
亂，沒來由：～忙。～說八道。
❸〈方〉亂：把綫弄～了。❹
〈方〉農作物子粒不飽滿：～
穗。～高粱。

10 瞑（míng ㄇㄧㄥ，又讀míng
ㄇㄧㄥ）粵miŋ⁴〔明〕miŋ⁵
〔皿〕（又）閉眼：～目。

10 瞇 ⊖（mī ㄇㄧ）粵mei⁴〔迷〕
mei¹〔微 高平〕（語）又作
'眯'。❶眼皮微微合攏：在牀
上～（合眼養神）一會兒。❷瞇
縫：他一起眼睛看了半天。～
着眼笑。
⊖（mǐ ㄇㄧˇ）粵mei⁵〔米〕同'眯
⊖'。塵土入眼，不能睜開看
東西。

10 瞋 同'瞋'，見本頁。

10 瞒 '瞞'的簡化字，見本頁。

11 瞞（瞞）（mán ㄇㄢˊ）粵
mun⁴〔門〕隱瞞，
隱藏實情，不讓別人知道：這
事不必～他。

11 瞟（piǎo ㄆㄧㄠˇ）粵piu⁵〔嫖 低
上〕斜着眼看一下：～了
他一眼。

11 瞠（chēng ィㄥ）粵tsaŋ¹〔撐〕
直看，瞪着眼睛：～目
結舌。～乎其後（喻趕不上）。

11 瞢（méng ㄇㄥˊ）粵muŋ⁴〔蒙〕
❶看東西不清楚。❷煩
悶。

11 瞼（瞼）（zhǎn ㄓㄢˇ）粵
dzam²〔斬〕眼皮
開闔，眨眼。

11 瞜（瞜）（lōu ㄌㄡ）粵leu¹
〔褸〕看：讓我～
一～。

11 瞘（瞘）（kōu ㄎㄡ）粵keu¹
〔溝〕〔瞘瞜〕眼睛
深陷：～～眼。他病了一場，
眼睛都～～了。

11 瞖 同'翳'，見 541 頁。

12 瞤（瞤）（shùn ㄕㄨㄣˋ）粵
jœn⁴〔潤 低平〕
sœn³〔信〕（又）眼皮跳動。

12 瞥（piē ㄆㄧㄝ）粵pit⁸〔撇〕眼光
掠過，匆匆一看：只是
～了一眼。

12 瞧（qiáo ㄑㄧㄠˊ）粵tsiu⁴〔潮〕
看：～一～。～得起。
～不起。

12 瞪（dèng ㄉㄥˋ）粵dɐŋ⁶〔鄧〕
dɐŋ¹〔登〕（又）❶怒目直

視。❷睜大眼睛: 把眼一～。你～着我作什麼? 一眼。

12 瞬 (shùn ㄕㄨㄣˋ) ⑨sœn³[信]
一眨眼, 轉眼: ～息萬變(喻極短時間內變化極多)。轉～即逝。

12 瞭 (△瞭 ㊀㊁了) ㊀(liào ㄌㄧㄠˋ)
liu⁴[聊] 瞭望, 遠遠地望: 你在遠處～着點兒。～望臺。
㊁(liǎo ㄌㄧㄠˇ)⑨liu⁵[了]明白, 懂得: ～解。一目～然。
㊂(liǎo ㄌㄧㄠˇ)⑨同㊀ 義同㊁:
明～。～如指掌。

12 瞰 (kàn ㄎㄢˋ)⑨hem³[勘]望, 俯視, 向下看。[鳥瞰]
1.從高處向下看。2.事物的概括描寫: 世界大勢～～。

12 瞳 (tóng ㄊㄨㄥˊ)⑨tuŋ⁴[同]瞳孔, 眼球中央的小孔, 可以隨着光線的強弱縮小或擴大。俗叫「瞳人」。(圖見461頁「眼」)

12 瞵 (lín ㄌㄧㄣˊ)⑨lœn⁴[倫]注視。

12 瞩 '矚'的簡化字, 見本頁。

13 瞻 (zhān ㄓㄢ)⑨dzim¹[尖]往上或往前看: ～仰。高～遠矚。

13 瞼 (瞼) (jiǎn ㄐㄧㄢˇ)⑨gim²[檢]眼瞼,

眼皮。(圖見461頁「眼'」)

13 瞀 (gū ㄍㄨ)⑨gu²[古]瞎: ～者。

·13 瞿 (qú ㄑㄩˊ)⑨kœy⁴[渠]姓。

14 矇 (△蒙) ㊀(mēng ㄇㄥ)⑨muŋ⁴[蒙]
❶欺騙: 別人～人。誰也～不住他。❷胡亂猜: 這回叫你～對了。
㊁(méng ㄇㄥˊ)⑨同㊀眼失明。[矇矓]看物不清楚: 睡眼～。

15 矍 (jué ㄐㄩㄝˊ)⑨fok^[霍][矍鑠]形容老年人精神好。

16 矓 (矓) (lóng ㄌㄨㄥˊ)⑨luŋ⁴[龍][矇矓]看物不清楚: 睡眼～～。

19 矗 同'矗', 見76頁。

20 矚 同'瞰', 見本頁。

21 矚 (矚) (zhǔ ㄓㄨˇ)⑨dzuk⁷[足]注視: ～目。～望。高瞻遠～。

矛 部

0 矛 (máo ㄇㄠˊ)⑨mau⁴[貓低平]古代兵器, 在長柄的一端裝有金屬槍頭。〔矛盾〕⑩1.
言語或行為前後抵觸，對立的
事物互相排斥。2.指事物內部
各個對立面之間的互相依賴又
互相排斥的關係。

4 矜 ㊀（jīn ㄐㄧㄣ）⑱gin¹〔京〕
❶憐憫，同情。❷自尊
自大，自誇：自～其功。❸莊
重，拘謹：～持。
㊁（guān ㄍㄨㄢ）⑱gwan¹〔關〕
〈古〉❶同'鰥'。無妻或喪妻的
男人。❷同'瘝'，病，痛苦。
㊂（qín ㄑㄧㄣ）⑱ken⁴〔勤〕〈古〉矛
柄。

4 柔 見木部，310 頁。

6 務 見力部，68 頁。

7 矟 （shuò ㄕㄨㄛˋ）⑱sɔk⁸〔朔〕
同'槊'。長矛。

7 矞 （yù ㄩˋ）⑱wet⁹〔屈低入〕矞
雲，象徵祥瑞的彩雲。

11 矠 同'矜㊀'，見本頁。

12 蟊 見虫部，620 頁。

矢 部

0 矢 （shǐ ㄕˇ）⑱tsi²〔始〕❶箭：
無的放～。❷發誓：～

口抵賴。❸古代用做'屎'：遺
～。

2 矣 （yǐ ㄧˇ）⑱ji⁵〔以〕文言助
詞：1.直陳語氣，與了相
當：悔之晚～。由來久～。 2.
感歎語氣：大～哉。3.命令語
氣：往～，毋多言!

2 医 見匚部，72 頁。

3 知 ㊀（zhī ㄓ）⑱dzi¹〔支〕❶知
道，曉得，明瞭：～無
不言。自～之明。〔知覺〕隨着
感覺而起的反映客觀物體或現
象的心理過程。❷使人知道：
通～。～照。❸知識，學識，
學問：求～。無～。㊀灼見
❹主持，主管：～事。～縣
（主管縣裏的事務，舊時指縣
長）。～府。
㊁（zhì ㄓˋ）⑱dzi³〔至〕❶同'智'，
智慧。❷姓。

4 矧 （shěn ㄕㄣˇ）⑱tsɛn²〔診〕何
況，況且。

5 矩 （jǔ ㄐㄩˇ）⑱gœy²〔舉〕❶畫
方形的工具：～尺（曲
尺）。不以規～不能成方圓。
❷法度，準則：循規蹈～。

5 候 見人部，33 頁。

6 矯 '矯'的簡化字，見 467 頁。

7 **矬**（cuó ㄘㄨㄛˊ）粵tsɔ⁴〔鋤〕矮小：他長得太～。

7 **短**（duǎn ㄉㄨㄢˇ）粵dyn²〔端高上〕❶長度小，跟‘長’相反：1.空間：～距離。～褲。～視（看不遠）。2.時間：～時間。日長夜～。❷缺少，不足（粵一少）：別人都來了，就～他一個人了。寸有所長，尺有所～。❸過失，缺點：護～。取長補～。

7 **智** 見日部，294 頁。

8 **矮**（ǎi ㄞˇ）粵ei²〔翳高上〕人的身材短：他比他哥哥～。⑤1.高度小的：幾棵小～樹。2.等級、地位低：～一級。

8 **雉** 見隹部，757 頁。

12 **矯（矫）**（jiǎo ㄐㄧㄠˇ）粵giu²〔繳〕❶糾正，把彎曲的弄直：～正。～枉過正。～揉造作（喻故意做作）。〔矯情〕故意違反常情，表示與眾不同。❷假託：～命。❸強，勇武（粵一健）：～捷。

12 **矰**（zēng ㄗㄥ）粵dzeŋ¹〔增〕古代一種用絲繩繫住以便射飛鳥的短箭。

14 **彠**（yuē ㄩㄝ）粵wɔk⁹〔獲〕尺度，標準。

石 部

0 **石** ㊀（shí ㄕˊ）粵sɛk⁹〔碩〕❶（一頭）構成地殼的堅硬物質，是由礦物集合而成的。❷用石製成的：～硯。～磨。❸指石刻，碑碣：金～。㊁（dàn ㄉㄢˋ，舊讀shí ㄕˊ）粵同㊀❶容量單位，一石合十斗。❷古代重量單位，一石合一百二十斤。

2 **矴** 同‘碇’，見 472頁。

2 **矶** ‘磯’的簡化字，見 476頁。

3 **矻**（kū ㄎㄨ）粵ŋɐt⁹〔迄〕〔矻矻〕努力、勤奮的樣子。

3 **矽**（xī ㄒㄧ）粵dzik⁹〔夕〕硅的舊稱。

3 **矸**（gān ㄍㄢ）粵gɔn¹〔干〕矸子，夾雜在礦物裏的石塊。

3 **矿** ‘礦’的簡化字，見 477頁。

3 **码** ‘碼’的簡化字，見 474頁。

3 **矾** ‘礬’的簡化字，見 477頁。

3 **砀** ‘碭’的簡化字，見 473頁。

3 **妠** 見女部，155 頁。

3 **宕** 見宀部，167 頁。

3 **岩** 見山部，183 頁。

4 **砂**（shā ㄕㄚ）⑧sa¹〔紗〕❶同
'沙'。非常細碎的石粒：
飛～走石。❷同'沙'。細碎如
砂的物質：～糖。～布。礦～。
❸硃砂，特指道家修煉的丹
砂：內～。外～。吞金服～。

4 **砉**（xū ㄒㄩ，又讀huā ㄏㄨㄚ）⑧
wak⁹〔或〕象聲詞。1. 皮
骨相離聲。2.形容迅速動作的
聲音：烏鴉～的一聲飛了。

4 **砌**（qì ㄑㄧˋ）⑧tsei³〔妻高去〕❶
臺階。❷建築時疊磚石，
用泥灰黏合：～牆。～炕。

4 **砍**（kǎn ㄎㄢˇ）⑧hem²〔坎〕用
刀、斧等猛劈：～柴。
把樹枝～下來。

4 **砑**（yà ㄧㄚˋ）⑧nga⁶〔訝〕用卵形
或弧形的石塊碾壓或摩
擦皮革、布帛等使緊實而光亮。

4 **砒**（pī ㄆㄧ）⑧pei¹〔丕〕❶'砷'
的舊名。❷指砒霜。〔砒
霜〕是砷的氧化物，性極毒，
可做殺蟲劑。

4 **砘**（dùn ㄉㄨㄣˋ）⑧dœn⁶〔頓〕❶
（一子）稱完地之後用來
軋地的石磙子。❷用砘子軋地。

4 **研**（㊀（yán ㄧㄢˊ）⑧jin⁴〔言〕❶
細磨：～藥。～墨。❷
研究，深入地探求：鑽～。～
求。
㊁〈古〉同'硯'，見 471 頁。

4 **磚** '磚'的簡化字，見 475 頁。

4 **硯** '硯'的簡化字，見 471 頁。

4 **砜** '碸'的簡化字，見 474 頁。

4 **砕** '碎'的簡化字，見 471 頁。

4 **斫** 見斤部，283 頁。

4 **泵** 見水部，362 頁。

4 **祐** 見示部，479 頁。

5 **砝**（fǎ ㄈㄚˇ）⑧fat⁸〔法〕〔砝碼〕
天平和磅秤上做重量標
準的東西，用金屬製成。也作
'法馬'。

5 **砥**（dǐ ㄉㄧˇ，舊讀zhǐ ㄓˇ）⑧dɐi²
〔底〕幼細的磨刀石。〔砥
礪〕磨煉：～～志氣。

5 **砧**（zhēn ㄓㄣ）⑧dzɐm¹〔針〕
捶、砸或切東西的時候，
墊在底下的器具：鐵～。～板。

5 **砭**（biān ㄅㄧㄢ）⑧bin¹〔邊〕古
代用石針刺皮肉治病。
後用金屬為針以治病，也叫

砭'。〔針砭〕⑩指出人的過錯,勸人改正。

5 **砰**(pēng ㄆㄥ)粵ping¹〔乒〕象聲詞(疊)

5 **破**(pò ㄆㄛ)粵po³⁴〔婆高去〕❶石頭裂開:石~天驚。㋐碎裂,不完整:碗打~了。衣服~了。手~了。牢不可~。〔破綻〕衣服裂開。⑪事情或說話的漏洞,矛盾:他話裏有~。❷表鄙視的形容詞:這樣的~差事誰也不願意幹。~戲。~貨。❸劈開,分裂(連-裂):勢如~竹。一~兩半。❹毀壞,使損壞(連-壞):~釜沉舟。❺破除,解除:金風~暑。消愁~悶。❻突破,超出:~例。~格。~紀錄。❼花費,耗費:~費。~工夫。〔破產〕債務人不能償還債務時,經法院裁定,把他的全部財產變償債權主。㋐喪失全部財產。⑯破滅無餘:陰謀~。❽衝開,打敗:~陣。~敵。❾揭穿:~案。說~。一語道破。

5 **砷**(shēn ㄕㄣ)粵sen¹〔申〕一種非金屬元素,符號As,舊名'砒'。灰白色,有金屬光澤的結晶塊,質脆有毒。化合物可做殺菌劑和殺蟲劑。

5 **砢**㊀(kē ㄎㄜ)粵o¹〔柯〕〈方〉〔砢磣〕寒磣,難看。
㊁(luǒ ㄌㄨㄛˇ)粵lo²〔裸〕〔磊砢〕1.眾多(指石)。2.才能卓越。

5 **砟**(zhǎ ㄓㄚˇ)粵dza³〔炸〕(~子)某些堅硬成塊的東西:煤~子。爐灰~子。

5 **砬**(lá ㄌㄚˊ)粵lap⁹〔立〕〈方〉砬子,大石塊,多用於地名。

5 **砫**(zhù ㄓㄨˋ)粵tsy⁵〔柱〕〔石砫〕縣名,在四川省。今作'石柱'。

5 **砸**(zá ㄗㄚˊ)粵dzap⁸〔劄〕❶用沉重的物體撞擊,沉重的東西落在物體上:~地基。~石頭。~了腳。❷搗爛:~薑。~蒜。❸打破,打碎:碗~了。~碎鐵鎖鏈。❹〈方〉事情做壞或失敗:這件事搞~了。

5 **砣**(tuó ㄊㄨㄛˊ)粵to⁴〔駝〕❶同'鉈'。秤錘。❷碾砣,碾盤上的石輪。

5 **砼**(tóng ㄊㄨㄥˊ)粵tung⁴〔同〕混凝土。

5 **砲**同'炮㊂',見 394 頁。

5 **砾**'礫'的簡化字,見 477 頁。

5 **砺**'礪'的簡化字,見 477 頁。

5 础 '礎'的簡化字,見 477 頁。

5 砻 '礱'的簡化字,見 477 頁。

5 硁 '硜'的簡化字,見 471 頁。

6 硃(△朱)（zhū ㄓㄨ）粵 dzy¹〔豬〕硃砂,礦物名,化學成分是硫化汞,顏色鮮紅,是提煉水銀的重要原料,又可做顏料或藥材。也叫'丹砂'或'辰砂'。

6 硅（guī ㄍㄨㄟ）粵 gwei¹〔歸〕一種非金屬元素,符號Si,舊名矽,有褐色粉末、灰色晶體等形態。硅是一種極重要的半導體材料,能製成高效率的晶體管。硅酸鹽在製造玻璃、水泥等工業上很重要。

6 硇（náo ㄋㄠˊ）粵 nau⁴〔撓〕〔硇砂〕礦物名,化學成分為 NH_4Cl。常為皮殼狀或粉塊狀結晶,無色或白色,間帶紅褐色,玻璃光澤。在工業、農業和醫藥上都有廣泛的用途。也作'碯砂'。

6 硒（xī ㄒㄧ）粵 sei¹〔西〕一種非金屬元素,符號Se,導電能力隨光的照射強度的增減而改變。硒可用來製半導體晶體管和光電管等,又供玻璃等着色用。

6 硌 ㊀（luò ㄌㄨㄛˋ）粵 lɔk⁸〔烙〕山上的大石。
㊁（gè ㄍㄜˋ）粵 kak⁸〔卡客切〕凸起的硬東西跟身體接觸使身體感到難受或受到損傷: ～腳。～牙。

6 砹（ài ㄞˋ）粵 ŋai⁶〔艾〕一種放射性元素,符號At。

6 硐（dòng ㄉㄨㄥˋ）粵 duŋ⁶〔洞〕山洞、窰洞或礦坑。

6 硎（xíng ㄒㄧㄥˊ）粵 jiŋ⁴〔仍〕磨刀石。

6 硊（guì ㄍㄨㄟˋ）粵 gwei³〔貴〕〔石硊〕地名,在安徽省蕪湖縣。

6 砦 同'寨',見 172 頁。

6 硏 同'研',見 468 頁。

6 硡 同'夯㊀',見 147 頁。

6 硕 '碩'的簡化字,見 473 頁。

6 硵 '磠'的簡化字,見 475 頁。

6 硜 '硜'的簡化字,見 477 頁。

6 硖 '硤'的簡化字,見 471 頁。

6 硗 '磽'的簡化字,見 476 頁。

7 **硜（硁）** （kēng ㄎㄥ）粵hen¹〔亨〕敲打石頭的聲音。

7 **硝** （xiāo ㄒㄧㄠ）粵siu¹〔消〕❶礦物名：1.硝石，一種無色晶體，成分是硝酸鉀，可製火藥。又叫'火硝'。2.芒硝（別名朴硝、皮硝），一種無色透明的晶體，成分是硫酸鈉，並含有食鹽、硝酸鉀等雜質，可以鞣製皮革。醫藥上用作瀉劑。❷用芒硝等鞣製皮革使變軟：～一塊皮子。

7 **硤（硤）** （xiá ㄒㄧㄚˊ）粵hap⁹〔峽〕〔硤石〕地名，在浙江省海寧縣。

7 **硨（砗）** （chē ㄔㄜ）粵tsɛ¹〔車〕〔硨磲〕一種軟體動物，比蛤蜊大，生活在熱帶海中。殼略呈三角形，甚厚，可做裝飾品。

7 **硫** （liú ㄌㄧㄡˊ）粵leu⁴〔流〕一種非金屬元素，符號S，普通叫'硫磺（黃）'，淡黃色，質硬而脆，不易傳熱和電。工業上純硫可製火柴、火藥、硫化橡膠等。醫藥上用來治皮膚病。

7 **硬** （yìng ㄧㄥˋ）粵ŋaŋ⁶〔吾罌切低去〕❶物體組織緊密，性質堅固，跟'軟'相反：～煤。～木。❷剛強有力：欺軟怕～。

❸1.堅強，不屈服（粵強-）：～漢子。態度強～。2.蠻強：～搶。生拉～拽。❸固執（多指不顧實際的）：～不承認。他幹不了～幹。❹能力強，質量好：～手。貨～。❺勉強：這苦日子，他～熬過去了。

7 **硭** （máng ㄇㄤˊ）粵moŋ⁴〔忙〕〔硭硝〕又叫'芒硝'。礦物名，成分是硫酸鈉。醫藥上用作瀉劑，工業上供製玻璃、造紙等。

7 **确** （què ㄑㄩㄝˋ）粵kɔk⁸〔確〕❶同'塙'。土地不肥沃：磽～。❷'確'的簡化字，見474頁。

7 **硯（砚）** （yàn ㄧㄢˋ）粵jin⁶〔現〕硯臺，寫毛筆字研墨用的文具。

7 **硪** （㊀wò ㄨㄛˋ）粵wɔ⁶〔禍〕（～子）一種砸地基的工具。
（㊁é ㄜˊ）粵ŋɔ⁴〔俄〕同'峨'。高。

7 **硴** 同'磋'，見476頁。

7 **硶** '磣'的簡化字，見477頁。

7 **硵** '磠'的簡化字，見476頁。

8 **硼** （péng ㄆㄥˊ）粵paŋ⁴〔彭〕一種非金屬元素，符號B。有結晶與非結晶兩種形態。結晶的硼是透明立方體，有光澤，很堅硬；非結晶的硼是綠棕色的粉末。用於製合金鋼，也可用作原子反應堆的材料。硼酸可以做消毒防腐劑；硼砂是製造琺瑯、釉藥和玻璃的原料。

8 **碇** (dìng ㄉㄧㄥˋ)粵dìng³〔訂〕繫船的石礅：下～(停船)。起～(開船)。

8 **碉** (diāo ㄉㄧㄠ)粵diu¹〔刁〕碉堡，防守用的建築物。

8 **碌** ㊀(lù ㄌㄨˋ)粵luk⁷〔轆〕❶平凡：庸～。〔碌碌〕平庸，無所作為：庸庸～～。❷繁忙：忙～。

㊁(liù ㄌㄧㄡˋ)粵luk⁹〔六〕〔碌碡〕農具名，圓柱形，石頭做成，用來碾脫穀粒或壓平場地。

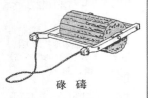

碌碡

8 **碎** (suì ㄙㄨㄟˋ)粵sœy³〔歲〕❶完整的東西破壞成零片零塊：粉～。碗打～了。❷零星，不完整：～布。事情瑣～。❸說話嘮叨：嘴～。

8 **碑** (bēi ㄅㄟ)粵bei¹〔卑〕刻上文字紀念事業、功勳或作為標記的石頭：紀念～。里

程～。有口皆～(喻人人都說好)。

8 **碓** (duì ㄉㄨㄟˋ)粵dœy³〔對〕搗米的器具，用木、石製成。

碓

8 **碕** (qí ㄑㄧˊ)粵kei⁴〔其〕同'墒'。彎曲的堤岸。

8 **碘** ㊀(diǎn ㄉㄧㄢˇ)粵din²〔典〕一種非金屬元素，符號I。紫灰色鱗片狀，有金屬光澤，供製醫藥染料等用。人體中缺少碘能引起甲狀腺腫。它的酒精溶液叫'碘酊'或'碘酒'，用作消毒劑。

㊁(diǎn ㄉㄧㄢˇ)粵din¹〔顛〕用於'碘酒'。

8 **碰** (pèng ㄆㄥˋ)粵puŋ³〔鋪控切〕❶撞擊：～杯(表示祝賀)。～破了皮。～釘子。～壁(喻事情做不通)。❷相遇：我在半路上～見他。❸沒有把握地試探：～一～機會。

8 碚 (bèi ㄅㄟˋ)粵bui³〔貝〕[北碚]地名，在四川省重慶市。

8 碗 (wǎn ㄨㄢˇ)粵wun²〔腕〕❶盛飲食的器皿。❷像碗的東西（一子、一兒）：橡～子。軸～兒。❸量詞，計量食物或飲料的單位：一～飯。

8 碁 同'棋'，見 320 頁。

8 硎 同'硼'，見 470 頁。

8 碛 '磧'的簡化字，見 475 頁。

8 磣 '磣'的簡化字，見 476 頁。

8 碍 '礙'的簡化字，見 477 頁。

8 碥

9 碟 (dié ㄉㄧㄝˊ)粵dip⁹〔蝶〕（一子、一兒）盛食物等的器具，扁而淺，比盤子小。

9 碡 (zhou ·ㄓㄡ，舊讀dú ㄉㄨˊ)粵duk⁹〔毒〕見 472 頁'碌〇'。

9 碣 (jié ㄐㄧㄝˊ)粵kit⁸〔竭〕圓頂的石碑：殘碑斷～。

9 碥 (biǎn ㄅㄧㄢˇ)粵bin²〔扁〕水流湍急，崖岸險峻的地方。

9 碧 (bì ㄅㄧˋ)粵bik⁷〔壁〕青綠色：～草。～玉。青松～柏。金～輝煌。

9 碩(硕) (shuò ㄕㄨㄛˋ，舊讀shí ㄕˊ)粵sɛk⁹〔石〕大：～果。～大無朋（喻無比的大）。
〔碩士〕學位名。

9 碭(砀) (dàng ㄉㄤˋ)粵dɔŋ⁶〔蕩〕[碭山]縣名，在安徽省。

9 碲 (dì ㄉㄧˋ)粵dei³〔帝〕一種非金屬元素，符號Te，對熱和電傳導不良。用於煉鐵工業。碲的化合物有毒，可作殺蟲劑。

9 碨 (㊀)(wèi ㄨㄟˋ)粵wei³〔畏〕〔方〕石磨。
(㊁)(wěi ㄨㄟˇ)粵wui²〔煨高上〕[碨磊]山崖不平。

9 碳 (tàn ㄊㄢˋ)粵tan³〔炭〕一種非金屬元素，符號C，無臭無味的固體。無定形碳有焦炭、木炭等，晶體碳有金剛石和石墨。碳是構成有機物的主要成分。煉鐵需要焦炭。在工業上和醫藥上，碳和它的化合物有着廣泛的用途極廣。〔碳水化合物〕有機化學中，分子式可用$C_m(H_2O)_n$表示的一類化合物，像糖類和澱粉等都是，舊名'醣'。

9 **砜（砜）** (fēng ㄈㄥ) 粵fuŋ¹
〔風〕硫醯基與烴基或芳香基結合成的有機化合物，如二甲砜、二苯砜。

9 **碴** (chá ㄔㄚˊ) 粵tsa⁴〔查〕❶
一兒）小碎塊：冰~兒。玻璃~兒。❷(一兒）東西上的破口：碗上還有個破~兒。❸皮肉被碎片碰破：手讓碎玻璃~破了。

9 **砟** (zhà ㄓㄚˋ) 粵dza³〔炸〕〔大水砟〕地名，在甘肅省。

9 **磁** (cí ㄘˊ) 粵tsi⁴〔池〕❶磁性，能吸引鐵、鎳等的性質。〔磁石〕一種帶有磁性的礦物。也叫'吸鐵石'、'天然磁鐵'。化學成分是四氧化三鐵。❷同'瓷'。'瓷器'也寫作'磁器'。

9 **碪** 同'砧'，見468頁。

9 **礆** 同'鹼'，見820頁。

10 **確（确）** (què ㄑㄩㄝˋ) 粵kok⁸〔涸〕❶眞實，實在（碻一實）：千眞萬~。正~。他~是進步很快。❷堅固，堅定：~立。~定不移。

10 **碼（码）** (mǎ ㄇㄚˇ) 粵ma⁵〔馬〕❶(一子，一兒）代表數目的符號：蘇州~子（Ⅰ、Ⅱ、Ⅲ、Ⅹ、Ⅹ等）。明~實價。❷(一子）計算數目的用具，如砝碼、籌碼等。❸指一件事或一類的事：這是兩~事。❹ (一)英美長度單位，合0.914米。
〔碼頭〕水邊專供停船的地方。⑤臨海、臨河的城市。

10 **碾** (niǎn ㄋㄧㄢˇ) 〔年低上〕粵nin⁵dzin²〔展〕〔俗〕❶(一子）把東西軋碎或壓平的器具：石~。汽~。❷軋：~米。~藥。

碾

10 **磅** ㊀(bàng ㄅㄤˋ) 粵boŋ⁶〔步巷切〕❶英語pound的音譯。英美制重量單位。一磅合0.4536公斤。❷用磅秤量輕重：~體重。
㊁(páng ㄆㄤˊ) 粵poŋ⁴〔旁〕〔磅礡〕也作'旁薄'。1.廣大無邊際：大氣~~。2.充滿，擴展：熱情~~。

10 **磉** (sǎng ㄙㄤˇ) 粵soŋ²〔爽〕柱子底下的石礅。

10 **磊** (lěi ㄌㄟˇ) 粵lœy⁵ [呂] 石頭多。
[磊落] 心地光明坦白。

10 **磋** (cuō ㄘㄨㄛ) 粵tsɔ¹ [初] 把骨、角磨製成物器。[磋商] 商量。

10 **磐** (pán ㄆㄢˊ) 粵pun⁴ [盆] 大石頭:安如～石。

10 **磑(硙)** (wèi ㄨㄟˋ) 粵wei³ [畏] 同‘磑’。〈方〉磨。

10 **磔** (zhé ㄓㄜˊ) 粵dzak⁹ [摘] ❶分裂肢體,古代的一種酷刑。❷漢字書法的捺筆。

10 **磕** (kē ㄎㄜ) 粵hep⁹ [合] 碰撞在硬東西上:～破了頭。碗～掉一塊。～頭(跪拜禮)。

10 **磈** (kuǐ ㄎㄨㄟˇ) 粵fai³ [快] [磈磊] 喻鬱積在心中的不平之氣。也作‘塊壘’。

10 **磙** (gǔn ㄍㄨㄣˇ) 粵gwen² [滾] (一子) 用石頭做的圓柱形的壓、軋用的器具。

10 **磁** 同‘磁’,見 474 頁。

10 **碻** 同‘確’,見 474 頁。

11 **磧(碛)** (qì ㄑㄧˋ) 粵dzik⁷ [積] 水中沙堆。[沙磧] 沙漠。

11 **磨** ㊀(mó ㄇㄛˊ) 粵mɔ⁴ [魔 低平] ❶摩擦:～刀。～墨。[磨練] 鍛煉,下工夫。❷挫折,阻礙(礙－難、折－):好事多～。㊂糾纏:小孩子～人。❸拖延,耗時間:～工夫。❹磨滅,消滅:百世不～。這是永不～滅的真理。[消磨] 1.消滅。2.消耗:大好光陰不能白白～掉。

㊁(mò ㄇㄛˋ) 粵mɔ⁴ [魔 低平] mɔ⁶ [魔 低去] (又) ❶把糧食弄碎的工具:石～。電～。❷用磨把糧食弄碎:～豆腐。～麵。❸掉轉:小胡同裏～不能～車。

11 **磬** (qìng ㄑㄧㄥˋ) 粵hiŋ³ [慶] ❶古代打擊樂器。用玉或石做成,懸在架上,形略如曲尺。(參見附圖)❷和尚敲的銅鐵鑄的鉢狀物。

磬

11 **磚(砖)** (zhuān ㄓㄨㄢ) 粵dzyn¹ [專] ❶用土坯燒成的建築材料。❷像磚的東西:茶～。冰～(一種冷食)。煤～。

磣(磣) (chěn ㄔㄣˇ)粵tsɐm²〔寢〕❶東西裏夾雜着砂子。〔牙磣〕食物中夾雜着砂子，嚼起來牙不舒服：麵條有些～～。❷醜，難看。〔寒磣〕(寒傖)1.醜，難看。2.使人沒面子：說起來怪～～人。

礒 (kàn ㄎㄢˋ)粵hɐm³〔瞰〕巖崖之下。

硇(硇) (lǔ ㄌㄨˇ)粵lou⁵〔老〕〔硇砂〕即'碯砂'，見470頁'碯'字條。

鏃 (zú ㄗㄨˊ)粵dzuk⁹〔族〕同'鏃'，箭頭，特指石製箭頭。

碹 (xuàn ㄒㄩㄢˋ)粵syn⁶〔篆〕拱券、門窗、橋梁等建築成弧形的部分。

漕 (cáo ㄘㄠˊ)粵tsou⁴〔曹〕地名用字。〔斫漕〕地名，在湖南省。

磄 同'磃'，見475頁。

磋 同'磔⊖'，見472頁。

硻 同'硜'，見471頁。

磍 同'砬'，見469頁。

磯(矶) (jī ㄐㄧ)粵gei¹〔基〕露出水面的巖石：采石～。燕子～。

磲 (qú ㄑㄩˊ)粵kœy⁴〔渠〕見471頁'硨'字條'硨磲'。

磴 (dèng ㄉㄥˋ)粵dɐŋ³〔凳〕❶山路的石級。❷臺階或樓梯的層級。

磷 (lín ㄌㄧㄣˊ)粵lœn⁴〔倫〕一種非金屬元素，符號P，常見的有兩種：黃磷(也叫'白磷')和紅磷。黃磷有毒，燃燒時生濃煙，可做軍事上用的煙幕彈和燃燒彈。紅磷無毒，可製安全火柴。磷是植物營養的重要成分之一。〔磷火〕夜間在野地裏常見的青色火光，是磷化氫遇到空氣燃燒而發的光，俗叫'鬼火'。

磺 (huáng ㄏㄨㄤˊ)粵wɔŋ⁴〔黃〕硫磺：硝～。

磻 (pán ㄆㄢˊ)粵pun⁴〔盆〕〔磻溪〕古河流名，在今陝西省寶雞市東南。

磽(硗) (qiāo ㄑㄧㄠ)粵hau¹〔敲〕地堅硬不肥沃(連一薄、一瘠一确)：肥～。

礁 (jiāo ㄐㄧㄠ)粵dziu¹〔招〕在海裏或江裏的巖石：暗～。

礅 (dūn ㄉㄨㄣ)粵dœn¹〔噸〕可供人蹲坐、厚而粗大的石頭：石～。

¹²碑（碑）（dī ㄉ丨）粵 dɐi¹
[低]古代染繪用的一種黑色礦物。

¹²磔（zhǎng ㄓㄤˇ）粵dzœŋ²[掌]
[磔子]煤礦裏掘進和探煤的工作面。也作'掌子'。

¹²礄（硚）（qiáo ㄑ丨ㄠˊ）粵kiu⁴[橋][礄頭]
地名，在四川省。

¹³礎（础）（chǔ ㄔㄨˇ）粵tsɔ²[楚]柱子底下的石礅。⌖事物的基底，根基：基～。

¹³礓（jiāng ㄐ丨ㄤ）粵gœŋ¹[姜]
❶砂礓，一種不透水的礦石，塊狀或顆粒狀，可以做建築材料。❷[礓礤]臺階。

¹³礌（lléi ㄌㄟˊ，又讀lèi ㄌㄟˋ）粵lœy⁶[類]同'礌'。礌石，古代守城用的石頭，從城上推下打擊攻城的人。

¹³礆（硷）同'鹼'，見820頁。

¹⁴礙（碍）（ài ㄞˋ）粵ŋɔi⁶[外]妨害，阻礙：～事不～事？～手～腳。～於情面。有～觀瞻。

¹⁴礞（méng ㄇㄥˊ）粵muŋ⁴[蒙]
[礞石]礦物名，有青礞石、金礞石兩種，可入藥，有祛痰、消食、鎮驚等作用。

¹⁴礤（cā ㄘㄚ）粵tsat⁸[察]
[礤磜]臺階。

¹⁵礦（矿）（kuàng ㄎㄨㄤˋ）舊讀gǒng《ㄨㄥˇ》
粵kwɔŋ³[廓]kɔŋ³[抗]（俗）❶礦物，蘊藏在地層中的自然物質：鐵～。煤～。油～。❷開採礦物的場所：～井。～坑。下～。

¹⁵礪（砺）（lì ㄌ丨ˋ）粵lɐi⁶[麗]❶粗磨刀石：～石。❷磨（刀）：砥～（喻磨煉）。

¹⁵礫（砾）（lì ㄌ丨ˋ）粵lik⁷[力高入]小石，碎石：砂～。瓦～。

¹⁵礬（矾）（fán ㄈㄢˊ）粵fan⁴[凡]含水複鹽的一類，是某些金屬硫酸鹽的含水結晶。最常見的是'明礬'。也叫'白礬'。明礬帶澀味，呈酸性反應，可供製革、造紙及製顏料、染料等用。

¹⁵礤（cā ㄘㄚ）粵tsat⁸[察]粗糙。
[礤牀]把瓜、蘿蔔等擦成絲的器具。

¹⁵礌（lèi ㄌ丨ˋ，又讀léi ㄌㄟˊ）粵lœy⁶[類]礌石，又作'礧石'，古代守城用的石頭，從城上推下打擊攻城的人。

¹⁶礱（砻）（lóng ㄌㄨㄥˊ）粵luŋ⁴[龍]❶去掉

稻殼的器具。❷用礱去掉稻
殼：～穀春米。

16 **礳** (mò ㄇㄛˋ) 粵mo⁶〔磨低去〕
〔礳石渠〕地名，在山西
省。

16 **礮** 同'炮'〇，見 394 頁。

17 **礴** (bó ㄅㄛˊ) 粵bok⁹〔薄〕見
474 頁'磅'〇。

17 **礵**

17 **礵** (shuāng ㄕㄨㄤ) 粵sœŋ¹
〔商〕〔北礵〕島名，在福
建省霞浦縣。

示(礻)部

0 **示** (shì ㄕˋ) 粵si⁶〔士〕❶表明，
把事物拿出來或指出來
使別人知道：～衆。～威。表
～意見。～範。以目～意。〔暗
示〕不正面說出自己的意見，
用神氣、手勢等提示，或用不
直接相關的語言表示。❷對人
來信的敬稱：賜～。～覆。來
～。

1 **礼** '禮'的簡化字，見 482 頁。

2 **礽** (réng ㄖㄥˊ) 粵jiŋ⁴〔仍〕福。

3 **社** (shè ㄕㄜˋ) 粵sɛ⁵〔舍低上〕❶
古代指祭祀土地神的地
方。也指祭祀土神的日子：春
～。～日。〔社火〕舊時在節日
扮演的各種雜戲。❷指某些團
體或機構：詩～。通訊～。集
會結～。〔社交〕指社會上人與
人的交際往來。〔社會〕1.以一
定的物質生產活動為基礎而相
互聯繫的人們的總體：封建
～。資本主義～～。2.指同階
級或同階層的人羣：貴族
～。上層～～。

3 **祀** (sì ㄙˋ) 粵dzi⁶〔字〕❶祭祀。
❷〈古〉商代人指年：十
有三～。

3 **祁** (qí ㄑㄧˊ) 粵kei⁴〔其〕盛大：
～寒(嚴寒，極冷)。

3 **祃** '禡'的簡化字，見 481 頁。

3 **奈** 見大部，148 頁。

4 **袄** (xiān ㄒㄧㄢ) 粵hin¹〔軒〕〔袄
教，拜火教，波斯人瑣
羅亞斯特所創立，崇拜火，南
北朝時傳入中國。

4 **祇** (〇只) 〇(qí ㄑㄧˊ) 粵
kei⁴〔其〕古代
稱地神。
〇(zhǐ ㄓˇ) 粵dzi²〔止〕僅僅，惟
一地：～此一家，別無分店。

4 **祈** (qí ㄑㄧˊ) 粵kei⁴〔其〕向神
求福(通～禱)：～福。
⑤請求：敬～照准。

4 衼 (zhī ㄓ)⑧dzi²〔止〕福。

4 祊 (bēng ㄅㄥ)⑧beŋ¹〔崩〕❶古代宗廟門內設祭之處，又為祊河，河流名，在山東省。

4 褅 '禕'的簡化字，見481頁。

4 视 '視'的簡化字，見637頁。

4 柰 見木部，311頁。

5 祏 (shí ㄕ)⑧sɛk⁹〔石〕古時宗廟中藏神主的石盒。

5 祐 (yòu ㄧㄡ)⑧jeu⁶〔右〕保祐，指天、神等的幫助。

5 祓 (fú ㄈㄨ)⑧fet⁷〔忽〕古代習俗，用齋戒沐浴等方法除災求福。⑨清除。

5 祕 (㊀)(mì ㄇㄧˋ)⑧bei³〔臂〕不公開的，不讓大家知道的(㊢一密)：～方。～訣。神～。〔祕書〕掌管文書和協助主管工作的人員。
(㊁)(bì ㄅㄧˋ)同㊀❶〔便祕〕大便乾燥、困難，次數少的症狀。❷〔祕魯〕國名，在南美洲。

5 祖 (zǔ ㄗㄨˇ)⑧dzou²〔早〕❶父親的上一輩：～父。⑨先代：～宗。始～。〔祖國〕對自己的國家敬愛的稱呼。❷對跟祖父同輩的人的稱呼：外～

父。外～母。伯～。❸某種事業或流派的開創者：鼻～。不祧之～。開山～師。❹效法，沿襲：～述(效法前人的學說或行為)。❺古人出行時祭祀路神：～餞(設宴送行)。

5 祇 (zhī ㄓ)⑧dzi¹〔支〕恭敬。

5 祚 (zuò ㄗㄨㄛˋ)⑧dzou⁶〔做〕❶福。❷皇位：卒踐帝～。

5 祛 (qū ㄑㄩ)⑧køy¹〔驅〕除去，驅逐：～疑。～痰劑。

5 祜 (hù ㄏㄨˋ)⑧wu⁶〔戶〕福。

5 祝 (zhù ㄓㄨˋ)⑧dzuk⁷〔足〕❶衷心地表示對人對事的美好願望：～身體健康。❷祠廟中掌管祭禮的人：廟～。❸斷絕，削去：～髮(削髮為僧)。

5 神 (㊀)(shén ㄕㄣˊ)⑧sen⁴〔晨〕❶宗教及神話中稱超自然的、具有人格和意志的力量，天地萬物的創造者和主宰者：天～。山～。也指人死後的精靈。～靈。⑨1.不平凡的，特別高超的：～力。～醫。～效。2.不可思議的，特別希奇的(㊢一祕)：故～其說。〔神通〕特殊的手段或本領：大顯～～。～～廣大。〔神話〕遠古人們集體創作的神異故事。⑩荒誕，誇張，不能實現的話。❷心力，心思，注意力：勞～。留～。看出了～。聚精會～。〔神經〕人和動物體內傳達知覺和運動的組織。❸（一兒）神氣，表情：你瞧他這個～兒～色。❹肖像：傳～（寫照）。㊀(shēn ㄕㄣ)⑭sen¹〔申〕〔神荼鬱壘〕（一shū yù lǜ）傳說中能治服惡鬼的神。後世用來做門神，畫像醜怪凶惡。

5 **祟** (suì ㄙㄨㄟˋ)⑭sœy⁶〔睡〕舊時指鬼神帶給人的災禍。⑭不正當的行動：鬼鬼～～（行動不光明）。作～（暗中搞鬼）。

5 **祠** (cí ㄘˊ)⑭tsi⁴〔池〕供奉祖宗、鬼神或有功德的人的廟宇或房屋：～堂。先賢～。

5 **祘** 同'筭'，見 501 頁。

5 **祢** '禰'的簡化字，見 482 頁。

6 **祥** (xiáng ㄒㄧㄤˊ)⑭tsœŋ⁴〔詳〕❶吉利（⑭吉一）。❷指吉凶的預兆。

6 **祧** (tiāo ㄊㄧㄠ)⑭tiu¹〔挑〕古代稱遠祖的廟。在封建宗法制度中指承繼先代：承～。兼～。

6 **票** (piào ㄆㄧㄠˋ)⑭piu³〔漂〕❶（一子、一兒）鈔票，紙幣，通貨。❷作為憑證的紙片：車～。股～。選舉～。❸舊稱非職業性的戲曲表演：～友。玩～。❹被強盜綁架勒索贖金的人：綁～。

6 **祭** (jì ㄐㄧˋ)⑭dzei³〔制〕❶對死者表示追悼、敬意的儀式（⑭一奠）：公～。❷供奉鬼神：～祖。～天。❸舊小說指用咒語施放神祕武器：～起一件法寶來。

7 **祯** '禎'的簡化字，見 481 頁。

7 **祲** (jìn ㄐㄧㄣˋ，又讀jìn ㄐㄧㄣˊ)⑭dzɐm³〔浸〕dzɐm¹〔針〕(又) 陰陽二氣相侵所形成的不祥之氣。

7 **祸** '禍'的簡化字，見 481 頁。

7 **祷** '禱'的簡化字，見 482 頁。

7 **視** 見見部，637 頁。

8 **祺** (qí ㄑㄧˊ)⑭kei¹〔其〕吉祥。書信用為祝頌語：敬頌文～。時～。

8 **祿** (lù ㄌㄨˋ)⑭luk⁹〔六〕古代官吏的俸給：高官厚～。

8 **禁** ㊀(jìn ㄐㄧㄣˋ)⑭gɐm³〔金高去〕❶不許，制止：～止

攀折花木。❷法律或習慣上所不允許的事：入國問～。犯～。違一品。❸拘押：～閉。監～。❹舊時稱皇帝居住的地方：～中。紫～城。❸不能隨便通行的地方：～地。❺避忌：～忌。

㊁(jīn ㄐㄧㄣ)粵gem¹〔金〕❶禁受，受得住，耐(用)：弱不～風。～得起考驗。這種布～穿。(粵口語讀如'襟')❷忍耐，忍住：他不～(忍不住)笑起來。

8 禀 同'稟'，見 486 頁。

8 禅 '禪'的簡化字，見本頁。

9 禊 (xì ㄒㄧˋ)粵hei⁶〔系〕古代春秋兩季在水邊舉行的除去不祥的祭祀。

9 禋 (yīn ㄧㄣ)粵jen¹〔因〕❶指古代升煙祭天的典禮。❷泛指祭祀。

9 禍(祸) (huò ㄏㄨㄛˋ)粵wo⁶〔和低去〕❶災殃，災難，跟'福'相反：大～臨頭。闖～。❷損害，使受災殃：～國殃民。

9 禎(祯) (zhēn ㄓㄣ，舊讀 zhēng ㄓㄥ)粵dzing¹〔晶〕吉祥。

9 福 (fú ㄈㄨˊ)粵fuk⁷〔幅〕幸福，跟'禍'相反：造～百姓。～無重至，禍不單行。〔福利〕

幸福和利益：職工的～～。～～事業。

9 禕(祎) (yī ㄧ)粵ji¹〔衣〕美好。多用於人名。

9 禘 (dì ㄉㄧˋ)粵dei³〔帝〕古代一種祭祀。

10 禡(祃) ㊀(mà ㄇㄚˋ)粵ma⁶〔罵〕古代行軍時，在軍隊駐紮的地方舉行的祭禮。
㊁(yá ㄧㄚˊ)粵ŋa⁴〔牙〕廣東舊俗在陰曆每月的初二和十六日所進行的祭祀。

10 禚 (zhuó ㄓㄨㄛˊ)粵dzœk⁸〔雀〕❶春秋時齊國地名，在今山東省長清縣境內。❷姓。

11 禦(△御) (yù ㄩˋ)粵jy⁶〔預〕抵擋：防～。～敵。～寒。

11 禤 (xuān ㄒㄩㄢ)粵hyn¹〔喧〕姓。

11 禩 同'祀'，見 478 頁。

11 禨

11 禜

11 穎 同'穎'，見 488 頁。

12 禧 (xǐ ㄒㄧˇ，又讀 xī ㄒㄧ)粵hei¹〔希〕幸福，吉祥：年～。恭賀新～。

12 禪(禅) ㊀(chán ㄔㄢˊ)粵sim⁴〔蟬〕❶梵語'禪那'的省稱，佛教指靜思坐～。❷泛指有關佛教的事物：～杖。～師。

㊁(shàn ㄕㄢˋ)雹sin⁶〔善〕禪讓，指古代帝王讓位給旁人，如堯讓位給舜，舜讓位給禹。

12 **鬃** 同'祊'，見 479 頁。

13 **禮(礼)** (lǐ ㄌㄧˇ)雹lei⁵〔禮〕❶中國奴隸社會、封建社會的等級制度以及與此相適應的行為準則和道德規範：～教。❷為表敬意或表隆重而舉行的儀式：婚～。喪～。❸表示尊敬的態度或動作：敬～。有～貌。❹禮物，用來表示慶賀或敬意：送～。一份厚～。❺儒家經典名。《周禮》、《儀禮》、《禮記》合稱'三禮'。

14 **禰(祢)** ㊀(mí ㄇㄧˊ，舊讀 nǐ ㄋㄧˇ)雹nei⁴〔尼〕姓。

㊁(nǐ ㄋㄧˇ)雹nei³〔你〕古代指父死在宗廟中立牌主。

14 **禱(祷)** (dǎo ㄉㄠˇ)雹tou²〔土〕❶向神祝告求福：～告。祈～。❷請求。常用於書信結尾，如'為禱'、'至禱'、'是禱'等，是表示請求或期望的客氣話。

17 **禳** (ráng ㄖㄤˊ)雹jœŋ⁴〔羊〕祈禱消除災殃。

屮 部

4 **禹** (yǔ ㄩˇ)雹jy⁵〔雨〕傳說是夏朝的第一個王，他曾經治過洪水。

4 **禺** (yú ㄩˊ)雹jy⁴〔余〕見 441 頁'番㊁'。

6 **离** '離'的簡化字，見 759 頁。

7 **禼** (xiè ㄒㄧㄝˋ)雹sit⁸〔屑〕用於人名。

8 **禽** (qín ㄑㄧㄣˊ)雹kem⁴〔琴〕❶鳥類的總稱：家～。飛～。❷〈古〉鳥獸的總稱。

禾 部

0 **禾** (hé ㄏㄜˊ)雹wo⁴〔和〕❶穀類植物的統稱。❷古代特指粟(穀子)。

2 **禿** (tū ㄊㄨ)雹tuk¹〔拖屋切〕❶沒有頭髮：～頂。❷(樹木)沒有枝葉，(山)沒有樹木：～樹。山是～的。❸羽毛等脫落，物體失去尖端：～尾巴雞。～針。～筆。❹表示不圓滿，不周全：這篇文章寫得有點～。

2 **秀**（xiù ㄒㄧㄡ）粵seu³〔瘦〕❶ 禾類植物吐穗開花：高粱~穗了。六月六看穀~。❷ 特別優異的（粵優一）：~拔。優~運動員。〔秀才〕封建時代科舉初考合格的人。泛指書生。❸美麗（粵一麗）：山明水~。河山~麗。〔秀氣〕1. 清秀。2.器物靈巧輕便：這個東西做得很~~巧。

2 **私**（sī ㄙ）粵si¹〔司〕❶個人的，跟'公'相反：~事。~信。⑨為自己的：~心。自~。❷秘密，不公開，不合法：~自拿走了。~貨。❸暗地裏，偷偷地：~語。❹陰部，生殖器：~處。

2 **利** 見刀部，58 頁。

3 **秈**（xiān ㄒㄧㄢ）粵sin¹〔仙〕又作'籼'。秈稻，水稻的一種，早熟，無黏性，米粒細而長。

3 **秉**（bǐng ㄅㄧㄥ）粵bing²〔丙〕❶拿着，執持：~燭。~筆。⑨掌握，主持：~政。~公處理。❷古量名，合十六斛。

3 **秆** 同'稈'，見 485 頁。

3 **秊** 同'年'，見 197 頁。

3 **和** 見口部，98 頁。

3 **咊** 見口部，124 頁。

3 **委** 見女部，154 頁。

3 **季** 見子部，164 頁。

4 **秋**（qiū ㄑㄧㄡ）粵tseu¹〔抽〕❶四季中的第三季。〔三秋〕1.指秋收、秋耕、秋播。2.指三年。❷莊稼成熟的時期：麥~。❸年：千~萬歲。❹指某個時期（多指不好的）：多事之~。❺〔秋千〕（鞦韆）粵作'千秋'。運動和遊戲用具，架子上繫兩根長繩，繩端拴一塊板，人在板上前後擺動。
〔秋波〕比喻美女的眼睛。

4 **科**（kē ㄎㄜ）粵fo¹〔火 高平〕❶分門別類用的名稱：1.動植物的分類單位之一：獅子屬於食肉類的貓~。槐樹是豆~植物。2.機關按工作性質分設的管理單位：人事~。總務~。3.課程或業務的類別：文~。理~。內~。外~。〔科舉〕從隋唐到清代的封建王朝所設的分科考選文武官吏後備人員的制度。〔科學〕1.反映自然、社會、思維的客觀規律的分科的知識體系。2.合乎科學的：這種做法不～～。❷判罪：～以徒刑。～以罰金。❸徵稅：～稅。❹古典戲劇裏稱演員的動作表情：～白。

秒（miǎo ㄇㄧㄠˇ）粵 miu⁵〔渺〕❶穀物種子殼上的芒。❷單位：1.圓周的一分的六十分之一。2.經緯度的一分的六十分之一。3.時間的一分鐘的六十分之一。

秕（bǐ ㄅㄧˇ）粵 bei²〔比〕中空或不飽滿的穀粒。

种（一）（chóng ㄔㄨㄥˊ）粵 tsuŋ⁴〔蟲〕姓。
（二）'種'的簡化字，見 487 頁。

秔　同'粳'，見 511 頁。

秖　同'祇（一）'，見 478 頁。

香　見香部，783 頁。

租（zū ㄗㄨ）粵 dzou¹〔遭〕❶租賃，出代價暫用別人的東西：～房。〔租界〕侵略國強迫被侵略國在通商都市劃給他們直接統治的地區。〔租借地〕一國以租借義在他國暫時取得使用、管理權的地區。租借地的所有權仍屬於原來國家。租借期滿交還。❷出租：～給人。～出去。〔出租〕收取一定的代價，把房地器物等借給別

人用。❸出租所收取的錢或實物：房～。收～。❹田賦：～稅。

秣（mò ㄇㄛˋ）粵 mut⁸〔抹〕❶牲口的飼料：糧～。❷餵牲口：～馬厲兵（喻做好作戰準備）。

秤（chèng ㄔㄥˋ）粵 tsiŋ³〔清高去〕衡量輕重的器具。

秤

秦（qín ㄑㄧㄣˊ）粵 tsœn⁴〔巡〕❶周代諸侯國名，在今陝西省和甘肅省一帶。❷朝代名，嬴政所建立（公元前221－公元前206年）。❸陝西省的別稱。

秧（yāng ㄧㄤ）粵 jœŋ¹〔央〕❶（一兒）植物的幼苗：樹～。茄子～。特指稻苗：插～。〔秧歌〕中國民間歌舞的一種。❷某些植物的莖：瓜～。豆～。❸（一子）某些初生的小動物：魚～。豬～。❹栽植，畜養：～幾棵樹。他～了一池魚。

5 秩 （zhì ㄓˋ）働dit⁹〔迭〕❶秩序，有條理，不混亂的情況：社會～序良好。❷十年：七～壽辰。

5 秫 （shú ㄕㄨˊ）働sœt⁹〔術〕黏高粱，可以做燒酒。有的地區就指高粱：～米。～秸（高粱稈）。

5 秬 （jù ㄐㄩˋ）働gœy⁶〔巨〕黑黍。

5 秭 （zǐ ㄗˇ）働dzi²〔子〕古時數名，等於十億，一作千億、萬億、億億。〔秭歸〕縣名，在湖北省。

5 秘 同'祕'，見 479 頁。

5 称 '稱'的簡化字，見 487 頁。

5 积 '積'的簡化字，見 488 頁。

5 乘 見丿部，9 頁。

5 盉 見皿部，456 頁。

6 移 （yí ㄧˊ）働ji⁴〔宜〕❶挪動（働遷一）：～植。～交。轉～。愚公～山。〔移譯〕翻譯。❷改變，變動：～風易俗。堅定不～。

6 秌 （táo ㄊㄠˊ）働tou⁴〔逃〕〔秫黍〕〈方〉高粱。

6 垛 同'垛㊁'，見 131 頁。

6 秸 同'稭'，見 487 頁。

6 秾 '穠'的簡化字，見 489 頁。

6 秽 '穢'的簡化字，見 489 頁。

7 稀 （xī ㄒㄧ）働hei¹〔希〕❶疏，事物中間距離遠、空隙大，跟'密'相反（働一疏）：地廣人～。棉花種得太～了不好。～客（働鬆）平常，不關緊要。❷薄，濃度小，含水分多的（働一薄）：～飯。～硫酸。～泥。～釋。❸少（働一少，一罕）：～有金屬。人生七十古來～。

7 稂 （láng ㄌㄤˊ）働loŋ⁴〔狼〕古書上指狼尾草，一種危害禾苗的惡草。

7 稃 （fū ㄈㄨ）働fu¹〔呼〕草本植物子實外面包著的硬殼：內～。外～。

7 稅 （shuì ㄕㄨㄟˋ）働sœy³〔歲〕國家向企業或個人徵收的貨幣或實物：納～。免～品。

7 稈 （gǎn ㄍㄢˇ）働gon²〔趕〕（一子，一兒）稻麥等植物的莖：高粱～。禾～。

7 稊 （tí ㄊㄧˊ）働tei⁴〔提〕❶一種形似稗的草，實如小米。❷植物初生的嫩芽:枯楊生～。

程 (chéng ㄔㄥˊ)粵tsiŋ¹〔情〕❶里程，道路的段落(連路—)：旅～。起～。登～。送他～。❷〔過程〕事物變化、發展的經過。❷進度，期限：日～。～序。課～。❸法式(連—式)：操作規～。章～。❹計量，計算：計日～功(在較短時期就可以成功)。

7 **稍** ㊀(shāo ㄕㄠ)粵sau²〔梢高上〕略微(連—微)：～有不同。
㊁(shào ㄕㄠˋ)粵同㊀〔稍息〕軍事或體操的口令命令隊伍從立正姿勢變為休息的姿勢。

7 **稌** 同'稌'，見 489 頁。

7 **稉** 同'粳'，見 511 頁。

7 **嵇** 見山部，186 頁。

7 **酥** 見酉部，710 頁。

7 **黍** 見黍部，824 頁。

8 **稔** ㊀(rěn ㄖㄣˇ)粵nem⁵〔尼凚切〕❶莊稼成熟：豐～。粵年：凡五～。❷熟悉：～知。素～。
㊁(niǎn ㄋㄧㄢˇ)粵nim¹〔黏〕山稔，又叫'崗稔'，多年生小灌木，葉橢圓形或倒卵形，花粉紅色，

果熟時暗紫色。全株可入藥。

8 **稗** (bài ㄅㄞˋ)粵bai⁶〔敗〕(一子)一年生草本植物，長在稻田裏或低濕的地方，形狀似稻，但葉片毛澀，顏色較淺，主脈清楚。是稻田的害草。粵微小的，瑣碎的：～史(記載軼聞瑣事的書)。

8 **稙** (zhī ㄓ)粵dzik⁹〔直〕莊稼種得較早或熟得較早：～穀子。白玉米～(熟得早)。

8 **稚** (zhì ㄓ)粵dzi⁶〔自〕幼小：～子。～氣。

8 **稞** (kē ㄎㄜ)粵fo¹〔科〕青稞麥的一種，產在西藏、青海等地，是藏民的主要食品糌粑的原料。

8 **稟** (bǐng ㄅㄧㄥˇ)粵ben²〔品〕❶承受，生成的(連—受)：～性。❷舊時下對上報告：～明一切。

8 **稠** (chóu ㄔㄡˊ)粵tseu⁴〔酬〕❶密(連—密)：人煙～密。棉花稞很～。❷濃厚：這粥太～了。

8 **稖** (bàng ㄅㄤ)粵boŋ⁶〔磅〕〈方〉稖頭，也作'棒頭'，玉米。

8 **稜** 同'棱'，見 322 頁。

8 **穆** '穆'的簡化字，見 488 頁。

8 **稣** '穌'的簡化字,見488頁。

9 **稭** (jiē ㄐㄧㄝ)粤gai¹〔佳〕農作物收割以後的稈: 麥~。秫~。豆~。

9 **種** (△种)

㊀(zhǒng ㄓㄨㄥˇ)粤dzuŋ²〔腫〕

❶(一子、一兒)植物果實中能長成新植物的部分: 選~。撒~。泛指生物傳代的東西: 配~。優良品~。〔有種〕有膽量或有骨氣。❷類別,式樣: 各~東西。特指人種: 黃~。白~。~族。

㊁(zhòng ㄓㄨㄥˋ)粤dzuŋ³〔衆〕種植,把種子或幼苗等埋在泥土裏使生長: ~莊稼。~瓜得瓜,~豆得豆。

9 **稱** (称)

㊀(chēng ㄔㄥ)粤tsiŋ¹〔清〕❶叫,叫做: 自~。~得起英雄。❷名號: 簡~。別~。❸聲言,說: 拍手~快。~病。連聲~好。❹讚揚: ~許。~道。❺舉: ~兵。

㊁(chèn ㄔㄣˋ)粤tsiŋ³〔秤〕tsɐn³〔趁〕(又)適合: ~心。~職。相~。〔對稱〕兩邊相等或相當。

㊂(chēng ㄔㄥ)粤tsiŋ³〔秤〕量輕重: 把這米~一~。

㊃同'秤',見484頁。

9 **䅇** 同'糯',見513頁。

9 **穩** '穩'的簡化字,見489頁。

10 **稷** (jì ㄐㄧˋ)粤dzik⁷〔即〕❶古代一種糧食作物, 有的書說是黍屬, 有的書說是粟(穀子)。❷古代以稷為百穀之長, 因此帝王奉祀為穀神。〔社稷〕粤古代指國家: 執干戈以衛~~。

10 **稻** (dào ㄉㄠˋ)粤dou⁶〔道〕(一子)一種穀類植物, 有水稻、旱稻之分, 通常指水稻。子實橢圓形, 有硬殼, 經碾製就是大米。

10 **稼** (jià ㄐㄧㄚˋ)粤ga³〔嫁〕種田。〔稼穡〕種莊稼和收穀, 農事的總稱。〔莊稼〕五穀, 農作物: 種~~。

10 **稽** ㊀(jī ㄐㄧ)粤kɐi¹〔溪〕❶停留, 延遲: ~留。~遲。不得~延時日。❷考核(匣一核): ~查。無~之談。❸計較, 爭論: 反脣相~(反過來責問對方)。

㊁(qǐ ㄑㄧˇ)粤kɐi²〔啓〕稽首, 古時一種跪拜禮, 叩頭至地。

10 **稿** (gǎo ㄍㄠˇ)粤gou²〔高高上〕❶穀類植物的莖稈: ~薦(稻草編的墊子)。❷(一子、一兒)文字、圖畫的草底: 文

~。打~。⑩事先考慮的計劃: 做事沒有準~子不成。

10 穀(△谷) (gǔ ㄍㄨˇ) ⑧guk⁷〔菊〕❶莊稼和糧食的總稱: 五~。 ❷(~子)一種禾本科植物,子實去皮以後就是小米,供食用。❸善,好: ~旦(吉利的日子)。❹〈粵方言〉稻,也指稻的子實: 稻~。

10 積 同'穡',見 528 頁。

10 穬 同'穬',見本頁。

10 稾 同'稿',見 487 頁。

10 稺 同'稚',見 486 頁。

11 穄 (jì ㄐㄧˋ) ⑧dzei³〔祭〕(~子)也叫'縻子',跟黍子相似,但不黏。

11 穆 (mù ㄇㄨˋ) ⑧muk⁹〔木〕❶溫和。❷恭敬,嚴肅(⑧肅一)(疊)。

11 穇(穇) (cǎn ㄘㄢˇ) ⑧sam¹〔衫〕穇子,一種穀類植物,子實可以吃,也可以做飼料。

11 穌(穌) (sū ㄙㄨ) ⑧sou¹〔蘇〕同'蘇'。假死後再活過來: 死而復~。

11 積(积) (jī ㄐㄧ) ⑧dzik⁷〔即〕❶聚集,儲蓄: ~少成多。~年累月。~穀防饑。❷習慣的,積久而成的: ~習。~怨。~重難返。❸中醫指兒童消化不良的病: 食~。~滯。❹乘積,兩個或兩個以上的數相乘所得的數。〔積極〕向上的,進取的,跟'消極'相反: 工作~~。

11 穎(颖) (yǐng ㄧㄥˇ) ⑧win⁶〔泳〕❶禾的末端。植物學上指某些禾本科植物小穗基部的苞片。❷東西方向的尖銳部分: 短~羊毫筆。脱~而出。⑩才能出眾: 聰~~悟。〔新穎〕新奇,與一般的不同: 花樣~~。

11 穅 同'糠',見 513 頁。

11 稥 '穡'的簡化字,見 489 頁。

11 頹 見頁部,773 頁。

12 穗 (suì ㄙㄨㄟˋ) ⑧sœy⁶〔瑞〕❶(~兒)穀類植物聚生在一起的花或實: 高梁~。麥~。❷(~子、~兒)用絲綫、布條或紙條等結紮成的裝飾品: 旗子上滿掛着金黃的~子。❸燈花,燭花。❹廣州市的別稱。

12 **穉** 同'稚'，見 486 頁。

13 **穠(秾)** （nóng ㄋㄨㄥˊ）粵 nuŋ⁴〔農〕花木繁盛。

13 **穡(穑)** （sè ㄙㄜˋ）粵 sik⁷〔色〕收穫穀物。

13 **穢(秽)** （huì ㄏㄨㄟˋ）粵 wei³〔畏〕❶骯髒，污濁：～土。❷醜惡，淫亂：～行。淫～。

14 **穩(稳)** （wěn ㄨㄣˇ）粵 wen²〔溫高上〕❶平穩，安定：站～。安～。❷沉着，不輕浮：～重。❷妥帖，穩當：詩文工～。❸可靠，有把握：十拿九～。

14 **穫(获)** （huò ㄏㄨㄛˋ）粵 wɔk⁹〔獲〕收割莊稼：收～。

14 **穨** 同'頹'，見 773 頁。

14 **穤** 同'糯'，見 513 頁。

15 **穭** （lǚ ㄌㄩˇ）粵 lœy⁵〔呂〕穀物等不種而自生：～生。～葵。也作'稆'、'旅'。

17 **穰** ㊀（ráng ㄖㄤˊ）粵 jœy⁴〔羊〕❶禾莖，莊稼稈。也指禾莖中白色柔軟的部分。❷莊稼豐盛（疊）：五穀蕃熟，～～滿家。❸義同'瓤'。果類的肉。

㊁（rǎng ㄖㄤˇ）粵 jœŋ⁶〔讓〕興盛，興旺：人稠物～。

22 **穱** 同'秋'，見 483 頁。

穴 部

0 **穴** （xué ㄒㄩㄝˊ）粵 jyt⁹〔月〕❶窟窿，洞孔：空～來風。～居野處。❷蟲蟻、動物的窠巢：千里之堤，潰於蟻～。不入虎～，焉得虎子? ❸墓穴：墳墓裏有五個。❹穴位，人體或某些動物體可以進行針灸的部位，多為神經末梢密集或神經幹經過的地方，也叫'穴道'：太陽～。

1 **穵** 同'挖'，見 251 頁。

2 **究** （jiū ㄐㄧㄡ，舊讀 jiù ㄐㄧㄡˋ）粵 geu³〔救〕❶窮盡。❷推求，追查：～辦。追～。推～。必須深～。❸畢竟，到底：～屬不妥。〔究竟〕1.到底：～～是怎麼回事? 2.結果：大家都想知道個～～。〔終究〕到底：問題～～會弄清楚的。

2 **穷** '窮'的簡化字，見 492 頁。

3 **穸** （xī ㄒㄧ）粵 dzik⁹〔夕〕〔窀穸〕墓穴。

3 穹 (qióng ㄑㄩㄥˊ)⑧kuŋ⁴〔窮〕
高起成拱形的，隆起：
~蒼〔蒼天〕。

3 空 ㊀(kōng ㄎㄨㄥ)⑧huŋ¹
〔凶〕❶裏面沒有東西或
沒有內容，不合實際的：~房
子。~碗。~話。~想。~談。
〔空洞〕沒有內容的：他說的話
都很~~。〔空頭〕不發生作用
的，有名無實的：~~支票。
〔眞空〕沒有空氣的空間：~~
管。~~地帶〔戰爭時雙方沒
有軍隊的地帶〕。〔憑空〕無根
據：~~捏造。❷白白地，
跑了一趟。❸天空：~軍。航
~。〔空氣〕包圍在地球表面，
充滿空間的氣體。它是氮、氧
和一些惰性氣體的混合物。⑩
情勢：~~緊張。〔空間〕一切
物質存在和運動所佔的地方。
❹無著落，無成效：落~。撲
了個~。

㊁(kòng ㄎㄨㄥˋ)⑧同㊀❶使空，
騰出來：~一個格。~出一間
房子。想法~出一些時間來。
❷閒着，沒被利用的：~房。
~地。〔空子〕1.空着的地方。
2.可乘的機會：鑽~~。❸(一
兒)沒被佔用的時間，閒暇：
有~再來。利用假期的~隙。
❹虧空，虧欠。

3 帘 見巾部，193 頁。

4 穿 (chuān ㄔㄨㄢ)⑧tsyn¹〔川〕
❶破，刺孔：屋漏瓦~。
用錐子~一個洞。~耳。❷放
在動詞後，表示通透或揭明：
說~。看~。❸通過孔洞：
針。把這些鐵環用繩子~起來。
⑨通過：從這個胡同~過去。
橫~馬路。❹穿著衣服鞋襪：
~衣。~戴。

4 窀 (zhūn ㄓㄨㄣ)⑧dzœn¹〔津〕
〔窀穸〕墓穴。

4 突 (tū ㄊㄨ)⑧det⁹〔凸〕❶忽
然，猝然：~變。~然
停止。~飛猛進。〔突擊〕作戰
中出其不意地攻擊敵人的要
害。⑩集中力量在較短的時間
內完成某種緊急的任務：~~
隊。~~工作。❷猛衝，衝
撞：~破。~圍。狼奔豕~。
❸煙突，煙囪：曲~徙薪(喻
防患未然)。❹凸出，鼓起：
~出。~起。

4 穽 同'阱'，見749 頁。

4 竊 '竊'的簡化字，見493 頁。

5 窄 (zhǎi ㄓㄞˇ)⑧dzak⁸〔責〕❶
狹，不寬，寬度小(⑧窄
狹、狹一)：路太~。地方太
狹~。⑨氣量小，不開闊：他

的心眼太～。❷生活不寬裕：以前的日子很～，現在可好了。

5 眢（yǎo｜ㄠˇ）粵jiu²〔妖〕眼球深陷。㊀深遠。

4 窆（biǎn ㄅ｜ㄢˇ）粵bin²〔貶〕埋葬。

5 窈（yǎo｜ㄠˇ）粵miu⁵〔杪〕jiu²〔妖〕（又）〔窈窕〕1.形容女子文靜而美好。2.(宮室、山水)深遠曲折。

5 窋〔一（liáo ㄌ｜ㄠˊ）粵lau⁴〔離看切〕針灸穴位名。〕〔二（jiào ㄐ｜ㄠˋ）粵gau³〔教〕地窖。

5 窎 '窎'的簡化字，見 492 頁。

6 窒（zhì ㄓˋ）粵dzet⁹〔姪〕阻塞不通：～塞。～息(呼吸被阻停止)。

6 窕（tiǎo ㄊ｜ㄠˇ）粵tiu⁵〔條低上〕見本頁'窈'字條'窈窕'。

6 窑 同'窯'，見 492 頁。

6 窗 同'窗'，見本頁。

7 窖（jiào ㄐ｜ㄠˋ）粵gau³〔教〕❶收藏東西的地下室：地～。白菜～。❷把東西藏在窖裏：～蘿蔔。

7 窗（chuāng ㄔㄨㄤ）粵tsœŋ¹〔昌〕（一子、一兒）窗戶，房屋通氣透光的裝置：～明几淨。(圖見 238 頁'房')

7 窘（jiǒng ㄐㄩㄥˇ）粵kwen³〔困〕❶窮困：生活很～。❷難堪，為難：～態畢露。

7 窝 '窩'的簡化字，見本頁。

7 窪 '窪'的簡化字，見 493 頁。

7 窜 '竄'的簡化字，見 492頁。

8 窟（kū ㄎㄨ）粵fet⁷〔忽〕gwet⁹〔掘〕（又）❶洞穴：石～。狡兔三～。〔窟窿〕孔，洞：老鼠～。㊀虧空，債務：拉～～(借債)。❷人眾聚集的地方。㊂壞人聚集做壞事的場所：盜～。賭～。

8 窠（kē ㄎㄜ）粵wo¹〔窩〕fo¹〔科〕（又）鳥獸的巢穴。〔窠臼〕㊀陳舊的格調，老一套(指文章或其他藝術品)：不落～。

8 窣（sū ㄙㄨ）粵sœt⁷〔恤〕〔窸窣〕輕微細碎的聲音。

8 窥 '窺'的簡化字，見 492頁。

8 窭 '竇'的簡化字，見 493 頁。

9 窨〔一（yìn｜ㄣˋ）粵jem³〔蔭〕地窨子，地下室。〕〔二（xūn ㄒㄩㄣ）粵fen¹〔分〕同'薰'，用香窨茶葉。把茉莉花等放在茶葉中，使茶葉染上花的香味。

9 窩（窝）（wō ㄨㄛ）粵wo¹〔倭〕❶（一兒）禽

獸或其他動物的巢穴: 雜～。馬蜂～。狼～。❷藏匿犯法的人或東西: ～賊。～贓。～藏❸壞人聚集之處: 賊～。❹(一兒)窪陷的地方: 酒～。❺弄彎,曲折: 把鐵絲一個圓圈。❻鬱積不得發作或發揮: ～火。～心。〔窩工〕因調配不好,工作人員沒有充分發揮作用。❼量詞: 一～小豬。

9 **窪(洼)** (wā ㄨㄚ)働wa¹〔蛙〕❶(一兒)凹陷的地方: 水～。這裏有個～兒。❷低凹,深陷: ～地。這地太～。眼眶～進去。

9 **窬** (yú ㄩˊ)働jy⁴〔余〕同'逾'。從牆上爬過去: 穿～之盜(穿牆和爬牆的賊)。

9 **窦** '窶'的簡化字,見本頁。

10 **窮(穷)** (qióng ㄑㄩㄥˊ)働kup⁴〔邛〕❶貧困,缺乏財物(働貧一): ～人。他過去很～。～困。❷達到極點: ～凶極惡。～奢極侈。❸盡,完了: 理屈辭～。無～無盡。日暮途～。❹推究到極點: ～物之理。

10 **窳** (yǔ ㄩˇ)働jy⁵〔羽〕器物質量粗劣,壞: ～劣。敗(敗壞)。

10 **窯** (yáo ㄧㄠˊ)働jiu⁴〔搖〕❶燒磚、瓦、陶器等物的建築物: 磚～。瓦～。亦指古代名窯出產的瓷器: 汝～。哥～。❷為採煤而鑿的洞: 煤～。❸窯洞,在土坡上特為住人挖成的洞。❹指妓院。

10 **窰** 同'窯',見本頁。

11 **窵(窎)** (diào ㄉㄧㄠˋ)働diu³〔弔〕深遠(働一遠)。

11 **窶(窭)** ⊖(jù ㄐㄩˋ)働gœy⁶〔巨〕貧窮。
⊜(lóu ㄌㄡˊ)働lɛu⁴〔流〕〔甌窶〕狹小的高地。

11 **窸** (xī ㄒㄧ)働sik⁷〔色〕〔窸窣〕輕微細碎的聲音。

11 **窺(窥)** (kuī ㄎㄨㄟ)働kwei¹〔虧〕從小孔、縫隙或遮蔽處偷看: ～探。～伺。～見眞相。管～蠡測(喻見識淺陋,看不清高深的道理)。

11 **窻** 同'窗',見491頁。

12 **窾** (kuǎn ㄎㄨㄢˇ)働fun²〔款〕空。

12 **窿** ⊖(lóng ㄌㄨㄥˊ)働lup⁴〔龍〕❶〔穹窿〕1.指天的形狀中央高四周下垂的樣子。2.泛指隆起狀。❷〈方〉煤礦坑道。

㊀（lóng ㄌㄨㄥˊ）粵 lung¹〔龍 高平〕
〔窿窿〕孔，洞。

13 竄（窜）（cuàn ㄘㄨㄢˋ）粵 tsyn²〔喘〕tsyn³〔寸〕（又）❶逃走，亂跑：東跑西～。抱頭鼠～。❷放逐，驅逐：流～。❸修改文字：～改。點～。

13 竅（窍）（qiào ㄑ丨ㄠˋ）粵 hiu³〔曉 高去〕kiu³〔僑 高去〕（又）❶窟窿，孔洞：七～（耳、目、口、鼻）。一～不通（喻一點也不懂）。❷（－兒）事情的主要關鍵：訣～。～門。

15 竇（窦）（dòu ㄉㄡˋ）粵 deu⁶〔豆〕孔，洞：鼻～。狗～。
〔疑竇〕可疑的地方：頓生～～。

16 竈（灶）（zào ㄗㄠˋ）粵 dzou³〔早 高去〕用磚土等壘成的生火做飯的設備。

17 竊（窃）（qiè ㄑ丨ㄝˋ）粵 sit⁸〔屑〕❶偷盜：～案。喻用不合理的手段取得：～位。～國。❷私自，暗中：～笑。❸謙辭，指自己（意見）：～謂。～以為。

立 部

0 立（lì ㄌ丨ˋ）粵 lap⁹〔臘〕lep⁹〔笠 低入〕（又）㊀站：～正。㊁豎着，豎起來：～竿見影（喻收效迅速）。把傘～在門後頭。〔立場〕認識和處理問題時所處的地位和所抱的態度。❷做出，定出：1.建立，設立：～學校。建～工廠。2.建樹：～功。3.制定：～合同。4.決定：～志。❸存在，生存：自～。獨～。❹立刻，即時，馬上：～行停止。－即去做。

ㄕ 产 '產'的簡化字，見 436 頁。

3 妾 見女部，154 頁。

4 竑（hóng ㄏㄨㄥˊ）粵 weng⁴〔宏〕❶量度。❷廣大，博大。

4 亲 '親'的簡化字，見 638 頁。

4 竖 '豎'的簡化字，見 494 頁。

4 飒 '颯'的簡化字，見 777 頁。

4 音 見音部，769 頁。

5 站（zhàn ㄓㄢˋ）粵 dzam⁶〔暫〕❶直立不動：～崗。～

起來。❷停: 不怕慢, 就怕~。❸為乘客上下或貨物裝卸而設的停留的地方: 車~。起點~。❹為某種業務而設立的機構: 觀測~。發電~。

5 竚 同'佇', 見 24 頁。

5 竝 同'並', 見 5 頁。

5 竞 '競'的簡化字, 見 495 頁。

6 竟 (jìng ㄐㄧㄥˋ)粵gin²〔景〕❶終了, 完畢: 讀~。未~之業。㊋1.到底, 終於: 有志者事~成。他的話畢~不錯。2.整, 從頭到尾: ~日。❷居然, 表示出乎意料: 這樣巨大的工程, ~在短短半年中就完成了。

6 章 (zhāng ㄓㄤ)粵dzœŋ¹〔張〕❶詩歌文詞的段落: 樂~。篇~結構。第一~。❷奏章。❸章程, 法規: 簡~。會~。規~制度。㊋1.條理: 雜亂無~。2.條目: 約法三~。❹印章, 戳記: 圖~。蓋~。❺佩帶在身上的標記: 徽~。袖~。

6 翊 見羽部, 540 頁。

6 翌 見羽部, 540 頁。

7 竣 (jùn ㄐㄩㄣ)粵dzœn³〔俊〕事情完畢: ~事。大工告~。

7 童 (tóng ㄊㄨㄥˊ)粵tuŋ⁴〔同〕❶未成年的人, 小孩子: ~謠。~工。學~。㊋1.未長成的, 幼: ~牛(沒有生角的小牛)。2.未結婚的。3.禿的: ~山(沒有草木的山)。〔童話〕專給兒童編寫的故事。❷舊時指未成年的男僕: 家~。書~。

7 竦 (sǒng ㄙㄨㄥˇ)粵suŋ²〔聳〕❶恭敬, 肅敬。❷同'悚'。恐懼, 害怕。

7 竢 同'俟㊀', 見 31 頁。

8 竪(竖) 同'豎', 見 659 頁。

8 亷 同'廉', 見 202 頁。

8 意 見心部, 227 頁。

8 靖 見青部, 763 頁。

9 竭 (jié ㄐㄧㄝˊ)粵kit⁸〔揭〕盡, 用盡: ~力。~誠。力~聲嘶。取之不盡, 用之不~。

9 端 (duān ㄉㄨㄢ)粵dyn¹〔短平〕❶端正, 不歪斜: 五官~正。~坐。㊋正派: 品行~正。❷東西的一頭: 兩末~。筆~。㊋1.事情的開頭:

開～。2.項目，點: 不只一～。
舉其大～。〔端底〕〔端的〕1.事
情的經過，底細: 不知～～。
2.的確，果然: ～～是好! 3.究
竟: ～～是誰? 〔端詳〕1.從頭
到尾的詳細情形(戲曲中用
語): 聽～～。說～～。2.仔細
地看: 她靜靜地～～着孩子的
臉。❸用手很平正地拿着: ～
碗。～盆。～茶。
〔端午〕〔端陽〕農曆五月初五
日。民間在這一天包糉子、賽
龍舟，紀念二千多年前楚國詩
人屈原。

9 **颯** 見風部，777 頁。

15 **競(竞)** (jing ㄐㄧㄥ) **粵**
gin⁶ 〔勁〕gin³
〔敬〕**(又)** ❶比賽，互相爭勝:
～走。～渡。〔競爭〕為了自己
的利益而跟人爭勝。〔競選〕候
選人在選舉前作種種活動爭取
當選。❷強盛: 南風不～。

竹(⺮)部

0 **竹** (zhú ㄓㄨˊ)働dzuk⁷[足] (一子)常綠多年生植物，莖節明顯，節間多空。質地堅硬，可做器物，又可做建築材料：茂林修～。～苞松茂。〔竹簡〕古代用來寫字的竹片。

2 **竺** (zhú ㄓㄨˊ)働dzuk⁷[足]姓。
〔天竺〕印度的古稱。

2 **笂** (lè ㄌㄜˋ)働lek⁹[肋] ❶竹根。❷竹名。

3 **竽** (yú ㄩˊ)働jy¹[于] jy⁴[如](又)樂器名，像現在的笙。〔濫竽〕一個不會吹竽的人混在樂隊裏充數。喻沒有真本領，佔着工作位置：～～充數。

竽

3 **竿** (gān ㄍㄢ)働gɔn¹[干] (一子、一兒)竹竿，竹子的主幹，竹棍。

3 **笘** 同'籬'，見505頁。

3 **笃** '篤'的簡化字，見505頁。

4 **笆** (bā ㄅㄚ)働ba¹[巴] 用竹子、柳條等編成的一種東西，用途和席箔差不多：～門。～斗。

4 **笈** (jí ㄐㄧˊ)働kɐp⁷[級]書箱。

4 **笊** (zhào ㄓㄠ)働dzau³[罩]〔笊籬〕(－li) 用竹篾、柳條、鉛絲等編成的一種用具，可以在湯水裏撈東西。

4 **笏** (hù ㄏㄨˋ)働fɐt⁷[忽]古代大臣上朝拿着的手板。

4 **笑** (xiào ㄒㄧㄠˋ)働siu³[嘯] ❶露出愉快的表情，發出歡喜的聲音：逗～。眉開眼～。啼～皆非。〔笑話〕1.能使人發笑的話或事。2.輕視，譏諷：別～～人。❷譏笑，嘲笑：見～。恥～。別嘲～人。

4 **笄** (jī ㄐㄧ)働gɐi¹[雞]古代盤頭髮用的簪子。

4 **笋** 同'筍'，見500.頁。

4 **笔** '筆'的簡化字，見499頁。

4 **笕** '筧'的簡化字，見500頁。

5 **笙** (shēng ㄕㄥ)⑧seŋ¹〔生〕管樂器名，用若干根長短不同的簧管製成，用口吹奏。

笙

5 **笛** (dí ㄉㄧˊ)⑧dɛk⁹〔糴〕(一子、一兒)樂器名，通常是竹製的，有八孔，橫着吹。㋑響聲尖銳的發音器: 汽~。警~。

5 **笞** (chī ㄔ)⑧tsi¹〔雌〕用鞭、杖或竹板打: ~刑。

5 **笠** (lì ㄌㄧˋ)⑧lep⁷〔礫泣切〕斗笠，用竹篾等編製的遮陽擋雨的帽子。

5 **笥** (sì ㄙˋ)⑧dzi⁶〔自〕盛飯或衣物的方形竹器。

5 **符** (fú ㄈㄨˊ)⑧fu⁴〔扶〕❶朝廷傳達命令或徵調兵將用的憑證，用金、玉、銅、竹、木製成，刻上文字，分成兩半，一半存朝廷，一半給外任官員或出征將帥: 兵~。虎~。❷代表事物的標記，記號: 音~。星~。〔符號〕1.同'符❷'。2.佩帶在身上表明職別、身分等的標誌。❸相合(⑧—合): 言行相~。❹道士、巫婆等畫的驅使鬼神或治病延年的東西: ~咒。護身~。

5 **笨** (bèn ㄅㄣˋ)⑧ben⁶〔奔低去〕❶不聰明(⑧愚一)。❷不靈巧: 嘴~。~手~腳。❸粗重，費力氣的: 箱子太~。~活。

5 **笪** (dá ㄉㄚˊ)⑧dat⁸〔達中入〕姓。

5 **第** (zǐ ㄗˇ)⑧dzi²〔子〕竹子編的牀席: 牀~。

5 **笭** (líng ㄌㄧㄥˊ)⑧liŋ⁴〔零〕〔笭箵〕打魚時盛魚的竹器。

5 **第** (dì ㄉㄧˋ)⑧dei⁶〔弟〕❶次序(⑧等一、次一)。㋑科舉時代稱考中叫及第，沒考中叫落第。❷表次序的詞頭: ~一，~二。❸封建社會官僚貴族的大宅子(⑧宅一、一宅): 府~。❹但: 運動有益於健康，~不宜過於劇烈。

5 **筰** ㊀ (zuó ㄗㄨㄛˊ)⑧dzok⁹〔鑿〕同'笮'。用竹子做成的索。

㊁ (zé ㄗㄜˊ)⑧dzak⁸〔責〕❶屋笮，古代房屋建築構件之一，用竹條或葦稈編成席狀，鋪在椽上瓦下。❷竹製的盛箭器。❸姓。

5 **筍**（gǒu ㄍㄡˇ）粵geu²〔狗〕竹製的捕魚籠子。

5 **笳**（jiā ㄐㄧㄚ）粵ga¹〔加〕胡笳，中國古代北方民族的一種樂器，類似笛子。

5 **筈**（tiáo ㄊㄧㄠˊ）粵tiu⁴〔條〕〔筈帚〕1.用細竹枝紮成的掃地工具。2.一種比掃帚小的掃除塵土的用具，用脫去子粒的高粱穗、黍子穗或樓等做成。也作'苕帚'。

5 **筥**（pǒ ㄆㄛˇ）粵po²〔回〕〔筥籮〕盛穀物的一種器具，用柳條或篾條編成。

5 **箋**'箋'的簡化字，見502頁。

笼'籠'的簡化字，見508頁。

逜'邊'的簡化字，見509頁。

6 **筆**（**笔**）（bǐ ㄅㄧˇ）粵bɐt⁷〔不〕❶寫字、畫圖的工具：毛~。畫~。鋼~。❷筆畫，組成漢字的點橫直撇等：'天'字有四~。❸寫：代~。~者。~之於書。〔筆名〕著作人發表作品用的名字。❹（寫字、畫畫、作文的）筆法：敗~。工~畫。生~。❺像筆一樣（直）：~直。~挺。❻量詞。1.用於款項、債務：欠下一~債。2.用於書畫：寫得一~好字。

6 **筇**（qióng ㄑㄩㄥˊ）粵kuŋ⁴〔窮〕古書上說的一種竹子，可以做手杖。

6 **等**（děng ㄉㄥˇ）粵dɐŋ²〔登高上〕❶數量一般大，地位或程度一般高：相~。一加二於三。男女平~。〔等閒〕平常。粵輕易地，不在乎地：莫作~~看！❷級位，程度的分別（粵一級）：同~。特~。高~法院。何~快樂？❸類，羣：1.表示多數：我~。你~。彼~。2.列舉後煞尾：泰山、華山、衡山、嵩山、恆山—五大名山，合稱五嶽。3.表示列舉未完（粵）：張先生、王先生—五人。煤、鐵~~都很豐富。❹待，候（粵一待、一候）：~一下再說。~不得。❺同'戥'，見236頁。

6 **筊**（jiǎo ㄐㄧㄠˇ）粵geu²〔狡〕竹索。

6 **筋**（jīn ㄐㄧㄣ）粵gɐn¹〔斤〕❶肌肉的舊稱。❷俗稱皮下可以看見的靜脈管。❸俗稱肌腱或骨頭上的韌帶：~骨。牛蹄~。❹像筋的東西：鋼~。鐵~。〔筋斗〕身體上下翻轉的一種動作。也叫'跟頭'。

6 **筌**（quán ㄑㄩㄢˊ）粵tsyn⁴〔全〕捕魚的竹器：得魚忘~。

6 **筍**（sǔn ㄙㄨㄣˇ）粵 sœn²〔詢高上〕竹子初從土裏長出的嫩芽，可以做菜吃。

6 **筏**（fá ㄈㄚˊ）粵 fet⁹〔伐〕（一子）用竹、木等平擺着編紮成的水上交通工具。

6 **筐**（kuāng ㄎㄨㄤ）粵 hoŋ¹〔康〕kwaŋ¹〔框〕（又）（一子、一兒）竹子或柳條等編的盛東西的器具。

6 **筑**（一）（zhú ㄓㄨˊ）粵 dzuk⁷〔竹〕❶古擊弦樂器，像箏，有十三根弦。❷貴陽市的別稱。（二）'築'的簡化字，見 504 頁。

6 **筒**（tǒng ㄊㄨㄥˇ，又讀 tóng ㄊㄨㄥˊ）粵 tuŋ²〔統〕tuŋ¹〔同〕（又）粗大的竹管。❶⒈較粗的中空而高的器物：煙～。郵～。筆～。⒉（一兒）衣服等的筒狀部分：袖～。襪～。靴～。

6 **答**（一）（dá ㄉㄚˊ）粵 dap⁸〔搭〕❶回覆（僆一覆）：問～。～話。❷還報：報～。～謝。～禮。
（二）（dā ㄉㄚ）粵 同一　義同一，用於口語'答應'、'答理'等詞。〔答理〕打招呼，理睬。〔答應〕⒈應聲回答。⒉允許：我們決不～～。

6 **策**（cè ㄘㄜˋ）粵 tsak⁸〔冊〕❶計謀，主意（僆計一）：決

～。束手無～。〔策動〕設法鼓動或促成。❷古代的一種馬鞭子，頭上有尖刺。❸鞭打：～馬。鞭～。❹古代稱編連好的竹簡：簡～。❺帝王時代考試的一種文體：對～。～論。

6 **筘**（kòu ㄎㄡˋ）粵 keu³〔扣〕同'筬'。織布機上的一種機件，舊式織布機上的是用竹子做成的，新式織布機上的是用鋼做成的，經綫從筘齒間通過，它的作用是把緯綫推到織口。

6 **䇦** 同'笄'，見 497 頁。

6 **筊** 同'筊'，見 504 頁。

6 **筛** '篩'的簡化字，見 505 頁。

6 **筚** '篳'的簡化字，見 505 頁。

6 **笶** '筊'的簡化字，見 501 頁。

7 **筠**（一）（yún ㄩㄣˊ）粵 wen⁴〔雲〕❶竹子的青皮。❷竹子。
（二）（jūn ㄐㄩㄣ）粵 gwen¹〔君〕〔筠連〕縣名，在四川省。

7 **筢**（pá ㄆㄚˊ）粵 pa⁴〔爬〕（一子）摟柴草的竹製器具。

7 **筥**（jǔ ㄐㄩˇ）粵 gœy²〔舉〕圓形的竹筐。

7 **筧**（笕）（jiǎn ㄐㄧㄢˇ）粵 gan²〔東〕橫安在

屋檐或田間引水的長竹管。

7 筭 (suàn ㄙㄨㄢˋ)粵 syn³〔算〕❶計算時所用的籌碼。❷同'算',見502頁。

7 筮 (shì ㄕˋ)粵 sɐi⁶〔逝〕古代用蓍草占卦。

7 筰 (zuó ㄗㄨㄛˊ)粵 dzɔk⁹〔鑿〕用竹子做成的索。〔筰橋〕用竹索編成的橋。

7 筱 (xiǎo ㄒㄧㄠˇ)粵 siu²〔小〕❶同'篠'。小竹子。❷同'小'。多用於人名。

7 筲 (shāo ㄕㄠ)粵 sau¹〔梢〕❶一種竹器。〔筲箕〕淘米或洗菜用的器具。❷桶: 水~。一~水。

7 筴(筴) ㊀(jiā ㄐㄧㄚ)粵 gap⁸〔夾〕夾東西的用具。
㊁同'策',見500頁。

7 筷 (kuài ㄎㄨㄞˋ)粵 fai³〔快〕(-子)夾飯菜或其他東西用的細棍。

7 筻 (gàng ㄍㄤˋ)粵 gaŋ³〔耕高去〕〔筻口〕地名,在湖南省岳陽縣。

7 筶 (zhé ㄓㄜˊ)粵 dzɐi³〔制〕〈方〉(-子)一種粗的竹席。

7 節(节) ㊀(jié ㄐㄧㄝˊ)粵 dzit⁸〔折〕❶(-兒)植物學上稱莖上長葉的部位。❷(-兒)物體的分段或兩段之間連接的地方: 骨~。兩~火車。❸段落: 季~。時~。章。〔節氣〕中國曆法把一年分為二十四段,每段的開始叫做一個節氣,如立春、雨水等,共有二十四個節氣。也省稱'節'。❹節日,紀念日或慶祝的日子: 中秋~。春~。兒童~。❺禮節: 行動有~。❻音調高低緩急的限度: ~奏。~拍。❼省減,限制(粵-省,-約): ~制。開源~流。㊉衣縮食。⑨扼要摘取: ~錄。~譯。❽操守(粵-操): 晚~不保。守~(封建禮教稱夫死不再嫁)。❾古代出使外國所持的憑證。〔使節〕派到外國的外交官員。❿航行速度單位名稱,符號kn。
㊁(jiē ㄐㄧㄝ)粵 同㊀〔節骨眼〕(兒)〈方〉比喻緊要的、能起決定作用的環節或時機。

7 筦 同'管',見503頁。
7 筩 同'筒',見500頁。
7 筯 同'箸',見503頁。
7 筴 同'策',見500頁。

7 **简** '簡'的簡化字，見 507 頁。

签 '籤'的簡化字，見 507 頁。

篡 '篠'的簡化字，見 506 頁。

7 **筹** '籌'的簡化字，見 508 頁。

8 **筵** (yán ｜ㄢ)粵jin⁴〔言〕❶竹席。❷酒席：喜～。

8 **箇** (gè ㄍㄜ)粵go³〔個〕❶〔箇舊〕縣名，在雲南省。❷姓。❸同'個'，見32頁。

8 **箋**(**笺**) (jiān ㄐ｜ㄢ)粵dzin¹〔煎〕❶注釋：～注。❷精美而小幅的紙：花～。信～。❸書信：華～。便～。❸古文體名，書札、奏記一類。

8 **箔** (bó ㄅㄛ)粵bok⁹〔薄〕❶用葦子、秫秸等做成的簾子。❷養蠶的器具，多用竹製成，像篩子或席子。也叫'蠶簾'。❸金屬薄片：金～。銅～。❹敷上金屬薄片或粉末的紙：錫～。

8 **箕** (jī ㄐ｜)粵gei¹〔基〕❶簸箕，用竹篾、柳條或鐵皮等製成的揚去糠秕或清除垃圾的器具。❷不成圓形的指紋。❸星名，二十八宿之一。

8 **箍** (gū ㄍㄨ)粵ku¹〔卡烏切〕❶用竹篾或金屬條束緊器物：～木盆。❷(～兒)約束器物的圈：鐵～。

8 **箏** (zhēng ㄓㄥ)粵dzeŋ¹〔僧〕撥弦樂器，有弦十三根至十六根，又叫'古箏'。〔風箏〕玩具的一種，用竹篾做架，糊上紙，牽線放在空中，可以飛得很高。裝上弓弦或哨子，迎着風能發聲。

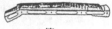

箏

8 **箑** (shà ㄕㄚ)粵sap⁸〔霎〕dzit⁹〔截〕(又)扇子。

8 **算** (suàn ㄙㄨㄢ)粵syn³〔蒜〕❶核計，計數：～～多少錢。～賬。❷打算，計劃：失～。㉑推測：我～着他今天該來。❸作為，當作：這個～我的。㉑作數，承認：不能說了不～。❹作罷，休再提起：～了，不要再說了。❺總算：今天～把問題弄清楚了。

8 **箙** (fú ㄈㄨ)粵fuk⁹〔服〕古代用竹木或獸皮等做成的盛箭器具。

8 **箜** (kōng ㄎㄨㄥ)粵huŋ¹〔空〕〔箜篌〕古代弦樂器，像瑟而比較小。

笭箵

8 箝（qián ㄑㄧㄢ）粵kim⁴〔鉗〕同‘鉗’。❶用東西夾住：把煤球～進火爐裏。〔箝制〕用強力限制：～～言論。❷（一子）夾東西的用具：老虎～。

8 管（guǎn ㄍㄨㄢˇ）粵gun²〔館〕❶吹奏的樂器：絲竹～弦。～樂器。❷（一子、一兒）圓筒形的東西：竹～。鋼～。～見(喻所見狹小)。～道。❸負責，管理：～家。～賬。～伙食。㊷1.干預，過問：愛～閒事。這事我們不能不～。2.負責供給：～吃～住。生活用品都～。❹管教，看管：～孩子。❺保證：～用。不好～換。～可成功。❻把(與動詞‘叫’連用)：廣東人～玉米叫粟米。

8 箄（bì ㄅㄧˋ）粵bei³〔閉〕（一子）有空隙而能起間隔作用的片狀器物，如竹箄子、鐵箄子、紗箄子、爐箄子。

8 箐 ㊀（qìng ㄑㄧㄥˋ）粵tsin³〔千高去〕〔方〕山間的大竹林。泛指樹木叢生的山谷。
㊁（jīng ㄐㄧㄥ）粵dziŋ¹〔精〕小籠。又叫‘箐籠’。

8 箸（zhù ㄓㄨˋ）粵dzy⁶〔住〕dzy³〔注〕(又)筷子。

8 劄（zhá ㄓㄚˊ）粵dzap⁸〔眨〕（一子）舊時的一種公文。

8 箂 同‘帶’，見193頁。

8 簏 同‘篚’，見505頁。

8 箽 同‘簿’，見506頁。

8 篋 ‘篋’的簡化字，見504頁。

8 篯 ‘籮’的簡化字，見509頁。

8 簫 ‘簫’的簡化字，見507頁。

8 箪 ‘簞’的簡化字，見506頁。

8 簀 ‘簀’的簡化字，見506頁。

8 箨 ‘籜’的簡化字，見508頁。

9 箠（chuí ㄔㄨㄟˊ）粵tsœy⁴〔徐〕又作‘棰’。❶鞭子。❷鞭打。

9 箬（ruò ㄖㄨㄛˋ）粵jœk⁹〔若〕❶箬竹，竹子的一種，葉大而寬，可編竹笠，又可用來包粽子。❷箬竹的葉子。

9 箭（jiàn ㄐㄧㄢˋ）粵dzin³〔戰〕用弓發射到遠處的兵器，用金屬做頭。

9 箱（xiāng ㄒㄧㄤ）粵sœŋ¹〔商〕❶（一子）收藏衣物的方形器具，通常是上面有蓋扣住。❷像箱子的東西：信～。風～。❸同'廂❹'，見 201 頁。

9 筅（xiǎn ㄒㄧㄢˇ）〈方〉筅帚，炊帚，用竹子等做成的刷鍋、碗的用具。

9 箴（zhēn ㄓㄣ）粵dzem¹〔針〕❶勸告，勸戒：～言。❷一種文體，以告誡規勸為主。❸同'針❶'，見 717 頁。

9 篁（huáng ㄏㄨㄤˊ）粵woŋ⁴〔黃〕竹林。泛指竹子。

9 範（△范）（fàn ㄈㄢˋ）粵fan⁶〔飯〕❶模子：錢～。〔範圍〕一定的界限：活動～～。〔範疇〕1.概括性最高的基本概念，如化合、分解是化學的範疇；矛盾、質和量等是哲學的範疇。2.類型，範圍。❷模範，榜樣：示～。師～。～例。

9 篇（piān ㄆㄧㄢ）粵pin¹〔偏〕❶首尾完整的文章，一部書可以分開的大段落：孫子十三～。❷（一兒）量詞：1.指文章：一～論文。2.指紙張、書頁（一篇是兩頁）。〔篇幅〕文章的長短，書籍報刊的總面積。

9 篋（篋）（qiè ㄑㄧㄝˋ）粵hap⁹〔峽〕箱子一類的東西：書～。

9 篆（zhuàn ㄓㄨㄢˋ）粵syn⁶〔船低去〕❶篆字，古代的一種字體，有大篆，有小篆。❷書寫篆字：～額。❸印章：攝～（暫代某官）。

9 篌（hóu ㄏㄡˊ）粵heu⁴〔喉〕見 502 頁'箜'字條'箜篌'。

9 篅（chuán ㄔㄨㄢˊ）粵syn⁴〔船〕一種盛糧食等的器物，類似囤。

9 箵（xīng ㄒㄧㄥ，又讀 xíng ㄒㄧㄥˊ）粵siŋ²〔醒〕見 498 頁'箸'字條'箸箵'。

9 節 同'節'，見 501 頁。

9 箷 同'柂'，見 324 頁。

9 篋 同'頁'，見 770 頁。

9 篓 '簍'的簡化字，見 506 頁。

9 篑 '簣'的簡化字，見 507 頁。

10 築（△筑）（zhù ㄓㄨˋ）粵dzuk⁷〔足〕❶建造，修蓋（粵建一）：～路。～堤。建一樓房。❷居室，建築物：小～。

10 篙 (gāo ㄍㄠ)⑨gou¹[高] 用竹竿或杉木等做成的撐船的器具。

10 篚 (fěi ㄈㄟˇ)⑨fei²[匪] 古代盛東西的竹器。

10 篝 (gōu ㄍㄡ)⑨geu¹[夠高平] keu¹[扣高平] (又) 竹籠,熏籠。[篝火]原指用籠子罩着的火,現指在野外或空曠的地方燃燒的火堆。

10 篡 (cuàn ㄘㄨㄢˋ)⑨san³[傘] ❶封建時代指臣子奪取君位。❷用陰謀手段奪取地位或權力。

10 篤 (笃) (dǔ ㄉㄨˇ)⑨duk⁷[督] ❶忠實,全心全意:～學。～信。❷深厚:交誼甚～。❸病沉重:病～。

10 簺 (lì ㄌㄧˋ)⑨lœt⁹[栗] 見 641 頁'蒻'字條'蒻簺'。

10 篦 (bì ㄅㄧˋ)⑨bei⁶[避] ❶(一子)齒很密的梳頭的用具。❷用篦子梳:～頭。

10 篨 (chú ㄔㄨˊ)⑨tsy⁴[躇] tsœy⁴[徐] (又) [籧篨] 古代指用竹子或蘆葦編的粗席。

10 篩 (筛) (shāi ㄕㄞ)⑨sei¹[西] ❶(一子) 竹子等做成的一種有孔的器具,可以把細東西漏下去,粗的留下。❷用篩子過東西:～米。～煤。❸敲(鑼):～了三下鑼。

[篩酒]1.斟酒。2.把酒弄熱。

11 篪 (chí ㄔˊ)⑨tsi⁴[池] 古代一種用竹管製成的樂器,橫吹。

10 簑 同'蓑',見 595 頁。

10 篷 同'虆',見 509 頁。

10 籃 '籃'的簡化字,見 508 頁。

10 篱 '籬'的簡化字,見 509 頁。

11 篳 (筚) (bì ㄅㄧˋ)⑨bet⁷[不] 用荊條、竹子等編成的籬笆或其他遮攔物:蓬門～戶(喻窮苦的人家)。～路藍縷(形容創業的艱苦)。

11 篷 (péng ㄆㄥˊ)⑨puŋ⁴[婆洪切] ❶張蓋在上面,遮蔽日光、風、雨的東西,用竹篾、葦席、帆布等做成:帳～。車～。❷船帆:扯起～來。

11 篼 (dōu ㄉㄡ)⑨deu¹[兜] ❶(一子)走山路坐的竹轎。❷竹、藤、柳條等做成的盛東西的器物。

11 篾 (miè ㄇㄧㄝˋ)⑨mit⁹[滅] (一子、一兒)劈成條的薄竹片:竹～。泛指劈成條的蘆葦、高粱等莖皮:葦～。

11 篠（篠）（xiǎo ㄒㄧㄠˇ）粵siu²
〔小〕同‘筱’。小
竹子。

11 簀（簀）（zé ㄗㄜˊ）粵dzak⁸
〔責〕用竹片編成
的牀墊。也指竹席。

11 簃（簃）（yí ㄧˊ）粵jy⁴〔而〕樓閣旁邊
的小屋。

11 簇（簇）（cù ㄘㄨˋ）粵tsuk⁷〔促〕叢
聚，聚成一團：～擁。
花團錦～。一～鮮花。

11 簉（zào ㄗㄠˋ，又讀chòu ㄔㄡˋ）
粵 dzou⁶〔造〕tseu³〔臭〕
（又）副，附屬的。

11 簆（簆）（kòu ㄎㄡˋ）粵keu³〔扣〕同
‘筘’。織布機上的一種機
件，舊式織布機上的是用竹子
做成的，新式織布機上的是用
鋼做成的，經綫從篦齒間通過，
它的作用是把緯綫推到織口。

11 簋（簋）（guǐ ㄍㄨㄟˇ）粵gwɐi²〔鬼〕古
代盛食物的器具，圓口，
兩耳。

簋

11 簌（簌）（sù ㄙㄨˋ）粵tsuk⁷〔速〕〔簌
簌〕1.象聲詞：忽然聽見
蘆葦裏～～地響。2.紛紛落下
的樣子：熱淚～～地往下落。

11 簍（簍）（lǒu ㄌㄡˇ）粵leu⁵
〔柳〕（－子、－
兒）盛東西的器具，用竹、荆
條等編成：字紙～。油～。

11 簏（簏）（lù ㄌㄨˋ）粵luk⁷〔碌〕❶竹
箱。❷用竹子、柳條或
藤條編成的圓形盛物器：字紙
～。

11 簕（簕）（lè ㄌㄜˋ）粵lek⁹〔肋〕〔簕
竹〕1.地名，在廣東省。
2.一種有刺的竹子。

11 簰（簰）（pái ㄆㄞˊ）粵pai⁴〔排〕大
筏，竹子或木材平擺着
編紮成的交通工具，多用於江
河上游水淺處。也指成捆的在
水上漂浮、運送的木材或竹材。

11 篸（篸）（cǎn ㄘㄢˇ）粵tsam²
〔慘〕〈粵方言〉一
種簸箕：垃圾～。

11 箁（箁）（bù ㄅㄨˋ）粵pɐu²〔鋪口切〕
bou⁶〔部〕（又）竹簹。

11 簨　同‘筍’，見210頁。

11 籪　‘斷’的簡化字，見509頁。

12 簞（簞）（dān ㄉㄢ）粵dan¹
〔丹〕古代盛飯的
圓竹器：～食（sì）壺漿（形容勞
軍）。

12 **簟**（diàn ㄉㄧㄢˋ）粵tim⁵〔甜低上〕竹席。

12 **簠**（fǔ ㄈㄨˇ）粵fu²〔苦〕古代祭祀時盛稻、粱的器具。

簠

12 **簡**（簡）（jiǎn ㄐㄧㄢˇ）粵gan²〔柬〕❶古時用來寫字的竹板。❷簡單，簡化：～寫。删繁就～。〔簡直〕實在是，完全是：你若不提這件事，我～～想不起來了。❸簡選，選擇人材：～拔。

12 **簣**（簣）（kuì ㄎㄨㄟˋ）粵gwei⁶〔跪〕古時盛土的竹筐：功虧一～。

12 **簦**（dēng ㄉㄥ）粵dang¹〔登〕古代有柄的笠，類似現在的雨傘。

12 **簧**（huáng ㄏㄨㄤˊ）粵wong⁴〔黃〕❶樂器裏用來振動發聲的薄片，用竹、金屬或其他材料製成：笙～。～樂器。❷器物裏有彈力的機件：鎖～。彈～。

12 **簪**（zān ㄗㄢ）粵dzam¹〔站高平〕❶（～子、～兒）用來

縮住頭髮的一種首飾，古時也用它把帽子別在頭髮上。❷插，戴：～花。

12 **簞**同'簿'，見506頁。

13 **籀**（zhòu ㄓㄡˋ）粵dzeu⁶〔就〕❶籀文，古代的一種字體，即大篆，相傳是周宣王時太史籀所造。❷閱讀：～繹。～讀。

13 **簸**（㊀）（bǒ ㄅㄛˇ）粵bo³〔播〕bo²〔波高上〕（又）❶用簸箕顛動米糧，揚去糠秕和灰塵。❷顛動得像米糧在簸箕裏簸起來一樣：船在海浪中顛～起伏。（㊁）（bò ㄅㄛˋ）粵bo³〔播〕〔簸箕〕揚糠除穢的用具。

13 **簽**（簽）（qiān ㄑㄧㄢ）粵tsim¹〔僉〕❶親自寫姓名或畫上符號：～名。請你～個字。❷簡要地寫出（意見）：～注。❸同'籤'，見509頁。

13 **簾**（△帘）（lián ㄌㄧㄢˊ）粵lim⁴〔廉〕用布、竹、葦等做的遮蔽門窗的東西：窗～。

13 **簿**（bù ㄅㄨˋ）粵bou⁶〔步〕（～子）本子：賬～。點名～。（粵口語讀如'保'）〔簿記〕根據會計學原理記賬的技術。

13 **簫**（簫）（xiāo ㄒㄧㄠ）粵siu¹〔消〕管樂器

名，古代的'排簫'是許多管子排在一起的，後世用一根管子做成，豎着吹的叫'洞簫'。

13 **簷** 同'檐'，見 335 頁。

13 **簫** 同'簫'，見 507 頁。

13 **籟** '籟'的簡化字，見本頁。

14 **籃（篮）** （lán ㄌㄢˊ）粵 lam⁴〔藍〕❶（一子、一兒）用藤、竹、柳條等編的盛東西的器具，上面有提梁：菜~。花~。❷籃球架上供投球用的帶網鐵圈：投~。

14 **籌（筹）** （chóu ㄔㄡˊ）粵 tseu⁴〔酬〕❶籌碼，計數的用具。❷謀劃：~款。~備。統~。一~莫展。

14 **籍** （jí ㄐㄧˊ）粵 dzik⁹〔直〕❶書、書册（粵書~）：六~（六經）。古~。❷登記隸屬關係的簿册，隸屬關係：戶~。國~。學~。〔籍貫〕一個人的祖居或出生的地方。

14 **籧** 同'籧'，見 509 頁。

14 **纂** 見糸部，532 頁。

15 **籑** （zhuàn ㄓㄨㄢˋ）粵 dzan⁶〔賺〕❶同'撰'，見 268 頁。❷同'饌'，見 782 頁。

15 **籐** 同'藤'，見 604 頁。

15 **籤** 同'籤'，見 509 頁。

16 **籙（箓）** （lù ㄌㄨˋ）粵 luk⁹〔陸〕❶簿子、册子。❷符籙，道士畫的驅使鬼神的符號。

16 **籜（箨）** （tuò ㄊㄨㄛˋ）粵 tok⁸〔托〕竹筍上一片一片的皮，即筍殼。

16 **籟（籁）** （lài ㄌㄞˋ）粵 lai⁶〔賴〕古代的一種簫。⑤孔穴裏發出的聲音，泛指聲音：萬~無聲。

16 **籠（笼）** ㊀（lóng ㄌㄨㄥˊ）粵 lung⁴〔龍〕❶（一子、一兒）養鳥、蟲的器具，用竹、木條或金屬絲等編插而成：鳥~。雞~。蟈蟈~。⑤舊時囚禁犯人的東西：囚~。❷用竹、木等材料製成的有蓋的蒸東西的器具：蒸~。~屜。㊁（lóng ㄌㄨㄥˊ）粵同㊀遮蓋，罩住：黑雲~着天空。㊂（lǒng ㄌㄨㄥˇ）粵 lung⁵〔壟〕❶比較大的箱子：箱~。❷〔籠統〕（儱侗）概括而不分明，不具體：話太~~了，不能表明確切的意思。

16 **籥** 同'籥'，見 509 頁。

17 籤(签) (qiān ㄑㄧㄢ) 粤 tsim¹〔簽〕❶（一子、一兒）用竹木等做成的細棍或片狀物：牙~。竹~。❷（一兒）書冊裏作標誌的紙片或其他物件上作標誌的東西：書~。標~。浮~。❸信手抽出或拈起的竹籤或紙條，用來決定彼此或次序：抽~。❹寺廟中供占卜吉凶用的編有號碼的竹片：求~。❺粗粗地縫合起來。

17 籥 (yuè ㄩㄝ) 粤 jœk⁹〔若〕同'龠'。古代管樂器名。

17 籧 (qú ㄑㄩ) 粤 kœy⁴〔渠〕〔籧篨〕古代指用竹子或蘆葦編的粗席。

18 籪(簖) (duàn ㄉㄨㄢ) 粤 dyn⁶〔段〕插在水裏捕魚、蟹用的柵欄，多用竹子或蘆葦編成。

19 籩(笾) (biān ㄅㄧㄢ) 粤 bin¹〔邊〕古代祭祀或宴會時盛果脯等的竹器。

19 籬(篱) ㊀(lí ㄌㄧ) 粤 lei⁴〔離〕籬笆，用竹子、蘆葦、樹枝等編成的障蔽物：竹~茅舍。㊁(li・ㄌㄧ) 粤 lei¹〔喱〕用於'笊籬'，見 497 頁'笊'字條。

19 籮(箩) (luó ㄌㄨㄛ) 粤 lɔ⁴〔羅〕用竹子編的底方上圓的器具。

20 籯 (yíng ㄧㄥ) 粤 jiŋ⁴〔迎〕❶箱籠之類的竹器。❷盛筷子的竹籠。

20 籰 (yuè ㄩㄝ) 粤 wɔk⁹〔獲〕〈方〉（一子）絡絲、紗等的工具。

26 籲(吁) (yù ㄩ) 粤 jy⁶〔預〕為某種要求而呼喊：~請。大聲呼~。

米 部

米 (mǐ ㄇㄧ) 粤 mei⁵〔迷 低上〕❶穀類或其他植物子實去了殼的名稱：小~。花生~。特指去了殼的稻實：買十斤~。〔蝦米〕去了殼的乾蝦肉，也指蝦。❷(外)國際單位制長度的主單位（又名公尺），一米約等於三呎三吋。符號 m。

2 籴 '糴'的簡化字，見 513 頁。

2 粂 見一部，51 頁。

3 籽 (zǐ ㄗˇ) 粤 dzi²〔子〕植物的種子：菜~。又作'子'。

3 籼 (xiān ㄒㄧㄢ) 粤 sin¹〔仙〕同'秈'。籼稻，水稻的一種，米粒細而長。

3 粝 (shēn ㄕㄣ) 粤 sen¹〔申〕糧食、油料等加工後剩下的渣滓。

3 **类** '類'的簡化字,見 775 頁。

3 **娄** '婁'的簡化字,見 157 頁。

3 **屎** 見尸部, 179 頁。

4 **粉** (fěn ㄈㄣˇ)⑨fen²〔分高上〕
❶細末:藥～。藕～。漂白～。特指化妝用的粉末:塗脂抹～。❷粉刷,用塗料抹刷牆壁:這牆是才～的。〔粉飾〕⑱裝飾表面:～～太平。❸使破碎,成為粉末:～身碎骨。❹淺紅色:這朵花是～的。❺白色的或帶粉末的:～蝶。❻用穀類或豆粉的粉末做成的食品:～條。涼～。米～。

4 **粑** (bā ㄅㄚ)⑨ba¹〔巴〕餅類食物(疊)。

4 **秕** 同'秕',見 484 頁。

4 **粔** 同'糠',見 513 頁。

4 **攽** 見攴部, 276 頁。

4 **料** 見斗部, 281 頁。

4 **氣** 見气部, 352 頁。

5 **粒** (lì ㄌㄧˋ)⑨nep⁷〔凹〕lep⁷〔笠〕(又)❶(一兒)成顆的

東西,細小的固體:米～。豆～。鹽～。❷量詞,多指小的東西:一～米。兩～丸藥。三～子彈。

5 **粕** (pò ㄆㄛˋ)⑨pok⁸〔撲〕pak⁸〔拍〕(又)米渣滓。 參看 513 頁'糟'❶〔糟粕〕。

5 **粗** (cū ㄘㄨ)⑨tsou¹〔操〕❶跟'細'相反:1.顆粒大的:～沙子。～麵。2.長條東西直徑大的:～綫。這棵樹長(zhǎng)得很～。～枝大葉(喻疏忽)。3.毛糙,不精緻的(達一糙):板面很～。～瓷。～布。去～取精。4.聲音低而大:嗓音很～。5.疏忽,不周密:～心。～～一想。❷粗笨,魯莽(遷一魯):～暴。這話太～魯。～手～腳。

5 **粘** 同'黏',見 825 頁。

5 **粝** '糲'的簡化字,見 513 頁。

5 **粜** '糶'的簡化字,見 513 頁。

6 **粞** (xī ㄒㄧ)⑨sei¹〔西〕碎米:糠～。

6 **粟** (sù ㄙㄨˋ)⑨suk⁷〔叔〕❶穀子,一年生草本植物,花小而密集,子實去皮後就是'小米'。舊日泛稱穀類。❷皮膚因受冷或因恐懼而起的小疙瘩。❸〔粟米〕〈粵方言〉玉米。

6 粢（zī ㄗ）粵dzi¹〔支〕穀類的總稱。

6 粥 用米、麵等煮成的比較稠的半流質食品。

㈡〈古〉同'鬻'，見 795 頁。

6 粧 同'妝'，見 153 頁。

6 粙 同'麴❶'，見 823 頁。

6 粦 同'磷'，見 476 頁。

6 粵 同'粤'，見本頁。

6 粪 '糞'的簡化字，見 512 頁。

7 粤（yuè ㄩㄝˋ）粵jyt⁹〔月〕廣東省的別稱。〔兩粵〕指廣東和廣西。

7 粱（liáng ㄌㄧㄤˊ）粵lœŋ⁴〔良〕❶粟的優良品種的統稱。〔高粱〕一年生草本植物，莖高。子實可供食用，又可以釀酒。❷精美的飯食：膏～（喻富貴之家）。

7 粲（càn ㄘㄢˋ）粵tsan³〔燦〕❶鮮明的樣子。❷粲然，笑的樣子：以博一～。

7 粳（jīng ㄐㄧㄥ）粵geŋ¹〔庚〕粳稻，稻的一種，米有黏和不黏兩種。

7 粮 '糧'的簡化字，見 513 頁。

8 粹（cuì ㄘㄨㄟˋ）粵sœy⁶〔睡〕sœy⁵〔緒〕㈡❶不雜：純～。❷精華（匬精一）：國～（中國文化的精華）。

8 粼 lœn⁴〔倫〕〔粼粼〕形容水清澈：～～碧波。

8 精（jīng ㄐㄧㄥ）粵dziŋ¹〔晶〕❶細密的，跟'粗'相反：～製。～選。～打細算。❷聰明，思想周密：這孩子真～。他是個～明能幹的人。❸精華，物質中最純粹的部分，提煉出來的東西：這是其中的一華。麥～。酒～。炭～。〔精神〕1.哲學名詞，就是人的意識。2.宗旨，主要的意義。3.指人表現出來的活力：他的～～很好。做事有～～。〔精彩〕最出色的。❹精液，雄性動物體內的生殖物質：遺～。受～。❺專一，深入：博而不～。～通。他～於針灸。❻很，極：～濕。～瘦。～光。❼迷信的人以為多年老物變成的妖怪：妖～。狐狸～。

8 粽 同'糉'，見 512 頁。

8 糁 '糝'的簡化字，見 512 頁。

9 **糅**（róu ㄖㄡˊ）粵jeu²〔柚高上〕nɐu6〔扭低去〕（又）混雜：～合。眞僞雜之。

9 **糈**（xǔ ㄒㄩˇ）粵sœy²〔水〕❶糧食。❷古代祭神用的精米。

9 **糉**（zòng ㄗㄨㄥˋ）粵dzuŋ³〔衆〕dzuŋ²〔腫〕（又）糉子，用箬葉或葦葉裹糯米做成的多角形的食品。又叫'角黍'。

9 **糊**（一）（hú ㄏㄨˊ）粵wu⁴〔胡〕❶黏合：拿紙～窗戶。裱～。〔糊塗〕不清楚，不明事理。❷粥類。〔糊口〕同'餬口'。指勉強維持生活。❸同'煳'。燒焦：飯～了。
（二）（hù ㄏㄨˋ）粵同（一）像粥一樣的食物：辣椒～。芝麻～。（粵口語讀高上聲）〔糊弄〕1.敷衍，不認眞做：做事～～是不負責的態度。2.蒙混：你不要～～人。
（三）（hū ㄏㄨ）粵同（一）塗抹或黏合使封閉起來：用泥把牆縫～上。

9 **糌**（zān ㄗㄢ）粵dza¹〔渣〕〔糌粑〕青稞麥炒熟後磨成的麵，是藏族的主食。

9 **糍**（cí ㄘˊ）粵tsi⁴〔池〕一種用江米（糯米）做成的食品：～粑。＝糰。

9 **䅾**同'餕'，見781頁。

10 **糒**（bèi ㄅㄟˋ）粵bei6〔備〕乾糧。

10 **糕**（gāo ㄍㄠ）粵gou¹〔高〕用米粉或麵粉等攙和其他材料做成的食品：雞蛋～。年～。

10 **糖**（táng ㄊㄤˊ）粵tɔŋ⁴〔唐〕tɔŋ²〔䁃〕（語）❶從甘蔗、甜菜、米、麥等提製出來的甜的東西。❷同'醣'，見713頁。

10 **糗**（qiǔ ㄑㄧㄡˇ）粵jeu²〔柚高上〕tsɐu³〔臭〕（又）炒熟的米、麥等乾糧。

10 **糍**同'糍'，見本頁。

11 **糝**（糁）（sǎn ㄙㄢˇ）粵sam²〔衫高上〕❶用米攙和羹湯。也指用米攙和其他食物製成的食品。❷〈方〉飯粒。

11 **糞**（粪）（fèn ㄈㄣˋ）粵fen³〔訓〕❶屎，糞便，可做肥料。❷施肥，往田地裏加肥料：～地。～田。❸掃除（粵一除）。

11 **糙**（cāo ㄘㄠ）粵tsou³〔燥〕❶糙米，脫殼未去皮的米。❷不細緻，粗（粵粗一）：這活做得太～。

11 **糜**（一）（mí ㄇㄧˊ）粵mei⁴〔眉〕❶粥。❷糜爛，爛到難於

收拾: ～爛不堪。❸糜費，浪費: ～費錢財。

㊁(méi ㄇㄟ)同㊀(一子)一種不黏的黍，就是'穄'.

糟 (zāo ㄗㄠ)㊁dzou¹〔租〕❶做酒剩下的渣子:〔糟粕〕㊷無價值的東西: 取其精華，去其～～。❷用酒或酒糟醃製食品: ～魚。～豆腐。❸腐爛，朽爛: 木頭～了。布～了。❹壞，不好: 事情～了。〔糟踏〕〔糟蹋〕作踐，不愛惜: 不要～糧食。

糠 (kāng ㄎㄤ)㊷hoŋ¹〔康〕從稻、麥等子實上脫下來的皮或殼。

糨 (jiàng ㄐㄧㄤ去)㊷gœŋ⁶〔姜低去〕稠，濃: 粥太～了。〔糨子〕〔糨糊〕用米或麵粉等做成的可以黏貼東西的物品。

糡 同'糨'，見本頁。

糧(粮) (liáng ㄌㄧㄤ)㊷lœŋ⁴〔良〕❶糧食，可吃的穀類、豆類等: 食～。雜～。❷田賦，農業稅: 徵～。完～。❸〈粵方言〉工資: 出～(發工資)。

糎 同'糨'，見本頁。

糯(糯) (nuò ㄋㄨㄛ)㊷nɔ⁶〔懦〕糯稻，稻的一種，米富於

黏性: ～米。

糰(团) (tuán ㄊㄨㄢ)㊷tyn⁴〔團〕米或粉製成的球形食品: 湯～。

糲(粝) (lì ㄌㄧ)㊷lɐi⁶〔麗〕粗糙的米。

糴(籴) (dí ㄉㄧ)㊷dɛk⁹〔笛〕買糧食: ～米。

糵 同'糱'，見本頁。

糱 (niè ㄋㄧㄝ)㊷jit⁹〔熱〕jip⁹〔業〕(又)酒麴，釀酒用的發酵劑。

糶(粜) (tiào ㄊㄧㄠ)㊷tiu³〔跳〕賣出糧食。

糸(糹糸)部

系 (xì ㄒㄧ)㊷hɐi⁶〔係〕❶有聯屬關係的: ～統。一～列的事實。水～。世～。❷高等學校中按學科分的教學單位: 中文～。化學～。❸地層系統分類的第二級，小於界，相當於地質年代的紀。❹'繫'的簡化字，見 531 頁。❺'係'的簡化字，見 29 頁。

糾(纠) (jiū ㄐㄧㄡ)㊷geu²〔九〕deu²〔抖〕(俗)❶纏繞(㊺一纏): ～纏不清。

〔糾紛〕牽連不清的爭執。❷矯正：～偏救弊。〔糾正〕把有偏向的事情改正。〔糾察〕在民衆活動中維持秩序。也指維持秩序的人。❸集合：～合衆人（含貶義）。

3 **紀（纪）**（⊖jì ㄐㄧˋ）粵gei²〔己〕❶記載：～事。〔紀念〕用事物或行動對人或事表示懷念。（粵又讀如'記'）❷〔紀元〕紀年的開始，如公曆以假定的耶穌出生那一年為元年。❸古時把十二年算做一紀。〔世紀〕一百年叫'一世紀'。❹紀律，法度：軍～。違法亂～。〔紀律〕集體生活裏必須共同遵守的規則：遵守～～。❺史書的一種體裁，專記帝王的歷史事迹及一代大事，如《史記・高祖本紀》。❻地質學名詞。一般地質時代劃分的第二級單位，也就是'代'以下的單位。一個代包括幾個紀，如古生代包括寒武紀、奧陶紀、志留紀、泥盆紀、石炭紀和二疊紀等六個紀。在紀的時間內形成的地層叫做'系'，如寒武系、奧陶系等。

⊜（jì ㄐㄧˋ）粵同⊖姓。

3 **紂（纣）**（zhòu ㄓㄡˋ）粵dzeu⁶〔就〕❶牲口的後鞦，套車時繫在牲口尾

部橫木上的皮帶。❷古人名，商朝末代君主。

3 **紃（䋫）**（xún ㄒㄩㄣˊ）粵tsœn⁴〔巡〕圓形絛帶。

3 **約（约）**（⊖yuē ㄩㄝ）粵jœk⁸〔若 中入〕❶拘束，限制（～～束）。❷共同議定的要遵守的條款：條～。立～。❸預先說定：預～。和他～好了。❹邀請：～他來。特～記者。❺算術上指用公因數去除分子和分母使分數簡化：5/10可以～成1/2。❻儉省：節～。❼簡要：由博返～。❽大約，大概，不十分確定的：～計。～數。大～有五十人。

⊜（yāo ㄧㄠ）粵同⊖用秤稱：你～～有多重？

3 **紆（纡）**（yū ㄩ）粵jy¹〔于〕由折，彎曲。

3 **紇（纥）**（⊖hé ㄏㄜˊ）粵het⁹〔劾〕〔回紇〕唐代西北的民族，後改稱'回鶻'。

⊜（gē ㄍㄜ）粵get⁷〔吉〕〔紇縫〕紗綫、織物等打成的結。綫～～。解開頭巾上的～。

3 **紈（纨）**（wán ㄨㄢˊ）粵jyn⁴〔元〕細絹，很細的絲織品。〔紈袴〕古代貴族子弟的華美衣著：～～子弟（舊

時指富有家庭出身，專講吃喝玩樂的子弟）。

3 **紉（纫）**（rèn ㄖㄣˋ）（粵）jen⁶〔刃〕❶引綫穿針：～針。❷縫綴：縫～。

3 **紅（红）**㊀（hóng ㄏㄨㄥˊ）（粵）hung⁴〔洪〕❶像鮮血那樣的顏色。（喻）1.喜慶：辦～事。2.象徵順利、成功：開門～。❷指人發迹或受上司寵信：走～。～人。❸私營企業年終時分配給股東或雇員的利潤：分～。花～。
㊁（gōng ㄍㄨㄥ）（粵）gung¹〔工〕〔女紅〕舊指女子所做的縫紉、刺繡等工作。也作「女工」。

3 **纩**'纊'的簡化字，見 533 頁。

3 **纤**㊀'纖'的簡化字，見533頁。
㊁'縴'的簡化字，見529頁。

4 **紊**（wěn ㄨㄣˇ 舊讀wèn ㄨㄣˋ）（粵）men⁶〔問〕亂（運）一～亂〕：有條不～。

4 **紋（纹）**㊀（wén ㄨㄣˊ）〔文〕條紋（運）一～理〕：水～。指～。這木頭～理很好看。
㊁同'璺'，見 432 頁。

4 **納（纳）**（nà ㄋㄚˋ）（粵）nap⁹〔鈉〕❶收入，放進：出～。吐故～新。❷1.接受：採～建議。2.享受：～涼。

❷繳付：～稅。❸補綴，縫補，現在多指密密地縫：～鞋底。〔納西〕納西族，中國少數民族名，參看附錄六。

4 **紐（纽）**（niǔ ㄋㄧㄡˇ）（粵）neu²〔扭〕❶器物上可以提起或繫掛的部分：秤～。印～。❷（～子）紐扣，可以扣合衣物的球狀物或片狀物。❸用來控制某種事物的機鍵或關鍵：電～。樞～。❹音韻學名詞，聲母的別稱。

4 **紓（纾）**（shū ㄕㄨ）（粵）sy¹〔舒〕緩和，解除：～難。

4 **純（纯）**（chún ㄔㄨㄣˊ）（粵）sœn⁴〔脣〕❶專一不雜（運）一～粹〕：～潔。～鋼。～藍。❷熟練：工夫不～。❸淨：～利。

4 **紕（纰）**㊀（pī ㄆㄧ）（粵）pei¹〔披〕布帛、絲縷等破壞散開。〔紕漏〕因疏忽引起的錯誤。〔紕繆〕錯誤。
㊁（pí ㄆㄧˊ）（粵）pei⁴〔皮〕在衣冠或旗幟上鑲邊，也指所鑲的邊緣。

4 **紖（纼）**（zhèn ㄓㄣˋ）（粵）dzen⁵〔眞低上〕穿在牛鼻上以備牽引的繩子。也泛指牽牲口的繩子。

4 **紗（纱）**（shā ㄕㄚ）（粵）sa¹〔沙〕❶用棉花、

麻等紡成的細縷，用它可以捻成綫或織成布。❷經緯綫稀疏或有小孔的織品：羽～。窗～。⑨像紗布的：鐵～。

紘(纮)（hóng ㄏㄨㄥˊ）粵weng⁴〔宏〕古代禮帽(冠冕)上的繫帶。

紙(纸)（zhǐ ㄓˇ）粵dzi²〔子〕❶紙張，多用植物纖維製成。造紙是中國四大發明之一，起源很早，東漢時蔡倫曾加以改進。❷量詞：一～公文。

級(级)（jí ㄐㄧˊ）粵kep⁷〔給〕❶石階：石～。拾～而上。⑨層次：那臺階有十多～。七～浮屠(七層的塔)。❷等次：高～。低～。初～。上～。下～。❸年級，學校編制的名稱，學年的分段：同～不同班。三年～。高年～。❹古指戰爭中或用刑時斬下的人頭：首～。

紛(纷)（fēn ㄈㄣ）粵fen¹〔分〕❶眾多，雜亂(疊一亂、一雜)(疊)：～紜。大雪～飛。議論～～。❷爭執，糾紛：排難解～。

紜(纭)（yún ㄩㄣˊ）粵wen⁴〔雲〕數多而亂。〔紛紜〕(言論、事情等)多而雜亂：眾說～～。

紝(纴)（rèn ㄖㄣˋ）粵jem⁶〔任〕〈古〉❶織布帛的絲縷。❷紡織。

素（sù ㄙㄨˋ）粵sou³〔訴〕❶本色，白色：～服。～絲。⑨顏色單純，不豔麗：這塊布很～淨。❷本來的：～質。～性。⑨事物的基本成分：色～。毒～。因～。元～。❸蔬菜類的食品(對葷菜說)：～食。吃～。❹平素，向來：～日。～不相識。❺古代稱白色的生絹：尺～(用綢子寫的信)。

紡(纺)（fǎng ㄈㄤˇ）粵fong²〔訪〕❶把絲、棉、麻、毛或人造纖維等做成紗或綫：～紗。～棉花。❷紡綢，一種綢子：杭(杭州)～。

索㊀（suǒ ㄙㄨㄛˇ）粵sok⁸〔朔〕❶(一子)大繩子：麻～。船～。鐵～橋。❷盡，毫無：～然無味。❸單獨：離羣～居。㊁（suǒ ㄙㄨㄛˇ）粵sak⁸〔沙嘛口入〕sok⁸〔朔〕(又)❶搜尋，尋求(粵搜一)：進行搜～。遍～不得。〔索引〕把書籍或報刊裏邊的要項摘出來，分類或按字形、字音等依次排列，標明頁數，以便查檢的表。也叫「引得」。❷討取，要：～錢。～價。～欠。

4 **紮** 同'紮'，見本頁。

4 **纬** '緯'的簡化字，見 526 頁。

4 **紧** '緊'的簡化字，見 524 頁。

4 **纲** '綱'的簡化字，見 523 頁。

4 **纵** '縱'的簡化字，見 528 頁。

4 **纶** '綸'的簡化字，見 524 頁。

4 **纾** '紆'的簡化字，見 518 頁。

5 **紮** ㊀(zhā ㄓㄚ)⑧dzat⁸〔札〕駐紮：～營。

㊁(zā ㄗㄚ)⑧⑮同㊀❶捆，纏縛：～辮子。～腿。～彩牌樓。❷把兒，捆兒：一～線。

5 **紬**(绸) ㊀(chōu ㄔㄡ)tsɐu¹〔抽〕引出，綴輯。〔紬繹〕[抽繹]引出頭緒。

㊁同'綢'，見 523 頁。

5 **累** ㊀(lěi ㄌㄟˇ)⑧lœy⁵〔呂〕❶堆積：危如～卵。積年～月。〔累累〕1.屢屢。2.形容累積：罪行～～。〔累進〕照原數目多少而遞增，如：2、4、8、16等，原數越大，增加的數也越大：～～率。～～稅。❷屢次，接連：～戰皆捷。連篇～牘。❸重疊：層臺～榭。

㊀(lèi ㄌㄟˋ)⑧lœy⁶〔類〕❶牽連，拖累：受～。～及無辜。～你操心。❷疲乏，過勞：我今天～了!

㊁(léi ㄌㄟˊ)同㊀[累贅]1.形容文字繁複，不簡潔。2.多餘的負擔，麻煩：這事多～～。

㊃(léi ㄌㄟˊ)⑧lœy⁴〔雷〕古同'縲'，今用為'縲'的簡化字，見 533 頁。

5 **細**(细) (xì ㄒㄧˋ)⑧sei³〔世〕❶跟'粗'相反：1.顆粒小的：～沙。～末。2.長條東西直徑小的：～竹竿。～鉛絲。3.工料精緻的：江西～瓷。這塊布真～。4.聲音小：嗓音～。5.仔細，周密：膽大心～。精打～算。深耕～作。❷儉樸(不做修飾語)：他過日子很～。❸細小的，具體的：～節。

5 **紱**(绂) (fú ㄈㄨˊ)⑧fɐt⁷〔忽〕❶古代繫印紐的絲繩。❷同'黻'，見 827 頁。

5 **紲**(绁) (xiè ㄒㄧㄝˋ)⑧sit⁸〔洩〕❶繩索。❷繫，縛。

5 **紳**(绅) (shēn ㄕㄣ)⑧sen¹〔新〕❶古代士大夫束在腰間的大帶子。❷紳士，舊稱地方上有勢力、有地位的人：鄉～。土豪劣～。開明士～。

5 紵（纻）（zhù ㄓㄨˋ）粵 tsy⁵
〔柱〕❶同'苧'，見 576 頁。❷苧麻織成的布。

5 紹（绍）（shào ㄕㄠˋ）粵 siu⁶
〔邵〕繼承，接續。

5 紺（绀）（gàn ㄍㄢˋ）粵 gem³
〔禁〕天青色，微帶紅色的深青色。

5 紼（绋）（fú ㄈㄨˊ）粵 fet⁷
〔忽〕❶大繩。❷舊指出殯時拉棺材用的大繩：執～（送殯）。

5 紿（绐）（dài ㄉㄞˋ）粵 doi⁶
〔代〕tɔi⁵〔殆〕（又）欺騙。

5 絀（绌）（chù ㄔㄨˋ）粵 dzyt⁸
〔拙〕不足，不夠：經費支～。相形見～。

5 絁（缌）（shī ㄕ）粵 si¹〔施〕古時一種粗綢子。

5 終（终）（zhōng ㄓㄨㄥ）粵 dzuŋ¹〔忠〕❶最後，結束，末了：～點。年～。粵人死：臨～。❷到底，總歸：～將成功。～必奏效。❸從開始到末了：～日。～年。～生。～身。

5 組（组）（zǔ ㄗㄨˇ）粵 dzou²
〔祖〕❶結合，構成：～成一隊足球隊。改～。～閣。〔組織〕1.有目的、有系統、有秩序地結合起來：～～學生會。2.按照一定的政治目的、任務和系統建立起來的集體：工會～～。3.有機體中由形狀、性質和作用相同的若干細胞結合而成的單位：神經～～。❷由不多的人員結合成的單位：戲劇～。❸合成一體的（文學藝術作品）：～詩。～畫。

5 絅（绚）（jiǒng ㄐㄩㄥˇ）粵 gwiŋ²〔炯〕同'褧'。古代稱罩在外面的麻布單衣。

5 絆（绊）（bàn ㄅㄢˋ）粵 bun⁶
〔伴〕行走時被別的東西擋住或纏住：～馬索。～腳石。走路不留神被石頭～倒了。〔羈絆〕束縛：不受～～。

5 絃 同'弦'，見 208 頁。

5 线 '綫'的簡化字，見 523 頁。

5 织 '織'的簡化字，見 531 頁。

5 绐 '縡'的簡化字，見 527 頁。

5 绎 '繹'的簡化字，見 532 頁。

5 经 '經'的簡化字，見 521 頁。

5 练 '練'的簡化字，見 526 頁。

5 縈 '縈'的簡化字,見 527 頁。

6 絎(绗)（háng ㄏㄤˊ）粵
hɔŋ⁴〔杭〕做棉衣、棉褥等,用粗縫,使布和棉花連在一起。

6 結(结)㊀（jié ㄐㄧㄝˊ）粵
git⁸〔潔〕❶用線繩等物打結或編織:~網。~繩。❷(－子)用繩、綫或布條等結成的扣:打~。活~。蝴蝶~。❸紮縛:張燈~彩。❹聚,合:1.凝聚:~冰。~晶。2.締結,組織:~婚。~交。集會~社。❺總結,了結:~案。~業。~賬。~局。〔結論〕對人或事物所下的總結性的論斷。❻一種保證負責的字據:具~。甘~。
〔結舌〕因害怕或理屈說不出話來:問得他張口~~。
〔結構〕1.各組成部分搭配的形式:文章的~~。2.建築上指承重的部分:鋼筋混凝土~~。

㊁（jiē ㄐㄧㄝ）粵同㊀植物長果實:樹上~了許多蘋果。〔結實〕1.植物長果實:開花~~。2.堅固耐用:這雙鞋很~~。3.健壯:他的身體很~~。

6 紫（zǐ ㄗˇ）粵dzi²〔子〕藍、紅合成的顏色。

6 絕(绝)（jué ㄐㄩㄝˊ）粵
dzyt⁹〔拙低入〕❶斷:~望。絕繹不~。〔絕句〕中國舊體詩的一種,每首四句,每句五字或七字,有一定的平仄和押韻的限制。❷盡,窮盡:氣~。~路。法子都想~了。〔絕境〕沒有希望、沒有出路的情況。❸極,最:~妙。~密。㊉精湛的,獨特的:~技。這幅畫眞叫~了。〔絕頂〕1.山的最高峯:泰山~~。2.極端的,非常的:~~巧妙。❹絕對,全然:~無僅有。~不相干。~不減價。❺極遠,隔絕:~域。~塞。

6 絜㊀（xié ㄒㄧㄝˊ）粵kit⁸〔揭〕用繩子量度圓筒形物體的粗細。
㊁〔古〕同'潔',見 384 頁。

6 絡(络)㊀（luò ㄌㄨㄛˋ）粵
lɔk⁸〔烙〕❶像網子那樣的東西:脈~。橘~。絲瓜~。❷用網狀物兜住,籠罩:用絡子~住。〔籠絡〕使用手段拉攏攏人。❸纏繞:~紗。~綫。❹中醫學名詞。人體的脈絡:經~。
〔絡繹〕連續不絕:參觀的人~~不絕。
㊁（lào ㄌㄠˋ）粵同㊀ 義同㊀❶,用於一些口語詞。〔絡子

1.綫繩結成的網狀袋子。2.繞綫、繞紗的器具。

6 **絞（绞）** (jiǎo ㄐㄧㄠˇ) 粵 gau³〔狡〕❶把兩根或以上的細長物體扭結在一起：～鐵絲。～麻繩。❷擰，擠壓：把毛巾～乾。～腦汁（喻費心思）。❸勒死，吊死，舊時的一種死刑。❹把繩索一端繫在輪上，轉動輪軸，使繫在另一端的物體移動：～車。～盤。～起鐵錨。❺量詞，用於紗、毛綫等：一～毛綫。

6 **絢（绚）** (xuàn ㄒㄩㄢˋ) 粵 hyn³〔勸〕有文彩的：～爛。～麗。

6 **給（给）** ㊀ (gěi ㄍㄟˇ) 粵 kep⁷〔吸〕❶交付，送與：～他一本書。是誰～你的? ㋐把動作或態度加到對方：～他一頓批評。❷替，為：他～我當翻譯。～大家幫忙。❸被，表示遭受：～火燒掉了。羊～狼吃了。❹讓，叫：解開衣服～醫生檢查。這本書你到底～看不～看。❺把，將：請你隨手～門關上。❻跟前面「讓」、「叫」相應，可有可無：窗戶叫風（～）吹開了。羊讓狼（～）吃了。❼跟前面「把」字相應，可有可無：風把窗戶（～）吹開了。

㊁ (jǐ ㄐㄧˇ) 粵 同㊀ ❶供應：供～。配～。自～自足。補～。～養（軍隊中主副食、燃料，以及牲畜飼料等物資供應的統稱）。❷富裕，充足：家～人足。

6 **絨（绒）** (róng ㄖㄨㄥˊ) 粵 jung⁴〔容〕jung²〔湧〕（語）❶柔軟細小的毛：～毛。駝～。棉～。❷帶絨毛的紡織品。

6 **絮** (xù ㄒㄩˋ) 粵 søy⁵〔緒〕søy⁶〔睡〕（又）❶棉絮，棉花的纖維：被～。吐～。❷像棉絮的東西：柳～。蘆～。❸在衣物裏鋪棉花：～被子。～棉襖。❹連續重複，惹人厭煩：～煩。〔絮叨〕說話繁瑣，嘮叨。

6 **絰（绖）** (dié ㄉㄧㄝˊ) 粵 dit⁹〔秩〕古代喪服用的麻帶：首～。腰～。

6 **統（统）** (tǒng ㄊㄨㄥˇ) 粵 tung²〔桶〕❶總括，總起來：～率。～一。～籌。❷事物的連續關係（連系~）：血～。～緒。❸見508頁「籠」字條「籠統」。

6 **絲（丝）** (sī ㄙ) 粵 si¹〔私〕❶蠶吐出的像綫的東西，是織綢緞等的原料。㋐細微，極少：紋～不動。臉上沒有一～笑容。❷（一兒）像絲的東西：鐵～。蘿蔔～。❸

計算長度、容量和重量的單位名,十絲是一毫,十毫是一釐,十釐是一分。〔絲毫〕⑩極少,極小,一點(多和否定詞連用):～～不錯。

6 絳(绛)⁽ʲⁱàⁿᵍ ㄐㄧㄤˋ⁾⑨ goŋ³〔降〕赤色,大紅色。

6 絏 同'紲',見 517 頁。

6 絟 同'紝',見 516 頁。

6 絝 同'袴',見 630 頁。

6 繁 '繁'的簡化字,見 529 頁。

6 绒 '絨'的簡化字,見 532 頁。

6 绘 '繪'的簡化字,見 531 頁。

6 绕 '繞'的簡化字,見 531 頁。

7 絹(绢)⁽ʲⁱuàⁿ ㄐㄩㄢˋ⁾⑨ gyn³〔眷〕一種薄的絲織物。〔手絹〕手帕。

7 絺(缔)⁽ᶜʰⁱ ㄔ⁾⑨ tsi¹〔雌〕細葛布。

7 綁(绑)⁽ᵇǎⁿᵍ ㄅㄤˇ⁾⑨ boŋ²〔榜〕捆,縛:把兩根棍子～在一起。〔綁票〕(一兒)匪徒把人劫走,強迫被綁者家屬出財物去贖。

7 綃(绡)⁽ˣⁱāⁿ ㄒㄧㄠ⁾⑨ siu¹〔消〕生絲。又指用生絲織的東西。

7 綆(绠)⁽ᵍěⁿᵍ ㄍㄥˇ⁾⑨ geŋ²〔梗〕汲水用的繩子:～短汲深(喻才力小,不能勝任艱巨的事)。

7 綈(绨)⊖(tí ㄊㄧˊ)⑨tei⁴〔提〕光滑厚實的絲織品。
⊜(tì ㄊㄧˋ)tei³〔替〕比綢子厚實、粗糙的紡織品,用絲做經,綿綫做緯。

7 綌(绤)⁽ˣì ㄒㄧˋ⁾gwik⁷〔隙〕粗葛布。

7 綏(绥)⁽ˢuí ㄙㄨㄟˊ, 又讀 suī ㄙㄨㄟ⁾⑨søey¹〔須〕❶安撫:～靖。❷平安:順頌台～(書信用語)。

7 經(经)⁽ʲⁱⁿᵍ ㄐㄧㄥ⁾⑨giŋ¹〔京〕❶經綫,織布時拴在機上的豎紗,編織物的縱綫。❷地理學上假定通過南北極與赤道成直角的綫,以英國格林威治天文臺為起點,以東稱'東經',以西稱'西經'。❸作為思想行動標準的書:～典著作。❹宗教中稱講教義的書:佛～。聖～。古蘭～。❺某一事物或技藝的專門著作:《茶經》。《水經》。❻

正常，尋常：不～之談。❼治理，管理：～商。〔經紀〕1.管理買賣的：買賣～～。2.經紀人，為買賣雙方撮合、從中取得佣金的人。〔經理〕1.經營：他很會～～事業。2.企業的主管人。〔經濟〕1.通常指一個國家的國民經濟或國民經濟的某一部門，例如工業、農業、商業、財政、金融等。2.指經濟基礎，即一定歷史時期的社會生產關係。3.指國家或個人的收支狀況：～～富裕。4.節約：這樣做不～～。〔經營〕計劃、調度，管理。❽經受，禁受：～風雨，見世面。❾經過，通過：～過他一說我才明白。久～考驗。身～百戰。道～香港。〔經驗〕由實踐得來的知識或技能。❿在動詞前，跟'曾'、'已'連用，表示動作的時間過去而且完成了：曾～說過。他已～是個很得力的助手。⓫中醫稱人體內的脈絡：～絡。⓬月經，婦女每月由陰部排出血液：～期。停～。⓭縊死：自～。

7　緷　同'縕❶'，見531頁。

7　綑　同'捆'，見253頁。

7　綉（绣）同'繡'，見532頁。

7　絛　同'縧'，見530頁。

7　継　'繼'的簡化字，見532頁。

7　絵　'繪'的簡化字，見530頁。

7　纲　'綱'的簡化字，見524頁。

7　绹　'綢'的簡化字，見527頁。

8　綜（综）㊀(zōng ㄗㄨㄥ)⑧dzuŋ¹〔忠〕dzuŋ³〔眾〕(ㄡ)總合：錯～（總聚交錯）。〔綜合〕1.把各個獨立而互相關連的事物或現象進行分析歸納整理。2.不同種類、不同性質的事物組合在一起：～～利用。～～大學。
㊁(zèng ㄗㄥ)⑧dzuŋ³〔眾〕織布機上使經綫交錯着上下分開以便梭子通過的裝置。

8　綠（绿）㊀(lǜ ㄌㄩˋ)⑧luk⁹〔六〕一般草和樹葉的顏色，藍和黃混合成的顏色：紅花～葉。
㊁(lù ㄌㄨˋ)⑧同㊀　義同㊀。〔綠林〕西漢末年王匡、王鳳等聚眾造反，佔據綠林山（今湖北省當陽縣東北），號稱'綠林軍'。後來因以'綠林'泛指聚集山間的反抗官府或搶劫財物的集團。

8 **綢(绸)** （chóu ㄔㄡˊ）粵
tseu⁴〔酬〕（一子）
一種薄而軟的絲織品。

8 **綣(绻)** （quǎn ㄑㄩㄢˇ）粵
hyn³〔勸〕見 532
頁'繾'字條'繾綣'。

8 **綦** （qí ㄑㄧˊ）粵kei¹〔其〕❶青
黑色：～巾。❷極：～難。

8 **綫(线)** （xiàn ㄒㄧㄢˋ）粵
sin³〔扇〕 ❶ 用
絲、金屬、棉或麻等製成的細
長的東西：棉～。電～。毛～。
㊀細小的：一～希望。〔綫索〕
㊁事物發展的脈絡或據以解決
問題的頭緒：那件事情有了一～。❷幾何學上指只有長度而
無寬度和厚度的：直～。曲～。
❸像綫的：光～。紫外～。航
～。戰～。生命～。❹邊緣交
界處：防～。國境～。

8 **綬(绶)** （shòu ㄕㄡˋ）粵seu⁶
〔受〕一種絲質帶
子，古代常用來拴在印紐上。

8 **維(维)** （wéi ㄨㄟˊ）粵wei⁴
〔圍〕❶繫，連結
（㊀一繫）。〔維持〕設法使繼續
存在。〔維護〕保全，保護。❷
文言助詞：～妙～肖。
〔維吾爾〕維吾爾族，中國少數
民族名，參看附錄六。

8 **縈** ㊀（qíng ㄑㄧㄥˊ）粵hiŋ⁴〔慶〕
〔肯綮〕筋骨結合的地方

（喻要害、最重要的地方）。
㊁（qì ㄑㄧˋ）粵kei²〔啓〕同'棨'。
古代官吏出行用作符信的戟
衣。

8 **綰(绾)** （wǎn ㄨㄢˇ）粵wan²
〔挽高上〕❶把長
條形的東西盤繞起來打成結：
～結。～個扣。把頭髮～起來。
❷捲：～起袖子。

8 **綱(纲)** （gāng ㄍㄤ）粵
goŋ¹〔江〕❶提網
的總繩。㊀事物的關鍵部分：
大～。～目。～領。㊁由唐朝
起，轉運大批貨物所行的辦法，
把貨物分批運行，每批的車輛、
船隻計數編號，叫做一'綱'：
鹽～。茶～。花石～。❸生物
分類系統上所用的等級之一：
哺乳～。雙子葉植物～。

8 **網(网)** （wǎng ㄨㄤˇ）粵
moŋ⁵〔罔〕❶用繩
綫等結成的捕魚捉鳥的器具：
魚～。〔網羅〕搜求，設法招
致：～～人才。❷用網捕捉：
～魚。～鳥。❸像網的東西：
～兜。鐵絲～。❹像網樣的組
織或系統：通信～。交通～。

8 **綴(缀)** ㊀（zhuì ㄓㄨㄟˋ）
dzœy⁶〔罪〕dzœy³
〔最〕（又）❶縫：把這個扣子
～上。補～。❷連結：～字成文。
❸裝飾：點～。

（三）(chuò ㄔㄨㄛˋ)粵dzyt⁸〔啜〕同'輟'。停止，中止。

8 綵（彩）(cǎi ㄘㄞˇ)粵tsoi²〔採〕又作'彩'。五色的綢子: 張燈結～。

8 綸（纶）（一）(lún ㄌㄨㄣˊ)粵lœn⁴〔輪〕❶青絲帶。❷釣魚用的綫: 垂～。❸現用作某些合成纖維的名稱: 錦～。滌～。

（二）(guān ㄍㄨㄢ)粵gwan¹〔關〕〔綸巾〕古代配有青絲帶的頭巾。傳說三國時諸葛亮平常戴這種頭巾。

8 綹（绺）(liǔ ㄌㄧㄡˇ)粵leu⁵〔柳〕(一兒)一束(理順了的絲、綫、鬍、髮等): 兩～綫。五～鬍。一～頭髮。

8 綺（绮）(qǐ ㄑㄧˇ)粵ji²〔倚〕❶有花紋的絲織品: ～羅。❷美麗: ～麗。～思。

8 綻（绽）(zhàn ㄓㄢˋ)粵dzan⁶〔賺〕裂開: 鞋開～了。破～。

8 綽（绰）（一）(chuò ㄔㄨㄛˋ)粵tsœk⁸〔卓〕寬裕: ～～有餘。這間屋子很寬～。〔綽號〕外號。

（二）(chāo ㄔㄠ)粵tsau¹〔抄〕同'抄'。抄取，抓取: ～起一根棍子。

8 綾（绫）(líng ㄌㄧㄥˊ)粵lin⁴〔零〕(一子)一種很薄的絲織品，一面光，像緞子: ～羅綢緞。

8 緄（绲）(gǔn ㄍㄨㄣˇ)粵gwen²〔滾〕❶織成的帶子。❷繩。

8 緅（缌）(zōu ㄗㄡ)粵dzeu¹〔周〕青赤色。

8 緇（缁）(zī ㄗ)粵dzi¹〔支〕黑色: ～衣。

8 緉（緉）(liǎng ㄌㄧㄤˇ)粵lœŋ⁵〔兩〕一雙，古時計算鞋的單位。

8 緊（紧）(jǐn ㄐㄧㄣˇ)粵gen²〔謹〕❶密切合攏，跟'鬆'相反: 捆～。㉠靠得極近: ～鄰。～靠着。❷物體受到幾方面的拉力以後所呈現的緊張狀態: 鼓面繃得非常～。〔緊張〕不鬆弛，不緩和: 精神～～。工作～～。❸緊束，收縮: 把弦～一～。～一～腰帶。❹事情密切接連着，時間急促沒有空隙: 功課很～。抓～時間。㉠因時間短促而加快: ～一走。手～點就能多出活。❺形勢嚴重或關係重要: ～要關頭。事情～急。❻用錢有限制，生活不寬裕: 十年前他家日子很～。❼牢固，堅守: ～記勿忘。～守陣地。❽猛，急驟: 北風～。雨越下越～。

8 **緋(绯)** (fēi ㄈㄟ) 粵 fei¹
〔非〕紅色: 兩頰
～紅。〔緋聞〕有關男女之間的
豔聞。

8 **綿(绵)** (mián ㄇㄧㄢ) 粵
min⁴〔眠〕❶(～
子)蠶絲結成的片或團, 供絮
衣被、裝置盒等用。也叫'絲綿'。
❷性質像絲綿的: 1.軟弱, 單
薄: ～薄。2.延續不斷: ～延。

8 **緒(绪)** (xù ㄒㄩ) 粵 sœy⁵
〔髓〕❶絲的頭。
粵開端: 千頭萬～。〔緒論〕著
書或講學開頭敍述內容要點的
部分。❷事業: 續未竟之～。
❸指心情、思想等: 思～。情
～。❹殘餘: ～餘。

8 **緐** 同'繁⊖', 見 529 頁。

8 **綳** 同'繃', 見 530 頁。

8 **綯** 同'鞀', 見 767 頁。

8 **续** '續'的簡化字, 見 533 頁。

8 **绩** '績'的簡化字, 見 529 頁。

8 **绳** '繩'的簡化字, 見 531 頁。

9 **緗(缃)** (xiāng ㄒㄧㄤ) 粵
sœŋ¹〔商〕淺黃
色。

9 **緘(缄)** (jiān ㄐㄧㄢ) 粵
gam¹〔監〕❶封,
閉: ～口。〔緘默〕閉口不言。
❷書信, 信函。

9 **緙(缂)** (kè ㄎㄜ) 粵 kak⁷
〔卡客切高入〕緙
絲, 中國特有的一種絲織的手
工藝品。織緯線時, 留下要補
織圖畫的地方, 然後用各種顏
色的絲綫補上, 織出後約像是
刻出的圖畫, 也叫'刻絲'。

9 **緝(缉)** ⊖ (jī ㄐㄧ, 舊讀 qì
ㄑㄧ) 粵 tsɐp⁷〔輯〕
搜捕, 捉拿: ～私。通~
⊖ (qī ㄑㄧ) 粵同⊖一種縫法,
一針對一針地縫: ～鞋口。

9 **緞(缎)** (duàn ㄉㄨㄢ) 粵
dyn⁶〔段〕(～子)
質地厚密, 一面光滑的絲織品。

9 **締(缔)** (dì ㄉㄧ) 粵 dɐi³
〔帝〕tei³〔替〕(文)
❶結合, 訂立: ⊖～結。❷交
～約。❷結構, 建造: ～怨。
〔締造〕建立, 創立: ～～大業。
〔取締〕禁止。

9 **緡(缗)** (mín ㄇㄧㄣ) 粵
men⁴〔民〕❶古
代穿銅錢用的繩。❷釣魚用的
繩。

9 **緣(缘)** (yuán ㄩㄢ) 粵 jyn⁴
〔元〕❶因由, 原

故(緣一故、一由):無~無故。
沒有~由。❷為了,因為,由
於:~何到此?❸緣分,人與
人的遇合或結成關係的原因:
隨~。有~相見。一面之~。
❹沿,順着:~溪而上。❺攀
援:~木求魚(喻必然得不
到)。❻邊(緣邊一)。

9 **緦（緦）** (sī ㄙ)⑧si¹〔私〕
細麻布,用來製
作喪服。

9 **編（编）** (biān ㄅㄧㄢ)⑧
pin¹〔篇〕❶用細
條或帶形的東西交叉組織起
來:~草帽。~筐子。❷按一
定的次序或條理來組織或排
列:~號。~隊。~組。〔編輯〕
1.把資料或現成的作品加以適
當的整理、加工做成書報等。
2.編輯書報的人。❸成本的書
或書裏因內容不同自成起訖的
各部分:前~。後~。簡~
(縮寫本)。❹創作:~歌。~劇。
❺捏造,把沒有的事情說成
有:~了一套瞎話。

9 **緩（缓）** (huǎn ㄏㄨㄢˇ)⑧
wun⁶〔換〕❶慢,
跟'急'相反:~步而行。~不
濟急。❷延遲:~兵之計。~
刑。~兩天再辦。〔緩和〕使緊
張的情勢轉向平和。〔緩衝〕把
衝突的兩方隔離開,使緊張的

局勢緩和:~~地帶。❸蘇醒,
恢復:病人昏過去又~過來。
下過雨,花都~過來了。~~
氣再往前走。

9 **緬（缅）** (miǎn ㄇㄧㄢˇ)⑧
min⁵〔免〕遙遠:
~懷。~想。

9 **緯（纬）** (wěi ㄨㄟˇ)⑧wei⁵
〔偉〕❶緯線,織
布時用梭穿織的橫紗,編織物
的橫線。❷地理學上假定跟赤
道平行的線,以赤道為中點,
向北稱'北緯',向南稱'南緯',
到南北極各九十度。❸指緯書
(東漢以神學附會儒家經義的
一類書)。

9 **緱（缑）** (gōu ㄍㄡ)⑧geu¹
〔溝〕纏在刀劍等
柄上的繩子。

9 **緲（缈）** (miǎo ㄇㄧㄠˇ)⑧
miu⁵〔秒〕見529
頁'縹'字條'縹緲'。

9 **練（练）** (liàn ㄌㄧㄢˋ)⑧lin⁶
〔鍊〕❶白絹:江
平如~。❷把生絲煮熟,使柔
軟潔白。❸練習,反覆學習,
多次地操作:~兵。~字。❹
經驗多,精熟:~達。老~。
熟~。

9 **纏（缠）** (biàn ㄅㄧㄢˋ)⑧
pin⁴〔駢〕用麻、草
等編成的辮子狀物:草帽

9 **緹（缇）** (tí ㄊㄧˊ)（粵）tɐi⁴
[提]橘紅色。

9 **縕（缊）** (yùn ㄩㄣˋ)（粵）wɐn³
[醞]新舊混合的絲綿：～袍。

9 **緺（䌬）** (guā ㄍㄨㄚ)（粵）gwa¹ [瓜] gwɔ¹
[戈]（又）❶古代青紫色的綬帶。❷比喻婦女盤結的髮髻。

9 **綞（缍）** (duǒ ㄉㄨㄛˇ)（粵）dɔ²
[躲][綞子]綾的一種。

9 **緻（△致）** (zhì ㄓˋ)（粵）dzi³
[至]細密，精細（緻細一）：他做事很細～。這東西做得真精～。

9 **線** 同'綫'，見 523 頁。

9 **緜** 同'綿'，見 525 頁。

9 **褓** 同'褓'，見 632 頁。

9 **緫** 同'總'，見 529 頁。

9 **総** 同'總'，見 529 頁。

9 **緊** 同'緊'，見 524 頁。

9 **绩** '績'的簡化字，見 531 頁。

9 **缕** '縷'的簡化字，見 529 頁。

9 **缆** '纜'的簡化字，見 534 頁。

9 **绉** '縐'的簡化字，見本頁。

10 **縈（萦）** (yíng ㄧㄥˊ)（粵）jiŋ⁴
[營]纏繞。引牽掛，牽絆：～懷（掛心）。瑣事～身。

10 **縉（缙）** (jìn ㄐㄧㄣˋ)（粵）dzɛn³ [進]赤色的帛。[縉紳]古指官僚或做過官的人，也作'搢紳'。

10 **縊（缢）** (yì ㄧˋ)（粵）ɐi³ [翳]用繩子勒死，弔死：～殺。自～。

10 **縋（缒）** (zhuì ㄓㄨㄟˋ)（粵）dzœy⁶ [罪]用繩子綁住人、物從上往下送：工人們從樓上把機器～下來。

10 **縐（绉）** (zhòu ㄓㄡˋ)（粵）dzɐu³ [晝]一種有皺紋的絲織品。

10 **縑（缣）** (jiān ㄐㄧㄢ)（粵）gim¹ [兼]雙絲織成的細絹。

10 **縗（缞）** (cuī ㄘㄨㄟ)（粵）tsœy¹ [吹]古時的喪服，用粗麻布製成，披於胸前。也作'衰'。

10 **縛（缚）** (fù ㄈㄨˋ)（粵）bɔk⁸ [博] fɔk⁸ [霍]（又）捆綁：束～。手無～雞之

力。

10 縝（缜）（zhěn ㄓㄣˇ）粵 tsen² 〔診〕dzen² 〔眞高上〕（又）細緻（繼一密）：～密的思考。

10 縞（缟）（gǎo ㄍㄠˇ）粵 gou² 〔稿〕❶ 一種白色的絲織品。～衣。〔縞素〕舊時喪服。❷ 未經染色的絹。❸ 白色。

10 縟（缛）（rù ㄖㄨˋ）粵 juk⁹ 〔肉〕繁多，繁瑣：～禮。繁文～節。

10 縠 （hú ㄏㄨˊ）粵 huk⁹ 〔酷〕有縐紋的紗。

10 縢 （téng ㄊㄥˊ）粵 teŋ⁴ 〔騰〕❶ 封閉。❷ 約束。

10 縣（县）㊀（xiàn ㄒㄧㄢˋ）粵 jyn⁶ 〔願〕省級以下的一種行政區劃。
㊁〔古〕同‘懸’，見 233 頁。

10 縝 同‘縝’，見本頁。

10 縕 同‘縕’，見 527 頁。

10 縚 同‘縧’，見 530 頁。

10 緻 同‘緻’，見 527 頁。

10 缠 ‘纏’的簡化字，見 533 頁。

10 缤 ‘繽’的簡化字，見 532 頁。

10 缝 ‘縫’的簡化字，見本頁。

11 縫（缝）㊀（féng ㄈㄥˊ）粵 fuŋ⁴〔逢〕用針綫連綴：把衣服的破口～上。〔縫紉〕裁製服裝：學習～～。
㊁（fèng ㄈㄥˋ）粵 fuŋ⁴〔逢〕fuŋ⁶〔奉〕（又）❶（一子、一兒）縫隙，裂開或自然露出的窄長口子：裂～。牆～。❷（一兒）接合處的痕迹：這道～兒不直。

11 縭（缡）（lí ㄌㄧˊ）粵 lei⁴ 〔離〕古時婦女繫在身前的大佩巾：結～（古時指女子出嫁）。

11 縮（缩）㊀（suō ㄙㄨㄛ）粵 suk⁷〔叔〕❶ 向後退：不要畏～。遇到困難決不退～。❷ 由大變小，由長變短：熱脹冷～。～了半尺。～小範圍。〔縮影〕比喻可以代表同一類型的具體而微的人或事物。
㊁（sù ㄙㄨˋ）粵 同一〔縮砂密〕多年生草本植物，種子可入藥，叫砂仁。

11 縱（纵）㊀（zòng ㄗㄨㄥˋ）粵 dzuŋ³〔衆〕❶ 釋放：～虎歸山。欲擒故～。❷ 放任，不加拘束：～目四望。

~情歌唱。~容。❸聳，身體
猛然向前或向上：~身一跳。
一一身就過去了。❹即使：只
要有毅力，~有困難，也能克
服。❺起皺紋：這張紙都~了，
怎麼用來寫字。衣服壓~了。
㈡(zòng ㄗㄨㄥˋ，舊讀zōng ㄗㄨㄥ)
粵dzuŋ¹〔忠〕豎，直，南北的
方向，跟'橫'相反：~綫。排
成一隊。~橫各十里。~剖面。

縲(缧) (léi ㄌㄟˊ)粵lœy⁴
〔雷〕〔縲絏〕捆綁
犯人的繩索。

縴(纤) ㈠(qiān ㄑㄧㄢ)粵
hin¹〔牽〕變壞的
絮。
㈡(qiàn ㄑㄧㄢˋ)粵hin³〔獻〕拉船
的繩。〔縴手〕介紹買賣產業的
人。〔拉縴〕1.拉着縴使船前進。
2.介紹買賣產業從中取利。

縵(缦) (màn ㄇㄢˋ)粵
man⁶〔慢〕❶沒
有彩色花紋的絲織品。❷弦
索：操~(調弦)。

縶(絷) (zhí ㄓˊ)粵dzɐp⁷
〔汁〕❶拴，捆。
❷拘捕，拘禁。❸馬韁繩。

縷(缕) (lǚ ㄌㄩˇ)粵lœy⁵
〔呂〕lɐu⁵〔柳〕(俗)
❶綫：一絲一~。千絲萬~。
❷細緻地，逐條地：~述。~
析。❸泛指綫狀物：雲~。香

縹(缥) ㈠(piāo ㄆㄧㄠ)粵
piu⁵〔殍〕青白
色，淡青色。
㈡(piāo ㄆㄧㄠ)粵piu¹〔飄〕〔縹
緲〕[飄緲]形容隱隱約約的，
若有若無：山在虛無~~間。

縻(縻) (mí ㄇㄧˊ)粵mei⁴〔眉〕❶牛
韁繩。❷繫，捆，拴。〔羈
縻〕牽制，籠絡。

總(总) (zǒng ㄗㄨㄥˇ)粵
dzuŋ²〔腫〕❶聚
束，繫紮：~髮。❷集中，聚
集在一起：~在一起算。~共
三萬。~起來說。〔總結〕把一
段工作過程中的經驗教訓分
析、研究，歸納出指導性的結
論：~~經驗。❸全面，全部：
~復習。~賬。❹概括全部的，
主要的，為首的：~綱。~店。
~司令。❺經常，一直：為什
麼~是來晚?~不肯睡。❻一
定，無論如何：明天他一該回
來了。❼畢竟，總歸：萬紫千
紅~是春。

績(绩) (jì ㄐㄧˋ)粵dzik⁷
〔即〕❶把麻搓捻
成綫或繩。❷功業，成果：成
~。戰~。功~。

繁(繁) ㈠(fán ㄈㄢˊ)粵fan⁴〔凡〕❶
複雜(粵一雜)：刪~就

簡。❷許多：～星。實～有徒（這種人實在很多）。❸繁殖，繁衍，生出許多後代：自～自養。❹茂盛：梅花開得正～。〔繁華〕市面華麗，工商業興盛的現象。〔繁榮〕興旺發展或使興旺發展：市場～～。～～經濟。

㈡(pó ㄆㄛˊ)㊣pɔ⁴[婆]姓。

11 繃(绷) ㈠(bēng ㄅㄥ)㊣beŋ¹[崩] ❶張緊，拉緊：衣服緊～在身上。～緊繩子。❷刺繡用的架子，把綢布等材料張緊在上面，免得皺縮。〔繃帶〕包紮傷口的紗布條。❷粗粗地縫上或用針別上：～被頭。❸勉強撐持：～場面。

㈡(běng ㄅㄥˇ)㊣maŋ¹[盲高平] ❶板着：～着個臉。❷強忍住：他～不住笑了。

11 緊(緊) (yī l)㊣ji¹[衣] 文言助詞，惟：～我獨無。

11 繆(缪) ㈠(miào ㄇ l ㄠˋ)㊣miu⁶[妙]姓。

㈡(móu ㄇㄡˊ)㊣meu⁴[謀] 〔綢繆〕1.修繕：未雨～～(喻事先做好準備)。2.纏綿：情意～～。

㈢(miù ㄇ l ㄡˋ)㊣mau⁶[茂]同'謬'。錯誤，荒謬。〔紕繆〕(pī—)錯誤。

㈣(mù ㄇㄨˋ)㊣muk⁹[木]〈古〉同'穆'。肅穆，恭敬。

11 繅(缫) (sāo ㄙㄠ)㊣sou¹[蘇]把蠶繭浸在滾水裏抽絲：～絲。～車(繅絲用的器具)。

11 繇(繇) ㈠(yóu l ㄡˊ)㊣jeu⁴[由]古書裏義同'由'。

㈡同'徭'，見215頁。

11 縧(绦) (tāo ㄊㄠ)㊣tou¹[滔] 〔(一子)用絲線編織成的花邊或扁平的帶子，可以裝飾衣物。〔縧蟲〕寄生在人或家畜腸子裏的一種蟲子，身體長而扁，像縧子。

11 繢(缋) ㈠(yǎn l ㄢˇ)㊣jin²[演]延長。

㈡(yǐn l ㄣˇ)㊣jen⁵[引]引進。

11 繀(缞) (suì ㄙㄨㄟˋ)㊣sœy³[碎]收絲，即繅絲。

11 繐 同'襀'，見634頁。

11 繈 '繈'的簡化字，見533頁。

11 繀

12 繐(繐) (suì ㄙㄨㄟˋ)㊣sœy⁶[睡] ❶細而疏的麻布，古代多用作喪服。❷同'穗'。用絲線等結紮成的穗狀裝飾物。

12 繒(缯) ㈠(zēng ㄗㄥ)㊣dzeŋ¹[增] 古代絲織品的總稱。

㊀(zèng ㄗㄥˋ)㊂dzeng⁶〔贈〕〈方〉捆，紮：把那根裂了的棍子～起來。

12 織（织）(zhī ㄓ)㊂dzik⁷〔即〕用絲、麻、棉紗、毛綫等編成布或衣物等：～布。～毛衣。～席。

12 繕（缮）(shàn ㄕㄢˋ)㊂sin⁶〔善〕❶修補，整治：修～。❷抄寫：～寫。

12 繚（缭）(liáo ㄌㄧㄠˊ)㊂liu⁴〔聊〕❶繚繞，纏繞：～亂。炊煙～繞。❷用針綫縫綴：～縫。～貼邊。

12 繞（绕）(rào ㄖㄠˋ)㊂jiu⁶〔妖〕jiu⁶〔搖低上〕(又)❶纏束：～綫。㊉糾纏，弄迷糊：這句話一下子把他～住了。❷走彎曲、迂迴的路：～道。～遠。～了一個大圈子。❸環繞，圍着轉：鳥～着樹飛。運動員～場一週。

12 繢（缋）(huì ㄏㄨㄟˋ)㊂kui²〔繪〕❶成匹布帛的頭尾，即機頭。❷同'繪'，繪畫。

12 繩　同'繩'，見530頁。

12 繖　同'傘❶'，見37頁。

12 缬　'纈'的簡化字，見533頁。

12 颣　'纇'的簡化字，見533頁。

13 繩（绳）(shéng ㄕㄥˊ)㊂sing⁴〔成〕❶(～子)用兩股以上的棉、麻纖維或棕、草等捻成的條狀物。〔繩墨〕木工取直用的器具。㊀規矩，法度。❷約束，制裁：～之於法。

13 繪（绘）(huì ㄏㄨㄟˋ)㊂kui²〔潰〕❶繪畫：～圖。～製。❷描摹，形容：～影～聲。

13 繫（△系）㊀(xì ㄒㄧˋ)㊂hei⁶〔係〕❶聯結，聯綴：維～。以日～月，以月～時，以時～年。〔聯繫〕聯絡，接頭：時常和他～～。❷關涉，關連：成敗～於此舉。❸依附，攀附：藤～石上。❹拴綁：～馬。❺拘囚：～獄。❻牽掛：～念。～人情思。❼捆綁東西的帶子。❽把人或東西捆住往上提或向下送：從房上把東～下來。

㊁(jì ㄐㄧˋ)㊂同㊀打結，繫上：把鞋帶一～上。

13 繭（茧）(jiǎn ㄐㄧㄢˇ)㊂gan²〔簡〕❶(～子、～兒)某些昆蟲的幼蟲在變成蛹之前吐絲做成的殼。家蠶的繭是抽絲的原料。❷同

'趼'。手、腳掌上因摩擦而生的硬皮。

13 繮（缰）（jiāng ㄐㄧㄤ）粵gœŋ¹〔姜〕繮繩，拴牲口的繩子：信馬由～。

13 繯（缳）（huán ㄏㄨㄢˊ）粵wan¹〔環〕❶ 繩套：投～（自縊）。❷絞殺：～首。

13 繳（缴）㊀（jiǎo ㄐㄧㄠˇ）粵giu²〔矯〕❶ 交納，交付：～費。～稅。❷迫使交出：～械。
㊁（zhuó ㄓㄨㄛˊ）粵dzœk°〔雀〕繫在箭上的生絲繩，射鳥用。

13 繹（绎）（yì ㄧˋ）粵jik°〔亦〕抽絲。⑨抽出，理出頭緒：尋～。

13 縫（绒）（da ㄉㄚ）粵dat°〔達〕〔纥縫〕見514頁'纥'字條。

13 繰（缲）㊀（qiāo ㄑㄧㄠ）粵tsiu¹〔超〕做衣服邊兒或帶子時藏着針腳的縫法：～一根帶子。～邊。
㊁（zǎo ㄗㄠˇ）粵dzou²〔早〕絳紫色的帛。
㊂同'繅'，見530頁。

13 繡（绣）（xiù ㄒㄧㄡˋ）粵seu³〔秀〕❶用絲綫等在綢、布上綉成花紋或文字：～花。～字。❷綉成的物品：湘～。蘇～。

13 繍 同'繡'，見本頁。

13 繢 '繢'的簡化字，見本頁。

14 辮（辫）（biàn ㄅㄧㄢˋ）粵bin¹〔邊〕❶（～子）把頭髮分股編成的帶狀物。❷像辮子一樣的條狀物：絲～。草～。

14 繻（缥）（xū ㄒㄩ，又讀rú ㄖㄨˊ）粵sœy¹〔須〕jy⁴〔如〕（又）❶有彩色的繒。❷古代一種帛製的通行證，上寫字，分成兩半，過關時驗合。

14 繼（继）（jì ㄐㄧˋ）粵gei³〔計〕連續，接着（⊕－續）：～任。～往開來。前仆後～。〔繼承〕1.接受遺產。2.繼續前人的事業。

14 繽（缤）（bīn ㄅㄧㄣ）粵ben¹〔賓〕〔繽紛〕繁多而交錯雜亂的樣子：五彩～～。

14 繾（缱）（qiǎn ㄑㄧㄢˇ）粵hin²〔顯〕〔繾綣〕情意纏綿，感情好得離不開。

14 繸（缘）（yǐn ㄧㄣˇ）粵jen²〔隱〕〈方〉衲：～棉襖。中間～一行。

14 纂（zuǎn ㄗㄨㄢˇ）粵dzyn²〔轉高上〕❶編纂，搜集材料編

書。❷〈方〉(一兒)婦女梳在頭後邊的髮髻。

15 纇(颣)（lèi ㄌㄟˋ）粵 ㄌœy⁶
〔淚〕缺點，毛病。

15 纈(缬)（xié ㄒㄧㄝˊ）ㄎitˣ
〔揭〕有花紋的絲織品。

15 纊(纩)（kuàng ㄎㄨㄤˋ）粵 ㄎwɔŋ³〔礦〕kɔŋ³
〔抗〕(俗)絲綿絮。

15 續(续)（xù ㄒㄩˋ）粵 dzuk⁹
(俗)❶連接，接下去(連繼一)：～期。～編。❷在原有的上面再加：把茶～上。爐子該～煤了。
〔手續〕辦事的程序。

15 纍(△累)（léi ㄌㄟˊ）粵ㄌœy⁴〔雷〕❶繩索。❷捆綁，拘繫❸纏繞。❹〔纍纍〕接連成串：果實～～。
㊀（lěi ㄌㄟˇ）粵ㄌœy⁵〔呂〕同'累㊀❶'。堆積。

15 纏(缠)（chán ㄔㄢˊ）粵 tsin¹〔前〕❶繞，圍繞(連一繞)：頭上～着一塊布。〔纏綿〕糾纏住不能解脫(多指感情或疾病)。❷攪擾：不要胡～。家務～身。❸應付：這個人脾氣古怪，很難～。

16 缆 '纜'的簡化字，見本頁。

16 轡 見車部，見690頁。

17 纓(缨)（yīng ㄧㄥ）粵jiŋ¹
❶(一子，一兒)東西上用綫、繩等做的裝飾品：帽～。紅～槍。❷(一子，一兒)像纓的東西：蘿蔔～。芥菜～。❸帶子，繩子：長～。

17 纔(△才)（cái ㄘㄞˊ）粵 tsɔi¹〔材〕❶方，始(連剛一、方一)：昨天～來。現在～懂得這個道理。❷僅僅：～用了兩元。來了～十天。

17 纖(纤)（xiān ㄒㄧㄢ）粵 tsim¹〔簽〕細小。〔纖維〕細長像絲的物質。一般分成兩大類：天然纖維，如棉、麻、羊毛、石棉等；合成纖維是用高分子化合物製成的，如錦綸、維尼綸等等。〔纖塵〕細小的灰塵：～～不染。

17 變 見言部，657頁。

19 纛（dào ㄉㄠˋ，又讀dú ㄉㄨˊ）粵 duk⁹〔讀〕古代軍隊裏的大旗。

19 纘(缵)（zuǎn ㄗㄨㄢˇ）粵 dzyn²〔轉高上〕繼承。

21 **纜(缆)** (lǎn ㄌㄢˇ) 粵 lam⁶
〔濫〕❶繫船用的
粗繩索或鐵索：解～(開船)。
⑤許多股絞成的粗繩：鋼～。
〔電纜〕一種導電的裝置，通常
是一束絕緣的金屬絲，外面裹
着外皮。海底電線就是電纜的
一種。❷用繩子拴(船)：～舟。

缶 部

0 **缶** (fǒu ㄈㄡˇ) 粵 feu² 〔否〕瓦
器，大肚子，小口。

2 **匋** 見勹部，71頁。

3 **缸** (gāng ㄍㄤ) 粵 gong¹ 〔江〕盛
東西的陶器，圓筒狀，
底小口大。

4 **缺** (quē ㄑㄩㄝ) 粵 kyt⁸ 〔決〕❶
短少，不夠(粵一乏)：
東西準備齊全，什麼也不～了。
❷殘破(粵殘一)：～口。殘～
不全。〔缺陷〕殘損或不圓滿的
地方。〔缺點〕工作或行為中不
完美、不完備的地方。❸官職
的空額。也泛指一般職務的空
額：出～。補～。❹該到未到：
～席。

5 **缿** (zhǎi ㄓㄞˇ) 粵 dzai² 〔齋高上〕
(一兒)器物殘缺損壞的
痕迹，水果傷損的痕迹：碗上

有塊～兒。蘋果沒～兒。

5 **缽** 同'鉢'，見 722 頁。

5 **窑** 見穴部，491頁。

6 **缾** 同'瓶'，見 434 頁。

8 **缾** 同'缽'，見本頁。

8 **罌** '罌'的簡化字，見本頁。

11 **罄** (qìng ㄑㄧㄥˋ) 粵 hing³ 〔慶〕
盡，用盡，器皿已空：
告～。售～。～竹難書(訴說
不完，多指罪惡)。

11 **罅** (xià ㄒㄧㄚˋ) 粵 la³ 〔喇高去〕
裂縫。

11 **罍** 同'罐'，見 535 頁。

12 **罇** 同'樽'，見 332 頁。

12 **罎** 同'罈'，見 535 頁。

13 **甕** 同'甕'，見 435 頁。

14 **罌(罌)** ㊀ (yīng ㄧㄥ)
粵 ang¹　大腹小口
的瓶子。
㊁ (yīng ㄧㄥ) 粵 eng¹ 〔鶯〕〔罌粟〕
二年生草本植物，花有紅、紫、
白等色。果實球形，未成熟時，果
實中有白漿，是製鴉片的原料。

15 罍 (léi ㄌㄟˊ)(粵)lœy⁴〔雷〕古代一種盛酒水的器具。

罍

16 罏 (lú ㄌㄨˊ)(粵)lou⁴〔勞〕❶古代一種盛酒的小口瓦器。❷同'壚'。舊時酒店裏安放酒甕的土臺子。也指酒店。

16 罈 (坛) (tán ㄊㄢˊ)(粵)tam⁴〔談〕同'壇'。(—子)一種口小肚大的陶器。

18 罐 (guàn ㄍㄨㄢˋ)(粵)gun³〔灌〕(—子、—兒)盛東西或汲水用的瓦器。泛指各種圓筒形的盛物器：鐵～。〔罐頭〕指罐頭食品，加工後裝在密封罐子裏的食品。

网(罒 ⺳)部

3 罔 (wǎng ㄨㄤˇ)(粵)mɔŋ⁵〔妄〕❶蒙蔽，欺騙：欺～。❷無，沒有：～效。置若～聞。❸誣，無中生有：誣～。

3 罕 (hǎn ㄏㄢˇ)(粵)hɔn²〔侃〕稀少(粵稀—)：～見。～聞。～物。

3 罗 '羅'的簡化字，見536頁。

4 罘 (fú ㄈㄨˊ)(粵)feu⁴〔浮〕〔罘罳〕又作'罦罳'。一種屋檐下防鳥雀的網。也指古代一種屏風。〔芝罘〕〔之罘〕芝罘山，靠渤海，在山東省煙台市。

4 罚 '罰'的簡化字，見536頁。

5 罟 (gǔ ㄍㄨˇ)(粵)gu²〔古〕〈古〉網。

5 罡 (gāng ㄍㄤ)(粵)gɔŋ¹〔江〕〔天罡星〕北斗星的斗柄。

5 罢 '罷'的簡化字，見536頁。

6 罣 同'掛❷'，見256頁。

7 罥 (juàn ㄐㄩㄢˋ)(粵)gyn³〔眷〕懸掛，纏繞。

7 罦 (fú ㄈㄨˊ)(粵)feu⁴〔浮〕古書上指捕鳥的網。〔罦罳〕同'罘罳'，見本頁'罘'字條。

7 詈 見言部，645頁。

7 買 見貝部，665頁。

8 罨 (yǎn ㄧㄢˇ)(粵)jim²〔掩〕❶覆蓋，掩蓋，敷：冷～法。熱～法(醫療的方法)。❷捕魚或捕鳥的網。

8 罩 (zhào ㄓㄠˋ)(粵)dzau³〔爪高去〕❶(—子、—兒)覆蓋

物體的東西: 口～。燈～。❷遮蓋, 覆蓋: 把菜～起來。天空～滿了烏雲。❸外罩, 罩衣: 袍～。❹養雞用的竹籠。❺捕魚用的竹器, 圓筒形, 無頂無底, 下略大, 上略小。

8 **罪** (zuì ㄗㄨㄟˋ) ⓟdzœy⁶〔聚〕❶犯法的行為: 犯～。㊟過失: 不應該歸～於人。❷刑罰: 判～。死～。❸苦難, 痛苦: 受～。❹把罪過歸到某人身上: ～己。

8 **置** (zhì ㄓ) ⓟdzi³〔至〕❶放, 擱, 擺: ～於桌上。～之不理。～若罔聞。❷設立, 設備: 裝～電話。❸購買: ～了一些家具。～了一身衣裳。

8 **署** (shǔ ㄕㄨ) ⓟtsy⁵〔柱〕❶辦公的處所: 公～。官～。❷佈置: 部～。❸簽名, 題字: 簽～。～名。❹暫代: ～理。

8 **置** 同'置', 見本頁。

9 **罰** (罚) (fá ㄈㄚˊ) ⓟfet⁹〔乏〕處分犯錯誤的人(⓪懲～): 他受～了。

9 **罱** (lǎn ㄌㄢˇ, 又讀nǎn ㄋㄢˇ) ⓟlam⁵〔覽〕❶捕魚或撈水草、河泥的工具。❷用罱撈: ～河泥肥田。

9 **罳** (sī ㄙ) ⓟsi¹〔司〕見535頁'罘'字條'罘罳'。

9 **黑** '羆'的簡化字, 見537頁。

10 **罷** (罢) ㊀(bà ㄅㄚˋ) ⓟba⁶〔吧〕❶停止, 歇(⓪～休): ～工。～手。欲～不能。❷免去(官職)(⓪～免): ～官。～職。❸完了, 完畢: 吃～飯。
㊁〈古〉同'疲', 見444頁。
㊂同'吧㊁', 見94頁。

10 **罵** (骂) (mà ㄇㄚˋ) ⓟma⁶〔麻 低去〕❶用粗野的話侮辱人: 不要～人。❷〈方〉斥責。

10 **詈** 同'罰', 見本頁。

11 **罹** (lí ㄌㄧˊ) ⓟlei⁴〔離〕❶遭受困難或不幸: ～難。❷憂患, 苦難。

12 **罽** (jì ㄐㄧˋ) ⓟgei³〔計〕用毛做成的氈子一類的東西。

12 **罾** (zēng ㄗㄥ) ⓟdzeng¹〔增〕一種用竹竿或木棍做支架的方形魚網。

12 **羁** '羈'的簡化字, 見537頁。

14 **羅** (罗) (luó ㄌㄨㄛˊ) ⓟlo⁴〔蘿〕❶捕鳥的網(⓪～網): 天～地網。❷張網捕捉: 門可～雀。〔羅致〕招請(人才)。❸分佈, 排列: 星～棋布。～列事實。❹一種細密的篩子，用來過濾流質或篩細粉末，用木或鐵片做成圓框，蒙上粗絹或馬尾網、鐵絲網製成。❺用羅篩東西：～麪。❻輕軟有稀孔的絲織品：～衣。～扇。❼同'膴'。手指紋。

〔羅漢〕梵語'阿羅漢'的省稱，佛教對某種得道者的稱呼。

〔羅盤〕測定方向的儀器。把磁針裝置在圓盤中央，盤上刻着度數和方位。也叫'羅盤針'。是中國古代四大發明之一。

㈡luó ㄌㄨㄛˊ 粵lo¹〔蘿高羊〕量詞，英語gross的省音譯。十二打叫一羅。

14 **羆（罷）**（pí ㄆㄧˊ）粵bei¹〔卑〕也叫'馬熊'或'人熊'，熊的一種，毛棕褐色，能爬樹、游水。膽入藥。

17 **羇** 同'羈'，見本頁。

19 **羈（羇）**（jī ㄐㄧ）粵gei¹〔機〕❶馬絡頭。❷繫住，拘繫：～押。❸約束，拘束：放蕩不～。❹寄居，在外作客。也指在外作客的人。

〔羈旅〕作客他鄉。

〔羈留〕❶（在外地）停留。❷拘留，拘押。

羊（⺶⺷）部

0 **羊** ㈠（yáng ㄧㄤˊ）粵jœŋ⁴〔陽〕家畜名，有山羊、綿羊等。毛、皮、骨、角都可作工業上的原料，肉和乳供食用。
㈡〈古〉同'祥'，見480頁。

0 **芈** ㈠（miē ㄇㄧㄝ）粵me¹〔咩〕羊叫聲。
㈡（mǐ ㄇㄧˇ）粵mei⁵〔米〕姓。

2 **羌** （qiāng ㄑㄧㄤ）粵gœŋ¹〔疆〕中國古代西部的民族。
〔羌族〕中國少數民族名，參看附錄六。

3 **美** （měi ㄇㄟˇ）粵mei⁵〔尾〕❶好，善：～德。～意。盡善盡～。～貌。～景。物價廉。❷〈方〉得意，高興：～滋滋的。❸讚美，稱讚，以為好。❹〈外〉指美洲，包括北美洲和南美洲，世界七大洲中的兩個洲。又為美國的簡稱。

3 **羑** （yǒu ㄧㄡˇ）粵jeu⁵〔有〕羑里，古地名，在今河南湯陰縣。

3 **羗** 同'羌'，見本頁。

3 **养** '養'的簡化字，見779頁。

3 **姜** 見女部，155 頁。

3 **庠** 見广部，200 頁。

4 **羔** (gāo ㄍㄠ)⑧gou¹〔高〕(一子、一兒)羊羔，小羊：～皮。泛指動物的幼兒。

4 **羖** (gǔ ㄍㄨˇ)⑧gu²〔古〕黑色的公羊。

4 **羒** (fén ㄈㄣˊ)⑧fen⁴〔墳〕白色的公羊。

4 **羓** (bā ㄅㄚ)⑧ba¹〔巴〕乾肉。泛指乾製食品。

4 **羌** 同'羌'，見 537 頁。

4 **差** 見工部，190 頁。

4 **恙** 見心部，221 頁。

4 **氧** 見气部，353 頁。

4 **牂** 見爿部，409 頁。

5 **羚** (líng ㄌㄧㄥˊ)⑧lin⁴〔零〕羚羊，種類繁多，體形一般輕捷，四肢細長，蹄小而尖。有的羚羊角可入藥。

5 **羝** (dī ㄉㄧ)⑧dei¹〔低〕公羊。

5 **羞** (xiū ㄒㄧㄡ)⑧sau¹〔收〕❶感到恥辱(⑨—恥)：～與為伍。❷難為情，害臊：害

~。～得臉通紅。⑤使難為情：你別～我。❸珍羞，美味的食物。

5 **羕** (yàng ㄧㄤˋ)⑧jœŋ⁶〔樣〕形容江水長。

5 **羖** '羥'的簡化字，見 539 頁。

6 **羢** 同'絨'，見 520 頁。

6 **羨** 同'羨'，見本頁。

6 **善** 見口部，109 頁。

6 **着** 見目部，462 頁。

6 **翔** 見羽部，540 頁。

7 **羣** (qún ㄑㄩㄣˊ)⑧kwen⁴〔裙〕❶相聚成伙的，聚集在一起的：人～。一～羊。～島。❷眾人：～策～力。～起而攻之。

7 **羨** (xiàn ㄒㄧㄢˋ)⑧sin⁶〔善〕❶羨慕，因喜愛而希望得到。❷多餘的：～餘。

7 **義(义)** (yì ㄧˋ)⑧ji⁶〔二〕❶公正合宜的道理或舉動(⑧正一)：見～勇為。～不容辭。❷指合乎正義或公益的：～舉。〔義務〕1.應

盡的責任。2.不受報酬的：～～勞動。❸情誼，感情的聯繫：忘恩負～。朋友的情～。❹意義，意思，人對事物認識到的內容：定～。字～。歧～。❺指認作親屬的：～父。～子。❻人工製造的(人體的部分)：～齒(鑲上的牙)。～肢(配上的上肢或下肢)。

〔義工〕〈港方言〉義務工作者。

7 **羥(羟)** (qiǎng ㄑㄧㄤˇ) ⓹kœŋ⁵〔襁〕羥基，就是氫氧基(－OH)。

7 **羧** (suō ㄙㄨㄛ) ⓹so¹〔梳〕有機化合物中含碳、氧、氫(－COOH)的基叫'羧基'。

7 **群** 同'羣'，見 538 頁。

9 **羯** (jié ㄐㄧㄝˊ) ⓹kit⁸〔揭〕❶公羊，特指閹過的。❷中國古代北方的民族。

9 **羰** (tāng ㄊㄤ) ⓹toŋ¹〔湯〕羰基，由碳和氧兩種原子組成的二價原子團＞C＝0。

9 **養** 見食部，779 頁。

10 **羱** (yuán ㄩㄢˊ) ⓹jyn⁴〔元〕羱羊，即'北山羊'，似羊而大，生活在高山地帶，吃草本植物。

10 **羲** (xī ㄒㄧ) ⓹hei¹〔希〕姓。

12 **羶** 同'羴'，見本頁。

13 **羴** (shān ㄕㄢ) ⓹dzin¹〔煎〕同'羶'。羴氣，像羊肉的氣味。

13 **羸** (léi ㄌㄟˊ) ⓹lœy⁴〔雷〕瘦：身體～弱。

13 **羹** (gēng ㄍㄥ) ⓹geŋ¹〔庚〕煮或蒸成的汁狀、糊狀、凍狀的食品：雞蛋～。肉～。豆腐～。橘子～。〔調羹〕喝湯用的小勺子。也叫'羹匙'。

15 **羼** (chàn ㄔㄢˋ) ⓹tsan³〔燦〕攙雜：～入。

羽 (羽) 部

0 **羽** (yǔ ㄩˇ) ⓹jy⁵〔雨〕❶羽毛，鳥的毛：～翼。❷古代五音'宮、商、角、徵(zhǐ)、羽'之一。

3 **羿** (yì ㄧˋ) ⓹ŋei⁶〔毅〕後羿，傳說是夏代有窮國的君主，善於射箭。

4 **翀** (chōng ㄔㄨㄥ) ⓹tsuŋ¹〔充〕向上直飛。

4 **翁** (wēng ㄨㄥ) ⓹juŋ¹〔雍〕❶老頭兒：漁～。老～。❷父親。❸丈夫的父親或妻子的父親：～姑(公婆)。～婿。

4 **翅**（chì 彳）粵tsi³〔次〕❶翅膀，鳥和昆蟲等用來飛行的器官。❷魚翅，指鯊魚的鰭，是珍貴的食品。❸〈古〉同'啻'，見109頁。

翄同'翅'，見本頁。

4 **扇**見户部，239頁。

5 **翊**（yì 亦）粵jik⁹〔亦〕輔佐，幫助：～戴。

5 **翌**（yì 亦）粵jik⁹〔亦〕今之次，意義如'今明'的'明'：～日(明日)。～年(明年)。

5 **翎**（líng ㄌㄧㄥˊ）粵ling⁴〔玲〕鳥翅和尾上的長羽毛：雁～。野雞～。

5 **習（习）**（xí ㄒㄧˊ）粵dzap⁹〔雜〕❶學過後再溫熟，反覆地學使熟練：自～。復～。～字。～題。❷對某事熟悉：～兵(熟於軍事)。㊁常常地：～見。～聞。❸習慣，長期重複地做，逐漸養成的不自覺的活動：積～。不良～氣。惡～。

6 **翔**（xiáng ㄒㄧㄤˊ）粵tsœng⁴〔祥〕盤旋地飛而不扇動翅膀：滑～。〔翔實〕詳盡而確實。

6 **翕**（xī ㄒㄧ）粵jep⁷〔泣〕❶合，和好。❷收斂，閉合：

～翼。❸聚集：～集。❹一致，協調：天下～然。興論一然。

6 **翘**'翹'的簡化字，見541頁。

6 **翚**'翬'的簡化字，見541頁。

6 **翔**'翱'的簡化字，見541頁。

7 **翛**（xiāo ㄒㄧㄠ）粵siu¹〔消〕〔翛翛〕羽毛殘破無光澤的樣子。

7 **勠**見力部，69頁。

8 **翟** ㊀（dí ㄉㄧˊ）粵dik⁹〔敵〕長尾山雉。古代哲學家墨子名翟。
㊁（zhái ㄓㄞˊ）粵dzak⁹〔擿〕姓。

8 **翠**（cuì ㄘㄨㄟˋ）粵tsœy³〔脆〕❶翠鳥，又叫'魚狗'，羽毛青綠色，尾短，捕食小魚。❷見本頁'翡'字條'翡翠'。❸綠色：～綠。～竹。

8 **翡**（fěi ㄈㄟˇ）粵fei²〔匪〕〔翡翠〕1.翡翠鳥，嘴長而直，有藍色和綠色的羽毛，捕食魚和昆蟲，羽毛可做裝飾品。2.綠色的硬玉，半透明，有光澤，很珍貴。

8 **翥**（zhù ㄓㄨˋ）粵dzy³〔注〕高飛：軒～。龍翔鳳～。

9 **翦**（jiǎn ㄐㄧㄢˇ）粵dzin²〔展〕❶姓。❷同'剪'，見62頁。

9 翩 （piān ㄆㄧㄢ）粵pin¹〔篇〕很快地飛。〔翩翩〕輕快地飛舞的樣子。⑩風流瀟灑。

9 翬（翬）（huī ㄏㄨㄟ）粵fei¹〔輝〕❶飛。❷古書上指具有五彩的雉。

9 翫 同'玩㊀'，見 424 頁。

10 翮 （hé ㄏㄜˊ）粵het⁹〔瞎〕❶鳥翎的莖，翎管。❷翅膀：奮～高飛。

10 翯 （hè ㄏㄜˋ）粵hok⁹〔學〕〔濶濶〕羽毛潔白潤澤的樣子。

10 翰 （hàn ㄏㄢˋ）粵hon⁶〔汗〕長而堅硬的羽毛，古代用來寫字。⑩1.毛筆：～墨。染～。2.詩文，書信：文～。華～。瑤～。

10 翱 （áo ㄠˊ）粵ŋou⁴〔遨〕〔翱翔〕展開翅膀迴旋地飛：雄鷹在天空中～～。

11 翳 （yì ㄧˋ）粵ei³〔縊〕❶遮蓋：樹林蔭～。❷（一子）眼角膜上所生障蔽視綫的白斑。

11 翼 （yì ㄧˋ）粵jik⁹〔亦〕❶翅膀：雙～飛機。❷左右兩側中的一側：側～。左～。右～。❸幫助，輔佐。❹星名，二十八宿之一。

12 翹（翹）㊀（qiáo ㄑㄧㄠˊ）粵kiu⁴〔喬〕❶舉起，抬起，向上：～首。～望。❷翹棱，板狀物體因由濕變乾而彎曲不平：桌面～了。

㊁（qiào ㄑㄧㄠˋ）粵kiu³〔喬高去〕hiu³〔曉高去〕(語)一頭向上仰起：板凳～起來了。〔翹尾巴〕比喻傲慢或自鳴得意。

12 翻 （fān ㄈㄢ）粵fan¹〔番〕❶覆轉，倒下：～土。～筋斗。～天覆地。車～了。～修馬路。把桌上的書都～亂了。〔翻身〕1.躺着轉動身體。2.改變被欺凌的地位。3.改變落後面貌或不利處境。❷改變：～供。～案。花樣～新。❸數量成倍地增加：產量～一番。❹翻譯，把一種語文譯成另一種語文：把《水滸傳》翻成英文。❺越過：～山越嶺。

12 躬羽 同'翻'，見本頁。

13 歲羽（翽）（huì ㄏㄨㄟˋ）粵wei³〔畏〕〔翽翽〕鳥飛的聲音。

13 翾 （xuān ㄒㄩㄢ）粵hyn¹〔圈〕飛翔。

14 耀 （yào ㄧㄠˋ）粵jiu⁶〔曜〕❶光綫強烈的照射(適照一)：～眼。閃～。❷顯揚，誇耀：～武揚威。❸光榮：榮～。

老(耂)部

0 老 (lǎo ㄌㄠˇ)⑧lou⁵〔魯〕❶年歲大，時間長：1.跟‘少’、‘幼’相反：～人。敬辭：吳～。李～。2.陳舊的：～房子。3.經歷長，有經驗：～手。～師傅。4.跟‘嫩’相反：～筍。菠菜～了。～綠。5.長久：～沒見面了。6.經常，總是：他～愛開玩笑。❷極，很：～早。～遠。❸原來的：～地方。～家。❹死的婉辭（必帶‘了’）：隔壁前天～了人了。❺排行在末了的：～兒子。～妹子。❻詞頭：1.加在稱呼上：～弟。～師。～張。2.加在兄弟姊妹次序上：～大。～二。3.加在某些動物名詞上：～虎。～鼠。❼古代道家老子的簡稱：～莊哲學。

0 考 (kǎo ㄎㄠˇ)⑧hau²〔巧〕❶試驗，測驗（⑭一試）：期～。～語文。❷檢查（⑭一察、查一）：～勤。～績。〔考語〕舊稱考察成績的評語。〔考驗〕通過具體行動、困難環境等來檢驗（是否堅定、正確）。❸推求，研究：～古。～證。〔考究〕1.考查，研究。2.講究。〔考慮〕

斟酌，思索：～～一下再決定。～～問題。❹老，年紀大（⑭壽一）。❺原指父親，後稱已死的父親：如喪～妣。先～。

3 孝 見子部，163 頁。

4 耄 (mào ㄇㄠˋ)⑧mou⁶〔冒〕年老，指八十或九十歲。

4 耆 (qí ㄑㄧˊ)⑧kei⁴〔其〕年老，六十歲以上的人：～年。〔耆宿〕年高而有道德學問的人。

4 者 (zhě ㄓㄜˇ)⑧dze²〔姐〕❶代詞，多指人：有好事～船載以入。❷使形容詞、動詞成為指人或事物的名詞：學～。讀～。作～。❸助詞，表示語氣停頓：陳勝～，陽城人也。雲～，水氣蒸騰而成。❹這，此（多用在古詩詞中）：～回。～番。～邊走。❺用在句尾表示祈使語氣：路上小心在意～！

5 耇 (gǒu ㄍㄡˇ)⑧geu²〔九〕長壽。

6 耋 (dié ㄉㄧㄝˊ)⑧dit⁹〔秩〕年老。指七十或八十歲：耄～之年。

而 部

0 **而** (ér ㄦ)⦿ji⁴〔兒〕❶連接同
類的詞或句子:1.表示順
接: 通過實踐～取得經驗。2.
表示轉折: 似是～非。3.表示
並列: 莊嚴～隆重。〔而已〕罷
了: 不過如此～～。〔而且〕1.
表示並列: 文章寫得長～～
空, 讀者見了就搖頭。2.表示
進一層, 常跟'不但'相應: 我
們的足球隊經過數月來的集
訓, 不但整體合作有所改進,
～～不少球員的技術也有所提
高。❷把表示時間或情狀的詞連
接到動詞上: 匆匆～來。侃侃
～談。挺身～出。❸往, 到:
從上～下。由小～大。❹〈古〉
你, 你的: ～父。

3 **耍** (shuǎ ㄕㄨㄚˇ)⦿sa²〔灑〕❶
玩, 遊戲(連玩一): 孩
子們在公園裏～。❷玩弄, 戲
弄: ～猴。別～人。❸弄, 施
展: ～手藝。～手腕(喻使用
不正當的方法)。❹舞動: ～
大刀。

3 **耐** (nài ㄋㄞˋ)⦿nɔi⁶〔奈〕忍受
得住, 禁得起: ～勞。
～用。～火磚。〔耐心〕不急躁,
不厭煩: ～～說服。

3 **耑** ㈠同'端', 見494頁。
㈡同'專', 見174頁。

8 **需** 見雨部, 760頁。

耒(耒)部

0 **耒** (lěi ㄌㄟˇ)⦿lɔi⁶〔來低去〕
lœy⁶〔淚〕㈡古代稱犁上
的木把。〔耒耜〕古代指耕地用
的農具。

耒 耜

3 **耔** (zǐ ㄗˇ)⦿dzi²〔子〕培土。

4 **耕** (gēng ㄍㄥ)⦿gaŋ¹〔加坑
切〕用犁把土翻鬆。深～
細作。

4 **耖** (chào ㄔㄠˋ)⦿tsau³〔抄高
去〕❶在耕、耙地以後用
的一種把土弄得更細的農具。
❷用耖弄細土塊, 使地平整。

耖

4 **耗** (hào ㄏㄠˋ)⦿hou³〔好高去〕
❶減損, 消費(連～費、

消一):～神。消～品。別～燈油了。❷拖延:～時間。別～着了,快去吧! ❸音信,消息(多指壞的):噩～(指親近或敬愛的人死亡的消息)。

〔耗子〕老鼠。

4 耘(yún ㄩㄣˊ)粵wen⁴〔雲〕除草:～田。春耕夏～。

4 耙 ㊀(bà ㄅㄚˋ)粵pa⁴〔爬〕❶把土塊弄碎的農具。❷用耙弄碎土塊:地已經～過了。

㊁(pá ㄆㄚˊ)粵同㊀(一子)扒翻穀物及勾聚柴草的用具,用木、鐵或竹等製成。

5 耜(sì ㄙˋ)粵dzi⁶〔自〕❶古代的一種農具。❷古代跟犁上的鏵相似的東西。

5 耞(jiā ㄐㄧㄚ)粵ga¹〔加〕〔連耞〕又作'連枷'。打穀用的農具。

6 耠(huō ㄏㄨㄛ)粵hep⁹〔合〕❶(一子)翻鬆土壤的農具。❷用耠子翻土,代替耕、鋤或耩的工作:～地。一個六至九厘米深就夠了。

7 耡 同'鋤',見 727 頁。

7 耢 '耮'的簡化字,見本頁。

8 耥(tǎng ㄊㄤˇ)粵tɔŋ²〔倘〕用耥耙弄平田地、清除雜草。〔耥耙〕(一bà)清除雜草弄平田地的農具。

9 耦(ǒu ㄡˇ)粵ŋeu⁵〔偶〕❶兩個人在一起耕地。❷同'偶❷',見 36 頁。

9 耧 '耬'的簡化字,見本頁。

10 耨(nòu ㄋㄡˋ)粵neu⁶〔扭低去〕❶古代鋤草的器具。❷鋤草:深耕易～。

耨

10 耪(pǎng ㄆㄤˇ)粵pɔŋ⁵〔蚌〕用鋤翻鬆地,鋤:～地。

10 耩(jiǎng ㄐㄧㄤˇ)粵gɔŋ²〔講〕用耬播種:～地。～棉花。

10 耰 '耰'的簡化字,見 545 頁。

11 耬(耧)(lóu ㄌㄡˊ)粵leu⁴〔流〕播種用的農具。

12 耮(耢)(lào ㄌㄠˋ)粵lou⁶〔路〕❶用荊條等編成的一種農具,功用和耙(bà)相似,也叫'耱'、'蓋'或'蓋擦'。❷用耮平整土地。

15 耰(yōu ㄧㄡ)粵jeu¹〔休〕❶古代弄碎土塊使田地平坦的農具。❷用耰使土覆蓋種子。

15 **糶**(**糶**) 同'耙㊀',見544頁。

16 **穰**(huái ㄏㄨㄞˊ)粵wai⁴〔懷〕用
穰耙翻土。〔穰耙〕(一bà)東北地區一種翻土用的農具。

16 **穤**(mò ㄇㄛˋ)粵mɔ⁶〔磨低去〕
即耱。

耳 部

0 **耳**(ěr ㄦˇ)粵ji⁵〔以〕❶耳朵,聽覺器官:~聾。~熟(聽慣的)。~語(嘴貼近別人耳朵小聲說話)。❷像耳朵的:1.指形狀:木~。銀~。2.指位置在兩旁的:~房。❷表示'罷了'的意思,而已:前言戲之~。

2 **耵**(dīng ㄉㄧㄥ,又讀dǐng ㄉㄧㄥˇ)粵din¹〔丁〕din²〔頂〕(又)〔耵聹〕耳垢,耳屎,皮脂腺分泌的蠟狀物質。

2 **刵** 見刀部,59頁。

2 **取** 見又部,84頁。

3 **耶**㊀(yé ㄧㄝˊ)粵je⁴〔爺〕〈古〉❶疑問詞,嗎,呢:是~非~?❷同'爺',見408頁。㊁(yē ㄧㄝ)同㊀用於譯音,如耶穌、耶路撒冷。

3 **耷**(dā ㄉㄚ)粵dap⁸〔答〕大耳朵。〔耷拉〕向下垂:狗~~着尾巴跑了。飽滿的穀穗~~着頭。

弭 見弓部,208頁。

4 **耽**(dān ㄉㄢ)粵dam¹〔擔高平〕❶滯留,延擱:~一會兒。〔耽誤〕因耽擱而誤事或錯過時機:~~工作。〔耽擱〕遲延,停止沒進行:這件事~~了好久,今天才弄定。❷沉溺,入迷:~樂。~於女色。

4 **耿**(gěng ㄍㄥˇ)粵geng²〔梗〕❶光明。❷正直,有骨氣:~介。~直。〔耿耿〕心老想着不能忘懷:忠心~~。~~於懷。

4 **恥** 同'恥',見本頁。

4 **聃** 同'聘',見546頁。

4 **耸** '聳'的簡化字,見547頁。

4 **聂** '聶'的簡化字,見547頁。

4 **恥** 見心部,222頁。

5 **聆**(líng ㄌㄧㄥˊ)粵ling⁴〔零〕聽:~教。〔聆訊〕議會或法庭聽取有關人員的作證。

5 **聊** (liáo ㄌㄧㄠˊ)粵liu⁴〔療〕❶姑且，略：～勝一籌。～勝於無。❷依賴：民不～生(無法生活)。〔無聊〕1.沒有興趣。2.沒有意義。❸〈方〉聊天，閒談：別～啦，趕快幹吧！

5 **聃** (dān ㄉㄢ)粵dam¹〔耽〕古代哲學家老子的名字。

5 **聲** '聲'的簡化字，見547頁。

5 **职** '職'的簡化字，見547頁。

5 **聍** '聹'的簡化字，見547頁。

6 **聒** (guō ㄍㄨㄛ)粵kut⁸〔括〕聲音嘈雜，使人厭煩：～耳。～噪。

6 **联** '聯'的簡化字，見本頁。

7 **聖(圣)** (shèng ㄕㄥˋ)粵sing³〔姓〕❶最崇高的：神～。❷稱學問、技術有特殊成就的：詩～。～手。❸封建時代尊稱帝王：～旨。～上。〔聖人〕舊時稱具有最高智慧和道德的人。❹宗教徒對所崇拜事物的尊稱：～誕。～城。

7 **聘** (pìn ㄆㄧㄣˋ，舊讀pìng ㄆㄧㄥˋ)粵pin³〔併〕❶請人擔任工作：招～。～請售貨員。❷舊婚姻制度中指訂婚或指女子出嫁：行～。出～。

8 **聚** (jù ㄐㄩˋ)粵dzœy⁶〔序〕會集，集合(反一集)：大家～在一起談話。～少成多。歡～。

8 **聞(闻)** (wén ㄨㄣˊ)粵men⁴〔文〕❶聽見：耳～不如目見。❷聽見的事情，消息：新～。奇～。❸出名，有名望：～人。❹名聲：令～。醜～。❺用鼻子嗅氣味：你～這是什麼味？我～見香味了。

8 **聝** 同'馘'，見783頁。

9 **聪** '聰'的簡化字，見547頁。

9 **聩** '聵'的簡化字，見547頁。

11 **聯(联)** (lián ㄌㄧㄢˊ)粵lyn⁴〔攣〕❶聯結，結合：～盟。～名。～歡會。珠～璧合。〔聯絡〕接洽，彼此交接。〔聯綿〕接續不斷。〔聯合國〕1945年10月24日成立的國際組織。總部設在美國紐約。聯合國憲章規定，其主要宗旨為維護國際和平與安全，發展國際友好關係，促進經濟文化等方面的國際合作。❷(一兒)對聯，對子：上～。下～。輓～。春～。

11 聰(聪) (cōng ㄘㄨㄥ) 粵 tsuŋ¹〔充〕❶ 聽覺靈敏：耳～目明。❷聰明，智力強：～穎。

11 聱 (áo ㄠˊ) 粵 ŋou⁴〔遨〕不接受別人的意見。〔聱牙〕文句唸着不順口。

11 聲(声) (shēng ㄕㄥ) 粵 siŋ¹〔升〕 sɛŋ¹〔腥〕〔語〕❶聲音，物體振動時所產生的能引起聽覺的波：～如洪鐘。大～說話。〔聲氣〕消息：不通～～。❷聲母，字音開頭的輔音，如「報(bào)告(gào)」、「豐(fēng)收(shōu)」裏的b、g、f、sh都是聲母。❸聲調，字音高低升降的腔調：平～。上～。去～。入～。❹說出來使人知道，宣稱，揚言：～明。～討。～張。～東擊西。❺名譽：～望。～舉。

11 聳(耸) (sǒng ㄙㄨㄥ) 粵 suŋ²〔慫〕❶高起，矗立：高～。～立。❷聳動，驚動：～人聽聞。危言～聽。

12 聵(聩) (kuì ㄎㄨㄟˋ) 粵 kui²〔潰〕生而耳聾。〔糊塗，不明事理：昏～(比喻不明事理)。

12 聶(聂) (niè ㄋㄧㄝˋ) 粵 nip⁹〔捏〕姓。

12 職(职) (zhí ㄓ) 粵 dzik⁷〔即〕❶職務，分內應做的事：盡～。～權。❷職位，執行事務所處的一定的地位：就～。調～。兼～。〔職員〕擔任行政或業務工作的人員。也省稱「職」：～工。❸舊日公文用語，下屬對上司的自稱：～奉命前往。❹由於：～是之故。～此。❺掌管。

14 聹(聍) (níng ㄋㄧㄥˊ) 粵 niŋ⁴〔寧〕〔耵聹〕耳垢，耳屎。

16 聽(听) (一) (tīng ㄊㄧㄥ) 粵 tiŋ¹〔亭高平〕tɛŋ¹〔聽〕〔語〕❶用耳朵接受聲音：～廣播。你～外面有什麼聲。❷順從，聽取：言～計從。我告訴他了，他不～。❸〔外〕馬口鐵筒：一～煙。一～煤油。一～餅乾。

(二) (tìng ㄊㄧㄥˋ，舊讀tìng ㄊㄧㄥˋ) 粵 tiŋ³〔亭高去〕任憑，聽任：～其自然。～便。～憑你怎麼辦。

(三) (tīng ㄊㄧㄥ) 粵 同(二)處理，判斷：～政(古代帝王臨朝處理政事)。～訟。

16 聾(聋) (lóng ㄌㄨㄥˊ) 粵 luŋ⁴〔龍〕耳朵聽不見聲音：他耳朵～了。

聿 部

0 聿 (yù ㄩˋ) 粵wet⁹〔屈低入〕lœt⁹〔律〕(俗)〈古〉❶筆。❷助詞，無意義，用在一句話的開頭或中間：～勞我心。歲～云暮。

4 書 見曰部，298頁。

5 晝 見日部，293頁。

6 畫 見田部，441頁。

7 肄 (yì ㄧˋ) 粵ji⁶〔義〕學習：～業。

7 肆 ㊀(sì ㄙˋ) 粵si³〔試〕❶放縱，不顧一切，任意去做：～無忌憚。～意妄為。❷舊時指鋪子，商店：茶～。酒～。❸盡，極：～力。❹古時處死刑後陳屍於市示眾。
㊁(sì ㄙˋ) 粵sei³〔四〕'四'字的大寫。

8 肅 (肃) (sù ㄙㄨˋ) 粵suk⁷〔叔〕❶恭敬：～立。～然起敬。❷莊重，嚴肅：～穆。
〔肅清〕清除：～～貪污。

8 肅 同'肅'，見本頁。

8 肇 (zhào ㄓㄠˋ) 粵siu⁶〔紹〕❶開始：～端。～始。❷引起，發生：～禍(闖禍)。～事。

8 肈 同'肇'，見本頁。

肉(月月)部

0 肉 (ròu ㄖㄡˋ) 粵juk⁹〔玉〕❶人或動物體內附在骨骼上的紅色、柔軟的物質。某些動物的肉可以吃。〔肉搏〕徒手或用短兵器搏鬥：跟匪徒～～。❷果肉，果實中可以吃的部分：桂圓～。❸果實不脆，不酥：～瓤西瓜。❹〈方〉行動遲緩，性子慢：做事真～。～脾氣。

1 肊 同'臆'，見562頁。

2 肋 ㊀(lèi ㄌㄟˋ) 粵lɐk⁹〔離麥切〕lak⁹〔離額切〕(又)胸部的兩旁：兩～。～骨。
㊁(lē ㄌㄜ)粵同㊀〔肋脹〕衣裳肥大，不整潔：瞧你穿得這個～～!

2 肌 (jī ㄐㄧ) 粵gei¹〔基〕❶肌肉，人或動物體的組織之一，由許多肌纖維組成，具有收縮特性：心～。平滑～。

❷皮膚：～膚。冰～玉骨。

2 肎 同'肯'，見 550 頁。

3 肓 (huāng ㄏㄨㄤ)粵fong¹〔方〕〔膏肓〕❶中國古代醫學把心尖脂肪叫膏，心臟和膈膜之間叫肓，認為膏肓之間是藥力達不到的地方：病入～～(指病重到無法醫治)。❷針灸穴位名，在背部。

3 肖 (xiào ㄒㄧㄠ)粵tsiu³〔俏〕像，相似：子～其父。〔肖像〕畫像，相片。

3 肘 (zhǒu ㄓㄡ)粵dzau²〔爪〕上臂與前臂相接處向外凸起的部分。(圖見 792 頁'體')〔肘子〕指作食品的豬腿上半部。

3 肚 (㊀dù ㄉㄨ)粵tou⁵〔逃低上〕❶(～子)腹部，胸下腿上的部分：挺胸凸～。㊉(～兒)器物下面的中心部分：爐～。❷(～子、～兒)圓而凸起像肚子的：腿～。手指頭～。
(㊁dǔ ㄉㄨ)同㊀(～子、～兒)動物的胃：豬～。羊～。

3 肛 (gāng ㄍㄤ)粵gong¹〔江〕肛門，直腸末端，排出糞便的地方。

3 肝 (gān ㄍㄢ)粵gon¹〔干〕肝臟，人和高等動物主要內臟之一。分泌膽汁的器官，可儲藏體內澱粉，調解蛋白質、脂肪和碳水化合物的新陳代謝及解毒等。(圖見 563 頁'臟')〔肝膽〕粵1.誠心，誠意：～～相照(喻真誠相見)。2.勇氣，血性：～～過人。3.關係密切。

3 肐 同'胳㊀'，見 553 頁。

**3 肕
肠** '腸'的簡化字，見 559 頁。

4 股 (gǔ ㄍㄨ)粵gu²〔古〕❶大腿，自胯至膝蓋的部分。(圖見 792 頁'體')❷事物的一部分：1.股份，指集合資金的一份：一～。一～票。2.機關、企業、團體中的一個部門：財務～。人事～。3.合成繩線等的部分：合～繩。三～繩。❸指不等腰直角三角形中構成直角的長邊。❹量詞：1.指成條的：一～道(路)。一～綫。一～泉水。2.指氣味、力氣：一～香味。一～勁。3.批，部分(多指匪徒或敵軍)：一～殘匪。一小～敵人。

4 肢 (zhī ㄓ)粵dzi¹〔支〕❶手、腳、胳膊、腿的統稱：四～。斷～再植。❷腰部：腰～。

4 肥 (féi ㄈㄟˊ)粵fei⁴〔腓〕❶含脂肪多的，跟'瘦'相反：～豬。～肉。牛～馬壯。❷肥沃，土質含養分多的: 地很～。
土地～沃。❸肥料，能增加田
地養分的東西，如糞、豆餅、
化學配合劑等: 上～。施～。
追～。基～。❹使田地增加養
分: 用草灰～田。❺不正當的
財物: 坐地分～。又指由不正
當的收入而富裕: ～了自己腰
包。❻寬大(指衣服鞋襪等):
袖子太～了。

4 **肩** (jiān ㄐㄧㄢ)⑧gin¹〔堅〕❶
肩膀，脖子旁邊胳膊上
邊的部分。(圖見 791 頁'體')
❷擔負: 身～重任。

4 **肪** (fáng ㄈㄤ)⑧foŋ¹〔方〕厚
的脂膏，特指動物腰部
肥厚的油(⑧脂―)。

4 **肫** ㊀(zhūn ㄓㄨㄣ)⑧dzœn¹
〔津〕❶〈方〉鳥類的胃:
雞～。鴨～。❷懇切，真摯
(⑧―): ～～。～篤。

㊁(chún ㄔㄨㄣ)⑧sœn⁴〔純〕古代
祭祀所用牲的部分股骨。

4 **肭** (nà ㄋㄚˋ)⑧nœt⁹〔尼術切〕
見 559 頁'膃'字條'膃肭'。

4 **肯** (kěn ㄎㄣˇ)⑧heŋ²〔享高上〕
❶許可，願意: 他不～
來。只要你一做就能辦到。首
～(點頭答應)。〔肯定〕1.正面
承認: ～～成績，指出缺點。
2.語氣堅定不移: 我們的計劃
～～能完成。❷骨頭上附着的

肉。〔肯綮〕筋骨結合的地方。
⑱要害、最重要的地方。〔中肯〕
(zhòng―)⑱得當，扼要: 說
話～～。

4 **肱** (gōng ㄍㄨㄥ)⑧gwen¹〔轟〕
胳膊由肘到肩的部分。
泛指胳膊: 曲～而枕。〔股肱〕⑱舊
指得力的助手。

4 **育** (yù ㄩˋ)⑧juk⁹〔玉〕❶生養
(⑱生―): 生兒～女。節
～。❷養活: ～嬰。～醫
～林。❸培育: 德～。智～。
體～。

4 **肴** (yáo ㄧㄠˊ)⑧ŋau⁴〔爻〕做
熟的魚肉等葷菜: 佳～。
酒～。

4 **肸** (xī ㄒㄧ)⑧jet⁹〔日〕多用於
人名。

4 **肺** (fèi ㄈㄟˋ)⑧fei³〔廢〕肺臟，
人和某些高等動物體內
管呼吸的器官。(圖見563頁'臟')
〔肺腑〕⑱內心: ～～之言。

4 **肼** (jǐng ㄐㄧㄥˇ)⑧dzeŋ²〔井〕
有機化合物的一類，通
式 R－NH－NH₂，是 NH₂
NH₂烴基衍生物的統稱。

4 **肽** (tài ㄊㄞˋ)⑧tai³〔太〕一種
有機化合物，由氨基酸
脫水而成，含有羧基和氨基，
是一種兩性化合物。也叫'胜'。

4 **胖** ㊀(pāng ㄆㄤ)⑧poŋ³〔旁
去〕腫脹。

㊀同'胖'㊀，見 552 頁。

4 **朊** ㊀(ruǎn ㄖㄨㄢˇ)粵jyn⁵〔軟〕❶人的陰部。❷蛋白質。
㊁同'脘'，見 555 頁。

4 **疣** 同'疣'，見 444 頁。

4 **胘** 同'臁'，見 560 頁。

4 **膊** '膊'的簡化字，見 560 頁。

4 **肿** '腫'的簡化字，見 558 頁。

4 **肾** '腎'的簡化字，見 557 頁。

4 **胀** '脹'的簡化字，見 556 頁。

4 **肮** '骯'的簡化字，見 790 頁。

4 **胁** '脅'的簡化字，見 555 頁。

3 **胸** 見月部，300 頁。

5 **胃** (wèi ㄨㄟˋ)粵wɐi⁶〔惠〕❶胃臟，人和某些動物消化器官的一部分。能分泌胃液、消化食物。(圖見 563 頁'臟')❷星名，二十八宿之一。

5 **冑** (zhòu ㄓㄡˋ)粵dzɐu⁶〔就〕帝王或貴族的後代：貴～。帝～。按此字下從'月(肉)'，本與下從'月(冒)'的'冑'字不同，今兩者字形已無分別，並被混

為一字。參見 50 頁 '冂'部'冑'字條。

5 **胈** (bá ㄅㄚˊ)粵bɐt⁹〔拔〕大腿上的毛。

5 **朐** (qú ㄑㄩˊ)粵kœy⁴〔渠〕❶屈曲的乾肉。❷〔臨朐〕縣名，在山東省。

5 **背** ㊀(bèi ㄅㄟˋ)粵bui³〔貝〕❶背脊，脊梁，自肩至後腰的部分。(圖見 792 頁'體')〔背景〕1.舞臺上的佈景。2.圖畫上或攝影時襯托主體事物的景物。3.對人物、事件起作用的環境或關係：社會～～。歷史～～。❷物體的反面或後面：～面。手～。刀～。❸用背部對着，跟'向'相反：～水作戰。～光。～燈。㊁1.向相反的方向：～道而馳。～地性(植物由生長的性質)。2.避：～着他說話。❸離開：離鄉～井。❹違背，違反：～約。～信棄義。〔背叛〕投向敵對方面，反對原來所在的方面。
㊁(bèi ㄅㄟˋ)粵bui⁶〔焙〕❶憑記憶讀出：～誦。～書。❷不順：～時。❸偏僻，冷淡：這條胡同太～。～月(生意清淡的季節)。❹聽覺不靈：耳朵有點兒～。
㊂(bēi ㄅㄟ)粵同㊀人用背馱東西：把小孩一起來。～包袱。～槍。

5 胎 (tāi ㄊㄞ)粵tɔi¹〔台高平〕❶人或其他哺乳動物母體內的幼體: 懷～。～兒。～生。㈨事的開始, 根源: 禍～。❷(一兒)器物的粗坯或襯在內部的: 這個帽子是軟～兒的。泥～。銅～(塑像、做漆器等用)。❸輪胎。

5 胖 ㈠(pàng ㄆㄤˋ)粵bun⁶〔叛〕人體內含脂肪多: 他長得很～。
㈡(pán ㄆㄢˊ)粵pun⁴〔盤〕安泰舒適: 心廣體～。

5 胙 (zuò ㄗㄨㄛˋ)粵dzou⁶〔做〕古代祭祀時用的肉。

5 胛 (jiǎ ㄐㄧㄚˇ)粵gap⁸〔甲〕肩胛, 肩膀後方的部位。〔肩胛骨〕肩胛上部左右兩塊三角形的扁平骨頭。(圖見 790 頁 '骨')

5 胝 (zhī ㄓ)粵dzi¹〔支〕見 555 頁'胼'字條'胼胝'。

5 胞 (bāo ㄅㄠ)粵bau¹〔包〕❶胞衣, 包裹胎兒的膜和胎盤。〔細胞〕生物體的基本結構和功能單位。❷同一父母所生的: ～兄。～妹。～叔(父親的同父母的弟弟)。〔同胞〕1.同父母的兄弟姊妹。2.同祖國的人。

5 胠 (qū ㄑㄩ)粵kœy¹〔驅〕❶從旁邊撬開: ～篋(偷東西)。❷腋下。

5 胡 (hú ㄏㄨˊ)粵wu⁴〔狐〕❶中國古代稱北方的民族: ～人。～服。泛指外國或外族的: ～椒。〔胡琴〕弦樂器, 在竹弓上繫馬尾毛, 放在兩弦之間拉動。〔胡蘿蔔〕草本植物。根也叫胡蘿蔔, 又叫'紅蘿蔔'、'甘筍'。長圓錐形, 肉質, 有紫紅、橘紅等多種, 是一種蔬菜。❷亂, 無道理: ～來。～鬧。～說。說～話。❸文言疑問詞, 為什麼, 何故: ～不歸? ❹古指獸類頜間下垂的肉。❺〔胡同〕(衕衚)(一tòng)巷。❻'鬍'的簡化字, 見 794 頁。

5 胤 (yìn ㄧㄣˋ)粵jɐn⁶〔刃〕後代。

5 胥 (xū ㄒㄩ)粵sœy¹〔雖〕❶古代的小官: ～吏。〔鈔胥〕管謄寫的小吏。粵代人抄寫書的人。❷全, 都: 民～然矣。萬事～備。

5 胚 (pēi ㄆㄟ)粵pui¹〔培高平〕pei¹〔披〕(又)初期發育的生物體。〔胚胎〕初期發育的動物體。粵事物的開始或形成。

5 胬 (nǔ ㄋㄨˇ)粵nou⁵〔努〕〔胬肉〕一種眼病, 即翼狀胬肉。

5 胂 ㈠(shēn ㄕㄣ)粵sɐn¹〔申〕夾脊肉。

㈢(shèn ㄕㄣˋ)粵sen[6]〔慎〕有機化合物的一類，通式 RAsH₂，是砷化氫分子中的氫被羥基替換後生成的化合物。胂類化合物大多有劇毒。

5 胗 (zhēn ㄓㄣ)粵dzen[1]〔珍〕鳥類的胃：雞～肝。

5 胜 ㈠(shēng ㄕㄥ)粵siŋ[1]〔升〕
一種有機化合物，即'肽'。參見 550 頁'肽'字條。
㈡〔古〕同'腥'，見 558 頁。
㈢'勝'的簡化字，見 68 頁。

5 胨 (shì ㄕˋ)粵si[6]〔視〕有機化合物，溶於水，遇熱不凝固，是食物蛋白和蛋白腖的中間產物。

5 胩 (kǎ ㄎㄚˇ)粵ka[1]〔卡〕有機化合物的一類，通式 R—NC，無色液體，有惡臭，溶於酒精和乙醚，容易被酸分解。

5 胍 (guā ㄍㄨㄚ)粵gwa[1]〔瓜〕有機化合物，分子式 CH_5N_3，無色結晶體，易潮解。是製藥工業上的重要原料。

5 脉 同'脈'，見 554 頁。

5 胆 '膽'的簡化字，見 561 頁。

5 胧 '朧'的簡化字，見 301 頁。

5 脹 '脾'的簡化字，見 557 頁。

5 胪 '臚'的簡化字，見 562 頁。

5 胫 '脛'的簡化字，見 555 頁。

6 胭 (yān ㄧㄢ)粵jin[1]〔煙〕〔胭脂〕一種紅色顏料，化妝用品。

6 胯 (kuà ㄎㄨㄚˋ)粵kwa[3]〔誇高去〕腰和大腿之間的部分。

6 胰 (yí ㄧˊ)粵ji[4]〔兒〕胰腺，人和動物的腺體之一，能分泌胰液，幫助消化，還分泌一種激素(胰島素)，起調節糖類代謝作用。舊稱'膵臟'。〔胰子〕肥皂：香～～。藥～～。

6 胱 (guāng ㄍㄨㄤ)粵gwoŋ[1]〔光〕見 559 頁'膀'字條'膀胱'。

6 胳 ㈠(gē ㄍㄜ)粵gok[8]〔各〕腋下，夾肢窩。
㈡(gē ㄍㄜ)粵gak[8]〔格〕〔胳臂〕也叫'胳臂'。上肢，肩膀以下手腕以上的部分(圖見 792 頁'體')。
㈢同'骼'，見 791 頁。

6 胴 (dòng ㄉㄨㄥˋ)粵duŋ[6]〔洞〕❶體腔，整個身體除去頭部四肢和內臟餘下的部分。❷大腸。

6 **胸**（xiōng ㄒㄩㄥ）粵huŋ¹〔空〕胸膛，身體前面頸下腹上的部分。（圖見 792 頁‘體’）〔胸襟〕粵氣量，抱負。

6 **能**（néng ㄋㄥˊ）粵neŋ⁴〔尼恆切〕❶能力，才幹，本事：才～。無～之輩。〔能耐〕技能，能力。❷有才幹的：～人。～手。❸能夠，勝任：他～修理電腦。～完成生產指標。❹會（表示可能性）：他還～不去嗎？❺應，該：你不～這樣不負責任。❻物理學上稱能夠作功的叫‘能’：電～。原子～。

6 **胾**（zì ㄗˋ）粵dzi³〔志〕切成的大塊肉。

6 **胔**（zì ㄗˋ）粵dzi³〔至〕❶帶腐肉的屍骨。❷腐爛的肉。

6 **脂**（zhī ㄓ）粵dzi¹〔支〕❶動物體內或油料植物種子內的油質（粵－肪、－膏）。❷胭脂：塗～抹粉。

6 **脆**（cuì ㄘㄨㄟˋ）粵tsœy³〔翠〕❶容易斷，容易碎的：～棗。這紙太～。〔脆弱〕懦弱，不堅強。❷聲音清爽（高音）：嗓音挺～。❸乾脆，說話做事爽利痛快：辦事很～。

6 **脅（脇）**（xié ㄒㄧㄝˊ）粵hip⁸〔協〕❶從腋下到肋骨盡處的部分：～下。❷逼迫恐嚇：威ㄒ～。～制。〔脅從〕被脅迫而隨從別人做壞事。❸收斂：～肩諂笑（諂媚人的醜態）。

6 **脈**（㊀ mài ㄇㄞˋ）粵mek⁹〔默〕❶分佈在人和動物周身內的血管：動～。靜～。❷脈搏，動脈的跳動：診～。❸像血管那樣分佈的東西：山～。礦～。葉～。
（㊁ mò ㄇㄛˋ）粵同㊀〔脈脈〕形容用眼神表達愛慕的情意：～～含情。

6 **脊**（㊀ jǐ ㄐㄧˇ）粵dzik⁸〔即中入〕dzek⁸〔隻〕（語）❶背中間的骨頭：～椎骨。～髓。❷中間高起的部分：屋～。山～。
（㊁ jí ㄐㄧˊ）粵同㊀ 義同㊀，用於‘脊梁（脊背）’。

6 **胮**（pāng ㄆㄤ）粵poŋ¹〔旁高平〕浮腫：他腎臟有病，臉有點～。

6 **胦**（mī ㄇㄧ）粵mei⁵〔米〕具有

$$\begin{array}{c} NH \\ \| \\ R-C-NH_2 \end{array}$$

結構的有機化合物的總稱。

6 **胲**（hāi ㄏㄞ）粵hoi²〔海〕有機化合物的一類，通式 R－NH－OH，是 NH_2OH 的烴基衍生物的統稱。

6 **胺**（àn ㄢˋ）粵on¹〔安〕有機化學中，氨（NH_3）的氫原

子被烴基代替所成的化合物，
通式是R・NH₂。

6 **胼** （pián ㄆㄧㄢ）粵pin⁴〔騙低平〕〔胼胝〕俗叫‘膙子’、‘老繭’。手上腳上因為勞動或運動被摩擦變硬了的皮膚。

6 **脎** （sà ㄙㄚ）粵sat⁸〔殺〕有機化合物的一類，通式是

$$R-C＝N-NHC_6H_5$$
$$|$$
$$R-C＝N-NHC_6H_5$$

由同一個分子內的兩個羰基和兩個分子的苯肼縮合而成。

6 **匈** 同‘胸’，見554頁。

6 **脇** 同‘脅’，見554頁。

6 **脔** ‘臠’的簡化字，見563頁。

6 **脑** ‘腦’的簡化字，見558頁。

6 **胶** ‘膠’的簡化字，見560頁。

6 **脏** ㊀‘臟’的簡化字，見563頁。
㊁‘髒’的簡化字，見791頁。

6 **脐** ‘臍’的簡化字，見562頁。

6 **脓** ‘膿’的簡化字，見561頁。

6 **脍** ‘膾’的簡化字，見561頁。

---

7 **脘** （wǎn ㄨㄢˇ）粵gun²〔管〕wun²〔碗〕〔又〕胃脘，中醫指胃的內部。

7 **脛（胫）** （jìng ㄐㄧㄥˋ）粵hin⁵〔慶上上〕gin³〔敬〕〔又〕小腿，從膝蓋到腳跟的一段。〔脛骨〕小腿內側的骨頭。（圖見790頁‘骨’）

7 **脝** （hēng ㄏㄥ）粵heng¹〔亨〕〔膨脝〕肚子脹的樣子。

7 **脞** （cuǒ ㄘㄨㄛˇ）粵tso²〔楚〕細碎，小。〔叢脞〕細碎，煩瑣。

7 **脢** （méi ㄇㄟˊ）粵mui⁴〔梅〕（一子）〔方〕豬、牛等脊椎兩旁的條狀瘦肉，即裏脊。

7 **脣** （chún ㄔㄨㄣˊ）粵sœn⁴〔純〕嘴脣，嘴的邊緣紅色部分。〔脣齒〕粵關係密切：～～相依。

7 **脧** ㊀（juān ㄐㄩㄢ）粵dzyn¹〔專〕收縮，削減。
㊁（zuī ㄗㄨㄟ）粵dzœy¹〔追〕男孩的生殖器。

7 **脩** （xiū ㄒㄧㄡ）粵seu¹〔修〕❶乾肉。〔束脩〕一束乾肉。粵舊時指送給老師的薪金。❷同‘修’，見31頁。

7 **脫** （tuō ㄊㄨㄛ）粵tyt⁸〔拖雪切中入〕❶離開，落掉：～皮。～節。～逃。走～。粵遺漏（文字）：～誤。這中間～去了

幾個字。〔脫離〕斷絕了關係，離開：～～危險期。❷取下，去掉：～衣裳。～帽。❸〔通脫〕(通俗)放達不拘小節。

7　脬 （pāo ㄆㄠ）粵pau¹〔拋〕❶尿脬，膀胱。❷量詞，用於屎尿：一～屎。

7　脯 ㈠（fǔ ㄈㄨˇ）粵pou²〔普〕fu²〔苦〕(又)❶肉乾：鹿～。❷果脯，水果蜜餞後晾乾的：桃～。杏～。
㈡（pú ㄆㄨˊ）粵pou⁴〔葡〕(一子、一兒)胸脯，胸部：挺着胸～子。

7　脰 （dòu ㄉㄡˋ）粵deu⁶〔豆〕脖子，頸。

7　脖 （bó ㄅㄛˊ）粵but⁹〔勃〕❶(一子)頸，頭和軀幹相連的部分。❷像脖子的：腳～子。

7　脲 （niào ㄋㄧㄠˋ）粵niu⁶〔尿〕尿素，有機化合物，分子式CO(NH₂)₂，無色晶體。廣泛用在塑料、藥劑和農業等生產中。

7　胺 （de ·ㄉㄜ）粵tik⁷〔惕〕見548頁'肋'字條'肋胺'。

7　脦 （tī ㄊㄧ）粵tei¹〔梯〕有機化合物，銻氫的特稱。

7　脗 同'吻'，見93頁。

7　脚 同'腳'，見558頁。

7　朐 '膈'的簡化字，見559頁。

7　脸 '臉'的簡化字，見562頁。

7　豚 見豕部，660頁。

8　脹（胀）（zhàng ㄓㄤˋ）粵dzœŋ³〔帳〕❶膨脹，體積變大：熱～冷縮。❷浮腫：腫～。❸身體內壁受到壓迫而產生不舒服的感覺：肚子～。頭昏腦～。

8　脾 （pí ㄆㄧˊ）粵pei⁴〔皮〕脾臟，人和動物內臟之一，在胃的左下側，橢圓形，赤褐色，是個淋巴器官，也是血庫。(圖見563頁'臟')〔脾胃〕粵對事物的喜好：不合他的～～。兩人～～相投。〔脾氣〕1.性情：～～好。2.容易激動的感情：有～～。發～～。

8　腆 （tiǎn ㄊㄧㄢˇ）粵tin²〔天高上〕❶豐厚。❷胸部或腹部挺起：～胸脯。～着大肚子。❸見559頁'腼'字條'腼腆'。

8　腊 ㈠（xī ㄒㄧ）粵sik⁷〔色〕乾肉。
㈡'臘'的簡化字，見562頁。

8　腋 （yè ㄧㄝˋ）粵jik⁹〔亦〕❶夾肢窩，上肢同肩膀相連處靠裏凹入的部分。❷其他生物體上跟腋類似的部分：～

芽。

8 **腌** ㊀同'醃'，見711頁。
㊁(āY)⑲jim¹[淹]〔腌
臢〕1.不乾淨。2.〈粵方言〉囉唆，
挑剔。

8 **腎(肾)** (shèn ㄕㄣˋ)⑲sen⁶
[愼] sen⁵[愼低
上]〈又〉腎臟，俗叫'腰子'，人
和動物的內臟之一，是濾出尿
液的主要器官。

8 **腐** (fǔ ㄈㄨˇ)⑲fu⁶[附]❶爛，
變質(⑲一爛、一朽):
陳～。流水不～。魚～肉敗。
㊉腐敗，思想陳舊，行為墮
落:他的思想很～。〔腐蝕〕通
過化學作用使物體逐漸消損或
毀壞:～～劑。㊋使人腐化墮
落。❷豆腐，用大豆(黃豆)製
成的一種食品。也省稱'腐':
～皮。～乳。

8 **腑** (fǔ ㄈㄨˇ)⑲fu²[苦]臟腑，
中醫對人體胸、腹內部
器官的總稱。心、肝、脾、肺、
腎叫'臟'，胃、膽、大腸、小腸、
膀胱等叫'腑'。

8 **腒** (jū ㄐㄩ)⑲gœy¹[居]乾醃
的鳥類肉。

8 **腓** (féi ㄈㄟˊ)⑲fei⁴[肥]腓腸
肌，脛骨後的肉，俗叫
'腿肚子'。〔腓骨〕小腿外側的
骨頭，比脛骨細小。(圖見790
頁'骨')

8 **腔** (qiāng ㄑㄧㄤ)⑲hɔŋ¹[康]
❶(一子)動物身體中空
的部分:胸～。口～。㊉器物
中空的部分:爐～。鍋臺～子。
❷(一兒)腔調，樂曲裏的調
子:離～走板。字正～圓。梆
子～。㊉說話的聲音和語氣:
開～(說話)。南～北調。打官
～。〔京腔〕北京語音:一口～
～。

8 **腕** (wàn ㄨㄢˋ)⑲wun²[碗]胳
膊下端跟手掌相連的部
分。(圖見792頁'體')

8 **腙** (zōng ㄗㄨㄥ)⑲dzuŋ¹[忠]
醛和酮的羰基和聯氨
(NH_2-NH_2)或
苯胼$(C_6H_5NHNH_2)$等縮水後
的衍生物。

8 **腚** (dìng ㄉㄧㄥˋ)⑲diŋ⁶[定]
〈方〉屁股:光～。

8 **腒** (qǐ ㄑㄧˇ)⑲kei²[啟]〈古〉
腓腸肌(小腿肚子)。

8 **腖(胨)** (dòng ㄉㄨㄥˋ)⑲
duŋ³[凍]蛋白
腖，有機化合物，醫學上用作
細菌的培養基，又可以治療消
化道的病。

8 **腴** (yú ㄩˊ)⑲jy⁴[如]❶油脂。
❷肥胖:豐～。❸土地
肥沃:膏～。

8 **腈** (jīng ㄐㄧㄥ)⑲dziŋ¹[晶]有
機化合物的一類，通式

R—CN，無色的液體或固體，有特殊的氣味，遇酸或鹼就分解。

8 **胖** 同'胼'，見 555 頁。

8 **脺** 同'膵'，見 561 頁。

8 **胭** '腦'的簡化字，見 560 頁。

8 **勝** 見力部，68 頁。

9 **腠** (còu ㄘㄡˋ)粵tseu³〔臭〕肌膚上的紋理。

9 **腥** (xīng ㄒㄧㄥ)粵sing¹〔升〕seng¹(沙醒切)〔語〕❶腥氣，像魚的氣味：血～。～臊。❷魚、肉一類的食品：他不吃～。

9 **腦**（脑） (nǎo ㄋㄠˇ)粵nou⁵〔努〕❶(-子)人和高等動物神經系統的主要部分，在顱腔裏，分大腦、小腦、中腦、間腦、延髓等部分，主管感覺和運動。人的腦子又是主管思想、記憶等心理活動的器官〔腦子〕〔腦筋〕❶指思考、記憶等能力：開動～。❷(-兒)形狀或顏色像腦子的東西：豆腐～。

9 **腹** (fù ㄈㄨˋ)粵fuk⁷〔福〕肚子，在胸部的下面：～部。～背(前後)受敵。〔腹地〕內地，中部地區。

9 **腧** (shù ㄕㄨˋ)粵sy³〔恕〕腧穴，人體上的穴道：肺～。胃～。

9 **腩** (nǎn ㄋㄢˇ)粵nam⁵〔南低上〕〈方〉牛肚子上的鬆軟肌肉。

9 **腫**（肿） (zhǒng ㄓㄨㄥˇ)粵dzung²〔總〕皮肉浮脹：他的手凍～了。

9 **腯** (tú ㄊㄨˊ)粵det⁷〔突高入〕肥(指豬)。

9 **腰** (yāo ㄧㄠ)粵jiu¹〔邀〕❶胯上脅下的部分，在身體的中部。(圖見 792 頁'體')〔腰子〕腎臟。❷褲、裙等圍在腰上的部分：褲～。❸事物的中段、中間：山～。❹中間狹小像腰部的地勢：土～。海～。

9 **腱** (jiàn ㄐㄧㄢˋ)粵gin³〔見〕肌腱，連接肌肉和骨骼的一種組織，白色，質地堅韌。〔腱子〕人身上或牛、羊等小腿上特別發達的肌肉。

9 **腳** ㊀(jiǎo ㄐㄧㄠˇ)粵gœk⁸〔哥約切中入〕❶人和動物身體最下部接觸地面的肢體。(圖見 792 頁'體')❷最下部：山～。牆～。❸剩下的廢料，渣滓：下～。酒～。〔腳本〕劇本，上演戲劇或拍電影所根據的底本。

㊁(jué ㄐㄩㄝˊ)粵同㊀(-兒)同㊀

9 **腸（肠）**（cháng ㄔㄤˊ）粵tsœŋ⁴〔祥〕（一子）內臟之一，呈長管形，是消化和吸收的主要器官，分大腸、小腸等部：斷～（喻非常悲痛）。牽～掛肚（喻掛念）。（圖見 563 頁‘臟’）

9 **腺**（xiàn ㄒㄧㄢˋ）粵sin³〔綫〕生物體內由腺細胞組成的能分泌某些化學物質的組織：汗～。淚～。

9 **腭**（è ㄜˋ）粵ŋok⁹〔岳〕口腔的上膛，分為兩部，前面叫‘硬腭’，後面叫‘軟腭’。

9 **腮**（sāi ㄙㄞ）粵soi¹〔鰓〕面頰，臉的兩旁。也叫‘腮幫子’。

9 **腡（脶）**（luó ㄌㄨㄛˊ）粵lɔ⁴〔羅〕手指紋。

9 **腼**（miǎn ㄇㄧㄢˇ）粵min⁵〔免〕〔腼腆〕（靦覥）害羞，不敢見生人：這孩子太～～。

9 **膃**（wà ㄨㄚˋ）粵wet⁷〔屈〕〔膃肭〕1.肥胖。2.就是‘海熊’，通稱‘海狗’，海裏的一種哺乳動物，毛皮很美。陰莖和睪丸叫膃肭臍，可入藥。

9 **膩** ‘膩’的簡化字，見 561 頁。

9 **塍** 見土部，137 頁。

---

9 **媵** 見女部，159 頁。

10 **腿**（tuǐ ㄊㄨㄟˇ）粵tœy²〔推高上〕❶腿腳的‘腿’：大～。前～。後～。（圖見 792 頁‘體’）❷（一兒）器物上像腿的部分：一張方桌有四條～。❸醃製的豬腿：火～。雲～。

10 **膀**（一）（bǎng ㄅㄤˇ）粵bɔŋ²〔綁〕（一子）（一兒）胳膊的上部靠肩的部分：他的兩～真有勁。
（二）（páng ㄆㄤˊ）粵pɔŋ⁴〔旁〕〔膀胱〕俗叫‘尿脬’，是暫存尿液的囊狀體，在骨盆腔的前方。（圖見 563 頁‘臟’）
（三）（pāng ㄆㄤ）粵pɔŋ¹〔旁高平〕同‘胮’。浮腫：～腫。臉都～了。

10 **膂**（lǚ ㄌㄩˇ）粵lœy⁵〔旅〕脊梁骨。〔膂力〕體力：～～過人。

10 **膇**（zhuì ㄓㄨㄟˋ）粵dzœy⁶〔序〕腳腫。

10 **膈**（gé ㄍㄜˊ）粵gak⁸〔隔〕膈膜，橫膈膜，人或哺乳動物胸腔和腹腔之間的膜狀肌肉。

10 **膊**（bó ㄅㄛˊ）粵bɔk⁸〔博〕上肢，近肩的部分。〔赤膊〕光膀子，赤裸全上身。

10 **膏**（一）（gāo ㄍㄠ）粵gou¹〔高〕❶肥或肥肉：～粱（肥肉

細糧)。〔膏腴〕土地肥沃。❷脂，油。❸很稠的、糊狀的東西：梨~。牙~。~藥。

㊁(gào ㄍㄠˋ)粵gou³〔告〕❶把油加在車軸或機械上：~油。~車。❷把毛筆蘸上墨汁在硯臺邊上捼：~筆。~墨。

10 **膁**(qiǎn ㄑㄧㄢˇ)粵him²〔險〕身體兩旁肋骨和胯骨之間的部分(多指獸類的)：~窩。

10 **臉** 同‘嗉❶’，見 113 頁。

10 **膃** 同‘膃’，見 559 頁。

10 **膗** ‘臏’的簡化字，見 562 頁。

11 **膕(膕)**(guó ㄍㄨㄛˊ)粵gwɔk⁸〔國〕膝蓋後面的腳彎。

11 **膘**(biāo ㄅㄧㄠ)粵biu¹〔標〕肥肉(多指牲畜)：~滿肉肥。上~(長肉)。

11 **膜**㊀(mó ㄇㄛˊ)粵mɔk⁹〔莫〕❶(~兒)動植物體內像薄皮的組織：肋~。耳~。橫膈~。葦~。❷(~兒)像膜的薄皮：橡皮~。

㊁(mó ㄇㄛˊ)粵mou⁴〔無〕〔膜拜〕跪在地上舉兩手虔誠地行禮。

11 **膝**(xī ㄒㄧ)粵sɐt⁷〔失〕大腿和小腿相連的關節的前部。(圖見 792 頁‘體’)

11 **膚(肤)**(fū ㄈㄨ)粵fu¹〔呼〕皮膚，肉體表面的皮：~色。肌~。切~之痛。❀表面的，淺薄的：理論~淺。

11 **膛**(táng ㄊㄤˊ)粵tɔŋ⁴〔唐〕❶體腔：胸~。開~。❷(~兒)器物中空的部分：爐~。槍~。

11 **膞(膞)**(zhuān ㄓㄨㄢ)粵dzyn¹〔專〕〈方〉鳥類的胃：雞~。

11 **膠(胶)**(jiāo ㄐㄧㄠ)粵gau¹〔交〕❶黏性物質，有用動物的皮、角等熬製成的，也有植物分泌的和人工合成的：鹿角~。鰾~。桃~。萬能~。❷指橡膠：~鞋。~皮。❸有黏性像膠的：~泥。❹黏着，黏合：~着狀態。~柱鼓瑟(喻拘泥不知變通)。

11 **膣**(zhì ㄓ)粵dzɐt⁹〔姪〕陰道，女性生殖器的一部分。

11 **膗**(chuái ㄔㄨㄞˊ)粵sai⁴〔曬低平〕tsœy⁴〔徐〕〈方〉肥胖而肌肉鬆：看他那~樣。

11 **膙**(jiǎng ㄐㄧㄤˇ)粵kœŋ⁵〔襁〕(~子)手、腳上因摩擦而生的硬皮，就是胼。

11 **膓** 同‘腸’，見 559 頁。

11 滕　見水部，379 頁。

12 膨　(péng ㄆㄥˊ)〔粵〕paŋ⁴〔彭〕
〔膨脹〕脹大。〔膨脹〕物
體的體積或長度增大：空氣遇
熱～～。㊄數量增加：通貨
～。

12 膩（膩）　(nì ㄋㄧˋ)〔粵〕nei⁶
〔餌〕❶食物油脂
過多：油～。肥～。〔細膩〕1.
光滑。2.細緻。❷膩煩，因過
多而厭煩：玩～了。聽～了。
❸積污，污垢。

12 膰　(fán ㄈㄢˊ)〔粵〕fan⁴〔凡〕古代
祭祀時用的熟肉。

12 膳　(shàn ㄕㄢˋ)〔粵〕sin⁶〔善〕飯
食：晚～。～費。

12 膵　(cuì ㄘㄨㄟˋ)〔粵〕sœy⁶〔睡〕
sœy⁵〔緒〕〔又〕膵臟，胰腺
的舊稱。

12 膪　(chuài ㄔㄨㄞˋ)〔粵〕dza⁶〔炸低
去〕囊膪，豬的乳部肥而
鬆軟的肉。

12 膦　(lìn ㄌㄧㄣˋ)〔粵〕lœn⁶〔論〕磷
化氫（PH₃）分子中的氫
原子，部分或全部被烴基取代
而形成的有機化合物的總稱。

12 膗　同'膗'，見 560 頁。

12 縢　見糸部，528 頁。

12 螣　見虫部，618 頁。

13 膺　(yìng ㄧㄥˋ)〔粵〕jiŋ¹〔英〕❶
胸：義憤填～。❷承受，
當：榮～勳章。～選。❸伐，
打擊：～懲。

13 膻　㊀(shān ㄕㄢ)〔粵〕dzin¹〔煎〕
同'羶'。膻氣，像羊肉的
氣味。

㊁(dàn ㄉㄢˋ)〔粵〕tan²〔坦〕〔膻中〕
中醫學名詞，在胸中兩乳之間，
即橫膈膜。亦為針灸穴位名。

13 膽（胆）　(dǎn ㄉㄢˇ)〔粵〕dam²
〔擔高上〕❶膽囊，
俗叫「苦膽」，是一個梨狀的袋
子，在肝臟右葉的下部，內儲
黃綠色的汁液，叫膽汁，味很
苦，有幫助消化、殺菌、防腐
等作用。（圖見 563 頁
'臟'）❷(一子，一兒)膽量：～
大心細。～怯。～子小。❸某
些器物的內層：球～。熱水瓶
～。

13 膾（脍）　(kuài ㄎㄨㄞˋ)〔粵〕
kui²〔繪〕細切的
肉：～炙人口（喻詩文等被人
傳誦）。

13 膿（脓）　(nóng ㄋㄨㄥˊ)〔粵〕
nuŋ⁴〔農〕化膿性
炎症病變所形成的黃白色汁
液，是死亡的白血球、細菌及
脂肪等的混合物。

13 臀 (tún ㄊㄨㄣˊ)粵tyn⁴〔團〕屁
股：~部。(圖見 792 頁
'體')

13 臂 ㊀(bì ㄅㄧˋ)粵bei³〔祕〕胳
膊，從肩到腕的部分。〔臂
助〕1.幫助。2.助手。
㊁(bei ㄅㄟ)粵同㊀〔胳臂〕同
'胳膊'。上肢，肩膀以下手腕
以上的部分。

13 臃 (yōng ㄩㄥ)粵jung²〔湧〕〔臃
腫〕過於肥胖，以致動作
不靈便。粵1.衣服穿得太多。
2.機構太龐大，妨礙工作。

13 臆 (yì ㄧˋ)粵jik⁷〔益〕❶胸。
❷主觀的想法，缺乏客
觀證據的：~造。~測。~斷。

13 臉 (臉) (liǎn ㄌㄧㄢˇ)粵
lim⁵〔殮〕(一兒)
面孔，頭的前部，從額到下巴。
㊐1.物體的前部：鞋~。門~。
2.體面，面子，顏面(粵一面)：
有錯改正就好，不怕丟~。

13 臊 ㊀(sāo ㄙㄠ)粵sou¹〔蘇〕像
尿或某種難聞的氣味：
尿~氣。狐~。
㊁(sào ㄙㄠ)粵sou³〔掃〕害羞：
~得臉通紅。不知羞。

13 臁 (lián ㄌㄧㄢˊ)粵lim⁴〔廉〕小
腿的兩側：~骨。~瘡。

13 臌 (gǔ ㄍㄨ)粵gu²〔古〕膨脹，
肚子脹起的病，通常有
水臌、氣臌兩種。也作'鼓'。

13 臏 同'臏'，見本頁。

13 臕 見言部，653 頁。

13 臢 見貝部，670 頁。

14 臍 (臍) (qí ㄑㄧˊ)粵tsi⁴
〔池〕❶肚臍，胎
兒肚子中間有一條管子，跟母
體的胎盤連着，這個管子叫臍
帶，出生以後，臍帶脫落的地
方叫~'臍'。❷螃蟹腹部下面的
甲殼。雄的尖臍，雌的圓臍。

14 臑 ㊀(nào ㄋㄠˋ)粵nou⁶〔怒〕
❶牲畜的前肢。❷中醫
學上指自肩至肘前側靠近腋部
的隆起的肌肉。
㊁(rú ㄖㄨˊ)粵jy⁴〔如〕嫩軟的樣
子。

14 臒 同'臛'，見 792 頁。

15 臘 (△腊) (là ㄌㄚˋ)粵lap⁹
〔蠟〕古代十二
月的一種祭祀。❶陰曆十二
月：~八(陰曆十二月初八)。
~肉(臘月或冬天醃製後風乾
或熏乾的肉)。

15 臚 同'臁'，見 560 頁。

16 臚 (臚) (lú ㄌㄨˊ)粵lou⁴
〔勞〕❶陳述：~
情(陳述心情)。~其罪狀。❷

陳列，羅列：～列。

16 臕 同‘胭’，見553頁。

16 膡 ‘臌’的簡化字，見本頁。

16 騰 見馬部，788頁。

17 臝 同‘裸’，見632頁。

17 騰 見魚部，804頁。

18 臞（qú ㄑㄩˊ）粵 kœy⁴〔渠〕消瘦。

18 臟（脏）（zàng ㄗㄤˋ）粵 dzœŋ⁶〔撞〕身體內部器官的總稱：內～。五～六腑。

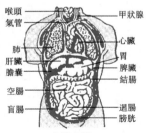

喉頭
氣管
肺
肝臟
膽囊
空腸
盲腸
甲狀腺
心臟
胃
脾臟
結腸
迴腸
膀胱

人體內臟

19 臠（臠）（luán ㄌㄨㄢˊ）粵 lyn²〔戀〕lyn⁴〔聯〕(又)切成小塊的肉：～割

（分割）。

19 臢（臢）（za・ㄗㄚ）粵 dzim¹〔尖〕〔腌臢〕1.不乾淨。2.〈粵方言〉囉唆，挑剔。

臣部

0 臣（chén ㄔㄣˊ）粵 sen⁴〔神〕❶奴隸社會的奴隸。❷君主時代的官吏：忠～。也指百姓：率土之濱，莫非王～。❸封建時代官吏對君主的自稱。也用為對一般人表示自謙之辭。

2 臥（wò ㄨㄛˋ）粵 ŋɔ⁶〔餓〕❶睡倒，躺或趴：仰～。～倒。～病。特指禽獸趴伏：貓～在爐子旁邊。雞～在窩裏。❷有關睡覺的：～室。～鋪。❸趴伏(指動物)：雞～在窩裏。

2 臥 同‘臥’，見本頁。

5 堅 見土部，134頁。

8 臧（zāng ㄗㄤ）粵 dzɔŋ¹〔莊〕善，好。〔臧否〕(-pǐ)褒貶，評論，說好說壞：～～人物。

8 監 見皿部，457頁。

8 **緊** 見糸部，524 頁。

11 **臨(临)** (lín ㄌㄧㄣˊ) ⓟlem⁴ 〔林〕 ❶ 到，來：喜事～門。親～其境。〔臨時〕1.到時候，當時：事先有準備，～～就不會忙亂。2.暫時，非經常的：你先～～代理一下。～～會議。❷ 面對，遭遇：如～大敵。～危不亂。～渴掘井。❸ 正當，將要：～走。～別贈言。〔臨床〕醫學上稱醫生給人診治疾病。〔臨盆〕孕婦生小孩。❹ 接近，靠近，多指較高的靠近較低的：～河。～街。❺ 封建時代帝王上朝：～朝。～政。❻ 照着字、畫摹仿：～帖。～畫。❼《周易》六十四卦之一。

自部

0 **自** (zì ㄗˋ) ⓟdzi⁶〔字〕 ❶ 自己，己身，本人：～愛。～動。～覺。～給～足。告奮勇～力更生。〔自由〕1.在法律規定的範圍內，進行活動的權利。2.無拘無束。〔自在〕滿意，舒服：逍遙～～。〔自然〕1.一切天然存在的東西：大～。～～景物。2.不勉強：～～而然。功到～～成。他笑得很～～。

3.當然，沒有疑問：學習不認真，～～就要落後。❷ 從，由，(圍一從)：～古到今。～始至終。～廣州到香港。❸ 自然，當然：～當努力。～不待言。～屬無贅。公道～在人心。久別重逢，～有許多話要講。

3 **埒** 見土部，132 頁。

4 **臬** (niè ㄋㄧㄝˋ) ⓟjit⁹〔熱〕nip⁹ 〔晶〕(又) ❶ 箭靶子。❷ 古代測日影的標桿。〔圭臬〕喻準則或法度。❸ 刑法，法度。

4 **臭** ㊀ (chòu ㄔㄡˋ) ⓟtsɐu³〔湊〕 ❶ 氣味難聞的，跟'香'相反：～氣熏人。㊋ 惹人厭惡的：遺～萬年。～架子。❷ 狠狠地：～罵。
㊁ (xiù ㄒㄧㄡˋ) ⓟ同㊀ ❶ 氣味：乳～。銅～。空氣是無色無～的氣體。❷ 同'嗅'。聞，用鼻子辨別氣味。

4 **息** 見心部，222 頁。

6 **皋** 同'皋'，見 454 頁。

7 **辠** 見辛部，690 頁。

8 **鼻** 見鼻部，830 頁。

至部

至 0 (zhì ㄓ)粵dzi³〔志〕❶到：由南～北。自始～終。～今未忘。〔至於〕1.表示可能達到某種程度：他還不～～不知道。2.連詞，表示另提一件：～～個人安危，他根本不考慮。❷極，最：～誠。～少。歡迎之～。

到 2 見刀部，58頁。

厔 2 見厂部，79頁。

致 3 (zhì ㄓ)粵dzi³〔至〕❶給與，送給：～函。～敬。〔致意〕向人表示問候的意思。❷招引，使達到：～病。學以～用。〔以致〕因而：由於沒注意克服小缺點，～～犯了嚴重錯誤。❸集中（力量、意志等）於某個方面：～力於藝術。專心～志。❹意態，情況：興～。景～。別～。風～。❺'緻'的簡化字，見527頁。

郅 3 見邑部，705頁。

緻 4 同'致'，見本頁。

鼛 6 見老部，542頁。

臺 8 (△台) (tái ㄊㄞ)粵tɔi⁴〔苔〕❶高平的建築物：講～。戲～。❶～。圖1.(一兒)像臺的東西：井～。窗～。2.器物的座子：燈～。蠟～。❷量詞：唱一一～戲。一～機器。❸'臺灣'的簡稱。

臻 10 (zhēn ㄓㄣ)粵dzœn¹〔津〕至，達到：日～完善。漸～佳境。

臼(𦥑)部

臼 0 (jiù ㄐㄧㄡ)粵keu⁵〔舅低上〕keu³〔扣〕(又)❶舂米的器具，一般用石頭製成，樣子像盆。❷像臼的：～齒。

臾 2 (yú ㄩ)粵jy⁴〔余〕〔須臾〕片刻，一會兒。

兒 2 見儿部，45頁。

舂 3 同'鍤'，見732頁。

舁 3 (yú ㄩ)粵jy⁴〔如〕共同抬東西。

舀 4 (yǎo ㄧㄠ)粵jiu⁵〔繞〕用瓢、勺等取東西(多指流質)：～水。～湯。〔舀子〕舀東西的器具。

5 **舂**（chōng ㄔㄨㄥ）粵 dzuŋ[1]
〔忠〕用杵臼搗去穀物的
皮殼：～米。

6 **舃**（xì ㄒㄧˋ）粵 sik[7]〔色〕❶鞋。
❷同‘瀉’，見 384 頁。

6 **舄**　同‘舃’，見本頁。

7 **舅**（jiù ㄐㄧㄡˋ）粵 keu[5]〔臼低上〕
keu[3]〔扣〕（又）❶母親的弟
兄（疊）。❷（一子）妻的弟兄：
妻～。小～子。❸古代稱丈夫
的父親：～姑（公婆）。

7 **與**（与）㊀（yǔ ㄩˇ）粵 jy[5]
〔雨〕❶和，跟：
老人～小孩。～虎謀皮。❷
給：贈～。交～本人。～人方
便。❸交往：此人易～。相～
。～國（相交好的國家）。❹贊
助：～人為善。
〔與其〕比較連詞，常跟‘寧’、
‘寧可’、‘不如’、‘不若’等連用：
～～坐車，不如坐船。
㊁（yù ㄩˋ）粵 jy[6]〔預〕參與，參
加：～會。～聞此事。
㊂（yú ㄩˊ）粵 jy[4]〔如〕同‘歟’，見
342 頁。

9 **興**（兴）㊀（xīng ㄒㄧㄥ）粵
hiŋ[1]〔兄〕❶ 舉
辦，發動：～工。～利除弊。
大～土木。❷起來：夙～夜寐
（早起晚睡）。聞風～起。❸旺
盛（疊一盛、一旺）：復～。～

衰。〔興奮〕精神振作或激動的
狀態。❹流行，盛行：時～。
❺准許：不～胡鬧。❻〈方〉或
許：他～來、～不來。
㊁（xìng ㄒㄧㄥˋ）粵 hiŋ[3]〔慶〕興趣，
對事物感覺喜愛的情緒：掃
～。～高采烈。〔高興〕愉快，
喜歡。

9 **學**　見子部，165 頁。

10 **舉**（举）（jǔ ㄐㄩˇ）粵 gœy[2]
〔矩〕❶向上抬，
向上托：～手。～重。㊑1.動作，
行為：～止。一～兩得。2.發起，
興起：～義。～事。～辦業餘
進修學校。❷提出：～例說明。
～出一件事實來。❸推選，推
薦：大家～他做代表。❹全：
～國。～世聞名。

10 **輿**　見車部，689 頁。

12 **舊**（旧）（jiù ㄐㄧㄡˋ）粵 geu[6]
〔夠 低去〕❶ 跟
‘新’相反：1.過去的，過時的：
守～。～時代。～頭腦。2.因
經過長時間而變了樣子：衣服
～了。❷指交情，有交情的
人：懷～。故～。

13 **覺**　見見部，639 頁。

18 **釁**　見酉部，714 頁。

18 **䲦** 見黃部，824 頁。

舌(舌)部

0 **舌** (shé ㄕㄜˊ)粵sit⁸〔屑〕❶(─頭)人和動物嘴裏辨別滋味、幫助咀嚼和發音的器官。〔舌鋒〕粵尖銳流利的話。❷鈴或鐸中的錘。

0 **舌** 同'舌'，見本頁。

1 **乱** '亂'的簡化字，見 11 頁。

2 **舍** ㊀(shè ㄕㄜˋ)粵se³〔寫〕❶居住的房子：旅～。宿～。❷謙辭。指自己居住的房子：寒～。❸養家畜的圈：豬～。牛～。❹古代行軍三十里叫一舍：退避三～(喻對人讓步)。❺謙辭。用於對別人稱自己的親戚或年紀小輩分低的親屬：～親。～弟。～侄。㊁'捨'的簡化字，見 256 頁。

4 **舐** (shì ㄕˋ)粵sai⁵〔曬低上〕sai²〔徙〕(又)舐：老牛～犢(比喻人愛惜兒女)。

4 **敌** '敵'的簡化字，見 278 頁。

5 **甜** 見甘部，436 頁。

6 **舒** (shū ㄕㄨ)粵sy¹〔書〕❶展開，伸展：～展眼。〔舒服〕〔舒坦〕身心愉快。❷從容，緩慢：～緩。

7 **辞** '辭'的簡化字，見 691 頁。

8 **舔** (tiǎn ㄊㄧㄢˇ)粵tim²〔忝〕用舌頭接觸東西或取東西。

9 **舖** 同'鋪㊀'，見 727 頁。

10 **舘** 同'館'，見 781 頁。

舛部

0 **舛** (chuǎn ㄔㄨㄢˇ)粵tsyn²〔喘〕❶錯誤，錯亂：～誤。❷違背。㊐不順，不幸：命途多～。

4 **桀** 見木部，314 頁。

6 **粦** 見米部，511 頁。

6 **舜** (shùn ㄕㄨㄣˋ)粵sœn³〔信〕傳說中上古帝王名。

8 **舞** (wǔ ㄨˇ)粵mou⁵〔武〕❶按一定的節奏轉動身體表演各種姿勢：手～足蹈。～劍。芭蕾。〔鼓舞〕使人奮發。❷要弄：～弊。～文弄墨。

舟部

0 舟 （zhōu ㄓㄡ）粵dzeu¹〔周〕
船：輕～。一葉扁～。

2 舠 （dāo ㄉㄠ）粵dou¹〔刀〕小
船，形狀像刀。

3 舢 （shān ㄕㄢ）粵san¹〔山〕〔舢
板〕〔舢舨〕一種用槳划的
小船。也叫'三板'。

3 舡 同'船'，見本頁。

3 舣 '艤'的簡化字，見 569 頁。

4 航 （háng ㄏㄤ）粵hɔŋ⁴〔杭〕行
船：～海。⑨飛機等在
空中飛行：～空。

4 舫 （fǎng ㄈㄤ）粵fɔŋ²〔訪〕船：
畫～（裝飾華美專供遊覽
用的船）。

4 般 ㊀（bān ㄅㄢ）粵bun¹〔搬〕
❶樣，種類：如此這～。
百～照顧。〔一般〕1.同樣：我
們兩個人～～高。2.普通的，
普遍的：～～的讀物。～～人
的意思。❷同'搬'，見 263 頁。
㊁（bān ㄅㄢ）粵ban¹〔班〕❶同
'班'。散佈、分佈。❷〔魯般〕
即'魯班'，春秋末著名木工匠
師。㊂（bō ㄅㄛ）粵bo¹〔波〕〔般若〕（一
rě）佛教名詞，智慧的意思。

4 版 （bǎn ㄅㄢ）粵ban²〔板〕〔舨
舨〕一種小船，也作'舨
板'。

4 舩 同'船'，見本頁。

4 舱 '艙'的簡化字，見 569 頁。

4 舰 '艦'的簡化字，見 569 頁。

5 舳 （zhú ㄓㄨ）粵dzuk⁹〔逐〕〔舳
艫〕1.船尾和船頭。2.大
船：～～千里（首尾相接的許
多船隻）。

5 舴 （zé ㄗㄜ）粵dzak⁸〔責〕〔舴
艋〕小船。

5 舵 （duò ㄉㄨㄛ）粵tɔ⁴〔跎〕控制
行船方向的設備，多裝
在船尾：掌～。～手。⑨飛機
等交通工具上控制方向的裝
置。

5 舶 （bó ㄅㄛ）粵bok⁹〔薄〕pak⁸
〔拍〕（又）大船：船～。～
來品（舊稱外國輸入的貨物）。

5 舷 （xián ㄒㄧㄢ）粵jin⁴〔言〕船
的左右兩側。

5 舸 （gě ㄍㄜ）粵gɔ²〔哥高上〕大
船。

5 船 （chuán ㄔㄨㄢ）粵syn⁴〔旋〕
水上的主要交通工具，
種類很多：帆～。輪～。

5 舡 同'船'，見本頁。

5 舻 '艫'的簡化字,見本頁。

5 盘 '盤'的簡化字,見457頁。

5 鹋 '鵃'的簡化字,見812頁。

6 舾 （xī ㄒㄧ）粵sei¹〔西〕船舶
裝備品。〔舾裝〕1.船舶
裝置和艙室設備如錨、舵、纜、
桅檣、救生設備、航行儀器、
管路、電路等的總稱。2.船體
下水後,裝備上述設備和刷油
漆等項工作的總稱。

7 艄 （shāo ㄕㄠ）粵sau¹〔梢〕船
尾。〔艄公〕掌舵的人。
⑩管船的人。

7 艅 （yú ㄩˊ）粵jy⁴〔余〕〔艅艎〕
古代一種大船。

7 艇 （tǐng ㄊㄧㄥˇ）粵tin⁵〔挺〕ten⁵
〔聽低上〕〔語〕輕便的小船。
遊～。汽～。〔潛水艇〕可以在
水下潛行的戰船。

8 艋 （měng ㄇㄥˇ）粵maŋ⁵〔猛〕
〔舴艋〕小船。

9 艎 （huáng ㄏㄨㄤˊ）粵wɔŋ⁴〔王〕
見本頁'艅'字條'艅艎'。

9 艏 （shǒu ㄕㄡˇ）粵seu²〔首〕見
本頁'艋'字條'艋艏'。

9 艘 （sōu ㄙㄡ）粵seu²〔首〕sau¹
〔收〕（又）量詞,指船隻:
大船五～。軍艦十～。

10 艗 （yì ㄧˋ）粵jik⁹〔亦〕船。〔艗
艏〕船頭。

10 艙 （艙） （cāng ㄘㄤ）粵
tsɔŋ¹〔倉〕船或飛
機的內部: 貨～。客～。底～。

11 艚 （cáo ㄘㄠˊ）粵tsou⁴〔曹〕（一
子）載貨的木船。

11 鵃 見鳥部, 812頁。

12 艟 （chōng ㄔㄨㄥ）粵tsuŋ¹〔沖〕
見本頁'艨'字條'艨艟'。

13 艤 （艤） （yǐ ㄧˇ）粵ŋei⁵
〔蟻〕停船靠岸。

13 艣 同'櫓',見本頁。

13 艢 同'檣',見336頁。

14 艦 （舰） （jiàn ㄐㄧㄢˋ）粵
lam⁶〔濫〕軍艦,
大型的戰船: ～隊。巡洋～。

14 艨 （méng ㄇㄥˊ）粵muŋ⁴〔蒙〕
〔艨艟〕（蒙衝）古代的一
種戰船。

15 艢 同'檣',見337頁。

16 艫 （舻） （lú ㄌㄨˊ）粵lou⁴
〔勞〕見 568 頁
'舳'字條'舳艫'。

艮部

0 **艮** ㊀(gèn ㄍㄣˋ)㊁gen³〔斤高去〕八卦之一，符號為☶，代表山。又為六十四卦之一。

㊁(gěn ㄍㄣˇ)㊁同㊀〈方〉食物韌而不脆：～蘿蔔不好吃。

1 **良** (liáng ㄌㄧㄤˊ)㊁lœŋ⁴〔梁〕❶好(㊁一好、優一、善一)：～藥。～田。品質優~。消化不~。❷很：～久。獲益~多。❸真，的確：~有以也(的確有原因的)。

2 **艰** '艱'的簡化字，見本頁。

3 **垦** '墾'的簡化字，見140頁。

11 **艱(艰)** (jiān ㄐㄧㄢ)㊁gan¹〔奸〕困難(㊁一難)：～辛。～苦。文字~深。

色部

0 **色** ㊀(sè ㄙㄜˋ)㊁sik⁷〔式〕❶顏色，由物體發射、反射的光通過視覺而產生的印象：日光有七～。紅~。❷臉色，臉上表現出的神氣、樣子：和顏悅~。喜形於~。❸情景，景象：夜~。行~勿匆。❹種類：各~用品。貨~齊全。❺成色，品質，質量：足~紋銀。這貨成~很好。❻婦女容貌：姿~。❼情欲：~情。~魔。

㊁(shǎi ㄕㄞˇ)㊁同㊀(一兒)同㊀❶，用於一些口語詞：掉~。買一包紅~。

4 **艳** '艷'的簡化字，見本頁。

5 **艴** ㊀(bó ㄅㄛˊ)㊁but⁹〔撥〕艴然，生氣的樣子。

㊁(fú ㄈㄨˊ)㊁fet⁷〔忽〕淺色。

18 **艷(艳)** 同'豔'，見660頁。

艸(艹 卝)部

0 **艸** 同'草'，見579頁。

1 **艺** '藝'的簡化字，見604頁。

2 **芁** ㊀(jiāo ㄐㄧㄠ)㊁gau¹〔交〕〔秦芁〕葉闊而長，花紫色，根可入藥。

㊁(qiú ㄑㄧㄡˊ)㊁keu⁴〔求〕荒遠：~野。

2 **艾** ㊀(ài ㄞˋ)㊁ŋai⁶〔刈〕❶多年生草本植物，開黃色

小花，葉製成艾絨，可供灸病
用。❷止，絕：方興未～。❸
美好，漂亮：少～(年輕漂亮
的人)。

㈡(yì ㄧˋ)⓹同❶同'乂'。治
理：～安(太平無事)。❷改正：
自怨自～(本義是悔恨自己的
錯誤，自己改正。現在只指悔
恨)。

2 芀 (nǎi ㄋㄞˇ)⓹nai⁵〔奶〕〔芀
芋〕也作'芋奶'，就是芋
頭。參看本頁'芋'字條。

2 节 '節'的簡化字，見 501 頁。

3 芃 (péng ㄆㄥˊ)⓹puŋ⁴〔篷〕
〔芃芃〕形容草木茂盛。

3 芄 (wán ㄨㄢˊ)⓹jyn⁴〔元〕芄
蘭，多年生蔓草。葉對生，
心臟形。花白色，有紫紅色斑
點。莖、葉和種子可入藥。

3 芋 (yù ㄩˋ)⓹wu⁶〔戶〕芋頭，
多年生草本植物，葉子
略呈戟形，地下莖可以吃。也
作'芋芀'、'芋奶'。

芋

3 芊 (qiān ㄑㄧㄢ)⓹tsin¹〔千〕草
木茂盛(疊)：郁郁～～。
〔芊綿〕〔芊眠〕草木茂密繁盛。

3 芍 (sháo ㄕㄠˊ)⓹tsœk⁸〔卓
〔芍藥〕多年生草本植物，
根可入藥，花像牡丹，供觀賞。

3 芎 (xiōng ㄒㄩㄥ)⓹guŋ¹〔弓
〔芎藭〕多年生草本植物，
葉子像芹菜，秋天開花，白色，
全草有香氣，地下莖可入藥。
也叫'川芎'。

3 芑 (qǐ ㄑㄧˇ)⓹hei²〔起〕古書
上說的一種野菜。

3 芒 (máng ㄇㄤˊ)⓹moŋ¹〔忙〕
❶禾本科植物子實
殼上的細刺。❷像芒的東西：
光～。❸多年生草本植物，秋
天開花，黃褐色。葉細長有尖，
可以造紙、編織草鞋。

㈡(máng ㄇㄤ)⓹moŋ¹〔忙 高平〕
〔芒果〕同'杧果'，參看 304 頁
'杧'字條。

3 芏 (dù ㄉㄨˋ)⓹dou⁶〔杜〕見
579頁'苲'字條'苲芏'。

3 芗 '薌'的簡化字，見 599 頁。

4 芙 (fú ㄈㄨˊ)⓹fu⁴〔扶〕〔芙蓉〕
1.落葉灌木，花有紅
白等色，很美麗，為別於荷花，
也叫'木芙蓉'。2.荷花的別名。

4 芝 (zhī ㄓ)⓹dzi¹〔支〕❶靈
芝，長在枯樹上的一種

蕈，菌蓋赤褐色，有光澤，可入藥。古代以為瑞草。❷古書上指白芷：～蘭。

芟 (shān ㄕㄢ)⑧sam¹〔衫〕割草。㋐除去。

芡 (qiàn ㄑㄧㄢˋ)⑧him³〔欠〕❶一年生水草，莖葉都有刺，開紫花。種子叫芡實，可入藥，也可以吃和製澱粉。也叫'雞頭'。❷烹飪時用澱粉調成的濃汁：勾～。湯裏加點～。

芣 (fú ㄈㄨˊ)⑧feu⁴〔浮〕〔芣苢〕古書上指車前，多年生草本植物，花淡綠色，葉和種子可入藥。

芥 ㊀(jiè ㄐㄧㄝ)⑧gai³〔介〕芥菜，一、二年生草本植物，開黃花，莖葉及塊根可吃。種子味辛辣，研成細末，可調味。㊁(gài ㄍㄞˋ)⑧同㊀芥菜，也作'蓋菜'，芥(jiè)菜的變種，葉子大，表面多皺紋，是普通蔬菜。〔芥藍菜〕一種不結球的甘藍，葉柄長，葉片短而寬，花白色或黃色。嫩葉和菜薹是普通蔬菜。

芨 (jī ㄐㄧ)⑧kep⁹〔及〕gep⁷〔急〕(又)〔白芨〕多年生草本植物，葉長形。塊莖可入藥。

芩 (qín ㄑㄧㄣˊ)⑧kem⁴〔琴〕sem⁴〔岑〕(又)植物名：1. 古書上指蘆葦一類的植物。2.

黃芩，多年生草本植物，開淡紫色花，根可入藥。

芪 (qí ㄑㄧˊ)⑧kei⁴〔其〕黃芪，即黃耆。多年生草本植物，莖橫臥在地面上，開淡黃色的花，根入藥。

芫 ㊀(yuán ㄩㄢˊ)⑧jyn⁴〔元〕芫花，落葉灌木，開紫色小花，有毒，花蕾可入藥。㊁(yán ㄧㄢˊ)同㊀〔芫荽〕俗叫'香菜'，又叫'胡荽'，粵方言叫'芫茜'。一年生或二年生草本植物，花白色。果實球形，有香氣，可以製藥和香料。莖、葉可以吃。

芬 (fēn ㄈㄣ)⑧fen¹〔分〕芬芳，花草的香氣。

芭 (bā ㄅㄚ)⑧ba¹〔巴〕〔芭蕉〕多年生草本植物，葉寬大，葉和莖的纖維可編繩索。果實也叫芭蕉，跟香蕉相似。〔芭蕾舞〕一種常用足尖點地跳舞的舞劇。

芮 (ruì ㄖㄨㄟˋ)⑧jœy⁶〔銳〕周代諸侯國名，在今陝西省大荔縣東南。

芯 ㊀(xīn ㄒㄧㄣ)⑧sem¹〔心〕去皮的燈心草：燈～。㊁(xìn ㄒㄧㄣˋ)⑧sœn³〔信〕❶(～子)裝在器物中心的捻子或引線之類的東西，如蠟燭的捻子、爆竹的引線等。❷(～子)蛇的舌頭：毒蛇吐～。❸物體的中心部分：縣～。礦～。

4 **芰** (jì ㄐㄧˋ)粵gei⁶[技]古書上指菱。

4 **花** (huā ㄏㄨㄚ)粵fa¹[化高平]
❶(～兒)種子植物的有性生殖器官，有各種的形狀和顏色，一般花謝後結成果實。㉑供觀賞的植物。❷(～兒)樣子或形狀像花的：雪～。浪～。火～。蔥～。❸錯雜的顏色或花樣：～布。頭髮～白。～邊。那隻貓是～的。〔花哨〕顏色鮮豔，花樣多，變化多：這塊布眞～～。❹混雜的，不單純的：粗糧細糧一搭着吃。〔花甲〕天干地支配合用來紀年，從甲子起，六十年成一周，因稱六十歲為花甲。❺虛偽的、用來迷惑人的：耍～招。～言巧語。❻模糊不清：老～眼。頭昏眼～。❼用掉：～錢。～一年工夫。〔花銷〕費用。❽比喻女子：姊妹～。❾指妓女或跟妓女有關的：～魁。尋～問柳。❿棉花的簡稱：彈～。軋～。⓫痘：天～。出過～兒。⓬作戰時受的外傷：掛了兩次～。⓭指某些幼嫩微細的東西：魚～兒。
〔花王〕〈粵方言〉管理花木的園丁。

〔花款〕〈粵方言〉花樣款式：～～委實多。

4 **芳** (fāng ㄈㄤ)粵foŋ¹[方]❶芳香，花草的香味。㉑美好的(德行或聲名)：～名。流～百世。❷花卉：衆～零落。

4 **芷** (zhǐ ㄓˇ)粵dzi²[止]白芷，多年生草本植物，夏天開花，白色。根可入藥。

4 **芸** (yún ㄩㄣˊ)粵wen⁴[雲]❶芸香，多年生草本植物，花黃色，花、葉、莖有特殊氣味，可入藥。❷'蕓'的簡化字，見599頁。

4 **芹** (qín ㄑㄧㄣˊ)粵ken⁴[勤]芹菜，一年或二年生草本植物，夏天開花，白色，莖、葉可以吃。

4 **芻(刍)** (chú ㄔㄨˊ)粵tso¹[初]❶餵牲畜的草：～秣。❷割草：～蕘。

4 **芽** (yá ㄧㄚˊ)粵ŋa⁴[牙]❶(～兒)植物的幼體，可以發育成莖、葉或花的那一部分：豆～。麥子發～了。〔萌芽〕㉑事情的開端。❷像芽的東西：肉～。銀～(銀礦苗)。

4 **芾** ㊀(fèi ㄈㄟˋ)粵fei³[肺]〔蔽芾〕形容樹幹及樹葉小。
㊁(fú ㄈㄨˊ)粵fet⁷[忽]❶草木茂盛。❷同'韍'。古時祭服上繫在衣服前面作護膝用的圍裙。

❸同'黻'。宋代書畫家米芾，也作米黻。

4 芘（pǐ ㄆㄧˇ）粵 pɐt⁷〔匹〕存在於煤焦油中的一種有機化合物。

4 苄（biàn ㄅㄧㄢˋ）粵 bin⁶〔辨〕〔苄基〕結構為

$$\bigcirc\!\!\!\bigcirc —CH_2—$$ 的有機化合物的基。

4 芤（kōu ㄎㄡ）粵 keu¹〔溝〕❶古時蔥的別名。❷芤脈，中醫稱按起來中空無力的脈象，好像按蔥管的感覺。

4 芶（gǒu ㄍㄡˇ）粵 geu²〔狗〕姓。

4 苊（è ㄜˋ）粵 ak⁷〔握〕有機化合物，分子式 $C_{12}H_{10}$，無色針狀結晶，溶於熱酒精，可作媒染劑。

4 苍 同'花'，見 573 頁。

4 芛 '荮'的簡化字，見 576 頁。

4 苍 '蒼'的簡化字，見 593 頁。

4 苏 '蘇'的簡化字，見 605 頁。

4 芜 '蕪'的簡化字，見 599 頁。

4 芦 '蘆'的簡化字，見 605 頁。

4 苇 '葦'的簡化字，見 590 頁。

4 苋 '莧'的簡化字，見 583 頁。

4 苌 '萇'的簡化字，見 587 頁。

4 苁 '蓯'的簡化字，見 596 頁。

4 苈 '藶'的簡化字，見 604 頁。

4 劳 '勞'的簡化字，見 68 頁。

5 苑（yuàn ㄩㄢˋ）粵 jyn²〔婉〕❶養禽獸植林木的地方，舊時多指帝王的花園。❷（學術、文藝）薈萃之處：文～。藝～奇葩。

5 苒（rǎn ㄖㄢˇ）粵 jim⁵〔染〕〔荏苒〕時間不知不覺地過去：光陰～～。

5 苓（líng ㄌㄧㄥˊ）粵 lin⁴〔零〕❶指茯苓。❷古書上說的一種植物。

5 苔 ⊖（tái ㄊㄞˊ）粵 tœi⁴〔台〕隱花植物的一類，根、莖、葉的區別不明顯，常貼在陰濕的地方生長。
⊜（tāi ㄊㄞ）粵 tœi¹〔胎〕舌苔，舌頭上面的垢膩，是由衰死的上皮細胞和黏液等形成的，觀察它的顏色可以幫助診斷病症。

5 **苕** ㊀(tiáo ㄊㄧㄠˊ)⑧tiu⁴〔條〕
❶古書上指凌霄花，也
叫'紫葳'，落葉藤本植物，開
紅花。**❷**苕子，一年生草本植
物，花紫色。可以做綠肥。**❸**
蘆葦的花。
㊁(sháo ㄕㄠˊ)⑧siu⁴〔韶〕〈方〉紅
苕，就是甘薯。

5 **苗** (miáo ㄇㄧㄠˊ)⑧miu⁴〔描〕
❶(一兒)一般指幼小的
植株：麥～。樹～。〔苗條〕形
容女子的身材細長、好看。**❷**
(一兒)形狀像苗的：火～。**❸**
某些初生的飼養的動物：魚
～。**❹**疫苗，能使人或動物的
身體產生免疫力的細菌製劑：
牛痘～。卡介～。**❺**子孫後代
(⑧一裔)。
〔苗族〕中國少數民族名，參看
附錄六。

5 **苘** (qǐng ㄑㄧㄥˇ)⑧kiŋ²〔頃〕苘
麻，一年生草本植物，
莖直立，開黃花，莖皮的纖維
可以做繩子。

5 **苛** (kē ㄎㄜ)⑧hɔ¹〔呵〕**❶**苛
刻，過分：～求。～責。
❷苛細，繁重，使人難於忍受
(指政府加於民眾的)：～政。
～捐雜稅。

5 **苜** (mù ㄇㄨˋ)⑧muk⁹〔木〕〔苜
蓿〕多年生草本植物，葉
子長圓形，花紫色，果實為莢

果。可以餵牲口、做肥料。

5 **苞** (bāo ㄅㄠ)⑧bau¹〔包〕**❶**
花苞，苞片，植物學上
稱花或花序下面像葉的小片：
含～未放。**❷**茂盛：竹～松茂。

5 **苟** (gǒu ㄍㄡˇ)⑧geu²〔狗〕**❶**
苟且：1.姑且，暫且：～
安。～延殘喘。2.不合正義的：
～且之事。3.草率，馬虎，隨
便：一絲不～。**❷**假如：～非
其人。

5 **苡** (yǐ ㄧˇ)⑧ji⁵〔以〕見 601頁
'薏'字條'薏苡'。

5 **苣** ㊀(jù ㄐㄩˋ)⑧gœy⁶〔巨〕見
589頁'蕒'字條'萵苣'。
㊁(qǔ ㄑㄩˇ)同㊀[苣蕒菜]多
年生草本植物，花黃色。莖葉
嫩時可以吃。

5 **若** ㊀(ruò ㄖㄨㄛˋ)⑧jœk⁹〔弱〕
❶若是，如果，假如：
～不努力學習，就要落後。**❷**
如，像：年紀相～。～有～無。
❸你，汝：～輩。
〔若干〕多少(問數量或指不定
量)。
㊁(rě ㄖㄜˇ)⑧jɛ⁵〔野〕[般若](bō
一)佛教名詞，智慧的意思。

5 **苦** (kǔ ㄎㄨˇ)⑧fu²〔虎〕**❶**像膽
汁或黃連的滋味，跟'甜'、
'甘'相反：～膽。良藥～口利
於病。**❷**感覺難受的：～境。
～笑。刻～耐勞。〔苦主〕被害

人的家屬。❸為某種事物所苦：～雨。～旱。～夏。從前他～於不識字。❹有耐心地，盡力地：～勸。～學。～戰。～求。❺使受苦：這件事～了他。

5 苧(苎) ㊀(zhù ㄓㄨˋ)粤tsy⁵〔柱〕苧麻，多年生草本植物，莖皮含纖維質很多，劈成細絲，可以做繩子，又可織夏布。
㊁'薴'的簡化字，見603頁。

苧 麻

5 苫 ㊀(shān ㄕㄢ)粤sim¹〔閃高平〕草簾子，草墊子。
㊁(shàn ㄕㄢˋ)粤sim³〔閃高去〕用席、布等遮蓋：拿席～上點。

5 英 (yīng ㄧㄥ)粤jig¹〔嬰〕❶花：落～。❷才能出眾：～俊。又指才能出眾的人：羣～大會。〔英明〕有遠見卓識。❸精華，事物最精粹的部分：含～咀華。❹英國的簡稱。

5 苴 (jū ㄐㄩ)粤dzœy¹〔追〕大麻的雌株，開花後能結果實。

5 苶 (nié ㄋㄧㄝˊ)粤nip⁹〔聶〕〈方〉疲倦，精神不振：發～。～呆呆的。

5 苻 (fú ㄈㄨˊ)粤fu⁴〔扶〕❶同'莩㊁'。蘆葦稈子裏面的薄膜。❷姓。

5 苾 (bì ㄅㄧˋ)粤bet⁹〔拔〕bit⁹〔別〕〈又〉濃香。

5 莆 (fú ㄈㄨˊ)粤fet⁷〔弗〕道路上草太多，不便通行。

5 茁 (zhuó ㄓㄨㄛˊ)粤dzyt⁸〔啜〕植物才生長出來的樣子。〔茁壯〕1.壯盛：莊稼長得～～。2.壯健：牛羊～～。

5 茂 (mào ㄇㄠˋ)粤meu⁶〔貿〕❶茂盛，草木旺盛：根深葉～。❷豐富精美：圖文並～。

5 范 (fàn ㄈㄢˋ)粤fan⁶〔飯〕❶姓。❷'範'的簡化字，見504頁。

5 茄 ㊀(qié ㄑㄧㄝˊ)粤ke²〔騎高上〕(～子)一年生草本植物，花紫色。果實也叫茄子，紫色，也有白色或綠色的，是常吃的瓜菜。廣東叫矮瓜。〔番茄〕一年生草本植物，花黃色。果實也叫番茄，圓形，熟時紅色或黃色，是常吃的蔬果。也叫'西紅柿'。

㈢(jiā ㄐㄧㄚ)粤ga¹〔加〕❶〈古〉荷莖。❷〔雪茄〕(外)一種較粗較長用煙葉捲成的捲煙。

5 茅 (máo ㄇㄠˊ)粤mau⁴〔矛〕茅草，多年生草本植物，有白茅、青茅等。全草可作造紙原料，根莖可供藥用。

5 茇 (bá ㄅㄚˊ)粤bet⁹〔拔〕草根。

5 茉 (mò ㄇㄛˋ)粤mut⁹〔末〕〔茉莉〕1.常綠灌木，花白色，很香，常用來熏製茶葉。2.紫茉莉，也叫'草茉莉'，一年生或多年生草本植物，花有紅、白、黃、紫各色。胚乳粉質，可作化妝粉用。

5 茌 (chí ㄔˊ)粤tsi⁴〔池〕〔茌平〕縣名，在山東省。

5 苯 (běn ㄅㄣˇ)粤bun²〔本〕一種有機化合物，分子式C₆H₆，無色液體，有特殊的氣味，工業上可用來製染料，是多種化學工業的原料和溶劑。

5 苷 (gān ㄍㄢ)粤gem¹〔金〕甙的別名。

5 苤 (piě ㄆㄧㄝˇ)粤pei²〔鄙〕〔苤藍〕二年生草本植物，葉有長柄。莖扁球形，可吃。

5 苢 (yǐ ㄧˇ)粤ji⁵〔以〕見 572 頁'苯'字條'苯苢'。

5 苠 (mín ㄇㄧㄣˊ)粤men⁴〔民〕莊稼生長期較長，成熟期較晚，也作'民'：～穄子。～高粱。黃穀子比白穀子～。

5 苲 (zhǎ ㄓㄚˇ)粤dza²〔楂高上〕苲草，指金魚藻等水生植物。

5 茓 (xué ㄒㄩㄝˊ)粤tsyt⁸〔猝〕(一子)做囤用的狹而長的席，通常是用高粱稈或蘆葦編成的。

5 苽 同'菰'，見 586 頁。

5 茆 同'茅'，見本頁。

5 莖 '埕'的簡化字，見 137 頁。

5 荧 '熒'的簡化字，見 399 頁。

5 苹 '蘋㈡'的簡化字，見 605 頁。

5 茏 '蘢'的簡化字，見 605 頁。

5 莺 '鶯'的簡化字，見 597 頁。

5 茎 '莖'的簡化字，見 583 頁。

6 茚 (yìn ㄧㄣˋ)粤jen³〔印〕有機化合物，分子式C₉H₈。可從煤焦油、石油中提取。無色液體，容易產生聚合反應。是製造合成樹脂的原料。

6 **茈** ㊀(cí ㄘ)⑧tsi⁴〔池〕鳧茈，古書上指「荸薺」。
㊁(zǐ ㄗˇ)⑧dzi²〔子〕茈草，即「紫草」，多年生草本植物。葉橢圓形或長卵形，開白色小花，根皮紫色。根可入藥，又可作紫色染料。

6 **茗** (míng ㄇㄧㄥˊ)⑧miŋ⁶〔皿〕miŋ⁴〔明〕(又)❶茶樹的嫩芽。❷茶：香~。品~。

6 **荔** (lì ㄌㄧˋ)⑧lei⁶〔例〕荔枝常綠喬木，果實外殼有疙瘩，果肉色白多汁，味甜美。

荔枝

6 **茛** (gèn ㄍㄣˋ)⑧gen³〔艮〕植物名，毛茛，多年生草本植物，喜生在水邊濕地，夏天開五瓣黃花，果實集合成球狀。全草有毒，可作外用藥。

6 **茜** ㊀(qiàn ㄑㄧㄢˋ)⑧sin⁶〔善〕❶茜草，多年生蔓草，莖有刺毛，初秋開花，黃色。根紅色，可做染料，也可入藥。❷紅色。
㊁(xī ㄒㄧ)⑧sei¹〔西〕譯音字，多用於人名(人名中也有讀同㊀的)。

6 **茨** (cí ㄘˊ)⑧tsi⁴〔池〕❶用茅或葦蓋房子。❷蒺藜。

6 **茫** (máng ㄇㄤˊ)⑧moŋ⁴〔忙〕❶對事理全無所知，找不到頭緒：~然無知。~無頭緒。❷形容水勢浩渺〔茫茫〕面積大，看不清邊沿：大海~~。霧氣~~。

6 **茭** (jiāo ㄐㄧㄠ)⑧gau¹〔交〕〔茭白〕菰的嫩莖經黑穗菌寄生後膨大，可做蔬菜。

茭白

6 **茯** (fú ㄈㄨˊ)⑧fuk⁹〔伏〕〔茯苓〕寄生在松樹根上的一種菌類植物，外形呈球狀，皮黑色，有皺紋，內部白色或粉紅色，包含松根的叫茯神，都可入藥。

6 **茱** (zhū ㄓㄨ)⑧dzy¹〔朱〕〔茱萸〕植物名：1.山茱萸，落葉小喬木，開小黃花。果實橢圓形，紅色，味酸，可入藥。

2.吳茱萸，落葉喬木，開黃綠色小花。果實紅色，可入藥。

3.食茱萸，落葉喬木，開淡綠色花。果實味苦，可入藥。

6 **茳** （jiāng ㄐㄧㄤ）粵gɔŋ¹〔江〕〔茳芏〕多年生草本植物，莖三棱形，開綠褐色小花。莖可編席。

6 **茴** （huí ㄏㄨㄟˊ）粵wui⁴〔回〕1.小茴香，多年生草本植物，葉分裂像毛，花黃色，莖葉嫩時可吃。子實大如麥粒，可作香料，又可入藥。2.大茴香，常綠小喬木，葉長橢圓形，初夏開花，果實呈八角形，也叫'八角茴香'或'大料'，可作香料或入藥。

6 **茵** （yīn ㄧㄣ）粵jen¹〔因〕古代車子上的席，墊。⑤墊子、褥子、毯子的通稱：～褥。綠草如～。

6 **茶** （chá ㄔㄚˊ）粵tsa⁴〔查〕❶茶樹，常綠灌木，開白花。嫩葉經過加工，就是茶葉。❷用茶葉泡成的飲料。⑤某些飲料的名稱：麪～。杏仁～。奶～。❸舊式訂婚聘禮的代稱：～禮。受～。

6 **茸** （róng ㄖㄨㄥˊ）粵juŋ⁴〔容〕草初生的樣子：綠～～的草地。〔鹿茸〕帶細毛的才生出來的鹿角，可以入藥。

㊀（rǒng ㄖㄨㄥˇ）粵juŋ²〔湧〕〔茸茸〕見747頁'闒'字條。

6 **茹** （rú ㄖㄨˊ）粵jy⁴〔如〕吃：～素。～毛飲血。❷忍：～痛。含辛～苦。

6 **茼** （tóng ㄊㄨㄥˊ）粵tuŋ⁴〔同〕〔茼蒿〕一年生或二年生草本植物，花黃色或白色，莖葉嫩時可吃。

6 **荀** （xún ㄒㄩㄣˊ）粵sœn¹〔詢〕姓。

6 **荃** （quán ㄑㄩㄢˊ）粵tsyn⁴〔全〕古書上說的一種香草。

6 **荄** （gāi ㄍㄞ）粵gɔi¹〔該〕草根。

6 **荇** （xìng ㄒㄧㄥˋ）粵heŋ⁶〔杏〕荇菜，水生植物，葉浮在水面上，夏天開花，黃色，根莖可吃。也叫'莕菜'。

6 **草** （cǎo ㄘㄠˇ）粵tsou²〔粗高上〕❶普通對高等植物中除了樹木、莊稼、蔬菜以外莖幹柔軟的植物的統稱。〔草本植物〕莖比較柔軟的植物，如小麥、碗豆等。❷草率，不細緻（疊）:～～了事。～率從事。〔草書〕漢字形體的一種，漢代初期就已經流行，筆畫牽連曲折。❸草稿，文稿：起～。⑤還沒有確定的文件:～約。～案。❹打稿:～擬。～擬。〔草創〕

開始創辦或創立。❺雌性(指某些家畜):~雞。~驢。

6 **荍** (qiáo ㄑㄧㄠˊ)⑧kiu⁴〔僑〕❶古書上指'錦葵',二年或多年生草本植物,夏季開花,花紫色或白色,可供觀賞。❷同'蕎',見598頁。

6 **荏** (rěn ㄖㄣˇ)⑧jem⁵〔淫低上〕jem⁶〔任〕(又)❶就是'白蘇',一年生草本植物,葉有鋸齒,開白色小花。種子可以榨油。❷軟弱:色厲內~(外貌剛強,內心懦弱)。〔荏苒〕時間不知不覺地過去。

6 **荑** ㊀(yí ㄧˊ)⑧ji⁴〔移〕地裏的野草。

㊁(tí ㄊㄧˊ)⑧tei⁴〔提〕❶茅草的嫩芽。又指草木初生的葉芽。❷稗子一類的草。

6 **荒** (huāng ㄏㄨㄤ)⑧foŋ¹〔方〕❶莊稼沒有收成或嚴重歉收:災~。~年。㊿嚴重缺乏:煤~。房~。❷長滿野草或無人耕種(圍一蕪):~地。墾~。開~。㊿1.廢棄:~廢。2.冷落,偏僻:~村。~郊。〔荒疏〕久未練習而生疏:學的功課還沒~~。❸不合理的,不正確的:~謬。~誕。〔荒唐〕1.浮誇,不實:這話眞~~。2.行為放蕩他的行為實在太~~了。

6 **茺** (chōng ㄔㄨㄥ)⑧tsuŋ¹〔充〕〔茺蔚〕就是益母草,一年或二年生草本植物,莖方柱形,葉掌狀分裂,花淡紅色或白色。莖、葉、子實都入藥。

6 **茬** (chá ㄔㄚˊ)⑧tsa⁴〔茶〕❶(一兒)莊稼收割後餘留在地上的短根、莖:麥~兒。豆~兒。❷(一兒)在同一塊土地上莊稼種植或收割的次數:換一~。頭一~。二~。❸短而硬的頭髮、鬍子。

6 **荊** (jīng ㄐㄧㄥ)⑧giŋ¹〔京〕❶落葉灌木,葉子有長柄,掌狀分裂,花小,藍紫色,枝條可用來編筐籃等。古時用荊條做打人的刑具:負~請罪(向人認錯)。〔荊棘〕泛指叢生多刺的灌木。㊿障礙和困難。❷舊時對人稱自己的妻子:拙~。❸春秋時楚國也稱荊。

6 **茩** (gòu ㄍㄡˋ)⑧geu²〔狗〕見602頁'薢'字條'薢茩'。

6 **荖** (lǎo ㄌㄠˇ)⑧lou⁵〔老〕〔荖濃溪〕河流名,在臺灣省。

6 **茲** 同'茲',見198頁。

6 **茘** 同'荔',見578頁。

6 **苦** 同'秳❷',見312頁。

6 荅 同'答'，見 500 頁。

6 荐 '薦'的簡化字，見 602 頁。

6 莲 '蓮'的簡化字，見 601 頁。

6 莢 '莢'的簡化字，見 583 頁。

6 莘 '菫'的簡化字，見 591 頁。

6 茧 '繭'的簡化字，見 531 頁。

6 荟 '薈'的簡化字，見 601 頁。

6 荪 '蓀'的簡化字，見 594 頁。

6 莽 '薺'的簡化字，見 603 頁。

6 荞 '蕎'的簡化字，見 598 頁。

6 荛 '蕘'的簡化字，見 599 頁。

6 莶 '薟'的簡化字，見 603 頁。

6 荨 '蕁'的簡化字，見 598 頁。

6 荩 '藎'的簡化字，見 599 頁。

6 荡 '蕩'的簡化字，見 599 頁。

6 荤 '葷'的簡化字，見 597 頁。

6 荭 '葒'的簡化字，見 590 頁。

6 荮 '葤'的簡化字，見 591 頁。

6 药 '藥'的簡化字，見 604 頁。

6 荣 '榮'的簡化字，見·328 頁。

6 荥 '滎'的簡化字，見 378 頁。

6 荧 '熒'的簡化字，見 401 頁。

6 荦 '犖'的簡化字，見 414 頁。

7 荸 (bí ㄅㄧˊ) 粵but⁹ 〔勃〕〔荸薺〕多年生草本植物，生在池沼或栽培在水田裏。地下莖也叫荸薺，球狀，皮赤褐色，肉白色，可以吃。也叫地栗或馬蹄。

荸薺

7 莤 ㊀(chāi ㄔㄞ) 粵tsoi² 〔彩〕古書上說的一種香草。

㈠(zhǐ ㄓˇ)粵dzi²〔子〕植物名，即白芷。

7 **荷** ㈠(hé ㄏㄜˊ)粵ho⁴〔何〕蓮。
㈡(hè ㄏㄜˋ)粵ho⁶〔賀〕擔，扛：~~鋤。～槍實彈。〔電荷〕構成物質的許多基本粒子所帶的電。有的帶正電(如質子)，有的帶負電(如電子)，習慣上也把物體所帶的電叫'電荷'：正～。負～。❷承受(常用在書信裏表示感激)：感～。為～。

7 **荻** (dí ㄉㄧˊ)粵dik⁹〔敵〕多年生草本植物，生長在水邊，葉子長形，跟蘆葦相似，秋天開紫花。

7 **荼** ㈠(tú ㄊㄨˊ)粵tou⁴〔途〕❶古書上說的一種苦菜。〔荼毒〕粵苦害。❷古書上指茅草的白花：如火如～。
㈡(shū ㄕㄨ)粵sy¹〔書〕見479頁'神㈠'。
㈢(chá ㄔㄚˊ)粵tsa⁴〔茶〕'茶'的古體字。

7 **荽** (suī ㄙㄨㄟ)粵sœy¹〔須〕〔胡荽〕芫荽，俗稱'香菜'。

7 **莆** (pú ㄆㄨˊ)粵pou⁴〔葡〕〔莆田〕縣名，在福建省。

7 **莉** (lì ㄌㄧˋ)粵lei⁶〔利〕〔茉莉〕見577頁'茉'字條。

7 **莊(庄)** (zhuāng ㄓㄨㄤ)粵dzɔŋ¹〔裝〕❶嚴肅，端重(疊—嚴、—重)：亦～亦諧。❷村落，田舍(疊村一)。❸商店的一種名稱：布~。飯~。茶~。❹築在山林田野間的住宅：山～。❺封建社會裏君主、貴族等所佔的成片土地：皇~。～園。❻莊家(賭博時第一次出牌的人)：是誰的～。

7 **莎** ㈠(suō ㄙㄨㄛ)粵sɔ¹〔梳〕〔莎草〕多年生草本植物，莖三棱形，開黃褐色小花。地下的塊莖叫香附子，可入藥。
㈡(shā ㄕㄚ)粵sa¹〔沙〕多用於人名、地名。莎車(chē)縣，在新疆維吾爾自治區。

莎 草

7 **莒** (jǔ ㄐㄩˇ)粵gœy²〔舉〕周代諸侯國名，在今山東省莒縣一帶。

7 **莓** (méi ㄇㄟˊ)粵mui⁴〔梅〕植物名，種類很多，常見的是草莓，開白花，結紅色的果實，味酸甜。

7 **莖(茎)**（jīng ㄐㄧㄥ）粵heŋ¹〔亨〕 giŋ¹〔敬〕（又）❶常指植物的主幹。它起支撐作用，又是養料和水分運輸的通道。有些植物有地下莖，並且發生各種變態，作用是儲藏養料和進行無性繁殖。❷量詞，指長條形的東西：數～小草。數～白髮。

7 **莘**　㊀（shēn ㄕㄣ）粵sen¹〔辛〕 莘縣，在山東省。
〔莘莘〕衆多：～～學子。
㊁（xīn ㄒㄧㄣ）同㊀〔莘莊〕地名，在上海市。

7 **菨**（jūn ㄐㄩㄣ）粵gwen¹〔君〕〔菨蓮菜〕萵苣的變種，也叫'厚皮菜'、'牛皮菜'，葉大，是常見的蔬菜。

7 **莛**（tíng ㄊㄧㄥ，舊讀tǐng ㄊㄧㄥˇ）粵tiŋ⁴〔廷〕（一兒）草本植物的莖：麥～兒。油菜～兒。

7 **莝**（cuò ㄘㄨㄛ）粵tsɔ³〔錯〕莝草，鍘碎的草。

7 **莞**　㊀（guǎn ㄍㄨㄢˇ）粵gun²〔管〕東莞縣，在廣東省。
㊁（wǎn ㄨㄢˇ）粵wun²〔腕〕〔莞爾〕微笑的樣子。
㊂（guān ㄍㄨㄢ）粵gun¹〔官〕植物名。俗名水葱、席子草，莖可用來編席。

7 **莠**（yǒu ㄧㄡˇ）粵jɐu⁵〔友〕（一子）狗尾草，一年生草本植物，樣子很像穀子。❷品質壞的，不好的人：良～不齊。

7 **荚(荚)**（jiá ㄐㄧㄚˊ）粵gap⁸〔夾〕豆科植物的長形的果實：豆～（豆角）。皂～。槐樹～。

7 **莧(苋)**（xiàn ㄒㄧㄢˋ）粵jin⁶〔現〕莧菜，一年生草本植物，開綠白色小花，莖葉都可以吃。

7 **莨**　㊀（láng ㄌㄤˊ）粵lɔŋ⁴〔狼〕莨尾草。多年生草本植物，花序形似狼尾。
㊁（làng ㄌㄤˋ）粵lɔŋ⁶〔浪〕〔莨菪〕一年或二年生草本植物，開黃褐色微紫的花，全株有黏性腺毛，並有特殊臭味。有毒。葉和種子可入藥。
㊂（liáng ㄌㄧㄤˊ）粵lœŋ⁴〔良〕〔薯莨〕多年生纏繞藤本植物，地下具塊莖，可做染料。

7 **莩**　㊀（fú ㄈㄨˊ）粵fu¹〔呼〕蘆莖稈子裏面的薄膜。
㊁同'殍'，見345頁。

7 **莪**（é ㄜˊ）粵ŋɔ⁴〔鵝〕莪蒿，多年生草本植物，生在水邊，開黃綠色小花，葉嫩時可吃。

7 **莫**　㊀（mò ㄇㄛˋ）粵mɔk⁹〔漠〕❶勿，不要：閒人～入。

❷沒有，無：～不欣喜。～大的光榮。〔莫非〕難道：～～是他回來了嗎?〔莫逆〕朋友之間感情非常好：～～之交。〔莫須有〕也許有吧。後用來表示憑空捏造。❸不:變化～測。愛～能助。❹〔莫邪〕(鏌鋣)(一yé)古寶劍名。
㈡〈古〉同'暮'，見295頁。

7 **莰** ㈠(kǎn ㄎㄢˇ)粵hem²〔坎〕有機化合物，分子式 $C_{10}H_{18}$，白色晶體，有樟腦的香味。

7 **莜** ㈠(yóu 一ㄡˊ)粵jeu⁴〔由〕〔莜麥〕也作'油麥'，一年生草本植物，花綠色，葉細長。莖葉可做牧草，種子可以吃。
㈡同'蓧'，見596頁。

莜麥

7 **莽** (mǎng ㄇㄤˇ)粵mɔŋ⁵〔網〕❶密生的草：草～。❷

粗魯，冒失：這人太～。～漢。

7 **荳** 同'豆❶'，見658頁。

7 **荳**
7 **荶** 同'荶'，見595頁。

7 **荶** 同'荇'，見579頁。

7 **荫** '蔭'的簡化字，見597頁。

7 **获** ㈠'穫'的簡化字，見421頁。
㈡'穫'的簡化字，見489頁。

7 **莳** '蒔'的簡化字，見592頁。

7 **莴** '萵'的簡化字，見589頁。

7 **莶** '薟'的簡化字，見596頁。

7 **莱** '萊'的簡化字，見587頁。

7 **莶** '薟'的簡化字，見601頁。

7 **莤** '藭'的簡化字，見604頁。

7 **莸** '蕕'的簡化字，見599頁。

7 **莲** '蓮'的簡化字，見595頁。

7 **莹** '瑩'的簡化字，見430頁。

7 **莺** '鶯'的簡化字，見815頁。

7 **纯** '純'的簡化字，見 592 頁。

8 **菀** （wǎn ㄨㄢˇ）⑧jyn²〔院〕❶紫菀，多年生草本植物，葉子橢圓狀披針形，花藍紫色。根和根莖可入藥。❷茂盛的樣子。

8 **菁** （jīng ㄐㄧㄥ）⑧dziŋ¹〔晶〕（曡）草木茂盛。〔菁華〕最精美的部分。

8 **菂** （dì ㄉㄧˋ）⑧dik⁷〔的〕〈古〉蓮子。

8 **菅** （jiān ㄐㄧㄢ）⑧gan¹〔奸〕多年生草本植物，葉子細長，根很堅韌，可做炊帚、刷子等。〔草菅〕⑯輕視：～～人命。

8 **菊** （jú ㄐㄩˊ）⑧guk⁷〔谷〕菊花，多年生草本植物，秋天開花，種類很多。有的花可入藥，也可以作飲料。

8 **菌** ㊀（jùn ㄐㄩㄣˋ）⑧kwen²〔捆〕就是'蕈'。
㊁（jūn ㄐㄩㄣ）⑧同㊀低等植物的一大類，不開花，沒有莖和葉子，不含葉綠素，不能自己製造養料，營寄生生活，種類很多，如細菌、真菌等。特指能使人生病的病原細菌。

8 **菑** ㊀（zī ㄗ）⑧dzi¹〔之〕❶已經開墾了一年的田地。❷除草。❸茂盛的草：～榛穢聚。
㊁〈古〉同'災'，見 392 頁。

8 **菔** （fú ㄈㄨˊ）⑧fuk⁹〔服〕〔萊菔〕即蘿蔔。

8 **菖** （chāng ㄔㄤ）⑧tsœŋ¹〔昌〕〔菖蒲〕多年生草本植物，生在水邊，地下有根莖，花穗像棍棒。根莖可作香料，也可入藥。

8 **菘** （sōng ㄙㄨㄥ）⑧suŋ¹〔鬆〕蔬菜名。二年生草本植物，葉闊大，變種很多，色微青的叫青菜，色白的叫白菜，色微黃的叫黃芽菜。

8 **菜** （cài ㄘㄞˋ）⑧tsɔi³〔賽〕❶蔬菜，供作副食品的植物。❷經過烹調的蔬菜、蛋品、肉類等副食品：粵～。川～。素～。

8 **菝** （bá ㄅㄚˊ）⑧bet⁹〔拔〕〔菝葜〕俗稱'金剛刺'、'金剛藤'，落葉藤本植物，葉子多為卵圓形，莖有刺，花黃綠色，漿果紅色。根莖可入藥。

8 **菟** ㊀（tù ㄊㄨˋ）⑧tou³〔吐〕物名：1.菟絲子，寄生的蔓草，莖細長，常纏繞在別的植物上，對農作物有害。秋初開小花，子實可入藥。2.菟葵，多年生草本植物，花白色，多生在山地樹叢裏。
㊁（tú ㄊㄨˊ）⑧tou⁴〔逃〕〔於菟〕

(wū-)〈古〉老虎的別稱。

8 **菠** （bō ㄅㄛ）⑧bo¹〔波〕〔菠菜〕一年生或二年生草本植物，根帶紅色，果實分無刺和有刺兩種，莖葉可以吃。

8 **菡** （hàn ㄏㄢˋ）⑧ham⁵〔咸低上〕〔菡萏〕荷花的別稱。

8 **菩** （pú ㄆㄨˊ）⑧pou⁴〔葡〕〔菩薩〕梵語'菩提薩埵'的省稱，佛教中指地位僅次於佛的人。泛指佛和某些神。

8 **華(华)** ㊀（huá ㄏㄨㄚˊ）⑧wa⁴〔蛙低平〕❶美麗有光彩的（叠一麗）：～燈。光～。 敬辭：～誕(生日)。～翰(書信)。❷指中華民族或中國：～夏。～僑。～北。
㊁（huà ㄏㄨㄚˋ）⑧wa⁶〔話〕❶姓。❷華山，五嶽中的西嶽，在陝西省。
㊂〈古〉同'花'，見573頁。

8 **菰** （gū ㄍㄨ）⑧gu¹〔姑〕❶多年生草本植物，生在淺水裏，開淡紫紅色小花。嫩莖經黑穗病菌寄生後膨大，叫茭白，果實叫菰米，都可以吃。❷蕈：香～。冬～。又作'菇'。

8 **菲** ㊀（fēi ㄈㄟ）⑧fei¹〔非〕❶花草茂盛的：芳～。〔菲林〕〔港方言〕攝影用膠片，英語film的音譯。
㊁（fěi ㄈㄟˇ）⑧fei²〔匪〕❶微，薄

（叠一薄）：～禮。～材。❷古書上說的一種像蕪菁的菜，花紫紅色。

8 **菸** （yān ㄧㄢ）⑧jin¹〔煙〕又作'煙'。菸草，一年生草本植物，葉大有茸毛，可以製香煙和農業上的殺蟲劑等。

8 **菱** （líng ㄌㄧㄥˊ）⑧lìn⁴〔玲〕一年生草本植物，生在池沼中，葉略呈三角形，葉柄有氣囊，夏天開花，白色。果實有硬殼，有角，叫菱或菱角，可吃。〔菱形〕鄰邊相等的平行四邊形。

菱

8 **菹** （zū ㄗㄨ）⑧dzœy¹〔追〕❶醃製的酸菜。❷多水草的沼澤地帶。〔菹草〕多年生水草，可做飼料。❸剁成肉醬：～醢。

8 菼 (tǎn ㄊㄢˇ) 粵tam²〔貪高上〕
初生的荻。

8 菽 (shū ㄕㄨ) 粵suk⁹〔淑〕豆的
總稱。

8 菾 (tián ㄊㄧㄢˊ) 粵tim⁴〔甜〕
〔菾菜〕也作「甜菜」，二年
生草本植物，開黃綠色花。葉
可吃，根可製糖。

菾菜

8 萁 ㊀(qí ㄑㄧˊ) 粵kei⁴〔期〕豆
莖。
㊁(jī ㄐㄧ) 粵gei¹〔基〕草名，似
荻而細。

8 萃 (cuì ㄘㄨㄟˋ) 粵sœy⁶〔睡〕草
叢生。㉠聚在一起的人
或物：出類拔～（人才特出）。

8 萄 (táo ㄊㄠˊ) 粵tou⁴〔逃〕〔葡
萄〕見590頁「葡」字條。

8 萆 ㊀(bēi ㄅㄟ) 粵bei¹〔悲〕
〔草薢〕多年生纏繞藤本

植物，根莖可入藥。
㊁同「蓖」，見594頁。

8 萇(苌) (cháng ㄔㄤˊ) 粵
tsœŋ⁴〔祥〕姓。

8 萊(莱) (lái ㄌㄞˊ) 粵lɔi⁴
〔來〕藜。〔萊菔〕
即蘿蔔。

8 萋 (qī ㄑㄧ) 粵tsei¹〔妻〕〔萋
萋〕形容草生長得茂盛。

8 萌 ㊀(méng ㄇㄥˊ) 粵meŋ⁴
〔盟〕❶植物的芽。❷萌
芽，植物生芽。㉠開始發生：
知者（有見識的人）見於未。
故態復～（多用於貶義）。
㊁〈古〉同「氓㊀」，見352頁。

8 萍 (píng ㄆㄧㄥˊ) 粵piŋ⁴〔平〕浮
萍，在水面浮生的草，
莖扁平像葉子，根垂在水裏，
有青萍、紫萍等：～蹤（喻行
蹤不定）。～水相逢（喻偶然遇
見）。

8 萎 ㊀(wěi ㄨㄟˇ) 粵wei²〔委〕乾
枯衰落：枯～。～謝。
氣～。〔萎縮〕1.體積縮小，表
面變皺。2.衰退。
㊁(wēi ㄨㄟ) 粵wei¹〔威〕人的死
亡：哲人其～。

8 萏 (dàn ㄉㄢ) 粵dam⁶〔氙〕見
586頁「菡」字條「菡萏」。

8 萑 (huán ㄏㄨㄢˊ) 粵wun⁴〔桓〕
古書上指蘆葦一類的植
物。

8 萜（tiē ㄊㄧㄝ）働 tip⁸〔貼〕有機化合物的一類，多為有香味的液體。

8 菪（dàng ㄉㄤ）働 dɔŋ⁶〔蕩〕見 599 頁'莨㊀'。

8 菢（bào ㄅㄠ）働 bou⁶〔步〕孵：～窩。～小雞。

8 萘（nài ㄋㄞ）働 nɔi⁶〔耐〕一種有機化合物，白色晶體，有特殊氣味。分子式 $C_{10}H_8$，常用的衛生球（又叫臭球兒、樟腦丸）就是萘製成的。

8 著 ㊀（zhù ㄓㄨ）働 dzy³〔注〕❶顯明，顯出（働顯一、昭一）：昭～。卓～。～名。頗～成效。❷寫文章，寫書：～書立說。❸著作，寫出來的文章或書：名～。大～。新～。

㊁（zhuó ㄓㄨㄛˊ）働 dzœk⁹〔着〕又作'着'。❶接觸，挨上：附一。～陸。不～邊際。❷使接觸別的事物，使附著在別的物體上：～墨。～色。❸著落：尋找無～。〔著落〕下落，來源：遺失的東西有了～～了。這筆費用還沒有～～。❹派遣：～人前來辦理。❺用，下，注重：～力。～手。～眼。～意。❻公文用語，表示命令的語氣：～即施行。

㊂（zhuó ㄓㄨㄛˊ）働 dzœk⁸〔雀〕又作'着'。穿（衣）：穿～。～西服。

㊃（zhù ㄓㄨˋ，舊讀 zhuó ㄓㄨㄛˊ）働 dzœk⁹〔着〕dzy³〔注〕（俗）〔土著〕1.世代居住在一定的地方。2.世居本地的人。

㊄同'着'，見 462 頁。

8 萸（yú ㄩˊ）働 jy⁴〔如〕見 578 頁'茱'字條'茱萸'。

8 菥（xī ㄒㄧ）働 sik⁷〔色〕〔菥蓂〕又名遏藍菜，二年生草本植物，葉匙形，花白色，果實扁圓形。葉可作蔬菜，種子可榨油。全草可入藥。

8 萁（qí ㄑㄧˊ）働 kei⁴〔其〕〔萁萊主山〕山名，在臺灣省。

8 菰 同'菰❷'，見 586 頁。

8 菓 同'果❶'，見 307 頁。

8 荊 同'荊'，見 580 頁。

8 菴 同'庵'，見 201 頁。

8 蕭 '蕭'的簡化字，見 602 頁。

8 蘿 '蘿'的簡化字，見 606 頁。

8 蕯 '蓬'的簡化字，見 605 頁。

8 萤 '螢'的簡化字，見 618 頁。

8 营 '營'的簡化字，見 404 頁。

8 **縈** '縈'的簡化字，見 527 頁。

8 **棻** 見木部，322 頁。

8 **菏** 見水部，373 頁。

9 **萩** (qiū ㄑㄧㄡ)粵tseu¹〔秋〕古書上說的一種蒿類植物。

9 **萬(△万)** (wàn ㄨㄢˋ)粵man⁶〔慢〕 ❶ 數目，十個一千。⑭多：～物。氣象～千。～水千山。〔萬一〕⑭意外，意外地：以防～。～～失敗。 ❷ 極，很，絕對：～難從命。～全之策。～不能行。

9 **萱** (xuān ㄒㄩㄢ)粵hyn¹〔圈〕萱草，多年生草本植物，葉細長，花橘紅或橘黃色。

萱　草

9 **萵(萵)** (wō ㄨㄛ)粵wo¹〔窩〕〔萵苣〕一年或二年生草本植物，葉多長形，花黃色，分葉用和莖用兩種。葉用的叫萵苣菜或生菜，莖用的叫萵筍。

9 **萹** (biǎn ㄅㄧㄢ)粵pin¹〔編〕〔萹蓄〕又名'扁竹'，一年生草本植物，葉狹長，略似竹葉，夏季開小花，白色帶紅。全草可入藥。

9 **葖** (tū ㄊㄨ)粵det⁹〔突〕 ❶ 蓇葖。 ❷ 見 593 頁'葍'字條'葍葖'。

9 **萼** (è ㄜˋ)粵ŋɔk⁹〔岳〕花萼，在花瓣下部的一圈綠色小片。

9 **落** (一)(luò ㄌㄨㄛˋ)粵lɔk⁹〔樂〕 ❶ 掉下來，往下降：～價。～雪。～葉。飛機降～。太陽～了。 ❷ 衰敗，沒～。破～戶。 ❸ 遺留在後面：～後。～伍。～選。 ❹ 停留：～戶。～腳。小鳥在樹上～着。㋑留下：不～痕迹。 ❺ 人停留或聚居的地方：院～。村～。〔部落〕1.由若干血緣相近的氏族結合成的集體。2.中國史書上多指少數民族。 ❻ 歸屬：重擔～在肩上。㋑得到：～不是。～埋怨。～了個好名譽。 ❼ 古代指慶祝建築物完工：新屋～成。 ❽ 寫下：～款。～賬。 ❾〔落泊〕(－魄)(－bó)窮困，不得意。

❿〔落拓〕(－魄)(－tuò)自由散漫。

㈡(lào ㄌㄠˋ)働同㈠　❶意義同㈠，用於一些口語詞，如落炕、落枕等。❷〔落子〕華北、東北一帶對曲藝'蓮花落'的俗稱。

㈢(là ㄌㄚˋ)働lai⁶〔賴〕丢下，遺漏：丢三～四。～了一個字。大家走得快，把他～下了。

9 葆 (bǎo ㄅㄠˇ)働bou²〔保〕❶草木繁盛。❷保持。

9 葉(⌐叶) (yè ㄧㄝˋ)働jip⁹〔業〕❶(－子、－兒)植物的營養器官之一，多呈片狀、綠色，長在莖上：樹～。菜～。❷像葉子的：銅～。鐵～。❸時期：二十世紀中～。❹同'頁'，見770頁。

9 葎 (lǜ ㄌㄩˋ)働lœt⁹〔律〕葎草，多年生草本植物，莖能纏繞他物，開黃綠色小花，全草可入藥。

9 葑 ㈠(fēng ㄈㄥ)働fuŋ¹〔風〕即蔓菁，也稱蕪菁。

㈡(fèng ㄈㄥˋ)働fuŋ³〔諷〕古書上指菰的根，即茭白根。

9 葒(荭) (hóng ㄏㄨㄥˊ)働huŋ⁴〔紅〕葒草，一種供觀賞的草本植物。

9 葓 (hóng ㄏㄨㄥˊ)働huŋ⁴〔紅〕❶蔬菜名，即蕹菜。❷同'葒'，見本頁。

9 葚 ㈠(shèn ㄕㄣˋ)働sɐm⁶〔甚〕桑樹結的果實。

㈡(rèn ㄖㄣˋ)働同㈠〔甚兒〕桑葚兒，桑樹的果實，用於口語。

9 葛 ㈠(gé ㄍㄜˊ)働got⁸〔割〕多年生草本植物，花紫紅色。莖可編籃做繩，纖維可織葛布。塊根含澱粉，供食用，又供藥用。

㈡(gě ㄍㄜˇ)働同㈠姓。

9 葡 (pú ㄆㄨˊ)働pou⁴〔蒲〕❶〔葡萄〕藤本植物，莖有捲鬚能纏繞他物，葉子像手掌。花小，黃綠色。果實也叫葡萄，圓形或橢圓形，可以吃，也可以釀酒。❷國名，葡萄牙的簡稱。

9 董 (dǒng ㄉㄨㄥˇ)働duŋ²〔懂〕監督管理：～理其事。〔董事〕某些企業、學校等推擧出來代表自己監督和主持業務的人。也省稱'董'：～～會。

9 葦(苇) (wěi ㄨㄟˇ)働wei⁵〔偉〕(－子)蘆葦，見605頁'蘆'字條。

9 葩 (pā ㄆㄚ)働ba¹〔巴〕花。

9 葫 (hú ㄏㄨˊ)働wu⁴〔胡〕〔葫蘆〕一年生攀援草本植物，夏天開白花。果實中間細，像大小兩個球連在一起，可以盛酒或供觀賞。還有一種瓢葫蘆，也叫'匏'，果實梨形，對半剖開，可做舀水的瓢。

9 **葬** (zàng ㄗㄤˋ)粵dzoŋ³〔壯〕掩埋死人，泛指處理死者遺體：埋～。火～。〔葬送〕斷送，毀滅：～～生命。

9 **葭** (jiā ㄐㄧㄚ)粵ga¹〔加〕初生的蘆葦。〔葭莩〕(—fú) 蘆葦裏的薄膜。喻關係疏遠的親戚。

9 **葱** (cōng ㄘㄨㄥ)粵tsuŋ¹〔沖〕❶多年生草本植物，葉圓筒狀，中空，開白色小花。莖葉有辣味，是常吃的蔬菜。❷青綠色：～翠。

9 **葳** (wēi ㄨㄟ)粵wei¹〔威〕〔葳蕤〕草木茂盛的樣子。

9 **葵** (kuí ㄎㄨㄟˊ)粵kwei⁴〔攜〕植物名：1.向日葵，一年生草本植物，花序盤狀，花常向日。種子可吃，又可榨油。2.蒲葵，常綠喬木。葉可做蒲扇。

9 **葶** (tíng ㄊㄧㄥˊ)粵tiŋ⁴〔停〕〔葶藶〕一年生草本植物，開黃色小花，種子黑褐色，可入藥。

9 **葷 (荤)** (hūn ㄏㄨㄣ)粵fen¹〔昏〕❶肉食：～素。～菜。不吃～。❷葱蒜等有特殊氣味的菜：五～。

9 **葸** (xǐ ㄒㄧˇ)粵sai²〔徙〕害怕，畏懼：畏～不前。

9 **葺** (qì ㄑㄧˋ)粵tsɐp⁷〔輯〕原指用茅草覆蓋房屋，也泛指修理房屋：修～(修補)房屋。

9 **蒂** (dì ㄉㄧˋ)粵dei³〔帝〕花或瓜果跟枝莖相連的部分：瓜熟～落。〔蒂芥〕〔芥蒂〕細小的梗塞，比喻嫌隙或不滿：毫無～～。

9 **葙** (xiāng ㄒㄧㄤ)粵sœŋ¹〔商〕〔青葙〕又名'野雞冠'。一年生草本植物，種子叫青葙子，可入藥。

9 **蒈** (kǎi ㄎㄞˇ)粵kai¹〔楷〕有機化合物，分子式C₁₀H₁₈，天然的蒈尚未發現。蒈的重要衍生物蒈酮，氣味像樟腦。

9 **蒎** (pài ㄆㄞˋ)粵pai³〔派〕有機化合物，分子式C₁₀H₁₆，化學性質穩定，不易被無機酸和氧化劑分解。

9 **葤 (荮)** (zhòu ㄓㄡ)粵dzeu⁶〔就〕❶用草包裹。❷量詞，碗碟等用草繩束為一捆叫一葤。

9 **菓** (xǐ ㄒㄧˇ)粵sai²〔徙〕sei²〔洗〕(又)〔菓耳〕即'蒼耳子'，有刺，多附於人畜體上到處傳播，可入藥。一年生草本植物，果實叫'蒼耳子'，有刺，多附於人畜體上到處傳播，可入藥。

9 **葜** (qiā ㄑㄧㄚ)粵kit⁸〔揭〕見585頁'菝'字條'菝葜'。

9 葠 同'參㊀❷'，見 82 頁。

9 韮 同'韭'，見 769 頁。

9 塟 同'葬'，見 591 頁。

9 葵 同'葬'，見 591 頁。

9 菴 同'庵'，見 201 頁。

9 萨 '薩'的簡化字，見 602 頁。

9 蒋 '蔣'的簡化字，見 597 頁。

9 蕒 '蕒'的簡化字，見 599 頁。

9 蒌 '蔞'的簡化字，見 597 頁。

9 蔵 '蔵'的簡化字，見 598 頁。

9 募 見力部，68 頁。

9 惹 見心部，227 頁。

10 蒐 （sōu ㄙㄡ）粵seu¹〔收〕seu²〔首〕(又)尋求，尋找：～集。～羅。又作'搜'。

10 蒔 (蒔)　㊀（shí ㄕˊ）粵si⁴〔時〕〔蒔蘿〕又名'小茴香'。多年生草本植物，果實可入藥。

㊁（shì ㄕˋ）粵si⁶〔示〕移栽植物：

～秧。～花。

10 蒙 ㊀（méng ㄇㄥˊ）粵muŋ⁴〔濛〕❶沒有知識，愚昧：啓～。發～。～昧。❷遮蓋起來：～頭蓋腦。～上一張紙。〔蒙蔽〕隱瞞事實，欺騙。❸受：承～招待，感謝之至。～難（nàn）。❹'濛'的簡化字，見 388 頁。

㊁（měng ㄇㄥˇ）粵同㊀❶〔蒙懂〕同'懵懂'。糊塗，不明白事理。❷〔蒙古〕蒙古族，中國少數民族名，參看附錄六。〔內蒙古〕中國少數民族自治區，1947年 5月建立。

㊂'矇'的簡化字，見 465 頁。

10 蒓 (莼)　（chún ㄔㄨㄣˊ）粵scen⁴〔純〕蒓菜，又作'蓴菜'，多年生水草，葉子橢圓形，浮生在水面，開暗紅色的小花。莖和葉表面都有黏液，可以做湯吃。

蒓菜

10 **蒜**（suàn ㄙㄨㄢˋ）粵syn³〔算〕大蒜，多年生草本植物，開白花。地下莖通常分瓣，味辣，可供調味用。

10 **蒟**（jǔ ㄐㄩˇ）粵gœy²〔舉〕植物名：1.蒟蒻，多年生草本植物，開淡黃色花，外有紫色苞片。地下莖像球，有毒，可入藥。2.蒟醬，蔓生木本植物，夏天開花，綠色。果實像桑葚，可以吃。

10 **蒡**（bàng ㄅㄤˋ）粵bɔŋ²〔榜〕〔牛蒡〕多年生草本植物，葉子是心臟形，很大，夏季開紫紅色小花，密集成頭狀。果實瘦小，果、根、葉可入藥。

10 **蒯**（kuǎi ㄎㄨㄞˇ）粵gwai²〔拐〕蒯草，多年生草本植物，叢生在水邊，莖可織席，也可造紙。

10 **蒲**（pú ㄆㄨˊ）粵pou⁴〔葡〕香蒲，多年生草本植物，生於淺水或池沼中，葉長而尖，可以編席，蒲包和扇子。根莖可以吃。

10 **蒸**（zhēng ㄓㄥ）粵dziŋ¹〔晶〕❶熱氣上升：～發。～氣。〔蒸蒸〕像氣一樣向上升：～～日上。❷利用水蒸氣的熱力使食品加熱：～饅頭。

10 **蒹**（jiān ㄐㄧㄢ）粵gim¹〔兼〕沒有長穗的蘆葦。

10 **蒴**（shuò ㄕㄨㄛˋ）粵sɔk⁸〔朔〕蒴果，乾果的一種，由兩個以上的心皮構成，成熟後自己裂開，內含許多種子，如棉花、百合等的果實。

蒴 果

10 **蒺**（jí ㄐㄧˊ）粵dzet⁹〔疾〕〔蒺藜〕1.一年生草本植物，莖橫生在地面上，開小黃花。果實也叫蒺藜，有刺，可入藥。2.像蒺藜的東西：鐵～～。～～骨朵（舊時一種兵器）。

10 **蒻**（ruò ㄖㄨㄛˋ）粵jœk⁹〔弱〕古書上指嫩的香蒲。

10 **蓇**（gū ㄍㄨ）粵gwet⁷〔骨〕〔蓇葖〕1.果實的一種，如芍藥、八角的果實。2.骨朵兒，沒有開花的花朵。

10 **蒼**（**苍**）（cāng ㄘㄤ）粵tsɔŋ¹〔倉〕❶青色：～天。～松。～翠。❷灰白色：面色～白。兩鬢～～。〔蒼蒼〕1.容貌、聲音老。2.書畫筆力老練。

10 **蒿**（hāo ㄏㄠ）粵hou¹〔好高平〕青蒿，二年生草本植物，葉如絲狀，有特殊的氣味，花小，黃綠色，可入藥。

10 **蓀（荪）**（sūn ㄙㄨㄣ）粵syn¹〔孫〕古書上說的一種香草。

10 **蓁**（zhēn ㄓㄣ）粵dzœn¹〔津〕❶〔疊〕草木茂盛：其葉～～。❷同‘榛❷’：深～（荊棘叢）。

10 **蓂**（míng ㄇㄧㄥˊ）粵miŋ⁴〔明〕〔蓂莢〕古代傳說中的一種瑞草。

10 **蓄**（xù ㄒㄩˋ）粵tsuk⁷〔促〕積聚，儲藏（龔儲～）：～財。⑤1.保存：～電池。～洪。養精～銳。2.心裏存着：～意已久。

10 **蓖**（bì ㄅㄧˋ）粵bei¹〔卑〕〔蓖麻〕一年生或多年生草本植物。種子可榨油，醫藥上用做輕瀉劑，工業上用做潤滑油等。

蓖麻

10 **蓆**（xí ㄒㄧˊ）粵dzik⁹〔直〕dzek⁹〔隻 低入〕（語）同‘席❶’。（一子、一兒）用竹、草或蘆葦等編成的東西，通常用來鋪牀或炕。

10 **蓉**（róng ㄖㄨㄥˊ）粵juŋ⁴〔容〕❶見 571 頁‘芙’字條‘芙蓉’、596 頁‘蓯’字條‘蓯蓉’。❷成都市的別稱。

10 **蓊**（wěng ㄨㄥˇ）粵juŋ²〔湧〕形容草木茂盛：～鬱。～茸。

10 **蓋**㊀（gài ㄍㄞˋ）粵gɔi³〔該去〕❶（一子、一兒）有遮蔽作用的器物：鍋～。瓶～。❷傘：華～（古代車上像傘的篷子）。❸動物的甲殼：螃蟹～。

㊁（gài ㄍㄞˋ）粵kɔi³〔概〕❶由上向下覆（龔覆一）：～上鍋。～被。⑧1.壓倒：～世無雙。2.用印，打上：～章。～印。❷建築：～樓。～房子。❸文言虛詞 1.發語詞：～聞。～有年矣。2.表不能確信，大概如此：～近之矣。3.連詞，表原因：有所不知，～未學也。

㊂（gě ㄍㄜˇ）粵gɐp⁸〔蛤〕姓。

㊃（hé ㄏㄜˊ）粵hɐp⁹〔合〕〈古〉同‘盍’。何不。

10 **蓍**（shī ㄕ）粵si¹〔詩〕蓍草，俗稱‘蚰蜒草’或‘鋸齒草’，多年生草本植物，莖直立，花白色。可以入藥，又供製香料。

10 **蓏**（luǒ ㄌㄨㄛˇ）⑧lo²〔裸〕古書上指瓜類植物的果實。

10 **蓐**（rù ㄖㄨˋ）⑧juk⁹〔肉〕草席，草墊子。〔坐蓐〕臨產。

10 **蓑**（suō ㄙㄨㄛ）⑧so¹〔梳〕蓑衣，用草或棕毛製成的雨衣。

10 **蓓**（bèi ㄅㄟˋ）⑧pui⁵〔倍〕pui⁴〔培〕〔又〕〔蓓蕾〕花骨朵兒，還沒開的花。

10 **蒗**（làng ㄌㄤˋ）⑧long⁶〔浪〕〔寧蒗〕彝族自治縣，在雲南省。

10 **蒽**（ēn ㄣ）⑧jen¹〔因〕一種有機化合物，分子式 $C_{14}H_{10}$，無色固體，有弱的藍色熒光，是染料工業的原料。

10 **蒞**（lì ㄌㄧˋ）⑧lei⁶〔利〕到（蒞臨）：～會。

10 **蒨**同'茜'，見 578 頁。

10 **蓡**同'參㈠❷'，見 82 頁。

10 **蓝**'藍'的簡化字，見 603 頁。

10 **蓦**'驀'的簡化字，見 788 頁。

10 **蓟**'薊'的簡化字，見 601 頁。

10 **蓣**'蕷'的簡化字，見 600 頁。

10 **蓥**'鎣'的簡化字，見 734 頁。

10 **墓**見土部，139 頁。

10 **夢**見夕部，145 頁。

10 **幕**見巾部，195 頁。

10 **慈**見心部，229 頁。

11 **蓮**（蓮）（lián ㄌㄧㄢˊ）⑧lin⁴〔連〕多年生草本植物，生淺水中。葉子大而圓，叫荷葉。花有粉紅、白色兩種。種子叫蓮子，包在倒圓錐形的花托內，合稱蓮蓬。地下莖叫藕。種子和地下莖都可以吃。也叫'荷'、'芙蕖'或'菡萏'。

蓮

11 篠(茶)（diào ㄉㄧㄠˋ）粵 diu⁶〔掉〕古代除草用的農具。

11 蓬（péng ㄆㄥˊ）粵 puŋ⁴〔篷〕 fuŋ⁴〔馮〕（又） ❶ 飛蓬，多年生草本植物，開白花，葉子像柳葉，子實有毛。 ❷ 散亂（疊）：～頭散髮。亂～～的茅草。〔蓬勃〕旺盛：～～發展。朝氣～～。〔蓬鬆〕鬆散（指毛髮或茅草）。 ❸〔蓬萊〕古代方士傳說渤海裏仙人居住的山。

11 蓯(苁)（cōng ㄘㄨㄥ）粵 tsuŋ¹〔充〕〔蓯蓉〕植物名：1.草蓯蓉，一種寄生植物，葉、莖黃褐色，花淡紫色。2.肉蓯蓉，一種寄生植物，莖和葉黃褐色，花紫褐色，莖可入藥。

11 蓰（xǐ ㄒㄧˇ）粵 sai²〔徙〕五倍：倍～（數倍）。

11 蔻（kòu ㄎㄡˋ）粵 keu³〔扣〕豆蔻，草本植物，形似薑。種子暗褐色，有香味，可入藥。

11 蓺（yì ㄧˋ）粵 ŋei⁶〔毅〕同'藝'。 ❶ 種植：樹～五穀。～菊。 ❷ 才能，技藝。

11 蓼 ㊀（liǎo ㄌㄧㄠˇ）粵 liu⁵〔了〕一年生或多年生草本植物，花小，白色或淺紅色，生長在水邊。
㊁（lù ㄌㄨˋ）粵 luk⁹〔綠〕（疊）植物高大。

11 蓿（xu ㄒㄩ，舊讀 sù ㄙㄨˋ）粵 suk⁷〔宿〕見 575 頁'苜'字條'苜蓿'。

11 蔌（sù ㄙㄨˋ）粵 tsuk⁷〔速〕蔬菜：山肴野～。

11 蔑（miè ㄇㄧㄝˋ）粵 mit⁹〔滅〕 ❶ 無，沒有：～以復加。 ❷ 輕視：～視（看不起，輕視）。 ❸'衊'的簡化字，見 625 頁。

11 蔓 ㊀（wàn ㄨㄢˋ）粵 man⁶〔慢〕（ㄦ兒）細長能纏繞的莖：瓜～。扁豆爬～了。
㊁（màn ㄇㄢˋ）粵 同㊀ 義同㊀，用於一些書面語詞，如蔓草、蔓延等。〔蔓延〕形容像蔓草一樣地不斷擴展滋生。
㊂（mán ㄇㄢˊ）粵 man⁴〔蠻〕〔蔓菁〕即蕪菁，一年或二年生草本植物，春天開花，黃色。葉大，塊根扁圓形。塊根也叫蔓菁，可以吃。

11 蔔(卜)（bo ㄅㄛ）粵 bak⁹〔白〕見 606 頁'蘿'字條'蘿蔔'。

11 蔗（zhè ㄓㄜˋ）粵 dzɛ³〔借〕甘蔗，一年或多年生草本植物。莖有節，含甜汁很多，可以吃，也可製糖。

11 蔚 ㊀（wèi ㄨㄟˋ）粵 wei³〔慰〕 ❶ 草木茂盛。㋺茂盛，盛大：～為大觀。 ❷ 文采華美

～為辭宗。❸雲氣彌漫: 雲蒸
霞～。

〔蔚藍〕晴天天空的顏色: ～～
的天空。

㈡(yù ㄩˋ)❸wei⁷〔屈〕蔚縣, 在
河北省。

11 蔞(蒌) (lóu ㄌㄡˊ)❸leu⁴
〔流〕leu¹〔樓高
平〕㈠蔞蒿, 多年生草本植物,
花淡黃色, 莖可以吃。

11 簇 (cù ㄘㄨˋ)tsuk⁷〔促〕蠶
族, 用麥稈等做成, 蠶
在上面做繭。

11 蔡 (cài ㄘㄞˋ)tsoi³〔菜〕❶周
代諸侯國名, 在今河南
省上蔡縣、新蔡縣一帶。❷〈古〉
大龜: 蓍～(占卜用的東西)。

11 蔣(蒋) (jiǎng ㄐㄧㄤˇ)❸
dzœŋ²〔掌〕姓。

11 蔦(茑) (niǎo ㄋㄧㄠˇ)❸
niu⁵〔鳥〕古書上
說的一種小灌木, 莖能攀緣其
他樹木。〔蔦蘿〕一年生蔓草,
開紅色小花。

11 蔫 (niān ㄋㄧㄢ)❸jin¹〔煙〕植
物失去水分而萎縮: 花
～了。菜～了。❹精神不振,
不活潑。

11 蔭(荫) ㈠(yìn ㄧㄣˋ)❸
jɐm³〔陰高去〕❶
不見日光, 又涼又潮: 這屋子
很～。❷封建時代帝王給他的

功臣的子孫讀書或做官的特
權: 祖～。❸保佑, 庇護: ～庇。

㈡(yīn ㄧㄣ)❸jɐm¹〔陰〕樹陰。

11 蓨 ㈠(tiáo ㄊㄧㄠˊ)❸tiu¹〔挑〕
即羊蹄菜。多年生草本
植物, 葉子橢圓形, 初夏開花。
根莖葉浸出的汁液, 可防治棉
蚜、紅蜘蛛、菜青蟲等。

㈡(tiáo ㄊㄧㄠˊ)❸tiu⁴〔條〕〔蓨縣〕
古縣名, 在今河北省景縣。

11 蕙 (huì ㄏㄨㄟˋ, 舊讀suì ㄙㄨㄟˋ)
❸sœy⁶〔睡〕王蕙, 就是
地膚, 俗叫'掃帚菜'。一年生
草本植物, 夏天開花, 黃綠色。
嫩苗可以吃。果實叫'地膚子',
可入藥。老株可以做掃帚。

11 蔸 (dōu ㄉㄡ)❸dɐu¹〔兜〕〈方〉
❶指某些植物的根和靠
近根的莖: 禾～。樹～腦(樹
墩)。〔坐蔸〕稻子的幼苗發黃,
長不快。❷量詞, 相當於'叢'
或'棵': 一～草。兩～白菜。

11 蔑 同'蔑', 見 596 頁。

11 蓴 同'純', 見 592 頁。

11 蔆 同'菱', 見 586 頁。

11 蓽 同'篳', 見 505 頁。

11 蒂 同'蒂', 見 591 頁。

11蔥 同'葱'，見 591頁。

11蕒 同'苘'，見 575頁。

11蔴 同'麻❶'，見 823頁。

11蔘 同'參㊁❷'，見 82頁。

11蔼 '藹'的簡化字，見 604頁。

11蔷 '薔'的簡化字，見 601頁。

11蔹 '蘞'的簡化字，見 606頁。

11蔺 '藺'的簡化字，見 605頁。

11慕 見心部， 229頁。

11摹 見手部， 265頁。

11暮 見日部， 295頁。

12蔬 (shū ㄕㄨ)㊉sɔ¹〔梳〕蔬菜，可以做菜的植物(多屬草本)：～食。

12蔽 (bì ㄅㄧˋ)㊉bɐi³〔閉〕❶遮，擋(㊊遮一、掩一)：旌旗～日。衣不～體。❷概括：一言以～之。

12蕁(荨) ㊀(qián ㄑㄧㄢˊ)㊉tsɐm⁴〔尋〕〔蕁麻〕多年生草本植物，莖葉生細毛，皮膚接觸時會引起刺痛。莖皮纖維可以做紡織原料或製麻繩。

㊁(xún ㄒㄩㄣˊ)㊉同㊀用於口語，如蕁麻疹(一種過敏性皮疹，俗稱風疹疙瘩)。

12蕃 ㊀(fán ㄈㄢˊ)㊉fan⁴〔凡〕茂盛：草木～盛。㊔繁殖：～衍(逐漸增多或增廣)。

㊁(fān ㄈㄢ)㊉fan¹〔翻〕同'番㊀❷'。稱外國的或外族的：～茄。～薯。

12蒇(蒇) (chǎn ㄔㄢˇ)㊉tsin²〔淺〕完成，解決：～事(把事情辦完)。

12蕈 (xùn ㄒㄩㄣˋ)㊉tsɐm⁵〔沉低上〕sœn³〔信〕(又)生長在樹林裏或草地上的某些高等菌類植物，形狀略像傘，種類很多，有許多是可以吃的：松～。香～。

12蕉 (jiāo ㄐㄧㄠ)㊉dziu¹〔招〕植物名：1.香蕉，又叫'甘蕉'，形狀像芭蕉。果實長形，稍彎，果肉軟而甜。2.見 572頁'芭'字條'芭蕉'。

12蕊 (ruǐ ㄖㄨㄟˇ)㊉jœy⁵〔銳低上〕花蕊，種子植物有性生殖器官的一部分。分雄蕊和雌蕊兩種。

12蕎(荞) (qiáo ㄑㄧㄠˊ)㊉kiu⁴〔橋〕蕎麥，

一年生草本植物，莖紫紅色，葉子三角形，開小白花。子實黑色，磨成麵粉供食用。

¹²薹（△芸）（yún ㄩㄣˊ）粵wen⁴〔雲〕〔藝薹〕也叫'油菜'，二年生草本植物，花黃色，種子可榨油。

¹²蕕（莸）（yóu 丨ㄡˊ）粵jeu⁴〔由〕❶古書上說的一種有臭味的草：薰～不同器而藏（比喻好人和壞人搞不到一起）。❷落葉小灌木，花淡藍色或白色帶紫，供觀賞。

¹²蕖（蕖）（qú ㄑㄩˊ）粵kœy⁴〔渠〕〔芙蕖〕荷花的別名。

¹²蕘（荛）（ráo ㄖㄠˊ）粵jiu⁴〔搖〕柴草。

¹²蕙（蕙）（huì ㄏㄨㄟˋ）粵wei⁶〔惠〕蕙蘭，多年生草本植物，開淡黃綠色花，氣味很香。

¹²蕞（蕞）（zuì ㄗㄨㄟˋ）粵dzœy³〔最〕小的樣子：～爾。

¹²蕢（蒉）（kuì ㄎㄨㄟˋ）粵gwei⁶〔跪〕古時用草編的筐子。

¹²蕤（蕤）（ruí ㄖㄨㄟˊ）粵jœy⁴〔銳低讀〕〔葳蕤〕草木茂盛的樣子。

¹²蕩（荡）（dàng ㄉㄤˋ）粵dɔŋ⁶〔宕〕❶清除，弄光：傾家～產。❷洗滌：滌～。❸搖動〔搖～〕：～舟。～秋千。❹動搖：世局動～。

〔蕩漾〕水波一起一伏地動。❹不受約束或行為不檢點（粵浪一）：放～。～婦。❺積水長草的窪地，淺水湖：蘆花～。黃天～。

¹²蕨（蕨）（jué ㄐㄩㄝˊ）粵kyt⁸〔決〕多年生草本植物，野生，用孢子繁殖。嫩葉可吃，地下莖可製澱粉。

蕨

¹²蕪（芜）（wú ㄨˊ）粵mou⁴〔無〕❶長滿野草（粵荒一）：～城。❷雜亂。

¹²蕒（荬）（mai ·ㄇㄞ）粵mai⁵〔買〕見575頁'苣'字條'苣蕒菜'。

¹²蘘（芗）（xiāng ㄒ丨ㄤ）粵hœŋ¹〔香〕❶古書上指用以調味的香草。❷五穀的香氣。也泛指芳香。

¹²蕊　同'蕊'，見598頁。

12 蕚 同'萼'，見 589 頁。

12 藜 同'藜'，見 604 頁。

12 蕲 '蕲'的簡化字，見 605 頁。

12 蕰 '蕰'的簡化字，見 604 頁。

13 蕷（蕷）（yù ㄩˋ）粵jy⁶〔預〕
見 602 頁'薯'字
條'薯蕷'。

13 蕹（wèng ㄨㄥˋ）粵uŋ³〔甕〕蕹
菜，俗稱'空心菜'，一年
生草本植物，莖中空，葉心臟
形，葉柄長，花白色，漏斗狀。
嫩莖葉可做菜吃。

蕹菜

13 蕺（jí ㄐㄧˊ）粵tsɐp⁷〔輯〕蕺菜，
多年生草本植物，莖上
有節，花小而密。莖和葉有腥
味，又叫'魚腥草'。全草可入藥。

13 蕻 ㊀（hòng ㄏㄨㄥˋ）粵huŋ⁶〔紅
低去〕❶茂盛。 ❷〈方〉某

些蔬菜的長莖: 菜～。
㊁（hóng ㄏㄨㄥˊ）粵huŋ⁴〔紅〕雪裏
蕻，就是'雪裏紅'，一種像芥
菜的菜，莖葉可以吃。

13 蕾 ㊀（lěi ㄌㄟˇ）粵lœy⁵〔呂
lœy⁴〔雷〕⊗〕花骨朵，含
苞未放的花: 蓓～。 花～。
㊁（lěi ㄌㄟˇ）粵lœy⁴〔雷〕譯音字。
〔芭蕾舞〕一種常用足尖點地跳
舞的舞劇。

13 蕗（lù ㄌㄨˋ）粵lou⁶〔路〕甘草
的別名。

13 薄 ㊀（báo ㄅㄠˊ）粵bok⁹〔泊〕
❶厚度小的: ～餅。 ～
片。～紙。這塊布太～。 ❷
（感情）冷淡。 ❸（味道）淡: 酒
味很～。 ❹不肥沃: 土地～。
㊁（bó ㄅㄛˊ）粵同㊀ ❶義同㊀，
用於合成詞或成語，如厚薄、
單薄、淡薄、淺薄、薄田、尖
嘴薄舌等。❷輕微，少: ～技。
～酬。❸不莊重: 輕～。❹看
不起，輕視，慢待: 菲～。鄙
～。厚此～彼。❺迫近: ～暮
（天快黑）。日～西山。～海同
歡。
㊂（bò ㄅㄛˋ）粵同㊀〔薄荷〕多年
生草本植物，葉和莖有清涼香
味，可入藥。

13 薅（hāo ㄏㄠ）粵hou¹〔蒿〕拔
去雜草: ～草。㊁拔去:
～下幾根頭髮。

13薇 (wēi ㄨㄟ)(粵)mei^{4}〔眉〕一年生或二年生草本植物，又叫'巢菜'或'野豌豆'，花紫紅色，種子可吃。

13薈(荟)(huì ㄏㄨㄟˋ)(粵)wɐi^{3}〔畏〕wui^{6}〔匯〕(又)草木茂盛。(引)會集。〔薈萃〕聚集：人才～～。

13薊(蓟)(jì ㄐㄧˋ)(粵)gɐi^{3}〔計〕多年生草本植物，莖葉多刺，春天出芽，花紫紅色，可入藥。

13薏 (yì ㄧˋ)(粵)ji^{3}〔意〕〔薏苡〕一年生或多年生草本植物，莖葉略似高粱，果實橢圓形，堅硬而光滑，種仁白色，叫薏米或苡仁，可以吃，又可入藥。

薏苡

13薔(蔷)(qiáng ㄑㄧㄤˊ)(粵)tsœŋ^{4}〔祥〕〔薔薇〕落葉灌木，莖上多刺，夏初開花，有紅、黃、白等色，可製香料，也可入藥。

13薘(荙)(dá ㄉㄚˊ)(粵)dat^{9}〔達〕莙薘菜，就是'菾菜'。參見583頁'莙'字條。

13薙 (tì ㄊㄧˋ)(粵)tɐi^{3}〔替〕❶除去野草。❷同'剃'，見60頁。

13薑(△姜)(jiāng ㄐㄧㄤ)(粵)gœŋ^{1}〔羌〕多年生草本植物，地下莖黃色，味辣，可供調味用，也可入藥。

薑

13薛 (xuē ㄒㄩㄝ)(粵)sit^{8}〔屑〕周代諸侯國名，在今山東省滕縣。

13薜 (bì ㄅㄧˋ)(粵)bɐi^{6}〔弊〕〔薜荔〕常綠灌木，爬蔓，花小，葉卵形，果實球形，可做涼粉，全草和果實可入藥。

13薟(莶)(xiān ㄒㄧㄢ)(粵)him^{1}〔謙〕tsim^{1}〔簽〕(又)見660頁'豨'字條'豨薟'。

13 薢（xiè ㄒㄧㄝˋ）粵hai⁶〔械〕gai²
〔解〕（又）❶〔薢茩〕菱。❷
〔革薢〕見 587 頁'革㊀'。

13 薤（xiè ㄒㄧㄝˋ）粵hai⁶〔械〕多
年生草本植物，葉細長，
開紫色小花。鱗莖和嫩葉可以
吃。也叫'藠頭'。

13 薦（荐）（jiàn ㄐㄧㄢˋ）粵
dzin³〔箭〕❶ 推
舉，介紹（粵舉一、推一）：～
人。❷草。又指草席。

13 薪（xīn ㄒㄧㄣ）粵sen¹〔新〕柴
火：杯水車～。〔薪水〕
〔薪金〕工資，也省稱'薪'：月
～。發～。

13 薨（hōng ㄏㄨㄥ）粵gwen¹〔轟〕
古代稱諸侯或有爵位的
大官死去。

13 薯（shǔ ㄕㄨˇ）粵sy⁴〔殊〕植物
名：1.甘薯。又叫'白薯'、
'紅薯'或'番薯'，草本植物，莖
細長，塊根可以吃。2.馬鈴薯，
又叫'土豆'或'山藥蛋'，草本植
物，塊莖可以吃。〔薯蕷〕又叫
'山藥'，草本植物，開白花，
塊根可以吃，也可入藥。

13 蕭（蕭）（xiāo ㄒㄧㄠ）粵
siu¹〔消〕冷落、
沒有生氣的樣子：～然。～瑟。
～索。〔蕭條〕寂寞冷落。喻不
興旺。
〔蕭蕭〕象聲詞，馬叫聲、風聲。

13 薆　同'薆'，見本頁。

13 薆　同'萱'，見 589 頁。

13 蕭　同'蕭'，見本頁。

13 蕭　同'䔾'，見 599 頁。

13 蘋　'蘋㊀'的簡化字，見 605
頁。

13 薮　'藪'的簡化字，見 604 頁。

14 薩（薩）（sà ㄙㄚˋ）粵sat⁸
〔殺〕❶〔菩薩〕見
586 頁'菩'字條。❷姓。

14 薰（xūn ㄒㄩㄣ）粵fen¹〔芬〕❶
薰草，古書上說的一種
香草。㊁花草的香氣。❷煙、
氣侵襲：花氣～人。臭氣～人。
暖風～得遊人醉。❸和暖：～
風。❹同'熏㊀'，見 401 頁。

14 薷（rú ㄖㄨˊ）粵jy⁴〔如〕〔香薷〕
一年生草本植物，莖呈
方形，紫色，葉子卵形，花粉
紅色，果實棱色。莖和葉可以
提取芳香油。

14 薸（piāo ㄆㄧㄠ，又讀piáo ㄆㄧㄠˊ）
粵piu¹〔飄〕piu⁴〔嫖〕（又）
❶浮萍。❷〔大薸〕多年生水草，
葉子可以做豬飼料。也叫'水
浮蓮'。

14 薹（tái ㄊㄞˊ）粵tɔi⁴〔台〕❶ 多年生草本植物，生在水田裏，莖扁三稜形，葉扁平而長，可製蓑衣。❷ 韭菜、油菜、蒜等蔬菜長花的莖。

14 薺（荠）（jì ㄐㄧˋ）粵tsɐi⁵〔齊低上〕薺菜，二年生草本植物，花白色。莖葉嫩時可以吃。
㊀（qí・ㄑㄧˊ）粵tsɐi⁴〔齊〕見 581 頁'荸'字條'荸薺'。

14 藁（gǎo ㄍㄠˇ）粵gou²〔稿〕藁城縣，在河北省。

14 藉 ㊀（jiè ㄐㄧㄝˋ）粵dzik⁹〔直〕dzɛ³〔借〕（又）❶ 墊在下面的東西。❷ 墊襯：枕～。❸ 假託：～故。❹ 憑藉，依靠。
㊁（jí ㄐㄧˊ）粵dzik⁹〔直〕〔狼藉〕亂七八糟：杯盤～～。

14 藊（biǎn ㄅㄧㄢˇ）粵bin²〔扁〕〔藊豆〕就是扁豆，一年生草本植物，爬蔓，開白色或紫色的花，種子和嫩莢可以吃。

14 藎（荩）（jìn ㄐㄧㄣˋ）粵dzœn²〔進〕❶ 藎草，一年生草本植物，莖很細，花灰綠色或帶紫色，莖和葉可做黃色染料，纖維可做造紙原料。❷ 忠誠。

14 藍（蓝）（lán ㄌㄢˊ）粵lam⁴〔籃〕❶ 蓼藍，一年生草本植物，秋季開花，花落後結三稜形小果。從葉子提製的靛青可做染料，葉可入藥。❷ 用靛青染成的顏色，像晴天天空那樣的顏色。
〔藍本〕著作所根據的底本。

14 藏 ㊀（cáng ㄘㄤˊ）粵tsɔŋ⁴〔牀〕❶ 隱避：埋～。他～樹後頭。❷ 收存：～書處。儲～室。把這些東西收～起來。
㊁（zàng ㄗㄤˋ）粵dzɔŋ⁶〔撞〕❶ 儲放東西的地方：府～。寶～。❷ 佛教、道教經典的總稱：大～經。道～。〔三藏〕佛教經典'經'、'律'、'論'三部分。唐玄奘號三藏法師。❸ 西藏自治區的簡稱。
〔藏族〕中國少數民族名，參看附錄六。

14 藐（miǎo ㄇㄧㄠˇ）粵miu⁵〔秒〕❶ 小（連一小）。❷ 輕視：～視。

14 薴（△苧）（níng ㄋㄧㄥˊ）粵niŋ⁴〔寧〕有機化合物，分子式 $C_{10}H_{16}$，是一種有香味的液體。存在柑桔類的果皮中，供製香料。

14 蘤 同'花'，見 573 頁。

14 薛 '蘚'的簡化字，見 606 頁。

15 藕（ǒu ㄡˇ）粵ŋɐu⁵〔偶〕蓮的地下莖，肥大有節，中間有許多管狀小孔，可以吃。

15 **藜** (lí ㄌㄧˊ)粵lei⁴〔黎〕一年生草本植物，開黃綠色花，嫩葉可吃。莖長老了可以做拐杖。

15 **藝**(艺) (yì ㄧˋ)粵ŋɐi⁶〔毅〕❶才能，技能(⑱技－)：工～。〔藝術〕用形象來反映現實但比現實更有典型性的社會意識形態，包括音樂、舞蹈、美術、雕塑、文學、曲藝、戲劇、電影等。❷極限：貪賄無～。❸種植。也指種植方法：園～。

15 **藤** (téng ㄊㄥˊ)粵tɐŋ⁴〔騰〕❶植物名：1.紫藤，俗叫'藤蘿'，藤本植物，花紫色。2.白藤，常綠木本植物。莖細長，柔軟而堅韌，俗叫'藤子'，可以編籃、椅、箱等用具。3.藤黃，常綠喬木，果實圓形。樹脂可做黃色顏料，但有毒，不能染食品。❷蔓：葡萄～。順～摸瓜。

15 **藩** (fān ㄈㄢ)粵fan⁴〔凡〕藩籬，籬笆。❷作保衛的，封建時代用來稱屬國、屬地：～國。～屬。

15 **藪**(薮) (sǒu ㄙㄡˇ)粵seu²〔手〕❶生長着很多草的湖澤。❷人或物聚集的地方：淵～。

15 **藥**(药) (yào ㄧㄠˋ)粵jœk⁹〔若〕❶可以治病的東西：中～。苦口良～。❷有一定作用的化學物品：火～。焊～。殺蟲～。❸用藥物醫治：不可救～。❹毒殺：～老鼠。

15 **藭**(劳) (qióng ㄑㄩㄥˊ)粵kuŋ⁴〔窮〕見 571 頁'芎'字條'芎藭'。

15 **藠** (jiào ㄐㄧㄠˋ)粵kiu²〔橋高上〕kiu⁵〔橋低上〕(又)(一子、一頭)就是薤。

15 **蘊**(蕴) (yùn ㄩㄣˋ)粵wɐn⁵〔允〕wɐn³〔溫去〕(又)❶積聚，藏着(⑱－藏)。❷事理深奧處：底～。精～。

15 **藨** (biāo ㄅㄧㄠ)粵biu¹〔標〕藨草，多年生草本植物，莖可做席、鞋、紙、人造纖維等。

15 **藷** 同'薯'，見 602 頁。

15 **爇** 見火部，405 頁。

15 **蠤** 見虫部，622 頁。

16 **蘆**(芦) (lú ㄌㄨˊ)粵lik⁹〔力〕見 591 頁'荸'字條'荸薺'。

16 **藹**(蔼) (ǎi ㄞˇ)粵ɔi²〔靄〕和藹，和氣，和

善: 對人很和～。～然可親。

16 藺（蔺）（lìn ㄌㄧㄣˋ）粵len⁶
❶即燈心草。多年生草本植物，生沼澤中，莖髓可作油燈的燈心和入藥。❷姓。

16 藻（zǎo ㄗㄠˇ）粵dzou²〔早〕
❶隱花植物的一大類，沒有真正的根、莖、葉的分化，有葉綠素可以自己製造養料，種類很多，海水和淡水裏都有。❷文采: ～飾。辭～。〔藻井〕中國民族形式的建築物天花板上一方一方的彩畫。

16 藿（huò ㄏㄨㄛˋ）粵fok⁸〔霍〕
藿香，多年生草本植物，莖葉香氣很濃，可入藥。

16 蘀（蘀）（tuò ㄊㄨㄛˋ）粵tok⁸〔託〕草木脫落的皮或葉。

16 蘄（蕲）（qí ㄑㄧˊ）粵kei⁴〔其〕❶祈求。❷地名用字。〔蘄春〕縣名，在湖北省。

16 蘅（héng ㄏㄥˊ）粵heng⁴〔衡〕〔杜蘅〕多年生草本植物，開暗紫色的花。全草可入藥。

16 蘆（芦）（lú ㄌㄨˊ）粵lou⁴〔勞〕蘆葦，多年生草本植物，生在淺水裏。莖中空，可造紙、編席等。根莖可入藥。

16 蘇（苏）（sū ㄙㄨ）粵sou¹〔鬚〕❶紫蘇，一年生草本植物，莖方形，葉紫色，花紅或淡紅色，莖、葉和種子可入藥，種子可以榨油。❷假死後再活過來: 死而復～。❸指江蘇或江蘇蘇州: 劇。～繡。

16 蘑（mó ㄇㄛˊ）粵mo⁴〔磨〕蘑菇，食用蕈類，如口蘑、松蘑。

16 蘋（蘋、苹）㊀（pín ㄆㄧㄣˊ）粵pen¹〔貧〕多年生水生蕨類植物，莖橫卧在淺水的泥中，四片小葉，像'田'字。也叫'田字草'。
㊁（píng ㄆㄧㄥˊ）粵ping¹〔平〕〔蘋果〕落葉喬木，葉橢圓形，有鋸齒，開白花。果實也叫蘋果，球形，有紅、黃、綠等色，味甜或酸。

16 蘢（茏）（lóng ㄌㄨㄥˊ）粵lung⁴〔龍〕〔蘢葱〕草木茂盛的樣子。

16 蘊　同'蕴'，見 604 頁。

16 蘞　同'蔹'，見 598 頁。

16 蘐　同'萱'，見 589 頁。

16 蘂 同'蕊', 見 598 頁。

16 蘖 見子部, 465 頁。

17 蘗（niè ㄋㄧㄝˋ）⑧jit⁹〔熱〕jip⁹
〔頁〕（又）樹木砍去後又長
出來的芽子: 萌～。〔分蘗〕稻、
麥等農作物的種子生出幼苗後
在接近地面主莖的地方分枝。

17 蘘（ráng ㄖㄤˊ）⑧jœŋ⁴〔羊〕〔蘘
荷〕多年生草本植物, 花
白色或淡黃色, 結蒴果。根可
入藥。

17 蘚（苏）（xiǎn ㄒㄧㄢˇ）
sin²〔冼〕隱花植
物的一類, 莖葉很小, 沒有眞
根, 生在陰濕的地方。

17 蘞（蔹）（liǎn ㄌㄧㄢˇ）
lim⁵〔臉〕多年生
蔓生草本植物, 葉子多而細,
有白蘞、赤蘞等。

17 蘧（qú ㄑㄩˊ）⑧kœy⁴〔渠〕❶蘧
麥, 即瞿麥, 多年生草
本植物, 花淡紅色或白色, 供
觀賞, 全草可入藥。❷驚喜的
樣子。❸姓。

17 蘭（兰）（lán ㄌㄢˊ）⑧lan⁴
〔欄〕植物名: 1.
蘭花, 多年生常綠草本植物,
叢生, 葉子細長, 花味清香。
有草蘭、建蘭等多種。2.蘭草,
即澤蘭, 多年生草本植物, 葉

子卵形, 邊緣有鋸齒。有香氣,
秋末開花, 可供觀賞。全草可
入藥。

17 蠤 見虫部, 623 頁。

17 驀 見馬部, 788 頁。

19 蘸（zhàn ㄓㄢˋ）⑧dzam³〔湛〕
在汁液或粉末裏沾一下
就拿出來: ～墨水。～醬。

19 蘪（mí ㄇㄧˊ）⑧mei⁴〔眉〕〔蘪
蕪〕古書上指芎藭的苗。

19 蘿（萝）（luó ㄌㄨㄛˊ）⑧lɔ⁵
〔羅〕❶莪蒿。通
常指某些能爬蔓的植物: 蔦
～。女～。❷〔蘿蔔〕二年生草
本植物, 種類很多, 塊根也叫
蘿蔔, 可吃, 種子可入藥。

19 糵 見米部, 513 頁。

卢部

2 虎（hǔ ㄏㄨˇ）⑧fu²〔苦〕❶老
虎, 野獸名, 毛黃褐色,
有條紋。性凶猛, 能吃人和獸
類。⑨威武, 勇猛: 一員～將。
〔虎口〕1.⑩危險境地: ～～餘
生。2.手上拇指和食指相交的
地方。❷同'唬㊀', 見 108 頁。

虎

2 虏 '虜'的簡化字，見本頁。

3 虐 (nüè ㄋㄩㄝˋ)粵joek⁹〔若〕殘暴(魯暴－)：～待。

4 庇 (sī ㄙ)粵si¹〔司〕〔庇亭〕地名，在山西省襄垣縣。

4 虓 (xiāo ㄒㄧㄠ)粵hau¹〔敲〕猛虎怒吼。

4 虔 (qián ㄑㄧㄢˊ)粵kin⁴〔其言切〕恭敬：～誠。～心。

4 虑 '慮'的簡化字，見230頁。

5 處(处) ㊀(chù ㄔㄨˋ)粵tsy³〔柱高去〕❶地方：住～。各～。㊅部分，點：長～。好～。益～。❷機關，或機關、團體裏的部門：辦事～。訓導～。社會福利～。勞工～。

㊁(chǔ ㄔㄨˇ)粵tsy⁵〔柱〕❶居住：穴居野～。〔處女〕沒有結婚的女子。❷存在，置身：設身～地。～在任何環境，他都能適應。❸跟別人一起生活，交往：他們相～得很好。❹決定，

決斷。〔處分〕對犯錯誤或有罪過的人給予相當的懲戒。〔處理〕辦理，解決：這事情難～～。

5 彪 見彡部，211頁。

6 虛 (xū ㄒㄩ)粵hœy¹〔墟〕❶空(魯空－)：彈不～發。座無～席。㊅空着：～位以待。〔虛心〕不自滿，不驕傲。❷不真實的：～名。～榮。～張聲勢。〔虛詞〕意義比較抽象，有幫助造句的作用的詞(跟'實詞'相對)，如介詞、連詞等。❸心裏怯懦：做賊心～。❹衰弱：身體～弱。他身子太～了。❺指政治思想、方針、政策等方面的道理：務～。以～帶實。❻星名，二十八宿之一。

6 虜(虏) (lǔ ㄌㄨˇ)粵lou⁵〔老〕❶俘獲(魯俘－)：～獲甚衆。俘～敵軍十萬人。❷打仗時捉住的敵人(魯俘－)：交換俘～。

7 虞 (yú ㄩˊ)粵jy⁴〔如〕❶猜度，料想：以～備不～。不～有詐。❷憂慮：無～。❸欺騙：爾～我詐(互相欺騙)。❹周代諸侯國名，在今山西平陸縣東北。

7 號(号) ㊀(hào ㄏㄠˋ)粵hou⁶〔浩〕❶名

稱: 國～。別～。牌～。⑩商店: 本～。分～。❷記號, 標誌: 暗～。信～燈。做記～。❸表示次第或等級: 掛～。第一～。大～。中～。〔號外〕報社報道重要消息臨時印發的報紙。〔號碼〕代表事物次第的數目字。❹記上號數: 把這件東西～上。❺號令, 命令: 發～施令。〔號召〕召喚(大衆共同去做某一件事)。❻軍隊或樂隊裏所用的西式喇叭: 吹～。～兵。❼一個月裏的日子: 十二月一～。❽把脈: 脈。

㊁(háo ㄏㄠˊ)⑧hou⁴〔豪〕❶呼喊(⑧呼一): ～叫。北風怒～。❷大聲哭: 哀～。

7　虜　同'虜', 見607頁。

9　虢　(guó ㄍㄨㄛˊ)⑧gwik⁷〔隙〕周代諸侯國名: 1.西虢, 在今陝西省寶雞縣東。2.東虢, 在今河南省滎陽縣。

9　慮　見心部, 230頁。

9　膚　見肉部, 560頁。

10　盧　見皿部, 458頁。

11　虧(亏)　(kuī ㄎㄨㄟ)⑧kwei¹〔規〕❶缺損, 折耗: 月有盈～(圓和缺)。氣衰血～。營業～本。㊁1.缺少, 缺, 欠: 功～一簣。～秤。～理～。2.損失: 吃～(受損失)。❷虧負, 對不起: 人不～地, 地不～人。～負人的好意。❸多虧, 幸而: ～了你提醒我, 我才想起來。❹表示譏諷: ～你還學過算術, 連這麼簡單的賬都不會算。

虫部

0　虫　㊀(huǐ ㄏㄨㄟˇ)⑧wei²〔毀〕'虺'的本字。毒蛇。
㊁'蟲'的簡化字, 見621頁。

1　虬　(qiú ㄑㄧㄡˊ)⑧keu⁴〔求〕虬龍, 傳說中的一種龍。

2　虱　同'蝨', 見617頁。

2　虯　同'虬', 見本頁。

2　虮　'蟣'的簡化字, 見621頁。

3　虺　(huǐ ㄏㄨㄟˇ)⑧wei²〔毀〕古書上說的一種毒蛇。〔虺虺〕〈古〉打雷的聲音。

3　虹　㊀(hóng ㄏㄨㄥˊ)⑧hung⁴〔紅〕雨後天空中出現的彩色圓弧, 有紅、橙、黃、綠、藍、靛、紫七種顏色。是由大氣中的小水珠經日光照射發生

折射和反射作用而形成的。這
種圓弧常出現兩個，紅色在外，
紫色在內，顏色鮮豔的叫‘虹’。
也叫‘正虹’。紅色在內，紫色
在外，顏色較淡的叫‘霓’。也
叫‘副虹’。

㋁（jiàng ㄐㄧㄤˋ）粵同㋀‘虹’的俗
讀，限於單用。

虻 3（méng ㄇㄥˊ）粵moŋ⁴〔忙〕
昆蟲名，種類很多，身
體灰黑色，翅透明。生活在野
草叢裏，雄的吸植物的汁液，
雌的吸人、畜的血。

虼 3（gè ㄍㄜˋ）粵get⁷〔吉〕〔虼
蚤〕見本頁‘蚤’字條。

虵 3 同‘蛇㋀’，見 611頁。

螞 3 ‘螞’的簡化字，見 618頁。

蚁 3 ‘蟻’的簡化字，見 622頁。

虾 3 ‘蝦’的簡化字，見 617頁。

蛊 3 ‘蠱’的簡化字，見 622頁。

蚤 3 ‘蠆’的簡化字，見 622頁。

虽 3 ‘雖’的簡化字，見 758頁。

蚀 3 ‘蝕’的簡化字，見 615頁。

蚊 4（wén ㄨㄣˊ）粵men¹〔文高平〕
（－子）昆蟲名，種類很
多，幼蟲叫孑孓，生活在水裏。
雌的吸人畜的血液，有的傳染
瘧疾、流行性腦炎等。雄的吸
植物汁液。

蚋 4（ruì ㄖㄨㄟˋ）粵jœy⁶〔銳〕蚊
子一類的昆蟲，頭小，
色黑，胸背隆起，吸人畜的血
液，能傳播疾病。

蚌 4 ㋀（bàng ㄅㄤˋ）粵poŋ⁵〔旁低
上〕生活在淡水裏的一種
軟體動物，貝殼長圓形，黑褐
色，殼內有珍珠層，有的可以
產出珍珠。

㋁（bèng ㄅㄥˋ）粵同㋀〔蚌埠〕市
名，在安徽省。

蚍 4（pí ㄆㄧˊ）粵pei⁴〔皮〕〔蚍
蜉〕大螞蟻。

蚓 4（yǐn ㄧㄣˇ）粵jɐn⁵〔引〕指蚯
蚓。見 610 頁‘蚯’字條
‘蚯蚓’。

蚣 4（gōng ㄍㄨㄥ）粵guŋ¹〔公〕
見 613頁蜈字條‘蜈蚣’。

蚤 4（zǎo ㄗㄠˇ）粵dzou²〔早〕❶
虼蚤，跳蚤，昆蟲名，
赤褐色，善跳躍，寄生在人畜
的身體上，吸血液，能傳染鼠
疫等疾病。❷〈古〉同‘早’，見
288頁。

蚜 4（yá ㄧㄚˊ）粵ŋa⁴〔牙〕蚜蟲，
俗叫‘膩蟲’，能分泌一種

甜液，所以又叫‘蜜蟲’，綠色，也有橙色帶紫紅色的。生在豆類、棉花、菜類、稻、麥等的幼苗上，吸食嫩芽的汁液，害處很大。

4 **蚧** ㊀(jiè ㄐ丨ㄝ)⑧gai³〔介〕即介殼蟲，體極小，雌蟲無翅，雄蟲有前翅一對，體背有蠟質硬殼或蠟質覆蓋。種類很多，大多是果樹、林木及農作物的害蟲。

㊁(jiè ㄐ丨ㄝ)⑧gai²〔解〕gwai²〔拐〕(又)見 612 頁‘蛤’字條‘蛤蚧’。

4 **蚨** (fú ㄈㄨ)⑧fu⁴〔扶〕青蚨，古代用做銅錢的別名。

4 **蚩** (chī ㄔ)⑧tsi¹〔雌〕無知，癡愚。

4 **蚪** (dǒu ㄉㄡ)⑧dɐu²〔斗〕見 616 頁‘蝌’字條‘蝌蚪’。

4 **蚝** ㊀(cì ㄘ)⑧tsi³〔次〕毛蟲。
㊁同‘蠔’，見 623 頁。

4 **蚘** 同‘蛔’，見 612 頁。

4 **蚡** 同‘鼢’，見 829 頁。

4 **蚜** 同‘蚺’，見 611 頁。

4 **蚕** ‘蠶’的簡化字，見 624 頁。

4 **蚬** ‘蜆’的簡化字，見 613 頁。

---

5 **蚯** (qiū ㄑ丨ㄡ)⑧jɐu¹〔休〕〔蚯蚓〕一種生長在土裏的蟲子，身體由許多環節構成。它能翻鬆土壤，對農作物有益。也省稱‘蚓’。

5 **蚰** (yóu 丨ㄡ)⑧jɐu⁴〔由〕〔蚰蜒〕像蜈蚣，比蜈蚣略小，體短而稍扁，足細長，觸角長，多棲息陰濕處。

5 **蚱** (zhà ㄓㄚˋ)⑧dza³〔炸〕dzak⁸〔窄〕(又)〔蚱蜢〕一種有害的昆蟲，身體綠色或黃褐色，能隨環境而變色，觸角短，後肢特長，善跳躍，吃稻葉，不能遠飛。

蚱 蜢

5 **蚶** (hān ㄏㄢ)⑧hem¹〔堪〕(一子)俗叫‘瓦壟子’，又叫‘魁蛤’，軟體動物，貝殼厚，有突起的縱綫像瓦壟。生活在淺海泥沙中。肉味鮮美，殼供藥用。

5 **蚿** (xián ㄒ丨ㄢ)⑧jin⁴〔言〕〔馬蚿〕又名馬陸。一種像蜈蚣的蟲，體長寸餘，無毒。

5 **蛀** (zhù ㄓㄨ)⑧dzy³〔注〕❶蛀蟲，咬木器或衣物的小蟲。❷蟲子咬壞: 這塊木頭被蟲~了。

5 **蛁** 〔diāo ㄉㄧㄠ〕粵diu¹〔刁〕〔蛁蟟〕蟬的一種。

5 **蛄** 〔gū ㄍㄨ〕粵gu¹〔姑〕見619頁‘螻’字條‘螻蛄’、621頁‘蟪’字條‘蟪蛄’。

5 **蛆** 〔qū ㄑㄩ〕粵dzœy¹〔追〕tsœy¹〔吹〕〔又〕蒼蠅的幼蟲, 白色, 身體柔軟, 有環節, 多生在不潔淨的地方。

5 **蛇** 〔一shé ㄕㄜ〕粵se⁴〔余〕爬行動物, 俗叫‘長蟲’, 身體細長, 有鱗, 沒有四肢, 種類很多, 有的有毒, 捕食蛙等小動物。
〔二yí ㄧˊ〕粵ji⁴〔移〕見154頁‘委’字條‘委蛇’。

5 **蛉** 〔líng ㄌㄧㄥ〕粵liŋ⁴〔零〕〔白蛉子〕比蚊子小, 吸人、畜的血, 能傳染黑熱病。

5 **蛋** 〔dàn ㄉㄢ〕粵dan⁶〔但〕dan²〔丹 高上〕〔語〕❶鳥、龜、蛇等生的帶有硬殼的卵, 受過精的可以孵出小動物: 雞~。鴨~。蛇~。❷(-子、-兒)形狀象蛋的: 山藥~。驢糞~。

5 **蚴** 〔yòu ㄧㄡ〕粵jeu³〔幼〕縧蟲、血吸蟲等的幼體: 毛~。尾~。

5 **蚺** 〔rán ㄖㄢˊ〕粵jim⁴〔炎〕〔蚺蛇〕就是蟒蛇。

5 **蚶** 〔jiǎ ㄐㄧㄚˇ〕粵gap⁸〔甲〕蚶蟲, 即甲蟲, 體壁比較堅硬的昆蟲的通稱, 如金龜蟲、菜葉蚶等。

5 **萤** ‘螢’的簡化字, 見618頁。

5 **蛛** ‘蝀’的簡化字, 見615頁。

5 **蛊** ‘蠱’的簡化字, 見623頁。

5 **蛎** ‘蠣’的簡化字, 見623頁。

5 **蛏** ‘蟶’的簡化字, 見622頁。

6 **蛑** 〔móu ㄇㄡˊ〕粵meu⁴〔謀〕見616頁‘蝤’字條‘蝤蛑’。

6 **蛛** 〔zhū ㄓㄨ〕粵dzy¹〔朱〕蜘蛛, 節肢動物, 俗稱‘蛛蛛’。有足四對, 腹部下方有絲腺開口, 能分泌黏液, 織網黏捕昆蟲作食料。種類很多: ~網。~絲馬迹(喻綫索)。

蜘　蛛

6 **蛔** (huí ㄏㄨㄟˊ)⑧wui⁴〔回〕蛔蟲，寄生在人或其他動物腸子裏的一種蠕形動物，像蚯蚓而沒有環節。能損害人畜的健康。

6 **蛘** (yáng ㄧㄤˊ)⑧jœŋ⁴〔羊〕〈方〉生在米裏的一種小黑甲蟲。

6 **蛙** (wā ㄨㄚ)⑧wa¹〔娃〕兩棲動物，種類很多，卵孵化後為蝌蚪，逐漸變化成蛙。青蛙是常見的一種，捕食害蟲，對農作物有益。

6 **蛞** (kuò ㄎㄨㄛˋ)⑧kut⁸〔括〕〔蛞螻〕螻蛄。〔蛞蝓〕俗稱'鼻涕蟲'。一種軟體動物，身體像蝸牛，但沒有殼，爬行後留下銀白色黏液條痕，吃蔬菜或瓜果的葉子，對農作物有害。

6 **蛟** (jiāo ㄐㄧㄠ)⑧gau¹〔交〕蛟龍，古代傳說是能發洪水的一種龍。

6 **蛤** ㊀(gé ㄍㄜˊ)⑧gɐp⁸〔急中入〕蛤蜊，軟體動物，生活在近海泥沙中。體外有雙殼，顏色美麗。肉可吃。〔蛤蚧〕爬行動物，像壁虎而較大，背灰色，有紅色斑點。中醫用做強壯劑。
㊁(há ㄏㄚˊ)⑧ha¹〔蝦〕ha⁴〔霞〕（又）〔蛤蟆〕青蛙和蟾蜍的統稱。

6 **蚝** (zhà ㄓㄚˋ)⑧tsa³〔詫〕海蜇。

6 **蛩** (qióng ㄑㄩㄥˊ)⑧kuŋ⁴〔窮〕〈古〉❶蟋蟀。❷蝗蟲。

6 **蛭** (zhì ㄓ)⑧dzɐt⁹〔姪〕❶水蛭，能吸人畜的血，古時醫學上用來吸血治病。❷肝蛭，肝臟裏的一種寄生蟲，通常由螺螄和魚等傳到人體內。

6 **蛐** (qū ㄑㄩ)⑧kuk⁷〔曲〕❶〔蛐蛐兒〕蟋蟀。❷〔蛐蟮〕蚯蚓。

6 **蛕** 同'蛔'，見本頁。

6 **蛹** '蠻'的簡化字，見 624 頁。

6 **蛮** '蟄'的簡化字，見 620 頁。

6 **蛰** '蟯'的簡化字，見 621 頁。

6 **蛲** '蛺'的簡化字，見 613 頁。

6 **蛱** '蠐'的簡化字，見 622 頁。

6 **蛴** '蠣'的簡化字，見 618 頁。

6 **蛳**

7 **蛸** ㊀(xiāo ㄒㄧㄠ)⑧siu¹〔消〕〔螵蛸〕螳螂的卵塊。㊁(shāo ㄕㄠ)⑧sau¹〔梢〕〔蠨蛸〕就是蟏子。

7 **蛹** (yǒng ㄩㄥˇ)⑧juŋ²〔湧〕昆蟲從幼蟲過渡到成蟲時

的一種形態，在這個期間，不食不動，外皮變厚，身體縮短：蠶～。

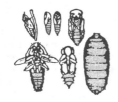

蛹

蛺（蛱）（jiá ㄐㄧㄚˊ）⑧gap⁸〔夾〕〔蛺蝶〕蝴蝶的一類，翅有各種鮮豔的色斑。前足退化或短小，觸角錘狀。

蛻（tuì ㄊㄨㄟˋ）⑧tœy³〔退〕❶蛇、蟬等脫下來的皮。❷蛇、蟬等動物脫皮。〔蛻化〕⑧變質，變壞。

蛾（㊀é ㄜˊ）⑧ŋo⁴〔娥〕（一子、一兒）像蝴蝶的昆蟲，靜止時，翅左右平放：燈～。蠶～。飛～投火。
㊁〈古〉同'蟻'，見622頁。

蜀（shǔ ㄕㄨˇ）⑧suk⁹〔熟〕❶國名，三國之一，劉備所建立（公元221—263年），在今四川省，後來擴展到貴州省、雲南省和陝西省漢中一帶。❷四川省的別稱。

蜂（fēng ㄈㄥ）⑧fuŋ¹〔風〕昆蟲名，會飛，多有毒刺，能蜇人。有蜜蜂、熊蜂、胡蜂、細腰蜂等多種，多成羣住在一起。特指蜜蜂：～糖。～蠟。～蜜。⑧衆多：～起。～擁。

蜃（shèn ㄕㄣˋ）⑧sen⁶〔慎〕sen⁵〔腎低上〕（又）蛤蜊。〔蜃景〕由於不同密度的大氣層對於光線的折射作用，把遠處景物反映在天空或地面而形成的幻景，在沿海或沙漠地帶有時能看到。也叫'海市蜃樓'。古人誤認為是大蜃吐氣而成。

蜇（㊀zhé ㄓㄜˊ）⑧dzit⁸〔折〕海蜇，海裏生的一種腔腸動物，形狀像張開的傘，可供食用。
㊁（zhē ㄓㄜ）⑧同㊀❶有毒腺的蟲子刺人或牲畜：被蠍子～了。❷某些東西刺激皮膚或器官使感不適：切洋葱～眼睛。

蜈（wú ㄨˊ）⑧ŋ⁴〔吳〕〔蜈蚣〕節肢動物，身體由許多環節構成，每節有腳一對，頭部的腳像鉤子，能分泌毒液，捕食小蟲，可入藥。

蜆（蚬）（xiǎn ㄒㄧㄢˇ）⑧hin²〔顯〕一種軟體動物，介殼形狀像心臟，有環狀紋。生在淡水軟泥裏。肉可吃，殼可入藥。

7 **蜉** (fú ㄈㄨˊ)粵feu⁴〔浮〕〔蜉蝣〕昆蟲名，幼蟲生在水中，成蟲褐綠色，有翅兩對，在水面飛行。成蟲生存期極短，交尾產卵後即死。

7 **蜊** (lí ㄌㄧˊ)粵lei⁴〔離〕見612頁'蛤'字條'蛤蜊'。

7 **蜍** (chú ㄔㄨˊ)粵tsœy⁴〔徐〕見622頁'蟾'字條'蟾蜍'。

7 **蜎** (yuān ㄩㄢ)粵jyn¹〔淵〕古書上指孑孓。

7 **蜑** (dàn ㄉㄢˋ)粵dan⁶〔但〕〔蜑民〕又作'蛋民'。過去廣東、廣西、福建內河和沿海一帶的水上居民。多以船為家，從事漁業、運輸業。

7 **蜒** (yán ㄧㄢˊ)粵jin⁴〔言〕見610頁'蚰'字條'蚰蜒'、615頁'蜿'字條'蜿蜒'。

7 **蜓** (tíng ㄊㄧㄥˊ)粵tiŋ⁴〔停〕見615頁'蜻'字條'蜻蜓'、616頁'蝘'字條'蝘蜓'。

7 **蜅** (fǔ ㄈㄨˇ)粵fu²〔苦〕〔蜅蟹〕墨魚卵乾。

7 **蜋** 同'螂'，見618頁。

7 **蜖** 同'蛔'，見612頁。

7 **蜗** '蝸'的簡化字，見617頁。

8 **蜘** (zhī ㄓ)粵dzi¹〔支〕〔蜘蛛〕見611頁'蛛'字條。

8 **蜚** ㊀(fēi ㄈㄟ)粵fei¹〔非〕〈古〉同'飛'。現在'流言飛語'的'飛'常寫作'蜚'。
㊁(fěi ㄈㄟˇ)粵fei²〔匪〕〔蜚蠊〕'蟑螂'的別稱。

8 **蜜** (mì ㄇㄧˋ)粵met⁹〔勿〕❶蜂蜜，蜜蜂採取花的甜汁釀成的東西：冬～。荔枝～。❷甜美；甜言～語。

8 **蜞** (qí ㄑㄧˊ)粵kei⁴〔其〕見621頁'蟛'字條'蟛蜞'。

8 **蜡** (zhà ㄓㄚˋ)粵dza³〔乍〕古代年終的一種祭祀名。
㊁'蠟'的簡化字，見623頁。

8 **蜢** (měng ㄇㄥˇ)粵maŋ⁵〔猛〕見610頁'蚱'字條'蚱蜢'。

8 **蜣** (qiāng ㄑㄧㄤ)粵gœŋ¹〔姜〕〔蜣螂〕俗叫'屎殼郎'，一種昆蟲，全身黑色，有光澤，會飛，吃糞、尿或動物的屍體。

8 **蜥** (xī ㄒㄧ)粵sik⁷〔色〕〔蜥蜴〕一種爬行動物，俗叫'四腳蛇'。身上有細鱗，尾巴很長，腳上有鈎爪，生活在草叢裏。

蜥 蜴

8 蜩 （tiáo ㄊㄧㄠˊ）粤 tiu⁴〔條〕古書上指蟬。

8 蜮 （yù ㄩˋ）粤 wik⁹〔域〕傳說中一種害人的動物: 鬼～(喻陰險的人)。

蜰 （féi ㄈㄟˊ）粤 fei⁴〔肥〕臭蟲。

8 蜴 （yì ㄧˋ）粤 jik⁹〔亦〕見 614頁'蜥'字條'蜥蜴'。

8 蜷 （quán ㄑㄩㄢˊ）粤 kyn⁴〔拳〕身體彎曲。〔蜷局〕拳曲不伸展。

8 蜻 （qīng ㄑㄧㄥ）粤 tsiŋ¹〔青〕〔蜻蜓〕昆蟲名，俗叫'螞螂'，胸部有翅兩對，腹部細長，常在水邊捕食蚊子等小飛蟲，是益蟲。

蜻 蜓

8 蜾 （guǒ ㄍㄨㄛˇ）粤 gwo²〔果〕〔蜾蠃〕蜂類的一種，常用泥土在牆上或樹枝上做窩，捕捉螟蛉等小蟲存在窩裏，留做將來幼蟲的食物。舊時誤認蜾蠃養螟蛉為己子，所以有把

抱養的孩子稱為'螟蛉子'的說法。

8 蜿 （一）（wān ㄨㄢ）粤 jyn¹〔淵〕〔蜿蜒〕蛇爬行的樣子。
⑤彎彎曲曲: 一條～～的小路。
（二）（wǎn ㄨㄢˇ）粤 jyn²〔婉〕〔蜿蟺〕1.蚯蚓的別名。2.屈曲盤旋。

8 蝀 （蝀） （dōng ㄉㄨㄥ，又讀 dòng ㄉㄨㄥˋ）粤 duŋ¹〔東〕duŋ³〔凍〕（又）〔蟾蝀〕也作'蟾蝀'。虹。

8 蝃 （dì ㄉㄧˋ）粤 dɐi³〔帝〕〔蝃蝀〕同'蟾蝀'。虹。

8 蜱 （pí ㄆㄧˊ）粤 pei⁴〔皮〕蜘蛛一類的動物，體形扁平，種類很多，對人、畜及農作物有害。

8 蝕 （蚀） （一）（shí ㄕˊ）粤 sik⁹〔食〕❶蟲蛀物: 蛀～。蠹～。⑤損耗，侵蝕: 剝～。腐～。風～。❷同'食❸'。日月虧缺或完全不見的現象: 日～。月～。全～。
（二）（shí ㄕˊ）粤 sit⁹〔屑低入〕虧損: ～本。把錢～光了。

8 蜂 同'蚌'，見 609頁。

8 蝒 同'蚋'，見 609頁。

8 蜨 同'蝶'，見 617頁。

8 蝈 '蟈'的簡化字,見 620 頁。

8 蝉 '蟬'的簡化字,見 621 頁。

8 蝇 '蠅'的簡化字,見 622 頁。

8 閵 見門部, 745 頁。

9 蝌 (kē ㄎㄜ)粵fo¹〔科〕〔蝌蚪〕蛙或蟾蜍的幼體,黑色,身體橢圓,有長尾。生出後腳、前腳,尾巴消失,最後變成蛙或蟾蜍。也寫作'科斗'。

9 蝎 (一)(hé ㄏㄜ)粵hot⁸〔喝〕木中蛀蟲。
(二)同'蠍', 見 622 頁。

9 蝓 (yú ㄩˊ)粵jy⁴〔如〕見 612 頁'蛞'字條'蛞蝓'。

9 蝗 (huáng ㄏㄨㄤˊ)粵wɔŋ⁴〔皇〕蝗蟲,一種吃莊稼的害蟲,常常成羣飛翔。又叫'螞蚱'。

蝗　蟲

9 蝘 (yǎn ㄧㄢˇ)粵jin²〔演〕古書上指蟬一類的昆蟲。

〔蝘蜓〕爬行類動物名, 狀如壁虎。

9 蝙 (biān ㄅㄧㄢ)粵pin¹〔編〕bin¹〔鞭〕(又)〔蝙蝠〕哺乳動物,頭和身體的樣子像老鼠。前後肢都有薄膜和身體連着,夜間在空中飛,捕食蚊、蛾等。

蝙　蝠

9 蝣 (yóu ㄧㄡˊ)粵jeu⁴〔由〕見 614 頁'蜉'字條'蜉蝣'。

9 蝤 (一)(qiú ㄑㄧㄡˊ)粵tseu⁴〔囚〕〔蝤蠐〕天牛(金龜子)的幼蟲, 身長足短, 白色。
(二)(jiū ㄐㄧㄡ)粵dzeu¹〔周〕〔蝤蛑〕生活在海裏的一種螃蟹,也叫'梭子蟹',甲殼略呈梭形,肉味鮮美。
(三)(yóu ㄧㄡˊ)粵jeu⁴〔由〕〔蜉蝤〕同'蜉蝣', 見 614 頁'蜉'字條。

蝤　蛑

9 **蝟**（wèi ㄨㄟˋ）粵 wɐi⁶〔胃〕刺
蝟，哺乳動物，身上長
着硬刺，嘴很尖，晝伏夜出，
捕食昆蟲和小動物等。〔蝟集〕
比喻事情繁多，像刺蝟的毛那
樣聚在一起：諸事～～。

9 **蝠**（fú ㄈㄨˊ）粵 fuk⁷〔福〕見
616頁'蝙'字條'蝙蝠'。

9 **蝥**（máo ㄇㄠˊ）粵 mau⁴〔矛〕❶
斑蝥，一種昆蟲，腿細長，
鞘翅上有黃黑色斑紋。可入藥。
❷同'蟊'，見620頁。

9 **蝦（虾）**（㊀xiā ㄒㄧㄚ）粵
ha¹〔哈〕節肢動
物，身上有殼，腹部有很多環
節。生活在水裏，種類很多，
可以吃。
（㊁há ㄏㄚˊ）粵ha¹〔哈〕ha⁴〔霞〕
（又）〔蝦蟆〕同'蛤蟆'。青蛙和蟾
蜍的統稱。

9 **蝨**（shī ㄕ）粵sɐt⁷〔失〕（一子
一兒）寄生在人、畜身上的一
種昆蟲，吸食血液，能傳染疾
病。

9 **蝮**（fù ㄈㄨˋ）粵fuk⁷〔福〕蝮蛇，
體色灰褐，頭部略呈三
角形，有毒牙。

9 **蝴**（hú ㄏㄨˊ）粵wu⁴〔胡〕〔蝴
蝶〕見本頁'蝶'字條。

9 **蝶**（dié ㄉㄧㄝˊ）粵dip⁹〔牒〕〔蝴
蝶〕，昆蟲名，靜止時，
四翅豎立在背部，喜在花間、
草地飛行，吸食花蜜。幼蟲多
對農作物有害。有粉蝶、蛺蝶、
鳳蝶等多種。

蝴 蝶

9 **蝸（蜗）**（wō ㄨㄛ）粵wɔ¹
〔窩〕蝸牛，一種
軟體動物，有螺旋形扁圓的硬
殼，頭部有兩對觸角。吃嫩葉，
對農作物有害。〔蝸居〕窄小
的住所。

9 **蝻**（nǎn ㄋㄢˇ）粵nam⁴〔南〕（一
子、一兒）僅有翅芽還沒
生成翅膀的蝗蟲。

9 **蝰**（kuí ㄎㄨㄟˊ）粵kwei¹〔規〕蝰
蛇，一種毒蛇，生活在
山地裏。

9 **蝟**（sōu ㄙㄡ）粵 sɐu¹〔收〕見
624頁'蠼'字條'蠼蝟'。

9 **蝲**（zī ㄗ）粵dzi¹〔支〕〔水蝲〕
〈粵方言〉一種滋生於污
水的小昆蟲。

9 **蝍**同'蠕'，見623頁。

9 蝨 同'虹'，見 609頁。

媛 同'猿'，見 419頁。

9 蝶 '蝶'的簡化字，見 623頁。

9 蝻 '蟲'的簡化字，見 619頁。

9 蝼 '蟻'的簡化字，見 619頁。

10 螃（páng ㄆㄤˊ）⑧poŋ⁴〔旁〕〔螃蟹〕見 622頁'蟹'字條。

10 蝲（蛳）（sī ㄙ）⑧si¹〔師〕〔螺蝲〕'螺'的通稱。

10 螈（yuán ㄩㄢˊ）⑧jyn⁴〔原〕見 623頁'蝶'字條蝶螈。

10 融（róng ㄖㄨㄥˊ）⑧juŋ⁴〔容〕❶固體受熱變軟或變為流體（融－化）：太陽一曬，雪就～了。蠟燭遇熱就要～化。❷融合，調和：～洽。水乳交～。～會貫通。❸流通。〔金融〕貨幣的流通，即匯兌、借貸、儲蓄等經濟活動的總稱。

10 蝽（qín ㄑㄧㄣˊ）⑧tsœn⁴〔秦〕古書上說的一種昆蟲，像蟬比蟬小。

10 螗（táng ㄊㄤˊ）⑧toŋ⁴〔唐〕又名螗蜩、蟧。蟬的一種。

10 螞（蚂）㈠（mǎ ㄇㄚˇ）⑧ma⁵〔馬〕〔螞蟥〕中國常見的為寬體螞蟥，體呈紡錘形，扁平，背面暗綠色，有五條黑色間雜淡黃的縱行條紋。能刺傷皮膚，吸人畜的血。〔螞蟻〕蟻。參看 622頁'蟻'字條。
㈡（mā ㄇㄚ）⑧ma¹〔媽〕〔螞螂〕〈方〉蜻蜓。
㈢（mà ㄇㄚˋ）⑧ma⁶〔罵〕〔螞蚱〕1.蝗蟲的俗名。2.蚱蜢。

10 螟（míng ㄇㄧㄥˊ）⑧miŋ⁴〔明〕螟蟲，螟蛾的幼蟲，有許多種，如三化螟、二化螟、大螟、玉米螟等。危害農作物。〔螟蛉〕一種綠色小蟲。⑱養子，抱養的孩子。也叫'螟蛉子'。參看'蜾蠃'。

10 螢（萤）（yíng ㄧㄥˊ）⑧jiŋ⁴〔仍〕螢火蟲，一種能發光的昆蟲，黃褐色，尾部有發光器。

10 螣（téng ㄊㄥˊ）⑧teŋ⁴〔騰〕螣蛇，古書上說的一種能飛的蛇。

10 螅（xī ㄒㄧ）⑧sik⁷〔色〕〔水螅〕一種腔腸動物，身體圓筒形，上端有小觸手，附着在池沼、水溝中的水草上。

10 螂（láng ㄌㄤˊ）⑧loŋ⁴〔郎〕見 619頁'螳'字條'螳螂'、614頁'蜣'字條'蜣螂'、620頁

'蟑'字條'蟑螂'、618 頁'螞'字條'螞螂'。

10 **蟁** 同'蟁',見 617頁。

10 **螘** 同'蟻',見 622頁。

10 **蠹** 同'蠹',見 624頁。

10 **螨** '蟎'的簡化字,見 620頁。

11 **螫** ㊀(shì ㄕˋ)粵sik⁷〔色〕有毒腺的蟲子如蜂、蠍等刺人或牲畜。
㊁(zhē ㄓㄜ)粵同㊀ 義同㊀,用於口語。

11 **螭** (chī ㄔ)粵tsi¹〔雌〕古代傳說中一種沒有角的龍。古代建築或工藝品上常用它的形狀作裝飾。

11 **螬** (cáo ㄘㄠˊ)粵tsou⁴〔曹〕見 622頁'蠐'字條'蠐螬'。

11 **蝃(蝀)** (dì ㄉㄧˋ)粵dei³〔帝〕〔蝃蝀〕也作'螮蝀'。虹。

11 **螯** (áo ㄠˊ)粵ou⁴〔遨〕螃蟹等甲殼動物變形的第一對腳,形狀像鉗子,能開合,用來取食、自衛。

11 **螳** (táng ㄊㄤˊ)粵tɔŋ⁴〔堂〕就是螳螂:~臂當車(喻做事不自量力必然失敗)。〔螳螂〕俗叫'刀螂',是一種食蟲性昆蟲。前腳很發達,好像鐮刀,頭為三角形,觸角呈絲狀。

螳　螂

11 **螵** (piāo ㄆㄧㄠ)粵piu¹〔飄〕〔螵蛸〕螳螂的卵塊。

11 **螺** (luó ㄌㄨㄛˊ)粵lɔ⁴〔羅〕lɔ²〔裸〕〔語〕❶一種軟體動物,有硬殼,殼上有旋紋:田~。海~。〔螺旋〕1.根據斜面原理製成的一種簡單機械。2.螺旋形的:~~槳。〔螺絲〕應用螺旋原理做成的使物體固定或把兩個物體連結起來的東西,有螺絲釘和螺絲母。〔螺螄〕'螺'的通稱。❷同'腡'。手指紋。

11 **螻(蝼)** (lóu ㄌㄡˊ)粵leu⁴〔流〕指螻蛄。〔螻蛄〕也叫'喇喇蛄'、'土狗子',是一種對農作物有害的昆蟲,褐色,有翅,前腳很強,能掘地,咬食農作物的根。

11 **䗪** (zhè ㄓㄜˋ)粵dze³〔借〕䗪蟲,即土鱉。體扁,褐黑色,雄的有翅,雌的無翅。雌的製乾後可入藥。

11 蝨 （zhōng ㄓㄨㄥ）粵 dzuŋ¹
〔宗〕螽斯，一種害蟲，身體綠色或褐色，善跳躍，樣子像蚱蜢，吃農作物。雄的前翅有發聲器，顫動翅膀能發聲。

螽斯

11 蟀 （shuài ㄕㄨㄞ）粵 sœt⁷〔摔〕
見本頁'蟋'字條'蟋蟀'。

11 蟄（蟄） （zhé ㄓㄜˊ）粵 dzik⁹
〔直〕 dzet⁹〔姪〕
（又）動物冬眠，藏起來不食不動：～伏。入～。～蟲。

11 蟆 （má ㄇㄚˊ）粵 ma⁴〔麻〕 mou¹
〔無高平〕（又）見 612 頁 '蛤'字條'蛤蟆'。

11 蟈（蝈） （guō ㄍㄨㄛ）粵 gwɔk⁸〔國〕〔蟈蟈〕（一兒）一種昆蟲，身體綠色或褐色，翅短，腹大，雄的前翅根部有發聲器，能振翅發聲。對植物有害。

11 蟊 （máo ㄇㄠˊ）粵 mau⁴〔矛〕吃苗根的害蟲。〔蟊賊〕喻對人民有害的人。

11 蟋 （xī ㄒㄧ）粵 sik⁷〔色〕〔蟋蟀〕北方俗叫'蛐蛐兒'，是一種有害的昆蟲，身體黑褐色，雄的好鬥，兩翅摩擦能發聲。

蟋 蟀

11 蟑 （zhāng ㄓㄤ）粵 dzœŋ¹〔章〕〔蟑螂〕一種有害的昆蟲，黑褐色，有光澤，常在夜裏偷吃食物，能發臭氣。也叫'蜚蠊'。

蟑 螂

11 蟎（螨） （mǎn ㄇㄢˇ）粵 mun⁵〔滿〕蛛形動物的一種，體形微小，多數為圓形或卵形，頭胸腹無明顯分界，有足四對，下頸隱藏無齒。有的危害人畜，傳染疾病，並危害農作物。

11 蟒（mǎng ㄇㄤ）粵moŋ5〔網〕
一種無毒的大蛇，背有黃褐色斑紋，腹白色，常生活在近水的森林裏，捕食小禽獸。

蟒蛇

11 蠭 同'蜂'，見 613 頁。

11 蟓 同'蚓'，見 609 頁。

11 蟲 同'蚊'，見 609 頁。

11 蟏 '蠨'的簡化字，見 623 頁。

12 螃（péng ㄆㄥ）粵paŋ4〔彭〕
〔螃蟹〕形似螃蟹，身體小，生長在水邊，對農作物有害。

12 蟠（pán ㄆㄢ）粵pun4〔盤〕屈曲，環繞。

12 蟢（xǐ ㄒㄧ）粵hei2〔起〕（一子）又叫'喜蛛'或'蠨蛸'，一種長腿的小蜘蛛。也作'喜子'。

12 蟣（虮）（jǐ ㄐㄧˇ）粵gei2〔己〕（一子）蝨子的卵。

12 蟥（huáng ㄏㄨㄤˊ）粵woŋ4〔黃〕
見 618 頁'螞'字條'螞蟥'。

12 蟪（huì ㄏㄨㄟˋ）粵wei6〔惠〕〔蟪蛄〕一種蟬，比較小，青紫色。也叫'伏天兒'。

12 蟫（yín ㄧㄣˊ）粵jem4〔吟〕tam4〔潭〕（又）古書上指衣魚，也叫'蠹魚'，一種咬衣服、書籍的小蟲。

12 蟬（蝉）（chán ㄔㄢˊ）粵sim4〔嬋〕昆蟲名，又叫'知了'，雄的腹面有發聲器，叫的聲音很大。
〔蟬聯〕接續不斷：～～世界冠軍。

蟬

12 蟯（蛲）（náo ㄋㄠˊ）粵jiu4〔搖〕蟯蟲，寄生在人體的小腸下部和大腸裏的一種動物，長約一厘米，白色綫狀，雌蟲在夜裏爬到肛門處產卵，多由手、水或食物傳染。

12 蟲（△虫）（chóng ㄔㄨㄥˊ）粵tsuŋ4〔松〕

蟲子，昆蟲。〔大蟲〕老虎。

12 **蟺** ㊀(shàn ㄕㄢˋ)粵sin⁶〔善〕
〔蚰蟺〕也作'曲蟺'、'曲蟮'，即蚯蚓。
㊁同'鱔'，見 807 頁。

12 **蟟** (liáo ㄌㄧㄠˊ)粵liu⁴〔聊〕〔蛁蟟〕蟬的一種。

12 **蠁**(䖵) (xiǎng ㄒㄧㄤˇ)粵hœŋ²〔享〕知聲蟲，也叫'地蛹'。

12 **蠁** (xiàng ㄒㄧㄤˋ)粵dzœŋ⁶〔象〕'蟓'的古名。

13 **蟶**(蛏) (chēng ㄔㄥ)粵tsiŋ¹〔清〕(一子)一種軟體動物，貝殼長方形，淡褐色，生活在沿海泥沙中，肉味鮮美。

13 **蟹** (xiè ㄒㄧㄝˋ)粵hai⁵〔駭〕螃蟹，節肢動物，種類很多，水陸兩棲，全身有甲殼。前面的一對腳長成鉗狀，叫螯。橫着走。腹部分節，俗叫臍，雄的尖臍，雌的圓臍。

13 **蟮** (shàn ㄕㄢˋ)粵sin⁶〔善〕〔蜿蟮〕見 615 頁'蜿㊀'。
㊁同'鱔'，見 807 頁。

13 **蟻**(蚁) (yǐ ㄧˇ)低上)粵ŋɐi⁵〔危低上〕螞蟻，昆蟲名，多在地下做窩成羣住着，種類很多。

13 **蟾** (chán ㄔㄢˊ)粵sim⁴〔蟬〕指蟾蜍：~宮(指月亮)。

〔蟾酥〕蟾蜍表皮腺體和耳後腺的分泌物，可入藥。〔蟾蜍〕俗叫'癩蛤蟆'。兩棲動物，皮上有許多疙瘩，內有毒腺。

13 **蠃** (luǒ ㄌㄨㄛˇ)粵lɔ²〔裸〕見615頁'蜾'字條'蜾蠃'。

13 **蠅**(蝇) (yíng ㄧㄥˊ)粵jiŋ⁴〔迎〕(一子)蒼蠅，產卵在骯髒腐臭的東西上，幼蟲叫蛆。能傳染疾病等疾病，害處很大。

13 **蠆**(虿) (chài ㄔㄞˋ)粵tsai³〔猜去去〕古書上說的蠍子一類的毒蟲。

13 **蠋** (zhú ㄓㄨˊ)粵dzuk⁷〔捉〕蝴蝶、蛾子等的幼虫。

13 **蠍** (xiē ㄒㄧㄝ)粵hit⁸〔歇〕kit⁸〔揭〕(又)(一子)一種節肢動物，卵胎生。下腮長成鉗子的樣子，胸腳四對，後腹狹長，末端有毒鈎，用來防敵和捕蟲，乾製後可入藥。

13 **蠊** (lián ㄌㄧㄢˊ)粵lim⁴〔廉〕見614頁'蜚'字條'蜚蠊'。

13 **蠏** 同'蟹'，見本頁。

13 **蠁** 同'蠁'，見本頁。

14 **蠐**(蛴) (qí ㄑㄧˊ)粵tsɐi⁴〔齊〕〔蠐螬〕金龜子的幼蟲，一寸多長，圓筒形，白色，身上有褐色毛，生活在土裏，吃農作物的根和莖。

14 蠑(蠑)（róng ㄖㄨㄥˊ）粵wiŋ⁴〔榮〕〔蠑螈〕一種兩棲動物，形狀像蜥蜴。

14 蠓（měng ㄇㄥˇ）粵muŋ⁵〔蒙低上〕蠓蟲，昆蟲名，比蚊子小，褐色或黑色，雌的吸人、畜的血，能傳染疾病。

14 蠔（háo ㄏㄠˊ）粵hou⁴〔豪〕牡蠣。～油（用牡蠣肉製成的醬油，供食用）。

14 蠕（rú ㄖㄨˊ）粵jy⁴〔如〕像蟲類那樣慢慢地行動：～動。〔蠕形動物〕舊時動物分類中的一大類。體長而柔軟，如蛔蟲、縧蟲等。

14 蠖（huò ㄏㄨㄛˋ）粵wɔk⁹〔獲〕尺蠖，尺蠖蛾的幼虫，生長在樹上，顏色像樹皮，行動時身體一屈一伸地前進，是害蟲。

15 蠛（miè ㄇㄧㄝˋ）粵mit⁹〔滅〕〔蠛蠓〕古書上指蠓。見本頁'蠓'字條。

15 蠟(△蜡)（là ㄌㄚˋ）粵lap⁹〔臘〕❶動物、植物或礦物所產生的某些油質，具有可塑性，易溶化，不溶於水，如蜜蠟、白蠟、石蠟等。❷蠟燭，用蠟或其他油脂製成的照明的東西，多為圓柱形，中心有捻，可以燃點。

15 蠡 ㊀(lǐ ㄌㄧˇ）粵lei⁵〔禮〕❶蟲蛀木。❷蠡縣，在河北省。㊁(lí ㄌㄧˊ）粵lei⁴〔黎〕lei⁵〔禮〕（又）瓢瓢：以～測海（喻見識淺薄）。

15 蠢（chǔn ㄔㄨㄣˇ）粵tsœn²〔春高上〕❶愚笨，笨拙（働愚一）：～才。❷蟲子爬動。〔蠢動〕働壞人的擾亂活動。

15 蠣(蛎)（lì ㄌㄧˋ）粵lei⁶〔麗〕牡蠣，一種軟體動物，身體呈卵圓形，有兩面殼，生活在淺海泥沙中，肉味鮮美。殼燒成灰，可入藥。也叫'蠔'。

15 蠚（hē ㄏㄜ）粵kɔk⁸〔確〕蟲類咬刺。

16 蠹 同'蠶'，見 624 頁。

17 蠱(蛊)（gǔ ㄍㄨˇ）粵gu²〔古〕把許多毒蟲放在器皿裏，使互相吞食，最後剩下不死的毒蟲叫蠱，舊時傳說可用來毒害人。（蠱惑）使人心意迷惑：～～人心。2.〈粵方言〉用作形容詞，指鬼計多端：他人很～～。

17 蠲（juān ㄐㄩㄢ）粵gyn¹〔捐〕免除：～免。

17 蠨(蟏)（xiāo ㄒㄧㄠ）粵siu¹〔消〕〔蠨蛸〕就是蟢子。

17 螽 同‘蜂’，見 613 頁。

17 蠆 同‘蟻’，見 623 頁。

18 蠶蟲（蚕）(cán ㄘㄢˊ)粵tsam⁴〔慚〕家蟲，又叫‘桑蟲’，吃桑葉長大，蛻皮時不食不動，俗叫‘眠’。蟲普通經過四眠就吐絲做繭，蟲在繭裏變成蛹，蛹變成蟲蛾。蟲吐的絲可織綢緞。另有‘柞蟲’，也叫‘野蟲’，吃柞樹的葉子。柞蟲的絲可織綢緞。

18 蠜（quán ㄑㄩㄢˊ）粵kyn⁴〔權〕一種小甲蟲，喜食瓜葉，是瓜類的主要害蟲。

18 蠹蟲（dù ㄉㄨˋ）粵dou³〔到〕❶蛀蝕器物的蟲子：木～。書～。～魚。❷蛀蝕：戶樞不～。

18 蠮 同‘蠖’，見本頁。

19 蠻（蛮）(mán ㄇㄢˊ）粵man⁴〔萬低平〕❶粗野，不通情理(蠻一橫、野一)：～不講理。胡攪～纏。㋐愣，強悍：～勁不小。只是～幹。❷中國古代稱南方的民族。❸〈方〉很：～好。～快。

20 蠷蠼（qú ㄑㄩˊ）粵key⁴〔渠〕〔蠷蠼〕也作‘蠼螋’。昆蟲名，黑褐色，體扁平狹長，腹端有鋏狀尾鬚一對，生活在潮濕地方，危害家蠶等。

血部

0 血（㊀（xuè ㄒㄩㄝˋ）粵hyt⁸〔何決切中入〕❶血液，動物體內的一種紅色液體(由紅細胞、白細胞、血小板和血漿組成)，周身循環，分配養分給各組織，同時把廢物帶到排洩器官內：～壓。～泊。～泊。❷同一祖先的：～統。～緣。～族。❸比喻剛強熱烈：～性。❹紅色：～色。❺女子月經。
㊁（xiě ㄒㄧㄝˇ）粵同㊀ 義同㊀，用於口語。

2 卹 見卩部，78 頁。

3 衄 同‘衄’，見本頁。

4 衄（nǜ ㄋㄩˋ）粵nuk⁹〔娜玉切低入〕鼻衄，鼻孔流血。

4 衃（pēi ㄆㄟ）粵pui¹〔胚〕凝聚的死血。

5 衇 同‘脈㊀’，見 554 頁。

5 衆 ‘衆’的簡化字，見 714 頁。

6 衆 同‘眾’，見 461 頁。

6 衇 同'脈㊀'，見 554 頁。

15 衊(△蔑) (miè ㄇㄧㄝ˙)働
mit⁹ (滅) 誣
毀。〔污衊〕〔誣衊〕造謠毀壞別
人的名譽。

行部

0 行 ㊀(xíng ㄒㄧㄥˊ)働heŋ⁴(恆)
❶走：日～千里。～。
(粵口語讀如'坑'的低平聲)
出外時用的：～裝。～篋。〔行
李〕出外時所帶的包裹箱子等。
〔行頭〕演舊戲時穿戴的衣物。
❷流通，傳遞：～銷。通～世
界。發～報刊、書籍。❸流動
性的，臨時性的：～灶。～商。
～營。❹進行：另～通知。即
～查處。❺做，辦：～禮。舉
～。～醫。實～。❻可以：不
學習不～。❼能幹：你真～。
❽將要：～將畢業。❾樂府和
古詩的一種體裁。
㊁(xíng ㄒㄧㄥˊ, 舊讀xìng ㄒㄧㄥˋ)
働heŋ⁶(杏)足以表明品質的舉
止行動：言～。品～。罪～。
㊂(háng ㄏㄤˊ)働hoŋ⁴(杭)❶行
列，排：單～。雙～。楊柳成
～。❷職業：各～各業。咱們
是同～。〔行家〕精通某種事務

的人。❸某種營業機構：銀～。
電料～。❹〔行市〕市場上商品的
一般價格。❹量詞，用於成行
的東西：一～字。
㊃(háng ㄏㄤˊ)働同㊂兄弟、姊
妹長幼的次序：排～第三。

3 衍 (yǎn ㄧㄢˇ)働jin²(演)hin²
〔顯〕(又)❶延長，開展：
推～。❷多餘的(指文字)：～
文(書籍中因繕寫、刻版、排
版錯誤而多出來的字句)。

3 衎 (kàn ㄎㄢˋ)働hon³(漢)❶
快樂。❷剛直。

5 衒 同'炫❷'，見 394 頁。

5 術(木) (shù ㄕㄨˋ)働sœt⁹
〔述〕❶技藝：武
～。技～。美～。〔術語〕學術
和各種工藝上的專門用語。❷
手段，策略，方法：戰～。防
禦之～。

6 衕 (tòng ㄊㄨㄥˋ)働tuŋ⁴〔同〕見
626頁'衚'字條'衚衕'。

6 街 (jiē ㄐㄧㄝ)働gai¹〔佳〕兩邊
有房屋的，比較寬闊的
道路。通常指開設商店的地
方：大～小巷。上～。〔街坊〕
鄰居。
〔街市〕〈粵方言〉菜市場。

6 衖 ㊀同'弄㊀'，見 205 頁。
㊁同'巷'，見 192 頁。

7 衙 (yá ㄧㄚˊ)粵nga⁴〔牙〕衙門，舊時官員辦公的機關：官～。

9 衚 (hú ㄏㄨˊ)粵wu⁴〔胡〕〔衚衕〕同'胡同'。巷。

9 衝(冲) ㊀(chōng ㄔㄨㄥ)粵tsuŋ¹〔充〕❶通行的大道：要～。這是～要地方。❷快速向前闖：～鋒。橫～直撞。〔衝突〕1.互相撞擊或爭鬥。2.意見不同，互相抵觸。〔衝動〕沒經過仔細思考而突然產生的情緒或行動。❸直上，升：～入雲霄。❹太陽系中，除水星和金星外，其餘的某一個行星(如火星、木星或土星)運行到跟地球、太陽成一條直綫而地球正處在這個行星與太陽之間的位置時，叫做衝。

㊁(chòng ㄔㄨㄥˋ)粵tsuŋ³〔充高去〕tsuŋ¹〔充〕(又)❶對着，向：～南的大門。～着這樹看。❷猛烈：這小伙子有股～勁兒。水來得猛。大蒜氣味～。❸憑，根據：～他這股子鑽勁兒，一定能學會修理電腦。

9 衞 同'衛'，見本頁。

10 衛(卫) (wèi ㄨㄟˋ)粵wei⁶〔胃〕❶保護，防護(衞保一)：捍～。自～。〔衞生〕保護身體的健康，預防疾病：個人～～。環境～～。❷防護人員：警～。後～。❸文言指驢：策雙～來迎。❹明代駐兵的地點，後來只用於地名：威海～。❺周代諸侯國名，在今河南省北部和河北省南部一帶。

10 衡 ㊀(héng ㄏㄥˊ)粵heŋ⁴〔恆〕❶稱東西輕重的器具。❷稱量：～其輕重。〔衡量〕1.稱輕重。2.評定高低好壞：考試只是～～學習成績的一種辦法。
㊁(héng ㄏㄥˊ)粵waŋ⁴〔橫〕〈古〉同'橫'。'縱橫'也作縱衡。

10 衠 (zhūn ㄓㄨㄣ)粵dzœn¹〔津〕〈方〉純粹，純。

18 衢 (qú ㄑㄩˊ)粵kœy⁴〔渠〕大路，四通八達的道路：通～。

衣(衤)部

0 衣 ㊀(yī ㄧ)粵ji¹〔醫〕❶衣服。〔衣裳〕衣服。❷披或包在物體外面的東西：炮～。糖～。❸果實的皮、膜：花生～。芋～。
〔衣車〕〈粵方言〉縫紉機。
㊁(yì ㄧˋ)粵ji³〔意〕穿：～錦還

鄉。解衣～我。

2 **补** ‘補’的簡化字，見 631 頁。

2 **初** 見刀部，57 頁。

3 **表** ㊀(biāo ㄅㄧㄠ)粵biu²〔標高上〕❶外部，跟‘裏’相反：1.在外的：～面。～皮。2.外面，外貌：外～。～裏如一。虛有其～。❷表示，顯示：略～心意。〔表白〕說明自己的心意對人進行解釋，分清責任。〔表決〕會議上用一定的方式取得多數意見而做出決定：這個議案已經～～通過了。〔表現〕1.顯露：他～～得很勇敢。2.所顯露的行為、作風：他在工作中的～～還不錯。3.故意顯示自己的才能(含貶義)。❸中醫指用藥物把感受的風寒發散出來：發汗解～。❹分類分項記錄事物的東西：歷史年～。時間～。統計～。❺計量某種量的器具：溫度～。❻標準，榜樣：為人師～。〔表率〕榜樣：他們是現代青年的～～。❼稱呼父親或祖父的姊妹、母親或祖母的兄弟姊妹生的子女，用來表示親屬關係：～兄弟。～叔。～姑。❽封建時代稱臣子給君主的奏章，如諸葛亮《出師表》、李密《陳情表》。❾採用表格形式編纂的著述，如《史記》有《十二諸侯年表》。〔表表者〕古漢語詞匯，粵方言仍常使用。指突出的，卓異的。㊁‘錶’的簡化字，見 731 頁。

3 **衩** ㊀(chà ㄔㄚ)粵tsa³〔岔〕衣服旁邊開口的地方。㊁(chā ㄔㄚ)粵同㊀〔褲衩〕短褲：三角～～。

3 **衫** (shān ㄕㄢ)粵sam¹〔三〕上衣，單褂：長～。襯～。

3 **衬** ‘襯’的簡化字，見 635 頁。

4 **袂** ㊀(fū ㄈㄨ)粵fu¹〔夫〕衣服的前襟。㊁(kù ㄎㄨ)粵fu³〔富〕〈粵方言〉‘褲’的俗字。

4 **袞** (gǔn ㄍㄨㄣ)粵gwen²〔滾〕古代君王及上公的禮服：～服。

4 **衰** ㊀(shuāi ㄕㄨㄞ)粵sœy¹〔須〕事物發展轉向微弱(粵—微)：～敗。～老。神經～弱。〔衰變〕化學上指放射性元素放射出粒子後變成另一種元素。㊁(cuī ㄘㄨㄟ)粵tsœy¹〔催〕〈古〉❶等衰，等差，等次。❷同‘縗’。古時的喪服。

4 **衲** (nà ㄋㄚ)粵nap⁶〔納〕❶僧衣。粵僧人：老～。❷同‘納❸’。補綴，縫補。

4 衵 (nì ㄋㄧˋ)粵nik⁷〔匿〕貼身內衣。

4 衷 (zhōng ㄓㄨㄥ)粵dzuŋ¹〔中〕tsuŋ¹〔沖〕(又)內心:由~之言。苦~。無動於~。

4 衽 (rèn ㄖㄣˋ)粵jem⁶〔任〕〈古〉❶衣襟。❷衽席,睡覺時用的席子。

4 衾 (qīn ㄑㄧㄣ)粵kem¹〔襟〕被子:~枕。

4 衿 (jīn ㄐㄧㄣ)粵kem¹〔襟〕❶襟:青~(舊時念書人穿的衣服)。❷繫衣裳的帶子。

4 袁 (yuán ㄩㄢˊ)粵jyn⁴〔元〕姓。

4 袂 (mèi ㄇㄟˋ)粵mei⁶〔迷低去〕衣袖:聯~(結伴)赴京。〔分袂〕離別。

4 祇 同'衹⊟',見 478 頁。

4 裊 '裊'的簡化字,見 630 頁。

4 袴 '褲'的簡化字,見 632 頁。

4 袄 '襖'的簡化字,見 634 頁。

4 宸 見戶部,238 頁。

5 袈 (jiā ㄐㄧㄚ)粵ga¹〔加〕〔袈裟〕僧尼披在外面的一種法衣。

5 袋 (dài ㄉㄞˋ)粵doi⁶〔代〕❶(一子、一兒)口袋,衣兜或用布、皮、紙等做成的盛東西的器物:布~。衣~。文件~。❷量詞:一~麪粉。

5 袍 (páo ㄆㄠˊ)粵pou⁴〔葡〕(一子、一兒)長衣:棉~。~笏登場(登臺演戲,比喻上臺做官,含有諷刺的意思)。

5 袒 (tǎn ㄊㄢˇ)粵tan²〔坦〕❶脫去上衣,露出身體的一部分:~胸露臂。❷袒護,不公正地維護一方面:左~。偏~。

5 袖 (xiù ㄒㄧㄡˋ)粵dzeu⁶〔就〕❶(一子、一兒)衣服套在胳膊上的部分。〔袖珍〕小型的:~~字典。❷藏在袖子裏:~着手。~手旁觀。

5 袗 (zhěn ㄓㄣˇ)粵tsen²〔診〕dzen²〔賑上〕(又)單衣。

5 袢 ⊖(fán ㄈㄢˊ)粵fan⁴〔凡〕夏天穿的白色內衣。
⊜(pàn ㄆㄢˋ)粵pan³〔盼〕❶同'襻',見635頁。❷見629頁'袷⊜'。

5 袤 (mào ㄇㄠˋ)粵meu⁶〔茂〕南北距離的長度:廣~數千里。

5 袪 (qū ㄑㄩ)粵kœy¹〔拘〕❶袖口。❷去掉,除去。也作'祛'。

5 **被** ㊀(bèi ㄅㄟˋ)⑧pei⁵〔婢〕(一子)睡覺時覆蓋身體的東西: 棉~。毛巾~。
㊁(bèi ㄅㄟˋ)⑧bei⁶〔避〕❶介詞,介紹主動的人物並使動詞含有受動的意義: 他~老闆罵了一頓。❷放在動詞前, 表示遭、受: ~害。~打。
㊂(古)同'披', 見 245 頁。

5 **袠** 同'帙', 見 193 頁。

5 **袟** 同'帙', 見 193 頁。

5 **袞** 同'衮', 見 627 頁。

5 **袜** '襪'的簡化字, 見 635 頁。

5 **袭** '襲'的簡化字, 見 635 頁。

5 **裆** '襠'的簡化字, 見 634 頁。

6 **袱** (fú ㄈㄨˊ)⑧fuk⁹〔服〕❶古代婦女的包頭巾。❷(一子)包裹、覆蓋用的布塊。〔包袱〕1.包裹衣物的布塊。2.用布塊包成的包裹: 白布~。⑩心理上的負擔或使行動受到牽制的障礙: 思想~~。

6 **袷** ㊀(jiá ㄐㄧㄚˊ)⑧gap⁸〔甲〕又作'裌'、'夾'。兩層的衣物: ~被。~衣。~褲。
㊁(jié ㄐㄧㄝˊ)⑧gip⁸〔劫〕古時交疊於胸前的衣領。
㊂(qiā ㄑㄧㄚ)⑧hep⁹〔洽〕〔袷袢〕新疆維吾爾、塔吉克等少數民族所穿的對襟長袍。

6 **袺** (jié ㄐㄧㄝˊ)⑧git⁸〔結〕用手把衣襟向上提起兜東西。

6 **袼** (gē ㄍㄜ)⑧gok⁸〔各〕❶衣袖上端靠腋下的部分。❷〔袼褙〕用紙或布裱糊成的厚片, 多用來做紙盒、布鞋等。

6 **袖** (yīn ㄧㄣ)⑧jen¹〔因〕❶夾衣, 兩層的衣服。❷墊子, 褥子。

6 **裁** (cái ㄘㄞˊ)⑧tsɔi⁴〔才〕❶用剪子剪布或用刀子割紙: ~衣服。對~(把整張紙平均裁為兩張)。〔裁縫〕以做衣服為職業的人。❷削減, 去掉一部分: ~軍。~員。❸決定, 判斷: ~奪。~決。~判。❹安排取捨(多用於文學藝術): 別出心~。《唐詩別裁》。❺節制, 抑止: 制~。❻文章的體制: 體~。❼刎頸: 自~(自殺)。

6 **裂** ㊀(liè ㄌㄧㄝˋ)⑧lit⁹〔列〕❶破開, 開了縫: ~痕。~縫。手凍~了。感情破~。四分五~。❷扯破, 裁剪: ~帛。
㊁(liě ㄌㄧㄝˇ)⑧同㊀(方)東西的兩部分向兩旁分開: 衣服沒扣

好，～着懷。

6 裉 (kèn ㄎㄣˋ)⑧keŋ³〔卡凳切〕又作'褃'。衣服腋下前後相連的部分：煞～（把裉縫上）。抬～（稱衣服從肩到腋下的寬度）。

6 裒 (póu ㄆㄡˊ)⑧peu⁴〔皮牛切〕❶聚集：～集。～輯。❷減少：～多益寡（減有餘補不足）。

6 袴 同'褲'，見633頁。

6 袘 同'袿'，見628頁。

6 褻 '藝'的簡化字，見633頁。

6 裆 '襠'的簡化字，見634頁。

6 裈 '褌'的簡化字，見632頁。

6 装 '裝'的簡化字，見631頁。

7 裊 (裛) (niǎo ㄋㄧㄠˇ)⑧niu⁵〔鳥〕〔裊娜〕草木柔軟細長。〔裊裊〕1.煙氣繚繞上騰的樣子：炊煙～～。2.細長柔軟的東西隨風擺動的樣子：垂楊～～。3.聲音綿延不絕：餘音～～。

7 裋 (shù ㄕㄨˋ)⑧sy⁶〔樹〕古代童僕穿的一種粗布衣服。

7 裎 (chéng ㄔㄥˊ)⑧tsiŋ⁴〔情〕脫衣露體。

7 裏 (△里) ㊀(lǐ ㄌㄧˇ)⑧lei⁵〔里〕（～子、～兒）衣物的內層，跟'表'、'面'相反：衣裳～兒。被～。鞋～子。棉袍～兒。㊁(lǐ ㄌㄧˇ)⑧lœy⁵〔呂〕裏面，內部，跟'外'相反：屋子～。城～。手～。箱子～。㋑一定範圍以內：夜～。這～。哪～?〔裏手〕1.（～兒）靠裏的一邊，靠左邊。2.〈方〉內行，行家：他是畫梅～～。

7 裔 (yì ㄧˋ)⑧jœy⁶〔銳〕❶後裔，後代子孫。❷邊，邊遠的地方：四～。

7 裕 (yù ㄩˋ)⑧jy⁶〔預〕❶豐富，寬綽：生活富～。家裏很寬～。時間不充～。應付～如。❷使富足：富國～民。〔裕固〕裕固族，中國少數民族名，參看附錄六。

7 裘 (qiú ㄑㄧㄡˊ)⑧keu⁴〔求〕皮衣：集腋成～（比喻積少成多）。

7 裙 (qún ㄑㄩㄣˊ)⑧kwen⁴〔羣〕❶（～子、～兒）一種圍在下身的服裝。❷鼈甲邊緣的肉質部分。

7 裛 (yì ㄧˋ)⑧jɐp⁷〔邑〕書套。

7 **補**（补）(bǔ ㄅㄨˇ) 粤bou²〔寶〕❶把殘破的東西加上材料修理完整：～衣服。～鍋。❷把缺少的充實起來或添上(粤－充、貼－)：～空子。～習。候～。彌～損失。〔補白〕書報上填補空白的文字。❸利益，用處：不無小～。❹補養：滋～。又指滋補的食物：冬令進～。

7 **裝**（装）(zhuāng ㄓㄨㄤ) 粤dzœŋ¹〔莊〕❶穿著的衣物(粤服－)：時～。春～。特指演員演出時的打扮：上～。卸～。〔行裝〕出行時帶的東西。❷打扮，用服飾使人改變原來的外貌(粤－扮)。〔裝飾〕1.同'裝❷'。2.事物的修飾點綴。〔化裝〕1.改變裝束。2.打扮。❸故意做作，假作：～聽不見。～模作樣。～腔作勢。❹安置，安放，通常指放到器物裏面去：～電燈。～車。～箱。❺❶把零件或部件安在一起構成整體：～配。～了一架機器。〔裝備〕生產上或軍事上必需的東西：工業～～。軍事～～。❺對書籍、字畫加以修整或修裝成的式樣：～訂。精～。線～書。

7 **裟**(shā ㄕㄚ) 粤sa¹〔沙〕見628頁'袈'字條'袈裟'。

7 **裌** 同'袷㊀'，見629頁。

裡 同'裏'，見630頁。

裠 同'裙'，見630頁。

7 **裤** '褲'的簡化字，見633頁。

7 **裥** '襇'的簡化字，見634頁。

7 **裢** '褳'的簡化字，見633頁。

7 **裣** '襝'的簡化字，見634頁。

8 **裨** ㊀(bì ㄅㄧˋ) 粤bei¹〔悲〕補助：無～於事。對工作大有～益。
㊁(pí ㄆㄧˊ) 粤pei⁴〔皮〕輔佐的，副(粤偏－)：～將。

8 **裳** ㊀(cháng ㄔㄤˊ) 粤sœŋ⁴〔常〕遮蔽下體的衣裙。
㊁(shang ·ㄕㄤ) 粤同㊀〔衣裳〕衣服。

8 **裱** (biǎo ㄅㄧㄠˇ) 粤biu²〔表〕用紙、布或絲織物把書、畫等襯托黏糊起來：雙～紙。揭～字畫。〔裱糊〕用紙或其他材料糊屋子的牆壁或頂棚：把這屋子～～一下。

8 **裴** (péi ㄆㄟˊ) 粤pui⁴〔培〕姓。

8 **裸** (luǒ ㄌㄨㄛˇ)⑧lo²〔羅高上〕光着身子：～體。赤～。～的。㉛沒有東西包着的：～綫（沒有外皮的電綫）。～子植物。

8 **裹** (guǒ ㄍㄨㄛˇ)⑧gwɔ²〔果〕❶包紮，纏繞：～傷口。用紙～上。～足不前（喻停止不進行）。❷包羅，夾雜在裏面：～脅（用脅迫手段使人跟從做壞事）。

8 **褐** ㊀(xī ㄒㄧ)⑧sik⁷〔色〕脫去上衣，露出身體的一部分（連袒－）。
㊁(tì ㄊㄧˋ)⑧tik⁷〔剔〕嬰兒的包被。

8 **製** (△制) (zhì ㄓˋ)⑧dzei³〔祭〕❶造，作（連－造）：～衣。牛皮～革。～版。～圖表。如法炮～。❷撰寫，著作：～文。佳～。鉅～。

8 **裾** (jū ㄐㄩ)⑧gœy¹〔居〕衣服的前襟，也叫大襟。㊑衣服的前後部分。

8 **褂** (guà ㄍㄨㄚˋ)⑧gwa³〔掛〕kwa²〔誇高上〕（又）（一子、一兒）中式的單上衣：短～。大～（長衫）。又特指一種短外衣：馬～。

8 **裰** (duō ㄉㄨㄛ)⑧dzyt⁸〔啜〕❶縫補破衣：補～。❷直

裰，古代士子、官紳穿的長袍便服，也指僧道穿的袍子。

8 **褚** (chǔ ㄔㄨˇ)⑧tsy⁵〔柱〕姓。

8 **裀** 同'裀'，見630頁。

9 **複**(复) (fù ㄈㄨˋ)⑧fuk⁷〔福〕不是單一的，許多的：～名數。～式簿記。～利。～雜。～姓。～印。

9 **褊** (biǎn ㄅㄧㄢˇ)⑧bin²〔貶〕狹小，狹隘：～急（氣量狹隘，性質急躁）。

9 **褌**(裈) (kūn ㄎㄨㄣ)⑧gwen¹〔君〕古代稱有襠的褲子。

9 **褐** (hè ㄏㄜˋ)⑧hɔt⁸〔渴〕❶用獸毛或粗麻製成的衣服。❷黃黑色。

9 **褒** (bāo ㄅㄠ)⑧bou¹〔保〕❶讚揚，誇獎，跟'貶'相反（連－獎）：～揚。❷〈古〉衣襟寬大：～衣博帶。

9 **褓** (bǎo ㄅㄠˇ)⑧bou²〔保〕見634頁'襁'字條'襁褓'。

9 **褘**(祎) (huī ㄏㄨㄟ)⑧fei¹〔揮〕古代王后在祭禮中所穿的服式。

9 **褙** (bèi ㄅㄟˋ)⑧bui³〔背〕把布或紙一層一層地黏在一起。

9 褛 '褸'的簡化字，見本頁。

9 䙌 '襀'的簡化字，見634頁。

10 褡 (dā ㄉㄚ)粵 dap⁸〔搭〕〔褡褳〕一種口袋，中間開口，兩頭裝東西。

10 褥 (rù ㄖㄨˋ)粵 juk⁹〔玉〕供坐臥的墊子：牀～。～墊。

10 褦 (nài ㄋㄞˋ)粵 nai⁶〔奶低去〕lɛ⁵〔離野切〕(語)〔褦襶〕1.衣服厚重不稱身。2.不曉事，不懂事。

10 褧 (jiǒng ㄐㄩㄥˇ)粵 gwiŋ²〔炯〕又作'絅'。古代稱罩在外面的麻布單衣。

10 褪 ㊀(tùn ㄊㄨㄣˋ)粵 tɐn³〔吞高去〕❶使穿着、套着的東西脫離：～下褲子。把袖子～下來。狗～了套跑了。㉄向內移動而藏起來：把手～在袖子裏。袖子裏～着一封信。❷後退：～後。

㊁(tùn ㄊㄨㄣˋ，又讀 tuì ㄊㄨㄟˋ)粵 tɐn³〔吞高去〕tœy³〔退〕(俗)〔褪色〕顏色變淡或消失。

10 褫 (chǐ ㄔˇ)粵 tsi²〔始〕剝去衣服。㉄革除，奪去：～職。～奪公權。

10 褰 (qiān ㄑㄧㄢ)粵 hin¹〔牽〕把衣服提起來：～裳。

10 褲(裤) (kù ㄎㄨˋ)粵 fu³〔富〕褲子。

10 褟 (tā ㄊㄚ)粵 tap⁸〔塔〕〈方〉在衣物上縫綴花邊：～一道絛子。〔汗褟兒〕貼身的單衫。

10 褯 (jiè ㄐㄧㄝˋ)粵 dzik⁹〔夕〕(～子)嬰兒的尿布。

10 䙓 '襤'的簡化字，見634頁。

11 褶 ㊀(zhě ㄓㄜˇ)粵 dzip⁸〔接〕(～子、～兒)❶衣服摺疊而形成的印痕：百～裙。❷泛指摺皺重複的部分：衣服上淨是～子。這張紙有好多～子。

㊁(xí ㄒㄧˊ)粵 dzap⁹〔習〕(～子)劇曲傳統服裝，劇中平民所穿便服以及帝王官紳的襯衣。

11 褸(褛) ㊀(lǚ ㄌㄩˇ)粵 lœy⁵〔呂〕lɐu⁵〔柳〕(俗)見634頁'襤'字條'襤褸'。

㊁(lōu ㄌㄡ)粵 lɐu¹〔樓高平〕〈粵方言〉大衣：皮～。

11 褻(亵) (xiè ㄒㄧㄝˋ)粵 sit⁸〔屑〕❶輕慢，親近而不莊重：～瀆。❷內衣：～衣。❸淫穢：猥～。

11 襄 (xiāng ㄒㄧㄤ)粵 sœŋ¹〔商〕幫助，助理：～辦。～理。

11 褳(裢) (lian ·ㄌㄧㄢ)粵 lin⁴〔連〕見本頁'褡'字條'褡褳'。

11 **襁**（qiǎng ㄑㄧㄤˇ）粵gœŋ⁵〔鏹〕〔襁褓〕也作'繦褓'。包裹嬰兒的被子和帶子: 在～～中。

11 **襃** 同'褒', 見 632頁。

11 **襇** 同'繘', 見 528頁。

12 **襇**（襇）（jiǎn ㄐㄧㄢˇ）粵gan²〔簡〕gan³〔諫〕(又)衣服上打的褶子。

12 **襏**（袯）（bó ㄅㄛˊ）粵but⁹〔撥〕〔襏襫〕1.古蓑衣。2.粗糙結實的衣服。

12 **襪**（襀）㊀（kuì ㄎㄨㄟˋ）粵wei³〔畏〕❶ 衣紐。❷〈方〉(一兒)用繩子、帶子等拴成的結: 活～兒。死～兒。❸〈方〉拴, 繫: ～個襪兒。把牲口～上。㊁（huì ㄏㄨㄟˋ）粵kui²〔繪〕〈古〉同'繪'。繪畫。

12 **襁** 同'襁', 見本頁。

12 **襥** 同'幞', 見 196頁。

12 **襍** 同'雜', 見 758頁。

12 **襉** 同'襇', 見本頁。

12 **襕** '襴'的簡化字, 見 635頁。

13 **襖**（袄）（ǎo ㄠˇ）粵ou³〔澳〕ou²〔澳高上〕(又)有襯裏的上衣: 夾～。棉～。皮～。

13 **襚**（suì ㄙㄨㄟˋ）粵sœy⁶〔睡〕古代指贈死者的衣被, 也指贈生者的衣物。

13 **襜**（chān ㄔㄢ）粵tsim¹〔簽〕古代繫在衣服前面的圍裙。

13 **襞**（bì ㄅㄧˋ）粵bik⁷〔壁〕古代指給衣裙打摺子, 也指衣裙上的摺子。

13 **襟**（jīn ㄐㄧㄣ）粵kem¹〔衿〕指衣的交領, 後指衣服胸前的部分: 大～。小～。底～。對～。〔連襟〕姐妹的丈夫間的關係, 也省作'襟': ～兄。～弟。〔襟懷〕胸懷。

13 **襠**（裆）（dāng ㄉㄤ）粵dɔŋ¹〔當〕褲襠, 兩褲腿相連的地方: 橫～。直～。開～褲。㋡兩腿相連的地方。

13 **襝**（裣）（liǎn ㄌㄧㄢˇ）粵lim⁵〔斂〕〔襝衽〕也作'斂衽'。舊時指婦女行禮。

14 **襤**（褴）（lán ㄌㄢˊ）粵lam⁴〔藍〕〔襤褸〕也作'藍縷'。衣服破爛。

14 **襦**（rú ㄖㄨˊ）粵jy⁴〔如〕❶ 短衣, 短襖。❷小兒涎衣。圍在小孩胸前不讓口水沾濕衣服的東西。

15 **襪（袜）**（wà ㄨㄚˋ）粵met⁹
〔勿〕（一子）穿在腳上的東西，用布、紗綫等做成。

15 **褯**（shì ㄕˋ）粵sik⁷〔色〕見634頁'褙'字條'褙褯'。

15 **襬**
（一）（bǎi ㄅㄞˇ）粵bai²〔擺〕衣裙的下端：下～。
（二）（bēi ㄅㄟ）粵bei¹〔悲〕裙子的。

16 **襯（衬）**（chèn ㄔㄣˋ）粵tsɐn³〔趁〕❶穿在裏面的：～衣。～衫。❷在裏面托上一層：～絨。～上一張紙。❸陪襯，搭配上別的東西：這朵紅花～着綠葉，眞好看。

16 **襲（袭）**（xí ㄒㄧˊ）粵dzap⁹〔習〕❶襲擊，趁敵人不備，給以攻擊：夜～。空～。❷照樣做，照樣繼續下去：因～。沿～。世～。❸量詞，指成套的衣服：衣一～。

17 **襴（襕）**（lán ㄌㄢˊ）粵lan⁴〔蘭〕古代一種上下衣相連的服裝。

17 **襶**（ráng ㄖㄤˊ）粵jœŋ⁴〔羊〕衣服髒。

17 **襶**（dài ㄉㄞˋ）粵dai³〔帶〕dɛ²〔嗲〕（語）見633頁'褦'字條'褦襶'。

18 **襵**同'褶'，見633頁。

19 **襻**（pàn ㄆㄢˋ）粵pan³〔盼〕❶古代指繫衣裙的帶子。❷（一兒）扣襻，扣住紐扣的套。❸（一兒）功用或形狀像襻的東西：鞋～。❹扣住，使分開的東西連在一起：～上幾針（縫住）。

西（覀）部

0 **西**（xī ㄒㄧ）粵sei¹〔犀〕❶方向，太陽落的一邊，跟'東'相對：由～往東。～房。～南角上。❷事物的樣式或方法屬於西方（多指歐、美兩洲）的：～餐。～服。～醫。

3 **要**
（一）（yào ㄧㄠˋ）粵jiu³〔腰高去〕❶索取，希望得到：我～這一本書。㉧作為己有，保留：這東西他還～呢。〔要強〕好勝心強，不願落後。❷重大，值得重視的：～事。～點。〔要緊〕〔緊要〕急切重要。❸重大，值得重視的東西：綱～。提～。❹應該，必須：～努力讀書。❺將要，將：我們～去法國了。快回家吧，天～下雨了。❻要是，若，如果：明天～下雨，我就不去了。他

~來了，你就交給他。❼請求：他~我給他買本書。
㈡(yāo l幺)粵jiu¹〔腰〕❶求。〔要求〕提出具體事項，希望實現：~~大家認眞學習。~~加工資。❷強求，有所仗恃而強硬要求：~挾。❸〈古〉同'邀'，見 702 頁。❹〈古〉同'腰'，見 558 頁。

4 贾 '賈'的簡化字，見本頁。

4 栗 見木部，312 頁。

5 票 見示部，480 頁。

6 覃 ㈠(tán ㄊㄢˊ)粵tam⁴〔談〕❶深：~思。❷延伸：葛之~兮。❸姓。
㈡(qín くlㄣˊ)粵tsɐm⁴〔尋〕姓。

6 粟 見米部，510 頁。

7 賈 見貝部，666 頁。

12 覆 (fù ㄈㄨˋ)粵fuk⁷〔福〕❶遮蓋，蒙：天~地載。大地被一層白雪~蓋着。❷翻，倒過來：~舟。天翻地~。〔覆沒〕船翻沉。粵軍隊被消滅。〔覆轍〕在那裏翻過車的車轍。粵失敗的道路、方法。〔顛覆〕車翻倒。粵用陰謀推翻合法政權，也指政權垮臺。❸同'復㈠❶

❷'，見 214 頁。

13 覈 (hé ㄏㄜˊ)粵hɐt⁹〔瞎〕又作'核'。仔細地對照、考察：~算。~實。審~。

13 覇 同'霸'，見 762 頁。

17 覊 同'羈'，見 537 頁。

19 覉 同'羈'，見 537 頁。

見(见)部

0 見(见) （一）(jiàn ㄐㄧㄢˋ)〔粵〕gin³〔建〕❶看到：視而不~。眼~是實。㉡接觸，遇到：~風。這種藥怕~光。〔見習〕具備一定的專業知識後，到工作現場去觀察或參加一部分實際工作：~~護士。❷看得出，顯現出：病已~好。勝負已~分曉。~效。❸(文字等)出現在某處，可參考：~上。~下。~《莊子·秋水》。❹會見，會面。接~。看望多年未~的老朋友。一日不~，如隔三秋。❺見解，對於事物的看法(運一識)：~地。遠~。真知灼~。固執已~。❻助詞：1.用在動詞前面表示被動：~笑。~怪。2.用在動詞前面表示對我怎麼樣：~諒。~告。~教。❼用在動詞"聽""看""聞"等字後，表效果：看~。聽不~。

（二）(古)同'現❶❷'，見 427 頁。

2 观 '觀'的簡化字，見 639 頁。

3 觃(觃) (yàn ㄧㄢˋ)〔粵〕jim³〔厭〕〔觃口〕地名，在浙江省富陽縣南。

4 規(规) (guī ㄍㄨㄟ)〔粵〕kwei¹〔虧〕❶圓規，畫圓形的儀器：兩腳~。❷法則，章程(運一則)：成~。常~。犯~。〔規格〕產品質量的標準，如大小、輕重、精密度、性能等：合~~。〔規矩〕1.標準，法則：守~~。循~蹈~。2.合標準，守法則：~~老實。〔規模〕1.格局(多指計劃、設備)：略具~~。這座工廠~~宏大。2.範圍：大~~的經濟建設。❸勸告：規~。~勉。❹謀劃，打算：~定。~避(設法巧避)。〔規劃〕較長期的大致計劃：經濟發展~~。❺典範：死為壯士~。

4 覓(觅) (mì ㄇㄧˋ)〔粵〕mik⁹〔汨〕找，尋求(運尋一)：~食。~路。

4 視(视) (shì ㄕˋ)〔粵〕si⁶〔事〕❶看：~力。近~眼。~而不見。〔視野〕眼睛看到的空間範圍。❷考察，觀察：巡~一週。監~。❸看待：重~。~死如歸。一~同仁。

4 覛 同'覓'，見本頁。

4 現(现) 見玉部，427 頁。

5 覘(觇) (chān ㄔㄢ)〔粵〕dzim¹〔尖〕看，

窺視。〔覘標〕一種測量標誌。標架用幾公尺到幾十公尺的木料或金屬製成，架在被觀測點上作為觀測目標。

5 覎（觇）(sìㄦ)粤dzi⁶〔自〕窺視。

5 觉'覺'的簡化字，見 639 頁。

5 览'覽'的簡化字，見 639 頁。

5 觇'觀'的簡化字，見 639 頁。

6 覬'覬'的簡化字，見本頁。

7 覡（觋）(xí ㄒ í)粤het⁹〔瞎〕男巫。

8 覥（觍）(tiǎn ㄊㄧㄢˇ)粤tin²〔天高上〕❶表現慚愧：～顏。❷厚着臉皮：～着臉(不知羞)。

8 覩同'睹'，見 463 頁。

8 觌'覿'的簡化字，見 639 頁。

8 靓（靓）見青部，763 頁。

9 覦（觎）(yú ㄩˊ)粤jy¹〔如〕見本頁 '覬'字條'覬覦'。

9 親（亲）㊀(qīn ㄑㄧㄣ)粤tsen¹〔嗔〕❶親屬，有血統或夫妻關係的：～人。～兄弟。特指父母：雙～。養～。❷婚姻：定～。～事。❸特指新婦：娶～。❹親戚，因婚姻聯成的親屬關係：姑表～。❺本身，自己的：～筆信。～眼見的。～手做的。❻感情好，關係密切：他們很～密。兄弟相～。❼用嘴唇接觸，表示喜愛：他～了一孩子的小臉蛋。❽親近，親信：～賢臣，遠小人。也指親信的人：眾叛～離。

㊁(qìng ㄑㄧㄥˋ)粤tsen³〔趁〕〔親家〕夫妻雙方的父母彼此的關係或稱呼。

9 觐'觀'的簡化字，見本頁。

9 靦見面部，765 頁。

10 覬（觊）(jì ㄐㄧˋ)粤gei³〔記〕〔覬覦〕非分的希望或企圖。

10 覯（觏）(gòu ㄍㄡˋ)粤geu³〔究〕遇見：罕～(不常見)。

11 覲（觐）(jìn ㄐㄧㄣˋ)粤gen³〔艮〕gen²〔僅〕(文)朝見君主或朝拜聖地。

11 覼（䚊）(lǚ ㄌㄩˇ)粤læy⁵〔呂〕〔覼縷〕同'覶縷'，見 639 頁'覶'字條。

11 覸 同'覵'，見本頁。

12 覼（覼）（luó ㄌㄨㄛˊ）（粵）lo⁴〔羅〕〔覶縷〕同'覶縷'，見本頁'覶'字條。

12 覷（覷）（qù ㄑㄩˋ）（粵）tsœyˇ〔趣〕看，窺探：偷～。面面相～。〔小覷〕小看，輕視。

13 覺（觉）（一）（jué ㄐㄩㄝˊ）（粵）gok⁸〔角〕❶（人或動物的器官）對刺激的感受和辨別：視～。聽～。他～得這本書很好。不知不～。❷睡醒：大夢初～。❸醒悟，明白：～悟。～今是而昨非。❹發覺：～察。❺啓發，使人覺悟：～迷。先知～後知。

（二）（jiào ㄐㄧㄠˋ）（粵）gau³〔教〕❶睡眠：睡午～。❷量詞，睡眠一次為一覺。

13 覰 同'覷'，見本頁。

14 覶（觇）（luó ㄌㄨㄛˊ）（粵）lo⁴〔羅〕〔覶縷〕也作'覶覶'。陳述詳盡而有條理（多指語言）：不煩～。

14 覽（览）（lǎn ㄌㄢˇ）（粵）lam⁵〔攬〕看，閱（粵閱一）：遊～。博～羣書。一～表。

15 覿（觌）（dí ㄉㄧˊ）（粵）dik⁹〔敵〕見，相見：～面。

18 觀（观）（一）（guān ㄍㄨㄢ）（粵）gun¹〔官〕❶看（粵一看）：坐井～天。～摩。走馬～花。〔觀光〕參觀別國或別處的景物、建設等。〔觀察〕仔細察看：～～地形。病人須留院～～。❷看到的景象（粵一瞻）：奇～。壯～。❸對事物的認識，看法：樂～。人生～。宇宙～。〔觀念〕1.思想，理性認識。2.客觀事物在意識中構成的形象。〔觀點〕從某一角度或立場出發對事物的看法。

（二）（guàn ㄍㄨㄢˋ）（粵）gun³〔貫〕❶道教的廟宇：白雲～。青松～。❷古代宮門外高臺上的望樓，即闕。❸樓觀，宮廷中樓臺之類高大華麗的建築物。

角（角）部

0 角（一）（jiǎo ㄐㄧㄠˇ）（粵）gok⁸〔各〕❶牛、羊、鹿等頭上長出的堅硬的東西。〔畫角〕古代軍中吹的樂器。❷形狀像角的：菱～。皂～。❸幾何學上稱自一點引兩條直綫所成的形

狀: 直～。銳～。❹(一兒)物
體邊沿相接的地方: 桌子～
兒。牆～。❺突入海中的尖形
的陸地, 多用於地名: 成山～
(在山東)。❻星名, 二十八宿
之一。❼貨幣單位, 一圓錢的
十分之一。❽量詞: 1.從整塊
劃成角形的: 一～餅。2.舊
時指公文的件數: 一～公文。

㊁(jué ㄐㄩㄝˊ)粵同●❶競爭,
爭勝。～鬥。～逐。❷(一兒)
演員, 角色, 也作'腳': 主～。他去什麼～?
[角色][腳色]1.戲曲演員按所
扮演人物的性別和性格等分的
類型。舊戲中分'生、旦、淨、
丑'等, 也叫'行當'。2.戲劇或
電影裏演員所扮演的劇中人
物。❸古代五音'宮、商、角、
徵、羽'之一。

2 觔
㊀同'斤●', 見 282 頁。
㊁同'筋', 見 499 頁。

3 埆
見土部, 132 頁。

4 觖
(juéㄐㄩㄝˊ)粵kyt⁸[決]〔觖
望〕因不滿而怨恨。

4 斛
見斗部, 282 頁。

5 觚
(gūㄍㄨ)粵gu¹[姑]❶古
代一種盛酒的器具。❷
古代寫字用的木板: 操～(執
筆寫作)。❸棱角。

觚

5 觝
同'牴', 見 412 頁。

5 觞
'觴'的簡化字, 見 641 頁。

6 觜
㊀(zīㄗ)粵dzi¹[之]觜宿,
星名, 二十八宿之一。
㊁同'嘴', 見 119 頁。

6 解
㊀(jiě ㄐㄧㄝˇ)粵gai²[佳高
上]❶剖開, 分開(粵分
一): 屍體～剖。難～難分。
❷分裂: ～體。土崩瓦～。❸
把束縛着、繫着的東西打開:
～扣。～衣服。～下裙子。❹
除去: 1.消除: ～恨。～渴。2.
廢除, 停止: ～職。～約。❺
講明白, 分析說明(粵一釋、
注一): ～答。～勸。❻懂,
知道, 明白: 令人不～。通俗
易～。❼代數方程中未知數的
值。❽演算: ～方程。❾排泄
大小便: 大～。小～。

㊁(jièㄐㄧㄝˋ)〔介〕指押送
財物或犯人: ～款。起～。
〔解元〕明、清兩代稱鄉試考取
第一名的人。

㊂(xiè ㄒㄧㄝˋ)粵hai⁶〔械〕❶解
縣，舊縣名，在山西省。今與
邑縣合并為運城縣。❷姓。

㊃(xiè ㄒㄧㄝˋ)粵同‘明白，懂
得(用於口語)：～不開這個道
理。
〔解數〕舊指武術的架勢。泛指
手段、本事：施展渾身～～。

㊄(xiè ㄒㄧㄝˋ)粵hai⁵〔蟹〕〔解廌〕
同‘獬豸’。傳說中一種能判斷
疑難案件的神獸名。

6 觥(gōng ㄍㄨㄥ)粵gweŋ¹〔觴〕
古代的一種飲酒器皿：
～籌交錯(形容許多人相聚飲
酒的熱鬧情形)。

觥

6 觧 同‘解’，見640頁。

7 觫 (sù ㄙㄨˋ)粵tsuk⁷〔速〕見
本頁‘觳’字條‘觳觫’。

8 觧 ‘觶’的簡化字，見本頁。

9 觷 (bì ㄅㄧˋ)粵bit⁷〔必〕〔觷箟〕
古代的一種管樂器。

10 觳 (hú ㄏㄨˊ)粵huk⁹〔酷〕〔觳
觫〕恐懼得發抖。

11 觴 (觞) (shāng ㄕㄤ)粵
sœŋ¹〔商〕古代喝
酒的器皿：舉～稱賀。

12 觶 (觯) (zhì ㄓˋ)粵dzi³
〔至〕古代喝酒用
的器皿。

12 觵 同‘觥’，見本頁。

13 觸 (触) (chù ㄔㄨˋ)粵dzuk⁷
〔足〕tsuk⁷〔速〕
(又)❶用角抵、撞：抵羊－藩。
以角～牆。❷碰，撞，接觸：
～礁。～電。一～即發。〔觸覺〕
皮膚、毛髮等與物體接觸時所
生的感覺。❸觸動，感動：～
起前情。忽有所～。～景生情。
❹犯，觸犯：～刑法。

18 觿 (xī ㄒㄧ)粵kwɐi⁴〔葵〕古代
解結的用具，用骨、玉
等製成，形狀像錐。也用作佩
飾。

言(讠)部

0 言 (yán ㄧㄢˊ)粵jin⁴〔延〕❶話
語：發～。格～。
名～。謠～。有～在先。㊀一
句話：三～兩語。一～為定。
一～以蔽之。❷講，說(粵語一
語)：知無不～。～之有理。
❸漢語的一個字：五～詩。七

~絕句。洋洋萬~。❹〈古〉助詞，用於句首，無意義：～歸於好。

2 **訂(订)** ^(dìng ㄉㄧㄥˋ) ^粵 diŋ³ 〔錠〕 diŋ⁶ 〔定〕(又)❶改正，修改：～正初稿。考～。校～。修～。❷經過研究商討而立下：～約。～交。～婚。～章程。～計劃。❸預先約定：～貨。～閱。預～。❹用綫、鐵絲等把書頁等連在一起：裝～。～一個筆記本。

2 **訃(讣)** ^(fù ㄈㄨˋ) ^粵 fu⁶ 〔父〕報喪，也指報喪的通知：～聞。～告。

2 **尥** ^(qiú ㄑㄧㄡˊ) keu⁴〔求〕以言相迫。

2 **訇** ^(hōng ㄏㄨㄥ) ^粵 gweŋ¹〔轟〕大聲。〔阿訇〕伊斯蘭教主持教儀、講授經典的人。

2 **計(计)** ^(jì ㄐㄧˋ) ^粵 gei³ 〔繼〕❶結算，核算(連一算)：不～其數。數以萬～。❷測量或計算度數、時間等的儀器：時～。溫度～。❸主意，計謀，策略(連一策)：妙～。大～。緩兵之～。眉頭一皺，～上心來。❹計劃，謀劃，打算：從長～議。咱們先～劃一下。為工作方便，～。〔計較〕1.打算，商量：來，咱

們～～一下。2.爭論，較量：大家都沒有和他～～。

2 **认** '認'的簡化字，見 648 頁。

2 **讯** '讖'的簡化字，見 655 頁。

3 **訊(讯)** ^(xùn ㄒㄩㄣˋ) sœn³〔信〕❶問。特指法庭中的審問：審～。❷消息，音信：通～。電～。資～。

3 **訌(讧)** ^(hòng ㄏㄨㄥˋ) ^粵 huŋ⁴〔紅〕huŋ³ 〔控〕(又)亂，潰敗：內～。

3 **討(讨)** ^(tǎo ㄊㄠˇ) ^粵 tou² 〔土〕❶查究，處治。⑩征伐，發動攻擊：南征北～。〔聲討〕宣佈罪行而加以抨擊。❷研究，探索：～論。商～。仔細研～。探～。❸索取，請求：～債。～飯。～饒。～教。～回音。❹招惹：～厭。自～苦吃。～人歡喜。

3 **訐(讦)** ^(jié ㄐㄧㄝˊ) ^粵 kit⁸ 〔揭〕攻擊別人的短處或揭發別人的陰私：攻～。

3 **訓(训)** ^(xùn ㄒㄩㄣˋ) ^粵 fen³ 〔奮〕❶教導，教誨：接受教～。～練。～誡。❷可以作為法則的話：遺～。不足為～(不能當做典

範或法則）。❸解釋詞的意義:
~詁。

3 **訕（讪）**（shàn ㄕㄢˋ）粵san³
〔汕〕❶譏諷，譏
笑: ~笑。❷羞怖，難為情
~臉。〔訕訕〕（一趟）難為情，
說話時不好意思的樣子: 他~
~着問道。

3 **訖（讫）**（一）（qì ㄑㄧˋ）粵get⁷
〔吉〕❶完畢，終
了: 收~。付~。驗~。❷停
止，終止: 起~。
（二）（qì ㄑㄧˋ）粵get⁹〔兀〕同'迄'。
到，至: 從古~今。

3 **記（记）**（jì ㄐㄧˋ）粵gei³
〔寄〕❶記住，把
印象保持在腦子裏: ~住這件
事。銘~。牢~。~性。❷把
事物寫下來: ~錄。~賬。把
這些事情都~在筆記本上。〔記
者〕報刊、電臺、通訊社裏做
採訪工作的人員。❸記載事物
的書籍或文章: 遊~。日~。
大事~。《史記》《岳陽樓記》。
❹記號，標誌: 以紅色為~。
~認。暗~。❺印章: 戳~。
圖~。鈐~。

3 **託（托）**（tuō ㄊㄨㄛ）粵tok³〔柝〕又
作'托'。❶委託，請別人
代辦: 拜~。~你買本書。❷
寄託，寄放: ~迹山林。~兒
所。❸推託，借故推委或躲

閃: ~病。~故。~辭。❹憑
藉，依賴: ~福。~庇。

3 **让**'讓'的簡化字，見 657 頁。

3 **议**'議'的簡化字，見 656 頁。

3 **唁** 見口部，104 頁。

4 **訛（讹）**（é ㄜˊ）粵ŋo⁴〔俄〕
❶錯誤: 以~傳
~。❷詐，假借某種理由向
人強迫索取財物或其他權利:
~人。~詐。❸變化: 歲月遷
~。

4 **訝（讶）**（yà ㄧㄚˋ）粵ŋa⁶
〔迓〕驚奇，奇
怪: 十分驚~。

4 **訟（讼）**（sòng ㄙㄨㄥˋ）粵
dzuŋ⁶〔頌〕❶在
法庭爭辯是非曲直，打官司:
~事。訴~。成~。❷爭辯是
非: 聚~紛紜（大家的說法都
不一樣，互相爭論，得不出一
致的意見）。❸責備: 自~。
❹《周易》六十四卦之一。

4 **訣（诀）**（jué ㄐㄩㄝˊ）粵kyt⁸
〔決〕❶竅門，高
明的方法: 祕~。妙~。❷用
事物的主要內容編成的順口的
便於記憶的詞句: 口~。歌~。
❸辭別，多指不再相見的分
別: 永~。

4 **訥（讷）** (nè ㄋㄜˋ)〔粵〕nœt⁹
〔拿　術　切〕nap⁹
〔訥〕(又)語言遲鈍，不善講話。

4 **訩（讻）** (xiōng ㄒㄩㄥ)〔粵〕
hung¹〔空〕爭辯。
〔訩訩〕喧擾，紛擾。

4 **訪（访）** (fǎng ㄈㄤˇ)〔粵〕fong²
〔紡〕❶向人詢問、調查：～查。探～新聞。❷探問，看望：～友。有客來～。〔訪問〕有目的地看望，探問：～～死難者家屬。出國～～。❸尋求，探尋：博～遺書。～古（探尋古迹）。

4 **設（设）** (shè ㄕㄜˋ)〔粵〕tsit⁸
〔徹〕❶設置，安排：～防。～宴招待親友。〔設備〕為某一目的而配置的建築與器物等：這個工廠～～很完善。❷籌劃：～法。〔設計〕在正式做某項工作之前，根據一定的目的要求，預先制定方法、圖樣等。❸建立，開設：～立學校。❹假設：～想。～X＝1。❺假使(逾～若)

4 **許（许）** (xǔ ㄒㄩˇ)〔粵〕
hœy²〔詡〕❶應允，認可(逾允～、准～)：特～。㋑稱讚，承認其優點。讚～。推～。～為佳作。❷預先答應給與：～願。我～給他一本書。以身～國。❸或者，可

能：也～。或～。他下午～來。❹處，地方：先生不知何～人也。❺表示約略估計的詞：幾～。少～。年三十～(三十歲左右)。❻這樣：如～。〔許久〕1.時間這麼長。2.時間很長。〔許多〕1.這樣多，這麼多。2.很多。❼許配：她早已～了人家。
㊁(hǔ ㄏㄨˇ)〔粵〕fu²〔虎〕〈古〉伐木聲(疊)：伐木～～。

4 **訴（诉）** 同'欣'，見 340

4 **讲** '講'的簡化字，見 654 頁。

4 **论** '論'的簡化字，見 651 頁。

4 **讽** '諷'的簡化字，見 652 頁。

4 **讴** '謳'的簡化字，見 655 頁。

4 **讳** '諱'的簡化字，見 652 頁。

5 **訴（诉）** (sù ㄙㄨˋ)〔粵〕sou³
〔素〕❶絮說：告～。～苦。❷控告(逾～訟)：起～。上～。控～。

5 **訶（诃）** (hē ㄏㄜ)〔粵〕ho¹
〔苛〕同'呵㊀❶'。怒責：～斥。
〔訶子〕也叫'藏(zàng)青果'，常綠喬木，葉子卵形。果實像橄欖，可以入藥。

言部 5畫 645

5 診(诊)（zhěn ㄓㄣˇ）粵 tsen²[疹]醫生為斷定病症而察看病人身體內部外部的情況：～斷。～脈。門～。出～。

5 註(注)（zhù ㄓㄨˋ）粵 dzy³[注]同'注'。❶用文字來解釋詞句：批～。下邊～了兩行字。～解一篇文章。❷解釋詞、句所用的文字：加～。附～。❸記載，登記：～冊。～銷。

5 詁(诂)（gǔ ㄍㄨˇ）粵 gu²[古]❶用通行的話解釋古代語言文字或方言字義：訓～。❷字詞的意義：解～。字～。釋～。

5 詆(诋)（dǐ ㄉㄧˇ）粵 dei²[底]毀謗(粵—毀)：醜～(辱罵)。

5 詈（lì ㄌㄧˋ）粵lei⁶[吏]罵。

5 詎(讵)（jù ㄐㄩˋ）粵gœy⁶[巨]豈，怎：～料。～知。

5 詐(诈)（zhà ㄓㄚˋ）粵dza³[炸]❶假裝：～死。～降。❷欺騙(粵欺—)：～騙。奸～。～財。〔詐語〕騙人的話。❸用假話試探，使對方吐露真情：你不要拿話～我。

5 詒(诒)（yí ㄧˊ）粵ji⁴[而]同'貽'。遺留，贈送：～訓。

5 詔(诏)（zhào ㄓㄠˋ）粵dziu³[照]❶告訴。❷詔書，皇帝所發的命令。

5 評(评)（píng ㄆㄧㄥˊ）粵pin⁴[平]❶議論或評判(粵—論、—議)：～理。～比。～分。〔評介〕評論介紹。〔評判〕1.判定勝負或優劣。2.判定勝負或優劣的人。〔評價〕對事物估定價值：～～很高。〔評閱〕閱覽並評定(試卷、作品)。〔批評〕1.指出工作、思想、作風上的錯誤或缺點：上級常～～他的懶散作風。2.評論：文學～～。❷評論或批評的話：社～。詩～。大獲好～。〔評劇〕戲曲的一種，流行於華北、東北等地區。也叫'評戲'。

5 詖(诐)（bì ㄅㄧˋ）粵bei³[臂]bei¹[悲]（又）偏頗，邪僻。

5 詗(诇)（xiòng ㄒㄩㄥˋ）粵hin³[慶]偵察，刺探。

5 詘(诎)（qū ㄑㄩ）粵wet⁷[屈]❶屈曲。❷言語鈍拙。❸屈服，折服。

5 詛(诅)（zǔ ㄗㄨˇ）粵dzo³[佐]dzo²[阻]

(父)求神加禍於別人: ～祝。
〔詛咒〕咒罵, 說希望人不順利
的話。

5 **詞(词)** (cí ㄘ)(粵)tsi⁴〔池〕
❶在句子裏能自由運用的最小語言單位, 如'人'、'馬'、'水'、'自由'、'老虎'等。❷語言, 特指有組織的語言、文字: 致～ 義正～嚴。歌～。演講～。❸一種長短句押韻的文體。

5 **詠** (yǒng ㄩㄥˇ)(粵)wing⁶〔泳〕❶聲調抑揚地唸, 唱(連歌一、吟～)。❷用詩詞等來敍述: ～梅。～雪。

5 **証** 同'證', 見 655 頁。

5 **詟** '讋'的簡化字, 見 657 頁。

5 **识** '識'的簡化字, 見 655 頁。

5 **诇** '譎'的簡化字, 見 653 頁。

5 **译** '譯'的簡化字, 見 656 頁。

6 **詡(诩)** (xǔ ㄒㄩˇ)(粵)hœy²〔許〕說大話, 誇張: 自～。

6 **訾** ㊀(zǐ ㄗˇ)(粵)dzi²〔子〕說別人的壞話, 詆毀: 不苟～議(不隨便評論人的短處)。
㊁(zī ㄗ)(粵)dzi¹〔支〕姓。

6 **詢(询)** (xún ㄒㄩㄣˊ)(粵)sœn¹〔荀〕問, 請教(連一問): 探～。查～。諮～。

6 **詣(诣)** (yì ㄧˋ)(粵)ŋei⁶〔毅〕前往, 去到。特指到尊長那裏去: ～前請教。〔造詣〕學問或技術所達到的程度: 他對於醫學～～很深。

6 **試(试)** (shì ㄕˋ)(粵)si³〔嗜〕❶嘗試, 按照預定的想法非正式地做: ～用。～一～看。❷考, 測驗(連考一): ～題。口～。面～。

6 **詩(诗)** (shī ㄕ)(粵)si¹〔師〕❶一種文體, 形式很多, 多用韻, 可以歌詠朗誦。❷指《詩經》。

6 **詫(诧)** (chà ㄔㄚˋ)(粵)tsa³〔岔〕驚訝, 覺着奇怪。

6 **詬(诟)** (gòu ㄍㄡˋ)(粵)gɐu³〔究〕❶恥辱。❷怒罵, 辱罵: ～罵。～病(指責)。

6 **詭(诡)** (guǐ ㄍㄨㄟˇ)(粵)gwei²〔鬼〕❶欺詐, 奸滑: ～辯(無理強辯)。～計多端。❷怪異, 出乎尋常: ～祕。

6 詮（诠）(quán ㄑㄩㄢˊ)粵 tsyn⁴〔全〕❶ 詳細解釋(粵一釋)。❷道理，事物的規律：眞～。

6 詰（诘）(jié ㄐㄧㄝˊ) kit⁸〔揭〕❶ 問：反～。盤～。❷〔詰屈〕曲折，彎曲。

6 話（话）(huà ㄏㄨㄚˋ)粵wa⁶〔華低去〕❶話語，語言：說～。會～。廣州～。談了幾句～。〔話劇〕用平常口語和動作表演的戲劇。(粵口語讀高上聲)❷說，談：～別。茶～舊。〔話本〕說書的底本，宋元以來民間口頭文學。

6 該（该）(gāi ㄍㄞ)粵 goi¹〔垓〕❶應當，理應如此(粵應一)：～打。～睡了。～做的一定要做。❷表示根據情理或經驗推斷必然的或可能的結果：不努力學習，成績就～退步了。天一涼，就～加衣服了。❸那，着重指出前面說過的人或事物，多用於公文：～地。～員。～書。❹欠，欠賬：～他幾塊錢。❺同'賅'，見666頁。

6 詳（详）(xiáng ㄒㄧㄤˊ)粵 tsœŋ⁴〔祥〕❶細密，完備(粵一細)：～談。

～解。不知～情。❷清楚地知道：內容不～。❸說明，細說：餘再～。內～。

6 詹 (zhān ㄓㄢ)粵dzim¹〔尖〕姓。

6 詼（诙）(huī ㄏㄨㄟ)粵fui¹〔灰〕詼諧，開玩笑，說話有趣。

6 詿（诖）(guà ㄍㄨㄚˋ)粵gwa³〔卦〕❶失誤。〔詿誤〕1.被別人牽連而受到處分或損害：為人～～。2.舊時也指撤職，失官。❷欺騙。

6 誄（诔）(lěi ㄌㄟˇ)粵 lœi⁶〔耒〕古時敍述死者生平，表示哀悼的文章。

6 誅（诛）(zhū ㄓㄨ)粵dzy¹〔朱〕❶把罪人殺死：～戮。伏～。罪不容～(喻罪大惡極)。❷指責，責備：口～筆伐。

6 誆（诓）(kuāng ㄎㄨㄤ)粵hɔŋ¹〔康〕欺騙(粵一騙)：你不要～我。

6 誇（△夸）(kuā ㄎㄨㄚ)粵kwa¹〔跨〕❶誇耀，說大話：～大自己的功勞。～～其談(說話或寫文章浮誇不切實際)。〔誇張〕1.說得不切實際，說得過火。2.一種修辭手法，用誇大的詞句來形容事物的特點。3.文藝創作中的一種表現手法，利用誇大描寫對象的某些特點來加強藝術效果。❷誇獎，用話獎勵，讚揚：人人都～他進步快。

6 誠(诚)(chéng ㄔㄥˊ)粵 siŋ⁴〔成〕❶眞心實意(連一實)：～心～意。～懇。～摯。開～布公(誠意待人，坦白無私)。❷實在，的確：～然。～有此事。

6 詧 同'察'，見171頁。

6 詾 同'訩'，見644頁。

6 詸 同'謎'，見653頁。

6 誊 '謄'的簡化字，見653頁。

6 誉 '譽'的簡化字，見657頁。

6 诨 '諢'的簡化字，見652頁。

6 诤 '諍'的簡化字，見651頁。

7 誌 (zhì ㄓˋ)粵 dzi³〔至〕又作'志'。❶記在心裏：永～不忘。引表示不忘：～喜。～哀。❷記載的文字：雜～。地理～。❸記號：標～。

7 認(认)(rèn ㄖㄣˋ)粵 jiŋ⁶〔形低去〕❶分辨，識別(連一識)：～字。～明。～不出。〔認眞〕實事求是，不苟且。❷承認，表示同意：～可。～錯。公～。否～。❸和沒有關係的人建立某種關係：～老師。～乾親。

7 誑(诳)(kuáng ㄎㄨㄤˊ)粵 gwɔŋ²〔廣〕kwɔŋ⁴〔狂〕(俗)欺騙，瞞哄：～語。

7 誓 (shì ㄕˋ)粵 sɐi⁶〔逝〕❶古代軍中告誡將士的言辭。❷發誓，表示決心依照說的話實行：～願。～不兩立。～師。❸誓辭，表示決心的話：宣～。

7 誕(诞)(dàn ㄉㄢˋ)粵 dan³〔旦〕❶虛妄，荒唐，不合情理：怪～。虛～。荒～不經(荒唐不合常理)。❷誕生，人出生：～辰(生日)。❸生日：華～。壽～。

7 誘(诱)(yòu ㄧㄡˋ)粵 jɐu⁵〔有〕❶勸導、教導：循循善～(善於有步驟地引導別人學習)。❷引誘，使用手段引人：～敵。利～。

7 誚(诮)(qiào ㄑㄧㄠˋ)粵 tsiu³〔俏〕❶責備。❷譏議，嘲諷：譏～。

7 語(语)㊀(yǔ ㄩˇ)粵 jy⁵〔雨〕❶話(連一言)：成～。～文。外國～。～重心長。引文句：警～。一～道破。～不驚人死不休。❷

成語、諺語或古語：～云。❸代替語言表示意思的動作或信號：手～。旗～。❹說，談話：低聲細～。不言不～。

㊁(yù ㄩˋ)粵jy6[預]告訴：不以～人。

7 誡（诫）(jiè ㄐㄧㄝˋ)粵gai³
❶[介]警告，勸告：告～。規～。❷警戒，警惕：引以為～。前車覆，後車～。❸〈古〉文體名。一種具教誨性的文章。

7 誣（诬）(wū ㄨ)粵mou⁴
[無]捏造事實來冤枉人。(連一賴)：～告。～衊。～賴人。

7 誤（误）(wù ㄨˋ)粵n⁶[悟]
❶錯(連錯一)：～解。筆～。～會。❷耽誤，耽擱：～事。火車～點。❸使受損害：～人子弟。❹不是故意而有害於人：～傷。

7 誥（诰）(gào ㄍㄠˋ)粵gou⁶
[告]古代帝王對臣子的命令：～命。～封。

7 誦（诵）(sòng ㄙㄨㄥˋ)粵dzung⁶[頌]❶用有高低抑揚的腔調唸：朗～。～詩。❷陳述，述說。

7 誨（诲）(huì ㄏㄨㄟˋ)粵fui³
[悔]教導，勸說，(連教一)：～人不倦。

7 説（说）㊀(shuō ㄕㄨㄛ)粵syt⁸[雪]❶講，用話來表達自己的意思：～笑話。～謊。❷說合，介紹：把雙方～到一塊兒。～婆家。❸言論，主張：學～。著書立～。❹責備，批評：他挨～了。～了他一頓。

㊁(shuì ㄕㄨㄟˋ)粵sœy³[稅]用話勸說別人，使他聽從自己的意見：遊～。～服。～客。

㊂(yuè ㄩㄝˋ)粵jyt⁹[月]古代用作'悅'字。

7 誒（诶）同'欸'㊀㊁㊂㊃㊄，見340頁。

8 誰（谁）(shuí ㄕㄨㄟˊ，又讀 shéi ㄕㄟˊ)粵sœy⁴[垂]❶疑問人稱代詞：～來啦？❷任何人，無論什麼人：～都可以做。

8 課（课）(kè ㄎㄜˋ)粵fo³
[貨]❶有計劃的分段教學：上～。今天沒～。又指教學的科目，課程：物理～。語文～。[課題]學習或討論的主要事項。❷舊指教書：～徒。～讀。❸古賦稅的一種。❹使交納捐稅：～以重稅。❺舊時機關、學校、工廠中分設的辦事部門：會計～。教務～。❻占卜的一種：起～。金錢～。

8 誶(谇) (suì ㄙㄨㄟˋ) 粵 sœy⁶〔睡〕❶責罵。❷詰問。❸直言規勸。

8 誹(诽) (fěi ㄈㄟˇ) 粵 fei²〔匪〕說別人的壞話(粵一謗):腹~心謗。

8 誼(谊) ㈠(yì ㄧˋ) 粵 ji⁴〔宜〕交情:友~。深情厚~。
㈡(yì ㄧˋ) 粵 ji⁶〔義〕同'義'。1.字義,文義。2.名義的,非親生的:~女。

8 誾(訚) (yín ㄧㄣˊ) 粵 ŋɐn³〔銀〕〔齦〕❶和顏悅色地直言。❷急切爭辯的樣子。

8 調(调) ㈠(tiáo ㄊㄧㄠˊ) 粵 tiu⁴〔條〕❶調和,配合均勻:~色。~味。風~雨順。飲食失~。㋭使和諧:~解。~整。〔調停〕使爭端平息。〔調劑〕1.配藥。2.調(diào)配,使均勻:組與組之間人力可以互相~~。❷挑撥(粵一唆、一撥):~詞架訟(挑撥別人訴訟)。❸挑逗,嘲弄:~笑。~戲。
〔調皮〕好開玩笑,頑皮。
㈡(diào ㄉㄧㄠˋ) 粵 diu⁶〔掉〕❶調動,安排:~職。~配。~兵遣將。❷(一子)曲調,音樂上高、低、長、短配合和諧的一

組音(粵腔一):這個~子很好聽。❸多指調式類別和調式主音高度:C大~。❹語言中字音的聲調。〔聲調〕1.字音高低升降的腔調。古漢語的聲調是平、上、去、入四聲。普通話的聲調是陰平、陽平、上聲、去聲、輕聲。廣州話的聲調是高平、高上、高去、低平、低上、低去、高入、中入、低入九聲。2.讀書、說話、朗誦的腔調。❺指人的才情風格:才~。雅~。
〔調查〕進行訪查、瞭解。

8 諂(谄) (chǎn ㄔㄢˇ) 粵 tsim²〔簽 高上〕巴結,奉承:~媚。不驕不~。

8 諄(谆) (zhūn ㄓㄨㄣ) 粵 dzœn¹〔津〕懇切。〔諄諄〕懇切,不厭倦地:~~告誡。

8 談(谈) (tán ㄊㄢˊ) 粵 tam⁴〔譚〕❶說,對話:面~。請你來一~。~天(閒談)。❷言論:奇~怪論。無稽之~。

8 諉(诿) (wěi ㄨㄟˇ) 粵 wei²〔毀〕同'委❸'。推託:互相推~。

8 請(请) (qǐng ㄑㄧㄥˇ) 粵 tsiŋ²〔逞〕tsɛŋ²〔始頸切〕(語)❶求(粵一求):~

假。～示。敬辭(放在動詞前面)：～坐。～教。～問。～進來。❷延聘，邀，約人來：～女傭。～醫生。～客。

8 諍(诤) ㊀(zhèng ㄓㄥˋ)⑧dzeŋ³[增高去]dzaŋ³[志逛切](語)諫，照直說出人的過錯，叫人改正：諫～。～言。〔諍友〕能直言規勸的朋友。

㊁(zhēng ㄓㄥ)⑧dzeŋ¹[增]dzaŋ¹[支坑切](語)〔諍訟〕也作‘爭訟’。由爭執而引起訴訟。

8 諏(诹) (zōu ㄗㄡ)⑧dzeu¹[周]❶諮詢，詢問：咨～(詢問政事)。❷選擇：～吉(選擇好日子)。

8 諑(诼) (zhuó ㄓㄨㄛˊ)⑧dœk⁸[啄]造謠毀謗。

8 諒(谅) (liàng ㄌㄧㄤˋ)⑧lœŋ⁶[亮]❶原諒：體～(體察其情而加以原諒)。請多原～。〔諒解〕由瞭解而消除意見。❷信實：～哉斯言。❸料想：～他不能來。

8 論(论) ㊀(lùn ㄌㄨㄣˋ)⑧lœŋ⁶[吝]❶分析，說明事物的道理：評～。辯～。大家討～一下吧！❷分析，說明事物道理的文章，即議論文：社～。政～。

❸學說，主張：進化～。唯識～。❹言論，議論：輿～。一概而～。相提並～。❺評定，衡量：～罪。～功行賞。❻按照，依據：～理。～件。～天。～年紀我大，～技術他高。

㊁(lún ㄌㄨㄣˊ)⑧lœn⁴[倫]論語，書名，主要記載孔子及其門人的言行。

8 諗(谂) (shěn ㄕㄣˇ)⑧sem²[審]❶同‘審❸’。知道：～悉。～知。❷勸告，規諫。

8 諛(谀) (yú ㄩˊ)⑧jy⁴[如]諂媚，奉承：～辭。

8 諸(诸) (zhū ㄓㄨ)⑧dzy[朱]❶衆，許多：～位。～多不便。～子百家。❷‘之於’二字的合音：付～實施。藏～名山。公～社會。❸‘之乎’二字的合音：有～？求善賈而沽～？

8 读 ‘讀’的簡化字，見 657 頁。

8 诨 ‘諢’的簡化字，見 657 頁。

8 雩 見雨部，760 頁。

9 諜(谍) (dié ㄉㄧㄝˊ)⑧dip⁹[碟]祕密探察軍、政及經濟等方面的消息：

~報。〔間諜〕為敵方或外國刺探國家祕密情報的人。

9 **諝(谞)** (xū ㄒㄩ，又讀xǔ ㄒㄩˇ)粵sœy¹〔須〕sœy²〔水〕(又)❶才智。❷計謀。

9 **諞(谝)** (piǎn ㄆㄧㄢˇ)粵pin⁵〔片 低上〕顯示，誇耀：~能。

9 **諢(诨)** (hùn ㄏㄨㄣˋ)粵wen⁶〔運〕開玩笑的話：打~。〔諢名〕外號。

9 **諤(谔)** (è ㄜˋ)粵ŋok⁹〔岳〕正直的話。〔諤諤〕直言爭辯的樣子。

9 **諦(谛)** (dì ㄉㄧˋ)粵dei³〔帝〕❶仔細：~聽。~視。❷意義，道理：妙~。眞~。

9 **諧(谐)** (xié ㄒㄧㄝˊ)粵hai⁴〔鞋〕❶協調，配合得適當(粵和一)：音調和~。不相~。❷成，辦成功：事~之後，就可動身。❸詼諧，滑稽：~談。亦莊亦~。

9 **諫(谏)** (jiàn ㄐㄧㄢˋ)粵gan³〔澗〕舊時稱規勸君主、尊長，使改正錯誤：進~。犯顏直~。

9 **諭(谕)** (yù ㄩˋ)粵jy⁶〔預〕❶告訴，使人知道(舊指上級對下級或長輩對晚輩)：面~。手~。~示。也特指皇帝的詔令：聖~。~旨。❷〈古〉同'喻'，見 111 頁。

9 **諮(谘)** (zī ㄗ)粵dzi¹〔之〕同'咨'。跟別人商議，詢問(粵一詢)：有所~詢。

9 **諱(讳)** (huì ㄏㄨㄟˋ)粵wei⁵〔偉〕❶避忌，隱瞞：忌~。直言不~。~疾忌醫(喻害怕別人批評而掩飾自己的缺點和錯誤)：~莫如深(緊緊隱瞞)。❷忌諱的事物：犯了他的~。❸舊時指對帝王或尊長的名字避開不直稱。又於人死後書寫他的名字時，在名字前加上'諱'字，以示尊敬：漢高祖~邦，字季。

9 **諳(谙)** (ān ㄢ)粵em¹〔庵〕❶熟悉：~練。不~水性。深~醫理。❷熟記。

9 **諶(谌)** (chén ㄔㄣˊ)粵sem⁴〔岑〕❶相信。❷的確，誠然。

9 **諷(讽)** (fěng ㄈㄥˇ，舊讀fèng ㄈㄥˋ)粵fuŋ³〔風高去〕❶不看着書本朗讀，背書(粵一誦)。❷用含蓄的話勸告或譏刺(粵譏一)：~刺。冷嘲熱~。

9 **諺(谚)** (yàn ㄧㄢˋ)粵jin6
[現]諺語，社會上流傳的固定語句，用簡單的通俗的話反映出某種經驗和道理。

9 **諼(谖)** (xuān ㄒㄩㄢ)粵hyn1 [圈] ❶欺詐，欺騙。❷忘記。

9 **諾(诺)** (nuò ㄋㄨㄛˋ)粵nok9 [挪岳切] ❶答應的聲音，表示同意(疊)：唯唯～～。❷答應，允許：～言。慨～。

9 **謀(谋)** (móu ㄇㄡˊ)粵meu4 [牟] ❶計劃，計策，主意(圍—略、計—)：陰～。足智多～。有勇無～。❷圖謀，設法尋求：～生。～求解決方法。❸商議：不～而合。各不相～。

9 **謁(谒)** (yè ㄧㄝˋ)粵jit8 [咽]進見，拜見：～見。拜～。

9 **謂(谓)** (wèi ㄨㄟˋ)粵wei6 [胃] ❶告訴：人～予曰。❷稱，叫做：稱～。何～人工呼吸法？❸說：可～神速。其廣告：能醫百病。所謂所說的：不知～。❹意義，意思。[無謂]沒意義，說不出道理：這句話太～～了。

9 **謔(谑)** (xuè ㄒㄩㄝˋ)粵jœk9[若]戲謔，開玩笑。

9 **諠** 同'喧'，見 111 頁。

9 **諡** 同'謚'，見本頁。

9 **譆** 同'訛'，見 643 頁。

9 **谗** '讒'的簡化字，見 657 頁。

10 **謄(誊)** (téng ㄊㄥˊ)粵teŋ4 [騰]轉錄，抄寫：這稿子太亂，要～一遍。

10 **謅(诌)** (zhōu ㄓㄡ)粵dzeu1 [周]隨口編造：胡～。瞎～。

10 **謇** (jiǎn ㄐㄧㄢˇ)粵gin2[堅高上] ❶口吃，言辭不順利。❷正直。

10 **謎(谜)** (mí ㄇㄧˊ)粵mei4 [迷]謎語，影射事物或文字的隱語：燈～。～底。⑩還沒有弄明白的或難以理解的事物：這件事物直到現在還是一個～。

10 **謚(谥)** (shì ㄕˋ)粵si3[試]中國古代帝王、貴族、大臣等死後，依其生前事迹所給予的稱號，表示褒貶，如'武帝'、'哀公'之類。也叫'謚號'。

10謐(谧)(mì ㄇㄧˋ)粵 met⁹
[勿] 安靜 (粵安一)。

10謖(谡)(sù ㄙㄨˋ)粵 suk⁷
[叔] 起, 起來。

10謗(谤)(bàng ㄅㄤˋ)粵
pɔŋ³ [旁 高去] 說別人壞話 (粵誹一、毀一)。

10謙(谦)(qiān ㄑㄧㄢ)粵
him¹ [欠 高平] ❶ 虛心, 不自高自大: ～虛。～讓。～辭。❷《周易》六十四卦之一。

10講(讲)(jiǎng ㄐㄧㄤˇ)粵
gɔŋ² [港] ❶ 說, 談: ～話。他對你～了沒有? ❷ 解釋 (粵一解): ～書。這話沒～。〔講究〕1.推求, 研究。2.精美: 這房子蓋得真～～。3.(一兒)一定的方法或道理, 慣例: 寫春聯有寫春聯的～～兒。〔講義〕教師為講課編寫的教材。多指印成的活頁。〔講演〕〔演講〕把學術道理或意見對大眾說明。❸ 講求, 顧到: ～衛生。❹ 商議: ～價。～條件。

10謝(谢)(xiè ㄒㄧㄝˋ)粵 dzɛ⁶
[榭] ❶ 表示感激 (疊): ～～你! ❷ 道歉或認錯: ～罪。❸ 辭去, 拒絕: ～絕參觀。閉門～客。❹ 凋落, 衰退: 花～了。新陳代～。

10謠(谣)(yáo ㄧㄠˊ)粵 jiu⁴
[搖] ❶ 歌謠, 隨口唱出, 沒有伴奏的韻語: 民～。童～。❷ 謠言, 憑空捏造的不可信的話: ～傳。造～。闢～。

10謊(谎)(huǎng ㄏㄨㄤˇ)粵
fɔŋ¹ [方] 假話, 騙人的話: 說～。撒～。㉑商販要的虛價: 要～。

10謋(谹)(huò ㄏㄨㄛˋ)粵
wak⁹ [或] 謋然, 骨和肉分離的聲音。

10詞 同'歌', 見 341 頁。

10谠 '讜'的簡化字, 見 658 頁。

11謦(謦)(qǐng ㄑㄧㄥˇ)粵hiŋ³ [慶] 咳嗽。〔謦欬〕指談笑: 親聆～～。

11謨(谟)(mó ㄇㄛˊ)粵 mou⁴
[毛] 計策, 計劃: 宏～。

11謫(谪)(zhé ㄓㄜˊ)粵dzak⁹
[擇] ❶ 譴責, 責備。❷ 封建時代官吏因罪被降職或流放: 貶～。～降。

11謬(谬)(miù ㄇㄧㄡˋ)粵
mɐu⁶ [茂] ❶ 錯誤的, 不合情理的: ～論。荒～。❷ 差錯: 失之毫釐, ～以千里。

11謳(讴)(ōu ㄡ)⑧eu¹〔歐〕
歌唱。〔謳歌〕歌
頌，讚美。

11謷
警(áo ㄠ)⑧ngou⁴〔遨〕❶詆
毀：謷～。❷〔警警〕1.不
考慮別人的話。2.悲歎聲。

11謹(谨)(jǐn ㄐㄧㄣ)⑧gen²
〔緊〕❶慎重，小
心(謹－慎)：～守規程。❷鄭
重，恭敬：～啓。～向您表示
祝賀。

11謾(谩)㊀(màn ㄇㄢ)⑧
man⁶〔慢〕輕慢，
沒有禮貌：～罵。
㊁(mán ㄇㄢ)⑧man⁴〔蠻〕欺騙，
蒙蔽。

11謿(谬)同'謬'，見 657
頁。

12譁(哗)(huá ㄏㄨㄚ)⑧wa¹
〔娃〕人多聲雜，
亂吵(譁喧－)：全體大～。～
衆取寵(在大衆面前誇耀自己，
博取大衆稱讚)。

12證(证)(zhèng ㄓㄥ)〔政〕❶證
明，用人物、事實來表明或斷
定：～書。～人。論～。～幾
何題。❷證件，憑據，幫助斷
定事理的東西：工作～。會員
～。以此為～。❸證據：人～。
物～。❹同'症㊀'，見 445 頁。

12譎(谲)(jué ㄐㄩㄝ)⑧kyt⁸
〔決〕❶欺詐，玩
弄手段：～詐(奸詐)。❷怪異，
變化：性情怪～。〔譎詭〕怪異，
變化多端。

12譏(讥)(jī ㄐㄧ)⑧gei¹
〔基〕譏笑，諷刺，
挖苦(譏－諷)：冷～熱嘲。～
笑。

12譖(谮)(zèn ㄗㄣ)⑧
dzem³〔浸〕說壞
話誣陷人。

12識(识)㊀(shí ㄕ)⑧sik⁷
〔色〕❶知道，認
識，能辨別：～字。～貨。素
不相～。～別眞偽。❷知識，
所知道的道理：常～。知～豐
富。❸見識，辨別是非的能
力：卓～。❹(粵方言)會：我
～寫篆書。
㊁(zhì ㄓ)⑧dzi³〔志〕❶記住：
博聞強～。❷標誌，記號：款
～。

12譙(谯)(qiáo ㄑㄧㄠ)⑧
tsiu⁴〔潮〕譙樓，
古代城門上建築的樓，可以瞭
望。

12譚(谭)(tán ㄊㄢ)⑧tam⁴
〔痰〕❶同'談'，
見 650 頁。❷姓。

12譜(谱)(pǔ ㄆㄨ)⑧pou²
〔普〕❶依照事物

的類別、系統編製的表册: 年
~。家~(舊時家族記載本族
世系的表册)。食~。❷供人
研習觀摩而匯列成的圖册: 棋
~。畫~。臉~。❸記錄音樂
節拍的高低長短的符號: 歌
~。樂~。曲~。五綫~。❹
編寫歌譜: ~曲。❺(一兒)大
致的準則, 打算: 他做事有~
兒。心裏沒個~。❻左右, 表
示約數: 約一百元之~。

12 譌 同'訛', 見 643 頁。

12 譔 同'撰', 見 268 頁。

12 譄 同'嘲㊀', 見 117 頁。

12 讕 '讕'的簡字, 見 658 頁。

13 警 (jǐng ㄐㄧㄥˇ) ⓟgǐng² 〔景〕❶
注意可能發生的危險:
~戒。~備。~告(提醒人注
意)。〔警察〕國家維持社會治
安和秩序的武裝力量。也指參
加這種武裝力量的成員。也省
稱'警'。❷需要戒備的危險事
件或消息: 火~。告~。~報。
❸感覺敏銳: ~覺。~醒。機
~。

13 譫 (譫) (zhān ㄓㄢ) ⓟ
dzim¹〔尖〕多説
話。特指病中説胡話: 神昏~
語。

13 譬 (pì ㄆㄧˋ) ⓟpei³〔屁〕打比
方 (ⓦ一喻): ~如游泳,
不是光看看講游泳術的書就會
的。

13 譯 (译) (yì ㄧˋ) ⓟjik⁹〔亦〕
把一種語文依照
原義改變成另一種語文: 翻
~。~文。

13 議 (议) (yì ㄧˋ) ⓟji⁵〔以〕❶言
論 (ⓦ一論): 提~。建~。無
異~。❷商量, 討論: 會~。
~定。❸古代文體的一種, 用
以論事説理或陳述意見: 奏
~。駁~。

13 譭 (huǐ ㄏㄨㄟˇ) ⓟwei²〔委〕同
'毀❷'。誹謗, 説別人的
壞話: 詆~。~謗。

13 譟 同'噪❷', 見 119 頁。

13 讟 '讟'的簡字, 見 658 頁。

14 譴 (谴) (qiǎn ㄑㄧㄢˇ)
hin²〔顯〕❶責備
(ⓦ一責)。❷舊時官吏被貶或
謫戍。❸罪過。

14 護 (护) (hù ㄏㄨˋ) ⓟwu⁶
〔戶〕保衛 (ⓦ保
一): 愛~。~城河。㋑掩蔽,
包庇: ~短。不要一味地~着
他。〔護士〕醫院裏擔任護理工

作的人員。〔護照〕1.外交主管機關發給本國公民進入另一國停留時用以證明身分的執照。2.舊時旅行或運貨時所帶的政府機關證明文件。

14 **譽**（誉）（yùㄩ）粵jy⁶〔預〕

❶名譽，名聲：榮～。特指好的名聲：～滿中外。❷稱讚（粵讚一）：毀～參半。～不絕口。

14 **辯**　見辛部，691頁。

15 **諫**（谏）（jiǎn ㄐㄧㄢ）粵dzin²〔剪〕淺薄：學識～陋。

15 **讀**（读）㊀（dú ㄉㄨ）粵duk⁹〔獨〕依照文字唸：宣～。朗～。～報。㊀1.閱讀，看書，閱覽：～書。～者。2.求學：～大學。㊁（dòu ㄉㄡ）粵deu⁶〔寶〕舊指文章裏一句話中間唸起來要稍稍停頓的地方：句～。

15 **諗**（谂）（shěn ㄕㄣ）粵sem²〔審〕同‘審❸’。知道：～悉。～知。

15 **謫**　同‘謫’，見654頁。

15 **诶**　‘讟’的簡化字，見658頁。

16 **變**（变）（biàn ㄅㄧㄢ）粵bin³〔邊 高去〕❶

性質、狀態或情形和以前不同，更改（粵一更、一化）：天氣～了。他～得積極了。㊀事變，突然發生的非常事件：兵～。政～。〔變卦〕已定的事忽然改變。〔變通〕改動原定的辦法，以適應新情況的需要。❷唐代人對佛教故事的通稱。畫出的故事叫‘變相’，敘寫的故事叫‘變文’。

16 **讋**（詟）（zhé ㄓㄜ）粵dzip⁸〔接〕〔古〕恐懼。

16 **讎**（雠）（chóu ㄔㄡ）粵tseu⁴〔酬〕❶校對文字（粵校一）。㊀同‘仇㊀’，見17頁。

16 **讌**　同‘宴❷’，見169頁。

16 **讐**　同‘讎’，見本頁。

17 **讒**（谗）（chán ㄔㄢ）粵tsam⁴〔慚〕在別人面前說陷害某人的壞話：～言。

17 **讓**（让）（ràng ㄖㄤ）粵jœŋ⁶〔樣〕❶不爭，把方便或好處給別人：～步。謙～。㊀請：把他～進屋裏來。❷索取一定代價，把東西給人：出～。轉～。❸許，使：不～他來。～他去取。㊀任憑：～他鬧去。❹被：那個碗

~他摔了。筆~他給弄壞了。

❺責備：責~。

17 讕（谰）(lán ㄌㄢˊ)（粤）lan⁴〔蘭〕抵賴，誣陷：無恥~言。

17 讖（谶）(chèn ㄔㄣˋ)（粤）tsɛm³〔侵 高去〕tsam³〔杉〕(俗)將來要應驗的預言、預兆：~語。符~。

18 讙　同‘歡’，見 342 頁。

19 讚（赞）(zàn ㄗㄢˋ)（粤）dzan³〔贊〕同‘贊’。❶誇獎，稱揚：~許。~不絕口。❷舊時文體的一種，內容是稱讚人物的：像~。小~。

19 讛　同‘囈’，見 123 頁。

20 讜（谠）(dǎng ㄉㄤˇ)（粤）dɔŋ²〔黨〕正直的（言論）：~言。~論。

20 讞（谳）(yàn ㄧㄢˋ)（粤）jin⁶〔現〕審判定罪：定~。

22 讟（讟）(dú ㄉㄨˊ)（粤）duk⁹〔讀〕誹謗，怨言：怨~。

谷部

0 谷 ㊀(gǔ ㄍㄨˇ)（粤）guk⁷〔菊〕❶山谷，兩山中間的水道。也指兩山之間：萬丈深~。❷‘穀’的簡化字，見 488 頁。
㊁(yù ㄩˋ)（粤）juk⁹〔肉〕〔吐谷渾〕(tǔ yù hún)中國古代西部民族名。

2 郤　見⼘部，78 頁。

3 郤　見邑部，706 頁。

4 欲　見欠部，340 頁。

10 谺 ㊀(huō ㄏㄨㄛ)（粤）kut⁸〔括〕❶殘缺，裂開：~口。~了一個口子。~脣。〔谺子〕殘缺的口子：碗上有個~~。城牆拆了一個~~。❷捨棄：~出性命。~着幾天時間。
㊁(huò ㄏㄨㄛˋ)（粤）同㊀❶開闊，敞亮：~達(胸襟開闊)。~然開朗。❷免除(𨑨一免)。

10 谿　同‘溪’，見 377 頁。

豆部

0 豆 (dòu ㄉㄡˋ)（粤）dɐu⁶〔竇〕dɐu²〔抖〕(語)❶豆科，雙子葉植物的一科，草本木本都有，如綠豆、黃豆、落花生、槐樹、紫檀等都屬這一科。通常統稱豆類植物，有大豆、黃豆、豌豆、蠶豆等。又指這些植物的種子。❷(一兒)形狀像豆粒的東西：山藥～。土～(馬鈴薯)。❸古代盛載肉類或其他食品的器皿。(參見附圖)

〔豆蔻〕多年生草本植物，開淡黃色花，果實扁球形，種子有香味。果實和種子可入藥。

豆

剅 2 見刀部，61 頁。

豇 3 (jiāng ㄐㄧㄤ)粵gɔŋ¹〔江〕
〔豇豆〕一年生草本植物，花淡青或紫色，果實為長莢，嫩莢和種子都可吃。

豈(岂) 3 ㊀(qǐ ㄑㄧˇ)粵hei²〔起〕助詞，表示反詰：1.哪裏，如何，怎麼：～敢!～有此理? 2.難道：～有意乎?
㊁〈古〉同'愷'，見 228 頁。
㊂〈古〉同'凱'，見 54 頁。

豉 4 (chǐ ㄔˇ)粵si⁶〔士〕豆豉，一種用豆子製成的調味品。

壹 5 見士部，143 頁。

登 5 見癶部，452 頁。

短 5 見矢部，467 頁。

豌 8 (wān ㄨㄢ)粵wun²〔碗〕
wun¹〔碗高平〕(又)〔豌豆〕一年或二年生草本植物，開白花，種子和嫩莖、葉都可吃。

豎(竖) 8 (shù ㄕㄨˋ)粵sy⁶〔樹〕❶直立：把棍子～起來。❷上下的或前後的方向：～着寫。～着挖道溝。❸直，漢字自上往下寫的筆形(丨)：十字是一橫一～。❹豎子，古時對人的一種蔑稱。

醋 8 (chāi ㄔㄞ，舊讀cè ㄘㄜˋ)tsik⁷〔斥〕(一兒)碾碎了的豆子、玉米等：豆～。

頭 9 見頁部，772 頁。

謙 10 (xiàn ㄒㄧㄢ)粵ham⁵〔咸低上〕糕餅中的豆餡。

豐(△丰) 11 (fēng ㄈㄥ)粵fuŋ¹〔風〕❶豐富，多(粵一盛)：～收。～年。～衣足食。❷茂盛，茂密：～茸。❸大：～碑。～功偉績。❹《周易》六十四卦之一。

豔 20 同'豔'，見 660 頁。

21 豔(艷) (yàn ㄧㄢˋ)(粵)jim⁶〔驗〕❶鮮豔，色彩鮮明：~麗。~陽天。百花爭~。❷有關男女愛情的事情：~史。~遇。~詩。❸〈古〉美女。
〔豔羨〕非常羨慕。

豕部

0 豕 (shǐ ㄕˇ)(粵)tsi²〔始〕豬。

2 彖 見ㅋ部，210頁。

3 豗 (huī ㄏㄨㄟ)(粵)fui¹〔灰〕❶撞擊。❷〔喧豗〕轟響聲。

3 圂 見口部，125頁。

4 豚 (tún ㄊㄨㄣˊ)(粵)tyn⁴〔團〕小豬，也泛指豬。

4 豝 (bā ㄅㄚ)(粵)ba¹〔巴〕母豬。

5 象 (xiàng ㄒㄧㄤˋ)(粵)dzœŋ⁶〔丈〕❶哺乳動物，多產在印度、非洲等熱帶地方。鼻子圓筒形，可以伸捲。多有一對特長的門牙，突出脣外，可用來雕刻成器皿或藝術品。❷形狀，樣子(連形-)：景~。萬~更新。〔象徵〕用具體的東西表現事物的某種意義：鴿子

~~和平。❸仿效，摹擬：~形。~聲。

6 豢 (huàn ㄏㄨㄢˋ)(粵)wan⁶〔患〕餵養牲畜(連-養)。

7 豨 (xī ㄒㄧ)(粵)hei¹〔希〕古書上指豬。〔豨薟〕豨薟草，一年生草本植物，莖上有灰白毛，花黃色。全草入藥。

7 豪 (háo ㄏㄠˊ)(粵)hou⁴〔毫〕❶具有傑出才能的人(連-傑)：文~。英雄~傑。❷氣魄大，直爽痛快，沒有拘束的：~放。性情~爽。~言壯語。~邁的氣概。❸強橫的，有特殊勢力的：土~。巧取~奪。〔豪門〕有錢有勢的家庭。

8 豵 (zòng ㄗㄨㄥˋ)(粵)dzuŋ³〔眾〕公豬。

8 豬 (zhū ㄓㄨ)(粵)dzy¹〔朱〕一種家畜，體肥多肉，肉可吃，皮和鬃是工業原料，糞是很好的肥料。

9 豫 (yù ㄩˋ)(粵)jy⁶〔預〕❶歡喜快樂：面有不~之色。❷同'預❶'。預先，事前。❸安閒，舒適：憂勞興國，逸~亡身。❹河南省的別稱。

9 豭 (jiā ㄐㄧㄚ)(粵)ga¹〔加〕公豬。

9 豷 '豬'的簡化字，見661頁。

10　**豳**　(bīn ㄅㄧㄣ)粵ben¹〔賓〕古地名，在今陝西省旬邑縣。

12　**豶(豶)**　(fén ㄈㄣˊ)粵fen⁴〔焚〕❶閹割過的豬。❷〈方〉雄性的牲畜：～豬。

18　**豵**　同'貜'，見 662 頁。

豸部

0　**豸**　(zhì ㄓˋ)粵dzi⁶〔自〕dzai⁶〔寨〕又古書上指沒有腳的蟲子。〔蟲豸〕舊時對蟲子的通稱。

3　**豺**　(chái ㄔㄞˊ)粵tsai⁴〔柴〕一種像狼的野獸，耳朵比狼的短而圓，性貪暴，常成羣侵襲家畜。〔豺狼〕喻貪心殘忍的惡人。

豺

3　**豹**　(bào ㄅㄠˋ)粵pau³〔炮〕像虎而比虎小的一種野獸，毛黃褐或赤褐色，多有黑色斑點，善跳躍，能上樹，常捕食鹿、羊、猿猴等。毛皮可製衣、褥。

5　**貂**　(diāo ㄉㄧㄠ)粵diu¹〔刁〕一種哺乳動物，嘴尖，尾巴長，毛皮黃黑色或帶紫色，是很珍貴的衣料，中國東北特產之一。

6　**貅**　(xiū ㄒㄧㄡ)粵jeu¹〔休〕見 662 頁'貔'字條'貔貅'。

6　**貆**　(huán ㄏㄨㄢˊ，又讀 xuán ㄒㄩㄢˊ)粵wun⁴〔垣〕hyn¹〔圈〕又幼小的貉。

6　**貉**　㈠(hé ㄏㄜˊ)粵hɔk⁹〔學〕也叫'狗獾'。野獸名，毛櫻灰色，嘴尖，晝伏夜出，捕食蟲類，皮很珍貴：一丘之～(喻彼此相似，沒什麼差別，指壞人)。
㈡(háo ㄏㄠˊ)同㈠　義同㈠，用於'貉子'、'貉絨'。
㈢〈古〉同'貊'，見本頁。

貉

6　**貊**　(mò ㄇㄛˋ)粵mek⁹〔麥〕中國古代稱北方的民族。

7　**貌**　(mào ㄇㄠˋ)粵mau⁶〔矛低去〕❶相貌，面容(粵容一-)。

以～取人。其～不揚。❷外表的形象，樣子：～合神離。他對人有禮：工廠的全～。❸古書注解裏表示狀態用的字，相當於現在的'樣子'，如'飄飄，飛貌'等。

7 **貍** （lí ㄌㄧˊ）粵lei⁴〔離〕❶（一子）貍貓，也叫'山貓'、'野貓'。形狀跟貓相似，毛棕黃色，有黑色斑紋，圓頭大尾。性凶猛，善偸家禽。❷靈貓的一種，常穴居地下或樹洞中，捕食小型動物。分佈於華南各省。

9 **貓** ㊀（māo ㄇㄠ）粵mau¹〔矛高平〕一種家畜，面呈圓形，腳有利爪，會捉老鼠。
㊁（máo ㄇㄠˊ）粵同㊀〔貓腰〕彎腰。

9 **貐** （yà ㄧㄚˋ）粵at⁸〔壓〕〔猰貐〕古代傳說中的一種食人凶獸。

9 **貐** （yǔ ㄩˇ）粵jy⁵〔雨〕　見本頁'猰'字條〔猰貐〕。

10 **貔** （pí ㄆㄧˊ）粵pei⁴〔皮〕傳說中的一種猛獸，似熊。〔貔子〕〈方〉黃鼬。〔貔子窩〕漁港名，在遼寧省新金縣，今名'皮口'。〔貔貅〕傳說中的一種猛獸。❀勇猛的軍隊。

11 **貘** （mò ㄇㄛˋ）粵mek⁹〔麥〕野獸名，哺乳類動物。像犀牛，但較矮小，無角，鼻子圓長，能伸縮。產於熱帶，善游泳。

18 **貛** （huān ㄏㄨㄢ）粵fun¹〔歡〕野獸名，毛灰色，頭部有三條白色縱紋。毛可製筆，脂肪煉油可入藥。

貛

貝（贝）部

0 **貝（贝）** （bèi ㄅㄟˋ）粵bui³〔輩〕❶古代稱水中有貝殼的動物；現在稱軟體動物中蛤蜊、珠母、刀蚌、文蛤等為貝類。❷古代用貝殼做的貨幣。

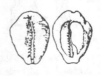

貝　幣

2 貞（贞）〔zhēn ㄓㄣ〕粵 dziŋ¹〔晶〕❶ 堅定，有節操：忠～。堅～不屈。❷舊禮教的一種道德觀念，指女子不改嫁等：～女。❸占卜，問卦：～卜。

2 負（负）〔fù ㄈㄨˋ〕粵 fu⁶〔父〕❶ 背：～米。如釋重～。㊀擔任：～責。〔負擔〕1.擔當。2.責任，所擔當的事務：減輕～～。❷感到痛苦的不容易解決的思想問題：～重。❸仗恃，倚靠：～險固守。～隅頑抗。〔負氣〕賭氣。〔自負〕自以為了不起。❹遭受：～傷。～屈。❹具有：～有名望。素～盛名。❺欠（錢）：～債。❻違背，背棄：～盟。忘恩～義。不～眾望。❼敗，跟'勝'相反：不分勝～。❽小於零的：～數。❾指相對的兩方面中反的一面，跟'正'相對：～極。～電。

2 貟同'員'，見本頁。

2 則見刀部，60 頁。

3 財（财）〔cái ㄘㄞˊ〕粵 tsoi⁴〔才〕金錢或物資（粵－產、資－、錢－）：理～。～務。〔財政〕國家的收支及其他有關經濟的事務。〔財團〕指控制許多公司、銀行和企業的資本家或其集團。

3 貢（贡）〔gòng ㄍㄨㄥˋ〕粵 guŋ³〔工 高去〕❶古代指屬國或臣民向君主獻東西。❷貢品：進～。納～。❸封建時代指選拔人才，推薦給朝廷：～生。～舉。〔貢獻〕1.拿出物資、力量、經驗等獻給國家或公眾。2.對國家或公眾所做的有益的事。

3 貣〔tè ㄊㄜˋ〕粵 tik⁷〔惕〕❶求乞。❷同'忒'。差錯。

3 屓見尸部，179 頁。

3 厡 '厵'的簡化字，見 181 頁。

3 唄見口部，104 頁。

3 員見口部，103 頁。

4 貧（贫）〔pín ㄆㄧㄣˊ〕粵 pɐn⁴〔頻〕❶窮，收入少生活困難，跟'富'相反（粵－窮）：～困。～民。❷缺乏，不足：～血。〔貧乏〕不豐富：經驗～～。❸多到使人厭煩：要～嘴。他的嘴太～。❹僧尼、道士自謙之辭：～僧。～道。

4 貨（货）〔huò ㄏㄨㄛˋ〕粵 fo³〔課〕❶貨物，商品：百～。進～。訂～。〔貨郎〕

舊時賣零星商品的流動小販。❷錢幣：通～。〔貨幣〕即錢幣，是充當一切商品的一般等價物的特殊商品，可以購買任何別的商品。❸賣。❹罵人時指人：他不是個好～。笨～。蠢～。

4 **販（贩）** (fàn ㄈㄢˋ)(粵)fan³〔泛 高 去〕fan²〔反〕(又)❶指買貨出賣：～貨。～了五箱蘋果來。❷（一子）買貨物出賣的行商或小商人：菜～。小～。攤～。

4 **貪（贪）** (tān ㄊㄢ)(粵)tam¹〔談高平〕❶貪圖，求多，不知足：～玩。～便(pián)宜。～得無厭。❷愛財：～墨。(喻)貪污，納賄受賄：～官。～贓枉法。❸貪戀，捨不得：～生怕死。

4 **責（责）** ㊀(zé ㄗㄜˊ)(粵)dzak⁸〔窄〕❶責任，分內應做的事：負～。盡～。愛護公物，人人有～。❷要求：求全～備。～己嚴於～人。〔責成〕要求某人負責辦好：這個問題已——專人研究解決。❸責備，指摘過失：～罰。斥～。～怪。❹責問，質問，詰問：～難(nàn)。❺處罰，懲罰：鞭～。杖～。
㊁(古)同'債'，見 38 頁。

4 **貫（贯）** (guàn ㄍㄨㄢˋ)(粵)gun³〔灌〕❶連貫，穿通：精神～注。一直串下去。融會～通。〔貫徹〕使全部實現：把刻苦學習的精神～～始終。〔一貫〕向來如此，始終一致：誇誇其談是他的～作風。❷舊時把方孔錢穿在繩子上，每一千個叫一'貫'。❸原籍，世代居住的地方：籍～。

4 **质** '質'的簡化字，見 668 頁。

4 **购** '購'的簡化字，見 669 頁。

4 **贤** '賢'的簡化字，見 668 頁。

4 **贮** '貯'的簡化字，見本頁。

4 **败** 見攵部，見 277 頁。

5 **貯（贮）** (zhù ㄓㄨˋ)(粵)tsy⁵〔柱〕儲存(璽)～存，一藏)。

5 **貰（贳）** (shì ㄕˋ)(粵)sei³〔世〕❶租借，出賃。❷賒欠。❸寬縱，赦免。

5 **貳（贰）** (èr ㄦˋ)(粵)ji⁶〔二〕❶'二'字的大寫。❷懷疑，不信任：決無疑～。

5 **貴（贵）** (guì ㄍㄨㄟˋ)(粵)gwei³〔桂〕❶價

錢高：這本書不～。金比銀～。❷指地位高：～族。達官～人。敬辭：～姓。～處。～校。～賓。❸特別好，價值高(圍寶～、～重)：珍～的產品。寶～的意見。❹重視：～精不～多。這種見義勇為的精神是可～的。

5 **貶(贬)**(biǎn ㄅㄧㄢˇ)(粵)bin² [扁]❶給予不好的評價，跟'褒'相反：一字之～。[褒貶]1.論說好壞。2.指出缺點。❷減低，降低：～價。～值。～職。

5 **貸(贷)**㊀(dài ㄉㄞˋ)(粵)tai³ [太]❶借貸，借入或借出(簿記學上專指借出)：～款。❷貸款：農～。❸推卸給旁人：責無旁～(自己應盡的責任，無可推卸)。❹寬恕，饒恕：嚴懲不～。
㊁(tè ㄊㄜˋ)(粵)tik⁷ [惕]同'忒'。差錯。

5 **買(买)**(mǎi ㄇㄞˇ)(粵)mai⁵ [埋低上]拿錢換東西，跟'賣'相反(圍購～)：～戲票。～了一個西瓜。㊁賂：～通。[買辦]1.採購貨物的人。2.替外國資本家在本國市場上經營商業、銀行業、工礦業、運輸業等等的中間人和經紀人。[買空賣空]一種商業投機行為，投機的對象多為股票、黃金、期貨、外幣等，或者預料價格要漲而買進後再賣出，或者預料價格要跌而賣出後再買進，買時並不付款取貨，賣出時也並不交貨收款，只是就一進一出間的差價結算盈餘或虧損。

5 **貺(贶)**(kuàng ㄎㄨㄤˋ)(粵)fong³ [放]賜與，贈送。

5 **費(费)**㊀(fèi ㄈㄟˋ)(粵)fei³ [廢]❶花費，消耗：～力。～心。～神。～事。～工夫。浪～。這孩子穿鞋太～。❷費用，為某種需要用的款項：學～。辦公～。・❸言辭煩瑣：辭～。❹費縣，在山東省。
㊁(bì ㄅㄧˋ)(粵)bei³ [臂]姓。

5 **貼(贴)**(tiē ㄊㄧㄝ)(粵)tip⁸ [帖]❶黏，把一種薄片狀的東西黏合在另一種東西上(圍黏～)：～佈告。～郵票。❷靠近，緊挨：～身衣服。～着牆走。[貼切]密合，恰當，確切。❸添補，補助(圍～補)：津～。每月～給他一些錢。❹同'帖㊁❶'。適合，妥當：妥～。

5 **貽(贻)**(yí ㄧˊ)(粵)ji⁴ [兒]❶贈送。❷遺

留: ～害。～笑大方(給識者
嗤笑)。

5 貿(贸) (mào ㄇㄠˋ) ⑧
mau⁶〔茂〕❶ 交
換，交易: 抱布～絲。〔貿易〕
商業活動: 國際～。❷冒冒
失失或輕率的樣子(疊): ～然
參加。～～然來。

5 賀(贺) (hè ㄏㄜˋ) ⑧ ho⁶
〔荷低去〕慶祝，
祝頌(運慶-): ～年。～喜。
～功。～電。

5 賁(贲) ⊖(bì ㄅㄧˋ) ⑧bei³
〔臂〕❶文飾，裝
飾很好: ～臨(貴賓盛裝來
臨)。❷《周易》六十四卦之一。
⊜(bēn ㄅㄣ) ⑧ben¹〔奔〕同‘奔’。
奔走。〔虎賁〕古時指勇士。
〔賁門〕胃與食道相連的部分，
是胃上端的開口，食道中的食
物通過賁門進入胃內。
⊜(fén ㄈㄣˊ) ⑧fen⁴〔墳〕大。

5 贱 ‘賤’的簡化字，見 668 頁。

6 賂(赂) (lù ㄌㄨˋ) ⑧ lou⁶
〔路〕❶賄賂，用
財物買通別人。❷財物。

6 賃(赁) (lìn ㄌㄧㄣˋ) ⑧jem⁶
〔任〕租(運租
-): ～房。～車。出～。

6 賄(贿) (huì ㄏㄨㄟˋ) ⑧kui²
〔繪〕❶財物(現
指用來買通別人的財物)。❷
賄賂，用財物買通別人: 行～。

6 賅(赅) (gāi ㄍㄞ) ⑧goi¹
〔該〕完備: 言簡
意～。

6 貲(赀) (zī ㄗ) ⑧dzi¹〔支〕
❶計量(多用於
否定): 所費不～。不可～計。
❷同‘資❶’. 財物，錢財。

6 資(资) (zī ㄗ) ⑧dzi¹〔支〕
❶財物，錢財:
～源。投～。㊟錢，費用: 工
～。車～。〔資本〕1.掌握在資
本家手裏的生產資料和用來雇
傭工人的貨幣。2.經營工商業
的本錢。3.比喻牟取利益的憑
藉。〔資料〕1.生產、生活中必
需的東西。2.用做依據的材料:
統計～～。❷供給: ～助。以
～參考。❸智慧能力: 天～。
～質(指智慧的高低)。❹資歷,
指地位、聲望、閱歷: 德才～。
〔資格〕從事某種活動應有的條
件。

6 賈(贾) ⊖(jiǎ ㄐㄧㄚˇ) ⑧
ga²〔假 高上〕❶
姓。❷古多用於人名。
⊜(gǔ ㄍㄨˇ) ⑧gu²〔古〕❶商人
(運商-)。古時特指坐肆售貨
的商人。❷做買賣: 長袖善舞,
多錢善～。❸賣: 餘勇可～
(喻還有多餘的力量可以使

出）。❹招引，招致：～禍。
～害。
㈢〈古〉同'賈'，見 41 頁。

6 賊（贼）(zéi ㄗㄟˊ)⑧tsak⁸
[拆]tsak⁹[拆低入]〈又〉❶偷東西的人，盜匪：偷～。㉠嚴重危害民眾和國家的壞人：民～。賣國～。❷傷害。❸邪的，不正派的：～眼。～頭～腦。❹〈方〉狡猾：老鼠真～。

6 賉 同'恤'，見 222 頁。

6 赆 '贐'的簡化字，見 670 頁。

6 赆 '賟'的簡化字，見 670 頁。

6 赃 '臟'的簡化字，見 670 頁。

7 賑（赈）(zhèn ㄓㄣˋ)⑧dzen³[振]賑濟，救濟：～災。～款。也作'振'。

7 賒（赊）(㊀shē ㄕㄜ)⑧sɛ¹[些]❶買賣貨物時延期付款或收款：～賬。～購。❷遙遠：江山蜀道～。
㈢〈古〉同'奢'❶，見 150 頁。

7 賓（宾）(bīn ㄅㄧㄣ)⑧ben¹[奔]客人（⑧～客）：來～。外～。～館。喧～奪主(喻次要事物侵佔主要事物的地位)。

7 賕（赇）(qiú ㄑㄧㄡˊ)⑧keu⁴[求]賄賂。

7 赉 '賚'的簡化字，見本頁。

7 勋 見力部，69 頁。

實 見宀部，171 頁。

8 賙（赒）(zhōu ㄓㄡ)⑧dzeu¹[周]接濟，救濟：～濟。又作'周'。

8 賚（赉）(lài ㄌㄞˋ)⑧lɔi⁶[睞]賞賜，贈送。

8 賜（赐）(cì ㄘˋ)⑧tsi³[次]❶給，指上級給下級或長輩給小輩（⑧賞一）：恩～。敬辭：～教。希～回音。❷賞給的東西，給與的好處：皆受其～。受～良多。

8 賞（赏）(shǎng ㄕㄤˇ)⑧sœŋ²[想]❶指地位高的人或長輩給地位低的人或晚輩財物（⑧～賜）：～給他一匹馬。❷敬辭：～光。～面。❸獎勵：～罰分明。❹獎賞的東西：領～。懸～。❺玩賞，因愛好某種東西而觀看：欣～。～鑒。[賞識]認識到人的才能或作品的價值而予以重視或讚揚。

8 賠（赔）(péi ㄆㄟˊ)⑧pui⁴[陪]❶補還損失

(⏀一償)：～款。照價～償。
❷虧蝕：～錢。～本。❸向人
道歉或認錯：～罪。～禮。～
不是。

8 **賡**(赓) (gēng 《ㄥ) ⏀
gɐŋ¹〔庚〕繼續，
連續(⏀一續)。

8 **賢**(贤) (xián ㄒㄧㄢˊ) ⏀
jin⁴〔言〕❶有道
德的，有才能的或有道德的有
才能的人：～明。選～與能。
❷敬辭，用於平輩或晚輩：～
弟。～姪。

8 **賣**(卖) (mài ㄇㄞˋ) ⏀ mai⁶
〔邁〕❶拿東西換
錢，跟'買'相反：～水果。⑤
出賣：～國賊。～求榮。❷
盡量使出(力氣)：～力。～勁。
❸賣弄，顯示自己，表現自
己：～功。～乖。～弄才能。
〔賣關子〕指說話、做事在緊要
的時候，故弄玄虛，使對方着
急而答應自己的要求。

8 **賤**(贱) (jiàn ㄐㄧㄢˋ) ⏀
dzin⁶〔煎低去〕❶
價錢低：穀～傷農。這布眞～。
❷指地位卑微，人格卑鄙(⏀
卑一)：貧～。下～。自謙之
辭：～姓。～恙。～軀。❸輕
視：貴遠～近。

8 **賦**(赋) (fù ㄈㄨˋ) ⏀ fu³
〔富〕❶舊指田地

稅：田～。〔賦稅〕舊指田賦和
各種捐稅的總稱。❷中國古典
文學中的一種文體。❸念詩或
作詩：登高～詩。❹授予，給
予：～予。特指生成的資質：
天～。稟～。

8 **賧**(赕) (dǎn ㄉㄢˇ) ⏀ dam⁶
〔啖〕❶中國古代
南方某些少數民族以財物贖罪
叫'賧'。❷(⏀)奉獻：～佛(向
廟宇捐獻財物，求佛消災賜
福)。

8 **賨**(賨) (cóng ㄘㄨㄥˊ) ⏀
tsuŋ⁴〔松〕秦漢
時期湖南省和四川省少數民族
所繳的一種賦稅。後也稱這個
少數民族為賨人。

8 **質**(质) ㊀(zhì ㄓˋ) ⏀ dzɐt⁷
〔姪高入〕❶本體，
本性：物～。流～。鐵～。問
題的實～。〔質子〕原子核內帶
有正電的粒子，如氫原子核。
〔質量〕1.產品或工作的優劣程
度：提高～～。2.物理學上物
體所含物質之量。❷樸實
(⏀一樸)。❸依據事實來問明
或辨別是非：～問。～疑。～
之高明。

㊀(zhì ㄓˋ) ⏀ dzi³〔至〕❶作抵押
的人或物：人～。以物為～。
❷抵押，典當：以手錶～錢。

8 睛(睛) ㊀(qíng ㄑㄧㄥˊ)⊚ tsiŋ⁴〔情〕受賜，承受：～受財產。
㊁(jìng ㄐㄧㄥˋ)⊚dziŋ³〔靜〕賜予。

8 賬(账) (zhàng ㄓㄤˋ)⊚dzœŋ⁶〔障〕又作'帳'。❶關於銀錢財物出入的記載：記～。流水～。又指記載銀錢財物出入的本子或單子：一本～。一篇～。❷債務：欠～。㋐自己做過的事情：不認～(喻不承認自己做的事)。

8 賷(赍) (jī ㄐㄧ)⊚dzɐi¹〔擠〕懷抱着，帶着：～志而沒(志未遂而死去)。～恨。❷把東西送給別人。

8 賭(赌) (dǔ ㄉㄨˇ)⊚dou²〔倒〕賭博，用財物作注爭輸贏：～錢。㋐爭輸贏：打～。～輸贏。〔賭氣〕因不服氣而任性做事：不要～。他～～走了。

8 賛 同'贊'，見 670 頁。

8 贖 '贖'的簡化字，見 671 頁。

8 贠 '贔'的簡化字，見 671 頁。

9 賴(赖) (lài ㄌㄞˋ)⊚ lai⁶〔籟〕❶依賴，仗恃，倚靠，仰～。❷不要存着依

～的心理。❷抵賴，不承認以前的事：～賬。事實俱在，～是～不掉的。❸留在某處不肯走開：～着不走。❹誣賴，硬說別人有過錯：自己做錯了，不能～別人。❺怪罪，責備：學習不進步只能～自己不努力。❻不好，劣，壞：今年收穫眞不～。

9 賵(赗) (fèng ㄈㄥˋ)⊚fuŋ³〔諷〕❶古時指用財物幫助人辦喪事：賻～。❷古時指送給辦喪事人家助葬的東西。

10 賺(赚) ㊀(zhuàn ㄓㄨㄢˋ)⊚dzan⁶〔撰〕❶做買賣獲得利潤，跟'賠'相反：～錢。❷〔方〕利潤：～兒。頭。❸〔方〕掙(錢)：～錢養家。
㊁(zuàn ㄗㄨㄢˋ)⊚同㊁誆騙：～人。

10 賻(赙) (fù ㄈㄨˋ)⊚fu⁶〔付〕拿錢財幫人辦理喪事：～金。～儀。

10 購(购) (gòu ㄍㄡˋ)⊚keu¹〔扣〕geu³〔夠〕(又)買(⊚一買)：採～。收～。

10 賽(赛) (sài ㄙㄞˋ)⊚tsɔi³〔菜〕❶比較好壞、強弱：～跑。田徑～。❷勝似：一個～一個。⊕比得上：～眞的。❸舊時為酬報神靈而

舉行的祭典：～神。～會。
[賽璐珞](外)一種化學工業製
品，無色透明的固體，質輕，
易燃，可製膠捲、玩具、日用
品等。

10 **膡** 同'剩'，見 63 頁。

10 **賷** 同'齎'，見 831 頁。

10 **嬰** 見女部，162 頁。

11 **贄（贽）**(zhì ㄓˋ)(粵) dzi³
[至]古時初次拜
見人時所送的禮物：～見。～
敬。

11 **贅（赘）**(zhuì ㄓㄨㄟˋ)(粵)
dzœy⁶[罪] ❶ 多
餘的，多而無用的：～述。～
疣。❷ 入贅，招贅：～婿。

11 **賾（赜）**(zé ㄗㄜˊ)(粵)dzak⁸
[責]幽深難見，
深奧：探～索隱（探究深奧的
義理，搜索隱祕的事迹）。

12 **贈（赠）**(zèng ㄗㄥˋ)(粵)
dzɐŋ⁶[甑]贈送，
無代價地送給別人：～品。～
閱。臨別～言。

12 **贊（赞）**(zàn ㄗㄢˋ)(粵)dzan³
[讚]❶ 幫助：～
助。[贊成]1.表示同意：大家
都～～他的意見。2.助人成功。
❷ 又作'讚'。誇獎，稱揚（連一

許、一揚、稱一）：～不絕口。
❸ 又作'讚'。舊時文體的一種，
內容是稱讚人物的：像～。小
～。

12 **贗（赝）**(yàn ㄧㄢˋ)(粵)ŋan⁶
[雁]假的，偽造
的：～品。

12 **贇（赟）**(yūn ㄩㄣ)(粵)wen¹
[溫]美好。多用
於人名。

12 **甖** 見瓦部，435 頁。

13 **贍（赡）**(shàn ㄕㄢˋ)(粵)sin⁶
[善]sim⁶〔蟬低
去〕(又)❶ 供給，供養：～養親
屬。❷ 富足，足夠。

13 **贏（赢）**(yíng ㄧㄥˊ)(粵)jiŋ⁴
[仍]❶ 餘利，賺
錢（連一餘）。❷ 勝：那個籃球
隊～了。～了三個球。❸因成
功獲得：～得全場歡呼喝彩。
(粵口語讀jeŋ⁴[移鏡切低平])

13 **寶** 見宀部，173 頁。

13 **罌** 見缶部，534 頁。

14 **贐（赆）**(jìn ㄐㄧㄣˋ)(粵)
dzɐn²[準]離別
時送給人的路費或禮物：～
儀。

14 **贓（赃）**(zāng ㄗㄤ)(粵)
dzɔŋ¹[莊]贓物，

貪污受賄或偷盜所得的財物:
貪~枉法。賊~。追~。退~。

14 贔（赑）(bì ㄅㄧˋ)粵bei³
〔閉〕〔贔屭〕1.用
力的樣子。2.馱碑的大石龜。
3.〈粵方言〉心情抑鬱焦躁的樣
子。

14 贛 同‘贛㊀’，見 671 頁。

14 齎 見‘齊’部，見 831 頁。

15 贖（赎）(shú ㄕㄨˊ)粵suk⁹
〔淑〕❶用財物換
回抵押品: ~當(dàng)。~身。
❷用行動抵消、彌補罪過(舊
時特指用財物減免刑罰): 將
功~罪。

15 贗 同‘贋’，見 670 頁。

17 贛（赣）㊀(gàn ㄍㄢˋ)粵
gem³〔禁〕❶贛
江，河流名，在江西省。❷江
西省的別稱。
㊁(gòng ㄍㄨㄥˋ)粵guŋ³〔貢〕賜
給。

17 屭 見尸部，181 頁。

18 臓 同‘贓’，見 670 頁。

赤部

0 赤 (chì ㄔˋ)粵tsɛk⁸〔尺〕tsik⁸
〔斥中入〕(又)❶火的顏色。
泛指紅色: ~小豆。~血球。
〔赤子〕初生嬰兒。〔赤心〕誠心。
〔赤字〕財政上虧空的數字。❷
空無所有: ~手空拳。~貧。
❸裸露: ~腳。~背。

3 郝 見邑部，705 頁。

4 赦 (shè ㄕㄜˋ)粵sɛ³〔瀉〕免除
刑罰: 大~。~罪。

4 赧 (nǎn ㄋㄢˇ)粵nan⁵〔難低上〕
因羞慚而臉紅: ~顏。

6 赬 ‘赬’的簡化字，見本頁。

7 赫 (hè ㄏㄜˋ)粵hak⁷〔客高入〕
❶顯明，盛大(疊): 顯
~。聲勢~~。❷赫茲的簡稱，
頻率單位，一秒鐘振動一次叫
一赫茲。符號Hz。
〔赫哲〕赫哲族，中國少數民族
名，參看附錄六。

8 赭 (zhě ㄓㄜˇ)粵dzɛ²〔者〕紅褐
色: ~石(礦物名，可做
顏料)。

9 赬（赪）(chēng ㄔㄥ)粵
tsiŋ¹〔清〕紅色。

10 **糖** (táng ㄊㄤˊ)㊣toŋ⁴〔唐〕赤色(指人的臉)：紫～臉。

走部

0 **走** (zǒu ㄗㄡˇ)㊣dzeu²〔酒〕❶走路，步行：～得快。小孩子會～路了。㋐1.往來：～親戚。2.移動，挪動：～棋。鐘不～了。3.往來運送：～信。～貨。❷離去：他剛～。我明天要～了。❸通過，由：咱們～這個門出去吧。❹經過：這筆錢不～賬了。❺透漏出，越過範圍：～漏消息。～氣。說話～了嘴。❻失去原樣：衣服～樣子了。茶葉～味了。❼古代指‘跑’(㊣奔一)：～馬看花(喻大略地觀察一下)。〔走狗〕善跑的獵狗。㊣受人豢養而幫助作惡的人。

2 **赳** (jiū ㄐㄧㄡ)㊣geu²〔九〕deu²〔斗〕(俗)〔赳赳〕健壯威武的樣子：雄～～。

2 **赴** (fù ㄈㄨˋ)㊣fu⁶〔父〕❶往去：～京。～宴。～會。～湯蹈火(喻不避艱險)。❷投入，參加：～戰。

2 **赵** ‘趙’的簡化字，見 673 頁。

3 **起** (qǐ ㄑㄧˇ)㊣hei²〔喜〕❶由躺而坐或由坐而立等：～牀。～立致敬。㋐離開原來的位置：1.移開，搬開：～身。～運。2.拔出，取出：～釘子。～貨。〔起居〕日常生活：～～有恆。❷由下向上升，由小往大裏漲：一～一落。～勁。麪～了。〔起色〕好轉的形勢，轉機：病有～～。❸長出：～燎泡。～痱子。❹開始：～筆。～點。〔起碼〕最低限度，最低的：～～要十天才能完工。❺發生：～疑。～意。～火。～風。❻擬定：～草。❼建造，建立：～房子。白手～家。❽從哪裏開始：1.在名詞後：今天～，從這裏～。2.在名詞前：～南到北。～這裏剪開。❾批，羣：一～人走了，又來一～。❿件，宗：三～案件。兩～事故。⓫在動詞後，表示動作的趨向：抱～。拿～。扛～大旗。提～精神。引～大家注意。想不～什麼地方見過他。⓬在動詞後，跟‘來’連用，表示動作開始：大聲唱～來。唱～歌來。⓭在動詞後，常跟‘不’得’連用：1.表示勝任，能擔當得住：買不～。經得～考驗。2.表示夠格，達到某一種標準：看不～。瞧得～。

3 趴 同'訕❷',見643頁。

3 赶 '趕'的簡化字,見本頁。

5 趁 (chèn 彳ㄣ)⑱tsen³〔襯〕❶利用(時間、機會):～早起身。～火打劫。打鐵～熱。～着有陽光曬衣服。⑨順便搭乘:～車。～船。❷〈方〉富有:～錢。

5 趄 ㊀(qiè くㄧㄝ)⑱tse³〔斜高去〕傾斜:～坡。～着身子。
㊁(jū ㄐㄩ)⑱dzœy¹〔追〕見本頁'趑'字條'趑趄'。

5 超 (chāo ㄔㄠ)⑱tsiu¹〔昭〕❶高出,勝過:～齡。～額。～聲波。功～千古。❷在某種範圍以外,不受限制:～脫。～現實。❸越過,跳過:挾泰山以～北海(喻做辦不到的事)。

5 越 (yuè ㄩㄝ)⑱jyt⁹〔月〕❶渡過,超出:1.渡過阻礙:爬山～嶺。2.不按照一般的次序,超出範圍:～級。～權。～俎代庖(喻越職做別人應做的事)。❷揚名:聲音清～。❸搶奪:殺人～貨。❹越…越…,表示程度加甚:～快～好。～跑～有勁。天氣～來～暖和。〔越發〕更加:今年的收成～～

好了。❺周代諸侯國名,在今浙江省東部,後擴展到浙江省北部、江蘇全省、安徽省南部及山東省南部。後來用做浙江省東部的別稱:～劇。

5 趍 同'趁',見本頁。

5 趋 '趨'的簡化字,見674頁。

6 趑 (zī ㄗ)⑱dzi¹〔之〕〔趑趄〕1.行走困難。2.想前進又不敢前進:～～不前。

6 趔 (liè ㄌㄧㄝ)⑱lit⁹〔列〕〔趔趄〕(―qie)身體歪斜,腳步不穩要摔倒的樣子。

7 趖 (suō ㄙㄨㄛ)⑱so¹〔梭〕走。

7 趙(赵) (zhào ㄓㄠ)⑱dziu⁶〔召〕戰國國名,在今河北省南部和山西省中部、北部一帶。

7 趕(赶) (gǎn ㄍㄢ)⑱gon²〔稈〕❶追,盡早或及時到達:～上。你追我～。～集。～路。～火車。⑨加緊進行,快做:～寫文章。～功課。～活。❷驅逐:～蒼蠅。把惡狗～走。❸驅策,駕御:～牲口。～馬車。❹等到(某個時候):～明兒再說。～下午再回家。❺遇到(某種情形):正～上他沒在家。

8 **趟** ㊀(tàng ㄊㄤ)⑧toŋ³〔漫〕
❶來往的次數: 他來了一～。這一～火車是到上海去的。❷(一兒)行(háng), 行列: 屋裏擺着兩～桌子。用綫把這件衣服縫上一～。
㊁(tāng ㄊㄤ)⑧同㊀同'蹚'。❶從淺水中走過: ～水過河。❷翻土除草: ～地。

8 **趣** ㊀(qù ㄑㄩ)⑧tsœy³〔脆〕
❶趨向: 旨～。志～。❷興味, 使人感到愉快: 有～。～味。～事。自討沒～(自尋不愉快、沒意思)。
㊁〔古〕同'促', 見 30 頁。

9 **趙** 同'趄', 見 673 頁。

10 **趨(趋)** (qū ㄑㄩ)⑧tsœy¹
〔吹〕❶快走: ～前。～而迎之。❷趨向, 情勢向着某一方面發展、進行: ～勢。大勢所～。意見～於一致。❸鵝或蛇伸頭咬人。
㊁〔古〕同'促', 見 30 頁。

14 **趯** (tì ㄊㄧ)⑧tik⁷〔惕〕❶跳躍。❷漢字的一種筆形(亅), 又稱'挑'或'鈎'。

16 **趱** '趲'的簡化字, 見本頁。

19 **趲(趱)** (zǎn ㄗㄢ)⑧dzan²
〔盞〕趕, 快走: ～路。緊～了一程。

足(⻊)部

0 **足** ㊀(zú ㄗㄨ)⑧dzuk⁷〔竹〕❶腳: ～迹。畫蛇添～。㊉器物下部的支撐部分: 鼎～。❷滿, 充分, 夠量(⑲充一): ～數。心滿意～。人手不～。豐衣～食。㊉1。盡情地, 盡量地: ～玩了一天。2。完全: 他～可以擔任抄寫工作。❸值得: 微不～道。
㊁(jù ㄐㄩ)⑧dzœy³〔最〕過分。〔足恭〕過分的恭順以取媚於人。

2 **趴** (pā ㄆㄚ)⑧pa¹〔扒高平〕❶肚子向下臥倒: ～在地下射擊。❷身體向前靠在東西上: ～在桌子上寫字。

3 **趵** (bào ㄅㄠ)⑧pau³〔豹〕跳躍: ～突泉(在山東省濟南市)。

3 **趸** '躉'的簡化字, 見 682 頁。

4 **趺** (fū ㄈㄨ)⑧fu¹〔夫〕同'跗'。腳背。

4 **趾** (zhǐ ㄓ)⑧dzi²〔止〕❶腳: ～高氣揚(得意忘形的樣子)。❷腳指頭: ～骨。鴨的腳～中間有蹼。

4 **跂** ㊀(qí ㄑㄧˊ)粵kei⁴〔其〕多生出的腳趾。

㊁(qì ㄑㄧˋ)粵kei⁵〔企〕踮着腳站着：～望。

4 **跀** (yuè ㄩㄝˋ)粵jyt⁹〔月〕古代的一種刑罰，把腳砍掉。也作'刖'。

4 **跶** (tā ㄊㄚ)粵tat⁸〔撻〕跶拉，穿鞋只套上腳尖，把鞋後幫踩在腳後跟下：～拉着一雙舊布鞋。別～拉着鞋走路。〔跶拉兒〕〔方〕拖鞋，只能套着腳尖沒有後幫的鞋。

4 **趼** (jiǎn ㄐㄧㄢˇ)粵gan²〔簡〕手、腳掌上因摩擦而生的硬皮，也作'繭'：老～。

4 **跃** '躍'的簡化字，見682頁。

4 **跄** '蹌'的簡化字，見679頁。

5 **跅** (tuò ㄊㄨㄛˋ)粵tok⁸〔託〕〔跅弛〕放縱不羈。

5 **跋** (bá ㄅㄚˊ)粵bat⁹〔拔〕❶翻過山嶺：長途～涉（喻走長路的辛苦）。❷文體的一種，寫在文章、書籍等後面，多用來評介內容或說明寫作經過等。〔跋扈〕驕傲而專橫。

5 **跌** (diē ㄉㄧㄝ)粵dit⁸〔秩中入〕摔倒：～了一跤。～倒。㊁下降，低落：～價。水位下～。〔跌足〕頓足，踩腳。

5 **跎** (tuó ㄊㄨㄛˊ)粵to⁴〔駝〕見679頁'蹉'字條'蹉跎'。

5 **跏** (jiā ㄐㄧㄚ)粵ga¹〔加〕〔跏趺〕兩腿交疊而坐，腳背放在股上，是佛教徒的一種坐法。

5 **跑** ㊀(pǎo ㄆㄠˇ)粵pau²〔拋高上〕❶奔，兩腳交互向前躍進：賽～。～步。㊁很快地移動：汽車在公路上飛～。❷逃跑，逃走：鳥兒關在籠裏～不了。㊂漏出：～電。～油。❸為某種事務而奔走：～外的。～碼頭。～印刷廠。

㊁(páo ㄆㄠˊ)粵pau⁴〔刨〕走獸用腳刨地：～槽（牲口刨槽根）。虎～泉（在杭州）。

5 **跆** (tái ㄊㄞˊ)粵toi⁴〔台〕踩踏。

5 **跗** (fū ㄈㄨ)粵fu¹〔夫〕腳背：～骨。～面。也作'趺'。（圖見790頁'骨'）

5 **跚** (shān ㄕㄢ)粵san¹〔山〕見680頁'蹣'字條'蹣跚'。

5 **跛** (bǒ ㄅㄛˇ)粵bo²〔波高上〕bei¹〔閉高平〕（語）瘸，腿或腳有毛病，走路身體不平衡：一顛一～。

5 **距** (jù ㄐㄩˋ)粵kœy⁵〔拒〕❶離開，距離：相～數里。～今已數年。❷雄雞爪後面突出像腳趾的部分。

5 **跕** ㊀(tiē ㄊㄧㄝ)粵tip⁸〔貼〕拖
着鞋走路。
㊁(diē ㄉㄧㄝ)粵dip⁸〔蝶中入〕下
頜的樣子(疊)。
㊂同'踮'，見 678 頁。

5 **跔** 同'蹫'，見 680 頁。

5 **践** '踐'的簡化字，見 677 頁。

5 **跺** '躒'的簡化字，見 682 頁。

6 **跟** (gēn ㄍㄣ)粵gen¹〔斤〕❶
(一兒)踵，腳的後部:
腳後～。㊫鞋襪的後部:襪後
～。❷隨在後面，緊接着你
～我來。吃完飯～着看戲。㊫
趕，及:他跑得快，我～不上。
❸和，同:我～他在一起工作。
❹對，向:已經～他說過了。
〔跟頭〕1.身體摔倒:摔～～.
栽～～.2.觔斗:翻～～.

6 **跐** ㊀(cǐ ㄘˇ)粵tsi²〔此〕踐踏，
踩:～着門檻。
㊁(cī ㄘ)粵tsi¹〔雌〕腳下滑動:
登～了(腳沒有踏穩)。腳一～,
摔倒了。

6 **跣** (xiǎn ㄒㄧㄢˇ)粵sin²〔洗〕跣
足，光着腳。

6 **跨** (kuà ㄎㄨㄚˋ)粵kwa¹〔誇〕
kwa³〔誇去聲〕(又)❶邁過，
抬起一條腿向前或旁邊移動:

一步～過。～進大門。～着大
步。❷騎，兩腳分在器物的兩
邊坐着或立着:在馬上。小
孩～着門檻。㊫橫架其上:～
海大橋。❸超越時間或地區之
間的界限:～年度。～兩省。
❹附在旁邊:～院。旁邊～着
一行(háng)小字。

6 **跪** (guì ㄍㄨㄟˋ)粵gwei⁶〔櫃〕屈
膝，使膝蓋着地:～拜。

6 **跫** (qióng ㄑㄩㄥˊ)粵kuŋ⁴〔窮〕
腳步聲:足音～然。

6 **跬** (kuǐ ㄎㄨㄟˇ)粵kwei²〔規高
上〕〈古〉半步:～步不離。

6 **跳** (tiào ㄊㄧㄠˋ)粵tiu³〔眺〕❶
蹦，躍，兩腳離地全身
向上或向前的動作(蹦一躍):
～高。～遠。～繩。❷越過:
～級。這一課書～過去不學。
〔跳板〕1.一頭搭在車、船上的
長板，便於上下。㊫通路。2.
供游泳跳水的長板。❷一起一
伏地動:心～。眼～。

6 **跩** (zhuǎi ㄓㄨㄞˇ)粵jei⁶〔義毅
切〕走路像鴨子似的搖擺:
走路一～一～的。

6 **跺** (duò ㄉㄨㄛˋ)粵dɔ²〔躲〕頓
足，提起腳來用力踏:
他急得直～腳。

6 **跤** (jiāo ㄐㄧㄠ)粵gau¹〔交〕跟
頭，也寫作'交':跌了一
～。摔～。

6 **路** (lù ㄌㄨˋ)⑧lou⁶〔露〕❶道，往來通行的地方(連－途、一徑、道－)：公～。水～。鐵～。㉠思想或行動的方向、途徑：思～。生～。活～。❷方面，地區：南～貨。外～貨。各～人馬。❸種類，等次：他要的是哪一～拳？頭～貨。

6 **跰** 同'跰'，見 675 頁。

6 **跡** 同'迹'，見 694 頁。

6 **踿** 同'踩'，見 678 頁。

6 **跶** '躂'的簡化字，見 682 頁。

6 **跻** '躋'的簡化字，見 682 頁。

6 **跷** '蹺'的簡化字，見 681 頁。

6 **跹** '躚'的簡化字，見 683 頁。

6 **跸** '蹕'的簡化字，見 680 頁。

7 **跼** (jú ㄐㄨˊ)⑧guk⁹〔局〕彎曲。〔跼蹐〕又作'局蹐'。1.謹慎恐懼的樣子。2.狹隘，不舒展。

7 **跽** (jì ㄐㄧˋ)⑧gei⁶〔忌〕長跪，挺身恐上身兩腿跪着。

7 **跟** ⊖(liáng ㄌㄧㄤˊ)⑧lœŋ⁴〔倞〕[跳跟]跳躍。

⊜(liàng ㄌㄧㄤˋ)⑧lœŋ⁶〔亮〕[跟蹡][跟蹡]1.行走緩慢的樣子。2.走路不穩的樣子。

7 **趄** (xué ㄒㄩㄝˊ)⑧tsyt⁸〔撮〕❶轉，中途折回：那個匪徒忽然又～過來。這羣鳥飛向東去又～回來落在樹上了。❷盤旋，來回亂轉：羣鴉亂～。～來～去。

7 **踊** (yǒng ㄩㄥˇ)⑧juŋ²〔湧〕'踴'的本字，今用為'踴'的簡化字，見 679 頁。

7 **踌** '躊'的簡化字，見 682 頁。

8 **踏** ⊖(tà ㄊㄚˋ)⑧dap⁹〔沓〕用腳踩：踐～。～步。㉠親自到現場去：～看。～勘。

⊜(tā ㄊㄚ)⑧同⊖[踏實]1.切實，不浮躁：他工作很～～。2.(情緒)安定，安穩：事情辦完就～～了。

8 **踐**(**践**) (jiàn ㄐㄧㄢˋ)⑧tsin⁵〔前低上〕dzin⁶〔賤〕(又)❶踩，踏(連－踏)。[作踐]糟蹋毀壞，浪費：～～東西。～～錢。❷履行，實行：～約。～言。實～。

8 **踔** (chuō ㄔㄨㄛ)⑧tsœk⁸〔綽〕❶踐踏。❷跳：～騰。❸超越。

8 **踖** (jí ㄐㄧˊ)⑧dzik⁷〔即〕[跋踖]恭敬而不安的樣子。

8 踝 (huái ㄏㄨㄞˊ)粵wa⁵〔華低上〕踝子骨，腳腕兩旁凸起的部分。(圖見 792 頁'體')

8 踞 (jù ㄐㄩˋ)粵gœy³〔句〕❶蹲或坐：龍蟠虎～(形容地勢險要)。箕～(古人席地坐着把兩腿像八字形分開)。❷盤踞，佔據。❸倚靠：三面～山。

8 踟 (chí ㄔˊ)粵tsi⁴〔池〕〔踟躕〕心裏猶豫，要走不走的樣子：～～不前。

8 踡 (quán ㄑㄩㄢˊ)粵kyn⁴〔拳〕同'蜷'。身體彎曲〔踡跼〕也作'蜷局'。拳曲不伸展。

8 踢 (tī ㄊㄧ)粵tek⁸〔他吃切〕用腳觸擊：～球。～毽子。一腳～開。

8 踣 (bó ㄅㄛˊ)粵bak⁹〔白〕❶跌倒：屢～屢起。❷敗亡。

8 踦 (yǐ ㄧˇ)粵ji²〔倚〕抵住。

8 踧 ㊀(cù ㄘㄨˋ)粵tsuk⁷〔促〕❶〔踧踖〕恭敬而不安的樣子。❷同'蹙'，見680頁。㊁(dí ㄉㄧˊ)粵dik⁹〔敵〕平坦的樣子(疊)。

8 踮 (diǎn ㄉㄧㄢˇ)粵dim³〔店〕❶提起腳跟，用腳尖着地：～着腳向前看。❷〈方〉跛足人走路時用腳尖點地：～腳。

8 踩 (cǎi ㄘㄞˇ)粵tsai²〔猜高上〕用腳登在上面，踏：～了一腳泥。

8 踒 (wō ㄨㄛ)粵wo¹〔窩〕(手、腳等)猛折而筋骨受傷：手～了。

8 踭 (zhēng ㄓㄥ)粵dzaŋ¹〔支罌切〕〈粵方言〉腳跟。

8 踹 同'蹤'，見680頁。

8 踪 同'蹤'，見680頁。

8 踸 同'荆'，見61頁。

8 踫 同'碰'，見472頁。

8 踬 '躓'的簡化字，見682頁。

9 踰 (yú ㄩˊ)粵jy⁴〔余〕❶同'逾❶'。越過，超過：～期。❷同'窬'。從牆上爬過去：穿～之盜(穿牆和爬牆的賊)。

9 踱 (duó ㄉㄨㄛˊ)粵dok⁹〔鐸〕慢慢地走：～來～去。

9 踳 (chǔn ㄔㄨㄣˇ)粵tsœn²〔蠢〕〔踳駁〕舛謬雜亂。

9 踵 (zhǒng ㄓㄨㄥˇ)粵duŋ²〔董〕❶腳後跟：繼～而至。摩肩接～(形容人多擠擁)。❷走到：～門告語。～謝(登門道謝)。❸追隨，繼續：～至。㊟繼承：～武(喻繼承前人的事業)。

9 **踹** ㊀(shuàn ㄕㄨㄢˋ)⑧tsyn² 〔喘〕❶腳跟。❷跳腳，頓足。

㊁(chuài ㄔㄨㄞˋ)⑧tsai²〔猜高上〕践踏，用腳底踢：一腳把門～開。

9 **踽** (jǔ ㄐㄩˇ)⑧gœy²〔舉〕〔踽踽〕形容獨自走路孤零零的樣子：～～獨行。

9 **蹀** (dié ㄉㄧㄝˊ)⑧dip⁹〔蝶〕〔蹀躞〕邁着小步走路的樣子。

9 **蹁** (pián ㄆㄧㄢˊ)⑧pin⁴〔駢〕❶膝蓋。❷〔蹁躚〕形容旋轉舞蹈。也作'翩躚'。

9 **蹂** (róu ㄖㄡˊ)⑧jeu⁴〔由〕〔蹂躪〕践踏，踩。⑩用暴力欺壓、侮辱、侵害：～～人權。

9 **蹄** (tí ㄊㄧˊ)⑧tei⁴〔提〕(一子，一兒)馬、牛、羊等生在趾端的角質保護物。又指有角質保護物的腳：馬不停～。

9 **踴(踊)** (yǒng ㄩㄥˇ)⑧juŋ²〔湧〕本作'踊'。❶跳，跳躍。〔踴躍〕爭先恐後。～～發言。～～參加。❷(物價)上漲：物價騰～。❸舊指受過刖足刑罰的人所穿的鞋子：履賤～貴。

9 **踏** (chǎ ㄔㄚˇ)⑧tsa⁵〔茶低上〕踩，踏：～雨，鞋都～濕了。

9 **踒** (wǎi ㄨㄞˇ)⑧wai²〔歪高上〕同'崴㊀❸'。(腳)扭傷。

9 **蹓** '蹓'的簡化字，見 682 頁。

10 **蹇** (jiǎn ㄐㄧㄢˇ)⑧gin²〔堅高上〕dzin²〔剪〕(又)❶跛，行走困難。❷遲鈍，不順利：～澀。～滯。❸指駑馬，也指驢。

10 **蹈** (dǎo ㄉㄠˇ)⑧dou⁶〔道〕❶跳，頓足踏地：手舞足～。❷践踏，踩上，投入：～白刃而不顧(喻不顧危險)。赴湯～火(喻不避艱險)。～海自盡。❸實行，遵循：循規～矩。〔蹈襲〕沿用。

10 **蹉** (cuō ㄘㄨㄛ)⑧tso¹〔初〕〔蹉跎〕把時光白白耽誤過去：歲月～～。

10 **蹊** ㊀(xī ㄒㄧ)⑧hei⁴〔兮〕小路(⑩一徑)。

㊁(qī ㄑㄧ)⑧kei¹〔崎〕kei¹〔溪〕(又)〔蹊蹺〕奇怪，可疑。同'蹺蹊'。

10 **蹋** (tà ㄊㄚˋ)⑧dap⁹〔踏〕❶同'踏'。践踏，踩。〔糟蹋〕又作'糟踏'。作践，不愛惜：～～糧食。❷踢。

10 **蹌(蹡)** ㊀(qiāng ㄑㄧㄤ)⑧tsœŋ¹〔槍〕〔蹌蹌〕也作'蹡蹡'。走路有節律的樣子。

㊁(qiàng ㄑㄧㄤˋ)⑧tsœŋ³〔唱〕〔跟

蹭]也作'蹌蹡'。1.行走緩慢的
樣子。2.走路不穩的樣子。

10 蹍 (zhǎn ㄓㄢˇ，舊讀niǎn ㄋㄧㄢˇ)
粵 nin5〔年低上〕dzin²〔展〕
(俗)踩。

10 踖 (jí ㄐㄧˊ)粵 dzik8〔即中入〕
dzɛk8〔隻〕(語)小步。

10 蹣 (pán ㄆㄢˊ)粵 pun4〔盤〕〔蹣
蹡〕同'蹣蹡'。1.走路一
瘸一拐。2.走路緩慢、搖擺。

10 遛 (liù ㄌㄧㄡˋ)粵 lɐu6〔漏〕同
'遛'。散步，慢慢走。〔蹓
躂〕散步。

10 蹄 同'蹏'，見 679 頁。

蹒 '蹣'的簡化字，見本頁。

10 蹑 '躡'的簡化字，見 683 頁。

11 蹕 (蹕) (bì ㄅㄧˋ)粵 bɐt7
〔不〕❶帝王出行
時清道，禁止行人來往：警～。
❷泛指帝王出行的車駕：駐
～。

11 蹙 (cù ㄘㄨˋ)粵tsuk7〔促〕❶緊
迫，迫促。❷困窘：窮～。
❸皺，收縮：～眉。顰～〔皺
眉頭〕。❹減縮，收斂。

11 蹠 (zhí ㄓˊ)粵 dzik8〔即中入〕
dzɛk8〔隻〕(語)❶腳面上
接近腳趾的部分：～骨。❷腳
掌。❸踐踏。

11 蹢 ㊀(dí ㄉㄧˊ)粵 dik7〔的〕
〈古〉獸蹄。
㊁同'躑'，見 682 頁。

11 蹣 (蹒) (pán ㄆㄢˊ)粵pun4
〔盤〕mun4〔門〕
(又)〔蹣蹣〕1.走路一瘸一拐。2.
走路緩慢、搖擺。也作'盤跚'、
'蹣蹡'。

11 蹤 (zōng ㄗㄨㄥ)粵 dzuŋ1〔宗〕
人或動物走過留下的腳
印(蹤一迹)：～影。追～。失
～。

11 蹚 (tāng ㄊㄤ)粵 toŋ3〔燙〕❶
從淺水中走過：他～過
水過河去了。❷用犂、鋤等把
土翻開，把草鋤去：～地。

11 蹦 (bèng ㄅㄥˋ)粵 bɐŋ1〔崩〕兩
腳並着跳：歡～。亂跳。
～了半米高。

11 蹔 同'暫'，見 295 頁。

11 蹟 同'迹'，見 694 頁。

11 蹜 同'踧'，見 679 頁。

11 蹳 同'撥❹'，見 264 頁。

12 蹩 (bié ㄅㄧㄝˊ)粵 bit9〔別〕跛，
扭了腳腕子。〔蹩腳〕〈方〉
質量不好，本領不強：～～貨。

12 蹬 ㊀(dèng ㄉㄥˋ)粵dɐŋ6〔鄧〕
〔蹭蹬〕失意，潦倒。

㊀(dēng ㄉㄥ)㊋dɐŋ¹〔燈〕踩，踐踏，也作'登'：~在凳子上。㉑腳向下用力：~三輪車。~他一腳。

12 **蹭**（cèng ㄘㄥ）㊋sɐŋ³〔生高去〕磨，擦：~了一身泥。~破了皮。㉑拖延：快點，別~了。走路老磨~。

〔蹭蹬〕(－dèng)失意，潦倒。

12 **蹯**（fán ㄈㄢˊ）㊋fan⁴〔凡〕獸足掌：熊~(熊掌)。

12 **蹲**㊀(dūn ㄉㄨㄣ)㊋dœn¹〔敦〕兩腿儘量彎曲，像坐的樣子，但臀部不着地：大家都~下。㊋閒居，停留，呆着：不能再~在家裏了。

㊁(cún ㄘㄨㄣˊ)㊋tsyn⁴〔存〕腳、腿猛然落地受傷：他跳下來~了腿了。

12 **蹴**（cù ㄘㄨˋ）㊋tsuk⁷〔促〕❶踢：~鞠(踢球)。❷踏：一~即至。一~而就(一下子就成功)。

12 **蹶**㊀(jué ㄐㄩㄝˊ)㊋kyt⁸〔決〕跌倒。㊋挫折，失敗：一~不振。

㊁(juě ㄐㄩㄝˇ)㊋同❶〔㊀蹶子〕騾馬等跳起來用後腿向後踢。

12 **蹺(蹻)**㊀(qiāo ㄑㄧㄠ)㊋kiu⁵〔橋低上〕又作'蹻'。❶腳向上抬：~起一隻腳。~腿。❷豎起大拇指：

~起大拇指稱讚。

㊀(qiāo ㄑㄧㄠ)㊋kiu²〔橋高上〕〔高蹺〕(高蹻)踩着有踏腳裝置的木棍表演的一種遊藝。

㊀(qiāo ㄑㄧㄠ)㊋hiu¹〔梟〕㊋kiu¹〔橋高平〕(又) 又作'蹻'。跛：一~一拐地走着。〔蹺蹊〕也作'蹺蹊'。奇怪，可疑：這事有點~~。

12 **蹻**㊀(jiāo ㄐㄧㄠ)㊋giu²〔矯〕〔蹻蹻〕1.驕傲。2.威武強壯的樣子。

㊋(jué ㄐㄩㄝˊ)㊋gœk⁸〔腳〕同'屩'。草鞋。

㊋同'蹺'，見本頁。

12 **蹼**（pǔ ㄆㄨˇ)㊋buk⁹〔僕〕puk⁸〔撲〕(又)青蛙、烏龜、鴨子、水獺等動物腳趾中間的膜。

12 **蹽**（liāo ㄌㄧㄠ)㊋liu¹〔聊高平〕〈方〉❶跑，走：他一氣~了一萬米。❷偷偷地走開。

12 **蹰**（chú ㄔㄨˊ)㊋tsy⁴〔廚〕見682頁'躕'字條'躊躕'。

12 **蹾**（dūn ㄉㄨㄣ)㊋dœn¹〔敦〕❶〈方〉猛地往下放，着地很重：簍子裏是水果，別~。❷蹲：~在地下找東西。

12 **蹢** 同'蹄'，見683頁。

12 **蹩** 同'蹶'，見本頁。

12 **蹼** 同'蹴', 見 681 頁。

12 **蹒** '蹣'的簡化字, 見 683 頁。

13 **躁** (zào ㄗㄠˋ)(粵)tsou³〔燥〕急躁, 性急, 不冷靜: 性情暴～。不驕不～。急～病。

13 **蹩** (bì ㄅ丨ˋ)(粵)bik⁷〔碧〕❶兩腿瘸。❷仆倒。

13 **躅** (一)(zhú ㄓㄨˊ)(粵)dzuk⁹〔俗〕〔躑躅〕見本頁'躑'字條'躑躅'。

(二)(zhuó ㄓㄨㄛˊ)(粵)同◎足迹。

13 **躉** (囤) (dǔn ㄉㄨㄣˇ)(粵)den²〔墩〕❶整, 整數: ～批。～賣。❷整批地買進: ～貨。～菜。現～現賣。〔躉船〕平底匣形的非自航船。最常見的是固定在岸邊供船停靠的'浮碼頭', 也可作堆存貨物或水上施工用。

13 **躂** (跶) (da ·ㄉㄚ)(粵)tat⁸〔撻〕〔蹓躂〕散步。

13 **蹵** 同'蹴', 見本頁。

14 **躊** (踌) (chóu ㄔㄡˊ)(粵)tseu⁴〔囚〕1.〔躊躇〕猶豫, 拿不定主意: 他～～了半天才答應了。2.自得的樣子: ～～滿志。3.住足, 徘徊不前的樣子。

14 **躋** (跻) (jī ㄐ丨)(粵)dzei¹〔擠〕登, 上升。

14 **躍** (跃) (yuè ㄩㄝˋ)(粵)jœk⁸〔約〕jœk⁹〔若〕(又)跳(粵跳一): 飛～。龍騰虎～(喻生氣勃勃、威武雄壯的戰鬥姿態)。～～欲試。〔躍進〕跳着前進。2.極快地前進: 向前～進。

14 **蹒** '蹣'的簡化字, 見 683 頁。

15 **躐** (蹋) (liè ㄌ丨ㄝˋ)(粵)lip³〔獵〕❶超越: ～等(越級)。～進(不依照次序前進)。❷踩, 踐踏。

15 **躑** (踯) (zhí ㄓˊ)(粵)dzak⁹〔摘〕〔躑躅〕又作'蹢躅': 徘徊不進: ～～街頭。

15 **躒** (跞) (一)(lì ㄌ丨ˋ)(粵)lik⁷〔礫〕走動: 駪驪一～, 不能千里。

(二)(luò ㄌㄨㄛˋ)(粵)lɔk⁹〔落〕〔卓躒〕卓絕, 特出。

15 **躓** (踬) (zhì ㄓˋ)(粵)dzi³〔至〕被東西絆倒: 顛～。㊉事情不順利。

15 **躔** (chán ㄔㄢˊ)(粵)tsin⁴〔前〕❶獸走過的足迹。㊉腳迹, 行迹。❷踐。❸日月星辰的運行。也指日月星辰運行的度次, 即運行的軌迹。

15 蹰(chú・彳ㄨ)粵tsy⁴〔廚〕見 678頁'蹰'字條'蹰蹰'.

16 躚(跹)(xiān ㄒㄧㄢ)粵sin¹〔仙〕〔蹁躚〕形容旋轉舞蹈。也作'翩躚'.

17 躞(xiè ㄒㄧㄝ)粵sip⁸〔攝〕sit⁸〔屑〕(又)〔躞蹀〕同'蹀躞'。邁着小步走路的樣子。

18 躡(蹑)(niè ㄋㄧㄝ)粵nip⁹〔聶〕❶踩：～足其間(指參加到裏面去)。❷追隨：～蹤。❸(放輕)腳步：～手～腳(行動很輕的樣子).

18 躥(蹿)(cuān ㄘㄨㄢ)粵tsyn¹〔村〕❶向上跳：貓～到房上去了。❷奔跑：一個箭步～出去.

19 躦(躜)(zuān ㄗㄨㄢ)粵dzyn¹〔專〕向上或向前衝.

20 躩(jué ㄐㄩㄝ)粵fɔk⁸〔霍〕❶跳。❷迅疾.

20 躪(躏)(lìn ㄌㄧㄣ)粵lœn⁶〔論〕見 679頁'蹂'字條'蹂躪'.

身部

0 身 ㊀(shēn ㄕㄣ)粵sen¹〔辛〕❶(～子)人、動物的軀體(粵一體、一軀)：全～。上～。～體健康。人～自由。㊋物體的主要部分：船～。河～。樹～。❷指生命：以～殉職。奮不顧～。❸親身，親自，本人：～臨其境。～體力行(親身努力去做)。以～作則。❹指人的地位、品德、才能：出～。修～。立～處世。～敗名裂。〔身分〕(－fèn)在社會上及法律上的地位。❺(－子)懷孕：有了～子。❻(～兒)衣服一套：我做了一～新衣服。㊁(juān ㄐㄩㄢ)粵gyn¹〔捐〕〔身毒〕古印度的別譯.

3 躬(gōng ㄍㄨㄥ)粵guŋ¹〔弓〕❶身體。㊋自身，親自：～行。～耕。❷彎曲身體：～身.

3 射 見寸部，173頁.

4 躭 同'耽❶'，見 545頁.

4 躯 '軀'的簡化字，見 684頁.

6 躲(duǒ ㄉㄨㄛ)粵dɔ²〔朵〕隱藏，避開(粵－藏、－避)：～雨。他～在哪裏?明槍易～，暗箭難防.

6 躱 同'躲'，見本頁.

7 躬 同'躬'，見本頁.

8 躺 (tǎng ㄊㄤˇ)⑧toŋ²〔倘〕平臥：～在牀上。

8 躶 同'裸'，見 632 頁。

9 蝦 (hā ㄏㄚ)⑧ha¹〔蝦〕〔蝦腰〕也作'哈腰'。稍微彎腰，表示禮貌。

11 軀 (躯) (qū ㄑㄩ)⑧kœy¹〔俱〕身體 (連身一)：昂藏七尺之～。為國捐～。〔軀殼〕指身體 (對精神而言)。

12 軃 (duǒ ㄉㄨㄛˇ)⑧dɔ²〔躲〕同'軃'。下垂。

車 (车) 部

0 車 (车) ㊀(chē ㄔㄜ)⑧tse¹〔奢〕❶陸地上有輪子的交通工具：火～。馬～。汽～。❷用輪軸來轉動的器具：紡～。水～。滑～。㊆指機器：開～。試～。〔車間〕工廠裏在生產過程中能獨立完成一個工作階段的單位：翻砂～～。加工～～。裝配～～。❸用鏃床鏃東西：～圓。～光。❹用水車打水：～水。㊁(jū ㄐㄩ)⑧gœy¹〔居〕❶象棋棋子的一種。❷'㊀❶'的舊讀。

1 軋 (轧) ㊀(yà ㄧㄚˋ)⑧at⁸〔壓〕❶圓軸或輪子等壓在東西上面轉：把馬路～平了。～棉花。～花機。❷排擠：傾～。(粵俗讀如札)❸古代一種壓碎人骨節的酷刑。㊁(zhá ㄓㄚˊ)⑧dzat⁸〔札〕義同❶，用於軋輥、軋鋼、軋鋼機等。〔軋輥〕軋鋼機中最主要的、直接完成軋製工作的部件。〔軋鋼〕把鋼坯壓成一定形狀的鋼材。㊂(gá ㄍㄚˊ)⑧gat⁸〔加壓切中入〕(方)❶擠，擁擠：～得很。❷結交：～朋友。❸核對，結算：～賬。這筆賬怎麼也～不平。

2 軌 (轨) (guǐ ㄍㄨㄟˇ)⑧gwɐi²〔鬼〕❶車轍，車輪滾過後留下的痕迹。❷路軌，一定的路線：火車道。特指鋪設軌道的鋼條：鋼～。鐵～。鋪～。❸應遵循的法度，規矩：越～。步入正～。～外行動。

2 軍 (军) (jūn ㄐㄩㄣ)⑧gwɐn¹〔君〕❶武裝部隊：～隊。海～。裁～。❷軍隊的編制單位，是'師'的上一級。❸泛指有組織的集體：足球大～。

2 庫 見厂部，79 頁。

3 **軑(軑)**（dài ㄉㄞˋ）粵 dɛi⁶
〔弟〕dai⁶〔大〕
（又）古代車轂端的圓管狀冒蓋。

3 **軒(轩)**（xuān ㄒㄩㄢ）粵 hin¹〔牽〕❶ 古代的一種有圍棚的車。〔軒昂〕1.高揚，高舉。2.氣度不平常：氣宇～～。〔軒輊〕古代車子前高後低叫軒，前低後高叫輊。喻高低優劣：不分～～。❷ 有窗的長廊或小室。

3 **軔(轫)**（rèn ㄖㄣˋ）粵 jen⁶〔刃〕古代車中支住車輪不讓它旋轉的木頭，車開動時須抽去。〔發軔〕啓行。喻事情的開始。

3 **庫** 見广部，201 頁。

4 **軛(轭)**（è ㄜˋ）粵 ak⁷〔厄〕牛馬等牲口拉東西時架在頸上的器具。

4 **軟(软)**（ruǎn ㄖㄨㄢˇ）粵 jyn⁵〔遠〕❶ 柔，跟‘硬’相反（働柔－）：綢子比布～。❷ 柔和：～風。～語。❸ 懦弱（働－弱）：～弱無能。欺～怕硬。❹1.容易被感動或動搖：心腸～。耳朵～。2.不用強硬的手段進行：～磨。～求。❹ 沒有氣力，疲乏：兩腿發～。腿酸腳～。❺ 質量差的，不高明的：工夫～。

4 **转** ‘轉’的簡化字，見 689 頁。

轮 ‘輪’的簡化字，見 688 頁。

轰 ‘轟’的簡化字，見 690 頁。

斬 見斤部，283 頁。

5 **軫(轸)**（zhěn ㄓㄣˇ）粵 dzen²〔眞 高上〕tsen²〔診〕（又）❶ 古代車箱底部四面的橫木。❷ 傷痛：～悼。～懷（痛念）。～恤（憐憫）。❸ 星名，二十八宿之一。

5 **軱(轱)**（gū ㄍㄨ）粵 gu¹〔孤〕大骨。

4 **軸(轴)**（㊀ zhóu ㄓㄡˊ）粵 dzuk⁹〔俗〕❶ 穿在輪子中間的圓柱形物件。（圖見 688 頁‘輪’）❷（－兒）像車軸的：～兒綫。❸ 把平面或立體分成對稱部分的直綫。㊁（zhòu ㄓㄡˋ）粵 同㊀ 戲曲術語。一次戲曲演出中作為軸心的主要劇目。排在最末的一齣戲叫大軸子，倒數第二齣戲叫壓軸子。

5 **軹(轵)**（zhǐ ㄓˇ）粵 dzi²〔紙〕古代指車軸的末端。

5 **軺(轺)**（yáo ㄧㄠˊ）粵 jiu⁴〔遙〕軺車，古代

的一種小馬車。

5 **軻**（**轲**）(kē ㄎㄜ) (粵) o¹
〔柯〕用於人名。

5 **軼**（**轶**）㊀(yì‧i)(粵) jet⁹
〔日〕❶超過：～
羣(比一般的強)。～材(突出
的才幹)。❷散失：～事(史書
不記載的事)。
㊁(dié ㄉㄧㄝ)(粵)dit⁹〔秩〕同'迭'。
更迭。

5 **軤**（**轷**）(hū ㄏㄨ)(粵) fu¹
〔呼〕姓。

5 **軲**（**轱**）(gū ㄍㄨ)(粵) gu¹
〔姑〕〔軲轆〕1.車
輪。2.滾動，轉動：別讓球～
～了。

5 **軴** 同'軶'，見 685 頁。

5 **轳** '轤'的簡化字，見 690 頁。

5 **轴** '轆'的簡化字，見 690 頁。

5 **轾** '轢'的簡化字，見 690 頁。

5 **轻** '輕'的簡化字，見 687 頁。

6 **軾**（**轼**）(shì ㄕ)(粵) sik⁷
〔色〕古代車箱前
面用做扶手的橫木。

6 **較**（**较**）(jiào ㄐㄧㄠ)(粵)
gau³〔教〕 ❶比
(③比一)：～量。兩者相～，
截然不同。斤斤計～。㊀對比
着顯得更進一層的：成績～

佳。他跑得～快。❷明顯：彰
明～著。兩者～然不同。

6 **輅**（**辂**）(lù ㄌㄨˋ)(粵) lou⁶
〔路〕❶古代綁在
車轅上供人牽挽的橫木。❷古
代車名，多指帝王用的大車。

6 **輇**（**辁**）(quán ㄑㄩㄢˊ)(粵)
tsyn⁴〔全〕 ❶古
代用平面圓木製成沒有輻條的
車輪。❷低劣，淺薄：～才。

6 **輈**（**辀**）(zhōu ㄓㄡ)(粵)
dzeu¹〔舟〕古代
小車居中的彎曲車杠。也泛指
車轅。

6 **載**（**载**）㊀(zài ㄗㄞˋ)
dzoi³〔再〕❶用交
通工具裝：～貨。～客。❷充
滿：怨聲～道。 ❸乃，於是(古
文裏常用來表示同時做兩
個動作)：～歌～舞。
㊁(zǎi ㄗㄞˇ)(粵)dzoi²〔宰〕年：一
年半～。
㊂(zǎi ㄗㄞˇ)(粵)同㊀記在書報上
(③記一)：歷史記～。登～。
刊～。轉～。

6 **輊**（**轾**）(zhì ㄓˋ)(粵) dzi³
〔至〕見 685 頁
'軒'字條'軒輊'。

6 **輋**（**輋**）㊀(shē ㄕㄜ)
tse⁴〔邪〕廣東省
地名用字：禾～(在香港沙田
區)。

㊁同'畬㊂',見441頁。

6 **轿** '轎'的簡化字,見689頁。

7 **輒(辄)** (zhé ㄓㄜˊ)粵dzip⁸〔接〕❶每,總是:每至此,～覺心曠神怡。所言～聽。❷即,就:動～得咎。淺嘗～止。

7 **輓(挽)** (wǎn ㄨㄢˇ)粵wan⁵〔挽〕又作'挽'。追悼死人:～歌。～聯。

7 **輔(辅)** (fǔ ㄈㄨˇ)粵fu⁶〔父〕❶幫助,佐助(輔一助):～導。～幣。相～而行。〔輔音〕發音的時候,從肺裏出來的氣,經過口腔或鼻腔受到障礙所成的音。也叫'子音'。拼音字母b、d、g等都是輔音。❷人的頰骨:～車相依(喻互相依存)。

7 **輕(轻)** (qīng ㄑㄧㄥ)粵hing¹〔兄〕heng⁷〔希腥切〕〔語〕❶分量小,跟'重'相反:這塊木頭很～。〔輕工業〕製造生活資料的工業,如紡織工業、食品工業等。❷程度淺:口～(味淡)。～傷。❸數量少:年紀～。他的工作很～。❹用力小:注意～放。手一～點兒。❺認為價值低,不以為重要:～視。～敵。人皆～之。❻隨便,不莊重:～薄。～率。

～舉妄動。〔輕易〕隨便:他不～～下結論。

7 **辆** '輛'的簡化字,見本頁。

8 **輛(辆)** (liàng ㄌㄧㄤˋ)粵lœng⁶〔亮〕lœng²〔良高上〕〔語〕量詞,指車:一一汽車。

8 **輜(辎)** (zī ㄗ)粵dzi¹〔支〕輜車,古代一種有帷蓋的車。〔輜重〕行軍時攜帶的器械、糧草、材料等。

8 **輝(辉)** (huī ㄏㄨㄟ)粵fei¹〔揮〕❶閃射的光彩(輝光一):落日餘～。光～四射。〔輝映〕光彩照耀。㊁事物互相對照:前後互相～～。〔輝煌〕光彩耀眼:金碧～～。㊂極其優良,出色:～～的成績。❷照耀:星月交～。

8 **輞(辋)** (wǎng ㄨㄤˇ)粵mong⁵〔網〕古代車輪周圍的框子。(圖見688頁'輪')

8 **輟(辍)** (chuò ㄔㄨㄛˋ)粵dzyt⁸〔啜〕中止,停止:～學。豈能中～。

8 **輦(辇)** (niǎn ㄋㄧㄢˇ)粵lin⁵〔連低上〕❶古時用人拉着走的車子,後來多指帝王后妃坐的車子。❷京都的別稱。

8 **輥(辊)** (gǔn 《ㄨㄣˇ) 粵
gwen² 〔滾〕機器
上圓筒狀能旋轉的東西: 皮~
花。~軸。

8 **輩(辈)** (bèi ㄅㄟˋ) 粵 bui³
〔貝〕❶代,輩
分: 前~。長~。晚~。小~
兒。〔輩子〕人活着的時間: 活
了半~~了。❷類(指人): 無
能之~。❸表示多數(指人):
彼~。我~。
〔輩出〕一批接一批地出現: 人
材~~。

8 **輪(轮)** (lún ㄌㄨㄣˊ) 粵 lœn⁴
〔倫〕❶(-子,
-兒)車輪,車轁轊: 三~車。
❸安在機器上能旋轉並促使機
器動作的東西: 齒~。飛~。
偏心~。❷像車輪的: 日~。
年~。〔輪廓〕1.物體的外圍。
2.事情的大概情形。❸輪船:
油~。~運。❹輪流,依照次
第轉: ~班。~值。這回~到
我了。

軸　　　　　　輻
轂　　　　　轄
　　　　　　輞

舊式車輪

8 **輬** 同'輬',見 687 頁。

8 **翬(翚)** 見羽部, 541 頁。

9 **輮(鞣)** (róu ㄖㄡˊ) 粵 jeu⁴
〔由〕❶古代車輪
的外周。❷同'揉'。把直的弄
成彎曲的。

9 **輯(辑)** (jí ㄐㄧˊ) 粵 tsep⁷
〔緝〕❶聚集。特
指聚集材料編書: ~錄。纂~。
❷聚集很多材料而成的書: 叢
書第一~。❸和睦: ~睦。

9 **輳(辏)** (còu ㄘㄡˋ) 粵 tseu³
〔湊〕古代車輪的
輻聚集於轂上。

9 **輴(輴)** (chūn ㄔㄨㄣ) 粵
tsœn¹ 〔春〕❶古
代載棺柩的車。❷古代用於泥
路上的交通工具。

9 **輶(輶)** (yóu ㄧㄡˊ) 粵 jeu⁴
〔由〕❶古代一種
輕便的車。❷輕。

9 **輸(输)** (shū ㄕㄨ) 粵 sy¹
〔書〕❶從一個地
方運送到另一個地方(運~
一): ~出。~血。❷送給,
捐獻: 捐~。❸敗,負: ~了
兩個球。

9 **輻(辐)** (fú ㄈㄨˊ) 粵 fuk⁷
〔福〕連結車輞
和車轂的直條。(圖 見本頁

'輪')〔輻射〕光、熱等向四周放射的現象。〔輻輳〕〔輻湊〕車輻聚於車轂。⑩人、物聚集。

9 **輭** 同'軟'，見 685 頁。

9 **轂** '轂'的簡化字，見本頁。

9 **彎** '彎'的簡化字，見 690 頁。

10 **輿（舆）** (yúㄩˊ) ⑧jy⁴〔如〕 ❶車箱，古代車中可以載人載物的部分。❷車：舟～。～馬。❸轎子：彩～。肩～。❹扛，抬：～之而行。❺眾人的：～論。〔輿情〕公眾的意見和態度：洞察～～。❻地，疆域：～圖。～地。

10 **輾（辗）** (zhǎn ㄓㄢˇ) ⑧dzin²〔展〕〔輾轉〕也作'展轉'。翻來覆去地，來回轉動：～～反側。⑩經過曲折，間接：～～傳說。

10 **轂（毂）** (gǔ ㄍㄨˇ) 〔谷〕車轂中心，有窟窿可以插軸的部分。（圖見 688 頁'輪'）

10 **轄（辖）** (xiá ㄒㄧㄚˊ) 〔睛〕❶車轄，車鍵。（圖見 688 頁'輪'）❷管理（⑩管一）：直～。統～。

10 **轅（辕）** (yuán ㄩㄢˊ) 〔元〕❶車轅子，

車前駕牲畜的部分。❷轅門，舊時稱軍營的門。⑨舊時軍政大官的衙門。

11 **轆（辘）** (lù ㄌㄨˋ) ⑧luk⁷〔碌〕〔轆轤〕1.安在井上絞起汲水斗的器具。2.機械上的絞盤。

11 **轉（转）** (一)(zhuǎn ㄓㄨㄢˇ) ⑧dzyn²〔專高上〕 ❶旋動，改換方向或情勢：～身。～向左方。～眼之間。情況好～。❷不直接地，中間再經過別人或別的地方：～送。～達。～交。

(二)(zhuàn ㄓㄨㄢˋ) ⑧dzyn³〔鑽〕 ❶旋轉，繞着圈兒動，圍繞着中心運動：輪子～得很快。❷繞着某物移動，打轉：～圈子。～來～去。❸量詞，繞幾圈兒叫繞幾轉。

12 **轍（辙）** (zhé ㄓㄜˊ) ⑧tsit⁸〔設〕車轍，車輪碾過的痕迹。⑨1.(一兒)車行的一定路線：搶～。順～。2.歌詞、戲曲、雜曲所押的韻：合～。十三～。3.〈方〉辦法：沒～了。

12 **轎（轿）** (jiào ㄐㄧㄠˋ) ⑧giu²〔矯〕(一子)舊式交通工具，由人抬着走。

12 **轔（辚）** (lín ㄌㄧㄣˊ) ⑧lœn⁴〔鄰〕〔轔轔〕古代

車行走時的聲音: 車~~, 馬
蕭蕭。

13 **輯**(辕)⊖(huán ㄏㄨㄢˊ)働
wan⁴[還][轅轅]
山名, 在河南省偃師縣東南。
⊖(huàn ㄏㄨㄢˋ)働wan⁶[患]古代
用車分裂人體的一種酷刑。

14 **轟**(轰)(hōng ㄏㄨㄥ)働
gweŋ¹[肱]❶象
聲詞, 指雷鳴、炮擊等發出的
巨大聲音。[轟動]引起多數人
的注意: ~~世界。[轟轟烈
烈]形容氣魄雄偉, 聲勢浩大。
❷用大炮或炸彈破壞(轟一
擊): ~炸。炮~。❸驅逐,
趕走: 把貓~出去。

15 **轡**(辔)(pèi ㄆㄟˋ)働bei³
[臂]駕馭牲口的
嚼子和繮繩: 鞍~。[轡頭]轡。

15 **轢**(轹)(lì ㄌㄧˋ)働lik⁷
[礫]車輪碾軋。
働欺壓。

16 **轤**(轳)(lú ㄌㄨˊ)働lou⁴
[勞]見 689 頁
'轆'字條'轆轤'。

辛部

0 **辛**(xīn ㄒㄧㄣ)働sɐn¹[新]❶
辣味。❷勞苦, 艱難:
~勤。艱~。❸悲傷: ~酸。

❹天干的第八位, 用做順序的
第八。

5 **辜**(gū ㄍㄨ)働gu¹[姑]❶罪:
無~。死有餘~。❷辜負,
背: ~負了他的一番好意。

6 **辟**⊖(bì ㄅㄧˋ)働pik⁷[辟]❶
天子, 國君。[復辟]失
位的國君恢復君位。❷徵召,
指帝王召見並授予官職。❸法,
刑法。[大辟]古代指死刑。
⊖(pì ㄆㄧˋ)働同⊖古同'闢',
今用為'闢'的簡化字, 見 748 頁。
⊜(古)同'避', 見 702 頁。

6 **辠**同'罪', 見 536頁。

6 **辞** '辭'的簡化字, 見 691 頁。

7 **辣**(là ㄌㄚˋ)働lat⁹[賴 滑切]
❶薑、蒜、辣椒等的味道。
働凶狠, 刻毒: 手段~。

8 **辤** 同'辭', 見 691 頁。

9 **辦**(办)(bàn ㄅㄢˋ)働ban⁶
[扮]❶處理:
公~。~事。好, 就這麼~。❷
處罰, 懲治: 懲~。法~。❸
創設, 興辦: ~學校。~工廠。
❹置備: ~貨。

9 **辨**(biàn ㄅㄧㄢˋ)働bin⁶[便]
分別, 分析(働一別、分
一): ~認。明~是非。❷同
'辯', 見 691 頁。

9 辭 同'辭'，見 601 頁。

9 噼 見口部，見 120 頁。

12 辭(辞)（cí ㄘ）粵tsi⁴〔池〕
❶告別：～行。不一而別。❷不接受，請求離去：～職。粵躲避，推託：雖死不～。不～辛苦。❸解雇：他把家裏的女傭～掉了。❹古代的一種文體，如《楚辭》。❺同'詞❶❷'，見 646 頁。

12 瓣 見瓜部，見 434 頁。

13 辮 見糸部，見 532 頁。

14 辯(辩)（biàn ㄅㄧㄢˋ）粵bin⁶〔便〕說明是非或真假，爭論，也作'辨'（粵一論）：～駁。爭～。～護。～證。能言善～。

辰部

0 辰（chén ㄔㄣˊ）粵sen⁴〔神〕
❶地支的第五位。❷辰時，指上午七點到九點。❸指時日：生～。誕～。〔辰光〕〈方〉時候，時間。❹日、月、星的總稱：星～。

3 辱（rǔ ㄖㄨˇ）粵juk⁹〔肉〕❶羞恥：奇恥大～。❷侮辱，使受到羞恥：折～。喪權～國。❸玷辱，辜負：幸不～命。❹謙辭，表示承蒙：～臨。～承指教。

3 唇 見口部，105 頁。

4 晨 見日部，293 頁。

4 脣 見肉部，555 頁。

6 農(农)（nóng ㄋㄨㄥˊ）粵nung⁴〔濃〕❶農業，種莊稼：務～。～具。～場。❷農民，種莊稼的人：菜～。富～。老～。

6 蜃 見虫部，613 頁。

8 辳 同'農'，見本頁。

辵(辶辶辶)部

0 辵（chuò ㄔㄨㄛˋ）粵tsœk⁸〔卓〕忽走忽停。

2 边 '邊'的簡化字，見 703 頁。

2 辽 '遼'的簡化字，見 702 頁。

3 **迂** (yū ㄩ)⑧jy¹〔于〕❶曲折，繞遠路：～迴前進。❷拘泥，不切實際(⑧－腐)：～論。～見。

3 **迄** (qì ㄑㄧˋ)⑧ŋet⁹〔屹〕❶到：～今未至。❷始終：～未成功。～無音信。

3 **迅** (xùn ㄒㄩㄣˋ)⑧sœn³〔信〕快(⑧－速)：～雷不及掩耳。光陰～速。

3 **迆** 同'迤'，見 693 頁。

3 **过** '過'的簡化字，見 699 頁。

3 **达** '達'的簡化字，見 700 頁。

3 **迈** '邁'的簡化字，見 702 頁。

3 **迁** '遷'的簡化字，見 702 頁。

3 **巡** 見巛部，189 頁。

4 **迍** (zhūn ㄓㄨㄣ)⑧dzœn¹〔津〕〔迍邅〕❶遲遲不前。❷處在困難中，十分不得志。

4 **迎** (yíng ㄧㄥˊ)⑧jiŋ⁴〔形〕❶接，接：歡～。～賓。〔迎合〕為了討好，使自己的言行符合別人的心意。❷正對着，向着：～面。～頭趕上。

4 **近** (jìn ㄐㄧㄣˋ)⑧gen⁶〔僅低去〕❶跟'遠'相對：1.距離短：

路很～(粵口語讀作'芹'的低上聲)。～郊。附～。2.現在以前不久的時間：～幾天。～來。～代史。❷親密，關係密切：親～。他們是～親。❸接近，差別小，差不多：相～。～似。年～五十。❹淺(近)：言～旨遠。

4 **远** (háng ㄏㄤˊ)⑧hoŋ⁴〔杭〕❶野獸經過的痕迹。❷道路。

4 **迓** (yá ㄧㄚˊ)⑧ŋa⁶〔訝〕迎接(⑧迎－)：～之於門。未曾迎～。

4 **返** (fǎn ㄈㄢˇ)⑧fan²〔反〕回，歸：往～。～航。一去不復～。〔返工〕工作沒有做好再重做。

4 **迕** ㊀(wǔ ㄨˇ)⑧ŋ⁵〔午〕逆，違背：違～。㊁(wǔ ㄨˇ)⑧ŋ⁶〔誤〕相遇。

4 **进** '進'的簡化字，見 697 頁。

4 **远** '遠'的簡化字，見 700 頁。

4 **违** '違'的簡化字，見 700 頁。

4 **运** '運'的簡化字，見 698 頁。

4 **还** '還'的簡化字，見 702 頁。

4 **连** '連'的簡化字,見 697 頁。

4 **这** '這'的簡化字,見 695 頁。

4 **迟** '遲'的簡化字,見 701 頁。

5 **迢** (tiáo ㄊㄧㄠˊ)(粵)tiu⁴〔條〕遠(貌):千里~~。

5 **迤** ㊀(yǐ ㄧˇ)(粵)ji⁵〔以〕❶地勢斜着延長。❷延伸,向(專指方向地位):蜿蜒門~東(向東一帶)。
〔迤邐〕曲折連綿:沿着蜿蜒的山勢~~而行。
㊁(yí ㄧˊ)(粵)jy⁴〔移〕見 697 頁'逶'字條'逶迤'。

5 **迥** (jiǒng ㄐㄩㄥˇ)(粵)gwing²〔炯〕❶遠。❷形容差得很遠:迥異(相差很遠)。〔迥然〕顯然,清清楚楚地:~~不同。

5 **迦** (jiā ㄐㄧㄚ)(粵)ga¹〔加〕譯音用字。

5 **迨** (dài ㄉㄞˋ)(粵)dɔi⁶〔代〕tɔi⁵〔怠〕(又)❶等到,達到。❷趁。

5 **迪** (dí ㄉㄧˊ)(粵)dik⁹〔敵〕開導(粵啓一)。

5 **迫** ㊀(pò ㄆㄛˋ)(粵)bak⁷〔伯高入〕(粵)bik⁷〔碧〕(又)❶用強力壓制,硬逼(粵逼一):~害。飢寒交~。~使。❷接近:~近。❸急促(粵急一):窘~。~切需要。從容不~。(以上各義粵今通讀如'碧',僅於與'逼'字同用時讀作'伯'的高入聲)
㊁(pǎi ㄆㄞˇ)(粵)bik⁷〔碧〕〔迫擊炮〕從炮口裝彈,以曲射為主的火炮。

迫擊炮

5 **迭** (dié ㄉㄧㄝˊ)(粵)dit⁹〔秩〕❶交換,輪流:更~。~為賓主。❷屢,連着:~次會商。~有新發現。❸及:忙不~。

5 **迮** (zé ㄗㄜˊ)(粵)dzak⁸〔責〕❶同'窄',狹窄。❷倉促。❸逼迫。

5 **述** (shù ㄕㄨˋ)(粵)sœt⁹〔術〕講說,陳說(粵紋一):口~。

5 **迯** 同'逃',見 694 頁。

5 **迩** '邇'的簡化字,見 703 頁。

6 **迴** (huí ㄏㄨㄟˊ)(粵)wui⁴〔回〕曲折,環繞,旋轉:迂~。

巡～。峯～路轉。〔迴避〕讓開，躲開。

6 迷 (mí ㄇㄧˊ)粵mei⁴〔謎〕❶分辨不清，失去了辨別、判斷的能力：～了路。〔迷信〕盲目地信仰和崇拜。特指信仰神仙鬼怪等。❷醉心於某種事物，發生特殊的愛好(粵—惑)：～戀不捨。❸沉醉於某種事物的人：棋～。球～。戲～。❹使人陶醉、迷惑：景色～人。財～心竅。

6 迹 (jī ㄐㄧ)粵dzik⁷〔積〕❶腳印(粵蹤—)：足～。獸蹄鳥～。⑪1.物體遺留下的印痕(粵痕—)：～象。2.前人遺留下的事物(多指建築、器物等)：古～。陳～。❷形迹：～近違抗。

6 迻 (yí ㄧˊ)粵ji⁴〔移〕同'移'。〔迻錄〕抄錄，過錄。〔迻譯〕翻譯。

6 追 (zhuī ㄓㄨㄟ)粵dzœy¹〔錐〕❶趕，緊跟着(粵—逐)：～隨。～擊。急起直～。他走得太快，我～不上他。❷追溯過去，補做過去的事：～念。～悼。～述。❸竭力探求，尋求：～問。～根。這件事不必再～了。～求真理。❹事後補辦：～加。～認。

6 退 (tuì ㄊㄨㄟˋ)粵tœy³〔蛻〕❶向後移動或使之向後移動，跟'進'相反：～步。倒～。～兵。進～兩難。〔退化〕生物體的某一或某些器官在進化過程中，全然消失或部分殘留而成為痕迹器官的現象。例如人的闌尾是退化器官。❷離開，辭去：～席。～職。❸送還，不接受，撤銷：～貨。～票。～錢。～婚。❹減退，下降：～色。～燒。

6 送 (sòng ㄙㄨㄥˋ)粵suŋ³〔宋〕❶把東西從甲地運到乙地：～信。～貨。❷贈給：奉～。他～了我一支鋼筆。❸送行，陪伴人到某一地點：～機。孩子上學去。把客人～到門口。開歡～會。❹了結，斷送：～死。～命。❺幫助咽下：鹹魚～飯。

6 适 (㊀kuò ㄎㄨㄛˋ)粵kut⁸〔括〕本作'䜌'。人名用字。
㊁'適'的簡化字，見701頁。

6 逃 (táo ㄊㄠˊ)粵tou⁴〔桃〕❶跑，逃走：～匿。～竄。❷逃避，避開：～荒。～難。

6 逄 (páng ㄆㄤˊ)粵poŋ⁴〔旁〕姓。
㊁同'逢'，見696頁。

6 逅 (hòu ㄏㄡˋ)粵heu⁶〔後〕見702頁'邂'字條'邂逅'。

6 逆 (nì ㄋㄧˋ)粵jik⁹〔亦〕粵ŋak⁹〔厄〕 ❶方向相反，跟'順'相反：～水行舟。～風。～境。倒行～施。❷抵觸，不順從：忠言～耳。忤～。❸背叛者或背叛者的：叛～。～產。❹迎接：～旅(旅館)。❺預先：～料。

6 迸 (bèng ㄅㄥˋ)粵biŋ³〔并〕向外濺出或噴射：火星亂～。

6 逈 同'乃'，見 7 頁。

6 选 '選'的簡化字，見 701 頁。

6 逊 '遜'的簡化字，見 700 頁。

7 逋 (bū ㄅㄨ)粵bou¹〔褒〕 ❶逃亡(粵—逃)。❷拖欠：～租。

7 逍 (xiāo ㄒㄧㄠ)粵siu¹〔消〕〔逍遙〕自由自在，無拘無束：～～自在。

7 透 (tòu ㄊㄡˋ)粵teu³〔偷高去〕 ❶穿通，通過：～光。～氣。～視。北風從窗縫～進來。⑨1.很通達，極明白：話說得十分～徹。理講一了。2.泄漏：～露風聲。3.暗地裏告訴：～個信兒。〔透支〕1.存戶經銀行同意在一定限額之內提取超過存款數字的款項。2.開

支超過收入。❷極度：恨～了。❸顯露：他～着很老實。這朵花白裏～紅。❹達到飽滿的、充分的程度：雨下～了。西瓜熟～了。

7 逐 (zhú ㄓㄨˊ)粵dzuk⁹〔俗〕 ❶追趕：追～。隨波～流。～臭之夫。❷趕走，強迫離開(粵驅一)：下～客令。追亡～北(追擊敗逃的敵人)。❸依照先後次序，一一挨着：～日。～步進行。～字講解。～漸提高。❹競爭，爭先：競～。角～。

7 逑 (qiú ㄑㄧㄡˊ)粵keu⁴〔求〕匹配，配偶：君子好～。

7 途 (tú ㄊㄨˊ)粵tou⁴〔陶〕道路(粵—徑、道一、路一、一程)：坦～。道聽～說。半～而廢。

7 逖 (tì ㄊㄧˋ)粵tik⁷〔惕〕遠。

7 逗 (dòu ㄉㄡˋ)粵deu⁶〔竇〕 ❶停留。〔逗留〕〔逗遛〕暫時停留。❷引，惹弄：～笑。～趣。❸同'讀²'。句中的停頓。

7 這(这) ㊀(zhè ㄓㄜˋ)粵dze⁵〔借低上〕dze³〔借〕(又)❶此，指較近的時間、地方或事物，跟'那'相反：～裏。～些。～個。～塊。〔這麼〕如此：～～辦就好了。❷這時

候, 指說話的同時: 我～就走。㊁(zhè ㄓㄜˋ)同㊀'這(zhè ㄓㄜˋ)一'的合音, 但指數量時不限於一: ～個。～些。～年。～三年。

7 通 ㊀(tōng ㄊㄨㄥ)粵tuŋ¹〔同高平〕❶沒有阻礙, 可以穿過, 能夠達到: ～行。四～八達。～車。～風。㋱1.順, 指文章合語法, 合事理: 文章寫得不～。2.徹底明瞭, 懂得: 精～。他～三國文字。3.四通八達的, 不閉塞的: ～都大邑。❷用工具戳, 使不堵塞: ～溝渠。❸傳達: ～報。～告。～信。❹往來交接: ～商。互有無。❺普遍, 全: ～病。～共。～盤計劃。～力合作。〔通俗〕淺顯的, 適合於一般文化程度的: ～～讀物。❻精通某一方面的人: 日本～。❼非夫婦而發生性關係: ～姦。私～。㊁(tòng ㄊㄨㄥˋ)同㊀量詞: 打了三～鼓。說了一～。

7 逛 (guàng ㄍㄨㄤˋ)粵kwaŋ³〔框高去〕閒遊, 遊覽: ～公園。～百貨公司。

7 逝 (shì ㄕˋ)粵sei⁶〔誓〕❶過去: 光陰易～。❷死, 多用於表示對死者的敬意: 不幸病～。

7 速 (sù ㄙㄨˋ)粵tsuk⁷〔促〕❶快〔粵迅～〕: ～成。火～。欲～則不達。〔速記〕一種用便於速寫的符號記錄口語的方法。❷速度: 風～。光～。❸邀請: 不～之客(不請自來的客人)。

7 逞 (chěng ㄔㄥˇ)粵tsiŋ²〔請〕❶炫耀, 賣弄: ～能。～強。❷施展, 實現: 各～其才。陰謀得～。❸縱容, 放任: ～性子。～凶。

7 造 ㊀(zào ㄗㄠˋ)粵dzou⁶〔做〕❶製作, 做〔粵製～〕: ～船。～林。～句。㋱瞎編: ～謠。捏～。❷稻子等作物從播種到收割一次叫一造: 一年兩～。
㊁(zào ㄗㄠˋ, 舊讀cào ㄘㄠˋ)粵tsou³〔醋〕❶成就: ～詣。❷培養: 深～。可～之材。❸到, 去: ～訪。登峯～極。❹相對兩方面的人, 法院裏指訴訟的兩方: 兩～。甲～。乙～。〔造次〕倉卒, 匆促: ～～之間。㋱鹵莽, 草率: 不敢～～。

7 逡 (qūn ㄑㄩㄣ)粵sœn¹〔荀〕退讓, 退卻。〔逡巡〕有所顧應而徘徊或退卻。

7 逢 (féng ㄈㄥˊ)粵fuŋ⁴〔馮〕❶遇到: 久別重～。～人便說。每～星期日休息。❷迎合。〔逢迎〕迎合旁人的意思，巴結人。

7 **連(连)**(lián ㄌㄧㄢˊ)粵lin⁴〔憐〕❶相接，接續(粵一接)：～年。天～水，水～天。骨肉相～。藕斷絲～。接～不斷。〔連忙〕急忙：～～讓坐。〔連詞〕連接詞、詞組或句子的詞，如'和'、'或者'、'但是'等。❷帶，加上(粵一帶)：～說帶笑。～根拔起。❸就是，即使(後邊常用'都'、'也'跟它相應)：她膝着～脖子都紅了。❹軍隊的編制單位，是'排'的上一級：～長。

7 **逕** 同'徑❶❷'，見 213 頁。

7 **迺** 同'适㊀'，見 694 頁。

7 **遞** '遞'的簡化字，見 700 頁。

7 **逦** '邐'的簡化字，見 703 頁。

8 **逯**(lù ㄌㄨˋ)粵luk⁹〔綠〕姓。

8 **逭**(huàn ㄏㄨㄢˋ)粵wun⁶〔換〕逃，避：罪無可～。

8 **逮** ㊀(dài ㄉㄞˋ)粵dei⁶〔弟〕doi⁶〔代〕(又)❶到，及：～乎冬季(到了冬季末年)。力有未～。❷逮捕，捉拿。
㊁(dǎi ㄉㄞˇ)粵dei⁶〔弟〕捉，捕：

～老鼠。

8 **週**(zhōu ㄓㄡ)粵dzeu¹〔舟〕同'周'。❶週圍，圈子：圓～。環繞地球一～。學校四～都種着樹。❷環繞，繞一圈：～而復始。〔週旋〕1.打交道。2.交際，應酬：與客人～～。❸普遍，全面：衆所～知。～身。❹時期的一輪。特指一個星期：上～。下～。～末。

8 **進(进)**(jìn ㄐㄧㄣˋ)粵dzœn³〔俊〕❶向前、向上移動，跟'退'相反：前～。～軍。更～一層。〔進化〕事物由簡到複雜、由低級到高級的發展過程：～～論。❷入，往裏面去：～門。～學校。❸收入或買入：～款。～項。～貨。❹舊式建築房院前後的層次：這房子是兩～院子。❺奉呈：～獻。

8 **逴**(chuō ㄔㄨㄛ)粵tsœk⁸〔綽〕遠。引超越。

8 **逵**(kuí ㄎㄨㄟˊ)粵kwei⁴〔葵〕四通八達的道路。

8 **逶**(wēi ㄨㄟ)粵wei¹〔威〕〔逶迤〕(一迤，一移)道路、河道等彎曲而長：山路～～。

8 **逸**(yì ㄧˋ)粵jet⁹〔日〕❶跑，逃跑：奔～。逃～。❷散失(粵亡一)：～書(已經散失的古書)。～事。❸安閑，安樂(㊀安一): 一勞永～。以～待勞。❹超過一般: 超～。～羣絕倫。

8 迸 同'进', 見695頁。

8 逷 同'逖', 見695頁。

8 逩 同'奔㊀', 見149頁。

8 逯 同'歸', 見344頁。

8 逻 '邏'的簡化字, 見703頁。

9 逼 (bī ㄅㄧ)㊜bik⁷〔碧〕❶強迫, 威脅(㊀一迫): 威～利誘。～上梁山。寒氣～人。❷切近: ～近。～眞。❸狹窄: ～仄。

9 逾 (yú ㄩˊ)㊜jy⁴〔余〕❶越過, 超過: ～期。年～七十。❷更, 越發: ～甚。

9 遁 (dùn ㄉㄨㄣˋ)㊜dœn⁶〔頓〕逃避: ～去。夜～。〔遁詞〕〔遁辭〕理屈辭窮或不願以眞意告人時所說的應付話。

9 遂 ㊀(suì ㄙㄨㄟˋ)㊜sœy⁶〔睡〕❶順, 如意: ～心。～願。❷於是, 就: 服藥後腹痛～止。❸成功, 實現: 未～。
㊁(suí ㄙㄨㄟˊ)㊜同㊀ 義同㊀❶, 用於'半身不遂'(身體一側發生癱瘓。)

9 遄 (chuán ㄔㄨㄢˊ)㊜tsyn⁴〔全〕❶往來頻繁。❷快, 迅速: ～往。～返。

9 遇 (yù ㄩˋ)㊜jy⁶〔預〕❶相逢, 會面: 不期而～。偶～。他在街上～見小學時的同學。❷遭到, 碰到: ～雨。百年不～的大旱。～難。～險。❸機會: 際～。佳～。巧～。❹對待, 款待: 待～。可善～之。～我甚厚。

9 遊 (yóu ㄧㄡˊ)㊜jɐu⁴〔由〕❶閒逛, 從容地行走: ～覽。～玩。～人。～歷。～園。～行。❷同'游'。1.不固定, 流動: ～資。～牧。2.交遊, 交往。

9 運(运) (yùn ㄩㄣˋ)㊜wɐn⁶〔混〕❶旋轉, 循序移動: 日月～行。〔運動〕1.物理學上指物體的位置繼續不斷地交易的現象。2.哲學上指物質的存在形式和根本屬性。3.各種鍛煉身體的活動, 如體操、游泳等。4.在政治、文化、生產等方面開展的有組織的民衆活動: 五四～～。清潔～～。5.為求達到某種目的而鑽營奔走。❷搬送(㊀一輸): ～貨。客～。陸～。❸動用, 靈活使用: ～筆。～籌。❹命運, 運氣。幸～。走好～。
〔運作〕〈港方言〉機制性的、程

序性的操作、活動: 政府的~
~。

9 **遍** (biàn ㄅㄧㄢˋ) 粵pin³〔騙〕❶
全面，到處: ~身。走
~天下。漫山~野。❷次，
回: 從頭到尾看一一。唸一二。

9 **過(过)** ㊀(guò ㄍㄨㄛˋ) 粵
gwo³〔果高去〕❶
從這兒到那兒，從甲方到乙
方: ~江。~橋。~戶。賬。
㋐1.傳: ~電。2.交往: ~從甚
密。〔過去〕1.從這兒到那兒去。
2.已經經歷了的時間。❷經過，
從此到彼的經歷: ~冬。~節。
日子越~越好。㋑經過某種處
理方法: ~秤。~水。~一
數。把菜~~油。〔過年〕1.
度過新年。2.明年，指說話時
候以後的一個年頭。❸超出:
1.數量: ~半數。~了一百。
2.程度: ~分。~火。未免太~。
❹超越。〔過費〕〈方〉1.花費過
多。2.辜負。〔過逾〕過分: 小
心沒~~。〔過福〕過分享受。
❺(~兒)次，回，遍: 把書看
了好幾~。衣服洗了好幾~。
❻錯誤(粵~錯): 改~自新。
知~必改。㊁(guo)放在動詞
後: 1.表示曾經或已經: 看~。
聽~。用~了。你見~他嗎?
2.跟'來'、'去'連用，表示趨向:
拿~來。轉~去。❽〈粵方言〉

用在形容詞的後面，表示比
較: 飛機快~汽車。
㊂(guō ㄍㄨㄛ) 粵gwo¹〔戈〕姓。

9 **過** (è ㄜˋ) 粵at⁸〔壓〕阻止: 怒
不可~(遏制)抑制，
禁絕。

9 **遐** (xiá ㄒㄧㄚˊ) 粵ha⁴〔霞〕❶
遠，~邇(遠近)。~方。
❷長久。~齡(高齡)。

9 **遑** (huáng ㄏㄨㄤˊ) 粵wɔŋ⁴〔皇〕
❶閒暇: 不~(沒有功
夫)。❷匆忙(疊)。❸恐懼。

9 **遒** (qiú ㄑㄧㄡˊ) 粵tseu⁴〔囚〕強
健，有力(粵~勁、~健)。

9 **道** (dào ㄉㄠˋ) 粵dou⁶〔杜〕❶
(~兒)路(粵~一路): 河
~。康莊大~。❷方向，途
徑: 志同~合。❸道理，正當
的事理: 無~。治世不一~。
〔道具〕佛家修道用的物品。㊀
演劇用的一切設備和用具。❹
(~兒)方法，辦法，技術: 門
~。醫~。照他的~兒辦。❺
道家，中國古代的一個思想流
派，以老聃和莊周為代表。❻
道教，中國主要宗教之一，創
立於東漢時: ~觀(道教的
廟)。❼指某些民間迷信組織:
一貫~。會~門。❽說: 說長
~短。一語~破。常言~。㋐
用話表示情意: ~賀。~謝。
~歉。~喜。❾歷史上的行政

區域：1.唐太宗時分全國為十道。2.清代和民國初年每省分成幾個道。⑩（一子、一兒）綫條：紅～兒。鉛筆～兒。⑪量詞：1.長條狀的：一～河。畫一～紅綫。2.路上的關口，出入口：兩～門。過一～關。3.則，條：三～題。一～命令。4.次：洗了三～。

9 **達**（达）(dá ㄉㄚˊ) ⑧dat⁹
〔筐低入〕❶通，到達：四通八～。抵～。❷通達，對事理認識得透徹：通～事理。通權～變（不拘常規，採取變通辦法）。〔達觀〕對不如意的事情看得開的態度。❸達到，實現：目的已～。～成協議。❹告知，表達：轉～。傳～。詞不～意。❺指人得到有權有勢的地位（⑯顯一）：～官。

〔達斡爾〕達斡爾族，中國少數民族名，參看附錄六。

9 **違**（违）(wéi ㄨㄟˊ) ⑧wei⁴
〔維〕❶背，反，不遵守（⑯一背，一反）：～法。陽奉陰～（表面上遵循，暗地裏違背）。❷不見面，離別：久～。

9 **遉** 同‘偵’，見36頁。

9 **遻**

9 **遗** ‘遺’的簡化字，見702頁。

10 **遘** (gòu ㄍㄡˋ) ⑧geu³〔夠〕遇見，遭遇。

10 **遙**（䙽）(yáo ㄧㄠˊ) ⑧jiu⁴〔搖〕遠（⑯一遠）：～望。路～知馬力。～～相對。

10 **遜**（逊）(xùn ㄒㄩㄣˋ) ⑧sœn³〔信〕❶退避，退讓：～位。❷謙讓，恭順：出言不～。❸次，差：毫無～色。稍～一籌。

10 **遝** (tà ㄊㄚˋ) ⑧dap⁹〔踏〕相及。〔雜遝〕又作‘雜沓’。行人很多，擁擠紛亂。

10 **遞**（递）(dì ㄉㄧˋ) ⑧dei⁶〔第〕❶傳送，傳達（⑯傳一）：投～。你把書～給我。～眼色（以目示意）。❷順着次序：～補。～加。～進。❸〔迢遞〕1.遙遠的樣子。2.高峻的樣子。

10 **遠**（远）(㊀)(yuǎn ㄩㄢˇ) ⑧jyn⁵〔軟〕❶跟‘近’相反：1.距離長：路～。住得～。～處。2.時間長：～年。～古。作長～打算。❷（血緣關係）不親密，疏遠：～親。～房。❸（差別）大：差得～。相差～。❹深遠：言近旨～。
(㊁)(yuàn ㄩㄢˋ) ⑧jyn⁶〔願〕jyn⁶〔軟〕(又)不接近，不親近：敬

而～之。

10畫 遢 〔撻〕(ta・ㄊㄚ)粵tap⁸〔塔〕tat⁸〔撻〕(語)見 703 頁'邋'字條'邋遢'。

10畫 遣 (qiǎn ㄑㄧㄢˇ)粵hin²〔顯〕❶派，差(chāi)，打發(粵派一)：特～。～送。❷排解，發泄：～悶。消～。

10畫 遛 (一)(liù ㄌㄧㄡˋ)粵leu⁶〔漏〕❶散步，慢慢走，隨便走走。❷為了使牲畜解除疲勞等目的牽着牲畜慢慢走：他～馬去了。

(二)(liú ㄌㄧㄡˊ)粵leu⁴〔留〕見 695 頁'逗'字條'逗遛'。

10畫 遡 同'溯'，見 377 頁。

10畫 遟 同'遲'，見本頁。

11畫 遨 (áo ㄠˊ)粵ŋou⁴〔熬〕ŋou⁶〔傲〕(又)遨遊，遊逛。

11畫 適 (△适)(shì ㄕˋ)粵sik⁷〔色〕❶切合，相合(粵一合)：～宜。～意。～用。❷舒服：稍覺不～。❸正好，恰好：～逢其會。～得其反。❹剛才，方才：～從何處來？❺往，到：無所～從。⑰舊稱女子出嫁：～人。

11畫 遭 (zāo ㄗㄠ)粵dzou¹〔糟〕❶遇見，碰到(粵一遇)：～難。～遇困難。❷(一兒)一

週：用繩子多繞兩～。我去轉了一～。❸(一兒)次：一～生，兩～熟。

11畫 遮 (zhē ㄓㄜ)粵dzɛ¹〔嗟〕掩蓋，掩蔽，擋：～醜。～人耳目。～擋不住。烏雲把太陽～住了。

11畫 遯 同'遁'，見 698 頁。

11畫 蓬 見艸部，596 頁。

12畫 遲 (遲)(chí ㄔˊ)粵tsi⁴〔池〕❶慢，緩：說時～，那時快。行動～緩。～～不去。⑰不靈敏：心～眼鈍。〔遲疑〕猶豫不決。❷晚：～到。延～。

12畫 遴 (一)(lín ㄌㄧㄣˊ)粵lœn⁴〔鄰〕謹慎選擇(粵一選)：～選人材。

(二)〈古〉同'吝'，見 92 頁。

12畫 遵 (zūn ㄗㄨㄣ)粵dzœn¹〔津〕dzyn¹〔專〕(又)依照，按照：～循。～命。～守紀律。

12畫 選 (选)(xuǎn ㄒㄩㄢˇ)粵syn²〔損〕❶挑揀，擇(粵挑一、一擇)：～拔。～購。〔選舉〕多數人推舉認為合適的人擔任代表或負責人：～～代表。❷選舉：大～。普～。民～議員。❸被選中了的(人或物)：人～。入～。❹被

選出來編在一起的作品: 文
～。詩～。

遷(迁) (qiān ㄑㄧㄢ) 粵 tsin¹〔千〕轉換地點(粵—移): ～都。～居。〔遷延〕拖延: 已經～～了一個多月了。〔遷就〕不堅持自己的意見, 湊合別人: 不能太～～孩子。❷變動, 改變(粵變—): 事過境～。❸貶謫, 放逐: ～客。❹古時調動官職叫「遷」, 一般指升職。

遹 (yù ㄩ) 粵 wet⁹〔屈低入〕遵循。多用於人名。

遺(遗) ㊀(yí ㄧ) 粵 wei⁴〔維〕❶丟失(粵—失): ～失鋼筆一枝。❷漏掉(粵—漏): ～忘。❸丟失的東西, 漏掉的部分: 路不拾～。補～。❹餘, 留: 不～餘力。～憾。特指死人留下的: ～囑。～像。〔遺傳〕生物體的構造和生理機能由上一代傳給下一代。❺不自覺地排泄屎便或精液: ～尿。～精。
㊁(wèi ㄨㄟˋ) 粵 wei⁶〔位〕贈與: ～之以書。

遼(辽) (liáo ㄌㄧㄠˊ) 粵 liu⁴〔聊〕❶遠(粵—遠): ～闊。❷朝代名, 公元907—1125年, 契丹人耶律阿保機所建, 在中國北部, 初名

契丹, 938年(一說947年)改稱遼。

遶 同'繞❷❸', 見 531 頁。

暹 見日部, 295 頁。

避 (bì ㄅㄧˋ) 粵 bei⁶〔鼻〕❶躲, 設法躲開(粵躲—): ～暑。～雨。閃～。～重就輕。❷防止: ～孕。～雷針。

遽 (jù ㄐㄩˋ) 粵 gœy⁶〔巨〕❶急, 倉猝: ～下斷語。❷惶恐, ～逐, 就。

邀 (yāo ㄧㄠ) 粵 jiu¹〔腰〕❶招, 約請: ～客。～他來談談。❷希求, 謀取: ～功。～賞。～准。❸阻留: 中途截。

邁(迈) (mài ㄇㄞˋ) 粵 mai⁶〔賣〕❶抬起腿來跨步: ～步。～過去。向前進。❷時光消逝: 日月其～。㊑年老: 老～。年～。❸遠行。

邂 (xiè ㄒㄧㄝˋ) 粵 hai⁶〔械〕hai⁵〔蟹〕(又)〔邂逅〕沒約會而遇到: 在路上～～。

還(还) ㊀(huán ㄏㄨㄢˊ) 粵 wan⁴〔環〕❶回, 歸: ～家。～原(恢復原狀)。❷回報: ～禮。～手。以眼～眼, 以牙～牙。❸償(粵歸—償—): ～錢。❹來: 海通(海

禁開放)以～。

㊀(hái ㄏㄞˊ)粵同㊀●仍舊，依然：你～是那樣。●這件事～沒有做完。●更：今天比昨天～熱。●再，又：另外～有一件事要做。●尚，勉強過得去：身體～好。工作進展得～不算慢。●尚且：你～搬不動，何況我呢?●表示對某件事物，沒想到如此，而居然如此：他～真有辦法。

14 遭(zhān ㄓㄢ)粵dzin¹〔煎〕●難行。●轉變方向：～彼南造号。

14 邇(迩)(eˇr ㄦˇ)粵ji⁵〔耳〕近：遐～聞名。～來(近來)。

14 邈(miǎo ㄇㄧㄠˇ)粵miu⁵〔秒〕遠。

14 邃(suì ㄙㄨㄟˋ)粵sœy⁶〔遂〕深遠。1.指空間(邃深一)。2.指時間：～古。3.指程度：精～。

15 邊(边)(biān ㄅㄧㄢ)粵bin¹〔辮〕●(一兒)物體周圍的部分：～緣。紙～。桌子～。●旁邊，近旁，側面：身～。海～。馬路旁～。●國家或地區之間的交界處：～防。～境。～疆。●界限：～際。無～。●方面。〔(一)邊……(一)邊……〕同時做兩

種動作：～做～學。●表示地位、方向，用在‘上’、‘下’、‘前’、‘後’、‘左’、‘右’等字後：東～外。●幾何學上指夾成角或圍成多角形的直線。

15 邋(lā ㄌㄚ)粵lap⁹〔臘〕lat⁹〔辣〕(語)〔邋遢〕1.骯髒，不整潔：年廿八，洗～～。2.處事不謹慎。

19 邏(逻)(luó ㄌㄨㄛˊ)粵lo⁴〔羅〕巡邏，巡察。〔邏輯〕英語logic的音譯。1.思維的規律：這幾句話不合～～。2.研究思維的形式和規律的科學。也叫‘論理學’。3.有時也用作‘規律’的同義詞：事物發展的～～。

19 邐(逦)(lǐ ㄌㄧˇ)粵lei⁵〔里〕見 693 頁‘迤’字條‘迤邐’。

邑(阝)部

0 邑(yì ㄧˋ)粵jep⁷〔泣〕●都城，城市：通都大～。●縣。

2 邓 ‘鄧’的簡化字，見 708 頁。

3 邕(yōng ㄩㄥ)粵juŋ¹〔翁〕〔邕寧〕縣名，在廣西壯族自治區。

3 邗 (hán ㄏㄢˊ)粵hon⁴〔寒〕〔邗江〕縣名，在江蘇省。

3 邙 (máng ㄇㄤˊ)粵moŋ⁴〔亡〕〔北邙〕山名，在河南省洛陽市北。

3 邛 (qióng ㄑㄩㄥˊ)粵kuŋ⁴〔窮〕〔邛崍〕山名，在四川省。也叫'崍山'。

3 庙 '廊'的簡化字，見 708 頁。

4 邠 (bīn ㄅㄧㄣ)粵ben¹〔奔〕邠縣，在陝西省。今作'彬縣'。

4 邡 (fāng ㄈㄤ)粵foŋ¹〔方〕〔什邡〕縣名，在四川省。

4 那 ㊀(nà ㄋㄚˋ)粵na⁵〔拿低上〕❶指較遠的時間、地方或事物，跟'這'相反：～裏。～個。～樣。～些。～時。❷那麼：你不拿走，～你不要啦？
㊁(nèi ㄋㄟˋ)粵同㊀'那'(nà)和'一'的合音，但指數量時不限於一：～個。～些。～年。～三年。
㊂(nā ㄋㄚ)粵na¹〔拿高平〕姓。

4 邦 (bāng ㄅㄤ)粵boŋ¹〔幫〕國：鄰～。盟～。〔邦交〕國和國之間的正式外交關係：建立～～。

4 邪 ㊀(xié ㄒㄧㄝˊ)粵tse⁴〔斜〕❶不正當：歪風～氣。改～歸正。㊃奇怪，不正常：～門。一股～勁。❷中醫指引起疾病的因素及病理的損害：風～。寒～。
㊁(yé ㄧㄝˊ)粵je⁴〔耶〕❶〔莫邪〕又作'鎮鋣'。古寶劍名。❷〈古〉同疑問詞'耶'：是～非～?

4 邢 (xíng ㄒㄧㄥˊ)粵jiŋ⁴〔形〕姓。

4 邨 同'村'，見 304 頁。

4 邦 同'邦'，見本頁。

4 邬 '鄔'的簡化字，見 707 頁。

4 祁 見示部，478 頁。

5 邯 (hán ㄏㄢˊ)粵hon⁴〔寒〕〔邯鄲〕市名，在河北省。

5 邰 (tái ㄊㄞˊ)粵toi⁴〔臺〕姓。

5 邱 (qiū ㄑㄧㄡ)粵jeu¹〔休〕姓。古也作'丘'。

5 邲 (bì ㄅㄧˋ)粵bet⁹〔拔〕古地名，在今河南省鄭州市東。

5 邳 (pī ㄆㄧ)粵pei⁴〔皮〕邳縣，在江蘇省。

5 邴 (bǐng ㄅㄧㄥˇ)粵biŋ²〔丙〕姓。

5 邶 (bèi ㄅㄟˋ)粵bui³〔背〕周代諸侯國名，在今河南省湯陰縣東南。

5 邵 (shào ㄕㄠˋ)粵siu⁶〔紹〕姓。

5 邸 (dǐ ㄉㄧˇ)粵dei²〔底〕高級官員、貴族辦事或居住的地方：官～。府～。

5 鄰 ‘鄰’的簡化字，見 708 頁。

5 邮 ‘郵’的簡化字，見 707 頁。

5 邹 ‘鄒’的簡化字，見 707 頁。

5 邺 ‘鄴’的簡化字，見 708 頁。

6 邽 (guī ㄍㄨㄟ)粵gwei¹〔歸〕〔下邽〕地名，在陝西省渭南縣。

6 邾 (zhū ㄓㄨ)粵dzy¹〔朱〕周代諸侯國名，後改稱‘鄒’。

6 邿 (shī ㄕ)粵si¹〔詩〕周代諸侯國名，在今山東省濟寧市東南。

6 郁 ㊀(yù ㄩˋ)粵juk⁷〔沃〕❶有文采(疊)：文采～～。❷形容香氣：馥～。
㊁‘鬱’的簡化字，見 795 頁。

6 郃 (hé ㄏㄜˊ)粵hep⁹〔合〕〔郃陽〕縣名，在陝西省。今作‘合陽’。

6 郄 ㊀(qiè ㄑㄧㄝˋ)粵gwik⁷〔隙〕姓。
㊁〈古〉同‘郤’，見 706 頁。

6 郅 (zhì ㄓˋ)粵dzet⁹〔疾〕極，大。

6 郇 ㊀(xún ㄒㄩㄣˊ)粵sœn¹〔詢〕❶周代諸侯國名，在今山西省臨猗縣西南。❷姓。
㊁(huán ㄏㄨㄢˊ)粵wan⁴〔環〕姓。

6 郈 (hòu ㄏㄡˋ)粵heu⁶〔後〕姓。

6 郊 (jiāo ㄐㄧㄠ)粵gau¹〔交〕城外：～外。～遊。

6 邢 同‘邢’，見 704 頁。

6 郑 ‘鄭’的簡化字，見 708 頁。

6 郏 ‘郟’的簡化字，見 706 頁。

6 郐 ‘鄶’的簡化字，見 708 頁。

6 郓 ‘鄆’的簡化字，見 707 頁。

6 耶 見耳部，545 頁。

7 郗 (xī ㄒㄧ，舊讀chī ㄔ)粵tsi¹〔雌〕hei¹〔希〕(又)姓。

7 郚 (wú ㄨˊ)粵n⁴〔吾〕見 707 頁‘鄔’字條‘鄔郚’。

7 郛 (fú ㄈㄨˊ)粵fu¹〔呼〕古代指城外面圍着的大城。

7 郜 (gào ㄍㄠˋ)粵gou³〔告〕姓。

7 郝 (hǎo ㄏㄠˇ)粵kɔk⁸〔確〕姓。

7 郎 (láng ㄌㄤˊ)粵lon⁴〔狼〕❶對年輕男子的稱呼。❷舊時女子稱丈夫或情人。❸指從事某種職業的人:賣油～。貨～。放牛～。❹封建時代的官名:侍～。〔郎中〕1.〈方〉醫生。2.古官名。❺稱別人的兒子:令～。(粵口語讀高上聲)

7 郟(郏) (jiá ㄐㄧㄚˊ)粵gap⁸〔夾〕郟縣,在河南省。

7 郡 (jùn ㄐㄩㄣˋ)粵gwen⁶〔君低去〕古代行政區域,秦以前比縣小,從秦朝起比縣大。

7 郢 (yǐng ㄧㄥˇ)粵jiŋ⁵〔映低上〕郢都,楚國的都城,即今湖北省江陵縣北紀南城。

7 郤 (xì ㄒㄧˋ)粵gwik⁷〔隙〕❶同'隙',見754頁。❷姓。

7 郧 '鄖'的簡化字,見707頁。

7 郦 '酈'的簡化字,見708頁。

7 哪 見口部,105頁。

7 娜 見女部,157頁。

8 部 (bù ㄅㄨˋ)粵bou⁶〔步〕❶部分,全體中的一份:內～。南～。其中一～。〔部位〕位置。❷部門:外交～。編輯～。門市～。❸門類:經史子集四～。〔部首〕按漢字形體偏旁所分的門類,如'山'部、'火'部等。❹統屬:所～三十人。～下。〔部署〕佈置安排。❺量詞:1.指書籍:一～小說。兩～字典。2.指車輛或機器:一～機器。三～汽車。

8 郪 (qī ㄑㄧ)粵tsɐi¹〔妻〕郪江,河流名,在四川省。

8 郫 (pí ㄆㄧˊ)粵pei⁴〔皮〕郫縣,在四川省。

8 郭 (guō ㄍㄨㄛ)粵gwok⁸〔國〕古代在城的外圍加築的一道城牆(連城一)。

8 郯 (tán ㄊㄢˊ)粵tam⁴〔談〕〔郯城〕縣名,在山東省。

8 郰 (zōu ㄗㄡ)粵dzɐu¹〔周〕又作'鄹'。古地名,在今山東省曲阜縣東南。

8 郴 (chēn ㄔㄣ)粵sɐm¹〔深〕郴縣,在湖南省。

8 都 ㊀(dū ㄉㄨ)粵dou¹〔刀〕❶首都,全國最高領導機關所在的地方:建～。❷大城市(連一市):通～大邑。❸總計:～計。全書～五十卷。❹姓。

㊁(dōu ㄉㄡ)粵同㊀❶全,完全:客人～到齊了。全家人～在看電視。❷表示語氣的加重:～十二點了還不睡。連小孩子～搬得動。

8 **鄲** '鄲'的簡化字,見 708 頁。

8 **郷** 見人部,36 頁。

9 **郵(邮)** (yóu ㄧㄡˊ)㊁jeu⁴
〔由〕❶郵遞,由政府專設的機構傳遞信件:～信。空～。❷有關郵務的:～票。～費。～包。

9 **鄢** (yǎn ㄧㄢˇ)㊁jin²〔演〕〔鄢城〕縣名,在河南省。

9 **郿** (méi ㄇㄟˊ)㊁mei⁴〔眉〕郿縣,在陝西省。今作'眉縣'。

9 **鄂** (è ㄜˋ)㊁ŋɔk⁹〔岳〕湖北省的別稱。
〔鄂倫春〕鄂倫春族,中國少數民族名,參看附錄六。
〔鄂溫克〕鄂溫克族,中國少數民族名,參看附錄六。

9 **鄄** (juàn ㄐㄩㄢˋ)㊁gyn³〔眷〕〔鄄城〕縣名,在山東省。

9 **鄆(郓)** (yùn ㄩㄣˋ)㊁wen⁶〔運〕〔鄆城〕縣名,在山東省。

9 **鄋** (sōu ㄙㄡ)㊁seu¹〔收〕〔鄋瞞〕春秋時北方少數民族的一個小國,屬'長狄'的一支,在今山東省濟南市北。一說在今山東省高苑縣。

9 **郷(乡)** (xiāng ㄒㄧㄤ)㊁hœŋ¹〔香〕❶城市外的區域:～村。～鎮。❷自己生長的地方或祖籍:故～。還～。同～。〔老鄉〕生長在同一地方的人。❸縣以下的農村行政區劃單位。

10 **鄒(邹)** (zōu ㄗㄡ)㊁dzeu¹〔周〕周代諸侯國名,在今山東省鄒縣東南。

10 **鄔(邬)** (wū ㄨ)㊁wu¹〔烏〕姓。

10 **鄖(郧)** (yún ㄩㄣˊ)㊁wen⁴〔云〕鄖縣,在湖北省。

10 **鄗** (hào ㄏㄠˋ)㊁hou⁶〔號〕鄗縣,古地名,在今河北省柏鄉縣。

10 **鄌** (táng ㄊㄤˊ)㊁tɔŋ⁴〔唐〕〔鄌郚〕地名,在山東省昌樂縣。

10 **鄉** 同'鄉',見本頁。

10 **嫏** 見女部,160 頁。

11 **鄘** (yōng ㄩㄥ)㊁juŋ⁴〔容〕周代諸侯國名,在今河南省汲縣。

11 **鄙** (bǐ ㄅㄧˇ)㊁pei²〔痞〕❶庸俗,品質低劣(㊁卑一)。自謙之辭:～人。～意。～見。❷輕視:可～。～視。❸邊遠的地方:邊～。

11 **莫β** (mào ㄇㄠ, 舊讀 mò ㄇㄛ) 粵 mɔk⁹〔莫〕鄚州，地名，在河北省任丘縣。

11 **廊β** (fū ㄈㄨ) 粵 fu¹〔夫〕鄜縣，在陝西省。1964年改為‘富縣’。

11 **鄞** (yín ㄧㄣ) 粵 ŋen⁴〔銀〕鄞縣，在浙江省。

11 **雩β** (hù ㄏㄨ) 粵 wu⁶〔戶〕鄠縣，在陝西省。1964年改為‘戶縣’。

11 **焉β** (yān ㄧㄢ) 粵 jin¹〔煙〕〔鄢陵〕縣名，在河南省。

12 **登β** (dèng ㄉㄥ) 粵 deŋ⁶〔燈 低去〕鄧縣，在河南省。

12 **鄭** (鄭) (zhèng ㄓㄥ) 粵 dzeŋ⁶〔井 低去〕dziŋ⁶〔靜〕(又) 周代諸侯國名，在今河南省新鄭縣一帶。〔鄭重〕審慎，嚴肅：～～其事。

12 **鄯** (鄯) (shàn ㄕㄢ) 粵 sin⁶〔善〕〔鄯善〕❶古代西域國名。❷縣名，在新疆維吾爾自治區。

12 **鄰** (鄰) (lín ㄌㄧㄣ) 粵 lœn⁴〔倫〕❶住處接近的人家：東～。左～右里。❷鄰近，接近，附近：～國。～居。～舍。❸周代制度以五家為鄰。

12 **鄱** (pó ㄆㄛ) 粵 pɔ⁴〔婆〕bɔ³〔播〕(又)〔鄱陽〕1.湖名，在江西省。2.縣名，在江西省。今作‘波陽’。

12 **鄲** (鄲) (dān ㄉㄢ) 粵 dan¹〔丹〕〔鄲城〕縣名，在河南省。

12 **楙β** 見木部，332頁。

13 **鄴** (邺) (yè ㄧㄝ) 粵 jip⁹〔葉〕古地名，在今河北省臨漳縣西。

13 **鄶** (郐) (kuài ㄎㄨㄞ) 粵 kui²〔繪〕周代諸侯國名，在今河南省密縣東北：～風。自～以下（喻其餘比較差勁的部分）。

14 **鄹** (zōu ㄗㄡ) 粵 dzeu¹〔周〕❶同‘鄹’。古地名，在今山東省曲阜縣東南。❷同‘鄹’。周代諸侯國名，在今山東省鄹縣東南。

15 **鄺** (邝) (kuàng ㄎㄨㄤ) 粵 kwɔŋ³〔曠〕kɔŋ³〔抗〕(俗) 姓。

17 **酃β** (líng ㄌㄧㄥ) 粵 liŋ⁴〔零〕酃縣，在湖南省。

18 **酆** (fēng ㄈㄥ) 粵 fuŋ¹〔風〕〔酆都〕縣名，在四川省。1958年改為‘豐都’。

19 **酈** (郦) (lì ㄌㄧ) 粵 lik⁹〔力〕姓。

19 **酇** (酂) (㊀)(cuó ㄘㄨㄛ) 粵 tsɔ⁴〔鋤〕〔酇城〕

〔鄷陽〕地名，都在河南省永城縣。

㊁(zàn ㄗㄢˋ)⑧dzan³〔讚〕古地名，在今湖北省光化縣一帶。

酉部

酉 0 (yǒu ㄧㄡˇ)⑧jeu⁵〔有〕❶地支的第十位。❷酉時，稱下午五點到七點。

酊 2 ㊀(dīng ㄉㄧㄥ)⑧ding¹〔丁〕（外）醫藥上用酒精和藥配合成的液劑：碘～。
㊁(dǐng ㄉㄧㄥˇ)⑧ding²〔頂〕見710頁'酩'字條'酩酊'。

酋 2 (qiú ㄑㄧㄡˊ)⑧jeu⁴〔由〕❶酋長，部落的首領。❷(盜匪)頭子：匪～。賊～。

酌 3 (zhuó ㄓㄨㄛˊ)⑧dzœk⁸〔雀〕❶斟酒：自～自飲。㊀飲酒宴會：便～。❷度量，考慮(⑧一量)：～辦。～情處理。

配 3 (pèi ㄆㄟˋ)⑧pui³〔佩〕❶兩性結合：1.男女結婚：婚～。2.使牲畜交合：～種。～豬。〔配偶〕指夫或妻。❷用適當的標準或比例加以調和：～顏色。～藥。❸有計劃地分派，安排：分～。～備人力。❹流放，充軍：發～。❺添補，把缺少的補足：～零件。～把鑰匙。～一塊玻璃。〔配套〕把若干相關的事物組合成一整套。❻襯托，陪襯：紅花～綠葉。～角。❼夠得上，相當：他不～稱傑出青年。他倆年齡不相～。❽匹敵，媲美：追～前人。

酎 3 (zhòu ㄓㄡˋ)⑧dzeu⁶〔就〕經過兩次或多次反覆釀成的醇酒。

酒 3 (jiǔ ㄐㄧㄡˇ)⑧dzeu²〔走〕用高梁、米、麥或葡萄等發酵製成的含乙醇的飲料，有刺激性，多喝對身體害處很大。〔酒精〕用酒蒸餾製成的無色液體，化學上叫'乙醇'，工業和醫藥上用途很大。

酐 3 (gān ㄍㄢ)⑧gon¹〔干〕酸酐，是含氧的無機或有機酸縮水而成的氧化物，如二氧化硫、醋酸酐。

酖 4 ㊀(dān ㄉㄢ)⑧dam¹〔耽〕嗜酒。㊀沉溺，入迷。
㊁同'鴆'，見809頁。

酗 4 (xù ㄒㄩˋ)⑧jy³〔于 高去〕hœy²〔許〕（又）hœy³〔去〕（又）沉迷於酒，撒酒瘋：～酒。

酕 4 (máo ㄇㄠˊ)⑧mou⁴〔毛〕〔酕醄〕大醉的樣子。

酚 4 (fēn ㄈㄣ)⑧fen¹〔分〕苯酚，也叫'石炭酸'，是醫藥上常用的防腐殺菌劑。

4 酞 (tài ㄊㄞˋ)粵tai³〔太〕有機化合物的一類，是由一個分子的鄰苯二酸酐與兩個分子的酚經縮合作用而生成的產物。酞就屬於酞類。

4 酔 同「醉」，見 711 頁。

4 酝 「醖」的簡化字，見 712 頁。

5 酡 (tuó ㄊㄨㄛˊ)粵to⁴〔駝〕喝了酒，臉上發紅：～顏。

5 酢 ㊀(zuò ㄗㄨㄛˋ)粵dzok⁹〔鑿〕客人用酒回敬主人。〔酬酢〕見本頁「酬」字條。
㊁(cù ㄘㄨˋ)粵tsou³〔措〕「醋」的本字。〔酢漿草〕多年生草本植物，匍匐莖，掌狀複葉，開黃色小花，結蒴果，圓柱形。全草可入藥。俗名酸味草。

5 酣 (hān ㄏㄢ)粵hem⁴〔含〕❶酒喝得很暢快：～飲。㋐盡量，痛快：～睡。～歌。～戰（戰鬥激烈）。

5 酤 (gū ㄍㄨ)粵gu¹〔姑〕❶酒。❷買酒。❸賣酒。

5 酥 (sū ㄙㄨ)粵sou¹〔蘇〕❶酪，用牛羊奶凝成的薄皮製造的食物。❷鬆脆，多指食物：～糖。❸含油多而鬆脆的點心：桃～。❹軟弱無力：～軟。

5 酦 「醱」的簡化字，見 713 頁。

6 酩 (mǐng ㄇㄧㄥˇ)粵min⁵〔皿〕〔酩酊〕醉得迷迷糊糊的：～～大醉。

6 酪 ㊀(lào ㄌㄠˋ，舊讀luò ㄌㄨㄛˋ)粵lok⁸〔絡〕用動物的乳汁做成的半凝固食品：奶～。
㊁(lào ㄌㄠˋ)粵lou⁶〔路〕用果實做的糊狀食品：杏仁～。核桃～。

6 酬 (chóu ㄔㄡˊ)粵tseu⁴〔囚〕❶勸酒，向客人敬酒。〔酬酢〕（－zuò）主客互相敬酒。泛指交際往來。〔應酬〕1.交際往來。2.表面應付。❷報答：～國。無以～知己。❸用財物報答：～勞。～金。❹報酬：同工同～。❺實現願望：壯志未～。❻用詩文互相贈答：唱～。～對。

6 酯 (zhǐ ㄓˇ)粵dzi²〔子〕有機化合物的一類，通式 R-COO-R′。脂肪的主要成分就是幾種高級的酯。

6 酮 (tóng ㄊㄨㄥˊ)粵tuŋ⁴〔同〕有機化合物的一類，通式 R-CO-R′。酮類中的丙酮是工業上常用的溶劑。

6 酰 (xiān ㄒㄧㄢ)粵sin¹〔先〕酰基，通式可以用 R・CO─表示的原子團。

6 **酧** 同'酬'，見 710 頁。

6 **酱** '醬'的簡化字，見 713 頁。

7 **酲** (chéng ㄔㄥˊ) 粵 tsiŋ⁴〔情〕病酒，酒醉後所感覺的疲乏如病的狀態：憂心如~。

7 **酴** (tú ㄊㄨˊ) 粵 tou⁴〔途〕❶酒麴。❷酴酒，重(chóng)釀的酒。

7 **酵** (jiào ㄐㄧㄠˋ) 粵 gau³〔教〕hau⁴〔厚〕(又)發酵，有機物由於某些眞菌或酶而分解。能使有機物發酵的眞菌叫'酵母菌'。

7 **酶** (méi ㄇㄟˊ) 粵 mui⁴〔梅〕一種有機化合物，對於生物化學變化起催化作用，發酵就是靠酶的作用。也叫'酵素'。

7 **酷** (kù ㄎㄨˋ) 粵 huk⁹〔斛〕❶殘酷，殘忍，暴虐：慘~刑。~吏。❷極，程度深：~暑。~似。~愛。

7 **酸** (suān ㄙㄨㄢ) 粵 syn¹〔孫〕❶像醋的氣味或味道：~菜。這個梨眞~。❷微痛無力：腰~腿痛。腰有點發~。❸悲痛，傷心：心~。十分悲~。❹舊時譏諷人的迂腐：~秀才。❺化學上稱能在水溶液中產生氫離子(H⁺)的物質，分無機酸、有機酸兩大類：鹽

~。硝~。蘋果~。

7 **酹** (lèi ㄌㄟˋ) 粵 lyt⁸〔劣〕lai⁶〔賴〕(又)把酒灑在地上表示祭奠。

7 **酺** (pú ㄆㄨˊ) 粵 pou⁴〔葡〕〈古〉聚會飲酒。

7 **醸** '釀'的簡化字，見 713 頁。

7 **醙** '醲'的簡化字，見 714 頁。

7 **醽** '醴'的簡化字，見 714 頁。

8 **醁** (lù ㄌㄨˋ) 粵 luk⁹〔陸〕見 713 頁'醹'字條'醹醁'。

8 **醃** (yān ㄧㄢ) 粵 jim¹〔淹〕jip⁸〔葉中入〕(又)用鹽浸漬食品：~肉。~鹹菜。

8 **醅** (pēi ㄆㄟ) 粵 pui¹〔胚〕沒過濾的酒。

8 **醇** (chún ㄔㄨㄣˊ) 粵 sœn⁴〔純〕❶酒味厚，純：~酒。大~小疵(優點多，缺點少)。❷同'淳'。淳厚，樸實。❸有機化合物的一類，主要的通式是 $C_nH_{2n+1}OH$，醫藥上常用的酒精，就是醇類中的乙醇。

8 **醉** (zuì ㄗㄨㄟˋ) 粵 dzœy³〔最〕❶喝酒過多，精神昏迷：他喝~了。❷沉迷，過分地愛好：~心藝術。❸用酒泡製(食品)：~蟹。~蝦。~棗。

8 醊 (zhuì ㄓㄨㄟˋ)粵dzœy³〔最〕dzyt⁸〔輟〕(又)祭祀時灑酒於地。泛指祭奠。

8 醋 (cù ㄘㄨˋ)粵tsou³〔燥〕❶一種調味用的液體，味酸，用酒或酒糟發酵製成，也可用米、麥、高粱等直接釀製。❷喻因嫉妒而感到心酸：～意。吃～。

8 醌 (kūn ㄎㄨㄣ)粵kwen¹〔昆〕一類含有兩個雙鍵的六員環狀二酮(含兩個羰基)結構的有機化合物。如對苯醌的結構式為

$$O=C\begin{array}{c}H\ H\\ C=C\\ |\ \ \ \ |\\ C=C\\ H\ H\end{array}C=O$$

8 醄 (táo ㄊㄠˊ)粵tou⁴〔逃〕〔酕醄〕大醉的樣子。

8 醆 同「盞」，見 457 頁。

9 醍 ㈠(tí ㄊㄧˊ)粵tei⁴〔提〕〔醍醐〕從酥酪中提煉出來的奶油：～～灌頂(佛教喻灌輸智慧，使人徹底醒悟)。
㈡(tǐ ㄊㄧˇ)粵tei²〔體〕較清的淺紅色酒。

9 醐 (hú ㄏㄨˊ)粵hu⁴〔胡〕見本頁「醍」字條「醍醐」。

9 醑 (xǔ ㄒㄩˇ)粵sœy²〔水〕❶美酒。❷醑劑(揮發性藥物的醇溶液)的簡稱：樟腦～。氯仿～。

9 醒 (xǐng ㄒㄧㄥˇ)粵sing²〔星高上〕sɛng²〔腥高上〕(語)❶睡完或還沒睡着：～完或還沒睡着。❷頭腦由迷糊而清楚(粵～一悟)：清～。驚～。〔醒目〕1.又作「醒眼」。鮮明，清楚，引人注意的：這一行字印得很～～。2.〈粵方言〉指人聰明伶俐，機靈。❸酒醉之後恢復常態：水果可以～酒。

9 醞(醖) (yùn ㄩㄣˋ)粵wen⁵〔允〕wen³〔溫高去〕(又)釀酒，也指酒：佳～(好酒)。〔醞釀〕造酒材料加工後的發酵過程。粵事前做準備工作使條件成熟：～～情緒。

10 醜(△丑) (chǒu ㄔㄡˇ)粵tsɐu²〔丑〕❶相貌難看：長得～。❷可厭惡的，可恥的，不光榮的：～態。～名。出～。

10 醢 (hǎi ㄏㄞˇ)粵hoi²〔海〕〈古〉❶肉醬。❷古代的一種酷刑，把人殺死後剁成肉醬。

10 醛 (quán ㄑㄩㄢˊ)粵tsyn⁴〔全〕有機化合物的一類，通式 R-CHO。醛類中的乙醛(CH_3-CHO)，省稱「醛」，醫藥上用來做催眠、鎮痛劑。

10 醚 (mí ㄇㄧˊ)粵mei⁴〔迷〕有機化合物的一類，通式是 R-O-R'。乙醚是醫藥上常用的麻醉劑。

10 醣 (táng ㄊㄤˊ)粵tɔŋ²〔唐〕碳水化合物的舊稱。

10 醞 同‘醖’，見712頁。

11 醨 (lí ㄌㄧˊ)粵lei⁴〔離〕味淡的酒。

11 醪 (láo ㄌㄠˊ)粵lou⁴〔牢〕❶濁酒。❷泛指酒。

11 醫 (医) (yī ㄧ)粵ji¹〔衣〕❶醫生，醫師，治病的人：中～。西～。軍～。❷醫學，增進健康、預防和治療疾病的科學：中～。西～學～。❸治病(通－療－治)：有病早～。～療器械。

11 醬 (酱) (jiàng ㄐㄧㄤˋ)粵dzœŋ³〔帳〕❶用發酵後的豆、麥等做成的一種調味品：豆瓣～。黃～。❷用醬或醬油醃製(菜)：把蘿蔔一～。❸像醬的糊狀食品：芝麻～。果子～。蝦～。辣椒～。

12 醭 (bú ㄅㄨˊ，舊讀pú ㄆㄨˊ)粵buk⁹〔僕〕pok⁸〔撲〕(又)(一及)酒、醋、醬油等因腐敗或受潮後表面所生的白黴。

12 醮 (jiào ㄐㄧㄠˋ)粵dziu³〔照〕❶古代婚娶時用酒祭神的禮：再～(再嫁)。❷道士設壇祭神。

12 醯 (xī ㄒㄧ)粵hei¹〔希〕❶醋。❷酰的舊稱。

12 醱 (酦) (pō ㄆㄛ)粵put⁸〔潑〕酒再釀。

13 醴 (lǐ ㄌㄧˇ)粵lei⁵〔禮〕❶甜酒。❷甜美的泉水。

13 醵 (jù ㄐㄩˋ)粵gœy⁶〔巨〕❶湊錢喝酒。❷聚集，湊(指錢)：～資。

14 醺 (xūn ㄒㄩㄣ)粵fen¹〔芬〕醉。〔醺醺〕醉的樣子：喝得醉～～的。

14 醻 同‘酬’，見710頁。

16 醼 同‘宴❶❷❸’，見169頁。

17 醽 (líng ㄌㄧㄥˊ)粵liŋ⁴〔零〕〔醽醁〕古代的一種美酒。

17 醾 (酴) (mí ㄇㄧˊ)粵mei⁴〔眉〕〔酴醾〕1.重(chóng)釀的酒，即醇酒。2.植物名，落葉灌木，初夏開花，白色，供觀賞用。

17 釀 (酿) (niàng ㄋㄧㄤˋ)粵jœŋ⁶〔讓〕❶利用發酵作用製造：～酒。～造。⑪1.蜜蜂做蜜：蜜蜂～蜜。2.醞釀，逐漸形成：～成水災。❷指酒：佳～。

17 釂 (jiào ㄐㄧㄠˋ)粵dziu³〔照〕喝乾杯中酒，即乾杯。

17 **醾** 同'釀'，見 713 頁。

18 **釁(衅)** (xìn ㄒㄧㄣˋ)粵jen⁶ [刃] ❶古代血祭，用牲畜的血塗於新製成器物的縫隙：～鐘。～鼓。❷嫌隙，爭端：挑～。尋～。

18 **醿** 同'釀'，見 713 頁。

19 **釃(釃)** (shī ㄕ，又讀 shāi ㄕㄞ)粵si¹ [詩] ❶濾酒。❷斟酒。

19 **醾** 同'釀'，見 713 頁。

20 **釅(酽)** (yàn ㄧㄢˋ)粵jim⁶ [驗] ❶濃，味厚：這碗茶太～。②顏色深。

釆部

0 **釆** (biàn ㄅㄧㄢˋ)粵bin⁶ [便] '辨'的古字。辨別，分別。

1 **采** ㊀(cǎi ㄘㄞˇ)粵tsoi² [彩] ❶神態，神色，精神：神～。丰～。興高～烈。❷同'採'，見 256 頁。❸同'彩'，見 211 頁。㊁(cài ㄘㄞˋ)粵tsoi³ [菜] 采地，采邑，古代卿大夫的封地。

4 **悉** 見心部，223 頁。

5 **釉** (yòu ㄧㄡˋ)粵jeu⁶ [又] (一子、一兒) 以石英、長石、硼砂、黏土等為原料製成的東西，塗在瓷器、陶器外面，燒製後發出玻璃光澤，可增加陶瓷的機械強度和絕緣性能。

5 **释** '釋'的簡化字，見本頁。

13 **釋(释)** (shì ㄕˋ)粵sik⁷ [色] ❶說明，解說(粵解一、注一)：解～字句。古詩淺～。❷消除，消除：冰～。～疑。❸放開，放下：～放。手不～卷。如～重負。❹對坐監服刑的人釋放：開～。❺佛教創始人'釋迦牟尼'的省稱。泛指關於佛教的：～氏(佛家)。～子(和尚)。～教。～門。❻淘米：～米。

里部

0 **里** ㊀(lǐ ㄌㄧˇ)粵lei⁵ [理] ❶古時指人所聚居的地方。1.鄉村居民聚落：依依墟～煙。2.城邑的鄽里、街坊，即現在的巷、里弄。❷家鄉：故～。返～。同～。❸古代戶籍管理組織，五家為鄰，五鄰為里。❹長度單位，市制1里為150丈，合公制500米，即0.5公里。舊制1里為180丈，合公制576米，即0.576公里。

〔里程碑〕設在路旁記載里數的標誌。❷在歷史進程中可以作為標誌的大事。

㈡'裹'的簡化字，見631頁。

2 **重** ㈠(zhòng ㄓㄨㄥˋ)⑧tsuŋ⁵〔蟲低上〕❶分量較大，跟'輕'相反：鐵很～。笨～。〔重工業〕主要製造生產資料的工業，如冶金、電力、機械製造等工業。❷重量，分量：體～。失～。舉～。這條魚有多～?〔重力〕物理學上稱地球對物體的吸引力。也叫'地心吸力'。〔重心〕1.物體重量的集中作用點，不論物體的位置如何改變，物體的各部都圍繞着這一點保持平衡。2.事物的主要部分。❸程度深：色～。～病。～傷。❹價格高：～價收買。❺數量多：眉毛～。工作很～。

㈡(zhòng ㄓㄨㄥˋ)⑧dzuŋ⁶〔仲〕❶主要，要緊(⑧一要)：～鎮。軍事～地。～任。❷認為重要：～視。～男輕女。㈠敬重，尊重，尊敬：器～。人皆～之。❸言行不輕率：慎～。老成持～。❹〈粵方言〉還：～未見到。❺〈粵方言〉更加：～好。

㈢(chóng ㄔㄨㄥˊ)⑧tsuŋ⁴〔蟲〕❶重複，再：書買～了。～新建築。～整旗鼓(失敗後重新結集力量以圖再起)。～來一次。〔重九〕〔重陽〕陰曆九月九日。❷層：雲山萬～。～～圍住。

3 **厘** 見厂部，79頁。

3 **哩** 見口部，103頁。

3 **埋** 見土部，132頁。

4 **野** (yě ㄧㄝˇ)⑧je⁵〔冶〕❶郊外，村外：～營。～地。❷界限，範圍：視～。〔分野〕劃分的範圍，界限。❸不是人所馴養或培植的(動物或植物)：～獸。～草。❹不講情理，沒有禮貌，蠻橫：撒～。粗～。❺不馴順，野蠻：狼子～心(狂妄狠毒的用心)。❻不受約束或難於約束：～性。這孩子心都玩～了，上學都不好生上。❼指不當政的地位(和'朝'相對)：下～。在～。

5 **量** ㈠(liáng ㄌㄧㄤˊ)⑧lœŋ⁴〔良〕❶用器具計算東西的多少、大小或長短：用斗～米。用尺～布。～體溫。❷商酌，估量，考慮：思～。商～。打～。

㈡(liàng ㄌㄧㄤˋ)⑧lœŋ⁶〔亮〕❶計算東西體積多少的器具的總稱。〔量詞〕表示事物或行動單位的詞，如張、條、個、隻、遍等。❷限度：酒～。氣～。飯～。膽～。❸數量，數的多少：質～並重。大～供應。〔分量〕重量：他剛才說的話很有～～。❹估量，審度(duó)：～力而行。～入為出(以收入的多少為支出的限度)。

11 釐 ㊀(lí ㄌㄧ)⑧lei⁴〔離〕又作'厘'。❶治理，整理：～正。～定。❷計量單位：1.長度，一尺的千分之一。2.重量，一兩的千分之一，一畝的百分之一。4.利率，年利一釐為本金的百分之一，月利一釐為本金的千分之一。

㊁(xī ㄒㄧ)⑧hei¹〔希〕同'禧'。幸福，吉祥：年～。恭賀新～。

金(釒)部

0 金 (jīn ㄐㄧㄣ)⑧gem¹〔今〕❶一種金屬元素，符號Au，通稱'金子'，黃赤色，質軟，是一種貴重的金屬。❷金屬，指金、銀、銅、鐵等，具有光澤、延展性，容易傳熱和導電：五～。合～。❸錢：現～。獎～。基～。❹古代指金屬製的打擊樂器，如鑼等：～鼓。鳴～收兵。❺古代指金屬製的

刀劍、箭等兵器。❻尊貴，貴重：烏～墨玉(煤炭)。～科玉律(喻不能變更的信條)。開～口。❼堅固：固若～湯。❽朝代名(公元1115—1234年)，女真族完顏阿骨打所建，在中國北部。

1 釔(钇)(yǐ ㄧ)⑧jyt⁹〔乙〕一種金屬元素，符號Y，灰黑色粉末，有金屬光澤。可製特種玻璃和合金。

1 釓(钆)(gá ㄍㄚˊ)⑧ga¹〔加〕一種金屬元素，符號Gd，銀白色，超導性能良好。原子能工業上用作反應堆的結構材料。

2 釕(钌)㊀(liǎo ㄌㄧㄠˇ)⑧liu⁵〔了〕一種金屬元素，符號Ru，銀灰色，質堅而脆。純釕可以做裝飾品，三氯化釕可以做防腐劑、催化劑。

㊁(liào ㄌㄧㄠˋ)⑧liu⁶〔料〕〔釕銱兒〕釕在門窗上可以把門窗扣住的東西：門～～～。

2 釗(钊)(zhāo ㄓㄠ)⑧tsiu¹〔超〕勉勵。

2 釘(钉)㊀(dīng ㄉㄧㄥ)⑧ding¹〔丁〕deng¹〔得腥切〕(語)❶(～子、～兒)竹、木、金屬製成的條形可以打入他物的東西：螺絲～。碰～子

(喻受打擊或被拒絕)。❷同
'盯'. 緊跟着不放鬆: ~住對
方的前鋒。❸督促, 催問。
㈡(dìng ㄉㄧㄥˋ)⑨同㈠❶把釘或
楔子打入他物: 拿個釘子~一
~。牆上~着木橛。❷縫綴,
連接在一起: ~書。~衣鈕。

2 釜(fǔ ㄈㄨˇ)⑨fu²[苦]❶古代
的一種鍋: ~底抽薪(喻
從根本解決)。破~沉舟(喻下
決心)。❷古代量器名, 也是
容量單位。

2 針(针)(zhēn ㄓㄣ)⑨
dzem¹[斟]❶縫
織衣物引線用的一種細長的工
具。[針對]對準: ~~兒童的
心理特點進行教學。❷細長像
針形的東西: 大頭~。松~。
秧~。鐘錶上有時~、分~和
秒~。[指南針]中國古代發明
的一種利用磁石製成的指示方
向的儀器。❸中醫針灸科用來
針刺穴位的器具, 也指用這些
器具刺入體內某些穴位醫治疾
病: ~灸。❹西醫注射用的器
具: ~頭。❺針劑: 打~。防
疫~。❻〈方方言〉刺, 叮: 被
蜜蜂~。被蚊子~過的地方很
癢。

2 釙(钋)(pō ㄆㄛ)⑨pok^x
[撲]一種放射性
元素, 符號Po。

3 釣(钓)(diào ㄉㄧㄠˋ)⑨
diu³[弔]❶用餌
誘魚上鈎: ~魚。㈡施用手段
取得: 沽名~譽。❷釣鈎: 下
~。垂~。

3 釤(钐)㈠(shān ㄕㄢ)⑨
sam¹[衫]一種金
屬元素, 符號Sm, 銀白色,
有放射性。釤的氧化物是原子
反應堆上陶瓷保護層的重要成
分。
㈡(shàn ㄕㄢˋ)⑨sam³[衫高去]又
作'鐥'、'鍤'。掄開鐮刀或釤鐮
割: ~草。~麥。[釤刀][釤鐮]
一種長柄的大鐮刀。

3 釦(扣)(kòu ㄎㄡˋ)⑨keu³[叩](一
子、一兒)衣紐: 衣~。
子母~。

3 釧(钏)(chuàn ㄔㄨㄢˋ)⑨
tsyn³[串]戴在
手臂或手腕上的鐲子。

釧

3 釩(钒)(fán ㄈㄢˊ)⑨fan⁴
[凡]一種金屬元
素, 符號V, 銀白色。熔合在
鋼中, 能增加鋼的抗張強度、
彈性和硬度, 工業上用途很大。

³ 釵（钗）(chāi ㄔㄞ)⑧tsai¹
[猜]婦女髮髻上
的一種首飾：金～。荊～布裙
（舊喻婦女裝束樸素）。

³ 釷（钍）(tǔ ㄊㄨˇ)⑧tou²
[土]一種放射性
元素，符號Th，銀灰色，質
地柔軟，可作為原子能工業的
核燃料。

³ 釹（钕）(nǚ ㄋㄩˇ)⑧nœy⁵
[女]一種金屬元
素，符號Nd，色微黃。

³ 釺（钎）(qiān ㄑㄧㄢ)⑧
tsin¹[千]（一子）
一頭尖的長鋼棍，多用來在礦
石上打洞。

³ 釬 同'焊'，見397頁。

³ 钊 '釗'的簡化字，見730頁。

³ 锡 '錫'的簡化字，見732頁。

⁴ 鈀（钯）(bǎ ㄅㄚˇ)⑧ba²
[把]一種金屬元
素，符號Pd，銀白色，富延
展性，能吸收多量的氫，可用
來提取純粹的氫氣。又可製催
化劑。它的合金可製電器儀表
等。
㈡(pá ㄆㄚˊ)⑧pa⁴[爬]同'耙㈡'。
（一子）聚攏穀物或平土地的用
具。

⁴ 鈇（铁）(fū ㄈㄨ)⑧fu¹
[夫]鍘刀。
㈡〈古〉同'斧'，見283頁。

⁴ 鈉（钠）(nà ㄋㄚˋ)⑧nap⁹
[納]一種金屬元
素，符號Na，質地軟，能使
水分解放出氫，平時把它貯藏
在煤油裏。鈉的化合物很多，
如食鹽（氯化鈉）、智利硝石
（硝酸鈉）、純鹼（碳酸鈉）等。

⁴ 鈍（钝）(dùn ㄉㄨㄣˋ)⑧
dœn⁶[頓] ❶ 不
鋒利，不快：這把刀眞～。鐮
刀～了，磨一磨吧。❷笨，不
靈活：腦筋遲～。拙嘴～舌。

⁴ 鈐（钤）(qián ㄑㄧㄢˊ)⑧
kim⁴[黔] ❶'鈐
記'的簡稱，舊時較低級官吏
所用的印。❷蓋章，蓋印：
～章。～印。

⁴ 鈑（钣）(bǎn ㄅㄢˇ)⑧ban²
[板]❶餅狀金銀
塊。❷金屬板：鉛～。鋼～。

⁴ 鈔（钞）(chāo ㄔㄠ)⑧
tsau¹[抄] ❶ 同
'抄❶'。謄寫。❷鈔票，紙幣：
現～。外～。

⁴ 鈕（钮）(niǔ ㄋㄧㄡˇ)⑧neu²
[扭]也作'紐'。
❶印鼻，印章上端的雕飾，形
式多樣，如瓦鈕、環鈕、龜鈕、
虎鈕等，古代用來分別官印的

等級。❷鈕釦，衣釦。❸機器、儀表等器物上用手開關或調節的部分：電～。旋～。

4 **鈚(钚)** (pī ㄆㄧ) ㊊ pei¹〔批〕鈚箭，古代箭的一種。

4 **鈞(钧)** (jūn ㄐㄩㄣ) ㊊ gwen¹〔君〕❶古代的重量單位，合三十斤：千～一發(喻極其危險)。❷製陶器所用的轉輪：陶～(喻造就人材)。❸敬辭(對尊長或上級)：～命。～安。～鑒。

4 **鈣(钙)** (gài ㄍㄞˋ) ㊊ kɔi³〔丐〕一種金屬元素，符號Ca，銀白色的晶體。動物的骨骼、蛤殼、蛋殼都含有碳酸鈣和磷酸鈣。它的化合物在工業上、建築工程上和醫藥上用途很大。

4 **鈁(钫)** (fāng ㄈㄤ) ㊊ fɔŋ¹〔方〕❶一種放射性元素，符號Fr。❷古代一種方形壺，用來盛酒或糧食。

鈁

4 **鈥(钬)** (huǒ ㄏㄨㄛˇ) ㊊ fɔ²〔火〕一種金屬元素，符號Ho。

4 **鈧(钪)** (kàng ㄎㄤˋ) ㊊ kɔŋ³〔抗〕一種金屬元素，符號Sc，銀白色，常跟釓、鉬等混合存在，產量很少。

4 **鈦(钛)** (tài ㄊㄞˋ) ㊊ tai³〔太〕一種金屬元素，符號Ti，熔點高。純鈦和以鈦為主的合金是新型的結構材料，主要用於飛機工業和航海工業。

4 **鈈(钚)** (bù ㄅㄨˋ) ㊊ bɐt⁷〔不〕一種放射性元素，符號Pu，化學性質跟鈾相似，是原子能工業的重要原料。

4 **釾(铔)** (yá ㄧㄚˊ) ㊊ ŋa⁴〔牙〕化學元素，鐿的舊稱。

4 **鈎(钩)** (gōu ㄍㄡ) ㊊ ŋeu¹〔勾〕❶(～子、～兒)懸掛或探取東西用的器具，形狀彎曲，頭端尖銳：秤～。釣魚～。掛～。火～。❷(～子、～兒)形狀像鈎子的：蠍子的～子。❸(～兒)漢字的一種筆形(乛乚乚等)。❹用鈎狀物探取：把牀底下那本書～出來。㊀研究，探尋：～深致遠(喻治學的廣博精深)。❺用筆描畫出字形或畫的輪廓。❻一種縫紉法,多指縫合衣邊:~貼邊。

4 **鈃(钘)** ㊀(xíng ㄒㄧㄥˊ)粵jin⁴〔形〕古代盛酒器。
㊁(jiān ㄐㄧㄢ)粵gin¹〔堅〕人名用字。

4 **鈄(钭)** (dǒu ㄉㄡˇ)粵teu²〔偷高上〕姓。

4 **鉅(钜)** (è ㄜˋ)粵ak⁸〔厄中入〕〈粵方言〉鐲子:手~。金~。

4 **鈆** 同'鉛',見 722 頁。

4 **钢** '鋼'的簡化字,見 729 頁。

4 **钟** ㊀'鐘'的簡化字,見 738 頁。
㊁'鍾'的簡化字,見 733 頁。

4 **钡** '鋇'的簡化字,見 727 頁。

4 **钥** '鑰'的簡化字,見 741 頁。

4 **钦** '欽'的簡化字,見本頁。

4 **钨** '鎢'的簡化字,見 734 頁。

4 **欽** 見欠部,341 頁。

5 **鈮(铌)** (ní ㄋㄧˊ)粵nei¹〔尼〕一種金屬元素,符號Nb,有光澤,主要用於製造耐高溫的合金鋼和電子管。舊名'鈳'。

5 **鈴(铃)** (líng ㄌㄧㄥˊ)粵ling⁴〔零〕❶(一兒)鈴鐺,用金屬做成的,振動小錘發聲的響器:搖~。車~。電~。❷鈴狀物:啞~。槓~。

5 **鈷(钴)** (gǔ ㄍㄨˇ)〔古〕一種金屬元素,符號Co,銀白色,微帶紅色。有延展性,熔點高,可以磁化,是製造超硬耐熱合金和磁性合金的重要原料。鈷的放射性同位素^{60}在機械、化工、冶金等方面都有廣泛的應用,在醫療上可以代替鐳治療癌症。
〔鈷鉧〕(一mǔ)熨斗。

5 **鈸(钹)** (bó ㄅㄛˊ)粵bet⁹〔拔〕銅質圓形的樂器,中心鼓起,兩片相擊作聲。

鈸

5 鈹(铍) (pí ㄆㄧˊ) ㊁pei⁴ [皮]一種金屬元素，符號Be，銀白色，六角形的晶體。合金質堅而輕，可用來製飛機機件。在原子能研究及製造X光管中，都有重要用途。

5 鈾(铀) (yóu ㄧㄡˊ) ㊁jeu⁴ [由]一種放射性元素，符號U，銀白色，質地堅硬，能蛻變。把鈾熔合在鋼中做成鈾鋼，非常堅硬，可以製造機器。鈾是產生原子能的重要元素。

5 鈿(钿) ㊀(tián ㄊㄧㄢˊ) 又讀diàn ㄉㄧㄢˋ) ㊁tin⁴[田] din⁶[電]〈又〉❶把金屬、寶石等鑲嵌在器物上作裝飾：寶～。螺～(一種手工藝，把貝殼鑲嵌在器物上)。❷古代一種嵌金花的首飾。 ㊁(tián ㄊㄧㄢˊ) ㊁tin⁴[田]〈方〉錢，硬幣：銅～。洋～。

5 鉀(钾) (jiǎ ㄐㄧㄚˇ) ㊁gap⁸ [甲]一種金屬元素，符號K，銀白色，蠟狀。鉀的化合物用途很廣，其化合物是極重要的肥料。

5 鉅(钜) (jù ㄐㄩˋ) ㊁gœy⁶[巨]❶堅硬的鐵。❷鈎子。❸同‘巨’，見190頁。

5 鉉(铉) (xuàn ㄒㄩㄢˋ) ㊁jyn⁵[軟]橫貫鼎耳以扛鼎的器具。

5 鉋(刨) (bào ㄅㄠˋ) ㊁pau⁴[庖]又作‘刨’。❶(一子)推刮木料等使平滑的工具。〔鉋牀〕推刮金屬製品使平滑的機器。❷用鉋子或鉋牀推刮：～得不光。～平。

鉋子

5 鉍(铋) (bì ㄅㄧˋ) ㊁bei³ [祕]一種金屬元素，符號Bi。銀白色微帶赤色。合金熔點很低，可做保險絲和汽鍋上的安全塞等。

5 鉑(铂) (bó ㄅㄛˊ) ㊁bok⁹ [薄]白金，一種金屬元素，符號Pt，富延展性，導電傳熱性都很好，熔點很高。可製坩堝、蒸發皿。化學上用作催化劑。

5 鈰(铈) (shì ㄕˋ) ㊁si⁵[市]一種金屬元素，符號Ce，灰色結晶，質地軟，有延展性，能導熱，不易溶化，可用來製造合金。

5 **鉗(钳)** (qián ㄑㄧㄢˊ) 粵 kim⁴ [黔] ❶ 用東西夾住。[鉗制] 用強力限制。❷ (一子) 夾東西的用具: 老虎～。

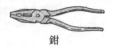

鉗

5 **鉛(铅)** (qiān ㄑㄧㄢ) 粵 jyn⁴ [元] ❶ 一種金屬元素, 符號Pb, 銀白色, 質地軟, 熔點低。可用來製煤氣管等。[鉛字] 印刷用的鉛、銻、錫等合金鑄成的活字。[鉛鐵] 指鍍鋅鐵。❷ 石墨: ～筆。
㊀ (yán ㄧㄢˊ) 粵 同㊀ [鉛山] 縣名, 在江西省。

5 **鉞(钺)** (yuè ㄩㄝˋ) 粵 jyt⁹ [月] 古代兵器名, 像斧, 比斧大些。

鉞

5 **鉢(钵)** (bō ㄅㄛ) 粵 but⁸ [勃 中入] ❶ (一頭) 盛飯、菜、茶水等的陶製器具。[乳鉢] 研藥使成細末的器具。❷ 梵語'鉢多羅'的省稱, 和尚用的飯碗。[衣鉢] 原指佛教中師父傳授給徒弟的袈裟和鉢盂, 後泛指傳下來的思想、學術、技能等。

5 **鉥(钵)** (shù ㄕㄨˋ) 粵 sœt⁹ [術] ❶ 長針。❷ 刺。❸ 引導。

5 **鉦(钲)** (zhēng ㄓㄥ) 粵 dzing¹ [晶] 古代的一種打擊樂器, 用銅做的, 在行軍時敲打。
㊀ (zhèng ㄓㄥˋ) 粵 dzing³ [正] 化學元素, 鑽的舊稱。

鉦

5 **鉬(钼)** (mù ㄇㄨˋ) 粵 muk⁹ [目] 一種金屬元素, 符號Mo, 銀白色, 在空氣中不易變化。可與鋁、銅、鐵等製成合金。為電子工業重要材料。

5 **鉭(钽)** (tǎn ㄊㄢˇ) 粵 tan² [坦] 一種金屬元

素，符號Ta，銀白色，可做電子管的電極，還可以做電解電容。碳化鉭熔點高，極堅硬，可製切削刀具和鑽頭等。

5 **鉈**（铊）㊀(tā ㄊㄚ)粵ta¹
〔他〕一種金屬元素，符號Tl，灰白色，質柔軟。鉈的鹽類有毒。

㊁(tuó ㄊㄨㄛˊ)粵to⁴〔駝〕稱錘。

5 **鈳**（钶）(kē ㄎㄜ)粵ko¹
〔卡柯切〕化學元素，鈮的舊名。

5 **鉕**（钷）(pǒ ㄆㄛˇ)粵po²
〔頗〕一種人造的放射性元素，符號Pm。

5 **鈺**（钰）(yù ㄩˋ)粵juk⁹
〔玉〕❶寶物。❷堅硬的金屬。

5 **鉚**（铆）(mǎo ㄇㄠˇ)粵mau⁵〔卯〕用釘子把金屬物連在一起：～釘。～眼。～接。～工。

5 **鉄**（铁）同'鐵'，見739頁。

5 **鈎** 同'鈎'，見719頁。

5 **鉏** 同'鋤'，見727頁。

5 **钻** '鑽'的簡化字，見741頁。

5 **钱** '錢'的簡化字，見730頁。

5 **鉴** '鑒'的簡化字，見740頁。

5 **铄** '鑠'的簡化字，見740頁。

5 **铎** '鐸'的簡化字，見739頁。

5 **銎** '鑾'的簡化字，見734頁。

5 **钹** '鏺'的簡化字，見737頁。

6 **鉸**（铰）㊀(jiāo ㄐㄧㄠ)
gau²〔交〕❶用剪刀剪：把繩子～開。❷機械工業上的一種切削法：～孔。

㊁(jiǎo ㄐㄧㄠˇ)gau³〔教〕鉸刀，剪刀，粵方言叫'鉸剪'。

6 **鉺**（铒）(ěr ㄦˇ)粵ji⁵〔耳〕一種金屬元素，符號Er。

6 **鉻**（铬）(gè ㄍㄜˋ)粵lok⁸〔烙〕一種金屬元素，符號Cr，銀白色，質硬而脆。主要用於製不鏽鋼和高強度耐腐蝕合金鋼。鉻又可用於電鍍，堅固美觀，勝於鍍鎳。

6 **銀**（银）(yín ㄧㄣˊ)粵ŋen⁴〔垠〕❶一種金屬元素，符號Ag，白色有光澤。質柔軟，富延展性，是熱和電的良導體，在空氣中不易氧化。可以製貨幣、器皿、電器設備、感光材料等。❷(一子)舊時用銀鑄成塊的一種貨幣。〔銀行〕辦理存款、放款、匯兌等業務的機構。❸像銀的顏色：～白色。～燕（喻白色的飛機）。～河（天河）。

6 **銃（铳）** (chòng ㄔㄨㄥˋ) 粵 tsuŋ³〔充.高去〕❶舊時指槍一類的火器。❷（一子）用金屬做成的一種打眼器具。❸同「衝㊀❷」。猛烈。

6 **銅（铜）** (tóng ㄊㄨㄥˊ) 粵 tuŋ⁴〔同〕一種金屬元素，符號Cu，淡紅色，有光澤，富延展性，是熱和電的良導體。在濕空氣中易生銅綠，遇醋起化學作用生乙酸銅，有毒。銅可製成各種合金、電業器材、器皿、機械等。

6 **銍（铚）** (zhì ㄓˋ) 粵 dzet⁹〔姪〕❶古代一種短的鐮刀。❷割禾穗。❸古地名，在今安徽省宿縣西南。

6 **銑（铣）** ㊀ (xiǎn ㄒㄧㄢˇ) 粵 sin²〔癬〕有光澤的金屬。〔銑鐵〕鑄鐵，生鐵，質脆，適於鑄造器物。
㊁ (xǐ ㄒㄧˇ) 粵 同㊀一用一種能旋轉的多刃刀具切削金屬工件：～牀。～刀。～汽缸。

6 **銓（铨）** (quán ㄑㄩㄢˊ) 粵 tsyn⁴〔全〕❶衡量輕重。❷舊日稱量才授官：

選拔官吏：～選。〔銓敍〕舊日稱議定官吏的等級。

6 **銖（铢）** (zhū ㄓㄨ) 粵 dzy¹〔朱〕古代重量單位，二十四銖等於舊制一兩：錙～。～積寸累（喻一點一滴地積累）。

6 **銘（铭）** (míng ㄇㄧㄥˊ) 粵 miŋ⁴〔明〕miŋ⁵〔皿〕(又)❶刻在器物上記述生平、事業或警惕自己的文字：墓誌～。座右～。❷在器物上刻字，比喻深刻記住：～諸肺腑（喻永記）。

6 **銚（铫）** ㊀ (diào ㄉㄧㄠˋ) 粵 diu⁶〔掉〕(一子、一兒)煮開水熬東西用的器具：藥～兒。沙～。
㊁ (yáo ㄧㄠˊ) 粵 jiu⁴〔搖〕❶古代一種大鋤。❷姓。

6 **銛（铦）** (xiān ㄒㄧㄢ) 粵 tsim¹〔籤〕❶古代一種兵器。❷鋒利。

6 **銜（衔）** (xián ㄒㄧㄢˊ) 粵 ham⁴〔咸〕❶馬嚼子，一種放在馬口內用來勒馬的器具。❷用嘴含，用嘴叼：燕子～泥。㊟1.含，懷在心裏。～恨。2.接，接受：～命。〔銜接〕互相連接。❸(一兒)職務和級別的名號：職～。軍～。

6 銠（铑）(lǎo ㄌㄠˇ) 粵lou⁵
〔老〕一種金屬元素，符號Rh，銀白色，質很堅硬，不受酸的侵蝕，用於製催化劑。

6 銣（铷）(rú ㄖㄨˊ) 粵jy⁴
〔如〕一種金屬元素，符號Rb，銀白色，質軟而輕。是製造光電管的材料，銣的碘化物可供藥用。

6 銥（铱）(yī ㄧ) 粵ji¹
〔衣〕一種金屬元素，符號Ir，銀白色，熔點高，質硬而脆。合金可做坩堝、自來水筆尖等。

6 銨（铵）(ǎn ㄢˇ) 粵on¹
〔安〕銨根，化學中一種陽性複根，以NH₄⁺表示，在化合物中的地位相當於金屬離子，如化肥硫銨和碳酸銨的分子中，都含有它。

6 銦（铟）(yīn ㄧㄣ) 粵jen¹
〔因〕一種金屬元素，符號In，銀白色晶體，能拉成細絲。可做低熔點的合金。

6 銩（铥）(diū ㄉㄧㄡ) 粵diu¹
〔丟〕一種金屬元素，符號Tm，銀白色。

6 鉿（铪）(hā ㄏㄚ) 粵ha¹
〔哈〕一種金屬元素，符號Hf，性質跟鋯相似。

6 銪（铕）(yǒu ㄧㄡˇ) 粵jeu⁵
〔有〕一種金屬元素，符號Eu，銀白色。

6 銫（铯）(sè ㄙㄜˋ) 粵sik⁷
〔色〕一種金屬元素，符號Cs，銀白色，質軟，在空氣中很容易氧化。銫可做真空管中的去氧劑；化學上可做催化劑。

6 銬（铐）(kào ㄎㄠˋ) 粵kau³
〔靠〕❶（－子）手銬子，束縛犯人手的刑具。❷用手銬束縛：把犯人～起來。

6 鋮（铖）(chéng ㄔㄥˊ) 粵sing⁴
〔成〕用於人名。

6 銒（铏）(xíng ㄒㄧㄥˊ) 粵jing⁴
〔營〕古代盛羹的器具。

6 銱（铞）(diào ㄉㄧㄠˋ) 粵diu³
〔弔〕見716頁'釘㈢'。

6 銕 同'鐵'，見739頁。

6 鉼 同'鉼'，見720頁。

6 銮 '鑾'的簡化字，見741頁。

6 铡 '鍘'的簡化字，見732頁。

6 铝 '鋁'的簡化字，見726頁。

6 铮 '錚'的簡化字，見 729 頁。

6 铲 '鏟'的簡化字，見 736 頁。

6 铠 '鎧'的簡化字，見 734 頁。

6 铛 '鐺'的簡化字，見 739 頁。

6 铩 '鏾'的簡化字，見 737 頁。

6 铙 '鐃'的簡化字，見 737 頁。

6 铗 '鋏'的簡化字，見 727 頁。

6 铧 '鏵'的簡化字，見 737 頁。

6 铴 '鐋'的簡化字，見 737 頁。

7 銳(锐) (ruì ㄖㄨㄟˋ)粵jœy⁶ 〔裔〕❶快或尖(指刀槍的鋒刃)，跟'鈍'相反(圖一利、尖一)：其鋒甚～。❷感覺靈敏：感覺敏～。眼光～利。❸銳氣，勇往直前的氣勢：養精蓄～。❹驟，急劇：～減。～增。

7 銷(销) (xiāo ㄒㄧㄠ)粵 siu¹〔消〕❶熔化金屬。〔銷毀〕毀滅，常指燒掉。❷去掉：～假。報～。撤～。開～。❸出賣(貨物)：一天～了不少的貨。暢～書。脫～。

❹開支，花費：花～。開～。❺(一子)機器上像釘子的零件。〔插銷〕1.聯通電路的一種裝置：電燈～～。2.關鎖門窗的一種裝置。❻把機器上的銷子或門窗上的插銷推上。

7 銻(锑) (tī ㄊㄧ)粵 tɐi¹〔梯〕一種金屬元素，符號Sb，銀白色，有光澤，質硬而脆。銻、鉛和錫的合金可製印刷用的鉛字。銻化銦是一種重要的半導體材料。

7 銼(锉) (cuò ㄘㄨㄛˋ)粵 tsɔ³〔挫〕❶用鋼製成的磨銅、鐵、竹、木等的工具。❷用銼磨東西：把鋸～一～。

銼

7 鋁(铝) (lǚ ㄌㄩˇ)粵 lœy⁵〔呂〕一種金屬元素，符號Al，銀白色，有光澤，質地堅韌而輕，有延展性。做日用器皿的鋁通常叫鋼精或鋼種。

7 鋃(锒) (láng ㄌㄤˊ)粵 lɔŋ⁴〔狼〕〔鋃鐺〕1.鐵鎖鏈。2.形容金屬的聲音。

7 鋅(锌) (xīn ㄒㄧㄣ)粵 sɐn¹〔辛〕一種金屬元

素，符號Zn，舊稱'亞鉛'，淺藍白色，質脆。可製鋅版，塗在鐵上可防生鏽。氧化鋅（俗稱鋅白）是一種重要的白色顏料。

7 **鋇**(钡) (bèi ㄅㄟˋ) 粵 bui⁴ 〔貝〕一種金屬元素，符號Ba，顏色銀白，燃燒時發黃綠色火燄。

7 **鋈**(鋈) (wù ㄨˋ) 粵 juk⁷〔沃〕❶白銅。❷鍍上白銅。

7 **鋋**(铤) (chán ㄔㄢˊ，又讀 yán ㄧㄢˊ)〔仙低平〕jin⁴〔言〕(又)鐵把短矛。

7 **鋌**(铤) (tǐng ㄊㄧㄥˇ) 粵 tiŋ⁵〔挺〕快走的樣子：～而走險(指走投無路而採取冒險行動)。

7 **鋏**(铗) (jiá ㄐㄧㄚˊ) 粵 gap⁸〔夾〕❶冶鑄用的鉗。❷劍。❸劍柄。

7 **鋒**(锋) (fēng ㄈㄥ) 粵 fuŋ¹〔風〕刃，刀劍等器械的銳利或尖端部分(粵—刃)：交～(打仗)。刀～。前～。①1.器物的尖銳部分：筆～。2.在前面帶頭的人：先～。前～。

7 **鋘**(铻) (wú ㄨˊ) 粵 ŋ⁴〔吾〕〔鋙鋘〕見 729 頁'鋙'字條。

7 **鋟**(锓) (qǐn ㄑㄧㄣˇ，又讀 qiān ㄑㄧㄢ) 粵 tsim¹〔簽〕刻，特指雕刻畫板。

7 **鋣**(铘) (yé ㄧㄝˊ) 粵 jɛ⁴〔爺〕〔鏌鋣〕同'莫邪'。古寶劍名。

7 **鋤**(锄) (chú ㄔㄨˊ) 粵 tsɔ²〔初低平〕❶又叫'鋤頭'。弄鬆土地及除草的器具：三齒耙～。❷用鋤頭弄鬆土地，除草：～田。～草。❸鏟除：～奸。

7 **鋦**(锔) (㊀jú ㄐㄩˊ) 粵 guk⁹〔局〕一種人造的放射性元素，符號Cm。㊁(jū ㄐㄩ) 粵 guk⁷〔谷〕又作'鋸'。用鋦子連合破裂的器物：～碗。～鍋。〔鋦子〕用銅、鐵製成的兩頭有鈎可以連合器物裂縫的東西。

7 **鋩**(铓) (máng ㄇㄤˊ) 粵 mɔŋ⁴〔忙〕又作'芒'。鋒鋩，刀、劍等的尖端。

7 **鋪**(铺) (㊀pū ㄆㄨ) 粵 pou¹〔普高平〕把東西散開放置，平擺：～軌。平～直敍(說話作文沒有精彩處)。〔鋪張〕為了形式上好看而多用人力物力：～～浪費。㊁(pù ㄆㄨˋ) 粵 pou³〔普高去〕又作'舖'。❶(～子、～兒)商店：藥～。雜貨～。❷舊時的驛站，現在用於地名：三十里～。㊂(pù ㄆㄨˋ) 粵同㊀牀(粵牀一)：臨時搭～。～蓋。

7 鎜（pàn ㄆㄢˋ）粵 pan³〔盼〕〈古〉器物上備有手提拿把握的部分。

7 鋱（铽）（tè ㄊㄜˋ）粵 tik⁷〔惕〕一種金屬元素，符號Tb，銀灰色結晶的粉末。鋱的化合物可做殺蟲劑。

7 鋯（锆）（gào ㄍㄠˋ）粵 gou³〔告〕一種金屬元素，符號Zr，灰色結晶體或灰色粉末。應用於原子能工業和在高溫高壓下用作耐蝕化工材料等。

7 鋰（锂）（lǐ ㄌㄧˇ）粵 lei⁵〔里〕一種金屬元素，符號Li，銀白色，質軟，是金屬中比重最輕的，可製合金。

7 銃（铳）（liǔ ㄌㄧㄡˇ）粵 leu⁵〔柳〕有色金屬冶煉過程中生產出的各種金屬硫化物的互熔體。

7 鋨（锇）（é ㄜˊ）粵 ŋɔ⁴〔俄〕一種金屬元素，符號Os，灰藍色，很堅硬。工業上用來製電燈泡的絲，自來水筆的筆尖。

7 鋜（锃）（zhuó ㄓㄨㄛˊ）粵 dzɔk⁹〔鑿〕❶鐲足。❷套在腳腕上的鐲子。

7 鋥（锃）（zèng ㄗㄥˋ）粵 tsaŋ⁶〔橙 低去〕器

物等經過擦磨或整理後閃光耀眼：～亮。～光。

鋆（鋆）㊀（yún ㄩㄣˊ）粵 wen⁴〔雲〕金子。㊁（jūn ㄐㄩㄣ）粵 gwen¹〔君〕人名用字。

7 銲 同'焊'，見 397 頁。

7 銾 同'汞'，見 355 頁。

7 銹（锈）同'鏽'，見 739 頁。

7 铸 '鑄'的簡化字，見 739 頁。

7 锁 '鎖'的簡化字，見 734 頁。

7 链 '鏈'的簡化字，見 736 頁。

7 锅 '鍋'的簡化字，見 731 頁。

7 铿 '鏗'的簡化字，見 736 頁。

7 锏 '鐧'的簡化字，見 738 頁。

7 锎 '鐦'的簡化字，見 738 頁。

7 锈 '鏽'的簡化字，見 738 頁。

7 铼 '錸'的簡化字，見 730 頁。

8 鋸（锯）㊀（jù ㄐㄩˋ）粵 gœy³〔句〕gœ

〔哥靪切高去〕(語)❶用薄鋼片製成有尖齒可以分割木、石等的器具: 拉～。手～。電～。❷用鋸分割: ～木頭。～樹。
㊁同'鋸㊁', 見727頁。

鋸

8 **鋼(钢)** (━)(gāng ㄍㄤ)(粵)goŋ³(降)經過精煉, 不含磷、硫等雜質的鐵, 含碳百分之0.15至百分之1.7, 比熟鐵更堅硬更富於彈性, 是工業上極重要的原料。〔鋼精〕〔鋼種〕商業上指製造日用器具的鋁。〔鋼鐵〕❶堅強, 堅定不移: ～～的意志。
㊁(gàng ㄍㄤ)(粵)同㊀把刀在布、皮、石或缸沿上用力磨擦幾下使它快利: 這把刀鈍了, 要～一～。

8 **錁(锞)** (kè ㄎㄜˋ)(粵)gwɔ²(果)(～子)小塊的金錠或銀錠。

8 **錄(录)** (lù ㄌㄨˋ)(粵)luk⁹(陸)❶記錄, 抄寫, 記載: ～音。把這份公文～下來。❷記載言行或事物的書刊: 語～。備忘～。回憶～。❸採取, 任用: 收～。～用。

8 **錐(锥)** (zhuī ㄓㄨㄟ)(粵)dzœy¹(追)❶(～子)一頭尖銳, 可以鑽孔的工具: 針～。無立～之地(喻赤貧)。❷像錐子的東西: 改～。毛～(毛筆)。❸用錐子形的工具鑽: ～探。

8 **錙(锱)** (zī ㄗ)(粵)dzi¹(支)古代重量單位, 六銖等於一錙, 四錙等於一兩。〔錙銖〕⑩瑣碎的事或極少的錢: ～～必較。

8 **錚(铮)** (zhēng ㄓㄥ)(粵)dzeŋ¹(增)象聲詞, 多指金屬相擊的聲音(疊)。

8 **錟(锬)** (tán ㄊㄢˊ)(粵)tam⁴〔談〕長矛。

8 **錠(锭)** (dìng ㄉㄧㄥˋ)(粵)diŋ³〔訂〕diŋ⁶〔定〕(又)❶(～子)紡車或紡紗機上繞紗的機件: 紗～。❷(～子、～兒)金屬或藥物等製成的塊狀物: 鋼～。金～。紫金～。

8 **錡(锜)** (qí ㄑㄧˊ)(粵)kei⁴〔其〕❶古代一種帶三足的鍋。❷古代的一種鑿木工具。

8 **錕(锟)** (kūn ㄎㄨㄣ)(粵)kwen¹〔昆〕人名用字。〔錕鋙〕寶刀和寶劍名。

8 錢（钱）㊀(qián ㄑㄧㄢˊ)粵 tsin⁴〔前〕❶貨幣：銅～。㋫費用：車～。飯～。（粵口語讀如'淺'）❷圓形像錢的東西：榆～。❸財物：有～有勢。❹舊制或市制重量單位，一兩的十分之一。
㊁(jiǎn ㄐㄧㄢˇ)粵 dzin²〔展〕〈古〉鏟一類的農具。

8 錦（锦）(jǐn ㄐㄧㄣˇ)粵 gem²〔感〕❶有彩色花紋的絲織品：～旗。～標。繡～河山。～上添花。❷鮮明美麗：～霞。～雞。

8 錫（锡）(xī ㄒㄧ)粵 sek⁸〔石中入〕❶一種金屬元素，符號Sn，銀白色，有光澤，質軟，富延展性，在空氣中不易起變化。❷賞賜。〔錫伯〕錫伯族，中國少數民族名，參看附錄六。

8 錮（锢）(gù ㄍㄨˋ)粵 gu³〔故〕❶把金屬熔化開澆灌堵塞空隙。❷禁錮，禁閉起來不許別人接觸。

8 錯（错）(cuò ㄘㄨㄛˋ)粵 tso³〔挫〕❶不正確，不對，與實際不符（逾一誤）：你弄～了。過～。～別字。〔錯覺〕跟事實不符的知覺，視、聽、觸各種感覺都有錯覺。❷差，壞（用於否定式）：今年農業的收成～不了。他的身體眞不～。❸岔開：～車。～過機會。
㊁(cuò ㄘㄨㄛˋ)粵 tsɔk⁸〔雌惡切〕❶交叉着：～雜。～綜複雜。～亂。犬牙交～（喻交界綫很曲折）。❷磨玉的石：他山之石，可以為～。

8 錳（锰）(měng ㄇㄥˇ)粵 maŋ⁵〔猛〕一種金屬元素，符號Mn，灰赤色，有光澤，質硬而脆，在濕空氣中氧化。錳與鐵的合金叫錳鋼，可做火車的車輪。二氧化錳可供瓷器和玻璃着色用。高錳酸鉀可做殺菌劑。

8 錸（铼）(lái ㄌㄞˊ)粵 loi⁴〔來〕一種金屬元素，符號Re，可用來製電燈絲，化學上用做催化劑。

8 錒（锕）(ā ㄚ)粵 a¹〔鴉〕一種放射性元素，符號Ac。

8 錇（锫）(péi ㄆㄟˊ)粵 pui⁴〔培〕一種人造的放射性元素，符號Bk。

8 鍆（钔）(mén ㄇㄣˊ)粵 mun⁴〔門〕一種人造的放射性元素，符號Md。

8 鎝（锝）(dé ㄉㄜˊ)粵 dɐk⁷〔得〕一種放射性元素，符號Tc，是第一個人工製成的元素。

8 錶（△表）（biāo ㄅㄧㄠ）粵 biu¹〔標〕❶計時間的器具，通常比鐘小，可以帶在身邊：手～。懷～。❷計算某種量的器具：水～。電～。

8 鍁（锨）（xiān ㄒㄧㄢ）粵 him¹〔謙〕本作'枚'。鏟東西用的一種農具。參見 305 頁'枚'字條。

8 鍺（锗）（zhě ㄓㄜˇ）粵 dzɛ²〔者〕一種金屬元素，符號Ge，銀白色結晶，質脆，有光澤。是重要的半導體，主要用來製造半導體晶體管。

8 錛（锛）（bēn ㄅㄣ）粵 ben¹〔奔〕❶（一子）砍平木料的一種工具，用時向下向內用力。❷用錛子一類東西砍：～木頭。用錛～地。

8 錆（锖）（qiāng ㄑㄧㄤ）粵 tsœŋ¹〔槍〕〔錆色〕某些礦物表面因氧化作用而形成的薄膜所呈現的色彩，常常不同於礦物固有的顏色。

8 銅 同'釧'，見 725 頁。

8 鏨 '鏨'的簡化字，見 737 頁。

8 锁 '鐕'的簡化字，見 740 頁。

8 锣 '鑼'的簡化字，見 741 頁。

9 錘（锤）（chuí ㄔㄨㄟˊ）粵 tsœy⁴〔徐〕❶秤錘，配合秤桿稱分量的金屬塊。❷（一子、一兒）敲打東西的器具：鐵～。木～。❸用錘敲打：千～百煉。

鐵　錘

9 錨（锚）（máo ㄇㄠˊ）粵 nau⁴〔撓〕鐵製的停船器具，用鐵鏈連在船上，拋到水底，可以使船停穩。

9 鍇（锴）（kǎi ㄎㄞˇ，又讀jiē ㄐㄧㄝ）粵 kai²〔卡乃切〕gai¹〔皆〕（又）好鐵。多用於人名。

9 鍋（锅）（guō ㄍㄨㄛ）粵 wo¹〔窩〕❶烹煮食物的器具。〔鍋爐〕1.一種供應熱水的設備。2.使水變成蒸汽以供應工業或取暖需要的設備。也叫'汽鍋'。❷（一兒）形狀像鍋的東西：煙袋～。

9 鍍（镀）（dù ㄉㄨˋ）粵 dou⁶〔道〕用電解或其

他化學方法使一種金屬附着在別的金屬或物體的表面上：～金。電～）。

9 **鍔（锷）**（è è）粵ŋok⁹〔岳〕刀劍的刃。

9 **鍘（铡）**（zhá ㄓㄚˊ）粵dzat⁸〔札〕❶鍘刀，一種切草或切其他東西的器具。❷用鍘刀切東西：～草。

9 **錫（钖）**（yáng ㄧㄤˊ）粵jœŋ⁴〔羊〕古代馬額上的一種裝飾。

9 **鍛（锻）**（duàn ㄉㄨㄢˋ）粵dyn³〔煅〕把金屬加熱，然後錘打：～件。～工。〔鍛鐵〕用生鐵精煉而成的含碳量百分之0.15以下的鐵。也叫'熟鐵'。〔鍛煉〕1.冶煉金屬。2.通過體育活動，增強體質：～～身體。3.指在社會生活中接受考驗，提高思想認識、道德修養和工作能力。4.指舊時官吏枉法陷人於罪：～～人罪。

9 **鍠（锽）**（huáng ㄏㄨㄤˊ）粵wɔŋ⁴〔王〕形容鐘鼓聲（疊）。

9 **鍤（锸）**（chā ㄔㄚ）粵tsap⁸〔插〕鐵鍬，掘土的工具。

9 **鍥（锲）**（qiè ㄑㄧㄝˋ）粵kit⁸〔揭〕用刀子刻：～金玉。～而不舍。（喻堅持不懈）。

9 **鍪**（móu ㄇㄡˊ）粵meu⁴〔謀〕古代的一種鍋。〔兜鍪〕古代打仗時戴的盔。

9 **鍮（錀）**（tōu ㄊㄡ）粵teu¹〔偷〕黃銅。

9 **鍰（锾）**（huán ㄏㄨㄢˊ）粵wan⁴〔環〕❶古代重量單位，一鍰等於六兩。❷錢：罰～。

9 **鍵（键）**（jiàn ㄐㄧㄢˋ）粵gin⁶〔件〕❶安在車軸頭上管住車輪不脫離軸的鐵棍。又叫'轄'。〔關鍵〕粵事物的緊要部分，對於情勢有轉變作用的部分。❷插在門上關鎖門戶的金屬棍子。❸琴或機器上使用時按動的部分：～盤❹在化學結構式中表示元素原子價的短橫綫。

9 **鍶（锶）**（sī ㄙ）粵si¹〔詩〕一種金屬元素，符號Sr，銀白色晶體。硝酸鍶可製紅色煙火。溴化鍶是健胃劑。乳酸鍶可治抽風。

9 **鎂（镁）**（měi ㄇㄟˇ）粵mei⁵〔美〕一種金屬元素，符號Mg，銀白色，略有延展性，在濕空氣中表面易生鹼式碳酸鎂薄膜而漸失金屬光澤，燃燒時能發強光。鎂與鋁的合金可製飛機、飛船。硫酸鎂可做瀉藥，俗稱瀉鹽。

鍾（钟）（zhōng ㄓㄨㄥ）⟨粵⟩dzuŋ¹〔終〕❶古代盛酒的器皿，現也稱'盅'。❷古代容量單位。❸集中，專一：～情。

鍾

鍫（锹）（qiāo ㄑㄧㄠ）⟨粵⟩tsiu¹〔超〕挖土或鏟其他東西的器具。

鍫

鍩（锘）（nuò ㄋㄨㄛˋ）⟨粵⟩nɔk⁹〔諾〕一種人造的放射性元素，符號No。

鍌（铣）（xiàn ㄒㄧㄢˋ）⟨粵⟩sin³〔扇〕金屬綫。

鎇（镅）（méi ㄇㄟˊ）⟨粵⟩mei⁴〔眉〕一種人造的放射性元素，符號Am。

鎄（锿）（āi ㄞ）⟨粵⟩ɔi¹〔哀〕一種人造的放射性元素，符號Es。

鎡（镃）（zī ㄗ）⟨粵⟩dzi¹〔支〕鎡基，古代的鋤頭。

鎪（锼）（sōu ㄙㄡ）⟨粵⟩seu¹〔收〕刻鏤（木頭）：椅背的花是～出來的。

鍊 ㊀同'煉'，見 399 頁。
㊁同'鏈'，見 736 頁。

鍫 同'鍬'，見本頁。

鍼 同'針'，見 717 頁。

镂 '鏤'的簡化字，見 737 頁。

锴 '鍇'的簡化字，見 736 頁。

锘 '鐯'的簡化字，見 735 頁。

锒 '鋃'的簡化字，見 735 頁。

镔 '鑌'的簡化字，見 740 頁。

锛 '鐏'的簡化字，見 738 頁。

鎊（镑）（bàng ㄅㄤˋ）⟨粵⟩bɔŋ⁶〔磅〕bɔŋ²〔綁〕⟨語⟩英語pound的音譯。英國的貨幣單位。1970年後一鎊合一百便士。

鎏（liú ㄌㄧㄡˊ）⟨粵⟩leu⁴〔流〕❶成色好的金子。❷同'鎦㊀

❶', 見 735 頁。

10 鎔 (róng ㄖㄨㄥˊ) 粵 jung⁴〔容〕❶ 鑄器的模型。❷同'熔', 見 401 頁。

10 鎖 (锁) (suǒ ㄙㄨㄛˇ) 粵 so²〔所〕❶加在門、箱等上面使人不能隨便開的器具: 門上上～。❷用鎖關住: 把門～上。拿鎖～上箱子。❸鏈子: 枷～。～鐐。❹緊皺 (眉頭): 愁眉雙～。❺一種縫紉法, 多用在衣物邊沿上, 針腳很密, 綫斜交或鈎連: ～扣眼。～邊。
〔鎖匙〕〈粵方言〉鑰匙。

10 鎗 ⊖ (qiāng ㄑㄧㄤ) 粵 tsœng¹〔窗〕❶同'鏘'。金玉撞擊聲(疊)。❷同'槍', 見 329 頁。
⊜ (qiàng ㄑㄧㄤˋ) 粵 tsœng³〔唱〕髹漆工藝的一種: ～金。～銀。

10 鎛 (镈) (bó ㄅㄛˊ) 粵 bok⁸〔博〕❶大鐘, 古樂器, 形圓。(參見附圖)❷古代鋤一類的農具。

鎛

10 鎘 (镉) ⊖ (gé ㄍㄜˊ) 粵 gak⁸〔隔〕一種金屬元素, 符號Cd, 銀白色, 在空氣中表面生成一層保護膜。用於製合金、釉料、顏料, 並用作原子反應堆中的中子吸收棒。
⊜同'鬲', 見 795 頁。

10 鎢 (钨) (wū ㄨ) 粵 wu¹〔烏〕一種金屬元素, 符號W, 灰黑色的晶體, 質硬而脆, 熔點很高, 可以拉成很細的絲。鎢絲可以做電燈泡中的細絲。鋼裏面加入少量的鎢合成鎢鋼, 可以製造機器、鋼甲等。

10 鎣 (蓥) (yíng ㄧㄥˊ) 粵 jing⁴〔營〕〔華鎣〕山名, 在四川省。

10 鎧 (铠) (kǎi ㄎㄞˇ) 粵 hoi²〔海〕鎧甲, 古代的戰衣, 上面綴有金屬薄片, 可以保護身體。

10 鎬 (镐) ⊖ (gǎo ㄍㄠˇ) 粵 gou²〔稿〕刨土的工具。
⊜ (hào ㄏㄠˋ) 粵 hou⁶〔浩〕西周的國都, 在今陝西省西安市西。

10 鎮 (镇) (zhèn ㄓㄣˋ) 粵 dzen³〔振〕❶壓: ～服。把孫悟空～在五指山下。❷用武力據守: ～守。坐～。

❸安定：～靜。～定。❹抑制：
～痛。❺較大的集市：城～。
村～。❻壓物的用具：～尺。
❼把飲料等同冰或冷水放在一
起使涼：冰～汽水。❽時常：
十年～相隨。❾同'整'。表示
整個的一段時間：～日(整
天)。

10 **鎰(镒)** $^{(yì \, ì)}$ ⑨jet⁹〔溢〕
古代重量單位，
合古代的二十兩，一說是二十
四兩。也作'溢'。

10 **鎵(镓)** $^{(jiā \, ㄐㄧㄚ)}$ ⑨ga¹
〔家〕一種金屬元
素，符號Ga，銀白色晶體。
質地柔軟，可製合金。

10 **鎳(镍)** $^{(niè \, ㄋㄧㄝ)}$ ⑨nip⁷
〔臬高入〕一種金
屬元素，符號Ni，銀白色，
有光澤，有延展性。可用來製
造器具、貨幣等，鍍在其他金
屬上可以防止生鏽，是製造不
鏽鋼的重要原料。

10 **錇(锫)** $^{(ná \, ㄋㄚˊ)}$ ⑨na⁴
〔拿〕一種放射性
元素，符號Np。

10 **鎦(镏)** $^{(㊀(liú \, ㄌㄧㄡˊ)⑨}$
leu⁴〔流〕❶中國
特有的鍍金法，所鎦的金層經
久不退。❷殺。
㊁(liù \, ㄌㄧㄡˋ)⑨leu⁶〔漏〕〈方〉鎦
子，戒指。

10 **鐥(鐥)** $^{(dā \, ㄉㄚ)}$ ⑨dap⁸
〔答〕鐵鐥，翻土
的農具。

10 **鎯(锒)** $^{(láng \, ㄌㄤ)}$ ⑨loŋ⁴
〔郎〕〔鎯頭〕同
'榔頭'。錘子。

10 **鎡**
同'鎚❷❸'，見731頁。

10 **鎚**

10 **鎌**
同'鐮'，見739頁。

10 **鎈**
同'韜'，見544頁。

10 **鐥**
同'轄'，見689頁。

10 **鎬**
同'釤㊀'，見717頁。

10 **鐫(镌)**
同'鐫'，見739
頁。

10 **鑷**
'鑷'的簡化字，見741頁。

10 **銳**
'鑠'的簡化字，見742頁。

10 **鑌**
'鑌'的簡化字，見740頁。

11 **鏃(镞)** $^{(zú \, ㄗㄨˊ)}$ ⑨dzuk⁹
〔俗〕箭鏃，箭頭。

11 **鏇(△旋)** $^{(xuàn \, ㄒㄩㄢˋ)}$
syn⁶〔篆〕syn¹
〔船〕(又)❶(一子)溫酒的器具。
❷用車牀或刀子轉着圈地削：

用車牀~零件。〔鏃牀〕把金屬或木料切削成圓形或球形的機器。也叫'車牀'。

鏈（链） (liàn ㄌㄧㄢˋ) 粵 lin⁶〔練〕lin²〔連高上〕(語) ❶（一子、一兒）多指用金屬環節連套而成的索子：錶~。鐵~。❷英語cable的譯名。一鏈等於一海里的十分之一，合185.2米。

鏊 (ào ㄠˋ) 粵 ŋou⁶〔傲〕一種鐵製的烙餅的炊具，平面圓形，中間稍凸。

鏌（镆） (mò ㄇㄛˋ)〔莫〕粵 mɔk⁹〔莫〕〔鏌鋣〕同'莫邪'。古寶劍名。

鏐（镠） (liú ㄌㄧㄡˊ) 粵 leu⁴〔流〕成色好的黃金。

鏑（镝） ⊖(dí ㄉㄧˊ) 粵 dik⁷〔的〕一種金屬元素，符號Dy。⊜(dī ㄉㄧ) 粵 同⊖箭頭：鋒~。鳴~（響箭）。

鏖 (áo ㄠˊ) 粵 ou¹〔澳高平〕ŋou⁴〔翱〕(又) 鏖戰，激烈地戰鬥：赤壁一兵。

鏗（铿） (kēng ㄎㄥ) 粵 heŋ¹〔亨〕象聲詞。〔鏗鏘〕聲音響亮地聽：~~悅耳。

鏘（锵） (qiāng ㄑㄧㄤ) 粵 tsœŋ¹〔槍〕金玉撞擊聲（疊）。

鏜（镗） ⊖(tāng ㄊㄤ) 粵 tɔŋ¹〔湯〕象聲詞，鐘鼓的聲音或敲鑼的聲音。⊜(táng ㄊㄤˊ) 粵 tɔŋ⁴〔堂〕又作'搪'。加工機械零件內孔的一種方法，工件固定在工作枱上，刀具裝在鏜桿上伸入孔內旋轉切削。

鏝（镘） (màn ㄇㄢˋ) 粵 man⁶〔慢〕❶塗牆用的工具。❷舊時銅錢無字的一面。

鏞（镛） (yōng ㄩㄥ) 粵 juŋ⁴〔容〕大鐘，古時的一種樂器。

鏟（铲） (chǎn ㄔㄢˇ) 粵 tsan²〔產〕❶（一子、一兒）削平東西或把東西取上來的器具：鐵~。飯~。❷用鍬或鏟子削平或取上來：把地~平。~土。~菜。〔鏟除〕去掉。

鏡（镜） (jìng ㄐㄧㄥˋ) 粵 geŋ³〔頸高去〕❶（一子）用來反映形象的器具，古代用銅磨製，現代用玻璃製成。❷利用光學原理特製的各種器具：顯微~。望遠~。眼~。凸透~。三稜~。❸喻取鑒的事物：以人為~。

11鏢（镖）（biāo ㄅㄧㄠ）粵biu¹〔標〕舊時投擲用的武器，像長槍的頭。

11鏤（镂）（lòu ㄌㄡ）粵leu⁶〔漏〕雕刻：～花。～骨銘心（喻感激不忘）。

11鏨（錾）（zàn ㄗㄢ）粵dzam⁶〔暫〕❶（一子）鏨石頭的小鏨子。❷在金石上雕刻：～花。～字。

11鎩（铩）（shā ㄕㄚ）粵sat⁸〔殺〕❶古代一種長矛。❷摧殘，傷殘：～羽之鳥（傷了翅膀的鳥）。

11鏰（镚）（bèng ㄅㄥ）粵beŋ¹〔崩〕〈方〉（一子、一兒）原指清末發行的無孔的小銅幣，今泛指小的硬幣：金～子。鋼～兒。

11鏹（镪）㊀（qiǎng ㄑㄧㄤ）粵kœŋ⁵〔襁〕〈古〉指成串的錢。〔白鏹〕銀子。㊁（qiāng ㄑㄧㄤ）粵同㊀〔鏹水〕就是強酸：硝～～。

11鏴　同「鐪」，見734頁。

12鏵（铧）（huá ㄏㄨㄚˊ）粵wa⁴〔華〕犁鏵，安裝在犁上用來破土的鐵片。

12鏷（镤）（pú ㄆㄨˊ）粵pok⁸〔撲〕一種放射性元素，符號Pa。

12鏺（钹）（pō ㄆㄛ）粵put⁸〔潑〕❶〈方〉用鐮刀、釤刀等掄開來割（草、穀物等）。❷一種鐮刀。

12鐃（铙）（náo ㄋㄠˊ）粵nau⁴〔撓〕❶銅質圓形的打擊樂器，比鈸大。❷古代軍中樂器，像鈴鐺，但沒有中間的錘。

鐃

12鐄（鐄）（huáng ㄏㄨㄤˊ）粵waŋ⁴〔橫〕❶大鐘，古代樂器。❷鐘聲。

12鐋（铴）（tāng ㄊㄤ）粵toŋ¹〔湯〕鐋鑼，小銅鑼。

12鐍（镜）（jué ㄐㄩㄝˊ）粵kyt⁸〔決〕箱子上安鎖的環狀物。

12鐐（镣）（liào ㄌㄧㄠ，又讀liáo ㄌㄧㄠˊ）粵liu⁴〔聊〕腳鐐，套在腳腕上使不能快跑的刑具。

12鐓（镦）㊀（duī ㄉㄨㄟ）粵dœy¹〔堆〕打夯用的重錘。

㈠(duì ㄉㄨㄟˋ)粵dœy⁶〔隊〕古代矛戟柄末的金屬籥。

12 鐧(锏)㈠(jiàn ㄐㄧㄢˋ)粵gan³〔諫〕嵌在車軸上的鐵，可以保護車軸並減少摩擦力。

㈡(jiǎn ㄐㄧㄢˇ)粵gan²〔簡〕古代的一種兵器，像鞭，四棱。

12 鐘(钟)(zhōng ㄓㄨㄥ)粵dzuŋ¹〔中〕❶古代的一種打擊樂器，中空，用青銅製成，懸掛在架上用槌叩擊發音。（參見附圖）現泛指金屬製成的響器：警～。禪院～聲。❷計時的器具：座～。鬧～。❸指鐘點，時間：兩點～。三個～頭。

鐘

12 鐙(镫)㈠(dèng ㄉㄥˋ)粵dɐŋ³〔凳〕掛在馬鞍子兩旁的東西，是為騎馬的人放腳用的。

㈡(古)用「燈」，見 403 頁。

12 鐠(镨)(pǔ ㄆㄨˇ)粵pou²〔普〕一種金屬元素，符號Pr，淺黃色。它的化合物多呈綠色，可作陶器的顏料。

12 鐨(镄)(fèi ㄈㄟˋ)粵fei³〔費〕一種人造的放射性元素，符號Fm。

12 鐒(铹)(láo ㄌㄠˊ)粵lou⁴〔勞〕一種人造的放射性元素，符號Lr。

12 鐦(锎)(kāi ㄎㄞ)粵hoi¹〔開〕一種人造的放射性元素，符號Cf。

12 鐝(镢)(jué ㄐㄩㄝˊ)粵kyt⁸〔決〕挖土和鋤草的農具。

12 鐯(锗)(zhuō ㄓㄨㄛ)粵dzœk⁸〔雀〕❶大鋤。❷〈方〉用鎬刨地或刨茬兒：～高粱。～玉米。

12 鐅(鐅)(piě ㄆㄧㄝˇ)粵pit⁸〔瞥〕地名用字。曹鐅，在江蘇省東臺縣。

12 鏹(镪)同'鏹'，見 737 頁。

12 鐥同'鉛㈠'，見 717 頁。

12 鑭 '蘭'的簡化字，見 741 頁。

12 鐪 '鐪'的簡化字，見 740 頁。

12 鐯 '鐯'的簡化字，見 741 頁。

13鐫（镌）(juān ㄐㄩㄢ)粵
dzyn¹〔專〕dzœn³¹
〔進〕(又)雕刻：～刻圖章。～碑。

13鐮（镰）(lián ㄌㄧㄢ)粵
lim⁴〔廉〕鐮刀，收割穀物和割草的農具。

13鐲（镯）(zhuó ㄓㄨㄛˊ)粵
dzuk⁹〔俗〕(一子)套在腕子上的環形裝飾品。

13鐳（镭）(léi ㄌㄟˊ)粵lœy⁴
〔雷〕一種放射性元素，符號Ra，銀白色，有光澤，質軟。鐳能慢慢地蛻變成氦和氡，最後變成鉛。醫學上用鐳治癌症和皮膚病。

13鐵（铁）(tiě ㄊㄧㄝˇ)粵tit⁸
〔提歇切〕一種金屬元素，符號Fe，純鐵灰白色，質堅硬，有光澤，富延展性，在潮濕空氣中易生鏽。工業上的用途極大，可以煉鋼，可以製造各種機械、用具。⑩1.堅硬：～蠶豆。～拳。2.意志堅定：～人。3.確定不移：～的紀律。～案如山。4.殘暴或精銳：～蹄。～騎。5.借指兵器：手無寸～。

13鐶（镮）(huán ㄏㄨㄢˊ)粵
wan⁴〔環〕圓形有孔可貫穿的東西。

13鐸（铎）(duó ㄉㄨㄛˊ)粵
dɔk⁹〔踱〕古代樂器，一種大鈴，宣佈政教法令時或有戰事時用的。

鐸

13鐺（铛）㊀(dāng ㄉㄤ)粵
dɔŋ¹〔當〕同'噹'。象聲詞，撞擊金屬器物的聲音。㊁(chēng ㄔㄥ)粵tsaŋ¹〔撐〕烙餅或做菜用的平底淺鍋。

13鐿（镱）(yì ㄧˋ)粵ji³¹〔意〕一種金屬元素，符號Yb，銀白色，質軟。

13鐾(bèi ㄅㄟˋ，舊讀bì ㄅㄧˋ)粵
bik⁷〔壁〕在布、皮、石頭等物上把刀反覆摩擦幾下，使鋒利：～刀。～刀布。

13鏽（锈）(xiù ㄒㄧㄡˋ)粵sœu³¹
〔秀〕❶金屬表面所生的氧化物：鐵～。銅～。這把刀子長～了。❷生鏽：門上的鎖～住了。

13鏅 同'鏽'，見本頁。

14鑄（铸）(zhù ㄓㄨˋ)粵dzy³¹
〔注〕把金屬熔化

後倒在模子裏製成器物：～一口鐵鍋。～成大錯(喻造成大錯誤)。〔鑄鐵〕生鐵，又叫'銑鐵'，是由鐵礦砂最初煉出來的鐵。含碳在百分之1.7以上，質脆，易熔化，多用來鑄造器物。

14 鑊(镬) （huò ㄏㄨㄛˋ）粵wɔk⁹〔獲〕❶古代的大鍋：鼎～(常用為殘酷的刑具)。❷〈粵方言〉煮飯炒菜用的鐵鍋。

14 鑌(镔) （bīn ㄅㄧㄣ）粵ben¹〔賓〕〔鑌鐵〕精鐵。

14 鑒(鉴) （jiàn ㄐㄧㄢˋ）粵gam³〔監:高去〕❶鏡子。㉄可以用做為警戒或引為教訓的事：前車之覆，後車之～。引以為～。〔鑒戒〕可以使人警惕的事情。❷照：光可～人。❸觀察，審察：～定。～賞。～別真偽。某某先生台～(書信用語)。〔鑒於〕看到，覺察到：～～舊的工作方法不能適應新的需要，於是創造了新的工作方法。

14 鑔(镲) （chǎ ㄔㄚˇ）粵tsa²〔叉:高上〕小鈸。

14 鑑 同'鑒'，見本頁。

15 鑕(锧) （zhì ㄓˋ）粵dzet⁷〔質〕❶〈古〉砧板。❷鍘刀座。〔斧鑕〕斬人的刑具。

15 鑞(镴) （là ㄌㄚˋ）粵lap⁹〔臘〕錫和鉛的合金，可以焊接金屬器物。也叫'白鑞'或'錫鑞'。

15 鑠(铄) （shuò ㄕㄨㄛˋ）粵sœk⁸〔削〕❶熔化金屬：～金。～石流金(喻天氣極熱)。❷銷毀，消損。❸同'爍'，見405頁。

15 鑣(镳) （biāo ㄅㄧㄠ）粵biu¹〔標〕❶勒馬口具，與銜合用，銜在口內，鑣在口旁：分道揚～(喻各自向不同的目標前進)。❷同'鏢'，見737頁。

15 鑥(镥) （lǔ ㄌㄨˇ）粵lou⁵〔老〕一種金屬元素，符號Lu，銀白色，質軟。

15 鑛 同'礦'，見477頁。

15 鑤 同'鉋'，見721頁。

15 鑚 同'鑽'，見741頁。

16 鑫 （xīn ㄒㄧㄣ）粵jem¹〔音〕商店字號、人名常用的字，取其金多興旺的意思。

16鑪 同'爐'，見 405 頁。

17鑰（钥）㊀（yuè ㄩㄝ）⧼粵⧽
jœk⁹〔若〕鎖。〔鎖
鑰〕⧼粵⧽1.重要關鍵。2.邊防要
地：北門～～。
㊁（yào l幺）⧼粵⧽同㊀義同'鑰㊀'。
〔鑰匙〕開鎖的東西。

17鑱（镵）（chán ㄔㄢ）⧼粵⧽
tsam⁴〔慚〕❶古
代鐵製的一種掘土工具。❷刺。

17鑲（镶）（xiāng ㄒㄧㄤ）⧼粵⧽
sœŋ¹〔商〕把東西
嵌進去或在外圍加邊：～牙。
在衣服上～一道花邊。金～玉
嵌。

17鑭（镧）（lán ㄌㄢ）⧼粵⧽lan⁴
〔蘭〕一種金屬元
素，符號La，銀白色，有延
展性，在空氣中燃燒發光。可
製合金，又可做催化劑。

18鑷（镊）（niè ㄋㄧㄝ）⧼粵⧽nip⁹
〔聶〕鑷子，夾取
毛髮、細刺及其他細小東西的
器具。

18鑹（镩）（cuān ㄘㄨㄢ）⧼粵⧽
tsyn¹〔穿〕❶冰
鑹，一種鐵製的鑿冰器具。❷
用冰鑹鑿冰：～冰。

18鑵 同'罐'，見 535 頁。

19鑼（锣）（luó ㄌㄨㄛ）⧼粵⧽lɔ⁴
〔羅〕一種樂器，
形狀像銅盤，用槌子敲打，發
出聲音：～鼓喧天。

鑼

19鑽（钻）㊀（zuān ㄗㄨㄢ）⧼粵⧽
dzyn³〔轉高去〕
dzyn³〔專〕（又）❶用錐狀的物體
在另一物體上轉動穿孔：～一
個眼。地質～探。㊀進入：～
山洞。～到水裏。～空子。〔鑽
營〕指攀附權勢取得個人好處。
❷鑽研，仔細研究，深入研
究：光～書本不行。他倒是肯
～研。
㊁（zuàn ㄗㄨㄢ）⧼粵⧽dzyn³〔轉高去〕
（一子）穿孔洞的用具：電～。
風～。〔鑽石〕金剛石，硬度很
高。也省稱'鑽'：十七～的手
錶。

19鑾（銮）（luán ㄌㄨㄢ）⧼粵⧽
lyn⁴〔聯〕古代皇
帝車上的鈴鐺。借指皇帝的車
駕：迎～。

20 鑿（凿）（záo ㄗㄠˊ，又讀 zuò ㄗㄨㄛˋ）粵 dzɔk⁹〔昨〕❶（一子）挖槽或穿孔用的工具。❷穿孔，挖掘：~個眼。~井。〔穿鑿〕對於講不通的道理，牽強附會，以求其通。❸〈古〉器物上的孔，是容納枘的。❹明確，真實（疊）（逐確~）：證據確~。

20 鑺（钁）（jué ㄐㄩㄝˊ）粵 fɔk⁸〔霍〕❶大鋤。❷挖掘。

20 鐋（镋）（tǎng ㄊㄤˇ）粵 tɔŋ²〔倘〕古代一種兵器，形如半月，有柄：流金~。

長（长）部

0 長（长）（㊀ cháng ㄔㄤˊ）粵 tsœŋ⁴〔祥〕❶長度，兩端的距離：這塊布三米~。那張桌子一米寬七十厘米。❷長度大，跟「短」相反：1.指空間：這條路很~。~篇大論。2.指時間：晝~夜短。~遠利益。〔長短〕1.長度：這條褲子~~正合適。2.意外的變故：萬一有什麼~~是不應該的。❸長處，專精的技能，優點：特~。一技之~。各有所~。❹擅長，對某事做得特別好：他~於寫作。❺常：細水~流。

（㊁ zhǎng ㄓㄤˇ）粵 dzœŋ²〔掌〕❶生，發育：莊稼~得很旺。~瘡。❷增加：~見識。~力氣。吃一塹，~一智。❸排行中第一的：~子。~兄。~孫。❹年齡較大：他比我~兩歲。❺輩分高或年紀大的：師~。~者。~輩。敬辭：學~。❻主持人，軍隊、機關、團體、部門等單位的負責人：軍~。部~。校~。處~。

（㊂ zhàng ㄓㄤˋ）粵 dzœŋ⁶〔丈〕〈古〉多餘，剩餘：身無~物。

3 張 見弓部，208頁。

門（门）部

0 門（门）（mén ㄇㄣˊ）粵 mun⁴〔瞞〕❶（一兒）建築物的出入口：木~。城~。又指安在出入口上能開關的裝置：木~。鐵~。門徑，訣竅：竅~。摸不着~兒。❷（一兒）形狀或作用像門的東西：電~。閘~。水~。❸家族或家族的一支：名~望族。一~老小。長（zhǎng）~長子。

❹一般事物的分類: 分～別類、專～。❺學術思想或宗教的派別: 佛～。教～。❻量詞: 一～炮。一～功課。

〔門巴〕門巴族，中國少數民族名，參看附錄六。

1 門（闩）（shuān ㄕㄨㄢ）⦿san¹〔山〕❶門閂，橫插在門後使門推不開的棍子。❷用閂插上門: 把門～上。

2 閃（闪）（shǎn ㄕㄢˇ）⦿sim²〔陝〕❶天空的電光: 打～。❷光亮突然顯現或忽明忽暗: 燈光一～。一～得眼發花。❸光輝耀眼: ～金光。❹側轉身體躲避: ～開。❺因動作過猛，筋肉疼痛: ～了腰。

3 閈（闬）（hàn ㄏㄢˋ）⦿hɔn⁶〔汗〕❶巷門。❷牆。

3 閉（闭）（bì ㄅㄧˋ）⦿bei³〔蔽〕❶關，合: ～上嘴。～關自守(喻不接受外界事物的影響)。～門造車(喻脫離實際)。❷結束，停止: ～會。❸塞，不通: ～氣。〔閉塞〕堵住不通。㊀不開通，交通不便，消息不靈通: 這個地方很～～。

3 閆 同'閻'，見746頁。

3 闯 '闖'的簡化字，見748頁。

3 問 見口部，106頁。

4 開（开）（kāi ㄎㄞ）⦿hoi¹〔海 高平〕❶把關閉的東西打開: ～門。～幕。～口說話。〔開口〕1.收攏的東西放散: ～花。～顏(笑)。2.把整體的東西劃分成部分的: 三十二～本。3.凝合的東西融化: ～凍。～河(河水化凍)。〔開刀〕用刀割治: 這病得～～。〔開交〕分解，脫離: 忙得不能～～。開得不可～～。〔開關〕有節制作用的機關。通常指電門、電鍵。❷通，使通: ～眼。想不～。～路先鋒。〔開通〕思想不守舊，容易接受新事物。❸使顯露出來: ～礦。～採石油。〔開發〕把埋藏着的顯露出來。❹擴大，發展: ～拓。～源節流。～展工作。❺發動，操縱: ～車。～炮。～船。～動腦筋。〔開火〕指發生軍事衝突。㊀兩方面衝突。❻開始: ～端。～春。～學。❼工、戲～演了。❼設置，建立: ～戲院。〔開國〕建立新的國家。❽列舉，一個一個地列出: ～方子。計～。㊀逐一發付: ～支。～銷。❾沸，滾: ～水。水～了。❿舉行: ～會。⑪寫: ～發票。～藥方。⑫放在動詞後面, 表示效果: 這話傳～了。屋子小坐不～。眨～眼。打～窗子。張～嘴。⑬英語carat的音譯, 黃金的純度單位(以二十四開為純金): 十四～金。⑭熱力學溫度單位開爾文的簡稱, 符號K。

4 **閎(闳)** (hóng ㄏㄨㄥˊ)粵weŋ⁴〔宏〕 ❶ 巷門。❷宏大。

4 **閏(闰)** (rùn ㄖㄨㄣˋ)粵jœn⁶〔潤〕地球公轉一週的時間為365天5時48分46秒。陽曆把一年定為365天, 所餘的時間約每四年積累成一天, 加在二月裏; 陰曆把一年定為354天或355天, 所餘的時間約每三年積累成一個月, 加在某一年裏。這樣的辦法在曆法上叫做閏。

4 **閑(闲)** (xián ㄒㄧㄢˊ)粵han⁴〔閒〕 ❶ 柵欄。㋑範圍(多指道德法度): 不逾～。❷限制, 約束: 防～(防備禁止)。❸同'閒㊀', 見本頁。

4 **閒(闲)** ㊀(xián ㄒㄧㄢˊ)粵han⁴〔閒〕❶沒有事情做(働ー暇): 沒有～工夫。忙裏偷～。㋑放着, 不使用: ～房。機器別～着。❷與正事無關的: ～談。～人免進。〔閒話〕與正事無關的話, 背後不負責的議論: 講別人的～～。

㊁〈古〉同'間', 見本頁。

4 **間(间)** ㊀(jiān ㄐㄧㄢ)粵gan¹〔奸〕 ❶ 中間, 兩段時間或兩種事物相接的地方: 春夏之～百花競放。兄弟～要友愛和睦。❷在一定的地方、時間或人羣的範圍之內: 田～。人～。晚～。❸量詞, 指房屋: 一～房。廣廈千～。❹〈粵方言〉量詞, 家, 所: 一～學校。一～貿易公司。
㊁(jiàn ㄐㄧㄢˋ)粵gan³〔諫〕❶㋑空隙: 乘～。～隙。當～兒。㋑嫌隙: 合作無～。❷不連接, 隔開: ～斷。～隔。黑白相～。〔間接〕通過第三者發生關係的(跟'直接'相對): 我們是～～認識的。❸挑撥使人不和: 離～。反～計。

4 **閔(闵)** (mǐn ㄇㄧㄣˇ)粵men⁵〔敏〕憂患(多指疾病死喪)。

4 **闱** '闈'的簡化字, 見 747 頁。

4 **悶** 見心部, 224 頁。

5 **閘(闸)** (zhá ㄓㄚˊ)(粵)dzap⁹
〔雜〕❶攔住水流
的建築物，可以隨時開關：～
口。河裏有一道～。❷把水截
住。❸使機械減速或停止運行
的設備：電～。自行車～。❹
〈粵方言〉柵欄，門：鐵～。

5 **閟(闷)** (bì ㄅㄧˋ)(粵)bei³
〔祕〕❶閉門，關
閉。❷閉塞。

6 **閡(阂)** (hé ㄏㄜˊ)(粵)het⁹
〔瞎〕阻隔不通：
隔～。

6 **閣(阁)** (gé ㄍㄜˊ)(粵)gok⁸
〔各〕❶類似樓房
的建築物：亭臺樓～。〔閣子〕
小木頭房子。〔內閣〕明清兩代
大臣在宮中處理政務的機關。
民國初年的國務院和現在某些
國家的最高行政機關也叫內
閣。省稱'閣'：組～。入～。
❷閨房：出～。閨～。
〔閣下〕對人的敬稱，今多用於
外交場合。

6 **閤(阁)** (一)(hé ㄏㄜˊ)(粵)
hep⁹〔合〕同'閤
①'。全，總共：～家。
(二)(gé ㄍㄜˊ)gok⁸〔各〕❶小門，
旁門。❷同'閣'。

6 **閥(阀)** (fá ㄈㄚˊ)(粵)fet⁹
〔乏〕❶閥閱，封
建時代指有權勢的家庭在社會

上的地位：門～。～閱之家。
❷憑藉權勢造成特殊地位的個
人或集團：軍～。財～。❸
〈外〉又叫'活門'、'閥門'或'凡爾'，
是管道、唧筒或其他機器中調
節流體的流量、壓力和流動方
向的裝置。

6 **閨(闺)** (guī ㄍㄨㄟ)(粵)
gwei¹〔歸〕❶宮
中的小門。❷舊時指內室，後
特指女子居住的臥室：深～。
〔閨女〕1.未出嫁的女子。2.女
兒。

6 **閩(闽)** (mǐn ㄇㄧㄣ)(粵)
men⁵〔敏〕福建
省的別稱。

6 **関** 同'關'，見 794 頁。

6 **閞** 同'關'，見 748 頁。

6 **闪** '閃'的簡化字，見 748 頁。

6 **闫** '閆'的簡化字，見 746 頁。

6 **闿** '闓'的簡化字，見 747 頁。

6 **闸** '閘'的簡化字，見 746 頁。

6 **閘** 見耳部，546 頁。

7 **閫(阃)** (kǔn ㄎㄨㄣ)(粵)
kwen²〔菌〕❶門

檻，門限。❷婦女居住的內室。

7 閬（阆） ㊀(làng ㄌㄤ) 粵 lɔŋ⁶〔浪〕〔閬中〕縣名，在四川省。
㊁(làng ㄌㄤ，又讀 láng ㄌㄤ) 粵 lɔŋ⁶〔浪〕lɔŋ⁴〔狼〕(又) 高大，空曠。

7 閭（闾） (lǘ ㄌㄩ) 粵 lœy⁴〔雷〕❶里門，巷口的門。❷古代二十五家為一閭。

7 閱（阅） (yuè ㄩㄝ) 粵 jyt⁹〔月〕❶看，察看(粵—覽)：～報。～傳。❷檢閱：～兵。❸經歷：～月。～世。經驗－歷。❹閱閱，見 745 頁'閥❶'。

7 閊（闶） (chuài ㄔㄨㄞ) 粵 tsœy³〔翠〕見本頁'閥'字條'閥閊'。

7 阉 '閹'的簡化字，見 795 頁。

7 誾 見言部，650 頁。

8 閶（阊） (chāng ㄔㄤ) 粵 tsœŋ¹〔昌〕〔閶門〕蘇州城西門名。〔閶闔〕1.傳說中的天門。2.宮門。

8 閹（阉） (yān ㄧㄢ) 粵 jim¹·〔淹〕❶閹割，割去生殖腺：～雞。～豬。❷封建時代的宦官，太監。

8 閻（阎） (yán ㄧㄢ) 粵 jim⁴〔炎〕❶里巷的門。也指里巷。❷姓。〔閻羅〕傳說中的地獄王。也叫'閻羅王'、'閻王'。

8 閼（阏） ㊀(yān ㄧㄢ) 粵 jin¹〔煙〕〔閼氏〕(－zhī)漢代匈奴稱君主的正妻。
㊁(è ㄜˋ) 粵 at⁸〔壓〕阻塞。

8 閽（阍） (hūn ㄏㄨㄣ) 粵 fen¹〔芬〕❶宮門。❷司閽，看門的人。

8 閾（阈） (yù ㄩˋ) 粵 wik⁹〔域〕❶門檻。❷界限：視～。

8 閿（阌） (wén ㄨㄣˊ) 粵 men⁴〔文〕〔閿鄉〕地名，在河南省靈寶縣。

8 閘（闸） (zhèng ㄓㄥˋ) 粵 dzeŋ³〔增高去〕〔閘閘〕掙扎(多見於元曲)。

8 闍（阇） ㊀(dū ㄉㄨ) 粵 dou¹〔刀〕城門上的臺。
㊁(shé ㄕㄜˊ) 粵 se⁴〔蛇〕〔闍梨〕梵文 Atcharya 的音譯，義為軌範師，即指高僧，也泛指僧。又譯為'阿闍梨'。

8 阅 '閲'的簡化字，見 794 頁。

8 **闡** '闡'的簡化字，見 748 頁。

9 **闃**(闃)(qù ㄑㄩ)粵gwik⁷
〔闃〕形容寂靜：~寂。~無一人。

9 **闈**(闱)(wéi ㄨㄟˊ)粵wei⁴
〔圍〕❶古代宮室側旁的小門。❷宮內后妃居住的地方：宮~。❸科舉時代稱考場。

9 **闉**(闉)(yīn ㄧㄣ)粵jen¹
〔因〕❶古代城門外的曲城。❷堵塞。

9 **闊**(阔)(kuò ㄎㄨㄛˋ)粵fut⁸
〔呼括切〕❶面積寬廣(粵廣一)：遼~。廣~天地。高談~論。㈠時間或距離長遠：~別。❷富裕的，財產多生活奢侈的：~氣。~人。擺~。

9 **闋**(阕)(què ㄑㄩㄝˋ)粵kyt⁸
〔決〕❶停止，終了：樂~(奏樂終了)。❷量詞，指詞或歌曲：一~新詞。

9 **闌**(阑)(lán ㄌㄢˊ)粵lan⁴
〔蘭〕❶同'欄'。遮攔的東西：井~。花~。〔闌干〕1.縱橫交錯，參差錯落：星斗~~。2.同'欄杆'。用竹、木、金屬或石頭等製成的遮攔物：橋~~。❷同'攔'。遮攔，阻擋，阻止。❸盡，晚：夜~人靜。

〔闌珊〕衰落，衰殘。
〔闌入〕進入不應進去的地方，混進：無入場券不得～～。

9 **闆**(△板)(bǎn ㄅㄢˇ)粵ban²〔板〕〔老闆〕❶指工商業的資本家、廠主、店主。也用為雇員對雇主的稱呼。❷過去對戲劇演員的尊稱。

9 **闇** 同'暗'，見 294 頁。

9 **闏** '闤'的簡化字，見 748 頁。

10 **闐**(阗)(tián ㄊㄧㄢˊ)粵tin⁴
〔田〕〔和闐〕縣名，在新疆維吾爾自治區。今作'和田'。

10 **闒**(阘)(tà ㄊㄚˋ)粵tap⁸
〔塔〕〔闒茸〕無能，卑賤。

10 **闓**(闿)(kāi ㄎㄞ)粵hoi²
〔海〕❶開。❷同'愷'。快樂。

10 **闔**(阖)(hé ㄏㄜˊ)粵hep⁹
〔合〕❶全，總共：~家。~城。❷關閉：~戶。~口。

10 **闕**(阙)(㊀(què ㄑㄩㄝˋ)粵kyt⁸〔決〕〈古〉❶皇宮門前面兩邊的樓。❷墓道外所立的石牌坊。
㊁(quē ㄑㄩㄝ)粵同㊀❶古代用

作'缺'字。〔闕疑〕有懷疑的事情暫時不下斷語，留待查考。〔闕如〕空缺：尚付～～。❷過錯：～失。

10 **闖(闯)**（chuǎng ㄔㄨㄤˇ）⑧tsɔŋ²〔廠〕❶猛衝：～關。往裏～。刀山火海也敢～。❷惹起：～禍。❸歷練，經歷：～練。這幾年他～出來了。〔闖蕩〕舊時指離家在外謀生：～～江湖。

10 **闔** 同'闐'，見747頁。

11 **關(关)**（guān ㄍㄨㄢ）⑧gwan¹〔鰈〕❶閉，合攏：～門。～上箱子。㋐拘禁，禁閉：～押。～在籠子裏。❷古代在險要地方或國界設立的守衛處所：～口。山海～。㋑徵收出口入口貨稅的機構：海～。❸重要的轉折點，不易度過的時機：度過難～。緊要～頭。❹起轉折關聯作用的部分：～節（兩骨連結的地方）。～鍵。❺牽連，聯屬（運－連）：毫不相～。～心（注意）。無～緊要。息息相～。〔關係〕1.事物之間的連帶情形：這個電門和那盞燈沒有～～。2.人事的聯繫：兄弟～。親戚～。3.影響：這件事～～太大。❻舊指發給或支領薪餉：～

餉。

11 **闚** 同'窺'，見492頁。

11 **闞** 同'嫖'，見160頁。

12 **闞(阚)**（一）（kàn ㄎㄢˋ）⑧hem³〔瞰〕❶俯視。❷姓。
（二）（hǎn ㄏㄢˇ）⑧ham³〔喊〕虎怒吼。

12 **闠(阓)**（huì ㄏㄨㄟˋ）⑧kui²〔繪〕見本頁'闤'字條'闤闠'。

12 **闡(阐)**（chǎn ㄔㄢˇ）⑧dzin²〔展〕tsin²〔淺〕（又）說明，表明：～述。～明。〔闡發〕深入說明事理。

13 **闢(辟)**（pì ㄆㄧˋ）⑧pik⁷〔僻〕❶開，開拓：開天～地。開～新園地。❷排除，駁斥：～邪說。～謠。❸透徹：精～。透～。

13 **闤(阛)**（huán ㄏㄨㄢˊ）⑧wan⁴〔環〕〔闤闠〕市區的店鋪。也指街道。

13 **闥(闼)**（tà ㄊㄚˋ）⑧tat⁸〔撻〕門，小門：排～直入（推開門就進去）。

阜（阝）部

0 阜 （fù ㄈㄨ）粵feu⁶〔埠〕❶土山。❷盛，多：物～民豐。

2 队 ‘隊’的簡化字，見 753 頁。

3 阡 （qiān ㄑㄧㄢ）粵tsin¹〔千〕❶田間的小路（～陌）。❷通往墳墓的道路。

3 阢 同‘杌❷’，見 303 頁。

埠 見土部，133 頁。

4 阨 （è ㄜˋ）粵ek⁷〔厄〕❶險要的地方。❷阻塞。

4 阪 （bǎn ㄅㄢˇ）粵ban²〔板〕❶山坡，斜坡：～上走丸（喻迅速）。❷崎嶇磽确的地方：～田。

4 阮 （ruǎn ㄖㄨㄢˇ）粵jyn²〔婉〕❶一種弦樂器，四根弦。西晉阮咸善彈此樂器，故名阮咸，簡稱阮。❷姓。

阮　咸

4 阱 （jǐng ㄐㄧㄥˇ）粵dziŋ⁶〔靜〕dzeŋ⁶〔鄭〕(語)陷阱，捕野獸用的陷坑。

4 防 （fáng ㄈㄤ）粵foŋ⁴〔房〕❶防備，戒備：預～。～旱以～萬一。～不勝～。❷防守，守御：國～。邊～。海～。❸堤壩，擋水的建築物。

4 阬 同‘坑’，見 129 頁。

4 阯 同‘址’，見 128 頁。

4 阧 同‘陡’，見 751 頁。

4 阳 ‘陽’的簡化字，見 753 頁。

4 阴 ‘陰’的簡化字，見 752 頁。

4 阵 ‘陣’的簡化字，見 751 頁。

4 阶 ‘階’的簡化字，見 754 頁。

5 阻 （zǔ ㄗㄨˇ）粵dzo²〔左〕❶阻止，阻礙，攔擋（～～一擋）：攔～。勸～。通行無～。❷險要之地：深入其～。

5 阼 （zuò ㄗㄨㄛˋ）粵dzou⁶〔做〕大堂前東面的臺階。

5 阽 （diàn ㄉㄧㄢˋ，舊讀 yán ㄧㄢˊ）粵dim³〔店〕jim⁴〔鹽〕(又)臨近（危險）：～危。

5 阿 ㊀(ā Y)粵a³〔亞〕加在稱
呼上的詞頭：～姨。～
大。～王。
〔阿昌〕阿昌族，中國少數民族
名，參看附錄六。
㊁(ē ㄜ)粵ɔ¹〔柯〕❶迎合，偏
袒：～附。～其所好。～諛逢
迎。❷凹曲處：山～。
〔阿膠〕中藥名，用驢皮加水熬
成的膠，原產山東省東阿縣。
〔阿彌陀佛〕佛教指極樂世界中
最大的佛。

5 陀 (tuó ㄊㄨㄛˊ)粵tɔ⁴〔駝〕〔陀
螺〕一種兒童玩具，呈圓
錐形，用繩繞上然後拉或用鞭
抽打，可以在地上旋轉。

5 陂 ㊀(bēi ㄅㄟ)粵bei¹〔悲〕❶
池塘：～塘。～池。❷
池塘的岸。❸山坡。
㊁(pí ㄆ一ˊ)粵pei⁴〔皮〕〔黃陂〕縣
名，在湖北省。
㊂(pō ㄆㄛ)粵pɔ¹〔破高平〕〔陂
陀〕不平坦。

5 附 (fù ㄈㄨˋ)粵fu⁶〔父〕❶另外
加上，隨帶着：～錄。
～設。～注。信裏面～着一張
相片。〔附和〕盲目地同意別人
的主張：不要隨聲～～。〔附
會〕把不相關連的事拉到一起，
把沒有某種意義的事物説成有
某種意義。也作「傅會」：牽強
～～。❷靠近：～近。～耳交

談。❸依從，依附：～議。～
庸。

5 陀 同「厄」，見 79 頁。

5 际 「際」的簡化字，見 754 頁。

5 陇 「隴」的簡化字，見 755 頁。

5 陈 「陳」的簡化字，見 752 頁。

5 陆 「陸」的簡化字，見 753 頁。

5 陉 「陘」的簡化字，見 751 頁。

6 陋 (lòu ㄌㄡˋ)粵leu⁶〔漏〕❶醜
的：醜～。❷粗鄙，不
合理，不文明：～俗。～規。
～習。❸狹小，簡陋：～室。
～巷。❹見聞不廣：學識淺～。
孤～寡聞(見聞少)。❺簡略：
因～就簡。

6 陌 (mò ㄇㄛˋ)粵mɐk⁹〔墨〕田
間的小路(粵阡－)：～
頭楊柳。〔陌生〕生疏，不熟悉。

6 降 ㊀(jiàng ㄐㄧㄤˋ)粵gɔŋ³
〔鋼〕❶下落，落下(粵－
落)：～雨。溫度下～。～落傘。
❷降低，使下落：～級。～格。
～低物價。
〔降臨〕來到：夜色～～。
㊁(xiáng ㄒㄧㄤˊ)粵hɔŋ⁴〔杭〕❶投
降，歸順：寧死不～。❷降服，

使馴服：～龍伏虎。一物～一物。

6 限 (xiàn ㄒㄧㄢˋ)粵han6〔閒低去〕❶門檻：門～。❷指定的範圍：期～。界～。權～。有～的生命。❸限定，指定範圍：～期。～三天完工。作文不～字數。〔限制〕1.規定範圍，不許超過：文體不～～。2.規定的範圍：有一定～～。

6 陔 (gāi ㄍㄞ)粵goi1〔該〕❶靠近臺階下邊的地方。❷級，層。❸田埂，田間的土崗子。

6 陜 '陝'的簡化字，見本頁。

7 陘(陉) (xíng ㄒㄧㄥˊ)粵jing4〔形〕山脈中斷的地方。

7 陛 (bì ㄅㄧˋ)粵bei6〔幣〕宮殿的臺階。〔陛下〕對國王或皇帝的敬稱。

7 陝(陕) (shǎn ㄕㄢˇ)粵sim2〔閃〕陝西省，中國的一省。

7 陞 (shēng ㄕㄥ)粵sing1〔星〕同'升'。提高：～級。～官。

7 陟 (zhì ㄓˋ)粵dzik7〔職〕登高，上升：～山。

7 陡 (dǒu ㄉㄡˇ)粵deu2〔抖〕❶山勢斜度大，近於垂直：這個山坡太～。❷突然：天氣～變。

7 院 (yuàn ㄩㄢˋ)粵jyn2〔婉〕❶(一子、一兒)圍牆裏房屋四周的空地：四合～。❷某些機關和公共場所的名稱：國務～。法～。醫～。戲～。❸專指學院：大專～校。

7 陣(阵) (zhèn ㄓㄣˋ)粵dzen6〔振低去〕❶軍隊作戰時佈置的局勢：嚴～以待。一字長蛇～。㊷戰場：～亡。臨～退縮。❷量詞，表示事情或動作經過的段落：颳了一～風。一～掌聲。㊸(一子)時間：這一～子工作正忙。

7 除 (chú ㄔㄨˊ)粵tsœy4〔徐〕❶去掉：～害。斬草～根。❷不計算在內：～此以外。～了這個人，我都認識。〔除夕〕一年最後一天的夜晚，也泛指一年最後的一天。〔除非〕1.表示唯一的條件，只有：若要人不知，～～己莫為。2.表示不計算在內，除了：那條山路，～～他，沒人認識。❸算術中用一個數去分另一數：用二～四得二。❹臺階：庭～。❺古代指揮官授職。

7 隉(陧) (niè ㄋㄧㄝˋ)粵nip9〔聶〕〔杌隉〕不安定。

7 陝 同'狹'，見417頁。

7 **陗** 同‘峭’，見183頁。

7 **险** ‘險’的簡化字，見755頁。

7 **阸** ‘阨’的簡化字，見754頁。

8 **陪** (péi ㄆㄟˊ)粵pui⁴[培]跟隨在一塊，在旁邊做伴(粵一伴)：我～你去。～客人。〔陪襯〕從旁襯托。

8 **陬** (zōu ㄗㄡ)粵dzeu¹[周]隅，角落。

8 **陰(阴)** (yīn ㄧㄣ)粵jem¹[音]❶黑暗。❷雲彩遮住太陽或月、星：天～了。❸中國古代哲學認為宇宙中通貫物質和人事的兩大對立面之一(跟‘陽’相對)：1.陰性，女性的。2.太陰，月亮：～曆。3.帶負電的：～電。～極。4.水的南面，山的北面(多用於地名)：蒙～(縣名，在山東省蒙山之北)。江～(縣名，在江蘇省長江之南)。5.暗，不露出來的：～溝。6.凹下的：～文圖章。7.指死後，冥間：～宅。～間。～曹。❹(～兒)光綫被東西遮住所成的影：樹～。背～。❺背面：碑～。❻詭詐，不光明：～謀詭計。〔陰險〕險詐，狡詐。❼生殖器，有時特指女性生殖器。

8 **陳(陈)** ㊀(chén ㄔㄣˊ)粵tsen⁴[塵]❶排列，擺設(粵一列、一設)：～兵。古物～列館。❷述說(粵一述)：詳～。慷慨～辭。❸舊的，時間久的(粵一舊)：～腐。～酒。新～代謝。❹周代諸侯國名，在今河南省淮陽縣一帶。❺朝代名，南朝之一，陳霸先所建立(公元557—589年)。
㊁(zhèn ㄓㄣˋ)粵dzen⁶[陣]〈古〉同‘陣’。軍隊作戰時佈置的局勢。

8 **陴** (pí ㄆㄧˊ)粵pei⁴[皮]城牆上的矮牆。

8 **陵** (líng ㄌㄧㄥˊ)粵ling⁴[玲]❶大土山(粵丘一)。〔陵谷〕高低地勢的變動。喻世事變遷。❷高大的墳墓：黃帝～。中山～。

8 **陶** ㊀(táo ㄊㄠˊ)粵tou⁴[圖]❶用黏土燒製的器物：～器。～瓷。彩～。❷製造陶器的黏土。〔陶土〕燒製陶器的黏土。〔陶冶〕冶(製陶器和煉金屬，比喻給人的品格以有益的影響)。喻教育，培養：熏～。❸快樂的樣子：～然。～醉。
㊁(yáo ㄧㄠˊ)粵jiu⁴[搖]〔皋陶〕傳說中上古人名。

8 **陷**（xiàn ㄒㄧㄢˋ 去）粵ham6〔咸低去〕❶掉進，墜入，沉下：～到泥裏去了。地一下去了。〔陷阱〕為捉野獸挖的坑。粵害人的陰謀。❷凹進：兩眼深～。❸設計害人：～害。誣～。❹深入，攻破：衝鋒～陣。❺被攻破，被佔領：失～。淪～。❻缺點：缺～。

8 **陸**(陆)（一）（lù ㄌㄨˋ）粵luk9〔六〕❶陸地，高出水面的土地：登～。～路。～軍。❷姓。〔陸離〕形容色彩繁雜：光怪～～。〔陸續〕接連不斷：來賓～～地到了。（二）（liù ㄌㄧㄡˋ）同（一）'六'的大寫。

9 **陲**（chuí ㄔㄨㄟˊ）粵sœy4〔垂〕邊疆，國境，靠邊界的地方：邊～。

9 **陽**(阳)（yáng ㄧㄤˊ）粵jœŋ4〔羊〕❶明亮。❷中國古代哲學認為宇宙中通貫物質和人事的兩大對立面之一（跟'陰'相對）：1.陽性，男性的。2.太陽：～曆。～光。3.帶正電的：～電。～極。4.山的南面，水的北面（多用於地名）：衡～（縣名，在湖南省衡山之南）。洛～（市名，在河南省洛水之北）。5.外露的，明顯的：～溝。❺奉陰違（表面上遵從，暗地裏違背）。6.凸出的：～文圖章。7.指活人和人世：～間：～宅。～壽。❸男性生殖器：～痿。❹古同'佯'，假裝。

9 **隃**（yú ㄩˊ）粵jy4〔如〕逾越，超過。

9 **隅**（yú ㄩˊ）粵jy4〔如〕❶角落：城～。〔隅反〕粵因此知彼，能夠類推。〔向隅〕對着屋子的一個角落，比喻得不到機會而失望。❷靠邊的地方：海～。

9 **隆**（lóng ㄌㄨㄥˊ）粵luŋ4〔龍〕❶深厚，程度深：～情厚誼。～冬。～寒。❷盛大：～重的典禮。❸興盛（連一盛）：興一）：～替（盛衰）。❹高：～起。

9 **隈**（wēi ㄨㄟ）粵wui1〔偎〕山、水等彎曲的地方。

9 **隊**(队)（duì ㄉㄨㄟˋ）粵dœy6〔對低去〕❶行列：站～。排～。❷具有某種性質的集體：球～。消防～。樂～。艦～。❸量詞：一～人馬。

9 **隋**（suí ㄙㄨㄟˊ）粵tsœy4〔徐〕朝代名，楊堅所建立（公元581—618年）。

9 **隍**(huáng ㄏㄨㄤˊ)粵wong4〔黃〕
沒有水的護城壕。

9 **階**(阶)(jiē ㄐㄧㄝ)粵gai1
〔佳〕❶臺階，建築物中為了便於上下，用磚、石砌成的、分層的東西。〔階段〕事物發展的段落：球賽到最後～～。〔階梯〕臺階和梯子。比喻提高的憑藉或途徑。❷等級：官～。
〔階級〕1.臺階。2.舊時指官位俸給的等級。3.指在一定社會的生產中擁有共同經濟利益或政治利害的社會集團：資產～。工人～～。
〔階層〕指在同一個階級中因社會經濟地位不同而分成的層次：勞動～～。草根～～。

9 **陞** 同'壂'，見135頁。

9 **陜** 同'狹'，見417頁。

9 **隄** 同'堤'，見136頁。

9 **陘** 同'陘'，見751頁。

9 **陰** 同'陰'，見752頁。

9 **随** '隨'的簡化字，見755頁。

9 **隐** '隱'的簡化字，見755頁。

10 **隔**(gé ㄍㄜˊ)粵gak8〔格〕❶遮斷，隔開：～着一條河。～靴搔癢（喻不中肯）。〔隔膜〕1.情意不相通，彼此有意見。2.不通曉，外行：我對於這種技術實在～～。❷距離，間隔：相～很遠。～兩天再去探望他。

10 **隕**(陨)(yǔn ㄩㄣˇ)粵wen5
〔允〕墜落：～石。星～如雨。

10 **隗** ㊀(wěi ㄨㄟˇ)粵ngei5〔蟻〕姓。
㊁(kuí ㄎㄨㄟˊ)粵kwei4〔葵〕姓。

10 **隘**(ài ㄞˋ)粵ai3〔唉高去〕❶險要的地方：要～。❷狹小（粵狹—）：～巷。氣量狹～。

10 **隙**(xì ㄒㄧˋ)gwik7〔瓜益切〕kwik7〔誇益切〕(又)❶裂縫：牆～。門～。❷感情上的裂痕：有～。嫌～。❸漏洞，機會：乘～。❸空閒（指時間、地區）：～地。空～。農～（農閒）。

10 **隖** 同'塢'，見138頁。

11 **際**(际)(jì ㄐㄧˋ)粵dzei3
〔濟〕❶交界或靠邊的地方：林～。水～。天～。一望無～。❷彼此之間：國～。校～。星～旅行。❸時候：危急存亡之～。春夏之～。❹當，適逢其時：～此盛會。❺裏邊，中間：腦～。胸～。❻遭遇：遭～。～遇。

障（zhàng ㄓㄤˋ）粵dzœŋ³〔帳〕❶阻隔，遮隔：一葉～目。〔障礙〕阻擋進行的事物：掃除～～。❷用做遮蔽、防衛的東西：風～。屏～。

隔 同'隔'，見 754 頁。

隙 同'隙'，見 754 頁。

隋 同'墉'，見 139 頁。

隣 同'鄰'，見 708 頁。

隧（suì ㄙㄨㄟˋ）粵sœy⁶〔睡〕隧道，鑿通山石或在地下挖溝所成的通路。

隨（随）（suí ㄙㄨㄟˊ）粵tsœy⁴〔徐〕❶跟着：我～着大家一起走。～說～記。〔隨即〕立刻。❷順從，任憑，由：～他的便。～意。〔隨和〕容易同意別人的意見，不固執己見。❸順便，就着：～手關門。❹〈方〉像：他長得～他父親。❺《周易》六十四卦之一。

險（险）（xiǎn ㄒㄧㄢˇ）粵him²〔謙 高上〕❶可能遭受的災難（粵危一）：冒～。保～。脫～。❷可能發生災難的：～症。～境。好～。❸險阻，要隘：長江天～。❹險惡，狠毒：陰～。～詐。❺幾乎，差一點：～遭不測。～些掉在河裏。

隰（xí ㄒㄧˊ）粵dzap⁹〔習〕低濕的地方。

隱（隐）（yǐn ㄧㄣˇ）粵jen²〔忍〕❶藏匿，不顯露（粵一藏）：～痛。～患。～蔽。～居。❷隱瞞，隱諱：～惡揚善。❸精微：探賾索～。

隳（huī ㄏㄨㄟ）粵fei¹〔揮〕毀壞。

隴（陇）（lǒng ㄌㄨㄥˇ）粵luŋ⁵〔壟〕甘肅省的別稱：～海鐵路。

隶部

隶 '隸'的簡化字，見本頁。

隸 同'隸'，見本頁。

隸（隶）（lì ㄌㄧˋ）粵dei⁶〔弟〕❶附屬，屬於（粵一屬）：直～。❷封建時代的衙役：～卒。❸隸書，漢字的一種字體，相傳是秦朝程邈所創。❹舊時地位低被奴役的人: 奴～。僕～。

隹部

0 隹 (zhuī ㄓㄨㄟ) ⓟ dzœy¹〔追〕
短尾巴的鳥。

2 隻 (△只) (zhī ㄓ) ⓟ dzɐk⁸〔炙〕❶量詞: 一～雞。兩～手。❷單獨的, 極少的: ～身(一個人)。形單影～。片紙～字。〔隻眼〕ⓟ特別見解: 獨具～～。

2 隼 (sǔn ㄙㄨㄣˇ) ⓟ dzœn²〔準〕鳥綱、隼科各種類的通稱。在中國有小隼、游隼、燕隼、灰背隼、紅腳隼、紅隼等, 是一種飛行速度最快的鳥, 性銳敏, 善襲擊, 飼養馴熟後, 可以幫助打獵。

2 隽 同'雋', 見 757 頁。

2 难 '難'的簡化字, 見 759 頁。

3 雀 ㊀ (què ㄑㄩㄝˋ) ⓟ dzœk⁸〔酌〕鳥的一類, 身體小, 翅膀長, 雌雄羽毛顏色多不相同, 吃糧食粒和昆蟲。特指麻雀, 泛指小鳥。〔雀躍〕ⓟ高興得像麻雀那樣跳躍。
㊁ (qiǎo ㄑㄧㄠˇ) ⓟ同㊀雀子, 雀(què)斑(臉上密集的褐色斑

點)。
㊂ (qiāo ㄑㄧㄠ) ⓟ同㊀　義同㊀, 用於一些口語詞。

3 唯 見口部, 106 頁。

3 售 見口部, 106 頁。

4 雁 (yàn ㄧㄢˋ) ⓟ ŋan⁶〔贗〕大雁, 多指'鴻雁', 候鳥, 羽毛褐色, 腹部白色, 嘴扁平, 腿短, 羣居在水邊, 飛時排列成行。
〔雁行〕鴻雁飛時整齊的行列, 借指兄弟。

雁

4 雄 (xióng ㄒㄩㄥˊ) ⓟ huŋ⁴〔紅〕❶公的, 陽性的, 跟'雌'相對: ～雞。～蕊。❷強有力的: ～師。～辯。❸宏偉, 有氣魄的: ～心。～偉。❹強有力的人或國家: 英～。兩～相遇。戰國七～。

4 雅 (yǎ ㄧㄚˇ) ⓟ ŋa⁵〔瓦〕❶正規的, 標準的: ～聲(指詩歌)。～言。❷文雅, 美好大方: ～致。～觀。❸敬辭: ～鑒。

～敦。❹平素，素來：～善鼓琴。❺極，甚：～以為美。不欲為。❻交往：無一日之～。❼《詩經》六義之一（風、雅、頌、賦、比、興）。

4 **集** (jí ㄐㄧˊ)⟨粵⟩dzap⁹〔習〕❶聚，會合，總合（⟨複⟩聚一）：～思廣益（集中眾人的智慧，可使效果更大更好）。～會。～中。～腋成裘（喻積少成多）。❷會合許多著作編成的書：詩～。文～。選～。❸定期的或臨時的市場：趕～。❹中國古代圖書的四部分類法，即經、史、子、集，把詩文等作品列為集部。❺某些篇幅較多而分為若干部分的書籍中的一部分，或本數較多而分為若干段落的影片、電視片中的一個段落：上～。第一～。❻完成：大業未～。

4 **雇** (gù ㄍㄨˋ)⟨粵⟩gu³〔故〕❶出錢讓人給自己做事：～工。～保姆。❷租賃交通運輸工具：～車。～船。❸受雇的：～員。

4 **焦** 見火部，398頁。

5 **雉** (zhì ㄓˋ)⟨粵⟩dzi⁶〔自〕❶通稱'野雞'，雄的羽毛很美，尾長。雌的淡黃褐色，尾較短，善走，不能久飛。肉可以吃，

羽毛可做裝飾品。❷古代城牆長三丈高一丈叫一雉。

雉

5 **雋** (一)(juàn ㄐㄩㄢˋ)⟨粵⟩syn⁵〔吮〕鳥肉肥美。〔雋永〕言論、文章意味深長。
(二)(jùn ㄐㄩㄣˋ)⟨粵⟩dzœn³〔俊〕同'俊❶'。才智出眾。

5 **雍** (yōng ㄩㄥ)⟨粵⟩jun¹〔翁〕和諧。
〔雍容〕文雅大方，從容不迫的樣子。

5 **雎** (jū ㄐㄩ)⟨粵⟩dzœy¹〔追〕雎鳩，即魚鷹，生活於江河海濱，捕魚為食。也叫'王雎'。

魚鷹

6 **雌** (cí ㄘˊ,舊讀cī ㄘ)⑭tsi¹〔癡〕
母的,陰性的,跟'雄'相
對:～雞。～蕊。〔雌黃〕礦物
名,橙黃色,可做顏料,古時
用來塗改文字:妄下～～(亂
改文字,亂下論評)。信口～
～(隨意譏評)。〔雌雄〕⑭勝
負:一決～～。

6 **雒** (luò ㄌㄨㄛˋ)⑭lɔk⁸〔烙〕伊
洛的'洛'字古作'雒'。〔雒
南〕縣名,在陝西省。今作'洛
南'。

翟 見羽部,540頁。

8 **雕** (diāo ㄉㄧㄠ)⑭diu¹〔刁〕❶
同'鵰'。又叫鷲,是一種
很凶猛的鳥,羽毛褐色,上嘴
鈎曲,能捕食山羊、野兔等。
❷刻竹、木、玉、石、金屬
等:木～泥塑。浮～。～版。
❸用彩畫裝飾:～弓。～梁畫
棟。

8 **雋** 同'雋',見本頁。

8 **霍** 見雨部,761頁。

9 **雖** (雖) (suī ㄙㄨㄟ)⑭sœy¹
〔須〕連詞。1.雖
然:事情～小,意義卻很大。
2.縱然,即使:～敗猶榮。

10 **雘** (huò ㄏㄨㄛˋ)⑭wɔk⁸〔獲中
入〕赤石脂之類,可作顏
料。

10 **雙** (双) (shuāng ㄕㄨㄤ)⑭
sœng¹〔傷〕❶兩
個,一對:一～鞋。～管齊下。
取得～方同意。〔雙簧〕曲藝的一
種,一人蹲在後面說話,另
一人在前面配合着手勢和表
情。❷偶,跟'單'相對:～數。
❸加倍的:～份。～料貨。

10 **雛** (雏) (chú ㄔㄨˊ)⑭tsɔ¹
〔初〕❶小雞。也
指幼小的鳥:～雞。～鶯乳燕。
〔雛形〕⑭事物初具的規模:略
具～～。❷幼兒:姣婦將～。

10 **雜** (杂) (zá ㄗㄚˊ)⑭dzap⁹
〔習〕❶多種多樣
的,不單純的:～色。～事。
～技表演。人多手～。〔雜誌〕
把許多文章集在一起印行的期
刊。❷攙雜,混合:夾～。

10 **雞** (鸡) (jī ㄐㄧ)⑭gei¹〔計
高平〕一種家禽,
公雞能報曉,母雞能生蛋。

10 **雟** ㊀(xī ㄒㄧ,又讀guī ㄍㄨㄟ)
⑭kwei¹〔規〕子雟,即子
規,杜鵑鳥的別名。
㊁(xī ㄒㄧ,舊讀suī ㄙㄨㄟ)⑭sœy⁵
〔緒〕越雟〕縣名,在四川省。
今作'越西'。

10 **雝** 同'雍',見757頁。

10 雠 '讎'的簡化字，見本頁。

10 瞿 見目部，465頁。

11 離（离）(lí ㄌ丨)（粵）lei⁴〔梨〕❶相距，隔開（粵距－）：這裏～火車站很近。～新年還有幾天。❷離開，分開，分別：～家。～婚。～散。〔離子〕原子或原子團失去或得到電子後叫做離子。失去電子的帶正電，叫做正離子或陽離子；得到電子的帶負電，叫做負離子或陰離子。〔離間〕(－jiàn)從中挑撥，使人不團結。❸缺少：發展工業～不了鋼鐵。❹《周易》八卦之一，符號是‘☲’，代表火。又為六十四卦之一。

〔離奇〕奇怪的，出乎意料的。

11 難（难）㈠(nán ㄋㄢˊ)（粵）nan⁴〔尼閒切〕❶不容易（粵跟－）：～事。～題。～寫。～產。～得。❷不大可能：～免。～保。〔難道〕反問的語詞，表示不可能：河水～～倒回流嗎？他們能做到，～我們就不能嗎？❸使人感到困難：這可真～住他了。〔難為〕1.令人為難。2.虧得，表示感謝：雨下得這麼大，～～你還來看我。～～你把電視機修

好了。❹不好：～聽。～看。㈡(nàn ㄋㄢˋ)（粵）nan⁶〔尼雁切〕❶災患，不幸的遭遇（粵災一、患一）：～民。遭～。逃～。❷詰責：非～。責～。㈢〈古〉同'儺'，見43頁。

15 讎 見言部，657頁。

雨部

0 雨 ㈠(yǔ ㄩˇ)（粵）jy⁵〔語〕空氣中的水蒸氣上升到天空中遇冷凝成雲，再遇冷聚集成大水點落下來就是雨。㈡(yù ㄩˋ)（粵）jy⁶〔遇〕落下：～雪。

3 雩 (yú ㄩˊ)（粵）jy⁴〔如〕古代求雨的一種祭祀。

3 雪 (xuě ㄒㄩㄝˇ)（粵）syt⁸〔說〕❶冷天天空落下的白色結晶體，是空氣中的水蒸氣冷至攝氏零度以下凝結而成的：～花。冰天～地。❷洗去，除去：～恥。～恨。
〔雪櫃〕〈粵方言〉冰箱。

4 雯 (wén ㄨㄣˊ)（粵）men⁴〔文〕成花紋的雲彩。

4 雰 (fēn ㄈㄣ)（粵）fen¹〔芬〕❶霧氣。❷同'氛'，見352頁。
〔雰雰〕形容霜雪很盛的樣子。

4 雱 (páng ㄆㄤ)粵poŋ⁴〔旁〕雪下得很大。

4 雲(△云)(yún ㄩㄣ)粵wen⁴〔云〕水蒸氣上升遇冷凝聚成微小的水點成團地在空中飄浮叫'雲'：～集(喻許多人或事物聚集在一起)。

4 霁 '霽'的簡化字，見 762 頁。

5 零 (líng ㄌㄧㄥ)粵liŋ⁴〔玲〕❶落：1.植物凋謝(連－落、凋－)。2.液體降落：感激涕～。❷零頭，放在整數後表示有零頭：～數。一年～三天。❸部分的，細碎的，跟'整'相反(連－碎)：～件。～錢。～～售。～活(零碎工作)。〔零丁〕同'伶仃'。孤獨。❹數學上把數字符號'0'讀作零。㉖沒有，無：一減一得～。他的計劃等於～。❺溫度表上的零度：～下五度。

5 雷 (léi ㄌㄟˊ)粵lœy⁴〔擂〕❶雲層放電時發出的強大聲音：打～。春～。〔雷同〕打雷時，許多東西同時響應。喻隨聲附和，不該相同而相同。〔雷霆〕震耳的雷聲：～～萬鈞之勢。喻大怒：大發～～。❷軍事上用的爆炸武器：地～。魚～。

5 雹 (báo ㄅㄠˊ)粵bok⁹〔薄〕(一子)空中水蒸氣遇冷結成的冰粒或冰塊，常在夏季隨暴雨下降。

電(电)(diàn ㄉㄧㄢˋ)粵din⁶〔殿〕❶物質中存在的一種能，人利用它來使電燈發光、機械轉動等。〔電子〕物理學上稱構成原子的一種帶陰電的微粒子。❷陰雨天氣空中雲層放電時發出的光：閃～。雷～。❸電流打擊，觸電：電門有毛病，～了我一下。❹指電報：急～。通～。賀～。❺打電報：～告。

5 雾 '霧'的簡化字，見 761 頁。

6 需 (xū ㄒㄩ)粵sœy¹〔須〕❶需要，必得用：～款。❷必得用的財物：軍～。❸《周易》六十四卦之一。

6 霁 '霽'的簡化字，見 762 頁。

7 霂 (mù ㄇㄨˋ)粵muk⁹〔木〕見 761 頁'霡'字條'霡霂'。

7 霄 (xiāo ㄒㄧㄠ)粵siu¹〔消〕❶雲(連雲－)。❷天空：重～。九～。～壤(喻相去很遠)。

7 霅 (zhà ㄓㄚˋ)粵dzip⁸〔接〕霅溪，河流名，在浙江省。

7 霆 (tíng ㄊㄧㄥˊ) 〔粵〕tiŋ⁴〔停〕劈
雷，霹靂。

7 震 (zhèn ㄓㄣˋ) 〔粵〕dzen³〔振〕❶
迅速或劇烈地顫動：地
～。～耳。❷驚恐或情緒過分
激動：～驚。～怒。❸《周易》
八卦之一，符號是 ☳，代表
雷。又為六十四卦之一。

7 霈 (pèi ㄆㄟˋ) 〔粵〕pui³〔佩〕❶大
雨。❷雨多的樣子。

7 霉 (㊀méi ㄇㄟˊ) 〔粵〕mui⁴〔梅〕
衣物、食品等受了潮熱
長黴菌：～爛。發～。
㊁'黴'的簡化字，見 827 頁。

8 霍 (huò ㄏㄨㄛˋ) 〔粵〕fok⁸〔攉〕迅
速，快：～然病瘉。〔霍
亂〕一種急性傳染病，病原體
是霍亂弧菌，多由不潔的食物
傳染，患者上吐下瀉，手腳冰
涼，重的幾小時就死亡。
〔霍霍〕象聲詞：磨刀～～。

8 霎 (shà ㄕㄚˋ) 〔粵〕sap⁸〔颯〕小
雨。
〔霎時〕極短時間，一會兒。

8 霏 (fēi ㄈㄟ) 〔粵〕fei¹〔非〕飄揚：
煙～雲斂。
〔霏霏〕(雨、雪、煙雲等)很盛
的樣子：雨雪～～。淫雨～～。

8 霑 (zhān ㄓㄢ) 〔粵〕dzim¹〔尖〕又
作'沾'。浸濕：～衣。汗
出～背。

8 霓 (ní ㄋㄧˊ) 〔粵〕ŋei⁴〔危〕副虹
(參看 608 頁'虹')。〔霓
虹燈〕在長形真空管裏裝氖、
水銀蒸氣等氣體，通電時產生
各種顏色的光，這種燈叫霓虹
燈。多用做廣告或信號。

8 霖 (lín ㄌㄧㄣˊ) 〔粵〕lem⁴〔林〕久
下不停的雨。〔甘霖〕對
農作物有益的雨。❷恩澤。

9 霜 (shuāng ㄕㄨㄤ) 〔粵〕sœŋ¹
〔商〕❶附着在地面或靠
近地面的物體上的微細冰粒，
是接近地面的水蒸氣冷至攝氏
零度以下凝結而成的。❷白
色：～鬢。❷像霜的東西：柿
～。❸年歲的代稱：已歷三～。

9 霞 (xiá ㄒㄧㄚˊ) 〔粵〕ha⁴〔瑕〕因受
日光斜照而呈現紅、橙、
黃等顏色的雲：朝～。晚～。
彩～。

9 霡 同'霢'，見本頁。

10 霢 (mài ㄇㄞˋ) 〔粵〕mɐk⁹〔脈〕〔霢
霂〕小雨。

10 霤 (liù ㄌㄧㄡˋ) 〔粵〕lɐu⁶〔陋〕又作
'溜'。❶順屋檐滴下來的
水：檐～。❷屋檐上安的接雨
水用的長水槽。

11 霧 (霧) (wù ㄨˋ) 〔粵〕mou⁶
〔務〕❶接近地面
的水蒸氣，遇冷凝結後飄浮在
空氣中的小水點。❷像霧的小

水點：噴～器。

11 霪 (yín l ㄣˊ) 粵 jem⁴ 〔吟〕霪雨，同'淫雨'，連綿不斷下得過量的雨。

11 霭 '靄'的簡化字，見本頁。

12 霰 (xiàn ㄒㄧㄢˋ) 粵 sin³〔綫〕水蒸氣在高空中遇到冷空氣凝結成的小冰粒，在下雪花以前往往先下霰。

13 露 ㊀(lù ㄌㄨˋ) 粵 lou⁶〔路〕❶露水，靠近地面的水蒸氣，夜間遇冷凝結成的小水珠。㊋露天，沒有遮蔽，在屋外的：風餐～宿。～營。❷用藥料、果汁等製成的飲料：枇杷～。果子～。玫瑰～。❸顯出來，現出來(倵顯一)：暴～身分。揭～。藏頭～尾。原形畢～。

㊁(lòu ㄌㄨˋ) 粵同㊀ 義同㊀❸，用於一些口語詞語，如露怯、露馬腳等。

13 霸 (bà ㄅㄚˋ) 粵 ba³〔壩〕❶依靠惡勢力橫行無忌的人：惡～。〔霸道〕1.蠻橫：橫行～～。2.猛烈，利害的：這藥夠～的。❷霸佔，強力獨佔：～住不讓。❸中國春秋時代諸侯聯盟的首領：五～。

13 霹 (pī ㄆㄧ) 粵 pik⁷〔闢〕〔霹靂〕響聲很大的雷，是雲和地面之間強烈的雷電現象。

14 霽 (霁) (jì ㄐㄧˋ) 粵 dzei³〔祭〕❶雨、雪停止，天放晴：雪初～。❷怒氣消除：色～。

14 霾 (mái ㄇㄞˊ) 粵 mai⁴〔埋〕mei⁴〔迷〕〔文〕陰霾，空氣中因懸浮着大量的煙、塵等微粒而形成的混濁現象。

15 靁 同'雷'，見 760 頁。

16 靂 (雳) (lì ㄌㄧˋ) 粵 lik⁷〔礫〕見本頁'霹'字條'霹靂'。

16 靄 (霭) (ǎi ㄞˇ) 粵 oi²〔藹〕雲氣：雲～。暮～。

16 靆 (靆) (dài ㄉㄞˋ) 粵 doi⁶〔代〕見 763 頁'靉'字條'靉靆'。

16 靈 (灵) (líng ㄌㄧㄥˊ) 粵 ling⁴〔玲〕❶有效驗(倵一驗)：這種藥吃下去很～。❷聰明，機敏(倵一敏)：這個孩子心很～。心～手巧。耳朵很～。❸敏捷的心理活動：～感。❹活動迅速：這架機器最～。失～。❺稱神或關於神仙的：～位。❻屬於死人的：～位。～柩。～林。㊋裝着死人的棺材：移～。

17畫 靉(靉) (ài ㄞ) (粵)oi² 〔藹〕
〔靉靆〕雲彩很厚的樣子。

青部

0 青 (qīng ㄑㄧㄥ) (粵)tsiŋ¹〔清〕tsɛŋ¹〔雌腥切〕(語)❶顏色：
1.綠色：~草。2.藍色：~天。
3.黑色：~布。~綫。❷綠色的東西(多指綠苗葉的莊稼、花草等)：看～。～黃不接(陳糧已經吃完，新莊稼還沒有成熟，比喻暫時的缺乏)。❸年輕：～年。

2 清 見氵部，53頁。

3 圊 見口部，125頁。

4 靚 '靚'的簡化字，見本頁。

5 靖 (jìng ㄐㄧㄥ) (粵)dziŋ⁶〔靜〕❶安靜，平安。❷舊指平定，使秩序安定。〔綏靖〕安撫平定，保持地方平靜。

7 靚(靓) ㊀(jìng ㄐㄧㄥ) (粵)dziŋ⁶〔靜〕妝飾，打扮。
㊁(liàng ㄌㄧㄤˋ) (粵)lɛŋ³〔拉鏡切〕〈粵方言〉漂亮，好看：～女。

8 靛 (diàn ㄉㄧㄢˋ) (粵)din⁶〔電〕❶靛青，藍靛，用蓼藍葉泡水調和石灰沉澱所得的藍色染料。❷藍色和紫色混合而成的一種顏色。

8 靜 (jìng ㄐㄧㄥ) (粵)dziŋ⁶〔淨〕❶停止的，跟'動'相反：～止。安～地坐着。風平浪～。
❷沒有聲音：這個地方很清～。更深夜～。悄悄的。

11 鶄 見鳥部，814頁。

非部

0 非 (fēi ㄈㄟ) (粵)fei¹〔飛〕❶跟'是'相反：1.不，不是：莫～。～同小可。～賣品。～親～故。2.錯誤，不對：明辨是～。為～作歹。痛改前～。〔非常〕1.異乎尋常的：～～時期。2.十分，極：～～光榮。～～高興。❷不合於：～法。～分(fèn)。～禮。❸跟'不'搭用，表示必須：他～去不可。一下苦功不可。❹反對，責怪，不以為然：～笑。～議。無可厚～。〔非難〕(－nàn)責備。❺(外)指非洲，世界七大洲之一。

2 匪 見匚部，73 頁。

4 悲 見心部，224 頁。

4 扉 見户部，239 頁。

4 斐 見文部，281 頁。

6 翡 見羽部，540 頁。

6 蜚 見虫部，617 頁。

6 裴 見衣部，631 頁。

7 靠 (kào ㄎㄠ)⑧kau³〔銬〕❶倚着，挨近(⑧倚一)：~着牆站着。船~岸了。❷依靠：學習要~自己的努力。〔靠山〕⑧可以依賴的有力量的人或集體。❸信賴：可~。~得住。❹傳統戲曲中古代武將所穿的鎧甲。

7 輩 見車部，688 頁。

11 靡 ⊖(mí ㄇㄧˊ)⑧mei⁴〔眉〕浪費(⑧奢一)：不要~費公共財物。

⊜(mǐ ㄇㄧˇ)⑧mei⁵〔美〕❶無，沒有：~日不思。❷倒下：望風披~(形容軍隊喪失戰鬥意志，老遠看見對方的氣勢很盛就潰散了)。

面部

面 (miàn ㄇㄧㄢˋ)(粵)min⁶〔麵〕❶面孔，臉，頭的前部(粵臉一、顏一)：～前。～帶笑容。～～相覷(形容不知怎麼辦才好)。❷用臉對着，向着：背山～水。❸當面，直接接頭的：～談。～議。❹(一子、一兒)事物的外表，跟'裏'相反：地～。水～。桌～。❺幾何學上稱綫移動所生成的形迹，有長有寬沒有厚：平～。～積。❻方面，邊，部：正～。反～。上～。下～。～～俱到。❼量詞：一～旗。一～鏡子。一～鑼。❽'麵'的簡化字，見822頁。

勔 見力部，68頁。

靨 '靨'的簡化字，見 本頁。

靦(靦)(粵)(tiān ㄊㄧㄢ)(粵)tin²〔天高上〕同'觍'。慚愧的樣子：～顏。❷〈古〉形容人臉：～然人面。(粵)(miǎn ㄇㄧㄢˇ)(粵)min⁵〔免〕(靦靦)同'腼腆'。害羞，不敢見生人：這孩子太～～。

靧 '靧'的簡化字，見本頁。

靧(靧)(huì ㄏㄨㄟˋ)(粵)fui³〔悔〕洗臉。

靨(靨)(yè ㄧㄝˋ)(粵)jip⁸〔葉 中入〕酒窩，嘴兩旁的小圓窩：臉上露出笑～。

革部

革 ㊀(gé ㄍㄜˊ)(粵)gak⁸〔格〕❶去了毛，經過加工的獸皮(粵皮一)：～履(皮鞋)。製～。❷改變(粵改一)：～新。洗心～面(徹底悔改)。㊂革除，撤除(職務)：～職。㊁(jí ㄐㄧˊ)(粵)gik⁷〔激〕危急：病～(病危)。

靪 (dīng ㄉㄧㄥ)(粵)diŋ¹〔丁〕❶補鞋底。❷鞋襪衣服上補綴的地方：打補～。

勒 見力部，67頁。

靰 (wù ㄨˋ)(粵)wu¹〔烏〕(靰鞡)東北地區冬天穿的一種用皮革做的鞋，裏面墊着靰鞡草。也寫作'烏拉'。

靮 同'靮'，見768頁。

4 **靳**(jìn ㄐㄧㄣˋ)粵gen³〔艮〕吝惜，不肯給與：～而不與。

4 **靴**(xuē ㄒㄩㄝ)粵hœ¹(一子)有長筒的鞋：馬～。皮～。雨～。

4 **靶**(bǎ ㄅㄚˇ)粵ba²〔把〕(一子)練習射擊用的目標：打～。箭～。

4 **靸**(㊀sǎ ㄙㄚˇ)粵sap⁸〔颯〕〔靸鞋〕1.拖鞋。2.一種鞋幫納得很密，前面有皮鹼的布鞋。㊁(tā ㄊㄚ)粵tat⁸〔撻〕同㊀。穿鞋時只套上腳尖，把鞋後幫踩在腳後跟下拖着走：別～着鞋走路。也作'靸拉'。

5 **靺**(mò ㄇㄛˋ)粵mut⁹〔末〕〔靺鞨〕中國古代東北方的民族。

5 **靼**(dá ㄉㄚˊ)粵dat⁸〔笪〕見767頁'韃'字條'韃靼'。

5 **靿**(yào ㄧㄠˋ)粵au³〔拗〕靴筒、襪筒：高～靴子。

5 **鞁**(bèi ㄅㄟˋ)粵bei⁶〔備〕❶古時套車用的器具。❷同'鞴'，見767頁。

5 **鞅**(㊀yāng ㄧㄤ，又讀yǎng ㄧㄤˇ)粵jœŋ²〔央高上〕jœŋ¹〔央〕(ㄡ)古代用馬拉車時套在馬頸上的皮帶。㊁(yàng ㄧㄤˋ)粵jœŋ²〔央高上〕牛鞅，牛拉東西時架在牛頸上的器具。

5 **鞄**(bàn ㄅㄢˋ)粵bun⁶〔畔〕駕車時套在牲口後部的皮帶。

6 **鞋**(xié ㄒㄧㄝˊ)粵hai⁴〔孩〕鞋襪的'鞋'。

6 **鞍**(ān ㄢ)粵ɔn¹〔安〕(一子)放在騾馬等背上承載重物或供人騎坐的器具。

6 **鞏**(鞏)(gǒng ㄍㄨㄥˇ)粵guŋ²〔拱〕鞏固，結實，使牢固：～固國防。

6 **鞌**　同'鞍'，見本頁。

6 **鞑**　'韃'的簡化字，見767頁。

6 **鞒**　'鞽'的簡化字，見767頁。

7 **鞓**(tīng ㄊㄧㄥ)粵tiŋ¹〔停高平〕皮革製的腰帶。

7 **鞘**(㊀qiào ㄑㄧㄠˋ)粵tsiu³〔俏〕裝刀、劍的套子：刀～。㊁(shāo ㄕㄠ)粵sau¹〔梢〕鞭鞘，拴在鞭子頭上的細皮條。〔烏鞘嶺〕在甘肅省。

8 **鞚**(kòng ㄎㄨㄥˋ)粵huŋ³〔控〕帶嚼子的馬籠頭。

8 **鞞**(bǐ ㄅㄧˇ，又讀bǐng ㄅㄧㄥˇ)粵bei²〔比〕biŋ²〔丙〕(ㄡ)刀鞘。

8 **鞠**(jū ㄐㄩ)粵guk⁷〔谷〕❶養育，撫養。❷古代的一

種皮球: 蹴～。
〔鞠躬〕彎腰表示恭敬謹慎。現指彎身行禮。

8 **鞁** (la ·ㄌㄚ) (粵)lai¹〔拉〕見765頁'靴'字條'靴鞁'。

8 **鞝** (shàng ㄕㄤ) (粵)sœŋ⁶〔尙〕把鞋幫、鞋底縫合成鞋: ～鞋。

9 **鞣** (róu ㄖㄡˊ) (粵)jeu⁴〔柔〕製造皮革時，用栲膠、魚油等使獸皮柔軟: ～皮子。這皮子～得不夠熟。

9 **鞦** (qiū ㄑㄧㄡ) (粵)tseu¹〔秋〕❶〔鞦韆〕同'秋千'。運動和遊戲用具，架子上繫兩根長繩，繩端拴一塊板，人在板上前後擺動。❷同'鞧'，見本頁。

9 **鞧** (qiū ㄑㄧㄡ) (粵)tseu¹〔秋〕❶後鞧，套車時拴在駕轅牲口屁股上的皮帶子。❷〈方〉收縮: 大轅馬～着屁股向後退。

9 **鞨** (hé ㄏㄜˊ) (粵)hɔt⁸〔渴〕見766頁'靺'字條'靺鞨'。

9 **鞫** (jū ㄐㄩ) (粵)guk⁷〔谷〕❶鞫訊，審問犯人。❷窮究。

9 **鞬** (jiān ㄐㄧㄢ) (粵)gin¹〔堅〕馬上盛弓箭的器具。

9 **鞭** (biān ㄅㄧㄢ) (粵)bin¹〔邊〕❶(～子)驅使牲畜的用具。❷用鞭子抽打。〔鞭策〕督促前進。❸一種舊式武器。❹編

連成串的爆竹。

9 **鞮** (dī ㄉㄧ) (粵)dɐi¹〔低〕古代的一種皮鞋。

9 **鞥** (ēng ㄥ) (粵)ɐŋ¹〔鶯〕馬繮。

9 **韁**
鞽 '韁'的簡化字，見768頁。

10 **鞲** (gōu ㄍㄡ) (粵)geu¹〔溝〕〔鞲鞴〕活塞，唧筒裏或蒸氣機、內燃機的氣缸裏往復運動的機件。

10 **鞴** (bèi ㄅㄟˋ) (粵)bei⁶〔備〕把鞍彎等套在馬身上: ～馬。

10 **鞼** (wēng ㄨㄥ) (粵)juŋ¹〔翁〕〈方〉靴筒子。

10 **鞵** 同'鞋'，見766頁。

12 **鞽 (鞒)** (qiáo ㄑㄧㄠˊ) (粵)kiu⁴〔橋〕馬鞍拱起的地方。

12 **鞾** 同'靴'，見766頁。

13 **韃 (鞑)** (dá ㄉㄚˊ) (粵)tat⁸〔撻〕〔韃靼〕古代中國對北方少數民族的統稱。

13 **韂** (chàn ㄔㄢˋ) (粵)tsim³〔僭〕墊在馬鞍子下面的東西。

13 **韁** 同'繮'，見532頁。

16 **韆** (qiān ㄑㄧㄢ) (粵)tsin¹〔千〕見本頁'鞦'字條'鞦韆'。

15 韉 同‘韂’，見 635 頁。

17 韀（韉）(jiān ㄐㄧㄢ)粵 dzin¹〔煎〕墊在馬鞍下面的東西：鞍～。

韋（韦）部

0 韋（韦）㊀(wéi ㄨㄟˊ)粵 wei⁴〔圍〕粵 wei⁵〔偉〕㊃熟皮子，去毛加工鞣製的獸皮。
㊁(wéi ㄨㄟˊ)粵 wei⁵〔偉〕姓。

3 韌（韧）(rèn ㄖㄣˋ)粵 jen⁶〔銀低去〕（語）又柔軟又結實，不易折斷：～性。堅～。

4 韍 ‘韍’的簡化字，見本頁。

5 韍（韨）(fú ㄈㄨˊ)粵 fet⁷〔忽〕也作‘芾’、‘韍’。古代祭服中繫在衣服前面作護膝用的圍裙，用熟皮製成。

韍

6 韡 ‘韡’的簡化字，見 769 頁。

8 韓（韩）(hán ㄏㄢˊ)粵 hon⁴〔寒〕戰國國名，在現在河南省中部、山西省東南角一帶。

8 韔（韔）(chàng ㄔㄤˋ)粵 tsœŋ³〔唱〕古代盛弓的袋子。

9 韙（韪）(wěi ㄨㄟˇ)粵 wei⁵〔偉〕是，對（常和否定詞連用）：冒天下之大不～。

9 韞（韫）(yùn ㄩㄣˋ)粵 wen³〔慍〕藏，收藏：～櫝而藏諸（收在櫃子裏藏起來嗎）。石～玉而山輝。

10 韛（韛）(bài ㄅㄞˋ)粵 bai⁶〔敗〕〈方〉風箱：風～。～拐子（風箱的拉手）。

10 韝（韝）(gōu ㄍㄡ)粵 geu¹〔溝〕古代的套袖。

10 韜（韬）(tāo ㄊㄠ)粵 tou¹〔滔〕❶弓的套子。〔韜略〕指六韜、三略，古代的兵書。⑲戰鬥用兵的計謀。❷隱藏，隱蔽：～光養晦（隱藏才能，不使外露）。

10 韞 同‘韞’，見本頁。

12 **韡（韠）** (wěi ㄨㄟˇ)⑧wei⁵
〔偉〕〔暐〕盛，光明。

15 **韥** 同‘襪’，見 635 頁。

韭部

0 **韭** (jiǔ ㄐㄧㄡˇ)⑧geu²〔九〕又作‘韮’。韭菜，多年生草本植物，叢生，葉細小而扁，開小白花。葉和花嫩時可以吃。

10 **韲** (jī ㄐㄧ)⑧dzei¹〔擠〕切成細末的醃菜或醬菜。

音部

0 **音** (yīn ㄧㄣ)⑧jem¹〔陰〕❶聲（⑧聲一）：口～。擴～器。❷消息：佳～。～信。

2 **章** 見立部，**494** 頁。

2 **竟** 見立部，**494** 頁。

3 **暗** 見口部，**110** 頁。

4 **韵** 同‘韻’，見本頁。

4 **歆** 見欠部，**341** 頁。

5 **韶** (sháo ㄕㄠˊ)⑧siu⁴〔燒低平〕❶古代的樂曲名。❷美好：～光。～華(指青年時代)。

10 **韻** (yùn ㄩㄣˋ)⑧wen⁶〔運〕wen⁵〔允〕(又)❶語音名詞：1.就是韻母，字音中聲母以外部分，包括介音在內，如‘堂 (táng，⑧toŋ⁴)’的韻母是áng(⑧ŋ⁴)，‘皇 (huáng，⑧woŋ⁴)’的韻母是uáng(⑧ŋ⁴)。2.字音中聲母、介音以外的部分，如‘堂皇’都是韻母(⑧oŋ⁴)韻：～類。～文。押～。叶～。❷有節奏的聲音：琴～悠揚。❸風致，情趣：風～。

12 **響（响）** (xiǎng ㄒㄧㄤˇ)⑧hœŋ²〔享〕❶(一兒)聲音：聽不見～兒了。❷發出聲音：大炮～了。鐘～了。一聲不～。❸響亮，聲音高，聲音大：這個鈴眞～。聲音～亮。❹回聲：如～斯應(喻反應的迅速)。〔響應〕(一yìng)回聲相應。⑧用言語行動表示讚同：清潔運動，大家～～。

13 **響** 同‘響’，見本頁。

頁(页)部

0 頁(页) (yè ㄧㄝˋ) 粵 jip⁹
〔葉〕❶ 篇, 張 (指書、畫、紙等): 活～。❷ 量詞, 舊指書本中的一張紙, 現多指書本一張紙的一面。

2 頂(顶) (dǐng ㄉㄧㄥˇ) 粵 diŋ² 〔鼎〕❶ (一兒)最高最上的部分: 頭～。山～。屋～。❷用頭支承: 用頭～東西。～天立地(喻英雄氣概)。㊀1.用東西支撐: 用門槓把門～上。2.冒: ～着雨走了。❸用頭撞擊: 這頭牛時常～人。用頂撞: ～了他兩句。❺相逆, 對面迎着: ～風。❻最, 極: ～好。～多。～會想辦法。❼代替(粵一替): ～名。冒名～替。❽相當, 等於: 一個人～兩個人工作。㊀擔當, 抵得過: 他一個人去不～事。❾轉讓或取得企業的經營權、房屋的居住權: 出～。招～。～進來。❿自下而上用力拱起: 用千斤頂把汽車～起來。麥芽～出土來了。⓫量詞: 兩～帽子。

2 頃(顷) ㊀(qǐng ㄑㄧㄥˇ) 粵 kiŋ²〔傾 高上〕❶

田地一百畝叫一頃。❷短時間: 有～。俄～即去。一刻之間大雨傾盆。㊀剛才, 不久以前: ～聞。～接來信。

㊁(qīng ㄑㄧㄥ) 粵 kiŋ¹〔傾〕〈古〉同'傾'。歪斜, 偏側。

3 項(项) (xiàng ㄒㄧㄤˋ) 粵 hoŋ⁶〔巷〕❶頸的後部: 頸～。❷事物的種類或條目: 事～。～目。第十一～。㊀錢, 經費(粵款一): 用～。進～。欠～。❸代數中不用加、減號連接的單式, 如3a²b, ax², 4ba等。

3 順(顺) (shùn ㄕㄨㄣˋ) 粵 sœn⁶〔純 低去〕❶ 趨向同一個方向, 跟'逆'相反: ～風。～水。通～。❷沿, 循: ～河邊走。㊀依次往上往下或依次往後: ～着樓梯。～着臺階。～着坡。遇雨～延。❸隨, 趁便: ～手關門。～口說出來。❹整理, 理順: ～一～頭髮。文章太亂, 得～一～。❺服從, 不違背: ～從。❻適合, 不彆扭: ～心。～眼。

3 頇(顸) (hān ㄏㄢ) 粵 hon¹〔看高平〕❶粗, 圓柱形的東西直徑大的: 這綫太～。❷〔顢頇〕見 775 頁'顢'字條。

3 **須（须）**（xū ㄒㄩ）粵 sœy¹〔雖〕❶必須，必得，應當：這事～親自動手。務～注意。必～努力。❷等待。〔須臾〕片刻，一會兒。

4 **頊（顼）**（xū ㄒㄩ）粵 juk⁷〔郁〕見 774 頁'顓'字條'顓頊'。

4 **頌（颂）**（sòng ㄙㄨㄥˋ）粵 dzuŋ⁶〔仲〕❶頌揚，讚揚別人的好處：歌～。❷祝頌：敬～時綏。❸古代祭祀時用的舞曲：周～。魯～。❹以頌揚為內容的文章或詩歌。

4 **頑（顽）**（qí ㄑㄧˊ）粵 kei⁴〔其〕身子高（量）。

4 **頏（颃）**（háng ㄏㄤˊ）粵 hoŋ⁴〔杭〕〔頡頏〕見 772 頁'頡'㊀。

4 **預（预）**（yù ㄩˋ）粵 jy⁶〔譽〕❶預先，事前：～備。～見。～防。～約。❷加入到裏面去（速參一）：我沒有參～這件事。不必干～。

4 **頑（顽）**（wán ㄨㄢˊ）粵 wan⁴〔還〕❶愚蠢無知：～石。愚～。❷固執，不容易變化或動搖：～梗。～固。〔頑強〕堅強，不屈服：他很～，並沒被困難嚇倒。❸頑皮，小孩淘氣：～童。❹同'玩'。玩耍，嬉戲。

4 **頒（颁）**（bān ㄅㄢ）粵 ban¹〔班〕發佈，發下：～佈命令。～發獎章。

4 **頓（顿）**㊀（dùn ㄉㄨㄣˋ）粵 dœn⁶〔鈍〕❶很短時間的停止（速停一）：抑揚～挫。念到這個地方應該～一下。❷忽然，立刻，一下子：～時緊張起來。～悟。❸叩，碰：～首。㊤踤：～足。❹處理，放置：各項事情都整～好了。把人員安～好了。❺疲乏：困～。～勞。❻次：一天三～飯。說了一～。勸了他一～。❼書法上指運筆用力向下而暫不移動。
㊁（dú ㄉㄨ）粵 duk⁹〔毒〕〔冒頓〕(mò一)漢初匈奴族的一個君主名。

4 **顾** '顧'的簡化字，見 775 頁。

4 **煩** 見火部，400 頁。

5 **頗（颇）**㊀（pō ㄆㄛ）粵 po¹〔婆高平〕偏，不正：偏～。
㊁（pō ㄆㄛ，又讀 pǒ ㄆㄛˇ）粵 po²〔回〕很，相當地：～久。～不易。

5 **領（领）** (líng ㄌㄧㄥˊ)〔粵〕liŋ⁵
〔玲低上〕leŋ⁵〔靚低上〕〔語〕❶頸，脖子：引～而望。❷(一子、一兒)衣服圍繞脖子的部分。❸事物的綱要：不得要～。〔領袖〕(喻)國家、政治團體、民眾組織等的高級領導人。❸帶，引，率(喻帶一、率一)：～隊。～頭。❹治理的，管轄的：～海。～空。〔領土〕一個國家所領有的陸地、領水(包括領海、河流湖泊等)和領空。❺接受，取得：～教。～款。❻瞭解，明白：～會(對別人的意思有所理解)。～悟。❼量詞：1.用於衣服：一～青衫。2.用於席、箔等：一～席。一～箔。

5 **颅** '顱'的簡化字，見776頁。

5 **颈** '頸'的簡化字，見773頁。

5 **碩** 見石部，473頁。

6 **頜（颌）** ⊖(gé ㄍㄜˊ)〔粵〕gep⁸〔急中入〕
⊜(hé ㄏㄜˊ)〔粵〕hep⁹〔合〕構成口腔上部和下部的骨頭和肌肉等組織叫做頜，上部的叫上頜，下部的叫下頜。(圖見776頁'顱')

6 **頞（颏）** (è ㄜˋ)〔粵〕at⁸〔壓〕鼻樑。

6 **頠（颁）** (wěi ㄨㄟˇ)〔粵〕ŋei⁵〔蟻〕安靜。

6 **頡（颉）** ⊖(jié ㄐㄧㄝˊ)kit⁸〔揭〕〔倉頡〕上古人名，傳說是漢字的創造者。
⊜(xié ㄒㄧㄝˊ)同⊖〔頡頏〕1.鳥向上向下飛。2.不相上下：他的書法與名家相～～。❸對抗：～～作用。

6 **頦（颏）** (kē ㄎㄜ)〔粵〕hoi⁴〔海低平〕下巴，臉的最下部分，在兩腮和嘴的下面。

6 **頟** 同'額'，見774頁。

6 **頫** 同'俯'，見31頁。

6 **颊** '頰'的簡化字，見773頁。

6 **穎（颖）** 見禾部，383頁。

7 **頭（头）** ⊖(tóu ㄊㄡˊ)〔粵〕teu⁴〔投〕❶腦袋，人身體的最上部分或動物身體的最前的部分(喻一顱)。(喻)頭髮：他不想留～了。〔頭腦〕1.腦筋，思想：他～～清醒。2.要領，門路：這事我摸不着～～。❷(一兒)事物的起點或尖頂：山～。筆～。從～說起。⑩（一兒）物品的殘餘部分：煙～。鉛筆～。布～。〔頭緒〕條理，處理事物的門徑：我找不出～來。❸以前，在前面的：～兩年。我在～裏走。❹次序在前，第一：～等。～號。～班。❺接近，臨：～睡覺最好洗洗腳。❻（一子，一兒）首領（多指壞的）：流氓～子。❼（一兒）方面：他們兩個是一～兒的。❽量詞：1.指牛驢等牲畜：一～牛。兩～驢。2.指像頭的物體：兩～蒜。❾表示約計、不定數量的詞：三～五百。十一～八塊。

㊁（tou・ㄊㄡ）同㊀❶名詞詞尾：1.放在名詞詞根後：木～。石～。拳～。2.放在形容詞詞根後：甜～。苦～。3.放在動詞詞根後：有聽～。沒個看～。❷方位詞詞尾：前～。上～。外～。

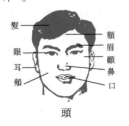

髮

額

眉

眼　　顴　鼻

耳　　　口

頰

頭

7 **頤（頤）**（yí ㄧˊ）⑧ji⁴〔兒〕❶面頰，腮。❷休養，保養：～神。

7 **頰（頰）**（jiá ㄐㄧㄚˊ）⑧gap⁸〔夾〕臉的兩側：兩～緋紅。（圖見772頁'頭'）

7 **頷（頷）**（hàn ㄏㄢˋ）⑧hem⁵〔含低上〕❶下巴。❷頷首，點頭：～之而已。

7 **頸（頸）**㊀（jǐng ㄐㄧㄥˇ）⑧gɛŋ²〔鏡高上〕脖子，頭和軀幹連接的部分。（圖見792頁'體'）
㊁（gěng ㄍㄥˇ）同㊀，義同㊀，用於'脖頸子'（頸的後部）。

7 **頹（頹）**（tuí ㄊㄨㄟˊ）⑧tœy⁴〔推低平〕❶崩壞，倒塌：～垣斷壁。〔頹廢〕1.建築物倒壞。2.精神委靡不振。❷敗壞：～風敗俗。〔頹唐〕精神不振，情緒低落。

7 **頻（頻）**（pín ㄆㄧㄣˊ）⑧pen⁴〔貧〕屢次，連續多次（⑲一繁）：～數。捷報～傳。〔頻率〕(-lü)在一定的時間或範圍內事物重複出現的次數。

7 **頲（頲）**（tǐng ㄊㄧㄥˇ）⑧tiŋ⁵〔挺〕頭挺直的樣子。

7 **穎** 見示部，481頁。

7 穎(颖)見禾部，488頁。

8 顆(颗)(kē ㄎㄜ)（粵）fo² 〔火〕量詞，指圓形或粒狀的東西：一～珠子。一～心。

8 顑(颛)(qī ㄑㄧ)（粵）hei¹ 〔欺〕〔顑頭〕古時打鬼驅疫時用的假面具。

8 顇 同'悴'，見224頁。

9 題(题)(tí ㄊㄧˊ)（粵）tei⁴ 〔提〕❶古指額：雕～。❷題目，寫作或講演內容的總名目：命～。出～。難～（喻不容易做的事情）。離～太遠。⑨練習或考試時要求解答的問題：試～。算～。幾何～。問答～。〔題材〕寫作內容的主要材料。❸寫上，簽署：～名。～字。～詞。

9 顎(颚)(è ㄜˋ)（粵）ŋok⁹〔岳〕❶某些節肢動物攝取食物的器官。❷同'腭'，見559頁。

9 顏(颜)(yán ㄧㄢˊ)（粵）ŋan⁴〔眼低平〕❶顏面，臉面：無～見人。喜逐～開。和～悅色。❷顏色，色彩：～料。五～六色。

9 顒(颙)(yóng ㄩㄥˊ)（粵）juŋ⁴〔容〕❶大頭。⑨

大。❷仰慕：～望。

9 顓(颛)(zhuān ㄓㄨㄢ)（粵）dzyn¹〔專〕❶愚昧。❷同'專'，見174頁。〔顓項〕傳說中上古帝王名。

9 額(额)(é ㄜˊ)ŋak⁹〔俄客切低入〕❶俗叫'腦門子'，眉上髮下的部分。（圖見773頁'頭'）❷規定的數量：超～。限～。名～。〔額外〕超出規定以外的：～～的要求。

9 顑(颔)(kǎn ㄎㄢˇ，又讀hàn ㄏㄢˋ)（粵）hem²〔欵〕〔顑頷〕因飢餓而致面黃肌瘦。

9 顋 同'腮'，見559頁。

10 願 (△愿)(yuàn ㄩㄢˋ)（粵）jyn⁶〔縣〕❶樂意，想要：甘心情～。自覺自～。❷希望（粵一望）：平生之～。如～以償（願望實現）。❸對神佛許下的酬謝：許～。還～。

10 顙(颡)(sǎng ㄙㄤˇ)（粵）sɔŋ²〔爽〕額，腦門子。

10 顛(颠)(diān ㄉㄧㄢ)（粵）din¹〔顛〕❶頭頂：華～（頭頂上黑髮白髮相雜）。⑨最高最上的部分：山～。塔～。❷始：～末。❸倒，跌

(㊀一覆): ～撲不破(指理論正確不能推翻)。〔顛倒〕1.上下或前後的次序倒置: 書放～～了。這兩個字～～過來意思就不同了。2.錯亂: 神魂～～。〔顛沛〕1.倒下。2.困窮, 人事挫折: ～～流離(生活艱難, 四處流浪)。❹顛簸, 上下震動: 山路不平, 車～得厲害。

10 **類(类)** (lèi ㄌㄟˋ) ㊕ lœy6 〔淚〕❶種, 好多相似事物的綜合(㊀種一): 分～。～型。以此～推。❷類似, 好像: 畫虎～犬。❸大抵: ～多如此。

10 **顖** (xìn ㄒㄧㄣˋ) ㊕ sœn3 〔信〕 sœn2 〔筍〕(又) 同'囟'。顖門, 顖腦門, 又叫'頂門', 嬰兒頭頂骨未合縫的地方。

10 **顚** 同'顛', 見 774 頁。

10 **颞** '顳'的簡化字, 見 776 頁。

10 **颟** '顢'的簡化字, 見本頁。

11 **顢(颟)** (mān ㄇㄢ) ㊕ mun4 〔門〕〔顢頇〕1.不明事理: 糊塗～～。2.漫不經心: 那人太～～, 作什麼事都靠不住。

12 **顥(颢)** (hào ㄏㄠˋ) ㊕ hou6 〔浩〕白的樣子。

12 **顧(顾)** (gù ㄍㄨˋ) ㊕ gu3 〔故〕❶回頭看: ～視左右。泛指看: 回～。環～。❷照管, 注意: ～全大局。奮不～身。㊕商店稱來買貨物: 惠～。～客。主～。〔照顧〕1.照管, 特別關心: ～～子女。2.舊時商店稱顧客來買貨。❸文言連詞, 但, 但看。

12 **顦** 同'憔', 見 231 頁。

12 **囂(嚣)** 見口部, 122 頁。

12 **纇** 見糸部, 見 533 頁。

13 **顫(颤)** ㊀(chàn ㄔㄢˋ) ㊕ dzin3 〔戰〕顫動, 發抖: ～動。～抖。～悠。這條扁擔擔上五六十斤就～了。㊁(zhàn ㄓㄢˋ) ㊕ 同㊀ 同'戰❷'。發抖: ～慄。

14 **顬(颥)** (rú ㄖㄨˊ) ㊕ jy4 〔如〕見 776 頁'顳'字條'顳顬'。

14 **顯(显)** (xiǎn ㄒㄧㄢˇ) ㊕ hin2 〔遣〕❶露在外面容易看出來: ～而易見。這個道理是很～然的。❷表現, 露出: ～示。～微鏡。大～身手。沒有高山, 不～平地。❸高貴, 顯赫: ～要。～貴。～達。～宦。❹敬辭(稱先人):

~考。~姓。

15 顰（颦）（pín ㄆㄧㄣ）粵pen⁴
〔頻〕皺眉頭。〔效顰〕粵模仿他人而不得當。

16 顱（颅）（lú ㄌㄨˊ）粵lou⁴
〔勞〕頭蓋骨，也指頭：~骨。

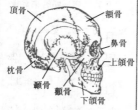

頂骨　額骨
鼻骨
上頜骨
枕骨
顴骨　顳骨
下頜骨

人頭顱骨側面圖

18 顳（颞）（niè ㄋㄧㄝˋ）粵nip⁹
〔聶〕〔顳顬〕頭顱兩側靠近耳朵的部分，也省稱'顳'。（圖見本頁'顱'）

18 顴（颧）（quán ㄑㄩㄢˊ）粵kyn⁴〔權〕顴骨，眼睛下面、腮上面突出的部分。（圖見本頁'顱'）

風（风）部

0 風（风）㊀（fēng ㄈㄥ）粵fuŋ¹〔封〕❶跟地面大致平行的流動着的空氣：

北~。旋~。颳一陣~。㊂像風那樣快、那樣普遍地：~行。〔風頭〕1.指有關個人利害的情勢：不要看~~辦事。2.出頭露面，當衆表現自己：出~~。〔風化〕1.教化。2.地質學上稱巖石因長期受風雨侵蝕而分解崩潰。3.化學上稱結晶體在空氣中失去結晶水而分解。❷消息：聞~而至。❸沒有確實根據的：~傳。~聞。❹表現在外的景象或態度：~景。~光。作~。~度。〔風采〕風度神采。也作'丰采'。〔風姿〕風度姿態。也作'丰姿'。❺風氣，習俗：世~日下。轉變~氣。勤儉成~。❻病名：抽~。羊癇~。❼古代稱民歌：國~。採~。㊁（fèng ㄈㄥˋ）粵fuŋ³〔諷〕❶吹拂：春風~人。❷〈古〉同'諷'。用含蓄的話勸告。（普通話今讀fēng ㄈㄥ）

3 嵐（岚）見山部，186頁。

5 颭（飐）（zhǎn ㄓㄢˇ）粵dzim²〔尖高上〕風吹物體使顫動。

5 颱（△台）（tái ㄊㄞˊ）粵tɔi⁴〔抬〕〔颱風〕發生在太平洋西部熱帶海洋上的一種極猛烈的風暴，風力常達十級以上，同時有暴雨。

5 颯（飒）(sà ㄙㄚˋ)(粵)sap*
〔坂〕風聲(歎)：
秋風～～。〔颯爽〕豪邁而矯
健：～～英姿。

6 颳（△刮）(guā ㄍㄨㄚ)(粵)
gwat*〔刮〕風
吹動：～大風。～倒了一棵樹。

8 颶（飓）(jù ㄐㄩ)(粵)gœy⁶
〔巨〕颶風，發生
在大西洋西部和西印度羣島一
帶熱帶海洋上的風暴，風力常
達十級以上，同時有暴雨。

9 颸（飔）(sī ㄙ)(粵)si¹〔司〕
涼風。

9 颺（飏）(yáng ㄧㄤ)(粵)
jœŋ⁴〔羊〕同
'揚'。在空中飄動：飄～。飛～。

9 颼（飕）(sōu ㄙㄡ)(粵)seu¹
〔收〕❶風雨聲
(歎)。❷風吹（使變乾或變
冷）：洗的衣服被風～乾了。
❸同'嗖'，見112頁。

10 颻（飖）(yáo ㄧㄠ)(粵)jiu⁴
〔搖〕〔飄颻〕見本
頁'飄'字條'飄搖'。

10 飀（飀）(liú ㄌㄧㄡ)(粵)leu⁴
〔留〕〔飀飀〕微風
吹動的樣子。

10 颿 同'帆'，見192頁。

11 飂（飕）〔一〕(liù ㄌㄧㄡˋ，又
讀 liú ㄌㄧㄡˊ)(粵)

leu⁶〔漏〕leu⁴〔留〕(又)西風。
〔二〕(liáo ㄌㄧㄠˊ)(粵)liu⁴〔聊〕(粵)戾
1.風聲。2.很快的樣子。

11 飄（飘）(piāo ㄆㄧㄠ)(粵)
piu¹〔漂 高平〕隨
風飛動：～雪花。旗幟～揚。
～起了炊煙。〔飄搖〕又作'飄
颻'。隨風擺動：白楊在微風中
～～。〔飄零〕樹葉零落。(喻)無
依無靠。

11 飃 同'飄'，見本頁。

12 飆（飙）(biāo ㄅㄧㄠ)(粵)
biu¹〔標〕暴風：
狂～。

12 飇 同'飆'，見本頁。

12 飈 同'飆'，見本頁。

18 飌 (fēng ㄈㄥ)(粵)fuŋ¹〔封〕'風'
的古字。

飛 部

0 飛（飞）(fēi ㄈㄟ)(粵)fei¹
〔非〕❶鳥類或蟲
類等用翅膀在空中往來活動：
～行。～鳥。～蟲。引物體在
空中飄盪或行動：～砂走石。
飛機向東～。❷快，像飛似
的：～奔。～報。❸極，特別

地: 這把刀~快。❹無根據的:
流言~語。❺意外的, 無緣無
故的: ~災。~禍。❻形容高在半空
中: ~樓。~橋。

12 **飜** (fān ㄈㄢ)粵fan¹〔翻〕同
'翻'。飛: 衆鳥翻~。

食(飠食饣)部

0 **食** ㊀(shí ㄕ)粵sik⁹〔蝕〕❶
吃: ~肉。〔食言〕指失
信: 決不~~。〔食指〕手的第
二指。〔食口〕家庭人口: ~~衆多。
❷吃的東西: 素~。零~。麵
~。豐衣足~。❸日月虧缺或
完全不見的現象: 日~。月~。
全~。

㊁(sì ㄙ)粵dzi⁶〔自〕拿東西給人
吃。

㊂(yì ㄧ)粵ji⁶〔異〕用於人名。
漢代有酈食其。

2 **飢(饥)** (jī ㄐㄧ)粵gei¹
〔機〕❶餓, 吃不
飽(粵一餓): ~不擇食。~寒
交迫。❷同'饑', 見782頁。

2 **飣(饤)** (dìng ㄉㄧㄥ)粵
ding³〔訂〕見780
頁'飣'字條'飣飣'。

2 **飡** 同'餐', 見780頁。

2 **飤** 同'飼', 見779頁。

2 **饥** ㊀'飢'的簡化字, 見本頁。
㊁'饑'的簡化字, 見782頁。

3 **飥(饦)** (tuō ㄊㄨㄛ)粵tok⁸
〔托〕〔餺飥〕古代
一種麵食品。

3 **飧** (sūn ㄙㄨㄣ)粵syn¹〔孫〕晚
飯: 饔~不繼(吃了上頓
沒有下頓)。

3 **飦** 同'饘', 見783頁。

3 **飨** '饗'的簡化字, 見782頁。

3 **饧** '餳'的簡化字, 見781頁。

3 **浱** 見水部, 376頁。

4 **飩(饨)** (tún ㄊㄨㄣ)粵ten¹
〔吞〕見781頁
'餛'字條'餛飩'。

4 **飪(饪)** (rèn ㄖㄣ)粵jem⁶
〔任〕煮熟。〔烹
飪〕做飯做菜。

4 **飫(饫)** (yù ㄩ)粵jy³〔于
高去〕飽。

4 **飯(饭)** (fàn ㄈㄢ)粵fan⁶
〔犯〕❶煮熟的穀
類食品。多指大米飯。❷每日
定時分次吃的食物: 午~。開
~。~廳。

4 飭(饬) (chì ㄔˋ) 粵 tsik⁷
〔斥〕❶整頓，使整齊(粵整一)：整～紀律。❷指上級命令下級：～知。～令。

4 飲(饮) (一) (yǐn ㄧㄣˇ) 粵 jem² 〔音 高上〕❶喝：～水思源。❷可喝的東西：冷～。❸含忍：～恨。
(二) (yìn ㄧㄣˋ) 粵 jem³ 〔蔭〕給牲畜水喝：～馬。～牛。

4 殄 同'飧'，見 778 頁。

4 饦 '饆'的簡化字，見 782 頁。

5 飴(饴) (yí ㄧˊ) 粵 ji⁴ 〔而〕❶用麥芽製成的糖漿，糖稀：甘之如～。❷某種糖果：高粱～。

5 飼(饲) (sì ㄙˋ) 粵 dzi⁶ 〔自〕餵養：～雞。～蠶。

5 飽(饱) (bǎo ㄅㄠˇ) 粵 bau² 〔包高上〕吃足了。引足，充分：～學。～經風霜。〔飽和〕在一定的溫度和壓力下，溶液內所含被溶解物質的量已達到最大限度，不能再溶解。引事物發展到最高限度。〔飽滿〕充實，充足：精神～～。穀粒長得很～～。

5 飾(饰) (shì ㄕˋ) 粵 sik⁷ 〔色〕❶修飾，裝飾，裝點得好看：油～門窗。❷假託，遮掩：～辭。文過～非。❷裝飾用的東西：首～。❸扮裝，扮演角色：～演教師。

5 飿(饳) (duò ㄉㄨㄛˋ) dœt⁷ 〔多卒切〕見 782 頁'餺'字條'餺飿'。

5 饯 '餞'的簡化字，見 781 頁。

6 餃(饺) (jiǎo ㄐㄧㄠˇ) 粵 gau²〔絞〕(一子、一兒)包成半圓形的有餡的麵食：水～。蒸～。

6 餐 同'糁'，見 512 頁。

6 餉(饷) (xiǎng ㄒㄧㄤˇ) hœŋ²〔享〕❶過去指軍警的薪給：領～。關～。❷同'饗❶'。用酒食款待人。

6 養(养) (一) (yǎng ㄧㄤˇ) jœŋ⁵〔仰〕❶撫育，供給生活品(粵一育)：～家。撫～子女。❷飼養動物，培植花草：～雞。～魚。～花。❸生育，生小孩兒：生～。❹(非血親的)撫養的：～子。～父。❺使身心得到滋補和休息：～精神。～精蓄銳。～病。休～。引保護修補：～路。❻培養：他～成了早睡早起的習慣。❼扶持，幫助：以農～牧。
(二) (yàng ㄧㄤˋ) 粵 舊讀 yàng ㄧㄤˋ 粵

jœŋ⁶〔讓〕奉養，事奉。

6 餌(饵) (ěr ㄦ)粵 nei⁶
〔膩〕❶糕餅：香
～。果～。❷釣魚用的魚食：
魚～。❸引誘：以此～敵。

6 餄(饸) (hé ㄏㄜ)粵 gap⁸
〔甲〕〔餄餎〕北方
一種條狀食品，多用蕎麥麵軋
成。

6 餎(饹) (le ·ㄌㄜ)粵 lɔk⁸
〔烙〕見本頁‘餄’
字條‘餄餎’。

6 餅(饼) (bǐng ㄅㄧㄥ)粵
biŋ²〔丙〕bɛŋ²〔把
井切〕〔語〕❶古代麵食的通稱，
如‘湯餅’即‘湯麵’。今指圓形薄
片或扁圓形的麵製食品：月
～。燒～。❷像餅的東西：鐵
～。豆～。

6 餖 同‘飪’，見 778 頁。

6 饜 ‘饜’的簡化字，見 783 頁。

6 饶 ‘饒’的簡化字，見 782 頁。

6 蝕 見虫部，615 頁。

7 餐 (cān ㄘㄢ)粵 tsan¹〔產高平〕
❶吃：飽～一頓飯。聚～。
～風宿露。❷飯食：西～。午
～。❸量詞，一頓飯叫一餐：
一日三～。

7 餑(饽) (bō ㄅㄛ)粵 but⁹
〔撥〕〈方〉〔餑餑〕
1.饅頭或其他塊狀的麵食。2.
甜食，點心。

7 餒(馁) (něi ㄋㄟˇ)粵 nœy⁵
〔女〕❶飢餓：凍
～。❷失掉勇氣：氣～。勝不
驕，敗不～。❸古稱魚腐爛為
餒。

7 餓(饿) (è ㄜˋ)粵 ŋɔ⁶〔卧〕
肚子空，想吃東
西：肚子～了。

7 餕(馂) (jùn ㄐㄩㄣˋ)粵
dzœn³〔俊〕吃剩
下的食物。

7 餖(饾) (dòu ㄉㄡˋ)粵 dɐu⁶
〔豆〕〔餖飣〕供陳
設的食品，喻文辭堆砌。

7 餘(△余) (yú ㄩˊ)粵 jy⁴
〔如〕❶剩下來
的，多出來的(粵剩一)：～糧。
～興。不遺～力(把全部力量
都使了出來)。❷十、百、千
等整數或名數後的零數：十～
人。三百～斤。兩丈～。❸以
後：業～。興奮之～，高歌一
曲。

7 馀(余) (yú ㄩˊ)粵 jy⁴〔如〕‘餘’的簡
化字。在一般情況下，
‘餘’簡化作‘余’，但在‘余’和‘餘’
意義可能混淆時，則簡作‘馀’。
如文言句‘餘年無多’的‘餘’，須

簡作'餘'.

8 餛（馄）(hún ㄏㄨㄣˊ)（粵）wen⁴〔雲〕〔餛飩〕一種煮熟連湯吃的食品，用薄麵片包上餡做成。廣東叫'雲吞'.

8 餞（饯）(jiàn ㄐㄧㄢˋ)（粵）dzin³〔箭〕餞行，餞別，用酒食送行。〔蜜餞〕用蜜、糖浸漬食品。又指用蜜、糖浸漬的果品。

8 餡（馅）(xiàn ㄒㄧㄢˋ)（粵）ham²〔喊高上〕（一子、一兒）包在麵食、點心等食品裏面的肉、菜、糖等東西。

8 館（馆）(guǎn ㄍㄨㄢˇ)（粵）gun²〔管〕❶招待賓客或旅客食宿的房舍：賓～。旅～。❷一個國家在另一個國家辦理外交的人員常駐的處所：大使～。領事～。❸某些服務性商店的名稱：照相～。理髮～。飯～。❹一些文化工作場所：文化～。體育～。圖書～。博物～。❺舊時指教學的地方：家～。蒙～。

8 餜（馃）(guǒ ㄍㄨㄛˇ)（粵）gwɔ²〔果〕（一子）一種油炸的麵食。

8 餧 ㊀同'餵'，見本頁。
㊁同'餒'，見780頁。

8 餚 同'肴'，見550頁。

8 餅 同'餅'，見780頁。

9 餬（餬）(hú ㄏㄨˊ)（粵）wu⁴〔胡〕又作'糊'。粥類。〔餬口〕指勉強維持生活。

9 餮 (tiè ㄊㄧㄝˋ)（粵）tit⁸〔鐵〕見783頁'饕'條'饕餮'。

9 餱 (hóu ㄏㄡˊ)（粵）hou⁴〔喉〕〈古〉餱糧，乾糧。

9 餲 (ài ㄞˋ)（粵）at⁸〔壓〕食物經久而變味。
㊁(hé ㄏㄜˊ)（粵）hot⁸〔渴〕餲子，一種油炸的麵食。

9 餳（饧）(xíng ㄒㄧㄥˊ)（粵）tsiŋ⁴〔情〕❶糖稀。❷糖塊、麵劑子等變軟：糖～子。❸精神不振，眼睛半睜半閉：眼睛發～。

9 餵 (wèi ㄨㄟˋ)（粵）wei³〔畏〕❶把食物送進人嘴裏來：～小孩兒。❷給動物東西吃，飼養：～牲口。～雞。～豬。

9 餿（馊）(sōu ㄙㄡ)（粵）seu¹〔收〕suk⁷〔叔〕（語）食物等因受潮熱引起質變而發出酸臭味：飯～了。

9 餷（馇）(chā ㄔㄚ)（粵）tsa¹〔叉〕拌煮豬、狗的食料。

9 馈 '饋'的簡化字,見本頁。

10 餺(馎) (bó ㄅㄛˊ)粵bok⁸
〔博〕〔餺飥〕古代一種煮食的麵食,即湯餅。

10 餼(饩) (xì ㄒ丨ˋ)粵hei³
〔氣〕❶穀物,飼料。❷活的牲畜。❸贈送(穀物、飼料、牲畜等)。

10 餶(馉) (gǔ ㄍㄨˇ)粵gwet⁷
〔骨〕〔餶飿〕(一兒)古代一種麵製食品。

10 餾(馏) ㊀(liù ㄌ丨ㄡˋ)粵leu⁶〔漏〕把涼了的熟食品再蒸熱:把饅頭~一~。
㊁(liú ㄌ丨ㄡˊ)粵同㊀蒸餾,加熱使液體化成蒸氣後再凝成純淨的液體。

10 餻 同'糕',見 512 頁。

10 餽 同'饋',見本頁。

11 饅(馒) (mán ㄇㄢˊ)粵man⁶〔慢〕〔饅頭〕一種用發麵蒸成的食品,無餡。

11 饈(馐) (xiū ㄒ丨ㄡ)粵seu¹〔收〕又作'羞'。美味的食品:珍~。

11 饉(馑) (jǐn ㄐ丨ㄣˇ)粵gen²〔謹〕荒年(連饑

11 饃(馍) (mó ㄇㄛˊ)粵mo⁴〔磨〕麵製食品,通常指饅頭(疊)。

11 饊(馓) (sǎn ㄙㄢˇ)粵san²〔散高上〕饊子,一種油炸的麵製食品。

12 饋(馈) (kuì ㄎㄨㄟˋ)粵gwei⁶〔跪〕饋贈,贈送。

12 饌(馔) (zhuàn ㄓㄨㄢˋ)粵dzan⁶〔撰〕❶食物:盛~。設~招待。❷飲食,吃喝:有酒食,先生~。

12 饐(饐) (yì 丨ˋ)粵ji³〔意〕jik⁷〔益〕(語)食物經久而變味。

12 饑(饥) (jī ㄐ丨)粵gei¹〔機〕農作物收成不好或沒有收成:~饉。

12 饒(饶) (ráo ㄖㄠˊ)粵jiu⁴〔搖〕❶富足,多:物產豐~。~舌(多話)。❷寬恕,免除處罰(連一恕):~了他吧。不可~恕。❸添:~上一個。❹任憑,儘管:~這麼檢查還有漏洞呢。

12 饗(飨) (xiǎng ㄒ丨ㄤˇ)粵hœŋ²〔享〕❶用酒食款待人:~客。以~讀者(喻滿足讀者的需要)。❷同'享'。享受,享用。

12 饍 同'膳'，見561頁。

13 饔 (yōng ㄩㄥ)〔粵〕juŋ¹〔翁〕❶熟食。❷早飯：～飧不繼(吃了上頓沒有下頓)。

13 饕 [饕饕] (tāo ㄊㄠ)〔粵〕tou¹〔滔〕古代傳說中的一種凶惡的獸，古代銅器上多刻它的頭部形狀作裝飾。〔粵〕1.凶惡的人。2.貪吃的人。

13 饘 (饘) (zhān ㄓㄢ)〔粵〕dzin¹〔煎〕稠粥。

13 饗 同'饗'，見782頁。

14 饜 (饜) (yàn ㄧㄢ)〔粵〕jim³〔厭〕吃飽。〔粵〕滿足。

16 饎 同'饊'，見782頁。

17 饞 (馋) (chán ㄔㄢ)〔粵〕tsam⁴〔慚〕❶貪吃，專愛吃好的：嘴～。～涎欲滴。❷貪，羨慕：眼～。

17 饟 同'餉'，見779頁。

22 饢 (饢) (一)(nǎng ㄋㄤ)〔粵〕noŋ⁵〔曩〕拼命地往嘴裏塞食物。(二)(náng ㄋㄤ)〔粵〕noŋ⁴〔囊〕(維)一種烤製成的麵餅。

首部

0 首 (shǒu ㄕㄡ)〔粵〕seu²〔手〕❶頭，腦袋：昂～。～飾。㊥初始，開端：篇～。歲～。〔首領〕㊥某些團體等的主腦人物。❷領導的人，帶頭的：～長。罪魁禍～。❸第一，最高的：～要人物。～席代表。❹最先，最早：～次。～創。❺出頭告發：自～。出～。❻量詞，指詩歌：一～詩。

2 馗 (kuí ㄎㄨㄟ)〔粵〕kwei⁴〔葵〕❶同'逵'。通各方的道路。❷用於人名。〔鍾馗〕傳說中能捉鬼驅邪的人。

8 聝 (一)(guó ㄍㄨㄛ)〔粵〕gwɔk⁸〔國〕古代戰爭中割取敵人的左耳以計數獻功。(二)(xù ㄒㄩ)〔粵〕gwik⁷〔隙〕臉。

香部

0 香 (xiāng ㄒㄧㄤ)〔粵〕hœŋ¹〔鄉〕❶氣味好聞，跟'臭'相反：～花。～水。～皂。1.舒服：睡得～。吃得真～。2.受歡迎：這種貨物現在很～。❷食物味道好：飯很～。❸稱

一些天然有香味的東西：檀
～。特指用香料做成的細條：
綫～。蚊～。

9 **馥** (fù ㄈㄨ)粵fuk⁷〔福〕香氣。
〔馥郁〕香氣濃厚。

11 **馨** (xīn ㄒㄧㄣ)粵hiŋ¹〔兄〕散
佈很遠的香氣：如蘭之
～。

馬(马)部

0 **馬 (马)** (mǎ ㄇㄚˇ)粵ma⁵
〔碼〕一種家畜，
頸上有鬃，尾有長毛。供人騎
或拉東西等。〔馬力〕功率（lǜ）
單位，1馬力等於每秒鐘把75
公斤重的物體提高到1米所做
的功。〔馬上〕立刻：我～～就
到。〔馬腳〕破綻，漏洞：露出
～～來了。
〔馬虎〕不認真：這事可不能～
～。
〔馬達〕英語motor的音譯，指
用電力或汽油發動的機器，特
指電動機。

2 **馭 (驭)** (yù ㄩˋ)粵jy⁶〔預〕
同'御❶'。駕馭
車馬：駕～。

2 **馮 (冯)** ㊀(féng ㄈㄥˊ)粵
fuŋ⁴〔逢〕姓。
㊁〈古〉同'憑'，見232頁。

3 **馱 (驮)** ㊀(tuó ㄊㄨㄛˊ)粵
to⁴〔駝〕用背（多
指牲口）負載人或物：那匹馬
～着兩袋糧食。
㊁(duò ㄉㄨㄛˋ)粵dɔ⁶〔惰〕（～子）
騾馬等負載的成捆的貨物：把
～子卸下來，讓牲口休息一會
兒。

3 **馳 (驰)** (chí ㄔˊ)粵tsi⁴
〔池〕❶快跑（多
指車馬）（粵－騁）：背道而～
（喻彼此的方向和目的地完全
相反）。風～電掣（喻非常迅
速）。⑤嚮往：神～。情～。
❷傳揚，傳播：～名中外。

3 **馴 (驯)** (xùn ㄒㄩㄣˋ)粵
sœn⁴〔純〕馴服，
順從，服從人的指使：～馬。
～服。～養野獸。

3 **嗎** 見口部，114 頁。

3 **媽** 見女部，159 頁。

4 **駁 (驳)** (bó ㄅㄛˊ)粵bok⁸
〔博〕❶說出自己
的理由來，否定旁人的意見：
～斥。辯～。反～。批～。❷
大批貨物用船分載轉運：起
～。把大船上的米～卸到堆棧
裏。〔駁船〕轉運用的小船。❸
顏色不純，夾雜着別的顏色
（粵斑－）。❹〈粵方言〉連接：

把兩根繩子~起來。

4 駃(䭴) (jué ㄐㄩㄝˊ)粵kyt⁸
〔決〕〔駃騠〕1.驢
騾。2.古書上說的一種駿馬。

4 驱 '驅'的簡化字，見789頁。

4 驴 '驢'的簡化字，見789頁。

4 凭 見几部，54頁。

4 禡 見示部，481頁。

5 駐(驻) (zhù ㄓㄨˋ)粵dzy³
〔注〕❶車馬停
止：~足。❷停留在一個地方：
~軍。~外使節。❸保持不
變：~顏有術。

5 駑(驽) (nú ㄋㄨˊ)粵nou⁴
〔奴〕駑馬，劣馬，
走不快的馬。粵愚鈍無能：~
鈍。

5 駒(驹) (jū ㄐㄩ)粵kœy¹
〔俱〕❶少壯的
馬：千里~。❷(一子)小馬
馬~子。又指小驢、騾等：驢
~子。

5 駔(驵) ㊀(zǎng ㄗㄤˇ)粵
dzɔŋ²〔莊 高上〕
〔駔儈〕舊時馬匹交易的經紀
人，也泛指經紀人。
㊁(zù ㄗㄨˋ)粵dzou²〔早〕駿馬，
壯馬。

5 駕(驾) (jià ㄐㄧㄚˋ)粵ga³
〔嫁〕❶把車套在
牲口身上：~轅。~輕就熟
(喻擔任熟悉的事)。❷古代帝
王車乘的總稱。借用為對人的
敬辭：勞~。~臨。❸駕駛，
使開動：~飛機。~車。〔駕馭〕
使馬車或自動車行進或停止。
㊅1.對人員的管理和使用。2.
控制，支配。

5 駘(骀) (tái ㄊㄞˊ)粵tɔi⁴
〔台〕劣馬。〔駑
駘〕劣馬。粵庸才。

5 駙(驸) (fù ㄈㄨˋ)粵fu⁶
〔父〕幾匹馬共同
拉車，在旁邊的馬叫'駙'。〔駙
馬〕駙馬都尉，漢代官名。後
來帝王的女婿常做這個官，因
此駙馬專指公主的丈夫。

5 駛(驶) (shǐ ㄕˇ)粵sɐi²
〔洗〕❶馬快跑。
❷駕駛，開動交通工具(多指
有發動機的)，使行動：駕~
飛機。輪船~入港口。

5 駝(驼) (tuó ㄊㄨㄛˊ)粵tɔ⁴
〔佗〕❶駱駝。❷
身體向前曲，背脊突起像駝
峯：~背。

5 駟(驷) (sì ㄙˋ)粵si³〔試〕
古代同駕一輛車
的四匹馬，或者套着四匹馬的
車：一言既出，~馬難追(喻

話說出來之後無法再收回)。

5 馳 同'馳',見 785 頁。

5 驿 '驛'的簡化字,見 789 頁。

5 骀 '駘'的簡化字,見 788 頁。

5 罵 見网部,536 頁。

6 駭(骇) (hài ㄏㄞ) 粵 hai⁵〔蟹〕驚懼:驚濤～浪(可怕的大浪)。～人聽聞(使人聽了非常吃驚,多指社會上發生的壞事)。

6 駰(䮘) (yīn ㄧㄣ) 粵 jen¹〔因〕淺黑帶白色的雜毛馬。

6 駱(骆) (luò ㄌㄨㄛˋ) 粵 lok⁸〔烙〕 lok⁹〔落〕(又)姓。
[駱駝]哺乳動物,反芻類,身體高大,背上有肉峯。能耐飢渴,適於負重物在沙漠中遠行。也叫'橐駝',單稱'駝'。

6 駢(骈) (pián ㄆㄧㄢˊ) 粵 pin⁴〔騙 低平〕兩物並列成雙的,對偶的(遑一儷):～句。[駢文]舊時的一種文體,文中用對偶的句子,跟散文不同。

6 駁 同'駁❶❸',見 784 頁。

6 骁 '驍'的簡化字,見 789 頁。

6 骂 '罵'的簡化字,見本頁。

6 骅 '驊'的簡化字,見 789 頁。

6 罵 見口部,120 頁。

6 篤 見竹部,505 頁。

7 駸(骎) (qīn ㄑㄧㄣ) 粵 tsɐm¹〔侵〕[駸駸]馬跑得很快的樣子。引疾速。喻時間迅速消逝。也比喻事業進行得快:～～日上。

7 駹(骁) (máng ㄇㄤˊ) 粵 mɔŋ⁴〔忙〕❶暗色毛面前額白色的馬。❷青色馬。❸雜色牲口。

7 駿(骏) (jùn ㄐㄩㄣˋ) 粵 dzœn³〔進〕駿馬,好馬。

7 騁(骋) (chěng ㄔㄥˇ) 粵 tsiŋ²〔請〕❶縱馬奔馳。引奔跑(遑馳一):汽車在公路上馳～。❷發揮,盡量展開:～辭。～懷。～目。～望。

7 騂(骍) (xīng ㄒㄧㄥ) 粵 siŋ¹〔星〕赤色馬,也指赤色牛。

7 **騃(𫘦)** (ái ㄞˊ)粵ŋoi⁴〔呆〕
傻：癡～。

7 **骊** '驪'的簡化字，見790頁。

骈 '騙'的簡化字，見本頁。

7 **验** '驗'的簡化字，見789頁。

8 **騅(骓)** (zhuī ㄓㄨㄟ)粵
dzœy¹〔追〕青白
雜色的馬。

8 **騎(骑)** ㊀(qí ㄑㄧˊ)粵ke⁴
〔其爺切〕跨坐在
牲畜或其他東西上：～馬。～
自行車。㊀兼跨兩邊：～縫蓋
章。
㊁(qí ㄑㄧˊ，舊讀jì ㄐㄧˋ)粵kei³〔冀〕
❶騎兵，也泛指騎馬的人：車
～。輕～。鐵～。❷騎的馬：
坐～。

8 **騏(骐)** (qí ㄑㄧˊ)粵kei⁴
〔其〕青黑色、紋
理如棋盤格子的馬。

8 **騑(𬴂)** (fēi ㄈㄟ)粵fei¹
〔非〕古時一車駕
四馬，中間兩馬叫服馬，服馬
兩旁的馬叫騑馬，也叫驂馬。

8 **騍(骒)** (kè ㄎㄜˋ)粵fo³
〔課〕雌馬。

8 **騐** 同'驗'，見789頁。

8 **骈** 同'駢'，見786頁。

8 **䯄** 同'𦙃'，見793頁。

8 **骕** '驌'的簡化字，見789頁。

8 **閡** 見門部，748頁。

9 **騖(骛)** (wù ㄨˋ)粵mou⁶
〔務〕❶亂跑。❷
同'務❸'：追求：好高～遠(不
切實際地追求過高或過遠的目
標)。

9 **騙(骗)** (piàn ㄆㄧㄢˋ)粵
pin³〔片〕❶欺蒙
(粵欺~)：～人。❷用欺蒙的
手段謀得(粵誆~)：～錢。～
局。〔騙子〕騙取財物的人。❸
跨過去，跳躍上去：一～腿上
了馬。

9 **騞(𬴃)** (huō ㄏㄨㄛ)粵
wak⁹〔或〕騞然，
用刀解剖東西的聲音。

9 **騠(騠)** (tí ㄊㄧˊ)粵tei⁴
〔提〕見785頁
'駃'字條'駃騠'。

9 **騤(骙)** (kuí ㄎㄨㄟˊ)粵
kwei⁴〔葵〕〔騤
騤〕形容馬強壯。

9 **騧(𫘧)** (guā ㄍㄨㄚ)粵wa¹
〔蛙〕黑嘴的黃
馬。

9 **驜** 同'鬃',見 793 頁。

9 **骚** '騒'的簡化字,見本頁。

9 **飀** 見風部, 777 頁。

10 **騫**(骞) (qiān ㄑㄧㄢ)粵 hin¹〔牽〕高擧。多用於人名,如西漢有張騫。

10 **騭**(骘) (zhì ㄓˋ)粵 dzɐt⁷〔質〕安排, 定:評~高低。〔陰騭〕1.默定。2.陰德,暗中施德於人。暗中進行害人的事叫'傷陰騭'。

10 **騰**(腾) (téng ㄊㄥˊ)粵 tɐŋ⁴〔藤〕❶奔跑, 跳躍(圗奔ㄧ):萬馬奔~。萬衆歡~。❷上升:~空。~雲駕霧。〔騰騰〕氣勢旺盛:霧氣~~。熱氣~~。❸空出來,挪移:~出兩間房來。~不出空來。❹詞尾(在動詞後, 表示動作的反覆連續):倒~。翻~。折~。鬧~。

10 **騶**(驺) (zōu ㄗㄡ)粵 dzɐu¹〔周〕騶從, 封建時代貴族官僚出門時所帶的騎馬的侍從。

10 **騷**(骚) (sāo ㄙㄠ)粵 sou¹〔蘇〕❶擾亂, 不安定(圗ㄧ擾):~動。❷同'膆㊀',見 562 頁。❸指屈原著的《離騷》。〔騷人〕詩人。〔騷體〕文體名, 因模仿《離騷》的形式而得名。〔風騷〕1.泛指文學。2.婦女擧止輕佻。

10 **騸**(骟) (shàn ㄕㄢˋ)粵 sin³〔扇〕割掉牲畜的睾丸:~馬。

10 **騮**(骝) (liú ㄌㄧㄡˊ)粵 lɐu⁴〔流〕古書上指黑鬣黑尾巴的紅馬。

10 **騲** (cǎo ㄘㄠˇ)粵 tsou²〔草〕也作'草'。雌馬。

10 **骛** '鶩'的簡化字,見本頁。

10 **骞** '騫'的簡化字,見本頁。

11 **騾**(骡) (luó ㄌㄨㄛˊ)粵 lœy⁴〔雷〕 lɔ⁴〔羅〕(又)(一子)一種家畜, 是由驢、馬交配而生的。鬃短, 尾巴略扁, 生活力強, 一般沒有生育能力。可以馱東西或拉車。

11 **驀**(蓦) (mò ㄇㄛˋ)粵 mɐk⁹〔默〕突然, 忽然:他~地站起來。

11 **驁**(骜) (ào ㄠˋ, 又讀áo ㄠˊ)粵 ŋou⁴〔遨〕❶駿馬。❷馬不馴良。⑱傲慢, 不馴順:桀~不馴。

11 **驂**(骖) (cān ㄘㄢ)粵 tsam¹〔參〕古代駕在車前兩側的馬。

11 驃（骠）㈠(piào ㄆ丨ㄠˋ)粵
piu³〔票〕❶驍勇:
～勇。❷馬快跑的樣子。〔驃騎〕
古代將軍的名號。
㈡(biāo ㄅ丨ㄠ)粵biu¹〔標〕〔黃驃
馬〕一種黃毛夾雜着白點子的
馬。

11 驄（骢）(cōng ㄘㄨㄥ)粵
tsuŋ¹〔沖〕青白
色的馬。

11 驅（驱）(qū ㄑㄩ)粵kœy¹
〔拘〕❶趕牲口:
～馬前進。㋑趕走(連一逐):
～逐出境。～蟲。〔驅使〕差遣,
支使別人為自己奔走。❷快跑
(連馳一): 並駕齊～。前一。

12 驊（骅）(huá ㄏㄨㄚˊ)粵wa⁴
〔華〕〔驊騮〕赤色
的駿馬,也泛指駿馬。

12 驍（骁）(xiāo ㄒ丨ㄠ)粵
hiu¹〔嚻〕❶好
馬。❷勇健(連一勇): ～將。

12 驏（骣）(zhǎn ㄓㄢˇ)粵
dzan²〔盞〕騎馬
不加鞍轡: ～騎。

12 驕（骄）(jiāo ㄐ丨ㄠ)粵giu¹
〔嬌〕❶自滿,自
高自大: ～兵必敗。〔驕傲〕1.
自高自大,看不起別人。2.自
豪。❷旺盛,猛烈: ～陽似火。

13 驗（验）(yàn ㄧㄢˋ)粵jim⁶
〔豔〕❶檢查,察

看:～血。～收。❷有效果:
屢試屢～。靈～。

13 驚（惊）㈠(jīng ㄐ丨ㄥ)粵
giŋ¹〔京〕geŋ¹〔頸
高平〕㈡(語)❶馬因為受到驚嚇而
狂奔起來不受控制: 馬～了。
～了車。㋑害怕, 精神受了刺
激突然不安: 受～。吃～。～
心動魄。十分～慌。❷出人意
料的感覺: ～喜。❸驚動, 震
動: 打草～蛇。～天動地。〔驚
風〕有痙攣症狀的小兒病, 經
常分急性、慢性兩種。也省稱
‘驚’。〔驚動〕擾亂影響他人。

13 驛（驿）(yì ㄧˋ)粵jik⁹〔亦〕
古時傳遞政府文
書的人中途休息的地方: ～
站。

13 驌（骕）(sù ㄙㄨˋ)粵suk⁷
〔叔〕〔驌驦〕古書
上說的一種良馬。

13 驦
同‘驦’, 見本頁。

13 驘
同‘騾’, 見 788 頁。

14 驟（骤）(zhòu ㄓㄡˋ)粵
dzau⁶〔棹〕❶馬
快跑。泛指奔馳(連馳一)。❷
急, 疾速, 突然: 暴風～雨。
天氣～變。

16 驢（驴）(lǘ ㄌㄩˊ)粵lou⁴
〔勞〕lœy⁴〔雷〕

（又）一種家畜，像馬，比馬小，耳朵和臉部較長，能馱東西、拉車、供人騎乘。

16 驥（骥）（jì ㄐㄧˋ）粵 kei³〔冀〕好馬，千里馬。

17 驤（骧）（xiāng ㄒㄧㄤ）粵 sœŋ¹〔商〕馬抬着頭快跑。

17 驦（骦）（shuāng ㄕㄨㄤ）粵 sœŋ¹〔商〕見 **789** 頁‘驄’字條‘驌驦’。

18 驩 同‘歡’，見 342 頁。

19 驪（骊）（lí ㄌㄧˊ）粵 lei⁴〔離〕純黑色的馬。

骨（骨）部

0 骨 ㊀（gǔ ㄍㄨˇ）粵 gwet⁷〔橘〕

❶脊椎動物身體裏面支持身體的堅硬組織：脊椎～。〔骨肉〕㊂最親近的有血統關係的人，指父母、子女、兄弟、姊妹。〔骨節〕1.兩骨（或更多）相連結的關節。2.兩個骨節間的一段。泛指長條形東西的一段。〔骨幹〕㊂中堅有力的：～～分子。～～作用。〔骨骼〕全身骨頭的總稱。❷像骨的東

西：鋼～水泥。❸品質，氣概：～風。俠～。

㊀（gú ㄍㄨˊ）同㊀〔骨頭〕

㊁（gū ㄍㄨ）同㊀〔骨朵〕（一兒）沒有開放的花朵。〔骨碌〕滾動。

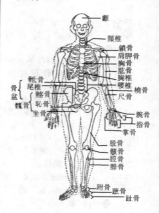

人體骨骼

3 骫（wěi ㄨㄟˇ）粵 wei²〔委〕枉曲：～法（枉法）。～曲（委曲遷就）。

3 骬（gàn ㄍㄢˋ）粵 gon³〔幹〕❶小腿骨。❷肋骨。

4 骯（肮）（āng ㄤ）粵 ɔŋ¹〔盎高平〕ɔŋ³〔盎〕（又）〔骯髒〕不乾淨。

4 骰 (tóu ㄊㄡˊ)粵teu⁴〔頭〕sik⁷〔色〕(又)骰子，一般叫'色子'，一種賭具，為正方形的小立體，六面分別刻上一至六點。賭博時用來投擲。

5 骷 (kū ㄎㄨ)粵fu¹〔枯〕〔骷髏〕沒有皮肉毛髮的屍首或頭骨。

5 骶 (dǐ ㄉㄧˇ)粵dei²〔底〕腰部下面尾骨上面的部分。(圖見790頁'骨')

6 骸 (hái ㄏㄞˊ)粵hai⁴〔孩〕❶骨頭(粵一骨)：屍～。❷指身體：病～。殘～。

6 骼 (gé ㄍㄜˊ)粵gak⁸〔格〕骨頭：骨～。

6 骺 (hóu ㄏㄡˊ)粵heu⁴〔喉〕長條形的骨頭兩端鼓起的部分。

7 骾 同'鯁'，見800頁。

7 骽 同'腿'，見559頁。

8 髀 (bì ㄅㄧˋ)粵bei²〔比〕大腿。

8 髁 (kē ㄎㄜ)粵fo¹〔科〕骨的關節端呈圓丘狀的部分。

9 髂 (qià ㄑㄧㄚˋ)粵ka³〔卡高去〕髂骨，腰部下面腹部兩側的骨，下緣與恥骨、坐骨聯成髖骨。(圖見790頁'骨')

9 髃 (yú ㄩˊ)粵jy⁴〔如〕肩髃，針灸穴位名。

9 髅 '髏'的簡化字，見本頁。

10 髆 同'膊'，見559頁。

10 髋 '髖'的簡化字，見792頁。

10 髌 '髕'的簡化字，見792頁。

11 髏 (髅) (lóu ㄌㄡˊ)粵leu⁴〔留〕見本頁'骷'字條'骷髏'、本頁'髑'字條'髑髏'。

11 髎 (liáo ㄌㄧㄠˊ)粵liu⁴〔聊〕同'窌'。針灸穴位名。

11 鶻 見鳥部，816頁。

13 髑 (dú ㄉㄨˊ)粵duk⁹〔獨〕〔髑髏〕死人頭骨。

13 髒 (脏) (zāng ㄗㄤ)粵dzɔŋ¹〔莊〕dzɔŋ³〔葬〕(又)不乾淨：衣服～了。把～東西清除出去。

13 髓 (suǐ ㄙㄨㄟˇ)粵sœy⁵〔緒〕❶骨髓，骨頭裏的像脂肪樣的東西：敲骨吸～。〔喻〕刻毒的剝削。〔精髓〕事物精要的部分。❷像髓的東西：脊～。石～。

13 體 (体) ㊀(tǐ ㄊㄧˇ)粵tei²〔睇〕❶人、動物

的全身(<u>軀</u>身一)　～重。～溫(身體的溫度)。㋕身體的一部分：四～。上～。肢～。〔體面〕1.身分。2.光彩，光榮。3.好看。〔體育〕1.指鍛煉身體增強體質的教育：～～課。2.指體育運動。❷事物的本身或全部：物～。全～。個～。～積。❸形式，規格：文～。字～。得～(合宜)。❹文章的體裁：騷～。駢～。古～。❺親身的，設身處地的：～諒。～驗。～味。〔體貼〕為別人設想：～～入微。〔體會〕領會，個人的理解：我～～到你的意思。對這篇論文，我的～～還很膚淺。

㊁(tǐ ㄊㄧˇ)⑱同ㄧ〔體己〕又作'梯己'。1.家庭成員個人積蓄的財物。2.親近的：～～話。

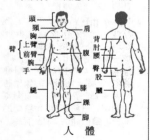

人　體

14 髕(髌)(bìn ㄅㄧㄣˋ)⑱ben³〔殯〕又作'臏'。

❶膝蓋骨(圖見 790 頁'骨')。❷古代削去膝蓋骨的酷刑。

15 髖(髋)(kuān ㄎㄨㄢ)⑱fun¹〔寬〕髖骨，組成骨盆的大骨，左右各一，是由髂骨、坐骨、恥骨合成的。通稱胯骨。

高部

0 高(gāo ㄍㄠ)⑱gou¹〔膏〕❶跟'低'相反：1.由下到上距離遠的：～山。～樓大廈。2.等級在上的：～年級學生。～等學校。3.在一般標準或平均程度之上：質量～。～速度。～價。4.聲音響亮：～聲。〔高低〕1.高低的程度。2.優劣。3.深淺輕重(指說話或做事)：不知～～。4.到底，終究：～～做好了。5.無論如何：再三請求，他～～不答應。❷高度：那棵樹有十米～。❸敬辭：～見(高明的見解)。～壽(問老人的年紀)。
〔高山〕高山族，中國少數民族名，參看附錄六。
〔高買〕假裝購物乘人不察而偷竊的行為。

6 鄗 見羽部，541 頁。

鄗

髟部

髡 同'髡', 見本頁。

2

髡 (kūn ㄎㄨㄣ)粵kwen¹〔坤〕
古代剃去頭髮的刑罰。

3

髢 (dí ㄉㄧˊ, 舊讀dì ㄉㄧˋ)粵tei³
〔替〕假頭髮(鬠)。

3

髦 (máo ㄇㄠˊ)〔毛〕古
代稱幼兒垂在前額的短
頭髮。〔時髦〕時興的。

4

髣 (fǎng ㄈㄤˇ)粵fong²〔訪〕〔髣
髴〕同'仿佛', 見 21 頁
'仿'字條。

4

髤 同'髹', 見本頁。

4

髻 同'鬢', 見 794 頁。

4

髫 (tiáo ㄊㄧㄠˊ)粵tiu⁴〔條〕古
時小孩子頭上紮起來的
下垂的短髮: 垂~。~年(指
幼年)。

5

髮(发) (fà ㄈㄚˋ)粵fat⁸
〔法〕頭髮: 理
~。脫~。令人~指(喻使人
非常氣憤)。

5

髴 (fú ㄈㄨˊ)粵fet⁷〔忽〕〔髣髴〕
同'仿佛', 見 21 頁'仿'字
條。

5

髯 (rán ㄖㄢˊ)粵jim⁴〔炎〕兩頰
上的鬍子。泛指鬍子。

5

髭 (zī ㄗ)粵dzi¹〔資〕嘴上邊
的鬍子: ~鬚皆白。

6

髻 (jì ㄐㄧˋ)粵gei³〔繼〕梳在頭
頂上的髮結: 高~。

6

髹 (xiū ㄒㄧㄡ)粵jeu¹〔休〕把
漆塗在器物上。

6

鬆 (zhuā ㄓㄨㄚ)粵dza〔渣〕
〔鬌髻〕女孩子梳在頭兩
旁的髮結。

7

鬎 (lì ㄌㄧˋ)粵lei¹〔哩〕〔鬎鬁〕
同'瘌痢', 見 447 頁'瘌'
字條。

7

鬀 同'剃', 見 60 頁。

7

鬃 (zōng ㄗㄨㄥ)粵dzung¹〔宗〕
馬、豬等獸類頸上的長
毛, 可製刷、帚等。

8

鬆(△松) (sōng ㄙㄨㄥ)粵
sung¹〔嵩〕❶稀
散, 不緊密, 不靠攏, 跟'緊'
相反: 捆得太~。土質~。❷
寬, 不緊張, 不嚴格: 規矩太
~。~懈。❸放開, 使鬆散:
~手。~綁。❹用魚、肉等做
成的茸毛或碎末形的食品: 魚
~。肉~。

8

鬅 (péng ㄆㄥˊ)粵peng⁴〔朋〕頭
髮鬆散。

8

鬈 (quán ㄑㄩㄢˊ)粵kyn⁴〔拳〕
❶頭髮美好。❷頭髮捲

8

曲。

9 **髇(△胡)** (hú ㄏㄨˊ)粵wu⁴〔胡〕(一子、一兒)髇鬚。

9 **鬏** (jiū ㄐㄧㄡ)粵dzɐu¹〔周〕頭髮盤成的結。

9 **鬎** (là ㄌㄚˋ)粵lat⁸〔辣中入〕〔鬎〕同'瘌痢', 見 448 頁'瘌'字條。

10 **鬐** (qí ㄑㄧˊ)粵kei⁴〔其〕馬頸上部的長毛,也叫'馬鬃'、'馬鬣'。

10 **鬒** (zhěn ㄓㄣˇ)粵tsɐn²〔診〕dzɐn²〔眞高上〕(又)頭髮稠密而黑:～髮。

10 **鬒** 同'鬒', 見本頁。

10 **鬓** '鬢'的簡化字, 見本頁。

11 **鬘** (mán ㄇㄢˊ)粵man⁴〔蠻〕形容頭髮美。

12 **鬚(须)** (xū ㄒㄩ)粵sou¹〔蘇〕❶鬍子(粵鬍一)。❷像鬍鬚的東西:觸～。花～。根～。蝦～。

13 **鬟** (huán ㄏㄨㄢˊ)粵wan⁴〔還〕古代婦女梳的環形的髮結。〔丫鬟〕舊時代稱年輕的女僕。

14 **鬢(鬓)** (bìn ㄅㄧㄣˋ)粵bɐn³〔殯〕臉旁邊靠近耳朵的頭髮。

15 **鬣** (liè ㄌㄧㄝˋ)粵lip⁹〔獵〕獸類頸上的長毛:馬～。

鬥部

0 **鬥(△斗)** (dòu ㄉㄡˋ)粵dɐu³〔豆高去〕❶對打(粵戰一):搏～。械～。〔奮鬥〕為了達到一定的目的而努力幹。❷比賽勝負:～智。～力。❸〈方〉拼合,接合:那條桌子腿還沒有～榫。用碎布～成一個口袋。

4 **鬦** 同'鬥', 見本頁。

5 **鬧(闹)** (nào ㄋㄠˋ)粵nau⁶〔撓低去〕❶不安靜:1.人多聲音雜:～市。2.喧譁,擾攘:不要～了!㉠戲耍,耍笑:～着玩。❷發生(疾病或災害):～眼睛。～肚子。～水災。～蝗蟲。❸發泄,發作:～情緒。～脾氣。❹搞,弄:把問題～清楚再發言。

6 **鬨** (hòng ㄏㄨㄥˋ)粵hung³〔控〕hung⁶〔控低去〕(又)吵鬧,擾擾:一～而散。起～(故意吵鬧、擾亂)。

8 **鬩(阋)** (xì ㄒㄧˋ)粵jik⁷〔益〕爭吵。〔鬩牆〕弟兄們在家裏互相爭吵。

⑭內部不和。

10 鬪 同'鬥'，見本頁。

12 鬮 同'鬮'，見 748 頁。

14 鬫 同'鬥'，見本頁。

18 鬮(阄)(jiū ㄐㄧㄡ)⑧geu¹〔鳩〕(一兒)為了賭勝負或決定事情而抓取的東西: 抓～。

邑部

0 邑(chàng ㄔㄤ)⑧tsœŋ³〔唱〕❶古代祭祀用的一種酒。❷同'暢': 一夕一談。

19 鬱(△郁)(yù ㄩ)⑧wet⁷〔屈〕❶〔樹木〕繁盛。❷憂愁，愁悶(疊憂一)(疊): ～～不樂。

鬲部

鬲

0 鬲 ㊀(lì ㄌㄧˋ)⑧lik⁹〔力〕鼎一類的東西。

㊁(gé ㄍㄜˊ)⑧gak⁸〔革〕〔鬲津河〕古河流名，舊名四女寺減河，即今漳衛新河，是河北、山東兩省的界河。

5 瓹 見瓦部，435 頁。

6 翮 見羽部，541 頁。

6 融 見虫部，618 頁。

7 鬴 同'釜'，見 717 頁。

12 鬻 ㊀(yù ㄩˋ)⑧juk⁹〔肉〕賣: ～畫。賣兒～女。

㊁(zhōu ㄓㄡ)⑧dzuk⁷〔竹〕'粥'的古字。

14 鬻 同'煮'，見 398 頁。

鬼(鬼)部

0 鬼(guǐ ㄍㄨㄟˇ)⑧gwei²〔軌〕❶迷信的人以為人死之後有靈魂，叫鬼: 妖魔～怪。❷陰險，不光明: ～話。～頭～腦。～胎(喻不可告人之事)。～祟(偷偷摸摸，不光明正大)。

❸機靈(多指小孩子): 這孩子

眞～。❹對小孩兒的愛稱: 小
～。❺對人蔑稱或憎稱: 酒～。
睹～。吸血～。吝嗇～。❻星
名, 二十八宿之一。

3 魃 同'魅', 見本頁。

3 塊 見土部, 137 頁。

3 嵬 見山部, 187 頁。

4 魁 (kuí ㄎㄨㄟˊ)⑧fui¹〔灰〕❶
為首的(⨀一首): 黨～。
罪～禍首。❷大: 身～力壯。
〔魁偉〕〔魁梧〕高大(指身體)。
❸魁星, 北斗七星中第一星。
又第一星至第四星的總稱。

4 魂 (hún ㄏㄨㄣˊ)⑧wen⁴〔雲〕舊
日迷信的說法, 指能離
開肉體而存在的精神(⨀一
魄): ～不附體。〔靈魂〕1.人
的精神、思想方面活動的總稱。
2.事物的最精粹最主要的部
分。

5 魃 (bá ㄅㄚˊ)⑧bet⁹〔拔〕旱魃,
迷信說法指造成旱災的
鬼怪。

5 魄 ㊀(pò ㄆㄛˋ)⑧pak⁸〔拍〕❶
迷信指依附形體而存在
的精神(⨀魂一): 丟魂落～。
❷精神, 精力: 氣～。體～健
全。做工作要有～力。
㊁(tuò ㄊㄨㄛˋ)⑧tɔk⁸〔託〕〔落魄〕

同'落拓', 見 589 頁'落'字條。
㊂(bó ㄅㄛˊ)⑧bok⁹〔薄〕〔落魄〕
同'落泊', 見 589 頁'落'字條。

5 魅 (mèi ㄇㄟˋ)⑧mei⁶〔味〕鬼
怪: 鬼～。〔魅力〕很能
吸引人的力量。〔魑魅〕傳說中
山林裏能害人的怪物。

5 魆 (xū ㄒㄩ)⑧fet⁷〔忽〕暗: 黑
～～。

6 魇 '魘'的簡化字, 見 797 頁。

7 魈 (xiāo ㄒㄧㄠ)⑧siu¹〔消〕
〔山魈〕1.猴的一種, 尾
巴很短, 臉藍色、鼻子紅色,
嘴上有白鬚, 全身毛黑褐色,
腹部白色。多羣居, 吃小鳥、
野鼠等。(參見附圖)2.傳說
中山裏的鬼怪。

山 魈

7 魍 '魎'的簡化字, 見 797 頁。

8 魋 (tuí ㄊㄨㄟˊ)⑧tœy⁴〔頹〕古
書上說的一種獸, 像小
熊。

8 魍 (wǎng ㄨㄤˇ)粵moŋ⁵〔妄〕
〔魍魎〕傳說山川中的一種怪物。

8 魎(魎) (liǎng ㄌㄧㄤˇ)粵
læŋ⁵〔兩〕見本頁
'魍'字條'魍魎'。

8 魏 (wèi ㄨㄟˋ)粵ŋɐi⁶〔偽〕❶古國名：1.戰國國名，在今河南省北部，山西省西南部一帶。2.三國之一，曹丕所建立(公元220—265年)，在今黃河流域甘肅省以下各省和湖北、安徽、江蘇三省北部和遼寧省南部。❷北朝之一，拓跋珪所建立(公元386—534年)。❸隋末李密所建國號。

8 魌 同'魋'，見 615 頁。

11 魑 (chī ㄔ)粵tsi¹〔雌〕〔魑魅〕傳說中山林裏能害人的怪物。

11 魔 (mó ㄇㄛˊ)粵mɔ¹〔摩〕❶迷信人指害人性命、迷惑人的惡鬼：妖～鬼怪。惡～。〔入魔〕嗜好成癖，入迷：他搞無綫電入了～了。❷不平常，奇異的：～力。～術。

14 魘(魇) (yǎn ㄧㄢˇ)粵jim²〔掩〕夢中驚叫，或覺得有什麼東西壓住不能動彈。

魚(鱼)部

0 魚(鱼) (yú ㄩˊ)粵jy⁴〔如〕脊椎動物的一類，生活在水中，通常體側扁，有鱗和鰭，用鰓呼吸，體溫隨外界溫度而變化，種類很多。大部分可供食用或製造魚膠。

2 魛(鱽) (dāo ㄉㄠ)粵dou¹〔刀〕魛魚，也作'刀魚'：1.中國北方也稱帶魚為'刀魚'，身體長而側扁，銀白色，無鱗，牙齒發達，肉可吃。2.就是'鳳尾魚'，頭小，尾尖，身體灰色，牙齒細小，肉可吃。

3 漁 見水部，380 頁。

4 魨(鲀) (tún ㄊㄨㄣˊ)粵tyn⁴〔團〕河豚，魚名。種類很多，頭圓形，口小，一般血液和內臟有劇毒。

4 魴(鲂) (fáng ㄈㄤˊ)粵fɔŋ⁴〔妨〕魴魚，跟鯿魚相似，銀灰色，腹部隆起。

魴

4 **魯(鲁)** (lǔ ㄌㄨˇ)（粵）lou⁵
〔老〕❶愚鈍，蠢笨：愚～。❷魯莽，莽撞：粗～。〔魯莽〕也作'鹵莽'。不仔細考慮事理，冒失。❸周代諸侯國名，在今山東省南部一帶。❹山東省的別稱。

4 **魷(鱿)** (yóu ㄧㄡˊ)（粵）jɐu⁴
〔由〕魷魚，又叫'柔魚'，生活在海洋中的一種軟體動物，頭像烏賊，尾端呈菱形，體白色，有淡褐色斑點。肉可吃。

4 **鲃(鲃)** ㊀(bā ㄅㄚ)（粵）ba¹
〔巴〕魚名，淡水產中小型魚類，常棲息於水流湍急的溪澗中。
㊁同'鱍'，見 799頁。

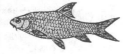

鲃

5 **鲆(鲆)** (píng ㄆㄧㄥˊ)（粵）pin⁴
〔平〕魚名，體形側扁，兩眼都在身體的左側，有眼的一側灰褐色或深褐色，無眼的一側白色，常見的有牙鲆、斑鲆等。

5 **鲇(鲇)** (nián ㄋㄧㄢˊ)（粵）nim⁴
〔念 低平〕鲇魚，頭大，口寬，尾側扁，皮有黏質，無鱗，可吃。

鲇魚

5 **鲐(鲐)** (tái ㄊㄞˊ)（粵）tɔi⁴
〔台〕鲐魚，又名'青花魚'，生活在海水中，身體呈紡錘形，背青藍色，腹白色，肉可以吃。

鲐

5 **鲍(鲍)** ㊀(bào ㄅㄠˋ)（粵）bau¹〔包〕鲍魚，即'鳆魚'，參見 802頁'鳆'字條。
㊁(bào ㄅㄠˋ)（粵）bau⁶〔包 低去〕❶鲍魚，鹽醃的乾魚。❷姓。

5 **鲋(鲋)** (fù ㄈㄨˋ)（粵）fu⁶〔付〕中國古代文學上指鲋魚：涸轍之～（喻處在困難中急待援助的人）。

5 **鲝(鲝)** ㊀(zhǎ ㄓㄚˇ)（粵）dza²〔炸 高上〕一種用鹽和紅麯（調製食品的材料）醃的魚。
㊁(zhà ㄓㄚˋ)（粵）dza³〔炸〕海蜇，水母的一種。

5 鮍（鮍）（pí ㄆㄧˊ）〔皮〕見 804 頁。
'鯹'字條'鯹鮍'。

5 鮁（鮁）（bà ㄅㄚˋ）〔拔〕鮁魚，背部
黑藍色，腹部兩側銀灰色，生活在海洋中。

5 鉑（鉑）（㊀（bó ㄅㄛˊ）〔白〕魚名，
身體側扁，嘴向上翹，生活在淡水中。
㊁同'鮁'，見本頁。

5 鉉 同'鯑'，見 800 頁。

5 鱸 '鱸'的簡化字，見 808 頁。

5 鱨 '鱨'的簡化字，見 807 頁。

5 穌 見禾部，488 頁。

6 鮚（鮚）（jié ㄐㄧㄝˊ）〔結〕古書上說的
一種蚌。〔鮚埼亭〕古代地名，在今浙江鄞縣。

6 鮣（鮣）（yìn ㄧㄣˋ）〔印〕鮣魚，身體
細長，圓柱形，頭小，前半身扁平，背上有吸盤，可以吸在大魚或船底上。生活在海洋中，肉可以吃。

6 鮦（鮦）（tóng ㄊㄨㄥˊ）〔同〕❶古書
上指鱧魚。❷〔鮦城〕地名，在安徽省臨泉縣。

6 鮪（鮪）（wěi ㄨㄟˇ）〔灰 高上〕古書上
指鱘魚。

6 鮫（鮫）（jiāo ㄐㄧㄠ）就是
'鯊魚'。見 800 頁'鯊'字條。

6 鮭（鮭）（guī ㄍㄨㄟ）〔圭〕魚名，
身體大，略呈紡錘形，鱗細而圓，肉味美。

6 鮟（鮟）（ān ㄢ）〔安〕魚名，生
在深海裏，體前半部平扁，圓盤形，尾部細小，頭大，口寬，全身無鱗，能發出像老人咳嗽的聲音。俗稱'老頭兒魚'。

鮟鱇

6 鮮（鮮）（㊀（xiān ㄒㄧㄢ）〔先〕❶新
的，不陳的，不乾枯的（⑲新一）：～果。～花。～肉。～血。❷滋味美好：這湯真～。❸有光彩的：～紅。顏色十分～豔。❹新鮮的食物：嘗～。❺特指魚、蝦、蟹等水產類食物：海

～。魚～。

〔鮮卑〕中國古代北方民族名。

㊁(xiān ㄒㄧㄢ)粵sin²〔冼〕少：～
見。～有。

6 鰲(鲞) 同‘鰲’，見801頁。

6 鲞 ‘鰲’的簡化字，見本頁。

6 鲦 ‘鯈’的簡化字，見本頁。

6 鲗 ‘鰂’的簡化字，見803頁。

6 鲙 ‘鱠’的簡化字，見807頁。

6 鲟 ‘鱘’的簡化字，見806頁。

6 鲚 ‘鱭’的簡化字，見807頁。

7 鯀(鲧) (gǔn ㄍㄨㄣˇ)粵gwen²〔滾〕❶古書上說的一種大魚。❷古人名，夏禹的父親。

7 鯁(鲠) (gěng ㄍㄥˇ)粵geng²〔梗〕keng²〔卡肯切〕(語)❶魚骨，魚刺。❷骨頭卡在嗓子裏。〔骨鯁〕正直。

7 鯇(鲩) (huàn ㄏㄨㄢˋ)粵wan⁵〔挽〕鯇魚，身體微綠色，鰭微黑色，生活在淡水中，是中國特產的重要魚類之一。也叫草魚。

鯇魚

7 鯈(鲦) ㊀(tiáo ㄊㄧㄠˊ，又讀yóu ㄧㄡˊ)粵tiu⁴〔條〕jeu⁴〔由〕(又)魚名，即白鰷。

㊁(chóu ㄔㄡˊ)粵tseu⁴〔酬〕❶魚子。❷古地名。

7 鯉(鲤) (lǐ ㄌㄧˇ)粵lei⁵〔里〕鯉魚，生活在淡水中，體側扁，嘴邊有長短觸鬚各一對，肉可吃。

鯉魚

7 鯊(鲨) (shā ㄕㄚ)粵sa¹〔沙〕鯊魚，也作‘沙魚’，又叫‘鮫’，生活在海洋中，種類很多，性凶猛，捕食其他魚類。鰭叫魚翅，是珍貴的食品。肝可製魚肝油。皮可製革。

7 鮺(鲝) (zhǎ ㄓㄚˇ)粵dza²〔渣高上〕❶同‘鮓㊀’，見798頁。❷〔鮺草灘〕地名，在四川省。

7 **鮸**（鮸）(miǎn ㄇㄧㄢˇ) 粵 min^{5}〔免〕鮸魚，也叫'米魚'，身體長形而側扁，灰褐色，生活在海中，肉可以吃。

鮸 魚

7 **鯽**（鯽）(jì ㄐㄧˋ) 粵 dzik^{7}〔績〕鯽魚，形似鯉魚，無觸鬚，背脊隆起；生活在淡水中，肉可吃。

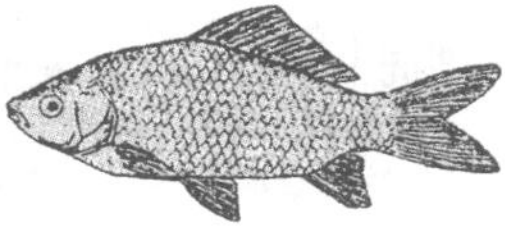

鯽 魚

7 **鲋** '鮒'的簡化字，見 804 頁。

7 **鲦** '鰷'的簡化字，見 805 頁。

7 **鲡** '鱺'的簡化字，見 808 頁。

7 **鲢** '鰱'的簡化字，見 805 頁。

7 **鲣** '鰹'的簡化字，見 805 頁。

8 **鯔**（鯔）(zī ㄗ) 粵 dzi^{1}〔之〕鯔魚，銀灰色，頭部平扁，廣佈於熱帶和亞熱帶海中，肉味美。

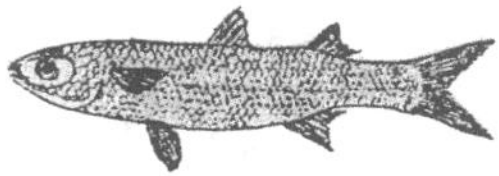

鯔 魚

8 **鯖**（鯖）(qīng ㄑㄧㄥ) 粵 tsiŋ^{1}〔青〕魚類的一科，身體呈梭形，頭尖口大。如鮐魚就屬於鯖科。

8 **鯗**（鲞）(xiǎng ㄒㄧㄤˇ) 粵 sœŋ^{2}〔想〕剖開晾乾的魚。

8 **鯛**（鲷）(diāo ㄉㄧㄠ) 粵 diu^{1}〔刁〕〔眞鯛〕通稱'加吉魚'，身體紅色，有藍色斑點，是黃海、渤海重要的海產魚之一，肉味鮮美。

8 **鯢**（鲵）(ní ㄋㄧˊ) 粵 ŋei^{4}〔危〕兩棲動物名，有大鯢和小鯢兩種，大鯢俗稱'娃娃魚'，眼小，口大，四肢短，尾巴扁。生活在淡水中，肉可以吃。

8 **鯤**（鲲）(kūn ㄎㄨㄣ) 粵 kwen^{1}〔昆〕傳說中的一種大魚。

8 **鯧**（鲳）(chāng ㄔㄤ) 粵 tsœŋ^{1}〔昌〕鯧魚，身體短，沒有腹鰭，背部銀灰

色，鱗小。肉細膩鮮美。也叫
鏡魚、平魚、鯧魚。

鯧魚

8 **鯨(鯨)** 〔jīng ㄐㄧㄥ〕(粵)
kiŋ⁴〔瓊〕生長在
海裏的哺乳類動物，形狀像魚，
胎生，用肺呼吸，身體很大。
肉可吃，脂肪可以做油。俗稱
鯨魚。〔鯨吞〕吞并，常指強國
對弱國的侵略行為。

8 **鯪(鯪)** 〔líng ㄌㄧㄥ〕(粵)leŋ⁴〔零〕〔鯪魚〕也叫土鯪魚，屬
鯉科魚類，是中國華南淡水主
要養殖對象之一，性怕冷。〔鯪
鯉〕哺乳動物的一種，就是'穿
山甲'，全身有角質的鱗片，
吃螞蟻。鱗片可入藥。

鯪魚

穿山甲

8 **鯫(鯫)** 〔zōu ㄗㄡ〕(粵)dzɐu¹
〔周〕小魚。〔鯫
生〕古代稱小子，小人。

8 **鯡(鯡)** 〔fēi ㄈㄟ〕(粵)fei¹
〔非〕鯡魚，身體
側扁而長，背部青黑色，腹銀
白色，生活在海洋中，肉可吃。

8 **鯰** 同'鮎'，見 798 頁。

9 **鯷(鯷)** 〔tí ㄊㄧˊ〕(粵)tei⁴
〔提〕魚名，體長
三寸到四寸，銀灰色，側扁，
腹部呈圓柱形，眼和口都大。
生活在海中。

9 **鯿(鯿)** 〔biān ㄅㄧㄢ〕(粵)
bin¹〔邊〕鯿魚，
身體側扁，頭尖，尾巴小，鱗
細，生活在淡水中，肉可以吃。

鯿魚

9 **鰒(鰒)** 〔fù ㄈㄨˋ〕(粵)fuk⁷
〔福〕鰒魚，動物
學上叫'石決明'，俗叫'鮑魚'，
軟體動物的一種，生活在海中，
有橢圓形貝殼。肉可以吃，殼
可以入藥。

9 **鰓(鰓)** 〔sāi ㄙㄞ〕(粵)soi¹
〔腮〕魚的呼吸器
官，在頭部兩邊。

9 鰂(鰂)　㊀(zéi ㄗㄟˊ)㊃tsak⁹〔賊〕烏鰂，烏賊，也叫'墨魚'或'墨斗魚'，軟體動物，有墨囊，遇危險放出墨汁逃走，生活在海中。肉可吃。墨汁叫鰂墨，可製顏料。㊁(zé ㄗㄜˊ)㊃dzek⁷〔則〕〔鰂魚涌〕地名，在香港島東部。

烏　賊

9 鰈(鰈)　(dié ㄉㄧㄝˊ)㊃dip⁹〔蝶〕魚名，比目魚的一類，體形側扁，兩眼都在身體的右側，有眼的一側暗褐色，無眼的一側白色，常見的有星鰈、高眼鰈等。肉可以吃。

高眼鰈

9 鰆(鰆)　(chūn ㄔㄨㄣ)㊃tsœn¹〔春〕鰆魚，形狀像鮁魚而稍大，尾部兩側有棱狀突出。生活在海中。

9 鰉(鰉)　(huáng ㄏㄨㄤˊ)㊃wɔŋ⁴〔黃〕鰉魚，形狀像鱘魚，肉可以吃。

鰉　魚

9 鰍(鰍)　(qiū ㄑㄧㄡ)㊃tsɐu¹〔秋〕泥鰍，一種魚，口小，有鬚，體圓尾側扁，背青黑色，皮上有黏液，常鑽在泥裏。肉可吃。

泥　鰍

9 鰁(鰁)　(quán ㄑㄩㄢˊ)㊃tsyn⁴〔全〕魚名，深櫻色，有斑紋，口小，生活在淡水中，肉可吃。

9 鰛(鰛)　(wēn ㄨㄣ)㊃wɐn¹〔溫〕❶魚名，即'沙丁魚'。體小而側扁，銀白色，是世界重要經濟魚類之一。❷〔鰛鯨〕哺乳動物，外形像魚，生活在海洋中，體長六米至九米，背黑色，腹部白色，頭上有噴水孔，無牙齒，有鯨鬚，背鰭小。脂肪可以煉油。

9 鰐(鰐)　同'鱷'，見 807 頁。

9 鯽 同'鲫'，見 801 頁。

9 鯺 '同'鯬'，見 803 頁。

9 鯶 同'鯇'，見 800 頁。

9 鯫 '鱘'的簡化字，見 807 頁。

10 鰜（鰜）（jiān ㄐㄧㄢ）粵
gim¹〔兼〕鰜魚，
一般兩隻眼都在身體的左側或
右側，有眼的一面深褐色，主
要產在中國南海地區，肉供食
用。

10 鰣（鲥）（shí ㄕ）粵si⁴〔時〕
鰣魚，體側扁，
銀白色，鱗下多脂肪。肉味很
美。

鰣　魚

10 鰥（鳏）（guān ㄍㄨㄢ）粵
gwan¹〔關〕鰥夫，
無妻或喪妻的男人：～寡孤
獨。

10 鰨（鳎）（tǎ ㄊㄚˇ）粵 tap⁸
〔塔〕鰨目魚，種
類很多，體形似舌頭，兩眼都
在身體的右側，有眼的一側褐
色。側臥在海底泥沙中。

10 鰩（鳐）（yáo ㄧㄠˊ）粵jiu⁴
〔搖〕魚名，身體
扁平，略呈圓形或菱形，有的
種類有一對能發電的器官，生
活在海中。

10 鰭（鳍）（qí ㄑㄧˊ）粵 kei⁴
〔其〕魚類和其他
水生脊椎動物的運動器官，由
薄膜、柔軟分節的'鰭條'和堅
硬不分節的'鰭棘'組成。

鰭

背鰭
胸鰭
尾鰭
臀鰭
腹鰭

10 鰟（鳑）（páng ㄆㄤ）粵
pong⁴〔旁〕〔鰟鮍〕
魚名，形狀像鯽魚，體長二三
寸，生活在淡水中，卵產在蚌
殼裏。

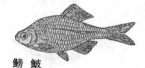

鰟　鮍

10 鰧（䲥）（téng ㄊㄥˊ）粵teng⁴
〔藤〕鰧魚，身體
青灰色，有褐色網狀斑紋，頭
大眼小，下頜突出，有一或二
個背鰭。常棲息在海底。可食。

10 鰠(鰠) （wēng ㄨㄥ）粵 juŋ¹〔翁〕魚名，身體側扁，有圓鱗，吻不尖，生活在海中。

10 鰎(鮯) （cāng ㄘㄤ）粵 tsɔŋ¹〔倉〕鰎魚，即鯧魚。

10 鱷 同鱷，見803頁。

11 鰱(鰱) （lián ㄌㄧㄢˊ）粵 lin¹〔連〕鰱魚，頭小鱗細，銀灰色，體側扁，肉可以吃。

鰱 魚

11 鰳(鰳) （lè ㄌㄜˋ）粵 lɐk⁹〔離麥切〕lak⁹〔離額切〕（又）鰳魚，也叫'鰳魚'或'曹白魚'，體側扁，銀灰色，生活於海中，為重要食用魚類。

鰳魚

11 鰵(鰵) （mǐn ㄇㄧㄣˇ）粵 men⁵〔敏〕鰵魚，就是'鱈魚'。

11 鰷(鰷) （tiáo ㄊㄧㄠˊ）粵 tiu⁴〔條〕魚名，身體小，側綫緊貼腹部，銀白色，生活在淡水中。

鰷 魚

11 鰹(鰹) （jiān ㄐㄧㄢ）粵 gin¹〔堅〕鰹魚，身體呈紡錘形，大部分無鱗，藍色，生活於海中。

11 鰻(鰻) （mán ㄇㄢˊ）粵 man⁶〔慢〕man⁴〔蠻〕（又）〔鰻鱺〕鰻鱺魚，也叫'白鱔'，體長，圓筒形，背部灰黑色，腹部白色。生活在海中。也省稱'鰻'。

鰻鱺

11 鰾(鰾) （biào ㄅㄧㄠˋ）粵 piu⁵〔鰾低上〕❶魚體內可以漲縮的氣囊，通稱'魚脬'，魚上浮後氣囊漲，魚下沉後氣囊縮。有的魚類的鰾有輔助聽覺或呼吸等作用。❷鰾膠，用鰾熬成的膠，性很黏。❸用鰾膠黏上：把桌子腿～一～。

¹¹鱅（鳙）（yōng ㄩㄥ）粵juŋ⁴
〔庸〕鱅魚，生活
在淡水中，頭很大。也叫'胖
頭魚'，廣東叫'大魚'。

鱅魚

¹¹鱈（鳕）（xuě ㄒㄩㄝˇ）粵syt⁸
〔雪〕〔鳕魚〕又
叫'鳘'、'大頭魚'，下頜有一條
大鬚。鳕魚的肝臟含有大量的
維他命A、D，是製魚肝油的
重要原料。

鳕魚

¹¹鰼（鳛）（xí ㄒㄧˊ）粵dzap⁹
〔習〕❶古書上指
泥鰍。❷〔鰼水〕縣名，在貴州
省。今作'習水'。

¹¹鱇（鱇）（kāng ㄎㄤ）
粵hoŋ¹〔康〕見799
頁'鮟'字條'鮟鱇'。

¹¹鰲（鳌）同'鳌'，見827
頁。

¹²鱒（鳟）（zūn ㄗㄨㄣ，又讀
zùn ㄗㄨㄣˋ）粵
dzyn¹〔尊〕dzyn³〔鑽〕（又）鳟魚，
體銀白色，背略帶黑色，肉可
以吃。

¹²鱖（鳜）（guì ㄍㄨㄟˋ）粵
gwei³〔貴〕鳜魚，
體側扁，尾鰭呈扇形，口大鱗
細，體青黃色，有黑色斑點。
肉味鮮美。是淡水魚類之一。
也作'桂魚'。

鳜魚

¹²鱘（鲟）（xún ㄒㄩㄣˊ）粵
tsem⁴〔尋〕鲟魚，
身體呈紡錘形，背部和腹部有
大片硬鱗，其餘各部無鱗，肉
可以吃。

鲟魚

¹²鱗（鳞）（lín ㄌㄧㄣˊ）粵lœn⁴
〔倫〕❶魚類、爬
行動物等身體表面長的角質或
骨質的小薄片。〔鱗爪〕1.瑣
碎細小的事。2.事情的一小部
分。❷像魚鱗的：～莖。芽～。
遍體～傷(傷痕密得像魚鱗似

的）。

12 鱔（鳝）(shàn ㄕㄢˋ)〔粵〕sin⁵
〔善低上〕鱔魚，
通常指「黃鱔」，形狀像蛇，身
體黃色有黑斑，肉可以吃。

黃　鱔

12 鱏　同「鱘」，見 806 頁。

12 鱉（鳖）　同「鼈」，見 827
頁。

12 鱓　同「鱔」，見本頁。

12 鱟（鲎）(hòu ㄏㄡˋ)〔粵〕heu⁶
〔後〕❶節肢動
物，甲殼類，生活在海中，全
體黃褐色，劍狀尾。肉可以吃。
❷〈方〉虹。

鱟

13 鱠（鲙）(kuài ㄎㄨㄞˋ)〔粵〕
kui²〔繪〕❶鱠
魚。就是鰳魚。❷同「膾」，見
561 頁。

13 鱣（鳣）(一)(zhān ㄓㄢ)〔粵〕
dzin¹〔煎〕古書
上指鱘魚。
(二)同「鱔」，見本頁。

13 鱧（鳢）(lǐ ㄌㄧˇ)〔粵〕lei⁵
〔禮〕魚名，也叫
「黑魚」，廣東叫「生魚」。身體圓
筒形，頭扁，背鰭和臀鰭很長，
生活在淡水底層，可以養殖，
但性凶猛，對其它魚類有危害。

烏　鱧

14 鱭（鲚）(jì ㄐㄧˋ)〔粵〕tsɐi⁵
〔齊低上〕魚名，
身體側扁，長約十至十二厘米，
無側綫，頭小而尖，尾尖而細。
生活在海洋中。俗稱「鳳尾魚」。

鱭　魚

14 鱨（鲿）(cháng ㄔㄤˊ)〔粵〕
sœŋ⁴〔常〕毛鱨
魚，側扁，體長一米餘，頭大，
眼小，產在海中。也叫「大魚」。

16 鱷（鳄）(è ㄜˋ)〔粵〕ŋok⁹〔岳〕
俗叫「鱷魚」，一
種凶惡的爬行動物，皮和鱗很

堅硬,生活在熱帶河流池沼中,捕食小動物。

16 鱸(鲈) (lú ㄌㄨˊ) 粵lou⁴〔勞〕鱸魚,體側扁,嘴大,鱗細,銀灰色,背部和背鰭上有小黑斑,生活於海中,肉味鮮美。

鱸魚

19 鱺(鲡) (lí ㄌㄧˊ) 粵lei⁴〔離〕見 805 頁'鰻'字條'鰻鱺'。

22 鱻 同'鮮㊀',見 799 頁。

鳥(鸟)部

0 鳥(鸟) ㊀(niǎo ㄋㄧㄠˇ) 粵niu⁵〔裊〕脊椎動物的一類,溫血卵生,用肺呼吸,全身有羽毛,後肢能行走,一般前肢變為翅能飛。
㊁(diǎo ㄉㄧㄠˇ) 粵diu²〔刁高上〕同'屌'。舊小說中常用做罵人的粗話: ～人。

2 鳧(凫) (fú ㄈㄨˊ) 粵fu⁴〔扶〕❶水鳥名,俗叫'野鴨',形狀像鴨子,雄的頭部綠色,背部黑褐色,雌的黑褐色。常臺游湖泊中,能飛。肉味鮮美。❷〔方〕: 在水裏游: ～水。

鳧

2 鳩(鸠) (jiū ㄐㄧㄡ) 粵geu¹〔救高平〕keu¹〔扣高平〕(又)❶鴿子一類的鳥,常見的有斑鳩、山鳩等。❷聚集: ～合(糾合)。

2 鸡 '鷄'的簡化字,見 817 頁。

3 鳲(鸤) (shī ㄕ) 粵si¹〔詩〕〔鳲鳩〕古書上指布穀鳥。

3 鳳(凤) (fèng ㄈㄥˋ) 粵fung⁶〔奉〕鳳凰,傳說中的鳥王; 又說雄的叫'鳳',雌的叫'凰'(古作'皇'),通常單稱做'鳳': ～毛麟角(喻罕見而珍貴的東西)。

3 鳴(鸣) (míng ㄇㄧㄥˊ) 粵ming⁴〔明〕❶鳥獸或昆蟲叫: 鳥～。驢～。蟬～。❷發出聲音,使發出聲音: 自～鐘。孤掌難～。～炮。❸表達，發表(情感、意見、主張)：～謝。百家爭～。

3 **鳶**（鸢）（yuān ㄩㄢ）粵 jyn¹
[冤] 老鷹，身體褐色，常捕食蛇、鼠、蜥蜴等。[紙鳶] 風箏。

鳶

3 **島** 見山部，187 頁。

4 **鳺**（鳺）（jué ㄐㄩㄝ）粵 kyt⁸
[決] 見 813 頁 '鵙' 字條 '鵙鳺'。

4 **鴃**（鴃）（一）（jué ㄐㄩㄝ）
kyt⁸ [決] 同 '鳺'，見本頁。
（二）（jú ㄐㄩ）gwik⁷ [隙] ❶ 同 '鵙'，鳥名，即 '伯勞'。 參見 815頁'鵙'字條。❷ [鴃舌] 形容語言難懂。

4 **鴆**（鸩）（zhèn ㄓㄣ）粵 dzem⁶ [朕] ❶ 傳說中的一種毒鳥，把它的羽毛放在酒裏，可以毒殺人。❷ 用鴆的羽毛泡成的毒酒：飲～止渴(喻滿足一時需要，不顧後果)。❸ 用毒酒害人。

4 **鴇**（鸨）（bǎo ㄅㄠˇ）粵 bou²
[保] ❶ 大鴇，一種鳥，比雁略大，背上有黃褐色和黑色斑紋，不善於飛，而善於走。❷ 舊時指老妓。[鴇母] 妓女的養母，開設妓院的女人。

大 鴇

4 **鴉**（鸦）（yā ㄧㄚ）粵 a¹
[丫] 烏鴉，鳥名，種類很多，身體黑色，嘴大，翼長：～雀無聲(喻寂靜之極)。
[鴉片] 俗稱 '大煙'，由罌粟的果實提煉出來的一種毒品，內含嗎啡等，能鎮痛安眠，醫藥上可作麻醉藥。久用成癮，為害很大。

烏 鴉

4 **鳲**（鸤）（shī ㄕ）粵 si¹ [師]
鳥名，背青灰色，

腹淡褐色，嘴長而尖，腳短爪強，捕食樹林中的害蟲。

4 **鴈** 同'雁'，見 756 頁。

4 **鷗** '鷗'的簡化字，見 817 頁。

4 **鴒** '鴒'的簡化字，見 815 頁。

4 **蔦** 見艸部，597 頁。

5 **鴒**（鴒）〔líng ㄌ丨ㄥˊ〕粵liŋ⁴〔零〕見 816 頁'鶺'字條'鶺鴒'。

5 **鴕**（鸵）〔tuó ㄊㄨㄛˊ〕粵tɔ⁴〔駝〕鴕鳥，現在鳥類中最大的鳥，頭長，翅膀小，不能飛，走得很快，生活在沙漠中。

鴕　鳥

5 **鴞**（鸮）〔xiāo ㄒ丨ㄠ〕粵hiu¹〔囂〕見本頁'鴟'字條'鴟鴞'。

5 **鴦**（鸯）〔yāng 丨ㄤ〕粵jœŋ¹〔央〕見本頁'鴛'字條'鴛鴦'。

5 **鴛**（鸳）〔yuān ㄩㄢ〕粵jyn¹〔淵〕〔鴛鴦〕水鳥名，羽毛顏色美麗，形狀像鳧，但比鳧小，雌雄常在一起。文學上用來比喻夫妻。

鴛　鴦

左：雌　右：雄

5 **鴝**（鸲）〔qú ㄑㄩˊ〕粵kœy⁴〔渠〕鳥名，身體小，尾巴長，嘴短而尖，羽毛美麗。〔鴝鵒〕鳥名，又叫'八哥'，全身黑色，頭及背部微呈綠色光澤，能模仿人說話。

八哥

5 **鴟**（鸱）〔chī ㄔ〕粵tsi¹〔雌〕鴟鷹。〔鴟鴞〕1.貓頭鷹一類的鳥。2.古代指'鷦鷯'。〔鴟鵂〕一種凶猛的鳥，俗叫'貓頭鷹'或'夜貓子'。眼大而圓，頭上有像耳的毛角。

晝伏夜出，捕食小鳥、兔、鼠等，是一種益鳥。

貓頭鷹

5 鴣（鸪）^(gū ㄍㄨ) ⑧ gu¹

〔姑〕見 817 頁'鷓'字條'鷓鴣'、812 頁'鵓'字條'鵓鴣'。

5 鴨（鸭）^(yā ㄧㄚ) ⑧

ap⁸（一子）水鳥名，通常指家鴨，嘴扁腿短，趾間有蹼，善游泳，不能高飛。

5 鸰 '鴿'的簡化字，見 816 頁。

5 莺 '鶯'的簡化字，見 815 頁。

5 鸳 '鴛'的簡化字，見 818 頁。

5 鸪 '鴣'的簡化字，見 819 頁。

5 鸫 '鶇'的簡化字，見 814 頁。

5 鸶 '鷥'的簡化字，見 817 頁。

5 窩（窝）見穴部，492 頁。

6 鴯（鸸）^(ér ㄦ) ⑧ ji⁴〔而〕

〔鴯鶓〕鳥名，鴕鳥的一種，嘴短而扁，有三個趾。善走，不能飛，生活在澳洲的草原和沙漠地帶中。

6 鴰（鸹）^(guā ㄍㄨㄚ) ⑧ kut⁸〔括〕gwat⁸〔刮〕

老鴰，烏鴉的俗稱。

6 鴷（䴕）^(liè ㄌㄧㄝ) ⑧ lit⁹〔列〕鳥名，就是啄木鳥，嘴堅硬，舌細長，能啄食樹中的蟲，是一種益鳥。

啄木鳥

6 鴻（鸿）^(hóng ㄏㄨㄥ) ⑧ hung⁴〔洪〕❶鴻雁，就是'大雁'。〔鴻毛〕輕微：輕於～～。❷書信：來～（來信）。❸大：～圖。〔鴻溝〕楚漢(項羽跟劉邦)分界的一條水。❹明顯的界限。

6 鴿（鸽）^(gē ㄍㄜ) ⑧ gep⁸〔急 中 入〕gap⁸

〔甲〕^(又)（一子）鳥名，有野鴿、

家鴿等多種，常成羣飛翔。有的家鴿能夠傳遞書信。歐美常用做和平的象徵。

野　鴿

6 **鵀**(鵀) (rén ㅁㄣˊ)〔吟〕jem⁴ 〔任〕jem⁶ (又)〔戴鵀〕鳥名，又叫'戴勝'，頭上有橙栗色羽冠，頸、胸等和羽冠同色而較淡，下背和肩羽色黑褐而雜有橙、白色色斑，尾脂腺能分泌臭液。

戴　勝

6 **鵁**(鵁) (jiāo ㄐㄧㄠ)粵 gau¹〔交〕〔鵁鶄〕(－jīng)古書上說的一種水鳥，腿長，頭上有紅毛冠。

6 **鵂**(鵂) (xiū ㄒㄧㄡ)粵jeu¹〔休〕見 810 頁'鵂'字條'鵂鶹'。

6 **鵃**(鵃) (zhōu ㄓㄡ)粵dzeu¹〔周〕〔鶻鵃〕

鶻古書上說的一種鳥，羽毛青黑色，尾巴短。

6 **鴴**(鸻) (héng ㄏㄥˊ)粵heŋ⁴〔恒〕鳥名，身體小，嘴短而直，只有前趾，沒有後趾。多羣居在海濱。

6 **鵪** 同'鵪'，見 816 頁。

6 **鷙** '鷙'的簡化字，見 817 頁。

6 **鸞** '鸞'的簡化字，見 819 頁。

7 **鵑**(鹃) (juān ㄐㄩㄢ)粵gyn¹〔娟〕〔杜鵑〕1.鳥名，一般多指大杜鵑(又名布穀、子規、杜宇)，上體黑灰色，胸腹常有橫斑點，吃害蟲，是益鳥。2.植物名，也叫'映山紅'。常綠或落葉灌木，春天開花，有紅、白、紫等色，供觀賞。

杜　鵑

7 **鵒**(鹆) (yù ㄩˋ)粵juk⁹〔肉〕見 810 頁'鴝'字條'鴝鵒'。

7 **鵓**(鹁) (bó ㄅㄛˊ)粵but⁹〔勃〕〔鵓鴣〕鳥

名，羽毛黑褐色，天要下雨或天剛晴的時侯，常在樹上咕咕地叫。有的地方叫'水鴣鴣'。

7 鵜(鹈)（tí ㄊㄧˊ）粵 tei⁴
〔提〕〔鵜鴂〕鳥名，即'杜鵑'、'子規'。參見812頁'鵑'字條。〔鵜鶘〕水鳥名，俗叫'淘河'或'塘鵝'，體大嘴長，嘴下有皮囊可以伸縮，捕食魚類。

鵜 鶘

7 鵝(鹅)（é ㄜˊ）粵 ŋo⁴〔俄〕
一種家禽，比鴨子大，頸長，腳有蹼，頭部有黃色或黑褐色的肉質突起，雄的突起較大。

7 鵠(鹄)（㊀（gǔ ㄍㄨˇ）粵 guk⁷〔谷〕射箭的目標。〔鵠的〕箭靶的中心，練習射擊的目標。
㊁（hú ㄏㄨˊ）粵 huk⁹〔酷〕水鳥名，俗叫'天鵝'。頸長，多是全身白色，分有疣、無疣兩類。無疣的鳴聲宏亮，如：～立（如鵠鳥般伸長頸項站着，形容盼望）。

天 鵝

7 鶩 同'鶩'，見本頁。

7 䳭 同'鶩'，見本頁。

7 鵰 同'雕'，見 815 頁。

7 鸝 '鸝'的簡化字，見 819 頁。

7 鵲 '鵲'的簡化字，見 818 頁。

8 鵡(鹉)（wǔ ㄨˇ）粵 mou⁵
〔武〕見 819 頁'鸚'字條'鸚鵡'。

8 鵪(鹌)（ān ㄢ）粵 em¹
〔庵〕〔鵪鶉〕鳥名，頭小尾短，羽毛赤褐色，雜有暗黃色條紋，雄的好鬥。肉、卵可以吃。

鵪 鶉

8 鵬(鹏)（péng ㄆㄥˊ）粵
paŋ⁴〔彭〕傳說中

最大的鳥。〔鵬程〕⑱遠大的前途。

8 **鵰(雕)** (diāo ㄉㄧㄠ)⑲diu¹〔刁〕又作'雕'。老鵰，又叫鷲，是一種很凶猛的鳥，羽毛褐色，上嘴鈎曲，能捕食山羊、野兔等。

鵰

8 **鵲(鹊)** (què ㄑㄩㄝ)⑲dzœk⁸〔雀〕喜鵲，背黑褐色，肩、頸、腹等部白色，翅有大白斑，尾較長。常棲息於園林樹木間。

喜 鵲

8 **鵷(鹓)** (yuān ㄩㄢ)⑲jyn¹〔冤〕〔鵷鶵〕古代傳說中的一種像鳳凰的鳥。

8 **鵾(鹍)** (kūn ㄎㄨㄣ)⑲kwen¹〔坤〕〔鵾雞〕古書上說的一種像鶴的鳥。

8 **鶄(鹟)** ㈠(jīng ㄐㄧㄥ)⑲ziŋ¹〔晶〕見 812 頁'鶺'字條'鶺鶄'。
㈡(qīng ㄑㄧㄥ)⑲tsiŋ¹〔清〕〔鶄鶴〕水鳥名，形似鶴，產於中國南方。

8 **鶉(鹑)** (chún ㄔㄨㄣ)⑲sœn⁴〔純〕tsœn¹〔春〕(又)鵪鶉。參見 813 頁'鵪'字條。〔鶉衣〕⑱破爛的舊衣服。

8 **鶊(鹒)** (gēng ㄍㄥ)⑲geŋ⁸〔庚〕見 815 頁'鶬'字條'鶬鶊'。

8 **鶇(鸫)** (dōng ㄉㄨㄥ)⑲duŋ¹〔東〕鳥名，種類很多，羽毛多淡褐色或黑色，叫得很好聽，食昆蟲，是益鳥。

8 **鶼(鸺)** (qiān ㄑㄧㄢ)⑲dzam¹〔簪〕ham¹〔咸高平〕(又)尖嘴的家禽或鳥啄東西：烏鴉把瓜~了。

8 **鵶** 同'鴉'，見 809 頁。

8 **鵲** '鶓'的簡化字，見 815 頁。

8 **鹉** '鶩'的簡化字，見 818 頁。

9 **鶒(鹢)** (chì ㄔ)⑲tsik⁷〔斥〕見 818 頁'鸂'字條'鸂鶒'。

9 鶘(鹕) (hú ㄏㄨˊ) ⑧ wu⁴ 〔胡〕見 813 頁 '鵜'字條'鵜鶘'。

9 鶖(鹙) (qiū ㄑㄧㄡ) ⑧ tseu¹〔秋〕禿鶖，古書上說的一種水鳥，頭頸上沒有毛，性貪暴，好吃蛇。

9 鶚(鹗) (è ㄜˋ) ⑧ ŋɔk⁹〔岳〕鳥名，又叫'魚鷹'，性凶猛，背暗褐色，腹白色，常在水面上飛翔，捕食魚類。

鶚

9 鶡(鹖) (hé ㄏㄜˊ) ⑧ hɔt⁸〔渴〕古書上說的一種善鬥的鳥。

9 鶩(鹜) (wù ㄨˋ) ⑧ mou⁶〔務〕鴨子：趨之若～（像鴨子一樣成羣地跑過去，比喻很多人爭着去，含貶義）。

9 鶥(鹛) (méi ㄇㄟˊ) ⑧ mei⁴〔眉〕鳥名，通常指'畫眉'，羽毛多為橙褐色，翅短，嘴尖，尾巴長，叫的聲音好聽。

9 鶪(䴗) (jú ㄐㄩˊ) ⑧ gwik⁷〔隙〕古書上說的一種鳥，就是'伯勞'，背灰褐色，尾長，上嘴鈎曲，捕食魚、蟲、小鳥等，是一種益鳥。

伯勞

9 鶓(鹋) (miáo ㄇㄧㄠˊ) ⑧ miu⁴〔苗〕見 811 頁'鴯'字條'鴯鶓'。

9 鶿(鹚) (cí ㄘˊ) ⑧ tsi⁴〔池〕見 819 頁'鸕'字條'鸕鶿'。

9 鷀 同'鶿'，見本頁。

9 鸶 '鷥'的簡化字，見 818 頁。

10 鶬(鸧) (cāng ㄘㄤ) ⑧ tsɔŋ¹〔倉〕〔鶬鶊〕黃鸝。也作'倉庚'。

10 鶯(莺) (yīng ㄧㄥ) ⑧ eŋ¹〔罃〕鳥名，身體小，褐色，嘴短而尖，叫的聲音清脆。吃昆蟲，是益鳥。〔黃鶯〕即黃鸝。

10 鶴(鹤) (hè ㄏㄜˋ) ⑧ hɔk⁹〔學〕仙鶴，又叫

‘白鶴’、‘丹頂鶴’。全身白色，頭頂紅色，頸、腿細長，翼大善飛，叫的聲音很高，很清脆。

丹頂鶴

鶘鷹，一種凶猛的鳥，樣子像鷹，比鷹小，背灰褐色，腹白色帶赤褐色，捕食小鳥。〔紙鶘〕風箏。(粵口語讀作‘妖’)

㊀(yáo ㄧㄠˊ)粵jiu⁴〔搖〕古指野雞的一種。

鶘鷹

10 鶺（鹡）(jí ㄐㄧˊ)粵dzik⁸〔即 中 入〕dzɛk⁸〔隻〕(又)〔鶺鴒〕鳥名，頭黑額白，背部黑色，腹部白色，尾巴較長，生活在水邊，捕食小蟲。亦作‘脊令’。

10 鶻（鹘）㊀(hú ㄏㄨˊ)粵wet⁹〔屈低入〕隼。㊁(gǔ ㄍㄨˇ)粵gwet⁷〔骨〕〔鶻鵃〕古書上說的一種鳥，羽毛青黑色，尾巴短。

10 鶼（鹣）(jiān ㄐㄧㄢ)粵gim¹〔兼〕鶼鶼，比翼鳥，古代傳說中的一種鳥。

10 鷊（鹢）(yì ㄧˋ)粵jik⁹〔亦〕古書上說的一種水鳥。

10 鷂（鹞）㊀(yào ㄧㄠˋ)粵jiu⁶〔耀〕(一子)

10 鷃（鷃）(yàn ㄧㄢˋ)粵an³〔晏〕鷃雀，古書中說的小鳥。又作‘鴳’。

10 鷇（鷇）(kòu ㄎㄡˋ)粵keu³ geu³〔夠〕(又)初生的小鳥。

10 鷈（鷉）(tī ㄊㄧ)粵tɐi¹〔梯〕見 818 頁‘鷿’字條‘鷿鷈’。

10 鷍（鹟）(wēng ㄨㄥ)粵juŋ¹〔翁〕鳥名，身體小，嘴稍扁平，吃害蟲，是益鳥。

10 鶵（鹐）(chú ㄔㄨˊ)粵tsɔ¹〔初〕❶同‘雛’，見758頁。❷見814頁‘鵁’字條‘鵁鶵’。

10 鷀 同‘鶿’，見815頁。

10 **鷄(鸡)** 同‘雞’，見 758 頁。

11 **鷓(鹧)** (zhè ㄓㄜˋ)（粵）dzε³〔借〕〔鷓鴣〕鳥名，背部和腹部黑白兩色相雜，頭頂棕色，腳黃色。吃穀粒、昆蟲、蚯蚓等。

鷓鴣

11 **鷖(鹥)** (yī ㄧ)（粵）ji¹〔衣〕古書上指鷗。

11 **鷗(鸥)** (ōu ㄡ)（粵）ŋɐu¹〔歐〕水鳥名，羽毛多為白色，生活在湖海上，捕食魚、螺等。

11 **鷙(鸷)** (zhì ㄓˋ)（粵）dzi³〔至〕鷙鳥，凶猛的鳥，如鷹、鵰等。（粵）凶猛：勇～。

11 **鷟(𪃑)** (zhuó ㄓㄨㄛˊ)（粵）dzɔk⁹〔鑿〕〔鸑鷟〕古書上指一種水鳥。

11 **鷚(鹨)** (liù ㄌㄧㄡˋ)（粵）lɐu⁶〔漏〕鳥名，身體小，嘴細長，吃害蟲，是益鳥。

11 **鸎** ‘鶯’的簡化字，見 819 頁。

12 **鷸(鹬)** (yù ㄩ)（粵）wɐt⁹〔屈低入〕lœt⁹〔律〕（俗）鳥名，羽毛茶褐色，嘴、腳都很長，趾間無蹼，常在水邊或田野中捕吃小魚、小蟲和貝類。〔鷸蚌相爭，漁翁得利〕喻兩敗俱傷，便宜了第三者。

鷸

12 **鷴(鹇)** (xián ㄒㄧㄢˊ)（粵）han⁴〔閒〕白鷴，鳥名，尾巴長，雄的背為白色，有黑紋，腹部黑藍色，雌的全身棕綠色。

白 鷴

12 **鷥(鸶)** (sī ㄙ)（粵）si¹〔詩〕見 818 頁‘鷺’字條‘鷺鷥’。

12 **鷦(鹪)** (jiāo ㄐㄧㄠ)（粵）dziu¹〔焦〕〔鷦鷯〕鳥名，身體很小，頭部淺棕色，有黃色眉紋，尾短，捕食小蟲。也叫'巧婦鳥'。

12 鷯（鹩）(liáo ㄌㄧㄠˊ) 粵liu⁴〔聊〕見 817 頁'鷦'字條'鷦鷯'。

12 鷲（鹫）(jiù ㄐㄧㄡˋ) 粵 dzeu⁶〔就〕一種大型猛禽，就是鵰。

12 鶪（䴗）同'鶪'，見 817 頁。

12 鷰 同'燕㊀'，見 403 頁。

13 鷺（鹭）(lù ㄌㄨˋ) 粵 lou⁶〔路〕水鳥名，翼大尾短，頸和腿很長，常見的有白鷺、蒼鷺、綠鷺等。〔鷺鷥〕就是'白鷺'，羽毛純白色，頂有細長的白羽，捕食小魚。

白　鷺

13 鷽（鸴）(xué ㄒㄩㄝˊ) 粵 hɔk⁹〔學〕鳥名，小形鳴禽。體形似雀，頭部黑色，背青灰色，胸腹赤色。吃昆蟲、果實等。

13 鸂（㶉）(xī ㄒㄧ) 粵 kɐi¹〔溪〕〔鸂鶒〕古書上指像鴛鴦的一種水鳥。

13 鷹（鹰）(yīng ㄧㄥ) 粵 jiŋ¹〔英〕鳥名，嘴彎曲而銳，四趾有鈎爪。性猛，食肉。種類很多，常見的有蒼鷹、鳶鷹等。

蒼　鷹

13 鸊（鹏）(pì ㄆㄧˋ) 粵 pik⁷〔闢〕〔鸊鷉〕水鳥名，形狀略像鴨而小，羽毛黃褐色。

鸊　鷉

13 鸇（鹯）(zhān ㄓㄢ) 粵 dzin¹〔煎〕古書中說的一種猛禽，似鷂鷹。

13 鷫（鹔）(sù ㄙㄨˋ) 粵 suk⁷〔粟〕〔鷫鷞〕水鳥名，雁的一種。

13 鸃 同'鵜'，見本頁。

14 鸑（鸑）(yuè ㄩㄝˋ) 粵 ŋɔk⁹〔岳〕〔鸑鷟〕古書上指一種水鳥。

14 鷴 同'鴬',見 815 頁。

16 鸕（鸬）^(lú ㄌㄨˊ) ^(粵) lou⁴
　〔勞〕〔鸕鷀〕水鳥
名,俗叫'魚鷹',羽毛黑色,
閃綠光,能游泳,善於捕食魚
類,用樹葉、海藻等築巢。漁
人常用來捕魚。

鸕鷀

17 鸚（鹦）^(yīng ㄧㄥ) ^(粵) jiŋ¹
　〔英〕〔鸚鵡〕鳥
名,也叫鸚哥,羽毛顏色美麗,
嘴彎似鷹,舌圓而柔軟,能模
仿人說話的聲音,產於熱帶、
亞熱帶。

鸚鵡

17 鸘（鹴）^(shuāng ㄕㄨㄤ) ^(粵)
　sœŋ¹〔商〕見 818

17 鸛 '鸛'字條'鸛鸛'。

17 鹳 '鸛'的簡化字,見本頁。

18 鸛（鹳）^(guàn ㄍㄨㄢˋ) ^(粵)
　gun³〔貫〕鳥名,
羽毛灰色、白色或黑色,嘴長
而直,形狀像鶴。住在江、湖、
池、沼的近旁,捕食魚、蝦等。

白鸛

19 鸝（鹂）^(lí ㄌㄧˊ) ^(粵) lei⁴
　〔離〕黃鸝,羽毛
黃色,從眼邊到頭後部是黑色
斑紋。叫的聲音很好聽。也叫
'黃鶯'。

黃鸝

19 鸞（鸾）^(luán ㄌㄨㄢˊ) ^(粵)
　lyn⁴〔聯〕舊時傳
說鳳凰一類的鳥。

鹵（卤）部

0
鹵（卤） (lǔ ㄌㄨˇ) (粵) lou⁵
〔老〕❶不生穀物的鹽鹼地。❷〔鹵素〕化學中統稱氟、氯、溴、碘等四種元素。❸同'魯❶❷'，見798頁。

0
卤 ㊀'鹵'的簡化字，見本頁。
㊁'滷'的簡化字，見380頁。

9
鹹（鹹） (xián ㄒㄧㄢˊ) (粵)
ham⁴〔函〕像鹽的味道，含鹽分多的，跟'淡'相反：～菜。

9
咸 '鹹'的簡化字，見本頁。

10
鹺（鹾） (cuó ㄘㄨㄛˊ) (粵)tsɔ⁴
〔鋤〕❶鹹：～魚。❷鹽。

10
鎌 同'鹼'，見本頁。

3
鹼 (jiǎn ㄐㄧㄢˇ) (粵)gan²〔簡〕❶含在土裏的一種物質，化學成分是碳酸鈉，性滑，味澀，可洗衣服。❷化學上稱能在水溶液中電離而生氫氧離子(OH^-)的物質。❸被鹼質侵蝕：好好的罐子，怎麼～了？那堵牆全～了。

13
鹽（盐） (yán ㄧㄢˊ) (粵) jim⁴
〔炎〕❶食鹽，又叫'鹹鹽'，化學成分是氯化鈉，有海鹽、池鹽、井鹽、巖鹽等。❷鹽類，化學上指酸類中的氫根被金屬元素置換而成的化合物。

鹿部

0
鹿 (lù ㄌㄨˋ) (粵)luk⁹〔六〕哺乳動物，反芻類，尾短，腿細長，毛黃褐色，有白斑，性情溫馴，雄的有樹枝狀的角。角可入藥。

梅花鹿

2
麀 (yōu ㄧㄡ) (粵)jeu¹〔休〕古書上指雌鹿。

2
麂 (jǐ ㄐㄧˇ) (粵)gei²〔己〕〔～子〕獸名，像鹿，比鹿小，毛黃黑色，雄的有很短的角。皮可做鞋面、手套等，肉可以吃。

麂

2 **麁**
同‘粗’，見 510 頁。

3 **塵**
見土部，138 頁。

3 **郿**
見邑部，708 頁。

5 **麅**
(páo ㄆㄠ)粵pau4〔刨〕(一子)鹿一類的動物，毛夏季栗紅色，冬季棕褐色，雄的有分枝狀的角。肉可吃。毛皮可做褥、墊或製革。

5 **麇**
㊀(jūn ㄐㄩㄣ)粵gwen1〔君〕古書裏指麞子。
㊁(qún ㄑㄩㄣ)粵kwen4〔羣〕成羣。〔麇集〕許多人或物聚集在一起。

5 **麈**
(zhǔ ㄓㄨˇ)粵dzy2〔主〕古書上指鹿一類的動物，尾巴可以當做拂塵。

6 **麋**
(mí ㄇㄧˊ)粵mei4〔眉〕野獸名，就是麋鹿，也叫‘四不像’。角似鹿，頸似駱駝，尾似驢，蹄似牛，全身淡褐色。皮可製革，肉可吃。是一種珍貴動物。

麖　鹿

7 **麐**
同‘麟’，見 822 頁。

8 **麑**
(ní ㄋㄧˊ)粵ŋei4〔危〕小鹿。

8 **麒**
(qí ㄑㄧˊ)粵kei4〔其〕〔麒麟〕古代傳說中的一種動物，像鹿，比鹿大，有一角。

8 **麓**
(lù ㄌㄨˋ)粵luk7〔祿〕山腳:泰山之～。

8 **麗(丽)**
㊀(lì ㄌㄧˋ)粵lei6〔例〕❶好看，漂亮: 美～。秀～。壯～。富～。風和日～。❷附着(粵附一)。
㊁(lí ㄌㄧˊ)粵lei4〔離〕lei6〔例〕(又)〔高麗〕朝鮮歷史上的王朝，舊時習慣上沿用指稱朝鮮。〔麗水〕縣名，在浙江省。

8 **麕**
同‘麇’，見本頁。

10 **麝**
(shè ㄕㄜˋ)粵sɛ6〔射〕野獸名，也叫‘香麞’，有獠牙，沒有角，雄的臍部有香腺，能分泌麝香。麝香可做香料或藥材。

麞

11 麞（zhāng ㄓㄤ）⑧dzœŋ¹〔章〕（一子）也叫'牙麞'。是一種小型的鹿，頭上無角，雄的犬齒發達，形成'獠牙'，露出嘴外。皮可製革。

麐

12 麟（lín ㄌㄧㄣ）⑧lœn⁴〔鄰〕〔麒麟〕古代傳說中的一種動物，像鹿，比鹿大，有一角。也簡稱'麟'：鳳毛～角（喻罕見而珍貴的東西）。

22 麤 同'粗'，見 510 頁。

麥(麦)部

0 麥（麦）（mài ㄇㄞˋ）⑧mɐk⁹〔脈〕（一子）一年生或二年生草本植物，分大麥小麥等多種，子實磨麵供食用。通常專指小麥。

小麥　　大麥

3 嘜 見口部，116 頁。

4 麩（麸）（fū ㄈㄨ）⑧fu¹〔呼〕（一子）麩皮，小麥磨麵過羅後剩下的皮。

4 麵（△面）（miàn ㄇㄧㄢˋ）⑧min⁶〔面〕❶糧食磨成的粉：麥子～。小米～。玉米～。特指小麥磨成的粉。❷（一子、一兒）粉末：藥～兒。粉筆～兒。❸麵條：炸醬～。湯～。一碗～。❹食物含纖維少而柔軟：這種瓜很～。

6 麰（䴥）（móu ㄇㄡˊ）⑧meu⁴〔謀〕古代稱大麥。也指用大麥做成的麵。

6 麯（△曲）同'麵❶'，見297 頁。

7 麳 同'麩',見822頁。

8 麴(麯) ^{（qū ㄑㄩ）粵}
kuk⁷[曲]❶釀酒
或製醬時引起發酵的塊狀物,
用某種黴菌和大麥、大豆、麩
皮等製成：中～發酵飼料。❷
姓。

9 麵 同'麪',見822頁。

麻部

0 麻 ^{（má ㄇㄚˊ）粵}ma⁴[蔴]❶草
本植物,種類很多,有
大麻、苧麻、苘麻、亞麻等等。
莖皮纖維通常也叫麻,可以製
繩索、織布。〔麻煩〕由於事物
雜亂,感到費手續、難辦:這
事真～～。〔芝麻〕〔脂麻〕一種
草本植物,莖稈成方形。種
子有白的和黑的兩種,所榨的
油就是平常吃的香油。❷像腿、
臂被壓後的那種不舒服的感
覺:腿～了。手發～。❸感覺
不靈或全部喪失(靈一木)。〔麻
風〕俗叫'癩病',是一種慢性傳
染病。病原體是麻瘋桿菌。患
者皮膚發生斑紋或結節,知覺
喪失,毛髮脫落,指節爛掉。
〔麻痹〕1.身體的一部因為神經

系統的病變而發生知覺或運動
的障礙。2.失去警惕性: ～～
大意。〔麻醉〕1.用藥物或針刺
使全身或局部暫時失去知覺。
2.使人思想認識模糊,不能明
辨是非。❹表面粗糙:這張紙
一面光一面～。〔麻子〕1.出天
花留下的瘢痕。2.臉上有麻子
的人。〔麻疹〕一種急性傳染病,
由濾過性病毒引起,兒童容易
感染。❺麻布的喪服:披～戴
孝。

大　麻

3 麼(么) ^{㊀（me ·ㄇㄜ）粵}
mo¹[魔]❶詞尾:
怎～。那～。多～。這～。什
～。❷助詞,表有含蓄的語氣,
用在前半句末了:不讓你去
～,你又要去。
㊁（mó ㄇㄛˊ）粵同㊀[幺麼]細小:
～～小丑。
㊂同'嗎㊀',見114頁。

3 麽 同'麼',見本頁。

4 麾 (huī ㄏㄨㄟ)粵fei¹〔輝〕古代指揮用的旗子。⑤指揮：～軍。

4 摩 見手部，265 頁。

5 磨 見石部，475 頁。

6 糜 見米部，512 頁。

6 縻 見糸部，529 頁。

8 靡 見非部，764 頁。

10 魔 見鬼部，797 頁。

11 黀 見黍部，825 頁。

黃(黄)部

0 黃 (huáng ㄏㄨㄤˊ)粵wɔŋ⁴〔王〕
❶像金子的顏色。〔黃色〕1.黃的顏色。2.指色情的：～～小說。❷指黃河：～泛區。❸事情失敗或計劃不能實現：這件事～不了。

0 黄 同'黃'，見本頁。

5 黈 (tǒu ㄊㄡˇ)粵teu²〔偷高上〕
❶黃色。❷增益：～益。

5 黇 (tiān ㄊㄧㄢ)粵tim¹〔添〕
〔黇鹿〕鹿的一種，角的上部扁平或呈掌狀，尾略長，性溫順。

5 黉 '黌'的簡化字，見本頁。

8 黗 (tūn ㄊㄨㄣ)粵ten¹〔吞〕黃色。

13 黌 (黉) (hóng ㄏㄨㄥˊ)粵huŋ⁴〔紅〕古代稱學校。

黍部

0 黍 (shǔ ㄕㄨˇ)粵sy²〔鼠〕一年生草本植物，子實叫黍子，碾成米叫黃米，性黏，可釀酒。〔蜀黍〕高粱。〔玉蜀黍〕一年生草本植物，也叫'玉米'、'棒子'或'包穀'，廣東叫'粟米'，葉長而大，子實可做食糧。

黍

3 黎 (lí ㄌㄧˊ)粵lɐi⁴〔犁〕❶衆:
～民。～庶。❷黑色:
～黑。
〔黎明〕天剛亮的時候。
〔黎族〕中國少數民族名，參看
附錄六。

5 黏 ㊀(zhān ㄓㄢ，又讀 nián
ㄋㄧㄢˊ)粵nim¹〔念 高平〕
dzim¹〔尖〕㊅黏的東西附著在
物體上或者互相連結: 糖～
牙。幾塊糖都～在一起了。
㊁(zhān ㄓㄢ)粵nim⁴〔念 低平〕用
膠或漿糊等有黏性的東西使物
件連結起來: ～信封。～貼標
語。
㊂(nián ㄋㄧㄢˊ)粵nim¹〔念 高平〕具
有像膠或漿糊的性質: ～液。
這江米很～。
㊃(zhān ㄓㄢ)粵dzim¹〔尖〕黏米，
即白米。

10 稻 (tāo ㄊㄠ)粵tou²〔討〕〔稻
黍〕〈方〉高粱。

11 黐 (chī ㄔ，又讀 lí ㄌㄧˊ)粵tsi¹
〔雌〕❶木膠。用細葉冬
青的莖部內皮搗碎製成，可以
黏鳥。❷〈粵方言〉黏合。

11 麢 同'糜㊀'，見 512 頁。

黑部

0 黑 (hēi ㄏㄟ)粵hɐk⁷〔刻〕❶煤
或墨那樣的顏色，跟'白'
相反: ～布。～頭髮。❷暗，
光綫不充足: 天～了。那間屋
子太～。❸私下的，祕密的:
～話。～市交易。❹惡毒: ～
心。

3 嘿 見口部，118 頁。

3 墨 見土部，140 頁。

4 黔 (qián ㄑㄧㄢˊ)粵kim⁴〔鉗〕❶
黑色: ～首(古稱老百
姓)。❷貴州省的別稱。

4 默 (mò ㄇㄛ)粵mɐk⁹〔麥〕不
說話，不出聲(疊): 沉
～。～～不語。～讀。～寫
(憑記憶寫出)。～認(心裏承
認)。
〔默哀〕為表示悼念，低頭肅立。
〔默契〕雙方的意思沒有明白說
出而彼此有一致的瞭解。

5 黛 (dài ㄉㄞ)粵doi⁶〔代〕青黑
色的顏料，古代女子用
來畫眉: ～眉。粉～。

5 黜 (chù ㄔㄨ)粵dzœt⁷〔卒〕
tsœt⁷〔出〕(又)降職，罷
免，廢除: ～退。～職。罷～。

5 **黝** (yǒu ㄧㄡˇ)粵jeu²〔柚高上〕
淡黑色：一張～黑的臉。

5 **點(点)** (diǎn ㄉㄧㄢˇ)粵
dim²〔店高上〕 ❶
(一子、一兒)細小的痕迹或物
體：墨。雨。斑。❶引少
量：一～小事。吃～東西。❷
幾何學中指只有位置而沒有
長、寬、厚的。❸一定的處所
或限度：起～。終～。據～。
焦～。沸～。❹項，部分：優
～。重～。要～。補充三～。
❺(一兒)漢字的一種筆形
(、)：三～水。❻加上點子：
~句。評~。畫龍~睛。引裝
飾：裝～。〔點綴〕在事物上略
加裝飾：~~風景。❼一落~
起地動作：~頭。蜻蜓~水。
❽使一點一滴地落下：~眼
藥。~種牛痘。~播種子。❾
引火，燃火：~燈。~火。一
~就着。❿查對，檢核：~收。
~貨。~數。~驗。⓫指示
(⓪指一)：~破。~醒。⓬指
定：~菜。~戲。⓭舊時夜間
計時用更點，一夜分五更，一
更分五點：三更三~。⓮現在
稱一天的二十四分之一的時間
為一點鐘。引鐘點，規定的時
間：上班的鐘~。火車誤~。
⓯點心：糕~。早~。

6 **黟** (yī ㄧ)粵ji¹〔衣〕黟縣，在
安徽省。

6 **點** (xiá ㄒㄧㄚˊ)粵kit⁸〔揭〕聰
明而狡猾：狡~。慧~。

6 **黡** '黶'的簡化字，見 827 頁。

7 **黢** (qū ㄑㄩ)粵dzœt⁷〔卒〕形
容黑：~黑的頭髮。屋
子裏黑~~的什麼也看不見。

7 **儵** 見人部，43 頁。

8 **黥** (qíng ㄑㄧㄥˊ)粵kiŋ⁴〔擎〕古
代在犯人臉上刺刻塗墨
的刑罰。也叫'墨刑'。

8 **黧** (lí ㄌㄧˊ)粵lei⁴〔黎〕黑裏帶
黃的顏色。

8 **黨(党)** (dǎng ㄉㄤˇ)粵
doŋ²〔擋〕❶政黨：
民主~。共和~。❷由私人利
害關係結成的集團：~徒。~
錮(古代指禁止某一集團、派
別及其有關的人擔任官職並限
制其活動)。〔黨羽〕附從的人
(指幫同作惡的)。❸舊時指親
族：父~。母~。妻~。❹偏
祖：~同伐異(偏袒同黨，攻
擊異己)。

8 **黩** '黷'的簡化字，見 827 頁。

9 **黯** (àn ㄢˋ)粵em²〔庵高上〕❶
深黑。❷昏黑。〔黯然〕
昏暗的樣子。引心神沮喪。

9 黮 (dǎn ㄉㄢˇ) 粵 dem² [抵感切]黑色。

10 黰 (zhěn ㄓㄣˇ) 粵 tsen² [診] dzen² [真高上] (又) ❶ 烏黑的樣子。❷ 同'黰',見 794 頁。

10 黰 同'黮',見本頁。

11 黴(△霉) (méi ㄇㄟˊ) 粵 mei⁴ [微] 黴菌,低等植物,常寄生或腐生在食物或衣物的表面,呈細絲狀。種類很多,有青黴、白黴、黑黴等。可用來生產工業原料,製造抗生素等,部分則可引起人和動物的病害。

13 黵 (一) (zhǎn ㄓㄢˇ) 粵 dzam² [斬]〈方〉弄髒,染上污點:墨水把紙～了。這種布顏色暗,禁(jīn)~(髒了不容易看出來)。
(二) (dǎn ㄉㄢˇ) 粵 dam² [膽] ❶ 污黑。❷ 古時在受刑的人或士兵的臉上刺字。

14 黶(黶) (yǎn ㄧㄢˇ) 粵 jim² [掩] 黑痣,皮膚上生的黑色斑點。

15 黷(黷) (dú ㄉㄨˊ) 粵 duk⁹ [毒] ❶ 玷污。❷ 隨隨便便,不鄭重。❸ 濫用。
[黷武] 濫用武力,好戰:窮兵～～。

黹部

0 黹 (zhǐ ㄓˇ) 粵 dzi² [紙] 縫紉、刺繡:針～。

5 黻 (fú ㄈㄨˊ) 粵 fet⁷ [忽] ❶ 古代禮服上繡的黑與青相間的花紋。❷ 同'韍',見 768 頁。

7 黼 (fǔ ㄈㄨˇ) 粵 fu² [苦] 古代禮服上繡的白與黑相間的花紋。

黽(黾)部

0 黽(黾) (一) (mǐn ㄇㄧㄣˇ) 粵 men⁵ [敏] [黽勉] 努力,勉力。
(二) (měng ㄇㄥˇ) 粵 maŋ⁵ [猛] 蛙的一種。

4 黿(鼋) (yuán ㄩㄢˊ) 粵 jyn⁴ [元] 鼈的一種。

5 鼂 同'晁',見 292 頁。

11 鰲(鰲) (áo ㄠˊ) 粵 ŋou⁴ [遨] 傳說中海裏的大龜。

12 鼈(鱉) (biē ㄅㄧㄝ) 粵 bit⁸ [憋] 也叫'甲魚'、'團魚',廣東叫'水魚'。爬行動物,形狀像龜,背甲無紋,邊緣柔軟，生活於河湖、池沼中。
肉供食用，甲可入藥。

黽

12 **鼉**（鼉）〔tuó ㄊㄨㄛˊ〕粵to⁴
〔駝〕鼉龍，爬行
動物，又叫‘揚子鱷’，俗叫‘豬
婆龍’。是鱷魚的一種，體長
二米多，生活於江湖沼澤地區。
皮可製鼓。

鼉

鼎部

0 **鼎**（dīng ㄉㄧㄥ）粵ding²〔頂〕❶
古代烹煮用的器物，一
般是三足兩耳。粵1.三方並立：
三國～立。～峙。2.大（疊）：
～力。～～大名。❷正當，正
在：～盛。❸《周易》六十四卦
之一。

鼎

2 **鼏**（mì ㄇㄧˋ）粵mik⁹〔覓〕鼎的
蓋子。

2 **鼐**（nài ㄋㄞˋ）粵nai⁵〔乃〕大
鼎。

3 **鼒**（zī ㄗ）粵dzi¹〔資〕上端收
斂而口小的鼎。

鼓部

0 **鼓**（gǔ ㄍㄨˇ）粵gu²〔古〕❶樂
器名，多為圓柱形，中空，
兩頭蒙皮，有軍鼓、腰鼓、撥
浪鼓等多種。〔大鼓〕〔大鼓書〕
〔鼓兒詞〕曲藝的一種。一人打
着鼓說唱故事，另一人彈弦子
伴奏。❷敲鼓：一～作氣。引
1.擊，拍，彈：～掌。～琴。
2.發動，使振作起來：～勵。
～動。～舞。〔鼓吹〕1.打擊樂
和管樂合奏。2.傳播，宣揚
（現多用於貶義）。❸凸出，高
起（疊）：口袋裝得～～的。

5 鼕(△冬)　(dōng ㄉㄨㄥ)粵dung¹〔東〕象聲詞，敲鼓聲(疊)：鑼鼓～～響。

6 鼗　(táo ㄊㄠ)粵tou⁴〔徒〕長柄的搖鼓，俗稱'撥浪鼓'。

鼗

8 鼙　(pí ㄆㄧ)粵pei⁴〔皮〕古代軍中用的一種鼓。

12 鼟　(tēng ㄊㄥ)粵teng¹〔藤高平〕象聲詞，敲鼓聲。

鼠部

0 鼠　(shǔ ㄕㄨ)粵sy²〔暑〕老鼠，俗叫'耗子'，體小尾長，門齒發達，常咬衣物，又能傳染疾病。〔鼠疫〕一種急性傳染病，又叫'黑死病'，病原體是鼠疫桿菌。消滅老鼠和預防注射是主要的預防方法。

4 鼢　(fén ㄈㄣ)粵fen⁴〔墳〕鼢鼠，哺乳動物，身體灰色，尾短，眼小。在地下打洞，損害農作物的根，甚至危害河堤。

也叫盲鼠、地羊。

5 鼧　(tuó ㄊㄨㄛ)粵to⁴〔駝〕鼧鼥就是'旱獺'，俗名'土撥鼠'，毛灰黃色，耳短，爪能掘地，毛皮可以做皮衣。

5 鼰　(qú ㄑㄩ)粵køy⁴〔渠〕麝鼰也叫'麝香鼠'，是食蟲動物，通常誤認為鼠類。雄的有分泌芳香物質的腺體，生活在近水的地方。皮毛珍貴。

5 鼫　(shí ㄕ)粵sɛk⁹〔石〕古書上指鼫鼠一類的動物。

5 鼬　(yòu ㄧㄡ)粵jeu⁶〔又〕鼬鼠俗稱'黃鼠狼'，毛黃褐色，遇到敵人能由肛門附近分泌臭氣自衛，常捕食田鼠，毛可製狼毫筆。

黃　鼬

5 鼥　(bá ㄅㄚ)粵bet⁹〔拔〕見本頁'鼧'字條'鼧鼥'。

5 竄　見穴部，493頁。

7 鼯　(wú ㄨ)粵ŋ⁴〔吳〕鼯鼠，尾巴很長，前後肢之間有薄膜，能從樹上滑翔下來，住在樹洞中，晝伏夜出。

鼰鼠

9 鼰[鼴]（yǎn ㄧㄢˇ）粵 jin²〔演〕鼰鼠，俗叫‘地排子’，一種哺乳動物，毛黑褐色，眼小，趾有鈎爪，善掘土，生活在土中。

鼴鼠

10 鼲[鼰]（xī ㄒㄧ）粵 hei⁴〔兮〕〔鼲鼠〕小家鼠。

10 鼰 同‘鼰’，見本頁。

鼻部

0 鼻（bí ㄅㄧˊ）粵 bei⁶〔備〕❶（一子）嗅覺器官，也是呼吸的孔道。（圖見 772 頁‘頭’）❷（一兒）器物上面突出帶孔的部分或帶孔的零件:.門～。針～。劍～。
〔鼻祖〕始祖，創始人。

2 劓 見刀部，64 頁。

3 鼾（hān ㄏㄢ）粵 hon⁴〔寒〕熟睡時的鼻息聲：～聲如雷。

4 鼽 同‘齁’，見 624 頁。

5 齁（hōu ㄏㄡ）粵 heu¹〔口高平〕❶鼻息聲。❷很，非常（多表示不滿意）：～鹹。～苦。～冷。

10 齆（wèng ㄨㄥˋ）粵 uŋ³〔甕〕鼻子堵塞不通氣。

11 齇（zhā ㄓㄚ）粵 dza¹〔渣〕鼻子上長的紅色小瘡，就是‘酒糟鼻’上的紅瘢。

22 齉（nàng ㄋㄤˋ）粵 noŋ⁶〔囊低去〕鼻子堵住，發音不清：～鼻子。

齊（齐）部

0 齊（齐）㊀（qí ㄑㄧˊ）粵 tsɐi⁴〔妻低平〕❶整齊，東西一頭平或排成一條直線：參差不～。隊形整～。紙疊得很～。〔齊截〕1.整齊：字寫得

~~。2.全備: 東西都預備~
~了。❷達到，跟什麼一般
平: 河水~腰深。❸同時，同
樣，一起: 百花~放。並駕~
驅。~聲高唱。~心。一~用
力。❹全，完全(通-全): 材
料都預備了。學生都到~了。
❺周代諸侯國名，在今山東省
北部、東部和河北省東南角。
❻朝代名: 1.南朝之一，蕭道
成所建立(公元479-502年)。
2.北朝之一，高洋所建立(公
元550-577年)。

㊀(zhāi ㄓㄞ)粵dzai¹〔債高平〕
〈古〉同齋戒的'齋'。

㊁(zī ㄗ)粵dzi¹〔支〕〔齊衰〕(-
cuī)又作'齊縗'。古時的喪服。

2 剂 '劑'的簡化字，見 64 頁。

2 劑 見刀部，64 頁。

3 齋(斋) (zhāi ㄓㄞ)粵dzai¹
〔債高平〕❶書房
或學舍: 書~。第一~。❷祭
祀前整潔身心，以示莊敬: ~
戒。㉚佛教，道教等教徒吃的
素食: 吃~。❸捨飯給僧人:
~僧。

7 齎 (jī ㄐㄧ)粵dzei¹〔劑〕❶懷
抱着，帶着: ~志而沒
(志未逐而死去)。~恨。❷把
東西送給別人。

9 齏(齑) (jī ㄐㄧ)粵dzei¹
〔擠〕❶切碎的醃
菜或醬菜。❷細，碎: 化為~
粉。

齒(齿)部

0 齒(齿) (chǐ ㄔ)粵tsi²
〔始〕❶牙齒，人
和動物嘴裏咀嚼食物的器官。
〔齒冷〕恥笑: 令人~~。〔掛
齒〕談及，提及(只用在否定的
句子裏): 不足~~。何足~
~。❷(一兒)排列像牙齒形狀
的東西，鋸~。梳子~兒。~
輪。❸年齡: 馬~徒增(舊時
自謙年長無能)。
〔不齒〕❀不認為是同類的人，
表示鄙棄。

2 齔(龀) (chèn ㄔㄣ)粵
tsen³〔趁〕小孩換
牙的過程(乳齒脫落長出恆
齒)。

3 齕(龁) (hé ㄏㄜ)粵het⁹
〔瞎〕咬。

4 齗(龂) (yín ㄧㄣ)粵ŋen⁴
〔銀〕❶同'齦㊀'，
見 832 頁。❷爭辯的樣子(疊)。

4 齙(龅) (bà ㄅㄚ)粵ba⁶
〔罷〕〈方〉牙齒外
露: ~牙。

5 齟（龃）(jǔ ㄐㄩˇ)粵dzœy²
〔咀〕〔齟齬〕牙齒
上下對不上。⑬意見不合。

5 齠（龆）(tiáo ㄊㄧㄠˊ)粵tiu⁴
〔條〕兒童換牙:
~年（童年）。

5 齡（龄）(líng ㄌㄧㄥˊ)粵liŋ⁴
〔零〕❶歲數（連
年一）: 高~。❷年數: 工~。

5 齣（△出）(chū ㄔㄨ)粵
tsœt⁷〔出〕傳
(chuán)奇中的一回，戲曲的
一個獨立劇目。

5 齙（龅）(bāo ㄅㄠ)粵bau⁶
〔鮑 低去〕齙牙,
突出唇外的牙齒。

6 齦（龈）㊀(yín ㄧㄣˊ)粵
ŋen⁴〔銀〕牙齦,
牙牀子，牙根上的肉。
㊁同'啃'，見 108 頁。

6 齜（龇）(zī ㄗ)粵dzi¹〔枝〕
張開嘴露出牙:
~牙咧嘴。

6 齧（啮）(niè ㄋㄧㄝˋ)粵ŋit⁹
〔吳熱切〕ŋat⁹〔吳
壓切低入〕(又)又作'嚙'。咬: 蟲
咬鼠~。

6 齩 同'咬'，見 100 頁。

7 齪（龊）(chuò ㄔㄨㄛˋ)粵
tsuk⁷〔畜〕見 本
頁'齷'字條'齷齪'。

7 齬（龉）(yǔ ㄩˇ)粵jy⁵〔雨〕
見本頁'齟'字條
'齟齬'.

9 齲（龋）(qǔ ㄑㄩˇ)粵gœy²
〔擧〕〔齲齒〕因口
腔不清潔，食物渣滓發酵，產
生酸類，侵蝕牙齒的釉質而形
成空洞。這樣的牙齒叫做齲齒。
又叫'蛀牙'，俗叫'蟲牙'或'蟲
蝕牙'。

9 齷（龌）(wò ㄨㄛˋ)粵ek⁷
ak⁷〔握〕(又)〔齷
齪〕❶器量狹窄，拘於小節。
❷骯髒，不乾淨。

9 齶 同'腭'，見 559 頁。

12 齾 同'咬'，見 100 頁。

龍（龙）部

0 龍（龙）㊀(lóng ㄌㄨㄥˊ)粵
luŋ⁴〔隆〕❶中國
古代傳說中的一種長形、有鱗、
有角的動物。能走、能飛、能
游泳。近代古生物學上指一些
巨大的有腳有尾的爬蟲: 恐
~。翼手~。〔龍頭〕自來水管
放水的出口。❷封建時代稱關
於皇帝的東西: ~袍。~牀。
〔龍鍾〕年老衰弱行動不靈便的

樣子。

㊀〈古〉同'靇'，見 142 頁。

2 **龐**　見厂部，81 頁。

3 **宠**　'寵'的簡化字，見 172 頁。

3 **聾**　見土部，142 頁。

3 **寵**　見宀部，172 頁。

3 **龐**　見广部，204 頁。

4 **龑**（龑）（yǎn ㄧㄢˇ）粵 jim⁵〔染〕用於人名。

5 **襲**　見石部，477 頁。

6 **龔**（龚）（gōng ㄍㄨㄥ）粵 guŋ¹〔公〕姓。

6 **龕**（龛）（kān ㄎㄢ）粵 hem¹〔堪〕供奉佛像、神位等的石室或櫃子。

6 **聾**　見耳部，547 頁。

6 **襲**　見衣部，635 頁。

7 **讋**　見言部，657 頁。

龠部

0 **龠**（yuè ㄩㄝ）粵 jœk⁹〔若〕❶ 又作'籥'。古代管樂器名。❷ 古代容量單位，兩龠是一合。

4 **龡**　同'吹'，見 93 頁。

5 **龢**　同'和'㊀，見 98 頁。

龜（龟）部

0 **龜（龟）** ㊀（guī ㄍㄨㄟ）粵 gwei¹〔歸〕烏龜，爬行動物，腹背都有硬甲，頭尾和腳能縮入甲中，能耐飢渴，壽命很長。龜甲也叫龜板，可以入藥。古人用龜甲占卜：～卜。著～。〔龜鑒〕又作'龜鏡'。用龜卜，用鏡照，比喻可資借鑒的事例或道理。

龜

㊀(jūn ㄐㄩㄣ)粵gwen¹〔軍〕同
'皸'。皮膚因寒冷或乾燥而破
裂。

㊁(qiū ㄑㄧㄡ)粵geu¹〔鳩〕〔龜玆〕
(一cí)漢代西域國名，在今新
疆維吾爾自治區庫車縣一帶。

0 龜　同'龜'，見 833 頁。

0 龜　同'龜'，見 833 頁。

附　錄　一

漢語拼音方案

一　字母表

字母	Aa	Bb	Cc	Dd	Ee	Ff	Gg
名稱	ㄚ	ㄅㄝ	ㄘㄝ	ㄉㄝ	ㄜ	ㄝㄈ	ㄍㄝ

	Hh	Ii	Jj	Kk	Ll	Mm	Nn
	ㄏㄚ	ㄧ	ㄐㄧㄝ	ㄎㄝ	ㄝㄌ	ㄝㄇ	ㄋㄝ

	Oo	Pp	Qq	Rr	Ss	Tt
	ㄛ	ㄆㄝ	ㄑㄧㄡ	ㄚㄦ	ㄝㄙ	ㄊㄝ

	Uu	Vv	Ww	Xx	Yy	Zz
	ㄨ	万ㄝ	ㄨㄚ	ㄒㄧ	ㄧㄚ	ㄗㄝ

v只用來拼寫外來語、少數民族語言和方言。

字母的手寫體依照拉丁字母的一般書寫習慣。

二　聲母表

b	p	m	f	d	t	n	l
ㄅ玻	ㄆ坡	ㄇ摸	ㄈ佛	ㄉ得	ㄊ特	ㄋ訥	ㄌ勒

g	k	h		j	q	x
ㄍ哥	ㄎ科	ㄏ喝		ㄐ基	ㄑ欺	ㄒ希

zh	ch	sh	r	z	c	s
ㄓ知	ㄔ蚩	ㄕ詩	ㄖ日	ㄗ資	ㄘ雌	ㄙ思

在給漢字注音的時候，爲了使拼式簡短，zh ch sh 可以省作 ẑ ĉ ŝ。

三 韻母表

		i ㄧ 衣	u ㄨ 烏	ü ㄩ 迂
a ㄚ 啊		ia ㄧㄚ 呀	ua ㄨㄚ 蛙	
o ㄛ 喔			uo ㄨㄛ 窩	
e ㄜ 鵝		ie ㄧㄝ 耶		üe ㄩㄝ 約
ai ㄞ 哀			uai ㄨㄞ 歪	
ei ㄟ 欸			uei ㄨㄟ 威	
ao ㄠ 熬		iao ㄧㄠ 腰		
ou ㄡ 歐		iou ㄧㄡ 憂		
an ㄢ 安		ian ㄧㄢ 煙	uan ㄨㄢ 彎	üan ㄩㄢ 冤
en ㄣ 恩		in ㄧㄣ 因	uen ㄨㄣ 溫	ün ㄩㄣ 暈
ang ㄤ 昂		iang ㄧㄤ 央	uang ㄨㄤ 汪	
eng ㄥ 亨的韻母		ing ㄧㄥ 英	ueng ㄨㄥ 翁	
ong (ㄨㄥ) 轟的韻母		iong ㄩㄥ 雍		

(1) "知、蚩、詩、日、資、雌、思"等七個音節的韻母用 i，即：知、蚩、詩、日、資、雌、思等字拼作 zhi, chi, shi, ri, zi, ci, si。

(2) 韻母 儿 寫成 er，用作韻尾的時候寫成 r。例如："兒童"拼作 ertong，"花兒"拼作 huar。

(3) 韻母 ㄝ 單用的時候寫成 ê。

(4) i 行的韻母，前面沒有聲母的時候，寫成 yi(衣)，ya(呀)，ye(耶)，yao(腰)，you(憂)，yan(煙)，yin(因)，yang(央)，ying(英)，yong(雍)。

u 行的韻母，前面沒有聲母的時候，寫成 wu(烏)，wa(蛙)，wo(窩)，wai(歪)，wei(威)，wan(彎)，wen(溫)，wang(汪)，weng(翁)。

ü 行的韻母，前面沒有聲母的時候，寫成 yu(迂)，yue(約)，yuan(冤)，yun(暈)；ü 上兩點省略。

ü 行的韻母跟聲母 j, q, x 拼的時候，寫成 ju(居)，qu(區)，xu(虛)，ü 上兩點也省略；但是跟聲母 n, l 拼的時候，仍然寫成 nü(女)，lü(呂)。

(5) iou, uei, uen 前面加聲母的時候，寫成 iu, ui, un。例如 niu(牛)，gui(歸)，lun(論)。

(6) 在給漢字注音的時候，爲了使拼式簡短，ng 可以省作 ŋ。

四　聲調符號

陰平	陽平	上聲	去聲
ˉ	ˊ	ˇ	ˋ

聲調符號標在音節的主要母音上。輕聲不標。例如：

媽 mā	麻 má	馬 mǎ	罵 mà	嗎 ma
(陰平)	(陽平)	(上聲)	(去聲)	(輕聲)

五　隔音符號

a, o, e 開頭的音節連接在其他音節後面的時候，如果音節的界限發生混淆，用隔音符號 (')隔開，例如：pi'ao(皮襖)。

附 錄 二
廣州標準粵音聲韻調表
(國際音標注音)

一 聲母表
(十九個)

b(ba)巴	p(pa)扒	m(ma)媽	f(fa)花
d(da)打	t(ta)他	n(na)拿	l(la)啦
g(ga)家	k(ka)卡	ŋ(ŋa)牙	h(ha)蝦
gw(gwa)瓜	kw(kwa)跨	dz(dzi,dza)資,揸	ts(tsi,tsa)雌,叉
s(si,sa)思,沙	j(ja)也	w(wa)華	

二 韻母表
(五十三個)

1. 單純韻母:	a(呀)	i(衣)	u(烏)	
	ε(些之韻)	œ(靴之韻)	y(於)	
	ɔ(痾)			
2. 複合韻母:	ai(唉)	au(拗)	ɐi(翳)	
	ɐu(歐)	ei(卑之韻)	iu(腰)	
	ou(澳)	ɔi(哀)	œy(居之韻)	
	ui(煨)			
3. 帶鼻聲韻母:				
m收音	am(減之韻)	ɐm(庵)	im(淹)	
n收音	an(晏)	ɐn(根之韻)	in(煙)	
	ɔn(安)	œn(津之韻)	un(碗)	
	yn(鴛)			
ŋ收音	aŋ(罌)	ɐŋ(鶯)	εŋ(廳之韻)	
	iŋ(英)	ɔŋ(盎)	œŋ(香)	
	uŋ(甕)			
4. 促音韻母:				
p收音	ap(鴨)	ɐp(急之韻)	ip(葉)	
t收音	at(壓)	ɐt(不之韻)	it(熱)	
	ɔt(喝之韻)	œt(卒之韻)	ut(活)	
	yt(月)			
k收音	ak(握)	ɐk(厄)	εk(隻之韻)	
	ik(益)	ɔk(惡)	œk(腳之韻)	
	uk(屋)			
5. 自成音節韻母:	m(唔)	ŋ(吳)		

三　聲調表

名稱			例	字			
(1)高平聲	詩(si¹)	分(fen¹)	因(jen¹)	鞭(bin¹)	淹(jim¹)	風(fuŋ¹)
(2)高上聲	史(si²)	粉(fen²)	隱(jen²)	貶(bin²)	掩(jim²)	俸(fuŋ²)
(3)高去聲	試(si³)	訓(fen³)	印(jen³)	變(bin³)	厭(jim³)	諷(fuŋ³)
(4)低平聲	時(si⁴)	焚(fen⁴)	人(jen⁴)	○(bin⁴)	炎(jim⁴)	逢(fuŋ⁴)
(5)低上聲	市(si⁵)	憤(fen⁵)	引(jen⁵)	○(bin⁵)	染(jim⁵)	○(fuŋ⁵)
(6)低去聲	事(si⁶)	份(fen⁶)	刃(jen⁶)	便(bin⁶)	驗(jim⁶)	奉(fuŋ⁶)
(7)高入聲	○(sit⁷)	忽(fet⁷)	壹(jɐt⁷)	必(bit⁷)	○(jip⁷)	福(fuk⁷)
(8)中入聲	屑(sit⁸)	○(fet⁸)	○(jɐt⁸)	鱉(bit⁸)	醃(jip⁸)	○(fuk⁸)
(9)低入聲	蝕(sit⁹)	佛(fet⁹)	日(jɐt⁹)	別(bit⁹)	葉(jip⁹)	服(fuk⁹)

九聲字例

(1)高平聲	天	風	花	生	山	東	鄉	村
(2)高上聲	總	統	左	手	好	紙	寫	稿
(3)高去聲	再	次	見	證	放	哨	試	探
(4)低平聲	時	常	雲	遊	河	南	田	園
(5)低上聲	老	母	婦	女	有	雨	買	米
(6)低去聲	內	地	道	路	腐	敗	賣	字
(7)高入聲	竹	屋	即	刻	不	必	急	速
(8)中入聲	鐵	索	劫	殺	托	鉢	結	髮
(9)低入聲	雜	木	白	綠	聱	日	十	月

註：(1) j 為半元音。凡韻之主要元音為"i"，而前又無其他輔音時，則冠以"j"，如ji 衣，jiŋ
英，jik 益，jiu 要等。

　　(2) 凡韻之主要元音為"y"，而前又無其他輔音時，則亦冠以"j"，如：jy 於，jyn 鴛，
jyt 月等。

　　(3) w 為半元音。凡韻之主要元音為"u"，而前又無其他輔音時，則冠以"w"，如：wu
烏，wui 回，wun 換，wut 活等。

　　(4) 粵音九聲，一律統一用"¹"代表高平，"²"代表高上，"³"代表高去，"⁴"代表低平，
"⁵"代表低上，"⁶"代表低去，"⁷"代表高入，"⁸"代表中入，"⁹"代表低入。

附 錄 三
常用標點符號用法簡表

名 稱	符 號	用法説明	舉 例
句 號	。	表示一句話完了之後的停頓。	田裏的麥完全收割了。(葉紹鈞《晨》) 我愛月夜,但我也愛星天。(巴金《繁星》)
逗 號	,	表示一句話中間的停頓。	這一番話,帶着畫意,又是詩情,使我神往,使我微笑。(冰心《往事》)
頓 號	、	表示句中並列的詞或詞組之間的停頓。	生、老、病、死,都是極普遍的人生現象。(啓凡《發問的精神》) 我們理想中的讀書人是又精又博,像金字塔那樣,又大、又高、又尖。(胡適《讀書》)
分 號	;	表示一句話中並列分句之間的停頓。	燕子去了,有再來的時候;楊柳枯了,有再青的時候;桃花謝了,有再開的時候。(朱自清《匆匆》)

名　稱	符　號	用法說明	舉　　例
冒　號	：	用以提示下文。	我生平受用的有兩句話：一是"責任心"，二是"趣味"。（梁啓超《敬業與樂業》） 俗語說："種瓜得瓜，種豆得豆。"（任鴻雋《科學的頭腦》）
問　號	？	用在問句之後。	哪樣的生活可以叫做新生活？（胡適《新生活》） 　數學眞的很難嗎？（華羅庚《和同學們談談學習數學》）
感歎號 ①	！	1. 表示強烈的感情。	你看，那山上的奇峯怪石，是多麼引人入勝啊！（佚名《知識的寶庫》）
		2. 用在語氣強烈的祈使句之後。	你給我滾出去！

名 稱	符 號	用法説明	舉　例
引 號 ②	" " ' '	1. 表示引用的部分。	他引周啓明先生的詩，"因爲我有妻子，所以我愛一切的女人；因爲我有子女，所以我愛一切的孩子。"（朱自清《槳聲燈影裏的秦淮河》）
	「 」	2. 表示特定的稱謂或需要着重指出的部分。	我們雇了一隻"七板子"，在夕陽已去，皎月方來的時候，便下了船。（朱自清《槳聲燈影的秦淮河》）
	「 」	3. 表示諷刺或否定的意思。	帶着書籍的人也困難，因爲一不小心，會被指爲"危險文件"的。（魯迅《略談香港》）
括 號 ③	( )	表示文中注釋的部分。	榕樹的樹子(和無花果一樣，其實是它的發育了的囊狀的花托)很小，只有一粒黃豆大小，淡紅帶紫。（秦牧《榕樹的美髯》）

名　稱	符　號	用法説明	舉　　例
省略號 ④	……	1. 表示文中省略的部分。	品種紛繁的花，品種紛繁的金魚，哥窰、均紅、天青、粉彩……的瓷器，一起給人賀節來了。（秦牧《南國花市》）
		2. 表示説話的斷斷續續。	放着這許多事情都不做，拿着我們這樣造孽的錢陪他們打牌，百兒八十地應酬，你……你叫我怎麼打得下去？（曹禺《日出》）
破折號 ⑤	——	1. 表示底下是解釋、説明的部分，有括號的作用。	我這題目——學問之趣味，並不是要説學問是如何如何的有趣味，只是要説如何如何便會嘗得着學問的趣味。（梁啓超《學問之趣味》）
		2. 表示意思的遞進。	冒險——痛苦——失敗——失望，是跟着來的。（徐志摩《迎上前去》）
		3. 表示意思的轉折。	很白很亮的一堆洋錢！而且是他的——現在不見了！（魯迅《阿Q正傳》）

名　稱	符　號	用法說明	舉　　例
連接號 ⑥	—	1. 表示時間、地點、數目等的起止。	戰國時代（公元前475年—公元前221年） "香港—廣州"直通快車
		2. 表示相關的人或事物的聯繫。	亞洲—太平洋地區
書名號 ⑦	《　》 〈　〉	表示書籍、文件、報刊、文章等的名稱。	《紅樓夢》 《日內瓦國際紅十字會公約》 《申報》《東方雜誌》 《荷塘月色》
專名號	——	表示人名、地名、朝代名等。	朱自清 香　港 清　朝
間隔號	·	1. 表示外國人或某些少數民族人名中的音界。	差利·卓別靈 愛新覺羅·溥儀
		2. 表示書名與篇（章、卷）名之間的分界。	《三國志·蜀志·諸葛亮傳》

名　稱	符　號	用法說明	舉　　例
着重號	·	表示文中需要強調的部分。	批評家的職務不但是剪除惡草，還得灌溉佳花——佳花的苗。（魯迅《並非閒話〔三〕》）

附注：①感歎號也叫"感情號"或"驚歎號"。

②" "　叫雙引號，' '　叫單引號。" " ' '用於橫行文字，叫用於直行文字。只需要一種引號時，橫行文字用" "，直行文字用　或　都可以。引號中再用引號時，一般雙引號在外，單引號在內，直行文字也有單引號在外的。

③常見的括號還有幾種，如〔 〕〔 〕，多用於文章注釋的標號或根據需要作為某種標記。

④一般用六個圓點，佔兩個字的位置。

⑤佔兩個字的位置。

⑥佔一個字或兩個字的位置。

⑦書名號內再用書名號時，雙書名號（《 》）在外，單書名號（〈 〉）在內。書名號原用"～～～～"。

附　錄　四
現代漢語詞類簡表

名　稱	定　義	語法特點	類　別	舉　例
（一）名詞	表示人或事物名稱的詞。	①前面可以加數量詞(一個人)。②前面不能加"不"、"很"之類的副詞(不能說"不房子"、"很桌子")。③後面不能加時態助詞"了"(不能說"學校了")。	①具體名詞	人、牛、山、水、學校、汽車、電視機
			②抽象名詞	友誼、和平、文化、教育、交通、道德、思想
（附）方位詞	名詞中表示方向位置的詞。	常用在名詞或名詞性詞組的後面。		東、西、南、北、前、後、中間、下邊

名　稱	定　義	語法特點	類　別	舉　例
(二) 代 詞	具有替代或指示作用的詞。	①能夠替代或指示各類實詞。 ②一般不帶修飾成分。	①人稱代詞 - - - - - - ②指示代詞 - - - - - - ③疑問代詞	我、你、他、你們、他們 - - - - - - 這、那、這兒、那裏 - - - - - - 誰、什麼、哪、多少
(三) 動 詞	表示行為動作或發展變化的詞。	①前面可以加副詞(剛走、非常惦記)。 ②後面一般能加"着"、"了"、"過"這類時態助詞，表示動作的持續、完成或過去(看着、看了、看過)。 ③多數能重疊(想想、討論討論)。	①不及物動詞(自動詞) ②及物動詞(他動詞)	醒、病、遊行、覺悟 看、寫、打、調查、討論、認爲

名　稱	定　義	語法特點	類　別	舉　例
(附一) 能 願 動 詞 （助 動 詞 ）	表示可能、必要或願望等意思的詞。	①不能重疊。 ②後面不能加"着""了""過"表示時態。 ③經常用在動詞、形容詞前。	①表示可能的	能、能夠、可以
			②表示必要的	該、應、應當
			③表示願望的	敢、肯、願意
(附二) 趨 向 動 詞	表示動作的趨向的詞。	①不能重疊。 ②經常用在動詞、形容詞後。		來、去、上、下、進、出、進來、出去、上來、下去
(四) 形 容 詞	表示人或事物的性質或狀態的詞。	①前面可以加副詞(很好、不壞)。 ②後面能加"着""了""過"這類時態助詞，表示持續、完成或過去(紅着、紅了、紅過)。 ③一部分能重疊(大大、慢慢兒、清清楚楚)。	①性質形容詞	好、壞、冷、熱、苦、甜、方、高、美麗、英明、勇敢、老實、寬廣
			②狀態形容詞	紅、綠、雪白、紅通通

名　稱	定　義	語法特點	類　別	舉　例
（五）數　詞	表示數目的詞。	常和量詞結合，數詞量詞結合起來稱爲數量詞。	①基　數	一、二、百、千、萬、億
			②序　數	第一、第二、初三
			③分　數	十分之一、百分之九十九
			④倍　數	一倍、十倍、百倍
			⑤概　數	幾(個)、十來(個)、一百上下
（六）量　詞（單位詞）	表示事物或動作單位的詞。	①常和數詞或指示代詞"這"、"那"結合。②單音簡量詞能重疊，重疊之後含有"每"的意思（"個個"、"條條"是每個、每條的意思）。	①名量詞（物量詞）	一個(人)、一棵(桃花)、一屋子(人)、這匹(馬)、那口(豬)
			②動量詞	去一次、說一遍、看一眼

名　稱	定　義	語法特點	類　別	舉　例
（七） 副 詞	用來修飾、限制動詞、形容詞或其他副詞的詞。	一般只能用在動詞、形容詞或其他副詞前作狀語。一般不能和名詞組合。	①表示程度的	很、太、最、十分、非常
			②表示範圍的	都、全、只、統統、僅僅
			③表示時間的	正、剛、又、曾經、終於
			④表示否定的	不、未、沒有（看見）
			⑤表示語氣的	偏偏、也許、簡直、難道
（八） 介 詞 （次動詞）	起轉介作用的詞，一般用在名詞、代詞或名詞性詞組的前邊，合起來組成介詞結構，以表示處所、時間、狀態、方式、原因、目的、比較對象等意思。	①介詞後邊不能加時態助詞"着""了""過"。 ②不能重疊。 ③不能單說，也不能單獨作謂語，必須放在名詞、代詞或名詞性詞組前邊組成介詞結構。 ④介詞結構也不能單說，不能單獨作謂語，它在句中主要是作狀語，有少數也能作補語或定語。	①表示對象、關係的	把、被、對、對於、關於、連、同
			②表示處所、方向的	在、向、從、往、朝
			③表示時間的	從、自從、當
			④表示狀態方式的	用、以、按照
			⑤表示原因的	由於、因、因為

名　稱	定　義	語法特點	類　別	舉　例
			⑥表示目的的	爲、爲了、爲着
			⑦表示比較的	比、跟、同
			⑧表示排除的	除了
(九) 連 詞	連接詞、詞組或句子，表示它們之間的各種關係的詞。	只能起連接作用，不能起修飾作用和補充作用。	①表示聯合關係的	和、跟、與、同、及、而、或、或者
			②表示偏正關係的	如果、只要、因爲、雖然、即使、不但
(十) 助 詞	附着在詞、詞組、句子後，起輔助作用的詞。	①獨立性最差，意義最不實在。 ②每個詞的個性很強。	①結構助詞	的、地、得
			②時態助詞	着、了、過
			③語氣助詞	嗎、呢、吧

名　稱	定　義	語法特點	類　別	舉　例
(十一) 歎 詞	表示感歎、應答的詞。	在句中的位置比較靈活，通常不同其他名詞、動詞、形容詞等發生特定的關係，也不充當一般的句子成分，它能獨立成句。	①表示喜悅的	哈哈
			②表示悲痛的	唉、哎喲
			③表示憤怒的	哼、呸
			④表示驚訝的	唉呀、咦
			⑤表示呼喚的	喂
			⑥表示答應的	嗯
(十二) 象 聲 詞	摹擬事物聲音的詞。	①經常充任修飾語。 ②能單說。		走到山邊便聽見嘩嘩嘩嘩的水聲 　嘟嘟！汽車開來了

附　錄　五

中國歷史朝代公元對照簡表

夏		約前21世紀——約前16世紀
商		約前16世紀——約前1066
周	西　周	約前1066——前771
	東　周 春秋時代 戰國時代 ①	前770——前256 前770——前476 前475——前221
秦		前221——前206
漢	西　漢 ②	前206——公元25
	東　漢	25——220
三　國	魏	220——265
	蜀	221——263
	吳	222——280
西　晉		265——317
東　晉	東　晉	317——420
十六國	十六國 ③	304——439

南北朝	南朝	宋	420——479
		齊	479——502
		梁	502——557
		陳	557——589
	南朝	北魏	386——534
		東魏 北齊	534——550 550——577
		西魏 北周	535——556 557——581
隋			581——618
唐			618——907
五代十國		後　梁	907——923
		後　唐	923——936
		後　晉	936——946
		後　漢	947——950
		後　周	951——960
		十　國 ④	902——979

宋	北　宋	960——1127
	南　宋	1127——1279
遼		907——1125
西夏		1032——1227
金		1115——1234
元		1279——1368
明		1368——1644
清		1644——1911

附注：①這時期，主要有秦、魏、韓、趙、楚、燕、齊等國。

②包括王莽建立的"新"王朝(公元9年—23年)。

③這時期，在中國北方，先後存在過一些封建政權，其中
有：漢(前趙)、成(成漢)、前涼、後趙(魏)、前燕、前
秦、後燕、後秦、西秦、後涼、南涼、北涼、南燕、西
涼、北燕、夏等國，歷史上叫做"十六國"。

④這時期，除後梁、後唐、後晉、後漢、後周外，還先後
存在過一些封建政權，其中有：吳、前蜀、吳越、楚、
閩、南漢、荊南(南平)、後蜀、南唐、北漢等國，歷史
上叫做"十國"。

附　錄　六
中國少數民族簡表

　　中國是一個多民族的國家，除漢族外，有五十多個少數民族，約佔中國總人口的6.6%。

民族名稱	主要分佈地區
蒙古族	內蒙古、遼寧、新疆、黑龍江、吉林、青海、河北、河南等地。
回族	寧夏、甘肅、河南、新疆、青海、雲南、河北、山東、安徽、遼寧、北京、內蒙古、天津、黑龍江、陝西、吉林、江蘇、貴州等地。
藏族	西藏及四川、青海、甘肅、雲南等地。
維吾爾族	新疆
苗族	貴州、雲南、湖南、四川、廣西、湖北等地。
彝族	雲南、四川、貴州等地。
壯族	廣西及雲南、廣東、貴州、湖南等地。
布依族	貴州。
朝鮮族	吉林、黑龍江、遼寧等地。
滿族	遼寧及黑龍江、吉林、河北、內蒙古、北京等地。

民 族 名 稱	主 要 分 佈 地 區
侗　　族	貴州、湖南、廣西等地。
瑤　　族	廣西、湖南、雲南、廣東、貴州等地。
白　　族	雲南。
土 家 族	湖北、湖南、四川等地。
哈 尼 族	雲南。
哈 薩 克 族	新疆。
傣　　族	雲南。
黎　　族	廣東。
傈 傈 族	雲南。
佤　　族	雲南。
畲　　族	福建、浙江等地。
高 山 族	臺灣及福建。
拉 祜 族	雲南。
水　　族	貴州。
東 鄉 族	甘肅。
納 西 族	雲南。

民　族　名　稱	主　要　分　佈　地　區
景　頗　族	雲南。
柯爾克孜族	新疆。
土　　　族	青海。
達　斡　爾　族	內蒙古、黑龍江等地。
仫　佬　族	廣西。
羌　　　族	四川。
布　朗　族	雲南。
撒　拉　族	青海、甘肅等地。
毛　難　族	廣西。
仡　佬　族	貴州。
錫　伯　族	遼寧、新疆、黑龍江等地。
阿　昌　族	雲南。
塔　吉　克　族	新疆。
普　米　族	雲南。
怒　　　族	雲南。
烏孜別克族	新疆。

民 族 名 稱	主 要 分 佈 地 區
俄 羅 斯 族	新疆。
鄂 溫 克 族	內蒙古和黑龍江。
德 昂 族	雲南。
保 安 族	甘肅。
裕 固 族	甘肅。
京 族	廣西。
塔 塔 爾 族	新疆。
獨 龍 族	雲南。
鄂 倫 春 族	內蒙古和黑龍江。
赫 哲 族	黑龍江。
門 巴 族	西藏。
珞 巴 族	西藏。
基 諾 族	雲南。

附　錄　七

地質年代簡表

時代劃分及符號			絕對年齡(百萬年)		生物發展階段	
代		紀	距今年齡	時代間距	動物界	植物界
新生代 Kz		第四紀 Q	2或3	2-3	人類時代	被子植物時代
	第三紀 R	晚第三紀 N	25	24	哺乳動物時代	
		早第三紀 E	70	45		
中生代 Mz		白堊紀 K	135	65	爬行動物時代 (各種恐龍繁盛)	裸子植物時代 (蘇鐵、銀杏、松柏等類繁盛)
		侏羅紀 J	180	45		
		三疊紀 T	225	45		
古生代 Pz		二疊紀 P	270	45	兩棲動物時代	陸生孢子 植物時代
		石炭紀 C	350	80		
		泥盆紀 D	400	50	魚類時代	
		志留紀 S	440	40	海生無脊椎 動物時代	海生藻類 植物時代
		奧陶紀 O	500	60		
		寒武紀 e	600	100		
元古代 Pt		震旦紀 Z	1000?	400?		
			1800	800?		
太古代 A			4600	2800	最低等原始生物產生 (尚缺少充足的、可靠的化石根據)	

地球初期發展階段
(地球的"天文時期")

6000?

注：此表絕對年齡大部分根據李四光《天文、地質、古生物資料摘要(初稿)》第30頁附表；只有元古代根據《天體、地球生命和人類的起源》第33頁附表。

附 錄 八

計量單位簡表

一、公制計量單位表

長 度

名稱	微米	忽米	絲米	毫米	厘米	分米	米	十米	百米	公里(千米)
等級		10微米	10忽米	10絲米	10毫米	10厘米	10分米	10米	100米	1000米

面 積

名稱	平方毫米	平方厘米	平方分米	平 方 米	平 方 公 里
等數		100 平方毫米	100 平方厘米	100 平方分米	1000000平方米

地 積

名 稱	平 方 米	公 畝	公 頃	方 公 里
等 數		100 平方米	100 公畝	100 公頃

體 積

名 稱	立 方 毫 米	立 方 厘 米	立方分米(升)	立 方 米
等 數		1000立方毫米	1000立方厘米	1000立方分米

容 量

名 稱	毫升	厘升	分升	升 (1升＝1立方分米)	十升	百升	千升
等 數		10毫升	10厘升	10分升	10升	100升	1000升

重量（質量單位名稱同*）

名稱	毫克	厘克	分克	克	十克	百克	公斤	公擔	噸
等數		10毫克	10厘克	10分克	10克	100克	1000克	100公斤	1000公斤

* 重量的概念和質量的概念是根本不同的。

二、市制計量單位表

長　度

名稱	毫	厘	分	寸	尺	丈	里
等數		10毫	10厘	10分	10寸	10尺	150丈

面　積

名稱	平方毫	平方厘	平方分	平方寸	平方尺	平方丈	平方里
等數		100平方毫	100平方厘	100平方分	100平方寸	100平方尺	22500平方丈

地　積

名　稱	毫	厘	分	畝	頃
等　數		10毫	10厘	10分	100畝

重　量*

名稱	絲	毫	厘	分	錢	両	斤	擔
等數		10絲	10毫	10厘	10分	10錢	10両（舊制16両）	100斤

*見前公制計量單位表重量表注。

容　量

名　稱	撮	勺	合	升	斗	石
等　數		10撮	10勺	10合	10升	10斗

三、計量單位比較表

(英制單位均爲舊制，英國決定自1965年5月採用公制*)

長度比較表

1公里(千米)＝2市里		＝0.621英里	＝0.540海里
1米　　　　＝3市尺		＝3.281英尺	
1市里　＝0.5公里		＝0.311英里	＝0.270海里
1市尺　＝0.333米		＝1.094英尺	
1英里　＝1.609公里		＝3.218市里	＝0.869海里
1英尺　＝0.305米		＝0.914市尺	
1英寸　＝2.540厘米		＝0.762市寸	
1海里　＝1.852公里		＝3.704市里	＝1.151英里

英制　1英里＝1760碼　　1碼＝3英尺　　1英尺＝12英寸

*　長度單位的公制又稱米制。

地積比較表

1公頃　＝15市畝		＝2.471英畝
1市畝*	＝6.667公畝	＝0.164英畝
1英畝　＝0.405公頃		＝6.070市畝

*本表1市畝按60平方丈計算。

重量*比較表

磅（英制）

1公斤	＝2市斤	＝2.205英磅
1市斤	＝0.5公斤	＝1.102英磅
1英磅（常衡）	＝0.454公斤	＝0.907市斤
1盎司（英制、常衡）**	＝28.3495克	＝0.567市兩
1盎司（英制、金藥衡）**	＝31.1035克	＝0.6221市兩

*　見前公制計量單位表重量表注。

**　英制常衡1磅＝金藥衡1.215磅

英制　金藥衡1盎司（英兩）＝155.5克拉；1克拉＝0.2克

容量比較表

1升	＝1市升	＝0.220英加侖
1英加侖	＝4.546升	＝4.546市升
1英蒲氏耳	＝36.368升	＝36.368市升

英制　1蒲氏耳＝8加侖　　（乾量）

　　　1加侖＝8品脫　　　（液量）

世界平均比重的原油通常以1噸按7.3桶（每桶爲42美制加侖）或1.17千升計。

附　錄　九

節氣表（按公元月日計算）

春季	立　春 2月3—5日交節	雨　水 2月18—20日交節	驚　蟄 3月5—7日交節
	春　分 3月20—22日交節	清　明 4月4—6日交節	穀　雨 4月19—21日交節
夏季	立　夏 5月5—7日交節	小　滿 5月20—22日交節	芒　種 6月5—7日交節
	夏　至 6月21—22日交節	小　暑 7月6—8日交節	大　暑 7月22—24日交節
秋季	立　秋 8月7—9日交節	處　暑 8月22—24日交節	白　露 9月7—9日交節
	秋　分 9月22—24日交節	寒　露 10月8—9日交節	霜　降 10月23—24日交節
冬季	立　冬 11月7—8日交節	小　雪 11月22—23日交節	大　雪 12月6—8日交節
	冬　至 12月21—23日交節	小　寒 1月5—7日交節	大　寒 1月20—21日交節

二十四節氣歌

春雨驚春清穀天，　　夏滿芒夏暑相連，
秋處露秋寒霜降，　　冬雪雪冬小大寒。
每月兩節不變更，　　最多相差一兩天，
上半年來六、廿一，　　下半年是八、廿三。

附　錄　十

部首讀音表

一　畫

一	yī	｜	jɐt⁷	〔壹〕
｜	gǔn	《ㄨㄣˊ	gwɐn²	〔滾〕
丶	zhǔ	ㄓㄨ	dzy²	〔主〕
ノ	piě	ㄆｌㄝ	pit⁸	〔瞥〕
乙	yī	｜	jyt⁹	〔月〕
			jyt⁸	〔月中入〕(又)
｜	jué	ㄐㄩㄝ	kyt⁸	〔決〕

二　畫

二	èr	ㄦ	ji⁶	〔異〕
亠	tóu	ㄊㄡ	tɐu⁴	〔頭〕
人	rén	ㄖㄣ	jɐn⁴	〔仁〕
儿	rén	ㄖㄣ	jɐn⁴	〔仁〕
入	rù	ㄖㄨ	jɐp⁹	〔泣低入〕
八	bā	ㄅㄚ	bat⁸	〔捌〕
冂	jiōng	ㄐㄩㄥ	gwiŋ¹	〔坰〕
冖	mì	ㄇｌ	mik⁹	〔覓〕
冫	bīng	ㄅｌㄥ	biŋ¹	〔冰〕
几	jī	ㄐｌ	gei¹	〔基〕
	jǐ	ㄐｌ (又)	gei²	〔己〕(又)

凵	kǎn	ㄎㄢˇ	hɐm²	〔砍〕
刀	dāo	ㄉㄠ	dou¹	〔都〕
力	lì	ㄌㄧˋ	lik⁹	〔歷〕
勹	bāo	ㄅㄠ	bau¹	〔包〕
匕	bǐ	ㄅㄧˇ	bei³	〔臂〕
			bei²	〔比〕(又)
匚	fāng	ㄈㄤ	fɔŋ¹	〔方〕
十	shí	ㄕˊ	sɐp⁹	〔拾〕
卜	bǔ	ㄅㄨˇ	buk⁷	〔僕高入〕
卩	jié	ㄐㄧㄝˊ	dzit⁸	〔節〕
厂	hàn	ㄏㄢˋ	ŋɔn⁶	〔岸〕
	hǎn	ㄏㄢˇ(又)	hɔn³	〔漢〕(又)
厶	sī	ㄙ	si¹	〔思〕
又	yòu	ㄧㄡˋ	jɐu⁶	〔右〕

三　畫

口	kǒu	ㄎㄡˇ	hɐu²	〔喉高上〕
囗	wéi	ㄨㄟˊ	wɐi⁴	〔圍〕
土	tǔ	ㄊㄨˇ	tou²	〔討〕
士	shì	ㄕˋ	si⁶	〔事〕
夂	zhǐ	ㄓˇ	dzi²	〔止〕
夕	xī	ㄒㄧ	dzik⁹	〔直〕
大	dà	ㄉㄚˋ	dai⁶	〔歹低去〕
女	nǚ	ㄋㄩˇ	nœy⁵	〔餧〕
子	zǐ	ㄗˇ	dzi²	〔止〕

宀	mián	ㄇㄧㄢ	min⁴	〔棉〕
寸	cùn	ㄘㄨㄣ	tsyn³	〔串〕
小	xiǎo	ㄒㄧㄠ	siu²	〔筱〕
尢	wāng	ㄨㄤ	wɔŋ¹	〔汪〕
尸	shī	ㄕ	si¹	〔思〕
屮	chè	ㄔㄜ	tsit⁸	〔徹〕
山	shān	ㄕㄢ	san¹	〔珊〕
巛	chuān	ㄔㄨㄢ	tsyn¹	〔穿〕
工	gōng	ㄍㄨㄥ	guŋ¹	〔公〕
己	jǐ	ㄐㄧ	gei²	〔紀〕
巾	jīn	ㄐㄧㄣ	gen¹	〔斤〕
干	gān	ㄍㄢ	gɔn¹	〔肝〕
幺	yāo	ㄧㄠ	jiu¹	〔邀〕
广	yǎn	ㄧㄢ	jim⁵	〔染〕
廴	yǐn	ㄧㄣ	jen⁵	〔引〕
廾	gǒng	ㄍㄨㄥ	guŋ²	〔鞏〕
弋	yì	ㄧ	jik⁹	〔亦〕
弓	gōng	ㄍㄨㄥ	guŋ¹	〔公〕
彐	jì	ㄐㄧ	gei³	〔計〕
彡	shān	ㄕㄢ	sam¹	〔衫〕
彳	chì	ㄔ	tsik⁷	〔斥〕

四　畫

| 心 | xīn | ㄒㄧㄣ | sɐm¹ | 〔深〕 |
| 戈 | gē | ㄍㄜ | gwɔ¹ | 〔果高不〕 |

户	hù	ㄏㄨ	wu⁶	〔互〕
手	shǒu	ㄕㄡ	sɐu²	〔守〕
支	zhī	ㄓ	dzi¹	〔之〕
攴	pū	ㄆㄨ	pok⁸	〔撲〕
文	wén	ㄨㄣ	mɐn⁴	〔聞〕
斗	dǒu	ㄉㄡ	dɐu²	〔陡〕
斤	jīn	ㄐㄧㄣ	gɐn¹	〔巾〕
方	fāng	ㄈㄤ	fɔŋ¹	〔芳〕
无	wú	ㄨ	mou⁴	〔毛〕
日	rì	㆐	jɐt⁹	〔逸〕
曰	yuē	ㄩㄝ	jœk⁹	〔若〕
			jyt⁹	〔月〕(又)
月	yuè	ㄩㄝ	jyt⁹	〔粵〕
木	mù	ㄇㄨ	muk⁹	〔目〕
欠	qiàn	ㄑㄧㄢ	him³	〔謙高去〕
止	zhǐ	㆒	dzi²	〔子〕
歹	dǎi	ㄉㄞ	dai²	〔帶高上〕
	è	ㄜ	at⁸	〔壓〕(又)
殳	shū	ㄕㄨ	sy⁴	〔殊〕
母	wú	ㄨ	mou⁴	〔毛〕
比	bǐ	ㄅㄧ	bei²	〔彼〕
毛	máo	ㄇㄠ	mou⁴	〔無〕
氏	shì	ㄕ	si⁶	〔示〕
气	qì	ㄑㄧ	hei³	〔棄〕
水	shuǐ	ㄕㄨㄟ	sœy²	〔須高上〕
火	huǒ	ㄏㄨㄛ	fɔ²	〔顆〕

爪	zhǎo	ㄓㄠ	dzau²	〔找〕
父	fù	ㄈㄨ	fu⁶	〔付〕
爻	yáo	ㄧㄠ	ŋau⁴	〔看〕
爿	qiáng	ㄑㄧㄤ	tsœŋ⁴	〔場〕
片	piàn	ㄆㄧㄢ	pin³	〔騙〕
牙	yá	ㄧㄚ	ŋa⁴	〔衙〕
牛	niú	ㄋㄧㄡ	ŋɐu⁴	〔偶低平〕
犬	quǎn	ㄑㄩㄢ	hyn²	〔圈高上〕

五　　畫

玄	xuán	ㄒㄩㄢ	jyn⁴	〔元〕
玉	yù	ㄩ	juk⁹	〔欲〕
瓜	guā	ㄍㄨㄚ	gwa¹	〔寡高平〕
瓦	wǎ	ㄨㄚ	ŋa⁵	〔雅〕
甘	gān	ㄍㄢ	gɐm¹	〔金〕
生	shēng	ㄕㄥ	sɐŋ¹	〔沙亨切〕
用	yòng	ㄩㄥ	juŋ⁶	〔翁低去〕
田	tián	ㄊㄧㄢ	tin⁴	〔塡〕
疋	shū	ㄕㄨ	sɔ¹	〔梳〕
广	chuáng	ㄔㄨㄤ	tsɔŋ⁴	〔牀〕
癶	bō	ㄅㄛ	but⁹	〔撥〕
白	bái	ㄅㄞ	bak⁹	〔帛〕
皮	pí	ㄆㄧ	pei⁴	〔脾〕
皿	mǐn	ㄇㄧㄣ	min⁵	〔茗〕
目	mù	ㄇㄨ	muk⁹	〔木〕

矛	máo	ㄇㄠˊ	mau⁴	〔茅〕
矢	shī	ㄕ	tsi²	〔始〕
石	shí	ㄕˊ	sɛk⁹	〔碩〕
示	shì	ㄕˋ	si⁶	〔士〕
禸	rǒu	ㄖㄡˇ	jeu⁵	〔有〕
禾	hé	ㄏㄜˊ	wɔ⁴	〔和〕
穴	xué	ㄒㄩㄝˊ	jyt⁹	〔月〕
立	lì	ㄌㄧˋ	lap⁹	〔臘〕
			lɐp⁹	〔笠低入〕(又)

六　畫

竹	zhú	ㄓㄨˊ	dzuk⁷	〔足〕
米	mǐ	ㄇㄧˇ	mei⁵	〔迷低上〕
糸	mì	ㄇㄧˋ	mik⁹	〔覓〕
缶	fǒu	ㄈㄡˇ	feu²	〔否〕
网	wǎng	ㄨㄤˇ	mɔŋ⁵	〔妄〕
羊	yáng	ㄧㄤˊ	jœŋ⁴	〔陽〕
羽	yǔ	ㄩˇ	jy⁵	〔雨〕
老	lǎo	ㄌㄠˇ	lou⁵	〔魯〕
而	ér	ㄦˊ	ji⁴	〔兒〕
耒	lěi	ㄌㄟˇ	lɔi⁶	〔睞〕
			lœy⁶	〔淚〕(又)
耳	ěr	ㄦˇ	ji⁵	〔以〕
聿	yù	ㄩˋ	wɐt⁹	〔屈低入〕
			lœt⁹	〔律〕(俗)

肉	ròu	ㄖㄡ	juk⁹	〔玉〕
臣	chén	ㄔㄣ	sɐn⁴	〔辰〕
自	zì	ㄗ	dzi⁶	〔字〕
至	zhì	ㄓ	dzi³	〔志〕
臼	jiù	ㄐㄡ	kɐu⁵	〔扣低上〕
			kɐu³	〔扣〕(又)
舌	shé	ㄕㄜ	sit⁸	〔泄〕
舛	chuǎn	ㄔㄨㄢ	tsyn²	〔喘〕
舟	zhōu	ㄓㄡ	dzɐu¹	〔周〕
艮	gèn	ㄍㄣ	gɐn³	〔巾高去〕
色	sè	ㄙㄜ	sik⁷	〔式〕
艸	cǎo	ㄘㄠ	tsou²	〔草〕
虍	hū	ㄏㄨ	fu¹	〔呼〕
虫	huī	ㄏㄨㄟ	wɐi²	〔毀〕
血	xuè	ㄒㄩㄝ	hyt⁸	〔何決切〕
	xiě	ㄒㄧㄝ(又)		
行	xíng	ㄒㄧㄥ	hɐŋ⁴	〔恆〕
衣	yī	ㄧ	ji¹	〔醫〕
襾	yà	ㄧㄚ	a³	〔亞〕

七　畫

見	jiàn	ㄐㄧㄢ	gin³	〔建〕
角	jiāo	ㄐㄧㄠ	gɔk⁸	〔各〕
言	yán	ㄧㄢ	jin⁴	〔延〕
谷	gǔ	ㄍㄨ	guk⁷	〔穀〕

豆	dòu	ㄉㄡ	deu⁶	〔竇〕
豕	shī	ㄕ	tsi²	〔始〕
豸	zhì	ㄓ	dzi⁶	〔治〕
			dzai⁶	〔寨〕(又)
貝	bèi	ㄅㄟ	bui³	〔輩〕
赤	chì	ㄔ	tsɛk⁸	〔尺〕
			tsik⁸	〔斥中入〕(又)
走	zǒu	ㄗㄡ	dzɐu²	〔酒〕
足	zú	ㄗㄨ	dzuk⁷	〔竹〕
身	shēn	ㄕㄣ	sɐn¹	〔申〕
車	chē	ㄔㄜ	tsɛ¹	〔奢〕
辛	xīn	ㄒㄧㄣ	sɐn¹	〔新〕
辰	chén	ㄔㄣ	sɐn⁴	〔神〕
辵	chuò	ㄔㄨㄛ	tsœk⁸	〔卓〕
邑	yì	ㄧ	jɐp⁷	〔泣〕
酉	yǒu	ㄧㄡ	jɐu⁵	〔有〕
采	biàn	ㄅㄧㄢ	bin⁶	〔辨〕
里	lǐ	ㄌㄧ	lei⁵	〔李〕

八　畫

金	jīn	ㄐㄧㄣ	gɐm¹	〔今〕
長	cháng	ㄔㄤ	tsœŋ⁴	〔祥〕
門	mén	ㄇㄣ	mun⁴	〔瞞〕
阜	fù	ㄈㄨ	feu⁶	〔埠〕

隶	dài	ㄉㄞˋ	dɐi⁶	〔弟〕
			dɔi⁶	〔代〕(又)
隹	zhuī	ㄓㄨㄟ	dzœy¹	〔追〕
雨	yǔ	ㄩˇ	jy⁵	〔語〕
青	qīng	ㄑㄧㄥ	tsiŋ¹	〔清〕
非	fēi	ㄈㄟ	fei¹	〔飛〕

九　畫

面	miàn	ㄇㄧㄢˋ	min⁶	〔麵〕
革	gé	ㄍㄜˊ	gak⁸	〔隔〕
韋	wéi	ㄨㄟˊ	wei⁴	〔維〕
			wei⁵	〔偉〕(又)
韭	jiǔ	ㄐㄧㄡˇ	gɐu²	〔九〕
音	yīn	ㄧㄣ	jɐm¹	〔陰〕
頁	yè	ㄧㄝˋ	jip⁹	〔葉〕
風	fēng	ㄈㄥ	fuŋ¹	〔封〕
飛	fēi	ㄈㄟ	fei¹	〔非〕
食	shí	ㄕˊ	sik⁹	〔蝕〕
首	shǒu	ㄕㄡˇ	sɐu²	〔守〕
香	xiāng	ㄒㄧㄤ	hœŋ¹	〔鄉〕

十　畫

| 馬 | mǎ | ㄇㄚˇ | ma⁵ | 〔碼〕 |
| 骨 | gǔ | ㄍㄨˇ | gwɐt⁷ | 〔橘〕 |

高	gāo	《幺	gou¹	〔膏〕
髟	biāo	ㄅㄧㄠ	biu¹	〔標〕
鬥	dòu	ㄉㄡ	dɐu³	〔斗高去〕
鬯	chàng	ㄔㄤ	tsœŋ³	〔暢〕
鬲	lì	ㄌㄧ	lik⁹	〔力〕
鬼	guī	《ㄨㄟ	gwɐi²	〔軌〕

十一畫

魚	yú	ㄩ	jy⁴	〔如〕
鳥	niǎo	ㄋㄧㄠ	niu⁵	〔裊〕
鹵	lŭ	ㄌㄨ	lou⁵	〔老〕
鹿	lù	ㄌㄨ	luk⁹	〔綠〕
麥	mài	ㄇㄞ	mɐk⁹	〔默〕
麻	má	ㄇㄚ	ma⁴	〔蔴〕

十二畫

黃	huáng	ㄏㄨㄤ	woŋ⁴	〔皇〕
黍	shŭ	ㄕㄨ	sy²	〔鼠〕
黑	hēi	ㄏㄟ	hɐk⁷	〔刻〕
黹	zhĭ	ㄓ	dzi²	〔紙〕

十三畫

| 黽 | měng | ㄇㄥ | maŋ⁵ | 〔猛〕 |

鼎	dǐng	ㄉㄧㄥˇ	diŋ²	〔頂〕
鼓	gǔ	ㄍㄨˇ	gu²	〔古〕
鼠	shǔ	ㄕㄨˇ	sy²	〔暑〕

十四畫

| 鼻 | bí | ㄅㄧˊ | bei⁶ | 〔備〕 |
| 齊 | qí | ㄑㄧˊ | tsɐi⁴ | 〔妻低平〕 |

十五畫

| 齒 | chǐ | ㄔˇ | tsi² | 〔始〕 |

十六畫

| 龍 | lóng | ㄌㄨㄥˊ | luŋ⁴ | 〔隆〕 |

十七畫

| 龠 | yuè | ㄩㄝ | jœk⁹ | 〔若〕 |

十八畫

| 龜 | guī | ㄍㄨㄟ | gwei¹ | 〔歸〕 |

本表按序爲部首、漢語拼音(普通話)、注音符號(普通話)、國際音標(粵音)和漢字直音(粵音)。